Shalevs Bestseller-Trilogie über die moderne Liebe nun in einem Band:
Liebesleben ist das faszinierende Porträt einer jungen Frau, Ja'ara, die für eine Amour fou alles riskiert: Ihre Ehe, ihre Karriere, ihre Vorstellungen von Treue und Anstand.
In *Mann und Frau* geht es um ein Paar, dessen Ehe in eine Sackgasse gerät. Nur, wenn Na'ama und Udi sich einem karthatischen Prozeß unterziehen, können sie wieder zueinander finden.
Späte Familie handelt von einer schmerzhaften Trennung und dem hoffnungsvollen Neuanfang danach.
Zeruya Shalevs Romane sind von elementarer Kraft, ihre Sprache bringt die Tiefen der menschlichen Existenz ans Licht und nimmt uns mit auf eine Reise durch die unwegbaren Landschaften der Liebe.

Zeruya Shalev wurde im Kibbuz Kinneret geboren. Heute lebt sie mit ihrer Familie in Jerusalem. Alle drei Bände ihrer großen Trilogie sind vielfach ausgezeichnete Bestseller, die in mehr als 20 Sprachen übersetzt wurden. 2007 wurde *Liebesleben* von Maria Schrader erfolgreich verfilmt.

ZERUYA SHALEV

Liebesleben
Mann und Frau
Späte Familie

Romane

Aus dem Hebräischen
von Mirjam Pressler

Berliner Taschenbuch Verlag

November 2010
BvT Berliner Taschenbuch Verlags GmbH, Berlin

Liebesleben © 1997 Zeruya Shalev
Die Originalausgabe erschien 1997 unter dem Titel
chajej ahawa bei Keter Verlag, Jerusalem
Worldwide Translation Copyright
© The Institute for the Translation of Hebrew Literature
Für die deutsche Ausgabe
© 2004 Berlin Verlag GmbH, Berlin

Mann und Frau © 2000 Zeruya Shalev
Die Originalausgabe erschien 2000 unter dem Titel
Ba'al we-ischa bei Keshet Publishers, Jerusalem
Published by arrangement with
the Institute for the Translation of Hebrew Literature
Für die deutsche Ausgabe
© 2000 Berlin Verlag GmbH, Berlin

Späte Familie © 2005 Zeruya Shalev
Die Originalausgabe erschien 2005 unter dem Titel
Thera bei Keshet Publishers, Jerusalem
Published by arrangement with
the Institute for the Translation of Hebrew Literature
Für die deutsche Ausgabe
© 2005 Berlin Verlag GmbH, Berlin

Umschlaggestaltung: Rothfos & Gabler, Hamburg,
unter Verwendung einer Fotografie von © Sam Haskins
(www.haskins.com)
Druck und Bindung: CPI – Clausen & Bosse, Leck
Printed in Germany
ISBN 978-3-8333-0675-4

www.berlinverlage.de

INHALT

Liebesleben   7

Mann und Frau   373

Späte Familie   771

Liebesleben

FÜR MARVA

1 Er war nicht mein Vater und nicht meine Mutter, weshalb öffnete er mir dann ihre Haustür, erfüllte mit seinem Körper den schmalen Eingang, die Hand auf der Türklinke, ich begann zurückzuweichen, schaute nach, ob ich mich vielleicht im Stockwerk geirrt hatte, aber das Namensschild beharrte hartnäckig darauf, daß dies ihre Wohnung war, wenigstens war es ihre Wohnung gewesen, und mit leiser Stimme fragte ich, was ist mit meinen Eltern passiert, und er öffnete weit seinen großen Mund, nichts ist ihnen passiert, Ja'ara, mein Name rutschte aus seinem Mund wie ein Fisch aus dem Netz, und ich stürzte in die Wohnung, mein Arm streifte seinen kühlen glatten Arm, ich ging an dem leeren Wohnzimmer vorbei, öffnete die verschlossene Tür ihres Schlafzimmers.

Wie auf frischer Tat ertappt, drehten sie mir die Gesichter zu, und ich sah, daß sie im Bett lag, ein geblümtes Küchenhandtuch um den Kopf gewickelt, eine Hand an der Stirn, als fürchte sie, das Tuch könne runterfallen, und mein Vater saß auf dem Bettrand, ein Glas Wasser in der Hand, das Glas bewegte sich im gleichen Rhythmus wie er hin und her, und auf dem Fußboden, zwischen seinen Füßen, hatte sich schon eine kleine zitternde Pfütze gebildet. Was ist passiert? fragte ich, und sie sagte, ich fühle mich nicht wohl, und mein Vater sagte, noch vor zwei Minuten hat sie sich prima gefühlt, und sie maulte, siehst du, er glaubt mir wieder mal nicht. Was hat der Arzt gesagt, fragte ich, und mein Vater sagte, was für ein Arzt, sie ist gesund wie ein Ochse, ich wünschte, ich wäre so gesund wie sie, und ich blieb hartnäckig, aber ihr habt einen Arzt gerufen, oder? Er hat mir doch die Tür aufgemacht, oder?

Wieso Arzt, mein Vater lachte, das ist mein Freund Arie Even, erinnerst du dich nicht an Arie? Und meine Mutter sagte, warum sollte sie sich an ihn erinnern, sie war noch nicht geboren, als er das Land verlassen hat, und mein Vater stand auf und sagte, ich gehe zu ihm, es gehört sich nicht, ihn allein zu lassen. Eigentlich sah es aus, als käme er ganz gut allein zurecht, sagte ich, er benahm sich wie der Herr des Hauses, und meine Mutter begann zu husten, ihre Augen wurden rot, und mein Vater hielt ihr ungeduldig das Glas hin, das inzwischen schon fast leer war, und sie schnaubte, bleib bei mir, Schlomo, ich fühle mich nicht wohl, aber er war schon an der Tür, Ja'ara bleibt bei dir, sagte er, wofür hat man denn Kinder.

Sie trank den Rest Wasser und nahm sich das nasse Handtuch vom Kopf, ihre dünnen Haare standen hoch wie die Stacheln eines Igels, mitleiderweckend, und als sie versuchte, sie an ihrem Schädel glattzustreichen, dachte ich an den Zopf, den sie einmal hatte, diesen hinreißenden Zopf, der sie überallhin begleitete, lebendig wie eine kleine Katze, und ich sagte, warum hast du ihn abgeschnitten, das war, wie wenn man ein Bein amputiert, hättest du dir mit derselben Leichtigkeit ein Bein abnehmen lassen? Sie sagte, der Zopf hat schon nicht mehr zu mir gepaßt, nachdem sich alles verändert hatte, und richtete sich im Bett auf, schaute nervös auf die Uhr, wie lange will er noch hier sitzen, mir stinkt es, den hellichten Tag im Bett zu verbringen.

Du bist wirklich nicht krank, stellte ich fest, und sie kicherte, natürlich nicht, ich kann diesen Kerl einfach nicht ausstehen, und ich sagte sofort, ich auch nicht, denn die Stelle, wo unsere Arme sich berührt hatten, brannte, als hätte mich etwas gestochen, und dann fragte ich, warum.

Das ist eine lange Geschichte, sagte sie, dein Vater schätzt ihn, sie haben zusammen studiert, vor dreißig Jahren, er war sein bester Freund, aber ich habe immer gedacht, daß Arie nur mit ihm spielt, ihn sogar ausnützt, ich glaube nicht, daß er überhaupt in der Lage ist, etwas zu fühlen. Schau doch, jahrelang haben wir nichts von ihm gehört, und plötzlich taucht er hier auf, weil Papa etwas für ihn arrangieren soll.

Aber du hast gesagt, daß er nicht hier gelebt hat, sagte ich und fand mich plötzlich in der Situation, daß ich ihn verteidigte, aber sie sagte, stimmt, sie haben in Frankreich gelebt, erst jetzt sind sie nach Israel gekommen, aber wenn man will, kann man auch von dort aus Kontakt halten, und ihr Gesicht reduzierte sich auf eine konzentrierte Bosheit, auf ein Dreieck voller Falten und Altersflecken, das trotzdem kindlich wirkte, mit den mißtrauisch zusammengekniffenen Augen, staubig wie Fenster, die man seit Jahren nicht geputzt hat, und der geraden schönen Nase, die sie mir vererbt hat, darunter spannten sich bitter die blassen Lippen, die allmählich immer leerer wurden, als würden sie von innen aufgesaugt.

Was hat er in Frankreich gemacht, fragte ich, und sie sagte, was er überall macht, eigentlich gar nichts. Papa ist überzeugt, daß er im Auftrag des Geheimdienstes dort war, aber meiner Meinung nach hat er auf Kosten seiner reichen Frau gelebt, einfach ein Habenichts, der Geld geheiratet hat, und jetzt kommt er her und gibt mit den europäischen Manieren an, die er sich angeeignet hat, und ich sah, daß ihre Augen am Spiegel an der Wand gegenüber hingen und zusahen, wie die Worte aus ihrem Mund kamen, schmutzig, vergiftet, und wieder dachte ich, wer weiß, was sie nicht alles über mich sagen würde, ein Gefühl der Erstickung überfiel mich, und ich sagte, ich muß gehen, und sie stieß aus, noch nicht, versuchte mich festzuhalten, so, wie sie es bei ihm versucht hatte, bleib bei mir, bis er geht, und ich fragte, warum, und sie sagte achselzuckend, wie ein verstocktes Kind, ich weiß nicht.

Der scharfe Geruch französischer Zigaretten drang aus dem Wohnzimmer, und mein Vater, der niemals erlaubt hatte, daß jemand in seiner Gegenwart rauchte, hockte, in Rauchschwaden gehüllt, auf dem Sofa, und auf seinem weichen Sessel räkelte sich sein Gast, gelassen und selbstzufrieden, und sah zu, wie ich näher kam. Erinnerst du dich an Ja'ara, sagte mein Vater fast flehend, und der Gast sagte, ich erinnere mich an sie als Baby, ich hätte sie nicht wiedererkannt, und erhob sich mit erstaunlicher Geschmeidigkeit und streckte mir eine schöne Hand entgegen, mit dunklen Fingern, lächelte spöttisch und sagte zu mir, erwartest du immer das Schlimmste? Er erklärte meinem Vater, als sie mich an der Tür gesehen hat, hat sie mich angesehen, als hätte ich euch beide umgebracht und sie wäre als nächste an der Reihe, und ich sagte, stimmt, und meine Hand fiel herab, schwer und überrascht, wie die Hand eines Menschen, der gerade ohnmächtig wird, denn er ließ sie ganz plötzlich los, bevor ich damit gerechnet hatte, und setzte sich wieder in den Sessel, seine dunkelgrauen Augen musterten mein Gesicht, ich versuchte, mich hinter meinen Haaren zu verstecken, setzte mich ihm gegenüber und sagte zu meinem Vater, ich habe es eilig, Joni wartet zu Hause auf mich. Wie geht es deiner Mutter, fragte der Gast, seine Stimme war tief, und ich sagte, nicht so gut, ein schiefes Lächeln entschlüpfte mir, wie immer, wenn ich log, und mein Vater sah mich mit glänzenden Augen an, du weißt, daß wir zusammen studiert haben, als wir jung waren, sagte er, jünger als du, wir haben sogar eine Zeitlang zusammen gewohnt, aber die Augen des Gastes glänzten nicht, als seien seine Erinnerungen längst nicht so begeisternd, und mein Vater ließ nicht locker, warte einen Moment, er erhob sich vom Sofa, ich muß dir ein Bild von uns zeigen, wie immer weckte die Vergangenheit eine ungeheure Erregung in ihm.

Man hörte ihn im Nebenzimmer suchen, Schubladen wurden aufgerissen, Bücher auf den Boden gelegt, die Geräusche überdeckten unser unangenehmes, erstickendes Schweigen, und der Gast steckte sich wieder eine Zigarette an, unternahm nicht einmal den Versuch einer Unterhaltung, betrachtete mich mit seinem Blick, der Hochmut, Herausforderung und zugleich Gleichgültigkeit ausdrückte, seine Anwesenheit füllte das Zimmer aus, und ich versuchte, ihm mit einem strahlenden Blick zu antworten, aber meine Augen blieben gesenkt, wagten es nicht, an den geöffneten Knöpfen seines kurzen Hemdes hochzuklettern, eines Hemdes, das eine braune glatte Brust freilegte, sie senkten sich tiefer, zu seinen fast lächerlich glänzenden spitzen Schuhen, dazwischen eine große schwarze Tüte, auf der mit Goldbuchstaben stand: Das linke Ufer, Pariser Moden, ich unterdrückte ein Grinsen, die Koketterie, die darin lag, verwirrte mich, sie paßte nicht zu seinem konventionellen Gesichtsausdruck, und das Grinsen blieb mir im Hals stecken, ich hustete verlegen, suchte nach etwas, was ich sagen könnte, und am Schluß sagte ich, er findet es bestimmt nicht, er findet nie etwas.

Er wird es nicht finden, weil das Foto bei mir ist, bestätigte der Gast flüsternd, und genau in dem Moment war ein Krachen zu hören, dann ein Fluch, und mein Vater kam hinkend ins Zimmer zurück, mit der Schublade, die ihm auf den Fuß gefallen war, wo kann es nur sein, dieses Foto, und der Gast blickte ihn spöttisch an, laß gut sein, Schlomo, was spielt das für eine Rolle, und ich wurde ganz nervös, warum sagte er ihm nicht, daß das Foto bei ihm war, und woher wußte er, daß ich es nicht sagen würde, wie zwei Betrüger beobachteten wir die geschäftige Sucherei, bis ich es nicht mehr aushielt und aufstand, Joni wartet zu Hause auf mich, sagte ich noch einmal, als wäre das die Losung, das rettende Wort, das mich befreien würde. Schade, sagte mein Vater bedauernd, ich wollte dir zeigen, wie wir damals aussahen, und der Gast sagte, sie braucht das nicht, auch du brauchst das nicht, und ich sagte, stimmt, obwohl ich gern gewußt hätte, wie sein dunkles, scharfes Gesicht früher ausgesehen hatte, und mein Vater begleitete mich hinkend zur Tür und flüsterte, na, sie ist nicht wirklich krank, stimmt's, sie verstellt sich nur, nicht wahr? Und ich sagte, wieso denn, sie ist wirklich krank, du mußt den Arzt rufen.

Die Treppe vor dem Haus war mit glatten Blättern bedeckt, die schon anfingen zu faulen, ich trat vorsichtig auf das langsam gärende Zeug, wobei ich mich am kalten Geländer festhielt, noch gestern hatte es unter meinen Händen gebrannt, aber heute hatte der Chamsin aufgehört, und vom Himmel tröpfelte es, ein unverbindliches, herbstliches Tröpfeln, und ich lief hinunter zur Hauptstraße, um diese Uhrzeit schalteten die Autofahrer die Lichter ein, und alle Autos sahen gleich aus, auch die Fußgänger waren einander ähnlich, ich mischte mich unter sie, schließlich waren wir alle grau in diesem Dämmerlicht, meine Mutter, die sich in ihrem Schlafzimmer eingeschlossen hatte, mein Vater, der sich in die Rauchschwaden seines Jugendfreundes hüllte, und Joni, der zu Hause auf mich wartete, gähnend vor Müdigkeit am Computer sitzend, und Schira, die nicht weit von hier wohnte, gleich hier in der Seitenstraße, ich stand schon fast vor ihrem Haus und hatte Lust nachzusehen, ob sie daheim war. Mir schien, als hätte ich ihr viel zu erzählen, obwohl wir erst heute mittag miteinander gesprochen hatten, in der Universität, und ich klingelte, aber es kam keine Antwort, doch ich gab nicht auf, vielleicht war sie unter der

Dusche oder auf dem Klo, ich versuchte es hinten, vom Hof aus, klopfte an die Scheiben, bis ich ein Maunzen hörte und Tulja durch das angelehnte Küchenfenster zu mir herauskam, Schiras Kater, er hatte wohl die Nase voll davon, den ganzen Tag allein zu sein, und ich streichelte ihn, bis er schnurrte, seinen grauen Schwanz in die Höhe streckte, das Streicheln beruhigte mich ein bißchen, ihn auch, er legte sich neben meine Füße und schien einzuschlafen, aber nein, sein gereckter Schwanz begleitete mich, als ich den Hof verließ und durch die dämmrige Gasse ging, die einzige Straßenlaterne, die sie beleuchtete, flackerte einen Moment und ging dann aus.

Tulja, geh weg, sagte ich zu ihm, Schira kommt bald nach Hause, aber er beharrte darauf, mich zu begleiten, wie ein übertrieben höflicher Gastgeber, und ich dachte daran, wie mein Vater jetzt seinen Gast begleitete, sich an ihn klammernd wie an eine süße Erinnerung, und mir schien, als würden sie vor mir die Straße überqueren, mein Vater mit kurzen, schnellen Schritten, seine dünnen Glieder wurden von der Dunkelheit verschluckt, und neben ihm, mit wilden Schritten, der Gast, sein bronzefarbenes Gesicht hart und aggressiv, die silbergrauen Haare aufleuchtend, und ich rannte ihnen nach, hinter mir das Maunzen des Katers, ich trat nach ihm, hau ab, Tulja, geh schon nach Hause, und überquerte die Straße, plötzlich quietschende Bremsen, ein leichter Schlag, eine sich öffnende Autotür, und jemand schrie, wem gehört diese Katze? Wem gehört diese Katze, und eine andere Stimme sagte, das ist schon egal, was spielt das für eine Rolle?

Ich rannte weg, wagte nicht, mich umzudrehen, sah vor mir meinen Vater und seinen Gast gehen, dicht nebeneinander, Arm in Arm, der Kopf meines Vaters rieb sich an der breiten Schulter, aber nein, sie waren es nicht, als ich sie einholte, sah ich, daß es ein Paar war, ein Mann und eine Frau, nicht mehr jung, aber ihre Liebe war vermutlich jung, und ich stolperte die lärmende Straße hinunter zu unserer Siedlung, der Schweiß rann an mir herunter wie das Blut von dem Kater, das in einem kräftigen Strahl hinter mir die Straße herunterlief, und ich wußte, daß es immer weiter fließen und erst vor unserer Haustür zum Stehen kommen würde.

Was ist passiert, Wühlmäuschen, fragte er, das Gesicht erhitzt, den weichen Bauch mit einer Schürze bedeckt, und ich sah den zum Abendessen gedeckten Tisch, Messer und Gabel ordentlich auf roten Servietten, und statt mich zu freuen, antwortete ich gereizt, nenne mich nicht so, wie oft habe ich dir schon gesagt, daß es mich nervt, wenn du mich so nennst, und seine Augen wurden groß vor Kränkung, und er sagte, aber du warst es doch, die mit diesen Namen angefangen hat, und ich sagte, na und, ich habe aber damit aufgehört und du nicht, erst gestern hast du mich vor anderen Leuten so genannt, und alle haben uns für bescheuert gehalten. Was kümmert es mich, was die anderen denken, murmelte er, mir ist es wichtig, was wir denken, und ich sagte, wann kapierst du endlich, daß es kein wir gibt, es gibt ein ich und ein du, und jeder hat das Recht auf seine eigenen Gedanken, und er redete hartnäckig weiter, früher hast du es gemocht, wenn ich dich so genannt habe, und ich zischte, in Ordnung, dann habe ich mich eben geändert, warum kannst du dich nicht auch ändern, und er sagte, ich werde mich in meinem eigenen Rhythmus ändern, du kannst mir keine Vorschriften machen, schnappte seinen Teller und setzte sich vor den Fernseher, und ich betrachtete den Tisch, der sekundenschnell sein Aussehen geändert hatte, plötzlich zu einem Einpersonentisch geworden war, und überlegte, wie traurig es ist, allein zu leben, wie schafft Schira das, und dann fiel mir Tulja ein, ihr dicker, verwöhnter Kater, weich und pelzig wie ein Kopfkissen, und ich sagte, ich habe keinen Hunger, und ging ins Schlafzimmer, legte mich aufs Bett und dachte, was werden wir jetzt tun, ohne all die kleinen zärtlichen Namen, er wird mich nicht mehr Wühlmäuschen nennen und ich ihn nicht mehr Biber, wie können wir dann überhaupt miteinander sprechen?

Ich hörte das Telefon klingeln und seine weiche Stimme, als er antwortete, und dann kam er ins Zimmer und sagte, Schira ist am Telefon, sag ihr, daß ich schlafe, sagte ich, und er sagte, aber sie braucht dich, und hielt mir den heulenden Hörer hin. Tulja ist verschwunden, jammerte sie, und die Nachbarn sagen, hier in der Nähe wäre eine Katze überfahren worden, und ich habe Angst, daß es Tulja war, und ich flüsterte, beruhige dich, es ist bestimmt eine andere Katze, Tulja geht doch nie vom Haus weg, und sie weinte, ich habe das Gefühl, er war es, immer wartet er abends auf mich, und ich sagte, aber Tulja geht doch so gut wie nie aus dem Haus, und sie sagte, ich habe das Küchenfenster offengelassen, weil es heute morgen noch Chamsin gab, ich habe nicht geahnt, daß er rausgehen würde, was für einen Grund hätte er haben sollen hinauszugehen, es geht ihm doch nicht schlecht in der Wohnung.

Er ist bestimmt unter dem Bett oder irgendwo, sagte ich, du weißt, wie Katzen sind, sie verstecken sich und kommen wieder zum Vorschein, wie es ihnen gerade paßt, geh jetzt schlafen, morgen früh wird er dich wecken, und sie flüsterte, hoffentlich, und wieder fing sie an zu weinen, er ist mein Baby, ich bin verloren ohne ihn, du mußt kommen und mir beim Suchen helfen, und ich sagte, aber Schira, ich bin gerade eben nach Hause gekomen und kann mich kaum noch rühren, warten wir noch einen Tag, aber sie blieb stur, ich muß ihn jetzt finden, und am Schluß sagte ich, in Ordnung.

An der Tür fragte er, was ist mit dem Essen, das ich gekocht habe, seine Augen über dem kauenden Mund bekamen einen enttäuschten Ausdruck. Ein Stück Tomate war ihm beim Sprechen entwischt und hing jetzt an seinem Kinn, ich sagte, ich muß Schira helfen, ihren Kater zu suchen, und er sagte, immer beklagst du dich, daß ich nie koche, und wenn ich dann koche, ißt du nicht. Was kann ich machen, sagte ich gereizt, wenn du ihr gesagt hättest, daß ich schlafe, hätte ich jetzt nicht wegzugehen brauchen, du kannst mir glauben, daß ich lieber zu Hause bleiben würde, und er kaute unermüdlich weiter, als würde er auf den Worten herumkauen, die ich gesagt hatte, würde sie im Mund hin und her wenden, dann sah er wieder zum Fernseher, und ich warf ihm zum Abschied einen Blick zu und ging hinaus, immer, wenn ich von ihm wegging, hatte ich das Gefühl, ich würde ihn nicht wiedersehen, dies wäre das letzte Mal, und die Hunderte von Malen, die ich mich geirrt hatte, konnten an dieser Überzeugung nichts ändern, sondern verstärkten sie nur noch und vergrößerten meine Angst, daß es diesmal passieren würde.

Schira saß in der Küche, den Kopf auf den schmutzigen Tisch gelegt, in ihren Haaren verfingen sich die Krümel. Ich habe immer Angst davor gehabt, weinte sie, und jetzt ist es noch viel schlimmer, als ich gedacht habe, und ich sagte, warte, bevor du anfängst zu trauern, komm, suchen wir ihn erst, und ich begann im Haus herumzukriechen, unter dem Bett zu suchen, in den Schränken, und dabei plärrte ich wie eine Idiotin, Tulja, Tulja, als würde ich in dem Maß, in dem ich mich anstrengte, ihn zu suchen, meine Schuld sühnen, denn schließlich hätte ich ihn nach Hause zurückbringen müssen oder ihn wenigstens von der Straße entfernen, also kroch ich dickköpfig weiter, mit Staubflocken bedeckt, als hätte ich mich als Schaf verkleidet, und verfluchte den Moment, in dem ich mich entschlossen hatte, zu ihr zu gehen, warum bin ich nicht geradewegs nach Hause gegangen, was hatte ich ihr eigentlich so dringend zu erzählen, und ich kroch herum, bis mir die Knie weh taten, und ich sagte, genug, komm, suchen wir ihn draußen.

Als wir hinausgingen, hängte sie sich bei mir ein, ihr kleiner Körper war hart, und sie flüsterte, danke, daß du mit mir gehst, ich weiß nicht, was ich ohne dich getan hätte, ihre Worte befestigten meine Schuld mit spitzen Reißnägeln an mir, und wir liefen durch die kleinen Straßen rechts und links von der Hauptstraße und schrien Tulja, Tulja, und jedesmal, wenn eine Katze aus einem Mülleimer sprang, packte sie meine Hand und ließ sie dann enttäuscht wieder los, und schließlich hatten wir keine Wahl mehr und näherten uns langsam, sehr langsam, der Hauptstraße, und sie sagte, schau du nach, ich kann nicht, und ich suchte zwischen den hellen kalten Straßenlaternen, ein bösartiges Augenpaar nach dem anderen, und ich sah nichts, so schnell war er entfernt worden, dieser große, verwöhnte, vertrauensvolle Körper mit den langen Schnurrhaaren, die immer ein eingebildetes und trotzdem so reales Lächeln verbargen.

Das zeigt mir, wie einsam ich bin, sagte Schira, als wir auf der Bank vor dem Haus saßen, du hast Glück, daß du nicht allein bist, und ich fühlte mich unbehaglich, wie immer, wenn sie dieses Thema anschnitt, denn sie hatte Joni vor mir gekannt, und immer hatte ich geglaubt, daß sie in ihn verliebt war, ich hatte ihr also sowohl ihn als auch den Kater weggenommen. Jetzt würde ich nicht mehr zum Spaß sagen können, nimm Joni und gib mir den Kater, wie ich es manchmal getan hatte, wenn Tulja sich an mich schmiegte und mich an alle Katzen erinnerte, die ich im Leben geliebt hatte, schon immer kam ich besser mit Katzen aus als mit Männern, aber Joni wollte keine Katze in der Wohnung, seiner Meinung nach ging so etwas nie gut aus, und siehe da, er hatte recht, aber was ging überhaupt gut aus? Mein Gewissen bedrückte mich so, daß mir das Atmen schwerfiel, und da kam die Nachbarin aus dem Stockwerk darüber mit Müll aus dem Haus, und Schira fragte sie, haben Sie vielleicht Tulja gesehen, und die Nachbarin sagte, ich glaube, ich habe ihn vor ein, zwei Stunden gesehen, er ist hinter einer großen jungen Frau mit langen Locken hergelaufen, und ihre Hände, die versuchten, die Größe der jungen Frau und die Länge ihrer Locken zu beschreiben, hielten plötzlich vor mir inne, und ich bereute, daß ich mich nicht umgezogen oder wenigstens die Haare zusammengebunden hatte, und Schira schaute mich an, und die Nachbarin schaute mich an, und ich sagte, nein, nicht ich, ich war heute nicht hier, ich war bei meinen Eltern, ich schwör's, ich bin dort hängengeblieben, weil jemand mit einem schrecklichen Gesicht bei ihnen war, und die Nachbarin sagte, jedenfalls hat sich eine Frau, die Ihnen ähnlich sieht, hier herumgetrieben, und die Katze ist ihr nachgelaufen, Richtung Straße. Ich habe gehört, daß heute hier eine Katze überfahren worden ist, murmelte Schira, und die Nachbarin sagte, davon weiß ich nichts, und betrat das Gebäude, ließ mich allein mit ihr, und ich sagte, Schira, wirklich, ich hätte es dir doch gesagt, und sie unterbrach mich mit kalter Stimme, es ist mir egal, was war, ich möchte nur meinen Kater. Er wird zurückkommen, sagte ich flehend, du wirst sehen, bis morgen früh ist er wieder da, und sie sagte, ich bin müde, Ja'ara, ich möchte schlafen, und wieder zitterte ihre Stimme, wie soll ich ohne ihn schlafen, ich bin daran gewöhnt, mit ihm zu schlafen, sein Schnurren beruhigt mich, und ich sagte, dann bleibe ich eben bei dir und schnurre wie eine Katze, und sie sagte, genug, hör auf, du mußt zu Joni zurück, sie sorgte sich immer um ihn, demonstrierte ihre Liebe auf Umwegen, und ich sagte, Joni kommt zurecht, ich bleibe bei dir, aber sie sagte, nein, nein, und ich hörte in ihrer Stimme den schweren bedrückenden Zweifel, ich muß allein damit fertig werden, und ich sagte mit einer ganz kleinen Stimme, es gibt noch Aussichten, daß er zurückkommt, und sie sagte, du weißt doch, daß das nicht stimmt.

Auf dem Rückweg dachte ich, ich werde immer lügen, und niemand außer mir wird es wissen, und wenn ich lange genug lüge, wird sich die Wahrheit aus dem Staub machen, sich vor der Lüge zurückziehen, und ich werde selbst schon nicht mehr wissen, was passiert ist, und ich dachte an die Angst, die mich auf den glitschigen Stufen gepackt hatte, und wie die Angst manchmal ihrer eigenen Begründung vorauseilte, und ich versuchte herauszufinden, was eigentlich so bedrohlich an diesem Gesicht gewesen war, doch ich erinnerte mich nicht mehr an das Gesicht, nur noch an die Angst, und wie immer in solchen Momenten dachte ich erleichtert an den lieben süßen Joni, gleich fangen wir den Abend neu an, dachte ich, ich werde alles essen, was er gekocht hat, ich werde nichts auf dem Teller zurücklassen, aber schon von draußen sah ich, daß die Wohnung dunkel war, sogar der Fernseher war aus, nur das Telefon war wach und läutete hartnäckig, und ich nahm den Hörer ab und hatte Angst, daß Schira wieder dran wäre, aber es war meine Mutter.

Er ist noch da, flüsterte sie, ich sage dir, Papa macht das mit Absicht, da bin ich sicher, er will sehen, wer zuerst zusammenbricht, ich sterbe vor Hunger und ich bin hier eingesperrt, wegen ihm, und ich sagte, dann geh doch in die Küche, wo liegt das Problem, und sie sagte, aber ich will ihn nicht sehen. Dann geh einfach mit geschlossenen Augen, da siehst du ihn nicht, schlug ich vor, und sie schrie, aber er wird mich sehen, verstehst du das nicht? Ich will nicht, daß er mich sieht, und ich sagte, mach dir keine Sorgen, Mama, er wird nicht ewig bei euch bleiben, und ging ins dunkle Schlafzimmer. Joni lag dort, ruhig atmend und mit geschlossenen Augen, und ich legte ihm die Hand auf die Stirn und flüsterte, gute Nacht, Biber.

2 Wo hatte ich diese Buchstaben schon gesehen, verziert wie in alten Bibeln und noch dazu in Gold, Gold auf Schwarz, sie füllten mir die Augen, als ich in das Schaufenster sah, der Autobus hielt, riß sein Maul auf, und ich starrte das riesige Schild an, bis sich die Buchstaben zusammenfügten. Das linke Ufer, schrien sie mir zu, Pariser Mode, und ich stand schnell auf, versuchte, mich zum Ausgang zu drängen, als hätte ich dort etwas besonders Wertvolles vergessen, etwas, was nicht warten konnte.

Aus der Nähe konnte man die Schrift auf dem Schild kaum lesen, so groß und hoch war es, nur das Gold strahlte verheißungsvoll, wie die herbstliche Sonne, und ich wärmte mich an seinem Licht, näherte mich dem großen, neuen Schaufenster, noch vor einem Monat hatte man hier Baumaterial verkauft und jetzt diese Kleider, die geheimnisvoll und verlockend aus seiner Tüte zwischen den spitzen Schuhen hervorgelugt hatten, nun lagen sie offen da, stellten sich stolz zur Schau. Vor allem dieses weinrote Kleid, kurz und eng, mit langen Ärmeln, auf der Schaufensterpuppe sah es toll aus, betonte die vollen Plastikbrüste mit den aufgerichteten Brustwarzen, so wie es sein sollte, und die schmal geformten Beine, und ich stand davor und zählte traurig die Unterschiede zwischen uns auf, und durch ihre weit auseinanderstehenden Beine sah ich den schmalen Hintern, gut verpackt in eine schwarze Kordhose, die er vor dem Spiegel anprobierte, er trat ein paar Schritte zurück und wieder nach vorn, vor und zurück, sein Gesicht konnte ich kaum sehen, es verbarg sich hinter dem dünnen Rücken der Puppe, aber ich konnte mir vorstellen, welche Selbstzufriedenheit es jetzt zeigte. Was treibt er die ganze Zeit dort, fragte ich mich verwundert, was denkt er jetzt, während er vor dem Spiegel herumstolziert wie ein alterndes Model, und dann öffnete sich ein leerer Raum zwischen den Beinen der Puppe, und eine Frau sagte von der Ladentür aus, Sie können ruhig hereinkommen und das Kleid anprobieren, wir haben es in allen Farben, und ich stotterte, ich will genau diese Farbe, und die Verkäuferin sagte mit dunkler Stimme, es ist schade, es einfach so von der Puppe zu nehmen, schauen Sie sich erst den Schnitt an, und ich beharrte darauf, nur diese Farbe anprobieren zu wollen, ich mußte die Puppe unbedingt beschämt sehen, und betrat hinter der Frau den Laden.

Er war schon wieder aus der engen Umkleidekabine herausgekommen, diesmal in einer braunen Hose, lief mit wilden Schritten auf den Spiegel zu, und ich, ohne nachzudenken, suchte Schutz und verschwand, als ginge im Laden unvermittelt ein Wolkenbruch nieder, in der Umkleidekabine, die er frei gemacht hatte, in der aber noch sein scharfer Geruch hing, trat auf die schwarze Hose, die er gerade ausgezogen hatte, schnüffelte an seiner alten Hose, die am Haken hing, wühlte in den Taschen, wozu brauchte er so viele Schlüssel, und die Verkäuferin fragte, wo ist die junge Frau, die das Kleid aus dem Schaufenster anprobieren wollte, und mit verstellter Stimme sagte ich, hier, und streckte die Hand hinaus. Sie hängte mir das Kleid über die Hand, und ich zog mich schnell aus, mischte meine Kleidungsstücke mit seinen, aber statt das Kleid anzuprobieren, zog ich die Hose an, die er ausgezogen hatte, eine aufregende kühle Berührung, als klebe noch seine glatte Haut an ihr, und ich hörte Schritte näher kommen, und die Verkäuferin sagte, hier ist besetzt, hier wird anprobiert, und seine tiefe Stimme, aber das ist doch meine Kabine. Es tut mir leid, sagte sie, die Kabine ist gleich wieder frei, und ich hörte, wie er etwas auf französisch erklärte, und durch den Spalt zwischen den beiden schmalen Kabinentüren sah ich ihn in der braunen Hose, und eine elegante junge Frau winkte mit einem braunen Hemd und redete in einem weichen Französisch auf ihn ein, und er fing an, sich vor dem Spiegel auszuziehen, vermutlich waren alle Kabinen besetzt, und entblößte seine Brust, fast in der Farbe des Hemdes, und plusterte sich auf wie ein Pfau in seinen neuen Kleidern, steckte für sich und die Frau neben ihm eine Zigarette an, und ich sah, daß sie durch eine lange Spitze rauchte, die hervorragend zu ihrer roten, glatten Frisur und zum maßgeschneiderten Jackett paßte. In zögerndem Hebräisch fragte sie die Verkäuferin nach dem Kleid aus dem Schaufenster, dem weinroten, und die Verkäuferin sagte, es wird gerade anprobiert, aber wir haben es noch in anderen Farben. Ich hörte, wie die junge Frau auf dem Kleid beharrte, und die Verkäuferin rief zu den geschlossenen Kabinentüren, nun, was ist mit Ihnen, man wartet hier auf die Kabine und auf das Kleid, und sofort stieß ich aus, ich nehme das Kleid, hörte mit Genugtuung den enttäuschten Ausruf der Frau mit der Zigarettenspitze, dann zog ich schnell seine Hose aus und schlüpfte in meine eigenen Sachen, und bevor ich noch den Reißverschluß zumachen konnte, hörte ich einen verärgerten Ausruf, nun, was ist los hier, und die Kabinentüren knallten gegen mich und stießen mich an die Wand.

Die Tochter von Korman, sagte er. Mit einer Hand hielt ich mein Kleid, mit der anderen versuchte ich, den Reißverschluß hochzuziehen, in dem sich ein paar Schamhaare verfangen hatten, meine nackten Füße traten auf seine Hose, und ich sah vor mir seine Knöpfe, die einer nach dem anderen aufgingen, bis er das Hemd ausgezogen hatte, wobei ein scharfer Geruch von seinen glatten Achselhöhlen ausging, der komprimierte Geruch nach verbrannten Tannennadeln, und seine dicken, durstig geöffneten Lippen, besänftigt von der breiten dunklen Zunge, die über ihnen hin und her fuhr. Seine Augen betrachteten mich mit schmerzhafter Konzentration, dunkel wie fast vollkommen verbrannte Kohlen, von denen nur noch glühende Asche geblieben war, und ohne den Blick abzuwenden, öffnete er den Reißverschluß seiner Hose und ließ sie an seinen langen jugendlichen Beinen hintergleiten, entblößte eine schwarze enge Unterhose mit einer gewölbten Stelle in der Mitte, und ich versuchte, zur Seite zu schauen, als würde ich plötzlich aus Versehen meinen Vater in der Unterhose sehen, aber er ließ es nicht zu, mit einer Hand drehte er meinen Kopf und drückte ihn nach unten, genau so, wie man eine Puppe im Schaufenster zurechtdreht, mit der anderen nahm er meine Hand und legte sie auf die heiße Wölbung. Ich fühlte, wie sich seine schwarze Unterhose mit Leben füllte, als wäre da der zusammengerollte Rüssel eines Elefanten, der sich jubelnd aufrichten wollte, und meine Hand krümmte sich ihm entgegen, ich ließ das Kleid los und legte auch die zweite Hand auf die Stelle, und er ließ mich los, doch seine Augen lagen so schwer auf mir wie Hände, ihr vibrierender Blick zwang mich in die Knie, brachte mich dazu, meine Wange auf den angespannten leisen Kampf zu legen, der sich dort, zwischen Haut und Stoff, abspielte. Und dann hörte ich die Frau mit der Zigarettenspitze sagen, alors, Arie, und er legte den Finger auf die Lippen, zog mich hoch, drückte meine Hände mit Gewalt auf seine Unterhose und zog dann schnell seine alte Hose an, so schnell, daß meine Hände fast noch drinsteckten, als er den Reißverschluß zuzog, und er bedeckte seine glatte braune Brust mit dem Hemd und verließ die Kabine, einen Haufen Kleidungsstücke mitschleppend, und ich zog mich schnell an, suchte das Kleid in der nun leeren

Kabine, vermutlich hatte er es aus Versehen mitgenommen, und sprang mit einem Satz hinaus, ohne mir die Schnürsenkel zugebunden zu haben.

Sie standen schon an der Kasse, er, aufrecht und groß, ordnete seine silbergrauen Haare, und sie, elegant und gut aussehend in dem kurzen Hosenrock und dem modischen Jackett, nicht direkt schön, aber jedenfalls makellos elegant, eine Art von Eleganz, die mehr war als Schönheit, flüsterte ihm etwas ins Ohr, wühlte in dem Haufen Kleidungsstücke und zog mein Kleid hervor, und ich machte einen Schritt auf sie zu, trat auf meine offenen Schnürsenkel und stolperte, vor lauter Spiegeln war es schwer zu erkennen, wo sie wirklich waren und wo nur ihr Spiegelbild, ich kam durcheinander und stieß gegen einen Spiegel statt gegen seinen lebendigen Körper, der noch in meinen Händen pochte. Das ist mein Kleid, sagte ich atemlos, Entschuldigung, das ist mein Kleid, und die Kassiererin sah mich mißtrauisch an, ich rief die Verkäuferin als Zeugin, und zu meinem Glück bestätigte sie es, ja, sie hat es vorher anprobiert, und erst da hob er den Kopf von seiner braunen Brieftasche und sagte erstaunt, Ja'ara, was machst du hier, und erklärte seiner Begleiterin auf französisch, la fille de mon ami, machte sich aber nicht die Mühe, sie mir vorzustellen, und fragte, während er den Scheck ausstellte, übertrieben freundlich, wie geht es deiner Mutter? Ich hoffe, sie hat sich erholt, und ich sagte, ja, es geht ihr schon wieder ganz gut, sah, wie die Konzentration aus seinem Gesicht verschwand und es wieder von dem Ausdruck spöttischer Selbstzufriedenheit beherrscht wurde. Ich habe die Sachen zurückgegeben, die ich vor einer Woche gekauft habe, Sie müssen sie mir abziehen, sagte er zu der Kassiererin und zog einen Scheck heraus, sie prüfte die Quittungen und bat um seine Personalausweisnummer und die Telefonnummer, und er schrieb ihr die

Zahlen auf, langsam und sie laut aussprechend, wiederholte die Telefonnummer noch einmal, und ich lernte sie, lautlos die Lippen bewegend, auswendig. Als sie mit der schwarzen Tüte den Laden verließen, einer riesigen Tüte, die noch größer war als die vorherige, winkte er mir freundlich zu und sagte, richte bitte einen Gruß aus zu Hause, und fügte hinzu, als falle es ihm plötzlich ein, sag deinem Vater, daß ich noch auf seine Antwort warte, und ich sagte, in Ordnung, schaute ihnen nach, wie sie sich entfernten, er führte sie, die Hand auf ihrer Schulter, energisch, ihre Hintern bewegten sich im gleichen Rhythmus, da nannte die Kassiererin mir den Preis des Kleides, den ich nur mit Mühe erfaßte, mein Kopf war voll mit seiner Telefonnummer, sie wiederholte den Preis, und ich murmelte, wieso ist es so teuer, ich habe nicht gewußt, daß es so teuer ist, legte das Kleid auf den Tisch und trat einen Schritt zurück, als würde es gleich explodieren, und die Verkäuferin kam drohend auf mich zu, mit einem Schlag fiel die ganze Freundlichkeit von ihr ab, was soll das heißen, Ihretwegen haben wir eine Kundin verloren, das gibt es nicht, daß Sie es jetzt nicht nehmen. Ich habe nicht auf den Preis geachtet, stammelte ich, ich muß mit meinem Mann sprechen, ich erwähnte ihn nur, um mich ein wenig zu beruhigen, mich an seiner akustischen Existenz festzuhalten, sie sollten wissen, daß ich nicht allein, nicht so verloren war, wie ich in diesem Moment aussah, und die Verkäuferin packte wütend das Kleid, bevor Sie sich das nächste Mal zu etwas verpflichten, schauen Sie gefälligst auf den Preis, und ich sagte, Sie haben recht, Entschuldigung, sah bekümmert, wie mein schönes samtiges Kleid, das ich noch nicht einmal anprobieren konnte, wieder der Puppe übergestreift wurde, die schon darauf wartete, und stand wieder vor dem Schaufenster, wie vorher, bemerkte erstaunt, wie gut Puppe und Kleid zusammenpaßten, und dachte, nichts ist passiert, ich kann weitergehen, als hätte ich diesen Laden nie betreten, alles ist, wie es war, nichts ist passiert, aber tief in meinen Händen spürte ich eine Veränderung, als hätte man mir in einer schmerzhaften Operation die Reihenfolge der Finger vertauscht.

Beschämt zog ich mich zurück, das Kleid winkte mir nach wie ein großes rotes Tuch, herausfordernd und beschämend, ich lief rückwärts, hatte Angst, meinen Rücken den bohrenden Blicken der beiden Frauen auszusetzen. Mir kam es vor, als hebe die Puppe grüßend die Hand, ich zwinkerte ihr entschuldigend zu und stieß plötzlich mit einer Gruppe von Leuten zusammen, die dicht nebeneinanderher liefen, so dicht, daß ich unmöglich hindurchschlüpfen konnte, mir blieb gar nichts anderes übrig, als mich mitziehen zu lassen, in der Hoffnung, daß sich irgendwann eine Öffnung fand, und mit der Zeit wurde das fast angenehm, dieses gemeinsame Laufen. Ich stellte fest, daß sie braun angezogen waren, und an ihren Kleidungsstücken hingen große Blätter in den Farben des Herbstes, die Blätter bewegten sich bei jedem ihrer Schritte, bis sie plötzlich stehenblieben, mitten auf dem breiten Gehweg, und die Hände zum Himmel streckten, als wären sie Bäume, und ich fragte eine Frau neben mir, was ist das, was machen Sie, und sie sagte, wir feiern den Herbst, und alle murmelten leise Segenssprüche und schlugen Trommeln, und dann war es plötzlich still, sie nahmen die Blätter von ihren Kleidern und zertraten sie unter wildem Stampfen, mit heftigen Tritten, und ich fragte die Frau, was soll das, und sie sagte, wir feiern die Befreiung von den Blättern, wir werfen allen Ballast ab und bleiben in unserer Reinheit zurück, genau wie die Bäume, nur Stamm, Äste und Zweige. Ihr leuchtender Blick hypnotisierte mich, ihre Haare waren ganz weiß, doch ihr Gesicht war jung, begeistert, und dann fing sie an, mit den anderen eine bittersüße

Melodie zu summen, da drängte ich mich aus dem Kreis, mischte mich unter die normalen Menschen, von denen manche spöttisch lachten, als wollten sie sagen, haut ab, ihr Spinner, geht in eine Anstalt, während andere ihnen strafende Blicke zuwarfen, und ich wunderte mich, immer hatte ich geglaubt, die Bäume würden sich nur mit großem Bedauern von ihren Blättern trennen, so wie Eltern von ihren Kindern, aber vielleicht trennten sich manche Eltern ja auch freudig von ihren Kindern, vielleicht war jede Trennung auch eine Befreiung, eine Läuterung, ein Abnehmen der Körperlichkeit, und es gefiel mir, daß es weniger Traurigkeit in der Welt gab, als ich angenommen hatte. Bestärkt durch ihre frohe Botschaft, wollte ich weitergehen, doch da wurde mir klar, daß ich mich zu früh gefreut hatte, es war nicht so, daß es weniger Traurigkeit gab, das Maß an Traurigkeit änderte sich nicht, sie hatten nur die Anlässe vertauscht, bei ihnen war es erfreulich, wenn man sich trennte, und traurig, wenn man sich traf, wie bei diesem alten Rätsel mit dem Hinauf- oder Hinuntersteigen, das mich jedesmal aufs neue durcheinanderbrachte, und ich hoffte, sie später einmal wiederzusehen, damit ich sie fragen konnte, welche Zeremonie sie im Frühjahr machten, ob sie trauerten, wenn alles anfing zu blühen, aber jetzt wollte ich mich nicht länger aufhalten, weil ich Sprechstunde in der Universität hatte und es mir äußerst unangenehm war, zu spät zu kommen, und als ich auf die Uhr sah, stellte ich fest, daß meine Sprechstunde bereits vor einer Viertelstunde angefangen hatte.

Erschrocken betrat ich ein Café an der Straßenecke und rief im Büro der wissenschaftlichen Assistenten an, zu meinem Glück war Neta am Apparat, mit ihrer näselnden Stimme, nie hätte ich erwartet, daß ich mich einmal so freuen könnte, sie zu hören, und ich sagte, tu mir einen Gefallen, Neta, tausche heute mit mir den Dienst, ich revanchiere mich bestimmt, und sie näselte, genau das mache ich gerade, und ich fragte, sind viele Studenten gekommen, und sie sagte, ich habe mich schon mit zweien herumgeschlagen, und draußen warten noch ein paar, sie brauchen Hilfe bei der Studienplanung, wo bist du überhaupt, und ich sagte, ich bin unterwegs ausgestiegen, weil ich ein Kleid anprobieren wollte, und habe nicht auf die Uhr geachtet. Herzlichen Glückwunsch, sagte sie, und ich sagte, nein, am Schluß habe ich es nicht gekauft, es war zu teuer, und Neta lachte, ich sah vor mir, wie sie ihre dichten braunen Locken schüttelte, die immer in Bewegung waren, wie vielbeinige Insekten, und ich bedankte mich bei ihr, weil sie mich deckte, aber der siegessichere Ton in ihrer Stimme war nicht zu überhören, es war einfach nicht zu leugnen, daß in dem Wettkampf, den wir seit zwei Jahren um eine Stelle als Lehrbeauftragte führten, jede Schlamperei von mir ein Punkt zu ihren Gunsten war, auch wenn niemand sonst davon erfuhr, Hauptsache, wir beide wußten es.

Es lohnte sich schon nicht mehr, zur Universität zu fahren, deshalb setzte ich mich an einen Tisch vor dem Café, der seltsame Umzug war verschwunden, aber die seltsame Stimmung war geblieben, ich betrachtete die ausgebleichten Bäume, die von hohen Zäunen umgeben waren, als schmiedeten sie geheime Fluchtpläne, und die alten Häuser, nur die oberen Stockwerke waren renoviert, aber wer schaute schon so weit hinauf, in Augenhöhe sah man nur die armseligen alten Läden, die Armeezubehör anboten, Rangabzeichen, Uniformen, aussortierte Fahnen, und auf dem löchrigen Straßenpflaster spazierten lebendige Menschen herum, bewegten ihre Hände und Füße im gleichen Takt, als hätten sie sich abgesprochen, zwischen den Schreitenden flitzte ein dunkler Junge hin und her und bot Pfauenfedern zum Verkauf, riesige farbige Augen schwankten an dürren Stengeln, aber niemand wollte sie haben. Ich fragte mich, ob all die Leute, die hier herumliefen, jemals gefühlt hatten, was ich vor wenigen Minuten gefühlt hatte, es war wie Feuerschlukken, ich hatte schon immer wissen wollen, wie das ist, Feuerschlucken, was man im Augenblick bevor man die brennende Fackel in den Mund steckt, empfindet, was, wenn sie drin ist und die Gefahr besteht, seine zarten Schleimhäute für immer zu verlieren, und jetzt wußte ich es, aber was nützte mir dieses Wissen, was fing ich damit an? Ich dachte an sein zusammengerolltes Glied in der Unterhose, an die junge Frau mit der präzisen Frisur, wer war sie überhaupt, und hoffte, sie sei seine Tochter, glaubte es aber nicht wirklich, um seine Frau sein zu können, war sie zu jung, und wohin waren sie gegangen mit der vollen Tasche und der vollen Unterhose, warum hatten sie mich nicht mitgenommen, denn ich hatte etwas verloren, dort in der engen Umkleidekabine, ich hatte einen Schatz verloren, von dem ich überhaupt nicht gewußt hatte, daß ich ihn besaß, das Nichtwissen, wie es ist, wenn man Feuer schluckt, denn jetzt, wo ich es wußte, verspürte ich einen schrecklich faden Geschmack, weil alles, was weniger war als das, mich nicht mehr begeistern würde.

Auf einmal packte mich ein Schwächeanfall, ein plötzliches Erschlaffen aller Glieder, ich ließ den Kopf auf den kleinen, runden, von der Herbstsonne erwärmten Tisch fallen wie auf ein Kissen und versuchte, mich an meinen Lebensplan zu erinnern, an die Abschlußarbeit, die ich bis zum Jahresende einreichen mußte, an das Baby, das wir nach der Dissertation machen wollten, die Wohnung, die wir nach dem Baby kaufen würden, dazwischen die Abendessen, die einmal Joni machte, einmal ich, die Treffen mit dem Dekan, der mich bewunderte und der an meine Zukunft glaubte, an die Kleider, die ich in engen Umkleidekabinen anprobieren würde, aber das alles kam mir auf einmal verstaubt vor, als sei ein Wind aus der Wüste gekommen und habe die ganze Welt mit einer dünnen grauen Sandschicht bedeckt. Ich erinnerte mich, daß mir so etwas schon einmal passiert war, so ein Absturz, nicht ganz so heftig, aber andeutungsweise, als Warnung, damals, vor ein paar Jahren, kurz nach dem Militär, hatte ich mich in jemanden verliebt, der neben einer Bäckerei wohnte, und in der einzigen Nacht, die ich mit ihm verbracht hatte, roch das ganze Bett nach frischem Brot, aber danach hatte ich ihn nicht wiedergesehen, und mir war, als wäre die ganze Frische meines Lebens in seinem Bett zurückgeblieben, nur weil er neben dieser Bäckerei gewohnt hatte und seine Laken nach frischem Brot rochen. Eine ganze Weile hatte ich damit zu kämpfen, doch bald darauf lernte ich Joni kennen und versuchte, den anderen zu vergessen, und nur wenn ich frisches Brot roch, dachte ich noch an ihn, und jetzt mischte sich in meiner Nase der Geruch von frischem Brot mit dem des Feuers, das in meinem Kopf brannte, Arie Evens Kohlenaugen hatten mich wie Kugeln getroffen, ich zitterte, er hatte den Gang eines Jägers, den Blick eines Jägers, ich sah ihn vor mir, auf dem Gehsteig, mein Körper hing wie tot über seiner Schulter. Ich unterdrückte einen Schrei, sprang auf und begann zu rennen, wie die Tiere im Wald, wenn sie einen Schuß hören, und erst auf der Hauptstraße, zwischen all den Autos, fühlte ich mich sicherer, und da war ich auch schon ganz in der Nähe meiner Eltern, meine Schritte machten einen ohrenbetäubenden Lärm, als sie die Schicht angefaulter Blätter auf der Treppe zerquetschten, ich ging hinauf, nur eine Woche war es her, da hatte er hinter dieser Tür gestanden, als sei das seine Wohnung, doch nun stand meine Mutter vor mir.

Ich hatte Lust, zu ihr zu sagen, geh weg, du gehörst nicht mehr hierher, das ist jetzt sein Platz, und sie wunderte sich, du bist nicht in der Universität, und ich sagte, doch, ich bin auf dem Weg dorthin, ich habe nur vergessen, eine Jacke mitzunehmen, und es wird kalt, und sie rannte zum Schrank, zog ein altes kariertes Jackett heraus und warf einen mißtrauischen Blick zu dem klaren Himmel hinauf, bist du sicher, daß es dir nicht zu warm wird? Ich sagte, ja, es ist kalt draußen, und sie zuckte mit den Schultern und bot mir Kaffee an, und ich setzte mich mit ihr in die Küche und sagte beiläufig, ich habe euren Freund in der Stadt getroffen, Arie Even, mit seiner Tochter, und sie korrigierte mich sofort, er ist Papas Freund, und er hat keine Tochter, er hat überhaupt keine Kinder. Enttäuscht versuchte ich es weiter, dann war es vielleicht seine Frau, wie sieht seine Frau aus? Eine alternde kokette Französin, verkündete meine Mutter triumphierend, ich habe sie allerdings seit Jahren nicht gesehen, aber solche Frauen ändern sich nicht. Sie versuchte noch nicht einmal, ihre Genugtuung darüber zu verbergen, daß es einen Zeitpunkt im Leben gab, zu dem sowohl sie, die ihr Aussehen immer vernachlässigt hatte, als auch verwöhnte Französinnen einen bestimmten, unabänderlichen Zustand erreichten.

Warum haben sie keine Kinder, fragte ich, und unter meinen Fingern bewegte sich sein Penis, und meine Mutter antwortete kurz, ach, Probleme, warum interessiert dich das überhaupt?

Probleme bei ihm oder Probleme bei ihr, beharrte ich, und sie sagte, bei ihm, was geht dich das an? Ich rächte mich an ihr und hatte plötzlich keine Zeit mehr für Kaffee, gleich fing meine Sprechstunde an, ich nahm das Jackett und verschwand in den Tag, der immer heißer wurde, ganz und gar glühend in dem Bewußtsein, daß sie weder seine Frau noch seine Tochter war, einfach seine Geliebte, die Intimität zwischen ihnen war klar und offensichtlich gewesen, und ich ging nach Hause, sah unterwegs, je näher ich kam, wie die Häuser immer älter und grauer wurden, während mir die Menschen immer jünger vorkamen, junge Mütter, die an einer Hand ein jammerndes Kleinkind hinter sich herzogen und mit der anderen einen Kinderwagen schoben, und ich dachte an seine Kinderlosigkeit, dachte so intensiv an sie, daß ich sie förmlich als eigene Existenz empfand, da war er, und da war seine Kinderlosigkeit, hohl und gewölbt wie der Mond, der um so hohler wird, je voller er wird, ich lachte ihn an, ich verspottete ihn, was war sein großartiges Glied in der schwarzen Unterhose wert, wenn es nicht in der Lage war, die Aufgabe zu erfüllen, für die es bestimmt war, und zu Hause ging ich sofort ins Bett, als wäre ich krank, aber auch dort beruhigte ich mich nicht, das Gefühl eines schweren Verlustes verdeckte die kleinen Fenster wie Vorhänge, ich starrte sie an und sagte mir, warte, warte, wußte aber nicht, worauf, auf die nächste Sprechstunde? Darauf, daß die Wäsche, die ich am Morgen aufgehängt hatte, getrocknet sein würde? Daß es ein bißchen kühler wird? Auf den kürzesten Tag? Auf den längsten Tag? Und als ich nicht mehr warten konnte, nahm ich das Telefon und wählte die Zahlen, die in meinem Kopf herumschwirrten.

Ich gab schon fast auf, fiel beinahe zurück auf das Bett, als er antwortete, nach mindestens zehnmal Läuten, ein seltsames kokettes Hallo, mit Pariser Akzent, seine Stimme war tief und dumpf, und ich fragte, habe ich dich geweckt? Und er sagte, nein, und atmete schwer, als hätte ich ihn bei etwas anderem gestört, und ich biß mir auf die Zunge und sagte, ich bin's, Ja'ara, und er sagte, ich weiß, und schwieg. Ich wollte dir nur sagen, daß ich meinem Vater ausgerichtet habe, was du wolltest, stotterte ich, und er sagte, schön, danke, und schwieg wieder, und ich wußte nicht, was ich noch sagen könnte, ich wollte nur nicht, daß er auflegt, deshalb sagte ich schnell, leg nicht auf, und er fragte, warum nicht, und ich sagte, ich weiß es nicht, und er fragte, was willst du, und ich sagte, dich sehen, und er fragte weiter, aber warum, und wieder sagte ich, ich weiß nicht, und er lachte und sagte, es gibt viel zuviel, was du nicht weißt, und ich stimmte in sein Lachen ein, aber er unterbrach mich mit einer förmlichen Stimme, ich habe jetzt zu tun, und ich sagte, also wann hast du Zeit, und er schwieg einen Moment, als müsse er nachdenken, gut, sei in einer halben Stunde hier, sagte er und fügte ungeduldig den Namen der Straße und die Hausnummer hinzu, in dem Ton, in dem man ein Taxi bestellt.

Sofort tat es mir leid, daß ich dieses Kleid nicht gekauft hatte, denn nichts von den Sachen in meinem Schrank war so beeindruckend wie der gelbe Hosenrock der Zigarettenspitze mit dem dazu passenden honiggelben Jackett, und am Schluß begnügte ich mich mit einer engen Hose und einem schwarzen Strickhemd, steckte mir einen goldenen Reif in die Haare und betonte mit einem schwarzen Stift das Blau meiner Augen und war ziemlich zufrieden, ich sah, daß auch der Taxifahrer beeindruckt war, sofort als ich einstieg, fragte er, verheiratet? Und ich sagte, ja, natürlich, und er seufzte, als würde ihm das Herz brechen, aber er erholte sich und fragte, wie viele Jahre, und ich sagte, viele, fast fünf. Nun, dann wird es doch Zeit für etwas Neues, sagte er ermutigend, und ich sagte, wieso denn das, ich liebe meinen Mann, eine Erklärung, die hier im Taxi mit einer gewissen Nachsicht angenommen wurde, und ich fühlte mich albern, derartige Verkündigungen unter diesen Umständen, aber ich hatte diese Worte hören müssen, und er sagte flüsternd, mit Mundgeruch, man kann zwei lieben, und deutete auf sein Herz, das vor wenigen Momenten angeblich gebrochen war, und sagte, das Herz ist groß. Bei mir ist es ganz klein, sagte ich, und er lachte, das bilden Sie sich nur ein, Sie werden sich noch wundern, wie weit es sich ausdehnen kann, glauben Sie etwa, daß nur der Schwanz sich ausdehnen kann? Mich widerte dieses Gespräch an, ich sah aus dem Fenster, und neben einem kleinen gepflegten Haus an der Straßenecke hielt er an und legte zum Abschied die Hand wieder auf sein Herz.

Dichte Kletterpflanzen bedeckten das Haus wie ein Fell, und als ich näher trat, sah ich Dutzende von Bienen, die fröhlich zwischen den dichten Blättern herumsummten. Das ist das Zeichen, sagte ich zu mir, daß du von hier verschwinden solltest, denn schon immer hatte ich den Verdacht gehegt, zu den Leuten zu gehören, die an einem Bienenstich sterben können, schließlich weiß man so etwas nicht von vornherein, erst wenn es zu spät ist, und ich wollte mich schon zurückziehen, drehte dem Haus den Rücken zu, aber der Anblick der Welt, der Anblick der Welt ohne dieses Haus, war so bekannt und schal, helle Wohnhäuser mit kleinen städtischen Gärten, die viel zuviel Wasser brauchen, Bäume, von denen ich immer vergessen werde, wie sie heißen, Zimmer, die abwechselnd gesäubert und verdreckt werden, Briefkästen, die abwechselnd gefüllt und geleert werden, diese ganze Betriebsamkeit, die sich auch durch einen Bienenstich nicht aufhalten ließ, kam mir so traurig und hoffnungslos vor ohne dieses gepflegte Haus, daß ich mich wieder zu ihm umdrehte und mit mutigen Schritten das Treppenhaus betrat.

Er nahm sich Zeit, beeilte sich wirklich nicht, mich aufzunehmen, erst nachdem ich zweimal geklingelt hatte, wurde die Tür aufgemacht, und er führte mich schweigend in ein großes Wohnzimmer, sehr gepflegt, die Wände mit Bildern bedeckt und auf dem Boden Teppiche, so daß es mir bald vorkam, als sei der Boden ein Spiegelbild der Wände oder umgekehrt. Er trug seine neue braune Hose und das neue

Hemd, doch ausgerechnet die neue Kleidung betonte sein Alter, er wirkte plötzlich alt, älter als mein Vater, mit diesen scharfen Falten auf den Wangen und der Stirn, Falten, die aussahen wie Narben, und den Haaren, die eigentlich eher weiß waren als silbergrau und eher dünn als dicht, und mit schwarzen Ringen unter den Augen. Interessant, daß die Leute in ihrer eigenen Umgebung so aussehen, wie sie sind, und nur anderswo in einem besonderen Licht erscheinen, dachte ich erleichtert, ich saß auf dem hellen Sofa, plötzlich ganz ruhig angesichts des Alters, das ihn mit spitzen Nägeln zerkratzt hatte, als würde er ohnehin gleich hier, vor meinen Augen, an einem Herzschlag sterben und aufhören, mich durcheinanderzubringen. Schamlos starrte ich auf die linke Tasche seines Hemdes, unter der sein müdes Herz mit letzter Kraft schlug. Alle möglichen inneren Organe tauchten vor meinen Augen auf, Organe, die sich hinter diesem Hemd verbargen, an Geschlechtsteile erinnernd, blaurot, eklig und zugleich anziehend, wie ich sie vor Jahren gesehen hatte, als ich von meiner Mutter zu den Metzgern der alten Generation geschleppt wurde. Ich zerrte an ihrem Ärmel, Mama, komm, laß uns hier rausgehen, aber außer dem Ekel fühlte ich immer auch eine Art schmerzenden Zauber angesichts der zerschnittenen und aufgehäuften Lebensreste.

Angezogen vom Anblick der Hemdtasche, die sich auf und ab bewegte, versuchte ich, meinen Atem seinem Rhythmus anzupassen, herauszufinden, wie ernst sein Zustand war, vielleicht sogar auf seinem letzten Atemzug mitzuschwimmen, wie man auf einer Welle mitschwimmt, aber die Hemdtasche erhob sich plötzlich und stand über mir, was willst du trinken, und ich verkündete stolz, ich habe keinen Durst, spürte eine plötzliche Befreiung, nein, ich hatte keinen Durst und keinen Hunger, ich brauchte nichts von ihm, und es interessierte mich wirklich nicht, wer diese junge Frau mit der Zigarettenspitze war und was sie getan hatten, nachdem sie den Laden verlassen hatten, was hatten er und ich miteinander zu tun, ich stand entschlossen von dem bequemen Sofa auf, was haben er und ich überhaupt miteinander zu tun, dachte ich, nach Hause, ich muß nach Hause, zu Joni und zu der Arbeit, die ich bis zum Ende des Jahres abliefern muß.

Entschuldige, sagte ich schadenfroh, mit fester Stimme, ich hätte überhaupt nicht herkommen sollen, ich weiß nicht, warum ich gekommen bin, du hast dein Leben, und ich habe meines, unsere Leben treffen sich nicht, müssen sich nicht treffen.

Er trat einen Schritt zurück, betrachtete mich irritiert, aber nicht überrascht, und begleitete mich schweigend zur Tür, aber einen Moment bevor er sie aufmachte, sagte er ruhig, wie zu sich selbst, seltsam, ich habe gedacht, daß du zu denen gehörst, die immer alles, was sie wollen, auf der Stelle bekommen müssen, und er sah aus, als irritiere ihn dieser Irrtum mehr als mein plötzliches Weggehen, aber ich schluckte den Köder und fragte sofort, wer, ich? Was will ich denn?

Er nahm meine Hand, wie im Laden, und legte sie mit einer natürlichen, sogar müden Bewegung auf seinen Hosenschlitz und sagte, dafür bist du doch gekommen, und drückte sie fest dagegen, du kannst jetzt gleich gehen und du kannst in ein paar Minuten gehen, nachdem du ihn bekommen hast, und ich schaute auf die Uhr, als sei es eine Frage der Zeit, und vor lauter Anspannung sah ich nichts und flüsterte, meine Kehle war trocken und zusammengeschnürt, was würdest du mir denn empfehlen? Das ist deine Entscheidung, sagte er, und ich fragte, aber was willst du, und er sagte, für mich spielt es wirklich keine Rolle. Schließlich bist du zu mir gekommen und nicht ich zu dir, und trotzdem öffnete er langsam seinen braunen Gürtel. Ich fühlte mich schlaff und schwach, ich war nicht in der Lage, auch nur einen Schritt zu machen, nicht in die Wohnung hinein und nicht aus der Wohnung hinaus, und ich mußte mich auch nicht bewegen, denn er drehte mich um, mit dem Rücken zu sich und dem Gesicht zur Tür, ich hob die Arme, als wäre ich in Gefangenschaft geraten, meine Hände griffen nach den Kleiderhaken an der Tür, meine halb heruntergerutschte Hose fesselte mich an den Knien, und sein steifes Glied nagelte mich mit einem Schlag an die Tür, ohne daß er mich auch nur mit dem kleinen Finger berührt hätte, und die ganze Zeit, gleichgültig, mit roher Stimme und ohne Fragezeichen, verkündete er, gut für dich, gut für dich, verkündete es nicht eigentlich mir, sondern dem Haus, laut, als würde es in ein geheimes Protokoll eingetragen, gut für dich, gut für dich, gut für dich.

Wie der Schleim einer Schnecke klebte meine Spucke an der Tür, durchsichtig und klebrig, und auf der Wange spürte ich, wie ihr Holz mir die ersten Falten ins Gesicht zeichnete. Hinter meinem Rücken wurde das stolze Glied herausgezogen, und ich hörte, wie es schnell versteckt wurde, wie der Reißverschluß hochgezogen und der Gürtel geschlossen wurde. Nur mit Mühe gelang es mir, das Gesicht zu ihm zu drehen, mein Hals war steif von der Diskrepanz zwischen der offensichtlich intimen Situation und der absoluten Fremdheit zwischen uns, eine Diskrepanz, die nun, hinterher, nichts Anziehendes hatte, während sein unfruchtbarer Samen aus mir tropfte, und ich war so verlegen wie ein kleines Mädchen, das in Anwesenheit anderer pinkelt, und er bot mir weder Papier noch eine Serviette an, und ich genierte mich zu fragen, wo die Toilette war, um nicht so hinlaufen zu müssen, mit heruntergelassenen Hosen, also zog ich sie einfach hoch, die Unterhose saugte die

Flüssigkeit auf, und mein Flüstern klang wie ein Räuspern, als ich sagte, jetzt habe ich Durst.

Was möchtest du trinken, fragte er mit verschlossenem Gesicht, höflich, aber nicht freundlich, als sei er wütend auf mich, und ich sagte, Kaffee, und er, meine Frau kommt gleich nach Hause, etwas Schnelleres wäre besser, und sofort kam er mit einem Glas Orangensaft zurück, ich trank ihn langsam, um Zeit zu gewinnen, schluckte langsam die säuerliche Flüssigkeit, schließlich hätten wir uns jetzt näher sein sollen, warum war er statt dessen noch distanzierter als vorher, Joni entspannte sich immer auf mir, nach einem Fick, und hier gab es nicht einen Hauch von Gelassenheit. Ungeduldig wartete er darauf, daß ich austrank, wie ein Geschäftsinhaber, der endlich den Laden zumachen will, ich hielt ihm das leere Glas hin, und er brachte es sofort in die Küche und sagte wieder, meine Frau kommt gleich von der Arbeit, und ich sagte leise, ja, ich gehe schon, versuchte, mich zu sammeln, versuchte, ein bißchen Wärme aus den grauen Augen zu ziehen, aber sie waren vollkommen erloschen, und ich konnte mich nicht mehr beherrschen und fragte, wer war die Frau mit der Zigarettenspitze, und er sagte schnell, die Nichte meiner Frau, aus Paris, warum?, als hätte er nichts zu verbergen, und ich sagte, nur so, und er sagte, aha, als Abschluß und als Abschied, und machte die Tür auf, die noch nicht einmal abgeschlossen gewesen war, und sagte höflich, einen schönen Gruß zu Hause, ich sagte danke und war schon auf der anderen Seite der Tür, der Schlüssel wurde sofort umgedreht, ausgerechnet jetzt machte er sich die Mühe abzuschließen.

Langsam ging ich das enge Treppenhaus hinunter, schwankte wie ein kleines Kind bei seinen ersten zitternden Schritten, aber ohne sein stolzes Jauchzen, und dann wurde ich plötzlich geblendet, sah überhaupt nichts mehr, trotz der nachmittäglichen Helle draußen, setzte mich auf die Treppe, vollkommen gleichgültig gegenüber den Bienen, legte mit geschlossenen Augen den Kopf auf die Knie, fühlte, wie ich versank, und die ganze Zeit sagte ich zu mir, was hast du getan, was tust du, was wirst du tun, als wäre ich im Grammatikunterricht, was hast du getan, was tust du, was wirst du tun, und ich hörte, wie ein Auto neben mir hielt, hörte es hupen, bestimmt war seine Frau zurückgekommen und hupte, damit er herunterkam und ihr beim Tragen half. Ich mußte weg hier, kaum schaffte ich es, aufzustehen, jemand kam zu mir und stützte mich, und ich sah verblüfft, daß es der Taxifahrer war, der mich hergefahren hatte, und er sagte, ich war zufällig in der Gegend und wollte sehen, ob Sie vielleicht ein Taxi brauchen, um nach Hause zu fahren, und ich war überglücklich, ihn zu sehen, als wäre er mein Retter. Er machte mir die Tür auf, setzte mich vorsichtig hinein und fragte, was ist passiert, und ich sagte, ich fühle mich nicht wohl, und er sagte, vor einer halben Stunde haben Sie sich ausgezeichnet gefühlt, eine Frau wie Sie sollte nicht so rumlaufen, Sie sollten zu Hause bleiben, wer was von Ihnen will, sollte zu Ihnen kommen, und ich fing an zu weinen, die Demütigung brachte mich dazu, mich vorwärts und rückwärts zu wiegen, als betete ich, und er murmelte weiter, es wird alles gut, machen Sie sich keine Sorgen, und schließlich, als denke er laut, vielleicht ist bei Ihnen das Herz wirklich noch klein, wie das Herz eines Säuglings, und legte mir besänftigend die Hand aufs Knie, machen Sie sich keine Sorgen, es wird noch wachsen, und er trug am Finger einen breiten weibischen Goldring, dessen Strahlen mich blendeten, ich schloß meine schmerzenden Augen, und sogar durch die geschlossenen Lider konnte ich sehen, wie sein Herz unter dem Hemd schlug, wie eine pralle, warme Brust voller Milch, voller Gutmütigkeit.

Im abgedunkelten Schlafzimmer, in das nur ein kleiner Lichtstrahl fiel, ließ meine Blindheit nach, aber die Wellen, in denen ich versank, kamen wieder und wieder, ich rollte mich im Bett hin und her, um mich zu beruhigen, aber ich schaffte es nicht, auf Jonis Seite zu gelangen, als wäre da plötzlich eine Mauer, die Mauer meines Verrats an ihm. Schon immer hatte es irgendwelche Hindernisse zwischen seiner und meiner Seite gegeben, Differenzen, Spannungen, Kränkungen, aber noch nie einen Betrug, und ich hatte das Gefühl, als teile sich das Bett in zwei Teile, und ich versuchte, eine Hand auf seine Seite zu legen, doch die Mauer stieß mich zurück, und wieder weinte ich, was hast du getan, was hast du getan, denn auch wenn ich ihn manchmal nicht ertragen konnte, weder ihn noch unser Leben, hätte ich doch nie geglaubt, daß ich ihn betrügen würde, größer als die Liebe zwischen uns war immer die Gemeinsamkeit des Schicksals, und ihn zu betrügen bedeutete nichts anderes, als das Schicksal zu betrügen. Manchmal hatte ich mich schon dabei ertappt, von einem anderen Leben zu träumen, aber so, wie man von einem Wunder träumt, von etwas Übernatürlichem, das sich dem eigenen Zugriff und der eigenen Herrschaft entzog, und jetzt war meine Welt in Aufruhr, und ich wußte nicht, wie ich sie beruhigen sollte, und ich versuchte es wie mit Schiras Katze, ich würde es immer ableugnen, und am Schluß würde die Lüge die Wahrheit verdrängen, aber diesmal beruhigte mich das nicht, denn Schiras Kater war tot, doch Arie Even lebte, und solange er lebte, lebte auch mein Betrug, und auch meine Demütigung lebte, und auch die Liebe, die aus mir aufstieg wie bitterer grünlicher Magensaft, ja, warum sollte ich es bestreiten, das war das richtige Wort.

3 Nur noch ein einziges Mal, versprach ich mir, dieses eine Mal, das das vorherige auslöschen und die Demütigung in einen Sieg verwandeln wird, wie lange konnte man mit dieser Erinnerung an die erhobenen Hände an der Tür leben, Hände, die sich an den kalten Kleiderhaken festhielten, schließlich gab es keinen Unterschied zwischen einmal betrügen oder zweimal, die beiden Sünden würden im selben Käfig landen, und wenn ich es schon getan hatte, sollte mir wenigstens eine süße Erinnerung bleiben, keine bittere, erstickende.

Komm, lassen wir es so, sagte er, als ich ihn schließlich anrief, zitternd vor Erregung. Was heißt das, so, fragte ich, und er sagte, so, wie es ist, und ich sagte, aber ich muß dich sehen, und er sagte, glaub mir, Ja'ara, besser lassen es wir so.

Was sollte das heißen, so, sollte ich den ganzen Tag mit einem einzigen Gedanken im Kopf herumlaufen, einem Gedanken, der sich im Gehirn festgesetzt hatte und nicht lockerließ, manchmal fiebrig, manchmal klopfend, manchmal sich wendend und manchmal flehend und dann wieder ein bißchen versteckt, doch sobald ich erleichtert aufatmete, überfiel er mich wieder mit orkanartiger Gewalt, wie der Wintersturm, der plötzlich eingesetzt hatte und naß und hungrig die kleinen Fenster aufriß und spöttisch hinter meinem Rücken atmete, und Joni sagte, aber früher hast du den Winter geliebt, und ich antwortete gereizt, aber heute hasse ich ihn, na und, darf ich mich nicht ändern, muß ich etwa bis zu meinem Tod gleich bleiben, und seine Augen sagten, aber du hast mich mal geliebt, mich, mich, mich.

Wie konnte ich ihn wiedersehen, ich war sicher, nur wenn ich ihn wiedersah, würde ich mich von ihm befreien können, und ich trieb mich überall herum, wo ich ihn zufällig treffen könnte, ich ging bei dem Laden vorbei, die Schaufensterpuppe trug schon einen dicken Wintermantel, ich stieg wieder und wieder die Treppe zu meinen Eltern hinauf, rannte mit klopfendem Herzen in das dämmrige Wohnzimmer, wie ruhig hatte er hier, bewirtet von meinem nervösen Vater, in dem großen Sessel gesessen, hatte das Zimmer mit seinem Rauch erfüllt, wie einfach war es gewesen, ihn zufällig zu treffen, ohne Anstrengung, ohne Absicht, und jetzt kam mir alles so hoffnungslos vor, nie wieder würde er die nassen Stufen hinaufsteigen und auch nie wieder vor dem glänzenden Spiegel hin und her gehen und zufrieden seine Rückseite betrachten.

In einer Nacht fiel mir eine Lösung ein, und ich war fast glücklich. Mir wurde klar, daß mein Vater derjenige war, der hier etwas unternehmen mußte, es handelte sich nicht um eine langwierige Anstrengung, sondern um etwas Einfaches, Glattes, nämlich sein Leben abzuschneiden, also zu sterben. Wenn er sterben würde, würde Arie bestimmt zu seiner Beerdigung kommen, und ich würde an seiner Schulter weinen, ich würde mich an ihn drücken, als wäre er mein neuer Vater, und er würde mir nichts abschlagen können. Die Frage war nur, was mein Vater dazu sagen würde, jetzt hing alles von seinem guten Willen ab. Morgen früh werde ich zu ihm gehen und ihn fragen, dachte ich, Papa, die Stunde der Wahrheit ist gekommen, wieviel bin ich dir wert? Vielleicht sage ich auch, Papa, mir ist klargeworden, daß mir in dieser Phase meines Lebens und unter den gegebenen Umständen dein Tod viel mehr nützen würde als eine Fortsetzung deines Lebens, sieh doch ein, daß es Schlimmeres gibt, ich habe Freundinnen, die selbst durch den Tod ihrer Eltern nicht gerettet werden können, stell dir vor, wie verloren die sind.

Er war ungefähr sechzig, mein Vater, und ich hatte keine Ahnung, wieviel ihm sein Leben wert war, wie sehr er daran hing, falls er es überhaupt tat. Er sprach viel von der Vergangenheit, das stimmte, eigentlich ohne Ende, sagte aber wenig über seine Beziehung zur Zukunft. Er hatte keine besonderen Pläne für die Zukunft, soweit ich wußte, und selbst wenn er welche hatte, Pläne sind dazu da, nicht in Erfüllung zu gehen.

Was nachts richtig erschien, wurde am Tag widerlegt und vielleicht auch umgekehrt. Ich sah sein zartes, besorgtes Gesicht, und schon war ich bereit, mich mit ihm auf eine schwere und selbstverständlich tödliche Krankheit zu einigen, die seinen Freund zu einem baldigen Besuch zwang. Ich würde in der Rolle der besorgten Tochter, auf deren Schultern sich die ganze Familie stützte, richtig herzergreifend aussehen, und wenn er kam, natürlich würde er am Schluß kommen, würde ich zu ihm sagen, mein Vater hat nach dir gefragt, mein Vater wollte dich sehen, und er wird erschrecken und fragen, bin ich zu spät gekommen, und ich werde ihn beruhigen, nein, noch nicht.

Was ist eigentlich mit deinem Freund, diesem Arie Even? fragte ich meinen Vater, und er sagte, alles in Ordnung, es geht ihm gut, ich habe gestern mit ihm gesprochen. Vielleicht ladet ihr ihn und seine Frau mal zum Abendessen ein, schlug ich vor, und sofort hörte ich meine Mutter aus der Küche schreien, das hätte mir noch gefehlt, diesen alten Angeber einzuladen.

Wie redest du über meinen besten Freund, er fing schon an zu kochen.

Wenn er so ein guter Freund von dir ist, wo war er dann die ganzen Jahre? Warum hat er die Beziehung nicht aufrechterhalten? Sie kam mit einem Satz aus der Küche und baute sich vor ihm auf.

Du mit deinen kleinlichen Rechnungen, sagte er, ich führe keine Rechnung mit meinen Freunden.

Weil du naiv bist, um nicht zu sagen, ein Idiot.

Sie merkten noch nicht mal, daß ich wegging, sie versanken in ihrem Ritual. Und ich fing an zu laufen, lernte den Weg auswendig, wie viele Schritte waren es von meiner Wohnung zu seiner, wie viele Ampeln, wie viele Lebensmittelgeschäfte, wie viele Gemüseläden, wie viele Apotheken, wie viele Zebrastreifen, und im Kopf erstellte ich eine Karte, zeichnete den Alltag der Stadt in sie ein, und trotzdem eine andere, völlig neue Welt. Nie hatte ich Lebensmittelgeschäfte so gesehen, so bedeutungsvoll und mit einer solchen Intensität, geheimnisvoll und glühend, die weißgemalten Zebrastreifen, die Ampeln mit dem grünen Feuer, und meine Schritte, ich hatte nie gewußt, was es heißt, einen Fuß vor den anderen zu setzen, wie ein wildes Tier, und ich staunte, es war wie ein Wunder, ich hatte das Gefühl, eine Statue zu sein, die sich bewegte.

Erst an seiner Tür blieb ich stehen, vor dem hellen, weißlichen Schild, das sich daran befand, ungefähr in der Höhe der Stelle, an der sich auf der anderen Seite meine Stirn befunden hatte, mir kam es vor, als hätte ich damals den Druck der Schrauben gespürt, und ich stellte mir vor, wie das Holz meine Seufzer aufgesogen hatte, so daß sie jetzt ein Teil davon waren, und vielleicht hörte seine Frau, wie sie aus dem Holz stiegen, und ich fühlte, wie sie sie in den Ohren kitzelten, und ich wußte noch nicht mal, ob ich sie beneidete oder bemitleidete. Sie ließ sich so leicht betrügen, das stimmte, aber ebenso leicht schaffte sie es, ihn zu sehen, überall in der Wohnung, sie mußte nicht beschämt vor der Tür stehen und sich Ausreden ausdenken.

Aber auch ich brauchte keine Ausrede, denn sein Gesicht war freundlich, fast als freue er sich, mich zu sehen, und er sagte, ich schulde dir eine Tasse Kaffee, stimmt's? Und ich nickte begeistert, als biete er mir mindestens Nektar an. Ich bleibe ungern etwas schuldig, sagte er und ging sofort in die Küche, und ich folgte ihm in die großartige, blendendhelle Küche, wie bekam dieser Raum von dieser ärmlichen Wintersonne so viel Licht, und seine Bewegungen waren fröhlich, und ich fragte mich erstaunt, wenn er so froh ist, mich zu sehen, warum hat er dann nicht meine Nähe gesucht, warum hat er gesagt, lassen wir es so, als wolle er meine Entschlossenheit prüfen, meine Willensstärke, und jetzt, nachdem ich die Prüfung bestanden hatte, war er zufrieden wie ein Lehrer über seine Schülerin, fast stolz. Er servierte mir Kaffee in einer blauen Tasse, die ebenfalls die Sonne widerspiegelte, und gähnte, ich bin ganz erschlagen, sagte er, ich bin erst heute morgen aus dem Ausland zurückgekommen. Wirklich? Ich staunte, wo warst du? Und er sagte, hauptsächlich in Frankreich, und ich fragte, eine Vergnügungsreise? Er lachte, was heißt da Vergnügungsreise, Arbeit, und ich erinnerte mich, daß meine Mutter gesagt hatte, daß er vermutlich mit irgendwelchen Sicherheitsangelegenheiten zu tun hatte, und ich fragte, was für eine Arbeit, und er sagte, Knochenarbeit und ein bißchen Gehirn, er lachte und deutete sich an den großen Kopf, der von grauen, feuchten Haaren bedeckt war, vermutlich war er gerade aus der Dusche gekommen, und er gähnte noch einmal. Dieses Gähnen hatte etwas Übertriebenes, mir kam es gespielt vor, vielleicht war es ihm einfach nicht angenehm, daß ich ihn an einem Morgen müßig zu Hause antraf, einen Langschläfer, und mir fiel ein, daß mein Vater gesagt hat, er hätte gestern mit ihm gesprochen, und ich konnte nicht anders und fragte, ob er etwas von meinem Vater gehört habe, und er sagte, nein, wirklich nicht, ich werde ihn heute anrufen und fragen, ob er eine Antwort für mich hat, und ich dachte, was geht hier vor, einer von beiden lügt. Ich versuchte herauszufinden, wer von ihnen ein stärkeres Motiv hatte, Arie wollte beweisen, daß er im Ausland war, und mein Vater wollte meine Mutter ärgern, sie sollte sehen, daß sie sehr wohl in Verbindung standen, und ich fragte mich, wem ich glauben sollte, und wie um seine Behauptung zu bestätigen, holte er eine Tafel Schokolade aus dem Schrank, direkt aus dem Duty-Free-Shop, und packte sie umständlich aus. Und wie war's, fragte ich, und er sagte, hart, und machte ein wichtiges und ernstes Gesicht, und wieder fragte ich mich, warum er in seiner eigenen Wohnung weniger anziehend wirkte als in meinem Kopf, wie ein alter Tiger saß er mir jetzt gegenüber, mit diesem höflichen Gastgeberlächeln, trank genüßlich den Kaffee, den er auch für sich zubereitet hatte, ach, das ist gut, seufzte er, und ich konnte mich nicht erinnern, daß er beim Ficken so geseufzt hätte, er steckte sich eine Zigarette an, und der Rauch begann um ihn herumzutanzen, und meine Anspannung ließ angesichts seiner erstaunlichen Freundlichkeit nach. Ich lutschte die bittere Schokolade und betrachtete ihn mit vorsichtigen Augen, denn noch immer gab es keine Nähe, sein Körper war mir vollkommen fremd, geheimnisvoll, auch seine Freundschaftlichkeit war nicht intim, als wäre nie etwas gewesen, wirklich gar nichts, und es schien, daß auch nie etwas sein würde, nie würde ich sein Wesen in mich eindringen fühlen, mit dieser wilden, unangenehmen Männlichkeit, warum sollte ich es leugnen, angenehm war es nicht gewesen.

Nun, was hast du zu erzählen, sagte er, und ich war verwirrt, nichts, eigentlich, was hatte ich mit ihm zu tun, was konnte ich diesem völlig Fremden erzählen, es gab kein Thema, mit dem ich anfangen könnte, und er fragte, was hast du in den letzten Wochen gemacht, und ich dachte mit plötzlicher Beschämung an die qualvollen, schrecklichen, langsamen Tage, an die Reue, an die schrille Begierde, wie ein Alptraum kam mir das alles plötzlich vor, lang und kompromißlos, wie eine Krankheit, für die man sich schämt, nachdem man gesund geworden ist, und ich sagte, es war schwer, genau wie er seine Reise genannt hatte, und versuchte sogar, seinen ersten wichtigtuerischen Gesichtsausdruck zu imitieren. Warum, was war so schwer, fragte er vollkommen unschuldig, als habe er gar nichts damit zu tun. Doch die ganze Zeit hatte ich das Gefühl, daß diese Fragen auf etwas Bestimmtes abzielten, das war kein Zufall, wie seine Zufriedenheit an der Tür nicht zufällig gewesen war, und ich sagte, du weißt, warum, und er sagte, keine Ahnung, und ich flüsterte, weil ich dich wollte. Mich? Er lächelte demonstrativ überrascht, wirklich? Ja, sagte ich, dich, und wiederholte, es war schwer, denn eigentlich wußte ich nicht, wie man so etwas nannte, so unmöglich hörte es sich in dieser glänzenden Küche an, und er fragte, aber warum, und ich flüsterte, weil ich mich für die Worte schämte, ich liebe dich, und er lächelte wieder wie ein Lehrer, der es endlich geschafft hatte, die richtige Antwort aus seiner Schülerin hervorzulocken, und fragte, warum, was liebst du an mir? Und ich hatte das Gefühl, daß genau dies der Punkt war, auf den das Gespräch hinsteuern sollte.

Was ich an ihm liebte? Ich kannte ihn doch gar nicht, was konnte ich schon an ihm lieben, und trotzdem, wenn ich es gesagt hatte, mußte ich dazu stehen, und so zögerte sich meine Antwort hinaus, und je länger sie sich hinauszögerte, um so verlegener wurde ich, dabei merkte ich, daß er angespannt wartete, und schließlich stotterte ich, ich weiß nicht, ich kann nicht klar beantworten, was ich an dir liebe, und trotzdem weiß ich, daß ich dich liebe.

Wie kannst du mich dann lieben, er hörte sich enttäuscht an, fast aggressiv, das ist also nur eine ungedeckte Aussage.

Wieso denn, ich fühlte mich verwirrt, ich kannte ihn wirklich kaum, aber manchmal kommt die Liebe vor dem Kennenlernen, wie eine Art inneres Wissen, doch in dem Moment wußte ich, daß ich tatsächlich leere Phrasen von mir gab, denn das war keine Liebe, wie sollte es Liebe sein, und er sagte, wie als Rache für die ausbleibende Antwort, ich muß los. Nein, geh nicht, platzte ich hysterisch heraus, als würde meine Welt erneut zusammenbrechen, wenn er jetzt ging, und er richtete sich wichtigtuerisch auf und sagte, schau mal, Ja'ara, du bist nicht vorsichtig genug, und so, wie du Dinge behauptest, ohne zu wissen, warum, so könntest du auch Dinge tun, ohne daß du weißt, warum, Dinge, für die es dir an der notwendigen seelischen Kraft fehlt. Das richtige Leben verlangt schwere Entscheidungen, deren Folgen du nicht unbedingt aushalten kannst, deshalb bleib lieber bei dem Leben, das du hast. Hör zu, du darfst nicht zulassen, daß jedes erstbeste Hindernis den vorgesehenen Lauf der Dinge stört, und ich, fast erstickend vor lauter gutem Willen, Stärke und Kraft zu beweisen, sagte, aber wie weiß man, was ein Hindernis ist und was der vorgesehene Lauf der Dinge? Und er sagte, ich glaube, man weiß das, ich glaube, daß jeder, der einen Fehler macht, das von vornherein weiß, er kann sich nur einfach nicht beherrschen. Die Überraschung liegt vielleicht in der Größe des Fehlers, aber nicht in der Tatsache seines Auftretens.

Doch diese gewichtigen Worte hinderten seine braune Hand mit den langen Fingern nicht, sich auf mein Knie zu legen, und ich streichelte einen Finger nach dem anderen, ich wagte nicht, alle auf einmal zu berühren, dafür schob ich seine Hand schließlich nach oben, unter meinen Rock, und er ließ sie dort, nicht an der Stelle, die ich wollte, aber doch ganz in der Nähe, so nahe, daß ich das Gefühl hatte, es könne mir jeden Moment kommen, und vor lauter Aufregung konnte ich den Kaffee nicht austrinken, ich dachte die ganze Zeit an seine langen Finger, die vor der Tür zu meinem Körper innehielten.

Aber dann zog er plötzlich seine Hand zurück, als hätte ihn etwas gestochen, und warf demonstrativ einen Blick auf seine Uhr, eine riesige schwarze Uhr ohne Zahlen und mit durchsichtigen Zeigern, ich konnte nicht erkennen, wie spät es war, ich wußte nur, daß es nicht gutgehen würde, und er stand schnell auf, ich muß weg, es ist schon spät, aber ich wollte nicht aufgeben und dachte die ganze Zeit, wie schaffe ich es, ihn zurückzuhalten, und dann sagte ich, ich muß zur Toilette, er zeigte mir ungeduldig den Weg, und ich setzte mich auf den Toilettendeckel, in Kleidern, und überlegte, wie kann ich ihn aufhalten, wie kann ich ihn beherrschen, und dann wusch ich mir die Hände vor dem Spiegel und sah plötzlich im Waschbecken ein rotes Haar, glatt und gerade, es wollte davonschwimmen, doch ich erwischte es im letzten Moment, bevor es durch den Ausguß schlüpfen konnte, ich betrachtete es so lange, bis ich keine Zweifel mehr hatte, von welchem Kopf es stammte. Vor mir sah ich, wie in einem Rückspiegel, ihr Bild und drehte mich mißtrauisch um, als würde mich diese geheimnisvolle Nichte gleich anfallen, hier, aus der Badewanne heraus, und tatsächlich entdeckte ich am Wannenrand noch ein Haar, diesmal ein Schamhaar, gelockt und etwas dunkler, und dachte, was soll das bedeuten, wohnt sie hier? Mit ihm und seiner Frau? Einen Moment lang beruhigte es mich, daß sie offensichtlich wirklich zur Familie gehörte, trotzdem kam mir etwas daran noch immer zweifelhaft vor, und wie um meinen Protest zu zeigen, zog ich mir ein Haar aus und legte es neben das andere ins Waschbecken, ich wollte auch das Schamhaar nicht allein lassen, deshalb legte ich eines von mir daneben, das dem anderen überraschend ähnlich sah.

Als ich wieder ins Wohnzimmer kam, sah er ruhiger aus, und er sagte, ich habe einen Anruf bekommen, die Verabredung ist verschoben, ich habe noch ein paar Minuten Zeit, und ich bedauerte, daß ich kostbare Minuten im Badezimmer vergeudet hatte, aber ein bißchen wunderte ich mich auch, denn ich hatte kein Telefonklingeln gehört, und ich setzte mich neben den blauen Hocker, der Kaffee war schon ganz kalt geworden, und sein konventioneller Gesichtsausdruck bedrückte mich, ich überlegte, wie geht es weiter, was kann man tun, und da fragte er, was willst du eigentlich? Ich, vor lauter Bedrücktheit, sagte, was willst du? Hast du keinen eigenen Willen? Und er sagte, ich habe einen eigenen Willen, aber es gibt kein Gleichgewicht zwischen uns, du bist so hungrig, und ich bin so satt. Sofort nahm ich die Finger von der angenagten Schokoladenkugel, versuchte, seine Worte zu ignorieren, und wußte doch, daß er recht hatte, ich fühlte, wie der Hunger mich innerlich auffraß, das war das Wort, Hunger, nicht Begierde, denn ein Verhungernder ißt alles, und dann betrachtete er meine Hände, die manikürten Fingernägel, und auch ich betrachtete seine Hände, überlegte, wie ich sie zu mir zurückbekommen könnte, und hörte ihn in entschiedenem Ton sagen, ich werde heute nicht mit dir schlafen, Ja'ara, und ich, aus lauter Verwirrung, fragte, warum nicht, und er sagte, weil ich heute schon mit einer Frau geschlafen habe, er sprach ganz ernst, als würde er sagen, ich habe heute schon Rindfleisch gegessen, und der Arzt erlaubt mir nicht, zweimal am Tag Fleisch zu essen. Na und, sagte ich, und er sagte, ich schlafe nicht an einem Tag mit zwei verschiedenen Frauen, ich habe meine Prinzipien, und die ganze Zeit hoffte ich, daß er nur Spaß machte, daß er gleich in ein befreiendes, angenehmes Lachen ausbrechen würde, aber das passierte nicht, und am Schluß fing ich an zu lachen, vor lauter Anspannung, nicht gerade ein befreiendes und angenehmes Lachen, und er fragte, was denn so witzig sei, und ich sagte, nichts, wirklich nichts, und versuchte, mich zu beruhigen, denn nichts war witzig, im Gegenteil, und ich sagte, nun, man muß dich also am frühen Morgen erwischen, wer zuerst kommt, mahlt zuerst, oder kann man einen Termin bestellen, oder was? Er wich ein wenig vor meinem Spott zurück und sagte kühl, komm, lassen wir es so, ich will dir nur Unannehmlichkeiten ersparen, aber ich konnte offenbar auf Unannehmlichkeiten nicht verzichten und setzte mir in den Kopf, ihn dazu zu bringen, seine Prinzipien zu durchbrechen, deshalb sagte ich, es gibt immer Ausnahmen, und er sagte, ja, das habe ich auch schon gehört, und betrachtete mich mit ausdruckslosen Augen, und ich versuchte, mir sein erregtes Gesicht vorzustellen, als er mit ihr schlief, mit diesem Mädchen mit der Zigarettenspitze, schließlich konnte sie beides sein, sowohl die Nichte seiner Frau als auch seine Geliebte, das widersprach sich nicht, oder er tat es mit ihr, wie er es mit mir getan hatte, verschlossen und kalt, und da sagte er, ich bin morgen früh frei, ganz beiläufig, ging zur Garderobe, nahm seinen schwarzen Mantel und zog ihn an, vorsichtig, wie einen kostbaren Gegenstand. Ich klammerte mich an seine Worte, fragte, um wieviel Uhr, und er sagte, ich bin ab etwa neun Uhr frei, und machte die Tür auf, gab mir ein Zeichen, ihm zu folgen, und ich dachte, was mache ich bis morgen um neun?

Aber die Zeit ging schnell vorbei, Schira war zwar beschäftigt oder tat nur so, um mir auszuweichen, seit ihre Katze verschwunden war, hielt sie sich von mir fern, deshalb fing ich an, die Wohnung zu putzen, ich machte Musik an und tanzte mit dem Besen, umarmte seinen harten Stiel, hatte festliche Gefühle, denn endlich, endlich gab es etwas, worauf ich warten konnte, und hatte Angst zu denken, was danach sein würde, zum Beispiel morgen um zwölf oder morgen um diese Zeit, deshalb konzentrierte ich mich aufs Saubermachen, und als Joni kam, blickte er sich erfreut und mißtrauisch um, konnte kaum fassen, was ihm da Gutes passiert war, und ich war glücklich und stolz, als ich seine Freude sah, und wußte, daß er nun wieder das Gefühl hatte, eine Rolle zu spielen.

Du siehst aus wie jemand, der von einer Krankheit genesen ist, sagte er, und ich sagte, ja, so fühle ich mich auch, und er umarmte mich und sagte, ich war so frustriert, Wühlmäuschen, ich habe nicht gewußt, was mit dir los ist, und er wich sofort zurück, weil er Angst hatte, ich würde gereizt reagieren, doch ich beruhigte ihn, ich fühle mich sehr viel besser, Biber, verzeih mir, wenn ich dich verletzt habe, und er sagte, bitte dich selbst um Verzeihung, nicht mich, denn vor allem hast du dich selbst verletzt. Du hast recht, sagte ich und dachte daran, wie sehr ich mich am Anfang bemüht hatte, ihn zu lieben, wie ich an ihn gedacht hatte, so, wie ein Trauernder ständig an einen Toten denkt und jeden fröhlichen Gedanken von sich weist, und nun kam sie zurück, meine Liebe zu ihm, wie eine verschwundene Katze nach Hause zurückkommt, den Duft der weiten Welt ausstrahlt und nicht sicher ist, ob sie erwünscht ist oder nicht, und ich empfing sie erstaunt und glücklich, wie recht er hatte, der Taxifahrer, man konnte zwei Männer lieben, es war sogar leichter, zwei zu lieben, denn das schaffte ein seelisches Gleichgewicht, die beiden Lieben ergänzten einander, und das war keineswegs beängstigend, wieso hatte ich nie zuvor daran gedacht, und vor lauter Erregung wegen dem, was mich am kommenden Tag erwartete, hatte ich das Gefühl, daß auch Joni mich erregte, ich setzte mich auf seinen Schoß und küßte seinen Hals, komm, gehen wir ein bißchen aus, flüsterte ich ihm ins Ohr, mir reicht es, den ganzen Tag in der Wohnung. Er lachte, gerade wenn die Wohnung sauber ist, lohnt es sich, zu Hause zu bleiben, aber ich zog ihn an der Hand, mach dir keine Sorgen, sie wird nicht schmutzig werden, bis wir wiederkommen, und wir gingen hinaus auf die Hauptstraße, und genau an der Stelle, wo ich damals den Schlag gehört hatte, diesen herzergreifenden Schlag, sagte ich zu ihm, los, laden wir Schira ein, mit uns zu kommen, und er war nicht begeistert, aber auch nicht dagegen, und sie machte uns mit einem traurigen Gesicht die Tür auf, nein, ich habe wirklich keine Lust auszugehen, sagte sie, draußen sei es kalt und sie sei erkältet, und außerdem, sagte sie zu mir, habe ich gedacht, du wärst krank, ich habe heute Neta in der Cafeteria getroffen, und sie sagte, du wärst wieder nicht zu deiner Sprechstunde erschienen, und ich schlug mir an den Kopf, wie hatte ich nur vergessen können, daß heute Mittwoch war, was war los mit mir, plötzlich existierte nichts mehr außer ihm, und ich war drauf und dran, meine Chance zu verlieren, denn eine feste Stelle wird nur alle paar Jahre mal frei, und am Schluß würde nicht ich sie bekommen, sondern Neta. Ich hatte das Gefühl, als würde Schira sich über meine Schwierigkeiten freuen, seit jenem Abend gönnte sie mir nichts, und ich konnte mich nicht beherrschen und fragte, was ist mit Tulja, ist er zurückgekommen? Bis jetzt nicht, sagte sie, und Joni sagte mit seiner beruhigenden Stimme, er ist bestimmt liebeshungrig, Kater verschwinden immer, wenn sie liebeshungrig sind, und dann kommen sie wieder, und Schira widersprach, das ist nicht die Jahreszeit dafür, und ich sagte, doch, sie ist es, ich habe viele läufige Katzen in der Umgebung gesehen, ich fühle, wenn so etwas in der Luft liegt, und Schira zuckte gleichgültig mit den Schultern und sagte, ich fühle es wirklich nicht, und sie lehnte sich an die offene Tür, ihr bringt Kälte rein, entscheidet euch, ob ihr rein- oder rauswollt, und ich sagte, wir gehen, und Joni versuchte es noch einmal, vielleicht willst du trotzdem mitkommen, und ich war sauer auf ihn, weil er keinen Charakter hatte, denn vorher wollte er es nicht und auf einmal doch, aber Schira hatte Charakter, sie sagte, nein, wirklich nicht, ein andermal.

Als wir wieder auf der Hauptstraße waren, fühlte ich mich bedrückt und verstand auf einmal das Glück nicht mehr, das ich noch eben empfunden hatte, Glück war nicht das richtige Wort, sondern Vollkommenheit, es war ein großartiges Gefühl der Vollkommenheit gewesen, das ausgerechnet aus dem Zwiespalt hervorging, in den ich geraten war, dem Zwiespalt zwischen meiner Liebe zu Joni und dem Hingezogensein zu diesem düsteren alten Mann, und statt unter diesem Gefühl der Zerrissenheit zu leiden, hatte ich geglaubt, sie passe genau zu mir, doch Schiras ernster Blick hatte mich wieder schwankend gemacht, auch der Gedanke an die Sprechstunde, die ich vergessen hatte, und Joni fühlte vermutlich, daß meine gute Stimmung schwand, denn er wurde besorgt, trommelte mit seinen dicken Fingern auf dem runden Caféhaustisch und bewegte sein Bein zugleich energisch und nervös vor und zurück. Wir bestellten Zwiebelsuppe, und ich versuchte, mich zu beruhigen und das Gefühl der Vollkommenheit wiederherzustellen, doch das war unmöglich, es war zerbrochen, ein innerer Widerspruch hatte die ganze Zeit daran genagt, und ich beschloß, daß morgen das letzte Mal sein würde, danach würde ich meine Abschlußarbeit anfangen, und dann fragte ich Joni noch einmal, was er mit Schira gehabt habe, und er sagte, nichts, und ich beharrte darauf und fragte, warum sieht sie dich dann immer so begehrlich an, und er sagte, ich weiß es nicht, da war wirklich nichts, wir waren Freunde, wie Bruder und

Schwester. Mein Bauch zog sich plötzlich vor Trauer zusammen, denn auch wir waren so geworden, schien mir, wie Bruder und Schwester, und es war so schwer, das zu durchbrechen, denn nur für einen Moment, unter großer Anstrengung und mit der Erregung, die von einem düsteren alten Mann herrührte, schaffte ich es, mich auch von ihm erregen zu lassen, ich nahm seine Hand und legte sie auf mein Knie, genau da, wo jene braune glatte Hand gelegen hatte, und versuchte, sie unter meinen Rock zu schieben, doch er hörte nicht auf mit diesem nervösen Trommeln, und mein Rock hob und senkte sich, als würden Heuschrecken dort herumhüpfen, und erst als die Suppe kam, hörte er auf, zog seine Hand hervor, nahm den Löffel und machte sich hingegeben ans Essen.

Die Musik war zu laut für eine Unterhaltung, deshalb aßen wir schweigend, tunkten das Brot in die scharfe Suppe, und ich dachte, daß meine Freude damals, als wir uns kennenlernten, wie ein Geschenk gewesen war, doch sehr bald wurde eine Last daraus, denn das Geschenk war unpassend, und als ich das herausfand, war es schon zu spät für einen Umtausch, und ich wußte, ein anderes würde ich nicht bekommen, nie in meinem Leben. Ich versuchte, ihn zu fragen, was es Neues gab bei seiner Arbeit, und er sagte, sie würden an einem neuen Programm arbeiten, das einen guten Eindruck mache, und es bestehe die Aussicht, daß sie es durchbringen könnten, er arbeitete in der Computerfirma seines Vaters, und dann verlangte er vom Kellner, daß die Musik leiser gestellt würde, weil wir uns kaum verständigen könnten, und der Kellner sagte, in Ordnung, kein Problem, aber die Musik wurde nicht leiser, im Gegenteil, sie schien sogar noch lauter zu werden, und dann bat Joni noch einmal, und der Kellner tat, als sei es das erste Mal, und sagte wieder, in Ordnung, kein Problem, und wieder stellte er sie nicht leiser. Joni seufzte ergeben, er zog es immer vor, Auseinandersetzungen auszuweichen, so lange wie möglich still zu leiden, und ich sagte, komm, gehen wir, aber unsere Demonstration beeindruckte niemanden, sofort stürzten zwei junge Leute von der Seite herbei und setzten sich auf unsere Plätze, und auf dem Rückweg gingen wir Hand in Hand, der Himmel war bewölkt und berührte fast unsere Köpfe, wie die Decke eines Hochzeitbaldachins, der von vier kleinen müden Männern gehalten wird.

Vielleicht dachte ich deshalb nachts an ihn, als ich nicht einschlafen konnte, an meinen kleinen müden Vater, und ich hatte die dumpfe Erinnerung, daß er einmal groß gewesen war und nachher geschrumpft, als habe man ihn in zwei Teile zerschnitten, die eine Hälfte sei bei uns geblieben, die andere habe er nur für sich behalten, und ich versuchte, ihn mir vor dem Hintergrund der niedrigen Berge in unserer Gegend vorzustellen, dort, wo ich in meinem ersten Leben gewohnt hatte, viel zu niedrige, ehrgeizlose Berge, warum hatte er dort so groß ausgesehen und heute so klein, der Grund war nicht, daß ich damals ein Kind war und nun erwachsen, ich hatte es noch nie geschafft, mein Leben in Kindheit und Erwachsensein aufzuteilen, schließlich war ich jetzt nicht weniger Kind als damals, für mich gab es immer ein erstes Leben und ein zweites, ohne jede Verbindung miteinander, und in jeder Epoche war ich sowohl Kind als auch erwachsene Frau. Und vielleicht war mein Leben nicht nur in zwei Teile geteilt, sondern in drei oder vier, und vermutlich mußte man das tun, um es durchzustehen, das Leben aufteilen, und je länger ich an meinen Vater dachte, um so weniger konnte ich einschlafen, ich fühlte in meinem Inneren ein grenzenloses Mitleid und erinnerte mich an etwas, was ich einmal in der Zeitung gelesen hatte, über eine Studentin, die als Hosteß in irgendeinem Hotel arbeitete, in dem plötzlich ihr Vater als Kunde erschien, und wieder fragte ich mich, wer bedauernswerter war, sie oder er, und ich erinnerte mich, daß Joni gesagt hatte, beide seien zu bedauern, aber das beruhigte mich nicht, ich wollte unbedingt wissen, wer, ich wollte wissen, wem ich mein Mitleid schenken sollte, und weil in der Zeitung gestanden hatte, sie sei Studentin, verdächtigte ich jede meiner damaligen Kommilitoninnen, sogar Neta hatte ich eine Zeitlang im Verdacht, bis ich herausfand, daß sie keinen Vater hatte. Nun überlegte ich wieder, was damals passiert war, vor meiner Geburt, in seiner geliebten, begeisternden Vergangenheit, der einzigen Zeit, die ihn interessierte, die Landschaften seiner Kindheit, die Freunde seiner Jugend, seine ersten Studienjahre, die Mietwohnungen, es war unmöglich, mit dieser Vergangenheit zu konkurrieren, zu meinem Pech konnte ich nicht daran teilhaben, sondern nur an der grauen, enttäuschenden Gegenwart, und ich dachte, daß ich vielleicht morgen, um neun oder um fünf nach neun, Arie Even nach dieser Vergangenheit fragen würde, nach dieser himmelhohen, lebendigen Vergangenheit meines kleinen, müden Vaters, aber daraus wurde nichts, denn auf dem prachtvollen Sofa in seinem Wohnzimmer, auf dem harten, schmalen Handtuch, das er sorgfältig unter uns ausbreitete und das die Grenzen seiner Bewegungsfreiheit festlegte, vergaß ich es, und erst ein paar Wochen später, auf dem Weg nach Jaffo, fiel es mir wieder ein.

4

Im Spiegel über dem Waschbecken in seiner Wohnung, dort, wo ich dickköpfig zwei dicke, lange Haare gelassen hatte, hatte ich blaß ausgesehen, fast anämisch, aber hier im Laden, zwischen den Kleiderbügeln, strahlte ich, meine Wangen waren rot, und meine Augen glühten rachedurstig, denn das war meine Rache an ihm, wegen seiner distanzierten Bewegungen, seiner wenigen Worte, er hatte mehr in meine Kehle gehustet, als daß er mit mir sprach, ein heiserer Raucherhusten, hoffnungslos, automatisch.

Zu meiner Freude war die Verkäuferin von damals nicht da, sondern eine junge Frau, die nur mit Mühe zurechtkam, und ich wühlte zwischen den aufgehängten Kleidern, und es war wirklich da, mein weinrotes Kleid, das ich einmal so ersehnt hatte, und jetzt wollte es keiner mehr haben, ich nahm es mit in die enge Kabine, spürte die Erregung am ganzen Körper, genau wie am Morgen, doch in dem Moment, als ich sein gleichgültiges Gesicht vor mir hatte, war sie verschwunden, diese Erregung, hatte sich versteckt wie ein Tier, das man geschlagen hat, und kam erst wieder hervor, als sie mit mir alleine war, fürchtete sich nicht mehr.

Der verbrannte Geruch seines Körpers stieg von mir auf, als ich mich auszog, der Duft seines teuren After-shaves, der seltsame, abstoßende Geruch unfruchtbaren Samens, und dann wurden all diese Düfte von dem schönen samtigen Kleid bedeckt, und ich fühlte seine Schönheit, obwohl es in dieser winzigen Kabine, die uns einmal beide eingeschlossen hatte, mich und ihn, keinen Spiegel gab.

Voller Sehnsucht dachte ich an seinen konzentrierten, schmerzlichen Blick, der nicht war wie der kalte, geschäftsmäßige, mit dem er mir morgens die Tür geöffnet hatte, was gab es hier, was ihn schmerzte, vielleicht die Nähe des jungen Mädchens mit den roten Haaren, das ich nicht vergessen konnte. Über das Kleid zog ich meinen blauen Pullover und die weiten Jeans, und Erregung und Vergnügen packten mich, als ich aus der Umkleidekabine kam, und statt gleich wegzugehen, trieb ich mich in dem Laden herum, suchte zwischen den Kleiderbügeln, genau wie ich es damals getan hatte, in meinem ersten Leben, nachdem mein kleiner Bruder gestorben war und ich mit meiner Mutter durch die bedrückenden Straßen jener Kleinstadt lief. Wie kann man dich trösten, Mama, hatte ich sie gefragt, und sie hatte mich mit ihren vor Trauer wahnsinnigen Augen angeschaut und kein Wort gesagt, und einmal waren wir an einem Schaufenster vorbeigegangen, in dem ein sehr weibliches, besticktes Kleid hing, so wie sie es mochte, und ich sagte, vielleicht wird dich das Kleid trösten, Mama, und ging in den Laden, und sie saß draußen auf einer Bank und wartete auf mich, und ich zog das Kleid zwischen den anderen Kleidern hervor, wie ich es nun tat, damals war ich ungefähr zehn, aber sehr groß, und mit Absicht war ich länger im Laden herumgelaufen, um die Spannung auszudehnen, und als ich zu ihr hinauskam, gab ich ihr die Hand, und wir fingen an zu rennen, wie verrückt lachend, die Ärmel des Kleides blitzten unter meinem Mantel hervor, und ich fragte, tröstet dich das, Mama, und sie sagte nicht ja, aber auch nicht nein, und am Abend zog sie das Kleid für mich an, und wir spazierten Arm in Arm durch die Siedlung. Von diesem Zeitpunkt an hatte ich ihr jedesmal, wenn sie traurig war, eine Überraschung gebracht, war erhitzt nach Hause gekommen und hatte den Inhalt meiner Tasche auf meinem Bett ausgebreitet, nur um sie lachen zu sehen, nur um mit ihr zu lachen und etwas von der Würze des Lebens zu spüren, und ich versuchte mich zu erinnern, wann das aufgehört hatte, vielleicht als ich merkte, daß es aufhörte, sie zum Lachen zu bringen, und die Sachen sich in meinem Zimmer häuften, Kleider, Schmuck, Bücher, während sie dick und abstoßend wurde und nur noch ekelhafte Kleidung trug und ihren Schmuck wegwarf, und auch mich begeisterte das alles nicht mehr, es war zu leicht geworden, doch jetzt, Jahre später, empfand ich wieder die alte Begeisterung, und als ich den Laden verließ, lächelte ich die neue Verkäuferin an, im spannendsten Moment auf der Schwelle sagte ich mir, es geschieht ihm recht, es geschieht ihm recht, und die Traurigkeit löste sich auf und machte einem kleinen Siegesbewußtsein Platz, privat und geheim, Symbol eines Sieges, der noch kommen würde, der Liebe, die einmal sein würde, und das gestohlene Kleid umarmte mich mütterlich und hilfreich, beschützte mich wie ein Panzer in meinem neuen Krieg.

Einige Wochen später, als er mich eines Morgens anrief und mir vorschlug, mit ihm nach Jaffo zu fahren, wußte ich, daß dies der Anfang des Sieges war. Eigentlich schlug er es nicht wirklich vor, er sagte nur beiläufig, fast wie zu sich selbst, ich fahre nach Jaffo, ich fahre allein. Ich war so überrascht, seine Stimme am Telefon zu hören, ich wußte überhaupt nicht, was ich sagen sollte, und vor lauter Freude forderte ich ihn ein bißchen heraus und sagte, warum fährst du nicht mit der Zigarettenspitze? So nannte ich all seine Freundinnen, von denen ich nicht mal wußte, ob es sie überhaupt gab, er erzählte nie etwas und sagte nur manchmal, ich habe zu tun, oder ich werde zu tun haben, in einem gedämpften, provozierenden Ton, als weide eine ganze Herde wartender Frauen neben seinem Haus.

Alle Zigarettenspitzen haben heute keine Zeit, du bist die letzte auf der Liste.

Aber vielleicht habe ich auch zu tun, sagte ich, und er lachte, vielleicht.

Das hatte ich wirklich. Ich hatte morgens Vorlesung und anschließend ein Treffen mit dem Dekan, um mit ihm das Thema meiner Arbeit zu besprechen. Er glaubte hartnäckig an mich, dieser senile Alte, und wollte mich fördern, immer hatte er Zeit für mich und meine glanzlosen Pläne, Schira behauptete, er sei in mich verliebt, und ich leugnete es heftig, aber ich wußte, daß er mir gegenüber etwas empfand, und weil ich wußte, wie es mit Gefühlen so ist, war mir auch klar, daß es nicht ewig so weitergehen würde, daß ich das Seil nicht überspannen durfte. Trotzdem rief ich an und hinterließ eine Nachricht, ich wäre krank geworden, und für Joni legte ich einen Zettel mit einer unklar formulierten Nachricht hin, in der Hoffnung, vor seiner Rückkehr wieder dazusein, oder eigentlich überhaupt nicht mehr dazusein, sondern in Jaffo zu bleiben, in einem kleinen für Liebesspiele eingerichteten Zimmer, das Meer zu betrachten und Liebe zu machen, abends Fisch zu essen und Weißwein zu trinken, und ich betrachtete Abschied nehmend die kleine Wohnung, die wir in einem gelblichen Farbton gestrichen hatten, von dem alle gesagt hatten, er würde verblassen, aber die Zeit hatte ihn nur tiefer werden lassen. Seltsam, wie wenig Bindung ich zu diesem Ort entwickelt hatte, schon seit Jahren war er meine Adresse, aber nicht mein Zuhause, vermutlich hatte ich nur ein Zuhause, mein erstes, in meinem ersten Leben, und hinfort würde ich nur einen Mann haben, und ich würde von ihm nur eines wollen. Aber als ich mich anzog, mein weinrotes Herbstkleid, trotz der Kälte, mit einer glänzenden Strumpfhose und Stiefeln, dachte ich voller Angst an diese Verabredung, noch nie war ich mit ihm länger als eine oder zwei Stunden hintereinander allein gewesen, im allgemeinen mitten am Tag, ein Auge auf den dunklen Fleck der Uhr gerichtet, und nun plötzlich dieser ganze Tag, wie eine Sahnetorte, bevor das Messer sie berührt, lockend, aber gefährlich. Ich konnte ihm einfach zuhören, das stimmte, der Fluß seiner hochmütigen Reden verlangte nicht allzuviel von mir, aber wenn er schwieg, was würde ich dann sagen, was hatte ich ihm eigentlich zu sagen, außer daß ich ihn liebte, noch dazu, ohne zu wissen, warum.

Und dann dachte ich, das ist die Gelegenheit, auf die ich gewartet habe, seit Jahren, wie mir schien, um über meinen Vater zu reden, meinen jungen Vater, den ich nicht kennengelernt hatte, und plötzlich fühlte ich mich Arie nahe, schließlich waren wir nicht Fremde, wir hatten einen gemeinsamen Bekannten, mit dem wir beide vertraut waren, nur daß unsere Beziehung zu ihm nicht den gleichen Zeitraum umfaßte, was die Sache aber interessanter machte und uns immer noch retten konnte.

Erzähl mir von meinem Vater, sagte ich, als ich ins Auto stieg, noch bevor ich mich angeschnallt hatte, voller Angst, daß ein Moment der Stille zwischen uns entstehen und er bedauern könnte, mich eingeladen zu haben, ausgerechnet mich, einen ganzen Tag seines einmaligen Lebens mit ihm zu verbringen. Wieder hatte ich dieses bedrückende Gefühl der Konkurrenz, wobei ich noch nicht mal wußte, mit wem ich konkurrierte. Mit seiner Frau? Mit dem Mädchen mit der Zigarettenspitze? Mir kam es langsam vor, als handle es sich um einen Wettbewerb mit allen Frauen der Welt, so bedrückend und unspezifisch war das Gefühl.

Von deinem Vater, fragte er überrascht, schob sich die Zigarette zwischen die vollen, graubraunen Lippen, ich glaube, du kennst ihn besser als ich.

Ja, ich entschuldigte mich fast, ja, schon, aber man kennt seine Eltern nie wirklich, sie spielen einem nur was vor, schließlich würde nie jemand wagen, dem eigenen Kind das wahre Gesicht zu zeigen.

Doch dann fiel mir ein, daß er keine Kinder hatte, und ich schwieg und bückte mich ein bißchen, denn in diesem Moment fuhren wir an Jonis Büro vorbei, und ich tat, als wühle ich in meiner Tasche, und inzwischen suchte ich nach einem anderen Thema.

Er war ein brillanter junger Mann, hörte ich ihn sagen, wie zu sich selbst, alle waren überzeugt, daß ihn eine glänzende Zukunft erwartete, aber seine Krankheit hat ihm das Leben zerstört.

Ich richtete mich auf, und mein Blick blieb an einem roten Baumwipfel hängen, mitten im Winter und mitten in der Stadt, rot wie ein geheimnisvolles Lagerfeuer, und ich dachte, bestimmt habe ich die letzten Worte nicht richtig verstanden, und fragte, Krankheit? Was für eine Krankheit?

Und er sagte etwas erschrocken, die Zigarette hing in seinem Mund, die Farbe des Rauchs mischte sich mit der Farbe seiner Lippen, was, haben sie dir davon nichts erzählt? Und ich sagte, wovon? Ich weiß nicht, wovon du sprichst, und er sagte leise, es tut mir leid, vermutlich habe ich einen Fehler gemacht.

Da fing ich fast an zu schreien, los, erzähle es mir, wenn du schon angefangen hast, was für eine Krankheit, eine körperliche oder eine seelische?

Aber er hatte bereits das Radio angemacht und suchte nach einem Sender, während das Auto aus der Stadt fuhr, auf einer abschüssigen Straße.

Sag mir wenigstens, ob es sich um etwas Erbliches handelt, versuchte ich, und er sagte nur, mach dir keine Sorgen, mach dir keine Sorgen, und am Schluß sagte er, vergiß es, ich habe nur einen Spaß gemacht.

Ich drückte meine Stirn an das kühle Fenster, betrachtete die lange, gelbe Schlange des Straßenrands, die uns hartnäckig verfolgte. Was konnte das sein, nie haben sich bei uns im Haus Ärzte herumgetrieben, vielleicht ab und zu mal, aber nie gab es etwas Außergewöhnliches, keine Operationen, keine Krankenhausaufenthalte, nur mal eine Grippe oder eine Angina, wie bei jedem Menschen, es gab fast keine Medikamente im Haus, also um was konnte es sich gehandelt haben?

Und dann fiel mir jener Tag ein, wirklich mitten in meinem ersten Leben, als dieser verrückte Hund das Junge zerfleischte, das unsere Katze gerade geboren hatte, und ich das Gefühl hatte, etwas sei mit meinem Vater nicht in Ordnung. Er war wild nach Katzen, dieser Hund, war aber immer darauf bedacht, einen Rest zurückzulassen, damit die Leute in der Siedlung wußten, da hatte es etwas gegeben, das es jetzt nicht mehr gab, offenbar sollten seine Opfer nicht einfach so vom Erdboden verschwinden, jedenfalls fand mein Vater damals das angefressene junge Kätzchen auf unserer Treppe und wurde knallrot, nie hatte ich ihn so gesehen, er packte das Kätzchen am Ohr und trug es in die Wohnung der Hundebesitzer, sie waren gerade beim Mittagessen, in der Küche roch es nach Gekochtem, ich glaube, er legte es sogar auf den Teller des Nachbarn, zwischen Schnitzel und Erbsen, und fing an zu weinen.

Ich war ihm erschrocken nachgelaufen, war den Spuren des tropfenden Blutes gefolgt, er war immer so ruhig und gelassen, mein Vater, und besonders darauf bedacht, was wohl die Leute sagen würden, immer hatte er meine Mutter, die um Längen lauter als er war, zum Schweigen gebracht, und plötzlich war da diese völlige Gleichgültigkeit gegenüber der Meinung der Leute. Dabei liebte er Katzen noch nicht mal, nie streichelte er sie und forderte uns immer böse auf, uns die Hände zu waschen, wenn wir eine Katze berührt hatten, und nun sah die ganze Nachbarschaft, wie er wegen eines Kätzchens durchdrehte.

Ich war ihm nachgelaufen, hatte mich aus Angst, er könne mich sehen und seinen Zorn gegen mich richten, in den Büschen versteckt und sah ihn nun herauskommen, eingehüllt in ihre Küchengerüche, sah, wie er sich neben dem Akazienbaum nach vorn beugte, sich erbrach und weinte.

Auch damals war ich nicht zu ihm gegangen. Es bereitete mir eine seltsame Freude, ihn so offen leiden zu sehen, immer hatte ich so etwas wie Leiden bei ihm gespürt, ein dumpfes, innerliches, unausgesprochenes Leiden, so tief und unerreichbar, daß es keinen Weg gab, ihm zu helfen, und plötzlich wurde dieses ganze Leiden sichtbar, wie ein umgedrehter Mantel, an dem man die Nähte und das Futter sah, plötzlich war alles dem Licht dieser matten Wintersonne ausgesetzt und erweckte in mir die Hoffnung, in Zukunft einen anderen Vater zu haben, einen fröhlichen Vater, denn alles Leiden, das sich in ihm angesammelt hatte, war hervorgebrochen und versickerte in der Erde. Ich wartete darauf, daß er fertig wurde und nach Hause ging, rot und stinkend, und ich beobachtete ihn hoffnungsvoll den ganzen Tag, nur um zu sehen, was sich in ihm verändert hatte, aber er verließ kaum sein Zimmer, wollte noch nicht mal mit uns zu Abend essen. Abends konnte ich nicht einschlafen, ich hörte ihn die ganze Zeit wimmern, als wäre er es, der das Kätzchen verschlungen hatte, und nun wimmerte es in seinem Inneren. Gegen Morgen begann ich zu grübeln, wo es eigentlich war, das angefressene Kätzchen. Hatte er es dort gelassen, auf dem vollen Teller des Nachbarn, zwischen dem Schnitzel und den Erbsen, oder hatte er es vielleicht wirklich verschlungen, um das Werk des Hundes zu vollenden, und hatte deshalb neben dem Baum gekotzt, und ich wurde von einer solchen Enttäuschung gepackt, daß ich fast weinte, denn dieses neugeborene Kätzchen hatte mir gehört, und einen Moment lang kam es mir vor, als habe mein Vater für mich gekämpft, und erst als es hell wurde, wurde mir klar, daß es sich vermutlich um einen anderen Kampf gehandelt hatte, einen geheimen, von dem ich nie etwas erfahren würde.

Am Morgen ging ich zu dieser riesigen Akazie und wühlte dort zwischen den Steinen in der Erde, versuchte, die Reste des Kätzchens zu finden, die mein Vater erbrochen hatte. Die Erde war weich, denn es hatte in der Nacht geregnet, und die richtige Stelle war schwer zu finden, es lagen viele nasse weiche Zweige herum, die aussahen wie die Schwänzchen von vielen kleinen Katzen, ich ordnete sie in einer Reihe und versuchte, sie zu sortieren, doch genau in diesem Moment fing es wieder an zu regnen und ich lief nach Hause, und als ich später wieder hinauswollte, legte mir meine Mutter die Hand auf die Stirn und sagte, ich würde glühen, ich hätte schon den ganzen Morgen seltsam ausgesehen, und sie legte mich ins Bett, das ich im nächsten Moment schon vollgekotzt hatte, und während der ganzen Zeit war mir klar, daß ich keinen neuen Vater bekommen würde, daß jede Änderung nur zu etwas Schlimmerem führte.

Hatte seine Krankheit vielleicht etwas mit Katzen zu tun, fragte ich Arie, und diese Frage klang in meinen Ohren sehr dumm, vermutlich auch in seinen, denn er packte das Lenkrad mit derselben herrischen Bewegung, mit der er mich immer festhielt, und fragte, was für eine Krankheit, und ich wußte, ich würde nichts mehr aus ihm herausbekommen.

Worüber konnte ich mit ihm reden? Mir sagte man nach, ich sei charmant, fröhlich, anziehend, und alles, was ich wollte, war schlafen, schade, daß ich nicht bloß eine Tramperin war, die er mitgenommen hatte, dann wäre alles zwischen uns viel einfacher, viel offener und natürlicher gewesen. Vielleicht tun wir, als wäre ich eine Tramperin, schlug ich zögernd vor, und er war begeistert, hielt sogar das Auto an, um mich hinauszulassen und später wieder abzuholen. Wir müssen es wirklich glauben, sagte er, als ich ausstieg, ich sah ihn zurückfahren zu einer Tankstelle. Was macht es ihm aus, an mir vorbeizufahren, ohne anzuhalten, dachte ich, wie wenig ich ihm doch vertraue, es könnte mir passieren, daß ich wirklich eine Tramperin war, aber im Auto eines anderen.

Fast war ich überrascht, als er anhielt und mich sogar mit einem breiten Lächeln durch das Fenster anstrahlte. Ich machte die Tür auf, und er sagte, ich fahre nach Jaffo, wohin willst du?

Nach Jaffo, sagte ich, stieg in den brandigen, scharfen Geruch des Autos und betrachtete prüfend und mißtrauisch den Fahrer, schließlich konnte eine solche Fahrt die letzte sein, und er spürte meinen Blick und sagte, du brauchst keine Angst zu haben, ich werde dich nicht vergewaltigen.

Was machst du beruflich, fragte ich, vielleicht sagst du mir ja zufällig die Wahrheit, und er lachte, ich organisiere Reisen, das ist es, was ich tue. Ich betrachtete sein dunkles Profil, und auf einmal kam er mir wie ein Inder vor, mit dieser dunklen Haut, den silbernen Haaren und den hohen Wangenknochen, ein alter Inder mit viel Lebensweisheit, und ich stellte ihn mir mit einem Turban auf dem Kopf vor und lachte, was hatte ich mit ihm zu tun, und er warf mir einen verwirrten Blick zu und fragte, und du?

Ich heiße Avischag, sagte ich, ich komme aus einem Kibbuz im Negev. Solch eine Avischag war mit mir bei der Armee gewesen, sie hatte mit mir das Zimmer geteilt und war immer ganz problemlos eingeschlafen, während ich mich bis zum Morgen im Bett herumwälzte, meine Schlaflosigkeit verfluchte und sie beneidete und mir wünschte, an ihrer Stelle zu sein.

Avischag, sagte er, begeistert auf meine neue Identität eingehend, was hast du unter der Strumpfhose an?

Einen Slip, sagte ich, was hast du denn gedacht?

Genau das, sagte er enttäuscht, Avischag, ich war viele Jahre in Paris, und weißt du, was ich dort entdeckt habe?

Keine Ahnung, sagte ich kühl, der neue Name schützte mich vor ihm.

Ich habe entdeckt, daß die Pariserinnen nichts unter der Strumpfhose tragen, und du kannst mir glauben, es lohnt sich für sie, zieh deinen Slip aus, Avischag, und du wirst sehen, daß du ihn nicht brauchst.

Und daß es sich für mich lohnt, kicherte ich, und er sagte in seinem üblichen hochmütigen Ton, du sollst es nicht für mich machen, sondern für dich, du wirst deinem Körper näher sein, das sage ich dir.

Ich war eigentlich gar nicht so darauf aus, meinem Körper näher zu sein, sondern seinem, und nicht direkt seinem Körper, sondern etwas anderem, mehr Innerlichem, das ich, weil ich keine Wahl hatte, Körper nannte, mit Bedauern nannte ich es Körper, lange Finger und glatte, dunkle Haut und klar geschnittene Lippen und Augen, die plötzlich lebendig geworden waren und abwechselnd von der breiten Straße auf meine Beine schauten, ohne seine Erwartung zu verbergen.

Also begann ich, mich im Auto auszuziehen, erst die Schuhe, dann die Strumpfhose, wand mich, damit sie nicht zerriß, wie eine große Spinne mit vielen Beinen, von denen eines dem anderen im Weg ist, und zog das überflüssige Kleidungsstück aus, schlüpfte wieder in die Strumpfhose und wedelte mit dem Slip in seine Richtung, und er lächelte zufrieden, nahm ihn und steckte ihn ein wie ein Taschentuch, und mein Slip guckte aus seiner Hosentasche, auch als wir das Auto verließen und zu Fuß weitergingen. Ich erkundigte mich absichtlich nicht nach unserem Ziel, wenn schon Abenteuer, dann bis zum Schluß, und ich wußte, daß er auf meine Frage sauer reagieren würde, er wollte, daß ich ihm bedingungslos vertraute, deshalb sagte ich mir, heute gewöhnst du dich also an Vertrauen und an ein Dasein ohne Slip, als wäre das ein höheres Ziel, eine erhabenere Stufe der Weiblichkeit, oder besser des Mätressendaseins. Ich stellte mir vor, daß Leute mich nach meinem Beruf fragten, und ich sagte Mätresse, in einem Ton, der sie zum Erstaunen brachte.

Ich hatte gedacht, wir würden durch die Galerien ziehen oder das Meer betrachten, aber er bog rasch in eine schmale Gasse ein und stieg alte Treppen hinauf, mein Slip sah aus seiner Hosentasche, und klopfte an eine Tür, und nach ein paar Sekunden wurde sie aufgemacht, und ein verschlafen aussehender Mann stand in der Tür und strahlte vor Freude.

Arie, sagte er mit einer dünnen Stimme, wie wunderbar, dich zu sehen, ich habe fast nicht mehr geglaubt, daß du kommst, dann schaute er mich an, schien verwirrt zu sein, jedoch zufrieden, und Arie sagte, das ist Avischag, eine Kibbuznikit aus dem Süden, meine Tramperin.

Ich fühlte mich ganz wohl in meiner geliehenen Identität und dachte, was würde die wirkliche Avischag nun sagen, aber sie wäre gar nicht hier gelandet, wer nachts so gut schlief wie sie, gabelte keinen Mann wie diesen auf. Der Raum, den wir betraten, war nicht wirklich ein Loch, aber auch nicht direkt eine konventionelle Wohnung, es gab nur ein großes Zimmer mit einem Doppelbett in der Ecke und einem runden Kupfertisch und einen kleinen Kühlschrank, so was wie eine Studentenbude, aber der Hausherr sah eher aus wie ein Pensionär. Vermutlich merkte man mir meine Verwunderung an, denn Arie sagte plötzlich, das ist Schauls Liebesnest, und ich meinte zu sehen, wie er einen Blick auf das Bett warf, und Schaul lachte verlegen und wehrte ab, schüchtern wie eine Jungfrau, nein, wieso denn, hier ruhe ich mich aus, ganz allein, zwischen einem Prozeß und dem nächsten, und ich sah ihn mißtrauisch an, und dann dachte ich, vielleicht ist er Rechtsanwalt oder sogar Richter, was mir aber unwahrscheinlich vorkam, weil ihn so gar keine Pracht umgab, aber seine verschämte und bescheidene Anwesenheit beruhigte mich ziemlich. Seltsam, daß jeder dieser beiden Menschen hier als Mann bezeichnet wird, dachte ich, sie sehen aus, als gehörten sie zu verschiedenen Arten, wieso gibt es nur zwei Möglichkeiten für uns, Mann oder Frau, wie Tee oder Kaffee, wo doch die Wirklichkeit viel komplizierter ist, und ich freute mich, daß er nicht wie Arie war, und lächelte ihm dankbar zu. Er fragte, was trinken wir, und ich schwankte zwischen Tee und Kaffee, aber er ging ins Detail und nannte die Namen von Bier-, Whisky- und Brandysorten und empfahl einen hervorragenden Kognak, den er aus Ungarn mitgebracht hatte, er war erst vor einer Woche zurückgekommen und hatte ein paar Flaschen mitgebracht, und er war auch in Paris gewesen und hatte Käse gekauft, genau so sagte er es, als wäre ganz Europa eine Art riesiger Supermarkt, wo man mit seinem Wagen herumläuft und ihn vollädt, und schon lagen die Schätze Europas auf dem orientalischen Tisch, rund, niedrig und schmutzig, daneben die gepriesenen Flaschen, und wir setzten uns drum herum wie um ein Lagerfeuer, und Arie goß erst mir ein, dann sich, zerschnitt eine Wurst, schob mir mit einer vertrauten Bewegung ein Stück in den Mund, und die Schärfe des Whiskys mischte sich mit der Schärfe der Wurst und gab mir ein Gefühl von Leben, richtigem Leben. Und dann fingen sie an, über Paris zu sprechen, und ich hörte nicht wirklich zu, an meinem Ohr flogen Namen von Restaurants vorbei, von Weinsorten, von Frauen, Straßen, ich war nur einmal drei Tage in Paris gewesen und hatte zu dem Gespräch nichts beizutragen, außer daß ich dort mit einer schrecklichen Migräne in einem Hotelbett gelegen hatte, vor allem erinnerte ich mich an das Blumenmuster der Tapeten und der rosafarbenen Tagesdecke, aber es war schön, ihrem ruhig dahinplätschernden Gespräch zuzuhören, sie waren offenbar alte Freunde, und ich fühlte mich wohl zwischen ihnen, vor allem genoß ich Schauls Anwesenheit, den ich als einen Schutz gegen Arie empfand, und mir kam es vor, als würde auch Arie mich jetzt, mit den Augen seines Freundes, anders sehen.

Von Zeit zu Zeit zündete Arie eine Zigarette für mich an oder schob mir ein Stück Wurst in den Mund oder goß mir Kognak nach, und ich aß und trank, ohne nachzudenken, genoß es, ein Baby zu sein, für das man die Entscheidungen trifft. Als ich aufstand, um zu pinkeln, war mir angenehm schwindlig, und auf der Kloschüssel fielen mir einen Moment lang die Augen zu, aber als ich sie öffnete, freute ich mich, dort zu sein, in dieser überraschend geräumigen Toilette, als wäre sie für Behinderte gemacht, und als ich wieder hinüberkam, sagte Schaul, wir haben uns Sorgen um dich gemacht, geht es dir gut, Avischag? Und ich dachte, was für einfache Lösungen es für komplizierte Probleme gibt, man kann sich einen neuen Namen zulegen und vorübergehend sogar ein anderer Mensch sein. Als ich an Aries Sessel vorbeiging, streichelte er mein Bein unter dem Kleid und tastete sich hoch, wie um sich zu versichern, daß mein Slip nicht aus seiner Tasche verschwunden und an seinen natürlichen Platz zurückgekehrt war, komm auf meinen

Schoß, sagte er, und ich setzte mich auf seine Knie, und er fuhr fort, mich mit einer Hand unter dem Kleid zu streicheln und mit der anderen zu füttern, er schob mir seine Finger in den Mund, bis ich anfing, daran zu kauen, ich konnte kaum zwischen den Wurststücken und seinen Fingern unterscheiden, denn beide waren scharf und salzig, und zuletzt waren mir seine Finger lieber, denn ich brachte nichts mehr hinunter, ich war so satt, also hielt ich seine Hand, als wäre sie ein Sandwich, und kaute daran herum, und er unterhielt sich weiter mit Schaul, der jedoch nicht mehr so konzentriert war, die meiste Zeit beobachtete er mich und die Bewegungen meines Mundes, und schließlich stand er auf, stellte sich neben uns, und ich hörte seinen schweren Atem, und er berührte mein Gesicht, meine Nase und meine Augen, und begann, seine Finger ebenfalls in meinen Mund zu schieben, und Arie zog seine Hand heraus, um ihm Platz zu machen, und steckte sich einstweilen eine neue Zigarette an, und Schaul durchforschte meinen Mund wie ein Zahnarzt, seine Finger waren weich, und ich hatte das Gefühl, als könnten sie jeden Moment in meinem Mund schmelzen, und das war mir ein bißchen eklig, er merkte es offensichtlich und ging ein wenig enttäuscht zu seinem Platz zurück, und Arie lachte und sagte zu ihm oder zu uns beiden, es ist in Ordnung, es ist in Ordnung.

Und so war mein Mund auf einmal leer geworden, dabei hatte ich Lust, etwas mit ihm zu machen, deshalb legte ich meinen Kopf auf Aries Schulter und küßte seinen Hals, sein Ohr und einen Teil seiner Wange, wo der Geruch seines After-shaves besonders scharf war, ich schaute ihm ins Ohr, es war das erste Mal, daß mir sein Ohr auffiel, das eigentlich ganz normal und durchschnittlich war, mir aber plötzlich ganz wunderbar erschien, klein im Vergleich zu seinem Gesicht, und etwas heller, fast rosafarben, und einen Moment lang meinte ich, tief innen ein kleines Hörgerät zu sehen, rosa und rund wie eine Kirsche, und ich schob einen Finger hinein, um es zu berühren, fand aber nichts, und die ganze Zeit sprach Arie mit seiner heiseren Stimme weiter, ohne schwer zu atmen und ohne Erregung, aber ich spürte in seinem Körper eine Art Anspannung, die vorher nicht dagewesen war.

So bist du also wirklich, dachte ich, immer hatte ich ihn erregt sehen wollen, immer hatte er Kälte und Fremdheit ausgestrahlt, wie eine Maschine, und jetzt war da etwas anderes, seine Hände betasteten mich weniger gelangweilt, waren gespannter und geschmeidiger. Plötzlich fing es an zu regnen, ein richtiger Guß, gefolgt von Donnern und Blitzen, und die kleine Wohnung sah auf einmal aus wie die Arche Noah, dämmrig und baufällig, und sie schwiegen, ließen den Donner sprechen, und Schaul blickte mich an, in seinen Augen stand eine Frage, vielleicht wollte er wissen, was eine junge Frau wie ich im Ohr eines pathetischen alten Mannes zu suchen hatte oder so ähnlich, und einen Moment lang hatte auch ich Zweifel, doch Arie, der meinen Rückzug offenbar spürte, begann, mir die Strumpfhose abzustreifen, dann stand er auf, stellte auch mich auf die Beine, die Strumpfhose spannte sich um meine Knie wie eine Fessel, und er sagte, komm ins Bett, im Bett wird es dir bequemer sein, und ich sagte, aber was ist mit Schaul, und Arie sagte, das stört Schaul nicht, stimmt's, Schaul? Er sprach laut und nachdrücklich, wie eine Kindergärtnerin, und Schaul sagte mit seiner dünnen, gehorsamen Stimme, nein, es ist in Ordnung, ich werde nur dasitzen und zuschauen, als würde er uns einen Gefallen tun, und Arie machte im Gehen seine Hose auf, und für einen Moment sahen wir aus wie zwei kleine Kinder, die zum Klo rennen, mit nackten Ärschen und heruntergelassenen Hosen, er legte sich auf den Rücken und wartete, bis ich ihm die Stiefel und Socken ausgezogen hatte und mich auf ihn setzte, es war deutlich, daß er das wollte, und ich bemühte mich, mit aufrechtem Rücken zu sitzen und mich anmutig zu bewegen, wie eine Schauspielerin, denn ich spürte die ganze Zeit Schauls Blicke auf mir, es war das erste Mal, daß ich Publikum hatte, und ich wußte, daß dies eine Verpflichtung war.

Von Sekunde zu Sekunde wurde ich ehrgeiziger, ich wollte mein Publikum mit meiner Darbietung überraschen, deshalb spannte ich meinen Rücken zu einer Brücke, bis meine Hände den Bettrand berührten, und eigentlich hätte ich beifälliges Klatschen erwartet, statt dessen hörte ich lautes Atmen und das Geräusch fallender Kleidungsstücke und bemerkte, daß die Gestalt auf dem Sessel immer weißer wurde, seine helle Haut wurde entblößt, als die Kleidungsstücke fielen, er leuchtete fast, doch plötzlich sah ich nichts mehr, denn Arie richtete sich auf und bedeckte mich vollständig, und jetzt war er es, der mit einer besonderen Darbietung Eindruck zu machen versuchte, sein Becken vollführte energische Bewegungen, und ich begann zu stöhnen, nicht nur vor Vergnügen, denn es begann mir weh zu tun, und ich war auch ein bißchen überdrüssig, zugleich empfand ich aber eine Art Verpflichtung, den Ton zu liefern, damit die Sache kein Stummfilm blieb, und das feuerte ihn immer mehr an, und er sagte, das hast du gern, das hast du gern, das hast du gern, wie ein Mantra, und ich hatte Lust, plötzlich nein zu sagen und alles kaputtzumachen. Dann bewegte sich das Bett, als sei etwas Schweres darauf gefallen, und Arie zog sich mit einem Mal heraus, und ich spürte Schauls weiche Hände, die mich streichelten, und die ganze Zeit suchte ich Aries Körper und hielt ihn fest, ich wollte nicht mit Schaul allein bleiben und war nur bereit, ihn als eine Art Gesandten Aries zu empfangen, und ich fühlte, wie er in mich einzudringen versuchte, sein weißes, weiches Glied stocherte herum wie der Stock eines Blinden, und Arie hielt mich fest, als fürchte er, ich könnte fliehen, und sagte, in Ordnung, in Ordnung, du hast das gern, und seine Stimme war so klar und überzeugend, daß ich es schließlich selbst zu mir sagte, und Schaul sagte, du bist schön, du bist schön, und ich freute mich, daß Arie das hörte, und er versuchte wieder und wieder, in mich einzudringen, schaffte es aber nicht, vermutlich bedrückte ihn Aries demonstrative Männlichkeit, und als er aufgab, empfand ich Erleichterung, und es machte mir nichts aus, daß er mich streichelte und mich am ganzen Körper leckte, solange Arie mich nur fest im Arm hielt. Und dann brachten sie die Flasche zum Bett, und wir tranken, indem wir die Flasche von einem zum anderen reichten, wie beim Wahrheitsspiel, und das scharfe, süße Gefühl kam zu mir zurück, und ich dachte, vielleicht hat es sich trotzdem gelohnt, geboren zu werden, und Arie gab mir seinen Schwanz zurück, und ich lehnte mich an Schaul, und beide bewegten wir uns im Takt seiner starken Stöße, bis ich beide kommen hörte, fast gleichzeitig, als wären sie das vollkommene Paar, und ich fühlte am Rücken den Samen Schauls und vorn den Samen Aries und fühlte mich wie ein saftiger Knochen, den Hunde oder Katzen von allen Seiten ablecken, und mir fiel der Hund ein, der das Kätzchen zerfleischt hatte, und die geheimnisvolle Krankheit meines Vaters, die Verabredung mit dem Dekan, und ich fing an zu weinen, und die ganze Zeit hallte in meinem Kopf der Satz, vorbei ist vorbei, vorbei ist vorbei.

Sie achteten nicht auf mich, sie schliefen ein, Arie fiel in diesen gespannten Schlaf, den ich schon an ihm kannte, und Schaul in den schweren Schlaf nicht mehr junger und nicht mehr gesunder Leute, und ich ging zur Toilette, pinkelte und weinte, und dann stand ich auf und blickte in den Spiegel, und abgesehen von den roten Augen sah ich aus wie immer, das beruhigte mich ein bißchen, wenn ich aussah wie immer, war vermutlich nichts passiert, und ich stieg in die alte Dusche und duschte mit fast kaltem Wasser und sagte mir, es ist in Ordnung, es ist in Ordnung.

Als ich ins Zimmer kam, war Arie schon wieder angezogen und zeigte sein offizielles, distanziertes Gesicht, eine indische Autorität, und auch das beruhigte mich, denn jemand mit einem so autoritären Gesicht weiß, was er tut, und meine Angst löste sich auf, und er zündete sich eine Zigarette an und kochte Kaffee, und auch Schaul wachte auf, und wir setzten uns wieder um den Tisch, ich und Schaul nackt und Arie angezogen, und Arie fragte, ist dir nicht kalt, Ja'ara, und ich sagte, nein, und Schaul wunderte sich, wieso Ja'ara, ich dachte, sie heißt Avischag, und Arie kicherte und sagte, daß ich in Wirklichkeit Ja'ara hieß, und Schaul sagte, ein schöner Name, ich glaube, auch Kormans Tochter heißt Ja'ara, und Arie sagte, sie ist tatsächlich Kormans Tochter, ich hatte ganz vergessen, daß du ihn kennst, und Schaul sagte, was heißt da kennen, wir haben zusammen studiert, alle drei, und Arie sagte, stimmt, ich hatte es vergessen, und ich schämte mich, daß ich nackt war, und begann, meine Kleider zusammenzusuchen, und besonders peinlich war es mir, mich zu bücken und ihnen meinen nackten Arsch zu zeigen, aber meine Kleidungsstücke lagen auf dem Boden, deshalb probierte ich eine alberne Kauerstellung und landete prompt auf dem Boden.

Ich hörte, wie sie über die alten Zeiten sprachen, über meinen Vater, wie sie von ihm abgeschrieben hatten und wie er mit den Professoren diskutiert hatte, während sie mit Mädchen ausgingen, und wie alle Professoren Angst vor ihm gehabt hatten und wie er alles stehen- und liegengelassen hatte wegen der Krankheit, und an der Stelle schwiegen sie plötzlich. Mir war übel, und der Kopf tat mir weh, deshalb legte ich mich aufs Bett, und Arie fragte im Spaß, willst du noch eine Runde? Ich hatte keine Lust zu antworten, vor allem weil Schaul es für mich tat, hör auf, laß sie ausruhen, und ich sah, daß die Frage, die ihm die ganze Zeit im Gesicht gestanden hatte, drängender wurde und daß ihm die Vorstellung nicht angenehm war, fast Kormans Tochter gefickt zu haben und zugesehen zu haben, wie sie gefickt wurde, und die ganze Zeit hatte ich Angst, er könne es meinem Vater erzählen, er könne ihm einen anonymen Brief schicken und ihm mitteilen, daß seine Tochter mit alten Kerlen fickte, statt sich um ihre Dissertation zu kümmern, und ich versuchte, mich auf meine Arbeit zu konzentrieren, in Gedanken den Kreis der Themen durchzugehen und mir endlich eins auszuwählen, und plötzlich wurde ich ohnmächtig.

Als ich wieder zu mir kam, sah ich sie über mich gebeugt stehen, wie besorgte Eltern, Arie als Vater und Schaul als Mutter, sie tupften mir das Gesicht und den Hals mit einem nassen Handtuch ab. Ich hatte das Gefühl, aus einem langen süßen Schlaf zu erwachen, dem süßesten, den es gab, mein Kopf tat ein bißchen weh, aber es war eher die Erinnerung an einen großen Schmerz, ansonsten hatte ich das Gefühl einer plötzlichen, extremen Gesundung. Ich lächelte sie an und sah, wie sich ihre Gesichter entspannten, und Arie sagte, du warst ein paar Minuten lang ohnmächtig, aber mach dir keine Sorgen, und er brachte mir ein Glas Wasser, und Schaul fing an zu erzählen, wie ihm das einmal mitten in einem Prozeß passiert war, und erst da verstand ich, daß er wirklich Richter war, und das brachte mich zum Lachen, daß ich fast mit einem Richter geschlafen hätte, und ich sagte mir, dann ist es bestimmt in Ordnung, wenn ein Richter es erlaubt hat, und Arie schaute auf die Uhr und sagte, wir müssen los, Ja'ara, und an der Tür küßte Schaul mich auf die Wange, wie ein Onkel, und sagte, einen schönen Gruß an deinen Vater, und Arie nahm mich am Ellenbogen und führte mich zum Auto, ohne daß wir überhaupt das Meer gesehen hatten, und im Auto fragte ich, wo ist mein Slip, und er steckte die Hand in die Tasche und zog sie leer heraus und sagte, vermutlich ist er dort geblieben, und ich ärgerte mich, ich mag ihn besonders gern, es ist mein schönster, und Arie sagte, wegen einer Unterhose fahren wir jetzt nicht zurück, ein andermal, und ich wußte, daß es kein anderes Mal geben würde, und spürte einen Verlust ohne den Slip, als hätte ich mich heil und gesund auf den Weg gemacht und käme verletzt zurück, und dieser ganze Ausflug kam mir nun wie ein teuflischer Plan vor, nur ausgeheckt, um mir meinen schönsten Slip zu stehlen.

Ich schwieg und schaute hinaus und beschloß, diesmal nicht angestrengt nach einem Thema zu suchen, sondern es ihm zu überlassen, sich zu überlegen, über was wir sprechen konnten, aber er hatte offenbar gar nicht die Absicht, sich in dieser Hinsicht anzustrengen, er war zufrieden mit sich, dem Lenkrad und den Songs aus dem Radio, erst nach ungefähr einer halben Stunde erinnerte er sich an mich und fragte, das war dein erstes Mal, nicht wahr? Und ich sagte, ja, und bei dir?

Er lachte sein sattes Lachen, wieso denn, ich habe meine heißesten Jahre schließlich in Paris verbracht, ich habe alles ausprobiert, alles, deshalb fällt es mir auch so schwer.

Es fällt dir schwer? fragte ich erstaunt.

Ja, mich langweilt schon alles. Ich weiß, du glaubst jetzt, das ist gegen dich gerichtet, aber du irrst dich. Es ist eine allgemeine Langeweile, die schwer zu überwinden ist. Jedesmal sind stärkere Reize nötig, bis auch die aufhören zu wirken. Ein einfacher Fick, Mann und Frau, rein, raus, kommt mir weniger spannend vor als Gymnastik vor dem Fernseher.

Technisch stimmt das vielleicht, sagte ich, aber was ist mit den Gefühlen? Das ist doch ein Unterschied, wenn du mit einer Frau fickst, die dich interessiert, wird dich das Ficken doch auch interessieren, oder? Es ist wie ein Gespräch, nicht wahr?

Warum glaubst du, daß mich ein Gespräch interessiert, knurrte er, was ich dir über Sex gesagt habe, gilt auch für Gespräche. Die Reize müssen immer stärker werden. Und Gefühle? Ich weiß schon nicht mehr, was das ist. Im Lauf der Jahre wird der Mensch immer tierischer oder kindlicher, was die entscheidende Rolle spielt, sind die Bedürfnisse.

Ich empfand eine plötzliche Enttäuschung, eine totale, endgültige Enttäuschung, als hätte ich Gift geschluckt und könnte es nicht mehr aus dem Körper bekommen, obwohl ich es schon bereute, doch das würde nichts mehr helfen. Ich machte mir mein Leben kaputt, und er kam um vor Langeweile, und da legte er mir seine schöne Hand auf den Oberschenkel, versuchte mich zu trösten und sagte, weißt du, als ich dich dort mit Schaul gesehen habe, war es das erste Mal, daß ich dich richtig wahrgenommen habe, das erste Mal, daß ich mich zu dir hingezogen fühlte. Sein Staunen über dich hat auf mich abgefärbt.

Aber das enttäuschte mich nur noch mehr, und ich sagte, also was wird sein, und er sagte, nichts, warum sollte etwas sein, und ich sagte, aber ich liebe dich.

Und wieder fragte er, warum, was liebst du an mir?

Und wie immer fing ich an, mich zu winden, zurückgestoßen von seinem Bedürfnis, jedesmal wieder zu hören, wie großartig er in meinen Augen war, noch dazu, wo es bei weitem nicht der Wahrheit entsprach, ich hielt ihn für egozentrisch, rücksichtslos, kindisch, hochmütig und herzlos, aber das durfte ich mit keinem Wort erwähnen. Sag schon, was liebst du an mir, fragte er erneut, das interessiert mich wirklich.

Endlich etwas, was dich interessiert, fauchte ich, ich liebe die Farbe deiner Haut und deine Stimme und deinen Gang und die Art, wie du dir eine Zigarette ansteckst, und ich wußte, daß diese magere und zufällige Aufzählung ihn enttäuschte, aber er lächelte nur verächtlich und sagte, wenn so kleine Dinge eine so große Liebe in dir wecken, was wirst du dann machen, wenn du mal einen wirklich beeindrukkenden Mann triffst? Und ich sagte, es wäre schön, wenn es eine derartige Beziehung zwischen der Größe einer Liebe und den Eigenschaften des Geliebten gäbe, aber so funktioniert das nicht, und ich dachte an Joni und an seine hervorragenden Eigenschaften, und Arie sah besorgt aus, er wollte das nicht recht schlucken, denn wenn meine Liebe nichts mit seiner Größe zu tun hatte, schmeichelte sie ihm nicht und setzte ihn herab, und es fiel ihm offenbar schwer, auf das Recht zu verzichten, aus den richtigen Gründen geliebt zu werden, und er sagte, ich glaube, du verstehst mich einfach noch nicht, du bist so erpicht auf das, was du von mir bekommst oder nicht bekommst, daß du mich gar nicht siehst, wie ich bin, ohne dich, und ich sagte, stimmt.

Ich betrachtete die schwarzen Wolken, die langsam und tief hängend näher kamen, als gäbe es über unseren Köpfen eine himmlische Autobahn, und ich hatte das Gefühl, als würden sich die Grenzen verwischen, als würden wir uns erheben oder sie sich auf uns senken, und draußen wurde es dunkel, obwohl es noch früh am Abend war, und wieder stürzte ein solcher Regenguß herab, daß das Auto anfing zu beben. Ich lehnte mich an die Tür, blickte hinaus und dachte, daß es jetzt das richtige für mich wäre, die Tür aufzumachen und hinauszuspringen, so, wie ich war, ohne Mantel, ohne Slip, die Sache einfach beenden, denn einen anderen Weg, sie zu beenden, gab es nicht. Ich legte die Hand über die Augen und betrachtete ihn durch die Finger, so wie man eine erschreckende Szene im Kino betrachtet, die man trotzdem nicht ganz verpassen möchte, und er kam mir wie eine riesige graue Raupe vor mit seinen hervortretenden Augen und den dicken Lippen und den rosafarbenen Ohren, sein ganzes dunkles Fleisch, das aussah, als wäre es ein bißchen zu lange gekocht, und plötzlich lächelte er in sich hinein, ganz unbewußt, ein fettes Lächeln, und ich dachte, was lachst du, hast du nicht gehört, wie sich das Rad dreht, und dieser Spruch gefiel mir so gut, daß ich mir eine Melodie dazu ausdachte, und ich summte sie leise vor mich hin und fühlte mich ein bißchen besser. Sterben kann man immer, sagte ich mir, los, gib dem Leben noch eine Chance. Du siehst ihn jetzt, wie er wirklich ist, gut, daß du mit ihm gefahren bist, denn nur so hast du ein klares Bild bekommen, er ist durstig nach Beifall und nach Bestätigung, so wie du durstig nach Liebe bist, aber so ist das nun mal im Leben, wer durstig ist, bleibt durstig, er bekommt nichts. Deshalb ist es besser, von vornherein zu verzichten, überlasse es einer anderen, ihn zu langweilen, warum ausgerechnet du, du hast Besseres zu tun, doch an dieser Stelle stockte ich, denn ich konnte mir nichts Besseres vorstellen, und ich dachte an den Moment, als mein Mund mit der fetten ungarischen Wurst gefüllt war und mit zwanzig Fingern.

Ich fuhr fort, ihn mit bedeckten Augen anzuschauen, so konnte ich ihn am besten sehen, zerschnitten und unvollständig zwischen meinen Fingern, während ich das Bild beherrschte, und ich sagte mir, okay, angenommen, du empfindest Liebe für ihn, gut, lassen wir die zwei Wörter für ihn weg, bleiben wir nur bei der Liebe, Liebe ist etwas Gutes, oder? Jedes Kind weiß, daß Liebe etwas Gutes ist, also schenken wir sie einem anderen. Angenommen, du hast einen Kuchen für jemanden gebacken und er hat kein Interesse an deinem Kuchen, was würdest du tun? Ihn jemand anderem geben, also nimm gefälligst deine Liebe und gib sie egal wem, jemandem, der dieselbe Adresse hat wie du und dieselbe Telefonnummer. Und dann konzentrierte ich meine Gedanken auf Joni, versuchte mir jedes Detail einzeln vorzustellen, denn Details waren seine Stärke, seine braunen Augen mit den langen Wimpern, seine orangefarbenen, fast weiblichen Lippen, seine braunen Locken, die ich anfangs so gerne durcheinandergebracht hatte, ich dachte an sein ganzes Gesicht, geformt wie ein Amulett, doch dann sah ich ihn vor mir, unstet wie ein Scheibenwischer, der an Kraft verloren hat, und ich wußte nicht, warum er so wankte, und als ich es verstand, stieß ich hinter den Händen einen Schrei aus, denn ich sah ihn erhängt, ich wußte, ich würde nach Hause kommen und ihn im Badezimmer finden, die Wimpern auf den blassen Wangen liegend, gerade jetzt stieß er den Stuhl unter sich weg. Jemand hatte ihm heute von Arie und mir erzählt, und er konnte nicht länger mit meiner Lüge leben, und er konnte mich auch nicht verlassen, so wie ich Arie nicht verlassen konnte. Oder vielleicht konnte er es doch, vielleicht packte er genau in diesem Moment seinen Koffer oder schrieb mir einen Brief, ich habe dir vertraut, schrieb er, und du hast mich betrogen, du hast unsere Liebe beschmutzt. Ich habe dich nie mit Gewalt festgehalten, dich nie mit Fragen bedrängt, ich habe dir Freiheit gegeben und gehofft, daß du nur Gutes daraus machst, nur um eines habe ich dich gebeten, daß du es mir sagst, wenn du mich nicht mehr willst. Immer habe ich dir gesagt, daß du in meinen Augen ein freier Mensch bist, daß ich keine Herrschaft über dich habe, weder über deinen Körper noch über deine Seele, und ich wollte auch nicht, daß du aus Abhängigkeit bei mir bleibst. Ich wollte, daß du dich jeden Tag aufs neue frei für mich entscheidest und daß du offen genug wärst, mir zu sagen, wenn du einen anderen wählst.

Ach, wenn es doch nur so einfach wäre, würde ich zu ihm sagen, glaubst du wirklich, daß es so funktioniert? Ja, nein, schwarz, weiß? Und wenn ich jemanden gewählt habe, der mich nicht wählt?

Auch dann mußt du mich raushalten, würde er sagen, ganz unabhängig von den Folgen, auch wenn du nur für einen Moment jemand anderen wolltest, und ich würde sagen, aber wenn ich mir nicht sicher bin und wenn es mir vielleicht später leid tut, und er würde sagen, mit seiner klaren harten Logik, die sich nicht zurückweisen ließe, ich habe gesagt, unabhängig von den Folgen.

Ich habe ihn verloren, dachte ich, so oder so habe ich ihn verloren, seinetwegen, und am liebsten wollte ich Aries zufriedenes Gesicht zerfetzen, das Lenkrad nehmen und ihn aus dem Auto werfen, in den strömenden Regen, aber er hielt das Lenkrad fest, als wolle er sagen, es nützt dir nichts, Schätzchen, ich bin es, der hier die Kontrolle hat. Du kannst es dir in den Mond schreiben, mich morgen zu sehen, dachte ich, oder in zwei Tagen, zwei Wochen, zwei Monaten, zwei Jahren, ich werde jetzt retten, was von meinem Leben zu retten ist, falls es überhaupt noch etwas zu retten gibt, und ich sagte, Joni, warte, stoße den Stuhl nicht weg, nicht unter dir und nicht unter mir, gib mir eine Chance, und der Regen wurde stärker, Arie fluchte leise vor sich hin, und ich hatte Angst, daß wir nie ankommen würden, daß wir verunglücken würden, daß er seinen Herzschlag ausgerechnet jetzt bekam und ich nie in der Lage sein würde, alles wieder in Ordnung zu bringen, und dann gelobte ich, Arie nie wiederzusehen, wenn alles gutginge, wenn wir heil nach Hause kämen und Joni bei mir bliebe, statt dessen würde ich ein

Kind mit Joni machen und mich mein ganzes Leben lang, bis zu meinem Tod, nur noch mit dem Kind und mit Joni beschäftigen.

Suchst du etwas, fragte er, als wir wieder in der Stadt waren, wir fuhren durch dieselben Straßen, durch die wir am Morgen gefahren waren, nur in umgekehrter Richtung, ja, sagte ich, hier war ein roter Baum, den ich sehen wollte, und er fragte, warum, und ich sagte, weil es ein Zeichen ist, wenn wir ihn finden, und wenn wir ihn nicht finden, wird es auch ein Zeichen sein, und er sagte, dann ist es eigentlich egal, und er sagte, auch er habe am Morgen etwas Rotes, Leuchtendes gesehen, aber das sei wohl ein Ziegeldach gewesen. Noch einmal senkte ich den Kopf, als wir an Jonis Büro für Computerservice vorbeikamen, hoffte, daß Joni noch dort war und seine gehorsamen Computer dressierte. Am Anfang unserer Straße blieb das Auto stehen, und ich protestierte, es ist noch ein bißchen weiter, und er sagte, ich weiß, aber das ist, was man Sicherheitsabstand nennt, ich will nicht, daß du Probleme bekommst, er tat wichtig, als hätte er mindestens einen Meisterkurs für Spione hinter sich, und ich versuchte in seinen Kopf zu dringen und sagte mir, Kaltblütigkeit demonstrieren, wie eine Berufsmäßige, und schaute ihn genau an, denn ich wußte, daß ich ihn nie mehr sehen würde, ich versuchte, sein Gesicht auswendig zu lernen, um es einmal zu entschlüsseln, so wie man ein Rätsel löst. Er hielt das Lenkrad fest, und ich dachte, wenn er es losläßt und mich berührt, dann ist das ein Zeichen, auch wenn er es nicht tut, ist es ein Zeichen, und er ließ das Lenkrad los, aber nur, um sich an der Nase zu kratzen und sich dann eine Zigarette anzuzünden, und ich hörte auf, ihn anzuschauen, und sagte kaltblütig, tschüs, und stieg aus, und als das Auto sich entfernte, überlegte ich, ob ich nicht danke hätte sagen sollen und daß ich vergessen hatte, mir seine Augenbrauen anzuschauen, ob sie schwarz oder grau waren, wie seine Haare, jetzt würde ich also mein ganzes Leben verbringen müssen, ohne zu wissen, welche Farbe seine Augenbrauen hatten.

Vor dem Haus bekam ich Herzklopfen vor Angst, aber ich sagte mir, Kaltblütigkeit, Kaltblütigkeit, niemand wird dir so etwas Furchtbares zutrauen, im schlimmsten Fall wird er denken, du hättest dich in der Stadt herumgetrieben und Kleider gekauft, nie im Leben würde er glauben, daß du nach Jaffo gefahren bist, um anderthalb Schwänze reingesteckt zu bekommen, sogar wenn du es ihm erzählst, wird er es nicht glauben, das ist das Gute an der Wahrheit, daß man sie nicht glauben kann. Und an der Tür sagte ich, tu mir einen Gefallen, Joni, sei nicht zu Hause, um deinetwillen sei nicht da, wozu solltest du dasein, und er war wirklich nicht zu Hause.

Die Wohnung war dunkel und warm, die Heizung hatte wegen des schlechten Wetters vermutlich früh angefangen zu arbeiten, ich streichelte die warmen Heizkörper, als wären sie treue Haustiere, nur die Wärme war eher dagewesen als ich, aber die Heizkörper waren auf meiner Seite und würden nichts sagen. Das Spülbecken war voll, aber auch heute morgen war es voll gewesen, es war nicht zu sehen, ob ein Teller hinzugekommen war oder nicht, und erleichtert zog ich mich aus und stopfte die Sachen in den Schrank, duschte hastig, fuhr mit der Seife über die bestimmten Stellen, zog meinen Pyjama an und stieg ins Bett. Am besten war es, so zu tun, als wäre ich eingeschlafen, so gewann ich Zeit und konnte seine Stimmung auffangen, wenn er kam, ich lag also in dem dunklen Zimmer, genoß anfangs meine Erleichterung, bis sie sich langsam mit Furcht mischte, denn es war schon sechs oder sieben, ohne daß Joni kam oder anrief, niemand rief an, und Angst stieg in mir auf, ich hätte heute etwas Einmaliges verpaßt, einen Zug, der nur einmal im Leben vorbeikam, und alle waren ohne mich eingestiegen.

Ich stellte mir vor, daß sie, weit weg von mir, etwas feierten, Joni und meine Eltern, der Dekan und alle Studenten, die mich heute gesucht hatten, auch Schira, die Joni auf ihre verschämte und versteckte Art begehrliche Blicke zuwarf, und da beschloß ich, sie anzurufen, sie wußte immer, was passierte, auch wenn nichts passierte, und ich wählte im Dunkeln ihre Nummer, und sie war sogar nett, und ich fragte sie, ob sie etwas von Joni gehört habe, weil ich es nicht geschafft hätte, mit ihm zu sprechen, und sie sagte, 5786543, das war die Nummer seines Büros, und plötzlich war sie nicht mehr so nett, sie sagte, entschuldige, Ja'ara, aber ich habe Besuch, und ich war sicher, daß bei ihr ein Fest stattfand, alle Leute, die zu meinem Leben gehörten, saßen dort bei ihr und planten ihre Zukunft ohne mich.

Und dann probierte ich aus, ob ich mich noch an Aries Gesicht erinnerte, das mir immer von Rauch bedeckt erschien, auch wenn er nicht rauchte, und der Rauch verwischte seine Züge, als wollte er sagen, was spielen die Details schon für eine Rolle, und hinter dem Rauch war sein stilisiertes Gesicht zu erkennen, mit dieser Mischung aus Autorität und Anarchie, als wäre er erhaben über Gut und Böse, über Moralisches und Unmoralisches, das Übliche und das Unübliche, und mit einer gewissen Wut dachte ich, wer hat ihn da hingestellt, so hoch über allem, und ich sagte, er, und dann du, das heißt ich.

Dann versuchte ich mir noch andere Dinge vorzustellen, um mich abzulenken und die Zeit totzuschlagen, ich versuchte, mein erstes Zuhause zu rekonstruieren und mich zum Beispiel zu erinnern, ob Rauhputz an den Wänden war, und ich entschied, daß am Anfang keiner da war, später aber doch, und ich dachte, das Haus hat genau so ausgesehen, wie ein Haus auszusehen hat, oder wie man meint, daß ein Haus auszusehen hat, das heißt wie die Karikatur eines Hauses. Sogar ein Ziegeldach hatte es gehabt, wenn ich mich nicht irrte. Warum sollte ich mich irren, fast zwanzig Jahre lang war es mein Zuhause gewesen, ich mußte es doch am besten kennen, aber manchmal blieben einem die bekanntesten Dinge nicht in Erinnerung, als würde der tagtägliche Anblick einer Sache einen davon abhalten, den Einzelheiten Aufmerksamkeit zu schenken. So wie die Geschichte von Tante Tirza, die meine Mutter mit solchem Vergnügen erzählt hatte, nämlich daß Tirza an dem Tag, an dem sie sich nach dreißig Jahren Ehe von ihrem Mann scheiden ließ, ihn morgens verwöhnen wollte und fragte, wieviel Zucker nimmst du in den Kaffee, und er sagte, daß er schon seit dreißig Jahren nur Süßstoff benutze.

Das ist kein Alter, sich scheiden zu lassen, fünfzig, hatte meine Mutter seufzend gesagt, genausowenig wie zwanzig ein Alter zum Heiraten ist, aber vermutlich führt eine Dummheit zur nächsten, und dann hatte sie mir einen drohenden Blick zugeworfen, wie um zu sagen, wenn ich nicht aufpaßte, wäre dies das Schicksal, das mich erwartete. Sie hat ihn nicht geschätzt, wie es sich gehört, ihren Ehemann, hatte meine Mutter gesagt, er war zu gut für sie, und sie wollte vermutlich ein bißchen leiden, sie wollte nicht ihr Leben beschließen, ohne eine ordentliche Portion Leid, und so hat sie sie bekommen, ihre Portion, mit Zins und Zinseszins.

Sie war groß und dünn, meine Tante Tirza, gut aussehend und kühl, und nie konnte ich mir vorstellen, daß sie wirklich litt, sie wirkte immer so gleichgültig und gelangweilt, eine Frau, die sogar das Leiden langweilte, und ihr Mann, Onkel Alex, sah neben ihr wie ein Käfer aus, klein und schwarz und fleißig, ich konnte verstehen, warum er ihr auf die Nerven gegangen war, aber er fand ziemlich schnell eine jüngere Frau, die ihn bewunderte, und er wurde tatsächlich wunderbar. Manchmal brachte er sie an den Schabbatot zu uns, um mit ihr anzugeben, und dann staunte ich über seine Verwandlung, plötzlich sah er richtig männlich aus und war selbstsicher und humorvoll, und auch Tante Tirza wunderte sich hinter der Schlafzimmertür, wo sie sich bei solchen Gelegenheiten versteckte. Meine Mutter informierte sie im voraus über die Besuche, und obwohl Alex ihr Bruder war, zog sie Tirza offensichtlich vor, und sie lud sie ein, um heimlich zu lauschen, und mein Vater wurde gereizt und drohte jedesmal, dies sei das letzte Mal gewesen, er sei nicht mehr bereit, diese Tricks zu dulden. Meine Aufgabe war es, Kaffee und alle möglichen Essensreste zu Tante Tirza zu schmuggeln und ihren Aschenbecher zu leeren, und einmal sah mich Onkel Alex mit einem vollen Aschenbecher in der Hand und sagte mißtrauisch, was soll das, Ja'ara, du rauchst schon, als ob es klar wäre, daß ich eines Tages mit Asche angefüllt wäre und dies wäre nur der Anfang, und ich sagte, nein, ich räume nur ein bißchen auf, und er sagte, sehr lieb, wirklich, sah aber dennoch besorgt aus, und später sagte er zu meiner Mutter, ich würde wirklich schön, aber es sei keine gute Schönheit. Warum denn nicht, fragte meine Mutter, und er sagte, eine Schönheit wie die ihrer Tante, die im Menschen selbst bleibt und niemandem Freude macht, noch nicht mal dem Betreffenden selbst. Das alles hörte Tirza und steckte eine Zigarette nach der anderen an, und wenn das glückliche Paar weg war, kam sie erschöpft und mit roten Augen aus dem Schlafzimmer, nach Zigaretten stinkend, und begann, über die neue Frau herzuziehen, daß sie sich wie eine Hure kleide, und so höre sie sich auch an, und es sei eine Schande für sie, daß so eine ihre Nachfolgerin geworden war, das würde sie Alex nie verzeihen, und meine Mutter sagte dann immer, aber Tirza, vergiß nicht, daß du die Scheidung wolltest, er hätte dich nie verlassen, obwohl er von deinen Geschichten wußte, und dann begannen sie zu flüstern, und erst gegen Abend wusch Tirza ihr Gesicht, das auch mit fünfzig noch glatt und hübsch war, und ging mit erleichtertem Seufzer weg, wie ein Mensch, der eine Sauna verläßt, nachdem er bis an seine Grenze gelitten hat, aber vom gesundheitlichen Nutzen der Sache überzeugt ist.

Du bist einfach eine Sadistin, sagte mein Vater manchmal abends zu meiner Mutter, im Schlafzimmer, das noch nach Zigaretten roch, warum hältst du sie immer auf dem laufenden, warum lädst du sie ein, sich hier zu kasteien, du bist einfach neidisch, weil sie eine erfolgreiche Rechtsanwältin ist und du nichts aus dir gemacht hast. Mit deiner scheinbaren Loyalität quälst du sie, glaub ja nicht, daß ich das nicht sehe.

Ich habe nichts aus mir gemacht? Meine Mutter kochte, und warum habe ich nichts aus mir gemacht? Weil ich mein Leben lang für dich gesorgt habe.

Ja, du hast für mich gesorgt! Was gab es da schon zu sorgen? Du hast es einfach vorgezogen, dein Leben mit Blödsinn zu vergeuden.

Deine Kinder aufzuziehen ist Blödsinn? Sich um alle zu kümmern ist Blödsinn?

Wer genau sind denn alle? Nur für dich hast du gesorgt, wir haben doch gesehen, was damals passierte, als dir das Kind starb, das dich wirklich gebraucht hat!

Wie kannst du das wagen, schrie sie ihn dann an, man könnte glauben, daß du was aus deinem Leben gemacht hast! Begräbst dich den ganzen Tag im Labor wie eine Wühlmaus! Hättest du dein Studium beendet und es nicht mittendrin abgebrochen, hättest du unser Kind vielleicht retten können und wir wären nicht abhängig gewesen von diesen idiotischen Ärzten dieses idiotischen Krankenhauses! Dann knallte regelmäßig die Tür, und meine Mutter, samt Kissen und Decke, legte sich auf das Sofa im Wohnzimmer und schlief ziemlich bald ein, wie ein Mensch mit einem ruhigen Gewissen, und ich schlich hinüber und betrachtete sie, versuchte in ihrem faltigen Gesicht ein Zeichen der Wahrheit zu finden. Was für einer Wahrheit? Das war nicht die Frage, die Frage war vielmehr, mit wem man Mitleid haben sollte, ich ging von einem Bett zum anderen, betrachtete ihn, betrachtete sie und überlegte, mit wem ich Mitleid haben sollte, ich lief mit meinem Packen Mitleid herum wie mit einer Medizin, die nur für einen Menschen reichte, aber der würde dann auch gerettet, und wußte nicht, wem ich dieses Mitleid geben sollte. Manchmal schlief ich, mitten auf dem Weg von einem Bett zum anderen, auf dem Fußboden ein, und morgens sah ich dann ihre Augen auf mich gerichtet, Augen, in denen ich die Erwartungen aus den ganzen vergangenen Jahren sah, angefangen bei ihren Versuchen, mich auf die Welt zu bringen, bis jetzt, Erwartungen, die ich schließlich enttäuscht hatte, ich hatte die Anstrengungen nicht gerechtfertigt, ich hatte keine Rettung gebracht, außer meinem Mitleid mit den Bedrückten und Beladenen, einem Mitleid, von dem ich nicht wußte, wem ich es schenken sollte, am Schluß gab ich es mir, und sie wußten das im Innern ihres Herzens und behandelten mich, als hätte ich mit an ihnen vergangen, hinter meinem Rücken hielten sie Schnellgerichte über mich ab, sammelten unzählige kleine Beschuldigungen zu einer einzigen großen Schuld, die sich nachts ein Bett suchte, in das sie sich legen konnte.

Manchmal zischte er dann, sie wird wie Tirza werden, ich sehe es ihr jetzt schon an, das war für ihn ein ernster Fluch, obwohl die Atmosphäre zwischen ihm und ihr, wenn sie zusammensaßen, immer angenehm war und sie sich lange unterhielten, man konnte sehen, daß er Tirza nicht als ganze Person haßte, sondern nur einen Teil von ihr, einen Teil, der in seinen Augen so etwas war wie Betrug an der Weiblichkeit, Hochmut, Grausamkeit, eine Essenz aller Frauen wie Tirza, die an der wirklichen, realen Tirza nicht zu bemerken war, die man erst entdeckte, wenn man versuchte, sie ganz genau in den Blick zu bekommen.

Und meine Mutter sagte dann, wieso denn, Ja'ara ist so warm und Tirza so kalt, und mein Vater sagte gekränkt, vielleicht ist sie dir gegenüber warm, zu mir nicht.

Was für eine Wärme erwartest du von ihr, fuhr sie ihn an, was für eine Wärme gibst du denn, wenn du solche Erwartungen hast?

Und dann ging das Licht im Wohnzimmer an, ohne daß ich eine Tür gehört hatte, und ich sah Joni, der seinen Mantel auszog, unter dem er eine kurze Turnhose trug, und plötzlich zog sich mir das Herz zusammen. Wie jung er aussah, vor allem in weißen Sachen, seinem Tenniszeug, jung und engelhaft und süß, und ich fühlte einen solchen Stolz, während ich ihn aus der Dunkelheit beobachtete, als sei er mein Sohn, und ich staunte darüber, daß er so schön laufen gelernt hatte, daß er seinen Mantel allein ausziehen und Licht anmachen konnte, alles konnte er, mein wohlgeratener Sohn, alles, und dann kam er auf mich zu und stand in der Schlafzimmertür und versuchte, in der Dunkelheit etwas zu erkennen. Ich sah ihn ganz genau, und er sah mich nicht, er konnte nicht mal sicher sein, daß ich da war, und er wagte nicht, näher zu kommen, um sich zu vergewissern, ich bemerkte, wie schön die einzelnen Teile seines Gesichts waren, und staunte wie beim ersten Mal, als ich ihn gesehen hatte, wie es möglich war, daß sich solch schöne

Einzelheiten nicht automatisch zu einem schönen Ganzen zusammenfügten.

Wühlmäuschen, flüsterte er, und ich tat, als müsse ich mich dehnen, rieb mir die Augen und sagte schnell, bevor er etwas fragen konnte, ja, ich habe ein bißchen geschlafen, ich hatte vergessen, daß er heute Tennis spielte, und war so glücklich, daß alles gut und seine Stimme weich wie immer war, aber dann sagte er, ich habe dich in der Uni angerufen, sie haben gesagt, du wärst überhaupt nicht dort gewesen, und ich sagte zu mir, Kaltblütigkeit, Kaltblütigkeit, und murmelte, ja, ich habe mich nicht wohl gefühlt, deshalb bin ich zu Hause geblieben, und er sagte mit seiner weichen Stimme, die mir plötzlich grausam und beängstigend vorkam, aber ich bin vorhin hier vorbeigekommen, um mich umzuziehen, und du warst nicht da, und einen Moment lang wollte ich ihm alles erzählen, ich wollte weinen und ihm erzählen, in was für ein Loch ich gefallen war und daß er auf mich aufpassen müsse und mir nicht erlauben dürfe, das Haus zu verlassen, aber dann sagte ich mir, Kaltblütigkeit, beichten kann man immer, versuche einstweilen mit reiner Weste aus der Sache zu kommen, und ich sagte, ich bin mal schnell zur Apotheke gegangen, Aspirin kaufen, schön, sagte er, mir platzt bald der Kopf, ich brauche ein Aspirin, und machte auf einmal das Licht an, und ich schloß die Augen vor dem plötzlichen Licht und murmelte, es ist bestimmt in meiner Tasche, und er brachte mir die Handtasche zum Bett, wie man einen Säugling zum Stillen zu seiner Mutter bringt, ich mag nicht in deiner Tasche rumwühlen, und ich tat, als würde ich suchen, dann sagte ich, es ist nicht da, vielleicht in der Küche, vielleicht habe ich die Tabletten aber vor lauter Kopfschmerzen in der Apotheke vergessen, und ich betete insgeheim, daß er nicht anbieten würde, sie von dort zu holen, und zu meinem Glück fing es in diesem Moment an zu regnen, eine wahre Sintflut, und ich sagte, komm ins Bett, ich vertreibe dir deine Kopfschmerzen.

Er setzte sich auf den Bettrand, stand aber plötzlich auf, als sei ihm etwas Wichtiges eingefallen, ich muß mich erst waschen, ich stinke vor Schweiß, aber ich roch nichts und wunderte mich ein bißchen, denn im allgemeinen mußte ich ihn ans Duschen erinnern, und mir kam ein Verdacht, vielleicht war er gar nicht beim Tennis, vielleicht roch er nach einer anderen Frau, und sofort dachte ich an Schira und an ihre Stimme, als sie sagte, ich habe Besuch. Wie war das Spiel, fragte ich, und er sagte, wie üblich, und begann sich auszuziehen, und ich fragte, mit wem hast du heute gespielt, und er antwortete, ich habe einen festen Partner, hast du das vergessen? Und ich sagte, hilf mir auf die Sprünge, wer ist es, und er sagte, Arie, und mir kam es vor, als verberge er hinter seinen engelhaften Lippen ein satanisches Lächeln, und ich sagte, Arie, wer ist das? Wie alt ist er? Und er sagte, so alt wie ich, vielleicht ein bißchen älter, erinnerst du dich nicht? Wir haben ihn vor zwei Wochen im Supermarkt getroffen.

Er drehte mir seinen hellen weichen Rücken zu und ging zum Badezimmer, und ich sagte zu mir, du mußt deine Nerven unter Kontrolle behalten, erschrick nicht bei jeder Kleinigkeit, und ich wußte nicht, welche Vorstellung mich mehr erschreckte, daß er sich duschte, um den Geruch einer anderen Frau wegzuwaschen, oder daß er mich ignorierte, weil er wußte, daß ich log. Wieso hieß dieser junge Mann plötzlich Arie, das klang mir nicht logisch, bestimmt hatte Joni das erfunden, um zu signalisieren, daß er alles wußte. Und als ich hörte, wie er in der Dusche anfing zu summen, lief ich ins Wohnzimmer und wühlte in seiner Tasche, bis ich sein Notizbuch mit den Telefonnummern fand, und suchte unter A, aber da gab es keinen Arie, und ich überflog das ganze Alphabet und fand ihn auch nicht unter irgendeinem Familiennamen, und dann rief Joni, Ja'ari, ein Handtuch, und ich steckte das Notizbuch zurück in seine Tasche und ging mit einem Handtuch in der Hand zum Badezimmer.

Mir war es schon immer als die höchste Form der Intimität vorgekommen, als wichtigster Vorteil, wenn man mit jemandem zusammenlebte, daß man aus dem Badezimmer nach einem Handtuch rufen konnte und wußte, daß dieser Ruf den anderen dazu brachte, aus dem Bett zu steigen oder vom Stuhl aufzustehen oder das Blättern in Notizbüchern zu beenden und zum Schrank zu gehen, und das alles durch die Kraft eines einzigen Wortes.

Dort stand ich also und schaute ihm zu, wie er sich abtrocknete, sein Körper war weich wie Teig, und das Rubbeln hinterließ rote Stellen auf der Haut, und wieder kam es mir vor, als lächle er, also summte ich mir die Melodie vor, die ich mir vorhin ausgedacht hatte, die mit dem Rad, das sich gedreht hatte, und ging zurück ins Bett. Nur die Zeit konnte die Situation klären, entschied ich, aber inzwischen sehen wir mal, ob er ins Bett kommt. Wenn ja, ist es ein Zeichen, daß er von keiner Frau kommt, doch dann erinnerte ich mich daran, daß ich sehr wohl von einem Mann kam und trotzdem bereit war, mit ihm zu schlafen, um den Verdacht wegzuwischen, warum sollte er nicht das gleiche tun, und ich sah, daß all diese Zeichen nur ein großes Durcheinander waren und daß man sich damit abfinden mußte, nie alles über den anderen zu wissen, noch nicht mal die Hälfte, und ich dachte, daß er sich bestimmt mit ähnlichen Gedanken herumschlug, denn auch er wußte nichts, und das brachte mich erst zum Lachen, dann machte es mich traurig.

Er kam herein und fragte, ob ich Hunger hätte, und ich sagte, schrecklichen Hunger, und sofort bereute ich es, denn wenn ich mich nicht wohl fühlte, war es logischer, keinen Hunger zu haben, und ich merkte, daß ich bei allen Testfragen, die er mir stellte, versagte, aber er begann, in der Küche Gemüse zu schneiden, in einem gleichmäßigen, schnellen Rhythmus, und die Bewegung des Messers verriet nichts von seelischen Stürmen oder einem Gefühl der Ungewißheit.

Ich ging zu ihm in die Küche und machte Spiegeleier, und während sie brieten, umarmte ich ihn und sagte ihm, wie sehr ich ihn liebte, und in diesem Moment empfand ich das auch so, und er lächelte und sagte, ich weiß, und plötzlich wurde ich gereizt, woher weißt du das, vielleicht sage ich es nur so dahin, und ich sah, daß er keinerlei Verdacht hegte, und einen Moment lang spürte ich Erleichterung, aber dann tat es mir leid, denn ein Verdacht, besonders ein gegenseitiger Verdacht, machte uns gleich, und nun waren wir wieder ungleich, wie Mutter und Kind, und sein Vertrauen warf wieder die Schwere der Schuld auf mich zurück, die mir für einen Moment genommen worden war. Ich fühlte, wie die Schuld in meinem Bauch wühlte, und plötzlich hatte ich keinen Appetit mehr, ich wendete die Spiegeleier, die schon fast verbrannt waren, und sagte, mir wird wieder schlecht, ich gehe zurück ins Bett.

Ich lag in der Dunkelheit und hörte ihn kauen, gründlich und energisch, er schnitt sich Brot, tunkte es in die Salatsoße, alle Geräusche konnte ich unterscheiden, und danach wischte er sich den Mund mit einer Serviette ab, dann brachte er das benutzte Geschirr zum Spülbecken, wo es sich zu den Kollegen von gestern gesellte, so wie er sich mit einem müden Seufzer zu mir gesellte.

Und dann fing er an, mich zu streicheln, und ich hatte schon fast vergessen, wofür das ein Zeichen war, und versuchte mich darauf zu konzentrieren, was ich am besten tun sollte, ob ich sagen sollte, ich hätte keine Lust, das wäre zwar nichts, aber vielleicht doch verdächtig, als wäre ich für heute sexuell befriedigt, und wenn ich ihm Leidenschaft vorspielte, dann wäre das auch verdächtig, als würde ich etwas verbergen, und ich wußte nicht, wie ich aus dieser Verwirrung herauskommen sollte, deshalb beschloß ich, mich in Grenzen an der Aktion zu beteiligen, ich war gleichgültig, stieß seine Hände aber nicht weg, und dann fing ich seinen Blick auf, einen hilflosen, verzweifelten Blick, er wußte nicht, was er nun mit meinen Gliedern oder mit seinen anfangen sollte, und er tat mir so leid, ich verstand nur zu gut, was das Wort Mitleid bedeutete, denn mein Mitleid floß wie ein Strom, sogar unten fühlte ich feuchtes Mitleid, und ich versuchte, mich zu animieren, als wäre ich mit Arie zusammen oder als würden beide, Arie und Schaul, mir zusehen, ein Auftritt verpflichtet, deshalb gab ich mir Mühe, mich zu bewegen und ihn zu streicheln, doch er war schon erloschen, lag wie tot neben mir, mit offenen Augen, und ich hatte vergessen, was man tut, jede Bewegung kam mir lächerlich vor, also streichelte ich einfach seine Locken und brachte sie durcheinander, und ich küßte seine Stirn und seine Augen, schon immer fühlte ich mich entspannter mit seinem Gesicht als mit seinem Körper, und dann lag ich neben ihm, wir hielten uns an den Händen und verflochten unsere Finger ineinander, nackt, aber geschlechtslos, wie Kinder im Kinderhaus eines Kibbuz, und hörten dem Regen zu.

Die ganze Zeit hatte ich Angst, daß er reden wollte, aber zu meinem Glück schlief er ein, ich hörte seine leisen Atemzüge, sogar im Schlaf ist er sehr wohlerzogen, bis ich sie nicht mehr hörte und plötzlich sicher wußte, es war vorbei, das war's, plötzlicher Kindstod, das war der Tod, der zu ihm paßte, und ich berührte seine Locken, wagte nicht, sein

Gesicht anzufassen, und dachte allen möglichen Blödsinn, zum Beispiel, mal sehen, wie seine Locken kalt werden, und dann stellte ich mir vor, wie man mich zur Polizei bringen und sagen würde, ich sei eine Mörderin, weil ich nicht wirklich mit ihm schlafen wollte, und alle würden mit dem Finger auf mich deuten und im Chor singen, sie ist eine Mörderin, sie hat den Arsch nicht bewegt, und ich werde sagen, wieso, ich bin nicht schuld, das war plötzlicher Kindstod, der Tod der Engel, und sie werden sagen, du machst Witze, plötzlicher Kindstod mit Dreißig? Und dann würde ich dort auch Schaul sehen, in der schwarzen Robe der Richter, und ich würde zu ihm rennen und sagen, erinnerst du dich an mich, Schaul, ich bin Ja'ara, die Tochter von Korman, du mußt mich hier rausbringen, und er würde sagen, von Korman? Du lügst, Korman hat keine Tochter, und ich würde schreien, erinnerst du dich nicht an mich? Im Vergleich zu völlig Fremden hat es zwischen uns eine außerordentliche Intimität gegeben, sogar mein Vater, der mir die Windeln gewechselt hat, kennt mich nicht so gut, wie du mich kennst. Dann würde ich anfangen, mich auszuziehen, um seiner Erinnerung nachzuhelfen, ein hilfloser Versuch, denn was gibt es an meinem nackten Körper, was ihn zu etwas so Besonderem macht, daß er sich in die Erinnerung eingräbt, und während ich nackt vor ihm stehe und sogar versuche, die Bewegungen zu rekonstruieren, die ich damals gemacht habe, auf seinem Bett, Bewegungen wie in einem Pornofilm, fängt er an, sich zu erinnern, streichelt mich lustlos mit seinen weißen Fingern und sagt, ja, kann sein, ich erinnere mich undeutlich, aber du bist doch aus irgendeinem Kibbuz im Negev, nicht wahr? Und ich sage, nein, das war ein Witz zwischen mir und Arie, und er blinzelt mißtrauisch und sagt schließlich, schau, selbst wenn ich dich hier rausholen wollte, ich könnte es nicht, siehst du denn nicht, daß auch ich als Gefangener hier bin, nicht als Richter, und er streckt mir die Hände entgegen, und ich sehe, daß er Handschellen trägt, und alle um uns herum fangen an zu lachen und zu singen, wenn sie es will, ist es nicht schwer, ihr Arsch bewegt sich. Ich ziehe mich schnell wieder an und suche die ganze Zeit nach Arie, er muß hier sein, genauso wie ich, sogar mit Fußfesseln, denn er ist der Gefährlichere, aber ich sehe ihn nicht, er treibt sich nicht an solchen Orten herum, er mag solche Orte nicht, und ich sage, aber ich mag sie auch nicht, und er wird sagen, wenn du nicht geliebt hättest, wärst du nicht hier.

5 Als sie mich sah, rutschte sie ein Stück zur Seite, wie um mir neben sich, auf dem Bett, Platz zu machen. Das Bett selbst stand an dem großen, immer geschlossenen Fenster, das einen zufällig herausgeschnittenen, Neid erweckenden Ausblick auf die helle, provozierende Welt der Gesunden gab, einen gelblichen Berg, nicht hoch, eher ein Hügel, und zwei, drei Häuser. Das Bett, das sie ans Fenster geschoben hatte, sah aus, als wachse es armselig und schmal aus der Landschaft hervor, und in diesem Bett lag Tante Tirza.

Sie lächelte mich an, ein freudloses Lächeln, geradezu verärgert, noch nie hatte sie mich leiden können. Warum bist du gekommen, fauchte sie, ich habe deiner Mutter doch gesagt, daß ich außer ihr niemanden sehen will.

Meine Mutter hat heute keine Zeit, log ich, sie hat mich gebeten nachzuschauen, ob du was brauchst. Davon hatte sie kein Wort gesagt, meine Mutter, sie hatte nur erwähnt, daß sie es heute nicht schaffe, Tante Tirza zu besuchen, und ich war aus eigenem Entschluß am Krankenhaus ausgestiegen, eine Haltestelle vor der Universität, ich hatte mich nicht beherrschen können, denn immer wieder zog es mich in den lauwarmen Schutz der schmalen Korridore, zu den engen, häßlichen Zimmern voller Husten, Seufzer, Schmerzen und vergeblicher Hoffnungen, eine armselige Umgebung, die im geheimen Gewächse von blassem, königlichem Adel hervorbrachte.

Natürlich brauche ich was, unterbrach sie mich, ich glaube nur nicht, daß du es mir geben kannst.

Versuch's, was hätte ich sonst sagen können.

Dein Alter, sagte sie, deine Jugend.

Ich kam mir selbst eigentlich gar nicht mehr so jung vor, auch ich wollte manchmal junge Mädchen auf der Straße erwürgen, nur wegen ihrer Jugend, aber hier, gegen diese von der Krankheit gezeichneten Gesichter, fühlte ich mich ziemlich jung und ziemlich gesund, selbst wenn mir diese Tatsache nicht unbedingt ein Versprechen auf Glück zu sein schien. Vermutlich möchte jeder Mensch einen anderen aus Neid erwürgen, es muß eine Art Pyramide sein, in der immer jemand ist, der einen ermorden will, egal, wie tief unten man sich selbst wähnt. Sogar Tante Tirza, in ihrem harten Bett, mit dem leeren Büstenhalter unter der Pyjamajacke, konnte immer noch den Neid eines anderen erregen. Nicht daß das ein Trost für sie gewesen wäre.

Du siehst gut aus, sagte ich.

Ja? Sie fragte es im Ernst und zog einen kleinen Spiegel hervor und kämmte sich mißtrauisch, als wolle sie meine Ehrlichkeit prüfen. Ihr Gesicht war magerer, als ich es im Gedächtnis hatte, und weniger glatt, doch die Magerkeit betonte die hohen Wangenknochen und ihre großen grünen Augen mit dem kalten, harten Blick. Auch jetzt würde ich mich freuen, wenn jemand sagt, wir sähen uns ähnlich, sagte ich.

Warum sollte das jemand sagen? Du bist ganz anders, und wir sind nicht blutsverwandt. Du kannst höchstens deinem Onkel Alex ähnlich sehen, was ich dir aber nicht empfehlen würde. Und mit überraschendem Eifer fragte sie, was ist mit ihm? Wie sieht er jetzt aus, als alter Mann?

Er hat sich nicht besonders verändert, sagte ich, seine Haare sind ganz weiß, aber er ist noch immer klein und schwarz.

Klein und schwarz, sie lachte, klein und schwarz und mit

weißen Haaren, und sie fuhr fort, sich prüfend im Spiegel zu betrachten, als blicke ihr von dort Onkel Alex höchstpersönlich entgegen. Es interessiert mich, wie er gealtert ist, murmelte sie in den Spiegel, ich habe jedes Detail seines Gesichts gekannt, ich wüßte gerne, wie seine Augen gealtert sind, oder seine Lippen. Hat er Falten um den Mund?

Ja, ich glaube schon, ich erinnere mich nicht genau, ich habe nicht darauf geachtet.

Sie versuchte sich aufzurichten, ihre Bewegungen waren erschreckend. Ich weiß gar nicht, warum das noch immer weh tut, sagte sie.

Sich aufrichten oder an Alex denken?

Beides, sie verzog den Mund zu einem bitteren Lächeln, man hat uns versprochen, daß die Schmerzen vorbeigehen, und das ist eine Lüge. Nicht die des Körpers und erst recht nicht die anderen. Man muß bei jeder Bewegung, die man macht, überlegt vorgehen, denn wenn man auf die Nase fällt, geht es nie vorbei. Ich habe noch nie eine Wunde gesehen, die verheilt wäre.

Bereust du es, fragte ich leise.

Ja, sagte sie, aber das macht nichts, denn auch wenn ich mit ihm zusammengeblieben wäre, hätte ich es bereut, nur daß er dann dagewesen wäre und mir Kaffee ans Bett gebracht hätte, und jetzt bereue ich, daß er mit einer anderen Frau zusammen ist und ihr Kaffee ans Bett bringt. Ich nehme an, die erste der beiden Möglichkeiten wäre in gewisser Hinsicht leichter.

Da hörte ich das Bett neben ihr stöhnen. Ein leeres Bett, jedenfalls war das mein Eindruck gewesen, bevor das Stöhnen begann und aus den blassen Laken eine kleine weiße Frau auftauchte. Sie sah aus, als sei sie in der Wäsche eingegangen, jemand hatte versäumt, die Gebrauchsanweisung zu lesen, jemand hatte die Wäsche gekocht, dabei war nur handwarmes Wasser erlaubt, und so hatte es geschehen können, daß aus einem Abendkleid ein Lumpen wurde.

Bist du in Ordnung, Joséphine, fragte meine Tante auffällig besorgt, fast mit Vergnügen. Da ist also die andere in der Pyramide, dachte ich, die bereit ist, Tirza aus Neid zu erwürgen, so stark und gutaussehend wirkte sie neben diesem ärmlichen Rest einer Frau mit einem kaiserlichen Namen.

Ja, ich bin in Ordnung, zischte die andere, zusammengekrümmt, eine Antwort, die albern klang, wenn man ihr schmerzerfülltes Stöhnen bedachte. Sie versuchte einen riesigen Rollstuhl zu sich zu ziehen, aber je mehr sie sich anstrengte, um so weiter schien er sich zu entfernen. Ich streckte einen Fuß aus und schob ihn zu ihr, ohne aufzustehen, es war fast kränkend, mit welcher Leichtigkeit ich das tat, und vielleicht war das auch beabsichtigt, jedenfalls dachte das Tirza, denn sie blickte mich so distanziert an, als wollte sie sagen, ich habe dich nie leiden können, aber jetzt weiß ich auch, warum.

Doch die kleine Frau lächelte mich dankbar an, und mit überraschender Geschwindigkeit hüpfte sie in den Rollstuhl und versank sofort darin, so wie sie vorher in ihrem Bett versunken war. Im nächsten Moment war der leere Rollstuhl in dem engen Korridor verschwunden.

Wohin will sie so eilig, fragte ich Tirza.

Warum wunderst du dich darüber, fuhr sie mich an, hast du geglaubt, daß Sterbende nichts mehr haben, wohin sie so eilig wollen? Sterbende haben mehr zu tun als alle anderen, sie müssen noch so viel erledigen, in so wenig Zeit.

Was zum Beispiel, fragte ich böse.

Zum Beispiel den Besuch ihres degenerierten Mannes, der kommt jeden Tag um diese Zeit, deshalb hat sie es so eilig, weil sie immer an der Stationstür auf ihn wartet, nur um keinen Moment seines Besuchs zu verpassen, noch nicht mal die Zeit, die er für die fünfeinhalb Schritte bis hierher braucht.

Warum ist er degeneriert? fragte ich, und sie zuckte mit den Schultern, ich weiß nicht, vielleicht irre ich mich. Vielleicht habe ich etwas gegen Männer, wenigstens gegen solche, die ihre Männlichkeit vor sich hertragen wie eine Fahne.

Und dann kamen sie herein. Das Quietschen des Rollstuhls, ihr Gesicht, das aussah, als sei es nur irrtümlich schmerzgequält und eigentlich zu einem völlig anderen Leben bestimmt, einem leichteren, sorglosen Leben, und er, die braunen schönen Hände an den Griffen, jeden Finger in der dazugehörigen Vertiefung, schob den Rollstuhl, mit seinem wilden Gang, gebremst von den zahlreichen Hindernissen im Zimmer, sein großer Körper in dem schwarzen Pullover, den er vor genau einer Woche auch angehabt hatte, als wir nach Jaffo gefahren waren, und die verhangenen Augen in seinem gut geschnittenen Gesicht wurden noch nicht einmal durch die Überraschung, mich hier vorzufinden, zum Aufleuchten gebracht.

Ja'ara, sagte er, was machst du hier?

Ich besuche meine Tante, flüsterte ich verwirrt, entschuldigend, als sei ich in seinen Privatbereich eingedrungen.

Ihre Mutter hat sie geschickt, sagte Tante Tirza, bereitwillig meine Version bestätigend, und blickte mit amüsierten Blicken von ihm zu mir.

Ach so, er beruhigte sich und betrachtete uns prüfend, ihr seht euch wirklich ein bißchen ähnlich.

Ich hab's dir ja gesagt, sagte ich und lächelte sie an, aber sie beeilte sich zu betonen, wir seien nicht blutsverwandt.

Alles um uns herum wurde rosa, denn die Sonne der Gesunden ging mitten im Fenster unter, und es sah aus, als habe sie vor, in Tante Tirzas Bett zu fallen, und die Frau im

Rollstuhl schaute Arie mit rosafarbenen, erwartungsvollen Augen an, und er sagte, darf ich bekannt machen, das ist meine Frau, und deutete auf sie, als gäbe es hier im Zimmer noch andere Möglichkeiten außer ihr, und seine Stimme zitterte nicht, und als er auf mich deutete und sagte, die Tochter von Korman, wußte ich nicht, ob ich ihr die Hand drücken sollte oder ob ein Lächeln genug war, also lächelte ich und sagte, sehr angenehm, aber ich sah, daß sie noch nicht zufrieden war, und streckte ihr die Hand hin, und sie seufzte, als sei es eine furchtbare Anstrengung für sie, jemandem die Hand zu geben. Deshalb ließ ich meine Hand schnell fallen, doch gerade in diesem Augenblick streckte sie ihre aus, rosafarben und faltig wie die eines Neugeborenen, und als ich sie nahm, spürte ich eine Art Stromstoß, als übertrage sie durch die Berührung ihre Krankheit auf mich.

Ich stand auf, erkundigte mich, wo die Toilette sei, und ging hinaus, und dann stand ich vor dem Spiegel, füllte meine Hand mit flüssiger Seife und wusch sie immer wieder mit heißem, fast kochendem Wasser, wie war das möglich, daß dies seine Frau war, die Frauen von Liebhabern sollten Neid erwecken, kein Mitleid, aber plötzlich tat auch er mir so leid, das war es also, was von seiner Frau übriggeblieben war, und irgendwie strahlte das auch auf mich aus, dieses Schicksal, das Leben beenden, ohne Kinder zu haben, aber mit den Maßen eines Kindes, mit der Hand eines Neugeborenen und den Augen einer Maus. Ich dachte an die vielen Male, wo er nachmittags zu mir gesagt hatte, du mußt gehen, meine Frau kommt gleich von der Arbeit zurück, oder wenn er mich morgens wegschickte, weil er sich angeblich mit ihr in einem Café verabredet hatte, so benutzte er sie bis zum letzten Augenblick, um seine Privatsphäre zu schützen, während sie hier lag. Wie oft hatte ich mir vorgestellt, wie sie die Wohnung betrat, die ich gerade verlassen hatte, müde von der Arbeit, aber zurechtgemacht und mit der Selbstsicherheit einer Frau, die weiß, wo ihr Platz ist.

Ich hörte, wie die Tür zögernd geöffnet wurde, ich schließe Klotüren nie ab, aus Angst, ich könnte für mein ganzes weiteres Leben eingeschlossen bleiben, und sein Gesicht schob sich herein, noch immer von dem rosafarbenen Licht bedeckt, danach erschienen die breiten Schultern und der ganze große Körper, er beeilte sich, die Tür hinter sich zu schließen, vermutlich traute er Schlössern mehr als ich, und so blieb er einen Moment lang stehen, an die Tür gelehnt, betrachtete verzweifelt den kleinen Raum, den Rollstuhl mit dem großen Loch in der Mitte und die Krücken daneben, außerdem alle möglichen Schläuche, die auf dem Boden herumlagen wie künstliche Eingeweide, und dann schaute er mich an, und mit einem entschuldigenden Lächeln sagte er, ich muß pinkeln.

Im Spiegel über dem Waschbecken sah ich seinen Rücken und hörte das Plätschern, und der Raum füllte sich mit scharfem, abstoßendem Uringeruch, bis ich mir noch einmal Seife in die Hände goß und sie an meine Nase hielt, und ich dachte, jemand müßte ihm sagen, daß er mehr Wasser trinken soll, das ist wirklich nicht gesund, so ein Urin, aber wer sollte es ihm sagen, wenn seine Frau todkrank war, und er drückte auf die Wasserspülung und drehte sich zu mir um, mit dem Schwanz aus der Unterhose, und ein großer, dunkler, fast schwarzer Tropfen Urin hing noch dran, und ich dachte, warum wischt er ihn nicht weg oder schüttelt ihn ab, und ich konnte nicht aufhören, diesen Tropfen anzustarren, der nicht von selbst runterfallen wollte, im Gegenteil, er schien an dem Glied zu kleben wie Harz an einem Baumstamm und ebenso fest zu sein.

Vor lauter Waschen waren meine Hände schon so rot geworden wie die einer Waschfrau, aber ich wollte den Hahn nicht zudrehen, weil ich Angst vor der Stille hatte, die plötzlich eintreten würde, also nahm ich noch einmal Seife und wusch mir auch die Arme, vielleicht waren ihre Bazillen schon armaufwärts gekrochen, und im Spiegel sah ich ihn langsam näher kommen, und mein Mund öffnete sich verwirrt, denn ich fühlte hinter mir, wie er mir den Rock hochschob.

Ich dachte, ich hätte dir etwas beigebracht, sagte er enttäuscht, als er meinen Slip sah, und ich bewegte mich zur Seite, so daß sein großer Kopf den ganzen Spiegel ausfüllte und ihn mit seinen schweren Augen verdunkelte, und fragte, warum hast du mir das nicht gesagt?

Weil dich das nichts angeht, sagte er und drehte mit einem harten Griff den Wasserhahn zu, ohne sich die Hände gewaschen zu haben. Sie wird wieder in Ordnung kommen, fügte er sofort hinzu, um sich selbst Mut zu machen oder mir, und ich drehte mich zu ihm um, der dunkle Tropfen war schon auf die Hose gefallen und aufgesaugt worden, ein dunkler, immer größer werdender Fleck, und dann hob er mich plötzlich hoch und setzte mich auf das Waschbecken, wie man ein Kind hochhebt, um ihm den Po abzuwaschen, und das Waschbecken war kalt und der undichte Wasserhahn tropfte mir in die Kleidung, und er bückte sich und legte seinen Kopf auf meine Schenkel, als gäbe es da ein Kissen, das nur auf ihn gewartet hätte, und schloß die Augen und begann schwer zu atmen, und ich betrachtete traurig die grauen Haare, die Kopfhaut, die durchschimmerte, voller Schuppen, und dachte wieder an seine Augenbrauen, die zwischen meinen Schenkeln versunken waren, versuchte mich zu erinnern, ob sie schwarz oder grau waren, ohne daß es mir gelang.

Und dann wurde an die Tür geklopft, ein höfliches, aber

entschiedenes Klopfen, und ich hörte meine Tante fragen, Ja'ara, bist du da drin? Bist du in Ordnung? Und ich murmelte, ja, ich komme gleich raus, und versuchte vom Waschbecken hinunterzurutschen, aber sein Kopf lag so schwer auf mir wie ein Bleigewicht, bis ich ihn heftig von mir stieß und er sich schwankend aufrichtete, noch immer stand er nicht gerade, deshalb führte ich ihn mühsam zu dem Rollstuhl mit dem Loch in der Mitte und setzte ihn drauf, und sein Kopf sank nach vorn, und er schnarchte weiter, rauh und rhythmisch.

Ich hatte das Gefühl, als sei etwas Schreckliches geschehen in der Zeit, die wir zusammen verbracht hatten, wie Braut und Bräutigam, die sich während der Hochzeitsfeier heimlich fortstehlen, bestimmt war seine Frau gestorben und alle suchten ihn, um es ihm mitzuteilen, und ich würde sagen müssen, wo er sich befand, eingeschlafen auf dem Rollstuhl, während ihm der Schwanz aus der Hose hing, und mir wurde klar, daß ich ihm den Schwanz in die Unterhose schieben mußte, sonst würde jeder, der nach mir hereinkäme, verstehen, daß sich hier etwas Intimes ereignet hatte. Also ging ich zu ihm und zerrte an seiner Unterhose und versuchte, seinen Schwanz hineinzuquetschen, der glatt und schlüpfrig war wie ein Fisch, als gehöre er überhaupt nicht zu seinem Körper, sondern wechsle unaufhörlich den Platz, und auch die kleine Öffnung an der Spitze kam mir so rund und dumm vor wie ein Fischmaul, und als ich merkte, daß ich es nicht schaffte, zog ich einfach seinen schönen schwarzen Pullover darüber, damit die ganze Sache zugedeckt war. Ich war schon völlig verschwitzt, von der Hitze im Krankenhaus und der Angst und der Verwirrung, und als die Tür nicht aufging, wurde mir klar, daß ich diesmal wirklich nicht so bald rauskommen würde, denn vor lauter Angst vor Schlössern war ich unfähig, sie zu öffnen, und meine verschwitzten Hände rutschten auf dem Schlüssel aus, bis ich ein Klicken hörte und wie von einer Kanone abgefeuert hinausschoß, am ganzen Leib zitternd.

Glücklicherweise wartete niemand vor der Tür auf mich. Ich ging langsam zurück und sah Tante Tirza, die in ihrem Bett lag und zu lesen schien, doch aus der Nähe entdeckte ich, daß es kein Buch war, was sie in der Hand hielt, sondern ihr kleiner Spiegel, und die zweite Frau schlief mit gesenktem Kopf im Rollstuhl, genau wie ihr Mann, und ich dachte, ich könnte seinen Rollstuhl hierherschieben und neben sie stellen, dann würden sie aussehen wie verwaiste, kinderlose Zwillinge, und Tirza legte ihren Spiegel zur Seite und sagte, was ist passiert, ich habe mir Sorgen um dich gemacht, und sofort fügte sie hinzu, und was ist mit ihm? Und ich sagte, er ist nach mir ins Klo gegangen, glaube ich, und Tirza lächelte bitter und sagte, ihr kennt euch, und ich sagte, ja, und fragte sofort, um das Thema zu wechseln, wie es eigentlich um sie stand, und deutete dabei auf seine Frau, und Tirza sagte, das ist schon das Ende, in spätestens einem Monat wird er ein begehrter Witwer sein, und ich fragte, weiß er das? Und sie sagte, natürlich, heute sagen sie einem doch alles, und ich dachte daran, daß er gesagt hatte, sie wird wieder in Ordnung kommen.

Als er ein paar Minuten später hereinkam, hätte ich schwören können, er sei ein böser Geist, so anders sah er plötzlich aus, nichts war mehr zu merken von dem schweren Gang und dem häßlichen Schnarchen. Er sah energisch und fröhlich aus, die Haare zurückgekämmt und die Hose gut geschlossen, und nur ein runder dunkler Fleck deutete darauf hin, daß sich etwas ereignet hatte. Er trat rasch zu seiner Frau und legte ihr die Hand auf die Schulter, und sie erwachte plötzlich unter seiner Berührung und hob den Kopf und lächelte ihn an, ein schönes Lächeln voller Liebe und Dankbarkeit, und dann legte sie ihre kleine mausartige Hand auf seine.

Es ist besser, mitten im Leben in Liebe zu sterben, als bis hundert allein zu leben, flüsterte mir Tirza zu, und ich sah den Neid in ihren Augen. Gibt es nur die zwei Möglichkeiten, fragte ich sie, und sie sagte, zwei ist schon viel, manchmal gibt's noch nicht mal eine.

Dann hob sie den Blick zu dem großen geschlossenen Fenster und sagte, ich möchte jetzt ein wenig schlafen, Ja'ara, und ich stand auf und sagte, laß es dir gutgehen, und sie seufzte, du dir auch, paß auf dich auf, als ob ich die Kranke wäre. Ich drehte mich nach den beiden Turteltäubchen um und sah seine Frau mit dem gleichen liebevollen Lächeln, das mir schon wie eine Grimasse vorkam, und ich fragte ihn leise, ob er vorhabe, auch bald zu gehen, denn ich sei ohne Auto hier, und er sagte, warte draußen ein paar Minuten, also setzte ich mich auf die Bank vor dem Zimmer und folgte dem unaufhörlichen Hin und Her der Schwestern und Kranken, das mir immer seltsamer vorkam. Wie Ameisen sahen sie alle aus, eine Sekunde bevor sie von einem riesigen Fuß zertreten werden, und sie wußten das und rannten trotzdem herum und schwitzten.

Er kam ziemlich bald heraus, warf einen Blick auf die Uhr, überlegte wohl, wieviel Zeit er verloren hatte und wieviel ihm für diesen Tag noch übrigblieb, und von Sekunde zu Sekunde wurden seine Schritte jugendlicher, bis ich fast laufen mußte, um ihm folgen zu können, so als wolle er den Moment der Schwäche in der Toilette wegwischen, und die Sache kam mir wirklich schon ganz unmöglich vor, wie etwas, was ich phantasiert hatte, und ich dachte, nur dieser Fleck wird mir beweisen, daß es passiert ist, aber als ich neben ihm im Auto saß und seine Hose betrachtete, war auch von dem Fleck nichts mehr geblieben.

Und was hast du eigentlich dort gemacht, fragte er, als wir losfuhren, und warf mir einen amüsierten Blick zu, und ich versuchte, einen leichten Ton anzuschlagen, das habe ich dir doch gesagt, ich habe meine Tante besucht.

Aber deine Tante ist noch nicht lange da, und dich habe ich schon ziemlich oft gesehen, wie du dich im Krankenhaus herumgetrieben hast, gab er zurück, und ich sagte mir, ruhig Blut, und ich war sicher, daß ich schamrot wurde, schon immer hatte ich das Gefühl gehabt, er wisse Dinge von mir, von denen ich nicht wollte, daß er sie wußte, und trotzdem war es sehr überraschend gekommen.

Wieso habe ich dich dann nicht gesehen, fragte ich, um Zeit zu gewinnen, und er sagte in seinem hochmütigen Ton, weil ich dafür gesorgt habe, daß du mich nicht siehst, du weißt doch, daß ich in solchen Sachen gut bin, und ich verteidigte mich, es ist kein Verbrechen, in einem Krankenhaus herumzulaufen.

Nein, ein Verbrechen ist das nicht, aber ich würde es als pervers bezeichnen, er lächelte, und ich spürte, daß auf dem großen Strom der Scham auch kleine Schaumkronen der Dankbarkeit schwammen, denn nun hatte ich keine Wahl mehr, ich mußte beichten, und das war es vermutlich, was ich am meisten wollte, und ich sagte, ich weiß, daß es sich schrecklich anhört, aber ich liebe es, in Krankenhäuser zu gehen, nur dort fühle ich mich sicher. Wenn es mir schlecht geht, treibe ich mich ein bißchen dort herum, und schon beruhige ich mich, ich schaue einfach in Zimmer hinein, als suche ich jemanden, ich liebe diese Atmosphäre der vollkommenen Beaufsichtigung und des Schutzes, ich weiß, daß alle Kranken mich beneiden, weil ich gesund bin, aber ich beneide sie, weil man sie die ganze Zeit pflegt und für sie sorgt, ihr Leben kommt mir manchmal besser vor als meines.

Was ist so schlecht an deinem Leben, fragte er, seine Stimme war plötzlich traurig, und ich sagte, ich weiß es nicht genau, nichts Bestimmtes, nur daß es mein Leben ist und ich ihm gehöre und so tief drinstecke.

Schade, sagte er ruhig und begann zu pfeifen, und sein Pfeifen beruhigte mich sofort, denn es erinnerte mich an früher, als ich meinen Vater manchmal morgens, wenn ich aufwachte, pfeifen hörte, und das war immer ein Zeichen dafür gewesen, daß er gut gelaunt, daß er auf niemanden böse war, das heißt weder auf mich noch auf sie, und wir hatten uns so sehr an solche Zeichen gewöhnt, daß mich meine Mutter oft weckte und sagte, guten Morgen, Papa hat heute gepfiffen, und dann sah der Tag ganz anders aus. Und manchmal sagte sie, er hat dreimal gepfiffen, mit einem gewissen Stolz in der Stimme, und dann war ich überzeugt davon, daß sie miteinander geschlafen hatten.

Zuweilen lag ich wach im Bett und versuchte, ihre Stimmen aufzufangen, neben dem Summen der Rasensprenger, dem Jaulen der Katzen und Hunde, sogar Schakale gab es dort, und irgendwelche intimen Geräusche zu hören. Dabei sagte ich mir oft, was spielt es denn für eine Rolle, was hinter der verschlossenen Tür geschieht, du hast dein eigenes Leben, aber immer gab es da etwas zwischen mir und ihnen, zwischen mir und meinem Leben, eine Art altes Verderben, das sich nicht vertreiben ließ.

Ich unterbrach sein Pfeifen und fragte, glaubst du mir, daß es dort Schakale gab, und er fragte, wo, und pfiff sofort weiter, ohne die Antwort abzuwarten.

Bei meinem ersten Zuhause, sagte ich, als ich ein Kind war, ich weiß, daß es dort Schakale gab, und glaube es trotzdem nicht. Es kommt mir wie ein Hirngespinst vor, mein ganzes früheres Leben kommt mir wie ein Hirngespinst vor, ich weiß, daß es dieses Leben gegeben hat, aber ich glaube nicht daran. Ich glaube nicht, daß ich meine Eltern jeden Tag gesehen habe, daß wir zu dritt am großen Tisch gesessen und gegessen haben, daß ich sie bei allen möglichen Dingen um Erlaubnis gefragt habe, daß wir eine Familie waren.

Heißt das Familie, wenn man um Erlaubnis bitten muß? Er lachte, und ich sagte, ja, vor allem, und er sagte, für mich ist es beinahe das Gegenteil, für mich bedeutet es eine schwere Verantwortung, meine Eltern waren arme Einwanderer, ohne Arbeit, ohne Sprache, ohne Ansehen, ich war schon mit zehn für zehn Leute verantwortlich.

Er steckte sich eine Zigarette an und lächelte zufrieden, stolz auf die Biographie seiner Eltern, und ich betrachtete ihn erstaunt, er sah so makellos aus, so einzigartig, mit dem grauen Rauch, der von den grauen Lippen aufstieg, den wohlgeformten Händen auf dem Lenkrad, der geschmackvollen Kleidung, den Haaren, die sich an den Spitzen leicht kräuselten, ohne jedoch die Rundung jeder einzelnen Locke zu stören, und sogar seine Altersflecken schienen Teil dieser Vollkommenheit zu sein. Ich versuchte ihn mir als Zehnjährigen vorzustellen, mit seiner braunen Haut, die durch die zerrissene Kleidung hervorleuchtete, mit schmutzigen schwarzen Locken und ausgehungerten Augen. Wie war er so geworden, so anspruchsvoll?

Wie bist du so anspruchsvoll geworden, fragte ich, ich bin davon ausgegangen, daß du in einem Schloß aufgewachsen bist, und er lachte vergnügt, gerade weil mich so viele Jahre lang niemand verwöhnt hat, habe ich angefangen, mich selbst zu verwöhnen, schließlich muß man sein Leben ins Gleichgewicht bringen.

Und sie, hat sie dich verwöhnt, fragte ich.

Wer? Er wartete, und ich sagte, Joséphine, und genoß insgeheim die Diskrepanz zwischen diesem fremden, wie ein Zauber klingenden Namen und der traurigen Gestalt.

Er wurde sofort ernst. Sie hat alles getan, was sie konnte, um mich glücklich zu machen, sagte er pathetisch, als würden wir schon hinter ihrem Sarg hergehen, und ich krümmte mich wie ein kleiner Hund, der einen Fußtritt bekommen hat, schon war es vorbei mit dem Vergnügen, mit dem verheirateten Liebhaber über seine Ehefrau zu tratschen und sie ein bißchen zu verleumden, zu hören, wie langweilig sie doch war, daß sie ihn nicht verstand und nicht fähig war, seine stürmischen sexuellen Bedürfnisse zu befriedigen. Statt dessen saß da ein Mann voller Schuldgefühle, der aus seiner Frau eine Heilige machte. Interessant, was Joni über mich sagen würde, wenn ich jetzt sterbenskrank wäre. Schließlich war auch ich die Frau von jemandem, so seltsam sich das auch anhörte. Ob er auch sagen würde, ich hätte alles getan, um ihn glücklich zu machen?

Gerade als ich an Joni dachte, bog das Auto in die enge, belebte Straße ein und hielt vor unserem Haus, ohne Rücksicht auf den berühmten Sicherheitsabstand. Von weitem sah ich das schwache Licht in unserer Küche, fast konnte ich hören, wie das Gemüse geschnitten wurde, müde, verzweifelt und voll guten Willens, und mein ganzer Körper schmerzte, als wäre ich selbst ein Stück Gemüse auf seinem Schneidebrett. Arie, sagte ich leise, ich kann nicht nach Hause gehen, und er fragte mit kalter Stimme, warum. Weil ich genau weiß, was sein wird, flüsterte ich, ich weiß, was er sagen wird und was ich sagen werde, ich weiß, was wir zu Abend essen werden, ich weiß, wie er mich anschauen wird, das deprimiert mich zu sehr, ich möchte bei dir bleiben.

Er sagte nichts, aber das Auto fuhr los, und wir entfernten uns, das Haus verschwamm in der Ferne, und nur das schwache Licht aus der Küche war noch eine Weile zu sehen. Er pfiff wieder, und ich legte meine Hand auf sein Knie und schloß die Augen und dachte an die dämmrige Küche mit dem kleinen Fenster, vor dem Büsche wuchsen, und daß es, statt Licht in die Wohnung zu bringen, es wegzunehmen schien, es sah immer dunkler aus, als es wirklich war, und ich dachte an den Mülleimer, der sich mit Gurkenschalen und anderen Abfällen füllte, und er tat mir leid, dieser Mülleimer, weil er sich umsonst füllte, und ich beschloß, ihn auszuwaschen, wenn ich nach Hause kam, damit man seine ursprüngliche Farbe sah, die ich, weil er so dreckig war, vergessen hatte, und ich versuchte mich zu erinnern, wann und wo ich ihn gekauft hatte und was ich in dem Moment empfunden hatte, als ich ihn kaufte, ob es mich glücklich gemacht hatte oder ob es Joni glücklich gemacht hatte, und wie lange dieses Glück angehalten und wie es aufgehört hatte.

Und dann legte Arie seine Hand auf meine, nur einen Moment lang, denn er brauchte sofort die nächste Zigarette, und er fragte, warum habt ihr geheiratet? Und da fiel mir ein, daß wir ihn gekauft hatten, als wir beschlossen hatten zu heiraten, und zwar in einem Laden, der genau an diesem Tag eröffnet und fast am Tag darauf wieder geschlossen worden war. Wir waren auf dem Heimweg daran vorbeigegangen, und alles hatte so neu und überraschend ausgesehen, sogar die Mülleimer, und ich hatte Lust auf Weiß, das Weiß einer Braut, er kam mir vor wie ein Schwan, der, egal, wie schmutzig das Wasser war, auf dem er dahinglitt, immer sein strahlendes Weiß behalten würde.

Weil er versprochen hat, mich immer zu lieben, sagte ich schließlich, und weil ich wußte, daß er zu den Leuten gehört, die ihre Versprechen halten.

Er lachte, so geht es, wenn man zuläßt, daß das eigene Leben von Ängsten beherrscht wird, du erinnerst mich sehr an deine Mutter, er warf mir einen prüfenden Blick zu, und ich sagte, an meine Mutter? Wodurch erinnere ich dich an meine

Mutter? Meinst du das, was ich gesagt habe, oder mein Aussehen? Aber da bremste er schon und floh vor mir, fast als habe er Angst, daß ich ihn weiter mit Fragen bedrängen würde, und ich folgte ihm ins Haus, das unter so viel Grün zu ersticken drohte, und lief hinter ihm die Treppe hinauf, und als die Tür aufging, hatte ich das Gefühl, in mein richtiges Zuhause einzutreten, endlich hatte ich mein richtiges Zuhause gefunden, wo mein richtiges Leben beginnen würde, nirgendwo anders.

Also betrachtete ich die Wohnung auf eine langsame, behutsame Art, prüfte die Möbel und die Teppiche und die Bilder, als sähe ich sie zum ersten Mal, bisher hatte ich ja nur ihn gesehen, und versuchte herauszufinden, was ich mochte und was nicht und wo meine eigenen Sachen Platz finden würden, und dann dachte ich, daß ich meine Sachen bei Joni lassen würde, und mir fiel ein, daß ich ihn anrufen mußte, um ihm zu sagen, wo ich war, aber ich genierte mich, in Aries Beisein mit ihm zu sprechen, also dachte ich, mir wird schon etwas einfallen, was ich ihm sagen kann, wenn ich nach Hause komme.

Die Wohnung war kalt, als wäre sie unbewohnt, als wäre sie mitten im Leben erstarrt, und sie war auch auf eine endgültige und nicht alltägliche Art sauber, als wäre sie desinfiziert worden. Wer macht hier sauber, fragte ich ihn, und er antwortete ziemlich stolz, ich selbst, ich mag es nicht, wenn jemand in meinen Sachen herumstöbert. Ich fuhr mit dem Finger über das große Klavier, er blieb ganz sauber, und ich sagte, alle Achtung, wer hat dir das Putzen beigebracht, und er sagte, wir haben uns doch schon geeinigt, daß ich nicht so verwöhnt bin, ich habe früher meiner Mutter geholfen, fremde Wohnungen zu putzen, während dein Vater sich im Gymnasium vergnügte, und mir schien, als hörte ich Bitterkeit in seiner Stimme, und ich dachte, wenn er bitter ist, stimmt die Geschichte vielleicht wirklich, aber noch immer hielt ich sie eher für eine Erfindung.

Ich lief die ganze Zeit hinter ihm her, noch im Mantel, folgte jeder seiner Bewegungen, versuchte herauszufinden, wie er lebte, als ob ich dadurch, daß ich sah, wie er die Heizung anmachte, etwas Wichtiges über ihn erfahren würde, ich sah, wie er den Kühlschrank aufmachte und ernsthaft hineinschaute, obwohl er vollkommen leer war, dann machte er den Gefrierschrank auf, der ebenfalls fast leer war, und nahm eine Packung Speiseeis heraus, schnitt sie mit einem Messer in zwei Teile und legte diese auf Teller. Wir setzten uns, die Teller vor uns auf dem Tisch, und ich betrachtete das Eis, bei dieser Kälte hatte ich wirklich keine Lust darauf, und außerdem sah es aus, als stamme es noch vom vergangenen Sommer, die Verpackung klebte fest am Inhalt, und ich wollte fragen, ob sie im Sommer schon krank gewesen war, Joséphine, aber er war so in sein Eis vertieft, und außerdem dachte ich, was spielt das schon für eine Rolle, und ich schob ihm meinen Teller mit dem rosafarbenen Eisblock zu, der überhaupt nicht auftauen wollte, und er fiel gierig darüber her, anschließend holte er eine Flasche Whisky aus dem Schrank und trank direkt aus der Flasche, und erst dann nahm er zwei Gläser, schenkte sie voll und trank seines auf der Stelle aus.

Wie hypnotisiert beobachtete ich diese seltsame, sehr private Zeremonie und empfand sogar Stolz darüber, daß er es wagte, sich so vor mir zu entblößen, genauer gesagt, mich zu ignorieren. Erst nach dem dritten Glas sah er mich fast überrascht an, mit einem bitteren, verschlossenen Blick, und sagte, das ist alles, was es gibt, als meine er das Eis, und steckte sich eine Zigarette an, und ich dachte, wie angenehm es doch für mich wäre, mit ihm zu leben, denn ich wüßte immer, daß er mich nicht liebt, und ich müßte nicht diese ständige Spannung ertragen, was wäre, wenn er plötzlich aufhören würde, mich zu lieben, und ich merkte, daß ich einen großen Vorteil vor allen Frauen der Welt hatte, denn mich liebte er wirklich nicht.

In der Wohnung wurde es langsam warm, er zog den Pullover aus, darunter trug er ein braunes Unterhemd, eine Farbe, die auf seiner Haut verschwamm, so daß es aussah, als wäre es ein Teil von ihm, und ich zog meinen Mantel aus, und er goß sich noch einen Whisky ein und sagte, mach weiter, und ich freute mich, daß ich den Spitzenbody und nicht einfach einen Fetzen unter dem Pullover anhatte, und ich blieb im Body und der Strumpfhose stehen, dehnte mich, um ihn zu reizen, aber er reagierte nicht, er fuhr fort zu trinken und zu rauchen, bis sein Gesicht schwer wurde und seine Sprache schleppend, und er sagte, du weißt, daß ich nichts habe, was ich dir geben kann. Ich nickte begeistert, als ginge es um eine angenehme Mitteilung, ich rückte näher und streichelte ihm die Oberarme, ich küßte seinen Hals, von dem ein scharfer Krankenhausgeruch ausging, und ich dachte an die kleine Frau, die von Minute zu Minute mehr zusammenschrumpfte, noch immer konnte ich es kaum fassen, daß sie seine Frau war, sie glich eher einem Schoßtier als einer Frau, und deshalb erschien mir ihr naher Tod auch weniger schlimm zu sein als der Tod eines Menschen, sogar weniger schlimm als der Tod von Tulja, und ich flüsterte an seinem Hals, bring mich ins Schlafzimmer, denn noch nie hatte ich ihr Schlafzimmer gesehen, und ich dachte, er hätte es nicht gehört, weil er sich nicht rührte, ich glaubte sogar, er sei wieder eingeschlafen, aber da sprang er auf und ging gebeugt zu der immer verschlossenen Tür.

Als sie sich öffnete, verstand ich, warum er immer peinlich darauf geachtet hatte, daß sie geschlossen blieb. Es war das schrecklichste und unerotischste Schlafzimmer, das ich je gesehen hatte, mit zwei schmalen, getrennt stehenden Betten, wie Krankenhausbetten, und einem Rollstuhl in einer Ecke, und zwischen den vollkommen nackten Wänden hing der Geruch nach Medikamenten, trotzdem empfand ich eine seltsame Begeisterung, denn das war so viel weniger verpflichtend als ein romantisches Schlafzimmer, weniger bedrohlich, also zog ich ihn zu einem der Betten, ich merkte, wie er wach wurde, fast gegen seinen Willen, wie er widerspenstig auftaute wie das Eis, das er verschlungen hatte, und ich dachte, so, wie sein Schwanz wächst, so schrumpft seine Frau, und bald wird sie überhaupt nicht mehr dasein, sie wird einfach verschwinden, unsichtbar für das menschliche Auge.

Ich zerrte an seiner Hose, mit einer ganz neuen Kraft, die vielleicht davon herrührte, daß ich mich mit seiner Nichtliebe abgefunden hatte und mir sogar sagte, das sei die wahre Liebe, denn so lernte ich zu lieben, ohne auf einen Gegenwert zu warten, und ich betrachtete seinen Körper in Unterhose und Unterhemd, eingehüllt in glatte Olivenhaut, und ich dachte, gleich gehört er mir, noch ein bißchen, und er gehört mir, und ich streichelte ihn durch den Stoff, ich hatte es immer vorgezogen, durch die Kleidung zu streicheln, das schien mir sicherer, und ich küßte seine Unterhose, bis ich ihn sagen hörte, ich muß jetzt allein sein, Ja'ara.

Wenn ich ihn nicht im Krankenhaus erwischt hätte, hätte er bestimmt gesagt, meine Frau kommt gleich zurück, und jetzt hatte er keine Wahl, er mußte die Wahrheit sagen, oder vielleicht war auch das nicht die Wahrheit, vielleicht hatte er eine andere Verabredung, obwohl er nicht so aussah, als könne er ausgehen, aber ich hatte es ja schon erlebt, daß er sich von einer Minute auf die andere verändern konnte.

Ich hob den Kopf von seiner Unterhose und er murmelte, ich fühle mich nicht wohl, ich kann dich nicht nach Hause bringen, nimm aus meiner Tasche Geld für ein Taxi. Ich hatte tatsächlich fast nichts dabei, und ich freute mich auch über die Gelegenheit, in seinen Taschen herumzuwühlen, aber ich fand nichts Interessantes, nur ein paar Schekel, ein Feuerzeug und Papiere vom Krankenhaus, und wieder diese Schlüssel, was öffnet er mit so vielen Schlüsseln?

Er hatte sich schon auf den Bauch gedreht und zeigte mir seinen schmalen muskulösen Hintern, er atmete schwer, und ich wühlte weiter in seinen Taschen und dachte, daß ich mal geglaubt hatte, wenn ich den nackten Hintern eines Mannes gesehen hätte, könnte ich mit ihm anstellen, was ich wollte. Damals glaubte ich, alles gehört zusammen, es gibt einen Schwanz im Herzen und ein Herz im Arsch, es gibt einen Arsch in den Augen, und es gibt Augen in der Möse. Damals hatte ich einfach noch nicht kapiert, daß jeder Körperteil in eine andere Richtung ziehen kann und daß es mir passieren könnte, eines Tages vor dem nackten Hintern eines Mannes zu weinen, den ich nicht ausstehen kann oder genauer, der mich nicht ausstehen kann. Als ich wegging, mit Tränen der Gefühllosigkeit in den Augen, und noch einen Moment im Eingang des Hauses wartete und es gerade zu regnen anfing, hielt neben mir ein kleines schwarzes Auto, und die junge Frau mit der Zigarettenspitze stieg aus, vielleicht auch eine andere, die ihr ähnlich sah, mit kurzen roten Haaren, und rannte in das Gebäude, und ich floh von dort, trotz des Regens, nur um nicht zu sehen, in welchem Stockwerk nun das Licht anging oder welche Tür geöffnet wurde, es gab noch andere Möglichkeiten, warum sollte ich an die schlimmste glauben, aber ich wagte es nicht, die Wahrheit herauszufinden. So ging ich durch die fast leeren Straßen, ohne Geld für ein Taxi und ohne Schirm, stellte mir vor, wie er für sie aufstand, sein ganzer Körper bereits gespannt und bereit, sogar die Hose hatte ich ihm ausgezogen, damit sich die Dame nicht anzustrengen brauchte, und wie ihre elegante Möse, bestimmt ausrasiert und onduliert, nun bekam, was ich hatte haben wollen, was ich wirklich wollte, vielleicht zum ersten Mal in meinem Leben fühlte ich, was das war, etwas wirklich zu wollen, und plötzlich wäre ich am liebsten dorthin zurückgegangen, aber ich hatte Angst vor der Demütigung, deshalb lief ich einfach weiter, mit halb geschlossenen Augen, und überlegte, wie ich mich an ihm rächen könnte und wie abstoßend er doch war mit seinen Minderwertigkeitskomplexen, die ich heute erst entdeckt hatte, und ich dachte an den Geruch seiner Pisse und an das alte Eis, das in seinem Bauch schmolz, und daß diese aufgedonnerte junge Frau, die jetzt vermutlich auf ihm ritt, sich bestimmt nicht klar darüber war, daß es nur ein Stück dünne olivenfarbene Haut war, was sie von der geschmolzenen Pfütze einer Packung Eis aus dem letzten Sommer trennte.

6

Am Morgen wußte ich nicht, was mir weher tat, der Kopf oder der Hals oder der Teil des Körpers, in dem sich das Herz verbirgt, oder die Möse, die ich lebendig und juckend spürte wie eine frische Narbe. Meine Wange roch nach After-shave, vermutlich hatte Joni sich die Mühe gemacht, mir zum Abschied einen Kuß zu geben, während ich noch schlief, und gleich ärgerte ich mich über ihn, immer begoß er sich mit solchen Mengen Duft, wie ein kleiner Junge, der mit dem After-shave seines Vaters spielt und keine Grenze kennt, nie würde ich es schaffen, diesen Geruch wieder loszuwerden, aber dann, als ich an diesen Kuß dachte, erregte es mich plötzlich, daß er neben mir stehengeblieben war, sich sogar gebückt und seine orangefarbenen Lippen gespitzt hatte, diese ganze Anstrengung, ohne etwas dafür zu erwarten, weil ich ja schlief, so wie man ein Möbelstück küßt oder einen Verstorbenen, ganz im geheimen, niemand, der darauf reagiert, der es würdigt. Ich dachte, das ist wirklich ein ernstzunehmendes Zeichen seiner Liebe, vielleicht das ernstzunehmendste, das ich bisher erhalten hatte, und ich versuchte, mich zu bücken und ihn zu küssen, um seine große Anstrengung nachzuempfinden und die Größe seiner Liebe zu verstehen, und als meine Lippen die winterlich kalten Fliesen berührten, entdeckte ich dort unter dem Bett ein Buch, bedeckt mit einer dicken Staubschicht, wie getarnt, das sich dort, wer weiß wie lange schon, versteckt hatte, und zog es hervor, und mir fiel ein, daß der Dekan es mir vor einigen Monaten feierlich geliehen hatte, ein seltenes Exemplar aus seiner Privatbibliothek.

Ich nahm das Buch mit ins Bett und begann es mit den zusammengeknüllten Papiertüchern sauberzumachen, die ich nachts um mich verstreut hatte, Joni war sicher, daß ich wegen der armen kranken Tante Tirza weinte, und nachdem das Buch einigermaßen gereinigt war, fing ich an zu lesen und konnte nicht mehr aufhören, und plötzlich wurde mir klar, daß ich darüber meine Arbeit schreiben würde, über die Geschichten von der Zerstörung des Tempels, und ich dachte, was für ein Glück, daß es jetzt keinen Tempel mehr gibt, sonst würde ich bei jeder Sache, die ich falsch mache, glauben, er würde meinetwegen zerstört, wie der Gehilfe des Zimmermanns, der durch Betrug dem Zimmermann die Frau stahl, ihm zur Scheidung riet und ihm das Geld lieh für die Summe, die er laut Heiratsvertrag seiner Frau bezahlen mußte, und als der Zimmermann seine Schuld nicht bezahlen konnte, mußte er sie bedienen, und sie aßen und tranken, und er stand daneben und bediente sie, und Tränen flossen ihm aus den Augen und fielen in ihre Gläser. Ich versuchte mir vorzustellen, wie Arie und ich Wurst essen und Kognak trinken und Joni uns die Gläser füllt und weint, und vor lauter Kummer fing ich selbst an zu weinen und beschloß, Joni nie zu verlassen, denn erst jetzt hatte ich erkannt, daß er mich wahrhaft liebte, und man kann niemanden verlassen, der einen wahrhaft liebt, aber dann dachte ich, einen Moment mal, und was ist mit dir, wo ist deine Liebe, und entschied, ich sei vielleicht wie die Frau in dieser Geschichte, von der man nicht wissen konnte, was sie wirklich fühlte, man konnte es nur an dem erraten, was sie tat.

Und vor lauter Nachdenken über meine Handlungen tat ich gar nichts, bis ich einen Anruf von der Fakultät bekam und die Sekretärin sagte, der Dekan wolle mich sprechen, und in ihrer Stimme lag Schadenfreude, ich wußte schon immer, daß sie sich wunderte, warum der Dekan sich ausgerechnet um mich besonders kümmerte, und um die Wahrheit zu sagen, ich wunderte mich ebenso wie sie und erwartete die ganze Zeit, daß die Sache aufhören und er feststellen würde, daß ich doch weniger vielversprechend war, als er glaubte, und ich von einer großen Hoffnung zu einer großen Enttäuschung würde. Ich wußte, solche Sachen passieren von einem Tag auf den anderen, und wegen ihrer Schadenfreude glaubte ich, dieser Tag sei nun gekommen, mein Herz fing heftig an zu klopfen, ich umklammerte fest das dicke Buch, und vor lauter Anspannung fing ich an, lauter Eselsohren hineinzumachen, bis mir klar wurde, daß ich dabei war, diese einzigartige Ausgabe aus seiner Privatbibliothek zu zerstören, und in diesem Moment hörte ich seine angenehme Stimme mit dem englischen Akzent, und er sagte, bei einer Fakultätskonferenz seien Beschwerden über mich geäußert worden, daß ich meine Sprechstunden vernachlässigte und noch keinen Vorschlag für meine Abschlußarbeit eingereicht hätte, und wenn das so weitergehe, werde ich die Stelle nicht bekommen. Noch nicht mal ich werde Ihnen helfen können, sagte er, wenn Sie sich nicht selbst helfen. Wissen Sie eigentlich, wie viele Anwärter ich für diese Stelle habe? Und ich wartete, bis er fertig war, dann sagte ich mit einem entschuldigenden Ton in der Stimme, daß sich alles nur verzögert habe, weil es mir nicht gelungen sei, ein Thema für meine Arbeit zu finden, aber genau an diesem Morgen hätte ich mich entschieden, nämlich für das Thema des Zerbrechens der Personen in den Geschichten von der Zerstörung des Tempels, sagte ich, darüber würde ich schreiben, und er sagte, wir sollten uns treffen und die Sache erörtern, und er fügte hinzu, ich habe gleich eine Freistunde, die würde ich Ihnen gerne widmen. Und ich sagte, schön, ich mache mich gleich auf den Weg, und beschloß, im Schrank nach einem Kleidungsstück zu suchen, das zu einer

Karrierefrau paßte, ab jetzt sollte das mein neues Outfit sein, eine Frau mit einer vielversprechenden akademischen Karriere und einem liebenden Ehemann, der sich sogar bückte, um sie zu küssen, ich würde anfangen, mit einer Zigarettenspitze zu rauchen, und mir die Haare kurz schneiden lassen, dann brauchte ich auf niemanden neidisch zu sein, und wenn ich ihn mal zufällig auf der Straße traf, würde ich hochmütig lächeln und noch nicht mal bei ihm stehenbleiben. Wer war er überhaupt? Eine Saugpumpe, die meine ganze Kraft und meine ganze Zeit und meine ganze Entschlußkraft aufsaugte und mein Leben beherrschte und mir nichts dafür gab, außer diesem Luxus, ohne Kraft, Zeit und Willen zurückzubleiben, und selbst das tat er mit einer solchen Gleichgültigkeit, als erweise er mir eine Gnade, wenn er mir erlaubte, mein Leben für ihn zu vergeuden.

Ich zog eine schwarze Lederhose an und eine blaue Samtbluse, die gut zu meinen Augen paßte, und schon als ich in den Spiegel blickte, fand ich es schade, daß er mich nicht so sehen konnte und daß ich mein Aussehen an den Dekan vergeudete, doch ich sagte mir die ganze Zeit, die Zerstörung des Tempels, das ist für dich jetzt wichtig, nichts anderes, und noch einmal sah ich Joni vor mir, der uns Kognak servierte, und ich zog ihm sogar so eine neckische Schürze an, wie Kellnerinnen sie tragen, und begann zu lachen, bis mir plötzlich einfiel, wie traurig das eigentlich war.

Ich stellte fest, daß Joni das Auto genommen hatte, also ging ich zur Haltestelle und kam ein bißchen in Bedrängnis, weil es der Bus war, der am Krankenhaus vorbeifuhr, und das war ein kleiner Umweg, aber er fuhr schnell, es war später Vormittag, und die Straßen waren leer, und ich dachte an das leere, verlassene Haus, mitten in den Zitrusplantagen versteckt, das immer auf mich gewartet hatte, als ich noch ein Kind war. Goldglänzende Wege führten dorthin, gesäumt von düsteren Zypressen, von denen immer eine gebogen oder abgebrochen war, und dazwischen blitzten fröhlich bunte Wandelröschen, orange und lila und gelb und rot und weiß, und sie schienen immer größer zu werden, je näher ich dem verlassenen Haus kam, und als das Haus in Sichtweite war, hatten sie schon die Größe von reifen Klementinen. Immer wieder staunte ich, wie schön das Haus war, trotz seiner Verwahrlosung und des Zerfalls, und insgeheim nannte ich es Tempel. Es war wirklich verlassen, außer mir wurde es nur von hungrigen, stinkenden Plantagenarbeitern aufgesucht, ich konnte ihren bittern Geruch riechen, einen Geruch nach Müdigkeit und Pech und Bierdosen und billigen Sardinen. An kalten Abenden machten sie sich in dem Haus kleine Lagerfeuer, der ganze Boden war schwarz, auch die Wände, aber ich sah alles, wie es eigentlich sein sollte, glänzend und strahlend, prachtvoll und einladend, und so wollte auch ich gesehen werden, so, wie ich eigentlich sein sollte, und deshalb brachte ich Leute, die ich mochte, dorthin, denn mir schien, man könne mich nur dort, im Tempel, richtig sehen. Anfangs schleppte ich Schulfreundinnen hin, und sie hatten ein bißchen Angst, sie fühlten sich nicht wohl so allein in dem verlassenen Haus im Schatten der Orangenbäume, später meinen ersten Freund, und wir saßen in dem verwilderten, überwucherten Garten, in dem versteckt einzigartige riesige Blumen wuchsen, und ich bildete mir ein, das wäre unser Haus, und wir küßten uns zwischen den Guajavabäumen, und ich biß in die reifen Früchte, ohne sie vom Baum zu pflücken, um ihm zu zeigen, daß sie ganz rot waren, und meine Lippen schwollen vor lauter Küssen, und ich hatte Angst, nach Hause zu gehen, was sollte ich meinen Eltern sagen, etwa daß mich eine Biene in die Lippen gestochen hatte, aber mein Freund sagte, sie sähen überhaupt nicht geschwollen aus, sie fühlten sich nur so an, und ich war böse auf ihn, weil es seinetwegen passiert war, aber ich ließ mir nichts anmerken, damit er nicht gekränkt war. Und dann stiegen wir die breite halbzerfallene Treppe hinauf und liefen durch die Zimmer, stellten uns ihre frühere Pracht vor, und über eine schmale Wendeltreppe kletterten wir auf das Dach und betrachteten die Plantagen, die sich ins Unendliche hinzogen, grün und grün und grün. Erst als es dunkel wurde, kehrten wir nach Hause zurück, die Kälte brannte an meinen Lippen, aber mein Freund versicherte mir, daß man nichts von der Schwellung sah, und ich verstand nicht, wie etwas, was man so deutlich fühlte, dem Auge verborgen bleiben konnte, und auch meine Brustwarzen brannten, und ich bedeckte meine Brüste unter der Bluse mit den Händen, und er pflückte eine Handvoll Wandelröschen und streute sie mir auf den Kopf, und zu Hause verrieten mich diese Blüten, nicht meine Lippen, und meine Mutter sagte, wo hast du gelegen, woher kommt dieses Unkraut auf deinem Kopf, das ist das letzte Mal, daß du für einen ganzen Tag verschwunden bist, hörst du, und spätabends glaubte ich zu hören, daß mein Vater ihr zuflüsterte, was willst du von ihr, du bist einfach neidisch, daß sie verliebt ist und du nicht. Ein paar Monate später schlief ich dort mit ihm, mit meinem ersten Freund, auf dem geschwärzten Fußboden, neben leeren Bierdosen, Kohlen und altem Zeitungspapier, es war unser erstes Mal, und zugleich war es das letzte Mal, daß ich zu dem Haus hingegangen war, denn plötzlich ekelte ich mich vor dem Ruß, sogar die Decke über mir war verrußt, ich konnte das Haus nicht mehr so sehen, wie es wirklich war, sondern nur als eine verlassene und heruntergekommene Ruine, und sogar meinen Freund wollte ich nicht mehr sehen, denn er erinnerte mich an den Tempel, und es dauerte nicht lange, da trennten wir uns.

Ich schaute aus dem Busfenster und spürte, daß meine Brustwarzen brannten und stachen wie damals, und ich dachte an die jungen verwöhnten Frauen, die hinauszogen und im Straßenkot Gerste sammelten und deren Brüste vor Hunger lang und dünn wurden wie Fäden, und an ihre Säuglinge, die versuchten, Milch aus diesen Brüsten zu saugen, und im Schoß ihrer Mütter starben, und ich dachte, wie gut, daß ich nicht damals gelebt habe, und zur Sicherheit bedeckte ich meine Brüste mit dem dicken Buch, und ich sah den Himmel, der sich mit Rauch bezog, und dachte, kaum zu glauben, der Rauch des Tempels steigt auf, und nur ich sehe es, bis ich verstand, daß er aus dem Schornstein des Krankenhauses aufstieg, und ich sagte zu mir, diesmal fährst du weiter, du steigst nicht aus, aber ich spürte die Anzeichen einer Gefahr, als müsse ich jemanden retten, ich konnte mich nicht verweigern, und statt weiter zur Universität zu fahren, stieg ich schnell aus, bevor die Autobustüren geschlossen wurden, und fand mich im Eingang des Krankenhauses wieder.

Nur ein paar Minuten, beschloß ich, ich schaue nur nach, was es Neues gibt, und nehme den nächsten Autobus zur Universität, ich bin noch nicht wirklich zu spät dran, ich werde das Zimmer nicht einmal betreten, ich schaue nur kurz hinein, ob sie noch lebt. Schließlich hatte ich nicht die Absicht, ihn wiederzusehen, also mußte ich mich selbst bemühen, das zu erfahren, was ich wissen wollte, auch wenn ich nicht wußte, wozu ich dieses Wissen brauchte. Der vertraute Geruch des Krankenhauses nach Medikamenten, Essen und Heizung umhüllte mich wie ein alter Mantel, abstoßend, aber beruhigend, einschläfernd und tröstend, die Verheißung einer Behandlung, die, selbst wenn sie nichts nützte, jedenfalls gut gemeint war, und es war mir angenehm, mich inmitten so viel guter Absichten herumzutreiben, weit angenehmer als in den kalten Fluren der Universität, und ich dachte, wenn mir hier dasselbe passiert, was damals in Jaffo passiert ist, eine solche Ohnmacht, ist sofort jemand da, der für mich sorgt, ich werde ein Bett und einen Nachttisch bekommen und muß niemandem erklären, was ich hier tue, und ich überlegte sogar, ob ich so tun sollte, als würde ich ohnmächtig, und dann abwarten, was passieren würde, aber ich erinnerte mich an den Dekan, der auf mich wartete, und hatte es auf einmal sehr eilig. Seit dem Turnunterricht in der Schule war ich nicht mehr so gerannt, diesmal trieb mich eine Begeisterung, an der es mir damals gefehlt hatte, vielleicht erwartete mich am Ende der Bahn ja etwas Wundervolles, und erst vor dem Zimmer hielt ich an, stand schwer atmend in der Tür und sah erleichtert, daß Tante Tirzas Bett leer war, nur ihr kleiner Spiegel glitzerte auf ihrem Kissen wie ein Messer, und in dem Bett daneben lag mit geschlossenen Augen seine sterbende Frau, weißer als das Laken, das sie bedeckte.

Ich trat näher und betrachtete sie neugierig, als wäre sie ein Stück von ihm, als könnte ich, wenn ich ihr Geheimnis herausfand, auch seines finden. Sie sah schrecklich aus, aber anrührend, wie ein Ungeheuer, das eine edle Seele in sich birgt und dem man die ganze Zeit die Kämpfe ansieht, die sich in seinem Inneren abspielen, in manchen Momenten hat die Seele die Oberhand, dann wieder das Ungeheuer. Als sie langsam die Augen öffnete, schien gerade die Seele gesiegt zu haben, sie waren blau und leuchtend, aber je weiter sie aufgingen, um so klarer sah ich, daß der Kampf verloren war, denn ihre Größe war furchterregend, und ihr Blick wurde glasig, als sie verstand, wo sie war und in welchem Zustand. Die Tochter von Korman, murmelte sie mit einem starken französischen Akzent, als sie mich erkannte, und ich nickte bestätigend und dachte, in der letzten Zeit habe ich diese Formulierung immer wieder gehört, am Schluß werde ich noch vergessen, wie ich heiße, und sie sagte müde, deine Tante wird gerade versorgt, sie wird erst mittags wieder dasein, und ich fragte, was für eine Versorgung, um Zeit zu gewinnen, und sie seufzte nur und sagte, besser, du weißt das nicht, und ich sagte, versorgt werden ist wie bei einem kleinen Kind, es ist ein gutes Wort, und sie sagte wieder seufzend, wer will schon mitten im Leben versorgt werden, und fast hätte ich gesagt, ich.

Ich wollte noch ein paar Minuten bleiben, deshalb fragte ich sie, ob sie etwas brauche, und sie sagte sofort, sie hätte gerne ein Glas Tee, und erklärte mir genau, wie dieser Auftrag auszuführen sei, und ich zog los und bewegte mich tapfer zwischen verschiedenen Becken und Wasserhähnen, stolz auf die Anweisungen, die ich erhalten hatte, zwei Löffel Zucker, zwei Teebeutel und viel Milch, und wunderte mich ein wenig, warum ein halber Mensch alles doppelt wollte. Als ich zurückkam, hatte sie sich im Bett aufgesetzt, ein roter Pulli lag über ihren Schultern, und ihr Gesicht zeigte ein übertrieben dankbares Lächeln, als hätte ich ihr mindestens das Leben gerettet. Ich wurde langsam unruhig, zum einen, weil mich der Dekan erwartete, zum zweiten, weil Tante Tirza zurückkommen und verärgert reagieren konnte, wenn sie mich sah, und am meisten fürchtete ich mich davor, daß er plötzlich in der Tür erscheinen und entdecken könne, daß ich zur Krankenschwester seiner Frau geworden war. Ich wollte schon gehen, doch da wurde sie freundlich, ja anhänglich, sie bat mich, das Bett höherzustellen und ihr ein Kissen unter die geschwollenen Beine zu legen und die Schwester zu rufen, weil sie etwas gegen Schmerzen brauchte, und ich fühlte mich endlich einmal zu etwas nütze, so daß es mir schwerfiel, wegzugehen. Dem Dekan nütze ich schon nichts mehr, dachte ich, auch mir nicht, also wenigstens diesem seltsamen Geschöpf, das so strahlend und verwelkt zugleich ist.

Ihre Beine waren schwer und angeschwollen, als würden sie gleich platzen, von dunkelgelber Farbe, und als sie sie mir entgegenhob, nahmen sie meinen Blick vollkommen gefangen. Ich schob ein Kissen darunter, das sofort von ihrem Gewicht zerdrückt wurde, dann stopfte ich ihr ein weiteres Kissen hinter den Rücken, bis es aussah, als säße sie in der Badewanne, und sie lächelte mich an und holte aus ihrer Schublade einen Lippenstift und malte sich mit einer erstaunlichen Geschicklichkeit die Lippen an, ohne Spiegel, ich würde es nie schaffen, ohne Spiegel meine Lippen zu treffen, und das Rot des Pullovers betonte das Rot ihrer schönen Lippen, isolierte sie von dem verzerrten Gesicht, und ich dachte, vielleicht ist sie auch so eine verwöhnte Frau wie Marta, die Tochter des Bitus, die sich plötzlich im Straßenkot wiederfand, und mit einer feierlichen Stimme sagte sie, als wäre das der Lohn für meine Mühe, du wirst es nicht glauben, ich erinnere mich an den Tag, als du geboren wurdest.

Wirklich, fragte ich ein wenig gleichgültig, was sie zu enttäuschen schien, der Tag meiner Geburt interessierte mich nicht besonders, warum sollte er sie interessieren, aber sie sagte, ja, zufällig war das der Tag, an dem ich Arie zum ersten Mal traf, ich erinnere mich, daß er zu mir sagte, meine Freundin hat heute ein Kind bekommen, nach vielen Jahren Behandlung.

Freundin, fragte ich, sind Sie sicher, daß er meine Freundin gesagt hat? Nicht mein Freund? Ich dachte, mein Vater war mit ihm befreundet, nicht meine Mutter, und sie schüttelte den Kopf und sagte, ich erinnere mich an jedes Wort, das er damals gesagt hat, er sagte Freundin und war so aufgeregt, als wäre er selbst der Vater. Ich erinnere mich, daß wir ein

Glas auf dich getrunken haben, wir saßen in irgendeiner Bar in Paris, und Arie hat eine Flasche Champagner aufgemacht.

Sie nahm feierlich ihr Teeglas und hob es, wie um mir zu zeigen, wie sie damals, an jenem Abend, Champagner getrunken hatte, fing aber sofort an zu husten, und der Tee kippte auf das Laken, und ihre Augen wurden naß und rot, bis sie es nicht mehr schaffte, die Entfernung zwischen jenem Tag und dem Jetzt zu überbrücken.

Ich nahm ihr das Glas aus der Hand, tupfte das Laken ab und brachte ihr Wasser, und sie trank vorsichtig, und in ihren Augen mischte sich das Blau mit dem Rot zu violetten Flecken, die aussahen wie eine unbekannte Landkarte, meine alte Angst vor der Geographiestunde, Länder und Städte aus Flecken herauszufinden, die alle gleich aussahen, nie war es mir gelungen, irgend etwas darin zu entdecken, und auch in ihren Augen fand ich nichts, als sie, wie zu sich selbst, sagte, und dabei habe ich damals nicht gewußt, daß ich schwanger war, wie man ein Kuriosum feststellt, so sagte sie das, ein privates Kuriosum, das nur die Betroffenen amüsiert, aber ich konnte mich nicht beherrschen und fragte, schwanger? Ich habe gedacht, Sie hätten keine Kinder.

Nein, haben wir nicht, sagte sie ungeduldig, ich war damals mit jemand anderem zusammen, wir hatten vor zu heiraten, aber dieser Abend änderte alles, der Abend des Tages, an dem du geboren wurdest. Ich wußte nicht, daß ich schwanger bin, wiederholte sie, ich verstand nicht, warum mir dauernd schlecht wurde.

Und was ist mit dem Kind, fragte ich und spürte wieder dieses unangenehme Zittern am ganzen Körper, als ginge es um mich, und sie sagte, es gibt kein Kind, schon eine Woche später packte ich meine Koffer und zog zu Arie. Er wollte mich nicht schwanger von einem anderen Mann, deshalb habe ich abgetrieben.

Haben Sie geglaubt, Sie würden gemeinsame Kinder bekommen, fragte ich, und sie sagte, nein, nein, ich wußte, daß wir keine Kinder haben würden.

Und trotzdem haben Sie auf die Schwangerschaft verzichtet, sagte ich, und es gelang mir nicht, einen tadelnden Ton in der Stimme zu unterdrücken, und sie sagte entschieden, ja, ich habe darauf verzichtet, als würde sie es mit Freude noch einmal tun.

Und bedauern Sie das nicht, fragte ich fast flehend, als wäre ich selbst der Embryo, den sie abgetrieben hatte.

Ich bedaure mehr, daß man mich nicht zum Ballettunterricht geschickt hat, sagte sie mit einer Wut, die mich verlegen machte, der Wut von Kranken, die sich plötzlich auf etwas Nebensächliches stürzen und ein großes Ereignis daraus machen, du machst dir keine Vorstellung davon, wie ich meinen Vater angefleht habe, tanzen lernen zu dürfen, und er sagte, dafür hätten wir kein Geld. Vergangene Nacht habe ich wieder davon geträumt. Seit Beginn meiner Krankheit träume ich unaufhörlich, ich bin im Ballettunterricht und tanze in einem weißen Röckchen mit all den anderen Kindern. Ich bin sicher, wenn ich tanzen gelernt hätte, wäre ich heute nicht krank. Das werde ich meinem Vater nie verzeihen.

Lebt er noch, fragte ich, überrascht von ihrer Aggressivität, und sie sagte, nein, aber was ändert das, ich lebe ja auch nicht mehr.

Ihre Augen fielen zu, und ich überlegte, wie passend es wäre, wenn sie genau jetzt sterben würde, nachdem sie einen solch filmreifen letzten Satz gesprochen hatte, das würde ihn zu mir treiben, er würde auf allen vieren angekrochen kommen, um von mir die letzten Worte seiner Frau zu hören, und ich würde ihn natürlich ein bißchen quälen und eine Weile so tun, als hätte ich sie vergessen, und vielleicht wäre es sogar besser, ihre letzten Worte zu verdrehen und zu sagen, wie sehr sie die Sache mit jener Schwangerschaft bedauerte, um ihm bis zum Ende seines Lebens ein schlechtes Gewissen zu machen, aber ich sah, daß sich ihre geschwollenen Füße bewegten, und versuchte sie mir in weißen Ballettschuhen vorzustellen, und dann öffnete sie die Augen und blickte auf die Uhr, vielleicht wollte sie wissen, wie lange es noch dauerte, bis er kam, und ich erschrak plötzlich, genau das war es, was ich hätte tun sollen, aber nicht jetzt, sondern vor einer halben Stunde, gleich nach meiner Ankunft. Vor lauter Schreck konnte ich die Hand nicht bewegen, also schaute ich erst auf ihre Uhr und dann auf meine und staunte, daß beide dieselbe Zeit anzeigten, genau zwölf Uhr, in diesem Moment ging die Stunde zu Ende, die mir der Dekan zugestanden hatte.

Ausgerechnet jetzt, wo schon nichts mehr zu verlieren war, hatte ich es eilig und sagte, ich müsse dringend zu einer Vorlesung, und sie nickte verständnisvoll, und ich bat sie, meiner Tante Tirza nichts davon zu sagen, daß ich hier war, damit sie nicht traurig würde, und sie hörte nicht auf zu nicken, und ich sah, daß die Farben in ihren Augen sich wieder getrennt hatten und wieder blau in der Mitte und rot außen herum waren, und sie sagte ernst, ich hoffe, du bist nicht gekränkt, und ich fragte, warum sollte ich, und sie sagte, weil ich am Tag, an dem du geboren wurdest, den Champagner erbrochen habe, und ich wußte nicht, ob das ein Witz war, und sagte, ach, wieso denn, wohl bekomm's, und dachte, eine schlimmere Antwort hätte ich nicht finden können. Und bevor ich noch andere Dummheiten sagen konnte, ging ich weg, ganz plötzlich, und an der Tür wollte ich noch einmal fragen, ob sie sicher sei, daß er damals von einer Freundin gesprochen hatte, nicht von einem Freund, aber ich hatte das Gefühl, nicht länger dableiben zu dürfen, weil die Geschichte ihres Opfers mich krank machte, und ich floh, rannte durch die Korridore, und erst als ich in der kalten grauen Luft stand, hatte ich das Gefühl, gerettet zu sein.

Im Autobus versuchte ich, eine Ausrede zu finden, aber es gelang mir nicht, mich zu konzentrieren, so sehr wunderte ich mich plötzlich über seine Verstrickung in mein Leben, ich empfand sogar Zorn, mit welchem Recht hatte er sich aufgeregt, wer hatte ihm erlaubt, sich aufzuregen, als ich damals in einem durchsichtigen Käfig lag, und warum hatte er sich so aufgeregt, als ich geboren wurde, und war jetzt so gleichgültig, schade, daß es nicht umgekehrt sein konnte, und warum hatte er von einer Freundin gesprochen statt von einem Freund, schließlich bestand zwischen meiner Mutter und ihm eine offene Feindschaft, und ich war so versunken in meine Gedanken, daß ich kaum merkte, daß ich bereits die Rolltreppe der Universität hinauffuhr und neben mir, auf der Rolltreppe abwärts, der Kopf des Dekans auftauchte, der in ein lebhaftes Gespräch mit seiner Assistentin vertieft war, und ich kämpfte mit mir, ob ich ihm folgen sollte, aber ich hatte keine Kraft, ich war an diesem Tag schon so viel gerannt, deshalb beschloß ich, ihm einen schönen Entschuldigungsbrief mit einer überzeugenden Ausrede zu schreiben.

Ich suchte mir einen ruhigen Platz, um den Brief zu entwerfen, deshalb ging ich hinauf zur Bibliothek. Die Reihen gesenkter Köpfe, wie in einem Gewächshaus nach der Bewässerung, machten mir angst, und ich setzte mich in eine Ecke, damit mich niemand sah. Alle waren in ihre Arbeit vertieft, nur ich schrieb einen blöden Entschuldigungsbrief, es war wirklich wichtiger, mit der Abschlußarbeit anzufangen, den Brief konnte ich auch später in sein Fach legen, deshalb lief ich zwischen den Regalen herum und suchte nach Material zu den Geschichten von der Zerstörung des Tempels, und jeder, der vorbeikam, schien mir eine schlechte Nachricht zu bringen und trieb mich weiter, und ich dachte an den Hohepriester, zu dem eine Ehebrecherin kam, um Wasser zu trinken, und er ging hinaus, um es ihr zu reichen, und entdeckte, daß sie seine Mutter war.

Genau zwischen diesen Regalen hatte ich Joni das erste Mal gesehen, ich fuhr den Wagen mit wissenschaftlichen Büchern herum, und Joni kam mit Schira vorbei, wie zufällig, und sie machte mir ein Zeichen mit der Hand, daß er es war, und da erhellte die Sonne sein Gesicht, und ich sah, daß er, im Gegensatz zum Rat der Ärzte, in seiner Jugend viel Zeit damit verbracht haben mußte, seine Pickel auszudrücken, in der Sonne waren seine Narben deutlich zu sehen, was auf mich aber beruhigend wirkte, denn ein Mensch, der offen mit so einer Haut herumlief und sich keinen Strumpf über das Gesicht zog, hatte etwas Unbekümmertes, Zuverlässiges, und sofort machte ich Schira ein Zeichen mit dem Daumen, daß von meiner Seite alles in Ordnung war.

Später, als wir uns noch einmal trafen, war ich enttäuscht, daß seine Narben weniger auffällig waren, als ich sie in Erinnerung hatte, vermutlich war der Einfallswinkel der Sonne zwischen den Regalen besonders ungünstig gewesen. Sie waren jedenfalls nicht so auffällig, daß auch ich mich hinter ihnen verstecken konnte, sondern bedeckten nur seine Wangen und sein Kinn, und ich wollte sie berühren, mich mit ihnen anfreunden, damit sie auch mir gehörten.

Wir saßen in einem kleinen Café, umgeben von einem dichten grünen Rasen, und zwischen uns stand ein Korb mit frischen Weißbrotscheiben, deren Duft mir in die Nase stieg, und ich erinnerte mich daran, wie ich genau hier mit dem jungen Mann gesessen hatte, der neben der Bäckerei wohnte, ein paar Stunden vor unserer einzigen gemeinsam verbrachten Nacht. Wir hatten damals etwas zu besprechen gehabt, ich weiß nicht mehr, was, es hatte etwas mit seiner langjährigen Freundin zu tun, und er wollte mich, so sagte er, fühlte sich aber an sie gebunden, und ich sagte, gut, dann beschließen wir von vornherein, daß wir nur eine Nacht zusammenbleiben, und er stimmte zu, sogar erfreut, wir freuten uns beide, als hätten wir einen Trick gefunden, einen Weg, den Kuchen zu essen und ihn heil zu lassen, und diese Stunden, die unserer einzigen Nacht vorausgingen, waren die süßesten, denn die ganze Spannung löste sich auf, nachdem wir das Ende unserer Beziehung beschlossen hatten, und ich stand auf und streckte mich, und meine Glieder wurden unendlich lang, die Tische sahen zu, wie ich wuchs, wie die Länge meiner Gliedmaßen sich verdoppelte und verdreifachte, bis meine Finger das Sonnendach berührten, da stand er auf und umarmte mich und hinderte mich daran, mich weiter zu strecken, und meine enttäuschten Gliedmaßen fielen auf ihn, und ich sagte, warum hast du mich unterbrochen, und er lachte, seine Augen waren grün wie der Rasen um uns herum. Ich dachte damals, es sei kein Problem, den Beschluß auch auszuführen, und am Morgen trennten wir uns heldenhaft und verliebt, und ich betrachtete sein Gesicht und wußte, daß ich ihn nie wiedersehen würde, aber ich konnte nicht ahnen, daß ich hinfort immer, wenn ich frisches Brot roch, an ihn denken würde, und als ich dann Joni gegenüber saß, dachte ich, vielleicht ist es ein Zeichen, daß Joni sich mit mir ausgerechnet in diesem Café verabredet hat, ein Zeichen dafür, daß das, was hier begonnen hat, später mit ihm fortgeführt werden könnte, und ich versuchte, das alte süße Gefühl wiedererstehen zu lassen, streckte mich sogar auf die gleiche Art, doch Joni stand nicht auf, um meine Bewegung zu unterbrechen, sie gelangte schon bald von selbst an ihr Ende, und als ich mich wieder setzte, wußte ich, daß ich mich in Joni verlieben mußte, daß dies meine Chance war, jene alte Trauer in Freude zu verwandeln.

Zwischen seinen Narben saßen irgendwie schief angeordnet zwei braune, samtige, weiche Augen, fast wie Purpurschnecken, und ein Paar Lippen, orangefarben wie überreife Pfirsiche. Etwas fehlte in dem Bild, und dann begriff ich, daß es die Nase war, nicht, daß er keine Nase gehabt hätte, sie war nur klein und stupsig wie die eines Säuglings, eine Art Knopfnase, vollkommen für ein kleines Kind, aber ein bißchen lächerlich bei einem erwachsenen Mann, und ich fragte ihn, wie alt er sei, als hoffte ich, er würde antworten, zwei Jahre, und damit das Problem lösen, aber er sagte, dreiundzwanzig, also genauso alt wie ich, und dann stellte sich heraus, daß wir am selben Tag desselben Monats geboren waren, also so etwas wie Zwillinge waren. Ich hielt das für ein weiteres Zeichen, und bei zwei Vorzeichen gab es nichts mehr zu diskutieren, und ich versuchte, in mir das Feuer anzufachen. Er erzählte mir, daß seine Mutter ein paar Wochen zuvor gestorben und er eigentlich noch in Trauer sei, und ich Idiotin sagte, wie schön, weil mir alles wie ein Zeichen vorkam, und dann sagte ich, gehen wir zu dir und verlassen eine ganze Woche lang nicht die Wohnung, denn ich hatte es im nachhinein immer bedauert, daß ich damals nicht eine Woche statt einer Nacht vorgeschlagen hatte, und Joni lächelte sein zartes Lächeln und sagte, aber ich muß zur Arbeit gehen, und ich sagte, laß doch, du hast dir einen Urlaub verdient, und so fuhr ich fort, ihn und mich anzustacheln, und wir gingen Hand in Hand zu ihm nach Hause, küßten uns im Fahrstuhl, und ich liebte ihn während dieser Woche sehr und dachte nur an ihn und daran, was für ein Glück ich hatte, weil es meinem Leben gelang, zwei Teile zu einem Ganzen zusammenzufügen. Er verliebte sich vor allem in meine Liebe zu ihm, so überzeugend war sie, und erst danach in mich selbst, und als ich ihn am Ende der Woche fragte, ob er mir versprechen würde, mich ewig zu lieben, sagte er, ja, und ich glaubte ihm und dachte an den Morgen damals, mit jenem jungen Mann, wie wir an dem Fenster gestanden hatten, das zur Bäckerei führte, und ich ihn fragte, wie es mit uns weitergehen würde, und er sagte, warum mußt du alles im voraus wissen, wie kann man alles im voraus wissen?

Doch dann fingen wir an, in die Welt hinauszugehen, und langsam begann ich, Joni zu hassen, als hätte er mir etwas Böses angetan, je mehr er mich liebte, um so mehr haßte ich ihn, ich verstand selbst nicht, warum, als hätte er mich vorsätzlich betrogen, und am frustrierendsten war, daß ich es ihm nicht sagen konnte, so lächerlich hörte es sich an. Manchmal haßte ich ihn und manchmal mich, und in besseren Minuten uns beide. Hinter dem Haus, in dem er wohnte, war ein riesiger Park, und wir gingen nachmittags oft hin und saßen in der Sonne, und dort stellte ich ihm noch einmal die Frage, die ich jedem Mann gestellt hatte, mit dem ich zusammengewesen war, die Frage, die mir einmal auf der Zunge gebrannt hatte und die jetzt schal und lau geworden war, wirst du mich immer lieben? Und sein Ja kam so leicht, so enttäuschend wie ein Nein. Immer gab es Momente, wo ich auf einem Fels saß und meine Tränen hinunterschluckte. Wir waren so verloren, alle beide, verwaiste Zwillinge zwischen weißen Felsen unter einem roten Himmel, Schafe, die ihre Herde verloren hatten, und während der ganzen Zeit überlegte ich, wie es möglich wäre, wieder ins richtige Leben zurückzufinden, und ich sagte zu Joni, ich mache uns zu Hause etwas Schönes zum Abendessen, als sei das die Formel, die uns vom Fluch erlösen könnte, und er lächelte sein weiches, trauriges Lächeln und schwieg. Ich wollte schreien, warum sagst du nichts, schlag auf den Tisch, schlag auf den Felsen, zwinge mich, damit aufzuhören, bedrohe mich, stell mir ein Ultimatum, aber ich schluckte immer nur meine Tränen zwischen den Felsen, die langsam schwarz wurden.

In unserer Hochzeitsnacht redete ich ihm ein, es sei zu banal, zu ficken, wenn alle es tun, und wir sollten uns etwas Besseres einfallen lassen und dieser Nacht einen anderen Inhalt geben. Noch bevor ich zu Ende gesprochen hatte, war er eingeschlafen, und ich lag wach da und versuchte mich zu erinnern, wie die Dinge sich entwickelt hatten, eine Art Zwischenbilanz dessen zu ziehen, was man mit einem bißchen Spott mein Liebesleben nennen könnte, herauszufinden, warum ich Joni nicht gleich am Anfang verlassen hatte, warum ich so schnell entschieden hatte, daß es für Reue zu spät sei, und ich dachte, er ist der einzige, der versprochen hat, mich immer zu lieben, und darauf hatte ich offenbar nicht verzichten können, und ich erinnerte mich an jene Nacht, in der mich der Duft nach frischem Brot eingehüllt hatte wie eine Decke.

Und dann hörte ich einen leichten Knall, wie eine kleine Explosion, und ein großer Schatten fiel auf mich, und die Bücher sahen plötzlich alle wie geschlossene, fast identische Schachteln aus. Die Beleuchtung war ausgegangen, und das graue Nachmittagslicht, das durch die Fenster fiel, schaffte es nicht, die riesige Bibliothek zu erhellen, und zog sich wieder nach draußen zurück, und alle Köpfe hoben sich, erstaunt, mit Schlitzaugen, als seien sie gerade geboren worden. Zufrieden betrachtete ich die Gesichter, die plötzlich ohne Licht waren und denen der Computer mitten im Satz ausgegangen war, als müßten sie im endlosen Wettbewerb mit mir warten und mir die Möglichkeit einräumen, die Scherben noch einmal zusammenzukleben.

Ich setzte mich ans Fenster und starrte in den grauen Dämmer, von dem nur ich wußte, daß er der Schatten des Tempels war, der Schatten, der ostwärts fiel bis Jericho und der die Frauen der Stadt bedeckte, die sich zusammendrängten und ihre Kinder umarmten, und plötzlich empfand ich eine dumpfe Sehnsucht nach meinen Eltern, denn immer, wenn der Strom ausfiel, hatten wir uns, weil sonst nichts anderes übrigblieb, zu dritt um eine Kerze gesetzt. Ich hatte ihnen verstohlene Blicke zugeworfen, was nur in der Dunkelheit möglich war, und versucht, mir vorzustellen, was ich in diesem Moment über sie gedacht hätte, wenn sie nicht meine Eltern wären. Manchmal merkte ich, daß sie mich ansahen, und überlegte voller Angst, daß sie mich vielleicht ebenso prüfend betrachteten und was wohl passieren würde, falls sie entschieden, daß ich nicht zu ihnen paßte. Meine Mutter stapelte immer einen Haufen Bücher neben der Kerze auf den Tisch, als würde so ein Stromausfall ewig dauern, und ganz oben auf den Stapel legte sie den alten zerfledderten Tanach, der immer irgendwie feucht aussah, das Buch klappte von selbst bei der Geschichte von David und Jonathan auf, David und Bathseba, David und Absalom, und ihre Stimme streichelte die Passagen, glättete sie für mich. Ich wartete auf die traurigsten Abschnitte, um weinen zu können, ohne mich schämen zu müssen, um mich dem Zug der Tränen anschließen zu können, der von einem Abschnitt zum nächsten führte, und mein Vater saß dabei und trommelte ungeduldig mit den Fingern, genug, hört schon auf zu weinen. Ich betrachtete uns und dachte, das ist es, was man Gegebenheiten nennt, dies hier gehört zu den Dingen, die sich nicht ändern lassen, diese Gegenwart, die schon zur Vergangenheit wird, diese Abschnitte, die sich ineinanderfügen, und das rhythmische Trommeln der Finger, dem sogar die Kerzenflamme gehorcht, das ist es, was mein

Schicksal entscheiden wird. Manchmal war auch das Heulen der Schakale in den Orangenplantagen zu hören, die sich rings um das Haus erstreckten, dann wuchsen meine Angst und mein Gefühl der Nähe zu ihnen, und erst wenn das Licht plötzlich wieder anging, seufzten wir alle drei erleichtert, aber auch traurig auf und sahen uns um, auf der Suche nach dem, was von diesem Tag bleiben würde, von diesem Leben, erst dann löste sich unsere zerbrechliche Gemeinsamkeit auf, und statt Angst vor den Schakalen empfand ich wieder Angst vor ihnen, vor ihrer unerlösten Trauer, die nachts um mein Bett heulte.

Schon ziemlich bald war um mich herum wieder das nervende Gesumme der Normalität zu hören, würgte mich mit seiner gleichgültigen Realität, und alle Köpfe kehrten an ihre Plätze zurück, doch ich war schon auf dem Weg nach draußen. Ich werde sie bitten, daß wir eine Kerze anzünden und uns zusammensetzen, warum sollten sie nicht einverstanden sein, ich muß unbedingt noch einmal dieses einzigartige Zusammengehörigkeitsgefühl spüren, sie werden es mir nicht verweigern können, warum sollten sie auch? Man sitzt sogar in Restaurants bei Kerzenlicht, warum also nicht in ihrer Küche, wo es niemand sieht?

Aber als sie mir die Tür öffnete, überrascht und froh, mich zu sehen, vom Mittagsschlaf den Abdruck des Kissens auf der Wange, vergaß ich die Kerze und die ganze Geschichte, und wie von selbst kam die Frage aus meinem Mund, was hattest du mit ihm, Mama? Und sie, als habe sie seit Jahren darauf gewartet, fragte noch nicht mal, mit wem?

Doch dann sah er hinter ihrem Rücken hervor, als habe er sich dort versteckt, er richtete sich auf, sein Kopf erschien über ihrem, wie bei einem Turm aus Köpfen, mit gequetschten Ohren und bitterem Blick, und er sagte, gerade war Joni da, und sofort roch ich Jonis After-shave, das sich in der

Wohnung herumtrieb wie ein Spion, und ich erschrak, vielleicht war er gekommen, um ihnen mitzuteilen, daß er mich verlassen habe, und ich fragte, mit vorgetäuschter Gleichgültigkeit, was wollte er denn, doch sie standen vor mir, ein Elternturm, jeder mit seiner eigenen Frage, und niemand antwortete.

Er wird es dir schon erzählen, wenn er will, sagte mein Vater schließlich, er wartet zu Hause auf dich, und er sah mich an, als wäre ich eine Ratte in seinem Labor, als wäre er der Hohepriester und ich eine Sünderin, und ich folgte ihnen in die Küche, versuchte, aufrecht zu gehen, ließ mir am Hahn Wasser in ein Glas laufen und trank es in einem Zug aus, ganz wie jene Ehebrecherin, hielt mich verzweifelt am Glasrand fest, wie schnell entstand ein Komplott, vor allem gegen mich, und jetzt mußte ich, um herauszufinden, was Joni plante, im Gesicht meines Vaters lesen, eine Aufgabe, bei der ich jahrelang versagt hatte, es gab gar keinen Grund zu glauben, daß es mir jetzt gelingen sollte, und alles schien mir so verzweifelt, die verschlungenen Wege, die von einem Menschen zum anderen führen, Arie über seine Frau kennenzulernen, Joni über meinen Vater, ein Karussell, das sich ewig drehte, und nur sie stand daneben, wie außerhalb des Bildes, und versteckte sich hinter ihren faltigen Wangen, die nicht den kleinsten Hinweis auf ihre frühere Schönheit enthielten, vielmehr aussahen, als wäre sie mit ihnen geboren worden, sie stand am Becken und spülte mit der Naivität und der Ruhe einer Hausfrau, die nichts zu verbergen hat, das Geschirr, bis ich merkte, daß sie die ganze Zeit immer denselben Teller wusch.

Da trat ich hinter sie und hielt mein Glas noch einmal unter den Wasserhahn, und sie sagte, das ist nicht gesund, warmes Wasser aus dem Hahn zu trinken, aber das Wasser ist kalt, sagte ich, und sie fragte, hast du keinen Hunger? Und ich sagte, ich habe Durst, und sie sah sich um, ob mein Vater noch in der Küche war, und sagte, was hast du mich vorhin gefragt, ich habe dich nicht genau verstanden, und ich füllte mein Glas und sagte, ich habe nach den Stromausfällen gefragt, ich habe gefragt, ob du dich daran erinnerst, wie wir zu dritt um eine kleine Kerze saßen, und sie sagte, wieso denn, wir hatten drei Petroleumlampen, für jeden eine, und auch das kam mir wie ein Teil ihres Komplotts vor, oder besser wie die Spitze dieses Komplotts, deshalb kippte ich das Glas im Becken aus, direkt auf ihre Hände, die den Teller nicht losließen, und sie sprang zurück und sagte, bist du verrückt geworden, das Wasser ist kochend heiß.

Auf der Hauptstraße, unter ihrem Haus, stand ein Polizist mit einer Pfeife, und ich blieb stehen und betrachtete ihn und dachte an all die Dinge, die ich ihm ins Ohr flüstern könnte, ganz diskret, kommen Sie doch für einen Moment hinauf in die Wohnung Nummer drei, würde ich sagen, Sie glauben nicht, was sich dort alles abspielt, unsichtbar zwar, aber Sie haben doch Geräte, um solchen Dingen auf die Spur zu kommen, ich nicht, leider, sonst würde ich Ihnen bestimmt nicht die Mühe machen. Sie haben düstere Räume, um Verhöre durchzuführen, komplizierte Lügendetektoren, Gefängnisse, und was habe ich? Augen und Ohren, ein kurzes Gedächtnis, menschliche Bedürfnisse und große Hemmungen, sonst nichts, und glauben Sie ja nicht, daß es niemanden gibt, der das ausnützt. Sie würden staunen, wie sehr. Er war jung, jünger als ich, mit einem glatten, dunklen Gesicht und einem angenehmen Lächeln, nachdem er gepfiffen hatte, lächelte er stolz, und sein Blick blieb einen Moment lang an mir hängen. Bestimmt hat er zu Hause eine junge Frau und ein Baby, sie war viel zu jung, ohne das Baby hätten sie nicht geheiratet, aber jetzt war es zu spät für Reue, vor allem weil sie eine gute Frau war, ausreichend gut. In zwanzig Jahren würde er sie wohl wegen eines jungen Mädchens verlassen, aber für die nächsten zwanzig Jahre war er erst mal versorgt, sie auch, denn sie wußte nicht, was ich wußte, und plötzlich beneidete ich sie, die Frau des Polizisten, weil sie erst in zwanzig Jahren verlassen werden würde und ich heute.

7 Unterwegs überlegte ich, wie sehr ich doch den Weg dahin haßte, jedes einzelne Verkehrsschild und jede Ampel und jeden Laden, all diese Zeugen meiner Erniedrigung, meiner dummen Sturheit, und am meisten haßte ich jenes Haus, dem mein Herz entgegenschlug und das mein Gesicht zum Erröten brachte, noch bevor ich die Tür erreicht hatte, das Haus mit den Sträuchern, die es verbargen, und den Bienen, die sich in den Sträuchern verbargen, ein Haus, das viel zu verstecken hatte, ein Haus, das sich schämen sollte, ein Haus, das ein handfestes Erdbeben verdient hatte, ein Haus mit einer dicken Tür und einem bürgerlichen Namensschild, Even, und ich wunderte mich, daß sie wirklich einmal hier gelebt hatte, so gut fügte sie sich ins Krankenhaus ein, als wäre dort ihr Zuhause, ich konnte mir einfach nicht vorstellen, daß sie diese Treppe hinaufgegangen war und besitzergreifend ihre Schlüssel gesucht hatte. Ich wußte, daß er nicht dasein würde, trotzdem war ich gekommen, um beschämt vor der verschlossenen Tür zu stehen, während er hingebungsvoll den Rollstuhl seiner Frau durch den endlosen Kreis der Krankenhausflure schob, als könnte ich, indem ich vor der Tür stand, indem ich mich auf die kalte Treppe setzte, indem ich nicht nach Hause zurückkehrte, dem schlimmen Plan entgehen, von dem mir Joni mit seinem feuchten, orangefarbenen Mund hatte berichten wollen.

Ich saß auf der Treppe, betrachtete gelangweilt das immer dunkler werdende Gemäuer des gegenüberliegenden Gebäudes, und aus meiner Langeweile wurde Furcht beim Anblick der Schatten, den die Blätter darauf warfen, ein düsterer, böser Tanz. Am Baum sahen sie noch ganz normal aus, aber ihre Schatten auf der Wand waren erschreckend, und ich erinnerte mich daran, daß ich schon einmal so dagesessen hatte, genauso allein, auf der Treppe unseres Hauses, am Winteranfang, darauf wartend, daß mein Vater oder meine Mutter aus dem Krankenhaus kommen, etwas zu essen machen und mir erzählen würde, was die Ärzte gesagt hatten.

Immer verbrachte einer von beiden die Nacht im Krankenhaus, bei meinem kleinen Bruder, und der andere kam zu mir, und ich wartete und folgte dem Tanz der Blätter auf der Wand des Nachbarhauses, der wilder und wilder wurde, immer beängstigender, und versuchte aus diesem Tanz zu erraten, wann sie kommen würden. Aus dem Fenster der Nachbarn drang flackerndes Kerzenlicht und warf gelbe Strahlen auf mich, es war Chanukka, die zweite oder dritte Kerze, und plötzlich sah ich sie von weitem kommen, beide, und erschrak, denn schon einen Monat lang hatte ich sie nicht mehr zusammen gesehen, seit mein Bruder krank geworden war, was war passiert, daß er sie auf einmal nicht mehr brauchte. Ich betrachtete flehentlich die Blätter, dann wieder die Straße und hoffte, es wäre vielleicht der Schatten gewesen, der sie verdoppelt hatte, aber allmählich trennten sich die Gestalten voneinander, der Abstand zwischen ihnen wurde größer, denn meine Mutter lief auf mich zu, während mein Vater langsam ging, fast als bewege er sich rückwärts, sie rannte wild, und ihr dicker, schöner Zopf lag um ihren Hals wie ein Schal oder wie ein Strick, und ihr Gesicht war verzerrt, der Mund aufgerissen, als würde sie schreien, aber kein Schrei war zu hören, und einen Moment lang glaubte ich, sie wäre gar nicht meine Mutter, noch nie hatte ich sie so wild gesehen, und sie nahm mich auf den Arm, als wäre ich ein Baby, und rannte wie verrückt weiter, in die Orangenplantage hinter unserem Haus, und noch im Rennen öffnete sie ihre Bluse, so daß mir ihre Brüste, von denen die Milch tropfte, ins Gesicht sprangen, und sie weinte, du willst jetzt trinken, nicht wahr, du mußt jetzt gestillt werden, und dann setzte sie sich plötzlich unter einen Baum und stieß mir eine Brustwarze in den Mund, und ich wurde von ihrem Wahnsinn angesteckt, ich machte den Mund auf, obwohl ich schon fast zehn war, und begann ihre Milch zu trinken, diese dünne, süßliche Milch, die von einem Moment zum anderen nutzlos geworden war. Wir sahen meinen Vater auf der Suche nach uns herumlaufen, Rachel, schrie er, auch er weinte, wo seid ihr, er sah so einsam aus in der Dämmerung zwischen den Bäumen, wo seid ihr, er weinte wie ein Kind, das Verstecken spielt und seine Aufgabe viel zu ernst nimmt, und meine Mutter schwieg grausam, atmete ruhig, drückte meinen Mund mit Gewalt auf ihre Brustwarze, und ich hatte das Gefühl, dem Ersticken nahe zu sein, und begann mich zu winden, und schließlich biß ich sie, um freizukommen, und mit einem milchgefüllten Mund schaffte ich zu sagen, wir sind hier, Papa. Er kam angerannt, beugte sich zu uns, oder besser gesagt, sank nieder, und zu dritt saßen wir in der Dunkelheit unter dem Baum, und sie sprach immer weiter zu mir, als wäre er gar nicht da, sie sagte, warum hast du uns verraten, wie ein kleines Mädchen, warum hast du uns verraten, er hätte uns nie gefunden, und offenbar meinte sie wirklich, daß wir unser ganzes Leben hier unter dem Baum hätten sitzen können, während er wie ein Blinder, dem der Hund weggelaufen und der Stock zerbrochen war, verloren in der Gegend herumirrte.

Ihre Freude konnten sie irgendwie miteinander teilen, aber nicht ihre Trauer, jeder von ihnen warf alles auf den anderen oder riß alles an sich und überließ dem anderen nichts, als handle es sich um eine ganz private Trauer, und ich versuchte, mich aus ihren glühenden Armen zu befreien, ganz naß von der verspritzten Milch, und dachte an mein Brüderchen, aber es gelang mir nicht, zu trauern, die Zeit hatte nicht gereicht, um ihn lieben zu lernen, ich war noch nicht einmal richtig eifersüchtig geworden, da wurde er schon krank, und sie brachten ihn in die Klinik, und ich durfte ihn nicht besuchen, denn er war auf der Isolierstation, und noch bevor er starb, hatte ich vergessen, wie er aussah, die Zeit hatte nicht einmal gereicht, ihn zu fotografieren, so kurz war sein Besuch in der Familie gewesen. Ich weiß noch, daß ich versuchte, meine Mutter zu trösten, ich sagte, es ist, als wäre er überhaupt nicht geboren worden. Ging es dir vor seiner Geburt denn nicht gut? Also warum fühlst du dich jetzt, wo er nicht mehr da ist, so schlecht? Wie kann man um etwas trauern, wenn man daran gewöhnt war, ohne es auszukommen? Doch sie sah mich so haßerfüllt an, als hätte ich ihn höchstpersönlich umgebracht, doch ich verstand sie nicht, ich wollte ihr ja bloß helfen. Außerdem, sagte ich zu ihr, müßtet ihr mich jetzt eigentlich verwöhnen, ihr müßtet es schätzen, daß ihr mich habt, statt dessen benehmt ihr euch, als wäre ich eure Stieftochter und er wäre euer richtiges Kind gewesen. An dem Tag, an dem ihr ein Kind verloren habt, sagte ich, bin ich zur Waise geworden.

Da hörte ich näher kommende Schritte und dachte, das ist er, ich erschrak und überlegte, wo ich mich verstecken könnte, so als ob ich nicht auf ihn gewartet hätte, und ich stellte mich schnell vor die Tür der Wohnung gegenüber, wie ein Tier, das sich vor seinem Jäger versteckt, und tat, als wartete ich darauf, daß die Tür geöffnet würde, und die ganze Zeit dachte ich, wenn du ihn so dringend sehen willst, warum stehst du dann hier, und hinter meinem Rücken hörte ich weiter die Schritte, eine Frau kam ausgerechnet auf die Tür zu, vor der ich stand, ihre Schlüssel klimperten, und ich blieb bewegungslos stehen, spielte meine Rolle vor dem falschen Publikum, und plötzlich hörte ich ein Baby weinen, fordernd und erwartungsvoll, und ich begann zu zittern, denn so ein Weinen hatte ich seit vielen Jahren nicht mehr gehört, und ich konnte mich nicht beherrschen und drehte mich um, da sah ich sie, eine junge Frau mit einem Säugling auf dem Arm, die andere Hand voller Schlüssel, die sie ausgestreckt hielt, als versuche sie, die Tür durch mich hindurch aufzuschließen, und ich wußte nicht, was ich sagen sollte, also deutete ich auf die Tür gegenüber, die, auf der Even stand, und stotterte, ich warte auf sie. Mit Absicht sagte ich auf sie und nicht auf ihn, damit es sich nach nichts Besonderem anhörte, ein Familienbesuch, sie lächelte erleichtert und machte die Tür auf, eine Welle von Wärme schlug mir entgegen, sie trat ein, und im letzten Moment, unmittelbar bevor mir die Tür vor der Nase zugefallen wäre, sagte sie, du kannst mit uns warten, mit uns, hatte sie gesagt, nicht einfach hier oder bei uns, so als würden wir wirklich alle zusammen warten, sie und das Baby und ich, als würden sie gemeinsam mit mir die Last tragen, die Anspannung, die Enttäuschung, und ich fühlte, daß sie verstand, wie traurig meine Hoffnung war, denn nicht auf ihn wartete ich so verzweifelt, sondern auf seine Liebe, und die würde nie kommen.

Ich fand mich hinter der Tür wieder, wagte mich aber nicht einen Schritt vor, zu groß war meine Angst, in ihre Privatsphäre einzudringen, und sie packte inzwischen das Baby aus seinen Hüllen, und als sie ihm die Mütze vom Kopf nahm, zeigte sich plötzlich sein Gesicht, und ich blickte den Kleinen erstaunt an, denn sein Gesicht war haargenau das von Joni, die gleichen orangefarbenen Lippen und die sanften braunen Augen und die braunen Haare, die sich bei ihm noch nicht lockten, das süße Gesicht eines Schafs, und er blökte mich auch an wie ein kleines Schaf, und ich dachte, statt des ganzen Unsinns hätte ich lieber mit Joni ein Kind machen sollen, das sein Gesicht geerbt hätte.

Aber dann spürte ich einen Stachel der Angst, woher hatte eigentlich dieser kleine Junge da Jonis Gesicht, und ich betrachtete seine Mutter, ob sie vielleicht einem Schaf ähnlich war, doch sie sah ganz anders aus. Sie hatte ein energisches, glattes Gesicht mit hellen Augen und vollen dunklen Lippen, die Haare hatte sie zu einem Knoten gebunden wie eine Tänzerin, sie lächelte mich freundlich an und sagte, was möchtest du trinken, und ich sagte, Wasser, und lehnte mich an die Tür, denn mir wurde schwindlig bei dem Gedanken, dieses Kind könnte von Joni sein, und vielleicht war es ja das, was er mir zu Hause erzählen wollte, und sie brachte mir ein Glas Wasser, verschwand mit dem Kleinen im Flur und kam kurz darauf ohne ihn zurück. Er ist eingeschlafen, verkündete sie mit einem siegreichen Lächeln, und ich sagte nicht, vor einer Minute war er doch noch vollkommen wach, schließlich hatte ich seine braunen Augen gesehen, mir war klar, daß sie ihn absichtlich versteckte, aber ich hatte keine Möglichkeit mehr herauszufinden, ob die Ähnlichkeit wirklich oder nur eingebildet war. Ich wollte sie fragen, sag mal, ist dieses Kind zufällig von meinem Mann, aber ich genierte mich und begann, ihr alle möglichen Fragen zu stellen, um ein Bild von ihrem Leben zu bekommen, und ich fragte auch, wie alt der Junge sei und wie er heiße, und alles, was sie sagte, vergaß ich sofort wieder, und dann sagte ich auf eine gespielt spontane Art, er sieht dir überhaupt nicht ähnlich, und sie lächelte und sagte, ja, er sieht seinem Vater ähnlich, und ich konnte mich nicht beherrschen und fragte, hast du ein Foto von beiden zusammen, und sie sagte, nein, ich habe es noch nicht geschafft, beide zusammen zu fotografieren, und ich fühlte, daß ich den Kleinen noch einmal sehen mußte, und sagte deshalb, ich glaube, ich höre ihn weinen, und sie lauschte und sagte, nein, ich höre nichts, nur Schritte draußen, und ich drehte mich schnell um und blickte durch das Guckloch in der Tür und hoffte, er wäre es nicht.

Durch das Guckloch sah er kurz und breit aus, weniger anziehend, weniger furchterregend, sogar ein wenig gebeugt, denn er schleppte einen Haufen Plastiktüten, wie eine alte Frau, die vom Markt zurückkommt, er seufzte und drehte mir einen breiten Arsch zu, wühlte in der Tasche nach dem Schlüssel, und es fehlte ihm nur ein Kopftuch. Warum hatte er so viel eingekauft, man hätte denken können, er bereite eine Party vor oder ein festliches Essen, aber was hatte er zu feiern, und schon war ich für sie gekränkt, für seine Frau, die dort immer weiter schrumpfte, während er hier fraß und fett wurde, und inzwischen sah ich, wie er die Hand aus der Tasche zog und die Tür aufschloß und schnell mit seinen Tüten verschwunden war, wie ein Zwerg in einer Süßigkeitenpackung, und ich wußte, das war's, ich muß jetzt gehen und ein weiteres Rätsel hinter mir lassen. Sie sah mich mit ihren hellen Augen an und sagte, ist er gekommen? Und ich sagte, ja, aber vielleicht warte ich noch ein paar Minuten, damit er Zeit hat zu pinkeln, so ein schlimmer Satz rutschte mir raus, warum ausgerechnet pinkeln, aber sie lächelte mich verständnisvoll an, und ich wunderte mich, wieso ihr das alles ganz natürlich vorkam, mir kam überhaupt nichts natürlich vor, und ich fragte sie, was meinst du, ein Baby, das am Tischa-be-Aw geboren wird und an Chanukka stirbt, zündet man da Kerzen an oder nicht, und ich sah, wie ihr Lächeln verschwand, und es tat mir sofort leid, und ich fragte, wie heißt dein Junge, als könne die zweite Frage die erste auslöschen, aber sie war schon mißtrauisch geworden, warum fragst du das, und ich sagte, ich würde gerne mal auf ihn aufpassen, wenn du einen Babysitter brauchst, ich bin verrückt nach Babys, was natürlich nicht stimmte, aber ich mußte dieses Kind unbedingt noch einmal sehen, und sie sagte, in Ordnung, ich werde dich anrufen, aber sie fragte nicht nach meiner Telefonnummer, und ich ging hinaus, stellte mich vor die Tür gegenüber und klingelte, erst kurz, dann lang, aber die Tür wurde nicht geöffnet.

Ich hörte keine Schritte auf der anderen Seite und ich sah kein Licht, alles blieb still, und hätte ich ihn nicht mit eigenen Augen eintreten sehen, wäre ich überzeugt gewesen, daß niemand zu Hause war. Ich stand da und dachte, daß Joséphine diese Tür nicht mehr sehen würde, nicht das runde Guckloch und nicht das Schild, auf dem Even stand, mit breiten, selbstgefälligen Buchstaben, nicht mehr die Ritzen im Holz und nicht mehr die schwarze Türklinke, deren Farbe mit den Schmutzflecken verschmolz, nicht mehr den Fußabtreter, der einmal orangefarben gewesen war, jetzt aber braun und auf dem zwei glückliche Katzen abgebildet waren, alle Einzelheiten dieser Tür würde sie nie mehr sehen, und ich dachte, daß ich wahrscheinlich dankbar sein sollte, daß ich das alles sehen durfte, und legte die Hand auf die Klinke, um meine Fingerabdrücke darauf zu hinterlassen, und plötzlich bewegte sich die Klinke nach unten, und die Tür ging mit einem Quietschen auf, das sich wie ein Seufzer anhörte.

Ich machte sofort einen Satz rückwärts, damit klar wäre, daß ich das nicht mit Absicht getan hatte, und drehte mich sogar zu der gegenüberliegenden Tür, um mich zu vergewissern, daß sie mich nicht mit ihren ruhigen, hellen Augen verfolgte, und wie ein müder, verwirrter Soldat stand ich zwischen den beiden Fronten, bis das Licht im Treppenhaus anging und zu hören war, wie oben eine Tür zugeschlagen wurde, dann rasche Schritte, die die Treppe herunterkamen, und ich geriet unter Druck, die offene Tür bewies, daß etwas mit mir seltsam war, ich machte einen schnellen Schritt, um sie zu schließen und endlich wegzulaufen, statt dessen trat ich ein.

Der Flur war dunkel, aber ganz hinten blitzte ein Licht, und ich hörte den Lärm eines Motors und das Quietschen von Rädern, es hörte sich an, als fahre jemand in der Wohnung Motorrad, und ich stand ganz ruhig da und lauschte, bis ich verstand, daß es ein Staubsauger war, der über die großen Teppiche gerollt wurde, die gestern noch vollkommen sauber ausgesehen hatten. Die Tüten sah ich neben der Küchentür liegen, ein Salatkopf war auf den Boden gerollt, ein Brot lehnte dagegen, so eilig hatte er es gehabt, Staub zu saugen. Für wen hatte er es so eilig, seine privaten durchsichtigen Krümel in das hungrige Staubsaugermaul zu saugen, als ob heute eine neue Frau bei ihm einziehen würde. Schließlich würde Joséphine nichts davon erfahren, jeden Tag um fünf würde er sie ein wenig in der Station herumfahren und dann in sein staubfreies Zuhause zurückkehren, voller böser Pläne, und Joséphine würde nichts davon wissen.

Ich hörte, wie er auf den Knopf drückte, wie der Staubsauger mit einem langen Seufzer ausging und Richtung Flur gerollt wurde. Mein Herz klopfte heftig, aber meine Beine waren vollkommen gelähmt, sosehr ich auch weglaufen wollte, sie bewegten sich nicht, wie damals, als wir auf dem Rasen vor dem Haus lagen und ich sah, wie die Vögel in der Luft schwebten, und mein Vater schrie, eine Schlange, lauf ins Haus, und meine nackten Beine erstarrten, und er stieß mich mit Gewalt vorwärts, und das tat mir schrecklich weh an den Schultern, und ich sah die Schlange groß und braun näher kommen, und dann sagte er mir, ich solle Strümpfe anziehen, und das war eine feierliche Neuerung für mich, Strümpfe mitten im Sommer, und auch seine wilde Sorge um mich, und trotzdem schaffte ich es jetzt, hinauszugehen und ruhig die Tür hinter mir zu schließen, doch ich konnte nicht anders, ich stand sofort wieder davor, wie neu, als sei ich gerade erst angekommen, und ich drückte auf die Klingel, betete insgeheim, daß die Nachbarin meinen seltsamen Tanz um die Tür nicht beobachtete. Sofort hörte ich wieder die Räder, als ob man in der Wohnung nicht auf seinen eigenen Beinen gehe, die Tür wurde überraschend schnell geöffnet, und ich, verblüfft darüber, daß Türen von innen aufgehen, sagte mit einem dümmlichen Lächeln, hallo, ich bin's, als würden wir telefonieren, und er sagte, das sehe ich, und trat einen Schritt zur Seite und fügte hinzu, komm rein, und ich ging schnell hinein, bevor er es sich anders überlegte, und stolperte über die Schnur des Staubsaugers, schließlich sollte ich ja nicht wissen, daß er da stand, meine Füße verhedderten sich in der Schnur, und ich fiel zu Boden, mit dem Gesicht auf den harten, noch warmen Körper des Staubsaugers.

Mein erster Gedanke war, ich habe ihm den Staubsauger kaputtgemacht, und das wird er mir nie verzeihen, und es tat mir so leid, daß er diese Erinnerung an mich behalten würde, und erst als ich den Kopf hob und Blut auf dem Boden sah, verstand ich, daß etwas an mir verletzt war, ich fuhr mir mit den Händen über das Gesicht und hielt an der Nase inne. Mein teurer Körperteil, der, den ich im Spiegel am liebsten betrachtete, schmal und gerade wie bei meiner Mutter, tat weh und blutete. Ich wagte nicht, sie länger zu berühren, ich wagte nicht, mein Gesicht zu heben, aus Angst, meine Nase würde abfallen wie ein Blatt, das sich vom Baum löst, also blieb ich zusammengekrümmt sitzen, beide Hände vor das Gesicht geschlagen, und weinte leise.

Einen Moment lang vergaß ich überhaupt, daß er da war, so sehr kümmerte ich mich um meinen Verlust, und erst als ich hörte, wie der Kühlschrank aufgemacht wurde, fiel mir ein, daß das Leben weiterging und er offensichtlich die Gelegenheit nutzen wollte, den Salatkopf in den Kühlschrank zu legen, doch gleich darauf fühlte ich einen harten Brocken auf meinem Gesicht, kalt und hart wie Eis, und es war wirklich Eis, drei Würfel in einer Sandwichtüte, die ich, ohne mich zu bedanken, ergriff und ängstlich auf meine schmerzende Nase drückte, um sie zu kühlen. Ich fühlte seinen Schatten über mir, über meinen Knien, die mit Blut befleckt waren, immer näher kam er, bis er mit einem Seufzer der Ergebung neben mir auf dem Boden kniete und mir mit einem weißen Tuch das Blut von der Lederhose wischte, die ich am Morgen mit solcher Begeisterung angezogen hatte.

Vermutlich ist er gut zu einem, wenn man krank und verletzt ist, dachte ich, vielleicht ist seine Frau deshalb krank geworden, er liebt es offenbar, der einzige Gesunde in der Umgebung zu sein und Hingabe zu demonstrieren, schade, daß ich das nicht eher gewußt habe, für eine solche Erkenntnis lohnt es sich sogar, meine schöne Nase zu opfern, und um zu sehen, ob diese Erkenntnis der Wahrheit entsprach, legte ich den Kopf an seine Schulter, und sofort, wie ein Reflex, bewegte sich sein Arm und legte sich um meine Schulter, schwer und liebevoll. Sie ist gebrochen, flüsterte ich so traurig, als ginge es um einen familiären Verlust, und er sagte mit leiser Stimme, komm, zeig mal her, und zog mir mit einer zarten Bewegung die Finger weg, die meine Nase verdeckten, wie ein Bräutigam den Schleier von der Braut zieht. Ich sah ihn erschrocken an, als wäre er mein Spiegel und ich könnte an seinem Gesichtsausdruck erkennen, wie ernst die Lage sei, aber er lächelte beruhigend und sagte, es ist nicht schlimm, und ich fragte, sieht man noch, daß es eine Nase ist, oder sieht es aus wie Brei, und er musterte mich ernsthaft und sagte, Nase.

Ich muß zu einem Krankenhaus fahren und eine Röntgenaufnahme machen, sagte ich, und er sagte, mach dir keine Sorgen, Ja'ara, deine Nase ist in Ordnung, ich weiß, wie eine gebrochene Nase aussieht, glaub mir, und ich wußte, daß ich jetzt erstaunt fragen sollte, woher er das wisse, und mir anhören, daß er schon mit zehn Jahren mit einer gebrochenen Nase fremde Wohnungen geputzt hatte, aber ich wollte nur die eine Frage stellen, die mich drückte und mich heute dazu gebracht hatte, meine Eltern aufzusuchen, und ich wußte nicht, wie ich sie formulieren sollte, und am Schluß sagte ich, sag mal, wessen Freund warst du eigentlich, der von meiner Mutter oder der von meinem Vater? Er lachte und zog seine Zigaretten aus der Tasche, steckte uns beiden eine an und sagte, das ist, als würdest du ein Kind fragen, wen hast du lieber, deinen Vater oder deine Mutter, und ich sagte, aber du bist kein Kind, und er sagte, trotzdem werde ich dir wie jenes Kind antworten, beide, das heißt, ich war der Freund von beiden. Aber von wem mehr, beharrte ich, und er sagte, die Dinge ändern sich, das weißt du doch. Ich habe gedacht, daß sie dich nicht ausstehen kann, sagte ich, und er sagte, ja, die Dinge ändern sich. Aber ich ließ nicht locker, wann haben sie sich geändert, wann habt ihr aufgehört, Freunde zu sein, und er seufzte, das weiß ich nicht mehr genau, nach deiner Geburt, glaube ich, ich war in Frankreich und kam fast nie nach Israel, ich heiratete, die Beziehung kühlte ab, so ist das, die Dinge ändern sich, er wiederholte den Spruch wie eine Parole, und ich blieb dabei, ja, aber so sehr, daß sie sich krank stellt, nur um dich nicht zu sehen? Daß sie böse wird, wenn dein Name fällt? Ich weiß nicht, er machte eine unbehagliche Bewegung, das ist ihre Sache, nicht meine und nicht deine, und plötzlich stand er auf und brachte noch einen Lappen und begann um mich herum sauberzumachen. Ich hob die Beine, wie ich es früher getan hatte, wenn meine Mutter den Boden wischte, während ich krank zu Hause war und erstaunt das Leben beobachtete, das sich sonst ohne mich abspielte, das Leben eines normalen ruhigen Vormittags und dabei doch so schwer, als wäre alles, was meine Mutter tat, mehr, als es in Wirklichkeit war, Putzen war mehr als Putzen, das Mittagessen kochen mehr als das Mittagessen kochen, und all diese bedeutungsschweren Tätigkeiten wurden Tag für Tag erledigt, während ich weit weg war, in der Schule.

Er rollte den Staubsauger zur Seite, nahm die Teile mit geübten Bewegungen auseinander, verstaute alles im Schrank und hielt mir die Hand hin, um mir aufzuhelfen, damit er auch die Stelle saubermachen konnte, auf der ich gelegen hatte, und tatsächlich waren da Blutflecken, man hätte glauben können, jemand wäre hier ermordet worden, aber er putzte kaltblütig alles weg, und bald war in seiner Wohnung nichts mehr von Blut zu sehen, nur in meinem Gesicht schwoll meine Nase an wie ein Ballon. Neben der Tür war ein Spiegel, und ich näherte mich ihm langsam und vorsichtig, um im richtigen Moment zurückweichen zu können, und sah eine häßliche große Wunde mitten in meinem Gesicht, und er stand plötzlich neben mir, mit einem feierlichen Lächeln, als stünden wir vor einem Pressefotografen, und ich betrachtete prüfend unsere Gesichter, erschrak einen Moment lang darüber, wie wenig sie zusammenpaßten, wie Fremde sahen wir aus, Fremde in einem gemeinsamen Rahmen, als stammten wir von verschiedenen Rassen, er mit seinem dunklen Gesicht und den vom Alter hellen Haaren und ich mit meinem hellen Gesicht und den dunklen Haaren, er sah aus wie ein Schatten, so schwarz neben mir, und ich weiß wie ein Geist. Der Spiegel betonte eine gewisse Unregelmäßigkeit in seinem Gesicht, die sonst kaum auffiel, einen unangenehmen Mangel an Symmetrie, der auf mein

Gesicht ausstrahlte, denn sonst war niemand im Spiegel zu sehen, und für einen Moment sah es aus, als käme die Unregelmäßigkeit von mir, ich bewegte die Lippen, um sie zu vertreiben, denn wenn es nur zwei Menschen in einem Spiegel gibt, ist es unmöglich zu wissen, wer regelmäßig und wer unregelmäßig ist, aber dann war plötzlich alles in Ordnung, denn ich blieb allein im Spiegel. Er drehte sich um, ging in die Küche und begann seine Einkäufe wegzuräumen, und ich hörte ihn ungeduldig sagen, mach dir keine Sorgen, der Knochen ist nicht gebrochen, plötzlich hatte er die ganze Sache abgeschüttelt und wies offensichtlich alle Verantwortung weit von sich.

Ich stand vor dem Spiegel, sah meine geschwollene Nase, deren Anmut verschwunden war, und fragte anklagend, erwartest du Gäste, als sei es ein Verbrechen, in seiner Situation Leute einzuladen, und er überraschte mich und sagte, ja, und machte sich sogar die Mühe, ins Detail zu gehen, und erklärte mir, daß Verwandte von Joséphine heute abend aus Frankreich kommen würden, ihre Schwester und ihr Schwager, und sogar ihre alte Mutter hätte sich angeschlossen, bald würden sie auf dem Flughafen landen und er werde sie dort abholen und bis dahin müsse das Essen fertig sein. Er betonte die Sache mit dem Essen, als würden sie nur dafür nach Israel kommen, und ich fragte naiv, warum kommen sie, und ich sah im Spiegel, wie er für einen Moment innehielt, vor dem offenen Kühlschrank, als fände sich dort, in ihm, die Antwort, und dann sagte er, um Abschied zu nehmen von Joséphine, und das klang traurig und süß wie ein Filmtitel, Abschied von Joséphine, oder vielleicht Joséphine nimmt Abschied, oder Joséphine steigt auf zum Himmel, leicht wie eine Federwolke. Statt einer jungen Tochter hat sie eine alte Mutter, dachte ich, alles seinetwegen, was hat sie nur an ihm gefunden, das ihr wichtiger erschien als Kinder, als alles andere, denn sogar jetzt, in ihrem Zustand, bereut sie nichts, und bestimmt weint ihre alte Mutter im Flugzeug und sagt, warum läßt man mich nicht an ihrer Stelle sterben. Ich versuchte mir meine Mutter vorzustellen, wenn ich vor ihr sterben würde, wären meine Eltern doppelt verwaiste Eltern, falls es so etwas gab. Von ganz allein würde ihre Trauer um mich in der Trauer um meinen kleinen Bruder aufgehen und zu einer allgemeinen Trauer werden, denn wenn die Trauer über den Tod eines Kindes unendlich ist, wie kann man sie dann verdoppeln, eine unendliche Trauer, und noch eine unendliche Trauer ist eigentlich eine einzige unendliche Trauer.

Mir kamen schon die Tränen vor lauter Mitleid mit mir selbst, weil ich sogar nach meinem Tod benachteiligt sein würde, und um das zu verbergen, sagte ich, das tut weh, und meinte meine Nase, aber er bezog es auf den anstehenden Besuch und sagte, ja, ihre Mutter ist wirklich ganz am Ende, als wäre es klar, daß Eltern ihr Kind mehr lieben, als ein Partner es tut, denn er sah überhaupt nicht am Ende aus und versuchte auch gar nicht, den Anschein zu erwecken, und ich fragte, kann ich dir beim Essenmachen helfen, und zu meiner Überraschung sagte er, ja.

Schnell, bevor es ihm leid tun konnte, ging ich zu ihm, und es ergab sich, daß wir beide vor dem Spülbecken standen, nebeneinander, wie bei einer Hochzeitszeremonie, und das Becken war der Rabbiner, der uns traute, und in der Spüle war ein Haufen Geschirr, und Arie sagte, vielleicht fangen wir damit an, er holte aus einer der Tüten Spülmittel und hielt es mir hin, und ich hielt die große Flasche, eine Familienpackung, wie diese Frau ihr Baby gehalten hatte, und bei dem Gedanken an sie packte mich wieder Unruhe, und ich fragte, sag mal, deine Nachbarin von gegenüber, hat die einen Mann? Und er sagte, sie hat ein Baby, das ist sicher, ich höre es die ganze Nacht schreien, ihr Mann ist offenbar ruhiger.

Aber bist du sicher, daß sie einen hat, fragte ich, hast du ihn mal gesehen? Wie sieht er aus? Und er sagte, ich habe ihn so oft gesehen, daß ich überhaupt nicht auf ihn geachtet habe. Erinnerst du dich, ob er groß oder klein ist, dick oder dünn, fragte ich, und er sagte, er ist normal, ich glaube, er ist normal. Warum interessierst du dich für ihn? Und ich flüsterte beschämt, weil ihr Baby Joni ähnlich sieht.

Wer ist Joni? Er stellte die Frage ohne Neugier, und ich sagte, mein Mann.

Wirklich? Er klang amüsiert, wie sieht dein Mann aus?

Wie ein Schaf, sagte ich, und mir fiel ein, daß ich ein Foto von ihm in der Tasche hatte, und ich holte schnell die Tasche und wühlte mit einer Hand darin herum, mit der anderen hielt ich das Spülmittel, schließlich fand ich das schon ein wenig zerknitterte Bild, auf dem Joni zu sehen ist, wie er mich bei der Hochzeit auf die Stirn küßt, ich mit dem Schleier über den Schultern und er bemüht, größer zu erscheinen, wir sind ungefähr gleich groß, damit er mich küssen kann, und ich neige den Kopf, um es ihm leichter zu machen, so viel Anstrengung für einen überflüssigen Kuß, beide sehen wir krumm aus vor Anstrengung, und ich schämte mich, Arie das Bild zu zeigen, aber ich mußte die Sache unbedingt klären, deshalb hielt ich es ihm mit einem entschuldigenden Gesichtsausdruck hin, und er betrachtete es gleichgültig und sagte nichts, und ich fragte gespannt, ist er das? Und Arie hatte offenbar vergessen, um was es ging, und sagte, du fragst mich, ob das dein Mann ist? Und ich sagte gereizt, wie ein Lehrer, der aus einem schwerfälligen Schüler die richtige Antwort herausholen will, der Mann deiner Nachbarin, sieht er dem Mann deiner Nachbarin ähnlich?

Und er betrachtete das Bild in aller Ruhe, als hinge nichts von seiner Antwort ab, und seine vollen Lippen verzogen sich, und schließlich sagte er, nein, ich glaube nicht, und fügte hinzu, ich weiß es nicht, ich erinnere mich kaum an ihn. Warum sollte er ihm eigentlich ähnlich sehen? Und ich sah, daß er nicht verstehen wollte, vielleicht hatte ich es auch nicht gut erklärt, denn ich wollte ja fragen, ist das der Mann deiner Nachbarin, und nicht, sieht er dem Mann deiner Nachbarin ähnlich, aber wieso sollte mein Mann auch der Mann seiner Nachbarin sein? Plötzlich kam mir das selbst blöd vor, und ich steckte das Bild wieder in die Tasche, mit einem Gefühl der Erleichterung, das nicht von einer neuen Erkenntnis herrührte, sondern weil meine Angst angesichts der Wirklichkeit keinen Bestand mehr hatte. Mit dem Spülmittel im Arm ging ich zurück zum Becken, und er sagte noch einmal, los, fang damit an, ich kümmere mich ums Essen, und nahm mir das Spülmittel aus der Hand und kippte etwas in eine kleine Schüssel, legte einen neuen Schwamm hinein, den er heute gekauft hatte, einen hellblauen, und wartete darauf, daß ich meine Arbeit anfing, und schließlich fragte er besorgt, du kannst doch spülen, oder?

Ich betrachtete das Becken und brachte keine Antwort heraus, denn mir fiel ein, daß dieses Becken gestern, als ich bei ihm war, leer gewesen war, höchstens ein Eistellerchen hatte darin gestanden und irgendein Glas, und jetzt quoll es förmlich über vor Tellern und Gläsern und großen Schüsseln, als habe er von gestern abend bis jetzt nur gegessen, und zwar nicht allein, denn alle Geschirrteile waren paarweise vorhanden, zwei Weingläser, vier Kaffeetassen, die Spüle wies auf ein üppiges Essen zu zweit hin, mit Lachen und zärtlichen Worten, mit Schmeicheleien und Berührungen, und das alles sollte ich jetzt abspülen, als wäre ich der betrogene Ehemann aus meiner Geschichte, der das Essen servierte und dessen Tränen in die Weingläser fielen, der Mann, wegen dessen Leid der Tempel zerstört worden war, und Arie war die Frau, nur die dritte Figur fehlte mir im Szenario, diejenige, deren Geschirr zu spülen ich mich bereit erklärt hatte, diejenige, die mit ihm hier zusammengesessen hatte, nachdem ich gegangen war, und alles genossen hatte, was ich nur erraten konnte, und ich versuchte, mir das Gesicht der jungen Frau mit der Zigarettenspitze vorzustellen, seiner geheimnisvollen Nichte, die seiner Aussage nach längst nach Frankreich zurückgefahren war, aber mir fielen nur die Sachen ein, die sie damals angehabt hatte, die kurzen Hosen und das Jackett, die sie natürlich längst gegen wärmere Wintersachen eingetauscht hatte, so daß ich also gar nichts von ihr wußte.

Ich tauchte den Schwamm in die Schüssel und begann die großen Teller zu spülen, und ich blickte aus dem Fenster auf einen Zitronenbaum, auf den das Scheinwerferlicht eines Autos fiel, und die Zitronen leuchteten auf wie kleine Monde, und ich dachte, was mache ich eigentlich hier, spüle das Geschirr eines alternden Ehebrechers und seiner Geliebten, statt zu Hause das Geschirr von Joni und mir zu spülen, vor unserem Fenster zu stehen, das von einem Strauch verdeckt wird, Jonis weiche, angenehme und beruhigende Stimme zu hören statt dieses tiefe Husten, mit all den Bazillen, die direkt vom Krankenhaus kommen. Wie ein Tuberkulosekranker fing er an zu husten, und ich spülte betont hingegeben, als hörte ich es nicht, aber aus den Augenwinkeln sah ich ihn näher kommen, leicht schwankend, und seine Hand streckte mir ein Glas entgegen, und er murmelte, Wasser.

Du mußt aufhören zu rauchen, sagte ich, die ausgestreckte Hand mit dem Glas ignorierend, und genoß meine momentane Herrschaft über sein Schicksal. Wasser, wiederholte er, und ich nahm das Glas, füllte es mit lauwarmem Wasser, nicht ohne Seife, und hielt es ihm hin, und das alles tat ich behutsam und konzentriert, und als das Wasser endlich zu seinem Mund kam, konnte er es schon fast nicht mehr trinken vor Husten, das meiste spuckte er auf den Boden, mit vor Anstrengung roten Augen. Ich trat sofort zur Seite, damit meine Lederhose nicht naß wurde, und er stürzte zum Spülbecken wie ein Pferd zur Krippe, schob seinen riesigen Kopf unter den Wasserstrahl und stützte das Kinn schwer auf das schmutzige Geschirr, bis sein Husten nachließ.

Dann hob er das Gesicht zu mir, grau und naß, und ich dachte, vielleicht weint er, aber seine Augen waren trocken, und er nahm ein Küchenhandtuch, das über dem Stuhl hing, und trocknete sich das Gesicht ab, schon immer war ich beeindruckt von der Art, mit der er sich selbst berührte, mit einer männlichen Selbstsicherheit, und ich sah auf einmal vor mir, wie es im Sommer sein würde, er wird auf mir liegen, der Schweiß wird ihm vom Gesicht tropfen wie jetzt das Wasser und warm und salzig auf meine Wangen fallen, und er wird sich mit genau derselben Bewegung abtrocknen. Mit gesenktem Kopf setzte er sich an den Tisch, und ich betrachtete ihn traurig, wer konnte wissen, ob er den Sommer noch erleben würde, und ich trat zu ihm und setzte mich auf seinen Schoß und umarmte ihn, und er rührte sich nicht, stieß mich jedoch auch nicht weg, und meine Nase tat weh, aber das war mir egal, so gut ging es mir auf seinen Knien, als wäre das der richtige Ort für mich, und ich legte den Kopf auf seine Schulter und sagte noch einmal, du mußt aufhören zu rauchen, und fügte hinzu, ich mache mir Sorgen um dich, und er fragte, warum, und ich sagte, weil du Teil meiner Familie bist, und er lachte, warum mußt du jeden in deine Familie einfügen, und ich sagte, du weißt, daß du längst dazugehörst.

Ich entspannte mich an seiner Schulter, betrachtete das graue Profil aus der Nähe, die etwas platte Nase, wie bei einem Farbigen, und das energische Kinn unter den vollen Lippen, ich wollte ihn sehr, aber nicht unbedingt mit ihm schlafen, sondern mit ihm zusammensein, ich wollte alles wissen, was er in jedem Moment dachte, ich wollte Teil dessen sein, was seine Gedanken beschäftigte, ich wollte, daß er wissen wollte, was ich dachte, und daß die Gedanken, seine und meine, etwas miteinander zu tun haben sollten. Ich wollte ihn schütteln, damit, falls er irgendwo ein Stück Liebe für mich übrig hatte, sagen wir mal im Fingernagel, sich dieses Stück im ganzen Körper verteilte, aber er lächelte sein geheimnisvolles Lächeln in sich hinein, dieses Lächeln, das an sich selbst genug hatte, das ihn entrückte, auch wenn er in der Nähe war, aber dann hörte er auf zu lächeln und sagte verzweifelt, wie soll ich es schaffen, ich werde nicht fertig, aber er stand nicht auf, und ich wollte ihn trösten und sagte, ich helfe dir, wir haben noch Zeit, und er sagte mit einem Blick auf die weiße Wanduhr über dem Marmor, nein, in einer halben Stunde muß ich los, zum Flughafen, ich werde sie in ein Restaurant einladen, es ist zu spät, und ich fühlte mich so schuldig, denn er sagte das nicht leichthin, sondern bedrückt, als wäre diese Programmänderung eine Katastrophe, die zu einer weiteren Katastrophe führen würde, und das alles meinetwegen.

Er schob mich von seinem Schoß und stand schwerfällig auf und begann alles in den Kühlschrank zurückzuräumen, als vollziehe er eine Trauerzeremonie, den überflüssig gewordenen Salatkopf, die überflüssig gewordenen Fische, die überflüssig gewordenen Pilze, alles, was er so feierlich auf der Marmorplatte ausgebreitet hatte, wie eine Ausstellung guter Absichten, und ich schlug vor, vielleicht mache ich das Essen, laß mich alles vorbereiten, und wenn du zurückkommst, ist alles fertig, aber er schüttelte den Kopf, erwog mein Angebot nicht einmal, und ich fügte schnell hinzu, mach dir keine Sorgen, ich werde nicht mehr dasein, wenn ihr kommt, ich bringe dich nicht in Schwierigkeiten, aber er schüttelte weiter den Kopf und räumte alles weg, und dann stand er mit dem Ausdruck bitterer Ergebenheit vor dem Becken und begann zu spülen, und ich, mit meiner geschwollenen Nase, war plötzlich noch überflüssiger geworden als der Salatkopf, denn der würde morgen noch zu etwas nütze sein und ich nicht, und der Verzicht auf das festliche Essen war wie das schicksalhafte Urteil über eine ohnehin bedauernswerte Familie, die unter so traurigen Bedingungen anreiste, um Abschied zu nehmen, und noch nicht mal in den Genuß tröstlichen Familienessens kam.

Laß mich wenigstens das Geschirr fertigspülen, bat ich, aber er gab mir keine Antwort und bewegte sich nicht, er blieb stur vor der Spüle stehen, und ich wußte, daß ich jetzt gehen sollte, aber ich wollte im guten weggehen, nicht so, und ich wußte nicht, wie ich die Atmosphäre ändern sollte, deshalb setzte ich mich hin und betrachtete seinen Rücken, seine schnellen Bewegungen, und zählte die abtropfenden Teller, um herauszufinden, ob ihre Zahl auch paarig war, und die angespannte Stille zwischen uns erinnerte mich an die Tage nach dem Tod meines Bruders, nein, nicht Tage, Wochen, Monate, mindestens ein Jahr war es, in dem sie kaum miteinander sprachen, sich gegenseitig feindlich betrachteten, als sei der andere ein Mörder. Anfangs versuchte mein Vater, sie zu besänftigen, aber er gab schon bald auf, wie immer, sein Docht war so kurz, und als er aufgab, verdoppelte sich die Feindschaft, vielleicht erschreckte sie das, aber sie konnte es nicht ändern, und so, ohne Worte, versank alles in feindlichem Schweigen, und ab und zu erwähnten sie Vergessenes, alle möglichen alten Beschuldigungen, die sie sich auf teuflische Art zuzischten, vor allem ging es gegen ihn, immer wieder, warum er sein Medizinstudium aufgegeben und sich mit armseliger Laborarbeit begnügt hatte, denn wenn er weitergemacht hätte, hätte er das Baby retten können, hätte er uns alle retten können, immer wieder fing sie damit an, und er floh vor diesen Worten, das Baby retten, machte die Tür hinter sich zu und fing an zu rennen, lief stundenlang in den Orangenplantagen herum. Sogar ihr Aussehen änderte sich damals, mein Vater aß kaum etwas, er wurde beängstigend dünn wie ein Gerippe, mit glühenden Augen in dem gequälten Gesicht, während sie dick wurde und fraß wie ein Schwein, sie schleppte tütenweise Zeug aus dem Supermarkt an, und einmal sah ich, wie sie über rohes Hackfleisch herfiel, während sie Frikadellen briet, schob sie sich die weiche Masse in den Mund, und ich sagte, Mama, das ist roh, und sie sagte, in meinem Magen wird es gar, schau nur, wie warm mein Bauch ist. Und seine Bemerkungen, die er im allgemeinen über mich weitergab, waren schrecklich, so sagte er manchmal, sie hat das Gefühl, daß sie wegen der Milch viel essen muß, aber niemand braucht mehr ihre Milch, oder sie bildet sich ein, sie ist schwanger, wenn sie dicker wird und riesige Kleider trägt, und dann sagte sie, von wem sollte ich schwanger werden? Von ihm? Im Leben nicht, sein Samen ist verfault. Ich protestierte, aber Mama, ich bin auch von seinem Samen, und dann lächelte sie bitter und scheußlich und sagte nichts, legte sich eine dick gewordene Hand auf ihre kurzen stoppeligen Haare, da, wo der Zopf abgeschnitten worden war, als wäre das ihre Rache an ihm, eine schreckliche Amputation ihrer Schönheit.

Ich lief dann in mein Zimmer und ging ins Bett, umarmte unter der Decke das einzige Spielzeug von ihm, das ich gerettet hatte, all seine Spielsachen und seine Kleider hatten sie in sein weißes Gitterbett gestopft und aus dem Haus gebracht, nur ein kleines Lamm hatte ich mir gestohlen, ein weiches, wolliges Lamm, und jahrelang umarmte ich es heimlich und versteckte es an allen möglichen Plätzen, damit meine Mutter es nicht fand und wegwarf, und jeden Tag wenn ich aus der Schule kam, lief ich als erstes in mein Zimmer und schaute nach, ob das Lamm noch an seinem Platz lag, und wenn ich von Freundinnen nach Hause eingeladen wurde, lehnte ich die Einladung oft ab, weil ich Angst hatte, es zu lange ohne Aufsicht zu lassen, und nach Jahren, als ich zur Armee kam, nahm ich es mit mir, wenn ich Dienst hatte, und dort, bei der Armee, ging es mir verloren, vermutlich hat man es mir gestohlen, und ich erinnere mich noch, daß ich weniger traurig über den Verlust war, als ich erwartet hatte, vielleicht war ich sogar froh darüber.

Wußtest du etwas über das Baby, fragte ich Arie, in dem Versuch, seiner Niedergeschlagenheit meine eigene entgegenzusetzen, und er zögerte einen Moment und sagte, natürlich wußte ich davon, ich war damals zu Besuch in Israel, ich wollte einen Beileidsbesuch machen, aber deine Eltern wollten niemanden sehen. Ich wollte wirklich kommen, fügte er hinzu, als hätte ich das bezweifelt, sie haben mir so leid getan, nach all den Jahren, die sie sich bemüht hatten, noch ein Kind zu bekommen, er sprach den Satz nicht zu Ende, aber mit dem Geschirr wurde er fertig und betrachtete zufrieden das saubere Spülbecken. Jetzt gehe ich duschen, sagte er, und dann fahren wir, ich setze dich unterwegs ab, er sprach weich, als dämpfe unser Unglück das Unglück mit dem ausgefallenen Essen, als sei er nicht mehr böse auf mich, und ich folgte ihm ins Schlafzimmer und schaute zu, wie er den Pullover und die Hose auszog und in einer roten Unterhose und einem langen weinroten Unterhemd dastand, ich mußte wirklich lachen, als ich das sah, als habe er mir einen Witz erzählt, seine Unterwäsche war so jugendlich im Vergleich zu seiner Oberbekleidung, die immer so seriös war, und er stand vor mir, verkleidet, ein alter Mann, der sich als junger Mann verkleidet hatte, ein so vollendetes Kostüm, daß man es fast nicht wahrnahm, ein Kostüm, das in die Haut überging, und ich folgte ihm ins Badezimmer, wie ein Anhängsel, schaute zu, wie er das Unterhemd und die Unterhose auszog, auch nackt sah er mit seiner braunen glatten Haut noch verkleidet aus, und wie er sich unter dem Wasserstrahl dehnte und sich gründlich einseifte, da war nicht die kleinste Stelle an seinem Körper, die ohne Seife blieb, und wie er sich die Schamhaare einseifte, genau wie meine Mutter die ihren immer einschäumte, und ich überlegte, ob er das von ihr gelernt hatte oder sie von ihm.

Ich dachte daran, wie ich sie im Badezimmer beobachtet hatte und wie ich mich immer ekelte vor dieser schnellen, energischen und groben Art, mit der sie ihren geheimen, zarten Körperteil wusch, wie sie mit kreisenden Bewegungen Schamhaare einseifte, als rühre sie Kuchenteig. Später, als sie dicker wurde, begann sie die Badezimmertür zu verschließen, und so hatte ich diese Bewegung nie mehr gesehen, bis jetzt, aber bei ihm kam mir das nicht abstoßend vor, eher anziehend, dieser weiße Schaum, aus dem dunkel sein wohlgeformtes Glied ragte, und ich spürte ein Prickeln am ganzen Körper, ein Prickeln des Verlangens oder der Sehnsucht, ein Gefühl, das ich auch damals gehabt hatte, in meinem ersten Leben, und damals hatte ich immer gedacht, ich möchte Schokolade, aber dieses Gefühl ging nicht weg, auch wenn ich ununterbrochen Schokolade aß, so wie ich jetzt wußte, auch wenn ich mich auf diesen Körper stürzen würde, würde das sehnsüchtige Prickeln nicht aufhören, denn es ging um eine Sehnsucht, die nicht zu stillen war.

Er drehte das Wasser zu und stieg vorsichtig heraus, wikkelte sich in ein großes Handtuch, stand vor dem Schrank und zog eine buntgestreifte Unterhose und ein lilafarbenes Unterhemd heraus, doch darüber zog er ein graues Hemd und einen dunkelblauen Anzug, als gehe er zu einer geschäftlichen Verabredung, dann holte er aus einer Schublade einen kleinen Kamm und kämmte seine Haare zurück, die Zinken zogen helle Streifen in seine braune Kopfhaut, dann steckte er ihn in die Gesäßtasche seiner Hose. Von all seinen ruhigen, routinierten Bewegungen, die ich so hoffnungsvoll verfolgte wie eine Spionin, deren Auftrag lautete, jedes Detail zu notieren und weiterzugeben, ärgerte mich dies am meisten, es schien mir so kokett, ein erwachsener Mann, dessen Frau im Sterben liegt, und er schiebt sich einen billigen Plastikkamm in die Gesäßtasche.

Tut dir das nicht am Hintern weh, wenn du dich hinsetzt, fragte ich, und er sah mich überrascht an, fuhr sich mit der Hand über seine Rückseite und sagte, ich fühle nichts, und ich trat zu ihm und streichelte seinen Hintern durch den teuren Anzugstoff, und tatsächlich, der Kamm war nicht zu fühlen, als sei er von seinem geheimnisvollen Körper verschluckt worden, so geheimnisvoll und verzaubernd kam er mir vor, er und was mit ihm zu tun hatte, die sterbende Frau, die alte Mutter, die kam, um Abschied zu nehmen, die Unterhosen, aber ich war mir sicher, daß es in dieser Welt irgendeine Frau gab, mindestens eine, der es vollkommen normal erscheinen würde, daß er sich wusch, daß er seine Schamhaare einseifte, daß er sich anzog, um zum Flughafen zu fahren, das alles würde sie ganz normal finden, überhaupt nicht beeindruckend, und ebenso gab es auf der Welt auch eine Frau, mindestens eine, vielleicht sogar dieselbe, die jede Bewegung Jonis mit sehnsüchtigen Augen verfolgen würde, sie würde mit ihm zur Dusche gehen und zuschauen wollen, wie er sich einseift, und sie würde begeistert seine nachlässigen Bewegungen auf seiner weißen Haut betrachten, und ich mußte mich wirklich anstrengen, um den Gedanken an diese Frau von mir zu schieben, die vielleicht am anderen Ende der Welt lebte, vielleicht aber auch auf der anderen Seite der Wand, und als ich mißtrauisch einen Blick auf die Wand warf, fiel mir die Nachbarin mit dem Baby ein, wie an einen vergessenen Alptraum dachte ich plötzlich an sie und überlegte, daß ich dort bald mal babysitten müßte, unbedingt, um mir diesen Kleinen genauer anzuschauen, nicht nur sein Schafsgesicht, sondern auch seinen Körper, ich werde ihn ausziehen und seine Hautfarbe prüfen, die Form des Fußes, das Geschlechtsteil, die Ohren, das ist die einzige Art, etwas zu erfahren, allein, denn fragen konnte ich nicht, und ich hatte auch keine Aussicht, eine Antwort zu bekommen, so wie ich nie erfahren würde, wer von diesen Tellern gegessen und wer aus den Gläsern getrunken hatte, die vorhin im Spülbecken gestanden hatten.

Der Raum füllte sich mit dem Duft von After-shave, und er stand vor mir, gebeugt zwischen den beiden schmalen Betten, parfümiert und zurechtgemacht, ein wenig lächerlich, ein Held aus einer billigen Fernsehserie, der sich stolz und traurig aufmacht, seinen tragischen Auftrag auszuführen, mitleiderregend in seiner Überheblichkeit, in seiner Anstrengung, gesund auszusehen, heil auszusehen, als verfaule nicht langsam ein Teil von ihm und schrumpfe immer mehr zusammen. Gehen wir, ich bin spät dran, sagte er, betrachtete prüfend meine Nase, ein Lächeln unterdrückend, und schritt rasch vor mir durch den Flur, sie werden gleich landen, und ich stellte mir vor, wie es wäre, wenn wir beide zum Flughafen fahren würden, und dann wurde mir klar, daß es irgendwann wirklich passieren würde, und es war mir schon egal, was Joni mir bald mitteilen würde, ich dachte nur, wie schön es sein würde, wenn er mich jetzt gleich zur

Eile antriebe, komm schon, wir sind spät dran, würde er sagen, und das Wir würde auch mich einschließen, und ich würde mit Absicht zögern, würde stundenlang vor dem Spiegel stehen und meine Nase betrachten, nur um ihn sagen zu hören, komm schon, wir sind spät dran.

8 Um wieviel Uhr sie gestorben war, wollte ich wissen, aber ausgerechnet das wußte meine Mutter nicht, sie verstand auch nicht, was es überhaupt für eine Rolle spielte. Sie sagte, Tante Tirza habe aus der Klinik angerufen und gesagt, daß Aries Frau gestern nacht gestorben sei. Hättest du gedacht, daß sie dort lag, genau im Bett nebenan? Ja, aber um wieviel Uhr, beharrte ich, ruf sie an und frage sie, um wieviel Uhr. Ich werde sie jetzt nicht mit deinem Blödsinn stören, sagte meine Mutter und schnaufte laut.

Schon immer hatte sie es geliebt, mich morgens mit schlechten Nachrichten zu wecken, alle möglichen Bekannten waren krank geworden oder starben, alle möglichen Familienmitglieder litten an irgendwelchen Schmerzen, das nährte ihre Langeweile, die Langeweile, die der Depression folgte, nach Jahren der Trauer und des Hasses. Natürlich hatte es auch etwas mit Schadenfreude zu tun, und vielleicht auch mit der Hoffnung, den Club der Geschädigten des Lebens erweitern zu können, in den sie nach dem Tod des Kindes eingetreten war und schnell die Tür zugemacht hatte, damit mein Vater sich ja nicht dazwischendrängte und ihr die Katastrophe raubte. Aber mit anderen war sie höflicher, jeder vom Schicksal Geschlagene wurde eingeladen, sich ihr anzuschließen, natürlich je nach Größe seines Unglücks, alle möglichen Frauen, die ihre Ehemänner verloren hatten, ihre Kinder, die Gliedmaßen ihres Körpers eingebüßt hatten, die schlimme Behandlungen zu ertragen hatten, sie alle sammelten sich in ihrer Kehle und wanderten in unseren Telefongesprächen zu mir. Hast du gehört, was der und der passiert ist, und ohne auf eine Antwort zu warten, gab sie die Information weiter. Diesmal war es kurz. Ich wußte nicht mal, daß sie krank war, sagte sie mit der beleidigten Stimme eines Kindes, das nicht zur Geburtstagsfeier eingeladen worden ist, nur dein Vater wußte es, aber er hat es mir nicht gesagt. Erinnerst du dich, daß Arie uns vor ein paar Monaten besucht hat? Er wollte sich mit ihm wegen irgendeiner neuen Behandlung beraten, aber vermutlich war das schon zu spät. Du wirst es nicht glauben, es hat sich herausgestellt, daß sie die ganze Woche im Bett neben Tirza lag, und ich war doch fast jeden Morgen dort und habe sie nicht erkannt, die Idee kam mir gar nicht, daß es Joséphine sein könnte, so sehr hatte sie sich verändert. Sie sah aus wie eine Porzellanpuppe, als sie jung war, ich habe sie wirklich jahrelang nicht gesehen, aber so eine Veränderung, eine zarte, aber starke Porzellanpuppe, fuhr sie mit einer Großzügigkeit fort, die sie nur für Tote reserviert hatte. Ich frage mich, was er jetzt macht, ohne sie, dieses große Kind, sie hat ihn gehalten, das kannst du mir glauben, er kann keine Minute ohne eine Frau leben, die ihn stützt. Du wirst sehen, daß es keine Woche dauert, da ist eine Neue bei ihm, vielleicht wartet er noch nicht mal bis zum Ende der Woche.

Ich beherrschte mich, um nicht zu sagen, du wirst dich wundern, vielleicht werde ich das sein, aber ich erschrak über das, was sie gesagt hatte. In meinen Augen war er so stark und unabhängig, und sie beschrieb ihn plötzlich als kindisch, abhängig und schwach. Wie konnte sie ihn stützen, protestierte ich, wo sie doch die ganze Zeit krank war?

Tirza hat gesagt, auch als sie todkrank war, hat sie sich die ganze Zeit um ihn gesorgt, damit er sich nicht einsam fühlte, damit er nicht in eine Depression sank, sie hat sich darum gekümmert, daß er Besuch von Freunden bekam. Ihre Besucher schickte sie nach ein paar Minuten weg, zu Arie, als wäre er der Kranke, nicht sie, sagte meine Mutter und schnaubte siegesbewußt.

Du hast also keine Ahnung, wann es passiert ist, fragte ich noch einmal, und sie sagte wütend, aber Ja'ara, was ist mit dir, statt zu fragen, wann die Beerdigung ist, fragst du, wann sie gestorben ist. Du begleitest mich, nicht wahr?

Bei Beerdigungen war ich ihre Partnerin. Meinen Vater mochte sie nicht an einem offenen Grab stehen sehen, sie beschuldigte ihn immer, er würde sich vordrängen und ihr die Aussicht verstellen, aber mich hatte sie gerne dabei. Jedesmal schwor ich, nie wieder mitzugehen, und im letzten Moment gab ich dann doch nach, aus einer Art Hoffnung heraus, daß ich, wenn ich an ihrem Kummer teilnahm, auch an ihrem Trost teilhaben könnte.

Nur wenn du herausbekommst, um wieviel Uhr sie gestorben ist, sagte ich kurz, und sie tobte, ich sei vollkommen verrückt geworden und sie würde mit Vergnügen allein gehen, ohne mich, aber nach ein paar Minuten rief sie wieder an. Deinetwegen habe ich Tante Tirza aufgeweckt, schimpfte sie, also, es ist gestern abend ungefähr um zehn passiert. Bist du jetzt zufrieden?

Nein, ich war nicht zufrieden, ich war erschrocken wie ein Hypochonder, der entdeckt, daß er krank ist, wie ein Paranoider, der herausfindet, daß er wirklich verfolgt wird, denn den ganzen Abend über hatte ich das Gefühl gehabt, sie würden es nicht mehr schaffen, Abschied von ihr zu nehmen, ich hatte sogar vor unserem Haus, als er mich aussteigen ließ, gesagt, hoffentlich kommst du noch rechtzeitig, und er sagte, mach dir keine Sorgen, ich komme rechtzeitig hin, und er meinte den Flughafen und verstand nicht, was ich selbst kaum verstand, und ich dachte an diese seltsame Gruppe, ein parfümierter Bräutigam in einem Geschäftsanzug, eine vor Altersschwäche zitternde Mutter mit bläulichen Haaren, gestützt von der Schwester und ihrem Mann, und wie sie ihr Gepäck im Kofferraum verstauten und zum teuersten Restaurant der Stadt fuhren, einen italienischen oder französischen, denn zu Hause bei ihm gab es kein Essen, und als sie schließlich nach Hause kamen und über die staubfreien Teppiche gingen, fanden sie die Nachricht vor.

Vor lauter Kummer und Schuldbewußtsein fühlte ich mich ganz schwindlig, wie hatte ich ihm mit meinem dummen Besuch die Pläne durchkreuzt, vielleicht wären sie noch rechtzeitig hingekommen, wenn sie, wie er es beabsichtigt hatte, bei ihm gegessen hätten, und ich wußte, daß dieser Fehler zum nächsten führen würde, wie beim Domino, denn wenn eine Kleinigkeit schiefgeht, zieht das immer etwas Größeres nach sich, und er wußte, daß es meine Schuld war, und würde mir das nie im Leben verzeihen.

Aber er lächelte mich an, ein warmes, freundschaftliches Lächeln, über das offene Grab seiner Frau hinweg, mitten in der Gruppe stehend, die genau so aussah, wie ich sie mir vorgestellt hatte, wie der Wanderchor eines Provinztheaters sahen sie aus, und jeder spielte seine Rolle, so gut er konnte, die Mutter die Rolle der Mutter, auf eine europäische, beherrschte Art weinend, ihre Locken mischten sich mit den bläulichen Wolken, die Schwester stützte sie, mit schuldbewußtem Gesicht, allzu gesund, sie war vermutlich immer die weniger Schöne gewesen, die weniger Erfolgreiche, und jetzt war ausgerechnet sie am Leben geblieben, ihr Mann, der ihr den Arm um die Schulter gelegt hatte, stolz darauf, seine Treue in einer schweren Stunde zu demonstrieren, und daneben Arie, in der Rolle des jugendlichen Witwers, groß und feierlich in dem Anzug, den er gestern getragen hatte, und niemand würde darauf kommen, was für eine alberne gestreifte Unterhose er darunter trug.

Ich stand nicht weit von ihm entfernt, meine Mutter achtete immer auf einen guten Platz in der Mitte, manchmal half sie sogar mit den Ellenbogen nach, um ihn zu bekommen, und wie eine brave Tochter stand ich zwischen ihr und meinem Vater, der diesmal darauf bestanden hatte mitzukommen. An ihrem zornigen Gesicht sah ich, daß es nicht einfach gewesen war, bestimmt hatte es ein wütendes Hin und Her gegeben, das mich wirklich besonders interessiert hätte, zum Beispiel darüber, wer das natürliche Recht hätte, hierzusein, er oder sie, das heißt, wessen Freund er mehr war, seiner oder ihrer, und nur ich spürte im Herzen einen leisen Stolz, weil ich sie in diesem Wettbewerb beide übertrumpft hatte, ich hatte mir das Recht, hier im Kreis der trauernden Hinterbliebenen zu stehen, ehrlich erworben, vielleicht war ehrlich nicht das richtige Wort, aber was es besagen sollte, war klar. Vielleicht war ich in diesem großen Kreis diejenige, die sie zuletzt gesehen hatte, vielleicht hatte sie aus meiner Hand die letzte Tasse Tee ihres Lebens entgegengenommen, zwei Beutel Tee und zwei Löffelchen Zucker, könnte ich erzählen, wenn mich jemand fragen würde, vermutlich wußte sie, daß es ihr Ende war, und wollte noch möglichst viel herausholen.

Stolz betrachtete ich die düsteren Gesichter, versuchte, unter ihnen die junge Frau mit den kurzen roten Haaren zu entdecken, aber sie war nicht da, die meisten Frauen unter den Trauergästen kamen mir zu alt vor, es war nicht eine unter ihnen, die meine Eifersucht oder mein Mißtrauen geweckt hätte, und plötzlich sah ich von weitem Tante Tirza, die langsam zwischen den Steinen und Gräbern näher kam, der Boden war steinig, das ganze Gelände sah aus wie eine Baustelle, nicht wie ein Friedhof, und ich wollte auf keinen Fall, daß sie von meinem Besuch im Krankenhaus erzählte, also lief ich ihr entgegen, zum Erstaunen meiner Eltern, angeblich um ihr behilflich zu sein, und sie stützte sich plötzlich mit ihrem ganzen Gewicht auf mich, so daß ich nicht mehr verstand, wie sie vorher hatte gehen können, ohne meine Hilfe.

Jetzt ist er also frei, ein feines Männchen, sagte sie mit einem bösen Lächeln, und ich wußte nicht, ob sie ein oder dein gesagt hatte, und fragte deshalb, wer, und sie wiederholte den Satz, und wieder war nicht klar, ob sie ein oder dein gesagt hatte, und ich ärgerte mich, daß sie ihn Männchen nannte, mit dieser Verkleinerung, warum nicht Mann, wer war sie überhaupt, was wußte sie über ihn, sie war einfach eine verbitterte Frau, die alle Männer haßte, aber es bedrückte mich, daß sie vielleicht etwas über ihn wußte, was ich nicht wußte, vielleicht war er wirklich ein Männchen und kein Mann, wer weiß, was Joséphine ihr in den langen Nächten im Krankenhaus erzählt hatte, Nächten, in denen das Licht nie ausging und der Lärm nie aufhörte und auch nicht die Schmerzen.

Sie war so schwer, daß ich fast zusammenbrach, ich ging gebückt, das Gesicht zur Erde, und dachte, wie war es möglich, daß die gleiche Krankheit, die Joséphine so klein gemacht hatte, Tirza nur größer und schwerer machte, geradezu riesig, autoritär und beängstigend, während die Trauergemeinde unser langsames Näherkommen beobachtete, so langsam und schwerfällig, daß mir der Verdacht kam, sie könnte es mit Absicht machen, könnte mich mit Gewalt niederdrücken, mich aus Bosheit zerquetschen, und ich verfluchte sie und meine Geheimnisse, die mich in so lächerliche Situationen brachten, im besten Falle lächerlich, und das alles nur, weil ich etwas zu verbergen hatte.

Gerade als wir zu unseren Plätzen kamen, begann die Zeremonie, als hätte man nur auf uns gewartet, und Tante Tirza stand mit überraschender Leichtigkeit neben meiner Mutter, mit ihrem kalten Lächeln im Gesicht, und ich streckte mich erleichtert, noch immer ihr Gewicht fühlend, und vor meinen Augen glitt die kleine, zarte Leiche, nachlässig eingehüllt, in das tiefe Loch, wie ein zwölfjähriges Mädchen sah sie aus, ich hätte ihr keinen Tag mehr gegeben, ein zwölfjähriges Mädchen, das eine Rutsche hinunterrutscht und vergnügt lacht, aber statt Lachen hörte ich Weinen, unterdrücktes Weinen, das immer lauter wurde, und Arie, mit einer großen schwarzen Kipa auf dem Kopf, sagte den Kaddisch, fehlerfrei, als hätte er es ein Leben lang geübt, flüssig und mit Betonung.

Ich blickte ihn verzaubert an, noch nie hatte er mich so erstaunt wie in diesen Minuten, die schwarze Kipa bedeckte seine grauen Haare und stellte den Eindruck der schwarzen Haare wieder her, die er einmal gehabt hatte, und sein Gesicht sah jugendlich aus vor Erregung, und plötzlich hoffte ich, daß er auch für mich den Kaddisch sagen würde, er und kein anderer, und ich überlegte, daß ich das bei Gelegenheit mit ihm absprechen würde, so eine große Bitte war das nicht.

Als er fertig war, wurde sein Gesicht rot, und als die Erde ins Grab fiel, sah ich, daß seine Schultern zitterten, und jemand trat schnell zu ihm und legte die Arme um ihn, auch er mit einer großen schwarzen Kipa auf grauen Haaren, und zu meinem Schrecken sah ich, daß es der Alte aus Jaffo war, der Richter, der angesichts des offenen Grabes sehr viel lebhafter und selbstsicherer wirkte als angesichts seines Doppelbettes. Arie umarmte ihn fest, und ich spürte, wie die Scham in mir aufstieg, als ich an seinen weißen weichen Körper dachte, und dann bemerkte ich eine seltsame Bewegung um mich herum, ich hörte unterdrücktes Flüstern und sah meinen Vater, der unser familiäres Nest verließ und trotz des Protestes, der ihm zugeflüstert wurde, zu den zwei Männern hinging, und die beiden umarmten ihn gefühlvoll, und so standen sie da, zu dritt, wieder vereint, sich gegenseitig umarmend und weinend. Ich wunderte mich, daß auch mein Vater weinte, ich hätte nicht gedacht, daß sie ihm so nahegestanden hatte, und auch meine Mutter, die hinter mir stand, staunte, und ich hörte, wie sie Tirza etwas Giftiges zuflüsterte, und Tirza sagte, laß ihn doch, gönn ihm doch das bißchen Vergnügen.

Und tatsächlich, er genoß es zu weinen, ich glaube, über den Tod meines kleinen Bruders hatte er nicht so geweint wie über diese Frau, die ihm fast fremd gewesen war, von einer Seite umarmt von Arie, von der anderen von Schaul, hatte er sich problemlos in die Mitte gestellt, als sei er der Witwer, so standen sie da, neben dem Grab, drei nicht mehr junge Männer, nicht schön, nicht glücklich, stolz auf ihr Weinen um eine gemeinsame Geliebte, und ich betrachtete meinen Vater, der von den Armen zweier Männer, mit denen ich geschlafen hatte, umarmt wurde wie ein kleines Kind, so wie ich vor ein paar Tagen von ihnen umarmt worden war. Seine helle, zarte Erscheinung betonte Aries Kraft, und ich dachte an meine Mutter, die sie, hinter meinem Rücken, ebenfalls anschaute, wie war es möglich, daß sie sich damals nicht in ihn verliebte, als sie die beiden zusammen sah, in dieses geheimnisvolle, stumpfe Dunkel, so stark und selbstsicher sah er aus, selbstsicher, aber nicht gerade vertrauenerweckend. Sogar hier wirkte er glatt, mißtrauenerregend, besonders neben den beiden anderen Männern, die in jeder Hinsicht wie normale Sterbliche aussahen, voller Fehler und Schwächen. Mein Vater dünn, klein und halb kahl, Schaul, dick und ein wenig gebückt, und daneben er, aufrecht und schlank, seine Fehler waren geheim, versteckt und deshalb viel gefährlicher.

Ich hörte meine Mutter und Tante Tirza hinter mir spöttisch flüstern, die drei Musketiere, einer gestörter als der andere, sagte meine Mutter und lachte, und Tante Tirza protestierte, der Dicke sieht ziemlich normal aus, aber meine Mutter schnaubte verächtlich, was heißt da normal, ich habe gehört, er sei scharf auf Minderjährige, und ich zitterte und konnte nicht anders, ich drehte mich um und sagte, warum mußt du jeden in den Dreck ziehen, er ist Richter, so wichtig war es mir, Schaul reinzuwaschen, der mir plötzlich so nahestand, und meine Mutter griff mich sofort an, was hast du mit ihm zu tun? Woher kennst du ihn überhaupt? Und dann begann sie zu summen wie eine Wespe, wer richtet den Richter, und ich hatte plötzlich Lust, sie in die Grube zu stoßen, damit sie dort liegen sollte, Arm in Arm mit Joséphine, um den Würmern ihre Geschichten zu erzählen, und ich zischte leise, mit einer fremden Stimme, du bist schuld, alles ist deinetwegen passiert, und sie flüsterte zurück, was ist passiert, und ich sagte, deinetwegen ist der Tempel zerstört worden, denn ich hatte das Feuer aus ihrem bitteren Mund kommen sehen, ich sah, wie es sich gelb und strahlend zwischen den frischen Gräbern seinen Weg bahnte und einen schwarzen glühenden Streifen hinter sich ließ, und so lief es weiter, bis zum Tempelberg, und dort würde es seine Kraft zu unzähligen Flammen vervielfältigen, die auf den Tempel zuzüngeln, ihn erst vergolden und dann schwärzen. Ich blickte zum Himmel, gleich wird sich eine Hand herausstrecken und den Tempelschlüssel entgegennehmen, den der Hohepriester weit, weit nach oben wirft, und vor lauter Hinaufschauen sah ich auf einmal sein starkes Gesicht nicht mehr, so viele Leute drängten sich plötzlich um ihn, mein Vater konnte sich nur mit Mühe befreien und zu seinem Platz zurückkehren, hin- und hergerissen zwischen dem Stolz auf die männliche Brüderlichkeit und der Schande des alltäglichen weiblichen Giftes. Da und dort blitzte unter den anderen Köpfen seine schwarze Kipa hervor, aber sein kräftiges Gesicht, das ich so sehr liebte, so preisgegeben in seiner Verzweiflung, blieb mir verborgen, und ich hatte Angst, ich könnte ihn nie wiedersehen, als würde er dort begraben und nicht sie, und plötzlich empfand ich eine heftige Trauer, eine bittere, endgültige Trauer, und überwältigt von der Stärke des Gefühls ließ ich mich von der Trauergemeinde zu den Autos ziehen, gefangen zwischen meinen Eltern, die sich wieder gegen mich verbündet hatten, wie zwei Banditen, die die Angst vor der Polizei manchmal zu Verbündeten macht. Ich betrachtete die Reihen der hellen Gräber und dachte an meinen Bruder Avschalom, ein viel zu langer Name für so ein kleines Kind, und wie mein Vater sich an ihn geklammert hatte, mein Sohn Absalom! Mein Sohn, mein Sohn Absalom! Wollte Gott, ich wäre für dich gestorben!* Und nur das alte Klagelied rechtfertigte nachträglich den Namen, den sie ihm gegeben hatten, und welche Angst hatte ich gehabt, der Säugling könne tatsächlich plötzlich aus der Erde kommen und mein Vater an seiner Stelle hineingehen, und ich hatte gedacht, wie sehr er mich verstößt mit seinem Klagelied, und um mich zu rächen, hatte ich versucht, mir vorzustellen, wie eng es ihm in dem kleinen Grab sein müßte, wie er sich krümmen und zusammenrollen und jeder Muskel ihm weh tun würde.

Hinten im Auto quetschten wir uns neben Tante Tirza und schauten gleichgültig aus dem Fenster. Es ist mir wirklich nicht angenehm, euch zur Last zu fallen, sagte sie zu meinen Eltern, aber in ein, zwei Monaten werdet ihr noch mal hierherkommen müssen, und als sie höflich protestierten, sagte sie, keine Heuchelei, meine Herrschaften, ich habe genau das, was sie hatte, es gibt keinen Grund, daß es bei mir anders ausgehen sollte, und ich konnte mich nicht be-

---

* Samuel 2, 19,1

herrschen, ich fragte, wie ist sie gestorben, was hat sie gesagt, bevor sie gestorben ist, und Tirza lachte bitter, du hast zu viele Filme gesehen, Süße, der wirkliche Tod ist im allgemeinen weniger geschwätzig, sie hat einfach nichts gesagt. Wie lange hat sie nichts gesagt, fragte ich, und Tirza zuckte mit den Schultern, ich weiß es nicht, ich bin mittags von der Behandlung zurückgekommen, da hat sie geschlafen, sie hat bis zum Abend geschlafen. Arie kam um fünf, da schlief sie noch immer. Er sagte, er würde später mit ihrer Familie kommen, aber als sie kamen, hat sie schon nicht mehr geatmet.

Sie hat also von mittags an nichts mehr gesagt, fragte ich weiter, und Tirza wurde gereizt, ich habe doch gesagt, daß sie schlief, vielleicht hat sie etwas im Schlaf gemurmelt, ich habe nicht darauf geachtet, was ist heute mit dir los, sag, was hast du überhaupt? Aber ich gab ihr keine Antwort und starrte hinaus auf die häßlichen Häuser und dachte, wie beängstigend das ist und wie unglaublich, daß ich tatsächlich die letzte bin, mit der sie gesprochen hat, die sie lebend gesehen hat. Ich versuchte, mich an jedes Wort zu erinnern, das sie gesagt hatte, jetzt war mir klar, daß ich nicht umsonst unterwegs aus dem Bus gestiegen war, daß ich nicht umsonst die Verabredung mit dem Dekan versäumt hatte, aber es fiel mir nichts ein, außer daß sie sich am Tag meiner Geburt übergeben hatte, und je länger und je mehr ich in meinem Gedächtnis wühlte, um so schwerer fiel es mir, und ich bekam Kopfschmerzen, mich blendete die Wintersonne, und ich sah fast nichts mehr, und wie im Traum hörte ich meinen Vater fragen, hast du schon mit Joni gesprochen? Und ich sagte, nein, er hat schon geschlafen, als ich gestern nach Hause kam, und als er heute morgen wegging, habe ich noch geschlafen, und Tirza lachte, das ist auch eine Methode, das Eheleben zu ertragen, warum ist mir das bloß nicht eingefallen, und ich fragte voller Angst, warum, Papa? Über was muß er mit mir sprechen? Und er schwieg, und plötzlich war die dumpfe Angst wieder da, die mich gestern gequält hatte, daß Joni ihnen mitgeteilt hatte, er habe die Absicht, mich zu verlassen, für immer, und ich hatte das Gefühl, gleich erbrechen zu müssen, sie hat sich am Tag meiner Geburt übergeben, und ich übergebe mich am Tag ihrer Beerdigung, dachte ich, aber in diesem Moment blieb das Auto stehen, und mein Vater sagte, wir sind da, und ich wunderte mich, wieso er, ein Mensch, der mir so fremd war, überhaupt wußte, wo ich wohnte, und ohne ein Wort zu sagen stieg ich aus und erbrach mitten auf der Straße, genau an der Stelle, wo gerade noch ihr Auto gestanden hatte.

Ich ging sofort ins Badezimmer und duschte, bis es kein heißes Wasser mehr gab, ich wusch meine Haare und versuchte sogar, mich unten einzuschäumen, wie sie es taten, aber aus der Nähe sah das gar nicht mehr so ausgefallen und bemerkenswert aus, einfach etwas, was man jeden Tag tut, und als ich geduscht hatte, schnitt ich mir die Nägel, auch an den Füßen, und die ganze Zeit versuchte ich mich zu beruhigen, daß alles in Ordnung war, daß ich jetzt wieder rein war, ein Glück, daß man mir nichts beweisen kann, dachte ich, ich kann mir die Nägel schneiden und mich wieder rein fühlen, und auch wenn Joni Verdacht geschöpft haben sollte, kann ich es ableugnen, so wie er es immer ableugnen kann, man glaubt doch so leicht, was man glauben will, und vergißt die Tatsachen, so wie ich die letzten Worte Joséphines vergessen habe, und schon schloß ich innerlich ein Abkommen mit ihm, ich verzeihe dir, daß du mit Aries Nachbarin ein Kind gemacht hast, und du verzeihst mir alles, was ich getan habe, und einen Moment lang hoffte ich, das Kind sei wirklich von ihm, sonst hätte ich nichts, was ich ihm verzeihen könnte, und das ganze Abkommen wäre nichts wert, und ich beschloß, daß ich die Sache nicht nachprüfen durfte, um nicht als Alleinschuldige dazustehen, es müsse sich alles im Herzen abspielen, zwischen ihm und mir, aber nur zwischen meinem Herzen und seinem, ohne daß ein Wort ausgesprochen werde. Ich zog einen engen Minirock und den gestreiften Pullover an, kämmte meine Haare und betrachtete mich im Spiegel, die Schwellung meiner Nase war kaum zu sehen, sogar meiner Mutter war nichts aufgefallen, und mir kam es vor, als sei jetzt alles gut, als würde ich zurechtkommen, und nur ab und zu spürte ich einen Stich der Sehnsucht nach dem Gesicht, das sich vor mir verborgen hatte, und ich bedauerte, daß mir heute seine verschiedenen Gesichtsausdrücke entgangen waren, doch ich versuchte mich damit zu trösten, daß das nichts war im Vergleich zu dem, was mir sonst noch alles entgehen würde, denn meine Mutter hatte bestimmt recht, noch heute wird seine Freundin mit der Zigarettenspitze kommen, und wenn ich mir nicht die Mühe mache, mich in Erinnerung zu bringen, wird er mich noch vor dem Ende der dreißig Trauertage vergessen haben.

Darauf machte ich mich zurecht, mit einer geheimen Begeisterung, wie ein Mädchen, das als Babysitter arbeitet und heimlich den Lippenstift der Hausherrin benutzt, die ganze Zeit hatte ich das Gefühl, die Sachen zu stehlen, obwohl alles mir gehörte, das Make-up, das mein Gesicht bräunte und die Fältchen abdeckte, der Eyeliner, der die Form meiner Augen unterstrich, die Wimperntusche, die meine Wimpern schwärzer und länger machte, der blaue Lidschatten, der meine Augen betonte, das Rouge, das meine Wangenknochen hervorhob, und der purpurrote glänzende Lippenstift. Ich schminkte mich heimlich, mit großem Vergnügen, schon seit Jahren hatte ich mich nicht mehr so vollendet zurechtgemacht, und schließlich war ich so schön und strahlend, als wäre ich eine andere, und ich lachte über mich, daß ich es ausgerechnet jetzt für richtig hielt, mich zu schminken, wo ich nach Hause gekommen war, nicht vor dem Ausgehen, das entsprach wirklich nicht der normalen Art. Ich überlegte, wie schade es doch wäre, meine ganze Schönheit an die gelblichen Wände zu vergeuden, ich sollte lieber aus dem Haus gehen, vielleicht zu Jonis Büro, um herauszufinden, was er gestern meinen Eltern erzählt hatte, doch dann zögerte ich, wenn er Verdacht geschöpft hatte, würde ihn jedes außergewöhnliche Verhalten darin bestärken, also beschloß ich, zur Universität zu fahren, um die Sekretärin zu verblüffen und den Dekan zu umgarnen, aber nach einer Sekunde kam mir das töricht vor, wie schade wäre es doch, die ganze Schönheit mit einem falschen Lächeln zu zerstören, und ich legte mich erst einmal aufs Bett, um nachzudenken, nichts erschien mir festlich genug für mich, und schließlich schlief ich ein, bevor ich mich entscheiden konnte, was dümmer war, sich fürs Bett zu schminken, so wie ich, oder wie die alten Ägypter fürs Grab.

Ich wachte auf, als eine Tür zuknallte, und sprang erschrocken vom Bett hoch, mein Herz brachte meinen ganzen Körper zum Zittern mit seinen Schlägen, vor lauter Angst, er habe mich verlassen. So war ich als Kind aufgewacht, wenn mein Vater nach einem Streit die Tür zuknallte, immer mit einem pochenden Herzen und mit der Angst, er würde nicht mehr zurückkommen, daß ich die letzte Gelegenheit verpaßt hatte, ihn noch einmal zu sehen, ihn zu überreden, hierzubleiben, und ich lief aus dem Zimmer, in dem engen Rock und mit meinem geschminkten Gesicht. Alles zeugte von Jonis Anwesenheit, der Geruch seines After-shaves, der Mantel über dem Stuhl, die Tasche auf dem Boden, aber er selbst war nicht da, und ich verfluchte mich, weil ich ihn so hatte gehen lassen, und was würde ich jetzt tun, bis er zurückkam, wenn überhaupt, und ich rannte ins Bad, um nach seinem Rasierzeug und seiner Zahnbürste zu schauen, sie waren noch da, und ich beruhigte mich ein wenig, obwohl man natürlich alles zweimal kaufen konnte, wenn man wirklich auf Betrug aus war.

Ich lief durch die Wohnung und prüfte, ob außer Joni selbst irgend etwas fehlte, und als ich in die Küche kam, entdeckte ich, daß der Mülleimer nicht da war, und wie eine Idiotin sagte ich mir, Joni und der Mülleimer fehlen, was bedeutet das? Und plötzlich tauchten sie in der Tür auf, Joni und der Mülleimer, den ich morgens hatte leeren wollen, es dann aber vergessen hatte, und er betrachtete mich erstaunt und sagte, wo warst du? Und ich sagte, im Bett, ich habe geschlafen, und er fragte zweifelnd, so geschminkt, wie du bist? Und ich dachte, ausgerechnet wenn ich die Wahrheit sage, glaubt er mir nicht. Ich wollte mir schnell eine kleine Lüge ausdenken, die sich glaubwürdiger anhörte als die Wahrheit, aber mir fiel nichts ein, also drehte ich mich um und ging zum Spiegel, und dort sah ich zu meinem Entsetzen, daß die Wimperntusche verschmiert und zu großen schwarzen Ringen um meine Augen geworden war, bis hinunter zum Rouge, und der Lippenstift war auf der einen Hälfte des Mundes abgewischt, hatte sich aber auf der anderen aggressiv und glänzend gehalten, ich sah wirklich aus, als käme ich gerade von einer wilden Fickerei, und ich murmelte gekränkt, ich habe mich wirklich zum Ausgehen zurechtgemacht, und dann bin ich eingeschlafen, doch er fragte mißtrauisch, wohin wolltest du gehen?

Ich fing an, mir das Gesicht zu waschen, versuchte, sein Mißtrauen mit heißem Wasser zu entfernen, wie konnte etwas, was so schön gewesen war, auf einmal so häßlich sein, denn eigentlich hatte ich mich für ihn geschminkt, um schön zu sein, wenn er zurückkam, um mit einem zurechtgemachten Gesicht auf die Nachricht zu warten, die er mitbringen würde, aber auch das hörte sich an, als hätte ich es mir aus den Fingern gesogen. Ich fuhr mit einem nassen Wattebausch über alle Stellen, die plötzlich so häßlich waren und nun ganz rot wurden von der Schrubberei, ich konnte wirklich sehen, wie mein Gesicht anfing, alt zu werden, der Wattebausch nahm alle Farben auf, die vorher mich bedeckt hatten, Schwarz und Braun und Rot und Hellblau, und die ganze Zeit starrte Joni mich erwartungsvoll an, kratzte sich mit dem Finger an seiner Stupsnase, wartete darauf, daß ich fertig würde, und ich hatte Angst davor, fertig zu werden, ich rieb mir wieder und wieder das Gesicht, das nun blaß und fade aussah, und schließlich sagte er ungeduldig, es reicht schon mit diesem Getue, und ich machte den Wasserhahn zu und sagte, also was wollen wir tun, als gäbe es nichts anderes zu tun, als vor dem Spiegel zu stehen, sich zu schminken oder abzuschminken, und er sagte, wir werden in die Flitterwochen fahren, schließlich haben wir das noch nicht gemacht.

Wir hatten wirklich keine Hochzeitsreise gemacht, aber mich hatte das nicht besonders gestört, ich hatte dieses Versäumnis sogar begrüßt, um mir das Gefühl zu bewahren, daß dies keine wirkliche Hochzeit war, zumindest nicht meine, und der Beweis war, daß wir nicht in die Flitterwochen gefahren waren, und ich hatte vor, mir das für meine richtige Hochzeit aufzuheben, und vorsichtig sagte ich, wohin fahren wir, um zu prüfen, ob er es ernst meinte oder ob es irgendeine seltsame Art war, mir einen Hinweis auf etwas zu geben, und er sagte, nach Istanbul, morgen früh, ich habe schon alles organisiert, deine Eltern haben mir mit Geld geholfen, du brauchst nur noch zu packen. Er sprach mit dem Stolz eines Vorzugsschülers, der alle Aufgaben richtig erledigt hat und nun ein Lob erwartet, und ich lobte ihn wirklich, denn ich freute mich sehr, daß dies das Geheimnis war, nichts anderes, ich spürte die Erleichterung im ganzen Körper, ich küßte ihn und sagte, ich glaube es nicht, wie ist dir das eingefallen, wieso habe ich nichts gemerkt, und einen Moment lang liebte ich meinen Vater und sogar meine Mutter, mir kam es wie ein Familienprojekt vor, verspätete Flitterwochen, fünf Jahre nach der Hochzeit, und fast hätte ich vorgeschlagen, daß meine Eltern mitkommen und dort auf uns aufpassen sollten, denn plötzlich bekam ich Angst vor Istanbul.

Ich stellte mir die Stadt wie einen riesigen, bunten, lärmenden Markt vor, in den man leicht hinein-, aber nur schwer wieder herauskam, und bestimmt wimmelte es dort von bedauernswerten Paaren, die in ihren Flitterwochen hierhergekommen waren und den Rückweg nicht hatten finden können, sie sind hungrig und erschöpft, alle orientalischen Delikatessen sind vor ihren Augen ausgebreitet, aber sie haben kein Geld, Tage und Wochen in diesem riesigen, unendlichen Irrgarten, und niemand versteht ihre Sprache, einer deutet nach Osten, der andere nach Westen, wieder ein anderer nach Norden und noch ein anderer nach Süden, und alles sieht gleich aus, es gibt keine Wegweiser, und die Verkaufsstände sind nicht zu unterscheiden, der Himmel ändert sich nie, überall Türme von Moscheen, die zu Kirchen geworden sind, oder umgekehrt, und die Paare, die sich aufgeregt und verliebt auf den Weg gemacht hatten, weinen vor Haß einer am Hals des anderen, denn jeder ist im Innersten seines Herzens davon überzeugt, daß der andere schuld ist. Sie sagt sich, wenn ich einen fähigeren Mann hätte, hätte er mich schon längst von hier weggebracht, und er sagt sich, bestimmt weiß sie den Weg und sagt mir absichtlich nichts davon, sie stellt mich auf die Probe, ich soll ihr beweisen, was ich kann, und ihre Heimat scheint sich immer weiter zu entfernen, und ich sah Joni entsetzt an und sagte, vielleicht sollten wir doch lieber anderswohin fahren.

Aber gleich darauf dachte ich, so gesehen sind alle Orte gleich, und wer es nicht aushält, soll zu Hause bleiben. Komm, machen wir Flitterwochen zu Hause, sagte ich mit meiner verführerischsten Stimme, wir gehen eine ganze Woche nicht aus dem Haus, wie am Anfang, wir gehen in den Zimmern spazieren, wir sind die ganze Zeit zusammen, aber er lächelte enttäuscht und fragte, warum, wo liegt das Problem, und mit weinerlicher Stimme sagte ich, ich habe Angst, daß wir auf dem Markt von Istanbul verlorengehen, und er umarmte mich, wie man ein zurückgebliebenes Kind umarmt, meine Angst weckte seelische Kräfte in ihm, und er sagte, mach dir keine Sorgen, ich lerne schon seit einem Monat alles über die Stadt, und wedelte mit einem bunten Reiseführer, den er aus der Hosentasche gezogen hatte. Doch ich gab nicht so schnell nach und sagte, aber woher weiß man, ob man diesem Führer glauben darf? Vielleicht ist er Teil einer Täuschung? Hast du schon von jemandem gehört, der mit diesem Reiseführer losgefahren und heil zurückgekommen ist? Und Joni wedelte weiter in meine Richtung, als wollte er eine Fliege verscheuchen, wie immer überzeugt, daß ich eigentlich nur Spaß machte, und sagte, die Leute fahren ständig fort und kommen heil wieder zurück.

Er stieg zum Stauraum hinauf und warf den Koffer herunter, den wir zur Hochzeit bekommen hatten, er fiel mir direkt auf die Füße, das tat weh, aber ich sagte kein Wort, um nichts kaputtzumachen, ich befreite den Koffer vom Staub und begann dann, im Schrank zu wühlen, und ich fragte, ob es dort kalt oder warm wäre, und er sagte, ungefähr wie hier, ein bißchen kälter, und ich entdeckte in der Schublade das fleischfarbene sexy Nachthemd, das ich mal gekauft hatte, und einige durchsichtige Unterhosen und besondere Strumpfbänder, die vergessen im Schrank herumlagen, und stopfte sie in den großen Koffer, vielleicht würden die byzantinischen Nächte ja die Lust wecken und den Zauber zulassen, den zu hegen und zu pflegen wir nicht geschafft hatten, und als ich einige Pullis herauszog, entdeckte ich noch andere Schätze, die ich unbewußt für eine passende Gelegenheit dort versteckt hatte, schwarze Unterwäsche, Netzstrumpfhosen, Kniestrümpfe aus durchsichtiger schwarzer Seide und gewagte Büstenhalter, und auch sie stopfte ich in den Koffer, als wolle ich dort, in Istanbul, mindestens als Luxushure arbeiten, und ich lachte, als ich Joni sah, der ernsthaft und bemüht seine Flanellhemden zusammenlegte, die noch aus seiner Armeezeit stammten, kariert, in fröhlichen Farben, und ich dachte, wie ich ihn dort im Hotel mit all meinen Kostümen überraschen werde, wie froh er sein wird und wie ich mich über seine Freude freuen werde, in Räumen, die mich an nichts erinnern, zwischen allen möglichen Leuten, die ich nicht kenne und die mich nicht kennen, und so wird er, mein lieber Joni, vielleicht vergessen, daß er mich, statt sich von mir zu trennen, zu Flitterwochen eingeladen hat. Warum sollten wir nicht glücklich sein?

Einen Moment lang hatte ich das Gefühl, uns beiden zuzusehen, von der Seite, als würde ein Film über uns gedreht, ein Anblick, der einen neidisch machen konnte, dieses Packen für die Flitterwochen, unsere Jugend, wie jung er aussah gegen Arie, er hatte kein einziges graues Haar, man würde sagen können, daß wir wirklich ein Leben führten, wie wir es wollten, und zusammen würden wir wachsen, wie alle, wie die meisten zumindest, wir würden ein Kind bekommen, ein zweites, wir würden zwei Karrieren und zwei Einkommen haben und wie alle anderen unsere Probleme überwinden, uns wie alle anderen mit dem abfinden, was uns fehlt, und das wichtigste war, daß man sich immer auf ihn verlassen konnte, sich auf ihn stützen, ohne ihn zu zerbrechen, daß man sich sicher fühlen konnte.

Vor lauter Glück setzte ich mich in den Koffer, streckte mich auf meinen gewagten Kleidungsstücken aus, dehnte die Arme, als sei ich gerade aufgewacht, und sagte, komm, ich will dich, und ich wollte ihn nicht wirklich, aber es war auch keine richtige Lüge, denn ich wollte wollen, und ich dachte, wenn ich ihn davon überzeuge, überzeuge ich auch mich selber, und als ich merkte, daß er nicht kapierte, streckte ich ihm aus dem Koffer die Arme entgegen, und er beugte sich überrascht zu mir und sagte, vielleicht essen wir erst, ich sterbe vor Hunger. Sein Bauch sah von unten dick und schwankend aus, obwohl er leer war, und ein bißchen ekelte ich mich vor ihm, aber ich beschloß, es weiter zu versuchen, und bedeckte mein Gesicht mit einem Strumpf oder einer Unterhose, das war schwer zu unterscheiden, und sagte verführerisch, das Essen läuft dir nicht weg, aber ich, und er lachte, als wäre das ein Witz, er begriff die Drohung nicht und sagte, der Lebensmittelladen macht gleich zu, und wir haben noch nicht mal Brot, ich laufe schnell hin, du kannst im Koffer auf mich warten.

Bevor ich protestieren konnte, war er schon draußen, und ich stand sofort auf, warum sollte ich im Koffer auf ihn warten, was bildete er sich ein, war ich etwa eine Gummipuppe, und es reichte mir nicht, daß ich aus dem Koffer aufstand, ich begann auch die Sachen wieder auszupacken, die ich so begeistert eingepackt hatte, so nutzlos kam mir jetzt alles vor, überall verstreut lagen sie nun im Zimmer herum, kostbare Spitzen auf unseren alten, abgenutzten Möbeln, und dann sah ich ihn hinter mir, wie er ruhig hereinkam, mit leeren Händen, und ich fragte, was, haben sie schon zu, und er sagte, nein, ich war gar nicht dort, mir wurde klar, daß ich dich vielleicht gekränkt habe, deshalb bin ich zurückgekommen, und seine Stimme klang jämmerlich, leblos, ohne jede Freude. Ich versuchte mich zu erinnern, ob er auch so gewesen war, bevor wir uns getroffen hatten, oder ob er meinetwegen so geworden war, aber wie konnte ich das wissen, schließlich hatte ich ihn nicht gekannt, bevor wir uns trafen, und als ich ihn das erste Mal sah, zum Beispiel, hatte er eine traurige Stimme, und damals dachte ich, das sei wegen des Todes seiner Mutter, aber damals war seine Stimme traurig, und jetzt war sie jämmerlich, und Jämmerlichkeit war schlimmer als Traurigkeit, und ich dachte, was sollen wir jetzt machen, alles zurück in den Koffer packen? Selbst hineinsteigen? Nie wieder herauskommen?

Ich bemühte mich um einen leichten Ton und sagte, nicht schlimm, vielleicht sollten wir wirklich vorher etwas essen, und er, überrascht, daß ich kein Theater machte, lief wieder hinaus, kam aber gleich wieder und sagte noch jämmerlicher, sie haben gerade geschlossen, und ich hatte Lust, ihn zu verhauen, richtig eine Tracht Prügel auf den Po, wie die Mutter von Herschele, aber ich entschied mich, den leichten Ton beizubehalten, und sagte, das ist nicht schlimm, wir haben Brot im Gefrierfach, schön, ich mache Schakschuka*, und inzwischen packte ich alles wieder in den Koffer, der dunkel und geöffnet aussah wie entblößte Schamteile, und machte ihn zu, sogar mit dem Reißverschluß.

Beim Essen stellte ich ihm alle möglichen Fragen, warum ausgerechnet Istanbul und wie lange er diese Überraschung schon vorbereitet habe und so weiter, wie eine berufsmäßige Journalistin, die immer so tun muß, als wäre sie persönlich

---

* ein Essen aus Tomaten, Eiern und Gewürzen, in der Pfanne zubereitet an allem interessiert, und er antwortete ausführlich und gutwillig, sprach mit vollem Mund, und ich versuchte ihn zu ermuntern und sagte mir, das ist dein Leben, es könnte viel schlimmer sein, aber ich hatte das Gefühl zu versinken, und er beschrieb übertrieben genau sein inneres Schwanken zwischen Istanbul und Prag und wie er in dem Moment, als er sich für Istanbul entschied, gewußt hatte, daß dies die richtige Entscheidung war, obwohl er zuvor eigentlich mehr zu Prag geneigt hatte, aber er hatte gedacht, mich würden die Basare begeistern, die Lederkleidung, und je länger er sprach, um so gereizter wurde ich, denn ich hätte Prag vorgezogen, und warum hatte mich niemand gefragt? Immer war ich neidisch auf die Frauen gewesen, die von ihren Ehemännern mit solchen Geschenken überrascht wurden, aber jetzt erlebte ich, wie autoritär das war, wie rücksichtslos, denn ich zum Beispiel hätte lieber das alte, edle Prag besichtigt, und ich wäre lieber zu einem anderen Zeitpunkt gefahren, nicht gerade jetzt, wo ich zum Beispiel Beileidsbesuche machen mußte, und ich fühlte, wie die Übelkeit wieder in mir aufstieg, und ging zur Toilette, und dann wusch ich mir vor dem kleinen Spiegel das Gesicht mit kaltem Wasser, wie oft war es möglich, das Leben neu anzufangen, wieviel konnte man ausprobieren?

Ich ging zu ihm zurück, er war erschrocken, wegen meines nassen Gesichts glaubte er, ich hätte geweint, und er fragte, habe ich etwas gesagt, was dich verletzt hat? Es tut mir leid, Wühlmäuschen, ich gebe mir solche Mühe, und nichts mache ich richtig, und ich wollte zu ihm sagen, dann gib dir doch weniger Mühe und denke mehr nach, aber ich wußte selbst, daß das nicht stimmte. Wahrscheinlich stimmte es nicht, was würde es schon bringen, wenn er mehr nachdachte, was ihm fehlte, war nicht, mehr nachzudenken, sondern anders zu sein, und vielleicht würde auch das nicht reichen, denn ich war es, die anders sein müßte, aber wie stellte man so etwas an? Vielleicht würde es mir in Istanbul gelingen, ich würde anders sein, und er würde anders sein, das Leben würde anders sein, und plötzlich kam mir diese Reise wie eine Aufgabe vor, keine Vergnügungsreise, sondern eine Strafe, eine Reise, die schmiedet und zusammenschweißt, und ich empfand, wie vor dem Eintritt in die Armee, ein Gefühl von Angst und Stolz, und mit aufrechtem Rücken und energischen Schritten, links, rechts, links, rechts, räumte ich den Tisch ab. Er beobachtete mich gespannt, folgte wie immer jeder meiner Bewegungen, und dann sagte er, er gehe jetzt unter die Dusche, und seine Stimme klang feierlich und bedeutungsvoll, als tue er es meinetwegen, du kannst neben mir sitzen, wie früher, und ich erinnerte mich, daß ich früher, als wir noch Hoffnung hatten, oft auf dem Klodeckel gesessen hatte, während er duschte, wir unterhielten uns, einfache Gespräche, was war da und was war dort, das waren die Tage unserer Liebe, dachte ich, und wenn er stirbt, wird es das sein, wonach ich mich zurücksehne, nur das, nicht wirklich nach ihm, sondern nach dieser Nähe, und ich versuchte mich zu erinnern, wie seine Stimme vor dem Hintergrund des rauschenden Wassers geklungen hatte, ob sie leblos und ohne Freude war, und ich dachte, nein, damals hatte er eine schöne, lebendige Stimme, eine Stimme voller Hoffnung, aber wie lange konnte man hoffen?

Im Badezimmer roch es gut, und ich lächelte bei dem Gedanken, daß ich seit neuestem viel Zeit damit verbrachte, Männern beim Duschen zuzuschauen, ich konnte ja eine Art Duschbegleiterin werden, und er zog den Vorhang zurück und lächelte mich an, und seine Locken wurden im Wasser lang und gerade, und er sagte, ich glaube, das Telefon klingelt, geh doch hin, und ich sagte, ist doch egal, laß es klingeln, und er sagte, das ist bestimmt mein Vater, der sich verabschieden will, und ich ging in das trockene, kalte Zimmer, und das Telefon klingelte unaufhörlich, und ich hatte keine Lust, den Hörer aufzunehmen, aber am Schluß tat ich es doch, und ich hörte die heisere, verrauchte Stimme, die geliebte, die gehaßte, die brennende, die verlockende Stimme, und er sagte, Ja'ara. Ich sagte absichtlich nichts, denn ich wollte ihn noch einmal meinen Namen aussprechen hören, ich wunderte mich sogar, daß er sich an ihn erinnerte, und war ein bißchen stolz darauf, Ja'ara, und ich sagte, ja, Arie, und er sagte, ich dachte, du bist jetzt hier, und ich hörte, wie mein Blut stockte, wie es vor Freude und vor Trauer nicht mehr strömte, und ich fragte, bist du allein, obwohl ich im Hintergrund viele Stimmen hörte, und er sagte, in einem gewissen Sinn bin ich allein, und ich fragte, wann fahren die wieder weg, und er sagte, bald, am Abend, und er zögerte einen Moment und fragte, kommst du heute nacht zu mir? Und ich sagte langsam, die Worte taten mir im Mund weh, willst du wirklich, daß ich komme? Und er sagte, ja, und da sagte ich, gut, ich werde es versuchen, und legte auf.

Zitternd stand ich neben dem Telefon und dachte, wie kann er es wagen, wie kann er es wagen, mir mit seiner Trauer meine Flitterwochen zu zerstören, und dann dachte ich, er hat keine Schuld, er will nur mich, das ist es doch, worauf ich gewartet habe, vom ersten Moment an, als ich ihn an der Tür meiner Eltern stehen sah, aber dann fiel mir sofort ein, was meine Mutter gesagt hatte, oder vielleicht war es Tirza, es wird keine Woche dauern, da kommt eine andere zu ihm, und vielleicht war es nur Zufall, daß ich es war, vielleicht wollte keine andere, und wenn ich diese Nacht zu ihm ging, was würde dann mit Joni und unseren Flitterwochen sein, und wenn ich nicht ging, was würde dann mit mir sein?

Angespannt und verwirrt kehrte ich ins Badezimmer zurück, versteckte mich hinter dem dichten Dunst, ließ mich auf den Klodeckel sinken, und wie im Traum hörte ich seine Stimme, die von weit weg kam, aus einem tiefen Brunnen, wer war es, fragte er, und ich sagte, ach, nicht wichtig, ich hatte nicht die Kraft, mir etwas auszudenken, und ich dachte, jetzt kommt der Tag des großen, furchtbaren Gerichts, der Tag, dem man sich unterwerfen muß. Ist etwas passiert, fragte er, mit einer feuchten, klaren Stimme, und ich sagte, nichts, nein, es ist nichts passiert, und ich dachte an dieses beschissene Leben, beschissen ist gar kein Ausdruck, denn wenn es einem schon mal zwei Geschenke anbietet, dann muß natürlich eines auf Kosten des anderen gehen.

Und was ist, wenn ich in seiner Trauer bei ihm sein, aber auch nach Istanbul fahren will, warum muß ich wählen, ich hatte nicht gedacht, daß es so schnell kommen würde, ich hatte nicht geglaubt, daß es überhaupt kommen würde, und jetzt war ich nicht vorbereitet, ich war unfähig, mich zu entscheiden. Aber in diesem Fall war auch das Nichtentscheiden eine Entscheidung, denn wenn ich den ersten Moment verpaßte, in dem er mich wirklich brauchte, würde ich ihn vielleicht für immer verpassen, nie wieder würde ich seine rauhe Stimme so weich klingen hören, Ja'ara, hatte er gesagt, Ja'ara, komm heute nacht zu mir.

Ich dachte an all die Tage, die vergangen waren, seit ich ihn das erste Mal gesehen hatte, wie ich ihn auf den Straßen und in den Geschäften gesucht hatte, wie ich ihn gewollt hatte und wie ich wollte, daß er mich wollte, und nun war es soweit, was spielte es für eine Rolle, warum und wie, Hauptsache, er wollte mich jetzt, und Joni sagte, Handtuch, und ich ging hinaus und stand vor dem Schrank und wußte nicht mehr, was ich eigentlich suchte, ich überflog alle Fächer und hoffte, es würde mir wieder einfallen, ein Fach nach dem anderen betrachtete ich, als würde ich mich von allen verabschieden, und mir fiel ein, wie wir den Schrank selbst zusammengebaut hatten, und deshalb war er schief, immer wieder sagte Joni, wir müßten ihn eigentlich auseinandernehmen und neu zusammensetzen, und ich spottete dann regelmäßig, das ist es, was dir Kummer macht, und er sagte, dich müßte man auch auseinandernehmen und neu zusammensetzen, du bist auch schief, und da kam er von hinten, nackt und tropfend, und sagte wütend, was ist mit dir, wo bleibt mein Handtuch, und ich murmelte, Entschuldigung, ich suche das Fach mit den Handtüchern, und er stieß mich fast grob zur Seite und sagte, da ist es doch, vor deinen Augen, was hast du denn, und er nahm sich ein Handtuch, aber auch er schien vergessen zu haben, was er damit hatte tun wollen, und stand nackt und tropfend mit dem Handtuch in der Hand da.

Ich betrachtete seinen Körper, ein Fach nach dem anderen, er kam mir wie ein Schrank vor, auf jeden Körperteil hatte ich etwas anderes geräumt, ich fing unten an, bei seinen flachen großen Fußsohlen, darüber die erstaunlich schmalen Knöchel, erst jetzt bemerkte ich mit Bedauern ihre Zerbrechlichkeit, und über ihnen erstreckten sich weiße Beine, die nach oben immer dicker wurden, mit dunklen Haaren, mit rötlichen rauhen Knien, mit weichen Schenkeln, und dann ein breites Becken, und zwischen den Schenkeln die dünnen schwarzen Schamhaare, ein faltiger Hodensack und ein rosafarbenes Glied, ein bißchen zur Seite hängend, dann die hohen Hüften und der kleine eingefallene Bauch, eine helle Brust und leicht hängende Schultern, die in kräftige braune Oberarme übergingen, Arme, als seien sie wie bei einer Collage an den weißlichen Körper geklebt worden, die aussahen wie besonders gelungene Prothesen, eine Nachahmung, die das Original übertraf, und von denen ich mir immer vorgestellt hatte, wie sie einmal unser Kind halten würden.

Erst als ich zum Hals kam, fing er an, sich abzutrocknen, langsam, als wolle er mir die Gelegenheit geben, sich von seiner Nacktheit zu verabschieden, ihn selbst würde ich vielleicht wiedersehen, aber seine Nacktheit nicht, und dann nahm er eine weiße Unterhose und ein weißes Trikothemd aus dem Schrank, zog sie an und schlüpfte ins Bett, und ich stand in der kleinen Pfütze, die er zurückgelassen hatte, und wußte nicht, was ich sagen sollte, alles war plötzlich auseinandergefallen, und ich hatte keine Ahnung, wie man es wieder zusammensetzte.

Er nahm den Wecker aus der Schublade und sagte, du solltest fertigpacken, wir müssen um sieben am Flughafen sein, und ich nahm alle möglichen Sachen aus dem Schrank, ohne darauf zu achten, was es war, und stopfte sie in den Koffer, und ich nahm meine Cremes und mein Make-up, das Buch, das neben dem Bett lag, Schuhe, Sandalen, und er lachte, bis zum Sommer sind wir wieder hier, nimm lieber die Stiefel, also stopfte ich die Stiefel hinein, ohne die Sandalen herauszunehmen, und dann hörte ich das Telefon wieder klingeln und dachte, vielleicht tut es Arie schon leid, einen Moment lang hoffte ich sogar, er sei es, denn wenn er die Sache bereute, dann besser jetzt, wo noch etwas zu retten war, aber es waren meine Eltern, und meine Mutter rief ins Telefon, nun, wie ist die Überraschung, die wir für dich vorbereitet haben? Und ich sagte, vielen Dank, Mama, das ist nichts gegen die Überraschung, die ich euch bereiten werde, und meine Mutter lachte, dann fragte sie mißtrauisch, was meinst du damit? Und ich sagte, gar nichts, ich hoffe, daß ich es euch einmal vergelten kann, und sie sagte, laß nur, wir freuen uns doch, wenn wir helfen können, Papa läßt dir auch eine gute Reise wünschen, und viele Küsse. Auf Zehenspitzen ging ich ins Schlafzimmer zurück, in der Hoffnung, er sei schon eingeschlafen, aber er lag auf der Seite, im Schein der schwachen Lampe, und las in seinem Reiseführer, auf seinem Kopf glänzten die feuchten Locken, und er sah mich mit Augen wie Honig an und sagte, es tut mir leid, daß ich dich vorhin gekränkt habe, das war wirklich dumm von mir, und ich sagte, laß doch, Joni, und stieg ins Bett und drehte mich auf die andere Seite. Ich fühlte seine Hände auf meinem Rücken, unentschieden, ob er mich streicheln oder zur Sicherheit massieren sollte, und das machte mich noch nervöser, schließlich war es mein Rücken, nicht seiner, warum faßte er ihn an, und ich sagte wie ein kleines Kind, mein Rücken gehört mir, und er schmiegte sich von hinten an mich und fragte, was hast du gesagt, und ich sagte, ich bin müde, Biber, und er sagte, dann schlaf, Wühlmäuschen, morgen segelst du zum anderen Ufer des Flusses.

Ich war es, die ihn an diesen Blödsinn gewöhnt hatte, mit den ausgedachten Tieren auf den Weiden am Fluß, so hatte ich mich mit meinen Freundinnen bei der Armee unterhalten und hatte ihn ziemlich schnell damit angesteckt, und ich sagte, was wird sein, Biber, ich habe Angst, und er sagte, es wird alles gut, Wühlmäuschen, mach dir keine Sorgen, ab morgen wird alles gut, aber seine Finger fuhren fort, mir überall auf dem Körper herumzustreichen, und das paßte so gar nicht zu unserem Kindergeplapper, als hätte man einen Pornofilm mit dem Ton von Pinocchio unterlegt, aber er hörte nicht auf, er legte mir eine Hand auf die Brust und die andere zwischen die Beine, versuchte, auf eine für ihn ungewöhnlich fordernde und aggressive Art, seine Finger hineinzuschieben, vermutlich glaubte er, die Einladung von vorhin sei noch gültig, doch das stimmte nicht, nein. Fast hätte ich ihn weggestoßen, doch dann sagte ich mir, was macht es dir schon aus, schließlich ist es das letzte Mal, und ich drehte mich um, spreizte die Beine und schob ihn hinein, und seine Berührung war glatt, wie von Gummi, auch wenn es nicht so war, hatte ich immer das Gefühl, als habe er ein Kondom übergestreift, und ich packte ihn sehr fest am Hintern, und die ganze Zeit sagte ich mir, als Gebet oder als Drohung, das ist das letzte Mal, das ist das letzte Mal, und er fragte, geht es dir gut, willst du noch? Und ich gab ihm keine Antwort, deshalb fragte er wieder, und das hörte sich mitten beim Ficken so schrill an, Wühlmäuschen, antworte doch, und mir traten die Tränen in die Augen, und ich schrie, ja, ja, und kniff ihn wütend in seinen dicken Arsch, und dann war er plötzlich fertig, mit einem langen Seufzer, mit dem traurigen Heulen eines Schakals, und er legte seinen Kopf auf meine Brust und drückte sich dankbar an mich.

Ich streichelte seine Locken und wartete darauf, daß er einschlief, das war die übliche Prozedur, aber er war in gesprächiger Laune und flüsterte, ich liebe es, dich so nah zu fühlen, und ich sagte, ich auch, was hätte ich schon sagen sollen, und er flüsterte, ich kann vor lauter Aufregung nicht einschlafen, ich glaube, morgen feiern wir unsere richtige Hochzeit, und ich sagte, das glaube ich auch, und er wartete einen Moment und fragte, in den Jahren, die wir zusammen sind, warst du schon mal mit einem anderen so? Und ich fühlte, wie eine Welle in mir aufstieg und mich überschwemmte, das ist deine Gelegenheit, erzähl ihm alles, fang neu an, warum schonst du ihn die ganze Zeit, ihn und dich, aber ich war unfähig, ich sagte nur leise, nein, warum fragst du das, und er sagte, ich habe das Gefühl, daß du sehr viel für dich behältst, und er streichelte mir die Haare, es ist in Ordnung, Ja'ara, ich bin nicht der Meinung, daß du mein Besitz bist oder so, ich möchte es nur wissen, das ist alles, und ich sagte, da gibt es nichts zu wissen, komm, schlafen wir, Biber, und er drehte sich um und machte das Licht aus und sagte, gute Nacht, Wühlmäuschen.

Ich wußte, daß ich diese Stimme nie wieder diese Worte aussprechen hören würde, und ich lag still in der Dunkelheit und versuchte, mich zu beruhigen, versprach mir, es sei noch nicht zu spät, ich könnte in diesem warmen Bett bleiben, am nächsten Morgen zum Flughafen fahren, ein schafsgesichtiges Kind bekommen, und ich versuchte, mir Argumente dafür und dagegen zu überlegen, eine Gewinn- und Verlustrechnung, bis mir der Kopf platzte vor lauter Tabellen. Ich beschloß, wenn ich einschlafen würde, sei das ein Zeichen dafür, daß ich bleiben, und wenn ich nicht einschlafen würde, ein Zeichen, daß ich gehen solle. Und ich bemühte mich, an angenehme Dinge zu denken, um einzuschlafen, aber ich fühlte innerlich heftige Schläge, als hätte ich ein wildes Pferd im Bauch, und die Schläge schmerzten immer mehr, als wäre es eine ganze Herde wilder Pferde, jede Sekunde wurde noch eins geboren, Pferde der Finsternis, der Totenwelt, des Blutes, des Nebels standen auf feurigen Weiden und grasten. Ich konnte nicht länger liegenbleiben, also stand ich leise auf und ging zum Badezimmer, wusch mich schnell mit kaltem Wasser und ging ins Zimmer zurück, um mich zu überzeugen, daß er schlief, seine Atemzüge waren ruhig und gleichmäßig, ich stand da und betrachtete ihn voller Mitleid und Angst, wie man ein krankes schlafendes Kind betrachtet, und dann trug ich leise den Koffer ins Wohnzimmer, und dort zog ich mich im Dunkeln an, zufällige Teile, die ich aus dem Koffer nahm, und an der Tür blieb ich stehen und suchte ein Blatt Papier und einen Bleistift, ich wünschte, ich könnte mit dir in die Flitterwochen fahren, schrieb ich.

9 Die Nacht war anders, als ich sie mir vorgestellt hatte, anders als sie vom Bett aus ausgesehen hatte, weniger dunkel, weniger bitter, man konnte schon das nahende Ende des Winters spüren, und ich überlegte, wo mich der Frühling wohl finden würde, wo der Sommer, und zog auf dem verhaßten Weg den Koffer hinter mir her, der prall war von Büstenhaltern und Strumpfbändern, Strumpfhosen und Slips. Einige Taxis hielten neben mir, aber ich zog es vor, zu gehen, schwitzend, trotz der Kälte, ich wollte jetzt nicht in irgendein Gespräch verwickelt werden, ich wollte nur langsam vorwärtskommen, mit einer Art privatem Siegesgefühl an den Geschäften, den Ampeln und den Verkehrsschildern vorbei, und den Spalierstehenden ernst zunicken, aber ständig blickte ich mich um, ob ich nicht verfolgt wurde, und mir schien es, als hörte ich ihn flüstern, Wühlmäuschen, komm zu mir zurück, komm zurück. Warum flüsterte er, wenn er wollte, daß ich ihn höre, warum schrie er nicht, ein Flüstern, das immer leiser wurde, ich mußte stehenbleiben und mich bücken, um es aus der Erde hervordringen zu hören, wie das Flüstern von Opfern eines Einsturzes, bis man zu ihnen gelangt, sind sie schon tot.

Ich setzte mich auf den schmalen Gehweg, überwältigt von Traurigkeit, und dachte, noch ist es nicht zu spät, ich kann zurückgehen, bestimmt schläft er jetzt, ich kann schnell zurückgehen, mich ausziehen und ins Bett legen, als wäre ich nie aufgestanden, Arie hat sicher bereits vergessen, daß er mich eingeladen hat, und ich sah mich um, suchte nach einem Zeichen und dachte an einen Stern, der die Form eines Schwertes hatte und vor der Zerstörung des Tempels ein ganzes Jahr lang über Jerusalem geleuchtet hatte, weder im Sommer noch im Winter hatte er sich fortbewegt, und sogar am hellichten Tag konnte man ihn leuchten sehen, aber ich stand sofort auf und ging mit wilden Schritten weiter, ich konnte auf diese Gelegenheit nicht verzichten, und erst vor seiner Wohnungstür blieb ich stehen und lauschte schwer atmend auf die Geräusche um mich herum.

Aus der Wohnung gegenüber drang das Geschrei des Babys, auf das aufzupassen ich einmal angeboten hatte, bei Gelegenheit, aber in der Wohnung der Familie Even war es still, und ich klopfte leise, fast streichelte ich die Tür nur, die mir so vertraut war, vertrauter als sein Gesicht, das vor mir auftauchte, schwer und ernst, und er schloß die Tür schnell hinter mir ab und führte mich zum Schlafzimmer, das fast nicht mehr zu erkennen war, so sehr hatte es sich verändert, alles Medizinische war verschwunden, die Betten waren wieder zusammengerückt, die Bettbezüge trugen ein Blumenmuster, es gab große weiche Kissen, und an beiden Seiten standen kleine Kommoden aus Holz und darauf runde Bettlampen, und auf seiner Seite sah ich einen Aschenbecher voller Kippen und ein volles Glas, und auf der anderen Seite stand nichts auf der Kommode, als warte sie nur auf all meine Cremes. Wann hat er das geschafft, dachte ich, gestern noch sah dieser Raum aus wie eine Krankenstation, und jetzt ist er sauber und strahlend und anonym wie ein Hotelzimmer, genau so hatte ich mir das Zimmer in Istanbul vorgestellt, und einen Moment lang war ich wütend auf ihn, wie schnell hatte er ihre Spuren verwischt, und ich überlegte, wenn sie, die fast dreißig Jahre mit ihm zusammengelebt hatte, an einem Tag verschwunden war, wie schnell würde ich verschwinden, wenn ich, sagen wir mal, ein knappes Jahr mit ihm zusammengewesen wäre.

Wie hast du das geschafft, fragte ich ihn, und er sagte entschuldigend, ich habe nicht besonders aufgeräumt, ich habe nur den ursprünglichen Zustand wiederhergestellt, und ich blickte mich ängstlich um, eigentlich hatte ich mich im vorigen Ambiente wohler gefühlt, und ich stellte meinen Koffer auf den Boden und setzte mich darauf, als wäre ich auf einem Flughafen, und er betrachtete spöttisch meinen Koffer und sagte, was hast du uns mitgebracht, und ich, mit einem schiefen Lächeln, sagte, alle möglichen Überraschungen, denn plötzlich schämte ich mich, daß ich das Ding mitgeschleppt hatte, man lud mich für eine Nacht ein, und ich kam mit einem riesigen Koffer, wie Mary Poppins.

Zeig mal, sagte er und hob mich hoch, machte den Koffer auf und zog sofort einzelne Teile heraus, alles, was schwarz war, er prüfte jedes Stück und sagte schließlich, nicht schlecht, und dann fing er an zu lachen, es war so beschämend, ich setzte mich auf das Bett, legte den Kopf zwischen die Knie und fing fast an zu weinen, ich hoffte, daß er gleich anfangen würde zu husten, damit dieses Lachen aufhörte, und dann setzte er sich neben mich, legte mir den Arm um die Schulter und sagte, sei nicht beleidigt, ich lache nicht über dich, dein Koffer macht mir Spaß, ich bin bereit, mich zu verpflichten, daß du hier nicht wieder rausgehst, bevor wir nicht jedes einzelne dieser Kleidungsstücke benutzt haben, und er hob meinen Kopf, sah mich an und sagte, es ist gut, daß du mich zum Lachen bringst, schließlich ist es eine gute Tat, Trauernde zu trösten.

Du siehst nicht übermäßig traurig aus, sagte ich, und er fuhr mich aggressiv an, ich hasse es, wenn man mir vorschreibt, was ich fühlen soll, ich werde auf meine Art trauern und zu der Zeit, zu der ich will, mit vierzehn habe ich die Jeschiwa genau aus diesem Grund verlassen, deshalb wird man mich auch jetzt nicht überzeugen, hörst du? Mir wird niemand sagen, wann ich fröhlich und wann ich traurig sein soll, ich freue mich, deine Strumpfbänder zu sehen, ich bin froh, daß sie nicht länger leiden muß, das alles sagte er in einem Atemzug, und er sagte, mir tut der Preis leid, den du bezahlst, früher hat man immer gesagt, Liebe bekommt man umsonst, das ist der größte Blödsinn, den ich je gehört habe. Liebe umsonst? Für Liebe bezahlt man den höchsten Preis.

Und als er mit seiner Rede fertig war, die sich überzeugend, aber ein wenig abgenutzt angehört hatte, als habe er sie schon bei allen möglichen Gelegenheiten vorgetragen, stand er auf, zog seine gute Beerdigungshose aus und legte sich in der Unterhose auf das Bett, auf seine Seite, und stieß wieder dieses unangenehme Lachen aus und sagte, du siehst enttäuscht aus, Ja'ara, du bist wegen eines Ficks gekommen und erhältst statt dessen einen Vortrag, und ich legte mich aufs Bett, entspannte mich und sagte, wieso, ich höre dir gerne zu. Es war wirklich angenehm, wenn er mich ansprach, ausdrücklich mich, so warm und beruhigend, ich hatte schon immer gewußt, daß er so sein konnte, und ich dachte siegesbewußt, es lohnt sich, es lohnt sich, es ist keine Illusion, nicht sein distanziertes Schweigen zieht mich an, sondern das, was ich dahinter gehört habe, die starken, aufreizenden Worte, jedes einzelne Wort, das er gesagt hatte, erschien mir aufreizend, die Bewegung seiner Zunge im Mund erschien mir aufreizend, die Art, wie seine dunklen Lippen aufeinanderstießen, wie sie die Zigarette hielten, und er bot mir seine Zigarette an und sagte, paß auf, das ist keine gewöhnliche Zigarette, ich habe ein bißchen Trost reingetan.

Auf mich hat Haschisch keine Wirkung, sagte ich, denn ich hatte es schon ab und zu mal geraucht und war immer enttäuscht gewesen, weil es bei mir nichts bewirkt hatte, aber diesmal war es vielleicht ein anderer Stoff, oder ich war anders, denn plötzlich war ich voller Kraft, ich fühlte, daß ich genug Kraft hatte, seine braune duftende Haut zu lecken, von unten bis oben, und das tat ich, und ich hatte das Gefühl, als setze ich damit seine auseinandergefallenen Teile wieder zusammen, als wäre er ein einzigartiger archäologischer Fund und ich hätte all seine Teile gesammelt und würde sie jetzt mit meiner Spucke wieder zusammenkleben, und erst danach würde ich wissen, was daraus würde, und ich war neugierig zu erfahren, was herauskam, aber ich durfte vorläufig die Augen nicht öffnen, erst am Schluß.

Er lag bewegungslos wie eine Statue, manchmal hörte ich ihn lachen, aber das störte mich nicht, ich freute mich sogar für ihn, daß er Gründe hatte zu lachen, und so klebte ich ihm langsam, ganz langsam die langen schmalen Beine zusammen, und zwischen den Schenkeln den schönen Schwanz, der steif war wie nach einem langen Schlaf, dann wanderte ich weiter nach oben und war schon beinahe fertig, als ich keine Spucke mehr hatte, aber ich bemühte mich, denn ich wollte nicht mittendrin aufhören und ihn ohne Kopf oder Schultern lassen. Als ich meine Arbeit beendet hatte, betrachtete ich ihn voller Stolz, so schön war er geworden, ein Mensch, der neu erschaffen war, alles an der richtigen Stelle, und ich überlegte, ob Gott sich nach der Erschaffung Adams wohl so gefühlt hat, und es begeisterte mich, daß wir ein gemeinsames Erlebnis hatten, Gott und ich, und die ganze Zeit spürte ich, daß etwas bei mir unten verbrannte, also nahm ich seine Hand und sagte, fühl mal, wie heiß, wie ein Ofen, und er begann mich auszuziehen und sagte gespielt besorgt, man muß das Fieber senken, das ist gefährlich, und nahm einen Eiswürfel aus seinem Getränk, lutschte daran und legte ihn an die Öffnung und schob ihn langsam, langsam hinein, und ich zitterte vor Entzücken und spürte, wie das Eis in mir schmolz, und dachte, so habe ich dich schließlich auch zum Schmelzen gebracht, Geliebter, so habe ich dich am Schluß zum Schmelzen gebracht.

Inzwischen wühlte er ein wenig im Koffer, bis er ein kurzes Unterkleid fand, ganz aus Netz, und zog es mir an, wie man ein kleines Kind anzieht, auf den nackten Körper, und er nahm einen schwarzen Seidenstrumpf und band mir damit die Haare zusammen, als wäre es ein Gummi, und er küßte meinen nackt gewordenen Hals und meine Brüste, die das dünne Geflecht fast zerrissen, und die ganze Zeit hörte ich sein leises, füchsisches Lachen, oder vielleicht bildete ich es mir auch nur ein, oder ich war es, die lachte, ich hörte Füchse, die zwischen den Trümmern durch das heiligste Heiligtum streiften.

Das dünne Netz lag schwer wie Gitter auf mir, und das Bett schwankte hin und her, als läge ich in einem Boot auf den Wellen, ich schwankte so sehr, ein Boot, das Gefangene von einem Ort zum anderen bringt, seltsam, mitten im Meer gefangen zu sein, mitten in der größten Freiheit, aber ich sollte nicht in ein Gefängnis gebracht werden, sondern nach Istanbul, und dort würde man mich an den Palast des Sultans verkaufen, und ich würde den Palast nie mehr verlassen, bis in alle Ewigkeit würde er mit mir machen, was er wollte, und dann sah ich, wie er sich am Bettrand eine Zigarette anzündete, weit, weit entfernt von mir, und er fragte mit heiserer Stimme, willst du noch ein bißchen Trost? Und ich sagte ja, und er schaute mich mit einem weichen Blick an und sagte halb fragend, halb feststellend, du bist traurig, in einem sachlichen Ton, wie man fragt, hast du Wechselgeld, und ich rutschte näher zu ihm und legte meinen Kopf auf seine Knie und sagte, ja, ich trauere auch.

Er fragte nicht weiter, er hielt mir nur die Zigarette hin und sagte, ich habe viel hineingetan, und er streichelte mir über die Haare und fügte entschuldigend hinzu, ich weiß nicht, ob dieses Bett eine weitere Trauer aushält, und er stand plötzlich auf, und ich erschrak und fragte, wohin gehst du, und er flüsterte, pinkeln, und plötzlich fiel mir auf, daß wir beide flüsterten, vorsichtig, um niemanden aufzuwecken, und ich fragte, warum flüstern wir, und er sagte, wir flüstern nicht, ganz bestimmt nicht, du hast ein paar Schreie ausgestoßen, die vermutlich die Nachbarn aus dem Bett geworfen haben, und ich fragte beschämt, ist das schlimm? Statt einer Antwort hörte ich den Strahl seiner Pisse, monoton vor sich hin spritzend, und dann sagte er, mach dir keine Sorgen, sie glauben sicher, daß ich mir die Haare raufe und schreie.

Dann legte er sich wieder neben mich, und plötzlich packte er mich und setzte mich mit Gewalt auf sich, bewegte mich auf und ab, als wäre ich eine Stoffpuppe, auf und ab, nach oben und nach unten, gerade und krumm, gehalten und geworfen, groß und klein, und es tat mir weh wie bei meinem ersten Mal, wie damals zwischen den leeren Bierdosen und den Kohlen, aber diesmal war es mir nicht egal, ich liebte meine Unterwerfung, dieses Beherrschtwerden, das mir noch nicht einmal die Entscheidung überließ, ob ich meinen Hintern nach rechts oder links oder nach oben oder unten bewegen sollte, und ich hörte ihn sagen, schrei jetzt, Süße, damit alle hören, wie sehr du trauerst, und ich schrie, weil er es gesagt hatte, es war kein Wille, sondern eine Art Erkenntnis, daß ich alles, was er sagte, tun würde, und es störte mich nicht einmal, daß er mich Süße nannte, und aus meinen Trauerschreien, aus meiner völligen Selbstaufgabe, sprang plötzlich eine Welle von etwas Süßem, als würde man mich in einem Bett aus Honig versinken lassen, und auch seine Bewegungen in mir wurden weicher und wiegender, da, ich habe ein kleines Kind zwischen den Beinen, das schlafen gelegt wird, und so schlief ich einfach ein, wie die Frauen, die ich immer beneidet hatte, die fähig sind, neben allen möglichen Männern einzuschlafen, die ihnen nicht versprochen haben, sie immer zu lieben, und die trotzdem gut schlafen, und ich hatte das dumpfe Gefühl, in dieser Nacht etwas herausgefunden zu haben, das ich aufschreiben müßte, um es nicht zu vergessen, aber ich hatte keine Kraft, die Augen aufzumachen, und als ich aufwachte, wußte ich es schon nicht mehr.

Ich war allein in dem großen Zimmer, und mein Kopf tat mir weh, und sofort warf ich erschrocken einen Blick auf die Uhr, und es war neun, genau die Zeit, in der das Flugzeug startete, das glückliche Paare nach Istanbul brachte, und ich dachte, was hast du getan, was hast du getan, was hast du getan, und ich rief schnell zu Hause an, ich wollte nur seine Stimme hören, wissen, daß es ihm gutging, und wieder auflegen, aber niemand nahm ab, vermutlich war er allein in die Flitterwochen gefahren, und es brachte mich zum Lachen, daß wir unsere Flitterwochen getrennt voneinander verbrachten, bis mir einfiel, daß dies kein Witz war, sondern Wirklichkeit, aber ich konnte es schon nicht mehr ändern, ich konnte nicht das Flugzeug anrufen und sagen, es solle hier vorbeikommen und mich aus dem Bett holen, ich konnte nichts mehr tun, absolut nichts. Ich stand auf und sah, daß mein Netzgewand zerrissen war, und auf meinem Körper waren Zeichen von seinen Händen, und alle Muskeln taten mir weh wie nach einer erbarmungslosen Gymnastikstunde, und ich humpelte zum Badezimmer und duschte mit heißem Wasser, bis ich fast nicht mehr atmen konnte, und dann cremte ich mir den ganzen Körper ein und zog das hautfarbene Nachthemd an, und mehr als das schaffte ich nicht. Die Rolläden waren heruntergelassen, und ich wagte nicht, sie zu öffnen, niemand sollte sehen, daß sich hier eine Person versteckte, aus der Wohnung drangen dumpfe Geräusche an mein Ohr, ab und zu konnte ich seine heisere, beherrschte Stimme identifizieren, zwischen anderen Stimmen, meist weiblichen. Ich ging zur Tür, um besser zu hören, versuchte vorsichtig, sie einen schmalen Spalt breit zu öffnen, und da entdeckte ich, daß ich eingeschlossen war.

Ich lehnte mich an die Tür, kochend vor Wut und Scham, was bildete er sich ein? Daß er ein türkischer Sultan war? Mich in seinem Schlafzimmer einzuschließen, als wäre ich sein Eigentum, und wer konnte schon wissen, was sich in den anderen Zimmern abspielte, möglicherweise war in jedem Zimmer eine andere junge Frau eingeschlossen, die mit ihm seinen frischgebackenen Witwerstand feierte, im Wohnzimmer versammelten sich die Kondolenzbesucher und wischten sich Tränen aus den Augen, und im übrigen Haus war der Teufel los. Ausgerechnet ich, die es noch nicht einmal wagte, die Klotür abzuschließen, fand mich eingesperrt in seinem Schlafzimmer, abhängig von seiner Gnade, im wahrsten Sinne des Wortes, und wenn er mich vergaß, konnte ich hungrig und durstig bis mitten in der Nacht warten, und ich durfte noch nicht mal einen Ton von mir geben, damit niemand erfuhr, daß ich hier war, um nicht das Andenken der Verstorbenen und ihres Bettes zu entweihen.

Vor lauter Verzweiflung ging ich zurück zur Dusche, und dort trank ich Wasser aus dem Hahn und wusch mir das Gesicht, um mich zu beruhigen, und dann kroch ich wieder ins Bett und versuchte, alles mit anderen Augen zu sehen, was für eine Wahl hatte er eigentlich gehabt, er konnte mich schlecht von innen einschließen, es sei denn, er hätte mich geweckt, und vermutlich wollte er mich schlafen lassen, und die Tür offen zu lassen war auch unmöglich, es hätte gereicht, wenn die Mutter oder die Schwester hereingekommen wären, um ihre Mäntel irgendwohin zu legen oder um sich ein wenig auszuruhen, sie hätten mich sofort entdeckt, und bestimmt wartete er darauf, daß die Luft rein war, um mir etwas zu essen und zu trinken hereinzuschmuggeln, so wie ich damals Tante Tirza die Essensreste ihres ehemaligen Ehemanns und seiner neuen Frau ins Schlafzimmer geschmuggelt hatte. Ich versuchte herauszufinden, was draußen vor sich ging, und merkte zu meinem Leidwesen, daß der Lärm nur noch zunahm. Fast unaufhörlich ging die Tür auf und zu, und mir wurde klar, daß es nur eine geringe Aussicht darauf gab, daß er bald hereinkäme, und trotzdem fing ich plötzlich an zu zittern, als ich Schritte hörte, die näher kamen, und sah, wie sich die Klinke ein paarmal auf und ab bewegte, bis die Versuche enttäuscht aufgegeben wurden, und ich wurde rot vor Angst und Scham, was für ein Glück, daß ich eingeschlossen war, denn jeder, der pinkeln wollte, wenn die Gästetoilette besetzt war, würde versuchen, hier einzudringen, und trotzdem hätte ich es vorgezogen, der Schlüssel wäre bei mir und nicht bei ihm, so hätte ich hinausgehen und mich unter die anderen mischen können, als wäre ich ebenfalls nur jemand, der einen Beileidsbesuch macht, schließlich hatte ich als letzte mit ihr gesprochen, auch wenn niemand davon wußte, war es so, auch wenn es nicht hätte geschehen sollen, war es geschehen. Es hätte mir nichts ausgemacht, die Bewirtung zu übernehmen, oder mindestens das Servieren, ich hätte für alle Kaffee gekocht, zuerst für mich, was hätte ich in diesem Moment für eine Tasse Kaffee gegeben, also suchte ich nach einem Fluchtweg, wie eine echte Gefangene, die Wohnung war im ersten Stock, ich könnte durchs Fenster hinaussteigen und ganz offiziell zur Tür wieder reinkommen, ich probierte, am Rolladen zu ziehen, um zu sehen, ob es Gitter vor dem Fenster gab, und es gab tatsächlich welche, sogar ziemlich dichte, noch dazu herzförmige, was wirklich albern aussah, und ich schaute hinaus und sagte zu mir, das hast du dir selber eingebrockt, Süße, statt jetzt im Hilton Astoria in Istanbul zu frühstücken und auf den Bosporus hinauszublicken und auf die goldene Brücke, die Europa und Asien verbindet, schaust du auf herzförmige Gitterstäbe und jammerst vor Hunger.

Ich dachte daran, daß er mich in der Nacht Süße genannt hatte, und es war mir ein bißchen eklig, was glaubt er, wer ich bin, dachte ich, und dann dachte ich, er ist nicht wichtig, er sieht das, was du ihm zeigst, so, wie du dich verkaufst, nimmt er dich, und du hast selbst entschieden, einen derart hohen Preis zu bezahlen, um dich so billig zu verkaufen, umsonst, du bist sogar bereit, dem etwas zu bezahlen, der zum Kaufen bereit ist, und wieder versuchte ich, Joni anzurufen, und wieder wurde nicht abgenommen, aber es fiel mir trotzdem schwer zu glauben, daß er ohne mich gefahren war, lieber Joni, trauriger, jämmerlicher Joni, Joni, mein Waisenkind, jetzt teilen wir alle das gleiche Schicksal, Joni, der seine Mutter verloren hatte, ich, die ich meinen Bruder verloren hatte, und Arie, der seine Frau verloren hatte, wir waren eine große bedauernswerte Familie.

Ich überlegte, wer von unserer Familie wohl am bedauernswertesten war, am Anfang glaubte ich, es sei Joni, der allein in die Flitterwochen gereist war, der Witwer führte schon während der sieben strengen Trauertage ein wildes Liebesleben, während der Bräutigam in seinen Flitterwochen allein war wie ein Hund, aber wer allein wegfährt, kommt nicht zwangsläufig allein zurück, und unsere verspäteten Flitterwochen konnten leicht zu Jonis vorgezogenen Flitterwochen mit einer anderen werden, die er dort kennenlernte, und das schien mir fast unabwendbar, es ergab sich folgerichtig aus den ungeschriebenen Gesetzen des Liebeslebens, und nach diesen Gesetzen würde ich am Ende die Bedauernswerteste sein, denn wer auch nur eine Scheibe Brot mehr bekommen möchte, als er hat, bleibt am Ende mit leeren Händen zurück.

Ich sah mich erschrocken um, eine Gefangene dieser Gesetze, gefangen wie die Ratten meines Vaters in seinem dunklen Labor, überlegte ich, wie ich ihnen entkommen könnte, wie ich meinem Schicksal ausweichen könnte, als wäre das Schicksal der Ball bei einem Kinderspiel, der Ball, der einen nicht treffen durfte, wer vom Ball getroffen wird, muß ausscheiden, und ich blickte auf die Uhr, um zu sehen, wie weit Joni sich schon von mir entfernt hatte, und es war noch immer neun, was mir nicht logisch vorkam, denn auch wenn die Zeit langsam verging, so verging sie doch, das war, alles in allem, ein Trost, und da kapierte ich, daß sie stehengeblieben war, meine Uhr, die Stimmungen gegenüber schon immer empfindlich gewesen war, war bestimmt wegen der Schüttelei in der Nacht kaputtgegangen. Nun fühlte ich mich noch verlorener, ohne zu wissen, wie spät es war und ob ich jetzt von einem Frühstück oder von einem Mittagessen träumen sollte und wie weit ich noch von dem Zeitpunkt entfernt war, an dem alle gehen würden, ich glaubte, es sei üblich, den Trauernden zwischen zwei und vier Uhr Ruhe zu gönnen, aber vielleicht würde die Trauerfamilie, wenn die anderen gegangen waren, es vorziehen, hier auszuruhen statt ins Hotel zu gehen, man mußte Mitleid mit der verwaisten, hellblaulockigen Mutter haben. Ich fragte mich, ob sie zu einem Frisör ging oder ob sie alles allein machte, mit ihren dünnen Händen, und ich erinnerte mich an den dünnen Körper Joséphines, mit welcher Leichtigkeit sie in die Grube gerutscht war, wie sie fast jauchzend die Arme hochzuwerfen schien, und ich überlegte, wie sie wohl als Kind gewesen war, bestimmt saß ihre Mutter jetzt draußen und erzählte jedem, der es hören wollte, was für ein Kind sie gewesen war, wie begabt und wie wohlerzogen, sie spielte Klavier und sagte mit Betonung Gedichte von Baudelaire oder Molière auf, egal von wem, aus ihrem blühenden Mund hörte sich alles gleich süß an, und tatsächlich war sie auch gestorben wie eine Blume, sie verdorrte, verwelkte, ließ ihre Blätter fallen, und das war's, ab in den Mülleimer.

Schon immer hatten mich welkende Blumen deprimiert, wenn sie ihre trockenen Blüten über den Krug sinken ließen, der einen abstoßenden Geruch nach fauligem Wasser verströmte, wenn sie einem das Gefühl von Vernachlässigung gaben, ein leerer Krug war wirklich schöner anzuschauen als einer mit einem welken Blumenstrauß. Wenn Joni mir manchmal einen Blumenstrauß brachte, hatte ich immer gesagt, es sei schade um seine Schönheit, denn er würde in spätestens einer Woche verwelkt sein, und bis ich daran dachte, ihn wegzuwerfen, würde noch eine Woche vergehen, und bis dahin würde ich nicht verstehen, woher dieser Gestank kam und warum ich das Gefühl hatte, die Wohnung sei vernachlässigt und ekelhaft, und auf dem Weg zum Mülleimer würden die welken Blätter abfallen und sich in der ganzen Wohnung verstreuen und mein Leben beherrschen, und es würde mich sehr viel Zeit kosten, bis ich mich davon gelöst hätte, von dem Trauma, einen Blumenstrauß in der Wohnung gehabt zu haben.

Ich dachte, daß ich vielleicht am besten die Zeit herumbrachte, indem ich lauschte, was sie drüben sprachen, nicht gerade über Joséphine, in Wahrheit interessierte sie mich jetzt viel weniger, ich war schließlich auf der Seite des Bräutigams und nicht der Braut, warum sollte ich das leugnen, etwas an ihrem Sterben begeisterte mich, aber als sie tot war, kam sie mir im nachhinein wie eine ganz normale Frau vor, die ein paar Jahre gelebt hatte und dann gestorben war und ein anonymes Schlafzimmer mit herzförmigen, ziemlich eng stehenden Gitterstäben hinterlassen hatte, und ich hatte das Gefühl, ihr Sterben sei eindrucksvoller gewesen als ihr Leben, vermutlich war das ihre Chance gewesen, seelische Größe zu demonstrieren, und sie hatte gewußt, daß dies ihre letzte Chance war, und hatte sie genutzt, mit einer gewissen Berechtigung, aber Gott weiß, was ich damit zu tun hatte, und warum sollte ausgerechnet ich päpstlicher als der Papst sein, das heißt als ihr Mann.

Ich nahm einen Stuhl, der in der Ecke stand, und setzte mich dicht an die Tür. Erst hörte ich gedämpfte Stimmen, die aber langsam deutlicher wurden, gerade kam eine Frau herein, die überschwenglich begrüßt wurde, sie hatte eine laute Stimme, zu meiner Freude keine junge, ich konnte sie ziemlich gut verstehen, sie erzählte, sie sei gerade vom Tierarzt gekommen, und fragt mich nicht, was passiert ist. Jemand erkundigte sich, ob ihr Hund krank sei, und sie sagte, frag mich nicht, ich ging hin, um den Hund kastrieren zu lassen, denn er hat angefangen, Schwierigkeiten zu machen, und ich hatte keine Kraft, mich mit ihm zu beschäftigen, und alle Leute haben gesagt, laß ihn kastrieren, das ist nur zu seinem Besten, und dann, als er schon in Narkose auf dem Operationstisch lag, sagte der Tierarzt, sind Sie blind oder was, das ist kein Hund, das ist eine Hündin, und ich war so geschockt, als hätte er das über meinen Mann gesagt, ich war so sicher gewesen, daß es ein Hund war, und ich sagte, und was machen wir jetzt, und er sagte, für den geplanten Zweck spielt es keine besondere Rolle, es ist im Gegenteil noch wichtiger, eine Hündin zu sterilisieren, denn ihre Läufigkeit macht mehr Ärger, also sagte ich, dann los, sterilisieren Sie sie, und ich setzte mich ins Wartezimmer, und nach ein paar Minuten kam er und zeigte mir ihre Gebärmutter, und es stellte sich heraus, daß sie darin schon vier Junge hatte, klein und rund wie Walnüsse, und ich schrie ihn an, tun Sie alles zurück in den Bauch, Sie Mörder, und er sagte, was wollen Sie, wir hatten eine Sterilisation ausgemacht, es war ihm gar nicht eingefallen, sie zu untersuchen, und jetzt ist alles bei ihm im Mülleimer, ihre Gebärmutter mit den Jungen, und er sagte, die Hündin wird wieder gesund, und sie wird nichts wissen, aber ich weiß es, und es macht mich verrückt.

Ich hörte, wie sie anfing zu jammern, und um die Wahrheit zu sagen, auch ich kratzte schon fast an der Tür vor Erschütterung, und draußen fingen alle an, die Frau zu trösten, als sei sie die Leidtragende, und niemand dachte mehr an Joséphine, und jemand, vielleicht war es Arie, sagte, versuch, zu vergessen, was passiert ist, denk einfach, es ist doch ein Hund und keine Hündin, und ohne Gebärmutter ist das auch fast richtig, und es ist ziemlich natürlich für einen männlichen Hund, keine Jungen zu werfen, wo ist da eigentlich die Tragödie?

Und sie sagte mit ihrer lauten Stimme, schön, wirklich, tröstest du dich selbst auch auf so eine Art? Ich hörte ihn nicht antworten, eine andere Frau, mit einer jungen Stimme, fragte, möchtest du Kaffee, Tami, und sofort geriet ich in Panik, wer konnte die Frau sein, die dort auf eine so selbstverständliche Art Kaffee servierte, wenn nicht die Nichte mit der Zigarettenspitze oder eine andere Freundin von ihm, die völlig frei in seinem Leben herumspazierte.

Ich hörte das Klappern von Löffelchen, die in Kaffeetassen rührten, und Tami hatte sich offenbar beruhigt, denn ich hörte sie nicht mehr, erst ein paar Minuten später erhob sie wieder die Stimme und sagte, stellt euch das mal vor, als hätte man mir gesagt, daß mein Mann eigentlich eine Frau ist. Mir wurde plötzlich schwarz vor den Augen, das ganze große leere Zimmer drehte sich um mich, ich versuchte, ins Bett zurückzukommen, und stieß auf dem Weg gegen meinen Koffer und fiel fast zu Boden, und dann stürzte ich mich aufgeregt über ihn, als wäre er Joni, eine Erinnerung aus meinem früheren Leben, als ich noch frei war und nach Belieben kommen und gehen konnte, und ich wühlte liebevoll in den Sachen, roch den Duft meines Zuhauses, der mir jetzt wie der Duft der Freiheit vorkam, und zwischen der Reizwäsche stieß ich auf einen harten Gegenstand, den ich gedankenlos hineingestopft hatte, das einzigartige Buch, das mir der Dekan aus seiner Privatbibliothek geliehen hatte, mit den Geschichten von der Zerstörung des Tempels.

Ich umarmte es innig und begann darin zu blättern, entdeckte glücklich meine alten Freunde, so wie man in einem fremden Haus plötzlich ein bekanntes Bild entdeckt, die Ehebrecherin, die aus der Hand ihres Sohnes, des Hohepriesters, den Becher empfing und ihn austrank, während er vor ihr stand, schreiend und weinend, nicht weil er an ihre Unschuld glaubte, sondern an ihre Schuld, und ich traf die Tochter des Priesters, deren Vater vor ihren Augen abgeschlachtet wurde, durch ihre Schuld, und als sie schrie, tötete man auch sie und mischte ihr Blut mit seinem, und so verschwand vor meinen Augen eine ganze Familie, auch Marta, die Tochter des Bitus, traf ich wieder und die anderen Töchter Zions, die vergeblich im Straßenschmutz nach Essen suchten und Säulen umarmten und tot zusammenbrachen, und zwischen ihnen krochen Säuglinge herum, jeder kannte seine Mutter und kletterte auf sie und versuchte vergeblich, Milch zu saugen, bis er im Schoß seiner Mutter starb, und ich stellte mir die Nachbarin mit ihrem Säugling vor, wie sie tot vor ihrer Wohnungstür liegt, und ihr Sohn kriecht um sie herum, das Schafsgesicht blaß und dünn, und über ihnen der Schatten des Propheten Jeremia, der von

Anathot nach Jerusalem hinaufsteigt und über die abgeschlagenen Gliedmaßen weint und auf seinem Weg eine schwarzgekleidete Frau trifft, die schreit und weint und um Trost bittet, und er schreit, wer ihn denn tröste, genau wie wir es in dieser Nacht getan hatten, wir hatten um Trost geschrien, er in meine Ohren und ich in seine.

Und am meisten freute ich mich, die Frau des Zimmermanns zu treffen, die den Gehilfen geheiratet hatte, wieder und wieder las ich die Geschichte, versuchte zwischen den wenigen Worten herauszufinden, was sie wirklich empfunden hatte, als ihr Mann sie bediente und seine Tränen in die Gläser fielen, in dieser Stunde, in der das Urteil unterschrieben wurde. Ich drückte das Buch an mich und öffnete es weit, damit es mir eine papierene Umarmung zurückgeben könnte, und ich zog die Decke über uns beide und versuchte zu schlafen, um die Zeit herumzubringen, wie man es an Jom Kippur macht, und wahrscheinlich dämmerte ich ein, bis ich das Quietschen eines Schlüssels hörte und mich schnell aufrichtete, damit er ja nicht glaubte, ich schliefe und deshalb wieder verschwand, und er stand vor mir und legte den Finger auf den Mund, zum Zeichen, daß ich leise sein sollte, dann setzte er sich, mit einem wilden Blick, auf den Bettrand.

Ich blickte mich um, um zu sehen, ob er mir etwas zu essen gebracht hatte, aber seine Hände waren leer und kalt auf meinen Brüsten, und sein Gesicht verzerrte sich in einer Art konzentrierten Betrachtens, es kam näher und näher, bis ich ihn vor lauter Nähe schon nicht mehr sehen konnte, er knöpfte schnell mein Nachthemd auf, fuhr mir mit den Händen grob über den Körper und legte meine Hand auf den Schlitz seiner schwarzen Trauerhose und flüsterte, wie sehr willst du ihn, Süße, und ich flüsterte, sehr, und er sagte, zeig mir, wie sehr, und ich verstand nicht genau, was er meinte, wie konnte man so etwas zeigen, aber ich wollte ihn zufriedenstellen und rieb seine Hose mit gleichmäßigen Bewegungen, und er stand auf und sagte, du hast mich nicht überzeugt. Was soll ich tun, fragte ich und weinte fast, und er sagte, ich will gar nichts, was willst du, und wie eine gute Schülerin sagte ich, dich, und er sagte, dann überlege dir, wie du mich überzeugen kannst, du hast heute nacht noch eine Möglichkeit, und er machte ein paar Schritte auf die Tür zu, und ich rannte ihm nach, nackt, und sagte, du kannst mich nicht einfach hierlassen, ich will raus, und er sagte, aber die ganze Familie ist im anderen Zimmer. Dann bring mir wenigstens etwas zu essen, bat ich, und er sagte, erst zeig mir, wie sehr du mich willst, und mit plötzlicher Wut kniete ich mich auf den Boden und stürzte mich auf ihn, wie ein ausgehungertes Tier, das beißt und kratzt und alles verschlingt, was ihm in die Nähe kommt, und ich konnte fast nicht mehr erkennen, wo er war und wo ich war, und ich zog ihn zu Boden und sagte, komm schon, ich kann nicht mehr warten, aber er bückte sich zu mir und zog seine Hose hoch und lachte sein Fuchslachen und sagte, es ist gut, dich ein bißchen hungern zu lassen, dann kämpfst du, und ich drehte mich auf dem Boden um, ich wollte sein Gesicht nicht mehr sehen, und er lachte, heute nacht wirst du ihn bekommen, Süße, da auf dem Boden wirst du ihn bekommen, du hast mich überzeugt, daß du ihn wirklich willst.

Ich hörte ihn weggehen und die Tür abschließen, und ich hatte keine Kraft, vom Boden aufzustehen, mein ganzer Körper tat weh vor Hunger nach ihm, vermutlich war es mir auch gelungen, mich selbst zu überzeugen, seine Abwesenheit weckte tief in mir ein viel stärkeres Gefühl als seine Anwesenheit, und zugleich begann ich mich vor ihm zu fürchten, vor seinen seltsamen Spielen, warum brauchte er sie, vielleicht war ich an einen jener Typen geraten, von denen man sich nicht abhängig machen sollte, das heißt, in deren Schlafzimmer man nicht eingeschlossen sein sollte, was wußte ich eigentlich über ihn, und trotzdem war mir klar, daß ich noch nicht weggehen würde, selbst wenn ich einen Schlüssel hätte, nicht vor der Nacht.

Ich ging langsam ins Bett, schwer und erregt in Erwartung der Nacht, einer ganzen Nacht mit ihm, und da hörte ich ihn zurückkommen, auf den Fingerspitzen ein rundes Tablett balancierend wie ein professioneller Kellner. Auf dem Tablett befanden sich eine große Tasse Kaffee, ein Glas Orangensaft, zwei belegte Brote und ein Teller Salat, eine Schüssel mit Obst, und ich wunderte mich, wie er es geschafft hatte, das alles in zwei Minuten herzurichten, vermutlich hatte er alles schon vorher vorbereitet und wollte mich nur ein wenig verblüffen, was bezweckte er eigentlich mit seinen Spielchen, und ich mußte mich auch noch bedanken. Er stellte das Tablett auf das Bett und sagte, Room Service, und sein Gesicht hatte sich völlig geändert, plötzlich zeigte es den ruhigen und gelassenen Ausdruck eines freundlichen Onkels.

Ich stürzte mich auf den Kaffee und das Essen, ich fühlte, wie mich beim bloßen Anblick dieses wahrhaft künstlerisch gestalteten Tabletts das Glück überschwemmte, und er nahm sich ein Stück Karotte und kaute gelangweilt darauf herum, und ich fragte, sind wir allein, und er sagte, nicht wirklich, ihre Mutter schläft im anderen Zimmer. Wieviel Uhr ist es, fragte ich, und er sagte, drei, und mir fiel ein, daß dies immer die schwerste Stunde an Jom Kippur war, um diese Zeit war die Sehnsucht nach Essen besonders groß, aber wenn man sie überwunden hatte, kam es einem vor, als könne man ewig weiterfasten, und ich bat um noch einen Kaffee, und er kam sofort mit einer roten glänzenden Thermoskanne zurück, stellte sie auf das Tablett und sagte, am

Anfang habe ich Joséphine Kaffee von zu Hause in die Klinik gebracht, in dieser Thermoskanne, später ekelte sie sich davor. Ich betrachtete die Kanne und dachte, wie überflüssig diese Bemerkung war, sie zeugt von schlechtem Geschmack, was interessiert mich der Lebenslauf dieser Thermoskanne, und auch er schwieg, als sei er in traurige Gedanken versunken, und dann sagte er, damals habe ich noch geglaubt, es würde gut ausgehen, und ich fragte mit vollem Mund, wie kann so etwas gut ausgehen? Und er sagte, man hat lange nichts bei ihr gefunden, wir haben geglaubt, es wäre psychisch, sie hat über Schmerzen in den Haaren geklagt, verstehst du, hast du etwa je von einer Krankheit gehört, bei der einem die Haare weh tun?

Nie, sagte ich und hielt es sogar für richtig, ihr zu Ehren einen Moment lang mit dem Schlingen aufzuhören, und er lachte bitter, sie hatte blonde schöne Haare, auch als sie alt wurde, blieben ihre Haare jung, ohne jedes Grau, alle waren überzeugt, daß sie die Haare färbte, und dann taten sie ihr teuflisch weh, sie weinte beim Kämmen, stell dir das vor, ich war sicher, es wäre eine seelische Erkrankung, eine, die mit Liebe zu heilen sei, weißt du, wie schwer die Erkenntnis ist, daß es Schmerzen gibt, die nicht durch Liebe zu heilen sind? Die ganzen Jahre hatte sie gedacht, ich würde sie nicht genug lieben, und wir beide hatten die Illusion, wenn ich ihr nur genug Liebe gäbe, würde alles gut werden, und plötzlich stellte sich heraus, daß diese Liebe nichts wert war, gar nichts, jede Aspirintablette war mehr wert.

Er sprach, als wäre er persönlich gekränkt, wie ein wütender Kain, der sich beklagt, daß seine Opfergabe von Gott nicht angenommen wird, und so saßen wir beide da und betrachteten nachdenklich die Thermoskanne, als wäre sie ihr Schädel, und er flüsterte, jetzt verstehe ich es, es war der Abschiedsschmerz ihrer Haare, sie wußten vor uns, daß sie ihre Aufgabe erfüllt hatten, daß sie nicht länger in Ruhe ihr liebes Gesicht schmücken durften. Ich berührte ängstlich meine Haare, sie waren so ansteckend, diese Geschichten, und er seufzte und betrachtete mich so ernst, als verstecke sich in dem, was er erzählt hatte, eine Moral und es sei jetzt an mir, sie herauszufinden, bevor es zu spät war, und ich lächelte ihn entschuldigend an und sagte, gibt es irgend etwas Süßes? Nicht, daß es mir so sehr gefehlt hätte, aber ich wollte das Thema wechseln, und er sagte, ja, wir haben ihren Nachttisch im Krankenhaus ausgeräumt, du hast keine Ahnung, wieviel Schokolade sich dort angesammelt hat. Er ging ruhig hinaus, sogar ohne abzuschließen, und kam mit etlichen Pralinenschachteln zurück und sagte, ich muß ein bißchen aufräumen, gleich kommen wieder Leute.

Kann ich dir helfen, fragte ich, und er sagte, ich möchte es lieber nicht, und ich sagte, warum sollte ich nicht dort mit dir sitzen, als wäre ich einfach eine Bekannte, du kannst doch Bekannte haben, und er sagte noch einmal, lieber nicht, ich habe das Gefühl, daß deine Eltern heute kommen. Ich wäre fast aus dem Bett gefallen vor Schreck, warum hatte ich nicht selbst daran gedacht, meine Mutter würde auf ein solches Ereignis doch nicht verzichten, es war erstaunlich, daß sie nicht bereits morgens aufgetaucht war, aber vielleicht hatte sie ja beschlossen, kein übermäßiges Interesse zu demonstrieren, und die Vorstellung, ich könnte da draußen von ihr erwischt werden, erschreckte mich so sehr, daß ich sofort die Decke hochzog und das Tablett wegschob, und er sagte, schlaf doch ein bißchen, es könnte sein, daß dich eine wilde Nacht erwartet.

Ich begehrte auf, warum könnte es nur sein? Warum ist es nicht sicher? Und er lachte und sagte, heute nacht hängt es nur von dir ab, und ich hatte die Nase voll von seiner chauvinistischen Überheblichkeit und sagte, hau doch ab und fick dich selbst, du mußt niemandem einen Gefallen tun. Zu meinem Erstaunen drehte er sich wütend zu mir um und zog mir die Decke vom Körper und zischte aggressiv, sag nichts zu mir, was du nicht auch meinst, hörst du, du willst doch nicht, daß ich abhaue und mich selbst ficke, also sag so etwas nicht, wenn du nicht willst, daß ich es dir heimzahle, und ich versuchte, die Decke wieder hochzuziehen, und murmelte, was hast du, warum bist du auf einmal so empfindlich, und er ließ die Decke los und sagte, ich hasse es, wenn man einfach daherredet.

Redest du nie einfach daher, fragte ich, und er sagte, prüfe es doch selbst, dann wirst du es schon merken, und er schaute mich enttäuscht an, wie ein Metzger, der ein mittelmäßiges Stück Fleisch erwischt hat, und ich zog mir die Decke über den Kopf und hoffte, er würde dableiben und mich ein wenig besänftigen, aber ich hörte, wie er hinausging und schnell die Tür abschloß, und wieder empfand ich Angst vor ihm, vor seinen scharfen, unerwarteten Bewegungen, vor seiner verhaltenen Gewalttätigkeit, vor seinen Spielchen mit der Ehre, die, auch wenn sie noch so kindisch sein mochten, bedrohlich waren, und das Gefühl beschlich mich, ich würde nicht mehr heil aus diesem Zimmer hinauskommen, falls ich überhaupt je hinauskam.

Vor lauter Anspannung schaffte ich es nicht, einzuschlafen, ich lag wach im Bett, betrachtete den Stapel Pralinenschachteln und dachte, daß Joséphine bestimmt auch stundenlang wach gelegen und die Pralinenschachteln betrachtet hatte, und ich lauschte auf die Geräusche draußen und beschloß, daß ich anfangen würde zu schreien, wenn ich meine Eltern hörte, und dann würden sie mich befreien, aber draußen war es ruhig, nur das Klappern von Geschirr war zu hören, das ins Spülbecken geräumt wurde, dann Wasserlaufen und lautes altes Husten. Wieder versuchte ich, Joni zu erreichen, ich hörte das Klingeln, das durch unsere kleine gelbe Wohnung wanderte, vom Wohnzimmer zur Küche und zu dem kleinen Schlafzimmer mit dem schiefen Schrank, bestimmt war es um diese Uhrzeit dort dämmrig, die Bäume verbargen die tiefer stehende Sonne, und bestimmt fingen die treuen Heizkörper an zu arbeiten, luden sich langsam und zögernd mit Wärme auf, und vielleicht wartete auf dem Tischchen im Eingang ein Brief auf mich, der traurigste Brief, den ich überhaupt bekommen konnte, es lohnte sich wirklich nicht, die Wohnung zu betreten, was konnte ich mit dem Brief machen, was konnte ich überhaupt machen, was konnte ich mit diesem Leben anfangen, aus dem heil herauszukommen ich keine Chance hatte, und ich dachte, es ist wie bei einer Krankheit, wenn man ein Medikament nimmt, um das Problem zu lösen, führt das Medikament zu einem neuen Problem.

Man nimmt eine Tablette gegen Kopfschmerzen, und die Kopfschmerzen gehen weg, doch dafür fängt ein Magengeschwür an, man nimmt ein Medikament gegen Magengeschwüre und bekommt Sodbrennen, man nimmt etwas gegen Sodbrennen, und es wird einem übel, man nimmt etwas gegen Übelkeit und bekommt Kopfschmerzen, und am Schluß kriecht die letzte Krankheit näher und findet die Tür weit offen, wie das goldene Tor im fernen Istanbul, und sie muß bloß noch die verschiedenen Enden miteinander verbinden, und es ist aus mit der Geschichte. Dir ist langweilig mit Joni, also gehst du zu Arie, und Arie ist wirklich nicht langweilig, aber er läßt dich nicht atmen neben sich, also suchst du dir jemanden, der nicht langweilig ist und der dir Platz zum Atmen läßt, und selbst wenn du so jemanden findest, stellt sich heraus, daß er Männer vorzieht, oder kleine Mädchen, und das ist noch die günstigste Möglichkeit für dich, hier herauszukommen.

Ich überlegte, wie andere Leute das wohl schafften, nicht alle, aber ein großer Teil, so unmöglich kam es mir aus der Tiefe dieses Bettes vor, so gegen die Gesetze der Natur, wie schafften sie es, zusammenzubleiben und Kinder zu machen, und als ich das dachte, hörte ich plötzlich ein lautes Weinen und verstand, daß das Baby der Nachbarin von gegenüber aus dem Mittagsschlaf erwacht war, und mir schoß ein Gedanke durch den Kopf, vielleicht ist Joni gar nicht in Istanbul, vielleicht ist er ganz in meiner Nähe, auf der anderen Seite der Wand, mit dem schafsgesichtigen Kind und seiner Mutter, und wir verbringen unsere Flitterwochen fast am selben Ort, und wenn die Wände durchsichtig wären, könnten wir uns sehen, jeder in seinem zweiten Leben, wir könnten uns sogar freundschaftlich zuwinken und uns alles Gute wünschen, schade, daß das nicht möglich war, am liebsten hätte ich mehrere Leben parallel gelebt, ohne daß irgend etwas auf Kosten eines anderen ging, das war die Lösung für all unsere Probleme, eine Kopfwehtablette nehmen, ohne daß es zu einem Magengeschwür kommt, eine Tablette gegen ein Magengeschwür, ohne Sodbrennen als Folge, und so erwärmte ich mich an dem Gefühl einer neuen Botschaft, an der vollkommenen Erlösung, und ich fing schon an zu überlegen, wie ich sie verbreiten würde, wenn ich hier hinauskam, so könnte man, statt nach dem Tod von einer Inkarnation zur nächsten zu wandern, alles im Lauf eines einzigen Lebens schaffen, und ich war so zufrieden mit der Lösung, die ich gefunden hatte, daß ich sofort einschlief.

Ich erwachte von einem gleichmäßigen Weinen, das mir in die Ohren drang, und ich dachte, schon wieder dieses nervige Kind, aber das Weinen war wirklich ganz nahe, und ich suchte Arie neben mir, doch er war nicht da, und erst da begriff ich, daß ich es war, daß mein Gesicht naß war und mein Mund offen stand und vom Weinen der Speichel herauslief, und aus meiner Nase lief Rotz, auch vom Weinen, kurz, mein ganzer Körper weinte. Das Zimmer war völlig dunkel, durch die Ritzen der Rolläden fiel kein Licht, nur unter der Tür zeigte sich ein blasser Streifen. Ich hörte ein Klingeln, vermutlich hatte jemand vergessen, daß es nicht üblich war, abends um diese Zeit zu klingeln, und dann hörte ich die aufgeregten Rufe von Menschen, die froh waren, einander zu treffen, und ich fühlte Haß aufsteigen, Haß gegen alle, die da draußen saßen, diese Söhne des Lichts, die, auch wenn sie hier und dort ein Problem oder irgendwelchen Ärger hatten, sich doch nicht das ganze Leben zerstörten, und ich sagte mir, dein Problem ist, daß du nicht zwischen deinem Leben und deinem Liebesleben trennen kannst, dabei teilt sie doch eine Mauer. Du glaubst, es ist egal, aber das Liebesleben ist nur ein Teil des Lebens, und nicht der wichtigste, es ist nur eine kleine Tasche im Anzug des Lebens, und alle da draußen wissen das. Deshalb sitzen sie dort und trinken Kaffee und essen Kuchen, und du liegst hier in der Dunkelheit, eingeschlossen wie eine Gefangene im Kittchen, wie eine Kranke in der Irrenanstalt, und man hat dich auch noch isoliert, als wäre deine Krankheit gefährlich, und nur einer darf dich versorgen, denn er ist vermutlich selbst krank genug, daß du ihm nicht mehr schaden kannst, aber sei dir nicht so sicher, daß er dir nicht schaden kann, Süße.

Und aus dem freundschaftlichen Lärm erhob sich plötzlich die Stimme meines Vaters, und um jeden Zweifel auszuschließen, hörte ich jemanden sagen, schon wieder Korman mit seinen Träumen, freundlich und nicht spöttisch, wie meine Mutter es gesagt hätte, deren Stimme hörte ich überhaupt nicht, und sofort spitzte ich die Ohren und stand auf und setzte mich neben die Tür, trank durstig seine angenehme, jugendliche, reine Stimme, er hatte eine reine Stimme, jahrelang hatte ich nach dem richtigen Wort gesucht, und erst jetzt hatte ich es gefunden. Wie ein Bach floß seine Stimme, ein Bach mit kleinen Holzschiffchen, ein Spielbach, wenn es so etwas überhaupt gab. Jahrelang hatte ich innerlich mit mir gekämpft, ob ich mich auf diese Stimme verlassen könnte, denn wie war das möglich, daß jemand alt war und sich jung anhörte, wem sollte man glauben, dem Aussehen oder der Stimme, oder wenn jemand krank war, sich aber gesund anhörte, oder wenn er traurig aussah, seine Stimme aber fröhlich klang, oder wenn er haßerfüllt aussah und sich liebevoll anhörte, wie sollte man da entscheiden. Jahrelang hatte ich mich gefragt, ob dieser alte, traurige Mann mit dieser jungen, fröhlichen Stimme nun fröhlich war oder traurig, alt oder jung, und ob ich Mitleid mit ihm haben oder ihn beneiden sollte, aber jetzt, hier in der Dunkelheit, empfand ich eine große Liebe zu ihm, wollte, daß er kam und sich neben mich aufs Bett setzte, wie er es früher getan hatte, wenn ich krank war, ich wollte, daß er mir eine Geschichte erzählte oder vorlas, sogar wenn ich sie schon auswendig kannte, die Geschichte eines Mannes, der sein Auge auf die Frau seines Herrn gerichtet hatte und welcher der Gehilfe eines Zimmermanns war:

Einmal benötigte sein Herr ein Darlehen. Der Gehilfe sagte zu ihm: Schicke deine Frau zu mir, ich werde ihr das Geld geben. Der Zimmermann schickte seine Frau zu ihm, sie blieb drei Tage bei ihm. Dann ging er zu dem Gehilfen. Er sagte: Meine Frau, die ich zu dir geschickt habe, wo ist sie? Da sagte der Gehilfe: Ich habe sie sofort entlassen, aber ich habe gehört, daß die Knaben unterwegs ihren Mutwillen mit ihr getrieben haben. Und der Zimmermann sagte: Was soll ich tun? Der Gehilfe sagte: Wenn du auf meinen Rat hören willst, schicke sie weg. Der Zimmermann sagte: Der Ehevertrag verlangt viel. Der Gehilfe sagte: Ich werde dir das Geld leihen, und er gab ihm den Preis für den Ehevertrag. Der Zimmermann verstieß seine Frau auf der Stelle. Der Gehilfe ging hin und heiratete sie. Als die Zeit kam und der Zimmermann seine Schuld nicht bezahlen konnte, sagte der Gehilfe zu ihm: Komm und arbeite für deine Schuld. Und der Gehilfe und die Frau saßen beim Mahl und aßen und tranken – und der Zimmermann stand und goß ihnen ein. Und die Tränen flossen aus seinen Augen in ihre Gläser – und in dieser Stunde wurde das Urteil unterschrieben.

Vielleicht würde sich durch die Kraft seiner Stimme die Geschichte ändern, und wenn er zu den Worten kam, das Urteil wurde unterschrieben, würden daraus Worte des Trostes und der Besänftigung.

Neben seiner Stimme hörte ich die laute Stimme der Frau vom Vormittag, der Besitzerin des Hundes, oder besser gesagt, der Hündin, vermutlich eine nahe Freundin der Familie, wenn sie sich die Mühe machte, zweimal am Tag zu kommen, oder vielleicht war es ihr jetzt, da sich die Hündin von der Operation erholte, einfach langweilig, ich hörte sie begeistert sagen, Istanbul! Toll! Und ich dachte, vielleicht will sie mit ihrer Hündin, um sie zu trösten, nach Istanbul fahren, bis ich plötzlich kapierte, daß mein Vater da draußen stolz von seiner Tochter erzählte, seiner einzigen, wohlgelungenen Tochter, die mit ihrem Mann nach Istanbul gefahren war, und vor lauter Scham hätte ich am liebsten mit der Stirn an die Tür geschlagen, aber ich hatte Angst, Lärm zu machen, und ich betete nur, daß er nicht sagen würde, es sind ihre verspäteten Flitterwochen, und daß Arie nicht zuhörte, vielleicht war er in der Küche, aber ausgerechnet ihn hörte ich, laut, als wolle er, daß ich es mitbekam, sprach er über Istanbul. Ich war schon fast in der ganzen Welt, sagte er, und wenn es eine Stadt gibt, in die ich zurückkehren möchte, dann ist es Istanbul, und mein Vater erwähnte Prag, und Arie sagte, ach, Prag ist viel zu vollkommen, eine derartige Vollkommenheit ist letzten Endes langweilig, Istanbul ist voller Fehler, voller Widersprüche, gleichzeitig sehr anziehend und abstoßend, warm und grausam, ich weiß zwar nicht, ob diese Stadt zu einem jungen Paar in den Flitterwochen paßt, er lachte, aber wer seine Lebensmitte hinter sich hat und weiß, was er sucht, für den ist es der richtige Ort.

Und ich dachte, genau so würde ich ihn beschreiben, voller Fehler, voller Widersprüche, vermutlich war er mein Istanbul, während Joni mein Prag war, und vielleicht war ich in einem bestimmten Sinn doch nach Istanbul gefahren, und das ermutigte mich ein bißchen, denn mein Aufenthalt bei ihm kam mir jetzt weniger zermürbend vor, weniger beängstigend, schließlich war er trotz allem der Freund meines Vaters, er würde mich nicht wirklich verletzen, aber dann sagte ich mir, Süße, laß deine Eltern aus dem Spiel, man kann seine Eltern nicht überallhin mitnehmen, und ich erinnerte mich an ihren ersten Besuch bei mir, als ich beim Militär war, wie sie sich in der Hitze durch das Tor des Militärlagers schleppten, wie alle anderen Eltern beladen mit Körben, und wie bei allen waren in den Körben Töpfe, und trotzdem sahen sie anders aus, verloren, in ihre Streitereien verstrickt. Ich hatte so sehr auf sie gewartet, ich hatte mit meinen neuen Freundinnen am Tor gesessen, wir trugen unsere neuen Uniformen und warteten aufgeregt, bis ich sie von weitem sah, bevor sie mich entdeckt hatten, tastend wie Blinde, blaß, verschreckt, wie Fische, die auf dem Land zappeln, und meine erste Reaktion war, daß ich weglaufen wollte, mich vor ihnen verstecken. Ich war unfähig, ihre Last zu ertragen, die Last ihrer Körbe, das Gift in den Töpfen, und spöttisch sagte ich zu mir, und du hast geglaubt, sie könnten dich retten, sie würden dich von diesem bedrückenden Ort wegholen, und so ging ich rückwärts, den

Blick wie hypnotisiert auf sie geheftet, voller Angst, ihnen den Rücken zuzukehren, als würden sie mich dann erkennen, sie kamen näher, und ich zog mich zurück, bis ich ihre Blicke fühlte und sie zu winken begannen und ich langsam, besiegt, in ihre trockenen Arme zurückkehrte. Wir gingen mit den Töpfen zu irgendeinem abgelegenen Platz, setzten uns auf die Erde, und meine Mutter breitete eine Tischdecke über das neue Gras, es war Winteranfang, eine Decke, die aussah wie die Wachstuchunterlage von Babys, die noch nicht sauber sind, verteilte darauf Plastikteller und Plastiktassen, und dann stellte sie fest, daß sie vergessen hatte, Papierservietten mitzubringen, und ihr Gesicht wurde traurig, und sie sagte, Schlomo, warum hast du mich nicht daran erinnert, und er sagte, ich habe dich daran erinnert, ich bin mit dir die Liste durchgegangen, und er begann in seinen Hosentaschen zu wühlen und zog eine zerknitterte Liste hervor und zeigte sie ihr, und sie sagte, aber bevor wir aus dem Haus gegangen sind, hast du mich nicht daran erinnert, und sie begannen zu streiten.

Nichts tust du so, wie es sein soll, schimpfte er, und sie schrie, sie hätte schon seit zwei Wochen diesen Besuch vorbereitet, damit alles tipptopp wäre, und sie hätte ihn nur darum gebeten, die Liste nachzuprüfen, und ich riß ihm die Liste aus der Hand und las sie traurig, wie man einen Liebesbrief liest, der zu spät kommt, wenn das Herz schon gebrochen oder verschlossen ist, und da stand, Sandwiche mit Avocado, Erdbeeren mit Sahne, Orangensaft, Salzkekse, Schokolade, Eiersalat und Thunfischsalat, Käsekuchen, Papierservietten, Plastikteller und -tassen, Plastikbesteck, und ich las die Liste wieder und wieder, während sie stritten, und meine Freundinnen gingen vorbei, Arm in Arm mit ihren Freunden, und ich dachte, wenn ich einen Freund hätte, wäre alles anders, und da beschloß ich, den ersten, der versprechen würde, mich immer zu lieben, zu heiraten, nur um mich aus ihrer Umklammerung zu lösen, und mir war gar nicht aufgefallen, daß sie schwiegen und mich anstarrten, und meine Mutter sagte, warum weinst du, und ich sagte, ihr habt nur kaltes Essen mitgebracht, dabei wollte ich etwas Warmes. Ich sagte das einfach so daher, denn genau neben uns saß eine Familie, die aßen Tscholent aus riesigen Tellern, und der Geruch beruhigte mich, und meine Mutter sagte, nichts mache ich richtig, nichts mache ich richtig, und ich wartete darauf, daß der Besuch bald vorbei sein würde, und insgeheim sagte ich mir, da siehst du, was passiert, wenn du dich nach etwas sehnst, jetzt weißt du, daß sie nie fähig sein werden, im richtigen Leben zu helfen, aber als ich mich am Tor der Militärbasis von ihnen verabschiedete, empfand ich plötzlich Mitleid bei der Vorstellung, wohin sie jetzt gingen und was sie zu Hause erwartete.

Da hörte ich wieder meinen Vater sprechen, ich drückte das Ohr an die Tür, um alles mitzubekommen, und er sagte, vermutlich zu Tami, aber ich hatte das Gefühl, als spreche er zu mir, als wisse er, daß ich da war, und würde deshalb auf meine Frage antworten, ich weiß, daß du mich für einen armseligen Mann hältst, sagte er, daß du glaubst, ich hätte mein Leben vergeudet, aber merke dir, ich selbst betrachte mich als glücklichen Menschen. Ja, ja, fügte er hinzu, vermutlich sah Tami nicht überzeugt aus, ich bin vollkommen im reinen mit mir, und als ich das hörte, freute ich mich im ersten Moment über die gute Nachricht, die durch die Hintertür zu mir gelangte, aber dann fing ich vor Wut auf ihn an zu kochen, ich fühlte mich betrogen, als hätte ich mein ganzes Leben darauf vergeudet, mit jemandem Mitleid zu haben, der sich nur verstellt hatte und gar nicht so bedauernswert war, oder noch schlimmer, vielleicht hatte er sich gar nicht verstellt, sondern ich in meiner Dummheit hatte ihn nicht richtig erkannt, und dann hörte ich Tami mit weicher Stimme antworten, so wie man mit einem Zurückgebliebenen spricht, ja, Korman, wir wissen es, wir wissen alle, wie glücklich du bist, immer wenn ich an Glück denke, sehe ich dein Bild vor mir.

Ich wußte, daß sie sich über ihn lustig machte, aber ich wußte nicht, was das bedeuten sollte, war seine alberne Verkündigung wirklich so lächerlich, war er wirklich das Sinnbild der Armseligkeit, noch deutlicher, als ich es befürchtet hatte? Eine bedrückende Stille war eingetreten, bis zu mir drang die quälende Last aus dem Wohnzimmer, bis plötzlich ein füchsisches Lachen zu hören war und Arie etwas über Istanbul sagte, über den Friedhof, und Tami fragte, ein Café neben dem Friedhof? Und Arie sagte, ja, auf dem Hügel über dem Goldenen Horn, da haben sie sich immer getroffen, am schönsten Platz von ganz Istanbul. Ich erinnere mich an diese Geschichte, sagte mein Vater begeistert, der französische Schriftsteller mit der Türkin, sie war eine verheiratete Frau, und als man sie erwischte, wurde er nach Frankreich ausgewiesen und sie zum Tode verurteilt, und Tami fragte ängstlich, wie hat man sie getötet? Und mein Vater sagte, einfach gesteigt, wie man es früher bei uns mit Ehebrecherinnen auch gemacht hat, und Tami schrie auf, davor schütze uns Gott, ich glaube es nicht, und Arie sagte, es gibt dort Bilder von ihnen, in diesem Café, sie war eine schöne Frau.

Ich habe zu Joni gesagt, sie müßten unbedingt dort hingehen, erzählte mein Vater, es ist der schönste Platz von Istanbul, und Arie fragte, wer ist Joni, und ich quetschte die Türklinke, Papa, Papa, du kennst doch die Geschichte von dem Mann, der einen einzigen Sohn hatte und ihm eine Hochzeit ausrichtete, und wie dann der Sohn unter dem Baldachin starb? Hast du von dieser Geschichte schon mal gehört? So hat sich Gott nach der Zerstörung des Tempels gefühlt, und das ist nicht die einzige Geschichte, die ich dir erzählen möchte, als Last, oder besser gesagt, als Gegenwert für die Geschichte, die du mir gerade erzählt hast. Und dann erschienen offenbar Familienmitglieder von seiten Joséphines, denn die Wohnung füllte sich mit französischem Gemurmel, und ich ging zurück in mein dunkles Bett und murmelte die ganze Zeit, Papa, geh nicht weg, bleib bei mir, paß auf mich auf, aber schon bald hörte ich, wie er sich verabschiedete, und Tami rief ihm mit ihrer scharfen Stimme nach, sag Rachel gute Besserung von mir, und ich wunderte mich, gestern war sie doch noch so gesund wie ein Ochse, was hatte sie, und ich fühlte mich verlassen wie ein Kind, das man mit einer neuen Kindergärtnerin allein gelassen hat, die das Kind noch nicht kennt, und wieder dachte ich, wieso hat sie auf den vorschriftsmäßigen Kondolenzbesuch verzichtet, vielleicht ist sie wirklich krank, oder sie hat einen anderen Grund, einen wirklich guten, denn solche Ereignisse ließ sie sich sonst nie entgehen.

Ich beschloß, sie anzurufen und gleich aufzulegen, nur um ihre Stimme zu hören und mich zu versichern, daß sie noch sprechen konnte, ich hob den Hörer, und zu meiner Überraschung drangen daraus Geräusche, warme, weiche Geräusche wie aus einer alten Muschel, die den Klang der Wellen aufgesogen hat. Ich drückte den Hörer ans Ohr, bis ich plötzlich merkte, daß ich einem Gespräch lauschte, es war eine weiche weibliche Stimme, bezaubernd und tief, singend vor Lust, ohne daß ich ein Wort von dem verstand, was vielleicht Sprechen, vielleicht auch Singen war, ich versuchte gar nicht, etwas zu verstehen, so sehr genoß ich das Zuhören, es war wie Musik, und erst als ich seine Stimme aus dem Hörer kommen hörte, warm und weich und süß und trotzdem seine Stimme, erst da versuchte ich, das schnelle Französisch zu verstehen, vor allem herauszufinden, ob zwischen ihnen die einzigen Worte fielen, die ich kannte, je t'aime, voulez-vous coucher avec moi, aber es gelang mir nicht, sie sprachen zu schnell, und alle Worte schienen gleich. Wütend hörte ich zu und verfluchte den Moment, als ich mich im Gymnasium dafür entschieden hatte, Arabisch zu lernen statt Französisch, was hatte ich mir damals gedacht, etwa daß er eine arabische Geliebte haben würde, eine Geliebte mußte Französin sein, das war doch klar, und ich merkte, daß sich ein kleiner Streit unter Liebenden entwickelte, nichts Ernstes, eine jener Streitereien, nach denen man sich mit Vergnügen versöhnt. Sie sprach mit erstickter Stimme, atmete schnell und hastig, die Worte rollten ihr aus dem Mund, und er redete langsamer, gelassener, versuchte sie zu besänftigen, was versprach er ihr bloß, und am Schluß beruhigte sie sich tatsächlich, wie ein verwöhntes Kind, das die Nase hochzieht und seine Puppe umarmt, und mit einer verführerischen Häschenstimme sagte sie, alors, aber nicht mon amour, nur alors. Auch er sagte alors, und fast hätte auch ich alors gesagt, um mich zu beteiligen, und sie sagte, je t'embrasse, was meiner Meinung nach etwas mit Küssen zu tun hatte, und legte auf, und ich blieb mit dem Hörer in der Hand sitzen, überrascht von der Eile, diese Frau machte alles so schnell, und auch er war offenbar überrascht, denn ich hörte seine schweren Atemzüge, und so waren wir miteinander verbunden, jeder mit seiner Verblüffung, als führten wir ein Gespräch, und ich empfand eine plötzliche Gemeinsamkeit des Schicksals zwischen uns, ihr Verschwinden aus unserem Leben war so übereilt, man konnte noch ihr kurzes schnelles Atmen hören, anziehend und kindlich, und dann seufzte und hustete er, und plötzlich packte mich Angst, vielleicht behielt er den Hörer meinetwegen in der Hand, um zu hören, ob ich am anderen Ende war, wie er vielleicht vermutete, ich wollte den Hörer auflegen, aber ich konnte nicht, ich mußte ihn täuschen, und erst nach einer Welle von Husten hörte ich das Knacken, und dann legte ich ebenfalls auf.

Ich zog mir die Decke über den Kopf und lag bewegungslos da, fast ohne zu atmen, für den Fall, daß er hereinkommen und nachschauen würde, und ich fing an, mir Zeichen auszudenken, wenn er sofort kam, würde das bedeuten, daß er ein sehr schlechtes Gewissen hatte, wenn er etwas später kam, dann war sein Gewissen mittelmäßig schlecht und so weiter, aber er kam überhaupt nicht, und das war vermutlich ein Zeichen dafür, daß ich ihm egal war, und ich hatte schon vergessen, warum ich den Telefonhörer abgenommen hatte, ich dachte nur, daß sich seit dem Tag, als ich ihn im Laden mit der Zigarettenspitze getroffen hatte, nichts geändert hatte, gar nichts, ich war nur der dummen Illusion aufgesessen, daß er mich wirklich wollte, während ich doch bloß eine Stellvertreterin war, eine Ersatzgeliebte, die wie ihre Schwester, die Ersatzlehrerin, immer nur zweitrangig ist.

Aber statt Bedauern empfand ich Erleichterung, weil ich nicht mehr das Feuer seiner Liebe bewachen mußte, ich brauchte überhaupt nichts mehr zu bewachen, weil ich nichts hatte, ich brauchte in den Nächten kein Spagat mehr zu machen, nur um ihn nicht zu enttäuschen, und nicht im Handstand zu ficken und ähnliches, und mir wurde klar, wie mich die Möglichkeit bedrückt hatte, daß er mich doch endlich wollte, wie groß meine Freude und meine Angst gewesen waren, eine Angst, die sich über die Freude gelegt hatte, die mich erstickt hatte, als wäre ich verpflichtet, einen Sack Gold zu bewachen, und wäre von Räubern umgeben und wüßte nicht, wie ich es schaffen könnte, denn es stimmte zwar, der Schatz würde, wenn ich Erfolg hatte, mir gehören, aber die Aufgabe war so schwer, daß ich es vorzog, von vornherein zu verzichten, ihn einfach stehenzulassen und wegzulaufen, vielleicht nur zu versuchen, eine oder zwei Münzen in die Tasche zu stecken, als Erinnerung, und genau das war es, was ich jetzt hier tat, ich stahl eine kleine Münze, um sie zur Erinnerung in der Tasche zu haben, wenn ich nach Hause zurückkehrte, falls es überhaupt einen Ort gab, an den ich zurückkehren konnte.

Wieder packte mich die Angst, und ich stellte mir die dämmrigen Räume vor, vielleicht waren sie ebenfalls in die Türkei gefahren, und von dort werden sie auf dem Euphrat und dem Tigris bis Babylon schwimmen, mit allen den abgenutzten Möbeln und dem Geschirr, das wir zur Hochzeit bekommen haben, und mit dem weißen Mülleimer, und die Könige von Babylon werden sie rauben und bei ihren Gastmählern verwenden, vor unseren Augen, so wie der Hohepriester vor den Augen seiner Tochter getötet wurde, und mir war klar, daß die Wohnung nicht mehr an ihrem Platz war, wie sollte sie, nachdem wir uns in verschiedene Richtungen zerstreut hatten, und wieder wollte ich dort anrufen, aber ich hatte die Nummer vergessen, sie fiel mir ums Verrecken nicht ein, als hätte ich sie nie gewußt, und so erwischte er mich, als er eintrat, im Bett liegend und mit dem Telefonhörer in der Hand, als hätte ich gerade erst aufgehört, seine Liebesgespräche zu belauschen.

Mit einem Mal, ohne mich vorher zu warnen, machte er das große Licht an, und ich blinzelte dumm wie ein Maulwurf und sagte, mach aus, sonst merken sie, daß hier jemand ist, aber er kicherte, ich bin doch hier, oder? Von mir erwartet keiner, daß ich im Dunkeln sitze, auch nicht, wenn ich Schiwa sitze, und dann blickte er das Telefon an und fragte übertrieben höflich, störe ich dich mitten in einem Gespräch? Und ich sagte, nein, das Gespräch hat noch nicht angefangen, und er fragte, ist es etwas, das einen Aufschub verträgt? Und ich sagte, ja, ja, und er nahm mir mit einer herrischen Bewegung den Hörer aus der Hand und legte ihn auf den Apparat, und er streckte sich neben mir aus, spannte seinen ganzen Körper, der mir nicht gehören würde, diesen glatten, dunklen Körper mit dem erregenden Reiz des Alters, mit der kräftigen Essenz der Reife, die ich, sosehr ich mich auch bemühte, nie verstehen würde, in ihrer so exakten und schmerzlichen Mischung aus Zartheit und herrischem Verhalten, Verschlossenheit und Tiefe, Grobheit und Sensibilität, als habe ein großer Koch alles nach einem unwiederholbaren Rezept zusammengerührt, einzigartige Zutaten, die sich nicht rekonstruieren ließen, vor allem weil sie längst vernichtet waren, der Koch genau wie das Rezept, und er drehte mir sein Gesicht zu, betrachtete mich mit einer fast liebevollen Trauer und sagte, Istanbul, was?

Ich zuckte mit den Schultern, verwirrt und stolz, als hätte ich gerade die Tapferkeitsmedaille erhalten und wüßte, daß sie mir zustand, aber nicht, ob es sich für mich lohnte, und ich schämte mich auch ein bißchen, weil er nun wußte, was ich geopfert hatte, um hier neben seinem prachtvollen Körper zu liegen, ich wußte noch nicht einmal, ob er mich verspottete oder tatsächlich Mitleid empfand, und er sagte, eine große Stadt, Istanbul, eine wundervolle Stadt, sie wirbelt alle Gefühle durcheinander, und er zündete sich seufzend eine Zigarette an, ich habe in der letzten Zeit viel an Istanbul gedacht, denn dort ist Joséphine krank geworden, jahrelang wollten wir zusammen hinfahren, und nie hat es geklappt, und dann war es endlich soweit, und wir mußten mittendrin nach Hause zurückfliegen, sie war ohnmächtig geworden, und mit einem Schlag hatte sich die Situation verändert, du weißt, wie dort die medizinischen Verhältnisse sind, es lohnte sich nicht, ein Risiko einzugehen, also flogen wir sofort nach Hause, und sie hatte solche Schuldgefühle, weil sie mir die Reise verdorben hatte.

Und warst du wütend auf sie, fragte ich, und er sagte, es ist nicht angenehm, das zuzugeben, aber ich war ein bißchen sauer, ich dachte, warum konnte sie nicht noch eine Woche damit warten, und sie sagte immer wieder, wenn ich gesund bin, fliegen wir nach Istanbul, und gegen Ende sagte sie, wenn ich tot bin, fliegst du nach Istanbul, und ich umarmte ihn und sagte, komm, fliegen wir zusammen, nimm mich mit, dort werden wir uns trösten, und er lachte und sagte, vielleicht, vielleicht, und ich wußte, daß ich mich mit ihm nicht fürchten würde, sogar mitten auf dem Markt würde ich mich nicht fürchten, denn meine Angst vor ihm verdrängte meine Angst vor der Welt, und ich drückte mich fest an ihn, und er umarmte mich geistesabwesend, er war mit den Gedanken woanders, und dann sagte er, ich bin müde, so viele Gesichter. Dann bleib doch hier bei mir, sagte ich, geh nicht mehr hinaus, und er sagte, ich kann sie nicht allein lassen, und schaute auf seine Uhr, schon fast neun, ich glaube, wir machen den Laden bald dicht, und seine Augen fielen zu, seine Lippen öffneten sich leicht, seine Hand lag auf meinem Bauch, über der Stelle, wo Kinder wachsen.

Ich hielt seine Hand und dachte an die Schwangerschaft meiner Mutter, die mir damals so lang vorgekommen war, wirklich unendlich lang, und tatsächlich war sie dreimal so lang gewesen wie das Leben des Babys, das man aus ihr herauszog, doch das wußte ich damals natürlich nicht, als ich ihren riesigen harten Bauch anschaute und mir vorstellte, ich wäre da drin, es war verwirrend, mich in ihr zu sehen, und ich dachte, bald werde ich geboren werden, in einer guten vielversprechenden Stunde, und mein Leben wird zu Ende gehen, mein erstes Leben, und etwas anderes wird beginnen, und immer wieder sagte ich zu meiner Mutter, wenn es ein Mädchen wird, müßt ihr sie Ja'ara nennen. Ich war so daran gewöhnt, das einzige Kind zu sein, daß ich mir gar nicht vorstellen konnte, daß noch Kinder dazukommen könnten, ich glaubte, sie würden ausgetauscht, wie bei Königen, denn man sagte schließlich nie, hier kommt noch ein König, jetzt haben wir zwei, sondern man sagte, der König ist tot, es lebe der König, und tatsächlich war ich ziemlich überrascht, als ich nach der Geburt meines kleinen Bruders weiterlebte, er bekam einen eigenen Namen und ein eigenes Bett, und er war nicht ich, weil er ein Junge war, und der Bauch meiner Mutter verschwand immer mehr, und der Kleine wurde dicker und dicker, und es sah aus, als wäre auf der Welt Platz für uns beide, bis sich herausstellte, daß es nicht so war. Ich wußte, wenn sie sich zwischen uns beiden hätten entscheiden müssen, hätten sie ihn gewählt, das wunderte mich noch nicht einmal, ich gab ihnen recht, ich war keine Rettung mehr, ich war eine Option, die zu nichts geführt hatte, aber das Baby war ganz neu, ein Spalt, um die Tore weit aufzumachen, auf seine kleinen, runden, wohlriechenden Schultern konnte man all seine Hoffnungen laden, und ich glaube, ich nahm Anteil an ihrem Schmerz über diese Gleichgültigkeit des Schicksals, auch an der geheimen Wut gegen mich, die langsam in ihnen wuchs und ihre Liebe zum Erlöschen brachte.

Seine Hand ruhte auf meinem Bauch, schön und dunkel, und wenn dort ein Baby gewesen wäre, hätte ich zu ihm gesagt, fühle, wie es sich bewegt, und ich hätte seine Hand festgehalten, aber so, was hatte ich ihm da schon zu sagen, er schlief einfach neben mir ein, als wäre ich schon seit ewigen Zeiten seine Frau, eine angetraute Frau, neben der man sich nach einem stürmischen Telefongespräch mit der Geliebten beruhigt, und ich dachte, wie wenig Rollen es doch auf dieser Bühne gibt, wie wenig Möglichkeiten. Früher hat

Joséphine hier gelegen, heute bin ich es, morgen wird es das Häschen sein, gestern hat Joni neben mir geschlafen, heute ist es Arie, morgen wird es ein anderer sein, so viele Anstrengungen, um mehr oder weniger das gleiche zu bekommen, und ein Staunen erfüllte mich, das die Trauer überstieg, ein gleichgültiges, bitteres Staunen über all die Metamorphosen, die mich noch erwarteten, ich fühlte sie im Bauch wie das Strampeln eines Kindes, so viele Metamorphosen, um am Schluß doch nur mehr oder weniger ich selbst zu sein.

10

Und dann hörte ich ein Klopfen, so zart, als käme es aus mir selbst, und eine leise Stimme flüsterte, Ja'ari, und fast hätte ich geantwortet, fast hätte ich gesagt, ich bin hier, und dann kam die Stimme wieder und sagte, Ari, und wieder war sie kaum zu hören, und er sprang mit einem Satz aus dem Bett, als würde es brennen, ohne ein Wort zu mir zu sagen, und an der Tür machte er das Licht aus und ging hinaus, schloß leise hinter sich ab, er hatte mich vollkommen ignoriert, und ich dachte, noch nie im Leben war ich so wenig existent. Ich war nicht böse auf ihn, denn es gab offenbar besondere Umstände und gute Gründe für sein Verhalten, und ich mußte ihm dankbar sein, daß er es mit einer solchen Natürlichkeit tat, und auch mir, ich kämpfte nicht besonders dagegen an, hier stundenlang eingesperrt zu sein, ich versuchte, Informationen durch die Wände zu bekommen, niemand von allen, die mir nahestanden, wußte, wo ich war, und der einzige, der es wußte, versteckte mich, wie man ein zurückgebliebenes Kind versteckt, oder eine verrückt gewordene Frau.

Und ich dachte, alors, wer nennt ihn Ari, ist es seine blaulockige Schwiegermutter oder seine Schwägerin, oder seine Geliebte, die gekommen ist, um ihm Trost zuzusprechen, nach ihrem kleinen Streit unter Liebenden, sie wird bestimmt zum Schlafen hierbleiben wollen, wie will er ihr erklären, daß das Schlafzimmer besetzt ist, daß er ihr heute nacht nicht gehören kann, aber vielleicht ändert ein besetztes Schlafzimmer die Pläne nicht, schließlich gibt es noch andere Zimmer in der Wohnung, und nachdem alle gegangen sind, kann er ihn ihr reinstecken, genau auf der anderen Seite der Wand, während ich hier eingesperrt bin, und vielleicht schließt er sie dort ebenfalls ein, um so zwischen uns beiden zu lavieren, schließlich hat er den Schlüssel, und plötzlich empfand ich das ganze Ausmaß meiner neuen Existenz als nichtexistierende Frau, die unfähig ist, ihre Situation zu ändern oder auch nur zu verstehen, die sich an alle möglichen Andeutungen klammert und keine Ahnung hat, ob ihre Ängste nutzlos sind, oder ihre Hoffnungen, die von einem Mann abhängen, der das Gesicht wechselt, einmal wird sie begehrt, dann stört sie, und ich sagte mir, wenn du dich von ihm abhängig machst, kommst du nicht weit, oder im Gegenteil, dann kommst du zu weit, so weit, daß du nie mehr in dein früheres Leben zurückkehren kannst.

Ich versuchte, an mein früheres Leben zu denken, an Joni und alle anderen, als ob sie Steine wären, die mir an den Beinen hingen, damit ich nicht völlig verschwinden konnte, und ich stellte mir einen Stein vor, der wie Joni geformt war, eigentlich ein Standbild Jonis, schwer und hart, und ich zog ihm Jonis karierte Hemden an, und ich schickte ihn in die Basare Istanbuls, als wäre er ein richtiger Mensch, bis ich überhaupt vergaß, daß es nur eine Statue war, und ich war gespannt, ihn selbständig zu sehen, getrennt von mir, wie er dort mit allem, was er hatte, herumlief, mit der kindlichen Stupsnase und seinem faltigen Hodensack, woran dachte er, dieser Mann, allein in seinem weichen Hotelbett, allein im Café über dem Friedhof, was ging in seinem Kopf vor, wofür lebte er eigentlich, was hatte er von seinem Leben, was hatten alle von ihrem Leben, das schien mir ein immer größeres Geheimnis zu sein. Meine Mutter zum Beispiel hatte diese Gier nach Katastrophen, das war es, was sie aufrechterhielt, zuzusehen, was wem passierte und wie schlimm es war, und ich war besessen von der wahnsinnigen Idee, Arie zu bekommen, herauszufinden, ob es möglich war, Liebe in ihm zu wecken, aber was hatte mich gehalten, bevor ich ihn traf, plötzlich wußte ich das nicht mehr, die Tage kamen mir im nachhinein leer und langweilig vor, wie unbeschriebene Blätter, von denen eines aussah wie das andere, noch viel beängstigender als meine Tage jetzt, vielleicht ging es mir nicht darum, ihn zu bekommen, sondern ihn loszuwerden, ihn und durch ihn auch mich, uns alle, nicht, daß mir klar gewesen wäre, wen ich damit meinte, aber ich hatte angefangen, im Plural zu denken, als wäre ich dann nicht mehr so allein mit meinem überflüssigen Auftrag, sondern die autorisierte Vertreterin einer ständig wachsenden Anzahl von Personen, eine Vertreterin, die ihr Leben im Bett des Verdächtigen aufs Spiel setzte, um Wissen zu sammeln, das Licht auf etwas werfen konnte, von dem ich nicht wußte, was es war, aber wenn man es das Geheimnis des Lebens nannte, mußte das nicht falsch sein.

Das Geheimnis des Lebens war bei ihm, und ich mußte es aus ihm herauslocken, das war der Auftrag, den ich bekommen hatte, und das würde ich Joni erklären, wenn er mit seiner Stupsnase und seinem Hodensack zurückkam, seltsam, daß sie ihn überallhin begleiteten, das werde ich ihm erklären, dachte ich, und er wird mir verzeihen und mich zurücknehmen müssen, und mir kam es vor, als hätte ich etwas Ähnliches schon einmal erlebt, solch ein zwanghaftes Bedürfnis, ein Geheimnis aufzudecken, und mir fiel der Wächter ein, der mit seinem Hund in einer der Baracken neben unserem Haus lebte. Ich verstand damals nicht, was er eigentlich genau bewachte, und das beschäftigte mich immer mehr, nie sah ich ihn um unsere Siedlung patrouillieren oder sonst Dinge tun, die man von Wächtern erwartete, die meiste Zeit trieb er sich vor seiner Baracke herum, in der einen Hand rohe Fleischbrocken für seinen Hund, in der anderen ein Messer, das er Tag für Tag schliff, um das Fleisch damit zu schneiden. Er legte einen Stein auf den Holzklotz, der neben dem Eingang zu seiner Baracke stand, und neben den Stein stellte er seinen großen Fuß und begann zu schleifen, und dann zog er das Fleisch hervor, als schneide er es aus seinem dicken Bein, und schnitt es in Scheiben, und der Hund tanzte wie wild herum und fing die Stücke auf, die ihm zugeworfen wurden, eines nach dem anderen, in einem fast sadistischen Überfluß, er hatte das eine Stück noch nicht gefressen, da kam schon das nächste, und statt sich auf das Fressen zu konzentrieren, schnappte er das nächste Stück, mit einer wachsenden Verzweiflung. Ich stand da und schaute zu, und einmal konnte ich mich nicht beherrschen und fragte, warum geben Sie es ihm nicht in seinem Rhythmus, und der Mann warf mir einen unangenehmen Blick zu und sagte grob, das ist mein Hund, dabei schaute er mich weiterhin forschend an, und dann verringerte er das Tempo ein wenig. Sein Gesicht war jung, aber sein Atem ging schwer und pfeifend, und zwischen seinem zu kurzen Hemd und der abgetragenen Hose war ein breiter Streifen Fleisch zu sehen, erstaunlich ähnlich dem Fleisch, das er dem Hund zuwarf, es war rosafarben, und darunter klopfte es, als habe er dort ein zweites Herz.

Er war nicht der erste Wächter, der in jener Baracke wohnte, sie wurde sogar Wächterbaracke genannt, und die meisten waren alt und krank und liefen nachts durch die Siedlung, aber er war der erste, der in mir die Frage weckte, die auch ungeweckt hätte bleiben können, die mich aber von dem Moment an, als sie aufgetaucht war, nicht mehr losließ, die Frage, was bewacht er eigentlich? Fast immer konnte man ihn das Messer auf dem niedrigen Holzklotz schleifen sehen, mit einer herunterhängenden Hose, so daß ein Stück seiner Poritze zu sehen war, mit blauen unverschämten Augen in einem runden Gesicht, unrasiert, mit rötlichen Stoppeln auf Wangen und Kinn, und ich gewöhnte mir an, jeden Morgen dort vorbeizugehen, auf meinem Weg zur Schule, und einen Blick auf ihn zu werfen, auch mittags auf dem Heimweg, und abends ging ich immer ein bißchen spazieren, ich umrundete unsere kleine Siedlung und näherte mich vorsichtig der letzten Baracke, direkt vor den Orangenplantagen, dort, wo die Straße aufhörte, und dort sah ich ihn dann im Licht seiner Taschenlampe das Messer schärfen, und eine süße Angst ließ mich erschauern, gleich würde er mir das Messer an die Kehle setzen, aber das schien ihm überhaupt nicht einzufallen, so versunken war er in seine Angelegenheiten. Langsam kam ich zu der Überzeugung, er müsse etwas verstecken, ich wußte nicht, was, nur daß es wichtiger war als alles andere, und ich dachte, wenn ich es herausfand, wäre das unser aller Rettung, meine, die meiner Mutter und die meines Vaters und sogar eines noch größeren Kreises von Leuten, ich trieb mich also in seiner Nähe herum, der Hund kannte mich schon und bellte nicht, aber er schwieg immer nur und warf mir manchmal einen blauen spöttischen Blick zu.

Einmal ging ich an der Baracke vorbei, und er war nicht draußen, die Tür stand offen, und ich konnte mich nicht beherrschen und ging hinein, erstaunt über die völlige Leere, noch nicht mal einen Stuhl gab es, keinen Schrank, keinen Stuhl, nur ein großes weinrotes Wasserbett bedeckte den Boden und bewegte sich wie ein großer Fisch, als ich es anstieß, und als ich mich umdrehte, um wieder hinauszugehen, sah ich ihn hinter mir stehen, sein Atem ging schwer und stank, er fragte, wen suchst du hier, mir fiel auf, daß er einen fremden Akzent hatte, und ich sagte, Sie, und er fragte, warum, was willst du von mir, und ich sagte, ich möchte wissen, was Sie bewachen, und er lächelte, und sein Gesicht wurde noch runder, ich bewache gar nichts, ich wohne hier. Aber Sie wohnen doch in der Wächterbaracke, beharrte ich, und er sagte, na und, es interessiert mich nicht, wer vorher hier gewohnt hat, wenn ein Mann in einer Hundehütte wohnt, macht ihn das zu einem Hund? Oder wenn er in einem Stall wohnt, macht ihn das zu einer Ziege? Und ich fragte, warum haben Sie keine Möbel, und er sagte, ich habe alles, was ich brauche, ich mache alles auf dem Bett, er lächelte mich mit seinen gelben Zähnen an. Aber was machen Sie, fragte ich, und er sagte, ich benutze das Leben, und ich wußte nicht, ob es sich um einen Fehler handelte, schließlich war Hebräisch nicht seine Muttersprache, oder ob er es absichtlich so gesagt hatte und das die Botschaft war, und ich sah, wie er das Messer an seiner Hose abwischte, direkt in der Leistengegend, und es erschien dort ein rosafarbener Fleck, und mir war klar, daß er etwas verbarg, etwas Ekliges, das um so ekliger wurde, je mehr es sich zeigte, und ich konnte mich nicht losreißen, und aus den Augenwinkeln sah ich eine dünne helle Gestalt näher kommen, und mein Vater rief, Ja'ara, komm sofort nach Hause, und er stieß mich vorwärts, weil ich so langsam ging. Erst als wir daheim waren, sah ich, wie rot sein Gesicht vor Wut war, und in der Wohnung roch es nach Insektengift, das meine Mutter gegen Kakerlaken versprühte, sie ging die Wände entlang und sprühte, und er brüllte, wenn ich dich noch einmal in der Nähe des Wächters erwische, sperre ich dich zu Hause ein, und ich sagte, er ist überhaupt kein Wächter, daß er in der Wächterbaracke wohnt, macht ihn noch nicht zum Wächter, ebenso wie jemand, der in einem Stall wohnt, nicht zu einer Ziege wird, und er brüllte meine Mutter an, hörst du sie, sie benimmt sich wie Tirza, genau wie Tirza, und meine Mutter sprühte schweigend weiter, bis man fast nicht mehr atmen konnte in der Wohnung, und er sagte, wenn du uns umbringen willst, dann erledige es auf einmal und nicht so langsam, und ich wußte nicht, ob er zu mir sprach oder zu ihr, und ich schloß mich in meinem Zimmer ein, umarmte das weiche Lamm und dachte, wenn er überhaupt kein Wächter ist, warum habe ich dann trotzdem immer das Gefühl, daß er mich die ganze Zeit bewacht?

Als er ein paar Tage später von dort verschwand, weil mein Vater sich beschwert hatte, fühlte ich mich viel weniger beschützt, ganze Nächte lang konnte ich vor Angst nicht einschlafen, und als ich mich nun an ihn erinnerte, dachte ich, wenn Arie nachher kommt und sich neben mich legt, werde ich ihm von jenem Wächter erzählen, sogar ohne die Moral von der Geschichte. Das ist vermutlich die Wurzel der Liebe, allen möglichen Blödsinn zu erzählen, der einem passiert ist, in der Hoffnung, daß auf dem gewundenen Weg vom Mund des einen zum Ohr des anderen die Geschichte ihre Bedeutung bekommen wird, ihre Berechtigung, als habe sich das damals nur ereignet, dachte ich, damit ich es Arie heute nacht erzählen kann, und nicht nur das, alles, was geschah, was geschieht und was geschehen wird, hat keinen anderen Sinn, als es Arie zu erzählen, auch wenn er überhaupt kein Interesse hat, es sich anzuhören.

Draußen hörte ich Stimmen, die sich verabschiedeten, in verschiedenen Sprachen wurde eine gute Nacht gewünscht, und die Wohnungstür fiel zu und wurde sogar abgeschlossen, und ich setzte mich im Bett auf und wartete, daß er kam und mich befreite, aber er hatte es nicht eilig, ich hörte seine Stimme, nur seine, mit sich selbst diskutieren, bis ich kapierte, daß er telefonierte, und ich stellte das Telefon neben mich, wagte aber nicht abzuheben, ich legte den Kopf darauf, wie auf ein Kissen, vielleicht würde etwas von dem Gespräch zu mir dringen, und ich hörte, wie er zornig die Stimme erhob, dann knallte er den Hörer auf und stieß einen Fluch aus, wenigstens hörte es sich so an, Geschirr klapperte, und erst dann, ich wußte gar nicht, wieviel Zeit vergangen war, weil es auf meiner Uhr immer noch neun war, erst dann ging meine Tür auf, und das Licht wurde angemacht, und das Leben trat ein.

Ich versuchte ihm zuzulächeln, aber es wurde ein schiefes Lächeln, wie das von Frauen, deren Ehemänner spät nach Hause kommen, und sie wollen Selbstachtung demonstrieren, ohne daß es ihnen wirklich gelingt, und er sagte, hallo, und ich sah, daß er mit den Gedanken noch bei seinem Telefongespräch war, und es rührte mich, daß er sich Mühe gab, aber der Fluch saß ihm noch in den Augen, und als er mich anschaute, wandte er sich gegen mich, und ich fühlte die Last seiner schlechten Laune mit meinem ganzen Körper, als wäre ich schuld an dem Mißgeschick, das hinter dem Fluch steckte, und ich wußte nicht, was ich tun sollte, wie ich seinen Zorn besänftigen konnte. Ich versuchte ruhig zu sein, mich nicht aufzuregen, aber in meinen Ohren hörte ich das Pfeifen der Angst, wie das Pfeifen einer Lokomotive, die immer näher kommt, während man weiß, daß die Schranke nicht funktioniert und ein Unfall nicht mehr zu vermeiden ist und nur noch die Frage bleibt, wie groß die Katastrophe sein wird.

Komm ein bißchen raus, sagte er, du wirst ja noch ganz klaustrophobisch, und ich trat vorsichtig über die Schwelle wie über eine gefährliche Grenze und bewegte mich tastend vorwärts, schaute nach rechts und links, vielleicht war irgendein Gast in einem der Zimmer vergessen worden, und im Wohnzimmer eroberte ich mir einen Platz auf dem Sofa, starr vor Kälte in meinem dünnen Nachthemd, und er fragte nicht, er sagte, du hast Hunger, und ich antwortete, ja, übertrieben dankbar, und er nahm einige Sachen aus dem Kühlschrank, wärmte sie und rief mich in die Küche. Ich setzte mich gehorsam an den runden Tisch, vor den großen Teller mit Truthahnschnitzel, Kartoffeln und Gemüsesalat, ein Standardessen von der Art, wie meine Mutter es mir nach der Schule oft machte, und ich versuchte, wohlerzogen zu essen, damit er mein Kauen nicht hörte, denn plötzlich war ich zu einer unerwünschten Person geworden, jede seiner Bewegungen zeigte mir das, und wer unerwünscht ist, muß leise atmen, denn eigentlich hat er keine Existenzberechtigung.

Er holte das Geschirr aus dem Wohnzimmer und leerte die Aschenbecher, und das alles erledigte er demonstrativ laut, wütend, und ich dachte, seltsam, nichts hängt von mir ab, und wie schwer war es, sich daran zu gewöhnen, denn im allgemeinen gab es doch eine gewisse Beziehung zwischen dem, was man tat, und dem, wie man behandelt wurde, aber in diesem Haus herrschten andere Gesetze, ich war erwünscht oder unerwünscht aus Gründen, die nicht von mir abhingen, ich war so etwas wie ein blasser Mond, der kein eigenes Licht hat und von der Gnade der Sonne abhängt. Wer weiß, welcher Streit unter Liebenden mich hierhergebracht hat, dachte ich, und was für eine Versöhnung mich wieder entfernen wird, oder andersherum, diese Gesetzmäßigkeiten waren mir nicht klar, und vermutlich war ich schon so allein mit meinem Kummer, daß ich, ohne es zu merken, anfing, in den Teller zu weinen, und er blieb überrascht vor mir stehen, was ist los, und ich sagte, nichts, und dann heulte ich, du willst mich nicht hier haben, und er sagte, warum sagst du das, und ich wimmerte, weil ich das fühle, und er sagte, manchmal vergesse ich, daß du da bist, und dann, wenn es mir wieder einfällt, freue ich mich. Fast widerwillig sagte er das, als presse er die letzte Feuchtigkeit aus sich heraus, und ich verstand, daß dies das Maximum war, mehr konnte ich im Moment nicht erwarten, und ich fühlte mich ein bißchen besser, denn wenigstens glaubte ich ihm, und dann fügte er hinzu, ich halte dich nicht mit Gewalt hier fest, das weißt du, du kannst gehen, wann immer du willst, und ich dachte, sehr schön, aber wohin, Istanbul habe ich deinetwegen schon verpaßt, und ich begann ihn zu hassen, weil er mir auf eine so höfliche Art meine Freiheit wiedergegeben hatte, denn was konnte ich jetzt mit ihr anfangen?

Er brachte zwei Dosen Bier und zwei riesige Gläser, goß für uns beide ein und setzte sich neben mich, und es sah so aus, als bessere sich seine Laune langsam, und ich betrachtete seine Bewegungen, die so geschmeidig waren, als hätte man seine Gelenke mit Olivenöl geschmiert, und versuchte, mich stark zu machen, ich durfte jetzt nicht nachgeben, ich war schon kurz vor dem Ende, auch wenn mir nicht klar war, um was für ein Ende es sich handelte, ich trank einen Schluck Bier und erholte mich allmählich, und ich dachte an den Koffer mit der Reizwäsche und daran, wie lang die Nächte waren und wie kurz das Leben, jede Nacht kam mir ungefähr so lang vor wie ein halbes Leben und mindestens genau so viel wert. Ich legte meine Hand auf seine und fragte, also wie geht es dir, und er war ein bißchen überrascht und sagte, ganz gut, dann fing er sich sofort und fügte hinzu, in Anbetracht der Umstände, selbstverständlich, und ich sagte, selbstverständlich, und fragte, wer ist alles gekommen, durch die Wand hat es sich angehört wie der reinste Karneval, und er lächelte, ja, die Leute freuen sich, wenn sie sich treffen, du weißt ja, wie das ist, und meine Finger sahen so weiß auf seiner Hand aus, fast strahlend.

Schau mal, sagte ich, und er blickte unsere Hände an und sagte, Joséphine war auch weiß, wir waren wie Tag und Nacht, und er stand auf und suchte etwas in den Schubladen und holte eine alte Schuhschachtel heraus, die mit Gummis verschlossen war, nahm die Gummis ab und wühlte in der Schachtel herum, lachte überrascht, und dann zeigte er mir ein Foto, als Beweis für seine Worte, und beide waren zu sehen, ineinander verflochten wie Kletterpflanzen, oder besser, er war der Stamm, und sie wickelte sich um ihn, und beide waren nackt, obwohl sie es fast schafften, daß einer die Nacktheit des anderen verbarg, und der Unterschied in ihren Farben war wirklich beeindruckend, fast wie die Karos auf einem Schachbrett, und sie lachten in die Kamera, stolz auf ihre Nacktheit, jung und schön, seine Brust verbarg ihre Brüste, die Geschlechtsteile hatten sie aneinandergedrückt.

Ich war so begeistert, ich hätte das Foto stundenlang betrachten können, es enthielt so viel Material für mich, ein Überfluß, der mir in den Schoß fiel, sein nackter Körper, seine Jugend, ihr Körper, ihre Liebe. Ich wußte gar nicht, womit ich anfangen sollte, mit den dunklen Haaren, die seinen großen Kopf bedeckten, mit dem offenen Lächeln, den weißen Zähnen, mit dem fröhlichen Lachen in den Augen. Er sah jung aus, jünger, als ich heute war, schön, aber lange nicht so anziehend wie heute, ein bißchen dümmlich mit seinem glücklichen Lächeln, und ich dachte, wenn ich ihn damals getroffen hätte, hätte ich mich nicht in ihn verliebt, aber sie, sie sah so liebenswert aus, daß ich richtig erschrak, mit einer Fülle blonder Haare und strahlenden Augen, mit einer kleinen geraden Nase und blühenden Lippen, und auch ihre Nacktheit, die sich zart von seiner abhob, war so schön, daß es weh tat, wie kurz war die Zeit ihrer Blüte gewesen.

Ich spürte, wie er, hinter mir stehend, das Bild betrachtete, und ich fragte still, war sie wirklich so schön, und hoffte zu hören, nein, das Foto übertreibt, denn ihre Schönheit bedrückte mich, und er sagte, sogar noch schöner, sie war wunderbar, und er wollte mir das Bild aus der Hand nehmen, doch ich hielt es fest, und beide gaben wir nicht nach, fast wäre es zerrissen, und schließlich sagte ich, warte, laß es mich noch ein bißchen betrachten, und ich sah ihre Beine, die ineinander verflochten waren, stark und trotzdem weich, und ich sagte, wie konntest du sie betrügen, sie sieht so großartig aus, und noch bevor ich den Satz zu Ende gesprochen hatte, wußte ich, daß ich einen Fehler gemacht hatte.

Mit einem Ruck riß er mir das Foto aus der Hand und legte es in die Schachtel zurück und band sie wieder mit allen Gummis zu, mit rabiaten Bewegungen, dann nahm er mir grob den Teller und das Bierglas weg, das ich noch nicht ausgetrunken hatte, und sagte mit schwerer Stimme, ich habe sie nicht betrogen, ich habe sie nie betrogen, hörst du, und ich erschrak, konnte aber den Mund nicht halten und sagte, mir kannst du nichts vormachen, schließlich hast du sie auch mit mir betrogen, hast du das vergessen? Er wurde über und über rot und schwenkte wütend das Bierglas in meine Richtung und schrie, was redest du für einen Blödsinn, was weißt du überhaupt, ich habe sie nie betrogen, ich war ihr bis zur letzten Sekunde treu, und sie wußte das! Mit welchem Recht wagst du es, mich zu beschuldigen, wer bist du überhaupt, daß du mir so etwas vorwerfen darfst? Und mit aller Gewalt knallte er das große Glas auf die Marmorplatte neben der Spüle, und es zersprang in winzige Scherben, wie konnte ein so riesiges Glas in so kleine Scherben zerspringen, ein riesiges Glas wie aus einem Bierkeller ergab sich mit einer solchen Leichtigkeit.

Ich sah, wie er erstaunt seine Hände anstarrte, sie bewegte, als blättere er in einem Buch, ich sah es mit einem Blick über die Schulter, denn ich war schon nicht mehr dort, wie gehetzt lief ich zum Schlafzimmer und schloß die Tür hinter mir, zitternd vor Angst, verzweifelt, enttäuscht, und ich begann im Koffer herumzuwühlen, und vor lauter Anspannung fand ich nichts, ich wußte kaum, was ich suchte, einfach etwas zum Anziehen, aber alles war nur Unterwäsche, mit der man unmöglich auf die Straße gehen konnte, und mir wurde schwarz vor den Augen, ich begann zu fluchen, was hast du dir bloß gedacht, daß du nie mehr das Bett verlassen wirst, nur Strumpfbänder und Stiefel, das ist es, was du im Kopf hattest, und dann fiel mir ein, daß ich trotzdem etwas angehabt hatte, als ich gestern gekommen war, kaum zu glauben, daß das erst gestern gewesen war, mir kam es mindestens so lang vor wie ein Monat, ich hatte etwas angehabt, ich war nicht in Strumpfbändern und Stiefeln gekommen, ich begann unter den Bettdecken zu suchen, unter dem Bett, versuchte mich zu erinnern, wo ich mich ausgezogen hatte. Du mußt in deinem Kopf suchen, hatte meine Mutter immer gesagt, erst im Kopf, aber mein Kopf war so gelähmt wie meine Hände, gelähmt vor Angst, daß er gleich ins Zimmer stürzen und mich umbringen würde, und ich versuchte mich zu erinnern, was man in so einer Situation im Film tat, und mir fiel ein, daß ich schon einmal gesehen hatte, wie jemand die Tür mit einem Stuhl verbarrikadiert hatte, also nahm ich den Stuhl und zerrte ihn zur Tür, und da sah ich, daß meine zusammengelegten Kleider ganz ruhig auf ihm lagen, und als ich angezogen war, machte ich schnell den Koffer zu und ging, ohne mich an der Küche aufzuhalten, zur Tür hinaus.

Die Nacht war angenehm und frühlingshaft, als hätten an dem einen Tag, den ich eingeschlossen verbracht hatte, die Jahreszeiten gewechselt, und ich schwitzte in meinen warmen Sachen und fühlte mich schwer und verlassen, und obwohl ich am Anfang gerannt war, begann ich doch bald, langsam zu gehen, so langsam, daß es fast ein Stehen war, denn ich merkte, daß mich niemand verfolgte, und ich hatte es ja nicht wirklich eilig, man konnte kaum sagen, daß mich irgend jemand irgendwo erwartete, und ich stellte den Koffer auf dem Gehweg ab und setzte mich darauf, wie eine überflüssige Touristin in dieser neuen nächtlichen Welt, in der schreckliche und unerwartete Dinge geschahen. Ich hatte das Gefühl zu versinken, und die ganze Zeit sagte ich mir, laß dich nicht fallen, geh nach Hause zurück, nimm dein Leben wieder auf, das Glas ist zerplatzt, na und, es gibt noch etwas, an dem du dich festhalten kannst, geh nach Hause, und morgen fährst du zur Universität und setzt dich in die Bibliothek, zwischen all die Bücher, und läßt diesen Mann ohne dich wahnsinnig werden.

Ich sah mich in einem Zimmer voller Bücher, glücklich aufatmend, sah mich zwischen den Büchern herumflattern wie ein Schmetterling zwischen Blumen, mal hier nippend, mal da, und dann wurde mir schwindlig, denn mir fiel das einzigartige Buch aus der Privatbibliothek des Dekans ein, die Geschichten von der Zerstörung des Tempels, und ich machte den Koffer auf und begann fieberhaft zu suchen, aber es war nicht da, schließlich hatte ich es nicht eingepackt, ich hatte es auf dem breiten Bett zurückgelassen wie einen Verwundeten auf dem Schlachtfeld, und wer wußte, was sein Schicksal sein würde, ob es nicht das nächste Opfer seiner Wut würde, ob er es nicht in Fetzen zerreißen würde, so wie er das Bierglas in Scherben zerschlagen hatte, und alle Helden des Buches, die so viel Leid ertragen hatten, wie zum Beispiel der Hohepriester und seine Tochter und all die edlen Töchter Zions und der Zimmermann, dem die Frau geraubt wurde, sie alle würden eine weitere Zerstörung erleben, und ich wußte, daß ich sie aus seinen Händen retten mußte, und selbst wenn es eine Ausrede war, war es nicht nur eine Ausrede, und ich beschloß, ich würde einfach hineingehen und wortlos das Buch aus dem Schlafzimmer holen, sogar ohne ihn anzuschauen, aber als ich im dunklen Treppenhaus stand, spürte ich, daß meine Augen weh taten vor lauter Sehnsucht, ihn zu sehen, und als er die Tür aufmachte, tat mir der Körper weh vor lauter Liebe zu ihm, vor lauter Liebe und Mitleid und Kummer und Sehnsucht, aber ich sagte nichts, ich lief zum Schlafzimmer und zog das Buch zwischen den Decken hervor, umarmte es und wiegte es in meinen Armen.

Er kam mir nach, langsam und düster, und blieb in der Schlafzimmertür stehen. Und als ich versuchte, an ihm vorbeizugehen, streckte er die Hand aus, so langsam, daß ich sah, wie sich die Bewegung auf mich zu entwickelte, und streichelte mein Gesicht, er zog mich zum Bett, und ich sah, daß seine Hand verbunden war, und ich sagte, ich liebe dich, ich weiß, daß das nicht in Ordnung ist, aber ich liebe dich, und er begann mich zärtlich auszuziehen, und er sagte, es ist in Ordnung, es ist in Ordnung, und er verkniff sich sogar seine übliche Frage, warum, und ich sagte, ich wollte dich nicht verletzen, und er sagte, es ist in Ordnung, ich weiß, und dann fühlte ich gleich, wie er mich umfing, innen und außen, warm und voll, und ich fühlte dieses Wort, dieses Glück, es war Glück, wie ein Wiedersehen mit jemandem, von dem ich schon geglaubt hatte, ich würde ihn nie mehr sehen, von dem ich geglaubt hatte, er sei tot, es war Glück, wie wenn man es geschafft hatte, die Vergangenheit zu reparieren, wie wenn man nach einer schweren Krankheit gesund wird, wie wenn man Eltern, die sich getrennt hatten, wieder zusammenführt, so glücklich war das und so unmöglich, und deshalb wußte ich, daß alles nicht wirklich war, und deshalb konnte ich mich nicht wehren gegen das süße Gefühl, und die ganze Zeit sagte ich mir, die Welt stirbt und ich bin glücklich, die Welt stirbt, und ich bin glücklich, und es gab Momente, wo sich die Worte in meinem Mund verwandelten, und ich sagte, ich sterbe, und die Welt ist glücklich, ich sterbe, und die Welt ist glücklich, und es schien mir eigentlich das gleiche zu sein, und auch ich verwandelte mich unter seinen Händen, und die ganze Zeit dachte ich, was für ein Glück, ich hätte mein ganzes Leben verbringen können, ohne das zu fühlen, ohne das zu tun, das sind meine wirklichen Flitterwochen, andere wird es nicht geben, nie wird es andere geben, und auch wenn sie nur ein paar Stunden dauern, lohnt es sich, und dann hörte ich ihn einen langen lustvollen Seufzer ausstoßen, der zu einem Weinen wurde, und ich umarmte ihn fest und flüsterte, nicht weinen, ich liebe dich, und er wimmerte wie ein kleines Kind, ich habe sie nicht betrogen, ich habe sie nie betrogen, sie hat das gewußt, sie hat es selbst zu mir gesagt, bevor sie starb, daß sie weiß, daß ich ihr treu gewesen bin, daß sie nicht daran zweifelt, und ich sagte, ja, ich weiß, und ich spürte, wie sein Körper abkühlte und zusammenschrumpfte, sogar die Schultern, die Hüften, die Knie, wie ein Kuchen, der aufgegangen aus dem Ofen kommt und anfängt zusammenzusinken, und er drehte sich auf die andere Seite, und sein Wimmern ging in Schnarchen über, und ich, die ich den ganzen Tag auf diese Nacht gewartet hatte, lag enttäuscht neben ihm, zählte seine lauten Schnarcher und streichelte seinen Rücken und hoffte, es sei nur ein kurzer Schlummer, aus dem er bald erwachen würde, um mich bis zum Morgen zu lieben, denn ich war wirklich nicht müde, ich hatte ja die meiste Zeit des Tages schlafend verbracht, aber ich hatte nicht den Eindruck, daß er bald aufwachen würde, also stieg ich aus dem Bett und ging ins Wohnzimmer. Neben der Tür stand mein treuer Koffer, und ich nahm wieder das Nachthemd heraus und zog es an, dann setzte ich mich in die Küche, vor die alte Schuhschachtel, die dort stehengeblieben war, mit Gummis umwickelt, und ich machte sie auf und begann ziemlich gleichgültig darin zu wühlen, doch aus der Gleichgültigkeit wurde schnell Leidenschaft, bis es mir schien, als kämen mir alle Gefühle, die ich in dieser Nacht erwartet hatte, aus dieser alten Schachtel entgegen, in einer Fülle, die kaum zu ertragen war.

Mir ging es wie dem Hund des Wächters, dem man mehr und mehr Fleischbrocken seiner Träume hingeworfen hatte, so viele und so schnell, bis er es nicht mehr fassen konnte und sein Traum zu einem Alptraum wurde, genauso wurden die Glieder von den Fotos über mich gegossen, lebendige Glieder, nackt oder verführerischer als entblößt bekleidet, mit allen möglichen Wäschestücken, wogegen die Sachen aus meinem Koffer wie die Arbeitskleidung einer Pionierin der zweiten Einwanderung aussahen. Es gab so viele Augen in so vielen Farben und Formen, grün und blau und schwarz, rund und schräg geschnitten, es gab so viele Brüste und Brustwarzen und Mösen und Ärsche und Haare, eine menschliche Metzgerei, bis zum Überdruß gefüllt, wie weh es tat, zu dieser Metzgerei zu gehören, und wie weh es tat, nicht dazuzugehören, denn mich hatte er nie fotografiert, mir kam es vor, als wäre ich die einzige auf der Welt, die nie fotografiert worden war, die es nicht wert war, fotografiert zu werden. Ich versuchte, ein bekanntes Gesicht zu entdecken, aber alle Gesichter kamen mir fremd und fern vor, als seien sie in einem anderen Land oder in einer anderen Epoche fotografiert worden, und dann sah ich wieder das Bild von ihm und ihr, fast das unschuldigste Foto in der Schachtel, und daneben noch andere Fotos von beiden, die etwa zur gleichen Zeit aufgenommen worden waren, wenn nicht gar am selben Tag, auf einem saß sie auf seinen Knien, beide völlig nackt, und seine dunklen Hände bedeckten ihre weißen Brüste, auf einem anderen lag sie mit gespreizten Beinen da, und ihre Scham sah aus wie eine zarte rötliche

Knospe, und ihr Gesicht leuchtete vor Erregung, davor gab es auch einige andere Fotos von ihnen, aufgenommen in verschiedenen Pariser Cafés, vielleicht aus der ersten Zeit ihrer Bekanntschaft, und langsam wurde mir klar, daß die Fotos mehr oder weniger in chronologischer Reihe sortiert waren, und so betrachtete ich sie mir auch, ich versuchte sie auf dem Tisch zu ordnen, unscharfe Kinderfotos, Gruppen von mageren Kindern neben dunklen Frauen mit Kopftüchern und alternden Männern, dann kam langsam mehr Licht in die Bilder, hellere Kleidungsstücke, lächelnde Münder, und ein Foto, auf das ich mich sofort stürzte, zeigte zwei junge Männer, sie umarmten einander, und ich war mir fast sicher, daß das Arie und mein Vater waren, und daß es genau das Bild war, das mein Vater so enttäuscht gesucht hatte und für das er sich die Schublade auf die Füße hatte fallen lassen.

Arie erkannte ich leicht, groß und schwarz, mit einem breiten Lachen, das seine weißen Zähne zeigte, ein Lachen, das mir nicht gefiel, es war zu selbstsicher, zu hochmütig, ein bißchen böse in seiner Arroganz, neben ihm ein junger Mann, klein und hell, mit einem blassen, fast geisterhaften Gesicht, um nicht zu sagen gequält, und das war zweifellos mein Vater, am Tor zum Leben, mit einem zögernden, mißtrauischen Lächeln, so ganz anders als das Lachen seines Freundes, und trotzdem lag Hoffnung in seinem Gesicht, Hoffnung auf Glück, Bereitschaft zum Glück, und je länger ich ihn betrachtete, um so schwerer fiel es mir, mich von ihm zu trennen, und ich fragte mich, für was ich mich entschieden hätte, hätte ich damals gelebt, wäre ich meine Mutter gewesen, für das selbstsichere Lachen oder für das zögernde Lächeln, wie schwer war es doch, einen Partner zu wählen, oder auch nur ein Lächeln, denn manchmal war die Selbstsicherheit vorzuziehen, manchmal das Zögern, wie konnte man sich sein ganzes Leben lang auf ein einziges Lächeln beschränken.

Es fiel mir so schwer, von diesem Foto Abschied zu nehmen, daß ich es schnell in meinen Koffer legte, dann setzte ich meine Nachforschungen fort und ordnete die Fotos der Reihe nach, und ich sah, wie Joséphine allmählich von der Bildfläche verschwand, manchmal tauchte sie, bekleidet und fast ein wenig tantenhaft, zwischen allen möglichen Nackten auf, aber es war klar, daß die vielen jungen Frauen mit ihren dreisten Gliedern sie zur Seite gedrängt hatten, und das Licht in ihren Augen erlosch, ich konnte richtig sehen, wie es passierte, den Moment, in dem das Licht ausging, und ich betrachtete haßerfüllt die neuen Frauen, die natürlich heute auch nicht mehr jung waren und vielleicht auch nicht gesund, vielleicht lagen ihre Glieder sogar schon begraben unter der Erde.

Eine war dabei, die aussah wie eine Zigeunerin, dunkel und voller Zauber, sie hatte ein schwarzes Tuch um die Brüste und eines um die Hüften geschlungen, Tücher, die nur sehr locker gebunden waren, und tatsächlich fehlten sie bereits auf dem nächsten Foto, und sie war völlig nackt, nur von ihren langen schwarzen Locken bedeckt, lag sie auf einem roten Teppich, und er beugte sich über sie, er war es, ohne Zweifel, ich erkannte seinen schmalen, gut geformten Hintern, und es war nicht klar, ob das Foto davor oder danach gemacht worden war, und gleich danach sah ich sie in Aktion, sie ritt auf ihm, und er war in ihr, das zeigte der Ausdruck konzentrierter Lust in ihrem Gesicht, und das vierte Bild, vom selben Tag, warf ein wenig Licht auf die vorherigen, wenigstens auf die Identität des Fotografen, denn ich entdeckte neben dem Bett Joséphine, klein und blaß, in einem hellen Unterrock, ihre Schönheit war schon verblaßt, und die Zigeunerin hatte die Hand nach ihr ausgestreckt, zwischen ihre Schenkel, und ich konnte nicht sehen, wie dieser Griff empfangen wurde, widerwillig oder mit Vergnügen, ich konnte es nur erraten. Auf dem nächsten Foto war er schon mit einer anderen Frau zu sehen, einer langen, dünnen, kurzhaarigen Frau mit winzigen Brüsten, und von Foto zu Foto sah ich ihn altern, seine schwarzen Haare wurden grauer, die glatte Haut faltiger, die Zähne gelblicher, die Augen stumpfer und schmaler, und vor allem sein Lächeln, dieses gesunde Lächeln, wurde distanzierter, weniger eindeutig.

Als die Fotos geordnet vor mir auf dem Tisch lagen, konnte ich die Blicke rasch darübergleiten lassen und sie wie einen erotischen Kurzfilm betrachten, einen Film von zwei, drei Minuten, über das Liebesleben eines gewissen Arie Even, ein randvolles Leben, zweifellos, wie hatte er währenddessen noch andere Dinge tun können, und wer weiß, ob ihm noch Kraft geblieben war, aber er hatte noch Kraft, das konnte ich bezeugen, ich, die versuchte, die letzten in dieser Reihe zu verdrängen. Kein Wunder, daß es so schwer war, ihn zu begeistern, vermutlich hatte er seinen Vorrat an Leidenschaft schon längst verbraucht, außer einem Selbstmord beim Ficken hatte er alles ausprobiert, und vielleicht selbst das, wer konnte das schon wissen, und eigentlich müßte ich meinen Hunger einpacken und abhauen, denn er würde ihn nicht stillen, Hunger und Sattsein können sich nicht zur gleichen Mahlzeit setzen, und plötzlich packte mich Ekel vor diesen Fotos, ich konnte sie nicht mehr ertragen, ich begann sie schnell in die Schachtel zurückzulegen, vom Ende zum Anfang, begrub erst sein Alter und dann seine Jugend, und als ich fast fertig war, entdeckte ich plötzlich noch ein Foto, das mir vorhin entgangen war, das Bild einer hübschen jungen, zur Abwechslung mal angezogenen Frau vor einem leeren Teller, Gabel und Messer in den Händen, die Haare zu einem Zopf geflochten, mit einem zarten Gesicht, und an ihrem Ringfinger prangte ein schmaler Ehering, und sie sah zufrieden auf den Teller.

Angespannt betrachtete ich das Foto, obwohl ich es sehr gut kannte, Dutzende Male hatte ich es gesehen, doch nie hatte ich mich so sehr für sie interessiert wie jetzt, für meine junge hübsche Mutter mit dem ernsten Gesicht, als ginge ihr gerade ein wichtiger Gedanke durch den Kopf, wichtig und spannend, aber nicht schicksalhaft, vielleicht hatte der Gedanke etwas mit dem leeren Teller zu tun, und sofort warf ich auch dieses Foto in meinen Koffer, wo es wie ein Blatt zwischen die schwarzen Wäschestücke sank, ich tat es, obwohl ich einen Abzug in meinem Album hatte, aber es war das Bild von ihr, das ich am meisten liebte, und ich wollte es nicht da lassen, in seiner ekelhaften Schachtel, zwischen seinen Huren, was hatte sie mit ihnen zu tun, wirklich, was hatte sie mit ihnen zu tun, wie konnte ich das erfahren, die Vergangenheit war zugedeckt, eine große Plane war über sie gebreitet, vielleicht wußte sie es ja selbst nicht, wie sollte ich es dann wissen?

Ich dachte an meine Tochter, die Tochter, die ich einmal haben würde, was würde sie schon über mich wissen, und mir war klar, daß auch sie in dieser Schachtel wühlen und nach Fotos von mir suchen würde, denn er würde uns auf ewig umkreisen, charmant und verflucht, und wie ein Magnet die Herzen an sich ziehen, und ich wollte gerne einen Zettel für sie in seine Schachtel legen, meine Tochter, wollte ich ihr schreiben, auch wenn du dein Gewicht auf meines lädst, bleibt doch die Luft stickig, scharf wie ein Krummschwert, aber statt dessen zog ich sorgfältig alle Gummis über die Schachtel und machte das Licht aus. Ich ging durch die dunkle Wohnung, von einem Zimmer zum anderen, zog da und dort eine Schublade auf, doch nichts interessierte mich, weder seine Bankauszüge noch die Beileidstelegramme, nicht seine Papiere und die Dokumente auf französisch, das alles war unbedeutend im Vergleich zu dem, was ich bereits gesehen hatte, und wieder setzte ich mich auf den Koffer, der mir bequemer war als alle Sessel, und dachte, das ist der richtige Zeitpunkt zum Weggehen, dieser Mann ist zu verdorben für dich, so wie es nicht ratsam war, in einer Mülltonne zu leben, war es auch nicht ratsam, in seinem Bett zu liegen, und ich ging ins Schlafzimmer und blickte auf das breite Bett, aber er war nicht drin, das Bett war leer wie der Teller meiner Mutter auf dem Foto.

Erst glaubte ich nicht richtig zu sehen, denn er und die Dunkelheit hatten fast die gleiche Farbe, aber als ich näher trat und mit der Hand über die weichen Decken strich, fühlte ich keinen Körper, und ich dachte, vielleicht hat er sich in Luft aufgelöst, vielleicht ist er zusammengeschrumpft, vielleicht ist sein ganzer Körper vergangen, wie eine Erektion, die vergeht, und hat nur eine Schachtel mit Bildern zurückgelassen statt Kinder, und all seine fotografierten Frauen, jene, die noch am Leben sind, werden an seinem offenen Grab den Kaddisch sagen, und ich empfand Erleichterung, als ich das dachte, sogar Hoffnung, denn das schien mir die einfachste Art, ihn loszuwerden, ohne jeden Konflikt, ohne Bitterkeit, ich hatte getan, was ich konnte, nichts hing mehr von mir ab, und ich empfand wirklich Enttäuschung, als ich einen dumpfen Furz hörte, dann wurde der Wasserhahn auf- und wieder zugedreht, er achtete auch mitten in der Nacht darauf, sich die Hände zu waschen, aber was half ihm das, wo er innerlich so voller Schmutz war, und schwere Schritte kamen näher, und sein Körper fiel auf das Bett, und im Licht seines Feuerzeugs sah ich sein Gesicht, konzentriert auf die Zigarette, die er anzündete, und ich hörte ihn sagen, du bist noch da, in einer Mischung aus Spott und Erstaunen, vermutlich hatte auch er gehofft, daß ich mich auflöste, daß ich ohne Szenen aus seinem Leben verschwand, ohne Abschied, ohne Beschuldigungen, und da war auf einmal die gemeinsame Enttäuschung, vielleicht verband sie uns für einen Moment, die Enttäuschung jedes einzelnen, daß der andere nicht aus seinem Leben verschwunden war.

Möchtest du, daß ich gehe, fragte ich, und er seufzte, ich habe keine Kraft dafür, warum kümmerst du dich um das, was ich will, tu doch, was du willst, und ich sagte, aber ich bin nicht alleine hier, wir sind zwei, und er sagte, hast du es noch nicht gelernt, zwei, das sind zwei Menschen allein, und ich bin bereit, dir ein Geheimnis zu verraten, drei, das sind drei Menschen allein, und so weiter, und sogar in der Dunkelheit konnte ich die Befriedigung auf seinem Gesicht ahnen, und ich versuchte zu überlegen, ob das, was er gesagt hatte, klug oder dumm war, originell oder banal, und ich konnte mich nicht entscheiden, und ich zischte böse, bei Dreiern scheinst du dich ja auszukennen, und er fuhr mich an, was meinst du damit? Nichts Besonderes, stammelte ich, und er kicherte, du hast ein bißchen geschnüffelt, ich verstehe, und ich schwieg, bereit, wieder einen Wutanfall über mich ergehen zu lassen, diesmal vielleicht sogar zu Recht, aber statt zu toben, kicherte er weiter, als habe er beschlossen, um jeden Preis unberechenbar zu sein, und sagte, ich hoffe, es hat dir Spaß gemacht.

Weniger als dir, sagte ich, und er lachte, ja, es hat mir wirklich Spaß gemacht, warum sollte ich das leugnen, jetzt, wo die meisten Vergnügungen des Lebens schon hinter mir liegen, und ich war gekränkt, du läßt mir keine Chance. Nimm es nicht persönlich, sagte er, ich spreche von dem großen Korb voller Vergnügungen, voller Abenteuer und voller Geschenke, ich habe sie fast alle schon ausgepackt, der Korb ist beinahe leer, und bei dir ist er noch voll, Ja'ara, mach dir keine Sorgen. Ich bin mit einem leeren Korb geboren worden, sagte ich, es ist überhaupt keine Frage des Alters, ich hatte nie das Gefühl, einen solchen Korb zu besitzen.

Man fühlt es nicht immer, nur wenn man rückwärts schaut, wenn man die Mitte des Lebens überschritten hat, erhellt sich das Bild, sagte er, und um mir sein Bild zu erhellen, machte er das kleine Licht an und begann nach seinem Gras zu suchen, um sich noch ein wenig Trost zu verschaffen, und ich beobachtete fasziniert die Bewegungen seines nackten braunen Körpers, und während ich noch versunken war in dieses Bild, kam es mir auf einmal vor, als sei sein ganzer Körper übersät mit Fingerabdrücken, wie ein Leopard sah er aus, geschmeidig und über und über mit runden Flecken bedeckt, den Abdrücken der Finger und der Münder aller Frauen, die es in all den Jahren mit ihm getrieben hatten, und trotzdem sah er nicht abgenutzt aus, so wie Leoparden nicht abgenutzt aussehen, und er streckte sich genüßlich, zog an der Zigarette und hielt sie mir dann hin, während er fortfuhr, ja, es hat mir Spaß gemacht, aber ich war nicht abhängig davon, fast drohend sagte er das, eine ernste Warnung, und mir wurde klar, daß es sich nicht lohnte, darüber zu diskutieren, also sagte ich nur, wie hast du noch Zeit für andere Dinge gefunden, und er lachte, du vergißt, wie alt ich bin, alles verteilt sich auf so viele Jahre. Aber der Körper ist derselbe Körper, sagte ich, es ist dein einziger, und er ist übersät von Flecken, und er betrachtete besorgt seine braune glatte Haut, drehte seine Arme von einer Seite zur anderen, und dann seufzte er erleichtert, als habe er wirklich Angst gehabt, aus dir spricht der Neid, mein Mädchen, sagte er, und ich widersprach noch nicht mal, und er sagte, dein Leben ist noch offen, Ja'ara, warum hast du es so eilig, alles zuzumachen, auch wenn du etwas aufmachst, beeilst du dich, es bei der ersten Enttäuschung schnell wieder zu schließen, und das war fast das erste Mal, daß er etwas sagte, was mit mir zu tun hatte, nicht mit seiner Welt, und es verwirrte mich ein wenig, wieso mischte er sich in meine Angelegenheiten, und ich fragte zornig, was meinst du damit, ich weiß es selbst nicht, sagte er, es ist nicht eine bestimmte Einzelheit, es sieht insgesamt so aus, statt dich auf das Leben zu stürzen wie eine Pariserin, versteckst du dich, kommst von Zeit zu Zeit aus deiner Höhle und kehrst sofort wieder zurück. Das ist natürlich dein gutes Recht, jeder Mensch ist verantwortlich für seinen Weg, aber dich frustriert es, man sieht es dir an, es reicht dir nicht, dich in einer Höhle zu verkriechen, du willst mehr, aber dafür muß man Gefahren eingehen, und du wagst nichts.

Ich gehe Gefahren ein, sonst wäre ich nicht hier, versuchte ich mich zu verteidigen, und er tat meinen Einwand geringschätzig ab, du redest schon wieder von Details, es kommt nicht darauf an, wo du eine oder zwei Nächte deines Lebens verbringst, sondern darauf, wie du dein ganzes Leben organisierst, ob du es beherrschst oder von ihm beherrscht wirst, und ich zog mich geschlagen zusammen, so gerne wollte ich die beherrschende Frau sein, die er beschrieb, die von keinem Mann abhängig ist, die keine Gewinn- und Verlustrechnungen aufstellt, die keinen Preis für Sicherheit bezahlt, die ihren eigenen Weg geht, ich stellte mir eine starke Zukunft vor, ohne Joni, der mich schwächte mit seiner ständigen Aufpasserei, ohne Arie, in einer kleinen Dachwohnung, denn unsere Wohnung war wirklich wie eine dämmrige Höhle, ich mußte aus ihr raus in eine andere, die mir alles von oben zeigte, das ganze Bild, und nicht nur die kleinen Details, von denen ich mich immer so ablenken lasse, und ich werde schlafen, mit wem ich will, und nicht mit dem, der verspricht, mich immer zu lieben, und von Zeit zu Zeit auch mit Arie, und mein Körper, dieser Körper, von dem ich noch nicht wußte, was mit ihm war, was er für mich bedeutete, würde ein eigenes Leben führen, ein wildes, geheimnisvolles Leben, er wird mein Pferd sein und ich werde auf ihm reiten, und ich werde keine Angst haben.

Einen Moment lang war ich erschlagen von dem Bild, das scharf und klar vor mir stand, aber sofort versank ich wieder, wie jedesmal, wenn ich versucht hatte, etwas zu malen, immer hatte ich ein wunderbares, vollkommenes Bild im Kopf, doch auf dem Weg zum Papier löste es sich auf, und es kam nur jämmerliches Kritzeln heraus, es war einfach die Diskrepanz zwischen dem Zauber der Vision und der Realität. Ich sah mich selbst, allein in einer kalten Dachwohnung, mit einem Telefon, das nie läutet, außer wenn meine Mutter anruft, und manchmal kommt Joni mit seiner neuen Frau zu Besuch, und sie bringen mir die Reste von ihrem Tscholent mit, und ich esse ihn, ohne ihn aufzuwärmen, und meine Tränen fallen in den Teller. Und eine Welle von Selbstmitleid ergriff mich, dann Zorn auf ihn, wer war er überhaupt, daß er mein Leben ändern wollte, und leise sagte ich, auch du warst die ganzen Jahre verheiratet, auch du warst eingeschlossen, und er sagte in demselben gönnerhaften Ton, du hast mich nicht verstanden, was hat das mit Ehe zu tun, es geht um deine Auffassung von dir selbst, die Ehe ist zweitrangig, man kann allein sein und sich verschließen, und man kann verheiratet sein und offen, die Frage ist, welche Bedürfnisse du hast, was du wählst, wie du dein Leben führst, die Frage, ob du auf ewig wie eine Schülerin sein willst, die sich vor ihrem Lehrer fürchtet, da und dort mal den Unterricht schwänzt, aber immer aufpaßt, ein unschuldiges Gesicht zu machen, damit man ja ihren Eltern nichts sagt, oder ob du selbst die oberste Autorität für dein Leben bist, im Guten wie im Schlechten, in jeder Hinsicht. Mir scheint, du versuchst die ganze Zeit, eine imaginäre krumme

Linie gerade zu machen, um nicht zu sehr aus dem Rahmen zu fallen, um keinen zu hohen Preis zu bezahlen, vielleicht klappt es ja mit ein paar Reparaturen, aber sein ganzes Leben so zu verbringen ist schade. Glaub mir, fügte er hinzu, ich stehe hier nicht zur Debatte, ich versuche nicht, dich dazu zu überreden, irgendeine Unterrichtsstunde zu schwänzen, ich sehe dich einfach, obwohl du meinst, daß ich nur mich sehe, und du tust mir leid.

Zusammengesunken saß ich neben ihm, mit schmerzendem Rücken, eine kalte Hand packte mich an allen Muskeln, und ich konnte mich nicht bewegen, denn ich wußte, daß er recht hatte, aber was sollte ich damit anfangen, ich stand vor einem großen Durcheinander und ich wußte nicht, wo ich mit dem Aufräumen beginnen sollte und ob mein Leben überhaupt dafür reichen würde oder ob es besser wäre, es gar nicht erst zu probieren, ich haßte ihn, weil er sich so grob in meine Angelegenheiten gemischt hatte, als hätte er mich ohne mein Wissen fotografiert, als ich im Badezimmer auf dem Klo saß und mir in der Nase bohrte, und würde mir jetzt das Bild hinhalten und sagen, das bist du, sag selbst, ob man dich lieben kann oder nicht. Wer war er überhaupt, wie konnte er es wagen, was wollte er erreichen, und er sagte, weißt du, ich habe mir deinen Vater heute genau angeschaut, als er erzählte, du wärst in Istanbul, in den Flitterwochen, und ich hatte große Lust, ihn an der Hand zu nehmen, mit ihm zum Schlafzimmer zu gehen und die Tür aufzumachen und zu sagen, schau, Schlomo, sie ist hier, aber das geht dich nichts an, und ihn dann ins Wohnzimmer zurückzuführen und das Gespräch fortzusetzen, als wäre nichts passiert, und ich bin sicher, er hätte es geschluckt, du kannst mir glauben, das wäre nicht der erste Frosch, den er geschluckt hatte, du wirst dich noch wundern, was für ein Schluckvermögen die Menschen besitzen.

Aber dann hätte er nicht hier sitzen und verkünden können, er sei ein glücklicher Mensch, sagte ich, und Arie machte eine geringschätzige Bewegung mit der Hand, Blödsinn, er hätte es genauso verkündet, auch wenn du gestorben wärst, kapierst du das nicht? Er ist glücklich, weil er beschlossen hat, glücklich zu sein, nicht weil ihm das Leben einen besonderen Rabatt eingeräumt hätte, du weißt doch, daß das nicht so ist. Sein Glück hat nichts mit dir zu tun, es hat nichts damit zu tun, ob du gut verheiratet bist und deinen Urlaub in Istanbul verbringst, es hat überhaupt nichts mit dir zu tun, und es ist nicht deine Aufgabe, vor ihm Sachen zu verbergen, um ihn glücklich zu machen, und dasselbe gilt für deine Mutter und erst recht für deinen Mann. Die Wahrheit ist der Frosch, den die Menschen im allgemeinen relativ leicht schlucken, halte ihn nicht davon fern, und ich sagte, es ist nicht nur so, daß ich mich verantwortlich fühle für ihr Glück, ich habe auch Angst, die Folgen zu tragen, und er sagte, ja, das ist ein bekanntes Dilemma, aber nur scheinbar, denn wenn jemand nicht bereit ist, dich so zu akzeptieren, wie du bist, wird er ohnehin auf die eine oder andere Art verschwinden, schließlich kann man sich nicht ewig verstellen.

Aber ich weiß gar nicht, wie ich bin, sagte ich, morgens bin ich mutig und abends ein Angsthase, morgens will ich die Welt auf den Kopf stellen und abends möchte ich einen Mann, der auf mich aufpaßt, und er sagte, dann such dir einen Mann, der bereit ist, abends auf dich aufzupassen und dich morgens freiläßt, vergiß nicht, daß alles möglich ist, die Welt ist offener, als du es dir vorstellst, sie ist ein einziges großes Tor, glaub mir, und ich reagierte gereizt, er sprach wie ein Renovierungsfachmann, so nachdrücklich und selbstsicher, reißen Sie diese Wand hier ein, verlegen Sie das Badezimmer dorthin, als ob es um Steine ginge und nicht um ein dermaßen kompliziertes, schwieriges und schwebendes Material wie die Seele. Wie konnte er so sprechen, oder war ich wirklich diejenige, die sich irrte, und man mußte wirklich leben, als sei man aus Stein, das Leben nach den wechselnden Bedürfnissen einrichten und nicht zulassen, daß uns irgend jemand dabei stört, und mir fiel ein, wie sie über mich gelacht hatten, als ich in der dritten oder vierten Klasse war und die Lehrerin fragte, welche inneren Organe ein Mensch habe, und ich sagte, die Seele.

Ich betrachtete sein breites, von der kleinen Lampe nur schwach erhelltes Gesicht mit den halb geschlossenen Augen, die Lippen, die gierig an dem Trost saugten, und alles kam mir gleichermaßen unmöglich und unerträglich vor, ich trank und trank das Leid aus einem großen Glas, ich trank und trank, denn mir war völlig klar, daß er sich nicht als Teil meines Lebens sah, sondern als Innenarchitekt, der kam, um eine Wohnung zu renovieren, in der er nicht sein eigenes Zuhause sah und auch keinesfalls wohnen wollte, und natürlich sah auch Joni im fernen Istanbul sich selbst nicht mehr als Teil meines Lebens, und es stellte sich heraus, daß niemand mehr an meinem Leben teilnahm, mit einer gewissen Berechtigung, auch ich wäre froh gewesen, mich aus ihm entfernen zu können, aber ich hätte nicht gewußt, wohin, dieses Leben gehörte nur mir, es kam noch vor einem eigenen Zimmer, dieses eigene Leben. Und je mehr er versuchte, mir mein Leben zu öffnen, um so mehr spürte ich, wie verschlossen es war, voller Achtung vor den verlorenen Dingen, und das Atmen fiel mir schwer, und er sagte, wir müssen schlafen, Ja'ara, es ist schon fast Morgen, und tatsächlich drang aus den Ritzen der Rolläden ein stumpfes violettes Licht ins Zimmer, kalt und hochmütig, und ich streckte mich neben ihm aus, meine Schulter unter seiner Achsel, an dem verbrannten Schweiß reibend, und er überraschte mich mit einer angenehmen Umarmung, und sein ganzer Körper war weich und süß wie ein warmer Grießbrei an einem Wintermorgen.

Bald ist es Sommer, sagte ich, und er sagte, stimmt, und ich sagte, ich hasse den Sommer, und er sagte, ja, ich auch, ich hasse auch den Winter, sagte ich, wenn man sich die Zukunft in der Terminologie verschiedener Jahreszeiten vorstellt, scheint sie mir hoffnungslos zu sein, und er seufzte, ja, auch in anderen Terminologien, und das Licht in den Ritzen im Rolladen wurde heller und heller, und ich dachte, daß wir für immer hier bleiben müßten, im Bett, vor dem heruntergelassenen Rolladen, hilflose Flüchtlinge vor dem wechselnden Wetter, und ich versuchte einzuschlafen, aber es gelang mir nicht, sein Atmen machte mich nervös, sogar wenn er wach war, schnarchte er, und ich war sauer auf ihn, weil auch er den Sommer haßte, und den Winter auch, diese neue schicksalhafte Gemeinsamkeit zwischen uns bedrückte mich, als würde sie die Jämmerlichkeit verdoppeln, als würden wir beide belagert und um uns herum tobten Wüstenwinde und Regenfälle, von denen wir nur durch herzförmige Gitterstäbe getrennt waren.

Ich sah, wie er sich erhob und zur anderen Bettseite beugte, zu meiner, sozusagen, zum Telefon, und ich stellte mich schlafend und hoffte, ihn auf frischer Tat zu erwischen, bei einem Liebesgespräch, doch statt dessen nahm er eine der Pralinenschachteln, ich hörte, wie er das Zellophanpapier abriß und die Schachtel öffnete, und dann war nervtötendes Saugen und Schmatzen zu hören, ein lächerliches Geräusch, da machte er sich zu jemandes geistigem Hirten, und am Schluß saugte er seine Schlüsse aus der alten Schokolade, die seine Frau vor ihrem Tod nicht aufgegessen hatte, und dann tat er mir leid, weil er nicht einschlafen konnte, vermutlich trauerte er wirklich, und man sah es nachts mehr als am Tag, und wieder hatte ich das Gefühl, Leid zu trinken, ich hielt das zerbrochene Bierglas in der Hand und trank, und dann hörte ich ein Knacken, ein zartes, aber scharfes Geräusch, und ich sah, wie er fluchend zum Waschbecken rannte und spuckte, und sofort rannte ich ihm nach, wir standen vor dem braunen Matsch im Becken, und er suchte nervös darin herum und fluchte und spuckte weiter, diese Idioten, zu faul, die Kerne aus den Kirschen zu nehmen, ich werde sie zur Verantwortung ziehen, ich werde ihnen zeigen, was das heißt, bis er aus dem Brei das Stück eines gelblichen, nikotinfleckigen Zahns zog, dann sperrte er vor dem Spiegel den Mund auf, und im Licht des Morgens sah es aus, als wäre die Verzerrung seiner dicken, verwirrend dunklen Lippen mit dem abgebrochenen Schneidezahn die tragische Umkehr des jugendlichen, selbstsicheren Lächelns, das mir von seinen Fotos entgegengeblickt hatte.

Er wusch sich das Gesicht und den Mund, spritzte mit Wasser um sich und hörte nicht auf zu fluchen, seine dunkle Zunge tastete wieder und wieder über das Loch, das plötzlich in seinem Mund entstanden war, versuchte, es zu verstecken, und deshalb klangen alle Flüche und Drohungen lächerlich, wie bei einem siebenjährigen Jungen, dem die Milchzähne ausfallen, und er drohte mit einer Schadensersatzklage, du wirst schon sehen, um acht Uhr rufe ich meinen Rechtsanwalt an, das lasse ich mir nicht gefallen, das sage ich dir, als hätte ich irgendeinen Zweifel geäußert, dann lief er zum Schlafzimmer zurück und betrachtete die Schachtel und machte das Licht an, vermutlich um besser lesen zu können, daß da tatsächlich ein Hinweis auf der Packung stand, daß bei diesen Pralinen Kirschen mit Steinen verwendet wurden, voller Abscheu warf er die Schachtel von sich, und die kleinen runden Pralinen verstreuten sich auf dem Bett und dem Boden. Ich lag auf dem Bett, und eine Praline rollte unter meinen Arm, als suche sie Schutz, und ich hielt sie fest, als wäre sie ein neugeborenes Kätzchen, und ich wärmte sie mit meinen Händen, und als sie weich wurde, legte ich sie auf meinen Bauch und begann ihn zu bestreichen, wie man eine Scheibe Brot mit Schokocreme bestreicht, und das beruhigte mich ein bißchen, denn ich wußte nicht, was ich mit seiner Wut anfangen sollte, und wieder hatte ich das Gefühl, eigentlich schuld zu sein, denn meinetwegen waren die Pralinenschachteln hier im Zimmer gelandet, und ich dachte, wie schnell geht alles kaputt, eigentlich hätten wir uns wild lieben sollen, und wenn wir das getan hätten, wäre ihm der Zahn nicht abgebrochen, und mir fiel meine Mutter ein, die so oft verzweifelt gesagt hatte, nichts mache ich richtig, nichts mache ich richtig, und das reizte mich noch mehr, deshalb sagte ich nicht zu ihm, nichts mache ich richtig, sondern fuhr fort, mir die Schokolade über den Bauch zu streichen, bis ich den harten Kern in der Hand spürte und ihn in der Vertiefung meines Nabels versteckte und sagte, schau mal, wie süß mein Bauch ist, und er unterbrach seine Fluchtiraden, gerade war er bei dem Idioten angelangt, der ihr das Zeug ins Krankenhaus gebracht hatte, was hatte er vorgehabt, ihr die Zähne zu zerbrechen? Ich werde jeden einzelnen fragen, der reinkommt, bis ich den Verantwortlichen gefunden habe, das sage ich dir, und er fuchtelte mit der Hand, und ich nahm seine Hand und legte sie auf meinen klebrigen Bauch, und er wich zurück, war aber trotzdem neugierig, sein Mund kam näher, er schnupperte, und dann schob er seine dicke Zunge heraus und begann zu lecken, und ich nahm noch ein paar Schokoladenkätzchen und verrieb sie auf meinen Schenkeln.

Ich war überrascht, daß er mitmachte, und bewegte mich voller Freude, trotz allem war er für Abenteuer bereit, obwohl seine Frau gestorben und ihm ein Zahn abgebrochen war, und ich versuchte mich zu winden, wie es sich gehörte, und dennoch bedrückte mich die ganze Zeit die Diskrepanz zwischen dem, was ich mir vorgestellt hatte, und meinen tatsächlichen Wahrnehmungen, denn alles in allem fühlte ich mich nur wie ein Mensch, dem man aus irgendeinem Grund den Bauch ableckt, nicht wie eine Frau, die ein wildes erotisches Abenteuer erlebt, und ich wußte nicht, wer schuld daran war, er oder ich.

Ich war überrascht, daß er diesen Mangel offenbar nicht spürte, er leckte und leckte, bis es mich schon kitzelte, als wüßte er nichts Besseres mit seiner Zeit anzufangen, in seinem Alter, und ich hörte ihn sagen, du magst das, du willst, daß man dich leckt wie eine Katze, und ich brummte, ja, denn es war mir nicht angenehm, ihm auch das Wort abzubrechen, und dann sagte er, du bist verrückt danach, wie eine Katze gebumst zu werden, und wieder brummte ich, ja, in Wahrheit hatte ich nicht daran gedacht, aber aus welchem Grund waren wir denn hier zusammen, und ziemlich bald kniete ich auf allen vieren, und er steckte in mir, und insgeheim fragte ich mich, ob das nun eine Tortur oder ein Vergnügen war. Ich spürte, wie er mich mit aller Gewalt an den Haaren zog, als rufe er meinen Kopf zur Ordnung, und dann wurde ich tatsächlich von seiner Erregung angesteckt, genau in dem Moment, als alles vorbei war und er mit einem lauten Schrei kam, einem Schrei, der sich anhörte wie die Fortsetzung seiner Fluchtiraden von vorhin, und er zog ihn erschöpft aus mir heraus, tropfend wie ein nasser Strumpf, wie einer der Strümpfe, die meine Mutter immer in eine Waschschüssel packte und mir mit dem Auftrag übergab, sie draußen aufzuhängen, an die Leinen, die zwischen zwei Pfosten gespannt waren, vor den Bergen, und ich betrachtete mißtrauisch die Leinen, immer hatte ich Angst, es wäre ein Stromkabel, und wenn ich sie mit den nassen Wäschestücken berührte, würde ich einen tödlichen Schlag bekommen, als wäre alles eine gut vorbereitete Falle und sie würde mir durch das Fenster einen letzten Blick zuwerfen, und dann dachte ich immer, Tod oder Leben, und begann einen Strumpf nach dem anderen aufzuhängen, und dabei betrachtete ich die Berge, die nicht besonders groß und prächtig waren, aber etwas Traumhaftes an sich hatten, besonders morgens, wenn die Sonne hinter ihnen aufging, und abends, wenn sie von einem violetten Himmel verschluckt wurden, und mich und sie trennten Orangenplantagen und Felder mit Karotten, manchmal sogar mit Erdbeeren, und jedesmal entdeckte ich etwas Neues, und da sprang er plötzlich auf und brüllte, wo ist es, und ich fragte, wo ist was, und er sagte, der Zahn, das Stück von meinem Zahn, wo habe ich es hingelegt, ich muß es zum Zahnarzt mitnehmen, und wir machten Licht an und begannen fieberhaft zu suchen, wir drehten die Kissen und die Decken um, und ich stand auf, um im Waschbecken nachzuschauen, und er schrie plötzlich, beweg dich nicht, und kam mit den vorsichtigen Schritten eines Leoparden, der einen Hasen schlägt, auf mich zu, streckte die Hand nach meiner Poritze aus und nahm das verlorene Stück Zahn heraus. Wie Benjamin, in dessen Sack der Becher gefunden worden war, stand ich vor ihm, schuldlos, aber beschuldigt, kein Wort würde helfen, der Finger deutete auf mich, und ich drehte ihm den Rücken zu, und weil ich schon auf dem Weg zum Waschbecken war, lief ich weiter und stellte mich unter die Dusche und wusch mir die dumme Schokolade vom Körper, aber unter dem heißen Wasser wurde ich wütend auf mich, warum mußte ich immer alles kaputtmachen, ausgerechnet wenn er sich erwärmte, blieb ich kalt, und als ich an sein gründliches Lecken dachte, wurde ich plötzlich erregt, die Erinnerung erhitzte mich weit mehr, als die tatsächliche Handlung es getan hatte, aber vielleicht war das ja immer so, vielleicht war es viel erregender, sich Sachen vorzustellen oder sie im Gedächtnis wiederaufleben zu lassen, als sie tatsächlich zu erleben, denn so hatte man die vollkommene Herrschaft über die Situation, und ich genoß die Erinnerung, bis es kein warmes Wasser mehr gab, da verließ ich die Dusche und trocknete mich mit seinem Handtuch ab, und als ich ins Schlafzimmer kam, sah ich, daß er tief schlief, mit offenem Mund, die Zunge über den unteren Schneidezähnen, und in seiner offenen Hand blinkte das abgebrochene Stück Zahn.

Ohne darüber nachzudenken, mit dieser plötzlichen Freude, die nur aus einer großen Enttäuschung hervorgehen kann, nahm ich mit zitternden Fingern das kostbare einmalige Stück Zahn, für das es keinen Ersatz gab und nie geben würde, und warf es in die Kloschüssel, betrachtete das Wasser, das es sofort bedeckte, und dann sah ich es nicht mehr, denn ich hatte die Wasserspülung gedrückt, und auch er würde es nicht mehr sehen, und das war, so könnte man sagen, noch ein schmutziges und geheimes Schicksalsband zwischen uns.

11

Wann wußte ich, daß alles verloren war? In dem Moment, als ich spürte, wie ich vom Regen naß wurde, als hätte ich kein Dach über dem Kopf, da verstand ich, daß das nicht mein Platz war, daß ich keinen Platz hatte. Ich versuchte von dort zu fliehen, das Bett zu verlassen, das sich in eine Wasserfalle verwandelt hatte, mit dem Kissen, schwer von Wasser, und den Decken, in denen man versank wie in einem Moor, ich konnte die Hand nicht rühren, nicht das Bein, nicht den Hals, wie ein Sack voller Knochen hing ich da, der Regen fiel auf mich, und ich hörte Stimmen um mich herum, Leute, die fragten, ist das ein früher oder ein später Regen? Und eine Mutter sagte zu ihrem Sohn, schau nach, ob die Meerzwiebel blüht und ob die Bachstelze zu sehen ist und ob die Felder voller blauer Lupinen sind, und nach ein paar Jahren kam der Sohn zurück und sagte, Mutter, es war vermutlich ein Spätregen, denn die Felder waren blau wie das Wasser, und der Wind machte Wellen in ihnen, und die Mutter sagte, gut, daß es dir eingefallen ist, zurückzukommen, ich habe inzwischen eine neue Familie gegründet, und er weinte, dann nimm mich in deine neue Familie auf, und sie sagte, aber du hast braune Augen, und wir haben alle blaue, wie wirst du beweisen, daß du zu uns gehörst, und er weinte, ich werde meine Augen ausreißen und mir statt dessen blaue Lupinen einsetzen, und ich versuchte zu schreien, Udi, reiße dir nicht die wundervollen braunen Augen aus, ich liebe sie, aber ich konnte meinen Mund nicht bewegen, ich bin deine richtige Mutter, Udi, du erinnerst dich nicht an mich, ich lag stundenlang auf der Terrasse, ohne mich zu rühren, und er betrachtete mich mit den glänzenden Augen von Udi Schejnfeld, dem Bruder von Orit, meiner Schulfreundin, und sagte, du bist nicht meine Mutter, du wirst ihr nur von Minute zu Minute ähnlicher, und ich sah Masal Schejnfeld vor mir, seine und Orits Mutter, die auf der Terrasse ihres Hauses langsam starb.

Ich hatte mich immer über ihren Namen gewundert, diese auffallende Verknüpfung zwischen Sephardischem und Aschkenasischem, und fest geglaubt, daß diese Verknüpfung ihr Schicksal bestimmt hatte, wenn sie einen anderen Mann mit einem anderen Namen geheiratet hätte, wäre sie nicht auf der Terrasse vor aller Augen gestorben, noch so jung, auf einem Liegestuhl, der zum Bett geworden war. Von weitem sah es aus, als würde sie sich nur ausruhen, aber wenn wir näher kamen, ich und Orit Schejnfeld, erkannten wir an der Bewegungslosigkeit des weißen Lakens den Ernst ihres Zustands. Nichts rührte sich unter dem Laken, und auch das jemenitische Gesicht, dessen Braun sich zu einem hellen Grau verfärbt hatte, war unbeweglich, nur ein leichtes Schnarchen aus dem eingefallenen Mund deutete darauf hin, daß noch ein Rest Leben in ihr war. Wir gingen an ihr vorbei, mit unseren schweren Schulranzen, in denen die Stifte aneinanderstießen, wenn unsere jungen Rücken sich bewegten, wenn wir die Tür mit dem Fliegengitter aufmachten und ins Haus gingen, geradewegs zur Küche.

Orit mochte frisches Brot, jeden Morgen schickten sie den sechsjährigen Udi zum Lebensmittelgeschäft, um Brot zu holen, dann rannte er an seiner Mutter vorbei, die auch nachts auf der Terrasse schlief und die er noch nie herumlaufen gesehen hatte, denn gleich nach seiner Geburt war die Krankheit ausgebrochen, und auch auf dem Rückweg rannte er, und Orit schmierte dann für sich und für ihren

Bruder Brote, und auch für mich, wenn ich bei ihr schlief, und sie bewegte sich mit einem leichten Hinken durch die Küche, einem anmutigen Hinken, von dem ich schon nicht mehr weiß, welche Ursache es hatte, aber sie hatte eine große Narbe am Bein. Auch mittags aßen wir immer Brot, und dann spielten wir mit dem kleinen Udi, und wenn Gideon Schejnfeld, ihr Vater, von der Arbeit nach Hause kam, setzte er sich zu uns, und wenn er sich zurücklehnte, rutschten aus seiner weißen kurzen Khakihose manchmal seine dünnen langen Eier, und dann platzten Orit und ich fast vor Lachen.

Während der sieben Trauertage war ich jeden Tag dort, bei Orit und Udi, ich betrachtete die Fotos der jungen wunderschönen Masal Schejnfeld, und ich dachte an die Eier, die zwischen Gideons Beinen hingen, als er im Haus herumlief und den Trauergästen eine Erfrischung anbot, und versuchte die Verbindung zwischen diesen beiden Eindrücken zu finden, ich stellte mir vor, wie sie seine hellen Hoden in ihre braunen Hände nahm, aber die Bewegung hatte etwas von Abwiegen, nichts von Zärtlichkeit. Was hatte sie zu ihm hingezogen? Er hatte schmale, fast grausame Lippen und dünnes Haar, und nur sein schweres Schicksal verlieh ihm eine gewisse Aura, und ich dachte, wenn ich erst ein bißchen älter bin, vielleicht fünfzehn oder sechzehn, wird er sich in mich verlieben, und ich werde ganz zu ihnen ziehen, aber dann werde ich in seinem Zimmer schlafen und nicht bei Orit, und nach ein paar Jahren werden meine Bewegungen schwer, und ich kann seine Hoden kaum mehr berühren, und dann bringt man mich auf die Terrasse, obwohl ich noch kaum zwanzig bin. Aber am Schluß wurde nichts aus der Sache, denn nach der Trauerwoche hörte ich auf, die Freundin von Orit Schejnfeld zu sein, plötzlich kam mir ihr Haus, ohne das Bett auf der Terrasse, weniger interessant vor, und Orit wurde langweilig mit ihrem frischen Brot, wie oft kann man schon Brot essen, und ich ging nicht mehr hin, ich fühlte mich sehr schlecht deswegen, und eigentlich fühlte ich mich mein ganzes Leben lang schlecht deswegen, und jedesmal wenn ich auf der Straße eine junge Frau mit einem anmutigen Hinken sah, senkte ich beschämt den Blick, obwohl man mir schon vor langer Zeit erzählt hatte, sie habe sich operieren lassen und hinke nicht mehr, und immer hatte ich gewußt, daß die Strafe noch kommen würde, wie hatte ich die Blicke ignorieren können, die sie mir zuwarfen, vor allem Udi, in den Pausen kam er immer und rieb sich an mir wie eine Katze und sagte, komm zu uns, wir spielen dann, du wärst meine Mutter und Orit der Vater, und ich erfand Ausreden, sagte, ich hätte zuviel zu tun, und streichelte noch nicht mal seine kurzen braunen Haare, aus Angst, mich anzustecken.

In der ganzen Zeit, in der die Kranke im Haus gewesen war, hatte ich mich nicht gefürchtet, erst als sie nicht mehr da war, kam die Angst, Masal Schejnfeld war zwar tot, aber die Krankheit suchte einen neuen Körper, den sie lähmen konnte, und ausgerechnet jetzt hatte sie einen gefunden, schließlich hatte ich jahrelang nicht an sie gedacht, an Orit Schejnfeld und ihre Familie, und ausgerechnet heute morgen, gefangen in diesem Trauerhaus, hatte ich Udi mit seinen braunen Augen gesehen, und deswegen bewegten sich meine Arme und Beine nicht mehr, und ich weinte, obwohl niemand es hörte, ich schluchzte vor Reue wegen Udi und Orit, meinen besten Freunden, meiner Familie, ich hatte gewußt, daß die Strafe kommen würde, nun würde ich nie mehr im Leben gehen können. Auf der Trage wird man mich ins Haus meiner Eltern zurückbringen, und sie werden meine Wünsche erraten müssen, aber als ich noch sprechen konnte, ist ihnen das kaum gelungen, wie sollten sie es dann können, wenn ich stumm sein werde, und sie werden an meinem Bett sitzen und mir Geschichten vorlesen, genau wie die Geschichte, die ich gerade hörte, eine bekannte Geschichte, eine bekannte Stimme, und hinter dem ruhigen Ton meiner Mutter verbarg sich eine schlimme Rüge: Du hast heute schamrot gemacht alle deine Knechte, die dir heute das Leben gerettet haben und deinen Söhnen, deinen Töchtern, deinen Frauen und Nebenfrauen, weil du liebhast, die dich hassen, und hassest, die dich liebhaben. Denn du läßt heute merken, daß dir nichts gelegen ist an den Obersten und Kriegsleuten. Ja, ich merke heute wohl: wenn nur Absalom lebte und wir heute alle tot wären, das wäre dir recht. So mache dich nun auf und komm heraus und rede mit deinen Knechten freundlich. Denn ich schwöre dir bei dem HERRN: Wirst du nicht herauskommen, so wird kein Mann bei dir bleiben diese Nacht. Das wird für dich ärger sein als alles Übel, das über dich gekommen ist von deiner Jugend auf bis hierher. Und ich wußte, diese Rüge galt mir, wie hatte ich Orit und Udi gehaßt, die mich doch liebhatten, und Joni, mich selbst und mein Fleisch, aber gleich kam der König zu mir heraus und setzte sich ans Tor, und Friede ergoß sich über das zerrissene Land, und dann hörte ich Aries Stimme, erstickt und aufgeregt, und er sagte, du warst mein Radio, und dann zu jemand anderem, sie war mein Radio während des Kriegs, zehn Tage hat sie an meinem Bett gesessen, nach meiner Verwundung, und mir aus der Heiligen Schrift vorgelesen, dort im Krankenhaus gab es kein anderes Buch.

Und meine Mutter sagte, er hat kein Wort gesprochen, am Anfang habe ich nicht gewußt, ob er mich überhaupt hört, der Arzt sagte zu mir, wechsle ihm den Druckverband jede halbe Stunde und bleib bei ihm sitzen. Und wie merkte ich, daß er mich hörte? Manchmal habe ich ein oder zwei Wörter übersprungen, und da hat er den Mund verzogen, und Arie lachte, nun, ich war ja direkt von einer Jeschiwa gekommen, ich hatte das Feuer der Religion mit dem syrischen Feuer vertauscht, und einen Tag später lag ich mehr tot als lebendig da und hörte einen Abschnitt nach dem anderen, ich dachte, die Tora verfolgt mich, ich kann ihr nicht entkommen.

Nach zehn Tagen ließ ich die letzten Worte eines jeden Abschnitts aus, und er hat sie ergänzt, sagte meine Mutter, das war das erste Mal, daß ich ihn sprechen hörte, und ein paar Jahre später meinte ich ihn in der Universität zu sehen, der Terra Santa, und ich ging zu ihm und sagte, als wäre es ein Losungswort, das wird für dich ärger sein als alles Übel, das über dich gekommen ist, und er antwortete, von deiner Jugend auf bis hierher, und da wußte ich, daß er es war. Wir hatten uns beide sehr verändert, er war ein Kind, als er im Krieg zu uns kam, und auch ich war kaum sechzehn, als meine Schulkameraden schon wie die Fliegen gefallen sind, und nach einer Woche war alles fertig, und man sagte zu uns, geht und baut ein neues Leben auf, studiert, gründet Familien, zieht Kinder auf, wie war das möglich, das Leben war eng geworden vor Trauer, man konnte kaum atmen, plötzlich hatte man eine Vergangenheit, und sie war schwer und zog einen zurück.

Als es mir wieder besser ging, sagte meine Mutter, bin ich aus dem Emek geflohen, es war ein kurzer und mörderischer Besuch, ich habe das Emek nicht in ruhigen Zeiten kennengelernt, ich kam, wurde verwundet, und zwei Monate später war ich wieder in Jerusalem, halb invalide, und manchmal war ich sicher, dieser ganze Krieg wäre nichts als die Frucht meiner Einbildung.

Und ich setzte mich im Bett auf und rieb mir die Augen und dachte, vielleicht ist dieses ganze Gespräch überhaupt nur die Frucht meiner Einbildung, so deutlich hörte ich sie, deutlich und nah, nicht kaum verständlich, durch Wände und Türen, wie ich es schon gewöhnt war, und zugleich kamen verschwommene Geräusche aus der Richtung des Wohnzimmers, ich verstand nicht, was los war, und erst als ich meine Mutter sagen hörte, es ist wirklich angenehm, auf dem Balkon zu sitzen, und er sagte, ja, Joséphine hat hier viel gelegen, bevor sie ins Krankenhaus gekommen ist, und eine andere Frau sagte, so ein schöner Tag ist das heute, der erste Frühlingstag, wurde mir klar, daß ihre Stimmen von einem Balkon kamen, der das Schlafzimmer mit dem Wohnzimmer verband, einem Balkon, von dessen Existenz ich bis dahin nichts gewußt hatte. Durch den heruntergelassenen Rolladen konnte ich sie sogar sitzen sehen, gemütlich um einen runden Rattantisch, vermutlich hatten sie sich erlaubt, vor dem französischen Lärm im Wohnzimmer zu fliehen und auf dem Balkon eine stolze Eingeborenenenklave zu gründen, die von ihren Heldentaten sprach.

Mir kam es vor, als sähe ich eine Theateraufführung, nur gab es hier statt einem Stück mit einem Schauspieler ein Stück mit nur einem Zuschauer, dafür aber mehrere Schauspieler, ich glaubte die dritte Person durch den Rolladen erkannt zu haben, und ich fragte mich, ob das alles für mich bestimmt war, ob sie sich mir zu Ehren auf den Balkon gesetzt hatten, damit ich sie besser hören konnte, oder ob sie trotz meiner geheimen Anwesenheit hier saßen, und im ersten Moment war ich gar nicht so sehr beeindruckt von dem, was ich hörte, die klaren Stimmen selbst waren mir wichtiger als die Neuigkeiten. Daß ich nicht die Ohren anstrengen mußte, um das Gemurmel hinter den Wänden zu verstehen, daß mir alles zum Bett gebracht wurde wie von einem Room Service, kam mir wie ein Traum vor, über den man sich wundert, der aber in Wirklichkeit nur Bekanntes,

Selbstverständliches enthält, und erst allmählich verstand ich, daß hier das Geheimnis meines Lebens gelöst wurde, doch ich wollte nicht hören, ich konnte nichts hören, ich war gelähmt, sogar meine Augen waren gelähmt, und Tirza sagte, was ist mit Schlomo, und meine Mutter sagte, er war gestern hier, stimmt's, Ari? Sie nannte ihn bei seinem Kosenamen.

Nein, was war damals mit Schlomo, beharrte Tirza, als ihr euch wiedergetroffen habt, und Arie sagte, wir standen dort auf der Terra Santa, und plötzlich kam ein schönes Mädchen mit einem Zopf auf uns zu und sagte, das wird für dich ärger sein als alles Übel, das über dich gekommen ist, und ich sagte, ohne zu verstehen, was los war, ganz automatisch, von deiner Jugend auf bis hierher, und erst dann verstand ich, daß das die Stimme aus dem Emek war, und Schlomo hat sich sofort in sie verliebt, ich habe es in seinen Augen gesehen, und Tirza stieß ein unangenehmes Lachen aus und sagte zu meiner Mutter, erinnerst du dich noch an den Tag, als Elik begraben wurde, euer ganzer Ort war leer, und als wir von der Beerdigung zurückkamen, fand ein Mann seine Frau mit einem anderen. Alle haben sie als Hure betrachtet, und eine Woche später ging sie ins Wasser, und meine Mutter sagte, ja, sie war eine großartige Frau, ich glaube, man war nicht deshalb so böse auf sie, weil sie ihren Mann betrogen hatte, der wirklich nur ein Maulesel war, sondern weil sie es an dem Tag tat, als Elik begraben wurde, an einem Tag, an dem der ganze Ort trauerte, daß sie ausgerechnet diese Gelegenheit ausgenützt hat, und das konnte auch sie sich nicht verzeihen.

Ich zog mir die Decke über die Ohren, die anfingen, weh zu tun, ich fühlte mich wie ein Mann, der auf keinen Fall seine Frau ertappen will, weil er sie dann verliert, und ich wollte die Fortsetzung der Geschichte nicht hören, um meine Mutter nicht zu verlieren, die mir plötzlich so liebenswert vorkam, und ich dachte daran, wie sie mir vor dem Einschlafen oft aus der Heiligen Schrift vorgelesen hatte, und mein Vater sagte dann, erkläre ihr wenigstens die schweren Wörter, sie versteht doch nichts, und sie antwortete, das muß man nicht verstehen, und ich lauschte einfach ihrer weichen, ausdrucksvoll vorlesenden Stimme, und bei schlimmen Stellen weinten wir zusammen. Ich brauchte nur zu hören, wie sie anfing zu weinen, da stimmte ich schon ein, nur um sie zu trösten, auch wenn ich nicht verstand, was eigentlich so traurig war, ich glaubte einfach, daß sie einen Grund dafür hatte, und am meisten weinten wir über David und Absalom, denn das war eine Geschichte, die nicht gut ausgehen konnte, nur wenn sie gar nicht erst angefangen hätte, wäre sie gut ausgegangen, doch nachdem sie zum Anfangen verdammt worden war, konnte niemand mehr vor dem Leid fliehen, denn der Sieger war zugleich der größte Verlierer.

Bei Davids Klagelied hatten wir immer aufs neue geschluchzt, und als dann das Baby geboren wurde, war mir klar, daß es Absalom heißen würde, aber mein Vater war dagegen, ich weiß noch, daß sie die ganze Woche bis zur Beschneidung stritten, und als der Mohel dann fragte, wie der Kleine heißen sollte, schwieg mein Vater, und meine Mutter sagte mit einem fragenden Unterton, Avschalom, als bäte sie den Mohel um Erlaubnis, doch nie in seinem kurzen Leben schafften wir es, ihn bei seinem langen Namen zu nennen, nur an seinem Grab, und als mein Vater laut jenes furchtbare Klagelied vorlas, wußte ich, daß er sich wegen ihrer Wahl an ihr rächte, und danach habe ich ihn nie wieder den Tanach aufschlagen sehen. Manchmal bat ich ihn, mir vor dem Einschlafen etwas vorzulesen, vor allem wenn ich krank war, aber er lehnte es grob ab und sagte, ich bin doch kein Radio, und auch ihre Stimme verlor den weichen Klang und wurde heiser vor lauter Streiten und wegen der Zigaretten, und in diesem Moment, hier, hatte sie wieder die alte Weichheit, als sie sagte, kaum zu glauben, manchmal begleitet einen irgend etwas, das man ohne groß nachzudenken getan hat, durch das ganze Leben. Diese Geschichte, die ich Arie als Sechzehnjährige vorgelesen hatte, hat mich mein Leben lang verfolgt, mit meinen beiden Kindern, aber bei mir hat sie sich in zwei Teile gespalten, gegen Ja'ara habe ich gekämpft, und Avschalom habe ich verloren, und Tirza sagte, was heißt, du hast gegen sie gekämpft, sie hat gegen dich gekämpft, und meine Mutter sagte, es ist doch egal, wer angefangen hat, die Frage ist doch nur, ob man in einen Kampf gerät oder nicht, auch David hat nicht angefangen, aber er hat den Krieg auch nicht verhindert, schließlich hätte er auf alles verzichten und Absalom das Königreich kampflos überlassen können, und das hat er nicht getan. So ist es, sie seufzte, wenn man mit seinem Kind kämpft, kann man nicht als Sieger aus dem Kampf hervorgehen, auch wenn man gewinnt, hat man verloren.

Ich hörte ihr erstaunt zu, ich wußte nicht, wovon sie sprach, aber ich verstand, daß es sich um eine Art Nachruf handelte, auf mich oder auf sie oder die Beziehung zwischen uns beiden, und mehr noch als über das, was die drei da draußen sprachen, wunderte ich mich über den Tonfall ihrer Stimmen, sie unterhielten sich wie Freunde, die einander sehr nahestehen, nachdem ihn die beiden Frauen noch vorgestern, auf dem Friedhof, verleumdet hatten, und ich verstand nicht, was geschah, wie es möglich war, schließlich hatte meine Mutter immer so haßerfüllt über ihn gesprochen, fast mit Abscheu, und ich dachte darüber nach, daß sich Rätsel nie wirklich lösen, sondern nur verwickelter werden, kaum glaubt man, der Lösung nahe zu sein, wird man ausgelacht. Und trotzdem mußte ich zugeben, daß ich diesen Ton ihrer Gespräche mochte, ihre Freundschaft, ihre Offenherzigkeit, nie hatte ich sie mit meinem Vater so offenherzig reden hören, immer nur vorsichtig, damit er nicht die geringste Information oder das geringste Bedauern oder Zögern gegen sie verwenden konnte, die ganze Zeit gab es diese verdammte Rivalität zwischen ihnen, und da hörte ich Tirza fragen, also waren Schlomo und Arie Rivalen um deine Gunst? Und meine Mutter seufzte und sagte, nein, nicht wirklich, die Sache war von vornherein entschieden, und Arie sagte, es ist zu lange her, um noch herauszufinden, was wirklich passiert ist.

Was für ein Vergnügen ist es doch, alt zu werden, meine Mutter lachte, man müßte zu jedem, der leidet, sagen, daß ihn die Sache dreißig Jahre später zum Lachen bringen wird, man muß alles aus einem Abstand von dreißig Jahren betrachten, erst dann weiß man es einzuschätzen, und mir fiel auf, daß sie das fast schrie, und plötzlich kam mir der Verdacht, daß das alles vielleicht geplant war, vielleicht wußte sie, daß ich da war, und spielte mir Theater vor, nur der Zweck war mir unklar, wollte sie mir eine genaue Beschreibung der Vorfälle geben oder die Moral der Geschichte in konzentrierter Form, eine geheime Botschaft, und ich setzte mich auf und stopfte mir das Kissen hinter den Rücken, um es bequemer zu haben, und ich dachte, vielleicht wartet die Lähmung ja noch ein paar Jahre, und so betrachtete ich sie wie im Theater, einem Bett-Theater, so ein supermodernes Stück, in dem man die Schauspieler nur durch die Ritzen eines Rolladens sieht und es Aufgabe des Publikums ist, die Handlung mehr oder weniger zu erraten und Details selbst einzufügen. Mit Leichtigkeit erkannte ich das Kleid meiner Mutter, ein braunes Kleid, das ihr schon immer gut gestanden hatte, und ihr Profil hinter dem Rolladen war hübsch, die Scheidewand schmeichelte ihr, aber Tante Tirza nicht, die saß schwer und klumpig auf dem Stuhl, und er, der König der Kater, sah in einem Moment ganz zahm aus, im nächsten wie ein ungebändigter Wildkater, sogar durch den Rolladen fühlte ich seine ungeheure Anziehungskraft, und die Stuhllehne, auf die er sich stützte, sah wie ein langer erhobener Schwanz aus.

Es war mir angenehm, sie so ohne Spannung und Bitterkeit miteinander reden zu hören, ich fühlte mich wie ein Mädchen, deren Eltern sich wieder versöhnt haben und die deshalb ruhig schlafen kann, in dem Bewußtsein, daß sie am nächsten Morgen beide gut gelaunt zu Hause vorfinden wird, und tatsächlich schlief ich ein, ohne es zu wollen, schließlich hatte ich unbedingt die Aufführung verfolgen wollen, die meinetwegen stattfand, wieso schlief ich dann plötzlich ein, und als ich aufwachte, war ich wütend, weil ich das Ende verpaßt hatte und nie erfahren würde, was genau ich verpaßt hatte, es gab niemanden, den ich fragen konnte, keine anderen Zuschauer, und die Terrasse war leer, sogar die Sonne war nicht mehr zu sehen, auch den runden Tisch konnte ich nicht entdecken, und ich fing schon an zu zweifeln, ob alles, was ich gesehen und gehört hatte, wirklich passiert war, nur die Kissen hinter meinem Rücken bewiesen, daß ich versucht hatte, etwas zu betrachten, und ich konnte mir nicht verzeihen, daß ich eingeschlafen war, einen Moment bevor die Wahrheit ans Licht gekommen war, vor meinen geschlossenen Augen.

Neben dem Bett, auf der kleinen Kommode, sah ich das runde Tablett mit der roten Thermoskanne, einem Glas Orangensaft und einem frischen Brötchen, ich wollte mir Kaffee eingießen, aber er hatte vergessen, eine Tasse mitzubringen, immer fehlte etwas, und diesen Mangel auszugleichen wurde zur Hauptaufgabe. Ich versuchte, direkt aus der

Thermoskanne zu trinken, aber ich bemerkte in der runden Öffnung den kühlen Geschmack von Parfüm oder von einem Lippenstift, und mir fiel ein, wie Joséphine am letzten Morgen ihres Lebens ihre Lippen glänzendrot angemalt hatte und wie ihre Lippen aus dem verzerrten Gesicht geleuchtet hatten, als gehörten sie nicht dazu, als wollten sie sich vor dem Schicksal dieses Gesichts retten, und vielleicht war ihnen das am Schluß auch gelungen, vielleicht hatten sie sich hierhergerettet, in diese kleine glänzende Thermoskanne, zwei zarte Lippen, fast ohne Sinnlichkeit, so zart waren sie, Alpenveilchenlippen, die jetzt in einem Meer von Kaffee schwammen, wie Teigtäschchen in der Suppe, und wenn ich die Thermoskanne ansetzte, würden sie sich mit meinen Lippen treffen, würden in meinen Mund rutschen und nie wieder herauskommen.

Erschüttert starrte ich in die Thermoskanne, der heiße Dampf brannte in meinem Gesicht und verbarg die kleine Öffnung, da lief ich ins Badezimmer und goß den Kaffee langsam ins Waschbecken, um zu sehen, ob sich etwas darin befand, der braune duftende Kaffee floß durch das weiße Becken und verschwand in dem durstigen Abfluß, bis der Strahl zu einem Tröpfeln wurde, das schließlich auch aufhörte. Ich bückte mich und betrachtete prüfend die umgedrehte Kanne, versuchte, in ihr glänzendes Inneres zu spähen, aber ich konnte nichts sehen, ich füllte sie mit Wasser und kippte es ebenfalls aus, sah zu, wie es mir zuliebe bräunlich wurde, als es die letzten Reste des trüben Kaffees wegspülte, danach ging ich wieder ins Bett, trank verzweifelt den Orangensaft und dachte daran, daß ich fast Kaffee hätte trinken können, und wie weit war ich jetzt von dieser Situation entfernt, so wie ich die Wahrheit fast erfahren hätte.

Sie hätten mir fast ihre Jugend gezeigt, ihre Vergangenheit, diese Vergangenheit, die einen Moment lang aussah wie eine zahme Katze, im nächsten wie ein wildes furchtbares Tier, genau wie er, diese Vergangenheit, die mir in den Nächten zujammerte und nach Änderung schrie, und ich, ausgerechnet ich, sollte sie ändern, wo ich doch selbst in der Gegenwart kaum etwas bewegen konnte, ganz zu schweigen von der Zukunft, ausgerechnet ich sollte die Vergangenheit reparieren, denn weil sie kaputt war, war ich kaputt, und nur wenn sie heil gemacht wurde, konnte auch ich heil werden, und wenn es für sie keine Hilfe gab, gab es auch für mich keine. Diese ruhigen Sätze, die vom Balkon an mein Ohr gedrungen waren, hatten mir bewiesen, wie richtig alles sein könnte, denn nie hatte ich so gelassene Sätze bei uns zu Hause gehört, und hier, durch den Rolladen, waren Bruchstücke an mein Ohr gedrungen, die zusammenpaßten wie die beiden Teile des Bibelverses, die sich vereinten, das wird für dich ärger sein als alles Übel, das über dich gekommen ist, von deiner Jugend auf bis hierher.

Aber wie konnte man eine Vergangenheit reparieren, ohne sie zu kennen, man fand sich doch schon schwer genug damit ab, daß man nicht in die Zukunft schauen konnte, was sollte man da mit einer unbekannten Vergangenheit anfangen, und ich nahm den Kamm und stellte mich vor den Spiegel, als sei in ihm die Lösung zu finden, und kämmte mich zum ersten Mal, seit ich hergekommen war, bis meine Haare schön und glänzend aussahen, und dann flocht ich mir einen langen dicken Zopf, wie der Zopf meiner Mutter, den sie im Schrank versteckt hatte, nachlässig in Zeitungspapier gewickelt, als wäre er ein Hering vom Markt, der Zopf, der blitzschnell seinen angestammten Platz an ihrem Kopf verlassen hatte und in die Schrankschublade gewandert war.

In jener Nacht, als die Schatten an der Wand getanzt hatten und die Kerzen in den Fenstern geflackert und meine

Eltern aus dem Krankenhaus gekommen waren, ohne meinen kleinen Bruder, hatte ich den Zopf das letzte Mal über ihre Schulter hängen sehen, am Morgen danach stand sie ohne ihn auf, nackt und kahl sah sie aus, so männlich und häßlich auf einmal, und ich fragte sie, Mama, was hast du gemacht, und sie sagte, ich habe einen Entschluß gefaßt, nichts Schönes wird mehr an mich kommen, und ich fragte, wo ist der Zopf, und sie sagte, im Müll, und erst ein paar Monate später, als ich im Schrank nach etwas suchte, stieß ich auf das Zeitungspapier, aus dem glatt und glänzend ihr dicker Zopf glitt, dicker als meiner, länger, und trotzdem gab es eine gewisse Ähnlichkeit, damals hatte ich versucht, ihn an meinen Haaren zu befestigen, mit Bändern und Gummis, aber immer wieder war er mir von der Schulter gerutscht, als hätte er einen eigenen Willen, doch mein Zopf jetzt hing fest, er brachte mich dazu, aufrechter zu gehen, meine Liebe zu ihm zu tragen, als wäre es die Liebe meiner Mutter, und ich stellte mir die junge Frau in den engen Fluren der Universität vor, in Schwarzweiß sah ich das Bild, das blasse Gesicht und den dunklen Zopf, wie sie die beiden jungen Männer traf, einer schwarz und einer weiß, und so, wie sich die beiden Hälften des Bibelverses zusammenfügten, fügten sich ihrer beider Erinnerungen zusammen und wurden zu einem Ereignis, das einige Tage lang gedauert hatte, während des Kriegs, der ihre Jugend zerstört hatte.

Ich kannte diese Geschichte von dem kindlichen Soldaten, sie hatte sie mir ein paarmal erzählt, ohne einen Namen zu erwähnen, von diesem schwer verwundeten Jungen, an dessen Bett sie zehn Tage lang gesessen hatte, aber wenn er es wirklich war, wieso hatte er dann keine einzige Narbe, da er doch so schwer verwundet war, es stimmte, man sah an ihm auch nicht all die Küsse, die er empfangen hatte, aber wieso sah man nichts von seinen schweren Verwundungen, und dann dachte ich, vielleicht ging es um seine Unfruchtbarkeit, vielleicht war das die Invalidität, die er erwähnt hatte. Voller Angst und Mitleid sah ich seinen großen schönen Körper vor mir, samenlos und für immer voller Trauer, und eine heilige Angst packte mich, wie ein Prophet, dem seine Sendung klar wird, ausgerechnet mir war aufgetragen, die Leere in seinem Körper zu füllen, die geliebte glatte braune Haut zu durchdringen und in der Leere zu verschwinden wie in einer alten Höhle und nie wieder die Sonne zu sehen.

Ich wühlte in meinem Koffer und zog ihr Bild heraus, das ich darin versteckt hatte, und ich betrachtete sie im Spiegel, wir sahen uns ziemlich ähnlich mit unseren Zöpfen und den ernsten Gesichtern, und ich sagte zu ihr, warum hast du das gemacht, Mutter, warum hast du ihn nicht getröstet, du hast ihn doch geliebt, plötzlich war mir ihre Liebe klargeworden, durch meinen Zopf, und ich hegte keinen Groll gegen sie, daß sie ihr Leben lang einen anderen Mann geliebt hatte und nicht meinen Vater, im Gegenteil, es war besser, sie hatte jemanden vergeblich geliebt als einen, der nicht wußte, was Liebe ist, und ich überlegte, wie man wohl sein Leben verbringt, wenn man einen anderen Mann liebt und weiß, daß es hoffnungslos ist, nicht wie ich, die hinter ihm herlief und ihm auflauerte, sondern wie sie, ohne etwas zu tun, von einem Tag zum anderen lebend, ohne jede Spur von Hoffnung, an der man sich festhalten konnte, und ich sah die schreckliche Leere ihres Lebens, schließlich kommt immer ein Moment, wo man weiß, daß sich nichts ändern wird, ich konnte spüren, wie dieser Moment näher rückte, auf mich zu, der Moment, in dem ich nicht mehr sagen könnte, einmal wird es einen Mann geben, den ich lieben werde, einmal werde ich voller Liebe sein, der Moment, in dem man weiß, daß es in dieser Inkarnation keine Wandlung zum Guten geben wird, in dem man sich sagt, das ist alles, mehr oder weniger, und dann wird alles blaß und verschwommen, verliert mit einem Mal seinen Geschmack und seine Farbe, und das Leben ist nackt, schämt sich seiner Nacktheit, und eigentlich möchte man gleich sterben, dann will man weinen, und schließlich sagt man, wenn es nur nicht schlimmer wird.

Durch den schweren Zopf konnte ich die Bitterkeit ihrer Seele spüren, ich saß auf dem Bett und streichelte ihn, wie man eine Katze streichelt, dann hörte ich, wie die Tür aufging und er in der Öffnung stand, umglänzt vom Licht der Liebe, in der Hand eine große blaue Tasse, blau wie das Hemd, das er anhatte, ein kurzärmliges Sommerhemd mit offenen Knöpfen, so daß es die breite braune Brust entblößte, einige graue Haare lugten hervor, wie um die tiefe Bräune zu betonen, wie an dem Tag, als ich ihn zum ersten Mal sah, nur ging damals der Sommer zu Ende, und nun begann er erneut. Er lächelte mit geschlossenem Mund, verbarg den abgebrochenen Zahn, hielt mir die Tasse hin und sagte, die habe ich vergessen, und stellte sie neben die leere Thermoskanne und wollte sie vollgießen, doch als nichts herauskam, kicherte er und fragte, du hast alles schon getrunken, als hätte ich etwas besonders Witziges vollbracht, und ich sagte, ja, und dann sagte ich, nein, denn ich wollte noch immer Kaffee, und dann sagte er, was hast du mit dir angestellt, und betrachtete mich mit einem vernichtenden Ausdruck im Gesicht, und ich hatte plötzlich nichts mehr, wohinter ich mich verstecken konnte, der Vorhang meiner Haare war zusammengeflochten und mein Gesicht preisgegeben, mit allen Fältchen und Sommersprossen, und sein Gesicht wurde unangenehm, er packte mich am Zopf, zog mit Gewalt an dem Gummi, riß ihn samt ein paar Haaren ab und wühlte grob die drei Haarstränge durcheinander, löschte die Erinnerung an meinen prachtvollen Zopf, und das alles dauerte kaum eine Sekunde, doch mir kam es wie

Stunden vor, langsam und erschreckend wie eine mythologische Zeremonie der Teufelsaustreibung, und ich merkte, wie ich zu zittern begann, und dann sah ich, daß er es war, der zitterte, ich wußte schon nicht mehr, wer von uns zitterte, und er setzte sich auf den Stuhl mir gegenüber und begann zu schreien, geh weg von hier, ich habe genug von deinen Provokationen, und ich fühlte, daß ich keine Luft bekam, daß ich unfähig war, mich zu bewegen, gelähmt wie Masal Schejnfeld, und er stand auf und trat gegen meinen Koffer, stieß ihn in meine Richtung und schrie, genug, diesmal bist du wirklich zu weit gegangen.

Ich stand mühsam auf und zog mich an und begann meine Sachen einzusammeln, ich vergaß auch nicht das Buch und warf alles in meinen Koffer und machte ihn zu, und alles geschah langsam, langsam, ich versuchte, meine Bewegungen zu beschleunigen, aber es gelang mir nicht, als kämpfte ich gegen die Anziehungskraft, und als ich in der Zimmertür stand, setzte er sich auf das Bett, bedeckte das Gesicht mit den Händen und sagte mit einer weicheren Stimme, warum provozierst du mich, was willst du erreichen, und ich sagte, nichts, ich weiß nichts, ich verstehe nichts, und er sagte, dieser Zopf, ich hasse ihn, und ich fragte, warum, und er sagte, wie man eine Schlange haßt, die versucht hat, einen zu beißen, und ich sagte, warum, ich verstehe nichts, und er sah mich von unten bis oben an, wie ein kleines Kind sah er plötzlich aus, und er sagte, weißt du es wirklich nicht? Und ich sagte, ich schwör's, bei der Heiligen Schrift, bei meinem Leben, und er sagte, so ist sie immer herumgelaufen, deine Mutter, die Prinzessin des Emek, sie hat ihren prachtvollen Zopf gedreht und unsere Gefühle verwirrt mit ihrem Stolz.

Ich erschrak bei dieser Beschreibung und sagte, wie ist das möglich, sie hat dich doch so sehr geliebt, und er lachte bitter und sagte, mich geliebt? Nur sich selbst hat sie geliebt, ich war für sie ein Stück Nostalgie, eine Erinnerung an den Krieg, ein gemeinsamer Abschnitt, aber mit mir wirklich eine Beziehung einzugehen, das fiel ihr nicht ein. Ich war dunkel, aus einem Armenviertel, mit einer zweifelhaften Vergangenheit und einer unklaren Zukunft, nicht wie dein Vater, mit seinen Eltern aus Deutschland, den Ärzten, mit seiner ordentlichen Erziehung, und was hat sie zu mir gesagt? Er sprach, als wäre alles erst gestern passiert, sie hat gesagt, sie liebe mich, aber sie wolle Kinder, Kinder wollte sie, das war ihr wichtig, und ich war ja verwundet gewesen, das wußte sie besser als ich, sie war doch die einzige, die damals neben mir gesessen hatte, und die Ärzte hatten sich die Mühe gemacht, sie über meine Verletzung aufzuklären.

Verstehst du, was sie mir sagte, ich paßte nicht zu der Zukunft, die sie für sich im Kopf hatte, unter diesem Zopf, sie wollte einen gesunden Mann heiraten, in geordneten Verhältnissen, sie wollte viele Kinder bekommen, eine normale Familie wollte sie, und ich sagte, ich flehte sie an, Rachel, du darfst der Liebe nicht den Rücken kehren, dafür bezahlt man sein Leben lang, aber sie wußte es besser als alle anderen, und ohne mir auch nur Bescheid zu sagen, heiratete sie meinen besten Freund, und ich brach mein Studium ab und verließ das Land und ließ nur einen Fluch zurück, ich verfluchte sie, sie sollten nie Kinder bekommen.

Von Zeit zu Zeit erfuhr ich, wie es ihnen ging, ich hörte, daß dein Vater krank wurde und das Studium abbrach, und ehrlich gesagt, er tat mir leid, aber ich dachte nur, das geschieht ihr recht, das geschieht ihr recht, da hatte sie geglaubt, sie hätte das Leben in ihrer kleinen Tasche, so als ob man alles planen könnte. Jedesmal fragte ich Bekannte, die aus Israel kamen, ob sie Kinder bekommen hätten, und ich stellte fest, daß mein Fluch wirkte, aber an dem Tag, als du geboren wurdest, hat sie mich besiegt, sie bekam ihre Rechtfertigung, und ich hörte deinen Vater am Telefon, sie hatte ihn als erstes losgeschickt, er solle in Paris anrufen und es mir mitteilen, und er verstand gar nichts in seiner Naivität, er war sicher, daß ich mich für sie freute.

Das war der Tag, an dem du Joséphine kennengelernt hast, sagte ich, und er sagte, stimmt, woher weißt du das? Aber er wartete nicht auf eine Antwort. Joséphine wollte mich unter jeder Bedingung, das war ihre Größe, sie konnte lieben, ohne einen Gegenwert zu erwarten, sie war bereit, auf viel zu verzichten, um mit mir zu leben, sie verzichtete für mich auf das Baby, das sie schon im Bauch hatte, verstehst du das? Und deshalb bin ich auch bis zum Schluß bei ihr geblieben. Glaubst du, deine Mutter hat nicht versucht, mich wiederzubekommen? Natürlich hat sie es probiert, dein Vater hatte ihr eine Tochter gemacht, sie brauchte ihn schon nicht mehr so dringend, und dann entdeckte sie plötzlich, daß sie ohne mich nicht sein konnte, daß ich ihre wahre Liebe war, du hast im Kinderwagen geschlafen, als sie zu mir kam und mir vorschlug, mit euch beiden zu leben, dich zusammen mit ihr aufzuziehen, als wärst du meine Tochter, aber ich konnte ihr die Zurückweisung nicht verzeihen.

Und als Avschalom starb, wußte ich, daß das ihre Strafe war, und auch sie wußte es, und danach war sie viele Jahre lang nicht bereit, mich zu sehen, ich weiß, daß ich dir das nicht hätte erzählen dürfen, aber als ich dich so gesehen habe, mit dem Zopf, ist es über mich gekommen, und ich konnte mich nicht beherrschen.

Ich war so verblüfft, seine Geschichte war so anders als die, die ich im Kopf gehabt hatte, daß ich ihn überhaupt nicht richtig verstand, die Einzelheiten begriff ich kaum, nur den harten Ton seiner Stimme, nicht verzeihend, nicht vergessend, ohne Mitleid, und die ganze Zeit dachte ich, da ist irgendwo ein Fehler, so kann es nicht gewesen sein, sogar

Joséphine hat eine andere Version erzählt, sie hat gesagt, daß er sich gefreut hat, als ich geboren wurde, das war das einzige, was mir plötzlich wichtig war, ob das ein glücklicher oder ein schlimmer Tag für ihn gewesen war, ich konnte die Vorstellung nicht ertragen, er habe meine Geburt bedauert, und erst dann dachte ich an sie.

Er lag auf dem Bett, rauchte mit geschlossenen Augen, mit verzerrtem Gesicht, und meine Mutter erschien vor mir, mit all ihrem Haß, denn wenn zwei Menschen, die für einander bestimmt waren, ihre Bestimmung nicht akzeptieren, verurteilen sie sich zu einem Leben voller Haß und Schuld, und alle waren schuld an diesem Leid, sie war schuld, weil sie der Liebe den Rücken gekehrt hatte, mein Vater war schuld, weil er ihr weismachte, sie könne mit ihm glücklich werden, und ich war schuld, weil sie meinetwegen auf die Liebe verzichten mußte und ich ihr nie etwas zurückgegeben hatte, und er war schuld, weil er sich weigerte, zu ihr zurückzukehren, als sie das wollte, und Joséphine war schuld, weil sie ihm bewies, daß man auf Liebe hoffen konnte, ein immer größer werdender Kreis von Schuld, der fast die ganze Welt umfaßte, wie konnte ich mir nur einbilden, es wäre mir möglich, diesem Kreis zu entkommen, wie ein kleines Kind, das versucht, mit Erbsen zu schießen.

Ich trat näher und legte mich neben ihn auf das Bett, denn ich wollte ihn nicht sehen, ich ekelte mich plötzlich vor ihm, all diese Scheibchen Wissen, auf die ich so viele Jahre lang gewartet hatte, kamen mir plötzlich vergiftet vor, ungenießbar, und er stand auf und sagte, verzeih mir, ich hätte das nicht tun dürfen, aber du hast mich immer aufs neue dazu gebracht, daß ich die Beherrschung verloren habe, ich glaube, daß wir nicht mehr zusammensein dürfen, alles zwischen uns ist zu beladen, am Abend, wenn alle weg sind, bringe ich dich nach Hause.

Er zog sich langsam aus und ging ins Badezimmer, und ich hörte die Dusche und dachte an den Schneemann aus der Geschichte, die mir meine Mutter oft vorgelesen hatte, ein geliebter Schneemann, der sich mit Schlamm beschmutzte, und als sie versuchten, ihn von dem Schmutz zu reinigen, taute ihn das Wasser auf, und es blieb nichts von ihm zurück. Immer hatte ich gegen die eiserne Logik dieser Geschichte protestiert, ich hatte gesagt, warum waschen sie ihn denn, und meine Mutter antwortete, weil er sich mit Schlamm beschmutzt hatte, und ich fing an zu schreien, versuchte, das verhängnisvolle Urteil abzuwenden, ich zog es vor, daß er schmutzig war, statt überhaupt nicht mehr zu existieren, und sie sagte, sie wollten ihn sauber haben. Aber das ist unmöglich, hatte ich böse gesagt, sie wollten etwas Unmögliches, wer etwas Unmögliches will, verliert alles.

Ich blickte zur Kommode mit den gefährlichen Pralinenschachteln und dachte an meine Mutter, deren Leben einen Moment lang offen gewesen war und sich dann geschlossen hatte, und ich sah, wie sie sich gegen das Tor warf und flehte, es möge sich öffnen, aber es war zu spät, ein Fehler zieht den anderen nach sich, und am Schluß hat man ein verfehltes Leben. Sie hatte auf ihn verzichtet, um mich und Avschalom auf die Welt zu bringen, und sie haßte uns deshalb so sehr, daß Avschalom sterben mußte und ich es nicht schaffe, mein Leben zu meistern, wenn sie sich für ihn entschieden hätte, wäre ich nicht geboren worden, was für eine wunderbare Möglichkeit, ich wäre wie eine verschlossene Schachtel geblieben, ein Versprechen, das nicht erfüllt wird, und bestimmt hatte sie jedesmal, wenn ich sie nachts weckte oder wenn ich sie enttäuschte, an den Preis gedacht, den sie bezahlt hatte, auch jedesmal, wenn ich meine Hausaufgaben nicht gemacht hatte, und jedesmal, wenn ich frech geworden war, und das alles wegen zwei Hälften eines Bibelverses, die nicht zusammengefügt wurden, sondern wie amputierte Glieder getrennt blieben, und deshalb war auch Joséphine krank geworden, denn die Dankbarkeit, die er ihr entgegengebracht hatte, hatte ihr nicht gereicht, sie wollte Liebe, und seine Liebe war trübe geworden wie ein Teich, der nie Sonne oder Wind ausgesetzt ist. Was hatte er ihr zu geben, und was hatte er mir zu geben, Scherben von altem Zorn, ein stinkendes Gefühl des Sieges, eines Sieges über Schwache, der einer Niederlage gleichkommt, ich habe hier nichts mehr verloren, dachte ich, in der Nacht werde ich die Wohnung verlassen und hingehen, wohin mein Koffer mich führt, er soll mich führen wie ein Blindenhund, denn je mehr mir die Augen geöffnet wurden, um so weniger sah ich.

Ich hörte ihn unter der Dusche singen, er sang mit einer sehr gefühlvollen Stimme von den Flüssen von Babylon, wo wir gesessen und geweint hatten, als wir an Zion dachten, seine Stimme klang traurig, aber jung und frei, und ich dachte, auch wenn ich ihr die Augen aussteche, er bleibt für sie jung, während sie alt geworden ist, er erinnert sie stets aufs neue an die Vergangenheit, und deswegen stirbt ihr Traum nicht, sondern wird nur immer unmöglicher, und ich hörte diese Stimme nach mir rufen, Ja'ara, sagte er, ohne auf eine Antwort zu warten, so sicher war er, daß ich noch nicht weggegangen war, Ja'ara, bring mir ein Handtuch, und ich öffnete den Schrank und suchte Handtücher, und alles war so ordentlich, die Handtücher so genau gefaltet, als wären es Bretter, und ich nahm das oberste, ein schwarzes, und ohne Absicht stieß ich das nächste an, und es fiel herunter, und ich versuchte es wieder so zusammenzulegen, wie es gewesen war, aber es gelang mir nicht, also brachte ich ihm beide, und er lächelte spöttisch und sagte, für wen ist das zweite? Hast du hier noch einen anderen Mann, der auf ein Handtuch wartet? Das war eine Anspielung auf jenen Tag in

Jaffo, aber ich sagte, ja, und dachte an Joni, den lieben, der auf sein Handtuch wartete und noch immer dort stand, in der kleinen Dusche, und vor Kälte zitterte, denn als ich ihn verlassen hatte, war Winter, und er stand noch immer dort und wartete darauf, daß ich kam, um ihn abzutrocknen.

Ich wickelte mich in das große Handtuch, obwohl ich angezogen war, und ging zurück zum Bett, und er folgte mir schnell, stand nackt vor dem Schrank, und ich versuchte, eine verborgene Narbe an seinem Körper zu entdecken, sah aber nichts, und ich fragte, hast du mit ihr geschlafen? Er antwortete nicht, aber ich sah, daß er die Frage gehört hatte, sein Körper hatte sich bewegt, als wäre er von einem Windzug getroffen worden, und er drehte sich zu mir um und sagte mit Nachdruck, warum bist du so in die Vergangenheit versunken, Ja'ara, warum fragst du zum Beispiel nicht, ob ich mit dir schlafen werde, und er kam näher und näher, und vielleicht war es auch nur sein Schwanz, der anschwoll und näher kam, und er selbst blieb weit weg, und er sagte, man kann nicht alles anzweifeln, wenn du dich mit der Vergangenheit beschäftigst, versäumst du die Gegenwart, was mußt du jetzt dringender wissen, ob ich vor dreißig Jahren mit ihr geschlafen habe oder ob ich jetzt mit dir schlafen werde? Ich lachte verwirrt und fragte, was soll ich jetzt sagen, und er sagte, die Wahrheit, und ich sagte, ob du mit ihr geschlafen hast, und er ging zurück zum Schrank und begann widerwillig, sich anzuziehen, und ich protestierte, du hast doch gesagt, ich soll die Wahrheit sagen, und er sagte, ja, aber die Wahrheit hat ihren Preis, hast du das nicht gewußt?

Und je angezogener er war, um so mehr wollte ich ihn ganz und gar, als hätte ich stundenlang in der Sonne gesessen, so brannte meine Haut, und ich dachte, wie sehr ich mich die ganze Zeit irre, ihr Leben ist nicht mehr zu retten, und inzwischen verpasse ich meins, und ich sagte, komm, ich will dich, und er blickte mich hochmütig an, von oben bis unten, und sagte, aber jetzt will ich nicht mehr, ich kann gar nicht mehr, schau, und trat zu mir und deutete auf seinen Schritt und sagte, siehst du, da ist alles tot für dich, es gibt nichts, wenn ich einen Schlitz hätte, würdest du mich für eine Frau halten, und tatsächlich ging eine seltsame Ruhe von der Stelle aus, die Leere eines leblosen Gegenstands.

So schnell stirbt alles, sagte ich gekränkt, und er sagte, ja, so ist das, und mich packte plötzlich die Wut, und ich schrie ihn an, noch vor einer Minute warst du so wild drauf und plötzlich nicht mehr, du bist einfach nur gekränkt wegen dem, was ich gesagt habe, warum fragst du solche Sachen, wenn du die Antwort nicht aushalten kannst? Er wurde sofort wütend, ich kann sie nicht aushalten? Du bist es doch, die nicht aushält, daß er mir bei dir nicht steht, und ich schrie, du bist ein Lügner, meine Mutter hat Verstand gezeigt, als sie dich nicht geheiratet hat, und er lachte laut und abstoßend, und ich griff nach meinem Hals, der vor lauter Schreien anfing weh zu tun, und ich schaute auf das orangefarbene Nachmittagslicht, das durch den Rolladen drang, und dachte, noch ein paar Stunden, dann ist auch das Vergangenheit, und ich werde nicht mehr hiersein, ich hatte keine Ahnung, wo ich sein würde, aber ich wußte genau, wo ich nicht sein würde, nämlich hier, hier war alles krank, krank, und ich traute meinen Ohren nicht, denn genau diese meine Gedanken schleuderte er mir entgegen. Alles hier ist krank wegen dir, schrie er, du verstreust Krankheiten um dich herum, Joséphine war gesund im Vergleich zu dir, du bringst mich dazu, mich so zu benehmen, wie ich es hasse, ich bin nicht bereit, das länger zu ertragen, und fast tat es mir leid, daß außer uns kein anderer da war, zum Beispiel mein Vater oder meine Mutter, jemand, der zwischen uns richten konnte, aber was spielte es schon für eine Rolle, wer recht hatte, es war klar, daß in diesem Zimmer nicht genug Raum für uns beide war, und ich mußte fortgehen, bevor die nächsten Kondolenzbesucher kamen und ich bis spätabends hier festsaß, und trotzdem durfte ich ihm nichts schuldig bleiben und schrie ihn an, du Lügner, du dreckiger Lügner, und unter Lachen hörte ich ihn sagen, ich weiß nicht, was du überhaupt hier tust, wenn ich so furchtbar bin, warum brauchst du mich dann, und ich schrie, ich brauche dich nicht, ich wünschte, ich hätte dich nie getroffen, und er sagte, dann hör auf, mich weiter zu treffen, niemand braucht dich hier.

Und warum hast du dann angerufen, daß ich kommen soll, schrie ich, mein ganzes Leben hast du mit diesem Anruf kaputtgemacht, und er sagte, ich soll angerufen haben? Du hast mich angerufen und gefragt, ob du kommen kannst, glaubst du etwa, ich hätte dich angerufen, noch dazu an dem Tag, an dem meine Frau beerdigt worden ist? Und ich fiel über ihn her, vor Wut wußte ich nicht, was ich tat, ich fiel über seine Lippen her, die diese fürchterlichen verlogenen Worte gesagt hatten, ich versuchte sie herauszureißen, sie ihm aus dem Gesicht zu reißen, und er warf mich auf das Bett und ließ mich nicht aufstehen und wiederholte wieder und wieder die Worte, die ich nicht ertragen konnte, ich soll angerufen haben? Nie im Leben habe ich dich angerufen, ich kenne deine Telefonnummer gar nicht, nie im Leben habe ich dich angerufen, und dann klingelte es an der Tür, und die zweite Hälfte des dritten Tages der sieben Trauertage für Joséphine Even begann.

12

Hätte mich jemand gefragt, was leichter wäre, sich zu prügeln oder Liebe zu machen, hätte ich selbstverständlich das zweite gesagt, aber als ich nun in seinem Bett lag und vor Haß keuchte, spürte ich, um wieviel körperlicher doch der Haß war als die Liebe, weniger kompliziert, weniger ausweglos. All meine Kräfte sammelten sich dem Haß zuliebe, als ich mich mit seiner Daunendecke zudeckte, wütend die weichen Kissen zerquetschte, als wären es seine Lippen, die diese Worte ausgespuckt hatten, und ich kniff die Augen zu, bis mich alles anekelte, was ich sah, jedes Möbelstück, jede Zimmerecke, sogar die weißen Wände, das Bild, das an der Wand hing, ein riesiges Bild von einem schwarzen Kran, der eine Mauer bedrohte, und der Schrank, der offen geblieben war, und die Rolläden, die sich nicht rührten und seit zwei Tagen den ganzen Ekel aufsaugten, denn sie hatten die Worte gehört, jeder, der die Worte gehört hatte, der sein verrücktes Lächeln gesehen hatte, das die Worte einfaßte wie ein Bilderrahmen, ein so breites Lächeln, daß es die Lippen aufriß, bis zwei Tropfen Blut in den Mundwinkeln aufblitzten, jeder, der Zeuge gewesen war, Mensch oder Gegenstand, war für immer unrein. Ich versuchte, mich in Bewegung zu bringen. Daß du keinen Ort hast, wohin du gehen kannst, bedeutet noch lange nicht, daß du hierbleiben mußt, und daß du einen Fehler gemacht hast, bedeutet nicht, daß du ihn in alle Ewigkeit ausdehnen mußt, doch diese Erkenntnis erschreckte mich so sehr, daß ich mich nicht bewegen konnte, die endgültige Erkenntnis, das sichere Wissen, ich, Ja'ara

Korman, geboren dann und dann, in dem und dem Ort, mit der und der Augenfarbe und all den anderen Details, die nicht mehr veränderbar waren, mit denen ich einfach leben mußte, hatte etwas getan, was zu dieser Herde von Tatsachen eine neue hinzufügte, die anderen mußten zusammenrücken, um ihr Platz zu machen, sich mit ihr anfreunden, und diese neue Tatsache war, daß ich in dem und dem Monat in dem und dem Jahr einen Fehler gemacht hatte, einen schweren Fehler, der mein ganzes Leben veränderte, der die Vergangenheit zu einer verwunschenen Zeit gemacht hatte und die Gegenwart zu einem Alptraum und die Zukunft zu einem wilden Tier, und jetzt mußte ich lernen, damit zu leben, wie man lernt, mit einer Behinderung zu leben, aber es war nicht einfach eine Behinderung, die ich mir selbst zugefügt hatte, so wie jemand, der sich eine Kugel ins Bein schießt und lernen muß, sowohl mit sich selbst als auch mit dem verletzten Bein weiterzuleben, sondern ich war wie jemand, der ins Auto steigt und sich selbst überfährt, ich war sowohl die Fahrerin als auch die unter den Rädern, die Schuldige und die Anklägerin, und ich dachte an Joni, den ich für immer verloren hatte, und an seine Liebe, die von mir weggezogen war, plötzlich, wie wenn man eine Decke von einem Tisch zieht, daß der Tisch nackt und armselig aussieht, beschädigt und voller Flecken.

Ich sah sein Gesicht vor mir, sah, wie sich zu den weichen Zügen eine gewisse Härte gesellte, die erstaunlich gut zu ihnen paßte, als wäre sie immer da gewesen und hätte nur auf den passenden Moment gewartet, herauszukommen, und seine weiche Stimme hatte einen nachdrücklichen Klang bekommen, und er erklärte mir höflich, in ihm sei etwas zerbrochen und wir könnten nie mehr in unser voriges Leben zurückkehren, denn diese Flitterwochen in Istanbul seien für ihn ein Schlußstrich unter unsere Ehe gewesen, und dann sagte er, weißt du eigentlich, daß die Türken einmal fast die ganze Welt beherrscht haben? Und ich sagte, vielleicht probieren wir es noch einmal, trennen können wir uns immer noch, und er fuhr fort, Reste dieser Pracht sind jetzt ihr ganzer Stolz, mehr ist ihnen nicht geblieben, und ich flehte, bitte, Joni, ich mache alles wieder gut, aber er sagte nur, ihre Herrschaft war grausam, und jetzt gibt es dort, in Istanbul, nur noch Grausamkeit ohne Herrschaft, und damit war unser Gespräch zu Ende, und ich packte meinen schimmeligen Stolz zusammen, meine Kleider und meine Bücher, und er packte seine Sachen, denn keiner wollte in der Wohnung bleiben, und auf der einen Hälfte der Kartons stand sein Name und auf der anderen meiner, und an der Tür drückte er mir die Hand, wie beim Abschluß eines Geschäfts, ein fester, ernsthafter Händedruck, und in seinen Augen war ein Leuchten des Glücks, nicht provozierend, nicht aggressiv, sondern das bescheidene, nachdenkliche Glück eines Menschen, der früher als erwartet seine Freiheit bekommen hat, und danach sah ich ihn nicht mehr.

Nichts würde von den Jahren unseres gemeinsamen Lebens zurückbleiben, nicht einmal ein Kind, das zwischen uns hin und her gerissen wird, kein Besitz, um den man streiten könnte, sondern wirklich nichts, jeder würde mit fast ebenso leeren Händen gehen, wie er gekommen ist, und vielleicht würden wir uns einmal zufällig auf der Straße treffen und uns in ein kleines Café setzen, und erst dann würde er es wagen mir zu erzählen, wie schlimm es eigentlich war, morgens aufzustehen, aufgeregt wegen der Reise, sich blitzschnell zu überlegen, was man noch alles zu erledigen hatte, diese Kleinigkeiten, die immer bis zum letzten Moment liegenbleiben, und erst dann das leere Bett zu bemerken, das leere Badezimmer, die leere Küche, und trotzdem den Koffer zu nehmen und wegzufahren, denn so ist

Joni, er ändert nicht gerne seine Pläne, er bleibt nicht im Bett und weint, er weint im Flugzeug, er weint im Hotel, er weint, wenn er sich bewegt, nicht wie ich, ich weine bewegungslos, und wer weint, wenn er sich bewegt, rettet sich am Schluß, und wer weint, ohne sich zu bewegen, bleibt verloren, so wie ich, und ich hatte solche Angst vor der Zukunft, die mir noch unausweichlicher zu sein schien als die Vergangenheit, und ich wußte, daß ich es nicht aushalten würde, ich mußte sie aufhalten, ich mußte einen Weg finden, den riesigen Stein abzufangen, der auf mich zurollte. Als erstes mußte ich aufstehen, selbst auf der Toilette zu sitzen war besser, als im Bett zu liegen, und am besten war es, am Fenster zu stehen, und ich schaffte es wirklich, zum Fenster zu gelangen und es aufzumachen, die Luft traf mich, eine scharfe, nach Frühling riechende Luft, und die Zitrusbäume im Garten blühten und schickten mir einen Gruß aus den Plantagen, die unsere Siedlung umgeben und in mir zum ersten Mal den Gedanken an Liebe erweckt hatten, ein Gedanke, der immer viel großartiger ist als die Liebe selbst, damals lief ich unter den Bäumen herum und war glücklich nur mit diesem Gedanken, ich stieg auf den kleinen Hügel und schaute hinunter, und die ganze Welt war ein einziger riesiger Orangenhain ohne Ende, und ich stellte mir vor, wie ich den Mann, den ich lieben würde, hierherführen und ihm dieses Wunder zeigen würde, und das wäre dann die Antwort auf die große Frage, die nicht gestellt wurde und nie gestellt werden würde.

Vielleicht bringe ich Joni dorthin, dachte ich, ich werde ihn am Flughafen erwarten und sofort mit ihm dort hinfahren, von den Moscheen Istanbuls direkt zu den Orangenplantagen im Scharon, und dort, auf dem kleinen Hügel, werde ich es schaffen, sein Herz wieder zu mir zu wenden, und dann ging ich zu meinem Koffer und wühlte und prüfte nach, ob alles drin war, und ich sah mich um und begann meine Flucht zu planen, die, wie sich herausstellte, verhältnismäßig einfach sein würde, denn vor lauter Eile hatte er vergessen, die Tür abzuschließen, vielleicht hatte er es auch absichtlich getan, ich konnte also versuchen, mich durch den Flur davonzuschleichen, vorbei am Wohnzimmer, oder sogar kurz hineingehen und ihm ernst die Hand drücken, als wäre ich aus der Gästetoilette gekommen, aber was sollte ich mit meinem riesigen Koffer machen, das durfte doch nicht sein, daß ausgerechnet er mich am Schluß hier festhielt, ein Koffer. Ich beschloß, den Rolladen des Balkons, den ich erst heute entdeckt hatte, ein wenig hochzuziehen, ganz vorsichtig, und da sah ich, daß der Schlüssel zur Balkontür am Griff hing, fröhlich schaukelnd hatte er schon ein paar Tage lang auf mich gewartet, und ich schloß die Tür auf, schob den Koffer mit kleinen Tritten hinaus auf den Balkon und ließ den Rolladen wieder herunter, und dann, bevor ich es mir anders überlegen konnte, betrat ich den Flur.

Aus dem Wohnzimmer drang rhythmisches Gemurmel, eine Art ruhiger, zurückhaltender Singsang vieler Stimmen zusammen, du, der allerhöchste Gott, sangen sie, der in Güte und Milde waltet, und Herr und Meister ist von Allem; der den Vätern ihre Frömmigkeit gedenket und ihren Kindeskindern sendet den Erlöser um seines Namens willen, und ich schlich mich vorsichtig weiter, bis ich die Toilette erreicht hatte, und schlüpfte schnell hinein und setzte mich auf den heruntergeklappten Klodeckel. Wie eine Insel mitten im gefährlichen Meer kam mir dieser kleine enge Raum vor, und ich sah mich um und stellte fest, wie sehr hier die Hand einer Frau fehlte, um was kümmerte sich der Hausherr, wenn ihm nicht auffiel, daß kein Toilettenpapier da war, und aus der Kloschüssel kam ein Gestank wie bei einer öffentlichen Toilette. Ich hörte Schritte näher kommen und streckte schnell den Fuß aus, um die Tür zuzuhalten, falls jemand sie öffnen wollte, denn es gab keinen Schlüssel, aber sogar mein relativ langes Bein reichte nicht bis zur Tür, und obwohl die Schritte sich wieder entfernten, probierte ich es weiter, streckte meine Beine und überlegte, was wohl Leute taten, die mittendrin erwischt wurden, mit heruntergelassener Hose, sie hatten zwei Möglichkeiten, entweder machten sie einen Satz zur Tür und tropften auf ihre Kleidung, oder sie preßten ihren Hintern auf den Klodeckel und riskierten eine nicht gerade angenehme Entdeckung, und ich wunderte mich über die Gastgeber, die ihren Gästen ein so schweres Dilemma zumuteten, vor allem über Joséphine wunderte ich mich, von ihr hätte ich erwartet, daß ihr das Wohl ihrer Gäste am Herzen gelegen hatte, und ich dachte, vielleicht ist sie deshalb krank geworden und gestorben, denn wegen weniger wurde der Tempel zerstört.

Und dann fiel mir mein kostbares Buch ein, das der Gnade eines jeden Menschen ausgesetzt war, der an dem verlassenen Koffer vorbeiging, ich drückte die Wasserspülung und verließ die Toilette, setzte das Gesicht einer besonders traurigen Kondolenzbesucherin auf und ging zum Eingang, blieb einen Moment in der Wohnzimmertür stehen, um ihn dort sitzen zu sehen, umgeben von Männern, die sich im Gebet bewegten, und jemand kam aus der Küche, wo ein paar Frauen um den runden Tisch saßen, und eine der Frauen machte mir ein Zeichen zu warten und sagte, gleich sind sie mit dem Beten fertig, du kannst hier warten, also betrat ich die Küche und setzte mich auf den einzigen Stuhl, der noch frei war. Willst du etwas trinken, fragte die Frau, und ich sagte glücklich, Kaffee, und plötzlich war es so leicht, Kaffee zu bekommen, außerhalb jenes Zimmers, und sie goß mir schnell eine große Tasse voll und schob mir Zucker und

Milch zu, und dabei lächelte sie mich an und sagte, ich bin Ajala, Aries Schwester.

Eure Eltern hatten eine Vorliebe für Tiere*, sagte ich und erschrak sofort, vielleicht hatte ich sie gekränkt, doch sie lachte warm, ja, das stimmt, ich habe immer zu ihnen gesagt, schade, daß ihr euch nicht so um eure Kinder kümmert, wie ihr es mit jeder streunenden Katze tut. Ich lächelte sie dankbar an, und sie fragte, Kuchen? Und ohne zu warten, schob sie mir ein Stück hellen duftenden Käsekuchen auf einem verzierten Teller zu und bot in fließendem Französisch auch der Mutter der Verstorbenen etwas an, und sie bewegte sich anmutig und geschmeidig in der engen Küche. Sie war klein und dick, mit großen, weichen Brüsten, die sich unter ihrem engen Pulli wölbten, und aus ihrem braunen Gesicht leuchteten blaue Augen. Sie sah ihm überhaupt nicht ähnlich, nur vielleicht die vollen Lippen, aber seine waren grau und ihre rot, und als sie lächelte, es sah wirklich so aus, als sei sie die ganze Zeit kurz vor oder nach einem Lächeln, zogen sich Falten von den strahlenden Augen zu den Lippen, aber sie waren so anmutig wie Grübchen. Ich fand sie so großartig, daß ich nur ganz ruhig meinen Kaffee trank und sie betrachtete, überrascht und erstaunt, wie angenehm es in der Küche war, wie heiter und gelassen sie sich um alle kümmerte, woher war sie plötzlich aufgetaucht, diese wunderbare Frau, wieso hatte ich nichts von ihrer Existenz gewußt, als ob ich mich, hätte ich von ihr gewußt, anders verhalten und meine Weltsicht sich geändert hätte.

Vor lauter Betrachten merkte ich erst gar nicht, daß sie mit mir sprach, du bist die Tochter von Korman, fragte sie, und ich war fasziniert von ihren Lippen und antwortete nicht, was sie offenbar als Zustimmung interpretierte, denn sie

---

* Hebr. Arie – Löwe, Ajala – Reh

sagte, du siehst deiner Mutter sehr ähnlich, wirklich erstaunlich, ich weiß noch, wie sie ausgesehen hat, als sie ungefähr so alt war wie du, unglaublich, wie sehr ihr euch gleicht, nur der Zopf fehlt dir noch, und ich lächelte schief und sagte, ja, die Frage ist nur, ob das so empfehlenswert wäre, von allen Menschen ausgerechnet meiner Mutter so ähnlich zu sehen, und ich konnte mich nicht beherrschen und fügte hinzu, ich würde lieber dir ähnlich sehen.

Sie blickte mich mitleidig an und sagte, das hängt nur von dir ab, ich bin mir auch erst nach vielen Wandlungen ähnlich geworden, und ich dachte, wenn mir heute noch ein Mensch sagt, es hänge nur von mir ab, fange ich an zu schreien, aber von ihr war ich bereit, alles zu akzeptieren, so weich und voller Anteilnahme sprach sie, und ich hätte sie gerne gefragt, wo sie diese Tage gewesen war, warum sie mich nicht in meinem Gefängnis auf der anderen Seite der Wand besucht hatte, aber plötzlich fiel ein Schatten in die Küche, sie füllte sich mit Männern. Ich erkannte den französischen Schwager und Schaul, der mir einen distanzierten Blick zuwarf, er hatte wohl Angst, daß meine Anwesenheit sein Geheimnis verraten würde, jedenfalls verließ er sofort die Küche, die anderen Männer kannte ich nicht, und Arie kam als letzter herein, ich sah, wie seine Schwester ihn prüfend betrachtete und sagte, Ari, die Tochter von Korman ist hier, und er blickte mich schnell an, ich hätte eigentlich erwartet, er würde zornig reagieren, weil ich die Grenze überschritten hatte, aber sah amüsiert aus und sagte spöttisch, mit absichtlicher Übertreibung, so, so, die Tochter von Korman, was für eine Überraschung, und lächelte, ich liebe Überraschungen, und seine Schwester umarmte ihn, und ich sah, wie ähnlich sie sich doch waren, sie sah aus wie seine helle Seite, aber neben ihr sah auch er hell aus, gelassen und ruhig, und er sagte, du bist nicht in Istanbul? Ich habe gehört, du wärst in Istanbul, und ich spürte, wie ich rot wurde, und sagte, wir sind schon zurück, absichtlich benutzte ich den Plural, als wäre ich noch Teil eines Paares.

Wie war's, fragte er, und ich sagte, enttäuschend, Istanbul ist enttäuschend, ich hatte mir viel mehr erhofft, und er sagte, man muß seine Erwartungen immer herunterschrauben, und Ajala sagte, das stimmt, das Bild, das du im Kopf hast, ist immer vollkommener als das, was du mit deinen Augen siehst, das trifft für alles zu, und ich sagte, dann wäre es vielleicht besser, es sollte im Kopf bleiben und man sollte sich nichts wirklich anschauen und keine Menschen treffen. Aber dann wird man nie erwachsen, sagte er, denn der Unterschied zwischen dem, was du mit deinen geistigen Augen siehst, und dem, was du mit deinen körperlichen Augen siehst, das ist Erwachsenwerden.

Warum muß man überhaupt erwachsen werden, sagte ich und merkte, daß Ajala uns neugierig beobachtete, ihre feinen Nasenflügel zitterten wie bei einem Tier, das etwas Verdächtiges bemerkte, und er sagte müde, weil das Leben so ist, Kormans Tochter, auf das Erwachsenwerden verzichten heißt auf das Leben verzichten, und sie fing an zu klatschen und lachte, und ich weiß nicht, warum, aber mir kam es plötzlich vor, als sei ich in einem Theater, und da kam Schaul wieder in die Küche, leicht gebückt, und zog etwas hinter sich her, und zu meinem Schrecken erkannte ich meinen Koffer, und er schrie, schaut mal, was ich auf dem Balkon gefunden habe, wie kannst du nur einen vollen Koffer auf dem Balkon lassen, Arie, und Arie warf einen gleichgültigen Blick auf den Koffer und sagte, er gehört mir nicht, ich habe keine Ahnung, wie er auf meinen Balkon kommt, und Schaul wich sofort mißtrauisch zurück, und mit ihm wichen alle zurück, und ich wurde ebenfalls zur Seite geschoben und sah, wie alle den Koffer argwöhnisch betrachteten, als enthalte er eine Bombe, die jeden Augenblick losgehen könnte. Man muß die Polizei rufen, sagte Schaul, und jemand erklärte auf französisch der alten Mutter, um was es ging, und sie stieß einen leisen Schrei aus und schlug sich sofort die Hand vor den Mund, und so standen wir um den Koffer, wie wir vor drei Tagen um Joséphines frisch ausgehobenes Grab gestanden hatten, und ich hatte das Gefühl, gleich ohnmächtig zu werden, und wußte nicht, wie ich aus der Situation herauskommen sollte, und während der ganzen Zeit spürte ich seine amüsierten Blicke auf meinem Gesicht, als wolle er sagen, du hast mir eine Überraschung bereitet, und ich revanchiere mich mit einer eigenen Überraschung, und dann spürte ich, daß mich noch jemand anschaute, es waren ihre strahlenden Augen, und ihr Blick wanderte von mir zu ihm, und sie legte die Hand auf Schauls Arm, der schon auf dem Weg zum Telefon war, und rief mit gespielter Aufregung, ach, ich habe es ganz vergessen, das ist mein Koffer, und dann trat sie in den Kreis, nahm den Koffer und stellte ihn an die Wand, und Arie sagte, ich weiß nicht, warum, aber ich habe plötzlich das Gefühl, als wäre ich im Theater, und er klatschte auf seine vornehme, überhebliche Art, und der Kreis löste sich langsam auf, der größte Teil des Publikums wanderte zum Wohnzimmer, und in der Küche blieben nur er und ich und sie und die blaue Frau, die herzzerreißend zurechtgemacht aussah, und obwohl sich das ordinär anhört, zu ihr paßte es.

Wieder tat es mir leid, daß ich kein Französisch konnte, ich hätte sie gerne einige Dinge gefragt, zum Beispiel ob es sie tröstete, schon am Ende ihres Lebens angelangt zu sein, schließlich war es viel schwerer, einen solchen Schlag einzustecken, wenn man noch mittendrin war und wußte, daß man das Leid noch eine ziemlich lange Zeit ertragen mußte, mich zum Beispiel bedrückte der Gedanke an all die Jahre, die noch vor mir lagen, wie Ungeheuer warteten sie auf mich, eines häßlicher als das andere, und ich war dazu bestimmt, auf einem nach dem anderen zu reiten, auf Wegen, die sie bestimmten, begeistert zu traben und Lebensfreude zu zeigen, die haarigen Hälse zu umarmen, vor denen ich mich ekelte, mit geschlossenen Augen alles zu sehen.

Ich schloß die Augen, das Gesicht noch glühend vor Scham, und spürte eine kühle Hand auf meinem Arm, und sie sagte, Kormans Tochter, geh nach Hause und komm nicht hierher zurück, hörst du, auch wenn er dich ruft, komm nicht zurück, und ich machte die Augen auf und sagte traurig, er wird mich nicht rufen, denn als ich ihn zwischen den anderen gesehen hatte, hatte ich wieder seine bedrückende und deprimierende Anziehungskraft gespürt, und sie nahm meinen Koffer und verließ mit ihm die Wohnung, und ich folgte ihr, und an der Tür sagte ich zu ihr, Ajala, das Leben ekelt mich, und sie flüsterte, das darf man nicht sagen, wer so etwas sagt, verabscheut das Leben, und sie umarmte mich mütterlich. Hast du Kinder, fragte ich, und sie sagte, ich habe Kinder, aber meine Kinder haben keine Mutter, und das klang seltsam, denn sie sah wie eine glückliche Frau aus, eine, der alles gelingt, und ich verstand nicht, was für ein Mißgeschick sich hinter ihren Worten verbarg, aber sie hatte offenbar nicht vor, es mir zu erklären, aufrecht und anmutig drehte sie mir den Rücken zu und betrat wieder die Wohnung.

Es war die schrecklichste Stunde des Tages, die Stunde, in der das Licht gefährlicher ist als die Dunkelheit, weil es kostbarer wird, einzigartiger, und zu dieser Stunde hatte ich immer Angst, draußen herumzulaufen. Als ich klein war, hatte ich mich immer fest an die Hand meiner Mutter geklammert, hatte nicht geglaubt, daß wir es schaffen würden, nach Hause zu kommen, und auch wenn wir ankamen, wußte ich nicht, ob es wirklich unser Haus war oder vielleicht eine raffinierte Falle, die genauso aussah wie unser Haus. Ich untersuchte dann mein Zimmer, schaute unter das Bett und in den Schrank, und wenn sie versuchte, mich zu beruhigen, prüfte ich auch sie, denn vielleicht war ja auch sie eine raffinierte Falle, die aussah wie meine Mutter, und nun, als ich aus dem dämmrigen Treppenhaus hinaussah, dachte ich, daß mein ganzes Leben zu einer raffinierten Falle geworden war, die nur aussah, als wäre sie mein Leben, und ich mußte versuchen, mich zu befreien, obwohl ich spürte, daß mein Hals schon drinsteckte, daß sie bereits zugeschnappt war, wie eiserne Hände fühlte ich sie, die versuchten, mich zu erwürgen, und das Atmen fiel mir schwer, das Gehen, und ich setzte mich auf den Gehweg.

In den Fenstern der gegenüberliegenden Häuser leuchtete gelbliches familiäres Licht, und bei mir zu Hause herrschte schon seit drei Tagen vollkommene Dunkelheit, wie konnte ich jetzt dorthin zurückkehren, wie konnte ich Licht machen, wenn Jonis Kummer wie eine riesige Leiche auf den Fliesen lag und das verschlossene Haus mit Gestank erfüllte, die Nachbarn hatten schon etwas bemerkt und diskutierten untereinander, ob man die Tür aufbrechen sollte, ich würde sagen, das ist er nicht, das ist sein großer Kummer, das, was er für mich zurückgelassen hat, denn er selbst kommt nicht mehr heim. Ich hörte um mich herum die Geräusche des beginnenden Abends, wie das Rauschen eines großen Wasserfalls, alles hätte ich dafür gegeben, jetzt an einem zu sitzen, Kinder wurden nach Hause gerufen, Omelettes in der Pfanne gewendet, Badewasser eingelassen, und das alles wurde plötzlich von lautem Geschrei überdeckt, genau neben mir, als gelte es mir, hau schon ab hier, ich halte es nicht mehr aus, und ich stand auf, sah zu seiner Tür hinauf, aber da wurde die Tür gegenüber aufgemacht und ein großes Paket herausgeschoben, ein Paket mit Armen und sogar mit Beinen, aber ohne Willenskraft und Bewegungsfähigkeit, die Frau klappte sofort schwer atmend auf der Treppe zusammen, ich trat zu ihr, legte ihr die Hand auf die Schulter, und sie hob den Kopf, und als sie mich erkannte, ließ sie ihn mit einem verzweifelten Ausdruck wieder auf die Knie sinken, und ich fragte, was ist passiert, und sie stand auf, ich kann nicht mehr, ich kann nicht mehr, und plötzlich richtete sie sich auf und schrie, mein Kind ist da drinnen, jetzt nimmt er mir mein Kind weg, und sie ging zurück zu der Tür und begann mit den Fäusten dagegen zu schlagen und zu schreien, gib mir Nuri, gib mir Nuri, aber die Tür bewegte sich nicht, und sie zitterte, und ihr Gesicht verzerrte sich zum Weinen.

Ich umarmte sie und flüsterte, mach dir keine Sorgen, ich hole dir dein Kind dort raus, ich wußte nicht, warum ich das sagte, aber in dem Moment, als die Worte ausgesprochen waren, wurden sie zu einer Tatsache, und sie sah mich dankbar an und weinte, ich will meinen Kleinen, ich kann nicht ohne ihn leben und er nicht ohne mich, und ich sagte, erzähl mir, was passiert ist, ich helfe dir, und sie sagte, ich war mit dem Kleinen beim Orthopäden, er hat ein Problem mit den Beinen, und als ich zurückkam, hat mein Mann einen Tobsuchtsanfall bekommen, er ist überzeugt, ich wäre in den Orthopäden verliebt, der Kleine hätte nicht das geringste mit den Beinen, ich würde mir das nur ausdenken, um meinen Geliebten zu treffen und vor den Augen des Kindes mit ihm zu bumsen. Stell dir vor, er ist gerade mal ein halbes Jahr alt, und mein Mann versucht, ihm das Sprechen beizubringen, damit er mich verraten kann, und dann wurde in ihrer Wohnung ein Fenster aufgerissen, und jemand schrie, nimm deine Fetzen mit, du dreckige Hure, und in den kleinen Garten segelten zusammengeknüllte Kleidungsstücke,

Blusen und Büstenhalter und Slips, und blieben an den blühenden Zitrusbäumen hängen, und ich fragte, stimmt es, daß du in den Orthopäden verliebt bist, und hoffte, sie würde ja sagen, aber sie sagte, wieso denn, was habe ich mit ihm zu tun?

Mich überzeugte das, und ich verstand nicht, warum es ihren Mann nicht überzeugt hatte, und sie sagte, sie hätte ihn vor vielen Jahren einmal wegen eines anderen Mannes verlassen, und seither würde er immer wieder unter verrückten Eifersuchtsanfällen leiden, und manchmal würde er sich einbilden, der Kleine sei nicht von ihm, und als sie der Kleine sagte, krümmte sie sich wieder, blickte mich flehend an und streckte die Hände aus, meine Hände sind leer ohne meinen Kleinen, bring ihn mir. Aber du hast vor ein paar Tagen gesagt, daß der Kleine ihm ähnlich sieht, erinnerte ich sie, und sie sagte, ja, aber er behauptet, daß ich an einen anderen Mann gedacht hätte, als ich mit ihm im Bett war, und das würde schon bedeuten, daß der Kleine von einem anderen wäre, und wie soll ich beweisen, daß ich nicht an einen anderen gedacht habe, und ihr Weinen wurde stärker, und aus der Wohnung drang nun auch, wie ein Echo, das Weinen des Kindes, und ich sagte, mach dir keine Sorgen, wir holen ihn dort heraus, und ihr kommt mit mir, meine Wohnung ist gerade leer, ihr könnt ein paar Tage dort bleiben, bis sich alles geregelt hat, aber ich hatte keine Ahnung, wie man den Kleinen dort herausholte, und ich sagte zu ihr, und jetzt sei ganz ruhig und versteck dich in der Nähe, damit er denkt, du wärst schon fort, und ich werde versuchen, etwas zu unternehmen.

Als sie verschwunden war, sie versteckte sich wirklich so gründlich, daß es mir vorkam, als wäre sie tatsächlich weggegangen, klingelte ich an der Tür und sah jemanden durch das Guckloch schauen und drückte noch einmal fest auf die

Klingel, und er öffnete die Tür einen Spaltbreit und fragte, was ich wolle. Ich lächelte die Tür herzlich an, man hatte mir immer gesagt, mein Lächeln sei vertrauenerweckend, und sagte, ich komme aus der Wohnung gegenüber, Sie wissen, daß man bei uns Schiwa sitzt, und er sagte, ja, ich habe die Ankündigung gesehen, und er machte die Tür auf, ein kleiner Mann mit einem angespannten Gesicht, das mir bekannt vorkam, und deutete auf die Ankündigung, die an der Tür befestigt war, und ich betrachtete sie erstaunt, denn sie war nicht da gewesen, als ich vorgestern nacht hier angekommen war, und plötzlich hing sie vor mir wie der Beweis, daß alles wirklich passiert war.

Uns fehlt für das Abendgebet ein zehnter Mann, sagte ich mit ernster Stimme, die Trauernden bitten Sie, sich ihnen anzuschließen, und er deutete auf das Zimmer hinter sich, in dem es wieder still war, und sagte, das Baby ist gerade eingeschlafen, und ich sagte, ich bleibe ein paar Minuten bei ihm, wie lange wird es schon dauern, und er betrachtete mich zweifelnd und sagte, ich weiß nicht, wo meine Kipa ist, und ich hatte nicht übel Lust zu sagen, vielleicht hängt sie am Baum, doch ich lächelte und sagte, machen Sie sich keine Sorgen, man wird Ihnen eine geben, es gibt genug Kipot, und schließlich seufzte er und sagte, gut, an mir soll es nicht liegen, und verließ die Wohnung, die Tür blieb offen, und ich ging zum Zimmer des Kleinen, und sobald die Wohnungstür der Familie Even hinter ihm ins Schloß gefallen war, nahm ich den Kleinen auf den Arm und lief, die Tür offen lassend, hinaus, und sie kam aus dem Garten, nahm mir den Kleinen ab, und wir rannten gemeinsam weiter, sie mit dem Baby und ich mit dem Koffer, bis wir die Hauptstraße erreicht hatten.

Dort gab es ein volles Café, in das ich sie schob, der Ort schien mir sehr geeignet, um sich zu verstecken, außerdem wollte ich meine Rückkehr nach Hause ein wenig hinausschieben, denn ich hatte plötzlich Angst, daß sie, wenn sie sich erst bei mir niedergelassen hatte, nie mehr weggehen würde, und schwer atmend saßen wir zwischen ganzen Haufen von Genießern, alle sahen glücklich und sorglos aus, nur mein Leben und ihres waren auseinandergefallen, aber auch sie hatte vor ein paar Tagen noch einen sorglosen Eindruck auf mich gemacht, wie die Königin des Viertels hatte sie ausgesehen, in einer Hand den Schlüssel, auf dem anderen Arm das Kind, und jetzt war alles anders.

Sie wickelte den Kleinen aus der Decke, und ich betrachtete ihn gespannt, diesmal sah er ganz anders aus, als wäre er ein anderes Kind, seine Augen waren heller, fast blau, seine Haare blond und nicht braun wie Jonis, nein, er sah Joni überhaupt nicht ähnlich, aber er hatte auch nichts von seinem Vater, und einen Moment lang konnte ich den besorgten Mann, der mir die Tür geöffnet hatte, verstehen, denn wem sollte man trauen, und wenn man erst einmal anfing, mißtrauisch zu werden, konnte man schwer damit aufhören, das bewies ja schon meine eigene Verwunderung. Man sagte zwar, daß Babys sich verändern, aber eine solche Veränderung in so kurzer Zeit war kaum zu glauben, vielleicht handelte sie überhaupt mit Babys und hatte mich reingelegt, und ich würde wegen Beteiligung am Kinderhandel ins Gefängnis kommen, wer weiß, was mit dem vorigen Baby, dem mit diesem süßen Schafsgesicht, geschehen war, wie glücklich wäre ich, wenn ich jetzt so eines als Andenken an Joni hätte.

Du kannst dir nicht vorstellen, wie dankbar ich dir bin, sagte sie, und ich lächelte bitter, weil ich nicht wußte, was ich antworten sollte, und dann stand eine Kellnerin vor uns, in einem superkurzen Mini und langen Beinen, und ich dachte traurig, nie war ich wirklich jung, immer gab es jüngere als mich, und allmählich wurde das immer schlimmer, es sah aus, als gäbe es immer mehr Leute auf der Welt, die jünger waren als ich und immer weniger, die älter waren, jedenfalls hier in diesem Café, mir wurde übel, und ich bestellte Tee mit Zitrone, und sie auch, und es machte mich nervös, daß sie keinen eigenen Willen hatte, und ich dachte, wie hat sie doch an Größe verloren ohne ein sicheres Zuhause und einen ergebenen Ehemann, und wie verloren das Baby doch außerhalb seines Bettchens aussah, genau wie Fotos, die ihren Glanz verlieren, wenn man sie aus dem Rahmen nimmt, und auch mir ging es so, mit meinem armseligen Koffer, der plötzlich alt geworden war, ich mußte nach Hause und mich in den Rahmen meines Lebens zurückstecken.

Der Kleine fing an zu weinen, und ich versuchte, ihn zum Lachen zu bringen, ich nahm seine Hand, und mir fiel eine Geschichte ein, die meine Mutter meinem kleinen Bruder erzählt hatte, er hatte natürlich nichts verstanden, wurde aber immer sofort ruhig, deshalb fing ich nun an, dem Kleinen die Geschichte zu erzählen, von der ich gar nicht gewußt hatte, daß ich mich noch an sie erinnerte, von dem kleinen Avschalom und seiner großen schwarzen Katze, die Arie hieß, Löwe, und alle fragten, wieso heißt eine Katze Löwe, das ist, als würde man eine Schlange Maus nennen oder einen Hund Fuchs, aber Avschalom wollte es nicht verraten. Er wußte, daß Löwe der König aller Katzen war und deshalb einen königlichen Namen verdient hatte, aber ihm war klar, daß alle ihn auslachen würden, wenn er das sagte. Beweise doch, daß er der König der Katzen ist, würden sie sagen, und es ließ sich nicht beweisen, nur fühlen. Er fühlte, daß Löwe weniger seine Katze war als er der Junge von Löwe, und Avschalom gefiel es sehr gut, der Sohn einer Katze zu sein.

Der Kleine lächelte mich an, kaum zu glauben, wie diese Geschichte funktionierte, und strampelte mit den Beinchen, und ich sah, daß ein Bein länger war als das andere, und sagte, hat er nicht ein Problem mit den Beinen, und sie sagte, doch, hat er, ich war gerade mit ihm beim Orthopäden. Was hat der Orthopäde denn gesagt, fragte ich, und sie sagte, es wird in Ordnung kommen, doch es fiel mir schwer, ihr zu glauben, denn wie konnte so etwas in Ordnung kommen, wie konnte überhaupt etwas in Ordnung kommen, und ich sagte, ich glaube, dieser Orthopäde verstellt sich, und sie sagte, du hörst dich wirklich an wie mein Mann, und mir wurde schlecht, als ich an den kleinen Mann dachte, der eine religiöse Pflicht erfüllte und dessen Sohn inzwischen verschwunden war.

Was hast du vor, fragte ich, und sie spürte offenbar meinen Groll, denn sie sagte, mach dir keine Sorgen um mich, wenn ich mich ein bißchen beruhigt habe, gehe ich nach Hause zurück, auch er wird sich beruhigen, und bis zum nächsten Mal wird Frieden herrschen, und ich atmete erleichtert auf und konnte wieder Zuneigung zu ihr spüren und fragte, und kann man nichts daran ändern? Und sie sagte, nein, ich hätte ihn nicht verlassen dürfen, das hat alles kaputtgemacht. Oder du hättest nicht zu ihm zurückgehen dürfen, nachdem du ihn schon verlassen hattest, sagte ich, warum hast du das eigentlich getan? Und sie sagte, das habe ich schon vergessen, und sie vergrub ihr Gesicht in der Schulter ihres Kleinen, genau wie meine Mutter ihr Gesicht immer in Avschaloms Schulter vergraben hatte, und ich schaute aus dem Fenster, so abstoßend war mir der Gedanke, um nicht zu sagen grausam, daß eine derart kleine Schulter ihre Fehler ungeschehen machen sollte.

Auf einmal sah ich draußen ihren Mann herumirren wie einen Käfer, und mir fiel ein, an wen er mich erinnert hatte, an meinen kleinen Onkel Alex, der ein spätes Liebesglück erlebt hatte, und ich wollte bei dem unabänderlich stattfindenden Zusammentreffen der beiden nicht dabeisein und sagte, er ist im Anmarsch, und als er näher kam, sah ich, daß er eine Kipa auf dem Kopf trug, vermutlich hatte er eine Weile gebetet, bis er kapierte, was geschehen war, eine weiße Kipa, die strahlte wie eine kleine Sonne, und sie nahm den Kleinen fester in die Arme, aber in ihren Augen lag Stolz darauf, daß sie gesucht wurde, im Gegensatz zu mir, die von niemandem gesucht wurde, und ich stand auf und ging durch die zweite Tür hinaus, gerade als er das Café betrat und hoffnungsvoll und wütend herumschaute, und die Kipa auf seinem Kopf strahlte.

Rasch verließ ich die Hauptstraße und betrat die kleine Seitenstraße, ich hatte Angst, auf bekannte Gesichter zu treffen und die üblichen Fragen zu hören, und die verhaßte Gasse sah auf einmal ganz anders aus, länger und dunkler zwischen den umliegenden ruhigen Straßen, die sich schaukelnd auf und ab bewegten, und die ganze Zeit versuchte ich mich zu trösten, daß es das letzte Mal sei, ich würde diese Straße nicht mehr sehen, die mich aufregte mit ihrem Wohlstand, ich würde keinen Grund mehr haben, hier entlangzugehen, sie würde mich nicht mehr zu ihm hin- oder von ihm wegführen, und selbst wenn sie vom Erdboden verschwände, würde ich den Verlust nicht bemerken.

Dieser ganze Stadtteil war auf einmal überflüssig und sogar feindlich geworden, diese prachtvollen reichen Häuser mit den gepflegten Gärten und den großen Fenstern zur Straße hin, als gäbe es nichts zu verbergen und jeder könne sehen, was sich in den Zimmern befand, und ich blieb vor einem dieser Fenster stehen und sah ein Regal voller Bücher, sogar ihr Geruch drang durch das Fenster, der Geruch nach jahrealtem Staub und vergilbtem Papier, vermutlich war es gerade die Jahreszeit, in der die Bücher blühten, zusammen mit den Zitrusbäumen, und vielleicht waren ihre Blüten weniger auffallend, dafür aber beruhigender, und ich atmete den bekannten Geruch ein, es war der gleiche Duft, der von dem Buch aufstieg, das mir der Dekan gegeben hatte, und plötzlich war ich sicher, daß dieses Haus voller Bücher das Haus des Dekans war, hier spielte sich sein ruhiges Leben ab, hier spazierte er von Buch zu Buch, und mich packte die Lust, durch das große Fenster einzusteigen und mich zwischen die Regale zu setzen, einen Stapel Bücher auf den Tisch zu legen und darauf meinen müden, kranken Kopf, und da ging das Licht in dem großen Fenster aus, als sei die Vorstellung zu Ende und der Vorhang gefallen und es gelte aufzustehen und nach Hause zu gehen, und ich ging langsam weiter, versuchte den Zauber festzuhalten, wie früher, wenn ich in unserer Siedlung einen Film gesehen hatte, einmal in der Woche wurde ein Film vorgeführt, und je länger ich an die Filme dachte, um so deutlicher erinnerte ich mich daran, wie ich danach immer mit einem Schwindelgefühl nach Hause gelaufen war, wie meine Füße gegen Steine stießen, ohne daß ich einen Schmerz spürte, denn das süße Gefühl des Films hielt an, begleitete mich wie eine königliche Schleppe, warf weiche Farben auf den Weg, jeder Film war ein Blick in die Zukunft, ich brauchte nur zu wählen, brauchte nur durch das breite Tor zu gehen, doch jetzt war es vor mir verschlossen, bestenfalls war ein schmaler Spalt geblieben, durch den kein Licht drang, nur ein Duft, der immer schwächer wurde, und wenn ich mich nicht beeilte, würde sich auch dieser Spalt schließen, so wie diese Straßen immer enger und enger wurden, die Fenster kleiner und kleiner, und da war der Hang, der mir so vertraut war, aber auf einmal sah alles fremd aus, als wäre ich aus dem Ausland zurückgekommen und meine Augen wären an andere

Ausmaße gewöhnt, alles war kleiner, schmutziger, und ich stolperte den Hang hinunter zu unserer Wohnung, im Erdgeschoß des Gebäudes, und meine Beine zitterten vor Anspannung, denn was würde ich tun, wenn er da wäre, und was würde ich tun, wenn er nicht da wäre?

Die Wohnung war verschlossen und dunkel, und die alte Tür öffnete sich gehorsam, und einen Moment lang erinnerte ich mich nicht, wo man das Licht anmachte, und stand im Dunkeln, lauschte auf die Geräusche des Hauses, und von den versehentlich gelb gestrichenen Wänden ging eine dumpfe Traurigkeit aus, ich fuhr wie eine Blinde mit der Hand über die Wände, als wären die Unebenheiten Schriftzeichen und ich könnte lesen, was die Wände gesehen hatten, und so alles erfahren, was Joni an jenem Morgen getan hatte, ob er laut meinen Namen gerufen hatte, ob er mich erst in der Küche oder im Badezimmer gesucht und auf welcher Fliese er gestanden hatte, als er meinen Zettel sah, und was er getan hatte, nachdem er ihn gelesen hatte. Meine Hand fand den Lichtschalter, und ich drückte darauf und sah direkt vor mir einen weißen Zettel, ich griff nach ihm und las ihn, ich wünschte, ich könnte mit dir in die Flitterwochen fahren, stand da, und ich wich vor diesem Zettel zurück, der nun natürlich als Nachricht von ihm an mich gemeint war, er hatte ihn nicht zufällig hiergelassen, er hatte ihn nicht mitgenommen und nicht in den Mülleimer geworfen, sondern an seinem Platz gelassen und ihm einen anderen Auftrag gegeben, und ich zerknüllte diese bösen Worte, die doppelt böse zu mir zurückgekommen waren, und ging ins Schlafzimmer, versuchte, Zeugen seines Kummers zu finden, Anzeichen seiner Schwermut, Spuren seines armseligen Zustands.

Unsere Decken lagen aufgeschüttelt auf dem Bett, als lägen unsere leblosen Körper noch darunter, und ich schaute zur Sicherheit nach, aber nein, wir waren nicht da, ich bemerkte nur einen warmen fleischigen Geruch, gemischt mit dem Duft blasser Körper, ich sah den offenen Schrank und sein halbleeres Fach, seine Umhängetasche fehlte, kein Zweifel, er war ohne mich in unsere Flitterwochen nach Istanbul gefahren, und wie lächerlich das auch klang, ich war ein wenig beleidigt, warum war er nicht hiergeblieben, um zu trauern, wie konnte er ohne mich fahren, nicht einmal nach mir gesucht hatte er, wie der Mann der Nachbarin, er hatte keinerlei Anstrengung unternommen, mich zu finden, schließlich war ich nicht so weit entfernt gewesen, kaum eine Viertelstunde zu Fuß. In der Küche sah ich die Tasse, aus der er vor seiner Abreise Kaffee getrunken hatte, sie war leer, er hatte nicht einen Schluck als Erinnerung für kommende Generationen zurückgelassen, im Kühlschrank war so gut wie nichts, Brot gab es natürlich auch nicht, ich fand keine Anzeichen von Trauer oder von besonders heftigen Gefühlen, es war einfach eine Wohnung, die man für einige Tage verlassen hat, in der das Leben aufgehört hat und nie mehr weitergeführt werden kann.

Weil mir alles so vorübergehend vorkam, hatte ich noch nicht mal Lust, meine Sachen in den Schrank zu räumen, ich kippte den Inhalt des Koffers aufs Bett, füllte damit Jonis Seite ein bißchen aus, legte die dicke Decke über meine Reizwäsche, ich hatte sogar Angst, mich zu setzen, als sei es mir verboten, Platz zu nehmen, es ist nicht meine Wohnung, dachte ich, ich bin nur gekommen, um einen Blick auf mein früheres Leben zu werfen, um ein bißchen darin herumzulaufen, und bald wird es aus sein mit der Höflichkeit, und man wird mich hinauswerfen. Ich hatte das Gefühl, für alles eine Erlaubnis zu benötigen, nur daß ich nicht wußte, von wem, eine Erlaubnis, die Toilette zu benutzen, das Telefon, und ich schmeichelte mich bei den gelben Wänden ein und nahm das Telefon, aber ich hatte seine Nummer nicht, deshalb suchte ich im Telefonbuch, überrascht, daß ich mich überhaupt noch an das Alphabet erinnerte, mir war, als käme ich von einem Ort, wo es überhaupt kein Alphabet gab, und tatsächlich war ich einen Moment lang durcheinander und wußte nicht, was zuerst kam, r oder s, Ross hieß der Dekan, doch dann hörte ich seine Stimme mit dem starken englischen Akzent, autoritär, aber sehr menschlich, und ich entschuldigte mich für die Störung, und dann entschuldigte ich mich dafür, daß ich nicht zu der Verabredung gekommen war, meine Mutter sei gestorben, sagte ich plötzlich und fing an zu weinen, überrascht über mich selbst, und ich mußte die Beerdigung vorbereiten, und er drückte mir sofort sein Beileid aus, und ich wußte nicht mehr, wie ich aus dieser Sache raskommen sollte, und sagte, es war nicht meine richtige Mutter, sie war meine Stiefmutter, die Frau meines Vaters, genauer gesagt. Er schwieg einen Moment lang, doch dann fuhr er fort, mir sein Verständnis zu zeigen, aber trotzdem fügte er hinzu, ich möchte Sie in einer so schweren Zeit nicht bedrängen, und wir werden selbstverständlich die Situation in Betracht ziehen, aber Sie müssen wirklich bald Ihren Vorschlag vorlegen, sonst ist die Stelle besetzt, und ich sagte, ich möchte Sie treffen, ich werde die Schiwa unterbrechen, um Sie zu treffen, und er sagte, um Gottes willen, nein, so viel Zeit hat die Sache noch, und ich beharrte, doch, doch, sie ist nur meine halbe Mutter, deshalb reicht eine halbe Schiwa, und dann verabredete ich mich mit ihm für den folgenden Morgen um halb zehn, und erst als ich wußte, was ich am nächsten Tag tun würde, konnte ich anfangen, an Arie zu denken.

Ganz langsam näherte ich mich diesem Gedanken, vorsichtig, wie man sich einem Ort nähert, an dem ein Unfall passiert ist, weil man nicht weiß, was einen erwartet, ob einem, wenn man verkrampft die Tür des ausgebrannten oder zerquetschten Autos aufmacht, nicht eine verkohlte Leiche entgegenfällt, und ich dachte voller Trauer an ihn, ohne den Haß, den ich vorher empfunden hatte, wie man an jemanden denkt, der schwer erkrankt ist, und ich sagte mir, er ist verloren, er ist verloren, er ist verloren, woher hätte ich wissen sollen, daß er verloren ist, ich lief im Zimmer herum und murmelte laut, alles ist verloren, alles ist verloren, wie hätte ich wissen sollen, daß alles verloren ist, daß jede neue Sache schlimmer als die alte ist, jedes Nichtwissen besser als das Wissen, und dann dachte ich an meine Mutter und ihr doppeltes Leid und wie ich es zweimal geschafft hatte, mich zwischen sie und ihre Liebe zu stellen, einmal vor meiner Geburt und einmal danach, denn mit einem Baby im Kinderwagen wollte er sie nicht mehr, das war klar, obwohl er nicht gewagt hatte, es zu mir zu sagen, und bis zu ihrem Lebensende würde sie mir das nicht verzeihen, und ich konnte noch nicht einmal böse auf sie sein, denn sie hatte recht, sie hatte vollkommen recht, und ich beschloß, auch sie anzurufen und mich zu entschuldigen, so wie ich mich bei dem Dekan entschuldigt hatte, und ich wählte die Nummer und sprach mit leiser Stimme, und sie schrie meinem Vater zu, Schlomo, es ist Ja'ara, und dann schrie sie ins Telefon, wie geht es euch, wie sind eure Flitterwochen, und ich flüsterte, wunderbar, wirklich wunderbar.

Und wie ist Istanbul, fragte sie, und ich sagte, wunderbar, und sie fragte, wie ist das Hotel, sieht man wirklich auf das Goldene Horn? Macht doch Fotos, ich will es sehen, und fotografiert auch den Blick aus dem Hotel, und ich fragte, wie geht es euch, was macht ihr? Nichts Besonderes, sagte sie, alles in Ordnung, und ich fragte, wie geht es Tante Tirza? Sie hält sich gut, sagte meine Mutter, und ich flüsterte, Mama, weißt du noch, was Joav zu David gesagt hat, nach dem Tod

Avschaloms, und sie antwortete schnell, ja, warum? Und ich sagte, ich habe heute geträumt, daß ich in einem großen Bett liege und du mir aus der Heiligen Schrift vorliest, davon, daß man seine Feinde liebhat und die haßt, die einen liebhaben, ich hörte sie laut atmen und meinen Vater im Hintergrund fragen, vermutlich war er beeindruckt davon, daß sie konzentriert zuhörte, was erzählen sie, sag schon, was erzählen sie, und ich sagte, sag ihm, daß ich nicht sie bin, ich bin ich, und dann fragte ich, warum hast du aufgehört, mir aus dem Tanach vorzulesen, genug, Ja'ara, du weißt, warum, wir sollten das jetzt nicht diskutieren, bei einem Ferngespräch, und ich flüsterte, sag es Papa nicht, aber das ist kein Ferngespräch, und sie erschrak, was soll das heißen, und ich sagte, ich fühlte mich dir sehr nahe, ich wollte dich um Entschuldigung bitten, daß ich dein Leben zerstört habe.

Schade um das Geld, sagte sie schnell, und ich sagte, schade um das Leben, und sie sagte, laßt es euch gutgehen, schön, daß du angerufen hast, und ich legte auf, und sofort danach läutete das Telefon, aber ich nahm nicht ab, ich war sicher, daß sie es war, plötzlich war ihr klargeworden, was ich gesagt hatte, und jetzt versuchte sie ängstlich und besorgt herauszufinden, wo ich war. Ich wartete zehnmal Klingeln ab, dann unterbrach ich den Anruf, und in der Stille, die nun eintrat, legte ich mich auf das Sofa im Wohnzimmer und überlegte, bei wem ich mich noch entschuldigen mußte, vielleicht bei Schira, weil ich den Tod ihres Katers verursacht hatte, ich hatte ihn in seinen Tod geführt und auf diese Art ihr kleines, ohnehin leeres Leben noch leerer gemacht, was habe ich getan, wimmerte ich, ein leeres Leben leerer gemacht, einen beschämten Menschen beschämt, einen verbrannten Tempel angezündet.

Ich holte mir eine Decke, denn es wurde kühl, wegen des Frühlingswetters hatte man die Heizung nicht angestellt, und deckte mich über den Kleidern zu, sogar die Schuhe hatte ich nicht ausgezogen, so provisorisch fühlte ich mich, und ich betrachtete den vertrauten Anblick wie ein Kranker, der weiß, daß seine Tage gezählt sind und daß alles ohne ihn weitergehen wird. Hier würde bald eine neue Familie einziehen, ein junges Paar am Beginn seines Weges, wie wir es gewesen waren, aber die Frau würde nicht wie ich von einem Fenster zum anderen rennen und sich versichern, daß wirklich kein Geruch nach frischem Brot hereindrang, und der Makler würde nicht sagen, daß es hier in der Gegend keine Bäckerei gab, höchstens ein Lebensmittelgeschäft, und sie würde ihrem Mann keinen entschuldigenden Blick zuwerfen und sagen, ich bin allergisch gegen den Geruch von frischem Brot, er deprimiert mich, und da hörte ich ein leises Klopfen an der Tür, nicht das laute, fordernde Klopfen meiner Mutter, und trotzdem wagte ich nicht, mich zu bewegen, und vor lauter Angst, ertappt zu werden, zog ich mir die Decke über den Kopf und hielt mir die Ohren zu, und durch die Hindernisse hindurch hörte ich eine verrauchte Stimme meinen Namen rufen, und ich sprang auf, machte die Tür einen Spaltbreit auf und sah ihn im Treppenhaus stehen und rauchen, ein Stück von der Tür entfernt, schon dabei zu gehen, in einem jugendlichen Matrosenhemd, schmale Streifen in Blau und Weiß, das Gesicht heller durch die Bartstoppeln, und als er mich sah, warf er die Zigarette auf den Boden, zertrat sie und kickte die Kippe nach draußen, in den vernachlässigten Vorgarten des Hauses, und ich stand da, an die Tür gelehnt, und bewachte den schmalen Spalt, der es ihm kaum ermöglichen würde, sich hereinzudrängen, ohne mit dieser Beule, die er in seiner Hose versteckt hatte, über meine Hüfte zu streichen.

So oft hatte ich mir vorgestellt, wie wunderbar es wäre, wie tröstend, ihn vor meiner Tür stehen zu sehen, wie er anklopfte, mich mit seiner ganzen breiten Anwesenheit zu sich rief, mit seinen glänzenden Fingern, mit den wohlgeformten Händen, mit seiner Oberbekleidung und den Unterhosen, mit seinen schmalen Augen, die sich weiter voneinander entfernten, wenn er lächelte, und wieder zusammenrückten, wenn er ernst wurde, und jetzt rückten sie zusammen, denn sein Lächeln verschwand, sein Begrüßungslächeln, und er sagte, ich wollte nur nachschauen, ob alles in Ordnung ist und ob du heil angekommen bist, und ich antwortete nicht, ich klammerte mich mit aller Kraft an meinen Siegespokal, er war schön, aber schwer, ich konnte ihn kaum halten, und dann sagte ich, ich bin angekommen, ich bin hier, als ob er das nicht selbst sehen konnte, und ging langsam in die Wohnung, ohne ihm den Rücken zuzukehren, und er folgte mir, noch nie war er hier gewesen, mir kam es seltsam vor, ihn hier zu sehen, er gehörte nicht hierher.

Wie kann ich ihn hier empfangen, wo ich doch selbst nur zu Gast bin, dachte ich, diese Wohnung gehört zu meinem früheren Leben, aber ein neues habe ich nicht, also habe ich keinen Ort, zu dem ich ihn bringen könnte, ich habe zur Zeit kein Leben, und schon wurde ich wütend, was drängte er sich plötzlich herein, und dann, ein süßes Glück, er will mich, will mich, aber in einer Stunde wird er es leugnen, überhaupt hier gewesen zu sein, und ich dachte daran, was seine Schwester zu mir gesagt hatte, und diese Worte nagten an meinem Säckchen voll Glück, und es lief aus, klebrig und zäh, so wie Ameisen es mögen, und er sagte, meine Schwester schickt mich her, wie ein kleiner Junge sagte er das.

Was war an dieser Wohnung, daß jeder, der über die Schwelle trat, sofort wie ein kleines Kind zu sprechen begann, gleich wird er mich Wühlmäuschen nennen, und ich ihn Biber, und ich fragte, warum, und er sagte, sie glaubt, etwas sei nicht in Ordnung mit dir, du würdest dich nicht wohl fühlen, und ich wunderte mich, warum hatte sie ihn geschickt, wo sie mich doch davor gewarnt hatte, zu ihm zurückzukehren, vielleicht war das eine Falle, und sie wartete hinter der Tür, stellte mich auf die Probe, ob ich auch wirklich mit kalter Stimme antwortete und ihn nach Hause schickte, aber seine Anwesenheit hier war mir so überraschend, daß ich nicht auf sie verzichten konnte, wie ein gerade erst ausgepacktes Spielzeug stand er vor mir, aufrecht, gut riechend und unbenutzt, mit diesem albernen gestreiften Hemd, einem abgebrochenen Zahn und diesen Bartstoppeln, wieso bemerkte ich die eigentlich erst jetzt, und ich brannte darauf, das Spielzeug anzufassen, herauszufinden, wie es funktionierte, so lange hatte ich darauf gewartet, und wir standen an der Tür, ich hatte keine Lust, ihn ins Wohnzimmer zu führen, und auch er drängte nicht, er stand nur aufrecht an der Tür und lächelte, fast war es das Lächeln, das ich von seinen Jugendbildern kannte, und wir sahen uns an, als wären wir taubstumm, jeder behielt seine Eindrücke für sich, und dann sagte er, du wirst bestimmt gerne etwas essen, nachdem ich dich drei Tage habe hungern lassen, und ich wunderte mich, wieso, du sitzt doch Schiwa?

Und er lachte abfällig, und ich sagte, aber wenn Leute zu dir kommen, was werden sie denken, und er fuhr sich mit der Zunge über den Zahn und sagte, sie werden denken, ich wäre zum Zahnarzt gegangen, außerdem ist Ajala dort, und meine Schwiegermutter und all die anderen. Und was ist mit dem Zahnarzt, fragte ich, und er sagte, mach dir keine Sorgen, ich war schon bei ihm, er kann das in Ordnung bringen. Mach dir keine Sorgen, hatte er gesagt, als wäre ich seine Frau, es kam ihm gar nicht in den Sinn, daß ich mit eigenen Händen das abgebrochene Teil in die Toilette geworfen hatte, und dann betrachtete er mich prüfend, kommst du?

Ich sagte, einen Moment, ich ziehe mich schnell um, und im Schlafzimmer stürzte ich mich voller Freude auf den Schrank und zog das weinrote Samtkleid heraus, das endlich zum Wetter paßte, und schminkte mich und tupfte mir Parfüm auf, aber in dem Moment, als ich das Schlafzimmer verlassen wollte, ekelte ich mich plötzlich vor dieser Anstrengung, und ich dachte, was für eine Freude, was für ein Fest, nur weil er dich plötzlich anlächelt, und zog das Kleid wieder aus und schlüpfte in einen alten Jeansoverall und ging schnell hinaus, bevor es mir wieder leid tun konnte. Ich sah ihn am Fenster stehen und leise das Lied vor sich hin pfeifen, das er unter der Dusche gesungen hatte, von den Flüssen von Babylon, und einen Moment lang glaubte ich, es wäre Joni, denn Joni liebte es, an diesem Fenster zu stehen, und ich fühlte einen leichten Schwindel, als ich Joni so sah, gestern noch war er ein Stein unter den anderen Steinen der Wand, und plötzlich sah er herzergreifend aus, da am Fenster, diesem armseligen Fenster zu den Mülltonnen, man sah jeden, der seinen Mülleimer ausleerte, und wir hatten uns ein Spiel daraus gemacht, einer dem anderen von den Müllbewegungen im Haus zu berichten, wer in den einzelnen Wohnungen dafür verantwortlich war, und wenn besonders viel Verkehr war, versuchten wir zu erraten, woran das lag, das war unser Spiel, für andere hörte sich das bestimmt albern an, genau wie die Kosenamen, die Paare füreinander erfinden, und niemand konnte verstehen, am wenigsten derjenige, der da zu den Mülltonnen hinausschaute, wie hübsch dieses Spiel war, wie beruhigend es war, wenn Joni sagte, du wirst es nicht glauben, heute bringt der Mann den Müll runter, worauf ich sagte, bestimmt hat sie ihn heute nacht rangelassen, und Joni machte ein Gesicht wie eine fromme Jungfrau und lachte, ausgerechnet solche ordinären Gespräche hatten eine gewisse Nähe zwischen uns entstehen lassen.

Also, was willst du essen, fragte er und drehte sich höflich zu mir um, und ich sagte, dein Lied macht mich traurig, und er war überrascht, was für ein Lied? Das Lied, das du schon den ganzen Tag singst, sagte ich, von den Flüssen von Babylon, und er zuckte mit den Schultern und sagte, ich kenne das gar nicht, ich habe nur etwas gepfiffen, magst du französisch, italienisch, thailändisch, chinesisch oder orientalisch essen? Und ich hätte am liebsten den Salat gegessen, den Joni immer machte, deshalb sagte ich chinesisch, denn das schien mir am leichtesten auszusprechen. Es gibt einen tollen neuen Chinesen, sagte er, letzte Woche habe ich sogar Joséphine hingeführt, vom Krankenhaus aus, und es ekelte mich, sie mir beim Essen vorzustellen, was, konnte sie überhaupt essen? Und er sagte, kaum, sie konnte nichts mehr richtig schmecken, aber sie trank Tee, sie mochte Tee sehr. Das brauchst du mir nicht zu erzählen, dachte ich stolz, schließlich hat sie ihre letzte Tasse Tee aus meinen Händen bekommen, auch wenn niemand etwas davon weiß, es ist geschehen, auch wenn es eigentlich nicht hätte geschehen sollen, geschah es doch. Und ich wich ein wenig zurück und sagte, vielleicht gehen wir dann lieber nicht hin, und er sagte, warum, mach dir meinetwegen keine Sorgen, mir macht das nichts aus. Ich hatte wirklich keine Lust, an einem Ort zu sitzen, wo sie gesessen hatte, und Tee zu trinken, wie sie Tee getrunken hatte, obwohl es mich nicht gestört hatte, in ihrem Bett zu liegen, aber er hatte sich schon entschieden, er machte mir die Tür auf, kurz darauf die Autotür, und mit quietschenden Reifen ordnete er sich in die Reihen der Scheinwerferpaare ein, die die Nacht mit kleinen gelben Lichtkreisen durchlöcherten.

Wie hat sie es geschafft, diese Stufen hinaufzukommen, fragte ich ihn, als wir in einem alten Haus im Stadtzentrum die schmale gewundene Treppe zum Restaurant hinaufstiegen. Es fiel ihr schwer, aber ich habe ihr geholfen, prahlte er und schob mich an der Hüfte weiter, um zu betonen, auf welche Art er ihr geholfen hatte, und mir tat die kranke Frau leid, die vermutlich, um ihm einen Gefallen zu tun, die Zähne zusammengebissen hatte. Sie hatte einen starken Willen, sagte er, wenn sie etwas wollte, erlaubte sie sich nicht aufzugeben, und ich sagte, aber warum hast du ihr diese Anstrengung zugemutet, es gibt auch chinesische Restaurants, in die man leicht hineinkommt, und ich hatte schon Angst vor seiner Reaktion, aber er sagte überrascht, du hast recht, ich habe nicht daran gedacht, ich wollte sie ins beste Restaurant der Stadt führen.

Aber sie hat doch kaum noch was geschmeckt, sagte ich, und er begann zu lachen, ein schreckliches, unangenehmes Lachen, genau als wir das Restaurant betraten, als wären wir direkt von der Unterwelt auf die Erde gekommen, und ein kleiner Kellner trat mit einem schmeichelnden Lächeln auf uns zu und führte uns zu einem kleinen Tisch am Fenster, und in stotterndem Englisch sagte er, Sie waren vor ein paar Tagen bei uns, stimmt das, und Arie bestätigte das, noch immer einen Rest des Lachens um den Mund, und er fragte, erinnern Sie sich an die Frau, die mit mir war? Der Kellner nickte begeistert, vermutlich hatte sie ihn sehr beeindruckt, und Arie sagte, sie ist gestorben, und der Kellner blickte mich an, als wäre ich ihre Mörderin, und entfernte sich rückwärtsgehend und mit kleinen Verbeugungen, und sofort kam eine Kellnerin mit riesigen Speisekarten, und ich versteckte mich hinter der Speisekarte und dachte, dieser Ort hat sie umgebracht, die Anstrengung, die Treppe heraufzukommen, gesund auszusehen, ihn zu befriedigen, nur für ihn hat sie das getan, ich war sicher, daß sie in jeder Sekunde gelitten hatte, für eine Kranke war es bestimmt eine Folter, das Bett verlassen zu müssen, noch dazu für so ein vornehmes Restaurant, sogar für mich war die Anstrengung zu groß, selbst mich brachte es fast um, ihm gegenüberzusitzen und anständig zu essen und ein kultiviertes Gespräch zu führen, als wäre nichts, als hätte ich nicht sein Leben zerstört, noch bevor ich geboren wurde, und als habe er mir dafür nicht meines zerstört. Auch er hatte sich hinter der Speisekarte versteckt, nur seine schönen Finger waren zu sehen, und ich konnte diese Anspannung nicht länger ertragen und floh zur Toilette, um Kraft zu schöpfen, Zeit zu gewinnen, ich flüsterte mir zu, jetzt wartet er auf mich, er will mich, aber ich konnte mich kaum dazu bringen, wieder zu ihm hinauszugehen, denn auch seine plötzliche Werbung erschreckte mich, nicht weniger als seine plötzliche Wut es getan hatte.

Ich habe für dich bestellt, sagte er, als ich zurückkam, ich habe schon herausbekommen, was die Spezialität hier ist, du kannst dich auf mich verlassen, und ich sagte, schön, danke, denn ich war zu faul, eine Diskussion anzufangen, und trotzdem ärgerte es mich, wieso entschied er für mich, für wen hielt er sich, und er fragte plötzlich, wann kommt dein Mann zurück, es war das erste Mal, daß er Interesse an ihm zeigte, und ich sagte, übermorgen, glaube ich, und er sagte, ihr trennt euch, sogar ohne Fragezeichen sagte er das, und ich erschrak, als ich das laut ausgesprochen hörte, und wieder ärgerte ich mich, wieso entschied er für mich, aber ich wollte trotzdem zeigen, daß ich gelassen war, und sagte, vermutlich. Solche Dinge sollte man nicht in die Länge ziehen, sagte er, und ich fragte, was bei ihm solche Dinge waren, und er zuckte mit den Schultern und sagte, schlechte Beziehungen, und ich versuchte zu protestieren, aber unsere Beziehung ist gut, und er sagte, dann ist es um so schlimmer, und fuhr sich mit den langen Fingern über seine Trauerstoppeln, und ich dachte, er hat eigentlich recht, eine gute

Beziehung ist wirklich schlimmer als eine schlechte, denn man wird abhängig davon und kann ohne sie nicht mehr leben, und er sagte, Ajala, meine kleine Schwester, zog ihre Beziehung zu einem Mann, der nicht zu ihr paßte, über zehn Jahre hin, und als sie ihn verließ, hatte sie schon vier Kinder, und ihr Mann, ein wunderbarer Mensch, stimmte der Scheidung nur unter der Bedingung zu, daß die Kinder bei ihm blieben, und jetzt ist er in Amerika, verheiratet mit irgendeiner Frau, die Ajalas Kinder aufzieht, und sie ist alleine hier.

Ich fing an zu zittern, als ich das hörte, als handelte es sich um mich, und mit leiser Stimme fragte ich, bereut sie es, und er sagte, das ist überhaupt nicht relevant, man darf Dinge nicht nach ihrem Ergebnis beurteilen, ihr Schritt an sich war richtig, aber jetzt hat sie natürlich Probleme. Man tauscht eine Schwierigkeit, mit der man leben kann, gegen eine, mit der man nicht leben kann, sagte ich, und er trat den Rückzug an und sagte nachdenklich, ich weiß nicht, man kann mit jeder Schwierigkeit leben, solange es Hoffnung gibt, und ich sagte, Hoffnung auf was, und er sagte, in meinem Alter betrachtet man die Dinge nicht mehr ständig durch ein Vergrößerungsglas, man weiß, daß sie sich ändern, die Umstände ändern sich, die Kinder sind irgendwann erwachsen und werden zu ihr zurückkommen, alles ist noch offen, und ich, um mich dem Schicksal zu entziehen, das mir drohte wie ein Sturm, der immer näher kam, sagte, und was ist, wenn mein Mann doch zu mir paßt.

Wenn er zu dir passen würde, wärst du jetzt nicht hier, er grinste, und ich dachte, das stimmt, ich bin wie die Frau in der Geschichte, nur meine Handlungen können etwas über mich aussagen, denn alles andere ist unklar und verschwommen, und trotzdem versuchte ich es weiter, vielleicht paßt er zu mir, und ich habe es nicht gewußt, und er entblößte seinen abgebrochenen Zahn und sagte, vielleicht. Ich möchte so sehr, daß er zu mir paßt, sagte ich, und er unterbrach mich kühl, ich verstehe, und wies mich darauf hin, daß ich bei der Demonstration meiner Gefühle übertrieben hatte, und sofort wollte ich diesen Eindruck verwischen und legte meine Hand auf seine, warum konnten wir nie über uns selbst reden, zum Beispiel fragen, was mit uns sein würde, immer sprach er über mein Leben, als habe es nichts mit seinem zu tun, und er sagte, hab keine Angst, und wirklich hatte ich erst einmal keine Angst, ich entspannte mich, trank einen Schluck Wein und versuchte, nicht daran zu denken, was sein würde, und statt dessen die Gerichte zu genießen, die er für mich bestellt hatte, Reis mit allen möglichen Nüssen und knusprige süße Nudeln, und ich dachte, was für ein Glück, daß ich noch etwas schmecke, das ist das wichtigste im Leben, schmecken zu können.

Er rührte das Essen kaum an, er trank nur und rauchte, erzählte eine verwirrende Geschichte über alle möglichen rituellen Feste der Pariser Boheme, an denen er vor vielen Jahren teilgenommen hatte, auch dort fiel ich auf, sagte er, aber hier im Land aufzufallen ist ein Fluch, und dort ist es ein Segen, innerhalb kürzester Zeit war ich mittendrin, und ich hatte das Gefühl, daß er das nicht mir erzählte, sondern meiner hochmütigen Mutter, die ihn nicht gewollt hatte, und seine Worte begannen eines am anderen zu kleben, vermutlich hatte er schon zu Hause etwas getrunken, und jetzt bestellte er noch eine Flasche, und die Kellnerin brachte den Wein und machte ihm schöne Augen, sie waren teuer, ihre Augen, und sehr schön, und ich fragte mich, ob es überhaupt einen Unterschied zwischen mir und ihr gab, aus seiner Sicht, bei ihm war immer alles unpersönlich, nichts berührte ihn wirklich. Einen Moment lang hatte ich gedacht, er habe mir seinetwegen den Hinweis gegeben, Joni zu verlassen, aber dann war er sofort wieder auf Distanz gegangen, und nun streckte er die Hand aus und streichelte meine Haare, vor den Augen der Kellnerin, und ich warf ihr einen siegessicheren Blick zu, er will mich, und dann sah ich, daß auch er ihr einen Blick zuwarf, keinen siegessicheren, eher einen herausfordernden, und das Essen blieb mir im Hals stecken, und ich begann zu husten, genau wie Joséphine am letzten Tag ihres Lebens gehustet und den Tee, den ich ihr gemacht hatte, auf das Krankenhauslaken verschüttet hatte. Die Kellnerin rannte los und brachte mir ein Glas Wasser, ohne daß ich darum gebeten hatte, und ich trank verzweifelt, er wollte mich nicht, aber mir kam es vor, als hätte ich vor lauter Versuchen, herauszufinden, ob er mich wollte, ganz vergessen zu prüfen, ob ich ihn wollte, das war schon zu einer Art Axiom geworden, zu etwas Selbstverständlichem, das nicht mehr bewiesen werden mußte, aber vielleicht war es an der Zeit, es trotzdem zu probieren, aber wie tat man das, es stellte sich heraus, daß es leichter war, seinen Nächsten kritisch zu betrachten.

Vermutlich war der Nächste eine geschlossene Einheit, wenn man ihn betrachtete, und man selbst war für sich offen, aber eigentlich war es doch umgekehrt, denn in diesem Moment war ich voller Liebe zu ihm, voll wie der Teller, der vor ihm stand, und ich dachte, daß wir bald miteinander schlafen würden, und wie wir am Morgen aufwachen würden, und alles begeisterte mich, und nach der Schiwa würden wir zusammen nach Istanbul fahren, und ich würde ein neues Leben anfangen, und meine Mutter und mein Vater würden nicht mehr mit mir reden, und er wäre meine Familie, und seine Schwester würde mich adoptieren, und ich würde alles hinter mir lassen, Joni und die kleine Wohnung, noch nicht einmal meine Kleider würde ich holen, sondern mir alles neu kaufen, um nicht durcheinanderzugeraten, und vielleicht würden wir überhaupt in Istanbul wohnen, um auf der Straße keine bekannten Gesichter zu treffen, ich sah ja, wie schwer es war, ihn in mein Leben einzubauen, es würde viel leichter sein, ihm zuliebe ein neues Leben zu beginnen, statt zu versuchen, ihn in das bestehende zu integrieren.

Und dann taten mir meine Eltern leid, vor allem meine Mutter, die uns beide verlieren würde, mich und ihn, und Joni, der allein mit einem schiefen Schrank voller Kleider zurückbleiben würde, was wird er mit ihnen machen, und ich fing an, mich von ihm zurückzuziehen, ich sah alle seine Fehler, seine dünnen Haare, seine tiefen Falten, seine gelben Zähne, sein nahendes Alter, sein kürzer werdendes Leben, und dahinter seine schwankende Persönlichkeit, seine Aggressivität, und ich dachte, was habe ich überhaupt mit ihm zu tun, ich will nach Hause, zu meinem kleinen Leben, und vielleicht war es daher doch besser, das zu tun, was er wollte, denn wie konnte man sich auf mich verlassen, und dann dachte ich, aber wie kann man sich auf ihn verlassen, in diesem Moment lächelt er mich an, im nächsten die Kellnerin, und mir fiel auf, daß ihre Haare in einem modernen Rundschnitt geschnitten waren, und plötzlich war ich sicher, daß sie die berühmte Zigarettenspitze war, seine wirkliche Geliebte, die damals mit ihm in jenem Laden gewesen war. Vielleicht hatte er mich absichtlich hierhergebracht, um sie zu provozieren, oder um sie zu sehen, vielleicht ist das ein perverses Spiel zwischen ihnen, und mir blieb das ganze Essen in der Kehle stecken, und ich fragte ihn mit zitternder Stimme, warum sind wir ausgerechnet hierhergekommen, und er sagte, du hast doch chinesisch essen wollen, und ich beruhigte mich ein bißchen, es stimmte, ich hatte das entschieden, aber vielleicht war ich dazu gebracht worden, ich erinnerte mich schon nicht mehr.

Er studierte wieder die Speisekarte und schlug mir eine gebackene Banane mit Eis vor, aber ich konnte nicht länger hierbleiben, das Mißtrauen würgte mich, und ich sagte, ich fühle mich nicht wohl, komm, laß uns gehen, und ich stand schnell auf, fiel fast die Treppe hinunter, warum war ich mit ihm in dieses verfluchte Lokal gegangen, ich hätte ihn mit nach Hause nehmen müssen, zu meinem ersten Zuhause, um ihm die Welt der endlosen Orangenplantagen zu zeigen, und mittendrin die Ruine, und dort hätten wir besprochen, warum er sich jetzt noch so lange oben im Lokal aufhielt und warum sein Gesicht so hart war, als er endlich kam, ich wollte dich verwöhnen, sagte er wütend, aber du kannst das offensichtlich nicht ertragen.

Ich war sicher, daß du dich in die Kellnerin verliebt hast, jammerte ich, und er sagte, genau das habe ich gemeint, du kannst es nicht aushalten, wenn man dich verwöhnt, du kannst nicht glücklich sein, sofort versuchst du, dich selbst zu bestrafen, und Strafen findet man immer, nur schade, daß du immer alles auf die anderen schieben mußt. Dann schwöre, daß du nichts mit der Kellnerin hast, sagte ich mit Nachdruck, und er kochte vor Wut, die Tatsachen sind ohne Bedeutung, nichts, was ich sage, wird dich beruhigen, das weißt du. Ich weinte, nein, das stimmt nicht, alles, was du sagst, wird mich beruhigen, ich konnte nicht aufhören zu weinen, und er, statt es zu versuchen, pfiff auf dem ganzen Weg gekränkt vor sich hin, ignorierte mich, und vor seinem Haus sagte er, ich wollte dich bei dir zu Hause absetzen, aber du bist jetzt nicht in der Lage, allein zu sein, er sprach gönnerhaft, als würde er mir eine große Gnade erweisen, und ich sagte, du bist zu nichts verpflichtet, nur wenn du willst, und wieder stieg das vertraute Gefühl der Abhängigkeit in mir auf. Es war erst ein paar Stunden her, daß ich dieses Haus verlassen hatte, und wieder saß ich in seiner

Falle, wieder war ich von seiner Gnade abhängig, wieder dankbar, voller Liebe, armselig, und ich verstand nicht, wie es hatte geschehen können, denn schließlich war er es, der zu mir gekommen war, er hatte mich gerufen.

Als wir das Haus betraten, wußte ich, daß ich nie wieder hinauskommen würde, ich würde ihn nie bekommen und mich nie von ihm befreien, vor ein paar Stunden war ich fast wie durch ein Wunder entkommen, und Wunder passierten nicht zweimal, und mit bitterer Ergebenheit ging ich sofort zum Schlafzimmer, wie ein Pferd zum Stall, und dort zog ich mich aus und legte mich ins Bett. Er ließ sich Zeit, ich hörte das Telefon klingeln und den Kühlschrank auf- und wieder zugehen, die bekannten Geräusche meines Gefängnisses, dann kam er herein, eine Bierdose in der Hand, gelassen wie ein Tiger, der seiner Beute sicher ist, er zog mit einem erleichterten Seufzer das gestreifte Hemd und die blaue Hose aus und legte sich neben mich, und ich hatte das Gefühl, diesmal müsse ich ihn besänftigen, denn schließlich war ich es gewesen, die das Essen ruiniert hatte, und ich begann seinen Rücken zu streicheln, und er schnurrte vor Vergnügen wie ein großer Kater, und dann fühlte ich eine kleine Erhöhung, die aus der Nähe aussah wie eine Warze auf einem Apfel, geschwollen und länglich, und er sagte, ja, kratz mich dort, und mich ekelte ein wenig, aber ich erinnerte mich, daß man sich, wenn man wirklich liebt, vor nichts ekelt, deshalb fuhr ich fort zu kratzen, um diese Erhöhung herum, bis ich eine Feuchtigkeit unter den Fingern fühlte, die sich rötlich färbte, und ich sagte, dieses Ding blutet, und er sagte, aha, und ich sagte, du mußt zum Arzt gehen, du mußt das behandeln lassen, und er sagte, der einzige Arzt, den ich aufzusuchen bereit bin, ist der Zahnarzt, alle anderen müssen ohne mich auskommen.

Aber es ist gefährlich, es so zu lassen, sagte ich, und er

lachte, noch gefährlicher ist es, das Haus zu verlassen, weißt du überhaupt, wie schwer es ist, heil und gesund zu einem Arzt zu kommen? Und wofür? Ich verlasse mich auf keinen einzigen, jede Krankheit kommt aus einer Quelle, und die kann kein Arzt behandeln, alles kommt von der Seele.

Dann geh und laß deine Seele behandeln, sagte ich, und er sagte, ich soll meine Seele fremden Händen überlassen? Ich verlasse mich auf niemanden, und ich werde mich von niemandem abhängig machen, und er sprach mit einem solchen Haß, als wären alle Ärzte seine Feinde, und ich sagte, wie können sie dir dann helfen, und er sagte, ich brauche keine Hilfe, von niemandem, das hätte mir noch gefehlt, daß mir jemand hilft, und diese warzenartige Erhebung bewegte sich über seinen Rücken wie ein Käfer, und er sagte, streichle sie, vielleicht hilft das was. Ich fühlte mich abgestoßen, aber trotzdem fing ich an, sie zu streicheln, und allmählich schrumpfte die ganze Welt auf die Größe seiner Warze zusammen, es war eine klare und einfache Welt, ohne Anspannung und ohne Ohrfeigen, nur ein Auftrag, mit dem ich mich ein Leben lang beschäftigen konnte, ihm die Warze zu streicheln, denn wenn man ernsthaft darüber nachdachte, war das nicht erniedrigender als alles andere, ihm den Schwanz oder den Rücken zu streicheln, sogar weniger, denn das hier konnte vielleicht sogar etwas nützen.

Allmählich hörte das Bluten auf, und seine Atemzüge wurden schwer, und ich dachte, er sei schon eingeschlafen, und hielt einen Moment lang inne, und da hörte ich ihn lachen und sagen, das ist beruhigend, sich um die Warze von jemand anderem zu kümmern, nicht wahr? Wieder in seinem herablassenden Ton, als tue er mir einen Gefallen, auf den ich stolz sein könne, und ich setzte mich wütend im Bett auf, wieso war ich wieder auf ihn reingefallen, wie hatte er es geschafft, alles so zu drehen, als würde ich ihn dringend brauchen, und ich hörte ihn sagen, ich weiß, was du jetzt brauchst, und er zog mich mit Gewalt zurück und setzte mich auf sich, so daß ich mit dem Rücken zu seinem Gesicht saß und vor mir seine glatten, dunklen, bewegungslosen Füße sah, völlig abgetrennt von ihm, unschuldige, jugendliche Füße, die Zehen in einer hübschen Diagonale angeordnet, von den kleinen bis zu den großen, wie es sich gehörte, und als er mich auf sich bewegte, dachte ich, daß ich jedesmal, wenn ich einen Apfel sehen würde, an ihn denken würde, wegen dieser warzenartigen Erhebung, und das bedeutete, daß ich nie aufhören würde, mich an ihn zu erinnern, denn Äpfel sah man überall, so wie man überall Brot roch, und so wurde meine Welt immer verschlossener, und ich würde mit zugehaltener Nase und geschlossenen Augen herumlaufen müssen, und ich versuchte, mich an den Geschmack von Äpfeln zu erinnern, ob sie süß waren wie die Süße, die er mir jetzt im Körper verbreitete, so als hätte er an der Schwanzspitze einen Trichter, aus dem Honig tropfte, und gerade weil er bitter war, war sein Honig süß, denn die Gegensätze waren zu spüren, und das war wundervoll, er bedeckte mich mit Honig, wie Herodes den Säugling der Hasmonäerin bedeckt hatte, die sich weigerte, ihn zu heiraten, ihre ganze Familie brachte er um, und er bedeckte sie sieben Jahre mit Honig, damit man sagen sollte, er habe die Tochter des Königs geheiratet.

Zurück und vor schaukelte ich, mit rhythmischen Bewegungen, versuchte loszukommen und wurde zurückgeworfen gegen seinen Körper, und unter mir spürte ich seine Bewegung, nach unten und nach oben, und wir stießen immer fester zusammen, wie zwei verlassene Eisenbahnwaggons auf einem alten Gleis, und von der Wucht des Aufpralls wurde ich vorwärtsgeschleudert, bis ich fast aus dem breiten Bett fiel, und ich sah seine Füße schon nicht mehr, ich hatte ein

Gefühl, als wäre ich allein und dieses süße Gefühl steige aus mir selbst auf, das süße Gefühl, das ich am meisten liebte, das aus mir selbst aufstieg, wie damals, als ich mich an die Regale der Bücherei preßte, in unserer alten Siedlung, und durch das Fenster guckten die Loricera und die Wandelröschen in einer Flamme aus Farben und Düften, und aus dem Lesesaal drang beruhigendes Gemurmel, und ich war allein zwischen den Regalen mit den dicken Romanen, und alle hatte ich mindestens einmal gelesen, und trotzdem besuchte ich sie, denn sie bewahrten für mich die Zukunft auf, sie waren meine Wachhunde, und ich streichelte die staubigen Regale und nahm mir ein dickes Buch und fand sofort, was ich suchte, und aus den Regalen stieg dieses geliebte süße Gefühl, ich drehte mich zum Fenster, legte das Buch zwischen meine heißen Schenkel, und meine Blicke wanderten über die Orangenplantagen und die Paare, die von ihnen verschluckt wurden, und einmal sah ich Avschalom, groß und schön sah ich ihn aus der Erde steigen, als wäre er die ganzen Jahre in seinem Grab gewachsen und älter geworden und würde nun neu geboren, würde zu einer Zeit auf die Welt kommen, die ihm gefiel, in einem Alter, das ihm gefiel, und die Erde hatte ihn genährt, als wäre er ein Baum. Ich war so glücklich, ihn zu sehen, und dachte, wie froh meine Eltern sein würden, ich würde ihn nach Hause bringen wie ein Geschenk, ich würde ihn vor ihrer Tür zurücklassen und fliehen und nie mehr wiederkommen.

Und dann drehte er mich zu sich um, zu seinem Gesicht, das am anderen Ende des Bettes war, und ich war fast überrascht, ihn zu sehen, und sagte, ich hatte vergessen, daß du hier bist, und er sagte, ich weiß, es ist in Ordnung, und ich glaubte ihm, daß er es wußte, und das war gut so, auf einmal war alles gut, denn wenn ich ihn vergessen konnte, war das ein Zeichen, daß er mich von innen kannte. Ich küßte seinen

Mund, der trocken und fleischig war, und ich drückte mich an ihn und sagte, ich will immer mit dir hier zusammensein, und er sagte, bist du sicher, und ich sagte, ja, und er stellte diese abstoßende Frage, was liebst du an mir, und ich sagte, daß man deine Schritte zwischen den Regalen nicht hört, und er fragte, was noch, und ich sagte, alles andere hasse ich, aber das ist vermutlich nicht entscheidend.

13 Auf meiner Uhr war es neun, aber auf Aries Uhr, die mir schwarz und drohend von seinem linken Handgelenk entgegenblickte, war es schon fast zehn, und ich sprang mit einem Satz aus dem Bett und zog mich an. Er lag in der Mitte des Bettes, mit geschlossenen Augen, und sein linker Unterarm, der mit der Uhr, bedeckte seine Stirn, und über seinem Körper lag, bis zu den Schultern gezogen, ein geblümtes Laken, was ihm das Aussehen einer alten, in ihren Sari gewickelten Inderin verlieh. Als ich die Tür aufmachte und mißtrauisch in den Flur schaute, hörte ich ihn fragen, wohin gehst du?

Seine Augen waren noch geschlossen, aber sein Mund war jetzt offen, der abgebrochene Zahn blitzte heraus, und ich sagte, zu einem Termin an der Universität, und ich verstand nicht, warum meine Stimme entschuldigend klang, als hätte ich etwas zu verbergen, und er öffnete die Augen und fragte, ist er so wichtig, daß du heimlich weggehst, während ich schlafe? Seine Stimme wurde aggressiv und meine noch entschuldigender, und ich sagte, was heißt da heimlich, ich wollte dich nicht wecken, und er trat das Laken von sich und sagte, warum hast du nicht gewartet, bis ich aufstehe?

Weil ich mich für halb elf verabredet habe, sagte ich, ich darf nicht zu spät kommen, und er sagte, alle an der Universität kommen zu spät, glaubst du, daß ich die Universität nicht kenne, und ich wurde gereizt, warum redest du solchen Blödsinn, und er richtete sich plötzlich auf und zischte, wage es nicht, so mit mir zu sprechen, hörst du? Und ich stotterte, ich weiß nicht, was du von mir willst, und er sagte, die Frage ist, ob du weißt, was du von dir selbst willst, erst gestern hast du gesagt, daß du für immer hier mit mir zusammensein willst. Stimmt, gab ich zu, aber das heißt doch nicht, daß ich nicht für ein paar Stunden weggehe, ich hatte vor, wegzugehen und zurückzukommen, und er schrie, du brauchst gar nicht zurückzukommen, hast du das verstanden, wenn du jetzt gehst, brauchst du nicht zurückzukommen, und ich blickte verzweifelt auf die Uhr, auf meiner war es neun, und ich wagte nicht, näherzutreten und auf seiner nachzuschauen, wie spät es jetzt war, und vor lauter Druck fing ich fast an zu weinen, was willst du, was willst du von mir, und er sagte, ich will gar nichts von dir, ich will nur, daß du konsequent bist, wenn du sagst, daß du für immer hier mit mir zusammensein willst, wie kannst du jetzt sagen, daß dir ein Termin an der Universität wichtiger ist als ich, und ich schrie, du verdrehst alles, schau doch, wie du alles verdrehst, warum ist das überhaupt ein Widerspruch, warum muß ich wählen, reicht es nicht, daß ich in den großen Dingen wählen muß, und jetzt noch bei Kleinigkeiten? Und wenn ich es eilig habe, um zu einem Termin zu kommen, warum heißt das gleich, daß ich dich nicht liebe, und er sagte, weil ich es so sehe, und du mußt auf mich Rücksicht nehmen, und dann sagte er sofort in seinem herablassenden Ton, nicht, daß ich dich hier unbedingt brauche, ich wollte nur deine Worte auf die Probe stellen, und ich sehe, was ich immer gewußt habe, du bist ein ungedeckter Scheck, du redest einfach nur dahin, du hast keine Ahnung, was es heißt, zu lieben, wie sich eine wirkliche Frau verhält, wenn sie liebt.

Ich glaube es nicht, schrie ich, ich kann einfach nicht glauben, daß ich das wirklich höre, und er fuhr fort, und ich kann einfach nicht glauben, daß ich dir erlaubt habe, in Joséphines Bett zu schlafen, sie war eine wirkliche Frau, sie wußte, was es heißt, zu lieben, nicht wie du, und ich brüllte, in meinem ganzen Leben hatte ich nicht so gebrüllt, aber sie ist tot, du Ehebrecher, deswegen ist sie gestorben, du hast sie umgebracht mit deinen verrückten Prüfungen, die du die ganze Zeit mit ihr angestellt hast, und er brüllte sofort zurück, wie kannst du es wagen, mich zu beschuldigen, hau schon ab.

Das ist es ja, was ich zu tun versuche, schrie ich, und er verkündete mit einem siegesbewußten Schnauben, siehst du, du gibst es selbst zu, deine Verabredung ist nur eine Ausrede, und ich verließ das Zimmer und knallte die Tür so fest zu, wie ich nur konnte, und ich hörte seine finstere Stimme hinter meinem Rücken, ich warne dich, Ja'ara, wenn du jetzt gehst, hast du keinen Ort mehr, wohin du zurückkommen kannst, und ich sagte, ich habe wirklich keinen Ort mehr, an den ich zurückkommen kann, aber ich vergaß, diese Worte zu schreien, und so blieben sie nur für mich. Ich rannte hinaus, und als ich aus dem Treppenhaus trat, sah ich ein Taxi vor dem Haus halten, aus dem feierlich die Trauerfamilie stieg, die Mutter und die Schwester und ihr Mann, die Mutter nickte mir grüßend zu, offenbar erinnerte sie sich an mich von gestern, und ich sagte, bon jour, und achtete auf meine Aussprache, aber meine Stimme flatterte vor Weinen, das immer schlimmer wurde, je weiter ich mich von dort entfernte, und auf dem ganzen Weg bis zur Haltestelle verfluchte ich erst ihn und dann mich, wie hatte ich mich so irren können, wie hatte ich ihn nicht so sehen können, wie er war, warum hatte ich nicht kapiert, daß er von meiner Abhängigkeit von ihm abhängig war, daß dies das einzige war, was er von mir wollte.

Ich saß in dem leeren Autobus am Fenster, betrachtete durch die Tränen die Straßen der Stadt und den Schornstein des Krankenhauses, aus dem weißer Rauch aufstieg, und dachte an Tirza, die dort lag und vor der Wüstenlandschaft in ihrem kleinen Spiegel las, und in dem schmalen Bett neben ihr lag eine neue Kranke, mit Ehemann oder ohne, mit Kindern oder ohne, was spielte das in diesem Stadium schon für eine Rolle, und dann stieg ich aus und ging durch die kühlen Korridore der Universität, neue, erstickende Keller, ab und zu von einem großen Fenster aufgerissen, durch das die Welt sehr viel verlockender aussah, als sie wirklich war, eine Welt in einem Schaufenster, zum Verkauf ausgestellt, und ich hatte Lust, die eiligen Leute um mich herum anzuhalten und zu sagen, warum rennt ihr so, glaubt mir, es ist nicht nötig, an einen bestimmten Ort zu eilen, ich komme von dort, von dieser wirklichen, glänzenden, kostbaren Welt, und nichts ist dort so, wie es aussieht, alles ist verfault, glaubt mir, auf dem Friedhof gibt es nicht so viele Würmer wie in den schönsten Straßen dieser Welt, aber ich hielt den Mund und ging zur Toilette, um mir das Gesicht zu waschen, und als ich mich im Spiegel sah, wurde mein Weinen nur stärker, so traurig sah ich aus, sogar trauriger, als ich mich fühlte, mit roten Augen und geschwollenen Lidern und einem bitteren Mund, und ich dachte, wie komme ich da nur wieder heraus, wie komme ich da nur wieder heraus?

Gerade trat eine Frau aus einer der Kabinen und stellte sich neben mich, um sich die Hände zu waschen, und sie sah so richtig aus, keine Schönheit, aber in Ordnung, alles an ihr sah in Ordnung aus, sie hatte keine offene Wunde mitten im Gesicht, so wie ich, sie sah aus, wie ich ausgesehen hatte, bevor das alles anfing, und vor dem Spiegel murmelte ich, wer wird mich in den letzten Tagen ölen, wer wird mich in den letzten Tagen ölen, bis ich den Raum verließ und die Treppe hinaufging, zum Büro des Dekans, ich kam an unserem Zimmer vorbei, dem der Assistenten, und wandte den

Kopf ab, konnte aber die heiteren Stimmen, die herausdrangen, nicht überhören, ich war wie von einer anderen Welt, ein Flüchtling, eine Errettete aus einem fernen Krieg, die erschrocken ihr früheres Ich trifft und sich davor versteckt, als wäre das der Feind.

Seine Tür stand offen, ich klopfte und trat ein, ohne auf eine Antwort zu warten, und ich sah, daß auf dem Tisch vor seinem leeren Stuhl ein aufgeschlagenes Buch lag, und setzte mich auf den Stuhl gegenüber, legte den Kopf auf die kühle Holzplatte und versuchte meine Tränen einzudämmen, doch sie tobten wie verrückt in meinen Augen, und je mehr ich mich bemühte, um so weniger gehorchten sie mir, sie machten meine Knie naß, wie früher, wenn ich vor dem kleinen Fenster Geschirr spülte und das Wasser von der Schürze auf meine Knie tropfte, während Joni herumlief und mir alles mögliche erzählte und ich kleine Spiele spielte, damit es für mich interessanter war, ich horchte zum Beispiel nur auf jedes dritte Wort, und wenn er dann sagte, was meinst du dazu, fing ich an zu stottern, ich hab's nicht richtig gehört, sag's noch mal, und dann achtete ich nur auf jedes zweite Wort, und vor lauter Anstrengung tat mir der Kopf weh, und beim dritten Mal war seine Stimme dann schon leise und ausdruckslos, und ich reagierte gereizt, sprich doch lauter, man hört dich kaum, warum flüsterst du, wenn du willst, daß ich dich verstehe, und das Wasser spritzte aus dem Becken und hinterließ nasse Flecken auf meiner Kleidung, bis auf die Socken, und auch jetzt juckte die Feuchtigkeit auf meiner Haut, als krabble ein Insekt über mich, und dann spürte ich etwas Warmes auf meiner Schulter, und seine angenehme Stimme mit dem englischen Akzent sagte, ich wünsche Ihnen wirklich, daß es Ihnen bald besser geht.

Ich hob mein rotes verschwollenes Gesicht zu ihm, und er

betrachtete mich sanft und sagte, ist es überraschend passiert? Und ich fragte erschrocken, was ist überraschend passiert, denn alles, was mir an diesem Morgen passiert war, hatte mich überrascht und erschreckt, aber ich konnte mir schlecht vorstellen, daß er das meinte, und er sagte, der Tod der Mutter, der Mutter, sagte er, als wäre sie auch seine Mutter, und ich dachte, man darf wirklich nicht lügen, wie komme ich aus dieser Situation wieder heraus, und ich murmelte, sie war nur meine Stiefmutter, und er nickte höflich und sagte, Ihre wirkliche Mutter ist also nicht mehr am Leben, und ich wollte schon, daß er aufhörte zu reden, und sagte mit gesenktem Kopf, nein, sie ist bei der Geburt gestorben, wie im Tanach, und er fragte, bei Ihrer Geburt, und ich sagte, nein, bei der Geburt meines Bruders, und er fragte, wie alt ist Ihr Bruder? Und ich flüsterte, er ist auch gestorben, ein paar Monate nach meiner Mutter, und er wich zurück und setzte sich auf seinen Stuhl, beeindruckt von meiner morbiden Familie, und auf einmal sah er aus wie ein rosafarbenes weiches Schweinchen, und ich fing vor lauter Verzweiflung an zu lachen, denn dieses ganze Treffen, das ich erwartet hatte wie eine Erlösung, kam mir jetzt so hoffnungslos vor wie alles, was vorher geschehen war, nicht mehr, aber auch nicht weniger.

Um das Lachen zu verbergen, senkte ich wieder den Kopf, um ihn glauben zu machen, es handle sich um einen neuen Tränenausbruch, und das klappte offenbar auch, denn er drückte mir ein Papiertaschentuch in die Hand, und ich trocknete damit meine Tränen, und mein Kopf tat weh, als ich ihn nun zu den blauen Augen des Dekans hob, und ich sagte fast flehend, Sie werden es nicht glauben, Professor Ross, was mich schon seit ein paar Tagen bedrückt, es ist das Schicksal jenes Zimmermanns, dem die Frau durch Betrug geraubt wurde, und am Schluß mußte er auch noch sie und ihren neuen Ehemann bedienen, und die Tränen seines Kummers flossen in ihre Gläser. Schon seit einigen Tagen, wie soll ich es sagen, habe ich an seinem Schmerz teilgenommen, habe den Gehilfen verflucht, der ihm die Frau stahl, und die Frau selbst, die ihm dabei geholfen hat, aber heute morgen, auf dem Weg zu Ihnen, habe ich etwas verstanden.

Was haben Sie verstanden? Er betrachtete mich zweifelnd, auf seinen vollen Lippen lag noch jenes Schnauben, bereit, wieder hervorzuspringen, und ich versuchte es mit einer Frage zurückzuhalten, worüber hat er, Ihrer Meinung nach, geweint, über was genau hat er geweint, als er die beiden bediente?

Der Dekan richtete sich auf, was soll das heißen, das ist doch selbstverständlich, er weinte über sich selbst und über seine Frau, die nun einem anderen gehörte, über das schreckliche Unrecht, das man ihm angetan hatte! Und ich betrachtete seine vollen Lippen, die sich trafen und wieder trennten, voller Sicherheit, und sagte, ja, das habe ich bis heute morgen auch geglaubt, aber jetzt weiß ich, daß er nicht über das Unrecht weinte, das ihm geschehen war, sondern über das Unrecht, das er seiner Frau angetan hatte, denn er ist der Böse in dieser Geschichte, böser sogar als sein Gehilfe und bestimmt böser als seine Frau.

Und worauf gründet sich Ihre Behauptung, fragte er kühl, fast verächtlich, und ich fürchtete, daß sich gerade sein letztes bißchen Glauben an mich in Luft auflöste, jetzt würde auch er gegen mich sein, aber ich durfte nicht aufgeben, ich zog das Buch aus der Tasche und schlug es auf, meine Behauptung gründet sich auf das, was hier geschrieben steht, sagte ich, warum hatte er sie zu dem Gehilfen geschickt, um das Darlehen zu holen? Er brachte sie ausdrücklich in Gefahr, nur um das Geld zu bekommen, und wie kam es, daß er sich drei volle Tage lang nicht die Mühe machte, sie zu suchen, drei Abende ging er ohne sie schlafen und stand ohne sie auf, erst am dritten Tag ging er zu dem Gehilfen, um zu fragen, was mit ihr geschehen sei, und als er hörte, daß die Knaben unterwegs ihren Mutwillen mit ihr getrieben hatten, stimmte er, statt sie mit nach Hause zu nehmen, sich um sie zu kümmern und sie zu trösten, sofort zu, sie zu verstoßen, als der Gehilfe sich bereit erklärte, ihm das Geld für die Erfüllung des Scheidebriefs zu geben. Warum fragte er nicht nach, warum forderte er nichts, warum wollte er nicht mit ihr sprechen, schließlich hatte er sie selbst in dieses Abenteuer geschickt. Sehen Sie das nicht? Eine ganze Kette von Sünden und Versäumnissen verbergen sich dahinter, genau vor unseren Augen, eine ganze Kette von Sünden, deretwegen das Urteil unterschrieben wurde!

Der Dekan blickte mich verwirrt an und blinzelte, einen Moment lang dachte ich, er zwinkere mir zu, bis er mit ernster Stimme sagte, aber auch seine Frau kommt mir nicht wie die große Gerechte vor, Ja'ara, ich habe diese Geschichte zwar nie wirklich analysiert, aber ich habe den Eindruck, daß sie die Komplizin des Gehilfen war.

Wie kommen Sie denn darauf, fuhr ich ihn an, man kann sie schließlich nicht aufgrund ihrer Gefühle oder ihrer Worte beurteilen, denn diese werden nicht erwähnt, aber auch aufgrund ihrer Handlungen geht das nicht, denn sie war vollkommen passiv. Sie wurde, als sie mit dem Gehilfen beim Mahl saß, von ihrem Mann bedient, man kann unmöglich wissen, ob sie die drei Tage freiwillig dort verbracht hatte oder ob sie gefangengehalten wurde, vielleicht hatte er ja selbst seinen Mutwillen mit ihr getrieben, so wie er es von den Knaben behauptet hatte, und dann trennte sich ihr Mann von ihr, und der Gehilfe heiratete sie, war es da ein Wunder, daß sie ihn heiratete, nachdem sie auf so beschämende Weise im Stich gelassen worden war, sehen Sie nicht, daß diese Geschichte sie nicht beschuldigt?

Er nahm mir das Buch aus der Hand und las, seine Augen glitten besorgt über die Wörter. Ja, gab er zu, es sieht so aus, als sprächen ihre Handlungen nicht gegen sie, und daher kann man sie nicht beschuldigen, auch wenn sie schuldig ist, kann man sie nicht beschuldigen.

Ja, bestätigte ich, aber wissen Sie, wen diese Geschichte außer dem Zimmermann und seinem Gehilfen noch beschuldigt?

Wen, fragte er angeregt, und ich sagte, Sie, mich, alle Hörer und Leser aller Generationen, die sich zu dieser vereinfachten, zu Tränen rührenden Auffassung verführen ließen und die wirkliche Handlung der Geschichte ignorierten. Es ist das leichteste, Mitleid mit dem betrogenen, erniedrigten und weinenden Ehemann zu haben, aber wie ist es möglich, die grausamen, schicksalhaften Details zu ignorieren? Diese Geschichte führt ihre Leser in die Irre, stellt sie auf die Probe, und sogar wir haben sie nicht bestanden.

Er seufzte, Sie haben recht, und breitete seine Arme wie zur Entschuldigung aus, sein geliebtes Buch barg einen großen Schatz in sich, und ich wußte, daß er es nicht mehr aus der Hand geben würde, aber warum, glauben Sie, führt diese Geschichte uns in die Irre?

Warum, glauben Sie, führt uns das Leben in die Irre, fragte ich, und er hob die Augen zu mir, und ich sah den Kampf zwischen ihnen, das eine Auge war für mich, das andere gegen mich.

Erinnern Sie sich, was Gott Moses geantwortet hat, sagte ich dem mich bestätigenden Auge, Moses schrieb die Tora und beschwerte sich über einen Abschnitt, der alle möglichen Ausreden zuließ, und Gott sagte, Ben Amram, es steht geschrieben, wer irren möchte, der irre! Glauben Sie, daß man einen Fehler verhindern kann? Wer einen Fehler machen möchte, wird es tun, und wir beide wollten uns offenbar irren, als wir diese Geschichte lasen, jeder aus seinen eigenen Gründen, und das ist nicht schlimm, weil alle drei bereits tot sind und ihr Urteil unterschrieben, aber wenn man sich irrt, wenn man die Geschichte seines eigenen Lebens entschlüsseln will, bezahlt man einen wirklichen Preis. Das ist es, was ich bei meiner Abschlußarbeit untersuchen möchte, ich werde versuchen, noch andere Geschichten von der Zerstörung des Tempels zu finden, die den Leser absichtlich in die Irre führen, die ihn dazu bringen, sich selbst in die Irre zu leiten, denn der Fehler ist vor allem geistiger Art, deshalb muß seine Korrektur auch geistiger Art sein, sehen Sie das nicht auch so? Der Himmel ist voller anstehender Urteile, die noch nicht gesprochen sind!

Er blickte erstaunt zu dem Streifen Himmel, der im Fenster zu sehen war, und lächelte fein. Ich werde mich freuen, wenn Sie weiteres Material finden, sagte er, ich kann mir allerdings keine weiteren Geschichten vorstellen, die zu Ihrer These passen, aber versuchen Sie es, falls es Ihnen gelingt, könnte das sehr interessant sein, wenn nicht, ist es schade um die Zeit.

Das könnte man für alles im Leben sagen, sagte ich, wenn es nicht gelingt, ist es schade um die Zeit, es ist schade, geboren zu werden, wenn einem nichts gelingt, schade zu heiraten, wenn es nicht gelingt, und er sagte, ja, aber hier ist es leichter nachzuprüfen, die Kriterien sind klarer, und ich sagte, sie sind in jedem Bereich ziemlich klar, nur fällt es einem schwer, das anzuerkennen.

Vielleicht haben Sie recht, sagte er, ging aber nicht weiter darauf ein, ich möchte von Ihnen innerhalb einer Woche ein Exposé Ihrer Abschlußarbeit, sonst können Sie im nächsten Jahr nicht weitermachen, und ich erschrak, nur eine Woche?

Schließlich mußte ich in dieser Woche versuchen, mein ganzes Leben zu retten, wie sollte ich es da schaffen, aber er blieb hart, das ist Ihre letzte Chance, Ja'ara, man hat mich gedrängt, auch darauf zu verzichten, aber wegen Ihres Trauerfalls bin ich bereit, Ihnen diese Chance zu geben, aber wenn Sie nicht bald etwas vorweisen können, kann ich nichts mehr für Sie tun.

Und wenn ich es in einer Woche nicht schaffe, versuchte ich es trotzdem, und er sagte mit Nachdruck, dann wird jemand anderes die Stelle bekommen, es tut mir leid, und ich sagte, gut, ich werde es versuchen, und erhob mich schwerfällig, und er lächelte, versuchen reicht nicht, es muß gelingen, und ich flüsterte, Professor Ross, wenn Sie wüßten, was ich für die Einhaltung dieses Termins geopfert habe, und er fragte, Entschuldigung, was haben Sie gesagt?

Nichts, murmelte ich, es gibt einen Moment, da ist nichts mehr einfach, und er sagte mit autoritärer Stimme, ja, das ist der Moment, in dem wir geboren werden, vermutlich haben Sie das zu spät verstanden, und ich lachte, oder ich bin jetzt erst geboren worden, ich bin einfach mit Verspätung geboren worden, und mit gesenkten Augen wollte ich mich schon der Tür zuwenden, als mir plötzlich etwas einfiel, und ich sagte zu ihm, wissen Sie, es hat mir mal jemand gesagt, daß jeder, der einen Fehler macht, von vornherein weiß, daß er ihn machen wird, er kann sich einfach nicht beherrschen. Die Überraschung liegt vielleicht in der Größe des Fehlers, aber nicht in der Tatsache seines Auftretens. Und der Dekan lächelte und sagte, wie zu sich selbst, wer sich nicht irren will, wird nicht irren, und ich sah seine großen Füße in den abgetragenen Sandalen, in Strümpfen, mit der Seelenruhe eines Menschen ausgestreckt, in dessen Leben alles geordnet ist, und ich konnte mich nicht beherrschen und trat, wie aus Versehen, auf sie, und er zog sie sofort unter den Tisch zurück, und ich sagte, Verzeihung, ich habe nicht aufgepaßt, und ich schämte mich so sehr, daß ich zu ihm trat und ihn umarmte und fragte, tut es weh? Und er sagte, nein, ist schon gut, und ich fühlte, wie seine Brille vor Überraschung zitterte.

Die Tür zum Zimmer der Assistenten stand offen, niemand war da, ich ging schnell hinein und machte die Tür zu. Ein schmaler langer Schrank zog sich die ganze Wand entlang, und daneben befand sich ein kleines Fenster, das den Blick auf ein beeindruckendes Panorama freigab, ein schmales Seitenfenster, der ganze Tempelberg mit der von düsteren Bäumen umgebenen goldenen Kuppel, die versunkene Stadt Davids, und drum herum schmale Straßen, auf der Autos langsam entlangzufahren schienen wie bei einer Beerdigung, und die neue Stadt verschluckte das Gold mit langen scharfen Goldzähnen, Türme und Hochhäuser, und dazwischen sahen rote verblichene Dächer hervor wie Anemonen auf einer Wiese am letzten Tag des Frühlings, und ich öffnete das Fenster und streckte den Kopf hinaus, um diesem strahlenden Bild näher zu sein und die weiche Frühlingsluft einzuatmen, eine duftende Luft mit einem leichten Geruch nach Rauch, und ich sah die Flammen, die sich an diesen Berg drängten, die langsam und hartnäckig näher krochen und den Tempel umzüngelten, der hinten schmal und vorn breit war, einem Löwen ähnlich, und Tränen des Zimmermanns flossen in die leeren Gläser, als der große Hunger begann, und dann auf seine Hände, die vor Kummer abfielen, und als sie sich später gegenüberstanden, zwei leblose Gerippe, und das große Feuer ihre Knochen beleuchtete, senkten sie vor Schwäche die Köpfe, wie zwei Alpenveilchen, und er bat sie um Verzeihung, und sie sagte, ich habe verziehen, aber der Himmel nicht.

Hinter mir ging die Tür auf, ich drehte mich um und sah

Neta, die, eine Tasse Kaffee in der Hand, mit ihren federnden Schritten den Raum betrat, ihre schwarzen Locken bewegten sich wie vielbeinige Insekten auf ihrem Kopf, und in der anderen Hand hielt sie einen Stapel Papiere, und sie sagte, was für ein seltener Besuch, spöttisch und ohne Freude, schon seit zwei Monaten mache ich deine Arbeit, und ich sagte, du hast es doch nicht für mich getan, du willst beweisen, daß man auch ohne mich auskommen kann, und Neta lächelte vergnügt und sagte, ja, und es ist sogar leichter, als ich gedacht hatte, und ich lachte, denn ich mochte ihre gerade Art, und sagte, ich bedrohe dich nicht, du wirst erreichen, was du erreichen willst, mach dir keine Sorgen, du würdest dich wegen der Liebe nie in Schwierigkeiten bringen.

Liebe? Sie erschrak, Gott behüte, das da ist meine Liebe, und sie deutete auf den Stapel Papiere, teilte ihn in zwei Häufchen und sagte, ich bin bereit, meine Liebe mit dir zu teilen, komm, sehen wir die Arbeiten gemeinsam durch, wie zu Jahresbeginn, und ich dachte daran, wie wir in diesem Raum gesessen hatten, neben dem schmalen Fenster, und mit Bleistift Anmerkungen an die Texte der Studienanfänger geschrieben hatten, und abends war Joni oft gekommen, hatte sich auf den Tisch gesetzt und ein paar Blätter unter sich zerknittert, und ich hatte meine Sachen zusammengesucht und war mit ihm weggegangen, damals hatte ich eine Aura um mich, die mich beschützte, die Aura der häuslichen Sicherheit, und nun hatte ich sie nicht mehr, und Neta sah mich prüfend an und sagte, du hast dich verändert, und ich fragte, wie, und sie sagte, das weiß ich nicht, und schob mir den einen Stapel zu, und ich wich zurück und sagte, noch nicht, ich habe einen Haufen Sachen zu erledigen, ich komme später wieder.

Sie zuckte mit den Schultern und stürzte sich hungrig auf

den Stapel, und ich ging hinaus, schwebte wie ein Geist durch die Korridore meines früheren Lebens, die Rolltreppe hinunter, die zum Bus führte, und er setzte sich auch gleich in Bewegung, ich wußte nicht, wohin ich so dringend wollte, schließlich erwartete mich zu Hause nichts, außer einem kleinen Zettel, den ich an der Tür fand, hastig zusammengefaltet, und darauf stand in der schönen Schrift meiner Mutter, Joni kommt heute nachmittag um halb vier an, hol ihn ab! mit einem dicken Ausrufezeichen, und ich betrat die dämmrige Wohnung und las den Zettel wieder und wieder, wieviel Drohung und Angst verband sich hinter diesen wenigen Worten und dem Ausrufezeichen, und ich sagte, arme Mama, arme Mama, vielleicht hundertmal sagte ich das, und dann armer Papa, und dann armer Joni, armer, armer, armer Joni.

Ich schaute auf die große Uhr an der Wand, und es war schon fast zwölf Uhr, und ich rief am Flughafen an, man erwartete tatsächlich ein Flugzeug aus Istanbul, um fünfzehn Uhr dreißig, und ich dachte, woher weiß sie, daß Joni in diesem Flugzeug ist, was hat sie getan, um das herauszufinden, um mein Leben zu retten. Die Anstrengung, die sich hinter den wenigen Worten verbarg, brach mir das Herz, und ich bestellte schnell einen Platz in einem Sammeltaxi, erst dann schaute ich mich um und wußte nicht, womit ich anfangen sollte, und ich lief zum Lebensmittelgeschäft und kaufte Brot und Wein und verschiedene Käsesorten und Gemüse und Obst, vor allem grüne Äpfel, die er am liebsten hatte, und im Laden daneben kaufte ich Blumen, einen Strauß weißer Blumen, wie es sich für jemanden gehört, der aus den Flitterwochen zurückkommt, und immer aufgeregter rannte ich nach Hause und räumte alles in den Kühlschrank und warf das alte Essen weg, ich zog die Rolläden hoch und öffnete die Fenster, um den schüchternen Frühling einzulassen, er zögerte, kam aber schließlich doch herein und verteilte sich mit leichten tänzelnden Schritten in den Zimmern.

Mit einem Schlag war ich tüchtig und energisch geworden, geradezu glücklich, und ich beschloß, ihm zu Ehren einen Kuchen zu backen, Schokoladenkuchen, den mochte er am liebsten, und auch ohne Kochbuch erinnerte ich mich an das Rezept, obwohl ich den Kuchen seit Jahren nicht mehr gemacht hatte, und während er im Herd war, fing ich an, die Wohnung zu putzen, wischte begeistert den Kummer und die Vernachlässigung weg, und ich beschloß, daß es gelingen müsse, denn wenn er sah, welche Mühe ich mir gegeben hatte, würde er mir verzeihen, der Kuchen würde ihm den Rest geben, wenn alles andere es nicht schaffte, und ich wechselte die Bettwäsche, bereitete das Bett für unsere verspätete Liebe und dachte fast nicht an Arie, und auch wenn ich an ihn dachte, dachte ich nicht wirklich an ihn, denn ich hatte es zu eilig, meine Hände hatten es zu eilig, meine Füße hatten es zu eilig, und sogar mein Herz klopfte schnell, als würde ich eine Hochzeit vorbereiten, denn das soll der Tag sein, dachte ich, für mich und den lieben Joni, der mir verzeihen muß. Man muß hinabsteigen, um wieder aufsteigen zu können, werde ich zu ihm sagen, man muß Abschied nehmen, um sich wiederzusehen, und heute werden wir uns zum ersten Mal treffen, unser erstes wirkliches Treffen, und ich werde nicht zulassen, daß er sich mir verweigert, ich werde ihn mit Liebe füllen, wie man einen leeren Behälter füllt, er wird voller und voller werden, und vor lauter Liebe wird er sich nicht rühren können, und am Abend werden wir meine Eltern besuchen, Hand in Hand, vielleicht umarmt, und meine Mutter wird sehen, daß alles in Ordnung ist, daß sie sich keine Sorgen zu machen braucht, daß es jemanden gibt, der auf mich aufpaßt.

Ich wusch mich schnell und machte mich zurecht, nur leicht und nicht zuviel, wie er es gern hatte, und ich zog ein weißes Kleid an, obwohl es an einem normalen Tag ein bißchen albern aussah, in einem so festlichen Kleid herumzulaufen, aber heute war meine Hochzeit, in der Ankunftshalle des Flughafens würde meine wahre Hochzeit stattfinden, und alle Fluggäste und alle Abholer würden die Gäste sein, sie würden auf ihren Koffern sitzen und dem aufregenden Treffen von Braut und Bräutigam zusehen, und alle zusammen wären unsere Trauzeugen, und alle würden laut um uns herum singen, sie würden unsere Schultern berühren und singen, man wird in den Bergen Jehudas und in den Mauern Jerusalems die Stimme des Bräutigams und die Stimme der Braut hören, die Stimme der Freude und des Glücks, und wie die Pilger an den drei Wallfahrtsfesten werden wir alle in einem großen Zug zur heiligen Stadt hinaufsteigen.

Aufgeregt breitete ich den Teppich auf dem Boden aus und holte den dunklen Kuchen aus dem Herd und stellte ihn neben die Blumen, und diese Verbindung von Braun und Weiß erinnerte mich an ihn, an den Moment, als meine Hand auf seiner lag, und ich ordnete die Äpfel in der Schale, und fast auf jedem entdeckte ich eine braune warzenartige Erhebung, und ich ärgerte mich, daß ich ihn auf diese Art nie vergessen würde, und ich drehte die Äpfel so, daß einer die Warzen des anderen verbarg, und plötzlich wurde mir klar, warum es zwischen uns nicht gutgehen konnte, denn statt seine Warze zu verbergen, hatte ich sie betont, deshalb war es nicht gutgegangen, aber es wird mir nicht leid tun, denn heute werde ich heiraten, und in der Nacht, in diesem Bett, werde ich schwanger werden und all mein Leiden und all meine Freuden und all meine Ängste und all meine Erinnerungen und all meine Enttäuschungen und all mein

Staunen und all mein Erschrecken und all meine Begierden, alle zusammen werden zu einem neuen Geschöpf werden, weich und schön, fröhlich und wild, einer Tochter, die in zwanzig Jahren in der Schachtel mit den alten Fotos herumwühlen wird, und ab jetzt werde ich nur noch für sie leben, denn mein Liebesleben hörte heute auf, mit dieser Fahrt im Taxi, vorsichtig, um mein weißes Kleid nicht zu beschmutzen, mein Hochzeitskleid.

Ich drückte mich in dem vollen Taxi ans Fenster, und aus dem Augenwinkel sah ich die Flamme, einen Baum hinter einem der Häuser, über und über voller roter Blüten, eine nicht erloschene Fackel, und ich sah, daß ich damals nicht geträumt hatte, auf der Fahrt nach Jaffo, es war wirklich passiert, und dieser Wipfel erinnerte mich an eine große Gefahr, ich sollte ihn mir nicht aus der Nähe anschauen, so wie es verboten war, in die Sonne zu blicken, und ich wandte die Augen zu der Frau neben mir, jung, mit einer geblümten Kopfbedeckung, die einer älteren Frau, vielleicht ihrer Mutter, von einem Säugling erzählte, der in ihrem Haus geboren und nach zwei Tagen gestorben war, und man konnte ihn nicht begraben, weil es keine Beschneidung gegeben hatte, also beschnitt man ihn nach seinem Tod, und ich erschrak, was war mit der Vorhaut, begrub man ihn mit der Vorhaut, oder hatte die verwaiste Mutter sie in Zeitungspapier gewickelt und im Kleiderschrank versteckt, wie meine Mutter ihren schönen Zopf, der sogar in der Schublade lebensvoller war als sie.

Das Taxi blieb vor dem Eingang stehen, und ich betrat mit feierlichen Schritten die Halle meiner Hochzeit, betrachtete die Eingeladenen und fand es ein wenig seltsam, daß ich keinen kannte, schließlich waren sie meine Gäste, und niemand kam, um mich zu beglückwünschen, vermutlich war eine Braut ohne Bräutigam schwer zu erkennen, aber gleich, wenn Joni kommt, wird sich alles aufklären, er wird das Laufband entlangkommen, ernst und düster, bis er mich sieht, dann wird sein Gesicht vor Freude rot werden, wie jener Baumwipfel wird es glühen, ich werde auf ihn zulaufen, und gemeinsam werden wir unter den Glückwünschen des Publikums durch die Halle schreiten, damit er endlich versteht, um was es geht. Ich stand da, verborgen hinter dem breiten Rücken eines jungen Mannes, denn plötzlich hatte ich schreckliche Angst, er würde vielleicht nicht allein kommen, vielleicht würde sich jemand auf seinen gebräunten kräftigen Arm stützen, der vor dem Hintergrund seines nackten Körpers immer aussah wie eine Prothese, und vielleicht würde er nicht zu unserer geputzten Wohnung eilen, sondern zu ihrer, irgendeine Alleinreisende, die ihr Glück gar nicht fassen konnte, und ich wurde immer überzeugter, daß es genau so geschehen würde, aber trotzdem, so beschloß ich, würde ich auch dann nicht aufgeben, die Hochzeit würde stattfinden, auch wenn der Bräutigam nicht frei war, vor der Nase seiner neuen Geliebten. Die Passagiere strömten durch die Tür, eine laute und dichte Herde ohne Hirte, blickten sich voller Hoffnung auf eine erfreuliche Überraschung um, und um mich herum winkten alle möglichen Hände, liebende Hände, die sich nach einer Berührung sehnten, und dann sah ich ihn kommen, so langsam, daß er rückwärts zu gehen schien, so allein, daß es aussah, als würden alle vor ihm zurückweichen, als wäre er krank, und er beteiligte sich nicht an den fröhlichen Ausrufen und an der Aufregung, in sich versunken kam er, über der Schulter hing seine vertraute Tasche, sein Gesicht war blaß und besorgt.

Ich sah, wie er mit halbgesenkten Lidern seine Blicke wandern ließ, er suchte mich, insgeheim suchte er mich, voller Scham suchte er mich, und ich wollte schon zu ihm laufen, ihn umarmen, aber etwas hielt mich zurück, eine Art Lähmung wie die Krankheit, an der die schöne Masal Schejnfeld gelitten hatte, und während seine Augen näher kamen, kindlich und hoffnungslos, fast ein wenig hündisch, verwirrt auf etwas Gutes hoffend, trotz allem, sein weicher schwerer Körper in seinem nachlässigen Gang, sah ich ihn plötzlich vor mir, Joni, der sich von mir getrennt hatte, Joni, der für sein eigenes Leben verantwortlich war, und ich dachte, laß ihn, laß ihn gehen, steh ihm nicht im Weg, denn an seiner Seite sah ich plötzlich eine durchsichtige Gestalt gehen, leicht an ihn gelehnt, ich sah Joni, den Glücklichen, mit strahlenden Augen und energischem Gang, und die Diskrepanz zwischen beiden Erscheinungen war scharf und stechend, und Joni, der Glückliche, blickte mich gleichgültig an, völlig unabhängig, und der armselige Joni schaute sich verzweifelt um, und ich wußte, selbst wenn ich mich jetzt voller Wärme auf ihn stürzen würde, dann wäre es eher die Wärme, mit der sich ein Tier auf seine Beute stürzt, und ich sah, wie hinter ihm eine junge Frau in einem lilafarbenen Hosenanzug kam, mit schnellen Schritten, und aus der Menge lief ein junger Mann mit hellen Locken auf sie zu, und die beiden umarmten sich leidenschaftlich, und Jonis Blick ruhte auf dem Paar, folgte neidisch ihrer Umarmung, und von meinem versteckten Platz aus betrachtete ich sie ebenfalls mit Neid, und ich verstand, daß dieser Neid das einzige war, was uns nun verband, das einzige, was wir gemeinsam hatten, der Neid auf ein schönes, verliebtes Paar.

Er war schon an mir vorbeigegangen mit seiner kindlichen Stupsnase, und ich sah seinen gekränkten Rücken, ich sah, wie sich sein erstaunlich schmaler Nacken von einer Seite zur anderen drehte, er suchte mich, trotz allem suchte er mich, und ich war wütend wegen dieser Suche, die immer jämmerlicher wurde, nie werde ich dir das verzeihen, sagte ich, diese Suche, nachdem du auf mich verzichtet hast, und ich verschwand in der Menge, beobachtete ihn von weitem, seinen Rücken in dem grünkarierten Hemd, seine leicht nach vorn geneigten Schultern, und nun verließ er die Halle, ging langsam auf den Taxistand zu, das Grün seines Hemdes wurde grau, auf einmal war es regnerisch geworden, und ich sah, wie sich der Himmel öffnete, die dünne Haut der Welt bekam einen Riß, und dahinter war ein großes elektrisches Strahlen zu sehen, und ich dachte, wenn das Blitze sind, wo ist dann der Donner, wie läßt sich das trennen, ein Blitz ohne Donner, das ist wie eine Braut ohne Bräutigam, und wieder riß der Himmel auf, und es schien, als teilten die Blitze die Erde in zwei Teile, eine Hälfte für mich, die andere für ihn. Er war in seiner Hälfte schon fast verschwunden, stand gehorsam in der Warteschlange für ein Sammeltaxi, und ich, in meiner Hälfte, beobachtete ihn hinter einem geparkten Auto hervor, mein weißes Kleid war fleckig von dem schmutzigen Regen, einem mit Sand vermischten Regen, kaum zu glauben, daß es einmal weiß gewesen war, ebenso schwer zu glauben, daß ich einmal voller Erwartung gewesen war, ja voller Hoffnung, daß ich geglaubt hatte, wir würden Arm in Arm nach Hause gehen und uns vor den Kuchen und die Blumen setzen, aber ich hatte vergessen, daran zu denken, was danach kommen würde, an den Augenblick, wenn wirklich ein Mensch vor einem anderen Menschen stehen mußte, und vor dem zerbrechlichen, zerbrochenen Leben, das rachsüchtig und nachtragend war, das sich durch keine Täuschung besänftigen ließ.

Ich setzte mich auf den nassen Gehweg und beobachtete, wie er in der langen Reihe schnell vorwärts kam, vor einem Augenblick war er noch der letzte gewesen, jetzt bereits unter den ersten, wer durchhielt, kam am Schluß doch an, wie sich herausstellte, man brauchte nur an einer Stelle stehenzubleiben, und ich bewegte mich von einer Stelle zur nächsten und war immer die letzte und schaffte es nicht, im richtigen Moment wegzukommen, und ich sah, wie er in einem letzten Versuch um sich blickte, und ich fragte mich, ob es um die Länge der Schlange ging oder um mich, ob er jetzt herausspringen und sich noch einmal auf die Suche machen würde, aber das geschah nicht, und da kam auch schon ein leeres Taxi, und er drängte seinen grauen Rücken hinein, sein blasses Gesicht, seine tiefen Narben, seine Schafslocken, seine Stupsnase, und schon war er drin und setzte sich seufzend auf die Bank seines neuen Lebens, und ich wußte, daß dieser Anblick eines Joni, der seiner Wege geht, dieser schmerzliche Anblick, mein Leben lang in meinen Augen bleiben würde, wie ein grauer Star, nie würde er von dort verschwinden, und alles, was mir in meinem Leben noch geschehen würde, egal, ob es fröhlich oder traurig war, würde beschämt neben diesem Anblick stehen, einer Art Maßstab, an dem alles gemessen werden würde.

Als das Taxi verschwunden war, trat ich ans Ende der Schlange, trat in seine großen Fußstapfen und ging durch den heftigen Frühlingsregen, der warm und schwärzlich war und nach Sand schmeckte, und ich stieg in das Sammeltaxi, das sich rasch füllte, und so würden wir zur Stadt hinauffahren, in einer seltsamen Reihenfolge, einer den anderen deckend, einer den anderen stützend, zum letzten Mal, und ich zitterte vor Nässe und vor Angst, denn Autos überholen uns pfeifend, eines nach dem anderen, wie aus einem Bogen geschossen, pfiffen sie in meinen Ohren. Wenn ich jetzt mit ihm im Taxi sitzen würde, in seinem Arm, würde ich es gar nicht merken, aber weil ich allein war, verstärkten sich alle Geräusche, es gab niemanden, der den Schlag abfing, und ich spürte alle Löcher in der Straßendecke, jede enge Kurve, und ich dachte, wie soll ich das nur aushalten, wie schaffe ich es, diesen Tag heil zu überstehen, diesen Abend, wohin werde ich gehen?

Wieder drückte ich mich ans Fenster, aber diesmal mit geschlossenen Augen, es gab draußen nichts zu sehen, es gab drinnen nichts zu sehen, ich sah nur Arie, der jetzt in seiner Wohnung zwischen den Kondolenzbesuchern herumlief wie ein Löwe in seinem Käfig, und ich fragte mich, wie lange es dauern würde, bis er unter einem Vorwand die Wohnung verlassen und zu mir kommen würde, mir war völlig klar, daß das passieren würde, er würde nicht einfach auf meine Abhängigkeit von ihm verzichten, auf unsere krankhaften Spielchen, doch an diesem Abend erwartet ihn eine Überraschung, denn Joni wird ihm die Tür aufmachen, enttäuscht, daß ich es nicht bin, und Arie wird vor ihm stehen, auch enttäuscht, daß ich es nicht bin, die beiden Männer meines Lebens, die mich allein zurückgelassen hatten, dem Pfeifen der Autos ausgeliefert.

Als wir die Stadt erreicht hatten, leerte sich das Taxi allmählich, jeder Fahrgast nahm sein Gepäck und stieg aus, und nur ich blieb zurück, und der Fahrer drehte sich um und fragte, wo er mich absetzen solle, und ich öffnete den Mund wie ein Fisch, ausgerechnet daran hatte ich nicht gedacht, und er lachte, Süße, wenn du keinen Ort hast, wo du hinwillst, kannst du mit zu mir kommen, und ich beschloß schon fast, bei meinen Eltern auszusteigen, aber es würde mir schwerfallen, ihre Fragerei auszuhalten, und da sagte ich, halten Sie an der Universität, bitte, und der Fahrer wunderte sich, um diese Uhrzeit? Denn es wurde langsam dunkel, und ich gab ihm keine Antwort, ich hatte keine Kraft zu sprechen, und wieder sah ich den Schornstein des Krankenhauses, aus dem Rauch aufstieg, das ist der Rauch des Opfers, der zum Rauch der Reue wurde, der Tirzas schweren Körper neben dem dunklen Fenster einhüllte und nur auf mich wartete.

Das Taxi hielt vor dem Eingang der Universität, und ich stieg schwerfällig aus. Der Fahrer fragte, was ist mit dem Koffer, und ich sagte, ich habe keinen Koffer, und er wunderte sich, so sind Sie ins Ausland geflogen, ohne alles, und ich sagte, ich bin nicht ins Ausland geflogen, ich wollte nur jemanden treffen, der zurückgekommen ist. Und wo ist er, warum sind Sie allein, fragte er verwundert, und ich sagte, das ist eine gute Frage, ein ganzes Buch könnte man über diese Frage schreiben, dann ließ ich mich von der Rolltreppe hinauffahren, gegen den Strom, denn alle fuhren jetzt hinunter, ein wilder Strom die Rolltreppe abwärts, und nur ich fuhr hinauf, rannte, um nicht zu spät zu kommen, als hinge mein ganzes Leben davon ab, und ich betrat die Bibliothek, der Duft der Bücher umfing mich, und ich bat die Bibliothekarin um das Buch, und sie sagte, aber das ist eine nicht ausleihbare Ausgabe, Sie dürfen es nicht mitnehmen, und ich sagte, ich nehme es nicht mit, ich lese es hier. In einer Viertelstunde machen wir zu, warnte sie mich, und ich sagte, in Ordnung, eine Viertelstunde reicht, und mit dem Buch in der Hand setzte ich mich an den Seitentisch und blätterte mit zitternden Fingern, ohne zu wissen, was ich eigentlich suchte, aber wenn ich es fand, würde ich es wissen.

Alle um mich herum begannen bereits zusammenzupacken, ich sah von weitem Neta, die ihre Insektenlocken schüttelte und einen Stapel Papiere in ihre große Tasche packte, und nur ich hielt noch das Buch wie Mutter ihr Kind, prüfte seine vollendeten Glieder, drehte es um und um, und ich wußte, daß keine grausame Vorschrift uns trennen würde, und als der Lautsprecher alle aufforderte, die Bibliothek zu verlassen, ging ich in die entfernteste Ecke und legte mich zwischen den Regalen auf den harten Teppich und lauschte den weichen Tritten, die von ihm aufstiegen, und ich hörte, wie die Chefbibliothekarin ihre Leute zur Eile trieb, ich muß heute zu einer Hochzeit, sagte sie, ich muß dringend zumachen, und einige Minuten später gingen die Lichter aus, nur das blasse Notlicht war noch an, und ich wußte, daß ich bis zum nächsten Morgen hier eingeschlossen war, ohne Essen, ohne Trinken und ohne jeden Menschen, nur ich und mein Buch.

Zum ersten Mal seit alles angefangen hatte, atmete ich erleichtert auf, ich kroch zu dem blassen Licht und setzte mich darunter, nur das Rascheln der Blätter war in der Stille der großen Säle zu hören, und ich suchte weiter, bis ich die Geschichte vor mir sah und sofort wußte, daß ich gefunden hatte, was ich brauchte, die Geschichte von der Tochter des Priesters, die sich kurz vor der Tempelzerstörung taufen ließ, und ihr Vater saß Schiwa für sie, und am dritten Tag kam sie, stellte sich vor ihn hin und sagte, mein Vater, ich tat es nur, um dein Leben zu retten, aber er weigerte sich, sich von seinem Trauerplatz zu erheben, und aus seinen Augen fielen Tränen, bis sie starb, und da stand er auf, wechselte seine Kleider und bat um ein warmes Essen, und ich war sicher, daß ich diese Geschichte schon einmal gehört hatte, vor vielen Jahren hatte meine Mutter sie mir einmal abends vorgelesen, bei einem Stromausfall, als wir zu dritt um eine Kerze saßen, und mein Vater sagte, was erzählst du ihr da, siehst du nicht, daß sie das traurig macht?

Mann und Frau

FÜR MEINE ELTERN,
RIVKA UND MORDECHAI SHALEV

1 Im ersten Augenblick des Tages, noch bevor ich weiß, ob es kalt oder warm ist, gut oder schlecht, sehe ich die Arava vor mir, die Wüste zwischen dem Toten Meer und Eilat, mit ihren blassen Staubsträuchern, krumm wie verlassene Zelte. Nicht daß ich in der letzten Zeit dort gewesen wäre, aber er war es, erst gestern abend ist er von dort zurückgekommen, und jetzt macht er ein schmales, sandfarbenes Auge auf und sagt, sogar im Schlafsack in der Arava habe ich besser geschlafen als hier, mit dir.

Sein Atem riecht wie ein alter Schuh, und ich drehe den Kopf zur anderen Seite, zu dem platten Gesicht des Weckers, der gerade anfängt zu rasseln, und er faucht, wie oft habe ich dir schon gesagt, du sollst den Wecker in Nogas Zimmer stellen, und ich richte mich mit einem Ruck auf, Sonnenflecken tanzen mir vor den Augen, wieso denn, Udi, sie ist doch noch ein Kind, wir müssen sie wecken, nicht sie uns. Wieso bist du dir immer so sicher, daß du weißt, wie etwas gemacht werden soll, sagt er gereizt, wann verstehst du endlich, daß keiner immer alles wissen kann, und da ist auch schon ihre Stimme zu hören, zögernd, sie springt über die Hefte, die auf dem Teppich liegen, über die Bücherstapel, Papa?

Er beugt sich über mich, bringt wild den Wecker zum Schweigen, und ich flüstere zu seiner Schulter, sie ruft dich, Udi, steh auf, sie hat dich fast eine Woche lang nicht gesehen. In diesem Haus kann man noch nicht mal richtig ausschlafen, er reibt sich widerwillig die Augen, eine Zehnjährige, die man verhätschelt wie ein Baby, gut, daß du sie nicht noch wickelst, und schon taucht ihr Gesicht in unserer Tür auf, den Hals schräg gelegt, den Körper noch verborgen hinter der Wand. Ich habe keine Ahnung, was sie von unserem Gespräch mitbekommen hat, ihre hungrigen Augen verschlingen die Bewegung unserer Lippen und verdauen nichts, und jetzt wendet sie sich an ihn, von vornherein gequält, Papa, wir haben dich vermißt, und er schickt ihr ein verzerrtes Lächeln, wirklich? Und sie sagt, klar, fast eine Woche.

Für was braucht ihr mich überhaupt, er spitzt die Lippen, ohne mich geht es euch besser, und sie weicht zurück, die Augen zusammengekniffen, und ich steige aus dem Bett, Süße, er macht nur Spaß, geh und zieh dich an. Gereizt zerre ich den Rolladen hoch, das grelle Licht überfällt mit einem Schlag das Zimmer, als wäre ein starker himmlischer Scheinwerfer auf uns gerichtet, der unser Tun verfolgt. Na'ama, ich sterbe vor Durst, sagt er, bring mir ein Glas Wasser, und ich keife, ich habe keine Zeit, mich jetzt auch noch um dich zu kümmern, sonst kommt Noga noch zu spät und ich auch, und er versucht, sich aufzusetzen, und ich sehe ihn mit müden Bewegungen über das Bett tasten, die gebräunten Arme zitternd, das Gesicht rot vor Anstrengung und Gekränktsein, als er flüstert, Na'ama, ich kann nicht aufstehen.

Das hört sie sofort, gleich ist sie neben dem Bett, die Haarbürste in der einen Hand, und hält ihm die andere hin, komm, Papa, ich helf dir, sie versucht, ihn hochzuziehen, mit krummem Rücken und vorgewölbten Lippen, die feinen Nasenflügel gespannt, bis sie über ihm zusammenbricht, rot, hilflos, Mama, er kann wirklich nicht aufstehen. Was heißt das, sage ich erschrocken, tut dir etwas weh? Und er stottert, mir tut nichts weh, aber ich spüre meine Beine nicht, ich kann sie nicht bewegen, und seine Stimme wird zum erschrockenen Wimmern eines jungen Hundes, ich kann nicht.

Ich ziehe die Decke von ihm, seine langen, mit weichem Flaum bedeckten Beine liegen bewegungslos nebeneinander, die harten Muskeln gespannt wie Saiten. Schon immer war ich neidisch auf diese Beine, die nie müde werden und Touristen durch die Arava und die judäische Wüste und durch den unteren und oberen Galil führen, während ich immer zu Hause bleibe, weil mir das Gehen schwerfällt. Alles Ausreden, sagt er oft, und der Rucksack strahlt schon auf seinem Rücken wie ein glückliches Baby, du möchtest einfach ohne mich sein, und ich stehe dann verwirrt vor ihm, deute traurig auf meine ewig schmerzenden Plattfüße, die uns trennen.

Wo hast du kein Gefühl, ich streiche mit zitternden Fingern über seinen Oberschenkel, kneife in das feste Fleisch, fühlst du das? Und Noga, die immer übertreibt, fährt mit ihrer Haarbürste auf seinen Beinen hin und her und zieht rote Striemen in die Haut, spürst du das, Papa?

Genug, hört auf, er platzt, ihr könnt einen ja komplett verrückt machen! Und sie drückt die Borsten ihrer Haarbürste in ihre Handfläche, wir wollten doch nur prüfen, ob du was spürst, und ihm tut es schon leid, er sagt, ich spüre etwas Dumpfes, aber ich kann mich nicht bewegen, als wären meine Füße eingeschlafen und ich würde es nicht schaffen, sie aufzuwecken. Mit geschlossenen Augen tastet er nach der Decke, und ich breite sie mit langsamen Bewegungen über seinen Körper, nachdem ich sie vor ihm geschüttelt habe, wie meine Mutter es immer liebevoll tat, wenn ich krank war und sie mir mit dem Luftzug die Stirn kühlte. Seine dünnen Haare wehen auf und sinken wieder auf den Kopf zurück, mit der Decke, aber er stöhnt unter ihr wie geschlagen, was ist mit der Decke, sie ist so schwer, und ich sage, Udi, das ist deine ganz normale Decke, und er ächzt, sie erstickt mich, ich bekomme keine Luft.

Mama, es ist schon halb acht, jammert Noga aus der Küche, und ich habe noch nichts gegessen, und ich werde nervös, was willst du von mir, nimm dir selbst was, du bist kein Baby mehr, und sofort tut es mir leid und ich laufe zu ihr, kippe Cornflakes in eine Schüssel und hole Milch aus dem Kühlschrank, aber sie steht auf, die Lippen gekränkt verzogen, ich habe keinen Hunger, sie setzt den Ranzen auf und geht zur Tür, ich sehe ihr nach, etwas Seltsames blitzt mir zwischen den Schulterriemen entgegen, bunte Kinderbilder, Bärchen und Hasen hüpfen fröhlich auf und ab, als sie die Treppe hinuntergeht, und dann merke ich es plötzlich. Noga, du hast noch deinen Pyjama an, du hast vergessen, dich anzuziehen!

Sie kommt wieder herauf, mit gesenktem Blick, die Augen fast geschlossen, ich höre, wie der Ranzen auf den Boden fällt und die Bettfedern knarren. Ich laufe in ihr Zimmer und da liegt sie, auf den Bauch gedreht in ihrem Bett, Bärchen und Häschen zugedeckt, was machst du, schimpfe ich, es ist schon Viertel vor acht, und sie bricht in Tränen aus, ich will nicht in die Schule, ich fühle mich nicht wohl. Ihre Augen fixieren mich mit einem vorwurfsvollen Blick, sie sieht, wie sich mein Herz gegen sie verhärtet, wie mich der Rückstoß an die Wand preßt. Ein aggressives Weinen läßt jede einzelne ihrer Locken erzittern, und ich schreie, warum machst du es mir noch schwerer, ich halte es nicht aus mit dir, und sie schreit, und ich halte es nicht aus mit dir. Wütend springt sie auf, und ich habe das Gefühl, gleich reißt sie den Mund auf und beschimpft mich, aber sie knallt mir die Tür vor der Nase zu.

Ich mache ein paar langsame Schritte rückwärts, starre die eine zugeknallte Tür an und die andere, schweigende, Schritt für Schritt weiche ich zurück, bis ich mit dem Rücken an die Wohnungstür stoße, ich mache sie auf und gehe hinaus, unten auf der Treppe setze ich mich, im Nachthemd, auf eine kühle Stufe und betrachte den schönen Tag, der sich mit goldener Luft schmückt, ein leichter Wind führt einen Haufen Blätter spazieren, sammelt hinter sich die Reste bunter Blumen, Honigwolken schmeicheln sich sehnsüchtig ein. Schon immer habe ich solche Tage gehaßt, bin durch sie hindurchspaziert wie ein unerwünschter Gast, denn an solch einem Tag tritt die Trauer noch stärker hervor, sie findet in diesem großen Glanz keinen Ort, an dem sie sich verstecken könnte, sie flieht wie ein erschrockenes Kaninchen vor dem plötzlichen Licht und prallt wieder und wieder gegen die glitzernden Wellen des Glücks.

Hinter mir geht die Tür auf, schwere Turnschuhe stapfen die Treppe hinunter, über ihnen Noga, angezogen und gekämmt, und ich wende ihr ein erstauntes Gesicht zu, wie erwachsen sie plötzlich geworden ist, sie beugt sich zu mir und küßt mich auf die Stirn, ohne ein Wort zu sagen, und ich schweige auch und starre mit brennenden Augen dem sich entfernenden Ranzen hinterher. Eine riesige, überreife Navelorange fällt plötzlich auf den Gehweg, knapp an ihrem Kopf vorbei, und zerplatzt zu einer orangefarbenen Pfütze, wer hat ihr den letzten Schlag versetzt, nicht dieser Wind, den man kaum spürt, ein Nach-Pessach-Wind. Bald werden Kinder in die Pfütze treten, und ihre Schritte werden klebrig feuchte Spuren hinterlassen, faulig geworden, bis sie am Nachmittag zurückkommen, und auch Noga wird zurückkommen, erschöpft, die blassen Locken schlaff herunterhängend, einen Satz auf den Lippen, einen Satz, der schon auf der Treppe beginnt, so daß ich nur das Ende hören werde, Papa, Papa, Papa.

Schwerfällig stehe ich auf, mir kommt es vor, als wäre der Tag schon zu Ende, so müde bin ich, aber zu viele Stunden trennen mich noch von der Nacht. Auf Zehenspitzen gehe ich zurück ins Schlafzimmer, stelle mich ruhig neben das Bett und betrachte den schönen Körper, der vollkommen offen darauf ausgestreckt liegt, ein Körper, der nichts zu verbergen hat. Ich kenne diesen Körper seit unserer Kindheit, als er noch kleiner war als meiner und verschlossen wie eine Knospe, ich ging immer neben ihm auf der Straße, wenn er auf dem Gehweg ging, nur damit ich mich nicht wegen unseres gemeinsamen Schattens schämen mußte, ich lief gebückt vor Aufmerksamkeit, den Blick auf die graue Trennlinie zwischen Straße und Gehweg gerichtet. Vor meinen Augen hatte sich dieser Körper gestreckt und war reif geworden, bis er mich eines Abends zu sich auf den Gehweg zog und mir den Arm um die Schulter legte und ich sah, daß unser Schatten ein vollendetes Bild bot, ich war so stolz, als hätte ich durch Glauben und Hartnäckigkeit die Tatsachen des Lebens besiegt.

Enttäuscht betrachte ich ihn, suche eine Bewegung seiner Glieder, die leichte Decke liegt zerknüllt neben ihm, und die Leselampe über ihm senkt unschuldig den Kopf, als hätten wir nicht Nacht um Nacht wegen ihr gestritten. Mach schon aus, bat ich, ich kann so nicht schlafen, und er reagierte gereizt, aber ich lese noch, ich kann nicht einschlafen, ohne zu lesen, und ich verfluchte insgeheim die Lampe und wünschte ihr einen Kurzschluß, und oft genug verließ ich widerwillig das Zimmer, das Kissen und die Decke unterm Arm, und sank wie eine Ausgestoßene auf das Sofa im Wohnzimmer, und morgens schaffte er es immer, mir mit seinen Vorwürfen zuvorzukommen, wieder bist du vor mir geflohen, jede Kleinigkeit bringt dich dazu, vor mir zu fliehen.

Seine schlanken Beine liegen bewegungslos da, aber sein Mund ist zu einem Seufzer geöffnet, die gespannten Lippen eines gealterten Jünglings verlieren sich in dem welken Gesicht, werden verschluckt von den Vertiefungen seiner Wangen, unter den klaren Augenbrauen, die voller Trauer an den Furchen der Gesichtszüge hinabblicken, deren Schönheit in einer Nacht verschwunden ist, alles von derselben Farbe, einer changierenden Sandfarbe, grau und golden, wie eine Uniform, die man nicht ausziehen kann, eine Uniform aus Sonne und Staub, und ich versuche, ihn mit meinem Blick zu heilen, der Schrecken kriecht in mir hoch wie eine kleine Raupe, ich frage mich, ob das der Moment ist, dem ich, wie ich schon immer gewußt habe, nicht entkomme, der Moment, der das Leben in zwei Teile bricht, so daß danach nichts mehr dem gleicht, was es vorher gegeben hat, sondern nur noch ein verzerrtes, lächerliches Spiegelbild des Vergangenen wird, ich frage mich, ob dies der Moment ist, ob das seine Gerüche und seine Farben sind, die unser voriges Leben strotzend vor Glück erscheinen lassen, im Gegensatz zu dieser verkrüppelten, beschämenden, für immer ans Bett gefesselten Einsamkeit.

 Eine eingebildete Hand, lang und warm, wird mir aus dem Bett entgegengestreckt, eine riesige, mütterliche Hand, die mich lockt, mich neben ihn zu legen und mich von seiner Lähmung anstecken zu lassen, und ich fange an zu zittern, da ist das Leben, es läuft tropfenweise aus mir heraus und sammelt sich zu einer Pfütze außerhalb dieses Zimmers, und ich bleibe ohne Leben zurück, luftig, schwerelos, versuche, mich am offenen Fenster festzuhalten, und betrachte mit prüfendem Blick das Zimmer, als wäre ich ein Frühlingsvogel, der zufällig hier hereingeraten ist. Da, an der Wand, ist der große Kleiderschrank, gestern erst bin ich auf die Leiter gestiegen, habe die Sommersachen heruntergeholt und die Wintersachen weggeräumt, ich stieß sie tief hinein, als würde der Winter nie wiederkommen, und Noga stürzte aus ihrem Zimmer, wie immer mitten im Satz, wann kommt Papa zurück, fragte sie, und sofort danach, wann gibt es Essen, und ich sagte, er kommt heute nacht zurück, wenn du schon schläfst, du wirst ihn morgen früh sehen. Und bringt er mich in die Schule, fragte sie, ihre Nüstern blähten sich, und ich sagte, warum nicht, nach einigen Tagen der Trennung kommt es uns immer vor, als wäre sein Fehlen das einzige, was zwischen uns steht, und er brauchte nur zurückzukommen und die Kluft zwischen uns hätte sich geschlossen.

Da ist der rote Teppich, der Teppich meiner Kindheit, mit den kleinen, verblichenen Herzen, und da ist das Bett, das wir vor Jahren zögernd einem Paar abkauften, das sich scheiden ließ, daneben sein Rucksack, staubig und leer, und an der Wand das Bild unseres alten Hauses mit dem Ziegeldach, über das kleine Wolken ziehen, und ich suche Rettung in diesen stummen Gegenständen, nichts ist verschwunden, nichts hat sich geändert, und deshalb wird sich auch mein Leben nicht ändern. Gleich wird er aufwachen und versuchen, mich auf seine herrschsüchtige Art ins Bett zu ziehen, ich weiß genau, was du brauchst, wird er verkünden, warum willst du nicht das von mir annehmen, was ich geben will, und diesmal werde ich nicht anfangen zu streiten, wie ich es sonst immer tue, ich werde ihm nicht mit der naiven Ernsthaftigkeit einer Gefangenen den Katalog meiner Enttäuschungen vorhalten, sondern das Nachthemd ausziehen und ins Bett springen, wie man in ein Schwimmbecken springt, kurzentschlossen, ohne zu prüfen, wie kalt das Wasser ist, warum eigentlich nicht, schließlich sind wir Mann und Frau, und das da ist ein Stück unseres einzigen Lebens.

2 Verschluckt von einem fast kochendheißen Wasserfall, meine ich, das Wimmern eines Babys zu hören, ein Ton, der nicht über das Ohr ins Bewußtsein dringt, sondern zwischen den Rippen hindurch direkt ins Herz. Die kleine Noga ist aufgewacht, ihre weiße Stirn glüht, ihre Augen glänzen vor Fieber, und ich drehe bedauernd den Wasserhahn zu, trenne mich von dem beruhigenden Strahl und lausche angespannt, und dann denke ich erleichtert, Noga ist doch schon weggegangen, sie ist auch kein Säugling mehr, sie bedroht mich nicht mehr mit ihrer Hilflosigkeit, und ich drehe den Hahn wieder auf, früher hat mir meine Mutter die Uhr hingestellt, nur sieben Minuten, hat sie gemahnt, damit noch Wasser für die anderen übrigblieb, und ich beobachtete feindselig die Zeiger, diese sieben Minuten waren so kurz, ich sehnte mich schon danach, groß zu sein und das Haus zu verlassen, nur damit ich ohne Uhr duschen konnte, und jetzt bin ich bereit, gleich noch einmal mit dem Duschen anzufangen, ich lasse mich vom Wasser liebkosen, aber wieder stört mich ein Wimmern, schwach und fordernd, und naß, wie ich bin, renne ich zu ihm und finde ihn weinend im Bett, mit geschlossenen Augen, aus seinen Nasenlöchern rinnt eine durchsichtige Flüssigkeit. Udi, beruhige dich, alles ist in Ordnung, ich greife nach seinen Schultern und schüttle ihn, Wasser tropft aus meinen Haaren auf sein sonnengebräuntes Gesicht, sogar seine Tränen haben die Farbe des Sandes, als wäre er dazu verurteilt, sich in der Wüste zu tarnen, damit ihn niemand entdeckt, und ich setze mich neben ihn und versuche, seinen Kopf auf

meine Knie zu legen, aber sein Kopf ist schwer und kalt wie ein Marmorblock, und plötzlich kommt ein Schrei aus seiner Kehle, umgeben von rotem Feuer wie eine Kugel, die aus einem Gewehr abgeschossen wird, faß mich nicht an, du tust mir weh!

Sofort springe ich vom Bett auf und stehe nackt vor ihm. Es ist nicht die herausfordernde Nacktheit, wie ich sie einmal hatte, so natürlich und selbstsicher wie die Nacktheit von Tieren, sondern eine menschliche Nacktheit, eine entschuldigende, eine, in der ein liebendes Auge eine gewisse Schönheit entdecken kann, aber es ist kein liebendes Auge, das mich jetzt anblickt und mir Sand ins Gesicht spuckt. Ich habe gedacht, du magst es, wenn ich dich anfasse, murmele ich und versuche, frühere Gewißheiten zu Hilfe zu rufen, aber wieder schießt ein roter Blitz aus seiner Kehle, du verstehst einfach nicht, daß es mir weh tut!

Vorhin hast du gesagt, es tut dir nicht weh, widerspreche ich, unfähig, mich mit dem Durcheinander dieses Morgens abzufinden, noch immer hoffe ich, daß im nächsten Moment alles wieder so ist, wie es einmal war, und daß man schon im Imperfekt darüber spricht, was tat dir weh, werde ich fragen, und er wird sagen, was spielt das jetzt noch für eine Rolle, Hauptsache, es ist vorbei, er wird mich angrinsen und sagen, nur mein Schwanz tut noch weh, er möchte einen Kuß, und mit entschlossenem Griff wird er meinem nassen Kopf helfen, den Weg von seinen Lippen zu seinem Glied zu finden, ein Weg, der immer länger zu sein scheint, als er tatsächlich ist.

Ich möchte Wasser, murmelt er, schon seit Stunden bitte ich dich um Wasser, und ich laufe los und fülle ein Glas und halte es ihm hin, aber er streckt die Hand nicht aus, seine Hände liegen schmal und trocken neben seinem Körper. Trink, sage ich, und er fragt, wie?

Was heißt da, wie, nimm das Glas, sage ich feindselig, und er seufzt, das kann ich nicht, ich kann meine Hände nicht bewegen. Das ist unmöglich, fahre ich ihn gereizt an, vor einer Stunde haben diese Hände noch den Wecker ausgemacht, keine Krankheit entwickelt sich mit dieser Geschwindigkeit, was ist los hier, er verstellt sich, und Wut, Mitleid und Mißtrauen streiten in mir wie kleine Mädchen, von denen eine die andere beschimpft. Wie kannst du nur so mißtrauisch sein, schau nur, wie er leidet, aber es kann doch gar nicht sein, vielleicht verstellt er sich ja, aber auch Verstellung ist eine besorgniserregende Krankheit, wie werde ich das alles schaffen, doch dann gewinnt das Mitleid die Oberhand und übertönt die anderen Stimmen, die sich beschämt davonschleichen, und in der Wohnung hallt es, er ist krank, er ist krank, eine Krankheit kommt und packt ihn, zieht ihn in die Tiefe.

Ich schlüpfe in meinen Bademantel und setze mich neben ihn, versuche, ihm mit einem Löffel Wasser einzuflößen, das Wasser fließt über seine glänzendrote Zunge und bringt seinen Adamsapfel zum Tanzen. Mach den Rolladen zu, flüstert er, und ich vertreibe mit Gewalt die Sonne und ihre Farben und lege mich in der Dämmerung neben ihn, ich streichle die Sandhügel auf seiner schmalen Brust, was ist mit dir, Udi, wann hat das angefangen?

Keine Ahnung, sagt er zitternd, als ich heute nacht nach Hause gekommen bin, war ich wie erschlagen, ich bin kaum die Treppen hochgekommen, ich habe gedacht, ich wäre einfach müde, aber jetzt kapiere ich erst, daß es sich um etwas ganz anderes handelt, ich habe sogar Angst, darüber nachzudenken, was es sein könnte. Was tut dir weh, frage ich, und er flüstert, alles, alles tut mir weh, sogar das Atmen tut mir weh, und ich streichle über sein Gesicht und seine Gliedmaßen, die in der Dämmerung zart zu leuchten scheinen, eine vergessene Schönheit, und das monotone Streicheln wirkt beruhigend und einschläfernd, schon läßt mir eine angenehme Schwäche die Augen zufallen, schon lange haben wir uns nicht mehr morgens im Bett gewälzt, vielleicht versüßen wir uns so den ganzen Tag, vielleicht werde ich ihn wie ein entführtes Kind verstecken, und er wird für immer zu Hause bleiben, er wird nicht mehr zu seinen langen Ausflügen aufbrechen, er wird im Bett liegen, vollkommen abhängig von unserem Mitleid, er wird Noga dafür entschädigen, daß er so oft nicht da war, er wird sich anhören, was in der Schule los war, die Lehrerin hat sie angeschrien, dabei hat sie gar nichts gemacht, überhaupt nichts, sie hat sich nur mal kurz umgedreht, um sich einen Radiergummi zu borgen, warum fallen alle immer über sie her, und ich werde die Arbeit im Stich lassen, ich kann mich nicht mehr um andere kümmern, werde ich sagen, ich werde Schwangerschaftsurlaub ohne Schwangerschaft nehmen, aber seine Krankheit werde ich geheimhalten, damit man mich nicht zwingt, ihn zu Ärzten zu bringen, nur wir werden ihn pflegen, ein verwöhnter Gefangener wird er sein, ein Riesenbaby, das sich noch nicht auf den Bauch drehen und krabbeln kann, so behalten wir ihn für uns, er soll weder gesund werden noch sterben, das Baby, das ich mir gewünscht habe, das Baby, das uns zu einer Familie machen wird.

Aber da zerschneidet ein Jammern die dunkle Stille und reißt mich aus dem Schlummer. Na'ama, ich habe Angst, hilf mir, und ich schüttle mich, was ist mit mir, was habe ich für Phantasien, und ich verkünde mit einer Stimme, deren entschiedener Ton sogar mir in den Ohren brennt, du mußt ins Krankenhaus, und er weicht zurück, seine Schultern ziehen sich zusammen, schon immer hat er Ärzte noch mehr gehaßt als Krankheiten, ich will nicht, ich will zu

Hause bleiben, aber sein Protest ist schwach und ergibt sich mit Leichtigkeit meiner entschiedenen Stimme.

Ich fordere ihn auf, die Hände zu bewegen, vielleicht ist der Zauber inzwischen verflogen, aber sie bewegen sich nicht, weder seine Hände noch seine Beine, keinerlei Bewegung ist an seinem Körper zu entdecken, nur seine Lippen verzerren sich, und seine Augen flitzen erschrocken im Zimmer hin und her. Es bleibt uns nichts anderes übrig, Udigi, flüstere ich, du mußt untersucht werden, behandelt, ich weiß nicht, was ich tun soll, und er sagt, vielleicht warten wir noch einen Tag, doch ich widerspreche energisch, als hätte ich vor einem Moment nicht selbst überlegt, ihn für immer hier zu verstecken, kommt nicht in Frage, das ist unverantwortlich. Aber wie sollen wir fahren, ich kann nicht laufen, wimmert er, und ich, selbst erschrocken darüber, sage, uns bleibt nichts anderes übrig, wir bestellen einen Krankenwagen.

Sein Weinen begleitet mich, während ich Kleidungsstücke aus dem Schrank hole, schon seit Jahren habe ich ihn nicht mehr weinen gehört, seit Nogas Sturz damals, und jetzt hallt es mir in den Ohren, scharf und erschreckend, ich ziehe die ausgeblichene Jeans an, überlege es mir sofort anders und entscheide mich für einen Anzug, den ich erst kürzlich gekauft habe, einen grauen, dünnen Hosenanzug, ich mache mich sorgfältig zurecht, kämme mir die Haare, als könnte ich die Krankheit um so eher vertreiben, je gepflegter ich aussehe. Strahlend und selbstsicher werde ich in der armseligen Anonymität der Ambulanz auftauchen, und alle Ärzte werden überzeugt sein, daß ich nur zufällig dort bin, und werden uns sofort aus der Menge herausholen, und plötzlich packt mich eine seltsame Erregung angesichts dieses Abenteuers, wir haben heute morgen etwas vor, gemeinsam, nicht die übliche Arbeit, die jeder für sich erledigt.

Ich spüre seine erstaunten und feindseligen Blicke auf meinem Rücken, bist du verrückt geworden, wohin, glaubst du, gehen wir, und ich wende ihm mein zurechtgemachtes Gesicht zu, was spielt das für eine Rolle, Udi, das gibt mir Sicherheit, ich entschuldige mich sofort, als handle es sich um einen Betrug, meine ergebene Stimme macht ihn munter, und er fährt fort, wieso gibt dir das Sicherheit, wenn du dich lächerlich machst, du gehst doch nicht auf eine Party, sondern ins Krankenhaus, kapierst du, weil ich mich nicht bewegen kann, aber du fängst schon an zu feiern, weil du glaubst, daß du mich auf diese Art los wirst.

Mit schweren Händen bedecke ich mein Gesicht, es ist, als würfe er von seinem Bett aus Steine auf mich, dreckige Wortfetzen, er wagt es, in mein Inneres zu dringen und dort seinen Müll abzuladen, wie kriege ich ihn aus mir heraus, wie beweise ich ihm, daß er sich in mir irrt, warum muß ich ihm überhaupt etwas beweisen, warum muß ich mich immer rechtfertigen, als wäre meine Schuld grenzenlos. Pfeif auf ihn, hat Annat immer gesagt, pfeif auf ihn, er hört nicht, was du zu ihm sagst, er hört nur sich selbst, er stellt sich gegen dich, aber ich blieb stur, warum nicht, schließlich liebt er mich. Gerade weil er dich liebt, erklärte sie mir wie eine ungeduldige Lehrerin, und ich flehte sie an, als hinge alles davon ab, aber warum soll es unmöglich sein, sich einfach zu lieben, Freunde zu sein, warum ist das so schwer, und sie sagte entschieden, so ist die Realität, Na'ama, und nun habe ich Lust, zum Telefon zu gehen und ihr alles zu erzählen, wie ich es früher immer getan habe, er hat gesagt und ich habe gesagt, er hat mich gekränkt und ich war gekränkt, aber sofort fällt mir ein, daß er nur den Mund bewegen kann, er hat keine Macht über mich, er kann nicht aufstehen und weggehen, er ist vollkommen abhängig von mir. Seine Worte sind verloren ohne meine Ohren, sie sind lächerlich und bedeutungslos, sie werden sich vergeblich bemühen, zu mir zu gelangen, ich verlasse das Zimmer, gehe zum Telefon, um bei meiner Arbeit anzurufen, aber da sehe ich den Kühlschrank vor mir, auf der Tür hängt unter einem bunten Magneten, den Noga mir mal zum Muttertag geschenkt hat, ein Zettel mit der Nummer vom Roten Davidsstern, ich starre verblüfft die Nummer an, seit wann hängt sie hier, wer hat gewußt, daß wir sie jetzt brauchen?

So selbstverständlich, als handelte es sich um ein Taxi, bestelle ich einen Krankenwagen und kehre mit energischen, fast provozierenden Schritten ins Schlafzimmer zurück. Vor seinen zusammengekniffenen Augen bleibe ich stehen, sogar wenn sie offen sind, sehen sie geschlossen aus, und teile ihm in sachlichem Ton mit, du mußt etwas anziehen, Udi, du wirst bald abgeholt, und er zuckt zurück, dreht sein Gesicht von mir weg, sein Blick bleibt am Kleiderschrank hängen, an den geschlossenen Fensterläden, am Bild mit dem alten Haus, was ist das dort über dem Dach, Wolken oder der Schatten von Wolken. Ein dumpfes Hupen ist zu hören, ich nehme ein weißes T-Shirt und Turnhosen heraus, Sachen, die leicht anzuziehen sind, zerre ihm das Hemd über den Kopf, sein Hals ist weicher geworden, überhaupt ist es, als würde die Aussicht, das Haus zu verlassen, seinen Zustand verbessern, auch seine Arme bewegen sich, nur die Beine sind hart und bewegungslos, ich zerre die Hose nach oben, unter den Hintern, und siehe da, er ist angezogen und sieht aus, als würde er gleich für einen Dauerlauf das Haus verlassen. So war er manchmal abends zu mir gekommen, er sagte zu seinen Eltern, er wolle laufen, und kam zu mir, und meine Mutter musterte ihn verächtlich, als wäre er schlechter als ihre Kavaliere, sie bot ihm ein Glas Milch an, setzte sich steif vor den Fernseher und wartete auf alte Filme mit einer Hauptdarstellerin, die ihr verblüffend ähnlich sah. Ich war überzeugt, daß sie wirklich die Schauspielerin war, die gleichen hohen Wangenknochen, die gleichen klaren Lippen, die gleiche glatte, bräunliche Haut, ich war sicher, daß sie sich nachts, wenn ich allein zurückblieb, heimlich filmen ließ, diese Filme waren schließlich schwarzweiß, weil sie nur nachts aufgenommen wurden, und deshalb stand sie morgens nicht für uns auf, und ich mußte meinen kleinen Bruder wecken und anziehen und uns Brote schmieren. Erst Jahre später erfuhr ich, daß sie die Nächte in Bars verbracht hatte, wo sie mit ihren Freunden saß und trank, und auf dem Heimweg ließ sie sich manchmal an einem alten Haus mit Ziegeldach absetzen, sie weckte meinen Vater und weinte in seinen Armen, und sie versprach ihm, daß sie am nächsten Morgen die Kinder nehmen und zu ihm zurückkehren würde, und er hörte ihr traurig zu und sagte, ja, Ella, ich glaube dir, daß es das ist, was du jetzt willst, aber morgen früh wirst du etwas ganz anderes wollen. Manchmal weckte sie auch mich, wenn sie nach Hause kam, und flüsterte mir ins Ohr, wenn ich ein braves Mädchen wäre, würden wir vielleicht zu Papa zurückkehren und bei ihm wohnen, und ich stand dann früh auf, ging einkaufen, spülte das Geschirr und räumte die Küche auf, bis ich verstand, daß ich die einzige war, die diesen alkoholgetränkten nächtlichen Versprechungen glaubte.

Es wird an die Tür geklopft, laut und ungeduldig, wie die Polizei an die Tür einer Wohnung klopft, in der sich ein Verbrecher versteckt. Wo ist der Kranke, fragen zwei starke, weißgekleidete Kerle, und ich winde mich unbehaglich in meinem neuen, lächerlichen Hosenanzug, rechtfertige mich, er liegt im Bett, und führe sie hinein zu seinem strahlenden, jungenhaften Lächeln, das ich schon lange nicht mehr gesehen habe, zu diesem Lächeln, das er für Fremde reserviert hat, für seine Kunden, die auf den Ausflügen zielstrebig hinter ihm herlaufen. Was ist das Problem, fragen sie, und er sagt ruhig, als habe er sich innerlich damit abgefunden, ich fühle meine Beine nicht, sie lassen sich nicht bewegen, und auch meine Arme bewegen sich kaum, und sie schauen ihn ungläubig an, so sportlich sieht er aus in seinen kurzen Turnhosen. Wann hat das angefangen, wollen sie wissen, ist Ihnen das früher schon mal passiert, und er sagt, nein, nie, erst heute morgen, da konnte ich nicht aufstehen. Tut Ihnen etwas weh, fragen sie, und er schielt entschuldigend zu mir, alles tut mir weh, sogar die Glieder, die ich nicht spüre, tun mir weh, und die beiden, nicht irritiert von diesem Widerspruch, strecken die Hände aus, greifen nach seinem pochenden Handgelenk, legen ihm die Manschette um den Arm und lauschen interessiert dem Rhythmus seines Lebens, und dann verkünden sie, man muß Sie gründlicher untersuchen, wir nehmen Sie mit zur Ambulanz. Soll ich was einpacken, frage ich mit erstickter Stimme, noch etwas zum Anziehen, eine Zahnbürste? Und sie sagen, das wäre wohl besser, warum nicht, der ältere der beiden schaut mich mitleidig an, und ich antworte ihm mit einem gequälten Lächeln. Ihre Anwesenheit beruhigt mich ein bißchen, nur nicht allein mit ihm bleiben, ich renne herum, stopfe Unterhosen und Strümpfe in meine alte Tasche und einen Morgenrock, genau wie ich damals meine Tasche zur Entbindung gepackt hatte, gebückt von den Wehen, die meinen Körper in der Mitte spalteten, dann noch eine Haarbürste und einen Büstenhalter, und plötzlich schaue ich erstaunt in die Tasche, was tue ich da, ich packe ja für mich, nicht für ihn, ich kippe alles auf das Bett und stürze mich auf seine Fächer im Schrank, und er sagt, packe auch ein Buch ein, damit ich was zu lesen habe, und ich frage, was für ein Buch, und er liegt schon auf der Trage, und seine Füße schaukeln in der Luft. Meine Bibel, sagt er, sie ist in meinem Rucksack.

Als traurige Karawane verlassen wir das Haus, Udi lang und schwach auf seiner Trage, einen Ausdruck vollkommenen Zutrauens im Gesicht, wie ein Baby, das von seinen Eltern im Wagen die Treppe hinuntergetragen wird, ich schließe aufgeregt die Tür und lehne mich zum Abschied an sie, wer weiß, wann ich sie wiedersehen werde. Um den Krankenwagen versammeln sich ein paar neugierige Nachbarn, was ist passiert, fragen sie erstaunt, und er, der sich normalerweise kaum die Mühe macht, auch nur zu grüßen, antwortet ihnen freundlich und beteiligt sie an den Ereignissen des Vormittags, und die Tochter der Nachbarn unter uns, eine Frau, die gerade erst aus Indien zurückgekommen ist, erzählt ihm von erstaunlichen natürlichen Heilkünsten. Wenn sie dir im Krankenhaus nicht helfen können, sagt sie, dann gib mir Bescheid, und er nickt dankbar, er sieht aus, als würde er gerne weitere Einzelheiten hören, aber die Männer in ihren strahlenden weißen Jacken unterbrechen ungeduldig diese neue Intimität und schieben ihn hinten in den Wagen, mit geübten Bewegungen wie Müllmänner, und ich schließe mich ihm an, setze mich auf die Bank, die für erschrockene Angehörige reserviert ist, von denen man durch die Vorhänge nur das Profil sieht, wenn das Auto mit eingeschalteter Sirene an einem vorbeifährt, man hebt den Blick, sieht das Profil und weiß, daß das Leben der Leute im Auto zerbrochen ist, ihr Schicksal durchschnitten.

3 Durch die weißen Vorhänge, diese Zeugen des Leids, sehe ich, wie meine vertraute Welt mir zuwinkt, mit großzügigen Bewegungen, und sich für immer von mir verabschiedet. Da ist der Gemüseladen, wild und bunt wie die Palette eines Malers, da ist das neue Café mit seinen immer gleichen Vormittagsgästen, plötzlich sehe ich sie genau vor mir, kann erkennen, was sie auf dem Teller haben, gleich werden wir an dem alten Café vorbeikommen, dort habe ich immer gern gesessen, als Noga noch ein Baby war, die Kellnerin gab ihr mürbe Zitronenplätzchen, die sie im Mund zergehen ließ, so daß ihr säuerlich-süße Spucke übers Kinn lief, sie schickte ein Lächeln aus ihrem Kinderwagen, ein Lächeln, das zu strahlend war, um persönlich gemeint zu sein, und ich schaute nur sie an, die Spucke, die an ihrem Hals entlangrann, und achtete nicht auf die Augen, die auf mich gerichtet waren und mit unverhohlenem Interesse jede meiner Bewegung beobachteten, ich achtete auch nicht auf die Hand, die unaufhörlich etwas Sinnloses notierte. Ich versuchte, ihn zu ignorieren, schaute nur sie an, doch dann kam er zu mir, mit aufgeschlagenem Heft, ich habe dich gemalt, sagte er und hielt mir mein mit Kohle gezeichnetes Gesicht hin, ich war erstaunt, das bin ich doch gar nicht, ich bin nicht so schön. Er widersprach, du bist viel schöner, die Leute sagen immer, daß ich alle Gesichter häßlicher mache, und meine Freunde sind schon nicht mehr bereit, mir Modell zu sitzen, weil ich sie so häßlich male. Aber mich hast du schöner gemacht, sagte ich und lachte, und er betrachtete aufmerksam mein Gesicht, dann die Zeichnung in dem Heft,

das zwischen uns lag, und sagte entschieden, nein, du weißt gar nicht, wie schön du bist, warte nur, bis du dich in Farbe siehst, die Kohle reicht nicht für deine Farben, und plötzlich war er still und kehrte zu seinem Tisch zurück, und wieder glitt seine Hand über das Papier, während seine Augen auf mich gerichtet waren.

Der Krankenwagen hält vor einer Ampel, und da, auf der linken Seite, ist es, das alte Café, meine gestohlenen Vormittage, nicht ihn liebte ich dort, sondern mich selbst in seinen Zeichnungen, aber wo sind die runden, einladenden Tische, wo die Schälchen mit den mürben Zitronenplätzchen, aus den Öffnungen dringt das Feuer von Lötkolben, ein grelles Licht, in das man nicht schauen darf, weil einem sonst die Augen flimmern, aber ich schaue trotzdem hin, das kann nicht sein, sie reißen das Café ab, zerstören das letzte Denkmal, und ich schaue Udi erregt an, sie reißen das Café ab, sage ich und offenbare leichtsinnig meinen inneren Aufruhr, und er zeigt ein flüchtiges, verzerrtes Lächeln, geheimnisvoll, als wäre er es, der hinter dem weißen Feuer steht. Vielleicht verdient das Café es, abgerissen zu werden, denn ein paar Monate nach diesem Treffen fiel Noga vom Balkon, mit all ihren Locken, mit ihren dicken Bäckchen und ihren Grübchen, ihrem weichen Bauch und ihren kleinen Beinen, sie segelte wie eine Stoffpuppe aus Udis Händen, und ich schrie, rannte die Treppe hinunter, als gäbe es eine Chance, vor ihr anzukommen und sie aufzufangen, Stockwerk um Stockwerk, Gelübde um Gelübde, nie wieder werde ich mich verlieben, nie wieder froh sein, nie wieder das Haus verlassen, du sollst nur laufen können, Nogi, mein Schatz, du sollst sprechen, du sollst unversehrt sein, und schon waren wir in einem Krankenwagen, wie jetzt, nur damals heulte die Sirene, und das Auto hielt nicht an den Ampeln, sie war bewußtlos, eine weiße Wachspuppe, das Gesicht furchtsam angespannt unter der Sauerstoffmaske, als würde man ihr in diesem Moment eine spannende Geschichte erzählen, von der noch unklar wäre, wie sie aufhört, und auf ihrem Gesicht der bekannte Ausdruck, ein gutes Ende, Mama, bitte laß die Geschichte gut aufhören, und Udi weinte mit ausgetrockneter Kehle, es ist deinetwegen passiert, schrie er, wegen deinem Maler, nächtelang kann ich nicht schlafen, ich trinke und rauche die ganze Zeit, ich habe sie hochgehoben, und plötzlich ist sie mir von den Armen gesprungen, meine Arme sind schwach, ich kann kaum ein Buch halten, wie sollte ich da ein Kind halten. Ich sehe, wie er sich entfernt, wie er immer kleiner wird, ein winziges Häufchen Knochen bleibt von ihm übrig, vor meinen Augen tanzen Dutzende kleiner Nogas wie Sterne am Himmel, sie tanzen in Balletttrikots, Keile glitzern zwischen ihren Beinen, warum bewegen sie die Beine nicht, das sind keine Keile, mir wird schwindlig, das sind kleine Rollstühle, der Himmel ist voller Rollstühle, die auf den steilen Hängen miteinander konkurrieren wie Autos im Lunapark, aber statt des ausgelassenen, erschrockenen und provozierenden Lachens der Kinder ist schreckliches Weinen zu hören, Mama, was hast du mir angetan, und ich schreie, Noga, mein Kleines, ich verzichte auf alles, nimm meine Beine, es gibt keinen Ort mehr, zu dem ich gehen müßte, nimm mein Herz, es gibt niemanden mehr, den ich lieben könnte, nimm meine Gesundheit, ich brauche sie nicht, nimm mein Leben, und mein Weinen stößt gegen das seine, wir weinen nicht zusammen, sondern gegeneinander, als wäre das die Fortsetzung unserer unaufhörlichen Streitereien.

Da öffnet sie die Augen einen Spaltbreit, aus ihrem Mund kommt eine trübe Welle Erbrochenes, was bedeutet das, das Buch meines Lebens wird aufgeschlagen, vor meinen Augen wird mein Schicksal geschrieben, in einer Geheimschrift, die ich nicht lesen kann. Das ist ein gutes Zeichen, nicht wahr, flehe ich den Arzt an, sie kommt wieder in Ordnung, stimmt's?, und er betrachtet sie zweifelnd, ihre Augen schließen sich wieder, und ich bettle, wach auf, meine Tochter. Ich weiß noch nicht, daß sie uns immer wieder in die Irre führen wird, Tag um Tag, schau, sie läuft schon, schau, sie ißt, wir haben es geschafft, uns ist ein Wunder passiert, es sieht aus, als würde sie sich erholen, wir sitzen mit ihr auf dem Rasen des Krankenhauses, sie will ein Eis, und ich renne glücklich zur Cafeteria, ich stoße unterwegs gegen Leute und bleibe nicht stehen, um mich zu entschuldigen, meine Tochter will ein Eis, und ich werde alles tun, um es ihr zu geben und zuzuschauen, wie sie es schleckt. Wir sitzen auf dem schäbigen Rasen und verfolgen gespannt die Bewegungen ihres Mundes, konzentrieren uns auf das Eis, das ihr in den Händen schmilzt, als würde, wenn sie es vertilgt, auch die Gefahr verschwinden, wir wagen kaum zu atmen vor lauter Hoffnung, und da ist sie fertig mit dem Eis, sie ist gesund, vielleicht holen wir sie morgen heim. Am Eingang zur Station treffen wir den Arzt, sie ist schon in Ordnung, verkünde ich ihm, sie hat ein Eis gegessen, und da kommt auch schon die wohlbekannte Welle Erbrochenes aus ihrem Mund, Vanille schwappt auf den Fußboden, und erneut verliert sie das Bewußtsein, und wir sind wieder armselige, gedemütigte, den Schicksalsschlägen ausgesetzte Geschöpfe. Unsere Gesichter senken sich ergeben, unsere Mundwinkel ziehen sich nach unten, und jeder Satz von ihr weckt Weinen, Mama, ich werde wachsen, sagt sie plötzlich, ich werde größer sein als du, und ich fange schon an zu schluchzen, natürlich wirst du wachsen, und in meinem Inneren kocht die Angst, vielleicht wird sie nicht wachsen, wer weiß schon, was in ihrem Gehirn passiert ist, das wieder und wieder in dem kleinen Schädel erschüttert wurde, eine Plastikwanne hat ihr Leben gerettet, eine Plastikwanne voll Wasser, die das Hausmädchen der Nachbarn draußen vergessen hatte, und diese drohende Gefahr hing weiter über uns, auch als die eigentliche Gefahr schon vorbei war, auch als wir endlich nach Hause zurückgekehrt waren. Alles Ungewohnte erschreckte mich, und ich war so in Noga versunken, daß ich nicht merkte, wie ich Udi in einem unbemerkten Augenblick auf dem Weg zwischen dem Unglück des Falls und dem Wunder der Genesung verlor, und was noch schlimmer war, sie verlor ihn auch.

Wir sind da, sagt er, und ich schüttle mich, einen Moment lang überrascht, ihn auf der Liege zu sehen und nicht Noga, der Krankenwagen hält vor der Notaufnahme, genau wie damals, aber jetzt kommen die Ärzte nicht mit fahrbaren Pritschen und Geräten auf uns zu, um uns sofort zum Behandlungsraum zu bringen, sondern sie laufen langsam, gemessen, als besäßen unser Leben und unser Leiden keine besondere Bedeutung. Von vornherein überflüssig, warten wir darauf, daß die Tür aufgeht, Udi wirft mir einen tapferen Blick zu, seine Finger bewegen sich auf mein Knie zu, und ich beobachte gleichgültig seine Bemühungen, was versucht er da zu spielen, eine unhörbare Melodie, und erst dann verstehe ich, er will mich mit seinen schuldigen Händen berühren, er murmelt, es tut mir leid, und ich frage noch nicht mal, was er meint, das, was heute morgen war, oder das, was damals war, vor fast acht Jahren, so sehr freue ich mich über seine ungewohnte Entschuldigung, eine schnelle Freude, ohne Selbstachtung, und ich strecke die Hand aus und verflechte meine Finger mit seinen, und so, Hand in Hand, finden uns die Pfleger, vor deren strahlenden weißen Jacken sich die Türen öffnen, und sie rollen die Pritsche vor sich her, so leicht, als wäre sie leer.

Ein summender Bienenkorb aus Krankheit und Schmerz

eröffnet sich uns, während wir uns, er auf dem fahrbaren Bett und ich auf zitternden Beinen, unseren Weg durch die Menschenmenge bahnen, die sich vor den Türen zusammenscharen, als würden hier Raritäten verschenkt, wie selten ist doch die Gesundheit, sie streunt frei auf den Straßen herum, und diesen Ort hier meidet sie, und wieder schäme ich mich für meinen neuen Hosenanzug, Udi hat recht, ich beleidige den Kranken mit meiner zur Schau gestellten Gesundheit, ich provoziere mein Schicksal, provoziere ihn, seinen Körper, der von der Pritsche aufs Bett rutscht, und dort liegt er nun, ein alter Jugendlicher in Sportkleidung mit einem vollkommenen, makellosen Körper, ganz anders als die Frau gegenüber, deren eines Bein geschwollen und blutig ist, oder die Frau hinter dem Vorhang, durch deren durchsichtige Haut man alle Knochen sehen kann und über deren Mund ein weißer Verband liegt, als gäbe es irgend etwas auf der Welt, das sie noch mehr gefährdet als der Satan in ihr selbst. Warum habe ich es so eilig gehabt, ihn hierherzubringen, das ist nicht der passende Ort für ihn, schließlich war er noch nie krank, und ich habe Lust, mich zu ihm hinabzubeugen und ihm ins Ohr zu flüstern, komm, Udigi, komm, fliehen wir von hier, komm, gehen wir heim. Plötzlich wird die enge, angespannte Wohnung, die wir gerade verlassen haben, zu einem Königreich des Glücks und der Gnade, das dämmrige Schlafzimmer sieht anziehend und verlockend aus, los, bewege schon deine Beine, es kann doch nicht sein, daß sie wirklich gelähmt sind, das ist ja, als würde der Erdball eines Morgens aufhören, sich zu drehen. Ich streiche seine Haare zurück, lege seine hohe Stirn frei, die gekrümmten Falten, die darauf gezeichnet sind, Udigi, weißt du noch, wie du immer in der Zehn-Uhr-Pause zu mir in die Klasse gekommen bist und gesagt hast, komm, fliehen wir, gehen wir heim, und dann sind wir abgehauen, haben uns unterwegs ein mit weißen Salzkristallen bestreutes Bejgele gekauft, das ich mir wie einen Armreif über das Handgelenk schob, und dann gingen wir entweder zu dir oder zu mir nach Hause, je nachdem, welche Wohnung an diesem Morgen leer war, und Udi seufzt und sagt, ich wäre froh, wenn ich jetzt mit dir irgendwohin fliehen könnte, No'am, so nannte er mich damals, aus einer Mischung von Zuneigung und Stichelei, denn ich war noch vollkommen flach und hatte kurze Haare, von weitem sahen wir aus wie zwei Jungen. Ich lasse nicht locker, wenn du willst, kannst du es, Udi, konzentriere dich, gib dir Mühe, und er schaut mich fast mitleidig an und sagt, du bist einfach nicht bereit, das zu akzeptieren, was dir nicht in den Kram paßt, kapierst du nicht, daß ich nicht kann, es ist, als hätte es in mir einen Kurzschluß gegeben, wie soll ich dir das klarmachen, und ich senke den Kopf, es fällt mir schwer, zu sehen, mit welchem Appetit seine Lippen die Wörter abbeißen, meine Augen sind auf den Fußboden gerichtet, das Verständnis ist wie ein Eichhörnchen, da huscht es auf einen zu, und schon ist es verschwunden, nur die Spitze seines prächtigen Schwanzes blitzt noch zwischen den Betten auf, den ganzen Morgen versuche ich schon zu verstehen und nicht zu verstehen, ihm näher zu kommen oder mich zu entfernen, die widersprüchlichen Anstrengungen verbrauchen Kraft, meine Hände gleiten über seinen Kopf, von außen sieht alles heil aus, keine Beule, nichts Entstelltes, und in dem Moment, als ich glaube, ich hätte das Eichhörnchen mit Nüssen angelockt und könnte es fangen, wird grob der Vorhang aufgerissen, und eine junge Schwester mit einem schönen, energischen Gesicht fragt, was das Problem ist.

Ich kann die Beine nicht bewegen, verkündet er freundlich, und meine Hände sind ebenfalls schwach. Sie schaut seine Hände an, die eine ist noch mit meiner verschränkt, und ein Hauch von Spott zeigt sich auf ihrem Gesicht bei diesem Anblick, ihr glaubt wohl, das hilft was, sagt ihr schönes Gesicht, ihr glaubt wohl, zu zweit ist man stark, aber Krankheiten lassen sich von solchen Gesten nicht beeindrucken, Krankheiten lieben es, Paare zu trennen. Wann hat das angefangen, fragt sie gleichmütig, und er sagt, heute morgen, ich bin heute morgen aufgewacht und konnte nicht aufstehen, das Erstaunen in seiner Stimme ist noch frisch, er ist bereit, jeden daran teilhaben zu lassen, sogar die stöhnende Bettnachbarin ist für einen Moment still und schaut ihn mit roten Augen an, macht seiner vollkommenen Verwunderung über die Kapriolen der Schöpfung Platz, und es scheint, als füllte sich das ganze Weltall mit der Verwunderung des Neuman, Ehud, Sohn Israels, wie bald auf dem Schild an seinem Bett geschrieben sein wird, beliebter Reiseleiter, fast vierzig Jahre alt, verheiratet, eine Tochter, dessen Glieder ihm nicht mehr gehorchen.

Als gäbe sie eine Art unpassender Antwort, die nichts mit der Frage zu tun hat, wühlt sie in der Tasche ihres Kittels, zieht ein Fieberthermometer hervor und hält es ihm hin, ich nehme es ihr schnell aus der Hand, um zu vermeiden, daß seine Finger wieder so seltsam anfangen zu flattern, und sie fragt, was ist mit den Papieren, und ich schaue mich um, mit welchen Papieren? Sie müssen ihn anmelden, sagt sie und verzieht das Gesicht, als hätte sie uns dabei erwischt, daß wir uns ins Kino eingeschmuggelt haben, ich verlasse sie widerwillig und schließe mich ungeordneten Reihen an, Kopf an Kopf und Schulter an Schulter, und über allen schwebt dieses naive erste Staunen von Menschen, die sich plötzlich in einem anderen Land wiederfinden, einem häßlichen Land, und die nicht wissen, ob sie je wieder den Weg nach draußen finden werden. In ein paar Tagen werden sie sich daran gewöhnt haben, sie werden in bitterer Ergebenheit neben ihren Lieben in den verschiedenen Abteilungen sitzen, und das Erstaunen wird ihnen wie eine Erinnerung an ein verschwommenes Bild aus der Kindheit vorkommen, ohne große Bedeutung und grundlos geliebt.

Als ich ohne ihn bin, weit weg von seinen bewegungslosen Beinen, von seinen geschlossenen Augen, jenen Augen, die mich betrachtet haben, seit ich zwölf war, weit weg von seiner Existenz, die mich mehr definiert als sich selbst, einen Moment, bevor ich an der Reihe bin und ich mich vor dem Schalter aufstelle, einen Moment bevor ich ihn anmelde und dafür die leeren Formulare bekomme, die sich bald mit besorgniserregenden Details füllen werden, trifft mich schlagartig die Erkenntnis, daß sich die Bewegungsfähigkeit von ihm entfernt hat, so wie sich die Gegenwart Gottes aus dem Tempel entfernt hat, bevor er zerstört wurde, und die Wucht der Erkenntnis macht mich klein, so daß mir alle Menschen um mich herum wie Riesen vorkommen und ich mich darüber wundere, daß mich überhaupt jemand zur Kenntnis nimmt, wie diese Angestellte mit den Sommersprossen, die ungeduldig zu mir sagt, nun, was kann ich für Sie tun? Schließlich existiere ich nicht mehr, das Leid dieses Morgens hat meine Existenz ausradiert, du beendest deine Schicht und gehst nach Hause und glaubst, du weißt, was du dort vorfindest, während bei mir alles Selbstverständliche, alles Vertraute an einem einzigen Morgen zerrissen worden ist, denn mein Udi ist krank, mein Udi ist gelähmt, er wird nicht mehr von mir weggehen und nicht mehr zu mir zurückkehren.

Auf dem Rückweg zu ihm, die Hände voller Papiere und Unterlagen, auf denen alle Details richtig sind und trotzdem kränkend, auf dem Rückweg zu Neuman, Ehud, Sohn Israels, ängstlich wie eine Mutter, die ihr Kind einer unbekannten Pflegerin überlassen hat, habe ich plötzlich vergessen, wo er genau liegt, ich schiebe einen Vorhang nach dem anderen weg, dringe in die Privatsphäre von Kranken ein, die auf ihre Einweisung in eine Station warten, und einen Moment lang habe ich das Gefühl, ihn nie mehr identifizieren zu können, alle hier tragen die grünliche Farbe der Vorhänge, sind bis zum Hals mit den schäbigen Decken zugedeckt, und nur bei meinem Kranken ist der Vorhang offen, und er liegt entblößt da wie ein Junge, der keine Scham kennt, mißt gehorsam seine Temperatur und nickt mir freudlos zu, ein durchsichtiger Schlauch führt bereits von einer Infusion zu seinem Arm, und es ist, als wäre ich stundenlang weggewesen, so groß ist schon die Veränderung, die ihm widerfahren ist. Jetzt gehört er hierher, trotz seines jungenhaften Aussehens, trotz seiner Sportkleidung, und ich betrachte feindselig die Schwester, die sich gelassen zwischen den Kranken bewegt, als habe sie mich im Kampf um sein Herz besiegt. Los, nimm schon das Thermometer heraus, fauche ich, es ist genügend Zeit vergangen, aber er schüttelt den Kopf, erst wenn es die Schwester sagt, zischt er, und ich werde gereizt, ich glaube das nicht, Udi, du brauchst dafür eine Erlaubnis, und er sagt, ja, sie hat gesagt, ich soll es im Mund lassen, und er zuckt hilflos mit den Schultern. Er ist immer so aufsässig gewesen, nie hat er jemandem gehorcht, weder den Lehrern in der Schule noch seinen Vorgesetzten in der Armee, und immer hat man ihm am Schluß verziehen, wie ist es möglich, sich an einem einzigen Morgen so zu verändern, als habe das Versagen seiner Beine seine innere Struktur umgewandelt.

Ich sehe, wie sein Blick hypnotisiert den Bewegungen der Schwester folgt, Bewegungen, die grob sind vor lauter Effektivität, das Thermometer in seinem Mund befreit ihn von der Pflicht, mit mir zu reden, noch nie habe ich ihn eine Frau auf diese Art anschauen gesehen, andere Frauen interessierten ihn nicht, jedenfalls behauptete er das, und ich glaubte ihm, immer hat er mir gegenüber seine Treue betont, eine beruhigende weiße Fahne in einem Meer von Drohungen, aber diese demonstrative Treue hat sich im Laufe der Jahre zu einer Waffe gegen mich verwandelt, eine weitere Art, gegen mich anzugehen und seine Überlegenheit zu beweisen. Schau, er konzentriert sich nur auf mich, nur auf mich zielen die Giftpfeile seines Klagens, seines Fanatismus, seiner inneren Kämpfe, seines unendlichen Verlangens, aber nun, da ich seine sehnsüchtig auf die Schwester gerichteten Blicke sehe, lege ich mir vor Gekränktheit die Arme um den Körper, die Kälte der Einsamkeit läßt mich erschauern, als habe man mich in diesem Moment aus dem Haus geworfen, sogar ohne daß ich mich anziehen durfte.

Nun geht sie zu ihm, und er läßt sich mit dem demütigen Lächeln eines Kindes von ihr das Thermometer aus dem Mund ziehen, aber obwohl es fast in seinem Mund festklebt, stellt sich heraus, daß es keine gestiegene Temperatur anzeigt, sechsunddreißig sieben, trägt sie verächtlich auf der Fieberkurve ein, die an seinem Bett hängt, dann hebt sie kurz seine Decke, und ich sehe erstaunt, daß ein dünner Schlauch aus seinem Glied kommt und zu einem unter dem Bett versteckten Säckchen führt, das sich mit orangefarbener Flüssigkeit füllt. Alles, was der Körper sich zu verbergen bemüht, wird hier mit Leichtigkeit aufgedeckt, wann hat sie es geschafft, ihm den Schlauch einzuführen, vielleicht ist da ja Intimität zwischen ihnen entstanden, und jetzt hält sie seine Hand und mißt ihm den Blutdruck und den Puls und achtet darauf, ihn nicht loszulassen, doch nun ist alles vorbei, sie löst sich von ihm, schreibt die Ergebnisse auf und dreht ihm den Rücken zu, der Arzt wird gleich zu Ihnen kommen, sagt sie und entfernt sich schon, sie sieht nicht das unterwürfige Lächeln, das er ihr nachschickt, aber ich sehe es genau.

Dann kommt der Arzt, ein auf eine kränkende Art junger Mann, ein richtiger Bubi, so daß wir kaum zugeben können, wie sehr wir auf ihn gewartet haben, energisch und ungeduldig hört er sich mit unbewegtem Gesicht an, was wir von den Ereignissen dieses Morgens zu berichten haben, was kann man schon groß erzählen von Beinen, die den Dienst verweigern, Udi wird es nicht langweilig, nur dem Arzt, seine ohnehin geringe Höflichkeit schmilzt, ungeduldig wie ein Junge, der die ermüdenden Ausführungen seines Vaters unterbricht, unterbricht er Udi, betastet die berühmten Beine, die Helden dieses Morgens, dann zieht er eine Nadel aus seiner Kitteltasche und fängt an, in die Beine zu stechen. Erstaunt beobachte ich, wie die Nadel im Fleisch versinkt und Udi keinen Ton von sich gibt, ich sehe, wie die Nadel das ganze Bein entlangwandert, ein kleiner Hammer gesellt sich zu ihr und schlägt auf die Knie, die reglos wie Holzstücke daliegen, während Udi noch immer heuchlerisch lächelt, stolz wie ein Fakir, bis der Arzt die Gegenstände wieder einsteckt, die Fieberkurve betrachtet, die am Bett hängt, und rasch die Untersuchung abschließt, wir müssen zuerst eine Röntgenaufnahme machen, um zu sehen, ob eine Verletzung der Wirbelsäule vorliegt, dann schauen wir weiter, und damit ist er auch schon verschwunden.

Ich ziehe das Bett durch die vollen Gänge, Glasscheiben werfen für einen Moment unser Bild zurück, da sind wir, Udi und ich, die Infusion, der Katheter, zwei Menschen, die auf den Flur eines Krankenhauses gegangen sind, um sich miteinander zu unterhalten. Wo ist die Röntgenabteilung, frage ich, wo ist hier ein Aufzug, wie sollen wir alle in eine einzige Kabine passen, ein Aufzug nach dem anderen kommt überfüllt an, ich versuche nicht einmal, uns hineinzuzwängen, aber da macht man mir Platz, die Leute drücken sich an die Metallwand, ziehen den Bauch ein, atmen kaum, nur damit wir mitfahren können, Udi und ich und die Infusion mit der durchsichtigen Flüssigkeit und der Katheter mit der orangefarbenen Flüssigkeit, und so fahren wir hinunter in die Röntgenabteilung, die von einem kranken Neonlicht erhellt wird, doch am Ende des Flurs entdecken wir im Schein einer flackernden Lampe einen kahlköpfigen Jungen, der mit seinen schmalen Schultern an einem Schalter lehnt und ihn an- und ausmacht, ich sehe, wie Udi die Augen zusammenkneift und versucht, sich aufzurichten, laß den Schalter in Ruhe, brüllt er, hast du nichts Besseres zu tun, so sieht man doch gar nichts, das macht mir die Augen kaputt. Was ist heute mit dir, flüstere ich, was schreist du ihn an, siehst du nicht, daß er krank ist, und Udi bekommt ein verschlossenes Gesicht, wie immer, wenn man mit ihm schimpft, ich bin auch krank, zischt er, und ich gehe zu dem Jungen, berühre zögernd seinen Arm und sage, achte nicht auf ihn, das ist sein Problem, es hat nichts mit dir zu tun, und der Junge zuckt mit den Schultern, ihm ist es wirklich egal, nur für mich war diese Unterscheidung notwendig, wie oft hat Annat mir schon zugeflüstert, das ist er, nicht du, das sind seine Probleme, nicht deine, und ich sagte dann, aber wenn wir zusammen sind, ist jedes seiner Probleme auch mein Problem und man kann es nicht trennen, und sie beharrte, tief innen kann man es.

Mir scheint, als murmele er etwas, und ich beuge mich zu der gelblichen Glatze und frage, was hast du gesagt, Junge, und er sagt, ich bin kein Junge, ich bin ein Mädchen, für mich klingt das wie ein bedeutungsloses Mantra, doch dann richtet er sich auf, und ich sehe winzige Brüste, die sich an dem kranken Körper abzeichnen, was für ein Kampf der Kräfte spielt sich in seinem Inneren ab, man kann fast die beiden Hände unter dem Hemd miteinander ringen sehen, wie sie versuchen, sich gegenseitig unterzukriegen. Er ist ein

Mädchen, kein Junge, als würde das etwas an dem Bild ändern, er ist ein Mädchen, und er ist ungefähr so alt wie Noga, mir wird schwindlig bei der Vorstellung einer Noga, die all ihre Locken verliert, ihren süßen Babyspeck, und an der Wand lehnt und an einem Lichtschalter herumspielt, mir wird so schwindlig, daß ich mich selbst an die Wand lehnen muß, und wie auf einer Röntgenaufnahme verwandeln sich die Farben, die Glatze des Jungen, der ein Mädchen ist, gleitet grau wie ein Wasserfall bei Nacht an mir vorbei, und die hohlen, tiefen Lichter sehen aus wie die hohlen Augen eines Skeletts, vor meinen Augen wird Udi auf seinem rollenden Bett schwarz, ich sehe seine Wirbelsäule, jeden einzelnen Wirbel, ich sehe die Galle, die in seinem Blut kocht, die kaulquappenartigen Samen der Katastrophe, und ich mache die Augen zu, versuche Ruhe zu finden in den durchsichtigen Flecken, die sich in der Dunkelheit hinter meinen Lidern gegenseitig verschlingen.

Als ich die Augen wieder aufmache, ist Udi nicht mehr da, schuldbewußt und besorgt schaue ich mich um, wo ist er, ich habe ihn im Stich gelassen, und der Junge, der ein Mädchen ist, schaut mich mit hervorquellenden Augen an und deutet auf eine geschlossene Tür gegenüber und sagt, sie haben ihn zum Röntgen gebracht. Ich erschrecke, als erwarte ihn dort, hinter der Tür, eine gefährliche Operation, statt ihm meine Hingabe zu zeigen, lasse ich ihn im Stich, genau in dem Moment, in dem er mich braucht. Hör schon auf mit deinen Beweisen, würde Annat sagen, siehst du nicht, wie verdächtig das ist, was hast du denn getan, daß du dich die ganze Zeit rechtfertigen mußt, das macht ihn doch nur unruhig, und ich versuche tief zu atmen, lehne mich an die Wand und dehne mich, und meine Schulter drückt aus Versehen auf den Schalter, wieder geht das Licht aus, genau in dem Moment, als die Tür aufgeht und Udis Bett herausgerollt wird, ein Pfleger in grüner Kleidung hält in der einen Hand einen großen Umschlag, mit der anderen schiebt er das Bett, ich laufe hinter ihm her und bin plötzlich überflüssig.

Was war, frage ich ihn, und er zischt feindselig, was kann schon sein, und ich versuche es noch einmal, was haben sie gesagt, und er sagt, nichts, hier sagt keiner was, aber in seiner Stimme liegt kein bitterer Ton, sondern nur kindliche Ergebenheit, und als wir zum Untersuchungsraum zurückkehren, sieht er zufrieden aus, als wäre er wieder zu Hause, er begutachtet seine vertraute Ecke, und ich setze mich neben ihn und lege meine Hand auf das Bündel Röntgenaufnahmen, eine Geheimschrift, die Licht in das Rätsel bringen wird, das uns bedroht. Komm, schauen wir uns die Bilder an, schlage ich vor, versuche, meiner Stimme den Ton fröhlicher Abenteuerlust zu verleihen, aber er sagt mit diesem neuen Gehorsam, sie sind nicht für uns bestimmt, als handle es sich um eine Privatsache zwischen Arzt und Krankenschwester und wir wären nur die Kuriere. Ich halte es nicht länger aus, ich nehme ihm den Umschlag ab, in dem unser Schicksal besiegelt ist, drücke ihn an die Brust und gehe hinaus, um einen Arzt zu suchen.

Jetzt würde es mir sogar gefallen, die Schritte der Schwester zu hören, aber es scheint, als wären wir von allen verlassen, wie Kinder, die ohne die Aufsicht eines Erwachsenen zurückgeblieben sind, ich gehe zu dem leeren Stationszimmer, aus dem Raum daneben dringen Geräusche und der Duft frischen Kaffees, ich nähere mich der fast geschlossenen Tür, um ihrer Pflicht zu genügen, haben sie einen schmalen Spalt offengelassen, durch den ich nun spähe, der junge Arzt kaut begeistert an einem Brötchen, betrachtet es manchmal, um zu sehen, wieviel ihm noch geblieben ist, die Schwester begnügt sich mit Kaffee, einige andere Mitglieder des Pflegepersonals essen oder kichern, und ich betrachte das alles wie eine Szene auf der Leinwand, ich sehe sie, und sie sehen mich nicht, eine durchsichtige Trennwand befindet sich zwischen ihnen und mir, sie sind die Herrscher, sie sind die Hausherren und ich bin die letzte der Untertanen. In diesem Zimmer findet die Zehn-Uhr-Pause statt, aber bei mir ist es schon mitten in der Nacht, ich habe es heute morgen noch nicht einmal geschafft, Kaffee zu trinken, mir wird schwindlig bei dem Geruch, aber es fällt mir nicht ein, hinzugehen und mir einen Kaffee einzugießen, so wie ich auch nicht an einer Mahlzeit teilnehme, die auf einer Kinoleinwand stattfindet, ich stehe da und schaue zu, Udis Wirbelsäule an mich gedrückt, bis der Arzt mich bemerkt und aufhört zu kauen, ist was passiert, fragt er, und ich halte ihm den Umschlag hin, die Augen flehend auf ihn gerichtet, und um die Erniedrigung noch zu erhöhen, spüre ich, wie meine Lippen gegen meinen Willen beben, und ich fange an zu weinen.

Er blickt mich verstört an, sein Blick wechselt zwischen mir und seinem Brötchen, alle sind jetzt still und schauen mich an, sie versuchen noch nicht einmal, ihren Abscheu zu verbergen, auch ich empfinde Abscheu vor mir selbst, ich wünschte, ich könnte meine Tränen beherrschen, aber sie beherrschen mich, sie beschämen mich in der Öffentlichkeit, was für ein Glück, daß Udi mich jetzt nicht sieht, er haßt es, wenn ich weine. Ich brauche gar nicht in den Spiegel zu schauen, um zu wissen, daß mein Gesicht rot geworden ist, daß unter meinen Augen die Schminke des Morgens in schwarzen Tränen zerfließt, ich weiche zurück, versuche, meine Schande hinter dem Umschlag zu verstecken, aber der Arzt steht auf und wirft mit einem gut gezielten Schwung den Rest seines Brötchens in den Papierkorb, sein bubenhaftes Gesicht wird weicher, als er auf mich zukommt, er zieht drei Aufnahmen aus dem Umschlag und hält sie prüfend vor das Licht, ich habe Angst zu atmen, meine Augen hängen an seinem Gesicht, ich versuche, seinen Ausdruck zu deuten, den Schicksalsspruch zu erraten, dann geht er in ein anderes Zimmer, ich trotte hinterher, er klemmt die Aufnahmen an eine beleuchtete Tafel, erforscht mit ernstem Gesicht Udis Inneres, ich kann nichts entdecken, sagt er, an seiner Wirbelsäule ist nichts festzustellen.

Das ist doch gut, nicht wahr, murmele ich, und er sagt, ich weiß nicht, ob das gut ist, man muß immer an die Alternative denken, er kann die Beine nicht bewegen, und das ist nicht gut. Zu einer Schwester, die in der Türöffnung steht, sagt er, wir müssen ihn zur Beobachtung dabehalten, und er zählt rasch die Untersuchungen auf, die gemacht werden sollen, fast das ganze Abc, und ich will ihn fragen, was sie bei all diesen Untersuchungen suchen, aber da ist er schon in einem der Zimmer verschwunden, und mir bleibt nichts anderes übrig, als hinter der Schwester herzurennen, die direkt zu Udis Bett läuft und einen Schritt vor mir ankommt.

Hast du geweint, fragt er feindselig, und ich murmele, wieso denn, ich bin erkältet, und die Schwester verschluckt ein Lächeln, ihr entgeht nichts, Sie kommen hinauf auf die Station, verkündet sie ihm, er ist erstaunt, aber so etwas wie Stolz blitzt in seinen Augen auf, wie bei einem Schüler, der in eine höhere Klasse versetzt wird, und schon füllt sie blaue Zeilen in seinen Unterlagen aus und schickt mich los, die Formulare bestätigen zu lassen, und ich beeile mich, folgsam wie eine alternde Botin, alles zu erledigen, und ich verpasse ihren Weggang, denn als ich zurückkomme, ist sein Bett schon in die Mitte des Zimmers geschoben, sein Körper ist bedeckt mit Unterlagen und Formularen, als wäre er eine Art Geburtstagskind, zärtlich bedacht mit Geschenken der Familie, und unter dem allen sein fein geschnittenes Gesicht, und vielleicht irre ich mich, aber mir scheint, daß ich um seine Mundwinkel den Hauch eines heimlich triumphierenden Lächelns sehe.

4

Als wir unsere Fahrt zur Inneren Abteilung beginnen, erreichen uns die Sirenen eines Krankenwagens, sie jaulen uns in die Ohren wie fordernde Babys, und in kürzester Zeit werden wir allein gelassen, alle Aufmerksamkeit wendet sich dem neuen Gast zu. Mit beschämender Neugier drehe ich mich um und schaue zurück, wer ist der neue König, und da sehe ich sie, auf einer Trage, rot von Blut, schon seit Jahren habe ich sie nicht mehr gesehen, nur in meinen Alpträumen, aber es ist Ge'ula, ohne Zweifel. Ich schiebe das Bett schneller, fange an zu rennen, nur damit sie mich nicht erkennt, bis ich verstehe, daß sie halb tot ist, sie würde jetzt noch nicht mal ihr eigenes Kind erkennen, ihre Adern sind aufgeschnitten, und das Blut läuft heraus, wie sollte sie ihr Kind erkennen, wenn eine andere Mutter es an ihrer Stelle aufzieht, den kleinen Daniel mit dem spitzen Gesicht, und alles meinetwegen. Etliche Male hatte sie uns gedroht, wenn ihr ihn mir wegnehmt, bringe ich mich um, ich schneide mir alle Adern auf, alle, aber wir sahen, wie das Kind durchdrehte, es war dünn wie die Luft und mit blauen Flecken übersät. Sie war eifersüchtig auf ihren Sohn wie auf einen Geliebten, sie ließ ihn nicht in den Kindergarten gehen, damit er sich nicht in die Kindergärtnerin verliebte, sie schlug ihn, wenn er eine andere Frau anlächelte, nicht, daß ich ihn je lächeln gesehen hätte, sie stellte ihn auf einen Stuhl und küßte ihn, schob ihre schwarze Nikotinzunge in seine Mundhöhle. Wir mußten ihn retten, wir sagten zu ihr, schicken Sie ihn in den Kindergarten, kochen Sie für ihn, schaffen Sie ihm ein gesundes Umfeld, und sie tobte, ihr habt mir nicht zu sagen, wie ich meinen Sohn erziehen soll, sie drückte ihn an sich wie ein Pfand und schrie mich an, wenn ich dein Gesicht noch einmal sehe, bringe ich das Kind um und dann mich selbst. Am Ende haben wir einen Gerichtsbeschluß erwirkt, wir haben ihn von ihrem Körper gerissen wie bei einer gefährlichen Geburt, sie schrie mir nach, du glaubst wohl, du kannst in Ruhe deine Tochter aufziehen, während ich ohne Daniel zurückbleibe, du wirst keine Minute Glück erleben. Ich quälte mich lange und beschloß dann, diese Arbeit aufzugeben, bei der jede Entscheidung sowohl richtig als auch falsch war, jedenfalls immer grausam, deshalb wechselte ich zum Heim für schwangere Mädchen, später hörte ich noch, daß Ge'ula Einspruch erhoben hatte, aber kein Gericht gab ihr ihren Daniel zurück, dann versuchte sie, sich umzubringen, doch auch das gelang ihr nicht, und jetzt ist sie hier, nach einem weiteren Versuch, sie verfolgt mich, die vergessenen Flüche werden wieder lebendig.

Du weinst ja schon wieder, sagt Udi und öffnet ein feindseliges Auge, ich kann mich nicht beherrschen, erinnerst du dich an Ge'ula, der wir den Sohn weggenommen und zur Adoption gegeben haben, man hat sie gerade hergebracht, vermutlich nach einem Selbstmordversuch, und alles wegen mir, und er macht das zweite Auge auf, ich habe ja immer gesagt, daß ihr bei eurem Sozialdienst übertreibt, wer seid ihr, Gott, Herr der Welt? Kämpfer gegen die Natur? Wie kann man ein Kind von seiner Mutter wegnehmen? Ich stelle wütend das Bett am Rand des Flurs ab, wir sind schon weit genug entfernt, seine Reaktion bringt mich auf, aber jedenfalls ist sie normal, vertraut, nicht wie sein neues unterwürfiges Lächeln. Was redest du für einen Quatsch, du und deine Natur, die Natur kann furchtbar sein, die Natur ist ein Unglück, diese Mutter hat ihren Sohn kaputtgemacht, sie hat ihn gequält, du hättest seinen Körper sehen sollen, voller blauer Flecken und keinen Zahn im Mund.

Aber sie hat ihn geliebt, verkündet er herausfordernd, er stellt sich immer auf die Seite des Angegriffenen, und ich sage, na und, kranke Liebe ist nichts wert, sie hat ihn mit ihrer Liebe zerstört, und er sagt böse, das hast du mal zu mir gesagt, daß meine Liebe krank ist, weißt du noch? Kein Thema interessiert ihn, wenn er nicht direkt davon betroffen ist. Ich versuche, einen Hauch Sympathie zu wecken, Udi, was bedeutet es, daß sie hier ist, das macht mir angst, es ist ein böses Omen, und er stößt mich weg, ist nicht bereit, mich auch nur einen Moment zu stützen, und was bedeutet es, daß ich hier bin, darüber denke ich nach, das beschäftigt mich, dich aber nicht, du hast dich immer für deine armen Typen eingesetzt, sie waren dir immer wichtiger als ich. Wie kannst du das sagen, protestiere ich, das stimmt überhaupt nicht, und schon treffen uns erstaunte Blicke, wie kann man sich im Schatten einer tropfenden Infusion streiten, ausgerechnet an einem Ort, an dem man zusammenhalten muß, ich schweige, lasse Ge'ula hinter mir, schaue mich nicht um, aber ich kann mir vorstellen, welche Versuche man macht, sie am Leben zu erhalten, der junge Arzt beugt sich über ihren dunklen Körper, der nur aus Kummer und Rauch besteht, und als ich an ihre gefährliche Liebe denke, an ihr Leben, das so bitter wie Gift ist, weiß ich schon nicht mehr, was ich ihr wünschen soll.

Wenn ich sie aufsuchte, versteckte Daniel sich vor mir wie ein erschrecktes Tier, den ganzen Tag war er in der dunklen Einzimmerwohnung mit dem leeren Kühlschrank und den vollen Aschenbechern eingesperrt, einmal brachte ich ihm Farbstifte mit, und er wußte nicht, was er damit anfangen sollte, schließlich schob er sich einen Stift in den Mund und fing an, daran zu saugen, und sie machte mir eine ihrer Szenen, wieso bringen Sie ihm Geschenke, wollen Sie, daß er sich in Sie verliebt, daß er Sie mehr liebt als mich, er gehört mir, kapieren Sie das, er gehört nicht dem beschissenen Staat und nicht dem beschissenen Sozialdienst, und ich versuchte ihr zu erklären, Sie haben recht, Ge'ula, er gehört Ihnen, aber wenn Sie ihn nicht versorgen, wie es sich gehört, müssen wir uns um ihn kümmern, wir stehen auf der Seite des Kindes, nicht auf Ihrer, und sie starrte mich mit roten Augen an, ich und mein Kind sind auf derselben Seite, wir sind ein Körper, ein Körper sind wir, und sofort drückte sie ihn an sich, an ihre knochigen Glieder, ihr habt mir nicht zu sagen, wie ich mein Kind behandeln soll, und ich ging hilflos wieder weg, zwei Möglichkeiten sah ich, als ich im Treppenhaus stand, und beide waren gleich erschreckend, ihn ihr wegnehmen oder ihn bei ihr lassen, und als ich mich am Schluß dazu durchrang, eine Adoption zu empfehlen, wunderte sich der Richter, warum ich so lange gezögert hatte. Sie liebt ihn so sehr, sagte ich in dem Versuch, sie zu verteidigen, mich selbst zu verteidigen, und er sagte, die Frage ist nicht, ob man ihn liebt oder nicht, sondern wie man ihn liebt, und ich verkroch mich tief in meinem Innersten, als spräche er über mich, über mich und Udi, so viele Jahre lang hatte ich mir gesagt, er liebt mich, statt mich zu fragen, wie er mich liebte und ob mir die Art seiner Liebe gefiel.

Vielleicht war die Tatsache, daß ich die Antwort wußte, der Grund dafür, daß ich es nicht wagte, mich dieser Frage zu stellen, ich brachte mich immer mit dem Satz zum Schweigen, sei froh, daß du einen Mann hast, der dich liebt, lieber so eine Liebe als gar keine, aber jetzt, auf dem Weg zur Inneren Abteilung, wehre ich mich, warum denn gar keine Liebe, warum dieser Defätismus, vielleicht gab es noch etwas für mich, vielleicht wartete etwas darauf, daß ich es erkenne. Du hast es einmal probiert und erfahren, wie es endet, sage ich mir, um die kleine Flamme zu ersticken, denn jetzt ist mein Schicksal entschieden, jetzt findet unsere wirkliche Hochzeit statt, im Schatten der tropfenden Infusion. Wenn ich es bis heute nicht geschafft habe, ihn zu verlassen, als er noch gesund war, werde ich es jetzt erst recht nicht können, der Rest meines Lebens ist beschlossen, nichts Altes hört auf, nichts Neues kommt hinzu, und als ich mich im Spiegel des Aufzugs betrachte, eine Gestalt, die sich über ein schmales Bett beugt, mit wirren Haaren und besorgten Augen, die mit dem verschmierten Lidschatten aussehen, als wäre ich geschlagen worden, weiß ich, wie vorhin bei Ge'ula, nicht, was ich mir wünschen soll.

Auf der Station werden wir gelassen empfangen, die Unterlagen, die wir gesammelt haben, sprechen für uns, eine hübsche Schwester bringt uns zu einem Zimmer, ihr Gesicht hat den gleichgültigen Ausdruck eines Zimmermädchens in einem Hotel, und ich bin erstaunt, an der Tür des Zimmers einen schläfrigen Polizisten vorzufinden, der ununterbrochen gähnt. Mißtrauisch blicke ich mich um, welche hochgestellte Persönlichkeit wird hier bewacht, und zu meiner Verblüffung entdecke ich im Bett gegenüber einen gutaussehenden jungen Mann mit langen blonden Haaren, der mit Handschellen am Bett befestigt ist, er ist fast nackt, nur sein eines Bein steckt in einem Verband. Ich frage die Schwester, wer er ist, und sie sagt, er ist bei einem Streit im Gefängnis verwundet worden, aber machen Sie sich keine Sorgen, er ist gefesselt, und ich frage, gibt es kein anderes Zimmer, sie sagt, das ist das einzige freie Bett, wollen Sie etwa auf dem Flur liegen? Ich korrigiere sie schnell, nicht ich bin es, die krank ist, sondern er, ich deute auf Udi, der bewegungslos daliegt, die Augen auf einen Punkt an der Decke gerichtet, und sie wiederholt hartnäckig, es ist wohl besser, Sie liegen hier als auf dem Flur.

Vorsichtig, als wäre er ein neugeborenes Kind, halten wir Udi fest, ziehen ihm das T-Shirt aus und helfen ihm in eine ausgeblichene Pyjamajacke, an der die meisten Knöpfe fehlen. Die Hände der Schwester sind schmal und glatt, ihre Fingernägel gepflegt, und einen Moment lang sehe ich meine Hände neben ihren und schwanke, Sommersprossen, die sehr früh gekommen sind, Haut, die ihren Glanz verloren hat, Falten, von der Zeit auf meine Hände gemalt und nicht mehr wegzuradieren, ich versuche, meine Hände zu verstecken, überlasse es ihr, Udi die Pyjamahose anzuziehen, der Katheter versteckt sich bescheiden in einer Ecke, seltsam gleichgültig schaue ich zu, wie ihre schönen Finger sich mit ihm beschäftigen, mit diesem Körper, der mir gehört hat und sich plötzlich seiner eigenen Herrschaft und auch meiner entzogen hat, schon liegt sein Kopf auf einem Kissen, seine Augen schauen zur Decke, er ignoriert mich böse, was habe ich getan, ich kann mich schon nicht mehr erinnern.

Ich ziehe mir einen Stuhl heran und setze mich neben ihn, meine Fähigkeit, mich zu bewegen, erstaunt mich, wir sind zu dritt im Zimmer, und nur ich kann mich bewegen, ich kann mir einen Stuhl holen, ich kann mir selbst helfen, ausgerechnet ich, entgegen allen Erwartungen, vielleicht ist es ja das, was ihn ärgert, vielleicht ist er neidisch auf die Kluft, die sich plötzlich zwischen uns aufgetan hat, ganz unerwartet, fast lächerlich, brennend wie das Gelächter des Schicksals, und ich versuche, seinen Arm zu streicheln, aber der Anblick meiner Hände stört mich, ich verstecke sie unter meinen Oberschenkeln, bis an mein Lebensende werde ich keine anderen Hände mehr haben, auch keinen anderen Ehemann. Willst du, daß ich dir was zu trinken bringe, frage ich, und er sagt, ich habe keinen Durst, und deutet mit dem Kopf auf die Infusion, die ihm Flüssigkeit zuführt, und ich fahre fort, vielleicht etwas zu essen? Ich möchte nur schlafen, No'am, ich habe keine Kraft, und ich werde gleich ganz weich, er ist nicht böse auf mich, er ist bloß müde, ich lege meinen Kopf an seine Schulter, mein Udi, schlaf, ich bin hier bei dir, und schon decken seine Atemzüge die Worte zu. Ein schreckliches Jammern ist zu hören, das Jammern einer kleinen verlassenen Katze in einer Regennacht, aber nicht aus seinem Mund kommt das Jammern, sondern von den schönen Lippen des Gefangenen, beide schlafen in einem gemeinsamen Zimmer, wie Brüder, nachdem sie gestritten haben.

Leise, auf Zehenspitzen, schleiche ich hinaus, sogar der Polizist hat seinen Posten verlassen, also darf ich es auch, ich renne zum Aufzug, genieße die Leichtigkeit, mit der ich mich bewege, nur ich allein, ohne Kinderwagen, ohne Krankenbett, ich fahre hinunter zur Cafeteria und kaufe mir einen Kaffee und ein Brötchen, setze mich mit einem erleichterten Seufzer ans Fenster, mir kommt es vor, als wäre dieses Brötchen genau dasselbe, das der Arzt vorhin gegessen hat, von weitem sehe ich ihn eintreten, ich schicke ihm ein verführerisches Lächeln zu, auch eine Frau, deren Mann gelähmt ist, darf sich eine kleine Freude gönnen, aber er ignoriert mich, ich würde ihn gerne fragen, was mit Ge'ula ist, aber vielleicht ist es besser, wenn ich es nicht weiß, vielleicht war sie es überhaupt nicht. Ich hätte gerne, daß er sieht, daß ich ebenfalls ein Brötchen in der Hand habe, daß ich ebenfalls ein Mensch bin, aber er hält sich nicht auf, er nimmt eine Flasche Cola und geht sofort wieder zum Ausgang, vielleicht ist er es ja gar nicht. Ich folge mit den Augen seinen kurzen Beinen, ein Fuß ist immer in der Luft, so leicht geht er, das Wunder des Gehens ist ihm vertraut, und nicht nur ihm, alle, die um mich herum sind, bewegen ihre Arme und Beine mit einer Leichtigkeit, als wären sie als Wanderer geboren, nur mein Udi, drei Stockwerke über uns, liegt bewegungslos im Bett, und wieder steigt die Angst in meiner Kehle auf, er ist krank, er ist krank, er ist krank, eine Krankheit hat ihn gepackt und zerrt ihn in die Tiefe.

Ich gieße mir den Rest des Kaffees in die Kehle und beeile mich zurückzugehen, schwer atmend erreiche ich die Station, Udi schläft noch, aber der Gefangene windet sich auf seinem Bett, komm, tu mir einen Gefallen und binde mich los, flüstert er mir heiser zu, und ich sage, das kann ich nicht, wie soll ich dich befreien, und er sagt, ich weiß, daß du es kannst, der Polizist hat dir die Schlüssel gegeben, und ich schwöre ihm, nein, wieso denn, wirklich nicht. Also was machst du dann hier, murrt er, und ich erkläre ihm, daß mein Mann hier liegt, und dann frage ich teilnahmsvoll, was mit seinem Bein passiert ist, und seltsamerweise wird er nun laut, was geht dich das an, schreit er, wieso redest du überhaupt mit mir, ich werde rot, so gekränkt bin ich, ich setze mich neben Udi, mit dem Rücken zu dem Gefangenen, ich höre, wie er die Schwester ruft, diese Verrückte da belästigt mich, schmeiß sie raus. Als die Schwester zu uns kommt, mit dem gleichen freundlichen Gesicht, verteidige ich mich sofort, als wäre sie eine Lehrerin, die uns auf dem Schulhof auseinanderzerrt, ich habe ihn nur gefragt, was mit ihm ist, sage ich, und sie lächelt mir zu, regen Sie sich nicht auf, er greift jeden an, der versucht, nett zu ihm zu sein, er kennt nur eine Sprache, stimmt's, Jirmejahu? Ich bin überrascht, wieso heißt er Jirmejahu, aber ich wage nichts zu sagen, ich wage kaum zu atmen, um seinen Zorn nicht zu erregen.

Es stellt sich heraus, daß mein Schweigen ihn nicht weniger provoziert als mein Reden, er fragt mit demonstrativer Höflichkeit, vielleicht hast du eine Zigarette, ich antworte, hier darf man nicht rauchen, und er schreit mich an, wer will denn rauchen, ich will eine Zigarette. Ich ziehe aus der Tasche eine alte Schachtel und halte sie ihm hin, und er sagt gereizt, wer braucht schon deine stinkigen Zigaretten, solche rühre ich nicht an, und ich gehe zurück zu meinem Platz, höre ihn schreien, Schwester, Schwester, ich brauche eine Zigarette, gleich mache ich meine Handschellen auf, und dann mache ich hier alle fertig. Und die Schwester schreit ihn vom Flur aus an, gleich kommt der Polizist zurück und macht dich fertig, er grinst und wendet sich wieder an mich, was hat dein Mann? Ich sage, er hat gar nichts, und er lacht, bestimmt will er dich ein bißchen los sein, aber du klebst auch hier an ihm, laß ihm doch Luft, sonst stirbt er dir unter den Händen, auch von nichts kann man sterben, ich habe viele Leute von nichts sterben sehen.

Ich betrachte ihn heimlich, was für ein schändlicher Streich Gottes, eine so üble Person mit so engelhafter Schönheit auszustatten, ich weiß, daß ich schweigen müßte, aber es fällt mir schwer, aufzugeben, es muß doch einen Weg geben, zu ihm durchzudringen. Schau, Jirmejahu, sage ich weich, das ist kein einfacher Tag für uns, mein Mann ist krank, er ist hier, um wieder gesund zu werden, ich bin beunruhigt, mach es mir nicht noch schwerer, er schweigt einen Moment, als erwäge er meine Worte, dann bricht er in ein häßliches Gelächter aus, ich mache es dir schwer? Ich habe hier ganz ruhig gelegen, und du bist gekommen und hast mich gestört mit deinen blöden Fragen, glaubst du, ich habe es leicht? Ich bin ans Bett gebunden wie ein Hund, wenn meine Mutter mich sehen könnte, würde sie sich im Grab umdrehen. Mir scheint, als liefe Strom durch seinen Körper, seine geschmeidigen Muskeln ziehen sich zusammen, versuchen, sich von den Fesseln zu befreien, und erst als der Polizist hereinkommt, den dicken Bauch vor sich herschiebend, hört er auf, sich zu bewegen, und liegt da wie ein gehorsamer Junge, nur ab und zu wirft er mir einen zornigen Blick zu.

Udi ist immer noch in seinen hartnäckigen Schlaf versunken, warum verdächtige ich ihn, daß er den Schlaf nur vortäuscht und es genießt, mich erniedrigt zu sehen, und insgeheim unseren alten Streit weiterführt, die Menschen sind nichts wert, hat er immer behauptet, du vergeudest dein Leben für Abschaum, für den letzten Bodensatz, nie wirst du jemanden bekehren, nie wirst du ein Kind retten. Du glaubst, wenn du ein Kind von seinen Eltern losreißt und es in andere Erde verpflanzt, ist es gerettet? Die Natur läßt sich nicht betrügen, eure Anmaßung ist dumm und ohne Vernunft, ihr müßt euch mit der Natur arrangieren, sie so nehmen, wie sie ist. Immer wieder brach er zu seinen Reisen auf, manchmal ganz allein, schlief an irgendwelchen abgelegenen Orten im Zelt, kam mit strahlenden Augen zurück, drei Tage habe ich keinen Menschen gesehen, erzählte er stolz, als habe er es geschafft, einem gefährlichen Feind zu entkommen. Nie beklagte er sich über Sandstürme, Überschwemmungen, Insektenstiche, all das akzeptierte er verständnisvoll, als handle es sich um eine intime Diskussion zwischen ihm und der Natur, während ich immer tiefer in Blut und Tränen versank, und jetzt habe ich das Gefühl, als lausche er diesem Gespräch mit einem innerlich triumphierenden Lachen. Ich lege meinen Kopf auf den Bettrand, eine plötzliche Müdigkeit überfällt mich, als hätte ich einen schweren Kampf hinter mir, und wie im Traum höre ich das Gespräch, das hinter meinem Rücken stattfindet, es hat die Logik eines Traums, eine widersprüchliche und bedrohliche Logik. Man muß seine Haft verlängern oder ihn freilassen, erklärt der Polizist der Krankenschwester, sie haben mich gerade angerufen, man muß einen Richter ins Krankenhaus bringen, um seine Haft zu verlängern, sonst ist sie ungesetzlich.

Was heißt das, ihn freilassen, fragt die Schwester erschrokken, ihn hierlassen, nicht angebunden? Das ist gefährlich, hier gibt es Kranke, und der Polizist sagt, wir können das Gesetz nicht übergehen, wenn bis zwei kein Richter kommt und eine Haftverlängerung beschließt, müssen wir ihn freilassen, und ich schaue auf die Uhr, es ist schon Mittag, Noga kommt gleich nach Hause, ich muß vor ihr dasein, ihr erklären, was passiert ist, aber wie kann ich ihn hier allein lassen, wieder bin ich zerrissen zwischen beiden, wer braucht mich mehr, als hätte ich zwei Herren. Warum sind wir überhaupt hergekommen, hier sind wir noch schutzloser als zu Hause, sind jeder Verletzung ausgesetzt, wieder sinkt mein Kopf auf den Bettrand, ich weiß, daß ich jetzt aufstehen und zu Noga fahren muß, oder sie wenigstens anrufen, aber mir kommt es vor, als verblasse jedes Gefühl in meinem Körper, und ohne Gefühl gibt es mich nicht mehr, da bin ich nur eine zufällige Ansammlung von Gliedmaßen, und ich erinnere mich an die Mütter, die zum Kinderheim kamen, um die Kinder zu besuchen, die man ihnen abgenommen hatte, ein starres Lächeln im Gesicht, denn sie wußten, daß der Moment des Abschieds bereits nahe war, und sie waren schon zu müde, um zu kämpfen, eigentlich wollten sie, daß alles schon vorbei wäre, sie sehnten sich nach der Freiheit, die in der vollkommenen Versteinerung des überschwappenden Gefühls liegt, nach dem schrecklichen Glück des Verzichts.

Ich weiß, daß sie genau in diesem Moment an die Tür klopft, dann sucht sie in ihrem Ranzen nach dem Schlüssel, zieht Hefte mit Eselsohren heraus, ihr Federmäppchen geht auf und rollt samt Inhalt die Treppen hinunter, all die Buntstifte, Bleistifte, Radiergummis, wo ist der Schlüssel, sie weint schon, klopft wieder an die Tür, Mama, Papa, wo seid ihr? Da glitzert er ganz unten, sie zieht den Schlüssel heraus, geht in die leere Wohnung, kein Zettel auf dem Küchentisch, im Kühlschrank steht kein Essen, aber ich beobachte sie ganz ruhig, ich bin gespannt, was sie jetzt tut, meine verwöhnte Tochter. Was ist mit mir los, ich bin wie versteinert, bei ihm sind die Beine gelähmt, bei mir das Herz, nun wacht er auf, sein Mund öffnet sich zu einem Gähnen, wie spät ist es, fragt er, er versucht, auf meine Uhr zu schauen, was ist mit Noga, du mußt sie anrufen, ausgerechnet dann, wenn ich gleichgültig bin, entdeckt er seine Verantwortung, ich sage, ich habe gerade daran gedacht, und plötzlich erschreckt mich ein fürchterlicher Schrei, Papa!

Ich schaue zu dem Gefangenen hinüber, aber sein Mund ist geschlossen, nur seine strahlenden Augen kontrollieren unruhig die Umgebung, und ich höre erschrockene Schritte, die von Zimmer zu Zimmer eilen, wen suchst du, Mädchen?, fragt jemand, und sie schreit, meinen Vater, und da taucht ihr Kopf in der Tür auf, ihr Gesicht ist offen, ihre grünen Traubenaugen blicken erregt, Papa, was ist mit dir los, schreit sie, stürzt sich auf den ausgestreckten Körper, ignoriert die Schläuche, die an ihm befestigt sind, ignoriert mich, und er versucht, sie zu umarmen, aber seine Hände bewegen sich kaum, es ist in Ordnung, Noga, ich bin nur zu einer Untersuchung hier, alles wird wieder gut. Ich ziehe sie zu mir und nehme sie auf meine Knie, Kleine, wie bist du hergekommen, wie hast du uns gefunden, gerade wollte ich dich anrufen, und sie schreit, die Nachbarin von unten hat mir gesagt, daß Papa von einem Krankenwagen abgeholt worden ist, sie hat mir ein Taxi bestellt, und ich bin allein hergefahren, ein Anflug von Stolz liegt in ihrer kindlichen Stimme, der Taxifahrer war sehr nett, er hat mich bis zur Information gebracht. Du hast sicher Hunger, sage ich, komm, gehen wir hinunter, ich kaufe dir was zu essen, und sie schüttelt den Kopf, nein, ich werde nichts essen, bis Papa wieder gesund ist, sie stellt mich in den Schatten mit ihrer absoluten Hingabe, sie hält seine Hand, und er betrachtet sie, als sähe er sie zum ersten Mal, seine Finger streicheln mühsam über ihre Hand, und plötzlich sind wir vereint, wie früher, eine Familie, die gespannt auf die Untersuchungen wartet, und die ganze Zeit liegt der spöttische Blick des Gefangenen auf uns, ich bete innerlich, daß er ruhig liegen bleibt und Noga nicht erschreckt, aber er kann sich nicht beherrschen.

Mach dir keine Sorgen, Kleine, deinem Vater fehlt nichts, sagt er mit einer überraschend weichen Stimme, und sie schaut unschuldig zu ihm hinüber, wirklich, sind Sie sicher, als wäre er die oberste medizinische Instanz, und er sagt, klar, verlaß dich auf mich, ich habe in meinem Leben schon alles gesehen, er hat nichts, er ist vollkommen in Ordnung, aber an deiner Stelle würde ich mir um deine Mutter Sorgen machen. Achte nicht auf ihn, Noga, flüstere ich ihr zu, er weiß nicht, was er sagt, aber er fährt fort, wer soll sterben, was möchtest du lieber, deine Mutter oder dein Vater? Sie erschrickt, sagt, keiner, weder meine Mutter noch mein Vater, und er sagt, wir leben in der Wirklichkeit, Mädchen, nicht in einem Märchen, und in der Wirklichkeit muß von jeder Familie einer sterben, damit die anderen am Leben bleiben, hast du das noch nie gehört? Sie betrachtet ihn entsetzt, protestiert zögernd, aber die Sicherheit, die er ausstrahlt, bezwingt sie. Wirklich, murmelt sie, und er sagt, klar, manchmal ist es sogar das Kind, wie bei uns in der Familie, ich habe mich für meine Mutter geopfert, und stolz fügt er hinzu, ich habe zugelassen, daß mein Vater mich umbringt. Sie rutscht von meinen Knien und geht langsam auf ihn zu, aber Sie leben doch, sagt sie erstaunt, und er bricht in Gelächter aus, als habe er einen Witz gehört, du glaubst nur, daß ich lebe, frage deine Mutter, sie wird dir sagen, daß ich tot bin, und ich flüstere Udi zu, tu was, bring ihn zum

Schweigen, er macht ihr angst. Stell mir das Bett höher, bittet er, und ich drehe die Kurbel, bis er fast sitzt, erstaunt betrachtet er den entzückenden jungen Mann, der ans Bett gefesselt ist, man muß ihn ignorieren, flüstert er, du regst dich zu sehr über ihn auf, und Noga schluchzt, stimmt das, was er gesagt hat, daß einer von uns sterben muß? Udi sagt, wieso denn, er will nur Aufmerksamkeit erregen, und der junge Mann widerspricht sofort, ich soll Aufmerksamkeit erregen wollen? Vielleicht bist du es, der Aufmerksamkeit erregen will, hast du schon mal darüber nachgedacht?

Ich stehe auf und ziehe den Vorhang um Udis Bett zu, warum habe ich das nicht vorhin schon getan, wir machen uns klein in den Falten, sein grobes Lachen dringt zu uns, das wird euch nichts helfen, kreischt er, ihr wißt, daß ich recht habe, ich habe immer recht, deshalb will mein Vater mich auch umbringen, ich wäre froh, wenn ich mich einmal irren würde. Wann bringt man ihn hier weg, fragt Udi, und ich antworte flüsternd, keine Ahnung, ich habe mitgekriegt, daß sie ihm gleich die Handschellen abnehmen müssen, es sei denn, ein Richter kommt hierher und verfügt eine Haftverlängerung. Dann tritt eine Schwester, die ich nicht kenne, in unser Zelt, man muß ein CT bei Ihnen machen, sagt sie streng, als hätte sie ihn dabei erwischt, daß er sich amüsiert, statt zur Untersuchung zu gehen, und er schaut sie verlegen an, ihm ist anzumerken, daß er einen Moment lang vergessen hat, wo er sich befindet, wohin ihn seine gelähmten Beine gebracht haben.

Sie sollten mit dem Mädchen lieber hierbleiben, sagt die Schwester, als ich mich aufrichte, er hat eine ganze Reihe Untersuchungen vor sich, ich werde mich schon darum kümmern, daß er abgeholt wird. Und da kommt auch schon ein leerer Rollstuhl, und ein junger, energischer Pfleger hebt Udi so leicht aus dem Bett, als wären seine Knochen hohl, und wir bleiben ohne ihn im Zimmer zurück, allein mit dem Gefangenen, fast hätte man meinen können, wir wären bei ihm zu Besuch, und in diesem Moment kehrt der Polizist zurück und verkündet, der Richter kann nicht kommen, wir müssen ihn freilassen. Macht doch, was ihr wollt, sagt die Schwester, die den Kopf durch die Tür steckt, Hauptsache, ihr bringt ihn von hier weg. Ich kann ihn nicht wegbringen, sagt der Polizist, ich habe von dem Moment, wenn er frei ist, nicht mehr über ihn zu bestimmen. Die Schwester fragt, wer hat dann über ihn zu bestimmen, wem gehört er, und der Polizist deutet mit seinem dicken Finger auf mich, wem gehört sie denn, er gehört sich selbst, genau wie sie auch. Hat er eine Familie, fragt sie hoffnungsvoll, man muß seine Familie anrufen, damit sie kommen und ihn holen, und zu unserer Verblüffung fängt er an zu weinen, ruft meine Eltern nicht an, nur nicht meine Eltern. Aber Jirmejahu, sagt die Schwester, deine Wunde ist schon in Ordnung, du wirst gleich von hier entlassen, jemand muß dir Kleider bringen, du bist doch ohne was aus dem Gefängnis hierhergekommen, erinnerst du dich nicht, du kannst doch nicht im Pyjama weggehen, und er sagt, warum soll ich überhaupt weggehen, meine Wunde ist noch nicht verheilt, ihr jagt mich absichtlich zu früh weg, wenn sie so eine Wunde hätte, er deutet mit einer Kinnbewegung zu mir, hättet ihr sie wochenlang hierbehalten.

Komm, Noga, gehen wir hinunter, sage ich, essen wir was, aber sie klammert sich an das leere Bett, ich bleibe hier, bis Papa zurückkommt, sie packt das Laken, wie sie früher ihre Babydecke gepackt hat, und ich flehe, Noga, ich ersticke hier, komm mit, ich brauche ein bißchen Luft, aber sie beharrt darauf, wir bleiben hier, damit Papa gesund wird, und ich werde gereizt, das hängt nicht von uns ab, es wäre schön, wenn es von uns abhinge.

Warum habe ich dann das Gefühl, daß es doch so ist, sagt sie, und ihre Sicherheit macht mir angst, ich gebe mich geschlagen, in Ordnung, wenn du es so fühlst, aber dann laß wenigstens zu, daß ich dir was bringe, du hast doch bestimmt Hunger, und sie sagt, ich werde erst dann etwas essen, wenn Papa wieder gesund ist, und ich schaue mich verzweifelt um, ich habe nichts mehr zu sagen, ich habe nichts mehr zu tun, ich kann nur hoffen, daß die Zeit schnell vorbeigeht, wieder warten wir auf ihn, daran sind wir gewöhnt, wir warten, daß er von seinen Ausflügen zurückkommt, staubig und müde, und sich in unseren Alltag einfügt, daß er mit uns spricht, daß er mit uns ißt, aber er hat immer eine Stunde vor der Mahlzeit Hunger, oder eine Stunde danach, und genau dann, wenn Noga aus der Schule heimkommt, schläft er ein, und wenn sie schlafen geht, wacht er auf, er bringt uns mit seiner verleugneten Anwesenheit durcheinander, die ihren Hunger nur noch steigert, und ich frage mich, ob er sich drückt, um nicht wieder zu versagen, oder ob es eine Strafe sein soll, für wen ist die Strafe bestimmt, straft er mich, sich selbst, und wofür, vielleicht dafür, was damals, vor fast acht Jahren, passiert ist. An das, was vorher war, kann ich mich kaum mehr erinnern, die Jahre davor sind zu einer Mischung aus Vergoldung und Versöhnung geworden, Noga als Baby auf seinem Arm, wie sie über seine Schulter schaut wie über einen weißen, schneebedeckten Berg, all seine Hemden hatten große weiße Flecken von ihrem Spucken, sie trinkt bei mir und spuckt bei ihm die Milch aus, sie vermischt uns, seine Lippen an ihrem Ohr, er plappert mit ihr in einer Babysprache, so daß sie auf seinem Arm tanzt, ein langer Tanz aus Milch und Honig waren ihre ersten Jahre mit uns.

Der erste Winter, zu dritt in einem Zimmer, in einem Bett, der Ofen die ganze Zeit an, und wenn ich für einen

Moment hinausging, war der Rest der Wohnung so kalt, als läge er in einem anderen Land, so daß ich sofort zum Bett zurückrannte, wo ich Noga auf seinem nackten Bauch fand, ein glückliches Lächeln auf dem Gesicht, dann legte ich meinen Kopf auf seine Arme und meine Hand auf ihre Windel über dem kleinen Po, beschützt von seiner Liebe zu ihr, versank in einem Gefühl der Wärme und Süße. Wie geschliffene Spiegel zeigten wir uns gegenseitig unsere Liebe zu ihr, verdoppelt und verdreifacht, und Funken dieser Liebe beleuchteten auch uns. Erstaunt und dankbar für diese warme, schützende Liebe, verließ ich mich vollkommen auf ihn, und wenn er aus dem Haus ging, blieb ich hilflos zurück, fast wurde ich selbst wieder zu einem Baby in ihren ersten Jahren, und er, glücklich und angeregt, murmelte mir Wiegenlieder in die Ohren und klopfte mir auf den Rücken. Wo hatte sich diese Fülle versteckt, die plötzlich über uns hereinbrach, über die kleine Familie, die wir waren, eng und abhängig, allein wie Eingeborene in der Wildnis, die ihr Glück verstecken, als wäre es gestohlen. Manchmal klopften Freunde mit verspäteten Geschenken an die Tür, und wir machten nicht auf, denn eine geheime Kraft lag in uns, zu vollkommen, als daß die Welt draußen ihr Schaden zufügen konnte, monatelang fehlte es mir an nichts, ich schmiegte mich an die beiden, als wären sie mein Vater und meine Mutter, die wieder zusammenleben wollten, weil ich ein braves Mädchen gewesen war.

Jahrelang habe ich nicht mehr gewagt, an diese Monate zu denken, jetzt ersticken sie mich mit ihrer konzentrierten Süße, Brechreiz steigt in meiner Kehle auf, wie konnte es passieren, daß seine Hände, die sie Abend für Abend in der Badewanne festhielten und ihren kleinen Körper einseiften, sie vom Balkon fallen ließen? Und dann, als sie wie durch ein Wunder genas, wollte ich nicht mehr, daß er sie anfaßte, ich wagte nicht, sie allein zu lassen, ein Abgrund der Finsternis trennte ihn von mir, sie war auf meiner Seite, ich preßte sie an mich, ihr kleiner weißer Körper gehörte mir. Erstaunlicherweise gab er gleich auf, er versuchte gar nicht, um sie zu kämpfen, ohne sich mit mir zu beraten, brach er sein Studium mitten in den Vorbereitungen zur Promotion ab und begann einen Kurs als Reiseleiter, verließ das Haus für lange Ausflüge und kam gleichmütig und fremd zurück, ohne mich auch nur zu umarmen. Als ich nun heimlich zu ihr hinschaue, sehe ich, daß ihre riesigen Augen starr auf das leere Bett geheftet sind, als sähe sie dort schreckliche Dinge, und ich frage mich, was sie von alldem weiß. Woran erinnert sie sich aus ihren ersten beiden Jahren, wir haben ihr nie von diesem Unfall erzählt, weiß sie, daß sie damals das Wichtigste verloren hat, sie kämpft die ganze Zeit um sein Herz wie eine Frau, die von ihrem Mann verlassen worden ist, weiß sie, daß ihr früher einmal seine ganze Liebe gehört hat?

Hör auf, dich dauernd selbst zu beschuldigen, sagt Annat, sie hat die Nase voll davon, sich immer und immer wieder meine Klagen anzuhören, hätte ich mich nicht in jenen Mann verliebt, wäre das nicht passiert, ich habe unser aller Leben mit dieser überflüssigen Geschichte kaputtgemacht, was für eine Unverschämtheit, was für ein Hochmut, sich zu verlieben, dann schimpft sie mit mir, was hast du schon getan, warum glaubst du, du hättest eine so harte Strafe verdient, und ich weiß, daß sie sich irrt, denn Udi war vollkommen erschüttert, und alles ging kaputt, deswegen hat Noga ihn verloren, deswegen haben wir keine weiteren Kinder. Du bist für seine Reaktion nicht verantwortlich, sagt Annat gereizt, was ist schon dabei, daß du dich ein bißchen verliebt hast, das darfst du doch, man lebt schließlich nur einmal, ihr habt noch nicht mal zusammen geschlafen. Aber ich wollte mit ihm schlafen, du hast keine Ahnung, wie sehr ich das wollte. An jenem Morgen, als ich das immer und immer wieder erzählt habe, seufzte sie schließlich und sagte, Wollen gilt nicht, nur für Wollen bezahlt man keinen solchen Preis.

Leicht, als wäre ich neu geboren, eile ich zu ihm, ich habe Noga bei meiner Mutter gelassen und laufe die lange Straße entlang, und direkt vor der Biegung wartet das düstere, ein wenig gebeugte Haus auf mich, ganz oben die Dachwohnung voller Farben und Leinwände und einem scharfen Terpentingeruch. Er macht mir die Tür auf, einen dünnen Pinsel in der Hand, die Augen zusammengekniffen wie ein Kurzsichtiger, der versucht, ein entferntes Verkehrsschild zu erkennen, und obwohl er nichts sagt, weiß ich, daß er sich freut, mich zu sehen, er deutet mit dem Pinsel zum Sessel hinüber, der auf mich wartet, und geht schnell in die Küche, der Kaffee in dem kleinen Finjan steigt auf und läuft über, als spielte ein Wind mit ihm, und die Wohnung füllt sich mit Kaffeeduft, schon habe ich die warme Tasse in der Hand, die meine Finger auftaut. Er stellt die Leinwand auf die Staffelei und beginnt, sich rhythmisch zu bewegen, tritt zurück, tritt vor, betrachtet mich mit offenen Augen, und dann kommt er zu mir, berührt meine Haare, hast du ein Gummiband, fragt er, und ich wühle in meiner Tasche und finde eine Spange, aber er ist nicht zufrieden, zieht aus einer der Schubladen ein breites rotes Band und wickelt es um meine Haare, jetzt sieht man deinen Hals, sagt er, warum versteckst du ihn, du hast den Hals eines Schwans, und ich richte mich unter seinem Blick auf, nie habe ich mich so schön gefühlt, und vielleicht geht es gar nicht um Schönheit, ich fühle mich vollkommen neu. Sein Pinsel löst Schichten von Enttäuschung, Qual und Angst von mir, erschafft mich neu, so wie ich immer sein wollte, ein ruhiger, edler Schwan, aufrecht und stolz, mein Körper kommt aus einem fernen Land zu mir zurück, segelt auf blauen kalten Flüssen, dieser Körper, der Udi gehörte und später Noga, kommt jetzt zurück und gehört mir.

Willst du es sehen, fragt er, und ich gehe zur Leinwand, wie schön, sage ich erstaunt, seine Farben sind klar und tief, das rote Band verschmilzt mit meinen Haaren, umgibt es wie eine Königskrone, und er steht hinter mir, ich spüre den Hauch seines Atems in meinem Nacken, willst du noch einen Kaffee? Es tut mir leid, nein, ich muß zu Noga zurück, ich nehme mir widerwillig die Krone vom Kopf, trenne mich von der Seelenruhe. Kommst du morgen, fragt er, und ich sage, mal sehen, und er lächelt, in Ordnung, ich bin hier, du mußt mir nicht vorher Bescheid geben, und ich weiß, daß er mir immer mit ruhiger Freude die Tür aufmachen wird, den Pinsel in der Hand und die Augen zusammengekniffen, daß er immer allein sein wird zwischen den Farben, und schon warte ich auf den nächsten Morgen, aber Noga wacht auf und glüht vor Fieber, ich drücke sie an meine Brust, schlucke meine Enttäuschung hinunter, sie brennt vor Fieber und ich vor Sehnsucht, und Udi kommt am Abend besorgt nach Hause, wie geht es meinem kleinen Liebling, fragt er, beugt sich über sie und küßt ihre Stirn. Der Arzt hat gesagt, es sei eine Grippe, berichte ich ungeduldig, und er zieht aus seiner Tasche eine Puppe, die er unterwegs für sie gekauft hat, und zusammen versinken sie in einem Spiel, die Puppe ist krank, sagt er, sie darf nicht hinausgehen, bis sie wieder gesund ist. Am nächsten Morgen sage ich zu ihm, bleibe ein bißchen bei ihr, ich habe etwas zu erledigen, dann renne ich zu seiner Straße und stehe vor dem Haus, wage aber nicht hinaufzugehen, ich betrachte das große Fenster, bilde mir fast ein, seine rhythmischen Schritte zu hören, zurück und vor, und dann gehe ich am

Lebensmittelgeschäft vorbei und kehre mit Orangen heim, sie braucht Vitamin C, sage ich und presse wütend eine Orange nach der anderen aus, sie deutet auf ihn und sagt, Papa bleibt bei uns, er küßt sie auf ihre orangefarbenen Lippen, ich würde ja gern bei dir bleiben, meine Süße, aber ich komme heute abend zurück, und ich möchte, daß die Puppe bis dahin gesund ist.

Nach ein paar Tagen sinkt das Fieber, ich ziehe sie warm an und verlasse mit ihr das Haus, obwohl Udi gesagt hat, sie solle besser noch ein, zwei Tage daheim bleiben. Meine Mutter schaut mich besorgt an, aber ich halte mich nicht bei ihr auf, in anderthalb Stunden hole ich sie wieder ab, sage ich und verschwinde, in meinem Körper tobt schon die Sehnsucht, ihn zu sehen. Ich stehe schwer atmend vor der Tür, die immer so schnell vor mir aufgegangen ist, aber er öffnet sie nicht. Enttäuscht lehne ich mich an das kalte Geländer, ich halte es nicht aus, daß er nicht da ist, da läßt mich ein Geräusch auffahren, weckt Hoffnung in mir, langsam geht die Tür auf, fast hätte ich ihn nicht erkannt, dunkle Bartstoppeln bedecken seine Wangen, seine Haare sind wirr, seine Hosen unter dem schwarzen Unterhemd stehen nachlässig offen, seine Brust ist breit, und die Oberarme sind voller, als ich sie mir vorgestellt habe. Ich habe dich geweckt, sage ich erschrocken, bist du krank? Er lächelt, jetzt geht es mir gut, schön, daß du gekommen bist, und ich versuche, es zu erklären, ich wollte früher kommen, aber Noga war krank, und er macht eine abwehrende Handbewegung, du mußt mir nichts erklären, ich bin froh, daß du gekommen bist, setz dich, ich ziehe mich schon an. Ich versinke im Sessel, die Rolläden sind heruntergelassen, aber sogar in der Dämmerung sehe ich plötzlich meine Augen, die mich von allen Seiten prüfend betrachten, sicher und klar. Dutzende grauer Augen nehmen mich gefangen, ich stehe auf und mache das Licht an, gehe von Leinwand zu Leinwand, Bilder bedecken die Wände, große und kleine und mittelgroße, und auf allen ist mein Gesicht mit den zusammengebundenen Haaren zu sehen, mit einem verschlossenen, königlichen Lächeln, und in einer Ecke des Zimmers entdecke ich mich nackt an die Wand gelehnt, schmal und lang, ich trete näher zu dem Bild und betrachtete es erregt, als könne ich von ihm etwas über mich selbst erfahren, etwas, was ich noch nicht gewußt habe.

Er hustet hinter mir, berührt zögernd meinen Hals, sagt, sei nicht böse, und ich weiche zurück, warum soll ich böse sein, du kannst doch malen, was du willst. Er lacht erleichtert, das ist es, was ich die ganze Woche gemacht habe, ich habe gemalt, was ich wollte, du bist nicht gekommen, also habe ich dich aus der Erinnerung gemalt, und schon ist er in der Küche und rührt im Finjan und streut den Zucker hinein, nie habe ich mich gefragt, was er tut, wenn ich nicht da bin, seine ganze Existenz besteht nur aus diesen erregenden Treffen mit mir, und jetzt läßt er mir keine Wahl, ich setze mich verwirrt in den Sessel, und er steht vor mir, ohne Pinsel in der Hand, entblößt ohne seine Waffen, und fragt heiser, willst du bleiben oder gehen?

Ist es dir nicht langweilig, immer nur mich zu malen, frage ich, und er sagt, im Gegenteil, je weiter man sich vertieft, um so spannender ist es, als ich Malerei studiert habe, haben wir jeden Tag dasselbe Modell gemalt, drei Jahre lang, von Jahr zu Jahr wurde es aufregender. Er nimmt einen Pinsel und betrachtet mich, betrachtet die Bilder um uns herum, aber die neue Leinwand bleibt leer, als störe ihn meine Anwesenheit, ich schaue hinaus auf die roten Dächer, Felder aus Dächern blühen unter uns, nicht sehr weit weg kann ich unten, am Hang, unser Haus sehen, ich schaue ihn an, er trägt einen löchrigen weißen Pullover über dem schwarzen

Unterhemd, und zum ersten Mal fällt mir auf, daß er ein wenig gebeugt ist, wie sein Haus, und sein Nacken ist von grauen Locken bedeckt, der Pinsel zittert in seiner Hand, und ich höre mich fragen, willst du, daß ich mich ausziehe?

Er nickt schweigend und verläßt das Zimmer, ich ziehe mich erregt aus, lege meine Kleidungsstücke ordentlich zusammen, wie beim Arzt, und als er zurückkommt, frage ich, warum bist du hinausgegangen, und er sagt, ich schaue nicht gern zu, wenn ein Geschenk ausgepackt wird, ich möchte alles auf einmal sehen, und er betrachtet mich ernst, Glied um Glied, er scheint enttäuscht zu sein, und ich entschuldige mich sofort und sage, auf deinem Bild ist mein Körper schöner, er sagt, vielleicht, dafür aber weniger interessant, ich suche keine Schönheit, und sofort nimmt er das Bild und zerreißt es vor meinen Augen. Du brauchst nicht zu erschrecken, sagt er lachend, das mache ich mit den meisten meiner Bilder, wenn ich ihre Flachheit erkenne, nun, da ich dich sehe, merke ich erst, wie sehr ich mich geirrt habe. Er dreht mir den Rücken zu und beginnt Farben zu mischen, eine riesige Leinwand steht wartend auf der Staffelei, er tritt näher, tritt zurück, vollkommen konzentriert, wechselt fieberhaft die Pinsel, und ich mache es mir im Sessel bequem, langsam, ganz langsam verliere ich meine Scham, ich betrachte meine Oberschenkel, weiß und fast durchsichtig sehen sie aus, erschöpft, ich lächle sie nachsichtig an, gutmütige Großzügigkeit erfüllt mich, ich möchte der Zeit verzeihen, dem Turm von Jahren, die aufeinandergestapelt sind wie Bausteine, bis der Turm anfängt zu wackeln, Noga ist immer enttäuscht, warum ist er umgefallen, warum fällt jeder Turm am Schluß um?

Auf der Leinwand vor mir breitet sich eine schmerzhafte Süße aus, Pupillen flimmern orangefarben, Brustwarzen, er beißt in meine Brustwarzen, er kaut sie auf der Leinwand mit zusammengepreßten Lippen, richtet sie mit seinem Pinsel auf, fährt mit weiten Bewegungen zum Becken, zündet die Schamhaare an, die Farben fließen meine Schenkel entlang, und ich werde schwer vor Lust, ich spreize die Beine auseinander, mache ihm Platz, er soll zu mir kommen, er soll seine Hose ausziehen und die Höhlung füllen, die sich quälend in mir auftut. Ich senke den Blick und sehe, wie seine Füße auf mich zukommen, zarte, weibliche Füße, er hebt mein Gesicht hoch, schwenkt den Pinsel durchs Wasser, wischt ihn an seinem weißen Pullover ab, zurück bleibt eine rote Spur, schon läßt der Pinsel meinen Hals erzittern, gleitet hinunter zu meinen Brüsten, dreht sich um die Warzen, malt durchsichtige, wilde Kreise darauf, schneller und immer schneller, mein ganzer nackter Körper ist ein einziger großer Kreis, als wäre ein Stein ins Wasser geworfen worden, ein kostbarer Edelstein, nie werde ich es schaffen, ihn aus den Tiefen heraufzuholen, und die weichen Haare des Pinsels streichen die Schamhaare, verschmelzen mit ihnen zu einer einzigen, starken und süßen Flamme, die flackert und atmet, und während der ganzen Zeit ist sein Gesicht konzentriert, er sucht eine einzigartige Farbe, die im Fleisch kaum zu erkennen ist, bis er sein Gesicht vor mir versteckt und es mit einem Seufzer auf meinen Schoß legt.

Widerspenstige Haare wachsen in seinem Nacken, grau unter der glatten Linie seiner Frisur, mir scheint, als flüstere er mir etwas in den Schoß, aber ich kann es nicht hören, ich lege meinen Finger auf seine Lippen, was hast du gesagt? Aber er steht schweigend auf und stellt sich an das große Fenster, zieht mich mit sich, daß ich neben ihm stehe, ich lehne meinen weichen Körper an ihn, durch das Fenster schauen wir hinunter auf die Dächer und die schmale, gewundene Straße, Menschen eilen sie entlang, in Mäntel gehüllt. Ein plötzlicher Regenguß beginnt, klatscht auf den

Asphalt, ein junger Mann bleibt stehen, schaut erstaunt hinauf zu der Wolke, die sich direkt über seinem Kopf geöffnet hat. Er trägt noch nicht einmal einen Mantel, nur einen Pullover mit bunten Streifen, wie Udi einen hat, er schaut hinauf zur Quelle des Regens, und sein erstaunter Blick gleitet über meine strahlende Nacktheit, wie eine Chanukkia flakkere ich in der Spitze des Hauses, ich erstarre unter dem Blick, als hätte mich der Blitz getroffen, eine armselige Figur auf dem Schießstand des Zufalls, dessen Hand das Ziel nie verfehlt. Es ist Udi, der nach Hause läuft, um ein wenig mit Noga zu spielen, es ist Udi mit einer Tüte Orangen in der Hand, Vitamin C für ihren roten Hals, und ich stürze mich blind auf die Kleider, die ihre Identität verloren haben, versuche, ein zitterndes Bein in den Ärmel des Pullovers zu schieben, er setzt mich in den Sessel, sein Gesicht wird weit vor Kummer, er zieht mich an wie ein kleines Kind, er kniet sich hin und schnürt mir die Schuhe zu, und dann hilft er mir aufzustehen und bringt mich die Treppe hinunter, bis mir draußen die kalte Luft entgegenschlägt und auf meinem nackten Gesicht brennt, wie flüchtig ist doch der Unterschied zwischen Kälte und Hitze, und der Regen klatscht mir auf den Kopf, während ich nach Hause renne, den Mund voller Erklärungen, Bitten und Schwüre, während ich hinfalle und aufstehe, aber er wird nicht dort sein.

Da ist Papa, ruft Noga, springt auf und läuft ihm entgegen, ich hebe den Kopf und sehe ihn in der Tür, wie er mit einem Rollstuhl zu uns gebracht wird, er hat den Kopf schräg gelegt, sein Gesicht ist grau, als habe ihn in der eben vergangenen Stunde plötzlich das Alter überfallen. Ich stehe schnell auf, beuge mich zu ihm wie zu einem Kind im Kinderwagen, wie war's, Udigi, und er murmelt, erst morgen früh gibt es die Ergebnisse, er ist zusammengesunken, als wäre er gedemütigt worden, ich frage mitleidig, tut es dir weh, und er sagt, nein, es ist einfach nicht angenehm, und Noga verkündet stolz, Papa, ich esse so lange nichts, bis du wieder gesund bist, und er lächelt mit verzerrten Lippen, nimmt ihr Opfer gleichgültig an.

Udi, sag ihr, daß sie essen soll, flehe ich, sag ihr, nur wenn sie ißt, kannst du wieder gesund werden, aber er betrachtet uns, als sei ihm unsere Logik fremd, als verstünde er unsere Sprache nicht. Ein Anfall von Einsamkeit läßt mich zurückweichen, er ist nicht bei uns, er ist schon in einer anderen Welt, und ich sehe, wie er ins Bett gelegt wird, wie er zugedeckt wird, ich höre ihn sagen, Na'ama, geh nach Hause, ich möchte schlafen, und Noga widerspricht, aber Papa, wer wird dann bei dir sein, ich möchte hierbleiben, und er seufzt, ich will nur schlafen, ich brauche niemanden, wenn ich schlafe, wenn ich jemanden brauche, rufe ich an, und ich, die ich mich so danach gesehnt habe, wegzugehen, bin jetzt nicht bereit, das schlimme Urteil anzunehmen, sogar von seinem Krankenbett jagt er uns davon, bald werden wir allein sein. Udigi, versuche ich, vielleicht bleibt Noga nachher bei meiner Mutter, und ich komme zu dir zurück, und er sagt, das ist nicht nötig, es fällt mir leichter, wenn ich jetzt allein bin, es geht nicht gegen dich. Ich seufze, aber auch nicht für mich. Noga küßt ihn zärtlich auf die Wange, Papa Udi, flüstert sie, wie früher, als sie klein war, ich möchte, daß du morgen früh aus deinem Bett aufstehst und wieder so läufst wie früher, in Ordnung? Und ich beuge mich zu ihm und küsse ihn auf seine schmalen Lippen, ich liebe dich, Udigi, du wirst schon sehen, wie gut es uns geht, wenn du erst wieder gesund bist, er nickt ungeduldig, und seine trockenen Haare knistern elektrisiert unter meiner Hand.

In der Tür lege ich meinen Arm auf ihre Schulter, und wir schauen noch einmal traurig zu ihm zurück, er scheint schon eingeschlafen zu sein, wir gehen den Flur entlang, neben dem Schwesternzimmer winkt uns Jirmejahu begeistert zu, hast du eine Zigarette, und ich sage, nein, ich habe keine, er kommt auf uns zu, noch immer fast nackt, ich bin frei, verkündet er, genau wie ihr, sie sind weggegangen, um für mich Anziehsachen und Schuhe aus einem Lager zu holen, aber ich weiß nicht, wo ich hingehen soll.

Was ist mit deiner Mutter? Gegen meinen Willen werde ich wieder in ein Gespräch mit ihm gezogen, er sagt, meine Mutter erlaubt nicht, daß ich zu ihr komme, und plötzlich fragt er, kann ich vielleicht mit euch gehen, solange dein Mann im Krankenhaus liegt, habt ihr doch bestimmt Platz zu Hause, seine Stimme wird flehend, nehmt mich mit, ich habe keinen Ort, wo ich hingehen kann, und Noga zieht mich am Ärmel, vielleicht sollen wir ihn wirklich mitnehmen, Mama, als ginge es da um eine Straßenkatze. Bist du verrückt geworden, zische ich ihr zu, der Junge da ist nicht in Ordnung, er braucht besondere Betreuung, siehst du das nicht? Und er läuft uns nach, ein schrecklicher Tarzan mit dem Gürtel eines zerrissenen Pyjamas um die Hüften, ihr werdet sehen, daß ich komme, schreit er uns nach, ich verfolge euch bis nach Hause, und ich sage, es tut mir leid, Jirmejahu, unsere Wohnung ist zu klein, wir haben nicht genug Platz für dich, und er brüllt, bald werdet ihr genug Platz in eurer Wohnung haben. Ich stoße Noga in den Aufzug, die Tür schließt sich vor seiner geballten Faust, aber sein Fluch dringt in den leeren Aufzugschacht, trudelt hinunter und schlägt gegen die Wände, bald werdet ihr genug Platz in eurer Wohnung haben.

5 Die ganze Nacht halte ich sie in dem großen Bett im Arm, wir schlafen beide kaum, wir dösen in einem fiebrigen Dämmerzustand ein und wachen wieder auf, hin- und hergerissen zwischen Angst und glücklicher Verzögerung, es passiert etwas, endlich passiert etwas in diesem Leben, von dem ich schon dachte, es würde sich nie mehr ändern, dann schlägt mir die Mißbilligung ihre Fäuste in die Rippen, und die Decke senkt sich wütend über mich, es fehlt nicht viel, und sie begräbt uns unter sich, legt sich über uns, eine riesige Betondecke, ich hebe die Hand, versuche, den Einsturz aufzuhalten, und Noga murmelt, was machst du, Mama, und ich schüttle mich, sehe erleichtert, wie die Decke sich wieder hebt, dann versinke ich sofort wieder, vor meinen Augen drehen sich die Ergebnisse seiner Untersuchungen, Details prasseln auf mich herab, die sich erst am Morgen zu einem Ergebnis zusammenfügen werden, zu einem gnädigen oder zu einem ungnädigen. Die roten Reagenzgläser mit seinem sprudelnden Blut, die blassen Schatten seiner Knochen, die Schnitte seines Rückens, das Mysterium seines Gehirns, die Schemen seiner Muskeln und Nerven, die ganze schicksalhafte Mischung, die sich jetzt gegen uns verbündet wie in einer grausamen Verschwörung. Hoffentlich finden sie nichts, hoffentlich finden sie etwas, was sich leicht heilen läßt, ich bin bereit zu neuen Gelübden, zu neuen Urteilssprüchen über mich, er soll bloß gesund werden, dann packt mich der Schlaf und führt mich auf eine Reise, quälend und wild wie ein Sandsturm, und läßt mich doppelt erschöpft auf meinem Bett zurück, vor

Nogas aufgerissenen Augen, Mama, schläfst du? Und ich murmele mit einem Mund voll Staub, nein, ich passe auf dich auf. Glaubst du, daß Papa jetzt schläft, fragt sie, und ich sage, ja, bestimmt schläft er, und jetzt schlaf du auch, mein Mädchen, und sie fragt, was passiert, wenn Papa nie mehr gehen kann, doch bevor ich ihr antworte, ist sie schon eingeschlafen, wacht aber gleich wieder auf, Mama, ich habe Hunger. Ich stehe schwerfällig auf, um ihr ein Brot zu machen, aber sie weigert sich zu essen, erst wenn Papa wieder gesund ist, werde ich essen.

Am Tor zur Schule, die eingezäunt ist wie ein Gefängnis, trenne ich mich von ihr, ihre wilden Locken scheinen schlaff zu sein vor Hunger und liegen weich um ihr Gesicht, aus ihren Augen strahlt das trockene Feuer der Sturheit und Schwäche, ich sehe, wie sie allein über den Hof geht, andere Kinder laufen in Grüppchen an ihr vorbei, sie lachen und erzählen sich Geheimnisse, aber niemand bleibt bei ihr stehen, niemand will seine Sorgen mit ihr teilen. Mit schwerem Herzen mache ich mich auf den Weg zum Krankenhaus, da, zu meiner Rechten, ist schon wieder das abgerissene Café, weißer Rauch steigt von ihm auf, dicht und kräuselnd, Arbeiter in hellen Overalls schweben wie Engel umher und tragen Werkzeuge in den Händen, um alles zu zerstören und keine Erinnerung zurückzulassen. Jahrelang war ich verwirrt an dem Haus vorbeigegangen, hielt Ausschau nach den kleinen Füßen, seinem weißen löchrigen Pullover mit dem roten Fleck, nach seinem Gesicht, an das ich mich schon kaum mehr erinnern konnte, ich suchte, aber nicht, um etwas zu finden, es war eher so, wie man einen Brief, den man niemals abschicken wird, trotzdem mit viel Gefühl und großer Sorgfalt schreibt. Ich habe ihn nie wiedergesehen, es ist, als hätte er seither das Haus nicht mehr verlassen, als hätte er immer nur jenes Bild erneuert, Monat um

Monat, Jahr um Jahr, und die Spuren der Jahre hinzugefügt, als hätte er Flecken auf die Hände gemalt, die Oberschenkel dicker und weicher gemacht, das Gesicht matter, die Augen weniger klar, ich gehe dort vorbei, schnell und flüchtig wie ein Schatten, mit gesenktem Gesicht, damit er mich ja nicht sieht, und nur heimlich schaue ich mal da-, mal dorthin, er ist es, er ist es nicht, wie sieht er überhaupt aus, im Moment sieht ihm jeder Mann ähnlich, im Moment bin ich sicher, daß ich ihn auch dann nicht erkennen würde, wenn er an mir vorbeiginge, schließlich habe ich ihn nie wirklich betrachtet, nie ließ ich zu, daß sich seine Gesichtszüge in mein Gedächtnis gruben, nie erlaubte ich seinen Worten, an mein Ohr zu dringen, was hat er damals in meinen Schoß geflüstert, der Hauch seines Atems läßt die süßen Silben schmelzen, sie laufen klebrig und warm an der weichen Haut herunter.

Die Ampel wechselt auf Grün, und ich betrachte immer noch den weißen Rauch, meine vergeblichen Phantasievorstellungen gehen in ihm auf, als wäre er für mich bestimmt, ein dicker Film auf meinen Augen, der mich von der Wirklichkeit trennt, ich warte auf ein Zeichen von den Autos neben mir, um sicher zu sein, daß ich jetzt weiterfahren muß, hin zu der Stelle, wo ich den Urteilsspruch hören werde, was für Gelübde gibt es, die ich damals, vor acht Jahren, nicht abgelegt habe, als Noga bewußtlos dalag. Ich schwor, ihn nie wiederzusehen, mich nie wieder zu verlieben, was kann ich jetzt noch schwören, damit Udi wieder gesund wird. Da höre ich Annats müdes Lachen, wer braucht deine Opferbereitschaft, wer hat was davon, wenn du leidest, und innerlich streite ich mit ihr, wenn es nichts nützt, so schadet es auch niemandem, und sie sagt, doch, es schadet jemandem, dir nämlich, siehst du das nicht? Ich sehe jetzt nichts, hänge mich hartnäckig an das Auto vor mir, als könne es mich retten, der weiße Rauch des Cafés begleitet mich den ganzen Weg wie eine Schleppe, die Böses verheißt, und stiftet Unruhe zwischen den Gelübden.

Im Schatten der Berge parke ich, weit weg vom Krankenhaus, als wäre ich auf dem Weg zu einem Picknick im Schoß der Natur, kurz bevor der Sommer mit geschliffenen Nägeln über die Berge herfällt, noch sind sie von einem unschuldigen Grün bedeckt, aber in einigen Tagen bereits werden sie sich in ihre gelbe Dornenuniform werfen, und in einer einzigen Nacht wird sich eine schwarze Branddecke über den Bergen ausbreiten. Ich atme die scharfe Morgenluft ein, versuche, die Bäume und Gräser zu beschwören, komme nur langsam vorwärts, Schritt für Schritt, schon tun mir die Beine weh, das ist keine Verweichlichung, immer habe ich zu dem mißtrauischen Udi gesagt, sie tun wirklich weh. Er rennt voraus, und ich falle zurück, bin gekränkt, rufe, warte doch, aber er rast weiter wie ein abgeschossener Pfeil, lang und schmal und unfähig innezuhalten. Was wird jetzt mit ihm sein, wie kann er ohne seine Beine leben, schließlich braucht er nichts dringender als sie, ich wäre bereit, für ihn auf meine Beine zu verzichten, sie sind ohnehin nicht viel wert, und schon stelle ich mir vor, wie ich still und edel im Rollstuhl sitze und mich mit traurigem Knarren von einem Zimmer ins andere bewege, und Tränen des Selbstmitleids treten mir in die Augen, genau in dem Augenblick, als ich die Station betrete. Es scheint überhaupt nicht dieselbe Abteilung zu sein, alle Gesichter haben sich geändert, oder vielleicht ist es auch nur ihr Ausdruck, so wie eine Landschaft im Sommer anders aussieht als im Winter. Da geht die Schwester mit den schönen Händen an mir vorbei, ich frage sie gespannt, was mit Udi ist, und sie sagt, er ist in Ordnung, aber ihr Blick ist distanziert, als wäre ihr gerade in diesem Moment ein unangenehmes Gerücht zu Ohren gekommen, das mich betrifft, ich versuche, diesen Blick zu ignorieren, haben die Ärzte schon ihre Visite gemacht, frage ich, und sie hält mich in der Tür zurück, Sie dürfen jetzt nicht hinein. Ich weiche zurück, der Vorhang ist um sein Bett gezogen, ein schwerer Schatten beugt sich über ihn, wird er gerade untersucht?

Ja, der Psychiater untersucht ihn, zischt sie fast widerwillig und spießt mich mit den Augen auf, und ich erschrecke, wieso, was macht er? Ihr Mißtrauen hüllt mich auf der Stelle in ein dumpfes Schuldgefühl, sie sagt, die Ärzte werden Ihnen alles erklären, ich weiß es nicht genau, und sofort wendet sie sich ab und verschwindet. Ich setze mich auf den Stuhl neben der Tür, und meine vorgestreckten Beine drohen, jede Bewegung im Flur zum Straucheln zu bringen. Wieso denn ein Psychiater, was haben sie bei ihm gefunden, zwischen meinen Fingern zerbröseln die letzten Reste von Gewißheit, die ich noch gehabt habe, Udi ist nie bereit gewesen, zu irgendeiner Art Therapie zu gehen, weder mit mir noch allein, warum sollte er jetzt nach einem Psychiater verlangen, und warum war ihr Blick so distanziert, gestern war sie doch so teilnahmsvoll, als wir ihn zusammen auszogen, und heute rückt sie von mir ab, als hätte ich ein Verbrechen begangen. Ich werfe wieder einen Blick ins Zimmer, auf Jirmejahus Bett liegt ein älterer, melancholischer Mann, der an Schläuchen hängt, sein Gesicht füllt sich vor meinen Augen mit Leben, weil er glaubt, eine Schwester komme zu ihm, wird dann aber sofort wieder leer und enttäuscht, was weiß er, was ich nicht weiß, mir ist alles verborgen, was in diesem Zimmer seit gestern nachmittag passiert ist, aber dieser Fremde weiß es.

Grollend werfe ich einen Blick auf den dünnen Vorhang, versuche, irgend etwas zu erkennen, welche geheimnisvollen Vorgänge spielen sich dort ab, wie kommt es, daß ich plötzlich von seiner Welt ausgeschlossen bin, jeder weiß mehr über ihn als ich, er gehört mir schon nicht mehr, er gehört der Station, und alle Leute, die Schwester, der Psychiater und sogar dieser alte Mann sind seine neuen Verwandten, die Familie der Braut, mit ihnen freundet er sich an, verrät ihnen seine tiefsten Geheimnisse, und ich kehre zu meinem Stuhl neben der Tür zurück, da hat gestern der Polizist gesessen, sein Verrat brennt mir im Rücken, als würde sich hinter dem Vorhang eine Orgie abspielen.

Der Arzt, der das Zimmer schließlich verläßt, schaut mich überhaupt nicht an, er ist groß und breit, ein richtiger Riese, dichte weiße Haare umrahmen seinen Kopf, er trägt eine dicke Brille, sein breiter, viereckiger Rücken sieht aus wie eine leere Tafel, die gleich verschwunden sein wird, was ist das bloß für eine Eigenschaft, die sie haben, all diese Angehörigen der Station, daß sie sich plötzlich auflösen und verschwinden und dabei einen ganzen Vorrat an Kränkungen hinterlassen? Ich trete ins Zimmer, der Alte gegenüber richtet sich wieder erwartungsvoll auf und sinkt dann enttäuscht in die Kissen zurück, aber von Udi ist keine Bewegung zu sehen, wie bei seinen Ausflügen ist er von einem Zelt umgeben, ich ziehe den Vorhang mit steifer Fröhlichkeit zurück, Udigi, wie geht's, und er antwortet mir mit einem traurigen Lächeln, sein Gesicht zeigt Entsetzen, wie Nogas. Was haben sie gefunden, frage ich, und die Frage kommt schreiend aus meinem Mund, so oft hatte ich sie in der Nacht geübt, daß ich die Beherrschung über sie verlor, und er sagt, bis jetzt noch nichts. Ich atme erleichtert auf, es kommt mir vor, als würde ich endlich, nach einer langen Durststrecke, Wasser trinken, das mir tröstend durch die Adern strömt, den ganzen Körper belebt. Prima, sage ich schnell, dann ist ja alles in Ordnung, nicht wahr, und er sagt, aber meine Beine sind nicht in Ordnung, und bricht in ein schreckliches Wimmern aus, sie wollen mich in die Psychiatrische Abteilung verlegen, jammert er, und ich umarme ihn erschrocken. Sein Körper unter dem Pyjama ist kalt und hart und fast fremd.

Warum, frage ich, wieso denn dorthin? Er stöhnt, weil sie nichts finden, verstehst du, weil alle Untersuchungen ergebnislos ausfallen und meine Beine trotzdem nicht in Ordnung sind, und ich erinnere mich an das stumme Viereck und die eiligen Schritte. Ich werde es nicht zulassen, ich werde ihn von hier wegholen, sein Mechanismus ist kompliziert, etwas ganz Besonderes, mein ganzes Leben lang habe ich es nicht geschafft, ihn zu entschlüsseln, wie soll es ihnen an einem Tag gelingen, ich muß ihn hier herausholen, bevor sie ihn mir kaputtmachen. Wie ist es mit den Händen, frage ich, und er bewegt langsam seine Finger, ein bißchen besser, und mich erfüllt eine glückliche Sicherheit, dann kommen die Beine auch in Ordnung, du wirst schon sehen, Hauptsache, sie haben kein ernsthaftes Problem gefunden, du brauchst einfach Ruhe, wir werden dich daheim verwöhnen, und in ein paar Tagen ist die Sache vorbei. Auf einmal ist mir alles klar, ein starkes Licht beleuchtet die drohenden Labors mit den Reagenzgläsern voll Blut und die Bakterienkulturen, Röntgenröhren drehen sich in den Höhlen des CT, bis zum Verlust der Sinne, und plötzlich zeigt sich eine Verbindung, Hauptsache, der Körper ist in Ordnung, für die Seele werde ich schon sorgen.

Vielleicht bringe ich dich ein bißchen hinaus, samt Bett, schlage ich vor, es ist so schön draußen, er zögert, ich weiß nicht, das Licht stört mich, und genau in dem Moment kommt die Schwester herein, gefolgt von ein paar Weißkitteln mit ernsten Gesichtern. Sie sagt zu mir, gehen Sie bitte hinaus, ich protestiere, ich möchte wissen, was hier passiert, warum erklärt es mir niemand, und zur Verstärkung füge ich hinzu, er ist mein Mann, ich bin seine Frau, die banalen Worte fallen mir aus dem Mund auf den Fußboden, zwitschern vor den Füßen der Ärzte herum wie schwache Küken und schaffen es nicht, sich zu erheben. Aber die Ärzte scharen sich um ihn, sie ignorieren mich, und nur der jüngste von ihnen, der als letzter hereingekommen ist, sagt, warten Sie bitte draußen, nach der Visite wird jemand mit Ihnen sprechen.

Ich räume nervös meinen Platz, ziehe mich zur Tür zurück, warum habe ich ihn hierhergebracht, das ist nichts für ihn, ich muß ihn befreien, ich überlege schon, wie ich ihn herausschmuggeln kann, ich werde ihn heimlich bis zum Auto rollen, weg von der Station, und da klingelt in der Tiefe meiner Tasche das Handy, ich höre Annats Stimme, wo bist du, fragt sie anklagend, wir brauchen dich, Galja hat vorgestern ihr Kind bekommen, sie weint die ganze Zeit, du mußt kommen und mit ihr sprechen, und ich sage, ich kann nicht kommen, Udi ist im Krankenhaus, ich habe Chawa gestern Bescheid gesagt. Sie ist nicht beeindruckt, sagt, laß ihn für eine halbe Stunde allein, ihm wird schon nichts passieren, du mußt mit ihr sprechen, sonst geht die Sache schlecht aus, und genau in dem Moment sehe ich die Ärzte aus dem Zimmer kommen, eine Delegation, verschlossen wie eine Geheimsekte, ich renne ihnen nach, nehme den letzten am Ärmel, sagen Sie mir, was passiert mit ihm, und er murmelt widerwillig, wir sind uns noch nicht sicher, vermutlich handelt es sich um eine konversive Lähmung. Was für eine Lähmung, frage ich, und er sagt, eine Konversionsneurose, wenn der Körper einen seelischen Druck auf ein körperliches Symptom verlagert, er schaut sich mißtrauisch um, als hätte er ein strenggehütetes Geheimnis verraten, und schließt sich der Delegation wieder an, mich mit einem neuen Wort zurücklassend. So heißt sie also, seine neue

Frau, Konversionsneurose, ich schmecke die Buchstaben, dunkle Gerüche steigen von ihnen auf, die Gerüche von Folterkellern aus vergangenen Zeiten, Schreie von Konvertierten, die man zwingt, ihre Religion zu verraten und die Herrschaft einer fremden Religion anzunehmen, aber was bedeutet das, wie lange dauert es und wie geht es vorbei, ich glaube, ich habe mal etwas über dieses Phänomen gelernt, aber ich erinnere mich kaum daran, und die ganze Zeit höre ich Annats Stimme, die in meiner Hand flattert, eingesperrt in meiner Faust, Na'ama, schreit sie, du mußt kommen, alles, was wir in sie investiert haben, geht den Bach runter, und ich schalte das Telefon ab und stopfe es in die Tasche, ich schließe die arme Galja ein, eine Fünfzehnjährige mit einem riesigen Bauch, und laufe schnell ins Zimmer zurück.

Was haben sie gesagt, frage ich ihn, vielleicht weiß er trotzdem mehr als ich, aber sein Interesse ist geringer als meins, sie haben kaum was gesagt, sie sind die Ergebnisse durchgegangen und haben sich noch einmal meine Beine angeschaut. Ich habe sie ein bißchen bewegen können, fügt er stolz hinzu, schau nur, und wirklich sehe ich eine leichte Bewegung an seinen Füßen, wie ein Windhauch zwischen den Zehen, und ich frage, also, was ist jetzt, auf was warten sie noch, und er flüstert, sie wollen sehen, ob sich in den nächsten Stunden eine Besserung einstellt, wenn nicht, werden sie mich auf die Psychiatrische Station verlegen. Ich halte seine Hand, Udi, du mußt dich anstrengen, konzentriere dich nur darauf, das mußt du unbedingt, und er sagt, ich weiß, ich strenge mich ja an, und endlich spüre ich, daß wir zusammen sind, daß wir ein gemeinsames Ziel haben, wir kämpfen Seite an Seite, nicht in gegnerischen Lagern.

Willst du ein bißchen hinunter, frage ich ihn wieder, und er schüttelt den Kopf, nein, ich will mich ausruhen, geh du doch hinunter, wenn du möchtest, und ich frage, soll ich dir eine Zeitung bringen, und er sagt, nein, keine Zeitung, hast du irgendein Buch dabei? Ich sage, nein, gar nichts, und dann fällt mir ein, gestern habe ich deine Bibel in die Tasche gepackt, und er betrachtet freudig das schäbige Buch, das ihn auf allen Reisen begleitet, einmal schrie Noga, warum nimmst du das Ding immer mit und mich nie, und sie warf das Buch auf den Boden und trat darauf herum. Mit dem Gedanken an sie wacht meine Sorge wieder auf, sie ißt nichts, weißt du, ich habe sie heute morgen mit Mühe und Not dazu überreden können, eine Tasse Kakao zu trinken, aber er hat schon angefangen zu blättern, es wird gut gehen mit ihr, ein Tag Fasten schadet ihr wohl nichts, sein Gesicht wird ruhig beim Lesen der vertrauten Absätze. Ich gehe hinunter und trinke eine Tasse Kaffee, sage ich schnell und verlasse den Raum, aber ich laufe nicht zur Cafeteria, sondern zu meinem Auto, das weit weg im Schatten der Berge geparkt ist. Er wird hoffentlich gar nicht mitbekommen, daß ich zu meiner Arbeit fahre, und das ist auch gut so, denn obwohl er es ja ist, der tagelang verschwindet, erlaubt er sich immer noch, meiner Arbeit mit Feindseligkeit zu begegnen, als arbeitete ich auf seine Kosten, als wäre ich den traurigen, einsamen Frauen, denen ihr Geheimnis den Bauch aufschwellen läßt, stärker verpflichtet als ihm.

Von außen sieht unser Heim aus wie alle anderen Häuser, man kann sich nicht vorstellen, wie anders es ist. Ich eile hinein, Annat kommt mir aus einem Zimmer entgegen, wie üblich steckt ihr magerer Körper in Jeans und einem weißen Hemd, die kurzgeschnittenen, leicht ergrauten Haare umrahmen das saubere Gesicht, das immer aussieht, als hätte sie es gerade mit kaltem Wasser und Seife gewaschen, alles an ihr ist streng, sparsam, nicht so verschwenderisch wie bei mir, mit meinen langen Haaren, die so viel Platz einnehmen, den vollen Lippen und dem runden Gesicht. Sie sagt, schön, daß du gekommen bist, und fragt nicht, wie geht es Udi, und ich beherrsche mich und erzähle ihr nichts, denn wir sind schon keine Freundinnen mehr. Jedesmal wenn ich sie sehe, werde ich aufs neue von der Erkenntnis überrascht, daß die Freundschaft zwischen uns zu Ende gegangen ist, eines Morgens, vor einigen Monaten. Ich erschien mit rotgeweinten Augen im Heim, nach einem Streit mit Udi, und zog sie zur Seite, um ihr mit dem üblichen fieberhaften Eifer alles zu erzählen, er hat gesagt, und ich habe gesagt, er hat mich beleidigt, und ich war beleidigt, und sie unterbrach den Wortschwall mit ihrer sauberen Stimme und sagte, ich will es nicht mehr hören. Ich protestierte, was soll das heißen, warum nicht? Weil es sich nicht lohnt, sagte sie, du beklagst dich die ganze Zeit über ihn, aber du tust nichts, du läßt zu, daß er dein Leben beherrscht, du bist nicht fähig, ihn auszuhalten, und du bist nicht fähig, ihn zu verlassen, vielleicht hast du ja noch nicht die Nase voll davon, aber ich.

Entsetzt und gekränkt lief ich wochenlang herum und hatte nun niemanden, mit dem ich über mein Entsetzen reden konnte, und am Schluß war es ausgerechnet Udi, dem ich alles erzählte, er sagte, was regst du dich auf, sie ist doch bloß neidisch auf dich, weil du eine Familie hast und sie nicht, und es gelang ihm nicht, seine Zufriedenheit zu verbergen. Doch ich wußte, daß er sich irrte und daß sie recht hatte, und ich fuhr fort, innerlich Gespräche mit ihr zu führen, ich kannte sie so gut, daß ich ihren Part leicht übernehmen konnte, manchmal fand ich es sogar einfacher, zu wissen, was sie sagte, als meine Antwort darauf zu finden, und das war es, was von unserer Freundschaft geblieben ist, eigentlich ist das gar nicht so wenig, und seitdem sind wir einfach Arbeitskolleginnen, wie ein geschiedenes Paar, das sich wegen der Kinder bemüht, so bemühen wir uns wegen der Mädchen in unserem Heim. Ich versuche, meine Kränkung zu verbergen, und nur manchmal, im ersten Augenblick des Tages, scheint es mir, als wäre ich im Schlaf gestochen worden.

Was ist mit Galja, frage ich, und sie sagt, nicht gut, sie weigert sich, das Kind herzugeben, und streitet alles ab, was ausgemacht war. Ich renne hinauf in ihr Zimmer, sie sieht verloren aus ohne ihren schwangeren Bauch, als hätte man ihr die Hälfte des Körpers weggenommen, ihre Augen leuchten rot, und als sie mich sieht, fängt sie wieder an zu weinen, sie schluchzt in meinen ausgebreiteten Armen, ich gebe meine Kleine nicht her, sie gehört mir, ich habe schon einen Namen für sie, wer sie adoptieren will, soll mich auch adoptieren, ich umarme sie, wenn das ginge, flüstere ich, aber du weißt, daß es nicht geht, die Frage ist, ob du sie allein aufziehen kannst. Wie von einer weiteren Wehe wird sie von einem neuen Weinkrampf geschüttelt, ich kann sie nicht hergeben, und ich kann sie nicht aufziehen, schreit sie, und ich streichle ihre Haare, wir haben so viel darüber gesprochen, Galja, du weißt, daß es deine Entscheidung ist, du mußt dir überlegen, was gut für das Kind ist, und sie schreit, ich habe alles vergessen, was wir besprochen haben, als ich sie gesehen habe, ich hätte sie nicht sehen dürfen. Ich betrachte ihr Gesicht, das von den ersten Wunden des Erwachsenwerdens gezeichnet ist, ein Kind noch, kaum fünfzehn Jahre alt, ein Mädchen, das in die Falle getappt ist, und ich sage, du hast noch Zeit, dich zu entscheiden, du bist noch verwirrt von der Geburt, ruh dich ein bißchen aus, vielleicht werden die Dinge dann klarer, dann schaue ich auf die Uhr, sie hat vielleicht noch Zeit, aber ich nicht. Ich muß los, Galja, mein Mann ist im Krankenhaus, wir reden morgen weiter, sage ich und küsse sie auf die Stirn, laufe schnell aus dem Zimmer und stoße fast mit Chawa zusammen, der Heimleiterin, die an der Tür steht, als habe sie unser Gespräch belauscht, aber ihr ernsthaftes Gesicht zerstreut jeden Verdacht. Na'ama, sagt sie erstaunt, ich habe nicht erwartet, daß du heute herkommst, wie geht es deinem Mann? Er ist noch im Krankenhaus, sage ich, ich muß gleich zu ihm zurück, sie läßt mich mit leichten Ressentiments gehen, bei uns wird das, was mit der Familie zu tun hat, immer ein bißchen verachtet. Kommst du morgen, fragt sie, und ich antworte, das weiß ich noch nicht, es hängt davon ab, wie es ihm geht. Aber als ich das Haus verlasse, habe ich Angst, daß sie ausgerechnet diesmal hören wollte, ich würde morgen nicht kommen, daß sie Galja bedrängen möchte, ohne daß ich etwas davon weiß, daß sie sie dazu überreden will, die Verzichtserklärung zu unterzeichnen.

Zu meinem Glück schläft er, ich bin rot, als wäre ich von einem Liebhaber zurückgekommen, vermutlich habe ich mich im Lauf der Jahre zornig damit abgefunden, daß seinem Gefühl nach jede Beschäftigung, die nichts mit ihm zu tun hat, Betrug ist, schon seit Jahren komme ich mit Schuldgefühlen von der Arbeit nach Hause, und jetzt habe ich auf dem ganzen Weg innerlich mit mir gekämpft, ob ich ihm sagen soll, daß ich bei der Arbeit war, oder lieber, ich wäre in der Cafeteria eingenickt, was würde ihn weniger kränken, aber als ich in sein Zelt trete und ihn schlafen sehe, die Bibel mit dem roten Einband auf dem Gesicht, roter als ich, als hätte man ihm den Kopf abgeschlagen und statt dessen ein dickes Buch hingelegt, stoße ich einen Seufzer der Erleichterung aus und will das Zimmer verlassen, diesmal wirklich, um zur Cafeteria zu gehen, aber da hält mich eine schwache, feierliche Stimme aus dem Bett gegenüber zurück. Er ist gegangen, er ist gegangen, verkündet mir der Alte, als wäre ein Wunder geschehen, nimm dein Bett und gehe, deine Sünden werden dir vergeben, und ich frage, wer ist gegangen, und er sagt, Ihr Mann, drei Schritte, mit der

Gehhilfe, und tatsächlich steht neben seinem Bett ein großes Gestell wie ein treuer Hund, der auf seinen Herrn wartet. Ich frage, wann war das, und er berichtet mit dem Stolz des einzigen Augenzeugen, sie haben einen wichtigen Professor aus einer anderen Abteilung gebracht, damit er mit ihm spricht, dann haben sie es mit der Gehhilfe probiert, und es hat geklappt, drei Schritte, wiederholt er aufgeregt, und da bewegt sich das Buch, bis es zur Seite fällt, und Udi richtet sich mit erschrockenen Augen im Bett auf.

Alles kommt in Ordnung, verkünde ich, aber er schiebt diese Aussage zur Seite, sie glauben nicht, daß ich nur mit Mühe gehen kann, beklagt er sich, sie sind sicher, daß ich mich verstelle. Ich streichle seinen Arm, kümmere dich nicht um sie, Udi, sie sollen dich nur entlassen, Hauptsache, daß ich dir glaube, aber auch in mir erhebt sich dieser Zweifel, betrachtet spöttisch die Gehhilfe und den Rollstuhl, es ist nur ein winziger Zweifel, der sich die meiste Zeit versteckt wie eine Ratte, die man in den Tiefen des Vorratsschranks nie sieht, aber das sichere Bewußtsein ihrer Existenz ist so bedrückend, daß man am Schluß das Gefühl hat, das Haus gehöre eher ihr als einem selbst.

6 Und schon liegt es hinter uns, das Krankenhaus, es wird immer kleiner, während wir bergauf fahren, voll ängstlicher Fröhlichkeit, wie Kinder, wenn sie die Schule schwänzen, sich im Moment freuen und doch genau wissen, daß die Sache nicht gut ausgehen wird. Udi sitzt neben mir, den Umschlag mit der Entlassungsbescheinigung fest in der Hand, stundenlang haben wir auf dieses Papier gewartet, während sie hinter unserem Rücken geheimnisvoll tuschelten, plötzlich verschwanden und wieder auftauchten, ohne eine Entscheidung zu treffen, und ich verströmte Sicherheit, lassen Sie ihn nach Hause gehen, ich weiß, was gut für ihn ist, und Udi beobachtete unschlüssig, was vor sich ging, er war sich nicht sicher, offensichtlich wollte er nicht dort bleiben, aber nach Hause zurückkehren wollte er auch nicht, mit gesenkten Lidern suchte er nach einer anderen Möglichkeit, aber ich sah, mit welchen Blicken sie ihn anschauten, und hatte keinen Zweifel, wenn er heute nicht entlassen würde, würden sie ihn in die Psychiatrische Abteilung verlegen, sie glaubten ihm nicht, sie attackierten ihn mit beleidigenden Fragen, sie jagten ihn aus ihrer Abteilung, hier lagen die wirklich Kranken, die ehrlichen, die ihre Aufmerksamkeit verdienten, während er schon nicht mehr dahin gehörte, nach all dem Glauben, den man ihm geschenkt hatte. Alle Untersuchungen hatten seine Täuschung bewiesen, jetzt war er zur Wanderung in dieser Grauzone zwischen Kranken und Gesunden verdammt, er gehörte weder zu den einen noch zu den anderen, das alles sah ich in den verlegenen Gesichtern, er selbst schämte sich seines Körpers, der einen Makel aufweist, seiner Beine, die ihn betrügen, dieser armseligen Rückkehr nach Hause, die so überraschend ist wie sein Aufbruch nur einen Tag zuvor.

Seine Augen sind voller Angst, wie die Augen der kleinen Noga, als wir sie nach Hause brachten, ich saß auf dem Rücksitz und hielt sie auf den Knien, Udi fuhr schweigend, mit gebeugtem Rücken, wie die Scherben einer Vase waren wir damals, Scherben, die darauf warteten, zusammengeklebt zu werden, vielleicht wird es ausgerechnet jetzt geschehen, vielleicht werden wir jetzt, in seiner Krankheit, vereint. Ich streichle seine Hand, Udigi, mach dir keine Sorgen, Hauptsache, daß wir dort weg sind, du ruhst dich ein paar Tage aus, dann ist alles wieder in Ordnung, aber er tastet über seinen Entlassungsschein wie ein Junge, der ein schlechtes Zeugnis nach Hause bringt, ich weiß nicht, sagt er, solange ich nicht weiß, was es war, bin ich nicht sicher, daß es nicht zurückkommt, ich fühle mich schutzlos ausgeliefert, ich habe keine Ahnung, ob man von so was je geheilt wird, er seufzt, aber ich glaube noch an die tröstliche Vorstellung, daß es mir gelingen wird, mit allen Schwierigkeiten zurechtzukommen, die mit der Seele zusammenhängen. Übertreib mal nicht, das passiert jedem mal auf die eine oder andere Weise, Hauptsache, es ist vorbei, Hauptsache, wir sind zu Hause, sage ich erleichtert, als wir aus dem Auto steigen, ich beuge mich zu ihm, und er legt den Arm um meinen Hals und zieht sich hoch, er geht so langsam wie ein Greis, der mit letzter Kraft ein paar Schritte macht, er stützt sich auf mich, schwach, mit schamhaft gesenktem Gesicht, damit ihn niemand sieht. Der Held, der stolz auf der Trage abgeholt worden ist, der auf der geheimnisvollen Station gekämpft hat, kommt, mit Schimpf und Schande aus dem Krankenhaus gejagt, nach Hause zurück. Ich meine, die Bewegung eines Vorhangs zu sehen, die Tochter der Nachbarn im Stockwerk unter uns taucht kurz am Fenster auf, der Klang der Glöckchen in ihren Haaren begleitet unsere angestrengten Schritte zur Treppe, wir bleiben zum Ausruhen auf dem Absatz stehen, Udis Beine drohen unter ihm zusammenzubrechen, da geht unsere Tür auf, ein blauer Luftballon hängt an ihr, und Noga kommt heraus, einen orangefarbenen Ballon in der Hand, wir haben sie bei der festlichen Vorbereitung seiner Heimkehr überrascht, und vor lauter Staunen läßt sie den Ballon los, Wind ergreift ihn, er wird kleiner und kleiner, sieht schon aus wie eine Orange, bleibt im nahen Paternosterbaum hängen und verwandelt ihn in einen stolzen Orangenbaum. Nogas Blick wandert vom Ballon zu uns, sie schwankt zwischen dem Bedauern über den Verlust und der Freude über unsere Heimkehr, bis sie sich für die Freude entscheidet und sagt, Papa, du bist gesund, und dann betrachtet sie ihn und fügt hinzu, du bist doch gesund, oder, sonst hätten sie dich doch nicht aus dem Krankenhaus entlassen. Ihr Versuch, sich selbst zu überzeugen, bleibt ohne Erfolg, denn sein Gesicht ist leer, und in dem Moment brechen seine Streichholzbeine auf der Schwelle unter ihm zusammen.

Mit vier Händen zerren wir ihn zu seinem Bett, wie schwer er ist trotz seiner Magerkeit, es ist, als fülle die Bitterkeit seinen Körper und verdopple sein Gewicht, und Noga streckt sich blaß und fast durchsichtig neben ihm aus. Hast du was gegessen, frage ich sie, und sie sagt, noch nicht, ich wollte erst sicher sein, daß Papa gesund ist, und ich sage, dann komm jetzt und iß was, so kannst du nicht weitermachen, schau, er ist in Ordnung, aber sie betrachtet ihn zweifelnd und sagt, noch nicht, und dann bricht es aus ihr heraus, ich habe in der Schule einen Apfel gegessen, ich habe vergessen, daß ich es nicht darf, ich habe in der Pause einen Apfel gegessen, deshalb ist Papa nicht gesund geworden.

Ich habe langsam genug von diesem Blödsinn, schimpfe ich, wann verstehst du endlich, daß es zwischen deinem Bauch und seinen Beinen keine Verbindung gibt, du kannst dich zu Tode hungern, und es ändert nichts. Ich knalle die Tür hinter den beiden zu und gehe in die Küche, zum Glück finden sich im Kühlschrank noch ein paar Putenschnitzel aus unserem früheren Leben, ich brate sie und suche die Zutaten für einen Salat, vor lauter Anspannung führe ich Selbstgespräche, wo sind die Tomaten, frage ich laut, vor einem Moment habe ich sie doch noch gesehen, ich suche im Kühlschrank, doch dann finde ich sie auf der Anrichte, etwas gequetscht umgeben sie die einzige, schrumplig gewordene Gurke, und schon ist die Schüssel voll. Ich öffne eine Flasche Wein, vielleicht werden wir uns mit seiner Hilfe davon überzeugen, daß das Übel vorbei ist, stelle alles auf das große Tablett, das wir zur Hochzeit bekommen haben, und wie eine unerfahrene Kellnerin stolpere ich ins Schlafzimmer, wo sie bewegungslos und traurig liegen. Ich stelle das Tablett auf das Bett und fordere sie auf zu essen, gieße Wein ein, zum Wohl, auf uns, und Noga hebt ein leeres Glas hoch, darauf, daß Papa gesund wird, sagt sie hartnäckig, als bliese sie eine Kerze auf einem eingebildeten Kuchen aus und müsse jetzt einen Wunsch äußern, dann fügt sie hinzu, auf uns alle, als wisse sie, daß sie zuviel verlangt, auf uns alle.

Wir drei zusammen in einem Zimmer, auf einem Bett, es ist, als herrsche Krieg draußen, außerhalb des Zimmers, und wir würden uns verstecken, Teller und Decken berühren einander, ich esse schnell wie immer, damit ich fertig bin, falls jemand etwas von mir will, ich trinke ein Glas Wein nach dem anderen, und einen Moment bevor ich mich auf dem Bettrand ausstrecke und einschlafe, sehe ich, wie das Putenschnitzel auf Nogas Teller immer größer wird, unangerührt und unangebissen erinnert es in der Form an ein fernes, fast menschenleeres Land, besetzt und gequält, und mir kommt es vor, als schritte ich über das riesige, glühendheiße Schnitzel, viele Tage lang, ohne eine Menschenseele zu sehen, bis ich einen Mönch in einer roten Kutte treffe, fliehe von hier, flüstert er mir mit seinen dünnen Lippen zu, rette dich, wer hier gefaßt wird, ist dazu verdammt, seine Religion zu verraten, und ich frage, wo bin ich, was für ein Land ist das, und er sagt, das ist somatisch, hast du noch nie etwas vom somatischen Land gehört?

Als ich aufwache, ist das Zimmer stickig und dunkel, Bratengeruch erfüllt es und drängt die kühle Frühlingsluft hinaus, neben mir entdecke ich einen fettigen Teller und weiche vor ihm zurück, als wäre er ein lebendes Wesen, Mama, hat sie früher oft gesagt, wenn ich sie ins Bett brachte, Mama, wenn ich eingeschlafen bin, lache ich heute nicht mehr, und damit hatte sie recht, ich betrachte das breite Bett, wir haben uns zu einem betrunkenen Familienschlaf hingelegt, mitten am Tag, und die ganze von mir angestrebte Festlichkeit schlägt mir nun ins Gesicht, was für ein Fest, schließlich war es vorher schon schlimm genug, ganz zu schweigen vom Zustand jetzt. Dieser hektische Wunsch, der mich seit dem vergangenen Morgen keinen Moment lang verlassen hat, der Wunsch, zu unserem Alltag zurückzukehren, in ihm Schutz zu suchen, wie ein Hund in einer regnerischen Nacht in seiner Hütte Schutz sucht, kommt mir auf einmal töricht vor, wer braucht denn das, was war?

Dann merke ich, daß der Platz neben mir leer ist, Noga ist nicht da, ich renne zu ihrem dunklen Zimmer, auch dort ist sie nicht, sie ist nirgendwo in der Wohnung, die von einem dämmrigen Licht erfüllt ist, und auf dem Küchentisch finde ich ein zerrissenes Stück Papier, ich bin bei Oma, steht da in ihrer plumpen Schrift, ich schlafe bei ihr, ich habe meinen Ranzen mitgenommen. Ich wundere mich, wieso ist sie freiwillig weggegangen, meine häusliche Tochter, die sich selten aus der Wohnung locken läßt, die ganze Zeit treibt sie sich im Haus herum wie ein Wachhund, vermutlich ist es kein Zufall, daß sie weggegangen ist, traurig und verwirrt denke ich an sie, ein kleines Mädchen mit einer großen Aufgabe, die ihr Leben ausfüllt, nämlich die Scherben zu kitten, schon seit acht Jahren ist sie damit beschäftigt, und je größer sie wird, desto größer wird auch ihre Aufgabe, besiegt ihre Kindheit und erfüllt ihr Leben.

Aus dem Schlafzimmer klingen schwere Schnarchtöne, aggressiv wie Beschimpfungen, und ich kehre gescholten zurück und strecke die Hand nach ihm aus, immer ist da zu Beginn einer Berührung ein Zurückweichen vor dem, was danach kommen wird, Lust oder Leidenschaft, fröhliche Zwillingsschwestern, die versuchen, das Zurückweichen durch energisches Reiben der Glieder zu besiegen, und manchmal wird es verjagt, verschwindet mit eingezogenem Schwanz, und die Lust feiert ihren Sieg, heiß und begeistert, und manchmal wird die Lust besiegt, sie scheint sich zu entzünden, doch nein, sie ist schon erloschen, wie schwer es ist, feuchtes Reisig zum Brennen zu bringen, zurück bleibt nur der dumpfe Geruch einer guten Absicht, die sich nicht erfüllt hat. So lagen wir dicht beieinander auf meinem schmalen Jugendbett, seine Knabenhände suchten Schätze an meinem Körper, und ich höre, wie mein Vater in seinen Gummihausschuhen hin und her geht, seine Einsamkeit hallt als Echo in den Weiten des Hauses, und eine Welle von Zurückweichen würgt mich fast bis zum Erbrechen. Ich setze mich auf, stoße seine Finger weg, wie ist es möglich, Udi, daß ich hier meinen Spaß habe, während es ihm schlecht geht, aber Udi gibt nicht auf, seine Glieder drängen sich an mich, sein Wille versucht, mein Zurückweichen zu überwinden, und einen Moment lang sieht es aus, als würde er es schaffen, doch es versteckt sich vor ihm tief in meiner Kehle, sogar seine lange Zunge wird es dort nicht finden, und ich ergebe mich, öffne ihm ein Tor nach dem anderen, süße Gefühle brechen unter seinen Händen auf, aber am Morgen erwache ich mit entzündetem Hals, kann nichts schlucken vor Schmerz, das Fieber steigt, mein Vater ruft meine Mutter an, sie ist schon wieder krank, wieder eine Halsentzündung, und dann bringen sie mich krank, im Pyjama und mit der Zudecke, von einem Haus zum anderen, damit der kleine Jotam sich nicht ansteckt, er ist sowieso nicht in Ordnung, und Udi kommt nach der Schule zu Besuch, drückt sich in das glühende Bett, und ich murmele, laß mich jetzt, ich bin krank, und er geht gekränkt weg, ohne Abschied, und ich höre das Schlurfen der Hausschuhe, und ich quäle mich, das ist es, was du dir wünschst, ein Leben in solcher Einsamkeit, das ist es, was dir passieren wird, wenn du ihn wegschickst.

Säuerlicher Geruch von Alkohol kommt aus seinem geöffneten Mund, ich schmiege mich unter der Decke an ihn, lege meine Hand um seine Schulter, die Illusion einer Umarmung, versuche, seinen Körper zu streicheln, seine Lust zu wecken. Wann wacht sie auf, woher wird sie kommen, manchmal schafft es ein einziges Wort, sie zum Leben zu erwecken, dann wieder ein aufstachelndes, herausforderndes Lächeln, aber so, wenn der Körper allein bleibt, ohne alle Ergänzungen, nur die schlafenden Glieder in ihrer geheimnisvollen Krankheit, woher soll sie da kommen?

Diesmal gebe ich nicht auf, ich muß versuchen, ihn auf die uralte Weise zu heilen, auch Lots Töchter begehrten nicht wirklich ihren alten, betrunkenen Vater, damals, in der Höhle des Berges über Zoar, nachdem das ganze Land vernichtet war, und trotzdem gaben sie ihm Wein zu trinken und legten sich zu ihm, um von ihm Nachkommenschaft zu bekommen, und er merkte nicht, wie sie sich niederlegten und ihn später wieder verließen. Ich lege meine Hand auf sein schlafendes Glied, sofort spannt es sich und erwacht wie ein neugieriges Kind, das nichts versäumen möchte, und ich beuge mich in plötzlicher Freude zu ihm, da ist das einzige Glied an seinem Körper, das nicht gelähmt ist, auf seinen Schwanz ist Verlaß, ein treuer Verbündeter in einem Land, das sich verwandelt hat, nie hätte ich vermutet, daß ich ihm gegenüber noch einmal eine solche Nähe spüren würde, es kommt mir vor, als gehöre er zu mir, wäre fast ein Teil meines Körpers, und ich setze mich vorsichtig auf seinen Bauch, der flach ist wie ein Korkbrett, und schaukele von einer Seite auf die andere. Da kommt sie, die dickflüssige Lust, ausgerechnet wenn ich auf sie verzichtet habe, taucht sie auf wie aus einem tiefen Brunnen, in einem schaukelnden Eimer, ich klemme seinen Körper zwischen meine Schenkel, es ist mir schon egal, ob er aus seinem alkoholisierten Schlaf erwacht, ich beuge mich über ihn, meine Brüste schieben sich in seinen offenen Mund, er leckt sie mit der Zunge, schlägt seine Zähne in die Brustwarzen, bindet mich mit einem Band aus Schmerz an sich, zieht meinen ganzen Körper in seinen Mund, mein müder Körper, vorzeitig abgenutzt, wird neu gebacken im Ofen seines warmen Mundes, bald wird er frisch und duftend aus ihm herauskommen, und ohne Anstrengung, ohne jede Absicht, ergießt sich über mich der Eimer, der gerade aus dem Brunnen hochgezogen wurde, überschwemmt mich mit einer warmen, angenehmen Flüssigkeit. Da schlängelt er sich schon wieder hinab in die Tiefen des Brunnens, seine Bewegungen sind meine Bewegungen, passiv, zufällig, und noch eine schwere Wolke ergießt sich, der Riß in der Wolke ist über meinem Kopf, ich erinnere mich an den alten Brunnen am Rand unseres Städtchens, mitten in den Pflanzungen von

Mango- und Avocadobäumen, die Füße versinken in der weichen Unterlage aus Blättern, oben sind sie trocken, unten feucht, Matratzen aus Blättern führen dorthin, und plötzlich schreit jemand, geht von dem Brunnen weg, einmal ist ein kleiner Junge hineingefallen, das Wasser hat seine Schreie verschluckt, er war der einzige Sohn, ein nachgeborener Sohn, und ich winde mich, ich will nicht in dieses Wasser, es ist verflucht, aber der Eimer gibt nicht nach, steigt auf und fällt in mir, mit Schritten, die immer lauter werden, bis sich meine Ohren plötzlich mit einem spöttischen, sorglosen Gelächter füllen.

Du nutzt meinen Zustand aus, beschwert er sich vergnügt, macht die Augen auf, und ich atme schwer auf ihm, verberge meinen schwindligen Kopf in seiner Achselhöhle. Konntest du nicht warten, bis ich aufwache, fährt er fort, erst mich mit Wein abfüllen und dann mich vergewaltigen, wenn ich schlafe, so ausgehungert bist du, wo war denn dieser Hunger die ganzen Jahre? Ich grinse, woher willst du das wissen, vielleicht vergewaltige ich dich jede Nacht, wenn du schläfst, und er gurgelt, schön wär's ja, und wieder dieses sorglose Lachen, immer nach sexuellen Vergnügungen ist er vollkommen anders, die Bitterkeit, die sonst in ihm steckt, schmilzt dahin, und er strömt über vor Liebe. Er streichelt meinen Rücken, meine No'am, meine Ärmste, du hast dir solche Sorgen um mich gemacht, und ich bin schon bereit, in erleichtertes Weinen auszubrechen, es war schlimm, dich so zu sehen, im Krankenhaus, an diesen Schläuchen hängend, und er fordert mich heraus, die Krankenschwester in der Notaufnahme war gar nicht so übel, und ich beiße ihm in die Schulter, ich habe gesehen, daß du auf sie abfährst, er lacht, Blödsinn, du weißt doch, ich will nur dich, und ich weiß, daß das stimmt, nur daß es sich nicht immer so gut anhört wie in diesem Moment, normalerweise klingt es wie eine Drohung, aber nun streicheln mich seine Worte von innen, beruhigend, die ganze Trennung zwischen innen und außen wird plötzlich verwischt. Ist diese Ruhe, die ich höre, innen oder außen, wieso fährt kein Auto unten auf der Straße vorbei, ich muß an die schreckliche Stille dort in der Höhle denken, da ging ein Rauch auf vom Lande wie der Rauch von einem Ofen, ich sehe die hingeschlachteten Leichen der rauchenden Städte, den zerstörten Garten Gottes, und da sagt er, weißt du, auf meinem Heimweg von der Arava bin ich auf den Berg Sodom gestiegen, hast du gewußt, daß er von innen hohl ist, daß er sowohl Berg als auch Höhle ist? Nein, antworte ich flüsternd, nein, das habe ich nicht gewußt. Es ist der traurigste Ort, den ich kenne, sagt er, denn er wird sich nie erholen, Tausende von Jahren sind schon vergangen, aber dort sieht es aus, als habe sich nichts geändert, die Sünde war so groß, daß die Erde nicht gesunden kann, sie ist für ewig bestraft. Ich bin daran gewöhnt, daß meine Gedanken ein offenes Buch für ihn sind, schon in seiner Jugend besaß er die Fähigkeit, in sie einzudringen, und auch wenn er sich ein paarmal geirrt hat, so erinnerte ich mich doch nur an die Male, bei welchen er recht hatte, an das unterdrückte Erstaunen, das ich empfand, wenn er einen Gedanken, den ich gedacht hatte, laut weiterführte oder eine Frage beantwortete, die ich nicht gestellt hatte.

Mach dir keine Sorgen, er lacht zufrieden, ich bin nicht der letzte Mann, Lots Töchter glaubten, daß alle Männer von der Erde vertilgt wären, aber hier ist die Lage umgekehrt, ich werde vielleicht bald vertilgt werden, aber die Erde ist voller Männer, und ich umarme ihn, wieso denn, du bist mein letzter Mann und auch der erste, füge ich scheinheilig hinzu, und er sagt, ja, aber dazwischen gab es noch einen, und seine Stimme wird kühl wie sein Körper, der sich plötzlich von mir entfernt, ich ziehe ihn zurück, Udi, hör auf, alles kaputtzumachen, und er zischt wütend, wieso mache ich etwas kaputt, du bist es doch, die es kaputtgemacht hat, ich drücke seine Schulter, genug, nimm dich zusammen, ich habe einmal etwas kaputtgemacht, aber du tust es unaufhörlich, Udigi, du mußt jetzt gesund werden, versuche, nur an gute Dinge zu denken, diese Bitterkeit vergiftet dich, du zerstörst das Leben von uns allen. Ich versuche, wieder auf ihn zu klettern, wie schön ist das vorhin gewesen, nur ich und sein angenehmes Glied, aber er krümmt sich unter mir, ich muß pinkeln, er steht schwerfällig auf, lehnt sich an die Wand, an den Türstock, kommt mit schwachen Schritten vorwärts, es scheint, als würde er nie die Kloschüssel erreichen, die mit offenem Maul auf ihn wartet, ich gehe in der Dunkelheit hinter ihm, ich habe keine Lust, Licht anzumachen und das Geschirr zu sehen, das im Haus verstreut ist, die Kleidungsstücke, die Schuhe, auch nicht die alten Möbel und all die Anzeichen der Vernachlässigung, die von unserem Leben Besitz ergriffen hat, ich betrachte seine schmale Silhouette, laß uns morgen früh von hier wegfahren, Udi, schon lange sind wir nicht mehr zusammen irgendwohin gefahren, wir könnten Noga bei meiner Mutter lassen und in den Norden fahren. Er lehnt sich an die Wand, das scheint mir keine gute Idee, sagt er, ich fühle mich noch nicht ganz gesund, aber ich gebe nicht auf, das ist jetzt mein Ziel, stark und plötzlich, ich will hier weg, ich will dieser Adresse fliehen, vor der gefährlichen Umarmung der alten Wände, als ob uns ein Erdbeben bevorstünde. Wenn wir fahren, wirst du dich besser fühlen, beharre ich, wir haben es verdient, uns ein bißchen auszuruhen, du wirst sehen, daß dich das gesund macht, ich stelle mich hinter ihn, meine Hände suchen die Zustimmung seines Körpers.

Aber er entzieht sich vor dem Spiegel, streicht sich über die neuen Bartstoppeln, sein dickköpfig vorgeschobener Kiefer verleiht ihm ein kindliches Aussehen, warum läßt er nicht locker, warum bewacht er so stur jene Kränkung, als sei sie der größte Schatz, den er in seinem Leben angesammelt hat? Was hast du schon getan, höre ich Annats ruhige, geliebte Stimme sagen, und ich antworte, auch wenn es in deinen Augen eine Kleinigkeit ist, in seinen Augen ist es etwas anderes, seine Verletzung ist groß, sie lacht und sagt, sie ist groß, weil er sie vergrößert, schau nur, wie er sie benutzt, er kocht dich die ganze Zeit auf dem Feuer deiner Schuld, dein ganzes Leben lang mußt du ihn versöhnen, man könnte glauben, er wäre ein Gerechter. Ich schütze ihn, er hat mich nie betrogen, du siehst einfach nicht, wie sensibel er ist, und sie sagt, ich sehe sehr wohl, wie sensibel er sich selbst gegenüber ist, aber wo ist er sensibel dir gegenüber, nie hat er sich bei dir sensibel gezeigt, er hat das Bedürfnis, Schuld zuzuweisen, und du hast das Bedürfnis, dich schuldig zu fühlen. Sie hat recht, sage ich innerlich zu mir, ich werde es nicht länger zulassen, daß er mir Schuldgefühle macht, ich werde ihn nicht um Verzeihung bitten. Ich ziehe die Hände zurück, wenn du nicht willst, dann eben nicht, sage ich und gehe ins Badezimmer, um mich zu waschen, wenn du nicht fahren willst, fahre ich eben später, wenn du dich erholt hast, dann fahre ich eben allein, ich schließe schnell das Fenster und er erstarrt vor dem Spiegel, Annat, die Kluge, immer muß ich ihre Stimme hören, und dann sagt er, in Ordnung, wenn du so dringend willst, dann werden wir fahren.

Am Morgen besiege ich meinen alten Feind, den Wecker, ich stopfe ihm den Mund, bevor er anfängt zu rasseln, und laufe in Nogas Zimmer, um sie zu wecken, aber das leere Bett verkündet ihre Abwesenheit. Erschrocken bleibe ich davor stehen, ein leeres Zimmer verwandelt sich blitzschnell in ein Zimmer der Erinnerung, die Bilder an den Wänden bekommen eine neue Bedeutung. Da ist sie eine Woche alt, ihr Kopf lugt über Udis Schulter hervor, mit halb geschlossenen Augen, und da sind wir zu dritt auf der karierten Decke, sie umarmen sich, und ich betrachte sie von der Seite, meine Haare sind zusammengebunden, mein Gesicht ist schön, auf diesem Bild bin ich fast so schön wie meine Mutter, nur daß sie ihre Schönheit immer zur Schau gestellt hat und ich meine verstecke, als wäre sie gestohlen, und dort auf dem Tisch liegen ihre Hefte, ich blättere neugierig in ihnen, suche nach einer unklaren Information, die plötzlich an Bedeutung gewinnt, aber die Blätter sind fast leer, auf den ersten Seiten stehen ein paar vereinzelte Sätze, danach breitet sich eine weiße, besorgniserregende Leere aus.

Ich verfolge die leblosen Dinge, die in ihrer letzten Bewegung erstarrt sind, die Kleider, die auf den Teppich geworfen wurden, die Ärmel mit aufgerissenen Mäulern, als bewahrten sie, gerade ausgezogen, ihre Bewegungen. Plötzlich packt mich eine wilde Sehnsucht, ich setze mich auf den Teppich, was werde ich ohne sie anfangen, sie muß mit uns kommen, sie macht ohnehin nichts in der Schule, wir werden zusammen wegfahren, doch dann fällt mir ein, was das bedeutet, ich fühle die ganze Spannung, bin wieder zerrissen zwischen ihnen, sehe zu, wie sie sich bemüht, seine Liebe zu wecken, bin böse auf ihn, weil er sie enttäuscht, und dann auf mich, nein, dafür habe ich keine Kraft. Ich rufe meine Mutter an, ihre Stimme ist traurig und leise, so ganz anders als die Stimme, die sie früher hatte, sie sagt, in der Nacht hat mich mein Ulkus ein paarmal aufgeweckt, aber jetzt gibt er Ruhe. Schon seit einem Jahr bildet diese Wunde im Magen ihre Welt, sie pflegt sie hingebungsvoll, wie man ein Baby pflegt, es wäre schön gewesen, wenn sie sich so fürsorglich um uns gekümmert hätte. Kühl frage ich, wie geht es Noga, und sie seufzt, Noga ist in Ordnung, aber man muß etwas unternehmen wegen ihrer Situation in der Klasse, ich frage, was ist passiert? Sie sagt, was, hat sie es dir nicht erzählt, sie fühlt sich allein, die anderen Mädchen lachen sie aus, weil sie sich anzieht wie ein Junge, und die Jungen wollen nichts mit ihr zu tun haben, weil sie ein Mädchen ist. Ich umklammere bekümmert den Telefonhörer, warum erzählt sie mir nichts, schon kitzelt mich ein Weinen in der Kehle, und meine Mutter versucht noch nicht einmal, ihren Stolz zu verbergen, ich soll bloß keine Sekunde lang annehmen, ich wäre eine bessere Mutter, als sie es war, sie sagt, sie will dich nicht beunruhigen, verstehst du das nicht?

Gib sie mir, sage ich und versuche, meine Stimme fest klingen zu lassen, guten Morgen, Nogigi, und sie antwortet, guten Morgen, Mama, und diese drei formellen Wörter brennen in meinen Ohren, guten Morgen, Mama, und ich sage, ich fahre mit Papa für zwei Tage in den Norden, wir wollen uns ein bißchen ausruhen, und sie sagt, schön, Hauptsache, Papa wird gesund. Oma hat mir gesagt, daß es dir in der Klasse nicht besonders gut geht, sage ich ermunternd, aber sie zieht sich sofort zurück, das ist nicht wichtig, Mama, ich komme schon zurecht, Hauptsache, ihr fahrt und habt euren Spaß und Papa wird wieder gesund, und ich entschuldige mich, es ist nur für zwei Tage, übermorgen sehen wir uns schon wieder, und du erzählst mir alles, was los ist, und sie unterbricht mich, also dann bye, Mama, ich komme sonst zu spät, und sie läßt mich allein zwischen ihren Sachen. Was soll das heißen, wie ein Junge, protestiere ich, es stimmt, sie macht sich nicht zurecht, sie kämmt sich gerade mal, sie trägt meistens T-Shirts von Udi, die ihren Körper fast bis zu den Knien bedecken, aber was gibt es darüber zu lachen, und dann erinnere ich mich, daß wirklich schon sehr lange keine Freundin mehr zu ihr gekommen ist, auch aus dem Telefon sind schon lange keine zwitschernden Stimmen mehr gedrungen, niemand fragt mehr, kann ich Noga sprechen, und mir ist es noch nicht einmal aufgefallen, jetzt möchte ich eigentlich nirgendwohin fahren, ich möchte mich nur als Zehnjährige verkleiden und sofort zu ihrer Schule gehen und neben ihr sitzen und ihre beste Freundin sein, ich möchte ihre Geheimnisse erfahren und ihr sagen, daß sie von allen Mädchen die tollste ist.

Aus dem Badezimmer dringen duftende Dämpfe, ich trete ein, er liegt in der Badewanne, den jugendlichen Körper mit durchsichtigem Wasser bedeckt, die Haare nach hinten gekämmt, so daß die hellen Geheimratsecken freiliegen und das feingeschnittene Gesicht stärker hervortritt. Ich beschließe, ihm vorläufig nichts zu sagen, jedesmal wenn ich versuche, ihn an meinen Sorgen um Noga zu beteiligen, reagiert er, als würde ich ihn beschuldigen, und verteidigt sich heftig. Wie geht's, frage ich, und er lächelt, wenn ich es geschafft habe, aus eigener Kraft bis in die Wanne zu kommen, ist das schon ein Fortschritt, und ich betrachte ihn erstaunt, das alles gehört mir, auf eine seltsame Art, ein ganzer Mensch gehört mir, er ist mir neu geschenkt worden, ich habe es geschafft, ihn aus den verführerischen Armen der Krankheit zu stehlen, er zieht mich ihr trotzdem vor, und schon steigt ein dummer Triumph in mir auf, ich tauche die Hand ins Wasser und lasse zwei Finger über seinen Körper wandern, er versucht, mich in die Wanne zu ziehen, aber ich winde mich aus seinem Griff, warten wir doch, bis wir dort sind, und er lächelt, wir könnten doch jetzt und auch dann, wenn wir ankommen.

Die alte Tasche, die ich vor gerade mal zwei Tagen für das Krankenhaus gepackt habe, füllt sich wieder, gedankenlos stopfe ich Kleidungsstücke und Waschzeug hinein, mit einer gespielten Fröhlichkeit, die langsam auch mich überzeugt, mir ist klar, daß fast alles davon abhängt, wofür man sich entscheidet, Kummer und Freude, Feindseligkeit und Nähe, sogar Gesundheit und Krankheit, und nur manchmal trifft mich aus Nogas Zimmer eine dunkle Welle von Sorge. Wieder schaue ich hinein, ich habe das Gefühl, als versteckten sich dort erstickte Seufzer, wie die Seufzer von Verschütteten bei einem Erdbeben, gerade vorhin habe ich mit ihr gesprochen, erinnere ich mich, sie ist überhaupt nicht hier, aber auch als wir das Haus verlassen, nachdem wir die Tür dreimal abgeschlossen haben, muß ich noch mal hinauf, nur um sicher zu sein, daß ich den Boiler ausgestellt habe, sage ich zu Udi, ich renne zu ihrem Zimmer, schaue mich um und rufe ihren Namen, ihr Zimmer ist leer, und trotzdem kommt es mir vor, als würden wir in der abgeschlossenen Wohnung ein lebendes Wesen zurücklassen, wehrlos und um Hilfe flehend.

7 Auf einer gewaltigen Asphaltrutsche gleiten wir hinunter in die Arme der Wüste, Udi fährt schnell, und ich drücke die Knie aneinander, die altbekannte Angst kneift mich schon in den Tiefen der Leistengegend, ich lege meine Hand auf seinen Oberschenkel, nicht so schnell, du übertreibst, und er beschwert sich, immer wenn mir etwas großen Spaß macht, sagst du, daß ich übertreibe, trotzdem fährt er etwas langsamer, damit ich sehen kann, wie die judäische Wüste ihr Zepter schwingt, ich staune, schau nur, diese Trockenheit, wirklich ein anderes Land, und er sagt, man bewässert hier einfach nichts, das ist alles. Aber vor zwei Minuten war noch alles grün, widerspreche ich, wieso passiert das so plötzlich, und er erklärt mir mit erstaunlicher Geduld, wie den Gruppen, die er führt, was es mit dem Zug der Regenwolken auf sich hat, die auf ihrem Weg vom Meer zu den Bergen danach streben, sich auszuregnen, die höher und höher steigen und immer dicker werden, bis sie zum höchsten Punkt kommen, zu der Stadt oben auf den Bergen, von wo aus die Luft anfängt, sich bergab zu senken, und nun passiert alles mit unglaublicher Geschwindigkeit, das Wasser verwandelt sich wieder in Dunst, der Dunst verwandelt sich in Gase, und ich frage, und wenn eine Wolke es nicht geschafft hat, bis Jerusalem zu regnen, trocknet sie dann einfach aus, und Udi nickt, ja, sie schrumpft, bis sie aufhört, eine Wolke zu sein. Was ist die Wolke dann, frage ich traurig, denn plötzlich fällt mir eine Geschichte ein, die er sich einmal für Noga ausgedacht hat, als sie noch ganz klein war, die Geschichte von der kleinen Wolke Chanan,

einer naiven, gutmütigen Wolke, die beschließt, ihren Regen unbedingt auf die Pflanzen der Wüste fallen zu lassen. Sie erhob sich über das Meer und wurde immer dicker, die Tropfen waren schon schwer und zerrissen fast den kleinen Bauch, aber als sie Jerusalem hinter sich gelassen hatte, löste sie sich plötzlich in Dunst auf, bevor sie es schaffte, Regen fallen zu lassen, und all die durstigen Pflanzen der Wüste hoben die Köpfe und schauten zu, wie sich die Wolke am Himmel auflöste, ihre guten Absichten wurden zu heißem, überflüssigem Dunst. Ich bat Udi immer wieder, das Ende der Geschichte zu ändern, so daß die Wolke im letzten Moment noch anfangen würde zu regnen, ich drängte ihn, er solle es doch wenigstens auf den Anfang der Wüste regnen lassen, was für eine Verschwendung von guten Absichten, ich regte mich viel mehr auf als Noga, die das Ausmaß des Versäumnisses gar nicht richtig verstand, und jetzt schaue ich hoffnungsvoll hinauf zum Himmel, vielleicht hat sie es heute geschafft, bis hierher zu kommen, die kleine, gutmütige Wolke Chanan, aber der Himmel ist klar und wolkenlos, nicht das kleinste Wolkenkind tollt in seinen Höfen, gleichmütig begleitet uns der Himmel wie eine Frau, die ohne Kinder alt geworden ist, traurige graue Fäden ziehen schon über ihren Bauch, aber der große Kummer liegt bereits hinter ihr.

Da ungefähr war die Grenze, sagt Udi, und ich frage verwundert, was für eine Grenze, die zu Jordanien? Nein, wieso denn, sagt Udi, die Grenze zwischen dem Königreich Juda und dem Königreich Israel, ich habe ganz vergessen, daß es einmal eine solche Trennung gegeben hat, erstaunt schaue ich mich um, suche die Spuren einer alten Mauer, aber die Erde sieht überall gleich aus, salzig und wüst. Warum haben sie sich getrennt, frage ich, und er sagt, die Frage ist, warum sie sich überhaupt einmal vereint haben, denn die Trennung zwischen ihnen war ein alter, natürlicher Zustand, die Vereinigung war von Anfang an schwach. Ich senke die Augen, warum kommt es mir vor, als spräche er über uns, ich spüre eine kalte Spannung am Rücken, kleine Eistierchen klettern an ihm hoch, erklimmen einen Wirbel nach dem anderen. Wie waren die Beziehungen zwischen ihnen, frage ich, und er antwortet, unbeständig, es gab Kriege, es gab Befriedungen und Bündnisse, und ich strenge mein Gedächtnis an, Israel war größer und stärker als Juda, nicht wahr, wie kommt es, daß ausgerechnet Israel zuerst vernichtet wurde? Er lächelt, weil das Land besonders unvorsichtig war, es beging das Wagnis, sich von Gott zu entfernen, Juda, das militärisch gesehen schwächer war, paßte besser auf sich auf, es hatte keine andere Wahl. Dann sollte man vielleicht lieber schwach sein, sage ich, und er nickt, aus der Sicht Gottes stimmt das wohl, aber auch das nur bis zu der bekannten Grenze, sonst ist es unmöglich, überhaupt zu existieren.

Bestimmt waren sie entsetzt, dort in Juda, nachdem das Volk verbannt war, sage ich, wie bei einem Paar, wenn ausgerechnet der Stärkere vor dem Schwächeren stirbt, und Udi sagt, die Wahrheit ist, daß Israel nur nach außen hin stärker war, innen war es krank und alles andere als stark, es gab falsche Propheten, die zum Aufstand ermutigten, es gab Blutvergießen, und ausgerechnet Juda war relativ stark, innerlich gefestigt, nie hat es die Hauptstadt gewechselt, nie das Königshaus. Aber das hat ihnen nicht besonders geholfen, schließlich wurden sie einige Generationen später ebenfalls vertrieben, sage ich, und er schüttelt den Kopf, du irrst dich, es hat ihnen sehr geholfen, auch nach der Vertreibung blieben sie ihrer Hauptstadt und ihrem Herrschergeschlecht treu, deshalb sind sie hierher zurückgekehrt und Israel nicht. Ich bin sicher, das war eine Katastrophe für sie, auf einmal allein im Land zu sein, insistiere ich, und Udi wirft mir einen erstaunten Blick zu, weißt du, daß du großartig bist? Du machst dich lustig über mich, sage ich bescheiden, und er streichelt über meine Hand, die neben ihm liegt, nein, ich meine es ernst, du siehst alles von einem menschlichen Standpunkt aus, einem sehr persönlichen, ich fahre pausenlos mit irgendwelchen Gruppen hier herum, und noch nie hat jemand so reagiert wie du, sagt er, ich habe mich nicht umsonst im Alter von zwölf Jahren in dich verliebt, ich habe schon damals gesehen, daß du eine besondere Seele hast, und säuerlich fügt er hinzu, ich habe nur nicht damit gerechnet, daß du sie an diese Versager vergeudest. Hör auf, du machst alles kaputt, ich schlage ihm auf die Hand, und er lächelt mich an, schau dich an, dein Gesicht hat sich fast nicht verändert, du siehst so jung aus, und verlegen wegen des Kompliments protestiere ich schnell, wieso denn, schau nur die Falten unter meinen Augen, und er beharrt, du siehst aus wie ein Mädchen, streite nicht mit mir. Ein süßes Gefühl steigt in mir auf, ich möchte mich in seinen Schmeicheleien ausstrecken und in seiner Liebe versinken, hier neben der Scheibe, die vom Frühlingswind gestreichelt wird, die Augen zumachen und darauf hoffen, daß alles gut wird.

Du wirst nicht glauben, was es in diesem Kloster dort gibt, er deutet auf ein kleines Gebäude, dessen Kuppel in der weißen Weite der Wüste von Jericho glitzert, die Schädel von Mönchen, die vor Hunderten von Jahren von den Persern umgebracht wurden. Möchtest du sie sehen? Er ist schon bereit, vom Weg abzuweichen, aber mir läuft ein Schauer über den Rücken, nein, wirklich nicht, und er verzichtet mit erstaunlicher Bereitwilligkeit, seine Laune wird immer besser, je weiter wir uns von zu Hause entfernen, seine Haare flattern im Wind, sein Gesicht ist erhitzt, unglaublich, daß dieser Mann noch gestern gelähmt im Krankenhaus lag, ich seufze erleichtert, es ist wirklich ein Wunder, was mit ihm passiert ist, kaum vorstellbar. Ich blicke mich neugierig um, Wunder sind nichts Ungewöhnliches an diesen glänzenden Abhängen, in den Bergen öffnen sich dunkle Löcher wie düstere Augenhöhlen. Diese Höhlen sind sehr alt, sagt Udi, möchtest du hinaufsteigen? Ich weiche zurück, was für eine Idee, aber ich starre weiter in diese leeren Augen, bestimmt haben sie schon wunderbare Dinge gesehen, ich erinnere mich kaum mehr, welche, irgend etwas mit dem Jordan, und ich frage, wo ist denn der Jordan, wir haben ihn noch nicht gesehen, und Udi lacht, das ist das Schöne am Jordan, er ist fast nicht zu sehen, und wem es gelingt, ihn zu sehen, der ist immer enttäuscht, er ist kärglich und bescheiden, und trotzdem habe ich das Gefühl, als liege er rechts von uns, begleite uns, sehnsüchtig erwartet, treu und beständig, mit graugrünen Schritten.

Was für Wunder sind hier in biblischen Zeiten passiert, frage ich, und er sagt, dieses Gebiet war voller Wunder, vor allem um den Jordan herum, hier gab es viele Propheten, die hungrig waren nach Wundern, hier fuhr Elijahu mit dem Sturm zum Himmel, hier hat Elischa das böse Wasser gesund gemacht, hier hat Na'aman, der Kriegsminister von König Aram, sein Fleisch siebenmal gewaschen und wurde vom Aussatz geheilt, ganz zu schweigen von dem Wunder der Überschreitung des Jordan, das Wasser blieb stehen, und ein ganzes Volk ging trockenen Fußes hinüber, aber von allen Wundern, die er aufzählt, kommt mir das, was uns passiert ist, als das größte und beeindruckendste vor, und nur ab und zu horche ich auf das ständige Gefühl in meinem Innern, leise wie das Wasser des Flusses, der sich verbirgt, vielleicht ist es überhaupt kein Wunder, vielleicht war es von Anfang an auch nur Augenwischerei.

Wenn einer nicht an Wunder glaubt, frage ich ihn, wie erklärt er dann diese Erscheinungen, gibt es auch eine andere Deutung? Er sagt, es gibt nichts, was sich nur auf eine wundersame Art erklären ließe, man kann immer eine rationale Begründung finden, zum Beispiel, daß es genau zu jenem Zeitpunkt, als die Kinder Israels den Jordan überquerten, zu einem Erdbeben kam und ganze Hügel in den Fluß stürzten und ihn trocken machten, aber ich höre schon nicht mehr zu, ich betrachte seine Lippen, sehe, wie sie die Worte formen. Bestimmt gibt es in jeder Gruppe eine Frau, die sich in dich verliebt, sage ich provozierend, und er lacht, warum nur eine, seine Hand tätschelt meine Oberschenkel, hält sich zwischen ihnen auf, und so mache ich es mit ihnen unterwegs, er öffnet die Knöpfe an meiner Hose, ich lasse mich verwöhnen, woher soll ich wissen, daß es nicht so ist, und er sagt, wenn du das innerlich nicht weißt, weißt du gar nichts. Ich war eigentlich überzeugt, es zu wissen, trotzdem, wer hat ihm beigebracht, während der Fahrt einhändig Knöpfe aufzumachen, aber im Moment kümmert mich das nicht besonders, nicht, wenn er mich so begehrt, mir kommt es vor, als wäre ich eine junge Touristin, begeistert vom Heiligen Land und begeistert von diesem Reiseleiter, der das Land so gut kennt.

Udi, paß auf, du brauchst zwei Hände zum Lenken, schreie ich, als ein entgegenkommendes Auto hupt, vermutlich waren wir von der Fahrbahn abgekommen, aber er hält mich fest und flüstert voller Verlangen, ich ziehe es vor, dein Lenkrad festzuhalten, das macht mir viel mehr Spaß, und gleich werde ich es dir drehen, ich protestiere mit schwacher Stimme, nicht jetzt, Udi, das ist gefährlich, aber seine Finger bringen mein Becken zum Zittern, hilflos fange ich an, mich zu winden, ich habe das Gefühl, als läge ich unten auf dem Boden eines früheren Meeres, salzig und rund, nahe der wilden Seele dieser Erde, nahe dem Puls der wilden Tiere, die vor Tausenden von Jahren hier herumliefen, und er packt mich mit einer plötzlichen aufreizenden Fremdheit, als wäre er nicht mein Mann, seit er zwölf Jahre alt war, seine Hand ist in mir, und seine Augen sind konzentriert auf die Straße gerichtet. Werde fertig, flüstert er, ich höre nicht auf, bis du kommst, und ich sage mit trockenem Mund, übertreibe nicht, das kann ein Jahr dauern, und er gibt keine Antwort, aber seine langen Finger bleiben stur, sammeln meinen ganzen Körper um sich, verstreuen Tausende von Schmetterlingen tief in mir, ihre kleinen Flügel breiten sich in mir aus, stoßen aneinander, streicheln und lecken, und meine Kehle wird trocken, ich versuche zu flüstern, vielleicht bleibst du am Straßenrand stehen, aber er nimmt mich nicht wahr, und auch ich nehme ihn schon nicht mehr wahr, Tausende von Flügeln lassen mich tief innen erzittern, sie lachen furchtsam, lösen Nektar in meinem Unterleib, und als ich die Augen aufmache, sehe ich zu meinem Erschrecken schwarze Wolken aus Schmetterlingen gegen die Windschutzscheibe schlagen, ich schreie, was ist das, und er sagt, beruhige dich, das passiert hier manchmal, da kann man nichts machen, ich versuche, langsam zu fahren, und sanft zieht er seine Hand aus mir, betrachtet sie mit dem Lächeln eines Siegers.

Ich schiebe den Sitz zurück, werfe einen schuldbewußten Blick zum Himmel, wie angenehm ist es, so zu fahren, als wäre diese wilde Landschaft zu Gast in meinem Bett, erstaunt schiele ich zu Udi, ja, man kann sich noch in ihn verlieben, sogar ich kann mich noch in ihn verlieben, Hunger kitzelt meinen Bauch, die angenehme Erwartung auf Essen, und dann richte ich mich plötzlich auf, was ist mit Noga, ich habe vergessen, meine Mutter zu fragen, ob Noga aufgehört hat zu fasten. Udi schaut mich erstaunt an, was ist los, ich habe gedacht, du wärst eingeschlafen. Ich muß unbedingt wissen, ob Noga heute morgen etwas gegessen hat, murmele ich nervös und greife nach dem Handy, aber bei meiner Mutter antwortet niemand, und in der Schule will ich nicht anrufen, Udi beklagt sich, jedesmal wenn es dir gut geht, gräbst du dir eine neue Sorge unter der Erde hervor, und ich werde gereizt, das muß ich wirklich nicht aus der Erde graben, das ist über der Erde, ungefähr anderthalb Meter über der Erde, ist das genügend hoch für dich? Er widerspricht, du hilfst ihr doch nicht dadurch, daß du dich selbst bestrafst, ich verspreche dir, daß sie gut ißt, nicht, daß deine Mutter fähig wäre, etwas zu kochen, er verzieht verächtlich den Mund, und ich kann mich nicht beherrschen, was, ist sie dir vielleicht egal?, und schon sind meine Augen nasse Gruben, er knurrt, natürlich ist sie mir nicht egal, sie ist meine Tochter, oder? Ich übertreibe nur nicht so wie du, das ist alles, und es geht mir auf die Nerven, daß du mich die ganze Zeit auf die Probe stellst.

Deprimiert betrachte ich den Himmel, je weiter nördlich wir kommen, desto bewölkter wird er, aber das tröstet mich schon nicht mehr, was ich auch tue, es ist nicht richtig, warum geht alles kaputt, wenn wir Noga erwähnen, es müßte doch genau umgekehrt sein, Eltern freuen sich doch gemeinsam über ihre Kinder, wir selbst haben uns doch wahnsinnig über sie gefreut, als sie noch ein Baby war, warum heilt diese Wunde nicht, und ich habe Lust, zu sagen, komm, fahren wir zurück nach Hause, diese Reise ist sinnlos, zu dieser Wunde paßt kein prächtiges Hotel, sie muß sich zu Hause verstecken, und bis sie nicht geheilt ist, wird es uns miteinander nicht gut gehen, geben wir auf. Die Luft wird kühler, die Farben nehmen einen grauen Ton an, als wären wir in einem anderen Königreich angekommen, bedrückender, aber realer und viel authentischer als das heiße, wilde Reich der Wunder mit den Palmen und den Bananen und der riesigen Wiege zwischen den Bergen von Judäa, und auch sein Gesicht verdüstert sich, seine Wangen hängen unlustig über den Knochen, unter dem Kinn baumelt eine weiche Hautfalte, schlechte Laune bedroht ihn, ich muß sie verhindern, ich muß mich zurückhalten, nur nicht die Bestie der Konversionsneurose aufwecken, die uns begleitet und ruhig und gefährlich hinten im Auto schläft.

Ich werfe ihm eine unschuldige Frage hin, wann kommen wir an, und er antwortet kurz, noch ungefähr eine Stunde, und ich schlage vor, vielleicht halten wir unterwegs an und essen etwas, und er sagt, es wäre besser, zu warten, dort ist das Essen am besten, und es scheint, als habe dieses belanglose Gespräch zwar seine Spannung gemildert, meine aber nicht, da ist wieder diese Kälte an meinem Rückgrat, Eiswürmer schmiegen sich um die müden Wirbel in einer erstarrenden Umarmung.

Möchtest du einen Blick auf die Stadt der Toten werfen, fragt er, und ich möchte nur an einem warmen Ort sitzen, mit Kaffee und Kuchen, aber es ist mir nicht angenehm, schon wieder abzulehnen, sonst wird er noch sagen, daß nichts Ewiges mein Interesse wecken könne und ich keine Beziehung zur Geschichte hätte. Schade, daß ich nicht bereit gewesen bin, das Kloster zu betreten, was ist schon ein Haufen Schädel gegen eine ganze Stadt von Toten, ich versuche, mich selbst zu animieren, eine ganze Stadt von Toten? Ja, sagt er, eine Begräbnisstadt, aus der ganzen jüdischen Welt sind sie damals gekommen, um sich hier begraben zu lassen, und ich frage, warum ausgerechnet hier, er erklärt es gern, in Jerusalem war es schon verboten, sich begraben zu lassen, es war auch verboten, nach dem Bar-Kochba-Aufstand in der Stadt zu wohnen, noch nicht einmal an einem Ort, von dem aus man Jerusalem sehen konnte. Überhaupt haben sich die Beerdigungszeremonien nach dem Exil geändert, erst danach hat man angefangen, an die Auferstehung der Toten zu glauben. Ich folge ihm in die tiefen, kalten Höhlen, jedes Grab ist mit einem einzigen Licht erleuchtet, das die Dunkelheit drum herum nur noch betont, eine private Leselampe für jeden Verstorbenen. Gleich am Anfang gibt es das Grab eines Mädchens, das im Alter von neun Jahren und sechs Monaten gestorben ist, man erfährt nicht, woran, ich bleibe erschrocken an ihrem Grab stehen und frage, was glaubst du, woran sie gestorben ist, und er sagt, wozu willst du das wissen, gibt es nicht genug Gründe zu sterben? Aber dieses Alter bedrückt mich, sie war so alt wie Noga, plötzlich kommt mir dieses lange Jahr zwischen neun und zehn besonders gefährlich vor, ich muß wissen, wovor man sich in acht nehmen muß.

Stolz zeigt er mir die Symbole auf den Grabsteinen, den assyrischen Stier und den römischen Adler und den Pfau, der die Ewigkeit symbolisiert, und den siebenarmigen Leuchter und die Göttin Nikea, die römische Siegesgöttin, siehst du, was für eine Toleranz, sagt er staunend, sie haben sich nicht gescheut, auch fremde Symbole zu verwenden, aber ich bin starr und verängstigt, denn all diese Tiere sammeln sich um den Kopf meiner Noga und bedrohen ihr Leben, ich lausche seinen gelehrten Erklärungen nicht mehr, ich möchte nur hinaus, ich warte auf meine Auferstehung wie diese privilegierten Toten, und als wir hinausgehen, ist er so stolz und zufrieden, als wäre das sein Privatbesitz, die antike Grabstätte seiner Familie, und ich betrachte feindselig den gepflegten Rasen, was habe ich mit diesem Ort zu tun, von dem aus man Jerusalem nicht sehen kann?

Was hast du, du bist ja ganz grau, er betrachtet mich spöttisch, und ich will nur zum Auto und meine Mutter anrufen, ich bin müde, sage ich und wähle nervös die Nummer, da antwortet sie, ich war heute morgen beim Kassenarzt, er sagt, daß es nicht besser geworden ist, sagt sie dramatisch, und ich unterbreche sie, hat Noga heute morgen etwas gegessen? Natürlich hat sie was gegessen, sagt sie stolz, ich habe ihr einen Brei gemacht, wie sie ihn gern hat, mit Schokoladenstückchen, sie hat nichts übriggelassen. Ich seufze erleichtert, blitzschnell sieht alles weniger bedrohlich aus, sogar diese Grabhöhlen, vor lauter Dankbarkeit wäre ich bereit, noch einmal hineinzugehen, und Udi sagt, siehst du, wenn sie weit weg von dir ist, ist alles in Ordnung, nur mit dir stellt sie sich an, und ich lehne mich zurück und frage mit plötzlichem Interesse, das sogar mich überrascht, wie hat dieser Ort damals ausgesehen? Ungefähr wie heute, sagt er, es hat sich nicht viel geändert, nur daß statt dieser Zypressen hier Kiefern, Pistazienbäume und Johannisbrotbäume wuchsen, ich schaue mich um, das war es also, was die Eltern jenes Mädchens sahen, nachdem sie tagelang hierhergezogen waren, mit der Leiche ihrer kleinen Tochter, die ab und zu auf dem unebenen Weg so hin und her geschaukelt wurde, als wäre noch Leben in ihr, ein antikes Mädchen, auch wenn sie alt geworden wäre, wäre sie längst hier in diesen kalten Steinhöhlen begraben, gibt es nicht genug Gründe zu sterben, hat er gesagt, und gibt es nicht genug Gründe, sich Sorgen zu machen, ich versuche, mich mit den Worten zu ermutigen, die ich auf einem der Grabsteine gelesen habe, seid stark, fromme Eltern, kein Mensch ist unsterblich.

Je weiter wir nach Norden kommen, um so mehr zieht sich das Licht zurück, es sieht aus, als würde die Sonne noch vor dem Mittag untergehen, ein dichter Nebel versperrt uns den Weg, und wir winden uns mit der schmalen Straße in die Wolkenberge, die sich von nahem feindlich und fremd anfühlen, nicht weich, wie man erwarten würde. Udi fährt angestrengt, seine Stirn berührt fast die Windschutzscheibe, seine Augen sind zusammengekniffen, und seine Schultern wiegen sich mit rudernden Bewegungen von einer Seite zur anderen, ab und zu springen uns Warnlichter entgegen, unter uns eine schwer atmende, hungrige Schlucht. Schwarzer Regen prasselt plötzlich aus einer Wolke herab, die wie ein riesiger Bär auf dem Dach des Autos liegt, der Regen peitscht gegen die Scheibe, und ich bewege unruhig die Füße, mir scheint, als wären sie von Seilen umwickelt, die uns in den Abgrund zerren wollen, und über meinem Kopf zieht der Magnet des düsteren Himmels, ein einziger Atemzug kann das ewige Gleichgewicht zwischen Himmel und Erde zerstören, und ich hänge im Nichts wie zwischen meinem Vater und meiner Mutter.

Wenn wir angekommen sind, springe ich ins Schwimmbecken, sagt Udi, und ich werfe ihm einen erstaunten Blick zu, woher hat er diese Sicherheit, daß wir überhaupt ankommen, die Straße ist so schmal, und wenn uns ein Auto entgegenkommt, gibt es einen kurzen Moment, in dem wir am Bergrand schaben, einen Moment, in dem es scheint, als gehe es um uns oder sie. Unsere Existenz steht auf dem Spiel, und Udi beschäftigt sich mit Überflüssigem, aber da biegt er in eine Seitenstraße ab, weg von der Schlucht, die enttäuscht ihr Maul zuklappt, und schon gehören wir zu einem anderen Ort, zu einem großzügigen, freundlichen Landhotel, das uns bereitwillig aufnimmt, wie Flüchtlinge, die endlich am Ziel sind. Die schmale Straße auf dem Rücken der Wolken wird zu einer dumpfen Erinnerung, nur der Gedanke an die Rückfahrt bedrückt mich, aber ich ignoriere ihn, so fern kommt mir der Zeitpunkt unserer Rückkehr vor, als würden bis dahin neue Straßen durch das Land führen und als wären bis dahin alle Schluchten mit Sand gefüllt.

Glücklich strecke ich mich auf dem Bett aus, noch nie habe ich ein so großes Bett gesehen, es macht mich zu einer

Zwergin, meine ausgestreckten Arme und Beine reichen nicht bis zum Rand, ich dehne mich vergnügt, siehst du, es muß nicht immer das Schlimmste passieren, es gibt noch andere Möglichkeiten, Noga ist in Ordnung, Udi ist wieder gesund, wir sind heil angekommen und befinden uns in diesem Palast mit allem Luxus, die Gletscher auf meinem Rücken schmelzen zu einer warmen Flüssigkeit, Udi wühlt schon in der Tasche, er ruht sich keinen Moment aus, wo ist meine Badehose, bist du sicher, daß du sie nicht vergessen hast? Er wirft unsere Kleidungsstücke auf den Boden, genau wie Noga, bis er erleichtert das schwarze Stück Stoff herauszieht und sofort anzieht. Komm schon, drängt er, während ich noch auf dem Bett liege, ich komme gleich runter, ja? Er wickelt sich schnell in einen weißen Bademantel und verschwindet, und ich betrachte die Tür, die sich seinem Willen unterwirft, sein Wille wird zu meinem, ich stehe sofort auf, ziehe meinen Badeanzug an, prüfe mißtrauisch meinen armen Körper und bedecke ihn mit einem Bademantel, das hier ist etwas Ähnliches wie ein Krankenhaus, alle tragen weiße Kittel.

Glasscheiben umhüllen das Schwimmbad wie ein Regenmantel und schützen es vor jedem Sturm, es herrscht hier das angenehme Dämmerlicht eines Winternachmittags, das den Biß des Alters verdeckt, und da sind Udis Arme, die ins Wasser schlagen, wenn ich hier erzählte, daß sie gestern noch gelähmt waren, man würde mir ins Gesicht lachen, versunken in sein Wunder, fährt er fort, ohne mich zu bemerken. Wir schwimmen nebeneinander in den schmalen Bahnen, aber ich ignoriere ihn, seine Existenz verschwindet immer mehr, als hätten wir uns noch nie getroffen, als befände ich mich noch in einer anderen Zeit, in der Beschränkung, in der ich lebte, bis er die Herrschaft über meine Existenz übernahm. Ich schwimme wieder in dem Becken am

Rand unserer Moschawa, meine Tränen werden vom scharfen Chlorwasser geschluckt, gleich wird das Becken überlaufen, und nur ich werde den Grund wissen, und neben mir sehe ich die Augen meiner Mutter und meines Vaters, die mich begleiten wie zwei bunte Fischpaare, hin und her, gespannt verfolgen sie mich. Vorhin haben wir alle auf dem Rasen gesessen, meine Mutter schnitt eine große Wassermelone entzwei und sagte, sie würden sich scheiden lassen, ab sofort hätten wir zwei Wohnungen, denn Papa würde hierbleiben, in der Moschawa, und sie würde mit uns in die Stadt gehen, und mein Bruder hüpfte auf einem Bein herum und rief, ja, zwei Wohnungen, und ich betrachtete sie entsetzt und fing an zu rennen, um dieser Nachricht zu entkommen, versteckte mich tief in den Sträuchern, die um das Schwimmbecken wuchsen, und plötzlich spürte ich einen Stich in der nackten Fußsohle und schrie, Mama, ich habe einen Dorn im Fuß, und mein Vater rannte zu mir und hob mich hoch, obwohl er einen kaputten Rücken hatte und nichts tragen durfte, aber es war kein Dorn, an meinem weichen Fußballen klebte eine Biene, deren Los entschieden war, ihr Stachel steckte tief in mir, und sie bewegte sich noch kurz, bis sie tot war, und ich brüllte erschrocken los, zieh mir den Stachel raus, Papa, worauf wartest du.

Ich finde ihn nicht, murmelte er, er legte mich in das warme Gras und beugte sich über mich, sein Unterkiefer war vorgeschoben wie der eines Boxers, darüber die vollen, roten Wangen eines Babys, ich finde ihn nicht, und mein Bruder fragte, ob man mich operieren müsse, ob man meinen ganzen Körper aufschneiden müsse, um den Stachel zu finden, und ich lag da, zwischen ihnen, der Schmerz des Stichs strahlte in meinen ganzen Körper aus, die Sonne stürzte sich in meine Augen, hungrig und furchteinflößend wie ein gelber Adler, ich spürte, wie mich der Kummer verschlang, bis nichts mehr von mir übrigblieb, nur dieser Schmerz im Bein, der mir bewies, daß ich noch lebte, ohne ihn wäre ich schon tot, was mir aber in diesem Moment nicht so schlimm vorkam. Ich wäre lieber tot gewesen, als nun in die Wohnung umzuziehen, die meine Mutter in der Stadt gemietet hatte, ich wollte lieber tot sein, als anzufangen, zwischen ihnen hin- und herzuwandern, zu sehen, wie er sich in seiner Trauer wälzte, und sie mit ihrem angestrengt wilden Leben versuchte, ihr Verbrechen zu rechtfertigen, ich dachte, wenn ich sterbe, bleiben sie vielleicht zusammen, um das wenige zu bewahren, das ihnen geblieben war. Ich würde ihnen nicht erlauben, mir das anzutun, ich kniff mit Gewalt meine Augen zu, um das Pogrom gegen mich nicht zu sehen, es war ein Pogrom, nicht besser als die Pogrome gegen die Juden, wenn man in ihre Häuser einbrach und alles zerstörte, das hatten wir gerade in der Schule gelernt, voller Angst dachte ich an meine Klasse, was würden die Kinder sagen, bei uns gab es nur einen Jungen, dessen Eltern geschieden waren, er war ein Außenseiter, niemand wollte etwas mit ihm zu tun haben, und nun war ich also mit ihm in einer ekelhaften Schicksalsgemeinschaft verbunden, eine Welle von Haß schlug über mir zusammen und riß mich mit.

Meine Mutter beugte sich über mich, ihr Gesicht war besorgt, sie wollte nicht, daß ihre Pläne durchkreuzt würden, und ich drehte mich auf den Bauch, um ihre abscheuliche Schönheit nicht zu sehen, ich grub meine Finger ins Gras, und sie sagte, das ist nicht das Ende der Welt, es wird uns so besser gehen, und ich brüllte, dir wird es besser gehen, aber mir nicht, mir wird es schlecht gehen, wegen dir wird es mir immer schlecht gehen, du bist die Biene, die mich gestochen hat, und der Stachel wird für immer in meinem Körper bleiben, aber die Biene ist wenigstens gestorben, während du glaubst, daß du am Leben bleiben kannst, nachdem du mich gestochen hast, dann stand ich auf und hüpfte auf einem Bein fort, ich hielt mich an den Sträuchern fest, an den Klappstühlen, fiel in das Wasser und tauchte hinab, ich versuchte, die Luft anzuhalten, und sah vor meinem geistigen Auge, wie sie bald meine Leiche berühren würden, es war so einfach, ich brauchte bloß aufzuhören zu atmen, ich mußte nur diese ungehörige Angewohnheit zu atmen beherrschen, und nun, in diesem geschlossenen, geschützten Schwimmbad, gegen dessen Scheiben dünner Regen schlägt, versuche ich es wieder, aber nicht mit dem Ernst von damals, ich tauche unter Wasser und halte die Luft an, da streckt sich auch schon eine Hand nach mir aus, zieht mich hinauf, was ist mit dir, sagt er, ich rede schon die ganze Zeit mit dir, und du gibst keine Antwort, und ich betrachte ihn, einen Moment lang ist er ein Fremder, das Wasser hat seine Haare dunkler gemacht, seine Lippen sind vorgeschoben, ich lehne mich an den Beckenrand, schnappe nach Luft und entschuldige mich, ich habe dich nicht gehört, ich habe an etwas anderes gedacht.

Der Regen wird stärker, aber Udi zieht mich hinaus auf die Terrasse, zum Wasserbecken, wir springen hinein, das Wasser brennt auf der Haut, die Mischung von Hitze und Kälte weckt meine Lebensgeister, und mein Herz klopft stark und bewegt meinen Körper hin und her. Zwischen unseren Armen hängen violette Wolken, nehmen uns den Blick auf die Landschaft, da und dort glitzert ein bißchen Licht in der Ferne und gibt mir Zeichen, die ich nicht zu entschlüsseln vermag, und Udi zieht mich an den Haaren zu sich, küßt meinen Hals, meine Lippen, und ich murmele, hör auf, da kommt eine Frau, und er sagt, prima, soll sie sich uns anschließen, und sie streckt vorsichtig den Fuß aus und lächelt, sie hat lockige Haare und einen langen, braunen Körper, der sofort in dem dunklen Wasser verschwindet, mir ist ihre Anwesenheit unangenehm, komm, gehen wir ins Zimmer, flüstere ich ihm ins Ohr und lecke es, damit er versteht, daß ich es ernst meine, er schaut die Frau kurz an, folgt mir aber sofort, die Badehose zeigt sein erregtes Glied, wir laufen durch Flure, völlig naß unter den weißen Bademänteln, im Aufzug halten wir uns wie verliebte Kinder an den Händen, und ich denke, wie einfach ist es doch an diesem Ort, ganz anders als zu Hause, wo Noga schläft und all unsere offenen Rechnungen herumliegen.

Regnerisches Licht schimmert durch das Fenster, umhüllt seinen Körper mit einem dunklen Schimmer, als wäre ihm ein Fell gewachsen, so wie damals am Rand der Moschawa die Erde des Wäldchens nach dem ersten Regen wie mit Wolle überzogen aussah, ich lief immer sehr vorsichtig über das junge Gras, während ich die Straße beobachtete. Jede Stunde kam ein halbleerer Autobus an und fuhr auch halb leer wieder weg, oft hatte ich das Gefühl, die Leute, die ausstiegen, seien auch diejenigen, die wieder wegfuhren, sie weigerten sich, in der abgelegenen Moschawa zu bleiben, und manchmal stieg Udi aus, klein und mager, seine glatten Haare fielen ihm über die Augen wie die Mähne eines Pferdes, ich lehnte mich dann an einen Kiefernstamm und betrachtete ihn enttäuscht, fast beschämt, so sollte mein erster Liebhaber nicht aussehen, aber er ging mir mit sicheren Schritten entgegen, als wisse er, daß er einmal groß und hübsch werden würde, und ich sagte mir, im Rhythmus seiner Schritte, paß auf ihn auf, er ist alles, was du jetzt noch hast, denn das übrige um dich herum ist zerfallen. Meine Mutter hatte uns eine Wohnung in der nahen Stadt gemietet, gegenüber der Schule, aber ich zog es vor, in die alte Wohnung zurückzukehren, zu meinem Vater, der mich ansah, als wäre ich ein Geist, ich habe alles getan, was ich konnte, um sie zufriedenzustellen, sagte sein Gesicht, kein

Sterblicher könnte mehr tun. Mittags öffnete ich den leeren Kühlschrank und schloß ihn enttäuscht, dann lief ich zu den Plantagen und pflückte mir im Winter Orangen und schälte sie weinend, im Herbst pflückte ich fleischige Guaven, rote und weiße, deren Geruch an meinen Fingern kleben blieb, im Sommer Pflaumen, und wenn Udi zum Wäldchen kam, mir begeistert zuwinkend, löste ich mich von der Kiefer, die einen harzigen Kuß auf meinem Hemd hinterlassen hatte, paßte meine Schritte den seinen an, bis wir in meinem Zimmer waren, dort stieß er mich auf das Bett und bestieg mich, als wäre ich ein Pflaumenbaum, und ich hörte meinen Vater, der durch das leere Haus lief und hustete, ganze Sätze hustete sein Mund aus, und mein Körper war gelähmt, wie konnte es mir gut gehen, wenn er so litt, und manchmal packte mich wütender Zorn, es sollte mir gutgehen, jetzt erst recht, weil es ihm schlecht ging, dann zog ich den überraschten Udi an mich, legte seine Hand auf meine Brust und seufzte laut, um das klagende Husten zu übertönen. Manchmal hörte ich ihn weinen, über Udis Keuchen hinweg, sein Weinen begleitete das verschwitzte Reiben unserer Glieder, das leise Weinen eines verlassenen Kindes, das weiß, daß niemand kommen wird, und auch jetzt, während ich mich auf dem Bett ausstrecke, schleicht sich dieses bekannte Weinen in meine Ohren, und schon fällt es mir schwer, mich zu konzentrieren, seine Lippen machen mich nervös, wie schaffen sie es, meinen ganzen Körper in einem Augenblick zu berühren, ich stoße ihn von mir, dieses Weinen macht mich ganz verrückt, warum muß immer, wenn es mir gutgeht, ein anderer leiden?

Mit gekränktem Gesicht und vorgeschobenem Kinn steht er vom Bett auf, vielleicht willst du einen Schluck trinken, das wird dir helfen, lockerer zu werden, er macht die Weinflasche auf, die uns im Zimmer erwartet hat, schnell, als handelte es sich um eine wichtige Medizin, vielleicht brauchst du einen neuen Mann, fügte er säuerlich hinzu, mit mir kannst du dir selbst nicht entkommen, ich erinnere dich an jede Minute deines Lebens. Ich beeile mich zu widersprechen, wieso denn, obwohl ich das gerade gedacht habe, eine neue Liebe besitzt die Kraft, alles andere zu verscheuchen, wenigstens am Anfang, dort in der Dachwohnung, zwischen den Pinseln, hat mich nichts gestört, aber ich trinke den Wein und versuche, Mut zu schöpfen, gib dir selbst dieses Geschenk, schenke es dir, es wird allen guttun. Ich fülle die Badewanne, ein starker Wasserstrahl bedeckt meine Lügen, und Udi steigt hinter mir hinein, zufrieden, mir eine neue Chance geben zu können, und schon bedeckt uns der Schaum, rein wie frisch gefallener Schnee, er betrachtet mich prüfend, mit einem niedergeschlagenen, fast hilflosen Blick, in seinen braunen Augen blitzt ein grüner Fleck, eine kleine Oase in jedem Auge. Wenn ich ein neuer Mann wäre, würdest du dich mehr anstrengen, beklagt er sich leise, es geht mir auf die Nerven, für dich immer so selbstverständlich zu sein, ich möchte, daß du dir auch Mühe gibst, und ich murmele, ich gebe mir genug Mühe, warum muß man sich bei allem anstrengen, und er sagt, es verletzt mich, daß du mich nicht wirklich willst, sondern mir nur einen Gefallen tust, damit sich meine Laune bessert oder aus irgendeinem anderen Grund, der dir einfällt. Aber natürlich will ich dich wirklich, sage ich, ich will keinen anderen, reicht dir das nicht? Und er macht die Augen zu, dir würde das an meiner Stelle auch nicht reichen, und ich habe schon Lust, den Stöpsel aus der Wanne zu ziehen, soll er doch allein bleiben mit dem Rest Schaum, mit der ewigen, quälenden Last der Benachteiligung, aber die heutige Fahrt bedrückt mich, schließlich sind wir nicht hergekommen, um uns zu streiten, sondern um uns zu lieben und um das geschwächte

Tier unserer Liebe zu füttern, dessen Magen vor lauter Fasten schon geschrumpft ist.

Es wird dir noch leid tun, daß du mich provoziert hast, sage ich mit kindlicher Stimme, er lächelt, nun, laß sehen, er öffnet neugierig die Augen, und ich lausche der Regensalve, wieder ist eine Wolke über unserem Kopf zerplatzt, wie an jenem Morgen in der Dachwohnung, warum stand ich mit ihm am Fenster, statt ihn ins Bett zu ziehen, das aus dem hinteren Teil der Wohnung lockte, oder statt ihm den Pullover auszuziehen und mit den Fäusten gegen seine breite Brust in dem schwarzen Unterhemd zu schlagen, und dann alles zu hören, was er sonst nicht auszusprechen wagte, und dann zu sagen, ich auch, ich auch, wie lächerlich war das, solch einen Preis für die Selbstbeherrschung zu bezahlen, und in plötzlicher Wut nehme ich Udis glattes Glied zwischen meine Fußsohlen, als wäre es ein Fisch, das Maul voller Schaum, den ich mit meinem Netz einfangen müßte, und ich tauche zu ihm, überraschte Hände drücken meinen Kopf unter Wasser, bis ich fast ersticke, ich schaffe es kaum, sie wegzuschieben und Luft zu schnappen. Nimm noch ein bißchen Wein, sagt er und kippt mir, direkt aus der Flasche, den süßlichen Wasserfall in die Kehle, ich reiße den Mund auf, so haben wir immer versucht, die ersten Regentropfen aufzufangen, meine Zunge dürstet nach Wein, sie sucht seine Spuren auf dem harten Glied, das wie ein Betrunkener hin und her schwankt, zwischen den Hoden, und er drückt mich an sich, die leere Flasche drückt in meinen Nacken, die Oasen in seinen Augen werden größer, er stößt einen Seufzer aus, und seine Spannung löst sich mit einem Mal.

Komm ins Bett, flüstert er mit weicher Stimme, er hüllt mich in ein Handtuch und zieht mich hinter sich her, wie ein kleines Kind, das man nach dem Baden ins Bett bringt, und schon fallen mir die Augen zu, aber er lacht, das war erst der Anfang, du hast mir noch viele Überraschungen zu bieten, und ich murmele, wirklich? Klar, sagt er, du mußt mich in einer Nacht für jahrelange Gleichgültigkeit entschädigen, und ich drehe mich auf den Bauch, erst schlafen wir ein bißchen und essen was, aber er läßt nicht locker, ein kalter und glatter Gegenstand rollt über meinen Rücken, glättet mich wie ein Nudelholz. Glaubst du, du kannst dich einstweilen damit zufriedengeben, schnauft er mir ins Ohr, und ich sage, genug, Udi, es reicht, aber zwischen meinen Beinen drängt sich der runde Mund der Flasche schon vorwärts, zu einem tiefen, kalten, gläsernen Kuß.

Beim Abendessen strahlt er mich über seinen vollen Teller hinweg an, mir wird schwindlig bei dieser Fülle von Essen und Trinken, von Gerüchen und Lichtern, von der Fülle an Liebe, mit der er mich umgibt, erstaunt betrachte ich ihn, seine provozierende Bräune, seine Lippen, von denen eine leichte, aggressive Begierde ausgeht, er trägt ein Jeanshemd und helle Hosen, er kaut langsam und genüßlich, nicht wie ich, deren Teller schon leer ist, er schimpft mit mir, was hast du, du kannst nichts genießen. Ich stehe auf, um mir noch etwas zu holen, ziehe mir das schwarze Kleid über den Schenkeln glatt, ein Mann vom Nebentisch schaut zu mir herüber, aber ich beachte ihn nicht, so schlecht geht es uns doch gar nicht, wie schnell tun sich Klüfte auf, man klopft leicht auf die Erde, und plötzlich öffnet sich ein Loch, das aussieht, als würde es sich nie mehr schließen. Es ist richtig, daß ich es anfangs war, die ihn nicht aus ganzem Herzen begehrte, ich war neidisch auf meine Freundinnen, die ihre Partner wechselten, während ich noch immer den kleinen Freund aus der Parallelklasse hatte, und ich dachte, wenn ich stark genug wäre, würde ich versuchen, mich von ihm zu trennen, und mir einen neuen Freund suchen, einen, der mich mehr begeistern würde, aber ich traute mich nicht, und er hing so sehr an mir, daß es mich manchmal nervös machte, es war zu leicht. Laß sie doch ein bißchen wachsen, sagte meine Mutter oft zu ihm, gib ihr Luft, du erstickst sie ja mit deiner Liebe, sogar im Jemen heiratet man in diesem Alter noch nicht, aber er klebte an mir, meine Brüste wuchsen ihm unter den Händen, und wenn ab und zu irgendein Verehrer auftauchte, schaffte er es, ihn mit seiner kindischen Sturheit zu vertreiben. So war er, ein kleiner Junge, der mich beherrschte, nur ich liebe dich wirklich, hatte er mir gedroht, glaubst du etwa, jeder würde dich lieben? All die anderen werden dich verführen und dann fallenlassen, glaub mir, und ich saß neben ihm, gescholten, und bedachte, was er gesagt hatte, betrachtete enttäuscht seine geringe Körpergröße, den dummen Pony, der ihm in die Augen hing, und ich wußte, daß außerhalb seines erstickenden Hauses mit den mißmutigen alten Eltern eine ganze Welt wartete, wild und begeisternd, und daß nur ich es nicht schaffte, sie zu erlangen, aber ich schaffte es auch nicht, seinen kleinen Wuchs zu übersehen, bis er eines Abends sagte, mir geht es auf die Nerven, dein verbittertes Gesicht anzuschauen, ich brauche keine andere, aber wenn du meinst, daß irgendwo ein Besserer auf dich wartet, solltest du das ausprobieren. Ich schaute ihn erschrocken an, statt des Zaubers der Befreiung packte mich Angst, ich fühlte eine innerliche Leere, wie das Loch in einem Zahn, das immer größer wird und von einem Ohr bis zum anderen weh tut, weinend kam ich nach Hause, und meine Mutter sagte, endlich hat er etwas Richtiges getan, und du, vergeude nicht deine Zeit mit Klagen, geh und tob dich endlich aus. Ich war damals kaum siebzehn und hatte das Gefühl, mein Leben sei schon zu Ende, mein ganzes Interesse an der Welt da draußen war mit einem Mal verschwunden, in seinen Armen konnte ich von anderen Liebschaften träumen, aber als ich ohne ihn war, wollte ich ihn nur zurückgewinnen, und statt sich zu ärgern, wuchs er und wurde breiter, in den Pausen sah ich ihn mit anderen Mädchen herummachen, ich sah den Stolz auf ihren Gesichtern, den Widerstand auf seinem, und ich fühlte mich wie eine Mutter, deren Sohn sich eine andere Mutter aussucht. Mit hohlem Bauch flehte ich ihn an, zu mir zurückzukommen, ich wartete nach dem Unterricht auf ihn, überraschte ihn zu Hause, du hast mich doch geliebt, es kann doch nicht sein, daß du aufgehört hast, mich zu lieben, und am Schluß kam er zurück, einige Monate später, aber etwas zwischen uns war zerbrochen, ohne daß wir es erkannten, ein bitteres, forderndes Mißtrauen beherrschte alles, was vorher natürlich und selbstverständlich gewesen war, plötzlich fing ich an, ihn ununterbrochen zu besänftigen, ich versuchte mit allen Mitteln, ihn davon zu überzeugen, daß ich mich aus ganzem Herzen für ihn entschieden hatte, nicht weil ich keine andere Wahl hatte, und ohne daß ich es gewollt hatte, wurde das zu meiner Lebensaufgabe.

Mit zufriedenem Lächeln betrachtet er mich, als ich mich hinsetze, er gießt mir Wein ein, der runde, gläserne Mund der Flasche läßt mich erschauern, und er lacht, du hast das genossen, nicht wahr? Ich streichle seine Hand, es war wunderbar, und er sagt, ich habe noch ein paar Ideen für dich, und ich lächle, ich habe gar nicht gewußt, daß du so kreativ bist, und er sagt, was soll ich machen, einer von uns beiden muß es ja sein. Die Gräten des Fischs füllen meinen Mund, ich gebe keine Antwort, was macht es mir schon aus, wenn er mich ein bißchen provoziert, letzten Endes tut er mir einen Gefallen und beweist mir, daß der Körper mehr ist als eine langweilige Anhäufung von Gliedmaßen, deren Bewegungen zu etwas nütze sind, daß es jenseits der fleißigen, besorgten Existenz noch die Möglichkeit des Vergnügens gibt. In diesem Moment geht ein Paar an uns vorbei, das in unserem Alter zu sein scheint, gut angezogen, in ein lebhaftes Gespräch vertieft, hinter ihnen gehen ein Mädchen und ein Junge, das Mädchen etwa in Nogas Alter, der Junge klein, fast noch ein Baby. Ich folge ihnen mit neidischem Blick, warum haben wir Noga nicht mitgenommen, und warum haben wir kein kleines Kind, rund und rotznäsig wie dieser Teddybär? Udi sagt, fang jetzt nicht damit an, und ich verschlucke schweigend die dünnen Gräten, seit Nogas Unfall war er nicht bereit, mit mir über ein weiteres Kind nachzudenken, er wehrte immer ab, wenn ich darauf zu sprechen kam, doch diesmal haben seine Worte einen anderen Klang, einen versöhnlicheren, und ich hebe die Augen zum Fenster, mir scheint, daß zwei gute Hände auf dem Weg zu uns sind, die alten Hände eines Urvaters, die sich segnend über uns erheben und unsere Köpfe zueinanderziehen, und plötzlich ist es, als könnten wir alles bekommen, sogar einen süßen kleinen Jungen, herrschsüchtig und schlecht gelaunt wie der, der sich aus Versehen an unseren Tisch setzt und laut zu weinen anfängt, weil wir nicht sein Vater und seine Mutter sind.

8 Wir sind nicht ein Fleisch und ein Körper, sondern zwei Körper, die getauscht haben, ich habe seinen Körper angezogen und er meinen, jeder hat auf seinen verzichtet, und es scheint, als hätten wir damit unser ganzes Leben unterminiert, seit der Zeit, als wir Kinder in Schuluniform waren. Mit ungeheurer Erleichterung befreie ich mich von mir selbst, von meinem bohrenden, ruhelosen Bewußtsein, probiere seine festen Glieder, seinen starken Willen, ich bin es, die er will, es gibt nichts Besseres, herrschen will er, es gibt nichts Leichteres, aus den Tiefen meines Körpers lächelt er mir zu, und sein Lächeln ist mütterlich und warm, meine Liebe, sagt er, und ich lege die Arme um seinen Nacken, fast ohnmächtig vor Müdigkeit, vor Alkohol, vor Liebe, ich habe das Gefühl, in einer riesigen Wiege zu schaukeln, hin und her, und das Liebesspiel wird zu einer Art Zeremonie, die aussieht wie Sexualität, aber doch anders ist, was kann es sein, eine Geburt, bei der die Geschlechtsteile eine andere Aufgabe übernehmen, in einem anderen Feuer brennen, und dieses Feuer leckt wie eine kleine Zunge am Unterleib, das Feuer eines alten, schmerzenden Bundes, eines Bundes, den wir vor vielen Jahren hätten zerschneiden müssen, es verbrennt jedes Zögern, ängstigt und tröstet, wer ihm folgt, dem wird nichts Böses geschehen.

Die Kadaver unserer Zweifel werden vor unseren Augen auf dem Laken zerlegt, ich knie in dem riesigen Bett, wie ein Baumwollfeld erstreckt es sich um mich herum, weiß und großzügig, und ich kann über das Feld rennen, winken und die Welt mit offenen Händen umarmen, ich habe keine

Zweifel, der göttliche Geist war hier, wie ein Vogel ist er durch das Fenster gedrungen, um uns auf ewig zu heiligen, Udi wird an meinen Rücken gedrückt, in einem Moment ist er unter mir, im nächsten über mir, ein hungriger Junge, der sich über seine Lieblingssüßigkeit hermacht, ich drehe mich in glücklicher Schwäche, in dieser Nacht verstehe ich alles, wie angenehm ist es doch, sich von quälenden Konflikten zu befreien, ich verstehe, daß er für mich wie ein Sohn und wie ein Elternteil ist, daß es unmöglich ist, zu wählen, und daher auch unmöglich, sich zu befreien, das ist es, was uns verbindet und uns zu Mann und Frau macht. Eine Welle von Mitleid steigt in mir auf, während ich wieder und wieder sein Glied gebäre, in süßer Ergebenheit, als sei das meine Bestimmung, und als er schwach und weich neben mich sinkt, greife ich nach der Decke und ziehe sie über uns beide, es ist, als wäre sie voller warmer Baumwollküsse, noch nicht schlafen, flüstern sie und kitzeln mich, es ist verboten, zu schlafen, die Nacht ist voller geheimer Begierden, dies ist die Nacht aller Wünsche, bis zu deinem Tod wirst du eine solche Nacht nicht mehr erleben. Plötzlich richte ich mich auf und blicke mich um, wer flüstert hier, Udi schläft schon, wer bringt plötzlich Gift herein, in dem Moment, da er einschläft, taucht mein Bewußtsein wieder auf, um mich zu belästigen, schau ihn an, murmeln die weichen Lippen der Decke, weißt du nicht, daß man ein Kind nicht schlafen läßt, wenn es einen Schlag bekommen hat, denn vielleicht würde es nicht mehr aufwachen, im Schlaf verläßt er dich jetzt, er wird nicht zu dir zurückkommen, für immer wirst du dich nach dieser Nacht sehnen, und ich schmiege mich an ihn, verlaß mich nicht, Udi, seine Hand streichelt mich im Schlaf, verströmt Hitze wie der dünne starke Draht eines elektrischen Heizofens, das satanische Flüstern hört auf, und ich betrete die kleine Hütte des Schlafs, von der ich Noga immer erzählt habe, wenn sie nicht schlafen konnte, ich verschließe die Tür hinter mir, hier wird mich niemand stören, hier bin ich geschützt, je weiter die Nacht fortschreitet, um so mehr verändern sich heimlich die Farben in unserem Fenster, bis mich der Schrei erschreckt.

Ich sehe nichts, schreit er, seine ausgestreckten Hände fuchteln durch die stickige Luft wie die Fäuste eines Babys, Na'ama, ich sehe nichts, und ich bin mit einem Schlag wach, der Pulsschlag dämpft die Worte, was sagt er, was soll das heißen, was er da sagt, ich habe diese Sprache vergessen, und ich habe kein Interesse, mich an sie zu erinnern, sie ist schlecht, sie ist zu schlecht für mich, und ich murmele mit geschlossenem Mund, mach dir keine Sorgen, alles ist in Ordnung, und er brüllt, was heißt da in Ordnung, vielleicht ist bei dir alles in Ordnung, aber ich sehe nichts, und ich richte mich auf und umarme ihn, beruhige dich, es geht gleich vorbei, vor lauter Schreck kommt es mir vor, als würde auch ich nichts mehr sehen, ich schließe teilnahmsvoll die Augen, was wird Noga sagen, wenn wir beide blind zurückkommen und tastend in der Wohnung ihrer Stimme folgen. Er schüttelt meine Arme ab, laß mich in Ruhe, ich brauche deine Umarmungen nicht, und ich verlasse gekränkt das Bett, mein Körper ist noch von einer dünnen Schicht Liebe bedeckt, Samen, der schnell hart wird und sich abschälen läßt, wie eine unpassende Gebärde. Durch den Vorhang flimmert mir ein klarer Frühlingsmorgen entgegen, es ist, als wäre tief in der Sonne eine Glocke verborgen, die fröhlich klingelt und uns dazu aufruft, in die Welt zu gehen und ihre Schönheiten zu genießen, aber für ihn ist das alles zu spät, plötzlich ist es wieder zu spät.

Seine Augen rollen, sie fallen ihm fast aus den Höhlen vor Anstrengung, seine Hände tasten über das Bett, blitzschnell hat er sich die ungezielten Bewegungen der Blinden zu eigen gemacht, ich gehe zu ihm, mach dir keine Sorgen, es wird vorbeigehen, wie die Lähmung vorbeigegangen ist, die Untersuchungen haben nichts ergeben, und er zischt, ihre Untersuchungen interessieren mich nicht, sie irren sich ständig, ich bin sicher, ich habe eine Geschwulst, die immer wieder auf eine andere Stelle drückt, und ich sage, das kann nicht sein, genau das haben sie doch ausgeschlossen, vermutlich sind Verkrampfungen oder Streß daran schuld, du mußt darüber nachdenken, was dich bedrückt, er bewegt wild den Kopf von einer Seite zur anderen und brüllt dann plötzlich, du wagst es, zu fragen, was mich bedrückt, du bist es doch, die mich die ganze Zeit bedrückt, deinetwegen bin ich krank!

Eine Welle von Übelkeit steigt in mir auf, ich renne zum Bad und beuge mich über das Waschbecken, trinke Wasser aus dem Hahn, spritze mir Wasser in mein gequältes Gesicht, das Gesicht einer Gefangenen, die jede Hoffnung auf Freilassung verloren hat, was passiert da, was passiert mit ihm, nie war er so unbeständig, ich muß ihn zu sich selbst zurückführen, mein Geliebter, flüstere ich zu dem Spiegel, mein Geliebter, mein Mann, ich war es, die diese Nacht mit dir zusammen war, mach mich nicht zu deiner Feindin, trenne uns nicht, schließlich hast du immer solche Nächte gewollt, eine Schicht Liebe über die andere ziehen, wie Unterhemden im Winter, warum wendest du ausgerechnet jetzt dein Gesicht ab, und wieder beuge ich mich über den Hahn, trinke und trinke und fülle mich mit Zorn, als ströme giftiges Wasser aus seiner Öffnung, nichts wird helfen, keine Worte, er kann das Gute nicht ertragen, er ist wie ein Kind, das sein liebstes Spielzeug kaputtmacht, nur damit niemand es ihm wegnehmen kann, aber ich bin kein Spielzeug, das irgend jemandem gehört, schon juckt es mich, zurückzuschreien, wie kannst du es wagen, mir die Schuld an deinen Krankheiten zu geben, aber meine Stimme ist unhörbar, schau nur, du bist in dein Gekränktsein versunken, während er nichts sieht, das ist jetzt das Problem, alles andere ist überflüssig.

Na'ama, höre ich ihn im despotischen Ton eines Kranken rufen, Na'ama, wo bist du, ich brauche dich, und ich zwinge mich, das Badezimmer zu verlassen, was willst du, frage ich und betrachte mißtrauisch seine geschlossenen Augen, und er sagt, ich will, daß du mir zuhörst, ich versuche schon seit ein paar Tagen, das zu verstehen, was mit mir passiert, was nicht stimmt mit meinem Leben, und heute morgen wird mir klar, daß alles an dem vergeudeten Samen liegt, deshalb bin ich krank. Bist du verrückt geworden, rufe ich erschrocken, worüber redest du da? Er zischt mit sicherer Stimme, als handelte es sich um das Ergebnis einer wissenschaftlichen Forschung, darüber, daß ich mit dir schlafe, darüber rede ich, darüber, daß du mir meinen Samen herauspreßt, ich darf nicht mehr mit dir schlafen, mein Samen ist die Essenz meines Lebens, ich habe zugelassen, daß du mein Leben trinkst, mit allen Lippen deines Körpers.

Erschrocken setze ich mich auf das Bett, halte mir beide Hände vor den Mund, genau so hat man die Juden beschuldigt, das Blut eines christlichen Kindes getrunken zu haben, und jetzt ist alles ins Gegenteil verkehrt, er ist durch die Krankheit konvertiert und beschuldigt mich unverfroren. Wütend stelle ich fest, daß sein Gesicht ganz ruhig ist, es zeigt eine neue Sicherheit, eine verzerrte und entstellte Sicherheit, die mein Blut zum Kochen bringt. Ein abgerissener Schrei dringt aus meiner Kehle, der Schrei eines gefangenen Tieres, du bist es doch, der die ganze Zeit mit mir schlafen will, wie wagst du es also, mich zu beschuldigen? Ich kann es nicht mehr hören, daß ich es immer bin, der will, zischt er, du bist es doch, die mich dazu bringt, es zu wollen, wäre ich ohne dich, hätte ich es doch nicht gewollt, und ich schreie, na großartig, dann bleib doch allein, ich habe genug von deinen Beschuldigungen.

So schnell wirst du mich nicht los, nachdem du mich krank gemacht hast, knirscht er mit zusammengebissenen Zähnen, und ich zittere am ganzen Körper, ich habe dich krank gemacht, wie undankbar du doch bist, ich habe dich krank gemacht? Aber die Worte bleiben mir in der Kehle stecken, sie weigern sich, herauszukommen, wer hat uns eine so kurze Zeit der Gnade zugeteilt, wohin führt das, was wird mit Noga sein, und als ich an sie denke, springen mir Tränen in die Augen, sie wird enttäuscht sein, bestimmt wartet sie darauf, daß wir morgen ruhig und fröhlich zu ihr zurückkommen und sie in unsere Freude führen wie in einen prächtigen Palast.

Durch die Flure nähern sich schon die Staubsauger und beeilen sich, die Gäste aus ihren Zimmern zu vertreiben, damit sie sich von den für sie bestimmten Vergnügungen aufsaugen lassen, nur wir liegen im Zimmer wie düstere Basaltbrocken, wir sind uns fremd, und fremd sind wir den Resten unserer Liebe auf dem Laken, das bald gewechselt wird, fremd der schönen Umgebung. Ich jammere in das feuchte Handtuch, ich kann so nicht mehr weitermachen, ich kann nicht mehr, und er faucht, ich bin sie leid, deine Tränen, du denkst nur an dich, ich bin krank, und du hast Mitleid mit dir selbst! Ich schaue mich um, was soll ich tun, wenn ich mich anziehe und hinausgehe, wird er sagen, ich hätte ihn im Stich gelassen, und wenn ich bleibe, habe ich keinen Platz, mich vor ihm zu verstecken, bin gefangen in der Schußlinie eines Blinden, der aus Versehen töten kann. Wütend gehe ich ins Bad, stütze mich auf das Waschbecken und betrachte mich im Spiegel, meine Lider sind geschwollen über den roten Augen, die Lippen weich vom Weinen, so hätte ich heute morgen nicht aussehen sollen, und wir hätten diesen Morgen nicht im Zimmer verbringen sollen, sondern auf der Terrasse, von wo aus man den Hermon sieht, mit Kaffeetassen neben mit Köstlichkeiten beladenen Tellern, danach hätten wir spazierengehen und die Blütenpracht bewundern sollen, doch wir haben das Tal mit unserer Bitterkeit gefüllt, und ich versuche, mir zu sagen, was ich immer meinen Frauen in unserem Heim sage, du bist kein Opfer, du kannst immer wählen, du bist kein Opfer, aber welche Wahl habe ich jetzt, wenn er mich mit seinen Gebrechen an sich bindet? Wieder und wieder wasche ich mir das Gesicht mit fast kochendheißem Wasser, wie man einen Topf spült, an dem alter Schmutz klebt, schwarze, häßliche Fettflecken, du hast keine Wahl, sage ich mir, du mußt diese Haare kämmen, diesen Körper ankleiden, Strümpfe über diese Füße ziehen. Im Flur schlüpfe ich ungeschickt in meine Kleider, ermutige mich selbst, als beginge ich eine Heldentat, nur nicht in seinen toten Winkel geraten, und als ich fertig bin, sage ich schnell, ich gehe hinunter und trinke Kaffee, soll ich dir etwas bringen? Er antwortet nicht, vorsichtig werfe ich ihm einen Blick zu, er hat einen Arm über die Augen gelegt, sein Mund steht offen, bring mir eine Zitrone, murmelt er, mir ist furchtbar übel und der Kopf tut mir weh.

Dann ist es letzten Endes doch nur eine Migräne, ich atme erleichtert auf, Migräne ist meine alte Feindin, ich ziehe einen alten Feind einem fremden Eindringling vor, wie gut kenne ich das blendende Flimmern der Augen, die Übelkeit, die schwarzen, fettigen Kopfschmerzen, ganze Tage habe ich mit Migräne im Bett verbracht, sogar an unserem Hochzeitstag hat sie mir die Freude verdorben, bis mittags um eins lag ich mit geschlossenen Augen auf meinem Jugendbett, ein feuchtes Tuch auf der Stirn, in dem alten Haus, in dem mein Vater einsam lebte und aus dem er immer mehr Gegenstände entfernte. Hungrige Katzen schlugen ihre Krallen in die Korbsessel, bis sie auseinanderfielen wie Nester, die nicht mehr gebraucht wurden, und auch die Wände leerten sich allmählich, bis nur noch die hellen Rechtecke anstelle der verschwundenen Bilder zu sehen waren, nur das riesige Barometer meines Vaters war noch da und beherrschte stolz das große Zimmer, das Barometer mit dem durchsichtigen Röhrchen, an dessen Boden sich ein schwerer, dunkler Quecksilbersee befand, der wunderbarerweise durch Aufsteigen und Sinken das Wetter vorhersagte.

Nachdenklich stand mein Vater immer vor dem Barometer, eines seiner seltenen Lächeln auf den Lippen, das Lächeln eines siegreichen Generals, heute lohnt es sich nicht, Wäsche aufzuhängen, verkündete er meiner Mutter, als wir noch eine Familie waren, sie wird nicht trocknen, sie protestierte dann und sagte, aber der Mann von der Wettervorhersage hat behauptet, es würde heiß und trocken, widerspenstig ging sie mit der vollen Wanne hinaus, um einige Stunden später wieder zur Wäscheleine zu rennen, weil der Himmel dunkel geworden war und ihre kostbare Wäsche triefnaß. Diese Momente genoß er, vor ihren erstaunten Augen feierte er seinen Sieg über den Wetterpropheten, einen Sieg in dem geheimnisvollen Kampf, der ihn Tag für Tag forderte, als würden sie beide, er und der Mann von der Wettervorhersage, um die Liebe meiner Mutter buhlen, und diese Momente waren ihm so kostbar, daß er, auch nachdem sie weggegangen war, immer noch versuchte, sie mit solchen Auskünften zu beeindrucken. Ich fragte ihn jedesmal vor dem Schlafengehen, nun, wird das Wetter gut oder schlecht, und dann stellte er sich vor sein Barometer, betrachtete es ehrfürchtig und teilte mir seine genaue Vorhersage mit, die sich nie als falsch erwies. Vermutlich war seine Sicherheit die Essenz der Erfahrung, die er in seinem Leben gesammelt hatte, die Essenz seines Stolzes, alles gesammelt in dem Quecksilbersee, der in dem Röhrchen stieg oder fiel, und ich stolperte, das nasse Handtuch wie einen Brautschleier auf dem Kopf, mit fast blinden Augen in die Küche, um mir noch eine Zitrone zu holen, tastete mich weiter, bis mich ein Schwindelgefühl packte und meine inneren Organe umstülpte, ich versuchte, mich an der Wand festzuhalten, erwischte einen harten Gegenstand und fiel zusammen mit ihm zu Boden, beide knallten wir hin, ich und das riesige Weltthermometer.

Die geheimnisvolle Substanz zersprang plötzlich in Dutzende von grauen Silberkügelchen, die, fröhlich wie in die Freiheit entlassene Gefangene, unter die Betten rollten, innerhalb eines Augenblicks sahen sie nicht mehr ernst aus, sie wollten nur fröhlich sein und keine Vorhersagen mehr machen, und ich kroch unter das Bett, versuchte, sie zusammenzufügen, zwischen den Scherben des zerbrochenen Glasröhrchens, zerdrückte mit den Knien den Mythos, der seine Größe verloren hatte. Zu meinem Entsetzen hörte ich Schritte näherkommen, ich wagte nicht, den Blick zu heben, Papa, mach dir keine Sorgen, sagte ich weinend zwischen den Scherben, ich kaufe dir ein neues, morgen früh kaufe ich dir ein neues, mit dem Geld, das wir zur Hochzeit bekommen, und er sagte mit seiner leisen, tonlosen Stimme, solche gibt es nicht mehr, das ist ein altes, einzigartiges Barometer, aber ich blieb dabei, ich besorge dir eins, genau das gleiche, ich bekomme Geld zur Hochzeit, und mit dem ganzen Geld kaufe ich dir so eines, und die Migräne schloß sich wie ein Schraubstock um meinen Kopf, wie werde ich unter dem Hochzeitsbaldachin stehen können und wie wird er neben mir stehen, ausgerechnet an meinem Ehrentag um den Rest seiner Größe beraubt, und ab da versteckte ich mich vor ihm im Lärm meines neuen Lebens, ich vergaß mein Versprechen, und nur bei den wenigen Malen, die ich ihn besuchte, störte mich der Schatten des Barometers an der Wand, und ich versprach, morgen werde ich dir so eines kaufen, und er nickte schweigend, niemand fragte ihn mehr, ob es heiß oder kalt werden würde, und so, seiner Kraft beraubt, starb er eines Nachts leise im Schlaf an einem Herzschlag, während unter seinem Bett noch immer die aufsässigen Quecksilberkügelchen herumtobten.

Ich werde hinuntergehen und dir eine Zitrone bringen, sage ich schnell, bevor er mich zurückhalten kann, und lehne mich von draußen an die verschlossene Tür, einen Moment lang bin ich frei, wenn es nur eine Migräne ist, ist es wirklich nicht so schlimm, mit einer Migräne komme ich zurecht, aber als ich den Speisesaal betrete und Gäste sehe, die vergnügt kauen, gar nicht genug gesunde Nahrung in sich hineinschlingen können, da wird mir klar, daß ich mich bereits in einer völlig anderen Existenz befinde, denn das, was mich heute erwartet, ist völlig anders als das, was sie erwartet, mich erwartet kein Ausflug mit einem Jeep, kein Picknick inmitten des Frühlings, kein Pool, ich setze mich an den kleinen Tisch, für zwei Personen, es gibt hier keine Tische für einen einzigen Menschen, ich betrachte die strahlende Landschaft, die sich jetzt, nach dem Sturm, draußen erstreckt, das Tal ist blau wie das Meer, Boote aus roten Dachziegeln segeln ruhig durch das Blau, ausgerechnet an einem so schönen Ort hört er auf zu sehen, denke ich, und wieder kommen mir die Tränen, diese durchsichtigen Medusen, sie brennen auf meinen Wangen, und ich senke den Kopf, um die vergnügten Menschen um mich herum nicht zu sehen und um nicht bei meiner Schande ertappt zu werden. Der Kellner gießt mir Kaffee ein, ich blicke ihn unter Tränen an, als hätte er mir das Leben gerettet, wie armselig bin ich in diesen wenigen Stunden geworden, und die ganze Zeit spüre ich über der mit kleinen Lampen wie mit Sternen übersäten Decke seine fordernde Anwesenheit, zwei Stockwerke über mir, wie er zornig und undankbar alles beobachtet, was ich tue, und mich unter sich erdrückt. Ich stehe auf und gehe zum Büffet, erschrecke vor dem ausgestellten Überfluß, kann mich nicht entscheiden, was ich essen soll, eine junge Frau neben mir belädt einen bunten Teller, ihr Körper bewegt sich gierig in ihrem Bademantel, sie kippt Karottensaft über mich und entschuldigt sich noch nicht einmal, und ich packe ein Brötchen, als würde ich es stehlen, und kehre zu meinem Tisch zurück, ich schaffe es kaum, zu essen, dieser ganze Überfluß provoziert mich, ärgert mich, und ich fliehe regelrecht zur Treppe, und erst an der Tür fällt mir ein, daß ich die Zitrone vergessen habe, alles hat es dort gegeben, außer dieser Kleinigkeit, der einzigen, die ich wirklich brauche. Zögernd gehe ich zur Küche, ein tadelnder Blick trifft mich, ganz anders als diese unendlich höflichen Blicke draußen, ich bitte um eine Zitrone. Hier, abseits des überbordenden Frühstücksbüffets, fühle ich mich schon wohler, und auch als ich die große, goldene Zitrone schon in der Hand habe, habe ich es nicht eilig, wieder zu gehen, ich streichle die Zitrone, als wäre sie ein Paradiesapfel für eine Sukka, die ich mit großer Mühe gebaut habe. Vorsichtig trage ich die Zitrone die Treppe hinauf, halte sie vor mich, als ich eintrete, wie ein Opfer, das niemand annimmt, denn das Zimmer ist leer, auch der breite Sessel, das Badezimmer, die Toilette, er ist nicht da, auch nicht sein Zorn, und ich setze mich auf das Bett und kaue, ohne es zu merken, an der Schale der Zitrone. Was ist passiert, habe ich meinen Auftrag nicht richtig ausgeführt, bin ich zu spät gekommen, oder hat sich sein Zustand plötzlich gebessert und er ist losgelaufen, um mir mitzuteilen, daß alles wieder in

Ordnung ist, und um sich für das zu entschuldigen, was er während seines plötzlichen Anflugs von Blindheit gesagt hat, wir werden unseren Liebesurlaub fortsetzen und sorglos wie Engel in unseren weißen Bademänteln an den Hängen herumtollen. Diese Möglichkeit erfüllt mich mit Glück, ich werde ihm verzeihen, auch wenn er sich nicht entschuldigt, wenn wir nur in Frieden nach Hause zurückkehren, wegen Noga, damit sie nicht im Netz unserer Zwistigkeiten gefangen wird.

Ich stehe auf und gehe zum Fenster, und plötzlich steht der goldene Tag neben mir, vielleicht werden wir uns ja noch anfreunden, ich und die Sonne und die Bäume und die Blumen, jetzt erst bemerke ich sie, Wasserfälle aus Frühlingsblumen in Gelb und Rot und Lila, von weitem sind sie namen- und gattungslos, bestehen nur aus kräftigen Farben. Zweifellos findet dort unten ein Fest statt, ich bin bereit mitzufeiern, mich in das kurze Leben der Frühlingsblumen zu mischen, ein Leben, fast so schnell erloschen wie das eines Streichholzes, und da sehe ich zwischen den Bäumen eine helle Gestalt, die sich tanzend bewegt, sie hüpft von einem Baumstamm zum anderen, bückt sich, senkt das Gesicht zu Boden, als folge sie einem alten Kult, der mir angst macht. Schnell laufe ich hinunter, verlasse das Hotel, eile zu den Bäumen, und dort liegt er ausgestreckt, zwischen den hohen Chrysanthemen und dem glänzenden Hahnenfuß, seine Schultern beben, und röchelnde Töne steigen von ihm auf wie aus den Tiefen der Erde.

Ich falle über ihn her, Udi, was ist passiert, ich knie mich neben ihn, wie geht es deinen Augen, siehst du etwas? Und er stöhnt, die Augen sind in Ordnung, aber ich kann fast nicht atmen, mir ist übel, und ich frage, warum bist du überhaupt aus dem Haus gegangen, warum hast du nicht im Zimmer auf mich gewartet, ich habe dir eine Zitrone gebracht, und er keucht, ich konnte nicht oben bleiben, ich mußte hinausgehen, oben habe ich keine Luft mehr gekriegt. Hilflos schaue ich mich um, die Sonne erwärmt schon meinen Rücken, es ist, als hätte in dieser Nacht eine Revolution stattgefunden und der Sommer hätte die Herrschaft übernommen. Komm, sage ich, gehen wir zurück zum Hotel, ich bringe dir Wasser und etwas zu essen, und er richtet sich auf, lehnt sich lang und schwer an mich, weigert sich aber zu gehen, ich dränge ihn, Udi, du mußt etwas trinken, das wird dir helfen, und er murmelt, aber ich darf nicht mit dir ins Hotel gehen und ich darf nichts essen und nichts trinken, und ich sage, ja, ja, wie man einem kleinen Kind antwortet, und dann kapiere ich es, was hast du gesagt? Wer hat es dir verboten? Und er fährt mit derselben ergebenen Stimme fort, ganz anders als seine aggressive Stimme am Morgen, als ich auf dich gewartet habe, ist mir eine Geschichte aus dem ersten Buch der Könige eingefallen, ein Mann Gottes kam von Juda nach Beth-El, und es war ihm befohlen durch des Herrn Wort: Du sollst kein Brot essen und kein Wasser trinken und nicht den Weg zurückgehen, den du gekommen bist. Was hat das mit dir zu tun, frage ich ihn ungeduldig, und er sagt, ich fühle, daß es mit mir zu tun hat, ich darf hier nichts essen und nichts trinken, und ich muß hier weg, bevor es jemandem gelingt, mich zum Essen zu überreden, wie es bei jenem Propheten gelungen ist, du weißt doch, was mit ihm passiert ist? Ein Löwe hat ihn getötet, und sein Leichnam kam nicht ins Grab seiner Väter. Er wirft mir einen furchtbaren Blick zu, und ich versuche, seine Arme wegzuschieben, die vor Angst an mir kleben, vielleicht ist er wirklich nicht in Ordnung, vielleicht haben die Ärzte recht gehabt, ich hätte zulassen sollen, daß sie ihn in die psychiatrische Abteilung einweisen, wie konnte ich mir nur einbilden, daß ich mit seiner Seele schon fertig würde?

Hilf mir zum Auto, stöhnt er, ich warte dort, bis du gepackt hast, ich darf hier nicht länger bleiben, und ich führe ihn zum Auto, in dem es immer heißer wird, kein Zweifel, der Sommer sitzt schon mit glühenden Arschbacken auf seinem Thron, ich lege Udi auf den Rücksitz und laufe mit schmerzenden Füßen zum Hotel. Warum soll ich packen, warum sollen wir wegfahren, wieder ist alles kaputt, ohne Vorwarnung, mein Kinn senkt sich in einer neuen Bewegung des Verzichts, wie gerne würde ich hierbleiben, in der stillen Lobby einen Kaffee trinken oder mich draußen auf eine Bank setzen, aber eigentlich ist es klar, oder es hätte mir klar sein müssen, daß er um so dringender wegmöchte, je mehr ich mir wünsche hierzubleiben. Vielleicht weigere ich mich diesmal, vielleicht sage ich ihm einfach, ich will bis morgen bleiben, wie ausgemacht, mal sehen, was er dann tut, aber sofort fällt mir seine Krankheit ein, da ist nichts zu machen, ich muß nachgeben, vielleicht ist er deshalb krank, damit man ihm nachgibt, aber das ist schwer zu beweisen. Ich betrete das Zimmer, von Sekunde zu Sekunde bedauere ich mehr, daß ich hier fortgehen soll, ich habe noch nicht mal auf diesem Sessel gesessen oder an dem Tisch vor dem Fenster, und immer trauriger werfe ich die Kleidungsstücke in die Tasche, werfe alle zusammen, seine und meine. Der Schrank ist schon leer, jetzt das Badezimmer, Zahnbürsten und Zahnpasta und Rasierzeug, und da auf der Ablage die Gesichtscreme, das Deodorant, die Haarbürste, und bei ihm das rote Rechteck seiner Bibel, wütend blättere ich darin, gelbe Sandkörner fallen heraus, wo, verdammt noch mal, ist diese Geschichte, deretwegen wir hier wegfahren, ein Mann Gottes, der von Juda nach Beth-El kommt, oder umgekehrt, ich habe kaum zugehört, keine Ahnung, wo ich suchen soll, keine Chance, sie zu finden, die Seiten führen mich absichtlich in die Irre, schneiden mir in die Finger, und vor lauter

Wut schmeiße ich das Buch auf den Boden, als wäre es die Ursache für die Verrücktheit, die mein Leben beherrscht, ich schließe schnell die Tasche, bevor es mir leid tun kann, das ist seine Strafe, dieses Buch wird für immer hierbleiben.

Um sicherzugehen, daß ich nichts vergessen habe, schaue ich mich prüfend um, bevor ich das Zimmer verlasse, ich blicke unters Bett und zwischen die Handtücher, und wieder fällt mein Blick auf das rote Rechteck, das Buch, das er am Ende des Gymnasiums bekommen hat, bei der Abschlußfeier, ich sehe ihn noch vor mir, wie er auf die Bühne ging, der Direktor, dem es schwerfiel, sich vom besten Schüler der Klasse zu trennen, drückte ihm die Hand und überreichte ihm feierlich das Buch, ich habe meines längst verloren, er hat seines gehütet, er nahm es mit zum Militär, danach auf alle Ausflüge, er zog es aus der Tasche und las seinen Touristen daraus vor, und schon strecke ich die Hand aus, um es trotzdem zu nehmen, aber der Abstand zwischen uns ist zu groß, denn ich mache schon die Tür zu, erschrocken und fröhlich zugleich, was denkt er sich eigentlich, daß er mir Kummer macht und ich es ihm nicht heimzahle, mir scheint, als hörte ich hinter mir ein leises Wimmern, wie von einem Säugling, der verlassen wird, aber es tut mir nicht leid, soll es ihm doch leid tun.

Hast du nichts vergessen, fragt er, er muß alles beherrschen, sogar von den Tiefen des Rücksitzes aus, ich antworte heftig, wenn du dich nicht auf mich verläßt, geh doch selbst hinauf und schau nach, und er schweigt, seine Wangen sind rot vom Fieber, wie zwei verwelkte Rosen, und ich schiebe die Tasche hinter den Vordersitz und setze mich selbstverständlich auf die Beifahrerseite, doch dann wird mir klar, daß es hier zur Zeit keinen Fahrer gibt, außer mir, daß ich die ganze verdammte Strecke zurückfahren muß, die gewundene Straße über den Berg, und das bei meiner Höhenangst und meiner Panik vor Schluchten. Ich schaue ihn zornig an, er soll sich zusammenreißen und mich retten, aber er liegt erschöpft auf der Rückbank, und der Fahrersitz wartet nur auf mich, wie in dem Alptraum, der mich seit Jahren begleitet, ich fahre ein Auto, an dem fast alles kaputt ist und das trotzdem fährt, ich schaffe nicht, es anzuhalten, neben mir brüllen Autos wie hungrige Löwen, schneiden mich von allen Seiten, und ich habe keine Wahl, ich muß weiterfahren. Mit einer fremden Stimme frage ich, gibt es einen anderen Weg nach Hause, und er murmelt, es muß einen anderen Weg geben, du darfst nicht denselben Weg zurück nehmen, und ich seufze, er weiß schon nicht mehr, was er sagt, ich blicke in die Schlucht unter uns, bei Tageslicht sieht sie weniger beängstigend aus, dafür aber grausamer, sie bewegt ihr breites Becken, rät uns, von vornherein aufzugeben, den einfachsten Weg zu nehmen, der uns augenblicklich die Leiden des Morgen und des Übermorgen erspart, ihre Verführung wächst, sie ist wie eine Frau, deren Selbstvertrauen größer und größer wird, weil sie spürt, daß ihre Werbung erwidert wird.

9 Wie eine urzeitliche Eidechse liegt er bewegungslos im abgedunkelten Schlafzimmer, wie das versteinerte Überbleibsel einer ausgerotteten Spezies aus den ersten Tagen der Schöpfung, zwischen ihm und der Sonne, die er immer so geliebt hat, sind schwere Rolläden heruntergelassen, seine Haut wird blasser und blasser, Staubschuppen bedecken ihn, als wäre er in einem Museum ausgestellt, für das sich niemand interessiert, nur Noga schaut mittags bei ihm hinein, wenn sie hungrig und besorgt von der Schule kommt, ein stummer Blick, um sich zu vergewissern, daß er noch daliegt, auf dem Rücken, und mit offenen Augen vor sich hin starrt.

Sein langer Körper wird kürzer, seine Schultern ziehen sich zusammen, es ist, als nähme er jeden Tag mehr das Aussehen seiner Jugend an, und wenn ich morgens, in ein Handtuch gehüllt, an ihm vorbeigehe und mir etwas zum Anziehen aus dem Schrank hole, bin ich so verlegen wie damals, ein großes breites Mädchen neben dem mageren Jungen, denn je kleiner er wird, um so mehr scheine ich zu wachsen, wir werden wieder zu den alten Jungen, als wäre alles, was uns seither passiert ist, nur vorübergehend und könnte einfach ignoriert werden. Auf einmal entdecke ich, nach Jahren der Magerkeit, die Wunder des Kühlschranks, ich komme von der Arbeit nach Hause und muß mir, bevor ich sein Zimmer betrete, den Bauch vollstopfen, vor allem mit Toast und Butter, hochaufgetürmte Scheiben wie jene, die mein Vater uns früher am Schabbatmorgen gemacht hat, krumme, schwankende Türme aus dünnen Toastscheiben mit Butterstücken, die dazwischen schmolzen, und Noga betrachtet erstaunt die Scheiben, die aus dem Toaster fliegen wie heiße Ohrfeigen, wie kannst du so braunen Toast essen, und ich lächle entschuldigend und schicke sie los, Eis für uns zu kaufen, je süßer, um so besser, vor allem liebe ich das Eis mit Schokoladenstücken, von dem man am längsten etwas hat, und dann sitzen wir uns gegenüber und schlecken wie zwei Schwestern, deren Eltern zu beschäftigt sind, um auf die Ernährung ihrer Kinder zu achten. Er, der Vollkommene, hätte mich sofort zurechtgewiesen, wie könnt ihr nur diesen Mist essen, er hätte das Einwickelpapier genommen und voller Abscheu die Liste der Zutaten vorgelesen, doch jetzt ist er gegenüber allem, was wir tun, vollkommen gleichgültig, auch wenn wir Gift äßen, würde er es nicht merken, nur meine Kleidungsstücke protestieren, nichts paßt mir mehr, die Jeans denken nicht mehr daran, sich zumachen zu lassen, mein neuer Hosenanzug weigert sich, meinen voller gewordenen Körper zu umhüllen, nur eines der weiten, formlosen Sommerkleider, die ich mir vor kurzem gekauft habe, bedeckt meinen verschwitzten Körper, wenn ich das Heim betrete. Die Mädchen betrachten mich erstaunt, erst haben sie gedacht, ich wäre schwanger, so wie sie, und eine neue schwesterliche Verbundenheit entstand zwischen uns, bis sich herausstellte, daß ihre gewölbten Bäuche etwas anderes bedeuten als mein weicher Hängebauch, in dem sich nur leblose Nahrung befindet.

Die neuen Mädchen, die zu uns kommen, glauben, ich hätte immer so ausgesehen, so wäre ich nun mal, nur Chawa und Annat machen manchmal Bemerkungen, was soll das, Na'ama, was tust du dir an, aber dann wenden sie sich wieder ab, denn bei uns gibt es immer etwas Dringenderes, um das man sich kümmern muß. Manchmal bemerke ich, daß Annats Blicke mich mitleidig streifen, fast auffordernd, aber ich ignoriere sie, jetzt bin ich an der Reihe, ihr auszuweichen, um nicht zu hören, wie ihre Gedanken mich anschreien, ohrenbetäubend, ich habe ja gesagt, du sollst ihn verlassen, du hättest ihn schon vor Jahren verlassen sollen, was wird nun aus dir, du siehst ja, wenn man ein Haus auf schwachen Fundamenten baut, schwankt es, hast du wirklich geglaubt, guter Wille und Schuldgefühle reichen, um eine Familie zu gründen, und ich lehne mich innerlich auf, du hast mir nicht zu sagen, was ich tun soll, was weißt du schon vom wirklichen Leben, du hast es ja noch nicht einmal ausprobiert. Aber sie ist nicht die einzige, der ich ausweiche, ich gehe auch verheirateten Freundinnen mit Kindern aus dem Weg, wie könnte ich ihnen in einem Café gegenübersitzen und mir ihre Klagen über Ehemänner anhören, die nichts als ihre Arbeit im Kopf haben, während mein eigenes Leben vor meinen Augen zerfällt und ich keine Möglichkeit habe, die zerbrochenen Teile aufzusammeln, wie die Quecksilberkügelchen, die sich im Haus meiner Kindheit verteilten.

Wenn sich jemand nach Udi erkundigt, beschränke ich mich auf kurze, kühle und möglichst vage Antworten, und glücklicherweise bohrt auch keiner nach, niemand sehnt sich wirklich danach, vom Leiden seiner Mitmenschen zu erfahren. Einige sagen, laß die Zeit das ihre tun, am Schluß wird er aus der Sache herauskommen, andere meinen, je aufopfernder du dich verhältst, um so länger wird sich seine Genesung hinauszögern, du mußt gleichgültiger sein, damit ihm klar wird, daß ihm seine Spinnerei nichts nutzt, wieder andere sagen hingegen, du mußt ihn unterstützen, damit er ein Gefühl der Sicherheit bekommt, er ist dein Mann, in guten und in schlechten Zeiten, und ich höre mir das alles schweigend an, ändere meine Meinung von einem Tag auf den anderen, von einer Minute auf die andere, ich habe schon so viel getan, um ihm eine Freude zu machen, ich habe versucht, ihn mit kleinen Geschenken, mit Freundlichkeiten oder Leckerbissen zu verwöhnen, doch inzwischen bin ich so enttäuscht, daß ich keine Kraft mehr habe, mich weiter zu bemühen. Sein Blick ist feindlich und provozierend, wenn ich das Zimmer betrete, seine Forderungen sind so groß, daß man sie unmöglich befriedigen kann, denn alles, was ich tue, erweckt seinen Groll. Wenn ich ihm vorschlage, mit uns zusammen in der Küche zu essen, lehnt er es ab, wenn wir uns zu ihm setzen, klagt er, das würde ihn stören, wenn ich zur Arbeit gehe, beschwert er sich, ich würde ihn vernachlässigen, und wenn ich einen Tag frei nehme, um bei ihm zu bleiben, ignoriert er mich voller Zorn. Manchmal, wenn ich auf dem Heimweg bin, hoffe ich auf ein Wunder, vielleicht würde er mir ja die Tür aufmachen, gewaschen und wohlduftend, in sauberen Kleidern und nicht in den schmutzigen, stinkenden Lumpen, die er sich weigert zu wechseln, er würde mich umarmen und zum Bett ziehen wie früher, schnell, bevor Noga nach Hause kommt, oder er würde mit einem Buch in der Hand auf dem Balkon sitzen und mir ab und zu einen Abschnitt vorlesen, der ihm besonders gut gefällt, so wie früher, als er mir mit allen möglichen Geschichten aus der Bibel auf die Nerven fiel, jetzt wünsche ich mir, er möge mich doch beim Kochen stören, alles wäre mir recht, wenn ich nur einen Hauch Leben entdeckte, eine Spur von Interesse, an mir, an Noga, an der Welt um ihn herum, an allem, was sein Leben ausmacht.

Doch wenn ich heimkomme, liegt er immer im Bett, und nur das gelbliche Wasser in der Kloschüssel zeigt, daß er die Toilette benutzt und nicht nachgespült hat, er weigert sich, die Wasserspülung zu drücken, weil der Krach seinen Ohren so weh tut wie die Sonne seinen Augen. Er weigert sich auch zu essen, nur ganz selten bittet er mich, ihm einen Mehlbrei zu kochen, mit geriebener Schokolade darin, den Brei, den er als Kind so liebte und den seine Mutter ihm nur kochte, wenn er wirklich krank war, aus lauter Angst, ihn zu sehr zu verwöhnen. Dies sind zweifellos unsere kurzen guten Momente, wenn ich ihm eine Schüssel mit dampfendem Brei ans Bett bringe, manchmal sitzen Noga und ich dann neben seinem Bett und essen schweigend, und er wirft uns, wie ein krankes Kind, ein triumphierendes, trauriges Lächeln zu und entblößt gelbliche Zähne.

Manchmal vergesse ich zu fragen, wie es ihm geht, weil es schon egal ist, ob sich an einem Tag seine Hände oder Zehen nicht bewegen oder ob er am Tag darauf kaum etwas sieht oder ob ihm Schulter oder Kopf weh tun, es scheint, als ziehe ein und dieselbe Schwäche durch seinen Körper wie eine Wolke über den Himmel und lasse sich mal in diesem, mal in jenem Körperteil nieder, und selbst er, der es anfangs genossen hat, seine Schmerzen in allen Einzelheiten zu beschreiben, hat bereits aufgehört, von ihnen zu sprechen, es gibt nur ein vages Gefühl, das uns alle vereint: ich bin nicht in Ordnung, er ist nicht in Ordnung, Papa ist immer noch nicht in Ordnung.

Aber was hat er denn, fragte Noga in den ersten Tagen, als wir von unserem Urlaub zurückgekommen waren, immer wieder, und ich antwortete, nichts Ernstes, und sie nörgelte, warum liegt er denn dann im Bett, wenn er nichts hat, ist er nun gesund oder nicht? Ich versuchte, sie zu beruhigen, er ist nicht wirklich gesund und nicht wirklich krank, und sie schimpfte, warum bringst du ihn dann nicht zu einem Arzt, warum unternimmst du nichts? Und ich entschuldige mich, er will nicht wieder ins Krankenhaus, er möchte sich nicht untersuchen lassen, ich kann ihn nicht mit Gewalt hinschleppen. Manchmal beschimpfe ich mich auch selbst, mach was, gib nicht immer nach, dann stehe ich energisch in der Tür seines Zimmers und sage, Udi, so geht es nicht weiter, du mußt dich untersuchen lassen, man muß herausbekommen, was dir fehlt, du darfst dich nicht einfach dieser Krankheit ergeben, und er wirft mir dann einen abweisenden Blick zu, ich lasse mich in keine psychiatrische Abteilung einweisen, und wenn ich dich störe, dann geh doch. Ich drohe mit schwacher Stimme, ich werde wirklich gehen, merk dir das, wenn du dich nicht um dich kümmerst, werde ich einfach gehen, glaubst du etwa, du könntest dein ganzes Leben im Bett verbringen und ich würde dich wie eine Krankenschwester pflegen? Dann wehrt er sich sofort, ich brauche deine Pflege nicht, man könnte meinen, du tust wer weiß was für mich, und ich schaue ihn hilflos an, ich bin ja auch nicht begeistert davon, ihn wieder ins Krankenhaus zu bringen, trotzdem muß man eine Lösung finden, es ist doch unmöglich, daß es keine Medizin für diese Ansammlung von Symptomen gibt, und immer wieder kommt mir der deprimierende Name der Krankheit Konversionsneurose in den Sinn, so wie man sich an den Namen einer anderen Frau erinnert, einer verführerischen und bedrohlichen Rivalin.

Sogar meine Mutter, die sich normalerweise in nichts einmischt, hat angefangen, mich zu bedrängen, was ist los mit ihm, man muß etwas unternehmen, und an einem Abend tauchte sie mit ihrer Bekannten bei uns auf, einer Psychiaterin, wir kommen nur auf einen Sprung vorbei, verkündete sie mit bedeutungsschwangerer Stimme, wir wollten nur mal schauen, was es Neues gibt, und Udi war mit einem Satz aus dem Bett, er saß mit uns im Salon und verteilte sein Lächeln, er gab sich solche Mühe, zu beweisen, daß nichts Besonderes los war, bis die Ärztin mich mißtrauisch musterte, als wäre ich die Kranke, und erst an der Tür flüsterte sie mir zu, er sieht ein bißchen heruntergekommen aus, das ist alles, und ich fühlte mich ermutigt und versank sofort in angenehmen Vorstellungen von seiner baldigen Genesung, doch er war schon zurückgegangen ins Bett, erschöpft von der Anstrengung, und eine Woche lang weigerte er sich zu sprechen, er weigerte sich zu essen, und morgens fand ich den Küchenschrank offen vor und entdeckte, daß der Brotlaib kleiner geworden war, und so suche ich die Spuren seines Lebens, wie man die Spuren einer Maus sucht.

Manchmal frage ich ihn mit der Stimme einer Kindergärtnerin, was hast du denn den ganzen Tag so getan, und er antwortet, nichts, angriffslustig, als gäbe es auf der ganzen Welt nichts für ihn zu tun. Seit dem Verschwinden seiner geliebten Bibel weigert er sich, ein Buch in die Hand zu nehmen, mir hat es schon am Tag danach leid getan, ich rief das Hotel an und flehte, man möge das Buch für mich suchen und es mir bitte schicken, aber vergeblich, und nun betrachtete ich mit schlechtem Gewissen den leeren Nachttisch neben seinem Bett, wie konnte so etwas geklaut worden sein, wer hat sich für eine alte, abgenutzte Bibel interessiert, mit Sandkörnern zwischen den Blättern. Die neue Bibel, die ich ihm kaufte, schob er sofort in die Schublade, ohne sie auch nur aufzuschlagen, dasselbe tut er auch mit den anderen Büchern, die ich ihm ab und zu mitbringe, er wirft keinen Blick hinein, die ganze Zeit liegt er mit offenen Augen da, auch nachts, seine Leselampe erwärmt die Luft um ihn herum, brennt wie die kleinen Lichter auf den Grabstätten in der Stadt der Toten, Lichter, deren Helligkeit die Dunkelheit nur noch anschaulicher macht.

Jeden Abend, wenn ich Noga ins Bett gebracht habe, klappe ich mir das Sofa im Wohnzimmer auf, breite ein Laken darüber und lege mich schlafen wie eine Besucherin, weit weg vom Schlafzimmer, das zu seinem Krankenzimmer geworden ist, und es gibt in diesem Meer der nächtlichen Einsamkeit eine gewisse Erleichterung, allein zu schlafen, keine Rücksicht auf ihn zu nehmen, nicht darauf zu warten, daß das Licht ausgemacht wird, nur ich selbst, im Wohnzimmer, das sogar nachts glühend heiß ist, ich rutsche mit dem Rücken in die Vertiefung zwischen den beiden Teilen des Sofas, und erst gegen Morgen wache ich erschrocken auf, was ist mit meinem Leben passiert, erschrocken erinnere ich mich an ihn, was tut er den ganzen Tag lang, an was denkt er, was will er, welche Pläne hat er, was kann er tun, aber wenn ich in sein Zimmer komme, sein düsteres Gesicht sehe und den abstoßenden Geruch wahrnehme, sage ich mir, ebenso aggressiv wie er, nichts, er tut nichts, er denkt nichts, er will nichts, und dann packt mich das Entsetzen, was soll aus mir werden, wie wird der Rest meines Lebens sein, ich bin schon fast wie eine verlassene Frau, und dann versuche ich herauszufinden, was von meiner Liebe zu ihm noch übrig ist, dieser Liebe, die fast so alt ist wie ich selbst, was ist geblieben von dem, was wir in all diesen Jahren getan, gelernt, gesammelt haben, und wieder hallt mir dieses Wort in den Ohren, nichts, es ist nichts geblieben.

Denn so wie gegen jedes Gefühl ein anderes aufsteht und es unterdrückt, nur um selbst vom nächsten unterdrückt zu werden, so wird die Liebe trübe wie stehendes Wasser, ein fauliger Schlamm, in dem es von Insekten wimmelt, und die Anziehung, die ab und zu wie ein Erinnerungsfunken aufflackert, wird vom Widerwillen besiegt, wenn ich ihn da liegen sehe, ausgestreckt auf den Laken, die er mich nicht wechseln läßt, und gegen Mitleid und Erbarmen stehen Wut und Zorn, wie wagt er es, unser Leben zu zerstören, und inzwischen scheint mir auch die Frage bedeutungslos, die mich am Anfang so beschäftigt hat, ob er tatsächlich an einem körperlichen Gebrechen leidet oder ob er sich nur verstellt, denn schließlich bin ich in beiden Fällen vollkommen hilflos, ich kann nichts dagegen tun, gar nichts, ich kann nur zuschauen, wie der Sommer näher kommt, immer schneller und grausamer, wie er seine gelben Fingernägel in die Augen schlägt, Flecken auf meine Haut malt, die nicht mehr weggehen, und mein Blut zum Kochen bringt, bis Dämpfe von mir aufsteigen, Dämpfe von Neid und Haß.

Denn nun beneide ich fast jedermann, ich laufe kochend vor Zorn durch den Supermarkt, halte zwischen den Regalen Selbstgespräche, und jede Frau, die ich sehe, kommt mir glücklich vor, sie füllt ihren Wagen mit Bierdosen, ein Zeichen dafür, daß sie an diesem heißen Abend mit ihrem Mann auf dem Balkon sitzen und etwas Kaltes trinken wird, wie wir es früher immer getan haben, einen Sommer nach dem anderen, manchmal hockten wir auch auf dem Sofa vor einem langweiligen Film, heute abend gibt es etwas Tolles im Fernsehen, hatte er begeistert verkündet, aber nach einer halben Stunde war er schon eingedöst, während ich weiterhin den Bildschirm anstarrte und den Figuren, die ihr Leben vor mir ausbreiteten, meine Aufmerksamkeit schenkte, und am Ende des Films wachte er meistens auf, lächelte entschuldigend, goß uns noch ein Bier ein und streichelte meine nackten Schenkel. Heute beneide ich sogar die Mädchen in unserem Heim, diese jungen Dinger, fast noch Kinder, deren Leben sich beugt wie ihre Leiber, in deren Mitte eine Beule wächst, bedrohlich wie eine Geschwulst. Plötzlich wächst mir eine harte Schale ums Herz, und ich betrachte die Mädchen gleichgültig, natürlich haben sie es im Moment schwer, aber in ein paar Wochen sind sie ihr Problem los, dann wird das Kind geboren, das in ihrem Bauch verborgen ist, es wird den Adoptiveltern übergeben, die schon jahrelang darauf warten, und alles wird wieder gut. Es ist wahr, daß jedes Kind, das sie auf der Straße sehen, ihr Herz erzittern lassen wird, es ist ebenfalls wahr, daß dieses verlorene Kind sie auch dann begleiten wird, wenn sie heiraten und eine Familie gründen, es wird sie nachts mit seinem Schweigen aufwecken, es wird auf den riesigen Rutschen zwischen Himmel und Erde herabgleiten, aber dennoch haben sie die Wahl, ihr Leben ist noch offen, meines schon nicht mehr.

Manchmal, bei unseren Sitzungen, betrachtet Chawa mich prüfend, und ich habe Angst, sie könne vielleicht meine Gedanken erraten, ketzerische Gedanken, die in unserem Beruf nicht erlaubt sind, wie oft haben Annat und ich davon geredet, wie klein die eigenen Probleme seien im Vergleich zu dem Leiden, das man hier sieht, und nun geschieht bei mir das Gegenteil, meine eigenen Probleme verkleinern alle anderen um mich herum, die Probleme, um die ich mich nach besten Kräften kümmern muß, aber ich habe keine Geduld. Ich habe keine Geduld mehr für diese sattsam bekannten Gespräche, ich habe keine Geduld mehr, den Mädchen dabei zu helfen, ihre Situation zu analysieren, ihnen wieder und wieder ihre Möglichkeiten klar vor Augen zu führen und ihnen zu erklären, welche Folgen ihre jeweiligen Entscheidungen haben werden, ich habe keine Geduld mehr, sie im Krankenhaus zu besuchen, wenn sie noch erschöpft und aufgeregt von der Geburt sind, um ein weiteres Mal mit ihnen durchzusprechen, ob es besser ist, das Kind selbst aufzuziehen oder es wegzugeben. Ich habe die Nase voll davon, immer nur zu geben, und mir scheint, daß Chawa das alles mit ihren scharfen Sinnen wahrnimmt und mich deshalb zweifelnd betrachtet, ich bin sicher, daß sie meine Entlassung plant, und ich schaue sie besorgt an, das hätte mir gerade noch gefehlt, Udi arbeitet schon seit Wochen nicht mehr, und mein Gehalt reicht kaum aus, ich überlege zweimal, wenn ich etwas kaufen will, und vor der Kassiererin im Supermarkt stehe ich wie vor einer Richterin, die das Urteil über mich spricht, was ist, wenn ich entlassen werde, wovon werden wir leben? Wenn ich durch den Flur gehe und sehe, daß Chawas Tür geschlossen ist, bilde ich mir sofort ein, daß sie jetzt in ihrem Zimmer Kandidatinnen prüft, potentielle Nachfolgerinnen für mich, dann treibe ich mich in der Nähe herum und klopfe schließlich bei ihr an, aber meine Ausreden führen letztlich nur dazu, daß ihr Mißtrauen und meine Angst wachsen.

Selbst für Noga bringe ich keine Geduld auf, ich kann es nicht mehr ertragen, die Hoffnung in ihren Augen zu sehen, wenn sie von der Schule nach Hause kommt, eine hündische Hoffnung, hündisch wie meine eigene, Noga ist ganz und gar ein Spiegelbild meiner eigenen Not, sie rennt zu seinem Zimmer, aber gleich ist sie wieder da, was gibt es zu essen, fragt sie niedergeschlagen, sie jammert schon nicht mehr, wann ist Papa wieder gesund, wann nimmt Papa mich mit auf seine Ausflüge, und nach dem Essen schließt sie sich in ihrem Zimmer ein, macht den Fernsehapparat an, der so alt ist, daß die Gesichter der Helden unnatürlich rot aussehen. Warum lädst du keine Freundinnen ein, frage ich, und sie murmelt, ich möchte Papa nicht stören, doch ich weiß, daß dies nicht der Grund ist, denn schon Monate vorher haben diese Besuche aufgehört. Ich versuche, sie zu überreden, dann geh du doch zu deinen Freundinnen, früher bist du öfter weggegangen, was ist mit Schira, was mit Meiraw, geh doch zu ihnen, du kannst doch nicht die ganze Zeit vor dem Fernseher sitzen, und sie flüstert, vielleicht braucht mich Papa, aber die Wahrheit will sie mir nicht verraten, und ich will sie nicht hören, nämlich daß sie schon längere Zeit keine Freundinnen mehr hat, daß ihre Welt leer geworden ist. Ich habe die Nase voll davon, mir Sorgen um sie zu machen, ich möchte, daß alles in Ordnung kommt, wenigstens bei ihr, daß sie angerufen wird, daß sie zu Pyjama-

Partys oder ins Kino eingeladen wird, gestern erst habe ich Schira und Meiraw gesehen, wie sie am Kiosk Eis gegessen haben, beide waren fröhlich, dünn in ihren bauchfreien Hemdchen und kurzen Hosen, nur meine Tochter, in Udis riesigem T-Shirt und mit diesem gequälten Blick in den Augen, ist wild und schlampig, ich beobachte sie voller Zorn, warum machst du es mir so schwer, kannst du nicht wenigstens so tun, als wäre bei dir alles in Ordnung, wie soll ich es schaffen, so viele Löcher auf einmal zu stopfen, ich habe nicht genug Finger dafür, du könntest doch wenigstens so tun, als würdest du ausgehen, damit ich ohne dich zusammenbrechen kann, ich habe keine Kraft mehr, mich dir gegenüber zu verstellen, doch sofort tut es mir wieder leid, ich umarme sie und sage ihr, daß sie mein liebster Schatz ist, und sie bewegt sich unbehaglich in meiner Umarmung und weicht vor der Heuchelei zurück.

Manchmal macht sie den Fernseher aus und will weggehen, dann packt mich die Angst, ihr könne unterwegs etwas passieren, wie soll sie es schaffen, mit diesem schlafwandlerischen Blick heil über die Straße zu kommen, und ich versuche, sie dazu zu bringen, zu Hause zu bleiben, komm, essen wir ein Eis, und sie lehnt ab, vielleicht später, und dann schaue ich aus dem Fenster und hoffe, sie würde von der gegenüberliegenden Tür verschluckt, der Tür zur Wohnung Meiraws, die einmal ihre beste Freundin gewesen ist, aber sie geht weiter. Und ich strecke mich auf ihrem Bett aus und weine in ihr Kopfkissen, dann wasche ich mir schnell das Gesicht und fange an zu warten, ich weiß, daß sie zu keiner Freundin gegangen ist, sondern zu meiner Mutter, die nicht weit entfernt wohnt, meine Mutter ist die einzige Person, mit der sie gern spricht, nur ihr erzählt sie von ihren Schwierigkeiten in der Klasse, ich selbst weiche meiner Mutter schon seit Wochen aus, nicht jetzt, Mama, erzähl mir nichts. Wenn Noga abends heimkommt, wirkt sie erleichtert, ich kann mich nicht beherrschen und frage, warst du bei Meiraw, und sie sagt bitter, nein, bei Oma, und dann zahlt sie es mir heim und fragt, wie geht es Papa, und ich sage bitter, nichts Neues, was ist mit deinen Aufgaben, und schon findet die übliche Zeremonie statt, Hefte suchen, das Aufgabenheft, der ganze Inhalt der Schultasche ist schon auf den Teppich gekippt, alte Kaugummis kleben wie Schnecken an Heften und Büchern, ich betrachte Noga enttäuscht, weiß nicht, wo ich anfangen soll, wieder hat sie vergessen, ihre Aufgaben einzutragen, oder sie hat es nicht geschafft, sie von der Tafel abzuschreiben, die Lehrerin wischt die Tafel immer sauber, bevor Noga alles abgeschrieben hat, wir müssen deine Augen untersuchen lassen, sage ich, und sie fängt fast an zu weinen, ich will keine Brille, weil mich sonst alle auslachen.

Manchmal bleibt sie über Nacht bei meiner Mutter, dann schlafe ich in ihrem Bett, auf dem schmalen, harten Bett schlafe ich am besten, und im ersten Augenblick des Tages, noch bevor ich weiß, ob es kalt oder warm ist, gut oder schlecht, habe ich das Gefühl, noch immer ein Kind zu sein, im Haus meiner Eltern, bevor sie sich scheiden ließen, gleich wird mein Vater hereinkommen und mir sagen, wie das Wetter sein wird, ob ich einen Pulli oder einen Mantel anziehen soll, und ich verkrieche mich noch ein bißchen in dem gemütlichen Bett, ich muß Noga nicht drängen und ihr sagen, daß sie endlich aufstehen, sich anziehen und kämmen soll, ich trinke langsam meinen Kaffee, dusche genüßlich und gehe, in ein Handtuch gewickelt, ins Schlafzimmer, um mir was zum Anziehen zu holen, nur meine Kleider sind noch dort, eine Erinnerung an ein früheres Leben, und er liegt wie immer im Bett, mit offenen Augen, ein versteinertes Überbleibsel aus den Tagen der Schöpfung.

Einmal lege ich mich zu ihm ins Bett, direkt nach dem Duschen, an einem überraschend kühlen Sommermorgen, der in mir eine angenehme Erregung weckt, plötzlich scheint mir alles viel einfacher zu sein, als hätte ich alles in der Hand, und ich streichle seinen trockenen Körper, um ein Lebenszeichen in ihm zu wecken, ich lache und weine und flehe, Udi, hör auf damit, Udigi, du sollst gesund werden, komm, machen wir Liebe, und dann trinken wir Kaffee auf dem Balkon und frühstücken, wir haben es in der Hand, Udi, hören wir endlich auf damit, und schon kommt es mir vor, als erwache sein Körper, er umarmt mich mit weichen Armen, ich küsse seine eingefallenen Wangen, streichle vorsichtig sein Glied, überrascht, daß es immer noch existiert, ich habe schon geglaubt, es sei abgefallen und verfault wie die Orangen im Hof, ich ziehe die Decke weg und setze mich auf ihn, wie er es immer gern gehabt hat, drücke mich gegen sein hartes Becken, aber sein Glied erschlafft unter mir, verschwindet zwischen seinen Schenkeln, das erste Mal, daß uns so etwas passiert, und ich flüstere, ist nicht schlimm, Udi, wir versuchen es ein andermal, es wird alles gut, und mir scheint, als jammerten seine Glieder unter mir, als flehten sie um Hilfe, und ich beschimpfe mich selbst, warum habe ich es überhaupt versucht, warum habe ich mich auf ihn gesetzt, jetzt habe ich ihn in seiner Schwäche bloßgestellt, jeder Versuch zu helfen ist eine Katastrophe, nur was von ihm selbst kommt, wird uns retten, falls es überhaupt eine Rettung gibt.

Er reagiert nicht, es ist, als merke er nicht, was vor sich geht, aber als ich mittags nach Hause komme, ruft er mich, Na'ama, komm her, und ich laufe in das Schlafzimmer, endlich ein Lebenszeichen, und er fragt, wo bist du gewesen, seine Stimme klingt dumpfer als die Stimme von Taubstummen. Was soll das, antworte ich, ich war bei der Arbeit, und er sagt, aber es ist schon halb drei, und ich sage, ich bin noch am Supermarkt vorbeigegangen und habe ein paar Sachen eingekauft. Und wo sind diese Sachen, fragt er, und ich verteidige mich, ich habe gesagt, die Sachen sollen geliefert werden, gleich werden sie kommen. An seinem Hals schwellen die Adern, und er schreit mit einer fremden Stimme, ich glaube dir nicht, du Hure, du hast mit jemandem gefickt, du hast dir den Schwanz besorgt, den ich dir nicht geben konnte, und ich betrachte ihn erschrocken, wie kann ich ihm beweisen, daß er sich irrt. Du bist komplett verrückt geworden, murmele ich, ich war den ganzen Tag bei der Arbeit, ich habe kein Interesse zu ficken, und er brüllt, Lügnerin, ich habe doch gemerkt, wie geil du heute morgen gewesen bist, es ist dir egal, daß mich das krank macht, Hauptsache, du kriegst deinen Schwanz, und mich packt das Entsetzen, ich versuche, ihn zu beruhigen, Udi, was ist mit dir, ich wollte mit dir schlafen, weil ich dich liebe, weil wir Mann und Frau sind, ich habe kein Interesse an zufälligem Sex, das weißt du doch, das hatte ich nie, und er knurrt, du hast dich geändert, ich habe gesehen, wie du dich geändert hast, als wir im Hotel waren, habe ich es verstanden, und deshalb bin ich krank geworden, hörst du, das ist es, was mich krank gemacht hat, ich habe gesehen, daß du dich nur fürs Ficken interessierst, und es ist dir egal, mit wem du es treibst, sogar der Bote vom Supermarkt wird dir recht gewesen sein, falls du tatsächlich dort gewesen bist.

Ich starre ihn entsetzt an, meine Zähne klappern, so gekränkt bin ich, Schweiß läuft mir über die Stirn, brennt mir in den Augen, Udi, glaub mir, ich möchte nur, daß du gesund wirst und wir wieder so leben wie früher, das ist alles, und einen Moment lang betrachtet er mich prüfend, als wäge er das Gesagte ab, doch dann platzt es aus ihm heraus, du willst nur, daß ich aus dem Haus komme, deshalb gehst du mir mit diesen Ärzten auf die Nerven, sie haben dir versprochen, daß sie mich ins Krankenhaus einweisen, und darauf wartest du, du willst mich los sein und einen anderen ins Haus bringen, der dich jede Nacht fickt, und ich laufe hinaus und lege mich auf das Sofa im Wohnzimmer, meine Tränen und mein Schweiß mischen sich zu einer stechenden Flüssigkeit, und dann kommen die Einkäufe, gebracht von einem lächelnden Jungen, der verschwindet, bevor ich meinen Geldbeutel aufgemacht habe, und Udi schreit aus seinem Bett, mach mir was zu essen, falls du dich überhaupt noch daran erinnerst, was mir schmeckt.

Ich versuche, mir Mut zuzusprechen, vielleicht kommt er ja doch wieder zu sich, wenn er Appetit hat, und ich beschließe, Spaghetti mit Fleischklößchen zu machen, zwei Stunden lang stehe ich in der Küche, und als das Essen fertig ist, frage ich ihn, willst du im Bett essen oder kommst du an den Tisch? Er wirft mir einen hochmütigen Blick zu, du wirst mit diesem Essen deinen Betrug nicht wiedergutmachen, lieber sterbe ich vor Hunger, und ich gehe still aus dem Zimmer, meine Hände krümmen sich vor Lust, ihn zu schlagen, sich um seinen Hals zu legen, ihm den Schwanz abzureißen. Ich verschlinge das, was ich gekocht habe, direkt aus dem Topf, sogar ohne Gabel, meine Hände werden rot von der Soße aus frischen Tomaten, mein Mund brennt, so heiß ist das Essen, ich schlucke es hinunter, ohne zu kauen, ohne den Geschmack zu spüren, bis ich den Boden des Topfs erreicht habe, mit brennenden Fingern wische ich die Reste heraus, unter meinen Fingernägeln sammeln sich Überbleibsel fetten, roten Fleischs, und dann verstehe ich, daß ich alles verschlungen und nichts für Noga übriggelassen habe, ausgerechnet von ihrem Lieblingsessen, wie konnte ich ihr das antun, zitternd schwanke ich zum Badezimmer und gehe vor der Kloschüssel in die Knie, ich kann es nicht in meinem Magen behalten, ich schiebe zwei Finger in den Mund, glaube, wenn alles herauskommt, werde ich wieder rein sein, aber nichts kommt heraus, ich stoße meine Finger tiefer und tiefer hinein, bis meine Kehle aufreißt und anfängt zu bluten, was habe ich getan, was habe ich getan, ein rotes Weinen rinnt in die Kloschüssel, und ich stehe auf und wasche mir das Gesicht, kaum erkenne ich die schmutzigen Züge, das bin ich nicht, was hat er aus mir gemacht, er hat mich in ein Tier verwandelt, in eine verwundete Bärin, so kann es nicht weitergehen.

Ich werde nicht mehr in sein Zimmer gehen, das schwöre ich, ich werde all meine Kleidungsstücke ins Wohnzimmer bringen, und damit basta, ich habe dort nichts verloren, soll er doch selbst für sich sorgen, soll er sich doch selbst hassen, statt daß er mich haßt, und am Abend kommt er aus seinem Zimmer, an die Wand gestützt, mager und zitternd, ich sehe wieder nichts, sagt er, wo bist du? Und ich flüstere, ich fühle mich nicht gut, Udi, ich kann dir nicht helfen, und er sagt heiser, du zerbrichst so schnell, es gibt Frauen, die sorgen jahrelang für ihre Ehemänner, und du bist schon nach einem Monat am Ende, plötzlich bist du auch krank, jetzt versuchst du noch, mit mir zu konkurrieren, nachdem du mich krank gemacht hast, und ich gebe keine Antwort, meine Sinne sind stumpf, ich höre seine Worte kaum, lose Silben, die irgendwo im Haus zerplatzen, nur nicht mit nackten Füßen auf die Scherben treten, und auch bei ihm läßt der Ausbruch nach, es war, als hätte eine Katze, die auf der Straße überfahren wird, noch ein paar geschmeidige Sprünge gemacht, aber eigentlich ist sie schon ganz tot, und auch ich, unter ihm begraben, erwarte nichts, nur die Angst haucht manchmal noch den Atem des Lebens in meinen Körper, was wird sein, wenn ich entlassen werde, was wird sein, wenn Noga etwas passiert?

Ganz langsam, fast ohne Absicht, wandeln sich die Phantasien von seiner vollkommenen Wiederherstellung in Phantasien von seinem Tod, und ich wache gegen Morgen auf und stehe auf Zehenspitzen vor der geschlossenen Tür, ich sehe mit meinen inneren Augen den mageren Körper vor mir, starr wie ein ausgestopftes Tier, strahlend in himmlischem Glanz, und ein brennender, fast genußvoller Kummer erfüllt mich, ein Kummer, wie er die Anfänge unserer Liebe begleitet hat, die Erleichterung wetteifert mit dem Schmerz des Verlusts, wie leicht ist es, ihn nach seinem Tod zu lieben, und ich stelle mir vor, wie ich, wenn die Trauertage vorbei sind, die Treppen zu der kleinen Dachwohnung hinaufsteigen werde, ich werde mich vor die Reihe meiner Abbildungen stellen und, ohne ein Wort zu sagen, meine Kleider ausziehen, meine farbige Nacktheit wird ein Gefühl der Wärme in mir wecken, und dort, auf dem Sessel, werden alle Gelübde zunichte werden und ihre Gültigkeit verlieren, und ich werde meine Schenkel um seine Hüften schlingen, die Löckchen in seinem Nacken werden sich um meine Finger winden wie silberne Ringe.

Die Tür knarrt leise, als ich sie öffne, unser Doppelbett ist leer, aber da entdecke ich ihn ganz am Rand, fast als würde er von etwas Unsichtbarem hinausgeschoben, das Gesicht zerquält, sein eines Bein hängt in der Luft, er sieht so verloren aus, da auf dem Bettrand, gefangen in seiner Krankheit wie ein unschuldiges Kind, das vom Zaren entführt wurde und nun ins Christentum gestoßen wird, und da flattern seine Lider einen Moment lang, sein Lächeln zeigt sich im Licht des bitteren Mondes, Na'ama, verzeih mir, flüstert er, ich verstehe nicht, was mit mir los war, ich weiß nicht, was ich tun soll, ich brauche Hilfe, und ich lege mich neben ihn, streichle die durchsichtigen Haare auf seiner Brust, Udigi, ich wäre so froh, wenn ich dir helfen könnte, wenn wir nur zusammenhalten würden, könnten wir die Krankheit vertreiben, aber sie stellt sich zwischen uns, sie führt dazu, daß du mich haßt und daß ich dich hasse. Ich weiß, sagt er leise, dir ginge es viel besser, wenn ich stürbe, und ich mache mir nicht die Mühe, es zu leugnen, ohnehin wird der Schlaf dieses Murmeln im Morgengrauen bald überdecken, und auch ich werde nicht wissen, ob diese Worte überhaupt gesagt wurden, morgen, wenn ich müde und besorgt zum Auto eile, begleitet vom Glockengeläut, als weidete da, zwischen den Häusern, eine Herde Vieh, und dann werde ich die Tochter der Nachbarn erkennen, die mir mit vollen Einkaufskörben entgegenkommt, diese Frau, die in Indien gewesen ist, und sie trägt Glöckchen an den Knöcheln und den Handgelenken und in den Haaren, und ich werde sie mit einer unklaren Sehnsucht anschauen, und dann wird es mir einfallen, sag mal, hast du nicht einmal gesagt, daß du eine indische Ärztin kennst? Sie wird lachen, keine indische Ärztin, eine Naturheilerin, und ich werde sagen, das spielt keine Rolle, Hauptsache, sie ist gut, und sie wird sagen, was heißt da gut, sie ist Spitze, sie kann Tote zum Leben erwecken, und ich werde begeistert sagen, gib mir ihre Telefonnummer, ich muß sie unbedingt anrufen, und sie wird fragen, es ist für deinen Mann, nicht wahr, und ich werde antworten, ja, er erholt sich einfach nicht, glaubst du, sie wird ihm helfen können? Sie wird sagen, klar, sie holt ihn da raus, aber du mußt dich in acht nehmen, und ich frage überrascht, mich in acht nehmen, wieso, vor ihr? Und sie sagt, nein, nicht vor ihr, du mußt dich einfach in acht nehmen, weil man bei uns sagt, daß es gefährlich ist, dem Leiden ein Ende zu setzen.

10 Als ich ihr die Tür öffne und sie sehe, jung und mager, mit einem großen Korb in der Hand und einem dunklen, hungrigen Gesicht, halte ich sie für eine Bettlerin, und ich will schon nach meinem Geldbeutel greifen, da sagt sie, ich bin Sohara, und in diesem Moment fängt es in ihrem Korb an zu wimmern, sie zieht ein Baby heraus und legt es im Stehen an die Brust, sie hält es sicher in ihrem dünnen Arm. Ein genußvolles Glucksen kommt aus der Kehle des Babys, und ich staune, wie kommt so viel Milch aus dieser mageren Brust, verwundert und enttäuscht betrachte ich sie, sie soll uns retten? Sie sieht doch aus, als würde sie selbst Hilfe brauchen, genau wie die Mädchen, die zu uns ins Heim kommen, jung und verloren, mit einem viel zu schweren Korb, schade um die Anstrengung, die es gekostet hat, Udi zu überreden, stundenlang habe ich auf ihn eingeredet, bis er bereit war, sie zu sehen, warum willst du es nicht probieren, habe ich gesagt, du hast doch nichts zu verlieren. Ich habe auch nichts zu gewinnen, murrte er, dieser ganze Hokuspokus ist nichts für mich, und ich protestierte, warum denn nicht, es ist eine alte, natürliche Heilkunst, probier's doch mal, und jetzt soll ich dieses dunkle junge Mädchen zu ihm führen, er wird sie auf der Stelle hinauswerfen und sich weigern, jemand anderen zu konsultieren. Ich zähle zornig ihre Schritte, während sie ruhig im Wohnzimmer hin und her geht, sich leise zwischen den Sesseln bewegt, bis das Baby an ihrer Schulter eingeschlafen ist, dann legt sie es wieder in den Korb und fragt mit erstaunlicher Autorität, was ist Ihr Problem?

Dort ist das Problem, sage ich und deute auf die geschlossene Tür, er hat sich schon seit Wochen nicht mehr in der Gewalt, und dann beschreibe ich ihr widerwillig den Verlauf der Krankheit, insgeheim bin ich sicher, daß sie ihm nicht helfen kann, aber sie hört mit erstaunlichem Ernst zu, nickt mit dem Kopf, den Blick auf mein Gesicht geheftet, ich werde zu ihm gehen, sagt sie und läßt ihr lebendiges Bündel auf dem Wohnzimmerteppich liegen, wie Moses in seinem Weidenkorb, und geht, ohne zu zögern, auf die Tür zu, die sofort hinter ihr geschlossen wird. Ich setze mich neben dem schlafenden Baby auf den Teppich, betrachte das rundliche, helle Gesicht der Kleinen, sie sieht ganz anders aus als ihre Mutter, neugierig mustere ich sie, schon lange habe ich kein Baby mehr aus der Nähe gesehen. So seht ihr also wirklich aus, flüstere ich, erregt wie eine Spionin, der es gelungen ist, in feindliches Gelände einzudringen, denn obwohl ich den Mädchen im Heim ununterbrochen in den Ohren liege, es gehe um ein Lebewesen mit eigenen Bedürfnissen, sieht es nun so aus, als hätte auch ich mich, ohne es zu merken, daran gewöhnt, diese kleinen Wesen im Bauch als etwas Abstraktes, Unwirkliches zu sehen, manchmal furchtbar, manchmal messianisch, eine himmlische Faust, die ihre Jugend in Scherben schlägt. Ich nehme die Kleine behutsam auf den Arm, kaum zu glauben, wie leicht sie ist, ihr Gesicht ist durch einen fadendünnen Hals mit dem schwerelosen Körperchen verbunden, als wäre sie noch immer eine kaulquappenartige Samenzelle, und ich schnuppere an ihr, suche den berühmten beruhigenden Babyduft, doch ich finde einen anderen Geruch, einen salzigen Geruch, der aus tiefster Tiefe aufzusteigen scheint, der mich abstößt, als hätte ich den Geruch meines eigenen Inneren wahrgenommen. Wie ist das möglich, denke ich verwundert, man hat sie noch nicht von den Rückständen ihres geheimen Geburtswegs gereinigt, und wieder steigt Zorn über diese junge Mutter in mir auf, wie kann sie Udi behandeln, wenn sie sich noch nicht einmal die Mühe macht, ihre eigene Tochter zu waschen?

Schnell, bevor sie mir in den Händen zerbricht, lege ich sie in den Korb zurück, und zu meinem Glück schläft sie ruhig weiter, als wäre sie überhaupt noch nicht geboren, und ich gehe hinaus auf den Balkon, heute ist es weniger heiß, vereinzelte Wolken dämpfen die Sonne, es scheint, als wäre der Sommer über seine eigene Kraft erschrocken und habe beschlossen, etwas nachzugeben, beunruhigt schaue ich hinunter auf die kleine Straße, der Paternosterbaum gegenüber winkt mir eine verwelkte Entschuldigung zu, und ich lächle ihn an, das ist in Ordnung, ich habe auch nicht mehr viel zu bieten. Es ist erst ein paar Wochen her, da war er noch von Sternblüten bedeckt, ein Wipfel, bestickt mit violetten Duftfäden, an die nun nichts mehr erinnert, gelblich und gedemütigt sieht der Baum jetzt aus, nackt den Sonnenstrahlen preisgegeben, die mich vom Balkon vertreiben. Auf Zehenspitzen schleiche ich mich zu der geschlossenen Tür, eine seltsame Ruhe geht von ihr aus, als wären die beiden dahinter eingeschlafen, und in mir kräht der Zorn, das dort ist mein Udi, mein Ehemann, früher habe ich meinen Namen auf seine Ohrläppchen geschrieben, was gibt ihr überhaupt das Recht, mit ihm zusammenzusein und mich draußen zu lassen, damit ich auf ihr Baby aufpasse? Husten steigt in meiner Kehle auf, als hätte ich mich an Rauch verschluckt, der Rauch einer beschämenden Eifersucht, die plötzlich aufflackert, ich muß ihre Verbrüderung beenden, und es gibt nur einen Weg, ich gehe zurück zum Wohnzimmer und schüttle den Korb, bis der rötliche Mund aufgeht und schwache, vorwurfsvolle Töne herauskommen, dann laufe ich zum Zimmer, öffne, ohne anzuklopfen, die

Tür und sehe sie auf dem Bettrand sitzen, ihre Finger umschließen sein Handgelenk wie ein Armband, er sitzt aufrecht da, mit verschränkten Beinen, in seinen Armen stecken kleine Nadeln, als habe er sich in einen Igel verwandelt, und oben auf seinem Kopf, da, wo die Haare sich lichten, brennt ein duftendes Räucherstäbchen, wie ein kleines Horn.

Sie läßt seine Hand los und verläßt rasch das Zimmer, wobei sie mir ein Zeichen gibt, ihr zu folgen, und ich gehorche wütend, das ist mein Mann, das ist mein Haus, wieso sagt sie mir, was ich tun soll, beschämt laufe ich hinter ihr her zu dem Korb, der inzwischen wieder still geworden ist, sie hat geweint, stottere ich hinter ihrem Rücken, ich habe gedacht, sie hat Hunger, wie kann ein so junges Mädchen mich so verlegen machen, noch dazu in meiner eigenen Wohnung, und sofort frage ich sie ungeduldig, also, was ist mit ihm, wann wird er endlich wieder gesund, und sie lächelt gelassen, ich hoffe, es wird nicht so bald sein. Ich betrachte sie vollkommen überrascht, was haben Sie gesagt, und sie wiederholt, ich hoffe, die Krankheit wird ihn nicht allzu schnell wieder verlassen, und auch Sie sollten das hoffen, wenn Sie sich Sorgen um ihn machen, und ich frage fast schreiend, warum, das ist doch grotesk, was Sie da sagen, und sie erklärt mir gelassen, die einzelnen Worte sorgfältig betonend, jede Krankheit ist eine Möglichkeit, Na'ama, Ihr Mann hat die Möglichkeit, die ihm hier geboten wird, noch nicht einmal berührt, er darf seine Krankheit nicht verpassen, denn es wird lange dauern, bis er eine weitere Möglichkeit bekommt. Erstaunt betrachte ich sie, es fällt mir schwer, ihre Worte zu schlucken, mit welchem Recht dreht sie alles um, seit wann ist eine Krankheit etwas Gutes und Gesundsein etwas Schlechtes, und plötzlich kommt sie mir wie ein Ungeheuer vor, mit diesem spitzen Gesicht und dem vorstehenden Kinn, warum habe ich sie in unsere Wohnung gebracht, und ich flehe sie an, als hänge es von ihr ab, hören Sie, Sohara, wir halten das nicht länger aus, diese seltsame Krankheit zerstört unser Leben, unsere Tochter wird depressiv, ich bin vollkommen kaputt, ich schaffe meine Arbeit nicht mehr, so geht es nicht weiter, und schon bricht meine Stimme, ich schäme mich, vor diesem fremden jungen Mädchen zu jammern, aber sie hört mir mit ihrer erstaunlichen Ernsthaftigkeit zu, bewegt die Lippen, als messe sie die Worte mit dem Lineal ihrer Zunge, und sagt nachdrücklich, aber das ist vollkommen überflüssig, Sie müssen nur Ihre Haltung zu dieser Krankheit ändern, auch für Sie und Ihre Tochter bietet sich hier die Chance zu einer Entwicklung, auch für Sie und Ihre Tochter kann diese Krankheit zu einer Quelle der Bereicherung und der Befreiung von Leiden werden. Wovon reden Sie da, bricht es aus mir heraus, was für eine Bereicherung liegt in einem Menschen, der ganze Tage in seinem Bett verfault und nur klagt und anderen die Schuld gibt, und sie schaut mich gönnerhaft an, Sie müssen verstehen, sagt sie, Sie beide klammern sich zu stark aneinander. Um einen Nutzen aus der Situation zu ziehen, müssen Sie loslassen, freigeben, stellen Sie sich zwei Erdblöcke vor, die von geballten Händen zerschlagen werden, nichts wird von ihnen übrigbleiben, und ich protestiere, wir reden kaum miteinander, das ist doch kein Festklammern, oder, und sie sagt, klar, schauen Sie nur, wie heftig Sie reagieren, es ist Ihre Entscheidung, so zu reagieren. Was soll das heißen, heftig reagieren, frage ich, halb verächtlich, halb erstaunt, jede Frau, deren Mann sich so verhält, würde genauso reagieren wie ich, und sie schaukelt ihr Baby und sagt, sind Sie sich da so sicher? Und diese direkte Frage weckt plötzlich Zweifel in mir, ich sage, hätten Sie etwa nicht so heftig reagiert, hätten Sie etwa ein Fest gefeiert, wenn bei Ihnen zu Hause so etwas passiert wäre?

Ich spreche nicht davon, ein Fest zu feiern, sagt sie, aber man kann einfach weiterleben, man muß nicht zusammenbrechen, man kann das akzeptieren, was geschieht, ohne Zorn, ohne Schuldgefühle, man kann daran glauben, daß alles Schwere dazu bestimmt ist, uns stärker zu machen, und ich koche vor Zorn, das ist unmenschlich, was Sie da vorschlagen, wie kann man ohne Zorn reagieren, wenn einem das Leben zusammenbricht, und sie sagt, die Tibetaner glauben, daß derjenige, der dich verletzt, dein größter Lehrmeister ist, dabei betrachtet sie ihr Baby, als gälten ihre Worte mehr dem Kind als mir, und dann fügt sie mit leidenschaftlicher Stimme hinzu, manchmal hängen wir an unseren schlechten Gewohnheiten, und wenn sich eine Veränderung anbahnt, zittern wir vor Angst, ohne zu merken, daß dies unsere einzige Chance ist, und ich widerspreche, das sind leere Phrasen, es gibt Veränderungen zum Guten und zum Schlechten, Sie können mich nicht davon überzeugen, daß jede schlechte Sache eigentlich gut ist, alles hängt von den Umständen ab.

Aber was heißt das denn, Umstände, Na'ama, sagt sie erregt, als habe sie genau auf diese Frage gewartet, wie weit müssen wir uns von den Umständen abhängig machen, wie ein Sklave von seinem Herrn, heute sind Sie glücklich, weil einstweilen alles in Ordnung ist, morgen werden Sie unglücklich sein, weil irgend etwas schiefgegangen ist, und das Glück wird zu einer fernen Erinnerung. Aber was ist unser Grundcharakter, unsere eigentliche Natur, wie können wir leben, wenn sich alles von einem Moment auf den anderen ändert wie das Licht? Was schlagen Sie also vor, frage ich, und sie antwortet schnell, ich schlage vor, daß Sie zu Ihrem inneren Kern vordringen, der unveränderlich ist, der nicht von den Umständen abhängt, und von dort Ihre Kraft nehmen, Sie können nicht immer die Sklavin einer trügerischen

Realität sein, Sie müssen sich auf Ihre innere Stärke stützen. Und ich frage, was soll das sein, was in mir ist, ich glaube nicht, daß ich so etwas überhaupt habe, und sie öffnet weit die Augen, natürlich haben Sie es, das ist Ihre wahre Existenz, Ihre eigentliche Natur, die Erleuchtung, die Vollendung, und ich sage erstaunt, wirklich, und wie gelangt man dahin?

Das erkläre ich Ihnen das nächste Mal, sagt sie lächelnd, und ich freue mich, zu hören, daß sie noch einmal kommen wird, daß sie uns noch nicht allein läßt mit all ihren erstaunlichen Botschaften, daß sie mir etwas anbietet, auf das ich warten kann, und ich erkundige mich bereitwillig, was ich ihr zu bezahlen habe, und sie sagt, vorläufig nichts, darüber sprechen wir am Ende, und ich frage mich, was dieses Ende sein wird, es scheint, als habe sie vor, tief in unser Leben einzudringen. Am Ende der Krankheit, frage ich unverhohlen hoffnungsvoll, und sie korrigiert mich, am Ende des Prozesses, als handle es sich hier um eine wichtige verbale Unterscheidung, und dann geht sie wieder zurück in sein Zimmer. Diesmal verzichtet sie von vornherein auf meine Babysitterdienste, sie trägt ihre Tochter auf dem Arm, und ein paar Minuten später kommt sie mit einem erleichterten Seufzer heraus, wie eine Hebamme nach einer schweren Geburt, die gut verlaufen ist. Ich komme morgen bei Sonnenaufgang wieder, verkündet sie mir, es gibt ein paar Untersuchungen, die ich mit euch allen machen möchte, und wieder staune ich, was soll das heißen, bei Sonnenaufgang, wirklich bei Sonnenaufgang oder einfach nur früh am Morgen? Wirklich bei Sonnenaufgang, sagt sie, zu diesem Zeitpunkt sind die Energien im Zentrum des Körpers am stärksten. Um welche Uhrzeit wird das sein, frage ich, und sie zuckt ernst mit den Schultern, keine Ahnung, und sie hält mir ihr dünnes Handgelenk hin, uhrlos, als sei die Uhr noch nicht erfunden worden, ich spüre es, wenn die Sonne aufwacht, sagt sie, und ich höre ihr beschämt zu, plötzlich bin ich zur Repräsentantin eines gefühllosen Fortschritts geworden, erschrocken und hilflos gegenüber der Natur.

Ehud wird Sie wecken, er weiß, wann die Sonne aufgeht, sagt sie, sie sind sich also schon nähergekommen, haben ein konspiratives Verhältnis. Sie legt die Kleine vorsichtig in den Korb, und ich kann mich nicht beherrschen und frage, wie alt ist sie? Genau dreißig Tage, antwortet sie stolz, und ich staune, daß sie die Zeit in Tagen angibt, genau wie die dreißig Trauertage. Und Sie haben schon wieder angefangen zu arbeiten, sage ich mit einer versteckten Kritik in der Stimme, und sie sagt, nein, nicht wirklich, die meisten Anfragen verschiebe ich, aber als Sie angerufen haben, konnte ich nicht ablehnen, und ich sage verwirrt, Sie behandeln also jetzt nur ihn? Ja, antwortet sie, nur ihn. Seltsam bedrückt bringe ich sie zur Tür, aber es berührt sie nicht, vom Treppenhaus aus schickt sie mir ein Lächeln voller guter Absichten zu und sagt, es ist wichtig, in der Nacht vor der Untersuchung gut zu schlafen, leichte Nahrung zu sich zu nehmen und sich alle Aufregung vom Leib zu halten, versuchen Sie wenigstens diese Nacht, sich zu entspannen, bemühen Sie sich nicht so sehr, das festzuhalten, was nicht zum Festhalten bestimmt ist.

Ich laufe zu seinem Zimmer, versuche, den Auftrag auszuführen, mich zu entspannen, und es scheint, daß auch er einen Auftrag bekommen hat, denn auch er sieht ruhiger aus, und ich frage, wie fühlst du dich, und er sagt einfach, es ist mir leichter. Was hat sie mit dir getan, erkundige ich mich, und er sagt, das weiß ich nicht genau, sie hat an meinem ganzen Körper den Puls gefühlt, sie hat meine Zunge untersucht, sie hat mir an alle möglichen Stellen magnetische Nadeln gesteckt, er fährt sich mit der Hand über den

Kopf, und dieses Räucherstäbchen, das war beruhigend, und ich denke an all meine Versuche, ihm zu helfen, diese erschreckenden, beschämenden Versuche, die alle umsonst waren, und da kommt dieses Mädchen und steckt ein seltsames Feuer an, und schon ist er ruhig. Gereizt frage ich, und was war noch, hat sie mit dir über deine eigentliche Natur gesprochen? Nein, sagt er, sie hat mir vor allem Fragen gestellt, sie hat nicht viel geredet, und ich sehe, daß er keine Lust hat, viel zu erklären, ich setze mich ruhig auf den Bettrand, besetze den Platz, auf dem sie gesessen hat, und ich habe das Gefühl, als hätte sich etwas im Zimmer verändert, ein seltsamer Geruch geht von den Wänden aus und verwischt den Gestank der Vernachlässigung, sogar sein trokkener Körper verströmt auf einmal einen angenehmen Duft, als hätte er sich ganz und gar in ein friedlich glühendes Räucherstäbchen verwandelt.

Weck mich bei Sonnenaufgang, bitte ich ihn am Abend, aber zur Sicherheit stelle ich noch den Wecker, mit welchem Stolz sie ihr uhrloses Handgelenk gezeigt hat, als wäre ich die Primitive und nicht sie, ich klappe das Sofa im Wohnzimmer auf, schon wieder wird ein Nachtfalter an der Insektenlampe geröstet, ein grausamer Altar, der jeden Abend seine Opfer fordert, und die Falterleiche gesellt sich zu der Reihe der alten Insektenleichen, füllt das Zimmer mit dem Gestank verbrannten Fleischs. Kein Lufthauch kommt, um diesen Geruch wegzuwehen, er bleibt über mir hängen, als ich einschlafe, er umhüllt mich wie eine Decke aus schlechten Gedanken, und noch während ich mich unter ihr winde, klingelt der Wecker, fünf Uhr morgens, ich stöhne haßerfüllt, stehe aber sofort auf, wie eine gehorsame Schülerin. In der Wohnung herrscht noch vollkommene Dunkelheit, aber auf dem Balkon empfängt mich ein feuchtes Blau mit einem kühlen Streicheln, und ich setze mich mit dem Kaffee auf einen der Stühle, wer hätte geglaubt, daß ein Chamsintag so wunderbar anfängt, wie ein Kind, das als Schönheit auf die Welt kommt und innerhalb weniger Stunden häßlich wird. Die dunklen Bäume bewegen sich im Wind, jeder Baum auf seine Art, so wie Menschen sich verschieden bewegen, die Zypressen bewegen sich mit düsterer Schwere, die Pappeln tanzen wie aufgeregte junge Mädchen, noch vor dem Aufgang der Sonne verschwindet die Dunkelheit, sie lugt nur noch aus den Häusern, aus den dunklen Fenstern, dort bedeckt noch schwerer Schlaf die Augen wie ein dunkles Pflaster. Ich wende den Blick zum Osten, ein paar vereinzelte Zweige schweben wie versunkene Arme im blassen Meer der Luft, auf den Dächern ragen die Kreuze von Antennen in die Luft, beherrschen das Königreich des schlafenden Betons, und zwischen ihnen steht der Mond, ein weißlicher Ballon, der noch immer an seinem geliehenen Licht festhält, aber die Sterne, die ihn begleiten, verschwimmen immer mehr, verschwinden wie Zitronenbonbons, die zu Ende gelutscht sind, und nur ein letztes Funkeln bleibt zurück.

Eigentlich ist es schon ganz hell, aber die Sonne habe ich noch nicht gesehen, alle scheinen auf sie zu warten wie auf eine Mutter, ohne die man, trotz ihrer Bosheit, nicht leben kann, die Bäume, die immer heller werden, und die Vögel in den Zweigen, und ich schaue in den Osten und warte gespannt, da erscheinen einige Strahlenbündel auf den glänzenden Blättern der Pappel, aber die Sonne fehlt immer noch, sie versteckt sich hinter dem Laub wie ein großes Auge, das von einem wirren Haarbüschel verborgen wird. Ich warte vergeblich auf sie, was habe ich mir vorgestellt, daß ich mitten in der Stadt die Sonne aufgehen sehe, rund und rot, wie sie früher über den Bergkämmen aufging, die ich so liebte, in unserer leeren Moschawa, als noch nichts zwischen ihr und mir stand, nur das Streicheln der durchsichtigen Luft, und schon werde ich nervös, wozu bin ich so früh aufgestanden, von hier aus kann man den Sonnenaufgang nicht sehen, warum hat sie mir keine genaue Uhrzeit angegeben, da stehe ich allein auf dem Balkon und warte, warte auf die Sonne, warte auf die Heilerin, die an Krankheiten glaubt, und eigentlich hasse ich beide, von beiden bin ich abhängig, und dann sehe ich sie atemlos die Straße unter mir entlangrennen, ein dünnes Mädchen, ganz in Weiß gekleidet, ihre langen Haare sind offen und lassen ihr Gesicht weicher aussehen, in der Hand trägt sie den Korb, als laufe sie zum Markt, vermutlich gibt es keinen Vater, der das Neugeborene versorgen könnte, eine Welle von Mitleid schlägt über mir zusammen, schau nur, statt sich um ihre eigenen Probleme zu kümmern, will sie uns helfen, sie ist nicht wie du, du schaust die Mädchen im Heim mit schiefen Blicken an. Ich neige mich zur Seite, damit sie nicht merkt, daß ich sie beobachte, ihr Körper ist fest und aus einem Stück, nicht wie meiner, der aus verschiedenen Gliedmaßen besteht, von denen jedes einzelne ein Körper für sich zu sein scheint.

Wir haben den Sonnenaufgang verpaßt, sage ich in einem beschuldigenden Ton, und sie lächelt gleichmütig, atmet noch immer schwer vom Laufen, mach dir keine Sorgen, es ist genau die richtige Stunde. Aber bis die Sonne hier über die Dächer kommt, ist sie längst aufgegangen, den Aufgang selbst kann man von hier aus nicht sehen, beschwere ich mich, und sie sagt, verlaß dich auf mich, Na'ama, sie stellt den Korb auf den Teppich und betrachtet mich traurig, als wäre ich die Kranke, sie erkundigt sich nicht einmal nach ihm, und auch ich beeile mich nicht, ihn zu erwähnen, ich setze mich ihr gegenüber und lasse zu, daß sie mich mit ihren langen, dunklen Fingern berührt, als suche sie einen

Schatz unter meiner Haut, sie nimmt meine Handgelenke, jedes für sich, dann beide zusammen, sie kreuzt die Hände, wechselt zwischen links und rechts, und dann tastet sie hinter meinen Ohren, drückt fester und lockert den Druck wieder.

Was machst du, frage ich, und sie erklärt mir willig, ich lausche auf deinen Puls, das Blut fließt durch die Adern und erzählt über den Puls alles, was im Körper passiert, und ich protestiere, aber ich bin gesund, ich bin in Ordnung, du bist doch gekommen, um ihn zu untersuchen, und sie sagt, der Puls der Frau deutet auch auf den Zustand des Mannes hin, die Tibeter glauben, daß man am Puls der Frau erkennen kann, ob ihr Mann leben oder sterben wird. Wirklich, ist die Abhängigkeit so stark, frage ich erstaunt, und sie lächelt geheimnisvoll, ja, und auch am Puls des Kindes kann man etwas vom Zustand der Eltern erkennen, und plötzlich wirft sie mir einen prüfenden Blick zu, untersucht rasch mein Gesicht, öffnet meine Augen weit und betrachtet sie, zieht mir die Zunge aus dem Mund, und die ganze Zeit liegt dieses geheimnisvolle Lächeln auf ihren schönen Lippen, jetzt, wo ich ihr so nahe bin, sehe ich, wie schön sie sind, so nah war er ihnen gestern auch, ihren Lippen und ihrem Geruch, ein seltsamer Geruch ist das, ein unangenehmer Geruch von Intimität, wie der Geruch ihres kleinen Mädchens. Was ist mit meinem Puls, was sagt er, frage ich gereizt, und sie ignoriert meine Frage, drückt meine Finger und lauscht, und plötzlich fragt sie, hast du heute nacht gut geschlafen? Ich bin überrascht, schon lange hat mir keiner mehr eine so freundschaftliche Frage gestellt, ich habe ganz gut geschlafen, sage ich, ich hatte nur die ganze Zeit Angst, ich würde den Sonnenaufgang verpassen. Sie fragt und fragt, und die ganze Zeit bewegen sich ihre Hände über meine Finger, es sind einfache Fragen, so einfach, daß ich die Antworten vergessen habe, so wie man Freunde aus der Kinderzeit vergißt, wenn sie im Lauf der Zeit verschwinden. Diese Fragen erinnern mich an ein fernes, längst vergangenes Leben, als ich mir selbst noch neu war, was meine Lieblingsfarben sind, was ich gerne esse und trinke, welche Gewürze ich verwende, welche Jahreszeit mir die liebste ist, unter was ich mehr leide, unter Hitze oder unter Kälte, und sie hört so aufmerksam zu, daß es, obwohl sie sich keine Notizen macht, scheint, als würde sie meine Antworten bis zum Ende ihrer Tage nie mehr vergessen, und dann fragt sie plötzlich, und was tust du am liebsten? Ich betrachte sie einen Moment lang, als wären mir diese Worte unverständlich.

Sie schaut mich mit erwartungsvollen Augen an, mit schwarzen, samtigen Augen, die von dichten Wimpern umrahmt sind, und ich lache verwirrt, was ich am liebsten tue, ich bin so sehr daran gewöhnt, zu überlegen, was ich tun muß, daß ich ganz vergessen habe, was ich gern tue, und ich zucke mit den Schultern, ich bin gerne mit ihnen zusammen, ich mache mit dem Kinn eine Bewegung zu den geschlossenen Türen hinüber, hinter denen Udi und Noga schlafen, aber Sohara gibt sich mit dieser scheinheiligen Antwort nicht zufrieden, konzentriere dich, sagt sie, es ist sehr wichtig, was tust du gerne, nur für dich, ohne Beziehung zu deiner Familie, ohne Beziehung zu irgend jemandem, und ihre Frage weckt eine traurige Erregung in mir, wie bei einem längst verwaisten Kind, dem plötzlich einfällt, daß es tatsächlich einmal Eltern gehabt hat. Was hast du gern getan, als du ein Kind warst, fragt sie, um mir zu helfen, und ich gebe mir Mühe, mich zu erinnern, ich blättere in dem vergilbten Album, das ich in mir trage, Udi ist so früh in mein Leben eingebrochen, mit seinen Wünschen, die immer stärker waren als meine, mit seinen Vorlieben und seinen Abneigungen, daß ich fast vergessen habe, was es vor ihm gab, und plötzlich trifft mich die Erinnerung wie der erste Windhauch, der den Chamsin bricht, und zögernd, fast beschämt, sage ich, als ich ein Kind war, habe ich am liebsten auf der Wiese gelegen und zu den Wolken hinaufgeschaut.

Sie wird ganz weich bei meiner Antwort, sie betrachtet mich erstaunt, als wäre ich eine Reinkarnation von Buddha, schön, sagt sie, und das hat dich beruhigt? Ja, ich glaube schon, antworte ich. Und wann hast du das zum letzten Mal gemacht, fragt sie, und ich lächle entschuldigend, vor vielen Jahren, noch bevor meine Eltern sich scheiden ließen, danach hat es schon nicht mehr zu mir gepaßt, und sie nickt teilnahmsvoll, und plötzlich habe ich Lust, meinen Kopf in ihren Schoß zu legen und zu weinen, bis zum Abend nur zu weinen, denn mir ist klar, daß sie mich versteht, sogar Annat hat mich nie so tief verstanden, und einen Moment lang möchte ich ihre Tochter sein und im nächsten ihre Mutter, Hauptsache, sie verschwindet nie, nie aus meinem Leben, als wäre der Fluch der Einsamkeit, der dieses Haus getroffen hat, plötzlich ihretwegen aufgehoben.

Und wenn du die Wolken betrachtet hast, fährt sie fort, hast du da manchmal an den Himmel gedacht? Ich bin erstaunt, was heißt das, an den Himmel, und sie sagt, hast du dir überlegt, ob der Himmel die Wolken liebt, und ich stottere, keine Ahnung, daran habe ich nie gedacht. Was macht der Himmel, wenn die Wolken eine nach der anderen über ihn hinwegziehen, fragt sie, manche verschwinden, ohne ein Zeichen zu hinterlassen, andere ändern ihre Form, und ich antworte, was kann der Himmel schon machen, er kann doch nur zuschauen, und sie nickt erfreut, stimmt, und hast du nie daran gedacht, was du vom Himmel lernen kannst? Ich spüre schon, wie Spott in mir aufsteigt, ich höre, wie sie ruhig, aber mit bedeutungsvoller Stimme, als handle es sich um eine wichtige Nachricht, verkündet, so müssen wir leben, Na'ama, wir sind der Himmel und betrachten die vorbeiziehenden Wolken, ohne zu versuchen, sie festzuhalten, ohne sie zu stoppen. Na ja, der Himmel kann sie nicht aufhalten, auch wenn er das wollte, protestiere ich, und sie sagt, das stimmt, genau wie wir unsere Partner oder unsere Freunde nicht zurückhalten können, noch nicht einmal unsere Kinder. Ihr dunkler Blick streift ihre schlafende kleine Tochter, die Möbel im Wohnzimmer, den Fußboden, die Staubflocken, die ihn bedecken, wir müssen frei sein wie ein Quecksilberkügelchen, das auf den Boden fällt und sich nie im Leben mit dem Staub mischt, hast du einmal Quecksilber über den Fußboden rollen sehen, fragt sie, und ich antworte flüsternd, ja, das habe ich, ich wünschte, es wäre nie passiert.

Was wird, wenn du losläßt, fragt sie, wovor hast du Angst, und ich murmele, das ist doch klar, oder? Ich habe Angst, die Herrschaft zu verlieren, ohne alles zurückzubleiben, es gibt doch genug, wovor man Angst haben kann, und sie nickt spöttisch, ja, so meint man im Westen, aber die großen tibetischen Lehrer sagen, wer alles losläßt, gewinnt die wirkliche Freiheit, und dann strahlt aus ihm die göttliche Gnade, wie die Sonne heute über deinem Kopf gestrahlt hat. Sie hat nicht wirklich gestrahlt, sage ich und denke an meine Enttäuschung am frühen Morgen, aber sie betrachtet mich ernst, du hast doch gesehen, wie die Nacht zum Tag wurde, und ich erinnere mich an das dunkle, kühle Hellblau, das mich empfing, als ich auf den Balkon trat, ich habe die Nacht lieber, die Sonne ist für meinen Geschmack zu aggressiv. Sie betrachtet mich ernst, fast flehend, schnell, drängt sie, du mußt mir zuhören, bevor die anderen aufwachen, und wirklich wird mir bewußt, daß alle schlafen, ihr Baby, meine Tochter und Udi, ein Zauber liegt über dem

Haus, es ist eigentlich nicht mehr so früh, fast sieben Uhr morgens, aber noch immer scheint es, als schlafe die ganze Stadt, als seien nur wir beide wach, was hast du so dringend mit mir vor, du bist doch gekommen, um ihn zu behandeln, und sie sagt, und wenn ich jemand auf der Straße liegen sehe, der fast erstickt vor Schmerzen, würde ich dann nicht zu ihm gehen? Dieser Vergleich erschreckt mich, übertreibe nicht, sage ich, und sie, mit ihrer Ernsthaftigkeit, sagt, ich übertreibe nicht, Na'ama, ich habe deinen Mann gesehen und ich sehe dich, ich kann euch beiden helfen, Ehud ist eher in der Lage, sich selbst zu helfen, aber du versuchst ja nicht einmal, dir zu helfen. Warum sagst du das, hast du an seinem Puls gemerkt, daß ich sterben werde? Ich kichere verkrampft, und sie unterbricht mich ohne ein Lächeln, Na'ama, hör mir zu, aber ich habe es nicht so eilig, ich habe immer gedacht, bei Naturheilkunde handle es sich um irgendwelche uralten Arzneien aus dem Himalaja, um Kräuter und um Akupunkturnadeln, protestiere ich, und sie unterdrückt ihren Zorn, fast beleidigt sagt sie, ich habe hier eine Tasche voller Arzneien, dazu kommen wir auch noch, ich möchte erst mit dir sprechen, hör mir zu, bevor alle aufwachen und der Tag beginnt.

Sie kommt mit ihren Lippen näher an meine Ohren, flüstert mir das Geheimnis des frühen Morgens zu, es gibt verschiedene Stufen des Bewußtseins, unser normales Bewußtsein ist wie eine Kerzenflamme auf der Schwelle vor einer offenen Tür, jedem Wind ausgesetzt, ein Opfer aller äußeren Einflüsse, es verursacht Wellen negativer Gefühle und wälzt sich in ihnen, aber im Gegensatz dazu bleibt die wahre Existenz der Erscheinung in uns verborgen, denke noch einmal an den Himmel und die Wolken, der Himmel ist unsere wahre Natur, die Wolken sind unsere normalen Bewußtseinsformen, sie gehören nicht zum Himmel und sie werden nie Spuren hinterlassen. Wie hypnotisiert höre ich ihr zu, um uns herum gibt es geschlossene Türen, es scheint, als wären alle gestorben, aber das stimmt mich noch nicht einmal traurig, die Vorstellung, wir wären allein auf der Welt zurückgeblieben, sie und ich, weckt ein süßes Gefühl in mir, denn plötzlich führen mich ihre Worte in den Zustand einer alten Ruhe, die so tief ist, daß der Tod dagegen klein zu sein scheint.

Schau dir diese Wohnung an, sagt sie, und ich schaue mich um, betrachte die Sessel, die Bücherregale, die grauen Wände. Wie lange wohnt ihr schon hier, fragt sie, und ich sage, fast zehn Jahre, wir sind vor Nogas Geburt hier eingezogen, und sie sagt, aber das ist nicht deine wirkliche Wohnung, und ich protestiere, doch, natürlich ist das meine richtige Wohnung, ich habe keine andere, und sie sagt, aber diese Wohnung kann in fünf Minuten abbrennen, sie kann durch ein Erdbeben zerstört werden, deine wirkliche Wohnung existiert in deinem Bewußtsein, nur dort bist du sicher, nur dort bist du Herrin deines Glücks.

Dann unterbricht das bekannte Knarren der Tür die Stille zwischen uns, Noga stürmt aus ihrem Zimmer, als brennte das Haus, sie schaut sich mit verquollenem Gesicht um, was ist los, fragt sie, ich stehe auf und umarme sie, nichts, gar nichts, ich unterhalte mich bloß mit Papas Ärztin. Mißtrauisch mustert sie Sohara, aber gleich erscheint ein unbefangenes, hoffnungsvolles Lächeln auf ihrem Gesicht, du bist seine Ärztin, fragt sie, ich bin froh, daß er eine Ärztin hat, und in ihrem üblichen zügellosen Eifer fragt sie, wird Papa wieder gesund? Ich zwinkere Sohara zu, sie soll ja nicht damit anfangen, ihr zu erzählen, daß er seine Krankheit noch braucht, aber sie lächelt Noga an, mach dir keine Sorgen, sagt sie beruhigend, natürlich wird er wieder gesund, die Gesundheit liegt in ihm, er muß sie nur finden.

Noga dehnt sich erleichtert, sie setzt sich auf mein Knie, schwer und noch schlafwarm, und Sohara geht zu ihr, wenn wir uns jetzt schon sehen, möchte ich dich auch ein bißchen untersuchen, und Noga erschrickt, warum, ist Papas Krankheit ansteckend? Nein, sagt Sohara, nein, mach dir keine Sorgen, ich möchte nur sehen, welchen Einfluß sie auf dich hat, und mit den Bewegungen, die mir inzwischen schon vertraut sind, berührt sie Noga, drückt und lockert den Druck, und dabei bewegen sich ihre Lippen, als würde sie beten. Noga spannt ihre Glieder, bis die bedeutungsvollen Berührungen zu einem Streicheln der Haare werden, du bist in Ordnung, Süße, mach dir keine Sorgen, alles wird gut, und Noga atmet sichtlich erleichtert auf, so groß war ihre Anspannung, alles, was ich zu verbergen versuche, bricht bei ihr mit solcher Wildheit hervor, daß ich manchmal das Gefühl habe, sie wäre eine Karikatur meiner selbst. Lauf und zieh dich an, dränge ich sie, es ist schon Viertel vor sieben, sie schließt sich im Bad ein, und ich erschrecke, als ich sehe, wie besorgt Sohara mich anschaut. Ihr Zustand ist nicht gut, flüstert sie mir zu, sie ist verkrampft, sie ist schwach, sie ist nicht zentriert, sie kann sich in der Schule und in der Gesellschaft anderer Kinder nicht so verhalten, wie sie es sollte, und ich merke, wie mein Kopf auf meinem Hals schwankt, da ist die harte Botschaft, sie hat endlich ihren Weg zu mir gefunden, und sie ist schlimmer, als ich es erwartet habe, und ich flüstere, was kann man tun? Und sofort füge ich hinzu, ich habe dir ja gesagt, daß seine Krankheit uns kaputtmacht, und du sprichst von einer Chance.

Ich nehme nichts zurück, sagt sie leise, und außerdem bin ich mir nicht sicher, ob das Mädchen vor der Krankheit tatsächlich in einer guten Verfassung war, es gibt da tief im Innersten Dinge, die durch die Krankheit nach außen gewendet werden, vielleicht wirkt sie sich ja sogar günstig aus.

Aber auch für sie mußt du stark werden, wenn sie merkt, daß deine Situation sich ändert, wird es ihr ebenfalls besser gehen, und aus lauter Angst bin ich bereit, mich auf der Stelle zu ändern, sag mir, was ich tun soll, du brauchst es mir nur zu sagen, und sie unterbricht mich, ich habe dir für einen Tag schon genug gesagt, denke über alles nach, was wir besprochen haben. Aber das reicht mir nicht, was wird sein, ich muß mich sofort ändern, ich muß mich ändern, bevor Noga aus dem Badezimmer kommt, ich bin bereit, mich in diesem Moment in einen Frosch zu verwandeln, wenn ihr das was nützt, ich starre die Badezimmertür an, die Scheibe, die seit einem längst vergangenen Streit einen Sprung hat und die wir, wie in Kriegszeiten, notdürftig mit einem Klebestreifen geflickt haben. Was soll ich tun, murmele ich, vielleicht gehe ich heute nicht zur Arbeit und betrachte den ganzen Tag Wolken, aber der Himmel glüht, keine Wolke wagt sich heute hervor, so hell ist der Himmel, daß man ihn nicht mit offenen Augen anschauen kann. Sohara steht auf und legt mir den Arm um die Schulter, beruhige dich, sagt sie, versuche loszulassen, versuche, dir einen Weg zur inneren Gelassenheit zu bahnen, hab keine Angst vor Veränderungen, wir werden von ihnen geformt wie der Felsen von der Welle, versuche es, denn du hast keine Wahl. Da kommt Noga heraus, ihre Augenlider sind geschwollen, und ich bin sicher, daß sie im Bad geweint hat, nervös verfolge ich ihre plumpen Bewegungen, ich sehe, wie sie ihre Schultasche nimmt, ich sehe das viel zu große Hemd, das sie trägt, und sage zu ihr, wie ich es jeden Morgen tue, Nogi, zieh etwas anderes an, so kannst du nicht gehen, das sieht albern aus, und sie widersetzt sich, doch, natürlich kann ich das, und dann erklärt sie Sohara, ich ziehe nur T-Shirts von meinem Vater an, er mag es, wenn ich das tue. Diese unsinnige Erklärung überrascht mich, unmutig betrachte ich ihre Erscheinung, das riesige T-Shirt, unter dem weiße Beine in Turnschuhen herausschauen, und darüber der Kopf mit den blonden Locken, kein Wunder, daß sie keine Freundinnen hat und daß sich alle von ihr fernhalten, und wieder fühle ich die bekannte Angst an meiner Wirbelsäule hochkriechen, aber Soharas Finger folgen der Angst, ich erstarre, spüre ihre Finger, die Wirbel um Wirbel meinen Rücken hinaufwandern. Vergiß nicht, flüstert sie mir zu, ohne Schuldgefühle, ohne Zorn, ohne negative Gefühle, nur unendlich gelassen, wie der Himmel, und ich kann mich schon nicht mehr beherrschen, ich drehe mich zu ihr um und umarme sie, ich drücke mich an sie mit all der Last, die meinen Körper beschwert, mit allen Gerüchen der Nacht, die noch nicht verflogen sind, ich empfinde keine Scham, ich möchte mich nur an ihre dünne, barmherzige Gestalt schmiegen, und sie nimmt mich in die Arme, sie ist fest in der Erde verankert wie ein Baumstamm, dunkel und stark, ich bin nicht mehr allein, sie wird mir helfen, sie wird auf mich aufpassen, ihre Hände streicheln meine Haare, sie ist aus dem Sonnenaufgang gekommen, um mich zu retten, sie strahlt in meinem dunklen Leben, alles war verzerrt, jetzt wird alles gut werden. Ich schmiege mich an sie und sage leise, bitte, Sohara, sag, daß es noch nicht zu spät ist, und sie antwortet, es ist nie zu spät, es gibt immer Hoffnung, auch einen Tag vor dem Tod ist es nicht zu spät, und ich bin bereit, mich sogar davon trösten zu lassen. Schritte sind zu hören, grobe Schuhe drängen sich in mein Blickfeld, Noga umfaßt unsere Hüften, ihre Hände sind warm und klebrig, und Sohara hört nicht auf zu murmeln, ohne Zorn, ohne Schuldgefühle, es ist nie zu spät, immer gibt es Hoffnung, und ich umarme Noga wie damals im Kindergarten, wenn die Eltern aufgefordert wurden, zu ihren Kindern in den Kreis zu kommen, Udi ist immer sitzen geblieben, aber ich bin jedesmal sofort aufgesprungen, um seine Gleichgültigkeit wiedergutzumachen, und zugleich spürte ich seine Augen in meinem Rükken, dieser kindische Eifer war ihm unangenehm, im Wald, im Wald, im Wald werden wir tanzen. Ich drehe mein Gesicht und da steht er, er lehnt an der Wand, blaß und ausgedörrt, wir haben nicht gehört, daß er aus dem Zimmer gekommen ist, er betrachtet unseren engen Kreis, der sich sofort auflöst, und alle drei schauen wir ihn an, verlegen, es paßt zu ihm, uns so zu beobachten, nicht an der Harmonie teilzunehmen, sondern sie sofort zu zerstören, ohne Zorn, ohne Schuldgefühl, flüstere ich und beeile mich, Cornflakes in eine Schüssel zu schütten, komm essen, Nogi, aber sie sagt, ich habe keinen Hunger, schmiegt sich mit einer übertriebenen Bewegung an ihn und wirft ihn fast um dabei, Papa, die Ärztin hat gesagt, du wirst wieder gesund, und er streicht ihr mit schwacher Hand über die Haare und sagt, das freut mich.

Ich laufe ins Schlafzimmer und ziehe mich an, ich nehme das Kleid mit dem albernen Blumenmuster, meine schönen Kleider, die engen, sind alle so tief in den Schrank geschoben, daß man sich schon sehr anstrengen müßte, um sie herauszuzerren, und schon bin ich fertig und ziehe Noga aus der Wohnung, los, ich bring dich zur Schule, damit du nicht zu spät kommst, an der Tür werfe ich Sohara und Udi noch einen Blick zu, sie beugt sich über das noch immer schlafende Baby, ihre Haare ergießen sich in den Korb wie schwarze Wellen, ihr Kleid wickelt sich um ihren Körper, er weicht meinem Blick aus und senkt die Augen, und ich sage, danke, Sohara, auf Wiedersehen, es fällt mir schwer, mit Worten die Liebe auszudrücken, die ich für sie empfinde, sie lächelt, ruf mich heute abend an, vergiß unsere Abmachung nicht, aber als wir die Treppe hinuntergehen, erwacht in mir das bedrückende Gefühl von Fremdheit, als wären die drei dort oben, sie, er und das Baby, die eigentlichen Bewohner der Wohnung, und wir, Noga und ich, wären nur überflüssige, lästige Gäste, nach deren Aufbruch die Gastgeber erleichtert aufatmen.

11 Auf dem Weg zum Heim vergesse ich, die Ampeln zu zählen, ich vergesse plötzlich, Angst zu haben wie an allen anderen Morgen während der letzten Wochen, Angst vor Chawa, der Leiterin, Angst vor dem Weinen, das aus den Zimmern aufsteigt, vor meiner Unfähigkeit zu helfen. Ein neuer Geist begleitet mich von einer Ampel zur nächsten, treibt mein altes Auto vorwärts wie in den Tagen frischer Verliebtheit, wenn das Gefühl noch den Körper einhüllt wie ein geölter Schuppenpanzer und jeden Pfeil abwehrt. Heute morgen bin ich nicht allein, sie ist neben mir, sie stützt mich mit ihrem harten, braunen Körper wie ein Baumstamm, sie schützt mich mit ihrer ruhigen Stimme und ihrer vollkommenen Gelassenheit. Im Seitenspiegel sehe ich ein Stück des strahlenden Himmels, der mich begleitet, und ich weiß, das ist das Zeichen, mit dem sie mich daran erinnert, daß ich so sein soll wie er, weit und voller Erbarmen, niemand wird mich verletzen können, so wie niemand den Himmel verletzen kann.

Als ich mit schnellen Schritten auf die Tür des Heims zugehe, glaube ich Blicke im Rücken zu spüren und drehe mich schnell um, oft genug hat sich hier ein taubstummer Mann versteckt, dessen Freundin bei uns Schutz sucht, er verfolgt sie, droht, sie zu töten, wenn sie das Baby weggibt, und es hat auch schon Eltern gegeben, die hier auf ihre Tochter gelauert haben, doch heute ist niemand zwischen den Büschen zu entdecken, nur etwas weiter überquert ein Mädchen die Straße. Sofort betrachte ich ihre Taille, ob sich dort ein Geheimnis verbirgt, ich sehe nichts, aber das will noch nichts heißen, der Körper versteht es, zu lügen, begeistert schließt er mit der Seele einen Pakt. Ich möchte sie ignorieren, sie treibt sich einfach in der Gegend herum, aber ihr Blick wendet sich an mich, läßt nicht locker, und ich mache einen Fehler und lächle ihr zu, mir ist sofort klar, daß das ein Fehler ist, denn jede, die zu uns kommt, muß diesen Weg aus eigener Kraft gehen, außerdem habe ich es wirklich eilig, ich muß zur Mitarbeitersitzung, aber die göttliche Gnade umhüllt mich, und da kommt sie schon mit schnellen Schritten auf mich zu. Sie ist schwanger, man sieht es an der Vorsicht, mit der ihre Füße die Straße berühren, an dem weinerlichen Lächeln, dem Lächeln einer unglücklichen Schwangerschaft, ganz anders als das fette Lächeln einer herbeigesehnten Schwangerschaft, ich schaue auf die Uhr, schon halb neun, jetzt fängt die Sitzung an und Chawa betrachtet sicher bereits vorwurfsvoll meinen leeren Stuhl, ich aber betrachte die Schritte des Mädchens, die sich auf mich zu bewegen, und mein Herz öffnet sich ihr, sie ist nicht ganz so jung wie die meisten, die zu uns kommen, sie sieht aus, als sei sie mindestens Mitte zwanzig, sie ist gut angezogen, trägt ein kurzes schwarzes Kleid und dazu passende Sandalen mit Absätzen, ihre roten Haare sind sehr kurz geschnitten, fast abrasiert, die vollen Lippen glänzend rot angemalt, im gleichen Farbton wie ihre Haare, was sucht sie bei uns, das ist nichts für sie, sie kommt aus einer anderen Sphäre, ich gehe ihr so natürlich entgegen, als wären wir verabredet, und treffe sie auf halbem Weg, kann ich Ihnen helfen?

Sie sind von dort, nicht wahr, fragt sie drängend und blickt mit sanften Bambiaugen zu unserer Tür hinüber, ja, sage ich, ich arbeite im Heim, und sie atmet schwer, schon seit zwei Tagen treibe ich mich hier herum und kann mich einfach nicht entscheiden, ob ich hineingehe oder nicht, ich habe Angst, daß Sie mich dann, wenn ich das Haus betrete, nicht mehr gehen lassen, und ich protestiere, wieso denn, niemand wird gezwungen, bei uns zu bleiben, das ist doch kein Gefängnis. Und was machen Sie mit den Babys, fragt sie mit einer vor Anstrengung verzerrten Stimme, und ich sage, in den meisten Fällen werden sie zur Adoption freigegeben, aber auch das ist kein Zwang, und sie fragt, und wenn eine Frau das Kind behalten will, darf sie das, zwingt man sie dann nicht, darauf zu verzichten? Ich bin gewöhnt an solche Fragen, aber heute kommen sie mir so neu vor wie die Fragen, die mir Sohara am frühen Morgen gestellt hat, was tust du gerne, welches ist deine Lieblingsfarbe, hast du lieber Hitze oder Kälte, und ich sage, wenn Sie das Kind aufziehen wollen und wir den Eindruck haben, daß Sie es schaffen, gibt es kein Problem, wir werden Ihnen helfen.

Sie weicht zurück, und ihr schönes Gesicht rötet sich, was heißt das, wenn Sie den Eindruck haben, und wenn Sie nicht den Eindruck haben, nehmen Sie mir das Kind dann weg? Ich erkläre es ihr, wir können nur beraten, letztlich entscheidet das Gericht zum Wohle des Kindes, aber soweit kommt es nur in den schlimmen Fällen, und sie sagt, dann ziehe ich es vor, das Haus nicht zu betreten, so bin ich frei, mit welchem Recht werden Sie über mich entscheiden, und ich sage, das hängt von Ihren Möglichkeiten ab, die meisten Mädchen hier haben keine Wahl, sie haben keinen Ort, wo sie während der Schwangerschaft sein können, und sie haben auch keine Möglichkeit, die Kinder selbst aufzuziehen, natürlich ist es besser als alles andere, wenn Sie Ihr Kind selbst aufziehen wollen, wir werden Ihnen dabei bestimmt nicht im Weg stehen, im Gegenteil. Ich werfe einen Blick auf die Uhr, ich muß hinein, sonst ist die Sitzung zu Ende, und ich stehe immer noch hier, Chawa wird nicht wortlos darüber hinweggehen.

Vielleicht sollten Sie lieber nach Hause gehen, schlage ich ihr vor, beruhigen Sie sich ein bißchen, denken Sie über alles nach, wir sind immer hier, die Entscheidung liegt bei Ihnen, aber sie hält mich zurück, nein, warten Sie, gehen Sie noch nicht weg, sie hält mich am Kleid fest, genau da, wo die blöde Chrysantheme aufgedruckt ist, ich muß mich heute entscheiden, ich kann es nicht mehr länger hinauszögern, Sie müssen mir helfen, und ich sage, also kommen Sie mit, reden wir drinnen weiter, und sie zögert, ich habe Angst, daß man mich nicht mehr gehen läßt, und die Wahrheit ist, daß auch ich es angenehmer empfinde, hier draußen zu sitzen, auf dem Gehweg, im Schatten, weit weg von Chawas prüfenden Blicken. Das Mädchen setzt sich neben mich, ich bin schon im siebten Monat, Weinen erstickt ihre Stimme, ich glaube einfach nicht, daß mir das passiert ist, mein ganzes Leben ist zerstört.

Wissen Sie, wer der Vater ist, frage ich, und sie schluchzt, natürlich weiß ich das, wir sind schon seit über einem Jahr zusammen, aber er ist verheiratet und hat Kinder, er ist viel älter als ich, ich arbeite bei ihm, in seinem Architekturbüro. Als ich gemerkt habe, daß ich schwanger bin, hätte ich noch abtreiben können, aber ich habe gehofft, er würde seine Familie verlassen und zu mir kommen, er hat mich verrückt gemacht, einmal so und einmal so, an einem Tag hat er mir das Blaue vom Himmel herunter versprochen und schon einen Namen für das Kind ausgesucht, am Tag darauf hat er mich nicht angeschaut, und dann ist es zu spät für eine Abtreibung gewesen, ich habe immer noch geglaubt, daß ich ihn überzeugen könnte, wenn ich Tatsachen schaffe, aber vor ein paar Tagen hat er mir endgültig mitgeteilt, daß er das Kind nicht will und daß er auch mit mir nicht zusammensein möchte, und jetzt weiß ich nicht, was ich tun soll. Meine Eltern sind fromm, sie dürfen es nicht erfahren, das würde sie umbringen, meine Mutter ist sowieso schwer krank, und ich schaffe es kaum mehr, meinen Bauch zu verstecken, ich hasse ihn, ich verstehe nicht, warum er mir so etwas antut, er zerstört mein Leben, indem er mich im Stich läßt, wie kann ich allein ein Kind aufziehen, ich bin gerade mal zweiundzwanzig, ich bin zu jung, um eine alleinerziehende Mutter zu sein, ich habe noch keinen Beruf, erst dieses Jahr habe ich mit meiner Ausbildung angefangen, ich habe kein Geld und ich habe keinen, der mir hilft.

Ich sitze da und höre ihren atemlosen Worten zu und versinke in ihrem Kummer, und da ist es wieder, dieses altbekannte Gefühl, ich stehe da, und mir wird aller Schmerz meiner Mitmenschen auf die Schulter geladen, Säcke voller Verzweiflung und Kränkung, ich kann die fremden Streitereien hören, ich kann die brennenden Nächte sehen, sie steigen in mir auf wie Erinnerungen, und wieder spüre ich die aggressive Hilflosigkeit, die mich in solchen Momenten überfällt, wie werde ich ihr helfen können, ihre Lage ist wirklich schwer, egal, wie man es auch betrachtet, da gibt es nichts zu erklären, und ich schlage mit weicher Stimme vor, man kann die Identität des Vaters nachweisen und Unterhaltszahlung für das Kind verlangen, aber sie schüttelt weinend den Kopf, ich will nichts von ihm, nach allem, was er mir angetan hat, wenn er fähig ist, mich in so einer Situation im Stich zu lassen, will ich weder sein Geld noch sein Kind. Wütend schlägt sie sich mit den Fäusten auf den Bauch, ich umarme sie, lege den Arm um ihre Schulter, mein Blick fällt auf ihre Füße, die Nägel sind rot lackiert, so rot wie die Lippen und so rot wie die Haare, wie schön können Füße sein, denke ich verwundert, ich bin angetan von ihrem gepflegten Äußeren, ihre Situation ist vermutlich nicht so schlimm, wenn sie noch immer so genau auf alle Details ihres Aussehens achtet, und ich sage, versuche, dich jetzt nicht mit negativen Gedanken zu vergiften, das macht dich nur schwach, und du brauchst deine Kraft, du mußt dich auf die Zukunft vorbereiten, welche Entscheidung du auch triffst, es wird schwer sein, aber es ist zu schaffen, wir helfen dir.

Das Problem ist nur, daß jede Entscheidung unmöglich ist, schluchzt sie, ich kann mich mit keiner Entscheidung abfinden, wenn ich das Kind aufziehe, zerstört es mein Leben, meine Familie wird mich verstoßen, kein Mann wird mich wollen mit einem Kind, ich will mich doch selbst nicht mit einem Kind, aber wenn ich es weggebe, werde ich mir das nie verzeihen, die ganze Zeit werde ich an die Sünde denken, die ich begangen habe, indem ich auf mein Kind verzichtete, mein ganzes Leben lang werde ich bestraft sein, und ich werde keine weiteren Kinder bekommen. Um Gottes willen, unterbreche ich sie schnell, wieso solltest du Strafe verdienen? Wenn du auf dein Kind verzichtest, um ihm ein besseres Leben zu ermöglichen, dann ist das eine reife und edle Tat, die keine Strafe verdient, im Gegenteil, sie verdient Anerkennung, und sie zuckt sofort zurück, du findest also, ich müßte es weggeben, du wirst mich dazu zwingen, es wegzugeben. Wieso denn das, sage ich, du triffst die Entscheidung ganz allein, sie liegt in deiner Hand, ich kann dir nur dabei helfen, die Sache als Ganzes zu beurteilen. Müde stehe ich vom Gehweg auf, es ist schon neun, die Sitzung wird gleich zu Ende sein, und da taucht wieder dieser Morgen vor mir auf, der Sonnenaufgang, der keiner war, das hellblaue Licht, die Kühle, Soharas Haare, die auf ihren Schultern hüpften, während sie die leere Straße entlangrannte, und ich frage das Mädchen, wie heißt du, und sie sagt leise, Ja'el. Ich betrachte sie auf die gleiche konzentrierte Art, wie ich an diesem Morgen betrachtet worden bin, hör zu, Ja'el, du mußt die Entscheidung nicht gleich heute treffen, du hast noch mindestens zwei Monate Zeit, aber versuche, deinen Blickwinkel zu ändern, versuche, alles, was passiert ist, als Chance zu sehen, nicht als eine Katastrophe, versuche, etwas Gutes daraus zu machen. Etwas Gutes, ruft sie, genau wie ich gestern, wie kann man etwas Gutes daraus machen? Und ich sage, ich weiß nicht genug von deinem Leben, vielleicht schaffst du es, dich von ungesunden Verhaltensmustern zu befreien, was deine Beziehung zu Männern anbelangt, vielleicht bringt es dich deinen Eltern näher oder es macht dich reifer, jetzt ist es noch zu früh für eine Entscheidung, geh nach Hause, versuche, dich zu beruhigen, und wenn du unsere Hilfe möchtest, wir sind hier, doch sie hält mich wieder am Kleid fest, zerknautscht mit den Fingern die Chrysantheme, die auf ihm blüht, ertränkt mich in einem Schwall von Worten. Ich weiß nicht, wohin ich gehen soll, ich kann die Schwangerschaft schon nicht mehr verbergen, und wenn die Mädchen, mit denen ich die Wohnung teile, es herausbekommen, erfahren es meine Eltern, ich habe niemandem ein Wort davon gesagt, sogar meinen besten Freundinnen nicht, wenn ich das Kind zur Adoption weggebe, will ich nicht, daß irgend jemand etwas davon weiß, und ich nicke, es sollten wirklich sowenig Leute wie möglich etwas davon wissen, aber die Schwangerschaft wird sie nicht länger verstecken können.

Was soll ich machen, sagt sie weinend, ich habe Angst, zu euch zu kommen, ich habe Angst, daß ihr versucht, mich zu überreden, ich habe Angst vor den anderen Mädchen, und ich sage, Ja'el, ich muß jetzt wirklich gehen, denke ein paar Tage darüber nach, sie schaut mich mit nassen Augen an, ihr Mund verzieht sich flehend, aber ich kann wirklich nicht mehr bleiben, ich tippe den bekannten Code ein, die Tür geht vor mir auf, ich schicke ihr noch ein flüchtiges Lächeln zu, das bedeuten soll, jetzt habe ich was zu tun, aber ich bin hier, falls du mich brauchst.

Ihr enttäuschter Blick verfolgt mich, ich habe sie ebenfalls im Stich gelassen, aber ich drehe mich nicht um, obwohl man mich im Heim nicht so dringend braucht, ich hätte bei ihr bleiben sollen, die Sitzung ist sowieso zu Ende, und schon überlege ich, ob ich zu ihr zurückgehe, da kommt mir Annat auf der Treppe entgegen, von weitem sieht sie aus wie ein alternder Junge, mit den engen Jeans und den kurzen grauen Haaren. Wo warst du, fragt sie, Chawa sucht dich, und ich seufze, ich habe mir ja gedacht, daß die Sache nicht kommentarlos vorbeigehen würde, und sie fügt hinzu, du weißt doch, daß Ati gestern ihr Kind bekommen hat, du solltest später mit den Formularen zu ihr gehen, und ich antworte nicht, betrete zögernd das Heim. Jeder, der eintritt, bleibt erst einmal staunend am Eingang stehen, nicht nur die Mädchen, die neu hierherkommen, auch mir geht es noch oft so, so schön ist es hier, sagen alle, ich wünschte, ich hätte so eine schöne Wohnung, und es stimmt, eine Wohnung über drei Ebenen, prachtvoll und großzügig. Aber heute halte ich mich nicht auf, ich gehe direkt zu Chawas Büro, sie liegt in ihrem Liegestuhl, einer Art Strandliege, die sie hergebracht hat, weil ihr der Rücken weh tut und sie schlecht sitzen kann, die Lesebrille vergrößert ihre Augen, aber sie nimmt sie ab, als ich eintrete, und legt den Stapel Formulare auf die Knie.

Was für ein schöner Morgen, verkündet sie feierlich, bist du jetzt erst aufgewacht? Ich denke an diesen Morgen, an seinen blauen Anfang, ganze Jahreszeiten sind seither vergangen, und ich stottere, nein, wirklich nicht, ich bin mit meinem Mann zu einer Untersuchung gefahren, und sie seufzt, wie soll das weitergehen, Na'ama, und ich fange schon an, mich zu verteidigen, aber sie unterbricht mich mit unerwarteter Wärme. Ich sehe, wie schwer du es hast, sagt sie, vielleicht nimmst du ein paar Tage Urlaub, eine Woche oder zwei, nimm dir so viel Zeit, wie du brauchst, pflege ihn, bis es ihm wieder gutgeht, dann komm zurück, damit du nicht die ganze Zeit zwischen uns und ihm hin und hergerissen bist. Ihr weicher Ton verwirrt mich, doch ich schüttele heftig den Kopf, nein, das wäre mir jetzt nicht recht, den ganzen Tag mit ihm eingesperrt zu sein, was soll das heißen, ihn pflegen, bis es ihm wieder gutgeht, ich habe keine Ahnung, was ich mit ihm anfangen soll und wann es ihm wieder gutgehen wird, und ich sage, danke, Chawa, ich würde lieber so weitermachen, und sie spielt mit ihrer Brille, betrachtet mich mit einem großen Auge wie durch ein Vergrößerungsglas, ich weiß, daß du mich für zu hart hältst, sagt sie mit ruhiger Stimme, und vielleicht hast du recht, aber ich habe keine Wahl, wir alle haben keine Wahl, wir dürfen uns nicht allzusehr mit dem Leid um uns herum identifizieren, das wäre zu einfach, wir müssen darüber hinauswachsen. Möchtest du eine Tasse Tee, fragt sie dann, und ich betrachte den großen Körper, der sich jetzt bewegt, und zum ersten Mal bemerke ich seine Verletzlichkeit, was ist mit ihr passiert, mit dieser Chawa, die doch so vollkommen ist, mit einem reichen Mann, einem schönen Haus und gesunden, netten Kindern, und es scheint, als könne sie meine Gedanken lesen, ich habe es im Moment auch nicht leicht, sagt sie, ich hatte alle möglichen Probleme in der letzten Zeit, aber ich lasse nicht zu, daß mich die Schwierigkeiten beherrschen, Na'ama, und du gibst dich deinen hin, und ich sage, danke, ich möchte keinen Tee, und sie seufzt, schiebt mit einer überraschend weiblichen Bewegung eine graue Locke aus der Stirn, sei nur aufrichtig genug, mit mir und mit dir selbst, und hüte dich vor zu großer Identifikation, fügt sie ernst hinzu, denn wenn wir selbst Kummer haben, ziehen wir wie ein Magnet den Kummer der anderen an, und er mischt sich mit unserem, und das ist das gefährlichste.

Verwirrt verlasse ich ihr Zimmer und schaue mich um, versuche, die allgemeine Stimmung dieses Morgens aufzunehmen, hier ist immer alles empfindsam und zerbrechlich, jede Geburt, jedes unterschriebene Formular verändert das Gleichgewicht, sofort drängen sich alle zusammen, wie geht es ihr, was hat sie entschieden, immer gibt es eine, die ihre Mißbilligung ausdrücken muß, wenn ich solche Bedingungen hätte wie sie, würde ich mein Kind aufziehen, und eine andere, die daraufhin sagt, was für ein Glück, daß du sie nicht hast, mir tut das Kind leid, das du aufgezogen hättest. Ich sehe Ilana am Waschbecken stehen, sie spült Geschirr, mit ungeschickten Bewegungen, überall verspritzt sie Seifenwasser, und am Eßtisch sitzt Chani, vor sich ein rosafarbenes Wollknäuel, in der Hand das Strickzeug. Ich muß den Pulli bis zur Geburt fertig haben, erklärt sie mir aufgeregt, ich muß meinem Baby irgend etwas von mir mitgeben, und Ilana klappert verärgert mit den Tellern, sie macht uns schon ganz verrückt damit, mault sie, dabei braucht das Baby diesen Pulli doch gar nicht, das kannst du mir glauben, sie wird in ihrem neuen Zuhause genug Pullover bekommen von ihren Adoptiveltern, die im Geld schwimmen, bestimmt wartet schon ein ganzer Haufen schön zusammengelegter Sachen auf das Kind, in einer Kommode mit einem aufgemalten Schneewittchen.

Aber ich möchte, daß ihr etwas von mir bleibt, zum Andenken, beharrt Chani, es wird ihr Lieblingspullover sein, und Ilana lacht ihr hartes böses Lachen, meine Güte, bist du blöd, sie werden den Pulli sofort in den Mülleimer werfen, habe ich recht? Sie schaut mich mit ihren kleinen trüben Augen an, und ich sage, Ilana, ich verstehe, daß es dir schwerfällt, aber laß Chani in Ruhe, wenn sie etwas für sich tun will, es ist ihr wichtig, etwas für ihr Baby zu machen, und das ist gut so. Wieso denn ein Pullover, sagt Ilana, soll sie ihrer Kleinen einen Brief in die Adoptionsakte legen, das werde ich jedenfalls tun, und wenn sie eines Tages achtzehn ist und sich die Akte anschaut, wird sie zu mir zurückkommen, es ist, als würden die Adoptiveltern sie nur für mich aufziehen, und ich sage, achtzehn Jahre, das ist viel Zeit, mehr Zeit als dein bisheriges Leben, du kannst nicht wissen, was deine Tochter dann empfinden wird, ob sie dich sehen will oder nicht. Deshalb werde ich ihr einen besonders schönen Brief schreiben, sagt Ilana, damit sie mich finden kann, ich werde schreiben, daß ich viel Geld habe oder ein berühmtes Model bin, und ich lächle verwirrt, weil ich nicht weiß, ob ich lachen oder weinen soll angesichts dieses kurzen, schweren Körpers mit dem zerquetschten Gesicht. Ilana, sage ich, ihr Wille, dich zu sehen, wird überhaupt nichts mit Dingen wie Geld oder Ruhm zu tun haben, du mußt die Beziehung auf Wahrheit aufbauen, du mußt ihr erzählen, wie alt du bist und welche Schwierigkeiten dich dazu zwingen, sie wegzugeben, damit sie ein besseres Leben hat, versuche nicht, irgend etwas zu schönen.

Sag mir bloß nicht, was ich zu tun habe, zischt sie am Waschbecken, und ich gehe schnell zum Büro. Chani folgt mir, weißt du, was ich möchte, sagt sie, ich möchte ihr selbst diesen Pullover anziehen, nach der Geburt, und wenn ihre Adoptiveltern dann kommen, um sie zu holen, werden sie sie in dem Pullover sehen, den ich für sie gestrickt habe, ich möchte, daß sie ihr, wenn sie groß ist, erzählen, daß ihre richtige Mutter ihr einen Pullover gestrickt hat. Ich lächle sie an, in Ordnung, Chani, ich verspreche dir, daß es so sein wird, mach dir keine Sorgen, aber sie drängt sich an mich, mit ihren Stricknadeln und der Wolle, ich möchte, daß es ihr erstes Kleidungsstück wird, verstehst du? Und ich sage, klar, beeil dich nur, dein Bauch hat sich schon gesenkt, und du hast gerade erst angefangen, und als ich sie betrachte, wundere ich mich wieder über die grausame Laune der Natur, schwangere Frauen sehen in meinen Augen immer achtunggebietend und stolz aus, sie sind für mich die höchsten Offizierinnen in der Armee der Natur, und doch sind diese hier nur Mädchen, selbst fast noch Kinder, denen eine schwere, ungewollte Last auferlegt wird, und gleich packt mich auch die Wut auf Udi, wie jedesmal, wenn ich Vorwürfe gegen die Natur habe, fällt mir Udi ein, ihr begeisterter Verteidiger, und zornig erinnere ich mich an seinen harten, mit Nadeln gespickten Körper und an das brennende Räucherstäbchen auf seinem Kopf.

Als ich das Büro betrete und die Formulare hole, habe ich wieder einmal die Worte vor Augen, mit denen dieser furchtbare Verzicht zu Papier gebracht wird, emotionslos, als handelte es sich um den Antrag auf einen Reisepaß oder eine Namensänderung, ich stecke die Papiere in die Tasche, nehme aus dem Schrank mit den Geschenken eine Packung mit Seife und Körpercreme, und als ich Annat im Flur treffe, bitte ich sie, Chawa zu sagen, daß ich zur Entbindungsstation gefahren sei, und sie fragt erstaunt, jetzt schon, du bist doch gerade erst gekommen. Ich möchte es hinter mich bringen, sage ich, paß bitte auf Ilana auf, sie ist in einer mörderischen Stimmung, und Annat lächelt, nicht nur sie, und erst an der Tür überlege ich, wen sie mit dieser Bemerkung wohl gemeint haben mag, mich, Chawa oder sich selbst, aber was spielt das für eine Rolle, es ist nur wichtig, daß ich Ja'el nicht begegne, als ich das Haus verlasse, sie hat ihr schreckliches Schicksal in die Hand genommen und ist auf ihren hohen Absätzen verschwunden, sie hat mir keine Möglichkeit hinterlassen, sie zu finden, nur die Schatten glühender Blätter streicheln genau die Stelle, wo wir gesessen haben.

Dieser Ort, an dem das Leben anfängt, dieser neonbeleuchtete Korridor ohne jedes Mysterium, diese schwachen Körper, die nichts verbergen, ihr leidender und trotzdem stolzer Gang wie der von Kriegsverwundeten, die wissen, daß ihre Schmerzen einen Sinn haben, dieser Ort hier zieht mich magisch an, ich bewege mich zwischen den unsicher umherwandernden Frauen und weiß, daß ich nie so sein werde wie sie, nie werde ich gebückt und glücklich durch diesen Korridor schlurfen, ich werde nie wieder ein Kind haben. Ein paar Jahre lang habe ich geglaubt, es würde alles gut werden, Udi würde sich schließlich fügen, aber jetzt ist mir klar, daß es nicht so sein wird, und die Erkenntnis, daß alles vorbei ist, trifft mich hart, nie wird mir eine zweite Chance geboten werden. Ich lasse mich mit letzter Kraft auf eine Bank fallen, erschöpft wie eine Wöchnerin, auch ich habe schmerzhafte Nähte, alte Nähte, die sich entzündet haben und nicht heilen wollen, doch da setzt sich eine Frau im Morgenrock neben mich, einen durchsichtigen Wagen mit sich ziehend, und ich erhebe mich sofort, ihr Blick folgt mir ohne jede Neugier, aber er bedrückt mich, als hätte man mich bei einer Vorspiegelung falscher Tatsachen ertappt. Schnell gehe ich zu Etis Zimmer am Ende des Korridors, ein starres Lächeln auf den Lippen, das ist immer der schwerste Moment, soll man etwa herzlichen Glückwunsch sagen, wenn der Tag der Geburt gleichzeitig der Tag der Trennung ist? Alle Achtung, Etile, sage ich vorsichtig, du warst eine richtige Heldin, hat man mir gesagt, und sie schaut mich mit zornigen Augen an, es war ein Alptraum, frag mich nicht, er hat sich in meinem Bauch festgekrallt wie eine Zecke, und ich streichle ihren knochigen Arm, es ist wirklich schlimm, aber mit der Zeit vergißt man das, und sie sagt, wie eine Zecke hat er sich in mir festgekrallt, sechsunddreißig Stunden lang wollte er nicht raus, trotz Wehenmittel und allem was du dir vorstellen kannst, ich bin fast gestorben, so höllisch waren die Schmerzen, ich weiß nicht, was ich ihm getan habe, daß er sich so festgekrallt hat, und ich frage, hast du ihn schon gesehen, und sie sagt, was fällt dir ein, ich will ihn nie sehen, er ekelt mich an.

Aber Eti, dränge ich, er ist dein Kind, du hast ihn geboren, gerade deshalb ekelt er mich an, sagt sie kalt, wenn du ihn geboren hättest, hätte er mich nicht angeekelt, verstehst du das nicht, er ist ein Nichts, genau wie ich, er ist nichts wert, und sie breitet gleichgültig ihre mageren Arme aus. Ich möchte nur raus aus diesem Loch hier, murrt sie, ich möchte allein sein, ohne eure Aufsicht, und ich frage, was wirst du tun, wenn du allein bist, obwohl ich die Antwort weiß, sie wird sich Heroin spritzen und auf ihrer stinkigen Matratze liegen und sich fühlen, als wäre sie die Königin der Welt. Traurig betrachte ich sie, ihr Gesicht ist dunkel, ihr Hals faltig, dies ist nicht das erste Kind, das sie zur Adoption freigibt, als sie jung war, hat sie ein Kind weggegeben, das jetzt mindestens zwanzig Jahre alt sein muß. Sie behauptet, keine Hure zu sein, nur für das Rauschgift schlafe sie mit Männern, und wenn das zu einer ungewollten Schwangerschaft führe, eine Art Nebenwirkung der Droge, gibt sie das Kind zur Adoption und macht weiter. Ich habe gedacht, ich wäre schon zu alt dafür, kichert sie, und ich halte ihre Hand, sie sieht alterslos aus, geschlechtslos, ich frage mich, ob es einen Spalt in dieser rauhen Haut gibt, einen Zugang zu ihrem Innersten, eine Möglichkeit, sich einen Moment lang nahe zu sein, und ich sage, komm, schauen wir uns das Baby an, du sollst doch wissen, von wem du dich trennst, es ist wichtig, daß du siehst, wie lebendig und süß er ist, kein Ungeheuer, glaub mir, und sie weicht zurück, laß mich endlich in Ruhe, Na'ama, ich möchte diesen kleinen Blutegel nicht sehen. Da opfere ich mich und sage, dann gehe ich allein und beschreibe ihn dir, und sie zuckt mit den Schultern, tu's doch, wenn du mit deiner Zeit nichts Besseres anzufangen weißt.

Schweren Herzens betrete ich das Säuglingszimmer, wie Rekruten sind sie dort aufgereiht, Bett neben Bett, und mir fällt ein, wie ich Noga immer vom Säuglingszimmer geholt habe, Noga mit dem herzförmigen Gesicht und den gekräuselten Rosenlippen, und einmal kam ich durcheinander, plötzlich stand ich mitten in der Nacht vor einem anderen Gesichtchen, erst da schaute ich auf das Namensschild und entdeckte, daß das Kind gar nicht mir gehörte. Da ist er, Etis kleiner Junge, ein Irrtum ist ausgeschlossen, er sieht ihr sehr ähnlich, ein schwarzer, wütender Gnom, seine Fäustchen zittern, und nicht nur sie, sein ganzer kleiner Körper zittert, und die Schwester seufzt hinter mir, er macht eine Krise durch, der arme Kerl, er ist drogenabhängig geboren, wir entziehen ihn jetzt. Es wird alles gut, Kerlchen, flüstere ich ihm zu und streichle seine faltige Wange, wir holen dich aus diesem Schicksal heraus, wir pflanzen dich in eine andere Erde und du wirst blühen, und plötzlich empfinde ich Stolz, ich richte mich auf, siehst du, sage ich leise zu Udi, wir retten Leben, dieser Junge wird bald Eltern haben, die ihn liebevoll aufziehen, die dafür sorgen, daß er alles bekommt, was ihm fehlt, und statt mitzukriegen, wie seine Mutter für Geld mit Männern schläft und sich Spritzen setzt, wird er Zeichentrickfilme sehen und mit Lego spielen und Bücher lesen.

Und was wirst du tun, wenn er im Gymnasium seinen Freunden nachläuft und selbst süchtig wird, höre ich Udi einwenden, stell dir vor, daß er genau im gleichen Loch landet wie seine Mutter, vielleicht wird sie es sogar sein, die ihm das Zeug verkauft, oder er ihr, und ich werde wütend, natürlich kann alles mögliche passieren, aber wir geben ihm die Chance zu einem anderen Leben, wenn er bei ihr bleibt, ist sein Schicksal entschieden, und ich denke an Noga in ihrem durchsichtigen Bett, was wäre aus dir geworden, wenn andere Eltern dich mitgenommen hätten, vielleicht hättest du einen Vater bekommen, der dich nicht streitlustig und rachsüchtig hätte fallen lassen, vielleicht eine andere Mutter, die dich nicht mit ihren Schuldgefühlen angesteckt hätte, Udi hat recht, das Wissen ist eine lächerliche Illusion, undurchlässige Schleier bedecken die Augen des Menschen. Ich streichle zum Abschied die winzige Hand, da schließen sich plötzlich kleine Finger um meinen großen, unerwartet kräftig, und ein Weinen kommt aus seinem Mund, was möchte er mir sagen, daß er trotzdem bei seiner Mutter bleiben will, die ihn haßt, in kurzer Zeit werde ich die Formulare aus der Tasche ziehen, doch jetzt geht die Schwester mit einer Flasche zu ihm, er hat Hunger, der Arme, sagt sie und hebt ihn hoch, er läßt meinen Finger los, seine Augen sind geschlossen, überhaupt noch nicht aufgegangen, warum habe ich dann das Gefühl, daß er mich anschaut, ich fliehe wie eine Verbrecherin zu Eti, die mich mit geschlossenen Augen erwartet, die Ähnlichkeit zwischen beiden ist wirklich erstaunlich, niemand wird sie übersehen können, wenn sie sich an denselben Plätzen herumtreiben, aber warum sollten sie sich an denselben Plätzen herumtreiben?

Etale, er ist wirklich süß, sage ich, er sieht dir sehr ähnlich, und sie macht eine verächtliche Handbewegung, das interessiert mich nicht, von mir aus kann er dir ähnlich sehen, und ich halte ihr die Formulare hin, ich möchte, daß du sie liest, und sie murrt, laß mich endlich in Ruhe, es ist mir egal, was da drauf steht, ich will ihn nicht, das habe ich dir ja gesagt. Ich bleibe stur, du mußt das lesen, Eti, es ist keine Kleinigkeit, daß du auf ihn verzichtest, du mußt verstehen, was das bedeutet, und sie räsoniert, ich weiß, was das bedeutet, nämlich daß ich euch morgen um diese Zeit los bin, ich gebe nicht auf und lese ihr laut und langsam die Worte vor, dann nimmt sie meinen Stift und unterschreibt, mit fast geschlossenen Augen, blaue Tintenflecken bleiben auf dem Rand des Papiers zurück, die Arbeit ist erledigt, auch wenn sie leicht ist, ist sie schwer. Ich seufze, ihre Gleichgültigkeit stößt mich ab, obwohl sie es mir bequem macht, ich muß nichts erklären und nichts diskutieren, ich muß nicht trösten und nicht Mut zusprechen. Sie holt eine Schachtel Zigaretten aus ihrem Nachttisch und treibt mich an, komm, gehen wir, ich begleite dich zur Halle, da können wir uns hinsetzen und eine rauchen, und als wir am Säuglingszimmer vorbeikommen, wirft sie keinen einzigen Blick hinein, sie geht an den aufgereihten Babybetten ohne jede Neugier vorbei, ohne jedes Schuldgefühl, als wäre es nicht ihr Kind, das dort strampelt und sich nach ihrer Milch sehnt, nach ihrer Liebe, und als wir uns setzen, kann ich mich nicht mehr beherrschen, Etale, meinst du nicht, daß du trotzdem einen Entzug versuchen solltest, schau nur, was für einen Preis du bezahlst, wir könnten dir helfen, meinst du nicht?

Laß mich in Frieden, Na'ama, zischt sie mich an, ich habe nicht vor, aufzuhören, mich interessiert nichts außer dem Stoff, ich lebe nur für ihn, er ist mein Baby, nur er macht mich glücklich, und plötzlich stößt sie ein häßliches Nikotingelächter aus, ich bin schon vergeben, verstehst du, ich bin die Mutter des Rauschgifts. Ihr Lachen bewegt die Falten ihres leeren Bauchs unter dem Morgenrock und verfolgt mich, als ich mich von ihr verabschiede, ich warte auf den Aufzug und schaue zu ihr hinüber, erstaunt, fast neidisch, wie sie ein mageres Bein über das andere magere Bein legt und grauen Rauch vor dem Bild des Kindes aufsteigen läßt, das sie morgen verläßt, vielleicht hat sie recht, morgen wird sie auf ihrer schmutzigen Matratze liegen und die Königin der Welt sein.

12

Die Sonne, die ich früh am Morgen herbeigesehnt habe, verfolgt mich jetzt feindselig, wirft mir aus den Autospiegeln stechende Strahlen entgegen, drei Lichtstreifen wie drei Messer, die mir nicht erlauben, nach rechts oder links zu fahren oder zu wenden, ich kann nicht zurück zum Heim und nicht nach Hause, ich kann nur geradeaus fahren, als würde ich entführt, zu dem Ort, der nur mir gehört, an dem ich für niemanden sorgen muß, und ich fahre schnell, bevor es mir leid tut, stelle mir den Anblick des Himmels vor, der mich durch die Wipfel hinweg anstrahlen wird, während ich entspannt auf der Wiese liege und weder Hunger noch Durst fühle, weder Erwartung noch Kränkung.

Je weiter ich komme, um so schmaler werden die Straßen, und meine Augen werden grüner, sogar mitten im Sommer leuchten hier Orangen im Laub, betrachten mich neugierig, seit dem Tod meines Vaters war ich nicht mehr hier, und auch davor nicht eben häufig, es war mir immer unheimlich, wenn meine Erwachsenenwelt auf die meiner Kindheit traf. Wenn ich meinen Vater besuchte, fing ich immer plötzlich an zu hinken, als wäre mein Bein nach einem Bruch nicht gut verheilt, aber heute komme ich gern, denn das hier ist der einzige Ort, der mir geblieben ist, hier warten mein Vater und meine Mutter mit dem Mittagessen auf mich, sie sitzen sich an unserem großen Tisch gegenüber, werfen ab und zu einen besorgten Blick auf die Uhr, wo steckt sie bloß, warum kommt sie so spät? Hier, ich kehre von der Schule zurück, ihre Trennung hat mir das Leben noch nicht vergällt, sie steckt noch im verborgenen Käfig der gefährlichen Gedanken, sie schreit manchmal in den Nächten, aber ich höre noch nichts, nur die Gespräche der Schakale wecken manchmal bei Nacht eine dumpfe Angst in mir. Das ist mein Weg nach Hause, zwischen den Orangenplantagen hindurch, eine dunkle ländliche Straße ohne Autos, zuweilen gehe ich abends barfuß diese Straße entlang, und obwohl sie trocken und fest ist, spüre ich weiche Strömungen unter dem Asphalt, die Reste einer Hitze, die mir aus der Tiefe der Erde entgegengeschickt wird, wenn ich die nahe, immer unter Wolken liegende Eichenallee hinaufgehe, hier habe ich mich immer am Straßenrand ausgeruht, hier habe ich Eicheln gesammelt, die harten Früchte herausgeholt, um sie dann wieder in ihren aufgeplatzten Wiegen zu verstecken.

In der früheren Guavenplantage, die jetzt mit Asphalt bedeckt ist, parke ich das Auto und versuche den Platz zu finden, an dem damals mein Lieblingsbaum gestanden hat, der mit den rotesten, schwersten und süßesten Guaven, die wie Laternen in den Zweigen leuchteten, ich renne nach Hause, wartet auf mich, Mama, Papa, fangt nicht ohne mich an zu essen, räumt den Tisch nicht ab, stellt die Teller nicht weg, hier bin ich, aus der Schule zurück, meine Hefte sind ordentlich, meine Bücher sauber, heute passe ich auf Jotam auf, damit ihr ausgehen könnt. Wie plötzlich war das alles gekommen, ich hatte keinen Verdacht geschöpft, meine Mutter sah so glücklich aus mit uns, ihrer kleinen Familie, sie war so schön mittags, mit der karierten Schürze und den Schweißtropfen auf der Oberlippe, wir haben sie alle drei geliebt, der kleine Jotam, der immer an ihrem Schürzenzipfel hing und weinte, wenn sie auch nur kurz wegging, ich, die ich sie bewunderte und nicht aus den Augen ließ, und mein Vater, der viel älter war als sie und alles tat, um sie zufriedenzustellen, nie zankten sie sich, immer sprachen sie leise und höflich miteinander, und alles sah wunderbar aus, bis sich herausstellte, daß ihr das alles nicht genügte, dieses Leben, es reichte ihr nicht, jeden Tag Huhn mit Püree zu kochen und mittags einem alternden Mann gegenüberzusitzen, der sie langweilte, sie war noch jung, sie wollte leben, sie wollte Schauspielerin sein, singen und tanzen, sie wollte nicht in dieser gottverlassenen Moschawa und in diesem alten Haus verfaulen, ein armseliges Jewish-Agency-Haus, so nannte sie es immer, es ist das Haus, vor dem ich jetzt stehe, alle anderen Häuser haben sich vollkommen verändert, wie Kinder, die erwachsen geworden sind, sie sind in die Breite und in die Höhe gewachsen und nicht mehr wiederzuerkennen, nur dieses Haus ist klein geblieben. Da sind die Überreste unseres kleinen Gartens, ein einsamer Flammenbaum steht in der Mitte, ich habe ihn meinen Geburtstagsbaum genannt, denn an meinem sechsten Geburtstag bin ich um ihn herumgerannt, hielt mich an dem rauhen Stamm fest und tobte, bis mir schwindlig wurde und die Köpfe aller Gäste zu einem einzigen Lächeln voller Zungen und Zähne verschwammen. Ich hielt ein kleines Tuch in der Hand, ein weißes Tuch, das ich von einem der Nachbarn geschenkt bekommen hatte, und es erfüllte mich mit unbeschreiblichem Glück, wieder und wieder winkte ich aufgeregt, als stünde ich auf einem Schiff und nähme Abschied, um eine lange Reise anzutreten, von der keiner sagen konnte, wie sie verlaufen würde.

Jetzt strecke ich mich unter dem Geburtstagsbaum aus, seine Zweige zerteilen den Himmel in blaue Stücke, in bewegliche, ununterbrochen sich verändernde Formen. Wie gerne lag ich hier, wenn es dunkel wurde, die Geräusche aus dem Haus waren wie ein beruhigendes Summen im Hintergrund zu hören, während ich unter dem Baum lag und dem

Gesang der Wolken lauschte, dem weichen, dunklen Chor hoch über mir, eine Melodie ohne Trauer und ohne Freude, ohne Willkommen und ohne Abschied, wir ziehen an dir vorbei, sangen sie, aber wir werden nach dir noch hier sein, wir werden nie geboren werden und nie sterben, wir werden uns an nichts erinnern und nichts vergessen. Hier, da türmen sie sich übereinander, strecken die verwöhnten Arme aus, dehnen sich unter dem Baldachin des Himmels, sie verschlucken den Mond und spucken ihn heil wieder aus, unverletzt entkommt er ihren Griffen, da drücken sie sich aneinander und lösen sich gleich darauf, furchtlos explodieren sie im Reich des Himmels, sie nehmen Formen an und verlieren sie wieder, tiefe und hohe Phantasieformen, Buchten und schneebedeckte Gipfel. Fast jeden Abend ging ich in den Garten, sogar im Winter, streckte mich auf der Wiese aus und starrte hinauf in die Weiten des Himmels, zu den unbeschreiblichen Abenteuern, die sich dort oben ereigneten und die sich meiner Herrschaft entzogen, als hätte ich je die Herrschaft über das gehabt, was sich hier unten ereignete, auf der Erde, in dem kleinen Jewish-Agency-Haus, und ganz langsam senkte sich Gelassenheit über mich, eine verrückte, wunderbare Gelassenheit, die nichts mit dem zu tun hatte, was an diesem Tag geschah oder am nächsten geschehen würde, vermutlich war es das unendliche Bewußtsein, diese nackte und strahlende Einfachheit, und nun, da ich mich an sie erinnere, möchte ich, daß sie zurückkommt, ich versuche, sie mit Worten zu verführen, aber was habe ich schon zu bieten und wie könnte ich ihr Vertrauen schenken, wenn sie mich ausgerechnet in dem Moment, in dem ich sie am meisten brauche, im Stich läßt, wenn sie dieses Haus verlassen hat wie meine Mutter, am selben Tag und zur selben Stunde. Wieder versuche ich, mich an die Worte zu erinnern, die ich heute morgen gehört habe, loslassen, hat sie gesagt, von den Wolken und vom Himmel lernen, die Gelassenheit in sich selbst finden, wie verlockend sich das anhört, ich wäre froh, wenn ich das könnte, aber in mir ist keine Gelassenheit, Sohara, im Gegenteil, manchmal habe ich das Gefühl, als sei in der Welt um mich herum überall mehr Gelassenheit als in mir selbst.

Beschämt stehe ich vor der verschlossenen Tür meines Hauses, jemand hat es vor vielen Jahren gekauft, ist aber nie eingezogen, und solange die Zimmer unbewohnt bleiben, werden unsere zerbrochenen Herzen hier ausharren, die Fußspuren auf den abgetretenen Fliesen, der Abdruck des Barometers an der Wand, der ganze Zorn des verlassenen Hauses, und ich betrachte es von außen, das Haus meiner Kindheit. Da stand der Baum mit den roten Pflaumen, daneben der mit den gelben, Mann und Frau haben wir sie genannt, weil sie so dicht nebeneinander standen und ihre Zweige sich so ineinander verhakt hatten, daß wir sie nur im Sommer unterscheiden konnten, denn nur wenn ihre Früchte reif wurden, sahen wir, welche Zweige zum roten Baum gehörten und welche zum gelben, dann stiegen wir hinauf, pflückten die warmen Früchte und stopften sie uns wie Bonbons in den Mund, und hier, vor meinem und Jotams Fenster, stand einmal die riesige Akazie, die im Frühjahr wie eine Sonne strahlte und unsere Träume gelb färbte. Hier war die östliche Terrasse, mit Blick auf die blauen Berge, die aneinandergereiht sind wie eine Kette aus Saphiren. Hier saß mein Vater nachmittags in seiner kurzen Khakihose, die Beine übereinandergeschlagen und mit zurückgelehntem Rücken, hier aß er dunkle Weinbeeren und prophezeite das Wetter, seine Brillengläser funkelten glücklich, und ich saß vor ihm, auf diesen Stufen, und hielt die kleinen Kätzchen in den Armen. In diesem Gebüsch kamen sie immer auf die Welt, sie tobten zwischen den Farnen herum, und ihre kleinen Schwänze zitterten zwischen Licht und Schatten. Von der Treppe aus belauerte ich sie, wartete auf ihre ersten neugierigen Schritte in die Welt, lockte sie mit einem Schüsselchen Sahne, schnüffelte an ihrem Fell, in dem milchige Wärme hing. Und da ist die westliche Terrasse, hier wohnten, laut und provozierend, die Tauben unter den Dachziegeln und bedeckten den Terrassenboden mit ihren Exkrementen, und meine Mutter schrie, wohin soll das noch führen mit diesen Tauben, sie schleppen Krankheiten an, vertreib sie, bevor sie uns alle anstecken, und mein Vater betrachtete hilflos die Nester, hin- und hergerissen zwischen seinem Mitleid für die Tauben und dem Wunsch, meine Mutter zu beruhigen. Manchmal faßte er Mut und entfernte ein oder zwei Nester, nachdem er heimlich die Eier in ein anderes Nest gelegt hatte, aber nie schaffte er es, die Tauben zu vertreiben, erst als meine Mutter das Haus verlassen hatte, in seiner ersten einsamen Nacht, fiel er zornig über die Nester her, über die Eier und die Jungvögel, es war ein regelrechtes Pogrom, das er veranstaltete, und die Kunde von dieser Schreckensnacht verbreitete sich unter den Tauben, so daß sie es nicht wagten, zurückzukehren, fast dreißig Jahre sind vergangen, und noch immer gibt es hier auf der Terrasse keine Tauben mehr.

Seltsam, niemand lebt hier, und trotzdem ist der Rasen so gepflegt wie ein Grab, um das sich heimlich jemand kümmert, ja, hier liegt der Rest seines Lebens begraben, die Einsamkeit seiner leeren Zimmer, in denen er ohne Bitterkeit ihr Weggehen beweinte, als sei er eigentlich damit einverstanden, als hätte er an ihrer Stelle dasselbe getan. Immer habe ich gedacht, wenn sie ihn wegen eines anderen Mannes verlassen hätte, hätte er das leichter ertragen als so, da sie wegen aller Männer auf der ganzen Welt gegangen war und ihm keinen Angriffspunkt für seinen Zorn gelassen hatte, besiegt in einem Kampf, an dem er nicht teilgenommen hatte, er hatte nichts mit Kämpfen im Sinn, er sehnte sich immer nur nach Ordnung und Gelassenheit, nach einem ruhigen Leben ohne Abenteuer, sogar ohne Überraschungen durch das Wetter, aber sie überraschte ihn trotzdem, ausgerechnet sie, die so froh gewesen war, als er sie vom schweren Leben mit ihren hartherzigen Eltern befreit hatte, von den beiden kleinen Brüdern, die sie aufziehen mußte, und ihr ein eigenes Haus gegeben hatte, wer hätte voraussehen können, daß ihr das alles nicht reichen würde.

Sofort nach ihrem Weggehen tauchten hier auf der schmalen Straße Frauen auf, nicht mehr ganz junge, breithüftige Frauen, die versuchten, ihn davon zu überzeugen, daß dieses Leben ihnen reichen würde, aber er wollte nur seine aufsässige junge Frau, neben ihr war jede andere lästig und so langweilig wie er, und er wollte ja nicht sich selbst, sondern sie, jeden Moment wäre er bereit gewesen, sie wieder aufzunehmen, aber sie kam nicht, obwohl ihr danach nichts gelang, nichts klappte, weder Tanzen noch Singen noch Schauspielerei, sie war nicht jung genug oder nicht talentiert genug, nur bei uns zu Hause war sie der Star gewesen, doch seltsamerweise zerbrach sie nicht, sie war stolz auf ihre Fähigkeiten, beobachtete zufrieden die Trümmer ihres Lebens, als wäre es ihr größtes Verdienst, ihr Versagen zu leugnen. Schon seit Jahren möchte ich sie fragen, wie sie die Erkenntnis erträgt, daß ihr Leben schiefgegangen ist, noch dazu, wo sie einen so hohen Preis bezahlt hat, aber sie ist jetzt ganz anders, so schnell ist ihre Schönheit verblüht, so schnell sind ihre Träume vergangen, sie ist eine andere Frau geworden, es scheint, als wisse diese alte Frau mit dem breiten, bitteren Gesicht nichts mehr von der jungen Frau, die mein Leben zerstört hat, warum sollte ich sie mit alten Geschichten beunruhigen?

Wieder gehe ich an ihrem Schlafzimmer vorbei, versuche, durch die Ritzen des geschlossenen Rolladens einen Blick hineinzuwerfen, schiebe den Vorhang aus Hibiskusblüten, die schlaff vor Hitze herunterhängen, zur Seite, ich habe Lust, den Rolladen zu schütteln, bis er den Mund aufmacht und mir erzählt, was dort in ihrem Schlafzimmer, dem kleinsten Raum des Hauses, passiert ist, zwei Betten gab es dort, sie schlief in dem breiteren, er in dem schmalen zu ihren Füßen, das morgens unter ihres geschoben wurde, damit man überhaupt in das kleine Zimmer eintreten konnte. Hilflos stehe ich vor den Geheimnissen des Rolladens, schon immer hat dieses Zimmer ein beklemmendes Gefühl in mir geweckt, eine Enge im Hals, und jetzt dringt plötzlich ein Wimmern zu mir heraus, ich reiße erstaunt den Mund auf, wie kann das sein, es wohnt doch niemand hier, wie ist dieses arme Lebewesen ins Haus gekommen, die Rolläden sind heruntergelassen und die Türen verschlossen. Wieder gehe ich um das Haus herum, versuche hineinzuspähen, ohne etwas zu sehen, nur aus dem Schlafzimmer dringt wieder das Wimmern einer Katze, schon bin ich überzeugt, daß es meine Schuld ist, ich habe dort ein kleines Kätzchen vergessen, vor vielen Jahren, wunderbarerweise ist es dem Tier gelungen, bis heute am Leben zu bleiben, und jetzt fleht es mich mit letzter Kraft an, es herauszuholen, und vor lauter Schreck laufe ich weg, wieder einmal, ich renne den schmalen Weg entlang, meine Hand tastet schon in der Tasche nach dem Schlüssel, warum bin ich überhaupt hierhergekommen, niemand braucht mich hier, nur zu Hause werde ich gebraucht, Noga macht sich bestimmt schon Sorgen, warum ich noch nicht von der Arbeit zurückgekommen bin, es ist spät, und er schimpft mit ihr, anstatt sie zu beruhigen, und der Gedanke daran, daß sie allein zu Hause sind, ohne mich, bedrückt mich auf der ganzen Rückfahrt.

Der warme, scharfe Geruch nach gebratenen Zwiebeln empfängt mich, als ich ängstlich die Stufen hinauflaufe, meine Muskeln schmerzen, als hätte ich den ganzen Weg rennend zurückgelegt, schon wieder die Nachbarin von gegenüber mit ihrer Kocherei, denke ich, aber nein, der Geruch kommt aus unserer Küche, verbindet sich mit dem Bild, das mir vor kurzem plötzlich vor den Augen stand, Udi rührt mit einem großen Holzlöffel in der Pfanne, in dieser seltsamen Haltung, die er in der Küche immer einnimmt, auf einem Bein stehend, in Unterhose und diesem zerrissenen blauen T-Shirt, schon seit Jahren dränge ich ihn, das Ding wegzuwerfen, aber er lehnt es ab, mit Recht, er sieht darin sehr schmal und jugendlich aus, um Jahre jünger als ich, und er sieht auch sehr gesund aus, die alte östliche Medizin hat ihm offenbar auf der Stelle geholfen. Noga steht neben ihm, über die Anrichte gebeugt, und schneidet Tomaten, sie hat die Lippen vor Anstrengung vorgeschoben, alles macht ihr Mühe, die Tomaten nicht fallen zu lassen, sich nicht in die Finger zu schneiden, aber ihre Augen sind schmal vor Vergnügen. Erstaunt betrachte ich die beiden, es ist, als wäre ich versehentlich bei einer anderen Familie gelandet, so oft habe ich mich nach diesem Anblick gesehnt, jetzt wirkt er lähmend, fast beleidigend, und statt mich zu freuen, fühle ich mich auch hier überflüssig, was soll das bedeuten, da kehre ich fast widerwillig zu ihnen zurück, und es stellt sich heraus, daß sie ohne mich viel besser zurechtkommen.

Noga beschwert sich vergnügt, du bist zu früh gekommen, Mama, wir machen dir eine Überraschung, und ich trete zum Herd und schaue in die Pfanne, dir verbrennt was, Udi, sage ich, kleingeschnittener Knoblauch raucht zwischen geviertelten, noch harten Zwiebeln, wie oft habe ich ihm schon zu erklären versucht, daß man den Knoblauch erst in die Pfanne tut, wenn die Zwiebeln schon angebräunt sind, er will es einfach nicht verstehen, er glaubt wohl, seine Sturheit würde siegen und die Zwiebeln würden sich ebenfalls seinen Wünschen fügen, wie ich, wie Noga, und als ich die verbrannten Knoblauchstückchen sehe, werde ich zornig, er lernt einfach nichts, er steht da in seiner Storchenstellung und rührt in der glühendheißen Pfanne, und statt seinen Irrtum einzugestehen, schimpft er schon mit Noga, immer gibt er anderen die Schuld. Was ist mit den Tomaten, fährt er sie an, wie lange brauchst du noch, siehst du nicht, daß alles gleich verbrennt? Sie hält ihm ergeben die wäßrigen Stücke hin, aber ich kann mich nicht beherrschen und sage, Udi, die Zwiebeln sind noch nicht soweit und der Knoblauch ist schon ganz verkohlt, wie oft habe ich dir schon gesagt, daß man die Zwiebel vor dem Knoblauch anbrät, man darf Zwiebeln und Knoblauch nicht gleich zusammen in die Pfanne tun.

Plötzlich krampft er sich zusammen, als hätte er einen schweren Schlag abbekommen, die Pfanne zittert in seiner Hand, gleich wird er sie schwenken wie einen Tennisschläger, er wird sie auf den Boden schleudern und der fettige Inhalt wird herausspritzen, und schon weiche ich zurück, ziehe Noga mit mir, aber er knallt die Pfanne aufs Feuer, dann koch doch selbst, wenn du alles besser weißt, schreit er, ich habe die Nase voll von deinen ewigen Klagen, nie kann ich es dir recht machen, und schon ist er im Schlafzimmer und schlägt die Tür hinter sich zu, und ich renne hinter ihm her und versuche, seine Worte zu übertönen.

Du bist doch nicht normal, schreie ich, du bist unfähig, ein Wort der Kritik zu hören, was habe ich denn schon gesagt, ich habe doch nur gesagt, daß man erst die Zwiebeln in die Pfanne tut und dann den Knoblauch, und das reicht dir schon, um gleich alles kaputtzumachen? Doch da liegt er bereits im Bett und zieht die Decke über das Gesicht, seine Stimme klingt abgedämpft, ich habe was kaputtgemacht, ich? Endlich geht es mir ein bißchen besser, und ich versuche, dich zu überraschen und zusammen mit Noga was zu kochen, und du kommst mit diesem genervten Gesicht herein, und statt dich zu freuen, daß ich überhaupt auf den Beinen stehen kann, stört es dich, daß ich die Zwiebeln nicht vor dem Knoblauch in die Pfanne getan habe. Man könnte glauben, es handle sich dabei um ein Kapitalverbrechen, schau dich doch selbst mal an, du glaubst wohl, du machst immer alles richtig und die anderen immer alles falsch, aber ich sage dir, in Wirklichkeit ist es ganz anders!

Traurig betrachte ich die Decke, die ihn verbirgt, schwarzrote Karos untermalen seine Worte, und sie haben recht, diese Karos, wieso wollte ich ihm ausgerechnet jetzt, da er zum ersten Mal aufgestanden ist, beibringen, wie man kocht, und schon beuge ich mich zu ihm, möchte ihn besänftigen, aber da kommt ein Schrei aus der Küche, Mama, hier brennt was, und ich renne hin, das Feuer hat schon den Pfannenrand erfaßt, alles verbrennt, jetzt kann nicht einmal ich mehr zwischen Zwiebeln und Knoblauch unterscheiden.

Was ist mit dir, hättest du nicht das Gas ausmachen können, schreie ich sie an, du bist schon fast zehn, andere Mädchen in deinem Alter kochen ganze Mahlzeiten, und sie versucht ungeschickt, den Schalter umzudrehen, reißt ihn fast dabei heraus. Ich hab's schon ausgemacht, hast du nicht gesehen, daß ich es schon ausgemacht habe, brülle ich und renne zum Balkon, man kann hier nicht atmen vor lauter Rauch, sie rennt mir nach, aus ihren Augen treffen mich Strahlen von grünblau gesprenkeltem Haß mit goldenen Pünktchen, warum bist du überhaupt zurückgekommen, fährt sie mich an, es ist uns gutgegangen, bevor du gekommen bist. Noch nie habe ich so etwas von ihr gehört, aber eine seltsame Erleichterung packt mich, als sie die Worte ausgesprochen hat, sie sind zweifellos viel leichter zu akzeptieren als ein Kompliment. Du hast recht, flüstere ich, ich hätte dort auf dem Rasen bleiben und die Wolken betrachten sollen, statt so schnell heimzukommen, niemand braucht mein Opfer, und wieder erfüllt mich ein Gefühl der Schuld, so wie der Rauch die Wohnung erfüllt, ich huste mit einer fremden Kehle, schaue in den warmen Nachmittag auf dem Balkon, schade, daß es noch nicht Nacht ist, was fangen wir mit dem Rest dieses Tages an, wie ein verletztes Bein wird er hinterhergezogen, man muß ihn bandagieren, sich um ihn kümmern, und ich habe keine Kraft mehr.

Mir scheint, als habe das Telefon geklingelt, nur ganz kurz, dann war es wieder still, vermutlich hat er abgenommen, ich höre seine gedämpfte Stimme und bin angenehm überrascht, denn seit dem Tag, als er krank wurde, hat er das Klingeln des Telefons ignoriert. Da kommt er schon auf uns zu, er bahnt sich einen Weg durch den Rauch und setzt sich neben mich, und ich lege besänftigend meine Hand auf sein Knie und frage mit weicher Stimme, wer war das, der gerade angerufen hat, und er sagt, Awner, er soll morgen eine Gruppe durch den Negev führen, aber er hat Grippe und möchte, daß ich mit ihm tausche. Ich bin gekränkt, bei der ersten Gelegenheit flieht er schon wieder vor uns, kaum daß es ihm ein bißchen besser geht.

Aber du mußt dich doch noch ausruhen, Papa, sagt Noga drängend, du bist noch nicht gesund, und er sagt, es wird mir helfen, gesund zu werden, ich muß ein bißchen raus. Ich schaue ihn an, und mir ist klar, wenn wir jetzt zusammen am Tisch gesessen und das Essen gegessen hätten, das er für uns kochen wollte, hätte er Awner eine andere Antwort gegeben, und auch Noga weiß das, sie wirft mir einen vorwurfsvollen Blick zu und sagt, ich habe Hunger, vielleicht gehen wir was essen. Geht ihr beiden nur, sagt er, ich ruhe mich lieber ein bißchen aus, und ich koche vor Wut, wenn du stark genug bist, eine Gruppe durch den Negev zu führen, dann kannst du wohl auch mit uns ins Restaurant gegenüber gehen. Er seufzt, widerspricht aber nicht, ich stelle heute Knospen der Nachgiebigkeit an ihm fest, ihm fehlt sein alter Zorn, vermutlich ist das erstrebenswert, aber es weckt in mir einen seltsamen Abschiedsschmerz, wie am Ende des Sommers, denn trotz aller Klagen über die brennende Sommersonne empfindet man doch Bedauern, wenn sie langsam kühler wird. Los, gehen wir ins Restaurant, ruft Noga, aber ihre Begeisterung erlischt, als sie mein besorgtes Gesicht sieht, ich gehe hinter ihm her ins Zimmer, eine verlegene Frage schaukelt auf meiner Zungenspitze, liebst du mich noch, ich sehe, wie er eine kurze Hose über die Unterhose zieht, wie zwei Fahnen hängen sie über seine schmal gewordenen Hüften, flattern bei seinen Schritten hin und her, angespannt verfolge ich seine Bewegungen, seit Wochen hat er das Haus nicht verlassen, er soll es nur nicht bereuen, er soll bloß nicht hinfallen, damit sich diese festliche Gesundungszeremonie nicht vor unseren Augen in Luft auflöst.

Wo sind meine Sandalen, fragt er, und ich fange an, überall in der Wohnung nach ihnen zu suchen, schon lange hat er sie nicht mehr angehabt, wo können sie stecken, sie sind nicht in der Schublade im Schrank, sie sind nicht unter dem Bett, fieberhaft suche ich, als hinge unser aller Leben davon ab, wie sehen sie überhaupt aus, zwei braune glatte Riemen, er wird schon nervös, barfuß kann ich nicht gehen, er lehnt an der Wand, das Stehen scheint ihm schwerzufallen, wie soll er morgen eine Tour führen? Ich gehe gleich wieder ins Bett, droht er, ich muß mich ausruhen, er fährt sich mit den Fingern durch die fettigen Haare, und Noga fleht, warte, Papa, warte, und läuft in ihr Zimmer, wühlt im Schrank, und ich folge ihr, was machst du da, warum sollten seine Sandalen in ihrem Schrank sein? Sie wird rot, ich habe sie mal versteckt, sagt sie, aber du mußt mir schwören, daß du es ihm nicht verrätst.

Ihre Kleidungsstücke fliegen durch die Gegend, ihr Schrank wird leer, und ich sage leise, bist du komplett verrückt geworden, warum hast du sie denn versteckt? Sie wimmert, ich habe geträumt, er würde uns verlassen, vor ein paar Tagen war das, da habe ich seine Sandalen genommen, damit er nicht weggehen kann, ohne es mir zu sagen, aber ich erinnere mich nicht, was ich mit ihnen gemacht habe, es war mitten in der Nacht, ich habe noch halb geschlafen. Hilflos betrachte ich den Kleiderhaufen, da kann man nichts machen, auf uns dreien ruht ein Fluch, denn das sind wir, drei Personen, keine Familie, wir schaffen es noch nicht einmal, zusammen aus dem Haus zu gehen, erschöpft strecke ich mich auf ihrem Bett aus, beobachte gleichgültig ihre Anstrengungen, auch ich bin plötzlich ruhig, ich bin nicht verantwortlich für das, was hier passiert, sage ich mir, ich bin nur eine von dreien, früher, als Kinder, haben wir unsere schmutzigen Hände aufeinandergelegt und gesagt, drei werden eins.

Unbehaglich rutsche ich auf ihrer Matratze hin und her, versuche, die seltsamen Beulen zu glätten, die aus ihr herauswachsen, was ist los mit dieser Matratze, fauche ich Noga an, sie ist ganz neu, und schau nur, was für Buckel sie hat. Ich setze mich auf und versuche, die Matratze anzuheben, Noga, es ist kaum zu glauben, schau, schau, was du getan hast, unter der Matratze lugen braune Riemen und dicke, grobe Sohlen hervor, wie hast du so überhaupt schlafen können, auf seinen Sandalen, und sie wird rot und murmelt, du darfst es Papa nicht sagen, denk dran, und ich sage, mach dir keine Sorgen. Ich schwenke die Sandalen mit gespielter

Freude, wir haben sie gefunden, Udi, komm, wir können gehen, aber er antwortet mir mit einem Schnarchen, zwei Sägen, die sich gegenseitig zu winzigen Stückchen zersägen, er hört mich nicht mehr, er hört sich selbst nicht mehr, er ist auf dem Wohnzimmersofa eingeschlafen, sein langer, schmaler Rücken blickt uns zweifelnd entgegen, seine schönen Beine schmiegen sich aneinander wie zwei verlassene junge Katzen.

13

Was suche ich hier zwischen den Sträuchern, warum zögere ich vor dem Tor, strecke die Hand aus, um den Code einzutippen, und ziehe sie gleich wieder zurück, ich laufe die Straße entlang zu meinem Auto, als hätte ich etwas vergessen, nur um ihr die Gelegenheit zu geben, mich, falls sie sich irgendwo versteckt, zu rufen, plötzlich aus irgendeiner Ecke zu mir zu stoßen, ja, kein Zweifel, ich warte auf sie, die ganze Nacht habe ich an sie gedacht, nicht an Udi, der auf dem Wohnzimmersofa weitergeschlafen und mir unser breites Doppelbett überlassen hat. Ich konnte kaum einschlafen in dem fremden Bett, als wäre ich in einer vernachlässigten Junggesellenwohnung gelandet, die ganze Zeit dachte ich nicht einmal an Udi und Noga, wie um sie zu bestrafen, sondern nur an die Frau mit den kurzen roten Haaren, an ihren beschämenden Bauch, an ihre gekränkten Blicke, ihr kompliziertes Leben, und je weiter die Nacht fortschritt, um so klarer wurde mir das Ausmaß ihrer Not, bestimmt konnte sie kein Auge zumachen, bestimmt hämmerte der Satz, er hat mich verlassen, in ihrem Kopf, bestimmt spürte sie den Schlag bis in den Bauch, bestimmt wuchs in ihr der Haß gegen ihn, wie konnte er es wagen, ihr gemeinsames Leben fahren zu lassen und sie der grausamen Welt auszusetzen, hoffentlich kommt sie nicht zu mir zurück, habe ich in der Nacht gedacht, ich kann ihr nicht helfen. Aber jetzt warte ich auf sie, spähe wieder die leere Straße entlang, diesen Fluß aus kochendem Asphalt, an dessen Ufern durstige Autos lagern, was wird sie tun, sie hat doch sonst niemanden, an den sie sich wenden kann, und ich habe sie enttäuscht. Ich habe keine Wahl, ich muß hineingehen, ich tippe unwillig den Code ein, die Mädchen räumen schon das Frühstücksgeschirr ab, der Geruch nach Rührei und Salat mit Zitrone dringt aus ihren Kleidern, im Brotkorb entdecke ich ein letztes Brötchen und schnappe es mir sofort, tauche es in die Salatsoße und die Rühreireste auf einem der noch nicht abgeräumten Teller und stopfe es mir gleich in den Mund, es interessiert mich noch nicht mal, wer diesen Teller benutzt hat, als wären alle hier meine Kinder, und da ist Chani und lächelt mich verlegen an, es ist ihr offenbar noch unangenehmer als mir, mich dabei zu ertappen, daß ich mich wie eine Straßenkatze über die Essensreste hermache. War das dein Teller, frage ich, und sie nickt zögernd, aber mir ist klar, daß sie lügt, um mir einen Gefallen zu tun, ich lächle ihr zu und nehme mit Daumen und Zeigefinger ein Stück kaltes Rührei, um ihr zu zeigen, daß ich hinter meiner Entscheidung stehe, genau wie ich es ihnen immer vorbete, man muß hinter seiner Entscheidung stehen, und mir scheint, als glitzere auf dem Ei die Spucke Ilanas, immer spritzt ihr Spucke aus dem Mund, aber ich muß das Ei jetzt hinunterschlucken, der Magen dreht sich mir schon um, und ich frage sie angestrengt, wie kommst du mit dem Pullover voran? Sie winkt stolz mit der rosafarbenen Wolke, in ein paar Tagen bin ich fertig, vorher darf das Kind nicht kommen, und ich sage, sehr schön, und tätschle ihr zerstreut die Schulter.

Von weitem dringt Annats Stimme an mein Ohr, sag bloß nicht, du hättest es vergessen, sie kommt auf mich zu, wir fahren heute zur Entbindungsstation, natürlich hatte ich es vergessen, ab und zu bringen wir die Mädchen hin und zeigen ihnen die Kreißsäle und die Neugeborenen, so wie man mit Kindern in den Zoo geht, und sie laufen dort schwerfällig umher und streichen über ihre runden, aufgeblähten

Bäuche, als würden sie sich bemühen, einen Zusammenhang zwischen den bereits geborenen Babys und dem Geheimnis in ihrem Inneren herzustellen.

Wie war es gestern mit Eti, fragt sie, und ihr sauberer, blauer Blick gleitet über mein Gesicht, und ich sage, es ging alles glatt, kein Problem, und ziehe die unterschriebenen Formulare aus meiner Tasche. Bring sie gleich zu Chawa, schlägt sie vor, sie war sauer, daß du gestern nicht noch einmal zurückgekommen bist, und ich eile zu Chawas Büro, halte ihr ergeben die Formulare mit der kostbaren Unterschrift hin, als handelte es sich um die Opfergabe für eine gierige Göttin, ein Menschenopfer, ein kleines Kind. Gab's Schwierigkeiten, erkundigt sie sich, und ich schüttle den Kopf, nein, es ist ganz leicht gegangen, dann verlasse ich sie sofort wieder, bevor sie mir vom Gesicht ablesen kann, was ich von dieser zweifelhaften Errungenschaft halte. Ich weiß, daß sie mir durch die Gläser ihrer Lesebrille mit düsteren Blicken nachschaut, eine steile Falte zwischen den Augenbrauen.

Na'ama, unten am Tor wartet jemand auf dich, schreit Annat aus einem der Zimmer, und ich frage, wer ist es denn, und versuche, meine plötzliche Freude zu verbergen, keine Ahnung, antwortet sie, sie haben von unten angerufen und gesagt, du sollst hinunterkommen, aber mach schnell, wir wollen gleich los. Ich stolpere die Treppe hinunter, bestimmt ist es Ja'el, die noch einmal meinen Rat sucht, diesmal muß ich ihr helfen, und plötzlich ist mir klar, was das Richtige für sie ist, ich werde es ihr ganz deutlich sagen, ohne zu zögern, manchmal gibt es im Lärm des Zweifels plötzlich diesen Moment, in dem man erkennt, daß man ein Unglück verhindern muß.

Aber am Tor wartet niemand, ich schaue mich erwartungsvoll um, sie ist nicht zu sehen, nur auf dem Randstein gegenüber sitzt ein Mann in einem zerschlissenen blauen T-Shirt, den Kopf auf die Knie gelegt. Wie heiß es plötzlich geworden ist, die Sonne sticht, ich bekomme kaum die Augen auf, halb blind suche ich sie, Ja'el, ich bin hier, flüstere ich in das Schweigen um mich herum, hab keine Angst, ich werde dir helfen, und dann, als ich ihm näher komme, erkenne ich den Mann, erst die beiden braunen Riemen, die ich gestern noch durch die Luft geschwenkt habe, und dann sein T-Shirt, und ich schreie, Udi, was machst du hier, ich versuche, meine Enttäuschung zu verbergen, das Erschrekken, das in mir aufsteigt, was ist mit deiner Reise in den Negev?

Er hebt sein graues, verschwitztes Gesicht zu mir, alles ist aus, flüstert er, ich habe mich an nichts erinnert, und ich setze mich neben ihn auf den Gehweg, an was hast du dich nicht erinnert, ich verstehe nicht, aber mir ist bereits klar, daß es sich um etwas Schlimmes handelt, noch nie hat er eine Tour einfach abgebrochen. Ich habe sie nach Lachisch geführt, sagt er heiser, die ganze Zeit, während ich krank war, habe ich mich nach dem Tel Lachisch gesehnt, ich wollte der Reisegruppe von der Geschichte des Ortes erzählen, von den Briefen, die man dort gefunden hat, ich kenne sie doch auswendig, und plötzlich hatte ich alles vergessen.

Aber Udi, das passiert doch jedem mal, sage ich, lege den Arm um seine Schulter und versuche, den Geruch zu ignorieren, den sein Körper verströmt, man muß einfach abwarten, bis das Ganze vorbei ist, und er sagt, du glaubst wohl, ich hätte nicht abgewartet, wir haben eine Pause gemacht, und sie haben sich hingesetzt und gegessen, und ich bin allein herumgelaufen und habe versucht, mich zu erinnern, wo ich bin, aber als sie sich dann um mich versammelten, war wieder alles weg, ich hatte keine Ahnung mehr, was ich ihnen sagen sollte. Er senkt den Kopf, nie wieder werde ich eine Tour führen, Na'ama, du hast ja keine Ahnung, wie beschämend das ist, und ich spüre, wie mein Bauch fast platzt vor Anspannung, was wird aus ihm werden, was wird aus uns werden, wovon sollen wir denn leben, doch sofort sage ich mit entschiedener Stimme, das ist nicht der richtige Zeitpunkt für Entscheidungen, Udi, du mußt dich beruhigen, vermutlich bist du zu früh aufgestanden, und er fährt hoch, du weißt ja gar nicht, was das heißt, eine Tour zu versauen, du hast nicht gesehen, wie sie mich angestarrt haben, wie soll das bloß alles weitergehen, No'am, was sollen wir tun?

Schwerfällig stehe ich auf und halte ihm die Hand hin, ich ziehe ihn hinter mir her wie ein widerspenstiges Kind, das nicht in den Kindergarten will, die Reste des Rühreis, das ich heimlich verschlungen habe, brennen in mir, als würden sie in meinen Eingeweiden von der Sonne weitergebraten, schon steigt mir die Übelkeit in der Kehle hoch. Diesmal ist er wirklich am Ende, ich spüre seine weiche Hand in meiner, was wird mit ihm sein, er hat sich doch immer so viel auf sein Gedächtnis eingebildet, mit welchem Stolz hat er immer Jahreszahlen und Ereignisse heruntergerasselt, Namen und Orte, was bleibt ihm jetzt noch, wir werden mit ihm in seiner Bitterkeit versinken, schon sehe ich Noga und mich, wie wir darin zappeln, wir werden darin untergehen und es gibt nichts, an dem wir uns festhalten könnten, und ich versuche mit letzter Kraft, Nogas Hand festzuhalten, Nogi, geh nicht unter, aber ihre Hand ist glitschig und entgleitet mir, ein Finger nach dem anderen rutscht mir aus der Hand. Er zieht seine Hand aus meiner, du tust mir weh, Na'ama, und ich schüttle mich, helfe ihm ins Auto und setze mich schwerfällig auf den Sitz daneben, ich habe keine Kraft, hinaufzugehen und Bescheid zu sagen, Annat wird bald merken, daß ich verschwunden bin und daß sie bei dieser Hitze allein mit den Mädchen losziehen muß, ohne mich, noch ein Arbeitstag, der sich verkürzt hat, erst seiner, jetzt auch meiner, beide stehen wir schon draußen, außerhalb der gesunden Welt. Eingeschlossen in das fahrende Auto, wollen wir nur zu Hause ankommen, aber was sollen wir dort tun, was bleibt uns zu tun, das wir nicht schon versucht hätten, wer wird uns helfen? Was würde die Heilerin mit dem Baby jetzt sagen, sind das etwa auch gute Nachrichten, soll das etwa auch eine Chance sein? Erbittert denke ich an sie, als wäre sie an allem schuld, und dann, mit einem plötzlichen Aufblitzen von Hoffnung, das ist es, was wir tun werden, wir rufen sie an, sie wird sofort kommen und die Wohnung mit Räucherstäbchenduft füllen, um wenigstens einen Anschein von Geschäftigkeit zu wecken, und ich sage zu Udi, wenn wir zu Hause sind, werden wir gleich Sohara anrufen. Ich hätte erwartet, daß er sich wehrt, doch er nickt zustimmend, das habe ich auch gerade gedacht, und sein Gesicht wird wach, als er sagt, denn wir werden Aseka nicht sehen.

Wen, frage ich, und er sagt, Aseka, das war eine große befestigte Stadt in Juda, das sind die Zeilen, die ich in den Briefen von Lachisch am meisten liebe, den ganzen Morgen habe ich versucht, mich an sie zu erinnern, und jetzt fallen sie mir ein. Es möge Gott meinen Herrn eine Nachricht des Friedens hören lassen, jetzt heute, jetzt heute. Und er möge wissen, daß wir auf die Signale von Lachisch achten entsprechend allen Zeichen, die mein Herr gibt. Denn wir können Aseka nicht sehen. Ich höre widerwillig zu, was nützen mir jetzt die antiken Briefe, ich will nur, daß Sohara Zeit hat, daß sie bald kommt und bei ihm bleibt, damit ich zur Arbeit zurückkehren kann, so geht es nicht weiter, einen Tag nach dem anderen. Sie hat wirklich Zeit, sie hört mir zu, bestätigt meinen erschrockenen Bericht, als habe sie genau diese Entwicklung erwartet, als passiere alles zu ihrer vollkommenen Zufriedenheit, und dann verspricht sie mir, sofort zu kommen, und er seinerseits läuft zum Badezimmer, murmelt wieder und wieder die Zeilen vor sich hin, die ihm nun eingefallen sind, wie ein Junge vor seiner Bar-Mizwa, der die Haftara vor sich hin murmelt, er wäscht sich die beschämende Vergeßlichkeit vom Leib, und ich betrachte ihn, wie er mit angezogenen Knien in der Badewanne sitzt, knochig lehnen sie aneinander, und als er die Augen aufmacht und mich bemerkt, breitet sich ein verlegenes, hilfloses Lächeln auf seinem Gesicht aus. Mir fällt auf, daß irgend etwas an ihm fehlt, ich betrachte ihn besorgt, so, wie man eine Wohnung nach einem Einbruch mustert, um zu entdecken, was fehlt. Was fehlt ihm, die Anzahl der äußeren Teile ist doch gering, das meiste ist im Inneren verborgen, unter der schützenden Hautschicht, seine Glieder sind da, wo sie hingehören, und trotzdem fehlt etwas, etwas, was alles andere zusammengehalten hat, es ist die Sexualität, die ihn zu einem energischen Ganzen gemacht hat, und plötzlich ist sie aufgeweicht, die Sexualität hat die Herrschaft über ihn verloren, und ohne sie ist er zu einem unbedeutenden, ziellosen Geschöpf geworden, das nicht weiß, was es will. Wenn ich früher das Badezimmer betrat und er darin war, hat sein Körper sich immer geregt, als wäre er von einem Wind gestreift worden, während er jetzt gleichgültig und mit schweigendem Körper zuschaut, wie ich mich ausziehe. Ich gehe gleich raus, sagt er, aber ich hebe das Bein und setze mich zu ihm in die Wanne, der Platz reicht für uns beide, sage ich, hast du das vergessen, Udi?

Mein weißes, breiter gewordenes Becken berührt die Ränder der Badewanne, sperrt das Wasser ab wie eine Schleuse, es staut sich hinter meinem Rücken, spottet über meinen Speck, früher hat es ihm gefallen, wenn ich etwas dicker war, aber jetzt scheint er mich nicht mehr wahrzunehmen, was will er, was treibt ihn einem Ziel entgegen, vielleicht die Sehnsucht nach Genesung, vielleicht etwas anderes, es gibt keinen Willen mehr, der mich bedroht, denn ich habe keinen Anteil an dem, was die plötzliche Leere füllt.

Er seift sich sorgfältig ein, hebt die Füße und wäscht sich jeden Zeh, sogar zwischen den Zehen, als wäre er durch Schlamm gewatet, dabei murmelt er irgend etwas vor sich hin, er ist ganz in sich selbst versunken, jetzt erinnere ich mich, verkündet er triumphierend. An meinen Herrn Ja'usch. Es möge Gott meinen Herrn eine Nachricht des Friedens hören lassen, jetzt heute, jetzt heute. Wer ist dein Knecht wenn nicht ein Hund, daß mein Herr seines Knechts gedenkt, und er möge wissen, daß wir auf die Signale von Lachisch achten entsprechend allen Zeichen, die mein Herr gibt. Denn wir können Aseka nicht sehen.

Er lächelt mich entschuldigend an, früher habe ich mal gewußt, was auf jeder Tonscherbe stand, jetzt mischt sich alles in meinem Kopf, und ich frage, was sind das überhaupt für Tonscherben, und er sagt, die Ostraka von Lachisch, das sind die ersten persönlichen Zeugnisse in hebräischer Sprache, die man in diesem Land gefunden hat, sie stammen etwa aus der Zeit des Propheten Jeremias. Ich versuche, interessiert zu wirken, und frage, und warum sehen sie Aseka nicht? Und willig erklärt er, Aseka war eine befestigte Stadt, nicht weit von Lachisch, auf dem Weg nach Jerusalem, vermutlich war sie schon von den Babyloniern erobert worden, und es war deshalb unmöglich, dort Leuchtfeuer zu entzünden, der Dichter muß also auf die Leuchtfeuer von Lachisch hoffen, und schon fuchtelt er begeistert mit den Armen und malt mir eine Karte in den dünnen Schaum zwischen uns, da ist Lachisch, und da ist Aseka, und da ist die kleine Festung, von der aus die Briefe geschickt wurden, und hier ist

Jerusalem, das auch bald zerstört werden wird. Er sitzt in dem lauwarmen Badewasser und doziert so begeistert, als stünde er oben auf dem antiken Hügel, alles, was er seinen Touristen heute morgen vorenthalten hat, erfahre ich jetzt, eine private Führung, um die ich nicht gebeten habe, ich zwinge mich zum Zuhören, obwohl ich nicht die geringste Lust dazu verspüre, es gibt viel wichtigere Dinge, an die ich denken muß, wesentlich dringendere Dinge als jene, die sich vor zweitausendfünfhundert Jahren ereignet haben, aber er bemerkt meine Gleichgültigkeit nicht, hingerissen erzählt er von einem Propheten aus Kiriat-Je'arim, dessen wilde Voraussagen die Hände des Volkes und des Heeres schwächten, in den letzten Monaten des Reiches Juda, und der König und seine Leute wollen ihn töten, und Hoschajahu, der Briefeschreiber, fleht seinen Herrn an, das Unheil zu verhindern. Das Badewasser wird schon kalt, draußen ist es so heiß, aber hier in der Wanne zittere ich vor Kälte, als würde ich krank, und ich frage gleichgültig, und was ist am Schluß mit ihm passiert, mit diesem Propheten, und er sagt, er wollte wohl nach Ägypten fliehen, aber sie haben ihn geschnappt und umgebracht, stell dir vor, sie haben geglaubt, wenn sie ihn vom Erdboden verschwinden lassen, sind seine Prophezeiungen unwirksam, und ich sage, er ist also gestorben, ohne zu erfahren, daß er recht gehabt hat und daß seine schrecklichen Prophezeiungen eingetroffen sind. Udi nickt, ja, erst nach der Zerstörung des Reiches Juda war es möglich, zwischen wahren und lügnerischen Prophezeiungen zu unterscheiden, alle, die Frieden vorausgesagt hatten, hatten sich geirrt, nur dieser Prophet Jermijahu, dem keiner ein Wort geglaubt hat, hat recht behalten.

Warum interessierst du dich so sehr für tote Propheten, beklage ich mich, und er sagt, ich interessiere mich für die Vergangenheit, und die Vergangenheit ist voller Toter, sowohl toter echter Propheten als auch toter falscher Propheten, ihre Knochen mischen sich, erinnerst du dich an die Geschichte des Gottesmannes, der von Juda kam und den der alte Prophet aus Schomron in die Irre schickte?

Meine Zähne schlagen schon aufeinander, aber er merkt es nicht, sein Blut wird von der Vergangenheit erhitzt, nicht von den Brüsten, die vor seinen Augen wie dicke tote Fische im Wasser schwimmen, immer ist er meiner Nacktheit durch die ganze Wohnung gefolgt und hat die Hände nach mir ausgestreckt, immer wenn ich mich wusch, ist er ins Badezimmer gekommen und hat sein Glück versucht, bis ich nervös wurde und klagte, kann man sich in diesem Haus denn nicht ein einziges Mal ausziehen, ohne daß es als Einladung mißverstanden wird? Freu dich doch, daß es so ist, hat er dann gekränkt gesagt, hättest du es denn lieber, daß ich dir gegenüber gleichgültig bin? Insgeheim sagte ich ja, aber jetzt weiß ich schon nicht mehr, was ich lieber hätte, meine Zähne schlagen aufeinander, nein, es sind nicht meine Zähne, jemand klopft an die Wohnungstür, es hört sich so nahe an, fast als klopfte jemand an die Badezimmertür. Ich springe aus der Wanne und ziehe den Bademantel an, mir ist, als sei ein Fremder im Haus und belauere uns heimlich in unserer Nacktheit, da geht auch schon quietschend die Wohnungstür auf, und eine dunkle Gestalt erscheint in der Öffnung, ich habe ganz vergessen, daß ich sie eingeladen habe, auch mein Gedächtnis taugt nichts mehr. Wie schnell sie gekommen ist, denke ich erstaunt, hat sie denn nichts anderes zu tun, und ich laufe zur Tür, komm rein, Sohara, danke, daß du gekommen bist. Neidisch betrachte ich sie, ihr Kleid schmiegt sich eng um den dünnen Körper, man sieht ihr überhaupt nicht an, daß sie gerade erst ein Kind geboren hat, ich bin es, die wie kurz nach einer Geburt aussieht, in dem schäbigen Bademantel, mit den Fettwülsten, aber sie trägt den Beweis auf dem Arm, ein helles Baby, dessen Umrisse immer deutlicher werden, wie eine alte Schrift, die nur schwer zu entziffern ist, und noch einmal sage ich, danke, daß du gekommen bist, ich wäre bei dieser Hitze nicht bereit gewesen, mit einem Kind auf die Straße zu gehen, egal für wen. Eine versteckte Kritik liegt in meinen Worten, und die ganze Zeit bohrt in mir der Zweifel, womit wir wohl verdient haben, daß sie sich so bereitwillig um uns kümmert, und ob mein Mann wirklich so krank ist.

Er sieht überhaupt nicht krank aus, er steht im Wohnzimmer, das Handtuch wie einen Rock um die Hüften geschlungen, und sie betrachtet uns neugierig, ihr ist klar, daß sie uns aus dem Bad geholt hat, aber wir sehen nur sehr sauber geschrubbt aus, mit frisch gewaschenen Haaren, ohne den Glanz körperlicher Begierde. Ihre schwarzen Augen mustern uns mit distanziertem Mitleid, sie legt das Baby aufs Sofa und baut aus Kissen einen kleinen Wall, ihre langen Haare streicheln über die Kleine, lange Seile, die ihr bis zu den Hüften reichen, heute ist sie fast schön, noch immer zu spitz, aber es fällt einem schwer, den Blick von ihr zu wenden, jede ihrer Bewegungen wird aus der Ruhe der vorhergegangenen geboren. Sie scheint unbeeindruckt zu sein von meiner versteckten Kritik, auch von meiner Dankbarkeit, und plötzlich verstehe ich, sie denkt überhaupt nicht an sich selbst, sie denkt nicht daran, was jedes meiner Worte für sie bedeuten könnte, sondern was jedes meiner Worte über mich aussagt, sie ist nicht gekommen, um beurteilt zu werden, sie ist gekommen, um zu helfen.

Das ist kein Versagen, Ehud, sagt sie ruhig zu ihm, während sie in ihrer Tasche wühlt und einige Stoffsäckchen herauszieht, sie legt sie in einer Reihe nebeneinander auf den Tisch, du sollst kein Versagen oder keine Strafe in der Krankheit sehen, alles, was dir jetzt passiert, macht nur die

Vergangenheit durchsichtig, er hebt die Hand, streicht sich nachdenklich über die Haare und fragt mit einem verlegenen Lächeln, was heißt das? Du bist heute das, was du einmal warst, antwortet sie, und was du in der Zukunft sein wirst, ist das Ergebnis dessen, was du heute tust, verstehst du, die Ergebnisse unserer Handlungen reifen langsam, sie hängen noch an uns, nachdem wir sie längst vergessen haben, jede schlechte Tat kehrt zu uns zurück und zieht einen Schatten von Selbsthaß hinter sich her, aber diese Schatten gehören zur Vergangenheit, Ehud, der Schmerz, den du jetzt empfindest, ist die Vollendung des Ergebnisses, die Reifung der Frucht, und es ist eine Erleichterung zu wissen, daß dies schon das Ende des Prozesses ist.

Was heißt das, Ende des Prozesses, sagt er, vielleicht ist es ja auch der Anfang, und sie lächelt, das hängt nun von dir ab, wenn du deine Bedingungen in der Gegenwart änderst, änderst du auch die Zukunft. Schau deinen Körper an, sagt sie, ihre Augen gleiten über seine nackte Brust und bleiben an dem roten Handtuch hängen, negative Gefühle sammeln sich in den Energiezentren des Körpers, die Wurzeln der Hölle befinden sich auf den Fußsohlen, dort sammelt sich der Zorn, die Wurzeln der Lüste befinden sich an der Wirbelsäulenbasis, dort wohnt die Begehrlichkeit, die Wurzeln der Gier verstecken sich im Hals. Wir werden daran arbeiten, diese Bereiche bei dir zu reinigen, verspricht sie ihm, es ist zwar eine Übung, die man normalerweise erst nach dem Tod eines Menschen vornimmt, aber wir ziehen sie vor.

Wie fängt man so etwas an, stoße ich aus, ich habe das Gefühl, schon seit Stunden nicht gesprochen zu haben, und meine Stimme kommt verzerrt aus meiner Kehle, was soll das heißen, reinigen, verändern, das sind doch nur Wörter, und sie wirft mir einen beruhigenden Blick zu, man verändert sich nur durch Leiden, das Leiden spornt unsere geistigen Fähigkeiten an, es provoziert uns, zwingt uns dazu, das Wunder freizulassen, das sich in uns verbirgt. Je weiter man auf seinem geistigen Weg voranschreitet, um so mehr lösen sich unsere alten Bilder von der Welt und von uns selbst auf, und es entwickelt sich ein vollkommen neues Verständnis. Sie wendet sich mit einem feinen Vorwurf in der Stimme an ihn, du hast vielleicht angefangen, gesund zu werden, aber du hast dich nicht verändert, du bist heute morgen aus negativen Gefühlen heraus zu der Tour aufgebrochen, du mußt dich jetzt ändern, sonst wirst du in der Zukunft den Preis dafür bezahlen. Übertreibst du nicht ein bißchen, sagt er grinsend, wer ist denn frei von negativen Gefühlen, und sie reißt die Augen in gespielter Überraschung auf, ich übertreibe? Weißt du, was für einen Einfluß jeder Gedanke hat, den du irgendwann einmal gedacht hast, jedes Wort, das du einmal gesagt hast, jedes Gefühl, alles hat einen Einfluß auf das Wetter, auf Tiere und Pflanzen, auf die Erde und die Luft, nicht nur auf deinen Nächsten, und er schweigt beschämt, mit leicht geöffnetem Mund, seine Finger lassen das Handtuch los, das er um die Hüften geschlungen hat, und ich beobachte gespannt das weiche Tuch, ob es gleich zu Boden fällt, doch dann blicke ich von ihm zu ihr, nur zu ihr, denn schließlich sind wir alle nackt vor ihr.

Ich habe Zorn in deiner Stimme gehört, Na'ama, ihr Tadel gilt jetzt mir, du hast dich über ihn geärgert, weil er dich bei deiner Tagesarbeit gestört hat, du bist wütend wegen all der Wochen, die er schon hilflos ist, du mußt dich von diesem Zorn reinigen, du mußt Erbarmen in dir wecken, kein Mitleid, denn das ist ein hochmütiges Gefühl, das aus der Angst erwächst, und ich verteidige mich sofort, schaue unbehaglich zu ihm hinüber, ich bin doch bloß so erschrocken, als ich ihn heute morgen dort gesehen habe, es ist nicht einfach, wenn fast jeden Tag etwas schiefläuft.

Aber du mußt verstehen, daß du keinen Grund hast, zornig auf ihn zu sein, im Gegenteil, du solltest ihm dankbar sein, sagt sie, durch sein Leiden weckt er bei dir Erbarmen und macht dir damit das größte Geschenk, weißt du, in Tibet sagt man, daß der Bettler, der um eine milde Gabe bittet, oder die kranke alte Frau, die Hilfe benötigt, vielleicht nur eine Reinkarnation Buddhas sind und dir in den Weg treten, um dein Erbarmen zu wecken und dir geistigen Wandel zu bringen.

Ich betrachte ihn zweifelnd, ein knochiger Buddha in einem roten Frotteerock, ein Buddha ohne Erleuchtung, der versucht, meinen Blicken auszuweichen, früher haben wir heimliche Blicke des Einverständnisses getauscht und uns zugelächelt, doch nun sind wir einander fremd, als hätten wir uns nie gesehen, zwei Schüler, die sich zufällig bei der gleichen Nachhilfelehrerin treffen und nur durch deren Anwesenheit verbunden werden.

Wie weckt man denn Erbarmen, frage ich, und sie antwortet sofort, auf jede Frage hat sie eine Antwort parat, ohne auch nur einen Moment zu zögern, du solltest versuchen, ihn so zu sehen, wie du dich selbst siehst, nicht in seiner Funktion als Ehemann oder Vater, sondern als freien Menschen, nimm ihn ganz wahr, mit seiner Sehnsucht nach Glück und mit seiner Angst vor Leid. Versuche dir jemanden, den du sehr liebst, in dieser Situation vorzustellen, vielleicht deine Tochter, und überlege, was du ihr gegenüber empfinden würdest, und dann nimm dieses Gefühl und übertrage es auf ihn, aber ich höre schon nicht mehr zu, Gott bewahre, ich möchte mir auf gar keinen Fall Noga in solch einer Situation vorstellen, und Sohara sagt beruhigend, du irrst dich, Na'ama, ein solcher Gedanke kann sie nur befreien und ihr helfen, du verstehst noch immer nicht, wie die Krankheit funktioniert, wie gewaltig und wunderbar sie ist, sie segnet jeden, der an ihr Teil hat, den Menschen, der sie hat, denjenigen, durch dessen Hilfe er sie bekommen hat, und auch denjenigen, gegen den sie gerichtet ist.

Wieder betrachte ich sie erstaunt und mißtrauisch, sie sitzt aufrecht vor uns, reckt den Hals, weil wir beide stehen, ihre eine Hand liegt auf dem Rücken des Babys, ihre Haare bewegen sich im heißen Nachmittagswind, der durch die Balkontür hereindringt, ihre Stimme kommt weich und zitternd aus ihrem Hals, mir ist, als könne ich ihr bis in alle Ewigkeit zuhören. So hatten sicher die besorgten Bewohner Judas den tröstenden und ermutigenden Offenbarungen gelauscht, war es ein Wunder, daß sie den düsteren Propheten zum Schweigen bringen wollten, der ihr Glück mit seinen Drohungen störte, Tochter meines Volkes, hülle dich in Sack und Asche, klage und trauere, denn der Tod dringt durch die Fenster in unsere Schlösser, und mir scheint, als müsse ich es für sie tun, als müsse ich mich mit der Krankheit strafen, und ich versuche mir Noga vorzustellen, wie sie gelähmt im Bett liegt, geschlagen von einer geheimnisvollen Krankheit. Nein, es ist nicht Erbarmen, das in mir aufsteigt, sondern Angst, große Angst, und schon schaue ich auf die Uhr, heute kommt sie früher nach Hause, es ist besser, wenn sie Udi nicht so sieht, weil sie dann sofort kapiert, daß wieder etwas schiefgegangen ist, sie war heute morgen so erleichtert, als sie sah, daß unser verhaßter Alltag zurückgekehrt war, ich muß sie erwischen, bevor sie in die Wohnung kommt, ich kann einen kleinen Spaziergang mit ihr machen, und plötzlich flackert Zweifel in mir auf, wie die Sonne, die im Winter zwischen Wolken aufblitzt und die Landschaft abwechselnd verdunkelt und erhellt, genau so taucht der Zweifel in mir auf und ändert meine Farben, und ich betrachte mißtrauisch die Säckchen, die sie in den Händen hält, sehe, wie sie braune Kügelchen herausnimmt, wie

Kotkugeln von winzigen Lebewesen, der Dalai Lama hat diese Kügelchen gesegnet, erzählt sie, und Udi betrachtet sie neugierig. Ich wende ihnen den Rücken zu und gehe ins andere Zimmer, um mich anzuziehen, ich höre, wie sie sich leise unterhalten, die Gegenkraft ist groß, warnt sie ihn, das heißt, daß du bald einen Feind treffen wirst, oder es gibt bereits einen Feind in deinem Leben, und er sagt, Feinde gibt es immer, das Problem ist nur, sie zu erkennen, denn nur durch einen Blick zurück kann man sehen, wer das Königreich Juda wirklich bedroht, in Babylon oder in Ägypten.

Ich werde Noga von der Schule abholen und mit ihr etwas essen gehen, ich will nicht, daß sie dich jetzt hier sieht, mit deiner Heilerin, und gleich anfängt, sich Sorgen zu machen, sage ich zu ihm, und er schaut mich mit gerunzelter Stirn an und weicht zurück, als wäre ich der Feind, und Sohara sagt, ich kann gehen, wenn du willst, obwohl ich nicht glaube, daß man dauernd alles vor ihr geheimhalten sollte. Jetzt hat sie mir also den Stich zurückgegeben, von dem ich gedacht habe, sie würde ihn gar nicht spüren, und ich sage, das ist nicht dauernd, ich möchte sie nur nicht beunruhigen, auch das ist eine Art Erbarmen, oder nicht?

In Gruppen kommen sie durch das Tor, in Wellen, sogar durch das geschlossene Autofenster höre ich ihren Lärm, da und dort erkenne ich die bekannten Gesichter von Kindern, die früher einmal, es mag ein oder zwei Jahre hersein, bei uns ein- und ausgegangen sind, sie haben mit Noga vor dem Fernseher gehockt, sind ab und zu herausgekommen, um etwas zu trinken, und haben Spuren von klebrigem Himbeersaft hinterlassen. Ich betrachte sie und habe Lust, sie anzuhalten und zu fragen, warum kommt ihr nicht mehr, warum meidet ihr sie, kehrt zu uns zurück, ich werde euch ganze Tabletts voller Himbeersaft ins Zimmer bringen, Cola, Limonade, was ihr wollt, Hauptsache, ihr kommt wieder.

Sie erkennen mich nicht, sie sind wie versunken in ihre eigene glitzernde Welt, auch wenn ich ausgestreckt am Straßenrand läge, würden sie mich nicht bemerken, und schon werden es weniger, da sind Schira und Meiraw, die Unzertrennlichen, in fast den gleichen kurzen Kleidern, aber wo ist Noga, warum fehlt ausgerechnet sie? Vielleicht ist sie vor allen anderen herausgekommen und ich habe sie verpaßt, und schon will ich wenden und nach Hause zurückfahren, als ich sie von weitem sehe, was für eine Erleichterung, fast Glück, sie ist nicht allein, sie spricht mit jemandem, es gibt einen Menschen, der sich für das interessiert, was sie zu sagen hat, die Gestalt ist ein bißchen größer als sie, mit einer runden Brille und dünnen Haaren, wer ist das überhaupt, er sieht nicht aus wie ein Kind, es ist ein Erwachsener, mit wem geht sie da? Er spricht und spricht, bewegt leidenschaftlich die Hände, und sie schweigt mit gesenkten Augen, nicht weit von mir bleiben sie stehen, ich sehe, wie sie ihm zum Abschied zulächelt und dann weitergeht, und er steigt in ein Auto, ich schaue ihr nach, dann schüttle ich mich, drehe das Fenster herunter und schreie, Nogi.

Der Ranzen hüpft auf ihrem Rücken, als sie sich zu mir umdreht, Mama, ruft sie erstaunt, was machst du hier, bist du nicht bei der Arbeit? Die gleiche Frage habe ich Udi vor ein paar Stunden gestellt, wir haben heute offenbar eine ganze Reihe von Überraschungen füreinander bereit, er hat mich überrascht, ich überrasche sie, so ist das in einer Familie, alles, was passiert, führt zu Kettenreaktionen, und ich antworte mit gespielter Fröhlichkeit, ich habe heute früher aufgehört, deshalb hole ich dich ab, vielleicht essen wir was im Einkaufszentrum, wir könnten dir auch ein Kleid kaufen, du kannst nicht immer in diesen Lumpen herumlaufen. Aber sie läßt sich von meiner Fröhlichkeit nicht anstecken, hartnäckig fragt sie, ist was passiert, warum hast du früher aufgehört? Ihr Blick ist ungläubig, und ich beeile mich mit der Antwort, nein, es ist nichts passiert, Annat ist mit den Mädchen im Auto weggefahren, um Babys anzuschauen, und ich war überflüssig. Sie setzt sich neben mich ins Auto, und ich kann mich nicht beherrschen und frage, wer war das, und sie sagt, Rami, unser Geschichtslehrer, ich habe dir doch von ihm erzählt, und ich nicke, sie hat ganz nebenbei von ihm erzählt und ich habe nicht zugehört, es ist so schwer, immer zuzuhören. Er ist so jung, sage ich erstaunt, er sieht fast so jung aus wie du, was hat er von dir gewollt? Sie wehrt unbehaglich ab, nichts Besonderes, aber ich bleibe stur, Nogi, ich habe doch seine energischen Handbewegungen gesehen, jetzt bin ich dran, ihr nicht zu glauben, und ich frage, was war es denn, was er dir so begeistert erzählen mußte?

Nichts Besonderes, zischt sie wütend, er hat das Gefühl, als würde ich mich nicht wirklich für den Stoff interessieren, deshalb hat er versucht, mich dafür zu begeistern, so als hätte alles, was wir lernen, mit unserem Leben zu tun. Ja, und wie meint er das, frage ich und erinnere mich an Udis Vortrag, den er mir über dem weißlichen Badeschaum gehalten hat, sie weicht mir aus, keine Ahnung, sagt sie, ich habe kein Wort von dem verstanden, was er gesagt hat. Ich betrachte sie zweifelnd, wir glauben einander nicht wirklich, ich hoffe nur, daß sie sich nicht plötzlich in diesen jungenhaften Geschichtslehrer verliebt, bei ihrem Bedürfnis nach einem Vater kann alles passieren. Nun, was willst du essen, frage ich, und sie sagt, ich habe keinen Hunger, ich möchte nach Hause gehen, und ich werde nervös, aber ich habe Hunger, ich bin auch ein Mensch, und das Ende meines Satzes klingt schon nach Jammern, ich bin in die Falle getappt, überflüssigerweise, Sohara hat recht, warum soll man es vor ihr verbergen, sie merkt ja, daß etwas vorgeht, aber mir ist klar, daß ich jetzt nicht mehr nachgeben darf, ich trete aufs Gas, schiele heimlich zu ihr hinüber, sie hält den Kopf gesenkt, ihre Lippen schieben sich vor, als müsse sie sich gleich erbrechen, aber ich lasse nicht locker, ich parke vor dem Einkaufszentrum.

Früher ist sie gern mit mir hierhergekommen und hat versucht, kleine Geschenke aus mir herauszuschlagen, was ist plötzlich mit ihr los, sie ist doch noch nicht in der Pubertät, ich versuche, den Arm um sie zu legen, aber sie weicht mir aus, was ist mit dir, Nogi? Nichts, antwortet sie, ich bin müde, ich möchte nach Hause, aber ich ziehe sie hartnäckig durch die Masse der Menschen, die vor der Hitze hierhergeflohen sind, und gebe ihr die Hand, damit sie mir nicht verlorengeht. Vor dem Imbiß warten hoffnungslos lange Schlangen, nur in der Pizzeria an der Ecke gibt es noch Platz, erschöpft lasse ich mich auf einen Plastikstuhl fallen und ziehe einen für Noga näher, dann kaue ich auf einer harten, lauwarmen Pizza herum, also deshalb gibt es hier keine Schlangen, nichts ist zufällig, auch nicht Nogas feindseliges Schweigen. Nun, was war heute in der Schule, frage ich, und sie antwortet mechanisch, alles in Ordnung, und ich frage stur weiter, was machst du in den Pausen? Sie senkt den Blick, trinkt Cola aus der Flasche, nichts Besonderes, ich gehe hinunter auf den Hof oder ich bleibe in der Klasse. Ich habe Schira und Meiraw gesehen, sage ich, und sie, mit dumpfer Stimme, na und, was ist mit ihnen? Ihr wart mal zu dritt, sage ich leise, erinnerst du dich noch, ihr wart unzertrennlich, warum hat das aufgehört? Sie zuckt mit den Schultern, versucht, gleichgültig auszusehen, ich erinnere mich nicht mehr daran, sagt sie, ich hatte genug von ihnen, sie interessieren mich nicht mehr. Ich höre es ja gerne, daß sie es war, die die Entscheidung getroffen hat, aber so ganz kann ich ihr nicht glauben, ich frage, habt ihr euch gestritten oder ist es ganz allmählich passiert? Ich weiß es nicht mehr, sagt sie und senkt den Blick unter den dichten, wilden Augenbrauen, und ich frage weiter, hast du andere Freundinnen, ja, die eine oder andere, antwortet sie, und ich weiß nicht, ob sie mich oder sich selbst belügt, doch ein plötzliches Gefühl der Traurigkeit bringt mich zum Schweigen, ich weiß nicht mehr, was ich sagen soll, am liebsten würde ich weinen, ich möchte den Kopf auf den Tisch legen und mich unerlaubt den Tränen hingeben. Was ist das alles gegen wirkliche Sorgen, nichts, es ist nur meine Nogi, meine einzige Tochter, die gelangweilt auf einer Pizza herumkaut, ihr Gesicht milchig und weich, ein paar neue Sommersprossen sind auf ihrer Stupsnase aufgetaucht, die blonden Locken umgeben ihren Kopf wie ein Heiligenschein, Nogi, die mir nichts zu sagen hat, die ihre Einsamkeit vor mir verbirgt, die mir nicht erlaubt, ihr näherzukommen, als hätte ich eine ansteckende Krankheit oder sie. Früher waren wir uns so nah, sie wollte aussehen wie ich, sprechen wie ich, sich anziehen wie ich, sie war mein kleines Double, wir sind Hand in Hand gegangen, hier, in diesem Einkaufszentrum, wir haben vor den Schaufenstern gestanden, und sie hat ausgesucht, was ich anprobieren sollte, manchmal habe ich sie alle drei mitgenommen, sie und Schira und Meiraw, es hat mir Spaß gemacht, für sie Geld auszugeben, ihnen Sticker zu kaufen, Haarbänder, Eis, ich habe es genossen, wenn sie vor Vergnügen gestrahlt haben.

Doch plötzlich überfällt uns das Heulen einer Sirene, es ist so nah, als rase ein Krankenwagen direkt durch das Einkaufszentrum und würde die Läden zerstören und die Menschen überfahren. Ich springe auf, um Schutz zu suchen, aber da entfernt sich das Heulen auch schon wieder und wird kurz darauf vom Lärm der Schnellstraße verschluckt. Noga schaut mich an, es stimmt doch, daß ich mal im Krankenhaus war, als ich klein war, oder? Und ich sage betont gelassen, ja, das ist lange her, du warst zwei, erinnerst du dich überhaupt daran? Ich erinnere mich ganz dunkel an etwas, sagt sie, ihr habt mir auf dem Rasen ein Eis gekauft, und ich habe es dann ausgekotzt. Ja, das ist möglich, sage ich mit einem angestrengten Lächeln, obwohl ich mich genau an jenen Tag erinnere, an jede Einzelheit, und sie fragt, was hatte ich eigentlich, und ich stottere, nichts Ernstes, nur so, und sie beharrt, warum habt ihr mich dann ins Krankenhaus gebracht, wenn es nichts Ernstes war? Ich brauche eine Ausrede und sage schnell, weil es am Anfang ernst ausgesehen hat, erst hat man gedacht, es sei eine Gehirnhautentzündung, aber dann hat sich herausgestellt, daß es nur ein Virus war, und sie schaut mich enttäuscht an, komm, gehen wir heim, ich habe einen Haufen Hausaufgaben für Geschichte auf.

Noga, warte einen Moment, rufe ich dem Rücken nach, der sich mir bereits zugewandt hat, Noga, komm, ich würde dir gerne ein Kleid kaufen, und sie sagt böse, ich hasse Kleider, aber ich betrete schon ein Geschäft und fange an, zwischen den Kleiderbügeln zu suchen, nur probieren, sage ich, was macht es dir aus, ich fände es schön, wenn du so aussehen würdest wie die anderen. Hier, ich ziehe ein blaues Kleid mit gelben Chrysanthemen hervor, das würde gut zu deiner Augenfarbe passen, du mußt es unbedingt anprobieren, und sie sagt, es sieht haargenau aus wie deins. Dann laß uns doch Zwillinge sein, dränge ich, früher hat es dir gefallen, so auszusehen wie ich, und sie verzieht das Gesicht, kommt aber mit schweren Schritten näher, nimmt mir gleichgültig das Kleid aus der Hand und verschwindet in einer Umkleidekabine, ich schaue ihr nach, früher habe ich sie in die Kabine begleitet und ihr beim Ausziehen geholfen, aber das wage ich jetzt nicht, sie macht mir angst. Da geht die Kabinentür auf, und ich betrachte sie mitleidig, das Kleid steht ihr nicht, warum habe ich sie überhaupt gezwungen, es anzuprobieren, ihre Beine sind zu dick, ihre Schultern hängen, sie sieht einfach anders aus als Schira und Meiraw, es reicht nicht, daß man ihr ein Kleid überzieht und hofft, sie würde so aussehen wie die beiden.

Wie sehe ich aus, fragt sie begeistert, plötzlich hat sie Lust zu gefallen, und ich beeile mich zu sagen, du siehst toll aus, aber sie stellt sich vor den Spiegel, ich sehe ekelhaft aus, ich bin dick und häßlich, damit flieht sie in die Umkleidekabine. Eine Verkäuferin kommt zu mir, das Kleid steht ihr besonders gut, sagt sie, und ich betrachte sie entsetzt, wie weit ist es mit mir gekommen, so wie ich ihr kein Wort glaube, glaubt auch Noga mir nichts, ich lüge wie eine Verkäuferin in einem Modegeschäft, und als Noga mißmutig aus der Kabine kommt, den Körper unter Udis viel zu großem T-Shirt versteckt, sage ich, das Kleid hat dir wirklich nicht gestanden, und sie platzt heraus, nichts steht mir, ich habe eine ekelhafte Figur. Ich nehme sie in den Arm, du fängst nur an, erwachsen zu werden, dein Körper hat sich noch nicht geformt, es dauert einige Jahre, bis der Körper seine Formen annimmt, aber insgeheim bin ich wie sie, ich denke an Schira und Meiraw, wie schlank und braungebrannt sie sind, mit glatten Haaren und Ohrringen, die ihnen wie süße Geheimnisse an den Ohrläppchen baumeln.

Jetzt sehne auch ich mich schon nach zu Hause, ich kann nicht mehr warten, hier sind wir schutzlos, nur zu Hause sind wir in Sicherheit, aber plötzlich verdunkelt sich das Einkaufszentrum, als wäre die Sonne mitten am Tag untergegangen, und jemand schreit, Stromausfall, vor lauter Klimaanlagen hat es einen Kurzschluß gegeben, die Menschen drängen sich zu den Ausgängen, so groß, wie das Verlangen war, hier Schutz vor der Hitze zu suchen, so groß ist jetzt ihr Verlangen, von hier zu fliehen, im Eckladen unseres Stockwerks sind plötzlich Flammen zu sehen, ein Feuer ist ausgebrochen und macht sich gierig über die italienischen Schuhe her, der Gestank von verbranntem Leder erreicht uns in dicken schwarzen Rauchschwaden, ich packe Noga am Arm und ziehe sie hinter mir her, hustend und keuchend, vor meinen Augen verwirklicht sich mit Zeichen und Wundern die tibetische Warnung, wieviel größer als unsere Worte ist die Kraft eines Wortes von ihr, jede kleine Lüge kann die Welt in Flammen setzen.

Als wir endlich am Auto sind, atmen wir erleichtert auf, ich sage zu ihr, Papa ist schon heimgekommen, seine Tour war doch kürzer, und sie hebt den Kopf, fragt nicht einmal, warum, so klar ist ihr, daß sie keine befriedigende Antwort bekommen wird, sie murmelt nur, toll, er kann mir bei meinen Hausaufgaben in Geschichte helfen.

Völlig erschöpft nach unserem gemeinsamen Ausflug, steige ich hinter Noga die Treppe zur Wohnung hinauf, als ich sehe, wie ihre Beine in der Wohnungstür erstarren, was für ein Schreckensszenario ist vor ihren Augen aufgetaucht, ich nehme die letzten fünf Stufen im Rennen und sehe Udi, der im Wohnzimmer hin und her läuft, ein helles Baby mit halb geschlossenen Augen in den Armen, aus dem kleinen Mäulchen ist Milch auf sein Hemd gelaufen, er wiegt die Kleine und murmelt beruhigend, still, ganz still, ist ja gut, ist alles gut.

Sie ist eingeschlafen, ich habe es geschafft, sie zu beruhigen, verkündet er uns mit einem dümmlichen Lächeln, als hätte er etwas ganz Besonderes vollbracht, ich schaue mich um, wo ist ihre Mutter, und Noga schreit, und wo ist ihr Vater, hat sie überhaupt einen Vater? Udi faucht uns grob an, seid doch ruhig, ich habe eine Stunde gebraucht, bis sie eingeschlafen ist. Ich sehe, wie Nogas Lippen sich verziehen, ich will den Arm um Noga legen, aber sie weicht mir aus und rennt in ihr Zimmer, knallt die Tür hinter sich zu, als würde weit und breit niemand schlafen, doch dann kommt sie sofort wieder herausgerannt und schreit, was soll denn das heißen, in meinem Bett liegt jemand und schläft!

Ich habe dich gebeten, ruhig zu sein, nicht wahr?, schimpft er, kannst du nicht mal ein bißchen Rücksicht nehmen? Du bist wirklich maßlos verwöhnt! Ich beschütze sie sofort, du bist so unsensibel, Udi, wie redest du mit ihr, und das Baby bewegt das kahle Köpfchen, der Mund öffnet sich, und schreckliche Schreie, die sich in dem kleinen Körper verborgen haben, brechen einer nach dem anderen heraus, laut wie aus einem Widderhorn, und Udi wirft uns wütende Blicke zu, weil wir ihm alles kaputtgemacht haben, er murmelt beruhigende Worte in das kleine Ohr, aber es ist zu spät, sie wird nicht weiterschlafen, auch ihre Mutter nicht, mit wirren Haaren taucht sie in der Tür zum Wohnzimmer auf, was ist los, fragt sie, zum ersten Mal sehe ich sie ohne ihre übliche Gelassenheit, und Udi beschwert sich, sie war mir schon auf dem Arm eingeschlafen, aber als die beiden gekommen sind, ist sie aufgewacht. Sohara geht auf ihn zu und nimmt ihm das Baby aus dem Arm, das war nicht nötig, sagt sie, wir haben abgemacht, daß du mich rufst, wenn sie weint, bestimmt hat sie Hunger, und er sagt, mir gefällt es, ihren Hunger zu besiegen, auch mit Noga bin ich immer stundenlang herumgelaufen, damit Na'ama schlafen konnte, und Noga schaut mich fragend an, stimmt das, Mama? Natürlich, sage ich, all seine Hemden hatten weiße Flecken auf den Schultern, und sie senkt die Augen, als vergrößere diese Auskunft ihren Kummer nur noch.

Du hast Hunger, meine Süße, Sohara setzt sich schnell auf das Sofa und nimmt eine glatte Brust aus ihrem Ausschnitt, eine braune Brust mit einer schwarzen Warze, absichtlich schaue ich hin, ohne mich zu genieren, erschrecke vor dieser Schwärze, aus der ein weißer Strahl bricht, und auch er betrachtet sie wie hypnotisiert, als habe er noch nie im Leben eine stillende Frau gesehen, sogar Noga schaut zu, alle drei beobachten wir sie konzentriert und ohne Scham, wie im Theater, wo man nicht versucht, unauffällig hinzuschauen, sondern so intensiv wie möglich, und sie sitzt auf der Bühne des Sofas als Amazone, den Träger ihres Kleids hintergeschoben, eine einzige muskulöse Brust entblößt, den Blick auf den Babymund gerichtet, die glänzende Stirn mit Schweißtropfen bedeckt. Du hast doch bestimmt Durst, sage ich zu Sohara und hole ihr ein Glas kaltes Wasser, sie trinkt schweigend, und wieder empfinde ich Mitleid für sie, wie durstig ist sie gewesen und hat nicht gewagt, um Wasser zu bitten, dabei habe ich sie doch eingeladen, sie ist gekommen, um uns zu helfen, und das hat sie wohl auch getan, Udi macht jedenfalls einen gefestigten Eindruck. Sie legt das Kind über ihre Schulter, lächelt mich entschuldigend an, die Behandlung braucht so viele Energien, ich mußte mich ausruhen, ich konnte mich fast nicht mehr auf den Beinen halten, und ich bin sofort auf ihrer Seite, mein ganzer Groll ist wie weggewischt, natürlich, Sohara, du brauchst dich nicht zu entschuldigen, ich bin dir so dankbar dafür, daß du uns hilfst, und sie schaut ihn an, du fühlst dich doch besser, Ehud, nicht wahr? Er strahlt, ja, sehr viel besser.

Später, als ich sie an der Tür stehen sehe, den Korb auf der Schulter, habe ich Angst, sie könnte schon aus unserem Leben verschwinden, ich versuche, sie zurückzuhalten, möchtest du nicht zum Abendessen bleiben, schlage ich vor, obwohl es bis zum Abend noch lange hin ist, und sie sagt, ich habe es jetzt sehr eilig, vielleicht ein andermal, und nun kommt auch Udi zur Tür und schaut sie mit einem sanften, dankbaren Blick an. Sie lächelt, werde ja nicht zu schnell gesund, vergiß nicht, daß deine Krankheit einen Sinn hat, man darf sie nicht vorantreiben, und ich schaue ihr nach, wie sie die Treppe hinuntergeht, und kann mich nicht zurückhalten, wann kommst du wieder, frage ich, und sie antwortet, nächste Woche, aber die nächste Woche geht vorbei, ohne daß sie kommt, auch eine weitere Woche, Hilflosigkeit packt mich, wenn ich an ihr Wegbleiben denke, als habe mir jemand ein Rätsel aufgegeben und würde mich zum Narren halten.

14 Als ich morgens hinausgehe, klebt die Hitze an mir wie ein enger Pelzmantel, den ich nicht ausziehen kann, und erinnert mich an Nogas Hasenkostüm, das sie an einer Purimfeier von der Fußsohle bis zum Kopf eingehüllt hatte, und als ich sie nach der Feier auszuziehen versuchte, erwies sich, daß der Reißverschluß kaputt war, sie war dazu verurteilt, ihr Leben lang ein kleiner Hase zu bleiben, sie tobte herum, ich bin kein Hase, ich bin ein Mädchen, ich will wieder ein Mädchen sein, bis ihre Haare schweißnaß waren und ich schließlich das geliebte Kostüm aufschneiden mußte, die Pelzstücke fielen vor unsere Füße wie die Fellteile eines erbeuteten Tieres. Aber die dicke Luft um mich herum läßt sich nicht aufschneiden, ich hänge abends Wäsche auf und nehme sie morgens glühendheiß ab, Udis Unterhosen brennen mir in den Händen, ebenso seine Hemden und seine Hosen, und plötzlich fällt mir auf, daß die meisten Wäschestücke ihm gehören, nachdem er wochenlang die Kleidung nicht gewechselt und nicht zugelassen hat, daß ich seine Sachen wasche, hat ihn jetzt ein Anfall von Reinlichkeit gepackt, und die Waschmaschine füllt sich Tag für Tag, als wäre ein neues Baby im Haus, ich wasche gern, es gibt kein ermutigenderes Geräusch als das Rattern der Waschmaschine, ein intensives Gebet der Reinheit und Sauberkeit, durchgewalgte gute Absichten.

Abends setze ich mich auf den Balkon, zwischen die Wäsche, ab und zu streicht mir ein glattes Laken oder der Zipfel eines Kleides im leichten Wind über die Haare und begleitet meine Einsamkeit, denn Udi schläft schon, jeden Tag geht er früher ins Bett, gleich nach Noga, beide sammeln sie ihre Sorgen ein und verschwinden in ihren Zimmern.

Schweigend essen wir zu Abend, kalte Joghurtsuppe und Salat, dazu hartgekochte Eier aus dem Kühlschrank, sogar auf die Toasts habe ich verzichtet, um die Hitze nicht noch schlimmer zu machen. Wie kann man bei dieser Hitze essen, klagt Udi, aber er bleibt bei uns sitzen und schaut zu, wie wir die Eier schälen, wie wir schweigend die Suppe löffeln, er beobachtet uns mit konzentrierten Blicken und gerunzelter Stirn, als sammelte er weitere Details für eine unbekannte wissenschaftliche Arbeit, und Noga wirft ihm vorsichtige Blicke zu. Manchmal bittet sie ihn um Hilfe bei den Hausaufgaben, und ich versuche dann natürlich, heimlich mitzuhören, ich drücke mich an der Tür herum und horche, ob dort, zwischen den Büchern und Heften, noch etwas anderes gesagt wird, etwas, worauf ich schon seit Jahren warte, aber ihre Gespräche verlaufen sachlich, überhaupt ist alles zwischen uns trocken und sachlich geworden.

Na und, tröste ich mich, das ist doch ganz gut so, Hauptsache, es wird nicht schlimmer, wir haben uns genug aneinander aufgerieben, es ist besser, ein bißchen Distanz zu wahren, auch wenn ich manchmal, wenn ich allein auf dem Balkon sitze, zugeben muß, daß uns schon nichts mehr verbindet außer einer drohenden Gefahr, es ist, als befänden wir uns alle schon lange in einem Bunker und würden, wenn alles vorbei ist, wieder jeder seiner Wege gehen, und wenn wir uns dann auf der Straße träfen, würden wir noch nicht einmal mit den Lidern zucken, denn keiner hätte Lust, sich an die beschämenden Tage im Versteck zu erinnern. Selbst die Blutsbande scheinen sich bei dieser Hitze aufzulösen, sie kochen und brodeln unter der dünnen Hautschicht, und sogar Noga betrachte ich manchmal erstaunt, was habe ich mit ihr zu tun, sie sieht mir nicht ähnlich, sie verändert sich immer mehr, als wollte sie mich ärgern, vor meinen Augen wächst ihr Körper wild und geheim, und eines Nachts ruft sie mich erschrocken, die Brust tut mir weh, unter der Brustwarze. Ich komme nur schwer zu mir, betaste ihre Brust mit verschlafenen Fingern, was ist das, da verbirgt sich eine Nuß, rund und hart, ein Alptraum, und ich flüstere ihr zu, das ist nichts, Nogi, schlaf, und ich versuche, meine Sorge zu verstecken, aber ich kann schon nicht mehr schlafen. Meine Kehle ist voller schmerzender Nüsse, ich kann nicht schlucken, Panik schlägt an Panik. Ist das etwa das Ding, dessen Namen ich nicht zu nennen wage, kann es eine Geschwulst an einer Brust geben, die noch keine Brust ist, ich muß sie untersuchen lassen, und gegen Morgen halte ich es nicht mehr aus, ich wecke Udi und setze mich zitternd an seinen Bettrand, und er murmelt schlaftrunken, Blödsinn, bestimmt wächst ihr der Busen, und ich streiche über meine Brüste, sie fühlen sich anders an als Nüsse, ich kann mich gar nicht erinnern, daß es mit solchen Schmerzen anfängt, und am Morgen stürze ich zu Noga, kaum daß sie die Augen aufgemacht hat, und befühle sie, ja, es kann sein, daß er recht hat, ich atme erleichtert auf, mir scheint, daß auch auf der anderen Seite eine kleine Nuß wächst, die Warzen sind geschwollen, ich teile ihr erfreut mit, das ist nichts, Nogi, du brauchst dir keine Sorgen zu machen, dir wächst bloß der Busen, doch zu meiner Überraschung bricht sie in untröstliches Weinen aus, als sei das die allerschlimmste Nachricht, schlimmer als eine tödliche Krankheit. Sie trampelt gegen das Bett, ich will keinen Busen, kein Mädchen in meiner Klasse hat einen Busen, wofür brauche ich einen Busen, sie werden mich noch mehr auslachen als bisher, und ich streichle sie bedrückt, es ist wirklich noch zu früh, ich war in ihrem Alter noch vollkommen flach, jetzt wird sie noch etwas haben, um es unter den T-Shirts zu verstecken, und die Erleichterung, die ich empfunden habe, löst sich auf, ich warne Udi, sag ihr, daß das ganz natürlich ist, sag ihr, daß ein Busen was Schönes ist, befehle ich ihm, und er antwortet kühl, natürlich ist das etwas Schönes, und mir ist klar, daß wir beide in diesem Moment an die muskulöse, glatte Brust mit der schwarzen Brustwarze denken.

Aber die Tage gehen vorbei, und sie kommt nicht, mit heimlicher Sehnsucht warte ich voller Hoffnung auf sie, es ist seltsam, immer wenn sie tatsächlich vor mir steht, packt mich Zorn, aber wenn ich an sie denke, liebe ich sie fast, in meinen Gedanken ist sie barmherzig und warm und klug, ich sehe sie vor mir, wie sie dasitzt und stillt, und das leise Schmatzen des Babys mischt sich mit dem Zwitschern der Vögel und dem Jaulen der Katzen, ein untrennbarer Teil der Geräusche des Universums. Der Gedanke an sie weckt eine angenehme Sicherheit in mir, wenn irgend etwas wieder schiefläuft, wird sie kommen und uns retten. Aber weil sie nicht kommt, fange ich an, mir Sorgen zu machen, vielleicht haben wir sie gekränkt, vielleicht ist ihr etwas passiert, ich habe nicht gewußt, wie abhängig ich von ihr bin.

Was ist mit Sohara, frage ich Udi an einem Abend, und er sagt, alles in Ordnung, sie hat vor ein paar Tagen angerufen, ich habe ihr gesagt, daß alles gut läuft. Deshalb kommt sie also nicht, frage ich enttäuscht, und er sagt, ich glaube nicht, sie hat viel zu tun mit ihrem Baby, und wir brauchen sie nicht mehr, stimmt, sage ich, wir brauchen sie wirklich nicht mehr, und trotzdem fühle ich mich betrogen, im Stich gelassen, und ich frage mit einer Verbitterung, die sogar mich überrascht, hat dieses Baby überhaupt einen Vater? Er zuckt gleichmütig mit den Schultern, keine Ahnung, was spielt das für eine Rolle, und ich sage, für mich nicht, aber für sie bestimmt, und er sagt, sei dir da nicht so sicher, ich habe schon immer gesagt, daß deine Ansichten über Familie verstaubt sind, und schon packt mich der alte Zorn, aber ich bezwinge ihn, mit Udi kann man in diesen Tagen nicht streiten, es scheint ihm an Begeisterung und Interesse zu fehlen, und vielleicht auch an dem Maß an Liebe, von dem sich ein Streit nährt. Er ist schweigsam, ruhig, beklagt sich über nichts und bittet um nichts, und wir verhalten uns vorsichtig, ganz anders, als wir es unser ganzes gemeinsames Leben lang getan haben, brennend vor Kränkung und Beleidigung, frustriert, und ich, die ich immer um Harmonie bemüht war, versuche, mich über diesen Zustand zu freuen, obwohl von Zeit zu Zeit so etwas wie Angst in mir aufflammt, doch dann beruhige ich mich sofort, er versucht, sich zu ändern, sich von alten Lebensmustern zu befreien, vielleicht gibt es dabei ja eine Stufe, auf der man keine Gefühle hat, wie bei der Transplantation eines Organs, es dauert nicht mehr lange, da wird die Empfindung in ihm wachsen und alles wird wieder gut.

Diese Stumpfheit hüllt auch mich ein, wenn ich morgens zum Heim komme, die Mädchen hocken auf den Sofas, die geschwollenen Beine vorgestreckt, und schauen mir gleichgültig entgegen. Nur einmal empfängt mich Chani ganz begeistert, ich habe den Pullover fertig, ruft sie und schwenkt ein kleines rosafarbenes Fähnchen. Wie schön, sage ich bewundernd, er ist ja wirklich fertig, und sie streicht über ihren Bauch, auch mein Baby ist fertig, der Pullover wird ihr stehen, denk dran, daß ich ihn ihr nach der Geburt selbst anziehen will, und sie holt aus ihrer Rocktasche rosafarbene Samtgummis, und mit diesen Gummis mache ich ihr Zöpfchen oben auf dem Kopf, und Ilana, die bisher schweigend zugehört hat, fängt jetzt an zu lachen, die ist ja blöd, die weiß noch nicht mal, daß Kinder fast ohne Haare geboren werden, was für Zöpfchen, kauf ihr eine Puppe, Na'ama, das ist es, was sie braucht, eine Puppe, die sie kämmen und anziehen kann, kein Baby, und ich sage zu Ilana, hör auf, sie zu kränken, jede sucht nach einem eigenen Weg, um eine Beziehung zu halten, und Chani schmiegt sich an mich, ja, daran werde ich sie erkennen, an dem Pullover, ich werde auf der Straße jedes Baby anschauen, das ich treffe, und nach diesem Pullover suchen. Sie wird noch tausend andere Pullover haben, spottet Ilana, deine Kleine wird reich sein, das Ding da wird ihr armseligster Pulli sein, und Chani weint fast, der ist doch nicht armselig, oder findest du ihn etwa armselig? Sie schwenkt den Pullover über den Kopf wie einen Sühnehahn, ich wünschte, ich hätte so einen Pullover gehabt, als ich ein Baby war, ich habe nie im Leben ein neues Kleidungsstück gekriegt, nur die abgelegten Fetzen von meinen Schwestern, doch Ilana läßt nicht locker, du bist ja selbst noch ein Baby, du solltest dein Baby zu deiner Mutter bringen, damit sie es aufzieht, als wäre es deine Schwester, aber Chani weicht zurück, wie kommst du denn dadrauf, meine Mutter hat keinen Funken Geduld, sie schreit und schlägt auch ganz schön zu, ich möchte eine gute Mutter für mein Kind.

Woher weißt du, daß die Adoptivmutter eine gute Mutter sein wird, faucht Ilana sie an, glaubst du etwa, nur weil sie Geld hat, hat sie auch ein gutes Herz? Ich mische mich ein, mach dir keine Sorgen, wir prüfen die Eltern sehr genau, es sind Leute, die sich nach einem Baby sehnen, sie haben viel Geduld und viel Liebe, und Ilana verzieht ungläubig das Gesicht, sie täuschen euch, sagt sie, ihr habt keine Ahnung, wie sie wirklich sind. Warum gibst du dein Kind überhaupt weg, wenn du ihnen nicht glaubst, fragt Chani, und Ilana verkündet triumphierend, weil mich dieses Kind nicht interessiert, deshalb, es hat sich einfach bei mir eingeschlichen, ohne daß ich es wollte, und mir die Figur versaut, seinetwegen kann ich kein Model werden, und ich versuche, ein

Grinsen zu unterdrücken, sie hat also endlich einen Sündenbock gefunden, aber Chani platzt damit heraus, du und Model? Mit deiner Figur und deinem Arschgesicht? Sie erstickt fast vor Lachen, klopft sich auf den Bauch, und Ilana schreit, halt's Maul, du Schlampe, es wird dir noch leid tun, daß du mich ausgelacht hast.

Ich dränge sie, hinaufzugehen zur Geburtsvorbereitung, und mache mich auf die Suche nach der Neuen, die gestern angekommen ist, ihre Eltern haben sie hergebracht, sie war grün und blau geschlagen, sie wollten nichts mehr von ihr hören, haben sie gebrüllt, nichts von ihr und nichts von dem arabischen Bankert in ihrem Bauch. Ich finde sie schlafend in ihrem Bett und betrachte sie traurig, die ersten Tage hier sind die schwersten, der Verlust der gewohnten Umgebung, das schmerzliche Ende des Ableugnens, manchmal denke ich, es wäre wirklich besser, sie herzubringen, wenn sie schlafen. Ich gehe hinauf zum Büro und erledige ein paar Schreibarbeiten, und langsam, ganz langsam senkt sich eine neue Gelassenheit über mich, es scheint, die Dinge haben sich ein wenig beruhigt, ich kann aufatmen. Schau an, ich kann mich konzentrieren, ich achte auf die richtige Distanz, was für ein Glück, daß Ja'el nicht gekommen ist, ihre Geschichte hat mich zu sehr mitgenommen, wer weiß, was ihr das Schicksal bringen wird, vielleicht ist der Mann schließlich doch zu ihr zurückgekommen und sie werden das Kind gemeinsam aufziehen, und schon treten mir Freudentränen in die Augen, ich spüre sogar einen gewissen Neid, wie gut sie es haben werden, wie gut wir es hatten, ausgestreckt auf dem Doppelbett und Noga zwischen uns, wir beugten uns über den kleinen Körper, knabberten an ihren Füßchen, weich und duftend wie zwei frische Weißbrotzöpfe für Schabbat, sie strampelte uns ins Gesicht, lachte und krähte vergnügt. Und als ich nach Hause komme, betrachte ich feindselig ihre Füße in den dicken Strümpfen und den Turnschuhen, und sie fragt sofort, wo ist Papa? Ich zucke mit den Schultern, keine Ahnung, bestimmt macht er einen Spaziergang. Von Zeit zu Zeit geht er ein wenig laufen, um seine Beine zu trainieren, immer seltener beklagt er sich über Schmerzen, es wird Zeit, daß ich Sohara anrufe, sie hat ihn tatsächlich gerettet. Als er später zurückkommt, sage ich zu ihm, komm, rufen wir Sohara an, um uns bei ihr zu bedanken, es ist nicht schön, daß wir uns nur melden, wenn wir sie brauchen, und er runzelt die Stirn, wofür sollen wir uns bei ihr bedanken? Ich bin erstaunt, was soll das heißen, wofür, schau doch, wieviel besser es dir geht, wie gut du laufen kannst, hast du schon vergessen, daß du wochenlang im Bett herumgelegen hast? Und er sagt kalt, aber das ist nicht wegen ihr, glaubst du, daß mir das geholfen hat, ihre Moralpredigten und die Segenssprüche des Dalai Lama?

Seine Undankbarkeit ihr gegenüber weckt Abscheu in mir, ich hole das Telefon, wo ist ihre Nummer, sie war hier am Kühlschrank, aber ich glaube, ich weiß sie noch auswendig, zögernd wähle ich sie, Sohara, hier ist Na'ama, und sie antwortet, wie geht es dir, aber ihre Stimme klingt kühl und kurz angebunden, vielleicht ist sie gekränkt, weil ich erst jetzt anrufe. Uns geht es gut, teile ich ihr aufgeregt mit, ich wollte mich bei dir bedanken, Udi ist wieder ganz der Alte, und sofort weiß ich, was sie sagen wird, daß er nämlich nicht wieder ganz der Alte werden sollte, sondern sich ändern, aber sie schweigt, sie möchte das Gespräch nicht fortsetzen, das ist klar, nur ich klammere mich noch daran, es fällt mir schwer, auf sie zu verzichten. Wie geht's der Kleinen, erkundige ich mich, und sie sagt, gut, alles in Ordnung, und ich schlage verlegen vor, vielleicht magst du mal mit ihr bei uns vorbeikommen, du hast versprochen, daß du uns mal zum Abendessen besuchst, und sie unterbricht mich fast rüde, wartet das Ende der Einladung kaum ab, ja, danke, ich komme bei Gelegenheit mal vorbei, und ich trenne mich enttäuscht vom Hörer, ich weiß nicht, wie ich ihre Kälte interpretieren soll.

Ich habe dir ja gesagt, es bringt nichts, sie anzurufen, zischt Udi mich an, und ich reagiere gereizt, du bist wirklich kein Beispiel für höfliche Umgangsformen, ich hatte das Bedürfnis, mich bei ihr zu bedanken, und wenn ihr das nicht angenehm ist, so ist das ihre Sache, nicht meine, und ich öffne wütend den Kühlschrank, wieder haben wir keinen Salat mehr, er lungert den ganzen Tag zu Hause herum und kommt nicht auf die Idee, etwas einzukaufen, ich muß alles allein machen, nach der Arbeit, und ich fauche ihn an, warum bist du nicht mal beim Laden vorbeigegangen, wenn du schon stundenlang draußen herumgelaufen bist, es gibt nichts zum Abendessen, und er sagt, ich habe sowieso keinen Hunger. Und da platze ich wirklich, großartig, daß du keinen Hunger hast, und was ist mit uns? Du kannst nicht nur an dich selbst denken, du bist Teil der Familie, ob du willst oder nicht, und er murrt, ich soll also hungrig sein, wenn ihr Hunger habt?

Du mußt an uns alle denken, fahre ich ihn an, abends braucht man etwas zu essen, das ist doch nicht so schwierig, oder, und er bellt zurück, du mit deinen bürgerlichen Grundsätzen, jetzt fange ich schon fast an zu schreien, was hat das mit bürgerlichen Grundsätzen zu tun? Kinder brauchen etwas zu essen, Leute, die den ganzen Tag arbeiten, haben abends Hunger, und er brüllt, dann eßt doch euer beschissenes Abendessen, halte ich euch etwa vom Essen ab, mit diesen Worten verläßt er die Wohnung, er knallt die Tür hinter sich zu, und ich setze mich bedrückt auf einen Stuhl in der Küche, was habe ich schon gesagt, ist das zuviel verlangt, hoffentlich hat Noga uns nicht gehört, ihre Zimmertür ist zu, dahinter hört man den Fernsehapparat plärren. Auch mir ist nun der Appetit vergangen, man kommt auch ohne Abendbrot aus, ich lehne mich mit dem Rücken an den Kühlschrank, plötzlich fängt er an zu vibrieren, wieviel Zeit habe ich noch, bis Noga in die Küche kommt und fragt, wann wir essen, nicht viel, aber diese Zeit brauche ich, um einfach dazusitzen und in aller Ruhe dem Surren des Kühlschranks zu lauschen, und als er ein paar Minuten später mit den Tüten hereinkommt, freue ich mich, als hätte ich ein wunderbares Geschenk bekommen, sofort bin ich versöhnungsbereit, so schlimm ist er ja gar nicht, vermutlich hat ihn irgend etwas anderes verärgert, vielleicht mein Telefonat mit Sohara, er wollte nicht, daß ich mit ihr spreche, sinnlos, ihn zu fragen, warum, Hauptsache, daß er schon Tomaten und Gurken schneidet, statt sich zu entschuldigen. Gut, daß er zurückgekommen ist, gut, daß ich jetzt nicht allein Noga gegenübersitzen muß, sie ist noch immer traurig und er noch immer angespannt, seine Kieferknochen bewegen sich kräftig, während er kaut und dabei ein unangenehmes knirschendes Geräusch erzeugt, ich warte schon auf den Moment, da beide ins Bett gehen, sosehr bedrücken sie mich, ich stelle mir vor, wie ich mich auf den Balkon setzen werde, die duftende Wäsche um mich herum, ab und zu wird ein leerer Ärmel über mein Gesicht streichen, denn er stopft auch die Winterkleidung in den Wäschekorb, Kordhosen und langärmlige Hemden, ein paar Pullover.

Zwischen den feuchten Wäschestücken atme ich erleichtert auf, wie angenehm ist diese leere abendliche Stille, wenn es schon nichts mehr gibt, was einen enttäuschen könnte, da sehe ich ein Hemd und eine Hose näher kommen, als wären ihnen Arme und Beine gewachsen, ja, es sind seine Arme und seine Beine, er steckt in seinen Kleidungsstücken, ich bin so daran gewöhnt, um diese Uhrzeit leere Hosenbeine und leere Ärmel zu sehen, daß ich ihn anstarre wie ein Wunder, und in diesem Moment läutet das Telefon, noch bevor ich ihn fragen kann, warum er nicht schläft. Ein kindliches Weinen dringt aus dem Hörer, Na'ama, jammert sie, und ich frage, Chani, was ist passiert? Sie weint, ich habe das Kind schon bekommen, man hat mich ins Krankenhaus gebracht, nachdem du weggegangen bist, und ich schreie, herzlichen Glückwunsch, wie war die Geburt? Aber sie reagiert nicht darauf, sie weint nur, der Pullover ist kaputt, Ilana hat ihn kaputtgemacht. Bist du sicher, frage ich erschrocken, woher willst du das wissen? Und sie sagt, ich habe ihn gerade aus meiner Tasche genommen, um ihn meiner Kleinen anzuziehen, und er ist aufgetrennt, nur Fäden sind übriggeblieben, ich bringe sie um, diese Hexe. Chani, beruhige dich, sage ich, ich bringe dir morgen so einen Pullover, ich gehe von Geschäft zu Geschäft, bis ich so einen gefunden habe, so einen gibt es nicht, schreit sie, ich habe ihn selbst gestrickt, ich gebe mein Baby ohne diesen Pullover nicht her, noch nie habe ich irgend etwas Eigenes besessen, ich verzichte nicht auf sie, und ich flehe, beruhige dich, Chani, ich komme gleich zu dir, und wir sprechen darüber, wir werden eine Lösung finden, Hauptsache, du bist in Ordnung und alles ist gut abgelaufen. Verwirrt betrachte ich Udi, der neben mir steht, ein Mädchen hat einem anderen einen Pullover kaputtgemacht, den dieses andere Mädchen selbst für ihr Baby gestrickt hatte, unbeholfen versuche ich, ihm das Drama zu erklären, diese Ilana, ich habe gewußt, daß man auf sie aufpassen muß. Ich fahre zur Entbindungsklinik, sage ich, aber er stellt sich mir in den Weg, ein angenehmer Geruch geht von ihm aus, geh nicht fort, sagt er, ich muß mit dir reden.

Mein Herz fängt an zu klopfen, er muß mit mir reden, er hat mir noch was zu sagen, ich habe mich abends hier, vor seiner verschlossenen Tür, schon so überflüssig gefühlt, vielleicht setzen wir uns ja auf den Balkon, wie früher, trinken ein kaltes Bier und rauchen eine Zigarette, und er wird mir über die Schenkel streicheln und eine kühle Hand unter mein Kleid schieben, ich werde seine schöne Stirn küssen, ich habe mich so nach dir gesehnt, Udi, werde ich in seinen Mund flüstern, und die Worte werden seine Zunge süß machen und feucht zu mir zurückkehren, ich auch, ich auch, und trotzdem sage ich, ich muß gehen, ich bin bald wieder da, es dauert keine Stunde, aber er läßt nicht locker, ich gehe gleich weg, sagt er, wir können miteinander sprechen, wenn du zurückkommst, sage ich, und er antwortet ruhig, aber ich komme nicht zurück.

Warum, frage ich erstaunt, ist etwa ein Krieg ausgebrochen, aus dem man nicht mehr heimkehrt? Ich betrachte ihn wie ein Mädchen den Vater, der mitten in der Nacht einberufen wird, und er sagt, Na'ama, ich gehe weg, und ich betrachte ihn, ich verstehe immer noch nicht, was soll das heißen, du gehst weg, und er sagt, ich verlasse die Wohnung, ich verlasse dich, ich kann so nicht weitermachen, und ich fange vermutlich an zu zittern, denn er packt mich an den Schultern und sagt, beruhige dich, Na'ama, es wird auch für dich besser sein, du wirst schon sehen, so ist es für uns beide doch nur eine Qual, und ich stottere, aber warum, ist es wegen des Salats, wegen des Abendessens? Das ist nicht wichtig, hören wir eben auf, zu Abend zu essen. Es ist nicht deswegen, sagt er, ich sinke auf einen Sessel, er zieht sich einen Klappstuhl heran und setzt sich mir gegenüber, einen Moment lang sieht es aus, als würde auch er zittern, aber nein, er sieht kaltblütig aus, blaß, aber entschlossen, noch nie habe ich diesen Ausdruck auf seinem Gesicht gesehen, seit über zwanzig Jahren kenne ich ihn, und da zeigt er mir ein Gesicht, das ich noch nicht kenne, zart und trotzdem böse, das Gesicht eines besonders grausamen Verbrechers, sein Unterkiefer bewegt sich knirschend, während er spricht, was sagt er, ich verstehe ihn kaum, er hat sich alles genau zurechtgelegt, vermutlich hat er schon lange geübt, im abgeschlossenen Zimmer vor dem Spiegel, aber ich habe mich verheddert in all den Wollfäden, die von dem grausam aufgetrennten Pullover übriggeblieben sind, sie streicheln meinen Hals, wie hat sie ihr das antun können, wochenlang hat Chani daran gearbeitet, die Ärmste, und jetzt ist alles aus, das ist nicht wiedergutzumachen, und er schreit, hörst du mir überhaupt zu, Na'ama, und ich versuche, ihn anzuschauen, aber mein Kopf kippt, als wäre das Genick gebrochen, sinkt nach unten, nur seine Knie sehe ich, wie große runde Nüsse sehen sie aus und stehen dicht nebeneinander. Was spielt es für eine Rolle, ob ich zuhöre, soll er seine Rede doch vor jemand anderem halten, soll er durch die leeren Straßen laufen und den Bäumen und Steinen predigen, und er sagt, hör zu, Na'ama, ich muß etwas ändern, er hebt mir mit einer zarten Bewegung das Kinn, mein Kopf ist voller Stahlnägel, wie schafft er es mit seinen schmalen Händen, ihn zu heben, ich weiß, daß diese Krankheit ein Zeichen ist, sagt er, ich habe eine Warnung empfangen, eine Warnung mit einer tieferen Bedeutung, ich habe lange gebraucht, sie zu verstehen, aber jetzt habe ich keinen Zweifel mehr, ich muß mein Leben ändern.

Aber woher weißt du, was du ändern sollst, flüstere ich, jedenfalls habe ich das Gefühl zu flüstern, aber er sagt, schrei nicht, und läßt mein Kinn los, das sofort wieder nach unten sinkt, und ich murmele seinen weißen Knien zu, warum ausgerechnet diese Veränderung, vielleicht solltest du das Gegenteil tun, und er sagt, ich denke schon seit Monaten darüber nach, ich weiß, daß ich keine Wahl habe, so, wie wir leben, werden wir krank, zwischen uns gibt es nur Streit, nur negative Gefühle, ich kann in dieser Atmosphäre nicht mehr existieren, ich enttäusche dich die ganze Zeit, ich enttäusche Noga, ich kann so nicht weitermachen, ich bin nicht bereit, die nächsten vierzig Jahre im Schatten deines Zorns zu leben, und da hebe ich plötzlich den Kopf, als würde mein Hals wie durch eine Feder gespannt, und schreie, also um uns nicht zu enttäuschen, gehst du weg, das ist es, was du tust, statt zu versuchen, etwas zu reparieren? So stellst du dich der Aufgabe?

Es gibt Dinge, die nicht zu reparieren sind, sagt er, damit muß man sich abfinden, schließlich handelt es sich nicht um einen aufgetrennten Pullover, den man neu stricken kann, zwischen uns ist etwas zerbrochen, und wir haben es nicht geschafft, es wieder zusammenzusetzen, ich gebe dir nicht die Schuld, wir sind beide schuld, aber du kannst so weiterleben und ich nicht, und plötzlich reißt er den Mund auf und gähnt, entblößt seine spitzen Zähne, und ich verfolge die Bewegung seines Mundes, der mein Leben zermalmt, und ausgerechnet dieses Gähnen bringt mich zum Weinen, wie kann er jetzt gähnen, er zeigt mir durch dieses beschämende Verhalten den Wert, den ich in seinem Leben einnehme, ich war doch der Mittelpunkt seines Lebens, fünfundzwanzig Jahre lang, ein Vierteljahrhundert. Du liebst mich nicht mehr, schluchze ich, und er sagt, ich liebe unser Leben nicht mehr, ich liebe mein Leben nicht mehr, ich muß etwas ändern, und ich sage, aber was ist mit mir, was ist mit deiner Liebe zu mir? Und er sagt leise, ich fühle sie nicht, schon seit ich krank wurde, habe ich sie nicht mehr gefühlt, und ich weine, was werde ich ohne seine Liebe anfangen, wie kann ich ohne sie leben, ich bin nicht bereit, auf sie zu verzichten, ich muß versuchen, sie wiederzuerwecken. Warum ausgerechnet solch eine Veränderung, warum aufstehen und weggehen, vielleicht fahren wir alle drei weg, lassen das alles hinter uns, versuchen, irgendwo neu anzufangen, das ist die Veränderung, die du brauchst, Udigi, laß uns die Wohnung verkaufen und weggehen, du mußt keine Reisegruppen mehr herumführen, du kannst in Ruhe deine Dissertation zu Ende schreiben, und schon klammere ich mich an diese glückliche Vorstellung, ermutige mich, er wird es nicht ablehnen, ich werde es schaffen, ihn zu überzeugen. Udi, verstehst du nicht, sage ich nachdrücklich, jetzt fast gelassen, das ist wie eine Prophezeiung, du hörst Stimmen, du weißt nicht, wem du glauben sollst, du weißt nicht, welchen Weg du einschlagen mußt, erst wenn etwas vorbei ist, weiß man, wer der wahre Prophet war und wer gelogen hat, es stimmt ja, wir haben Probleme, aber wie kommst du nur darauf, daß dies die Lösung sein könnte, alles im Stich zu lassen und wegzugehen, vor den Problemen zu fliehen, was für eine armselige Lösung wäre das, so bringt man Dinge in Ordnung? Wie kommst du überhaupt auf die Idee, daß es dir freisteht, zu gehen? Ich habe nie das Gefühl gehabt, mir würde so etwas freistehen, ich habe noch nicht einmal über diese Möglichkeit nachgedacht, mir war klar, daß man diesen Konflikt nur von innen lösen kann, und auch du wirst sehen, daß du nur so gesund werden kannst. Du hast dich nie dem gestellt, was mit Noga passiert ist, fahre ich erregt fort, nun ganz überzeugt von der Richtigkeit meiner Argumentation, du hast es vorgezogen, dich im Schlamm deiner Schuldgefühle zu wälzen, statt die Beziehung zu ihr neu aufzubauen, und das trifft auch auf mich zu, das ist es, was du jetzt tun mußt, Udi, glaub mir, ich kenne dich am besten, laß dich nicht auf den Weg der Zerstörung locken, das könnte zu einer Katastrophe führen, Noga hält das nicht aus, ich will mir gar nicht vorstellen, was mit ihr passieren wird, und ich umklammere seine Hand, es macht mir nichts aus, ihn anzuflehen, mich vor ihm zu erniedrigen. Udi, ich weiß genau, daß du dich irrst, probiere meinen Weg aus, die Veränderung muß innerhalb der Familie geschehen, gib uns ein paar Monate Zeit, weggehen kannst du immer noch, und er nimmt meine Hand und schiebt sie von sich weg, seine Kaltblütigkeit verläßt ihn, siehst du, warum ich nicht mehr mit dir leben kann, bricht es aus ihm heraus, ich halte deine Herrschsucht nicht aus, nur du weißt, was zu tun ist, du glaubst, daß du immer recht hast und alle anderen sich irren, jetzt fängt er an zu schreien, ja, vielleicht irre ich mich, aber dann ist es wenigstens mein eigener Fehler, und ich werde dafür bezahlen.

Du wirst dafür bezahlen?, schreie ich, ich wünschte, es wäre so, was ist mit mir, was ist mit Noga, du hast doch gar nicht kapiert, was das bedeutet, eine Familie, alle bezahlen den Preis, alle gehören zusammen, du glaubst, man kann das einfach ignorieren? Und er sagt, hör endlich auf, mich zu erziehen, und hör endlich auf, Noga zu mißbrauchen, um mich zu bestrafen, du kannst mich nicht durch Schuldgefühle an dich ketten wie mit Handschellen, ich bin nicht bereit, mein ganzes Leben dieser hungrigen Göttin zu opfern, die Familie heißt, niemand hat was davon, wenn ich leide, ganz bestimmt habt ihr nichts davon, du und Noga. Ich fühle, daß mein Leben in Gefahr ist, fährt er fort, ich muß es retten, woher, glaubst du, kommt diese Krankheit, nichts passiert einfach so, ich bin vor lauter Wut auf dich krank geworden. Weil ich nicht wagte, wütend auf dich zu werden, wurde ich wütend auf mich, ich habe mich bestraft, denn wie ist es möglich, auf eine Heilige, wie du eine bist, wütend zu werden? Ich traue meinen Ohren nicht, auf mich bist du wütend? Du hast noch die Frechheit, wütend auf mich zu sein? Ich habe mein Leben für dich und Noga hingegeben, seit Jahren decke ich deine Versäumnisse, wenn es wahr wäre, daß man aus unterdrückter Wut krank wird, wäre ich längst unter der Erde. Ich habe dich nie darum gebeten, sagt er, ich habe dich nie gebeten, dich für mich aufzuopfern, und du wirst mich nicht dazu bringen, daß ich den Rest meines Lebens für dich aufopfere und hier in einem Gefängnis aus Schuldgefühlen verfaule, ich muß weg, fort von hier, wenn es so weitergeht, werde ich sterben. Meine Stimme ist heiser, ich schreie, wie kannst du dich von deiner Tochter trennen? Er sagt, schon seit Jahren habe ich nichts mehr mit meiner Tochter zu tun, und das alles wegen dir, du hockst auf ihr wie eine Henne, ständig beobachtest du mich, du hast keine Ahnung, wie sehr du der Beziehung zwischen ihr und mir geschadet hast, und ich brülle, ich habe euch geschadet? Ich habe nur versucht, etwas zu retten.

Ich zweifle nicht an deinen guten Absichten, sagt er seufzend, aber es ist nun mal schlecht gelaufen und ich weiß nicht, wie man es wiedergutmachen könnte, Noga ist schon groß, sie braucht mich nicht mehr jeden Tag, ich brauche Zeit, um darüber nachzudenken, wie es mit ihr und mir weitergehen soll, ich schaue ihn gespannt an, plötzlich habe ich nichts mehr zu sagen, aber ich habe Angst zu schweigen, damit er nicht aufsteht und weggeht, solange er hier ist, habe ich noch die Hoffnung, ich muß ihn mit Worten festnageln, dann schläft er vielleicht hier ein, und wenn ich mich zu ihm lege und ihn fest in den Arm nehme, wird er mich vielleicht schlaftrunken lieben, wie damals, als wir aus dem Krankenhaus gekommen sind, und morgen früh wird er verstehen, daß er bei uns bleiben muß, weil es der einzige Platz ist, wo er hingehört. Seine Augäpfel bewegen sich unruhig im Gefängnis ihrer Höhlen, seine blassen Lippen sind zusammengepreßt, befriedigt stelle ich fest, daß ich Zweifel in ihm geweckt habe, doch dann richtet er sich auf und beginnt rasch die Wäsche vom Ständer zu nehmen, laß uns das morgen machen, sage ich, die Sachen müssen noch trocknen, und dann sehe ich, daß er nur seine eigene Wäsche abnimmt, Pullover und langärmlige Hemden, er bereitet sich auf den Winter vor, er wird nicht zurückkommen, und ich fühle, wie dickes Blut durch mein Gesicht strömt, schwer wie Lava, ich reiße die noch feuchten Wäschestücke herunter und werfe sie ihm ins Gesicht, jetzt verstehe ich, brülle ich laut, von mir aus soll doch die ganze Nachbarschaft wach werden, du hast mit dem Weggehen noch gewartet, bis ich dir die Wäsche gewaschen habe, du Dreckskerl, du mieser Feigling, den ganzen Schrank habe ich dir gewaschen, und jetzt, wo ich fertig bin, willst du abhauen, und er zischt durch die zusammengepreßten Lippen, hör endlich auf, so kleinlich bist du, das ist es also, was dir etwas ausmacht, der Verschleiß der Waschmaschine? Und ich brülle weiter, es ist meine eigener Verschleiß, der mir was ausmacht, all die Jahre, die ich für dich vergeudet habe, seit meinem zwölften Lebensjahr sind wir zusammen, und jetzt fällt es dir ein, wegzugehen, jetzt, da ich fast vierzig bin? Als ich jünger war und gut ausgesehen habe, hast du das nicht gewagt, und jetzt hast du plötzlich den Mut dazu? Du Egoist, du Ausbeuter, schreie ich und reiße immer mehr Wäschestücke vom Ständer, wenn mir welche aus der Hand fallen, trample ich darauf herum, wie kannst du mir das antun, wer gibt dir das Recht dazu, plötzlich kommst du auf die Idee, daß du ein neues Leben willst? Glaubst du etwa, das hier wäre eine Sommerfrische, in der jeder tun kann, wozu er Lust hat? Du weißt ja, es hat Dinge gegeben, die ich tun wollte und nicht getan habe, du weißt doch, auf was ich für diese Familie verzichtet habe.

Nun, jetzt hast du die Gelegenheit, fährt er mich an, und ich schreie, jetzt? Vielen Dank, für mich ist es schon aus, ich habe keine Kraft mehr, ein neues Leben anzufangen, und du wirst es nicht ohne mich machen, hörst du, bis jetzt haben wir alles zusammen gemacht, du kannst jetzt nichts ohne mich machen, und schon sind meine Hände an seinen Schultern, nähern sich seinem Hals, ich könnte ihn erwürgen, vor lauter Wut bin ich fähig dazu, aber er hält meine Hände fest, beruhige dich, sagt er kalt, und ich weiß, daß dieser Ausbruch ihn abstößt, aber es ist mir egal, ich hätte ruhig dasitzen müssen, mit übergeschlagenen Beinen, um mir höflich seine einstudierte Rede anzuhören und mich dann vornehm von ihm zu verabschieden, dann hätte er vielleicht Lust gehabt, zu mir zurückzukommen, aber ich tobe wie ein wildes Tier, ich trete um mich, fluche, genau wie die Mädchen im Heim, wenn man ihnen ihre Babys wegnimmt, sie schreien, es gehört mir, es gehört mir, und auch ich schreie, du bist mein Mann, du kannst mich nicht verlassen, und plötzlich, zwischen den Funken meiner Schreie, erstrahlt ein Bild vor meinen Augen, vergilbt vom Alter, zwei Kinder mit kurzgeschnittenen Haaren, Hand in Hand in einem kleinen Zimmer, und ich erinnere mich, wie ich meinen Namen auf sein Ohrläppchen schrieb, und jedesmal wenn sich die Buchstaben verwischten, erneuerte ich sie mit einem blauen Stift, und er lachte, du mußt das nicht tun, ich gehöre dir für immer.

Seine Finger tun mir so weh, daß ich seinen Hals loslasse, wie ein Hund folge ich ihm ins Schlafzimmer, folge dem Wäscheberg, er holt seinen Rucksack aus dem Schrank und fängt an, auf seine ungeschickte Art die Wäschestücke zusammenzulegen, immer habe ich schließlich nachgegeben und ihm geholfen, auch jetzt gehe ich zum Bett und fange an, Sachen zusammenzulegen, ein Hemd, noch ein Hemd, und er wirft mir einen verlegenen Blick zu, er hat sich wohler gefühlt, als ich geschrien und geflucht habe. Wohin gehst du, frage ich, und er sagt, ich weiß es noch nicht, ich fahre erst mal Richtung Süden, dann werde ich schon sehen, ich muß in Ruhe über alles nachdenken, allein sein, und ich versuche, mir einzureden, das ist alles nicht wahr, er macht einfach einen Ausflug, nach ein, zwei Tagen wird er zurückkommen, und alles wird gut werden, ich werde noch nicht einmal Noga davon erzählen, doch in diesem Moment sagt er, als habe er meine Gedanken erraten, ich habe einen Brief für Noga dagelassen, ich habe versucht, ihr einiges zu erklären.

Einen Brief? Wieder fange ich an zu kochen, wieso einen Brief, du wirfst eine Bombe auf sie, und ich kann mich mit den Trümmern beschäftigen. Du mußt mit ihr reden und hiersein, wenn sie darauf reagiert, du kannst nicht einfach einen Brief schreiben und verschwinden, aber er sagt, ich kann nicht hierbleiben, das geht nicht, ich tue es auf meine Art, und ich schreie, das gibt es nicht, daß man das nicht kann, reiß dich zusammen, du mußt es können, und er zischt, wenn du einmal abhaust, kannst du es ja auf vorbildliche Art erledigen, ich bin in deinen Augen doch so unvollkommen, ich weiß noch nicht mal, wie man richtig abhaut. Das ist ja gerade der Unterschied zwischen uns, schreie ich, ich würde nicht abhauen, ich kann nicht plötzlich alles abschütteln und weggehen, als gäbe es keine Verantwortung, du sagst ja noch nicht mal, wohin du gehst, man kann dich nicht erreichen, wenn etwas passiert, und er sagt, ich werde in ein paar Tagen anrufen und dir Bescheid sagen, wo ich bin.

Ich schaue zu, wie die Kleidungsstücke im Rucksack verschwinden, die Kordhose, die ich ihm im Geschäft gegenüber gekauft habe, das schöne Jeanshemd, das Noga und ich ihm zum letzten Geburtstag geschenkt haben, der gestreifte Pullover, den er an jenem Morgen getragen hat, unter der aufbrechenden Wolke, wie kann er weggehen, wenn all seine Sachen gezeichnet sind, und wieder steigt Zorn in mir auf, nie werde ich dir verzeihen, verkünde ich, und sofort spüre ich, wie lächerlich das klingt, es ist ihm doch egal, was ich empfinde, das ist es ja, ich bin schwächer als er, wenn es ihm etwas ausmachen würde, würde er nicht weggehen, und wie erwartet, läßt er sich von meinen Worten nicht beeindrukken, er fährt fort, seine Sachen in den Rucksack zu stopfen, die neue, staubige Bibel, die er noch nie aufgeschlagen hat, läßt er hier, sie soll bei mir verfaulen, und ich denke hektisch darüber nach, was ich noch sagen kann, ich muß etwas finden, was Zweifel in ihm weckt und ihn dazu bringt, noch eine Nacht hierzubleiben, und dann wird mir plötzlich klar, daß die Worte ihre Kraft verloren haben, daß ich meine Kraft verloren habe, nichts, was ich sage, wird etwas an seinem grausamen, herzlosen Entschluß ändern, den ich nie erwartet hätte, der mir selbst nie eingefallen wäre. Nach all den Jahren, in denen ein einziges Wort von mir Ärger, Angst oder Freude in ihm geweckt hat, kann ich jetzt, in dieser Nacht, drohen, anklagen, flehen, ohne daß sich das geringste ändert. Mit dieser Erkenntnis überfällt mich eine mörderische Müdigkeit, die Müdigkeit einer Todkranken, der es sogar an der Kraft fehlt, Mitgefühl für sich selbst aufzubringen, ich schiebe die Kleider weg, die nicht in den Rucksack gepaßt haben, sinke neben ihnen nieder und schließe meine vom Weinen geschwollenen Augen, ich scheine zu schlafen, doch zugleich achte ich auf seine Schritte, das bekannte Geräusch, das ich bald nicht mehr hören werde, das so einzigartig werden wird wie das der Schritte eines ausgestorbenen Tieres, wer erinnert sich an die Schritte von Dinosauriern auf dem schweigenden Erdball, und es kommt mir so unvorstellbar vor, daß man hier bald nur noch meine oder Nogas Schritte hören wird, daß ich Lust habe, ihn an dieser erstaunlichen Entdeckung teilhaben zu lassen, ich hebe den Kopf und flüstere, Udi, aber als Antwort höre ich, wie sich der Schlüssel im Schloß dreht. Ich springe vom Bett auf und keuche, es kann nicht sein, daß er so geht, ohne einen Kuß, ohne eine Umarmung, wenn er für eine Woche wegging, haben wir uns immer mit einem Kuß voneinander verabschiedet, was ist denn jetzt, da er für immer weggeht, ich renne zur Tür, versuche sie zu öffnen, aber sie ist abgeschlossen, mein Schlüssel ist bestimmt irgendwo in meiner Tasche vergraben, ich kann ihm nicht ins Treppenhaus hinterherlaufen und ihn in die Wohnung zurückzerren, wie ich es manchmal nach Streitereien getan habe, ich renne zum Balkon, versuche zu schreien, warte noch, warte einen Augenblick, aber nur ein heiseres Flüstern kommt aus meiner Kehle, warte einen Augenblick, die wichtigste Sache habe ich noch nicht gesagt.

Er geht unten über die Straße, groß und stur, den riesigen Rucksack auf dem Rücken, wie ein unermüdlicher Tourist, noch einen Moment, und ich werde ihn nicht mehr sehen, selbst wenn etwas passiert, kann ich ihn nicht erreichen, ich muß ihn aufhalten, aber meine Stimme ist ein leises Krächzen, als ich dem sich entfernenden Rucksack mit seinen Kleidungsstücken hinterherschreie, und auf einmal wird mir das Ausmaß der Katastrophe klar, was wird Noga anziehen, sie will doch nichts anderes tragen als seine T-Shirts, ich schreie, laß ein paar T-Shirts für Noga da, warum habe ich nicht eher daran gedacht, aber er ist nicht mehr zu sehen, seine energischen Schritte sind nicht mehr zu hören, nur die Bäume stehen noch da, die Silhouetten der Zypressen, des Paternosterbaums, der Pappeln, die nachts erleichtert aufatmen, für kurze Zeit der Herrschaft der Sonne entkommen. Ich schaue die stille Straße entlang, und Schmerz packt mich, wohin geht er um diese Uhrzeit, wie will er überhaupt in den Süden kommen, die einfachsten Sachen sind mir verborgen, plötzlich weiß ich nichts mehr von ihm, nachdem ich daran gewöhnt war, alles über ihn zu wissen, diese Änderung ist so extrem, so unerwartet, als wäre mir das Blut ausgesaugt worden, ich lehne mich an das Geländer, Schluchzen zerreißt mir die Kehle, wie das Jaulen eines getretenen Hundes, Udi, geh nicht weg, jaule ich auf die leere Straße hinunter, komm zu mir zurück, ich kann ohne dich nicht leben, Udi, mein Udigi, komm zurück.

Hier habe ich gesessen und auf den Sonnenaufgang gewartet, hier habe ich gesehen, wie Sohara angelaufen kam, in ihrem weißen Kleid war sie zu uns geeilt, um uns zu retten, warum habe ich mir solche Mühe gegeben, ihn gesund zu bekommen, es wäre doch besser, wenn er krank geblieben wäre, und als ich an den Sonnenaufgang denke, der nicht zu verhindern ist, wird mir schwindlig, Noga wird am Morgen aufwachen, was soll ich ihr sagen, wie werde ich ihr gegenüberstehen, ich muß seinen Brief finden und ihn vor ihr verstecken, bis ich mich wieder gefangen habe. Ich habe mich so lange über das Geländer gebeugt, daß es mir schwerfällt, aufrecht zu gehen, wie ein Vorzeitmensch in seiner Höhle schleppe ich mich in ihr Zimmer, trete auf die Kleider und Hefte, die unordentlich auf dem Teppich herumliegen, wo ist dieser verdammte Brief? Ich höre, wie sie im Schlaf seufzt, sich umdreht und mir das Gesicht zuwendet, ein ruhiges, schönes Gesicht, die Augen geschlossen, die Lippen zu einem geheimnisvollen Lächeln verzogen, das Gesicht der Unschuld. Sie weiß noch nicht, daß ihr Leben morgen früh zerbrechen wird, und diese Gewißheit, daß ich die ganze Wahrheit, die ihr Leben bedroht, kenne, sie aber nicht, erschüttert mich so sehr, daß ich das Gefühl habe, über ihr zu schweben wie Gott über den Sterblichen, nicht nur wissend, sondern auch schuldig, denn ich hätte es verhindern können und habe es nicht getan, mit zitternden Fingern taste ich über ihren Tisch, so viele Papiere, wo ist der verfluchte Brief, ich muß ihn verstecken, ich will, daß sie am Morgen aufsteht und zur Schule geht, so wie immer, ich kann es mindestens eine Woche in die Länge ziehen, ohne daß sie etwas merkt, und vielleicht bereut er es ja in der Zwischenzeit, aber es ist so dunkel, daß man kaum etwas sieht, ich gehe in die Küche und suche eine Taschenlampe, oder eine Kerze, aber heute ist es mein Schicksal, nichts zu finden, nur eine Schachtel Streichhölzer, ein Streichholz nach dem anderen flackert in meinen Händen auf und fällt schwarz und gewichtslos auf den Teppich, gleich werde ich das ganze Zimmer in Brand stecken, damit keine Erinnerung zurückbleibt. Nein, der Brief liegt nicht auf dem Tisch, vielleicht auf dem Teppich, zwischen den Kleidungsstücken, hat er sich die Mühe gemacht, ihn in einen Umschlag zu stecken, oder handelt es sich nur um irgendein Blatt Papier, ich krieche über den Teppich, taste in der Dunkelheit, und plötzlich setzt sie sich im Bett auf, was ist los, Mama, und ich richte mich auf, nichts, Nogi, schlaf. Was machst du hier, fragt sie, und ich sage, ich bin nur gekommen, um dich zuzudecken, und sie legt sich wieder hin, es riecht nach Feuer, sagt sie leise, ich habe geträumt, daß unser Haus abbrennt, und ich sammle meine Streichhölzer auf und murmele, schlaf nur, schlaf.

Mir bleibt keine Wahl, als auf das erste Licht zu warten, mit dem Morgengrauen werde ich wieder in ihr Zimmer gehen und den Brief sofort finden, beruhige ich mich, als würde sich damit das ganze Unheil in Nichts auflösen, ich gehe zum Bett, lege mich zwischen seine zurückgelassenen Kleidungsstücke, gekrümmt, zitternd, als hätte man mir die Haut vom Körper geschält, ich brenne vor Kälte, ein verkohltes Streichholz zerbröselt unter meinem Bein, ich taste um mich, suche seine langen Gliedmaßen, seine Haare, die im Luftzug des Ventilators flattern, all die Tage hat er hier gelegen, mit dem Kopf auf diesem Kissen, und insgeheim böse Pläne geschmiedet. Erschöpft vor Haß, schlage ich auf die Matratze ein, Udi, wie konntest du mir das antun, dich zu hassen heißt, mein eigenes Leben zu hassen, Noga zu hassen, mich selbst zu hassen, wir sind doch alle unlösbar miteinander verbunden, und du erklärst uns für tot und verstreust die Leichen unseres Lebens wie abgerissene Körperteile nach einem Verkehrsunfall, so daß man nicht mehr wissen kann, welcher Teil zu wem gehört, das ist es, was du mir hinterlassen hast, hier, in deinem Krankenbett, wütend zerre ich an dem Kissen, schlage meine vor Kälte klappernden Zähne hinein, rieche den Geruch seiner Wangen und seiner Haare, den Geruch der Spucke, die ihm im Schlaf aus dem Mund gelaufen ist, und plötzlich sehe ich Ge'ulas kleinen Daniel vor mir, wie wir ihn ihr damals weggenommen und zum Kinderheim gebracht haben, er hat uns angefleht, ihm jeden Morgen das Kissen zu bringen, auf dem seine Mutter geschlafen hat, und dann schmiegte er sich an den Stoff wie ein Kätzchen, lutschte daran, als saugte er Milch, und plötzlich überfällt mich Hunger, ein mörderischer Hunger, ich springe aus dem Bett und renne zur Küche, mache die Kühlschranktür auf. Da sind die Tomaten, die Gurken und die Paprikaschoten, die er mir zur Erinnerung dagelassen hat, aber sie sind nicht für mich, sie stehen auf seiner Seite, ich brauche etwas Warmes, Tröstliches, das mich von innen umhüllt, ich nehme die Milch, suche Haferflocken und mache mich daran, mir einen Brei zu kochen, müde rühre ich in dem Topf, der immer heißer wird, ich bin erschöpft, aber der Haß wird mich nicht schlafen lassen, er wird mich jede Stunde aufwecken wie ein schreiendes Baby, mir ist jetzt klar, daß ich nie wieder richtig schlafen werde, nie wieder werde ich die Augen zumachen, so werde ich einen Tag nach dem anderen vom Rest meines Lebens verbringen.

Über dem dampfenden Topf versuche ich zu erraten, wie lange es wohl noch dauert, bis ich mich von diesem Leben verabschieden kann, das so schwer geworden ist, drückend wie eine Strafe, mit der ich mich abfinden muß, mindestens zehn Jahre, denke ich enttäuscht, bis Noga zwanzig ist, und dann werde ich wieder zornig auf sie, weil ich ihretwegen weiterleben muß, noch eine Nacht und noch eine Nacht ohne Schlaf, ohne sie hätte ich meinen Magen schon mit Tabletten füllen und dieser Qual ein Ende bereiten können, wie kann man leben, wenn einem die Liebe weggenommen wird, das ist es doch, was er tut, er schält mir die Haut seiner Liebe vom Körper, und auch wenn sie nicht immer fühlbar war, so war ihre Existenz doch lebenswichtig, schließlich spüren wir auch nicht die Erdumdrehungen.

Wieder dringt mir der Geruch verbrannter Streichhölzer in die Nase, vielleicht habe ich eines in Nogas Zimmer vergessen, und es geht jetzt in Flammen auf, aber nein, es ist der Brei, der im Topf schon anbrennt, sogar Brei kann ich nicht kochen, ich versuche ihn, er schmeckt ekelhaft schwarz, als wäre er aus Kohle zubereitet, aber es ist mir egal, Hauptsache, mein Bauch füllt sich, ich esse direkt aus dem Topf, ich atme die bitteren Dämpfe, mein ganzer Mund ist eine große Brandwunde, vor lauter Schmerz kann ich den Schmerz nicht fühlen, erst wenn ich aufhöre, werde ich ihn fühlen, aber ich höre nicht auf, ich kratze den Boden sauber, bis schon nichts mehr zum Kratzen da ist, dann gehe ich ins Bett, vielleicht läßt mich das Sättigungsgefühl einschlafen, ich muß schlafen, zögernd tasten meine Hände zwischen meine Beine, vielleicht beruhigt mich das, und ich kann schlafen, aber eine Welle von Übelkeit steigt in mir auf, als ich in das Gewirr meiner Schamhaare greife, eine Art gelocktes Bärtchen, ein haariges, verborgenes Tier, das gekränkt die Lippen verzieht, das gehört ihm, es erinnert mich an ihn, seine Finger, seine Zunge, was habe ich damit zu tun, ich renne zur Toilette, beuge mich über die Kloschüssel, und eine heiße Breiwelle bricht aus mir hervor, als spuckte ein Drache demjenigen, der ihn töten will, das Feuer seines Hasses entgegen.

15

Er wird hier nicht mehr stinken, erzähle ich mit schriller Stimme dem aufgerissenen Mund der Kloschüssel, die sein Wasser immer verschluckt hat, Tag für Tag, Jahr für Jahr, die ihn demütig betrachtet hat, wenn er mit herausgezogenem Glied vor ihr stand und ihren Porzellanrand mit gelblicher Flüssigkeit bespritzte, er wird eine andere Kloschüssel haben, in die er pinkelt, und schon vermischt sich die Kränkung der Kloschüssel mit meiner eigenen, sie lassen sich nicht mehr trennen, die Kränkung des Porzellans, das den Abfluß umgibt, der Scheibe in der Tür, die bei einer der Streitereien zerbrochen ist, des notdürftig mit einem Klebestreifen reparierten Sprungs, der Handtücher, die an den Haken mit den gereckten Hälsen hängen, die Kränkung dieser ganzen verlassenen Wohnung, der Möbel, die ich seit Jahren auswechseln will, der staubigen Teppiche, der zahllosen Gegenstände, nützlichen und überflüssigen, die sich im Lauf der Jahre angesammelt haben, und weit, weit über allem ragt die Kränkung Nogas. Wie ein Orchester, das die leiseste Bewegung eines fordernden Dirigenten beobachtet, so schauen wir alle hinüber zu dem dunklen Zimmer, aus dem Brandgeruch kommt, als krümmte sich dort ein sterbender Bär und drohte damit, sich in seinem Schmerz zur vollen Höhe aufzurichten und alles zu zerstören.

Mit fast geschlossenen Augen schiele ich zur Uhr, es ist gerade mal eine Stunde vergangen, seit er das Haus verlassen hat, wenn diese Stunde sich so lange hinzieht, wie lange wird dann die ganze Nacht dauern, die kommenden Nächte, das ganze Leben, ich richte mich mühsam auf, wie werde ich diese Nacht verkürzen, wie werde ich den Schlaf finden, der mich trösten kann, vielleicht hilft eine heiße Dusche, aber der heiße Wasserstrahl erschlägt mich, ich kann kaum auf den Beinen stehen, ich lehne mich schwankend an den Plastikvorhang, wie habe ich es immer genossen, hier im Dunkeln zu duschen, wenn wir miteinander geschlafen hatten, wenn er dann hereinkam, schenkte er mir ein Lächeln, das ich im Dunkeln nicht sehen konnte, ich fühlte es nur mit meiner nackten Haut, und jetzt wasche ich angewidert meinen Körper, diesen Körper, der abgelehnt worden ist, was habe ich mit ihm zu tun, es war Udi, der immer zwischen mir und ihm vermittelt hat, er war es, der ihn geliebt hat, und jetzt, ohne seine Vermittlung, ist er mir fremd geworden, ich weiche sogar davor zurück, ihn einzuseifen, die stachelige Achselhöhle, die sich zur schweren Brust hinuntersenkt, den Bauch, der einmal straff war und jetzt weich geworden ist, die vollen Oberschenkel und das große Grauen zwischen ihnen, und schließlich die platten Füße, breit wie die einer Ente, Füße, die immer zum Streit zwischen ihm und mir geführt haben, weil ich langsam ging und er vorwärts stürmte, ich richte den fast kochendheißen Wasserstrahl auf sie, und sie zucken in die Höhe, wie sie es auf heißem Sand tun, aber das ist mir egal, ihr Schmerz ist nicht meiner, und auch das Brennen gehört zur Kehle, nicht zu mir, und zwischen dem Schmerz ganz unten am Körper und dem oben gibt es nur ein wackliges Gerüst mit rostigen Nägeln, der Schmutz der Erniedrigung, den keine Seife abwaschen kann, wie konnte das passieren, er ist einfach aufgestanden und mit seinem Rucksack weggegangen, als wäre er frei, als wäre ich ein Ort auf einer verstaubten Landkarte, von dem man einfach weggehen kann, ein trockener Wadi, den man besser hinter sich läßt, und er hat alles mitgenommen, was einmal mir gehört hat, alles, von dem ich annahm, es gehöre mir. Wenn ich nur wüßte, wo er jetzt ist, ich würde hingehen, ohne mich auch nur abzutrocknen, ich würde ihn überreden, ich würde ihm drohen, das ist doch eindeutig ungesetzlich, was er da tut, für weniger als das wird man ins Gefängnis geworfen, es ist verboten, eine Frau und eine Tochter nach so vielen Jahren zu verlassen.

Manchmal hat er mich mit einem ausgebreiteten Handtuch erwartet, hat mich eingehüllt wie ein Baby, es wäre mir nie eingefallen, daß das zu Ende gehen könnte, ich dachte nicht, daß mir dieses bißchen Luxus genommen werden könnte, und wieder springt mir das Weinen aus der erschrockenen Kehle, es schien schon verschwunden zu sein, da ist es plötzlich wieder da, hat sich zwischen den Laken verborgen, lauert mir auf, weil ich allein bin, hilflos und ohne Schutz, eine leichte Beute, eine Schnecke ohne Haus, eine schleimige Nacktschnecke, und ich decke mich mit dem feuchten Handtuch zu, der Schlaf wird nicht kommen, er wird mir keinen Moment der Gnade schenken, aber vermutlich ist er schließlich doch gekommen und sogar zu lange geblieben, denn plötzlich taucht Nogas blasses Gesicht über mir auf, Mama, es ist schon spät, sagt sie, und ich fahre hoch, schlage mit meinem Kopf fast gegen ihren.

Ich erschrecke, was ist mit dem Brief, ich habe ihn nicht verschwinden lassen können, prüfend betrachte ich ihr Gesicht, was weiß sie, sie sieht besorgt aus, aber so sieht sie in letzter Zeit immer aus, ihre Augen stehen weit auseinander, wie zwei Trauben, die auf einem Teller auseinandergerollt sind, ohne jede Verbindung, und sie wendet den Blick von mir ab und läuft zurück in ihr Zimmer. Schwerfällig stehe ich auf, mein ganzer Körper tut weh, als hätte ich die Nacht mit Ringkämpfen verbracht, mein Gesicht ist geschwollen, mein Mund trocken, mit einem bitteren Geschmack, ich will nur weiterschlafen, sie in die Schule schicken und zurückgehen ins Bett, aber sie ist noch nicht angezogen, sie sitzt im Pyjama auf dem Bett, ein großes Mädchen, umgeben von Stofftieren und Clowns, ich frage tastend, ist alles in Ordnung, Nogi? Aber sie antwortet mir nicht, bestimmt weiß sie es schon, sie hat diesen verdammten Brief vor mir gefunden, ich schleppe mich in die Küche und koche mir einen Kaffee, betrachte die leere Wohnung, Udi ist nicht da, das läßt sich nicht verbergen, die Sonne scheint schon auf den Balkon, kreuzigt ihn mit spitzen Strahlen, dringt in alle Ecken der Wohnung, offenbart sein Fehlen.

Noga, komm zum Frühstück, rufe ich, stelle den leeren Teller an ihren Platz, und da kommt sie, noch immer barfuß, du weißt, daß es nicht so ist, flüstert sie, und ich frage, was ist nicht so, und sie sagt, nichts ist in Ordnung, und ich sage, zeig mir den Brief, ich schaffe es kaum, meine Erregung zu verbergen, aber sie senkt widerspenstig den Kopf, ich habe ihn weggeworfen. Was hat er geschrieben, frage ich, gieße mir mit zittrigen Händen Kaffee ein, und sie murmelt, ich habe es nicht genau verstanden, daß er woanders gesund werden muß, daß er sein Leben ändern muß, daß er mich liebt, und plötzlich wird mir ihr Vorteil klar, und schrecklicher Neid packt mich, sie liebt er, zwar auf seine eigene, mangelhafte Art, aber er liebt sie, mich nicht, mich liebt er nicht mehr, und sofort platze ich, warum hast du den Brief weggeworfen, wenn du ihn nicht verstanden hast, ich hätte ihn dir erklärt, und sie sagt, ich habe ihn absichtlich weggeworfen, damit ich ihn dir nicht zeigen muß. Aber warum, schreie ich, was hätte es dir ausgemacht, ihn mir zu zeigen? Weil er für mich ist, zischt sie, nicht für dich, mit dem gleichen gekränkten Stolz, der gleichen armseligen Wichtigkeit, wie ich sie gestern abend fühlte, als er sagte, geh nicht weg, ich möchte mit dir reden, und ich dumme Kuh sagte zu ihm, wir können später reden, ich habe nichts verstanden, und auch sie versteht wohl nichts, gibt sich mir gegenüber noch feindseliger, statt daß wir Schicksalsgenossinnen sind, zanken wir uns um das letzte Stück Brot, aber seltsamerweise finde ich es leichter, ihre Feindseligkeit auszuhalten als ihre Liebe, ich sage, iß, es ist schon spät, ich verzichte leichten Herzens auf ein vertrauliches Gespräch mit ihr, und sie kaut mit einem seltsamen Appetit an einem Brötchen, immer wieder gießt sie sich Milch nach, alles, was sie tut, kommt mir heute morgen seltsam vor, aber ich denke nicht weiter darüber nach, ich möchte nur, daß sie geht und ich ein paar Stunden habe, um wieder zu Kräften zu kommen. Er muß woanders gesund werden, wiederholt sie mit Lippen, die weiß sind von der Milch, und das ist doch die Hauptsache, daß er wieder gesund wird, nicht wahr? Natürlich, sage ich und bin ihm fast dankbar für die verschwommenen Formulierungen, und nun macht sie schon die Tür auf, verabschiedet sich kühl von mir, tschüs, Mama, und ich küsse sie auf die Stirn, schließe schnell die Tür hinter ihr zu, drei geräuschvolle Umdrehungen des Schlüssels, sie soll es sich ja nicht anders überlegen, sie soll ihrer Wege gehen und mich allein lassen.

Ich lasse schnell die Rolläden herunter, wische die letzten Lichtspalten weg und werfe mich aufs Bett, ein feuchtes, schwarzes Loch empfängt mich dort, und in seinen Tiefen kann ich ausruhen und meine schmerzenden Glieder ausstrecken, den ganzen Tag will ich hierbleiben, ohne mich um irgend jemanden zu kümmern, alles, was ich will, ist mein Spielplatz, nur hier bin ich sicher, und außerhalb des Spielplatzes ist die tosende, gefährliche Straße, Mama und Papa erlauben mir nicht wegzugehen, wenn niemand auf mich aufpaßt, jetzt paßt niemand auf mich auf, niemand sieht das Ungeheuer, das sein Maul aufsperrt, das meine

Handgelenke auf das Bett drückt, meinen Körper unter seinem zerquetscht und mir seinen ekelhaften Atem in den Mund bläst. Was wird mit mir sein, noch nie bin ich allein gewesen, immer war ich mit ihm, gegen ihn, für ihn, unter ihm, über ihm, hinter ihm, immer sah ich mich im Verhältnis zu ihm, und nun, da er das Bild verläßt, fängt alles an zu wackeln, gleich wird das Bild vor meinen Augen zerspringen, und mein ganzes Leben wird nicht ausreichen, die kaputten Scherben zusammenzufügen, es ist wie mit dem Barometer meines Vaters, wie bin ich damals, an meinem Hochzeitstag, auf dem Boden herumgekrochen, unter den Betten, und habe die Quecksilberkügelchen gesucht. Ich hätte die Hochzeit absagen sollen, das war ein Zeichen, ich hätte einen anderen Mann heiraten sollen, einen, der mich nicht mitten im Leben verläßt, zu einer Zeit, da ich schon nicht mehr jung genug bin, um eine neue Familie zu gründen, und noch nicht alt genug zum Sterben.

Ich versuche, mich an andere Männer zu erinnern, aber es gelingt mir nicht, verschwommene Schatten tauchen vor mir auf, ich habe ja nie gewagt, einen anderen wirklich anzuschauen, ich habe immer nur ein Auge aufgemacht, mein ganzes Leben lang, das andere war entzündet vor Haß, zugeklebt mit gelbem Eiter. Was war es, das anzuschauen ich mich so fürchtete, der Glanz der Welt oder ihre Düsternis, ich habe auf Freunde verzichtet, auf Freundinnen, auf ein zweites Kind, und einen Moment lang bin ich sicher, wenn ich jetzt ein zweites Kind hätte, wäre alles anders, dann wären wir zu dritt, Noga und ich und der Kleine, drei sind eine Familie, während zwei nur ein verdammter Trost sind, und schon spüre ich neben mir das Kind, das nicht geboren wurde, seine runden, weichen Arme und Beine, mit seiner kindlichen Kraft klettert es auf mich, streichelt mir die Haare, legt sich auf meine Brust, und ich drehe mich um, ich habe das Gefühl, als lägen wir am Strand und angenehm warmer Sand würde mich bedecken, und Udi kommt aus dem Wasser, schüttelt seine salzigen Haare über mir und lacht, schau mal, was ich dir mitgebracht habe, er hält mir die Hand hin, aber die Sonne blendet mich, und ich sehe nicht, was er mir zeigen will, was ist es, frage ich vollkommen blind, und er sagt, du siehst es nicht, du siehst nicht, wie sehr ich dich liebe, und ich schreie, das Baby, paß auf das Baby auf, daß es nicht ins Meer läuft, es hat keine Angst, und Udi lacht, was für ein Baby, hier gibt es kein Baby, nur dich und mich, denn ich liebe dich für immer, glaub mir nicht, wenn ich dir einmal sage, daß es nicht so ist, und ich ersticke fast vor Glück, wälze mich im Sand wie eine riesige Katze, es ist mir egal, daß ich blind bin, Hauptsache, daß ich für immer geliebt werde. Wie gut es tut, das zu hören, flüstere ich, den Mund voll Sand, ich habe nämlich gerade geträumt, daß du aufgehört hast, mich zu lieben, du kannst dir nicht vorstellen, wie ich geweint habe, der Meeresspiegel ist angestiegen von meinen Tränen, und er lacht verächtlich, sein Lachen klingt mir in den Ohren. Hör auf zu lachen, das ist überhaupt nicht lächerlich, sage ich, aber er hört nicht auf, durch die geschlossene Tür klingelt es, ich wache erschrocken auf, es ist schon zwölf, das Telefon hört nicht auf zu klingeln, ich habe vergessen, bei der Arbeit Bescheid zu sagen, bestimmt suchen sie mich, es ist besser, nicht zu antworten, aber vielleicht ist es Udi, vielleicht kommt er aus meinem Traum zu mir, wie konntest du nur glauben, daß ich aufgehört habe, dich zu lieben, wird er lachend sagen, und ich nehme den Hörer auf, fast gelähmt vor Erwartung, und eine laute, unbekannte Stimme schallt mir entgegen, hören Sie, Ihre Tochter ist krank, kommen Sie schnell, um sie heimzuholen. Wer spricht, was ist mit ihr los, ich beiße fast in den Hörer, und die Stimme schreit, ich rufe aus dem Sekretariat an, sie hat fast vierzig Fieber, ich habe ihr Paracetamol gegeben, aber das Fieber geht nicht runter, wir versuchen schon seit einer Stunde, Sie zu erreichen, und ich werfe mir ein abgetragenes Hauskleid über und renne los, wie ich bin, ohne mich zu kämmen und ohne mir das Gesicht zu waschen, naß vom Schweiß des Traumes, und fahre mit fast geschlossenen Augen durch die blendenden Straßen.

Sie kauert in einem Sessel im Sekretariat, ihre Wangen sind glühend rot, und ihre Augen glänzen, als wäre sie liebeskrank, ihr großgewachsener Körper hat sich plötzlich zusammengezogen, ich nehme sie in den Arm, küsse sie auf die heiße Stirn, ich habe ihr eine zweite Tablette gegeben, aber es hilft nichts, berichtet die Sekretärin aufgeregt, so wenig wie Schröpfgläser bei Toten, lächelt sie mit dunkelrot gemalten, fast schwarzen Lippen. Hat jemand sie untersucht, frage ich, gibt es hier keine Krankenschwester? Sie sagt, leider ist sie gerade heute nicht im Haus, einfach Pech, sie betrachtet mich mißtrauisch, wir haben Sie überall gesucht, bei Ihrer Arbeit haben sie gesagt, Sie wären heute nicht gekommen, und bei Ihnen zu Hause ging niemand ans Telefon. Ich hatte etwas zu erledigen, murmele ich, aber ihr wachsamer Blick mustert zweifelnd meine wirren Haare, das abgetragene Kleid, meine geschwollenen Augen, und ich krümme mich unter ihrem Blick, so klar ist es, daß ich diese Nacht verlassen worden bin, daß ich eine Frau ohne Mann bin, eine Frau ohne Daseinsberechtigung, jeder kann mich demütigen.

Komm, Nogi, gehen wir nach Hause, sage ich leise, mit vielversprechender Stimme, als wäre unser Zuhause ein sicherer, heilsamer Ort, und sie hebt die Augen zu mir und fängt an zu weinen, ich kann nicht gehen, ich kann nicht auf den Beinen stehen, und die Sekretärin sagt, sie war die ganze Zeit wirklich heldenhaft, aber wenn die Mama kommt, will man gleich weinen, stimmt's, Süße, es gefällt uns, der Mama Sorgen zu machen. Ich bücke mich und versuche, sie hochzuheben, nur weg von da, sie legt mir die Arme um den Hals, schwach wie die Läufe eines gejagten Rehs, ihr Körper ist heiß und schwer, ich halte sie fest, komme aber kaum vorwärts, jeder einzelne Wirbel meines Rückens scheint unter dem Gewicht zu zerbröckeln, so schwer ist sie, und ich jammere, Udi, schau nur, was passiert ist, hilf mir, ich breche gleich zusammen, ich kann nicht mehr.

Im Korridor stehen Kinder an der Wand und schauen uns schweigend an, machen uns den Weg mit einer beängstigenden Höflichkeit frei, was denken sie, daß Noga tot ist, daß sie nie mehr wiederkommt? Er ist unendlich lang, dieser Korridor, diese Einsamkeit nimmt kein Ende, nur ich und meine kranke Tochter, unser großes Unglück, wir gehen gebückt wie Tiere, das Unglück wischt alles Menschliche weg, früher war es mir wichtig, wie ich aussehe, wie ich mich anhöre, jetzt stöhne ich laut, Rotz und Wasser läuft mir über das Gesicht, nichts interessiert mich, ich will nur das Auto erreichen und den kranken Körper auf den Rücksitz legen, aber ich schaffe es nicht, meine Füße zittern unter unserem gemeinsamen Gewicht, gleich werde ich zusammenbrechen, ein einziger Haufen Gliedmaßen, die ihre Lebenskraft verloren haben, und dann höre ich kurze Schritte, die rasch auf mich zukommen, ein glatzköpfiger Junge kommt angerannt und ruft, warten Sie, ich helfe Ihnen, ich habe noch nicht einmal die Kraft, mich umzudrehen, er ist kein Junge, er ist einfach klein gewachsen, ich erinnere mich, es ist ihr Geschichtslehrer. Er greift nach ihren Beinen, er hält schon den unteren Teil ihres Körpers, er zieht sie, als wäre sie eine Schubkarre, und als ihr Gewicht leichter wird, spüre ich um so stärker den Schmerz in meinem Körper, ich halte ihre Arme fest, folge seinen schnellen Schritten, damit ihr Körper nicht entzweigerissen wird. Als wir am Auto ankommen, bin ich schon fast erstickt vor Anstrengung, er rutscht schnell auf den Rücksitz und zieht sie hinter sich her, und zu meiner Überraschung bleibt er da sitzen, ihre Füße liegen auf seinen Knien, ich lege ihren Kopf auf den Sitz, streichle ihr noch einmal über die Stirn, sie atmet schwer, und sie hat die Augen geschlossen, als habe sie jedes Interesse an dem verloren, was geschieht. Danke, sage ich zu ihm und warte, daß er geht, ich kann seine Gegenwart schlecht ertragen, aber er bleibt sitzen, wie wollen Sie sie zu Hause die Treppe hochtragen, und ich sage noch einmal, danke, ich habe nicht daran gedacht, und unterwegs überlege ich erstaunt, woher weiß er, daß es bei uns eine Treppe gibt, woher weiß er, daß ich niemanden habe, der mir helfen könnte, und er, als fühle er mein Erstaunen, sagt ganz ruhig, Noga hat es mir heute morgen erzählt, was hat sie erzählt, frage ich aggressiv, und er sagt, daß ihr Vater weggegangen ist, und als ich diese Worte aus dem Mund eines völlig Fremden höre, wird mir ihre Gültigkeit klar, als hätte ich sie gerade jetzt im Radio gehört, eine Neuigkeit, die durch meinen Kopf galoppiert, Nogas Vater ist weggegangen.

So hat er sie früher hinaufgetragen, als sie ein Baby war und immer einschlief, wenn wir mit dem Auto wegfuhren, sie legte die Arme um ihn, mit einer Art verschlafenem Stolz, und wir gingen die Treppe hinauf, schweigend, damit sie nicht aufwachte und wir ein bißchen Zeit für uns hätten, er legte sie auf ihr Bett und ich zog ihr die Schuhe aus, dann schlossen wir sofort ihre Tür und machten erst dann Licht in einem der Zimmer an, und wenn wir dann nicht gleich ihr süßes Weinen hörten, atmeten wir erleichtert auf, wir waren wie Zwangsarbeiter, denen man unerwartet eine Pause gestattet hatte, wir schenkten uns ein Glas Wein oder Bier ein und gingen auf den Balkon, oder wir setzten uns eng umschlungen ins Wohnzimmer und sehnten uns insgeheim nach ihr. Doch jetzt wird sie von diesen haarlosen, kurzen Armen hinaufgetragen, er sieht aus, als wiege er nicht mehr als sie, aber ich kann heute nicht wählerisch sein, ich gehe hinter ihnen die Treppe hinauf, um sie aufzufangen, falls sie ihm aus den Armen rutscht, seine Beine schwanken auf den Stufen, aber er hält durch, sein Gesicht ist rot vor Anstrengung. Ich dirigiere ihn rasch zu Nogas Zimmer, dort läßt er seine glühende Last aufs Bett fallen, wischt sich den Schweiß von der Stirn, an seiner Hand glitzert ein Ehering, der funkelnagelneu aussieht, als habe er gerade gestern geheiratet, und ich beuge mich über Noga, wir sind zu Hause, sage ich leise, und sie stöhnt, mir tut der Kopf weh, ich möchte schlafen.

Schlaf, ich küsse sie auf die rote Wange, wenn du aufwachst, wird es dir besser gehen, ich ziehe ihr die Schuhe aus und breite eine dünne Decke über sie, es ist nur eine Grippe, versuche ich mir einzureden, was kann es sonst schon sein? Er verläßt mit mir das Zimmer, nimmt in der Küche ein Glas, füllt es mit Wasser aus dem Wasserhahn, ich habe vergessen, ihm etwas anzubieten, aber er kommt zurecht, ich werde das Gefühl nicht los, daß er schon einmal hier war, er schaut sich ohne jede Neugier um mit seinen runden, kindlich hellen Augen, ich biete ihm an, sich zu setzen, es ist mir unangenehm, ihm gegenüberzustehen, weil er kleiner ist als ich und ich gezwungen bin, die Lider zu senken, doch er sagt, ich muß los, gleich fängt die Stunde an, aber er zögert, etwas hält ihn zurück, und mir wird plötzlich klar, daß er Mitleid mit mir hat, er hat einfach Mitleid mit mir, ich bin eine, mit der man Mitleid hat, und ich habe keine Kraft mehr, so zu tun, als wäre ich nicht so eine. Er geht mit seinen kurzen Schritten auf die Tür zu, legt schon die Hand auf die Klinke und sagt leise, als verrate er mir ein

Geheimnis, Noga ist ein ganz besonderes Mädchen, und ich sage müde, danke, als hätte er mir ein Kompliment gemacht, dann schüttle ich mich und frage, was so Besonderes an ihr sei, und er sagt, in ihrer Seele verbergen sich große Schätze, wie untergegangene Luxusschiffe, man muß ihr nur helfen, sie zu heben, und ich frage, was ist, wenn niemand da ist, um ihr zu helfen, und er sagt, dann geht alles verloren.

Also das ist es, was Sie tun wollen, sage ich und betrachte ihn mit einem säuerlichen Lächeln, und er sagt, nein, nicht wirklich, ich unterhalte mich nur manchmal in den Pausen mit ihr, wenn ich sehe, daß sie allein ist, ich versuche, sie zum Sprechen zu bringen, sie tut mir leid, sie ist so verschlossen, die ganze Zeit verbirgt sie etwas, und ich sage, vielleicht verbirgt sie ihre inneren Schätze, damit niemand sie ihr wegnehmen kann, aber seine Worte vergrößern nur noch meine Angst, ich möchte, daß er samt seiner übertriebenen Sorge verschwindet, soll er sich doch um seine neue Frau Sorgen machen, nicht um meine Tochter, danke für die Hilfe, sage ich, und er nickt, rufen Sie an, wenn Sie etwas brauchen, Noga hat meine Nummer, und ich sage, klar, obwohl es mir nie einfallen würde, ihn anzurufen, ich fühle mich unbehaglich neben ihm, als kenne er Noga besser als ich, und das bedrückt mich und macht mir Schuldgefühle, aber als er die Treppe hinuntergeht, fühle ich mich schon wieder verlassen, allein gelassen mit einem Mädchen, dessen Vater weggegangen ist, was für eine Mutter bin ich, ich schaffe es nicht, den Vater bei uns zu halten, ich treibe ihn davon und weiß noch nicht einmal, wohin. Ich habe keine Möglichkeit, ihm eine Nachricht zukommen zu lassen, damit er sich ans Bett seiner kranken Tochter setzt, ihre Stirn streichelt, ihr in den Hals schaut und mit mir berät, was man tun soll, unglücklich gehe ich zurück in ihr Zimmer, ihre blonden Locken bedecken das Kissen, schlaf gut, meine Süße, sage ich leise, und wache gesund wieder auf, sage ich, aber plötzlich richtet sie sich auf, deutet mit einem zitternden Finger auf die Tür, als sähe sie einen Geist, wer ist das, schreit sie und reißt den Mund zu einer verzerrten Grimasse auf, wer ist gekommen, und ich umarme sie, hier ist niemand, Nogi, was siehst du da, und sie sinkt wieder auf das Kissen, stößt unverständliche Silben aus, als wäre sie wieder ein Baby, das noch nicht sprechen kann.

Das sind Fieberphantasien, sage ich mir, ich muß etwas tun, damit das Fieber sinkt, ich schiebe ihr zwei Paracetamol in den Mund, lasse sie Wasser nachtrinken, und sie schluckt gehorsam, mein Kopf platzt, murmelt sie, ich sehe nichts, und plötzlich wird mir klar, daß das nicht einfach eine Grippe ist, krampfhaft überlege ich, welche Symptome gehören zu einer Meningitis, irgend etwas mit dem Nacken, versuche den Kopf zu beugen, sage ich leise zu ihr und streichle ihren Nacken, und sie schreit, das kann ich nicht, ich kann den Kopf nicht bewegen, und ich, betäubt vor Sorge, renne zum Telefon, murmle wie ein Gebet Soharas Nummer, sie ist die einzige, auf die ich mich verlassen kann, nur sie wird mir helfen.

Antworte schon, flehe ich und presse den Hörer, und schließlich meldet sie sich mit einer dumpfen Stimme, als hätte ich sie aus dem Schlaf geweckt, sie klingt ganz anders als die heitere Stimme, die ich kenne, Sohara, schreie ich, Noga ist krank, ich bitte dich dringend, komm her und schau sie an, und sie zögert, ihre Stimme ist leise und seltsam, fast unhörbar. Im Moment ist es mir ein bißchen schwer, sagt sie, aber ich lasse nicht locker, ersticktes Weinen bricht aus meiner Kehle und umhüllt den Hörer, Sohara, ich habe Angst, daß sie etwas Schlimmes hat, bitte komm her und sag mir, was ich tun soll, und sie schweigt, was ist mit ihr, sonst ist sie immer so schnell bereit gewesen zu kommen, als hätte sie nur auf eine Einladung gewartet, und jetzt windet sie sich unwillig, in Ordnung, ich versuche zu kommen, sagt sie, als wäre der Weg von ihrer Wohnung plötzlich lang und gefährlich geworden. Verwirrt kehre ich zu Noga zurück, die Tabletten haben kaum eine Wirkung gezeigt, ich lege ihr ein feuchtes Tuch auf die Stirn, die Ärztin ist gleich da, sage ich leise, und sie jammert, Papa soll kommen, ruf Papa an, und ich spüre, wie mein Herz starr wird vor Schmerz, spitze Eisstücke rutschen über meinen Körper, Papa ist unterwegs, sage ich, man kann ihn nicht erreichen, bestimmt ruft er später an, und sie stöhnt, ihr Atem ist voller abgeschnittener, geschwollener Silben.

Ich sinke neben sie auf das Bett, drücke mich voller Trauer an sie, wie habe ich glauben können, daß es so leicht vorbeigehen würde, daß sie in die Schule geht und die Sache damit erledigt ist, daß ich mich meiner eigenen Kränkung hingeben kann, meinem eigenen Verlust, es ist doch egal, was mit mir geschieht, ich biete mich freiwillig an, bis an mein Lebensende allein zu bleiben, sie soll nur gesund werden, das ist alles, was ich will. Ihre fiebrige Hitze geht auf mich über, bis ich das Gefühl habe, selbst vor Fieber zu glühen, unter der dünnen Decke schmiege ich all meine Ängste an sie, all meine Gelübde, ich krümme mich in ihren Flammen, als wäre ich auf einen Scheiterhaufen gestiegen, so werden wir beide sterben, verloren und verlassen, wir haben kein Leben ohne ihn, das hätte ich von Anfang an wissen müssen, so haben wir gelebt, als gäbe es für uns kein Leben ohne ihn, ich schmiege mich in ihre Arme, als wäre sie meine Mutter und ich die Tochter, sie die Sonne und ich der Mond, ich bin bereit, einzuschlafen und nie mehr aufzuwachen, doch da sind auf einmal schnelle Schritte zu hören. Er ist zurückgekommen, denke ich freudig, er hat ihre Schreie gehört und ist zurückgekommen, er ist nicht fähig, uns wirklich im

Stich zu lassen, auch er hat kein Leben ohne uns, wir sind die kranken Glieder eines einzigen Körpers, aber da taucht die schmale Silhouette auf, immer überrascht sie mich mit ihrer Ankunft, auch wenn ich sie erwartet habe.

Wie geht es ihr, fragt sie, ihre Stimme ist noch immer kühl, und ich steige aus dem Bett und flüstere, sie hat hohes Fieber und starke Kopfschmerzen, ihr Nacken ist steif, sie ist nicht in Ordnung, ich stocke und füge mit erstickter Stimme hinzu, nichts ist in Ordnung, gar nichts, Udi hat uns verlassen, Noga hält das nicht aus, ich halte es nicht aus, er ist einfach aufgestanden und weggegangen, er hat noch nicht einmal gesagt, wohin er geht, alles wegen dieser verdammten Krankheit, ich schluchze, verzichte auf den letzten Rest meines Stolzes, ich möchte mich nur in ihren Armen verstecken, sonst nichts, ich möchte dort liegen wie ihr Baby. Sie betrachtet mich mit einem konzentrierten Blick, nicht im geringsten überrascht, es ist natürlich, daß du es so empfindest, sagt sie, aber man kann es auch anders sehen. Wie denn, ist es etwa auch eine Chance, bricht es aus mir heraus, fragend und aggressiv, und sie sagt, natürlich ist es eine Chance, denn in jedem Verlust liegt auch eine Erleichterung, stell dir vor, du kommst eines Tages nach Hause, und alles ist gestohlen, buchstäblich alles, du besitzt nichts mehr, es lohnt sich noch nicht einmal, aufzuzählen, was du nicht mehr hast. Ganz plötzlich werden deine Gedanken ruhig, du spürst eine tiefe Gelassenheit, fast so etwas wie Gnade, und du verstehst auf einmal, daß es keinen Kampf mehr gibt, weil es sinnlos geworden ist, zu kämpfen, daß du nachgeben mußt, weil du keine Wahl hast, du verlierst alles, aber du gewinnst eine tiefe Gelassenheit. Schau dich um, Na'ama, sagt sie leise, die Wände der Wohnung sind zusammengebrochen, aber das ermöglicht es dir, die Landschaft zu sehen, die in all den Jahren vor dir verborgen war, und ich höre ihr mit wachsender Verzweiflung zu, wie wagt sie es, mir jetzt ihre dummen Beispiele vorzubeten, was habe ich damit zu schaffen?

Schau erst, was mit Noga ist, schlage ich ihr vor, ich kann es kaum glauben, daß ich einmal durstig ihre Worte getrunken habe, sie geht zum Bett und atmet schwer, ihr Blick ist verschlossen, nicht von der Lebhaftigkeit, die ich so geliebt habe, ihre Hände tasten ernst über den schlaffen Körper, versuche, dich vorzubeugen, sagt sie, beuge den Kopf vor, ohne die Beine anzuziehen, und Noga schreit, laß mich, du tust mir weh, und Sohara läßt sie plötzlich los, ich kann sie unter diesen Umständen nur schlecht untersuchen, sagt sie, es könnte tatsächlich Gehirnhautentzündung sein, nach dem starren Nacken, aber ich habe keine Möglichkeit, die Untersuchung vorzunehmen, du mußt sie ins Krankenhaus bringen, oder zum Notarzt, und ich betrachte sie enttäuscht, so sehr habe ich an sie geglaubt, ich bin sicher gewesen, sie brauche Noga nur die Hand aufzulegen, schon würde sie gesund, wo sind ihre Wunderkräfte geblieben, der Duft des brennenden Räucherstäbchens, die beruhigenden Erklärungen, ohne das alles ist sie wie jeder andere Mensch, leer, dunkel, hilflos.

Es tut mir leid, sagt sie leise und verschwindet mit raschen Schritten aus dem Zimmer, ich folge ihr, hoffe aus Gewohnheit auf ein segnendes Wort, ihr spitzes Kinn ist mir so nahe, daß es mich gleich verletzen könnte, die Geburt des Menschen ist der Anfang seines Schmerzes, sagt sie langsam und ruhig, ich muß näher treten, um sie zu verstehen, es gibt eine alte tibetische Geschichte, von einer Frau, deren einziger Sohn krank wurde und starb, sie irrte durch die Straßen, trug seine Leiche auf den Armen und bat jeden, den sie traf, ihr zu helfen, ihn wieder zum Leben zu erwecken. Schließlich begegnete sie einem Weisen, der sagte, der einzige auf der Welt, der solch ein Wunder vollbringen könne, sei Buddha. Deshalb ging sie zu Buddha, legte die Leiche ihres Sohnes vor ihn auf die Erde und erzählte ihm, was passiert war. Buddha hörte ihr zu und sagte, es gibt nur einen Weg, dein Leiden zu beenden, gehe in die Stadt und bringe mir ein Senfkorn aus jedem Haus, an dessen Tür der Tod noch nie geklopft hat. Sofort rannte die Frau in die Stadt und ging von Haus zu Haus, aber sie fand kein einziges Haus, an dessen Tür der Tod noch nie geklopft hatte. Nachdem sie jedes Haus besucht hatte, verstand sie, daß sie die Forderung Buddhas nicht erfüllen konnte. Was hat sie dann getan, frage ich feindselig, und Sohara antwortet, sie nahm ruhig Abschied von der Leiche ihres Sohnes, ging zurück zu Buddha und bat ihn, sie die Wahrheit zu lehren, sie hatte verstanden, daß das Leben für uns alle nur ein Meer aus Leiden ist, und der einzige Weg der Rettung ist der Pfad, der zur Freiheit führt.

Was willst du von mir mit deinen schrecklichen Geschichten, fahre ich sie an, nachdem ich eine Weile angespannt geschwiegen und auf ein gutes Ende gewartet habe, was für eine Freiheit ist das, wenn meine Tochter krank ist und mein Mann uns verlassen hat, und sie sagt, aber das sind die wichtigsten Momente im Leben, die Momente, in denen sich ein Tor zur Erleuchtung öffnet, du bist aus großer Höhe herabgefallen, aber nun stehst du auf dem festen Boden der Wahrheit, und dein Sturz ist keine Katastrophe, sondern eine Chance, die Rettung in dir selbst zu finden, zu verstehen, daß letzten Endes nichts gut und nichts schlecht ist und es sich nicht lohnt, sich allzusehr aufzuregen. Wir müssen ohne Bindung und ohne Zorn leben, sagt sie feierlich, wir müssen das vollkommene Gleichgewicht erreichen, wir dürfen nicht alles von glücklichen Ereignissen abhängig machen oder vor unglücklichen zurückweichen, wir dürfen stürmischen Gefühlen keine Herrschaft über uns verleihen, weder guten noch bösen, und ich höre ihr ungeduldig zu, meine Erbitterung wächst, bis ich sie nicht mehr ignorieren kann. Ich unterbreche sie, aber was bleibt dann noch von mir, ohne meine Gefühle, das ist doch alles, was ich habe, willst du, daß ich starr und gefühllos bin wie eine Statue? Das geht doch nicht, das ist doch ungeheuerlich, was du da sagst, nun bricht es aus mir heraus, warum habe ich das nicht vorher gemerkt, was soll das heißen, sich nicht binden, willst du, daß ich meine Tochter dem Tod überlasse, daß ich die Wolken betrachte, während sie leidet? Was ist deine ganze Gelassenheit wert, wenn sie jedes andere Gefühl verdrängt? Das ist einfach ein weiterer Schritt auf den Tod zu, deshalb freut ihr euch über das Sterben, weil ihr keinen großen Unterschied zwischen Leben und Tod kennt, aber zu mir paßt das nicht, verstehst du, ich bin bereit, Leid zu empfinden, denn sonst könnte ich keine Freude fühlen, ich will nicht darauf verzichten, nie werde ich das wollen.

Sie betrachtet mich mit offenem Mißfallen, ihre Samtaugen verdunkeln sich, du irrst dich, Na'ama, ich sage dir nicht, daß du deine Tochter vernachlässigen sollst, ich spreche mit dir über etwas ganz anderes, über innere Freiheit, tibetische Mütter schicken ihre Kinder nach Indien, wo sie erzogen werden sollen, sie trennen sich für Jahre von ihnen, manchmal sogar für immer, aber sie tun das freiwillig, denn ihrer Ansicht nach ist die physische Anwesenheit der Kinder nebensächlich, das wichtigste ist die seelische Nähe, und in seelischer Hinsicht gibt es keine Trennung, und ich frage sie, was willst du mir damit sagen, sprichst du jetzt über Noga oder über Udi, und sie sagt, reden wir ein andermal weiter, du bist jetzt zu erregt, und ich muß nach Hause zu meiner Kleinen, sie braucht etwas zu trinken, und ich betrachte ihre verhüllten Brüste, die sich unter der Bluse mit

Milch füllen, und schäme mich meines Ausbruchs, jetzt habe ich es geschafft, auch sie zu vertreiben, sie läßt mich mit meiner kranken Tochter allein und eilt zu ihrem gesunden Baby zurück, mir ist noch nicht mal aufgefallen, daß sie ohne das Kind gekommen ist, plötzlich hat sie jemanden, der darauf aufpassen kann, ich bringe sie zur Tür und bleibe auf der Schwelle stehen und betrachte das heiße Wohnzimmer, es ist, als würde die Sonne oben über das Dach kriechen und die ganze Hitze auskotzen, die sie seit jenem Morgen gesammelt hat. Es ist erst ein paar Wochen her, daß Noga und ich hier eingetreten sind und Udi gesehen haben, wie er sanft umherging, das helle Kind in den Armen wiegte und flüsterte, still, still, und mir fällt wieder ein, wie unsere Beine auf der Schwelle gezittert haben, und dann verstehe ich alles.

16 Werde wach, werde wach, steh auf, Jerusalem, die du getrunken hast von der Hand des Herrn den Kelch seines Grimmes! Den Taumelkelch hast du ausgetrunken, den Becher geleert. Es war niemand von allen Söhnen, die sie geboren hat, der sie leitete, niemand von allen Söhnen, die sie erzogen hat, der sie bei der Hand nahm. Dies beides ist dir begegnet: – wer trug Leid um dich? – Verwüstung und Schaden, Hunger und Schwert – wer hat dich getröstet? Denn der Herr hat dich zu sich gerufen wie ein verlassenes und von Herzen betrübtes Weib; und das Weib der Jugendzeit, wie könnte es verstoßen bleiben!, spricht dein Gott. Ich habe dich einen kleinen Augenblick verlassen, aber mit großer Barmherzigkeit will ich dich sammeln. Ich habe mein Angesicht im Augenblick des Zorns ein wenig vor dir verborgen, aber mit ewiger Gnade will ich mich deiner erbarmen, spricht der Herr, dein Erlöser.

Ich krümme mich auf dem Teppich vor ihrem Bett, ich bin verzweifelt, eine erschöpfte Hündin, tröste mich mit alten Versen, Versen aus einem Buch, das er zurückgelassen hat, ein gemeinsames Schicksal verbindet uns hier in dieser heißen Nacht, wir werden nicht mehr gebraucht, nicht das Buch, das sich auf den Wellen von Zorn und Erbarmen bewegt, nicht das kranke Mädchen, in dessen Tiefen Schiffe untergegangen sind, und auch ich nicht, das verlassene Weib der Jugendzeit. In Ephraim ist allenthalben Lüge wider mich und im Hause Israel falscher Gottesdienst, wer hätte geglaubt, daß dies das Ende unserer Liebe sein würde, das

Ende, das sie vom Tag ihres Entstehens an begleitet hat. Plötzlich ergießt sich grausames Licht über die Welt, läßt kein einziges Geheimnis mehr zu, jetzt verstehe ich die Bedeutung seines häufigen, ziellosen Herumwanderns, die Bedeutung seiner zusammengezogenen Augenbrauen, wenn wir abends am Tisch saßen und er uns mit unruhigen Augen beobachtete, oder wenn er sich zwischen den Zimmern bewegte wie ein Spion im Feindesland, ich verstehe die Bedeutung seiner Zimmertür, die so früh abends schon hinter ihm zuging, und einen Moment lang tröste ich mich, vielleicht ist es besser so, es ist doch gar nicht so schwer zu verstehen, er war krank, sie hat ihn gerettet, auch ich habe mich fast in sie verliebt, in ihre dunkle Ruhe, in ihre erstaunliche Vernunft, auch ich hätte sie mir vorgezogen, Verstehen bringt Erleichterung, aber sofort rebelliere ich, was hat er mit ihr zu tun, sie ist eine vollkommen fremde Frau, und wir sind zusammen aufgewachsen, er ist nicht nur mein Mann, er bedeutet meine ganze Familie, meine Erinnerungen, ich habe nichts ohne ihn. Warum hat er mir nicht die Wahrheit gesagt, wochenlang hat er sie vor mir geheimgehalten, was sind die Worte wert, die wir während der ganzen Zeit miteinander gewechselt haben, Millionen von Worten gehen von einer Hand in die andere wie Münzen bei einem zweifelhaften Geschäft, auch wenn man im wichtigsten Augenblick alles verbirgt. Ich hätte es verständnisvoll akzeptiert, ich hätte zu ihm gesagt, es ist nur natürlich, daß zuweilen eine neue Liebe erwacht, sogar mir ist das passiert, all die Jahre habe ich es abgeleugnet, jetzt bin ich bereit, es zuzugeben, aber trotzdem ist es mir doch nicht eingefallen, dich zu verlassen, mir war klar, daß ich auf ihn verzichten mußte, sogar ohne große Schwierigkeiten, von dir erwarte ich gar nicht, daß du verzichtest, du sollst nur hierbleiben, bei uns, und uns nicht im Stich lassen. Vielleicht räumen wir hier ein

Zimmer für sie und das Kind frei und leben alle zusammen, erziehen die Kleine gemeinsam, nur damit wir uns nicht trennen müssen, aber sofort komme ich wieder zu mir und denke, was wünschst du dir da, die ganzen Jahre verzichtest du und verzichtest, und jetzt bist du sogar bereit, auf seine Liebe zu verzichten, Hauptsache, er bleibt bei dir, aber weinet nicht über den Toten und grämt euch nicht um ihn; weint aber über den, der fortgezogen ist; denn er wird nicht mehr wiederkommen und sein Vaterland nicht wiedersehen.

Noga schluchzt im Schlaf, und ich richte mich auf, streichle ihr über die Stirn und spüre ihren heißen Atem, ihre Krankheit lastet schwer und schrecklich auf mir, am Morgen werde ich keine Wahl haben, ein weißer Krankenwagen wird vor unserem Haus halten, mit weitgeöffneten Türen, Männer in strahlendweißen Anzügen werden ihren Körper auf eine Trage legen, erst vor wenigen Monaten, zu Beginn des Sommers, habe ich ihn so begleitet, es war eine schreckliche Übung für das, was mich morgen früh erwartet, aber heute nacht gehört sie noch mir, ich verzichte noch nicht auf sie, mit der Kraft meiner Liebe versuche ich, sie gesund zu machen, mit der Kraft seiner Liebe, er muß mir diese Nacht helfen, wenn er heute nacht nicht zurückkommt, kommt er nie mehr zurück, diese Wohnung wird nicht mehr sein Zuhause sein, dieses Mädchen wird nicht mehr seine Tochter sein, mein Körper wird nicht mehr sein Körper sein, da, wo ich ihn liebte, werden häßliche Narben entstehen. Für immer werden wir getrennt sein, wenn er heute nacht nicht zurückkommt, da sie von der Krankheit gequält wird, ich lege meinen Kopf auf ihr Bett, weine in ihre glühendheiße Schulterbeuge, bis zum Morgengrauen wird er mich dreimal verleugnen.

Sie streckt eine verschwitzte Hand nach mir aus, fährt mir grausam über das Gesicht, wo ist Papa, flüstert sie, Papa soll kommen, ein schlechter Geruch kommt aus ihrem Mund, ein Geruch nach angebranntem Brei, und ich sage, Papa wird kommen, sobald er kann, wird er kommen, und dann verlasse ich schnell das Zimmer, sie wird sterben, wenn er nicht kommt, sie hält das nicht durch, ich taste im Dunkeln nach dem Telefon, ich werde dort anrufen, ich werde Sohara sagen, daß er sofort kommen muß, sonst stirbt das Kind, und schon fange ich an zu wählen, von mir aus kann die ganze Welt aufwachen, Hauptsache, meine Tochter wird gerettet, doch in dem Moment, als mir ihre verschlafene Stimme antwortet, lege ich auf, meine Wörter füllen die Wohnung, ich kann ihn nicht zwingen zurückzukommen, sie muß ohne ihn gesund werden, sie darf nicht so abhängig von ihm sein, ich setze mich auf den Balkon, kühle Wolken dämpfen die Hitze, die Vorstellung ist aus, ich verstehe es plötzlich, der Vorhang ist gerissen, die Bühne zusammengebrochen, mir sind meine Grenzen offenbart worden, ich kann ihretwegen nicht die Welt verändern. All die Jahre schon vergeude ich meine Kräfte bei diesen vergeblichen Versuchen, strecke meinen Körper in ganzer Länge, um die Risse zu verdecken, von einem Jahr zum anderen wird das schwerer, und jetzt ist der Moment gekommen, vor dem ich mich gefürchtet habe, der Moment, da nichts mehr zu verstecken ist, denn die Wahrheit ist heftig und aggressiv wie Feuer, und sie zerstört mit ihrem Atem die Beete, die ich voller Angst angelegt habe. Schwerfällig stehe ich auf und gehe zurück in ihr Zimmer, die Dunkelheit in der Wohnung ist tief und bedrückend und bedeckt Nogas weißes, schlafendes Gesicht, die Haare, die schlaff auf dem Kissen liegen, und mit zerbrochener Stimme flüstere ich ihr zu, bevor es mir leid tun kann, er hat uns verlassen, Noga, er kommt nur dann, wenn er es will, er ruft nur dann an, wenn es ihm paßt, es wird Zeit, daß wir aufhören zu warten.

Doch früh am Morgen, als ein himmelblaues, künstliches Licht das Zimmer noch einhüllt, meine ich heftiges Klopfen an der Tür zu hören, ich schüttle den unruhigen Schlaf ab, siehe, ich will sie aus dem Lande des Nordens bringen und will sie sammeln von den Enden der Erde, auch Blinde und Lahme, Schwangere und junge Mütter, daß sie als große Gemeinde wieder hierherkommen sollen. Sie werden weinend kommen, aber ich will sie trösten und leiten. Ich will sie zu Wasserbächen führen auf ebenem Wege, daß sie nicht zu Fall kommen; denn ich bin Israels Vater und Ephraim ist mein erstgeborener Sohn. Die tröstlichen Verse, die ich die ganze Nacht gelesen habe, treten vor und jubeln wie Tote am Tag ihrer Wiedergeburt, laß dein Schreien und Weinen und die Tränen deiner Augen, mein Rücken ist steif, als ich versuche, vom Teppich aufzustehen, ich eile gebückt, mein Herz klopft wie verrückt, er ist zu mir zurückgekommen, mein Udi, er kann uns nicht verlassen, wir sind ein Volk, wenn auch mit zwei Königreichen, ein neuer Bund wird zwischen uns geschlossen, denn ich werde ihm verzeihen und seine Sünden nicht mehr erwähnen. Warum hat er geklopft und nicht aufgeschlossen, in einer Nacht ist er vom Bewohner zum Besucher geworden, wo ist sein Schlüssel, und ich nähere mich der Tür, voller Glück, seit meiner Wöchnerinzeit gab es nichts, was ich mir so sehr gewünscht habe, nur daß er am Morgen bei Sonnenaufgang käme, um Noga aus ihrer Krankheit zu retten und mich aus meinem Kummer, daß er zurückkäme und wir wieder eine Familie wären, und absichtlich ziehe ich die Zeit in die Länge, in der er an die Tür klopft, nur leise, aus Reue und Trauer. Tu mir auf, liebe Freundin, meine Schwester, meine Taube, meine Reine! Denn mein Haupt ist voll Tau und meine Locken voll Nachttropfen, bis das Klopfen aufhört und ich schnell den Schlüssel umdrehe, damit er es sich ja nicht anders überlegt und geht, und meine müden, brennenden Augen ziehen sich zusammen beim Anblick des alten Rückens, der langsam die Treppe hinuntergeht, beim Anblick des Gesichts, das sich zu mir umdreht, ein dunkles, faltiges Gesicht, halb verdeckt von einer schwarzen Sonnenbrille, und ich öffne den Mund zu einem enttäuschten Weinen, mir scheint, als öffnete er sich immer weiter, bis meine Lippen reißen wie bei einer Geburt, so groß ist die Enttäuschung, die mich zerreißt, sein Nichtkommen erschüttert mich noch mehr als seine Abkehr von uns, mein ganzer Körper wird gespalten von einem Schrei, Mutter, was machst du hier?

Ich bin gekommen, um dir zu helfen, sagt sie, die Stufen bringen sie wieder zu mir, und ich packe ihre Arme, ich umklammere ihre Knie in kindlichem Entsetzen, Mama, geh nicht weg, bleib bei uns, Mama, warum ziehst du dich an, warum ziehst du Schuhe mit hohen Absätzen an, warum machst du dich schön, ihre Knie bewegen sich von Zimmer zu Zimmer, und ich bin dazwischen, umfasse sie, versuche, sie zum Stolpern zu bringen, Mama, bleib da, Papa ist so traurig ohne dich, auch wir sind so traurig, bleib bei uns, und da ist ihre Hand auf meinen Haaren, ich muß, ich habe keine Wahl, sagt sie, alles wird gut, allen wird es besser gehen, aber niemandem ging es besser, vor allem ihr nicht, ob auch in ihren Ohren damals die teuflische Lüge widerhallte, eine Stimme ruft, du sollst aufstehen und gehen, und jetzt ist ihre Stimme heiser vom Rauchen, ihre Hände fahren mir durch die Haare, du mußt anfangen, sie dir zu färben, sagt sie, schau mal, wie viele weiße Haare du plötzlich hast.

Das ist nicht plötzlich, sage ich, du hast mich einfach schon lange nicht mehr gestreichelt, und ich halte mich an ihr fest und rapple mich mühsam hoch, ein krummer Schnabel öffnet sich mit einem hungrigen Lächeln, vor meinen

Augen breiten sich schwarze Flügel aus, und ich schlage um mich, um diese Flügel zu vertreiben, ich bin noch nicht ganz tot, schreie ich, laßt mich in Ruhe, ich darf nicht sterben, noch darf ich nicht sterben, und meine Mutter umarmt mich, genug, hör auf zu weinen, ich hatte überhaupt nicht gemerkt, daß ich weine, und dann dringt ein Schrei aus der Wohnung, ein Schrei, der mit seiner Düsternis das düstere Flügelschlagen um mich herum noch verstärkt, Papa?

Es ist nicht Papa, sage ich und laufe zurück zu ihrem Zimmer, in dem mir der Dunst einer schweren Krankheit entgegenschlägt, aber sie sitzt im Bett und deutet mit einem verzerrten Lächeln auf die Tür, ihre Augen sind rund und stumpf wie die Augen einer Puppe, Papa ist zurückgekommen, ruft sie und legt sich sofort wieder hin, als habe sie ihre eigene Stimme erschreckt, sie legt ihren Kopf auf das Kissen, atmet schwer und döst gleich wieder ein. War ein Arzt da, fragt meine Mutter mit ernster Stimme, und ich sage, nein, nicht wirklich, und sie schreit, was versuchst du zu beweisen, warum hast du keinen Arzt gerufen, willst du, daß ihr Zustand sich verschlimmert, nur damit du zeigen kannst, daß er auch ein Mörder ist? Du sollst mir keine Moralpredigt halten, schreie ich, ich brauche deine Hilfe, du hast doch gesagt, daß du gekommen bist, um mir zu helfen, und erst dann fällt es mir ein zu fragen, woher weißt du es überhaupt?

Udi hat mich angerufen, sagt sie mit einem Hauch von Stolz in der Stimme, und ich frage gespannt, von wo aus hat er angerufen, und sie antwortet, er hat gesagt, er wäre im Süden, in der Arava, glaube ich, er hat mich gebeten, mich um euch zu kümmern, und ich hebe wieder meine Stimme, er hat gewußt, daß Noga krank ist, hat er darüber etwas gesagt? Sie zuckt mit den Schultern, keine Ahnung, ich habe ihn kaum verstanden, aber ich betrachte sie zweifelnd, mir scheint, sie weiß mehr, als sie zugibt, und ich stehe vor ihr, begierig nach jedem bißchen Wissen.

Ich stolpere ihr nach in die Küche, starre die Fliesen an, nur nicht sie anschauen, schon seit Jahren weichen meine Blicke ihr aus, ignorieren, wenn sie mich ansieht, es gibt so viel, was man verbergen muß, den unendlichen Zorn auf sie und die Schadenfreude, die Trauer über ihre Schönheit und die Trauer über ihr Leben, die Angst, so zu sein wie sie, und die Angst, so zu sein wie er, wie mein Vater, und mir scheint, in dieser Nacht ist endlich die Entscheidung gefallen, das Pendel über meinem Kopf hat ausgeschlagen, ich bin wie er, auf der Seite derer, die verlassen werden, auf der Seite derer, die Schläge einstecken müssen, nicht auf der Seite der anderen, ich gehöre zu den Verlierern, nicht zu denen, die gefährlich werden können, hier ist mein Platz, an den muß ich mich gewöhnen. Anfangs sah alles anders aus, Udi hat immer meine Gene verleumdet, du bist genauso treulos wie deine Mutter, hat er mich angeschrien, am Schluß wirst du mich wegwerfen, so wie sie deinen Vater weggeworfen hat. In jahrelanger Anstrengung versuchte ich ihm zu beweisen, daß ich nicht so bin, daß ich treu bin, und jetzt ist die Wahrheit ans Licht gekommen, er, der immer über jeden Verdacht Erhabene, hat sich als treulos erwiesen und ich habe gesiegt, aber eigentlich habe ich verloren, ich muß mich vor ihr schämen, daß ich so besiegt worden bin, meine Minderwertigkeit ihr gegenüber ist auffallend, sie ist die schöne Frau, die Herzensbrecherin, und ich bin die Tochter mit dem gebrochenen Herzen, ich kann die Schande nicht mehr länger verstecken, ich lege meinen Kopf auf den Küchentisch, ich schäme mich so sehr, Mutter, bestimmt findest du mich jetzt so armselig wie Papa, und sie sagt mit weicher Stimme, da irrst du dich aber sehr, No'am, ich bin fast neidisch auf dich, es ist besser, auf der Seite der Verlassenen zu stehen, ich hebe überrascht den Kopf, alte Brotkrümel kleben an meiner feuchten Wange, du redest Unsinn, Mama, sage ich, ich wünschte, ich wäre es gewesen, die ihn verlassen hat, es tut mir um jeden Tag leid, den ich bei ihm geblieben bin, wie konnte ich ihm erlauben, für mich zu entscheiden, das ist es doch, was den Unterschied ausmacht, und sie sagt, manchmal ist es viel einfacher, wenn ein anderer für dich entscheidet, und ich widerspreche, wieso denn, du weißt nicht, was du da sagst.

Glaub mir, Na'ama, fährt sie eindringlich fort, derjenige, für den entschieden wird, erholt sich viel schneller als derjenige, der die Entscheidung trifft, du wirst schnell darüber hinwegkommen und dir ein besseres Leben erlauben, aber er wird mit der Verantwortung sitzenbleiben, mit Schuldgefühlen, mit Zweifeln, er weiß noch nicht, was ihn erwartet, du wirst schon sehen, daß du viel eher wieder zu Kräften kommst als er, aber mir kommt ihre Prophezeiung unwirklich vor, ich habe ihn doch gesehen, ich habe ihn gehört, er ist stark und berechnend, während ich in tausend Stücke zerbrochen bin, und trotzdem überraschen mich ihre Worte, und ich luge unter gesenkten Lidern zu ihr hinüber, schon immer hat sie es geschafft, mich zu verwirren, bis ich entschloß, sie nicht mehr verstehen zu wollen, bei ihr ist alles anders, verdreht, wenn sie glücklich ist, scheint sie unglücklich zu sein, und umgekehrt, seit Jahren weiche ich ihr aus, und jetzt hat er sie zu mir geschickt, an diesem verzweifelten Morgen versucht er, mein Leben auch aus der Ferne zu dirigieren, damit ich ihr in der Küche gegenübersitze, mit Brotkrümeln im Gesicht, verlassen und wütend wie ein kleines Kind, und zu ihr sage, warum hast du mir das angetan?

Ihre hellen Augen hängen einen Moment lang an der Tür, als erhoffte sie sich von dort Rettung, aber sofort fängt sie sich wieder, ich habe dir nichts angetan, sagt sie, es war nicht gegen dich, es war für mich, auch Mütter dürfen ein eigenes Leben führen, das ist kein Verbrechen. Auch wenn man seine Kinder liebt, fährt sie mit Mühe fort, als versuche sie, sich selbst zu überzeugen, muß man sich doch nicht ihretwegen umbringen, ich merke, wie mein Gesicht weiß wird, genau wie das Gesicht meines Vaters, wenn sie ihm etwas beweisen wollte, und ich frage, es wäre also wie Selbstmord gewesen, bei Papa zu bleiben? Übertreibst du nicht ein bißchen, wie kann man so einen Mann verlassen? Und sie sagt, hör auf, Na'ama, es hat keinen Sinn, jetzt über deinen Vater zu sprechen, aber ich bleibe stur, nun, da ich schon gewagt habe, zu fragen, werde ich nicht zulassen, daß sie mir die Antwort verweigert. Natürlich hat es einen Sinn, sage ich, ich will verstehen, wie du es dir erlauben konntest, einen Mann zu verlassen, der dich so geliebt hat, der nichts anderes wollte, als dich glücklich zu sehen, der nur mit dir und euren gemeinsamen Kindern zusammensein wollte, der mit vollen Einkaufskörben von der Arbeit zurückkam und sofort das Geschirr gespült hat, der das Essen gemacht und Geschichten vorgelesen hat, ein Mann, der nie wütend war, nie vorwurfsvoll, er war ein Engel, hast du dir etwa eingebildet, du verdientest etwas Besseres als das, hast du gewollt, daß Gott höchstpersönlich in dein Bett steigt?

Glaubst du, es ist ein besonders großes Vergnügen, mit einem Engel zu leben, zischt sie wütend, wer mit einem Engel lebt, wird zum Ungeheuer, verstehst du das nicht? Er war zu gut, sein Gutsein war schon nicht mehr menschlich, immer hat er nachgegeben, immer verzichtet, man konnte einfach nicht böse auf ihn sein, das konnte man gleich aufgeben, er hat immer versucht zu beschwichtigen, es war zum Verrücktwerden, es war schrecklich, als würde er ein Verbrechen sühnen, verstehst du? Ich schüttle den Kopf, nein, das verstehe ich wirklich nicht, warum war es so schwer, das Gute einfach zu akzeptieren, warum glaubst du nur an das Böse, und sie redet auf mich ein, hör zu, Na'ama, ich habe auch Jahre gebraucht, um es zu verstehen, anfangs ist es mir schwergefallen, an mein Glück zu glauben, aber dann habe ich immer mehr gefühlt, daß ich anfing, verrückt zu werden, er hat mich mit seiner Gerechtigkeit gequält, und ich protestiere, er hat dich gequält? Was redest du da, er war nicht imstande, einer Fliege etwas zuleide zu tun, erinnerst du dich, wie er Mitleid mit diesen armen Tauben gehabt hat? Und sie sagt, ich spreche von den versteckten Dingen, jeder Heilige wird schnell zum gefolterten Heiligen, und das ist es, was auch mit ihm geschah, das ist es, was mit mir geschah, ich fand mich bald in der Rolle des Folterknechts, er war so rein, daß ich schmutzig wurde, und ich schüttle noch einmal ablehnend den Kopf, ich verstehe es nicht, wie kannst du ihn beschuldigen, du bist wie jene Männer, die ihren Frauen ihre eigenen Versäumnisse vorwerfen.

Weißt du eigentlich, was es bedeutet, mit einer Leiche schlafen zu gehen, mit einer Leiche Liebe zu machen, fährt sie mich an, er war so leblos, daß ich keine Wahl hatte, ich habe ganz woanders das Leben gesucht, und sogar das hat ihn nicht wütend gemacht, im Gegenteil, manchmal kam es mir vor, als genieße er es, durch mein Leben am Leben teilzunehmen. Weil er dich so geliebt hat, sage ich leise, er war so glücklich mit dir, wir alle waren so glücklich, bis du unser Leben kaputtgemacht hast, und sie nimmt meine Hand, klammert sich mit aller Kraft an dieses Gespräch, das sie mit dem gleichen Widerwillen begonnen hat, mit dem man ein schmutziges Zimmer betritt, hat man aber erst einmal angefangen, es zu putzen, kann man gar nicht mehr aufhören. Wie glücklich er war, wenn es mir schlechtging, er war in seinem Glück eingekapselt, er hat mich überhaupt nicht gesehen, und ich war armselig und zugleich schuldig, weil ich es ja war, die alles kaputtgemacht hat, weil ich diejenige war, der nichts gereicht hat, und dabei wollte ich doch nur leben, ich wollte doch nur ein Mensch sein. Weißt du, was das ist, ein Mensch? Das ist beides, gut und schlecht, und er hat sich all das Gute genommen und mir das Böse aufgeladen, aber das war nicht wirklich, alles war irgendwie falsch, sowohl seine Rolle als auch meine. Ich senke den Kopf und mache die Augen zu, ich stelle mir vor, man würde mir vor dem Einschlafen ein Märchen erzählen, eine besonders schöne Geschichte, mein Kopf schwankt, ich habe das Gefühl, im Hof unseres alten Hauses zu stehen, ihr gegenüber, ich halte zwei neugeborene Kätzchen in den Händen, sie sind noch blind und verschmiert, und sie schreit mich an, laß die Kätzchen in Frieden, jetzt will ihre Mutter sie nicht mehr, so kleine Kätzchen darf man nicht anfassen, deinetwegen werden sie sterben, und ich lasse sie entsetzt fallen, und dann schreie ich sie an, ich nehme dir diese Geschichten nicht ab, deine kleinen Kinder haben es ja auch geschafft, mit einem zu guten Menschen zu leben, so schlimm ist das nicht, und sie senkt den Blick, ihre Lider zittern, ich habe gedacht, euch würde es ohne mich besser gehen, ich habe gedacht, ich schade euch nur, er war doch so ein wunderbarer Vater.

Aber nachdem sie weggegangen war, hörte er auf, unser Vater zu sein, er versank so tief in seinen Schmerz, daß er uns gar nicht mehr wahrnahm, all seine Hingabe versank in einem Meer von Kummer, als hätte es sie nie gegeben, sie hat recht, das war nicht wirklich, und ich war all die Jahre nur wütend gewesen auf sie, und sogar jetzt fällt es mir schwer, auf diesen Zorn zu verzichten, ich betrachte ihre gekrümmten Finger, als sie sich eine Zigarette anzündet, die Falten über ihrer Oberlippe ziehen sich zusammen, ihre Bewegungen sind noch immer würdevoll, als hätte sie ständig Dutzende von Zuschauern um sich, trotz ihres Alters und trotz ihrer Magenbeschwerden ist sie in ihrem bestickten Kleid noch immer beeindruckend, wie schön sie damals war, sie überfiel uns mit feuchten Küssen wie der Winterwind, verschwand und kam zurück, böse Pläne schmiedend.

Vielleicht war ich ebenfalls zu gut, ich habe mir doch immer Mühe gegeben, zu beweisen, daß ich nicht so bin wie sie, um Udi zu beruhigen, doch nach jenem Morgen war das nicht mehr möglich, ich war verdammt zur unablässigen Sühne für ein Vergehen, das nicht begangen worden war, und als ich jetzt daran denke, an diesen schönsten Morgen meines Lebens, wage ich zum ersten Mal, mich an seinen Einzelheiten zu erfreuen, ich verstehe nicht, warum ich nicht dort geblieben bin, am Fenster, als der erste Regen fiel, warum habe ich mich so beeilt, Udi hinterherzurennen, ein überflüssiges Hinterherrennen, das fast acht Jahre gedauert hat, nur um ihn zu beschwichtigen und zu besänftigen, ich hätte dort bleiben sollen, hätte ihn seine Kriege mit sich selbst ausfechten lassen sollen, mein Hinterherrennen war eine Demonstration von Schuld, Schwäche, Hilflosigkeit, alles das, was es ihm gestern abend erlaubt hat, mich zu verlassen. Weißt du, er hat eine andere, sage ich, weißt du, daß er mich wegen einer anderen verlassen hat? Ich sage es leise, und sie zieht die Schultern hoch, ihre blauen Augen blinzeln in dem dunklen Gesicht, das ändert nichts, wirklich nicht, er ist wegen sich selbst weggegangen, und ich sage, weißt du, ich wollte ihn vor ein paar Jahren verlassen, aber ich bin dageblieben, weißt du, daß mich jemand geliebt hat? Sie streichelt meine Schulter, man wird dich noch lieben, Na'ama, das verspreche ich dir, aber ich kann kaum noch glauben, daß es einen Mann gegeben hat, mit krausen Haaren auf der Schulter, der mich genug liebte, um mich loszulassen. Ich weiß noch, wie er sich über meine Schenkel gebeugt hat und ich ganz kurz seine Schulter berührt habe, und da hob er den Kopf zu mir, er hatte ein blaues Auge und ein graues, und beide waren traurig, was hat er mir damals versprochen, was hat er mir zu sagen versucht, und ich jammere, statt bei ihm geblieben zu sein, statt seine Liebe zu genießen, wollte ich Udi besänftigen, Noga festhalten, alle zusammenkleben, aber danach stimmte nichts mehr.

Auch davor hat nichts gestimmt, sagt sie, und ich protestiere, was redest du da, weißt du nicht mehr, wie gut es uns gegangen ist, als Noga geboren wurde, wir waren so glücklich, bis ich alles kaputtgemacht habe, und sie lacht, glaubst du das wirklich? Er war neidisch wie ein kleines Kind auf die Aufmerksamkeit, die du ihr geschenkt hast, er wollte, daß du dich nur um ihn kümmerst, erinnerst du dich nicht mehr, wie krank er war, als sie geboren wurde, und ich erschrecke, wieso denn, er hat sich sofort in sie verliebt, stundenlang hat er sie herumgetragen, er hat sie gewaschen, ist nachts für sie aufgestanden, und sie sagt, aber auch das war ein Teil seines Machtspiels, er wollte dich erniedrigen, er wollte dir zeigen, daß er sogar auf diesem Gebiet besser ist als du. Du übertreibst, Mutter, sage ich, und sie bekennt, gut, vielleicht übertreibe ich ein bißchen, ich war schließlich nicht viel bei euch, aber trotzdem war ich oft genug hier, um zu sehen, daß es auch vor dem Unfall Probleme gegeben hat, und ich höre seltsam verwirrt zu, so wie man guten, aber zweifelhaften Nachrichten lauscht, und plötzlich habe ich das Gefühl, daß es im Haus brennt, ich atme mit offenem Mund ein, eine Welle von Hitze kommt mir entgegen, eine schwache Stimme ist zu hören, was für ein Unfall, und noch einmal, was für ein Unfall? Und ich atme erleichtert auf, Noga wird gesund, da steht sie auf ihren eigenen Beinen, lehnt an der Wand, ihr Blick ist klar, aber wie lange steht sie schon da, was von dem, was wir gesagt haben, hat sie gehört? Meine Mutter senkt die Augen, und mir ist klar, daß sie Noga längst gesehen und trotzdem weitergeredet hat, ich strecke die Hand aus und ziehe Noga zu mir, setze sie auf meinen Schoß, ihr Körper ist weich, der Körper eines kleinen Kindes, und ich spüre plötzlich ein angenehmes Stechen in den Brüsten, als schieße mir die Milch für sie ein, gleich werde ich meine Bluse aufknöpfen und sie stillen, und ich drücke sie an mich und flüstere, du bist Papa aus der Hand gefallen, du warst zwei Jahre alt, eine Plastikwanne voller Wasser, die das Hausmädchen der Nachbarn draußen vergessen hatte, hat dir das Leben gerettet.

17

Wie in Kriegszeiten, wenn die Männer eingezogen worden sind, um ihr Leben an der Front zu riskieren, und nur noch Frauen und Kinder zurückgeblieben sind, so leben wir, drei Frauen in einer Wohnung, die sich vollkommen verändert hat und aussieht, als wäre sie noch nie von einem Mann betreten worden. Zum Schlafen überlasse ich meiner Mutter das Doppelbett, dessen Anblick mich ohnehin traurig stimmt, und klappe wieder einmal das Sofa im Wohnzimmer auf, es streckt mir seine samtigen Arme entgegen, zieht mich in eine weitere qualvolle Nacht, mir ist, als würde die Sonne noch immer auf die Betondecke über mir knallen, ihre grauen Strahlen verbrennen mich, tätowieren mir Zeichen der Eifersucht in die Haut. Dort liegt er, in ihrem Bett, sein Körper, der in meinen Armen herangewachsen ist, bewegt sich brünstig mit ihrem geschmeidigen Körper, lang und schmal wie der Körper einer Schlange, und ich trommle ihm auf die Schulter, ich will bei euch sein, laßt mich nicht allein hier zurück, ich verspreche auch, daß ich nicht hingucke, laßt mich nur neben euch schlafen, aber er ist in sie versunken, er spürt mich überhaupt nicht, ich kann mir nur schwer vorstellen, wie er in diesem Moment aussieht, denn ich war ihm immer zu nahe, habe die Augen zugemacht. Ich kann ihn kaum von der Seite sehen, ich kann nur die Zartheit spüren, die er in Momenten der Nähe ausstrahlt, eine wunderbare, einzigartige Wärme. Ich versuche, mich zu erinnern, wie er Liebe macht, ich lege seinen Körper neben mich auf das Sofa, wie macht man Liebe, ich strecke die Hände aus, wie spaltet man Lippen, wie öffnet man einen Körper, der sich zusammenkrümmt, wie passiert dieses Wunder, ich bin so weit von Liebe entfernt, daß ich sie mir kaum mehr vorstellen kann, ganze Nächte habe ich hier allein gelegen, während er im anderen Zimmer schlief, hinter der verschlossenen Tür, warum habe ich mich nicht mitten in der Nacht in sein Bett gestohlen, wie ein Kind nach einem schlimmen Traum ins Bett seiner Eltern kriecht, warum habe ich mich nicht in seine Arme gedrängt, wie sie es jetzt macht, die ihm die dunkle Brust, prall von Milch, in den Mund drückt, und er saugt und saugt, ich trommle auf das Bett, er gehört mir, er gehört mir, er darf nicht an einer anderen Frau saugen, und da ändert sich das Phantasiebild und wird nur noch schlimmer, jedesmal wenn ich die Augen zumache, sehe ich sie auf einem großen Bett liegen und zwischen ihnen das Kind, und dann mache ich schnell das Licht an, zitternd vor Wut, das kann nicht sein, er wird nicht mit einem fremden Baby in einem Bett liegen, er wird seine Tochter nicht betrügen, und wieder sehe ich ihn im Wohnzimmer umhergehen, das helle Baby im Arm, still, still, still.

So waren die Schritte meines Vaters, damals, in jenen schwarzen Nächten, immer wieder hatte ich seine Schritte im Haus gehört, wenn ich einzuschlafen versuchte und den Schlaf an einem dünnen Faden zu mir heranzog, so wie man einen Drachen zieht, komm schon, komm herunter, und wenn er endlich fast bei mir war, hatten die nachlässigen Schritte meines Vaters den Faden zerrissen. Nacht um Nacht hatte ich meine Mutter verflucht und ihr alles mögliche an den Hals gewünscht, daß sie bis an ihr Lebensende allein bleiben möge, daß sie früh altern, daß sie verunstaltet sein möge. Oft wachte Jotam auf und weinte, Mama soll kommen, dann machte ich in meinem Bett Platz für seinen rundlichen Körper, der von Tag zu Tag mehr zusammenschrumpfte, niemand außer mir merkte, daß er aufgehört hatte zu essen und auch nicht mehr lächelte, nicht weinen, sagte ich immer zu ihm, morgen gehen wir zu Mama, aber als sie kam, um uns zu holen, floh ich in die Orangenplantagen, ich wollte mich an die neue Wohnung in der Stadt nicht gewöhnen, ich konnte meinen Vater nicht allein zurücklassen, obwohl er so sehr in seinen Kummer versunken war, daß er uns ohnehin kaum wahrnahm. Abends rief ich ihn zum Essen, ich sah, wie er trockenes Brot in Sauermilch tauchte und langsam, wie im Schlaf, kaute, gehst du nicht zu deiner Mutter, fragte er mich, und ich sagte, ich bleibe bei dir, obwohl er mich nicht darum gebeten hatte und obwohl meine Anwesenheit vielleicht eine Last für ihn war. Als ich endlich zu ihr kam, kühlte mein Haß ab, es fiel mir leichter, sie aus der Ferne zu hassen als aus der Nähe, und auch jetzt, da sie im Nebenzimmer schläft, strahlt eine seltsame Ruhe von ihr auf mich aus, die Ruhe weicher Gefühle, die in Kellern versteckt gewesen sind, in Taubenschlägen, auf Dachböden, und plötzlich hervorzukommen wagen. Jahrelang habe ich der Verführung widerstanden, habe mich geweigert, sie zu lieben, die Mörderin meines Vaters, sogar nach seinem Tod weigerte ich mich, ich war nur bereit, ihr Noga zu überlassen, nicht mich selbst, befriedigt sah ich zu, wie sie ihre Abende schlafend vor dem Fernseher verbrachte, vor jenen Schauspielerinnen, die sie früher an Schönheit übertroffen hatte, das sagte jeder, und nun, zum ersten Mal, ist ihr ein Spalt geöffnet worden und sie hat sich sofort hineingedrückt, sie hat nicht lange gewartet, sie hat sich eine neue Rolle erfunden, eine Mischung aus Trauer und Ergebenheit, Stolz und Zurückhaltung, als wäre sie eine traurige, geachtete Witwe, keine grausame Mörderin, aber mein Zorn auf sie läßt nach, verglichen mit meinem Zorn auf Udi, und selbst der verblaßt und wird müde.

Ich zwinge mich, in kleinen Schritten zu denken, ich konzentriere mich vollkommen auf Nogas Schwäche, langsam und mit großer Mühe trennt sie sich von der Krankheit, es ist wie die Trennung Liebender, deren Körper sich aneinanderschmiegen und nicht voneinander lassen wollen. Die meiste Zeit schläft sie, und selbst wenn sie wach ist, wird sie noch vom Schlaf begleitet, er sitzt neben ihr in der Küche, wenn sie ein paar Löffel Hühnersuppe ißt und ein bißchen heißen Tee trinkt, und er begleitet sie, wenn sie wie eine Schlafwandlerin ins Bett zurückkehrt. Hypnotisiert vor Angst, beobachte ich sie, als wäre sie ein verdächtiger Gegenstand an einer Bushaltestelle, ich betrachte das fiebrige Durcheinander von Laken und Decken, als würde irgendwann ein völlig anderer Mensch aus dem Bett steigen. Ihre verschlafene Schweigsamkeit ist mir bequem, ich habe Angst, sie könnte mich an ihrem Schmerz teilhaben lassen, und wundere mich über meine Mutter, die das Fieber und die wenigen Schlafpausen gelassen hinnimmt. Eines Nachts, als ich ein Laken über das Sofa breite, kommt meine Mutter mit einer brennenden Zigarette zu mir, du schadest dem Kind, sagt sie, du darfst nicht so viel Mitleid mit ihr haben, vor lauter Mitleid weichst du vor ihr zurück, und ich nicke schweigend, ihre Worte treffen mich, weil sie wahr sind, aber was kann ich tun, wie soll ich aufhören, mir Sorgen zu machen, wie kann ich mein Mitleid überwinden, wenn man aufhört, sich Sorgen zu machen, hört man auf zu lieben, nicht wahr? Das ist es doch, was Liebe bedeutet.

Liebe braucht sie, fährt meine Mutter fort, sie braucht weder Schutz noch Mitleid, niemand muß sich vor ihr fürchten, kannst du sie nicht einfach liebhaben? Ich krümme mich, ihre Augen in dem ernsten, harten Gesicht sehen jung aus und ärgern mich mit ihrer erstaunlichen Lebhaftigkeit, ich blicke zu der Wand hinter ihrem Rücken, dort hängt ein altes Bild in einem verstaubten Rahmen, Jotam und ich erstarrt in einer ungeschickten Umarmung, ich bücke mich zu ihm und halte ihm einen Keks hin, er lächelt, und hinter uns ist unser altes Haus mit dem roten Ziegeldach zu sehen, und ich sage, vielleicht kann ich wirklich nicht lieben, Liebe ist ein Luxus, nur wenn alles andere in Ordnung ist, kann man lieben. Traurig betrachte ich meinen kleinen Bruder, sein Gesicht ist ausdrucksvoll wie Nogas, es kommt auf mich zu, ihn habe ich wirklich geliebt, wie einen Teddybär habe ich ihn geliebt, und er hat gebrummt in meinen Armen, ich war der Wolf und er der Bär, und wir tobten im großen Bett unserer Mutter herum, bis es zum Bett unseres Vaters wurde und unter seinem Gewicht immer tiefer sank. Jotam verschwand fast in seinem Knochengerüst, und niemand sah es, nur ich versuchte, ihn zu retten, und vielleicht verwandelte sich damals die Liebe in einen Schreckensschrei, fast bin ich schon soweit, es ihr vorzuwerfen, glaubst du etwa, daß du lieben kannst, aber es ist sinnlos, so hat Udi mir immer den Ball zurückgeworfen, als würde er brennen, ohne einen Moment lang nachzudenken, was er damit anrichtet, und plötzlich ergreift mich Staunen, als ich an ihn denke, früher war Udi hier, aggressiv, nervös, mit schmalen, unruhigen Augen in dem dreieckigen Gesicht, und jetzt ist er nicht hier, und einen Moment lang ist es mir egal, wo er sich jetzt aufhält. In mir hat sich eine seltsame Ruhe ausgebreitet, denn ich habe hier eine Tochter, und ich muß lernen, sie zu lieben, weit weg von seinem spitzen Schatten, weit weg von seiner Eifersucht und seiner schlechten Laune, und wieder blicke ich zu dem Bild hinüber, wir haben nicht gewußt, was sich unter dem roten Dach verbarg, aber was ist Schlimmes daran, wenn man die Augen zumacht, warum muß man Kindern die Wahrheit ins Gesicht schleudern und verlangen, daß sie damit zurechtkommen.

Die Jahre der Lüge waren um vieles besser als die Jahre der Wahrheit, sage ich zu meiner Mutter, du siehst doch, wie gut es uns ging, war es wirklich unmöglich, noch ein paar Jahre auszuhalten? Sie senkt den Kopf, noch immer trägt sie ihre dunklen Haare zu einem Pferdeschwanz zusammengebunden, so fest, daß ihre Gesichtshaut nach hinten gezogen wird, glaubst du, ich hätte es nicht versucht, sagt sie, nichts ist leichter, als zu lügen, aber das stimmt nicht, auch ein Kind kann nicht ewig in einer vorgegaukelten Wirklichkeit leben. Ich widerspreche, Jotam hätte es gekonnt, schau dir seine Existenz doch an, er hält es in der Realität nicht aus, er zieht durch die Welt wie ein Geisterschiff, vielleicht ist Noga ja wie er, vielleicht schafft sie es auch nicht, und sie sagt, Noga wird es schaffen, sie hat eine gute Mutter, besser als die, die du hattest, und mir läuft ein Schauer über den Rücken, ihr trauriges Kompliment ist mir nicht angenehm, komm, schlafen wir, sage ich, und sie zieht mich an sich und streichelt mir langsam über das Gesicht, als wäre sie blind, ihre Finger verströmen den Duft von Parfüm und Zigaretten, und als ich mich auf das Sofa lege, denke ich, daß er mein Gesicht nie mit diesem Ernst gestreichelt hat, mit dieser vollkommenen Aufmerksamkeit, und vielleicht hätte ich auch darauf nicht zu verzichten brauchen.

Und das ist nur der Anfang einer heißen, trüben Welle, die aus den Tiefen aufsteigt und mich überschwemmt, schwer vor Groll laufe ich in der Wohnung umher, spüre, wie die Wut in mir klopft und herauswill, wie habe ich nur zulassen können, daß er mein Leben besetzt, nichts davon blieb mir allein, wie konnte ich mein Studium aufgeben, nur wegen seiner blöden Eifersucht, du hast doch schon einen Abschluß, hatte er gesagt, warum mußt du dich dann in der Universität herumtreiben, als hättest du kein Baby zu Hause, wie konnte ich auf meine Freundinnen verzichten, er war überzeugt, sie würden mich gegen ihn aufhetzen, und wenn ich mit ihnen verabredet war, war ich immer mit Tränen in den Augen angekommen, wegen eines Streits, allmählich gewöhnte ich mich an diese Einsamkeit, nur er und ich und dann Noga, und meine Arbeit, die er allerdings auch zweifelnd betrachtete, es war eine Art Hausarrest, mit dem ich mich abgefunden hatte, der mir fast angenehm geworden war, ein Leben ohne Verlockungen, ohne Gefühle, und allmählich glaubte ich, wenn es mir so leicht fiel, auf alles andere zu verzichten, war es wohl wirklich nicht wichtig. Warum war es mir so bequem, meine eigene Kraft zu verleugnen, mich seinen Wünschen zu unterwerfen, die immer stärker waren als meine, noch vor jener Schuld, die er unbarmherzig auspreßte, Tropfen für Tropfen, auch dafür mußte ich mich ständig entschuldigen, ich versteckte meine Schönheit, statt sie zu genießen, und jetzt ist nicht mehr viel davon geblieben, jedenfalls nicht genug für den Rest meines Lebens. Der Gedanke an den Rest meines Lebens wirkt so bedrohlich, daß ich mich wild gegen ihn wehre, das braucht mich jetzt nicht zu kümmern, ich möchte doch nur, daß die nächste Stunde vergeht und dann die übernächste, und sie soll ihre Vorgängerin sofort verwischen, jede Stunde verwischt die vorangegangene, nur dafür kommen sie doch. Es sind Tage ohne Wünsche, denn da ist unsere abgeschlossene Wohnung, keiner geht und keiner kommt, nur meine Mutter kauft manchmal ein, das Geräusch ihrer Schritte im Treppenhaus läßt mich erzittern, ebenso das Drehen des Schlüssels in der Wohnungstür, das Rascheln der Plastiktüten auf dem Küchentisch, aber ich schaue sie nur an und schweige, wir schweigen die meiste Zeit, alle drei, nur die notwendigsten Worte kommen aus dem trockenen Mund wie Korken aus dem engen Hals einer Weinflasche, Korken, die eher zerbröckeln, als daß sie sich herausziehen lassen. Sogar die Waschmaschine schweigt, auch das Telefon klingelt selten, und wenn einmal jemand anruft, meist von der Arbeit, verkündet meine Mutter mit fester Stimme, ich sei krank, sie überzeugt sogar mich, ich lege mich schlafen mit dem dumpfen Gefühl, eine Krankheit auszubrüten, die sich noch nicht für den Hals oder den Kopf entschieden hat, für den Bauch oder den Rücken, Udi wird zurückkommen, murmele ich, Udi wird zurückkommen, und gegen Morgen kommt er dann immer, er überrascht mich, tritt in das dunkle Zimmer, weckt mich aus meinem schweren Schlaf und wirft Geschenke auf mich, im allgemeinen sind es Schuhe, drei Paar Sandalen, völlig identisch, und zwei Paar Hausschuhe, alle für ihn, nicht für mich, und wenn ich ihn frage, wofür brauchst du das ganze Zeug, ich habe dir doch gerade erst Sandalen gekauft, lacht er nur glücklich, er ist so glücklich, daß ich ihm nicht die Freude verderben will, ich lache mit ihm über diesen Witz, fünf Paar Schuhe in einer Nacht, was für ein Jux, und am Morgen wache ich enttäuscht auf, aber meine Enttäuschung läßt langsam nach, löst sich allmählich in der Wohnung auf, verschwindet durch die Ritzen der Rolläden, bis ich mich manchmal von der Freude des Weckers anstecken lasse, endlich störe ich niemanden mehr.

Und als ich nachts schnelle Atemzüge auf meinem Gesicht spüre, denke ich, er ist zurückgekommen, er ist zurückgekommen, aber trotzdem wende ich das Gesicht zur anderen Seite, noch nie habe ich einschlafen können, wenn wir uns gegenüberlagen und uns mit geschlossenen Augen ansahen, aber dann höre ich Noga flüstern, ich kann nicht mehr schlafen, ich habe so viel geschlafen, ich mache ihr Platz, und sie schmiegt sich an mich, der Geruch nach Krankheit umgibt mich, obwohl ihre Stirn nicht mehr heiß ist, und für einen Augenblick kommt es mir vor, als bebe die Erde, bis ich verstehe, daß ihr an mich gedrückter Körper vom Weinen geschüttelt wird, und ich werde nervös, warum läßt sie mich nicht in Ruhe, woher soll ich die Kraft nehmen, sie zu beruhigen, aber dann überkommt mich plötzlich eine seltsame Gelassenheit, vielleicht ist es gar nicht meine Aufgabe, sie zu beruhigen, vielleicht muß ich nur bei ihr sein, ich lege meine Arme fester um sie, mein Weinen trifft auf ihres, wir schluchzen gemeinsam wie zwei verlassene Waisenkinder.

Aber wir haben eine Mutter. Morgens werden wir von Kaffeeduft geweckt, wir bekommen Rührei und Tomaten, und nachdem wir ein paar Tage kaum etwas gegessen haben, stürzen wir zum Tisch, kichernd wie Freundinnen, die sich nachts ihre Geheimnisse erzählt haben, und meine Mutter betrachtet uns mit einem zweifelnden Blick, so wie sie früher manchmal Jotam und mich angeschaut hat, und mir fällt auf, wie die beiden sich ähnlich sehen, nicht in den Farben, aber sie haben die gleichen feinen Gesichtszüge, die gleichen hohen Wangenknochen und den fein gezeichneten Mund, wie schön sie ist in ihrem bunten Pyjama und den lose zusammengebundenen Locken, wie angenehm ist es, ihre Schwester zu sein, anstatt die schwere Aufgabe einer Mutter zu übernehmen, und nach dem Frühstück lasse ich für sie Wasser in die Badewanne, sitze neben ihr, auf dem Klodeckel, und betrachte ihren Körper, der sich in dieser Woche verändert hat, ihr Babyspeck ist durch das hohe Fieber geschmolzen und hat sie länger und dünner zurückgelassen, mit zwei kleinen Wölbungen auf der knochigen Brust, sie macht sich die Locken naß, bis sie sich in die Länge ziehen und ihr über den Rücken hängen, und sagt, komm doch auch rein. Nein, sage ich, wieso, ich habe mich gestern abend gewaschen, aber schon ziehe ich das Nachthemd aus und steige zu ihr ins Wasser, auch mein Körper ist leichter geworden, Knie an Knie sitzen wir da, versunken in eine angenehme Verlegenheit, fast ohne uns zu berühren, ihre Anwesenheit schenkt mir eine ungekannte Ruhe, ich bin nicht allein, ich habe eine Tochter, und diese Erkenntnis mildert die Einsamkeit, statt sie zu verschärfen. Es ist mir angenehm, zu spüren, wie sich das Wasser zwischen uns bewegt, wie es auf ihre Bewegungen reagiert, und in der Küche spült meine Mutter Geschirr, wie früher am Schabbat, im alten Haus, gleich wird sie uns in große Handtücher wickeln, und ich höre, wie sie einen Telefonanruf beantwortet, ja, sie ist wieder gesund, sagt sie und kommt ins Badezimmer, das Telefon in der Hand, mit einer feierlichen Bewegung hält sie es Noga hin, und ich tauche mit dem Gesicht unter Wasser, als wäre ich in der Mikwa, bis über den Kopf versinke ich, es bekommt mir nicht, Bruchstücke von ihrem Gespräch aufzufangen, nur gedämpft höre ich ihre Stimme, wie sie aufgeregt von ihrer Krankheit erzählt wie von einer Heldentat, für die man sich von Minute zu Minute mehr begeistert.

Also, wann sehe ich dich, Papa, fragt sie schließlich, als erwarte sie eine Auszeichnung, dann nickt sie und hält mir den nassen Hörer hin, und er sagt mit einer weichen Stimme, Na'ama, es tut mir leid, ich habe nicht gewußt, daß sie krank war, und ich seufze erleichtert, ich habe das Gefühl, daß dies das einzige war, was ich hören wollte, eine entschiedene Aussage, die jedes Mißtrauen zerstreut, wenn er es gewußt hätte, wäre er gekommen, und ich freue mich, daß er sich so weit entfernt anhört, als würden uns viele, viele Kilometer trennen, er hat uns nicht verleugnet, er war einfach nicht in der Nähe, er hat sich nicht in ihrer Wohnung vor uns versteckt, hat uns vielleicht nicht einmal ihretwegen verlassen. Hauptsache, es geht ihr wieder gut, sage ich, und was ist mit dir, wo bist du, und er sagt, ich bin noch im Süden, ich komme in ein paar Tagen zurück, dann möchte ich Noga treffen, und ich sage, in Ordnung, kein Problem, ich lächle den Hörer an, aber plötzlich weiche ich zurück und lasse ihn aus der Hand fallen, ich sehe, wie er kippt und langsam auf den Boden der Badewanne sinkt. Mir war, als hätte ich neben seiner weichen Stimme, die in mir das Gefühl weckte, etwas verpaßt zu haben, als hätte ich im Hintergrund das Weinen eines kleinen Kindes gehört.

18 Am achten Tag beenden wir die Trauerzeit und gehen hinaus in die Welt, die sich bis zur Unkenntlichkeit verändert hat, ein steiler Krater hat sich aufgetan, unmittelbar vor unseren Füßen, uns erwartet ein riesiger Rachen, erstarrt in einem furchtbaren Gähnen, noch ein kleiner Schritt, und wir stürzen in die Tiefe. Hand in Hand gehen wir die Treppe hinunter, hinaus in die provozierende Morgensonne, meine Mutter winkt uns aufgeregt und mit übertriebenen Bewegungen nach, als würden viele Jahre vergehen, bis wir uns wiedersehen, Noga stützt sich auf mich, ihre Schritte sind unsicher, das einzige T-Shirt, das er zurückgelassen hat, flattert um ihren Leib und hüllt ihre Bewegungen ein wie eine warnende schwarze Fahne.

Am Schultor verabschiede ich mich von ihr, umarme sie mit klopfendem Herzen, als wäre dies ihr erster Schultag, und dann drehe ich mich um, und mit jedem Schritt, mit dem ich mich weiter von ihr entferne, wächst in mir das Gefühl, ausgehöhlt zu sein, es kommt mir vor, als gäbe es von mir nur noch eine dürftige Hülle. So sah das Schwimmbad in unserer Moschawa immer aus, wenn am Ende des Sommers das Wasser abgelassen worden war, und einmal ist Jaron, der Sohn unserer Nachbarn, kopfüber in die harte Leere gesprungen, danach lag er ein ganzes Jahr lang bewegungslos im Bett, den Hals fest geschient, und alle sagten, nur ein Wunder könne ihn wieder auf die Beine bringen. In mondhellen Nächten schlich ich manchmal hin, kletterte aufs Tor und betrachtete von oben das vollkommen veränderte

Schwimmbad, wie die Ruine einer alten, kanaanitischen Stadt lag es da, in der Erde versunken, umgeben von dunklen Zypressen strahlte es in düsterer Pracht, als hätte es die hellen Schreie der Kinder im klaren Wasser vergessen, das goldene Glitzern zwischen ihren Händen, die Röte der Wassermelonen, die auf den Zaun geschlagen wurden, damit sie zerbarsten. So habe ich das beruhigende Murmeln vergessen, kurz bevor mir die Augen zufielen, die angenehme Ruhe am Schabbatmorgen, wenn das Familienprogramm seinen Lauf nahm. Noch die armseligste Bewegung, das Geräusch, das entsteht, wenn ein Mann leicht auf die Matratze klopft, die Anwesenheit eines anderen Menschen, auch eines feindlichen, kommt mir jetzt kostbarer vor als das Verheiratetsein an sich, denn wenn ich mitten in der Nacht im Badezimmer ausrutschen würde, wäre immerhin jemand da, der den Aufprall hört. All das wird im Lauf der Zeit in Vergessenheit geraten, ich werde mich in einen kalten Grabstein verwandeln und das Grab einer kleinen Familie bewachen, die es einmal, vor langer Zeit, gegeben hat.

Eine junge Frau rennt an mir vorbei, die Hände zum Hals gehoben, das Gesicht verschwitzt, und ich versuche zu erraten, ob sie einen Mann hat oder nicht, denn im Moment habe ich die Vorstellung, als müßte eine Frau, die einen Mann hat, von einer glänzenden Aura umgeben sein und eine Königskrone tragen. Mir war die Krone schon so sehr Teil meines Lebens geworden, daß ich sie vergessen habe, doch nun spüre ich ihren Verlust, ich spüre, daß sie mir vom Kopf gerissen wurde. Mit schmerzenden Fingern taste ich über meinen Schädel, schleppe mich die Treppe zum Heim hinauf, gleich wird mich Chawa zu sich rufen, ich werde ihr alles erzählen müssen, sie wird alles aus mir herauslocken und es gegen mich verwenden, daran gibt es keinen Zweifel, sie wird einen weiteren Grund haben, mich zu verachten, eine Frau, die von ihrem Mann sitzengelassen wurde. Leise, wie ein Dieb, schleiche ich mich hinein, die Mädchen sind mit dem Frühstück beschäftigt, sie bemerken mich nicht, einige kenne ich gar nicht, eine Woche ist vergangen, und schon herrscht hier ein ganz anderes Leben. Chani ist bereits gegangen, zu meiner Freude auch Ilana, und beim Gedanken an die beiden fällt ein Schatten auf mich, ich erinnere mich an jenen Abend, an dem der rosafarbene Pullover und mein Leben aufgetrennt wurden, fast stürze ich, ich halte mich am Geländer fest und ziehe mich hinauf zum zweiten Stock, ich will mich im Büro verstecken, ich will keine lebende Seele sehen, doch da höre ich ein unterdrücktes Weinen, ich bewege meine Lippen, um sicherzugehen, daß es nicht aus meiner eigenen Kehle kommt, so vertraut ist es mir, es ist, als hörte ich mich selbst in der Ferne weinen. Verwirrt gehe ich von Zimmer zu Zimmer und schaue in jedes einzelne hinein, bis ich auf einem Bett am Fenster nackte Gliedmaßen um einen spitzen Bauch sehe. Der gesenkte Kopf ist von kurzen roten Haaren bedeckt, erschrockene Bambiaugen blicken mir entgegen, ich setze mich aufgeregt neben das Bett und flüstere, Ja'el, was tust du hier, wann bist du gekommen, ich hatte keine Ahnung, daß du hier bist.

Ich bin vor einer Woche gekommen, schluchzt sie, ich werde hier verrückt ohne dich, ich hatte schon Angst, du würdest nie wiederkommen, und ich nehme ihre Hand, ich habe viel an dich gedacht, sage ich leise, ich habe gehofft, die Sache hätte sich erledigt, ich habe gehofft, er hätte sich um dich gekümmert, und sie seufzt, nichts hat sich erledigt, er ist nicht bereit, seine Familie zu verlassen, und ich kann das Kind nicht allein aufziehen, ich werde nicht mit zwanzig eine alleinerziehende Mutter, wenn es niemanden gibt, der mir hilft, und plötzlich höre ich mich selbst mit klarer Stimme sagen, ich werde dir helfen, Ja'el, ich werde dir helfen, das Kind aufzuziehen. Sie richtet sich langsam auf, schaut mich erstaunt an, verlegen erwidere ich ihr Lächeln, ich kann mein Versprechen jetzt nicht mehr widerrufen, es gibt keinen Grund, es zu widerrufen, denn auch Udi zieht jetzt ein kleines Kind auf, warum sollte ich dann nicht diesem Mädchen helfen, das mich vom ersten Augenblick an fasziniert hat, und schon denke ich daran, wie begeistert Noga sein wird, wie wir uns alle für dieses Kind opfern werden, wir werden es im Wagen spazierenfahren, wir werden im Winter die Wohnung für es heizen, wir werden es im Wohnzimmer mitten auf den Teppich legen, und es wird lachen und strampeln, und so werden wir vergessen, daß uns Udi fehlt, wir werden überhaupt nicht mehr an ihn denken, denn vor uns wird dieses kleine Leben heranwachsen. Rühme, du Unfruchtbare, die du nicht geboren hast! Freue dich mit Rühmen und jauchze, die du nicht schwanger warst! Du wirst die Schande deiner Jugend vergessen und der Schmach deiner Witwenschaft nicht mehr gedenken. Doch da sinkt sie schon auf das Bett zurück, verwirrt, genau in dem Moment, als Chawas autoritäre Stimme den Flur erfüllt, und ich stehe schnell auf und sage, ich habe eine Sitzung, wir sehen uns nachher.

Am Sitzungstisch bin ich schweigsam und innerlich beunruhigt, wie eine Doppelagentin, nervös lausche ich, wie sie Ja'els Situation einschätzen, es scheint, als ziehe sich die Zukunft ihres ungeborenen Kindes in zwei Bahnen über den Tisch, parallel wie Eisenbahnschienen, wer kann schon wissen, welcher Zug sein Ziel schneller erreicht, mein Finger fährt unruhig über die Holzplatte, warum denkt niemand an den Mittelweg, niemand kommt auf die Idee, daß ich das Kind zusammen mit ihr aufziehen könnte, alles wird immer in den düstersten Farben gezeichnet, als könnten die Mädchen zwischen einer schweren Krankheit und einem Autounfall wählen. Der Finger, der über den Tisch gleitet, kommt sauber zu mir zurück, bei Chawa gibt es nicht das kleinste Staubkörnchen, überraschenderweise wendet sie sich jetzt an mich und fragt, was meinst du dazu, Na'ama, und ich stottere, es ist noch zu früh, etwas zu entscheiden, ich werde mich bis zur Geburt um sie kümmern, dann wird man schon sehen. Ich versuche ruhig zu sprechen, obwohl es mir plötzlich vorkommt, als sei ich verrückt geworden, oder ich war vorher verrückt und bin jetzt gesund, aber Chawas Augen lassen mich nicht los, alles in Ordnung, fragt sie ungeduldig und fügt sofort hinzu, komm nach der Sitzung zu mir.

Mit zusammengepreßten Lippen gehe ich hinter ihr her, nur nicht weinen, ich muß meine Selbstachtung bewahren, und sie fragt, also, was ist passiert, du hast etwas Schlimmes erlebt, und ich sage, Noga war krank, wir hatten Angst, es wäre eine Gehirnhautentzündung, mit Absicht sage ich, wir hatten Angst, obwohl mir die Pluralform nicht leicht über die Lippen geht, sie bleibt zwischen meinen Zähnen hängen, als würde ich einen Titel benutzen, der mir schon längst aberkannt wurde, aber Chawa macht eine wegwerfende Handbewegung, was ist noch passiert, Na'ama?

Udi hat das Haus verlassen, sage ich, zu meiner Überraschung fange ich nicht an zu weinen, es ist, als hätte ich gesagt, der Chamsin hat aufgehört, und sie erhebt sich feierlich von ihrem Stuhl, auf den sie sich gerade erst gesetzt hat, herzlichen Glückwunsch, sagt sie strahlend und drückt mir die Hand, als hätte ich ihr meine bevorstehende Hochzeit mitgeteilt, das ist das Beste, was dir passieren konnte, das ist das Beste, was jeder Frau passieren kann, aber vor allem dir, ich habe befürchtet, daß er es nicht wagen würde, aber jetzt bin ich wirklich angenehm überrascht, sie strahlt und setzt sich wieder auf ihren wackligen Liegestuhl, rückt ihn ein wenig zurecht. Ich betrachte sie verwirrt, sie ist nicht rücksichtsvoll genug, um mir das alles nur zum Trost vorzuspielen, vermutlich glaubt sie an das, was sie sagt, und ich frage mit leiser Stimme, was ist daran so gut, und sie sagt, siehst du das nicht? Du kannst dich endlich um dich selbst kümmern, viele Jahre lang bist du nur um ihn herumgehüpft, hast Rücksicht auf ihn genommen, hast dir seine Probleme aufgeladen, es ist Zeit, daß das endlich vorbei ist.

Aber was bin ich denn, Chawa, meine Stimme zittert, wie kann es mir gutgehen, wenn sogar er mich verlassen hat, wie kann ich mich selbst in den Mittelpunkt stellen, wenn ich mich verstoßen fühle und gedemütigt? Sie winkt ab, schon wieder unterwirfst du dich seinen Maßstäben, ohne einen Funken Verstand, wenn er dich verlassen hat, bedeutet das etwa, daß du nichts wert bist? Vielleicht ist ja das Gegenteil der Fall, vielleicht hat er deinen Wert nicht ausgehalten, vielleicht hat er sich neben dir schuldig und mangelhaft gefühlt, vielleicht hat er in ständiger Furcht davor gelebt, daß du ihn verläßt, es ist so einfach zu sagen, er hat mich verlassen, das ist ein Zeichen, daß er mich nicht mehr liebt und ich nichts wert bin, dabei ist die Sache in Wirklichkeit sehr viel komplizierter. Du weißt ja, daß ich nicht versuche, dich zu trösten, mir fällt es nicht schwer, die Wahrheit zu sagen, wenn es nötig ist.

Bestürzt betrachte ich ihr Gesicht, das schon nicht mehr jung ist und noch nie schön war, wie sehr ich sie plötzlich liebe, vielleicht hat sie recht, hoffentlich hat sie recht, im allgemeinen hat sie recht, Chawa, die Kluge, die Überraschende, ich habe erwartet, siebenfach gedemütigt ihr Zimmer zu verlassen, doch nun bin ich fast stolz, mit leichten Schritten laufe ich zu meinem Büro, auch wenn ich das alles nur eine Minute am Tag glauben könnte, wäre das schon eine große

Wandlung, und vielleicht würde der Samen, den sie in mich gesenkt hat, ja anfangen zu keimen und zu wachsen, bis ich es den ganzen Tag lang glauben könnte, und sogar die ganze Nacht, dann wäre ich glücklich. Ich stelle mir vor, wie glücklich ich sein werde, vor meinen Augen tanzt der Schmetterling der verschwommenen Erinnerung, ich muß ihn einfangen, ich brauche nur die Hand auszustrecken, schon habe ich ihn, und habe ich ihn erst einmal erwischt, entkommt er mir nie mehr. Diese Gewißheit breitet sich als Lächeln über meinem Gesicht aus und verschwindet auch nicht, als ich das Klopfen an der Tür höre, ein fremder Mann steht auf der Schwelle, vor meinen erstaunten Augen. Nur selten kommen Männer hierher, Väter mit zerbrochenen Herzen oder die jungen Freunde, wild und gekränkt, aber einen Mann wie ihn habe ich hier noch nie gesehen, mit schwarzen, zurückgekämmten Haaren und einem weißen Hemd, und ich versuche, mein dummes Lächeln loszuwerden, aber es verschwindet nicht von meinen Lippen, dieser Mann glaubt bestimmt, daß er eine glückliche Frau vor sich hat, die allein im Zimmer sitzt und sich an sich selbst freut, ich muß ihm seinen Irrtum klarmachen. Doch sofort stellt sich heraus, daß ein noch größerer Irrtum zwischen uns steht, denn er betrachtet mich mit einem verlegenen Blick und sagt, Sie sind Chawa, und da wird mein Lächeln zu einem offenen Lachen, so lächerlich kommt es mir vor, daß mich jemand für sie halten könnte, und ich kichere und sage, ich wünschte, ich wäre Chawa, mein ganzes Leben lang habe ich mir gewünscht, Chawa zu sein, und er sagt mit erstaunlicher Sanftheit, und ich bin sicher, daß Chawa Sie sein möchte.

Wieso denn, wehre ich vergnügt ab, wenn Sie sie erst kennengelernt haben, werden Sie verstehen, wie sehr Sie sich irren, sie ist zufrieden mit sich selbst, sie möchte niemand anderes sein, und er sagt, wenn Sie mir verraten, wo ich sie finde, verspreche ich Ihnen, daß ich die Sache überprüfen werde. Ich führe ihn beschwingt bis zu ihrer Tür, schiele unterwegs heimlich zu dem Gesicht des Mannes neben mir, im Profil ist er ein bißchen weniger schön, seine Nase und sein Kinn haben etwas Adlerhaftes, trotzdem gehe ich nicht zurück in mein Zimmer, sondern zur Toilette, nervös schaue ich in den Spiegel und bin angenehm überrascht, der rote Pulli schmeichelt mir, die Farbe verleiht meiner Blässe einen hübschen rosigen Ton, und meine Haare, die ich am Morgen gewaschen habe, glänzen wie goldene Fäden. Vielleicht hat Chawa recht, vielleicht ist es nur gut für mich, ich sehe sehr viel besser aus als vor einer Woche, und dann fällt mir ein, daß sie diesem Mann jetzt gegenübersitzt, was will sie von ihm, was will er von ihr, er ist zu jung, um der Vater eines der schwangeren Mädchen zu sein, was hat er an einem so traurigen Ort verloren, aber eigentlich hat auch er ein bißchen traurig und beschämt ausgesehen, er ist nicht umsonst hergekommen. Ich kehre in mein Zimmer zurück und lasse die Tür offen, damit ich sehe, wann er aus ihrem Zimmer kommt, vielleicht kann ich ihn ja aufhalten, angespannt sitze ich da, schiebe ein paar Formulare auf dem Schreibtisch umher, bis ich ihn herauskommen höre. Er geht ein bißchen gebeugt, das Adlerprofil gesenkt, als habe er eine traurige Nachricht bekommen, aber als er mir das dunkle Gesicht zuwendet, lächelt er und sagt, ich ziehe Sie jedenfalls vor. Ich danke ihm mit übertriebener Begeisterung, als hätte ich nie im Leben ein größeres Kompliment bekommen, und sofort fühle ich mich gedrängt, sie zu verteidigen, sie ist eine harte Frau, aber sie ist klug, Chawa ist unser einziges Gesprächsthema, ein anderes haben wir noch nicht, wir haben nur diese einzige gemeinsame Bekannte, die er heute zum ersten Mal getroffen hat, der Himmel weiß, in welcher Angelegenheit.

Hinterher ist man immer klüger, sagt er, und ich beeile mich zu antworten, aber wir stecken doch immer zwischen hinterher und vorher, oder, und er schweigt, lehnt sich an den Türpfosten, er sieht aus, als falle es ihm schwer, sich auf den Beinen zu halten. Was führt Sie zu uns, frage ich, schon bereit, mir seine mannigfaltigen Probleme aufzuladen, wie ein Mülleimer, der, frisch geleert, auf die nächste Ladung wartet, und er seufzt, eine große Dummheit oder Pech, das läßt sich manchmal nur schwer unterscheiden. Ich werfe ihm einen ermutigenden Blick zu, schließlich ist es auch bei mir so, es war eine große Dummheit oder Pech, was mich mitten im Leben zu einer verlassenen Frau gemacht hat. Zu meinem Bedauern setzt er sich nicht auf den freien Stuhl mir gegenüber, er läßt sich auch nicht auf meine Frage ein, er begnügt sich mit einer allgemeinen Antwort, aber er geht auch nicht weg, er läßt seinen Blick nachdenklich durch mein Zimmer wandern, dann schaut er zu mir, ich habe noch immer einen erwartungsvollen Ausdruck im Gesicht, vermutlich ist er nicht weniger erstaunt als ich, daß er sich an solch einem Ort befindet, nun macht er den Mund auf, gleich wird er etwas zu mir sagen, etwas, was mein Leben verändern wird, doch in diesem Moment kommt das bekannte Weinen aus einem der Zimmer, es rollt die Treppe herauf bis zu unseren Ohren, und sein Gesicht wird blaß, als wäre sein Leben in Gefahr, er fängt an zu rennen, ohne sich von mir zu verabschieden. Ich stehe erschrocken am Fenster und sehe, wie er in großer Eile durch das Tor läuft, er rennt mit weiten Schritten, bis er vor einem silbernen Auto stehenbleibt, er wendet sein Gesicht noch einmal unserem Gebäude zu, ein Gesicht, auf dem sich Entsetzen abzeichnet, als habe das Haus mit all seinen Zimmern gedroht, über ihm zusammenzubrechen.

Ich kann mich nicht länger zurückhalten, ich laufe zu

Chawas Zimmer, betrete es, ohne anzuklopfen, mache die Tür hinter mir zu und lehne mich schwer atmend an den Pfosten, sie nimmt langsam ihre Lesebrille ab, Na'ama, sagt sie nachdrücklich, was ist denn nun schon wieder passiert, du siehst aufgeregt aus, und ich verstehe schon, daß ich mich gar nicht zu bemühen brauche, es zu verbergen, schade um die Anstrengung, und mit dem Lächeln eines pubertierenden Mädchens frage ich, wer war das? Sie seufzt, du willst das doch nicht wissen, du hast schon genügend Schwierigkeiten, und ich sage, du irrst dich, ich muß es wissen. Es ist der Vater von der Neuen, von Ja'el, und ich sage, er sieht überhaupt nicht aus, als wäre er Ja'els Vater, und sie macht eine wütende Bewegung mit der Hand, ich habe nicht gesagt, er sei ihr Vater, sagt sie, sondern der Vater ihres Kindes, und wenn der Vater bekannt ist, brauchen wir auch seine Unterschrift für eine Adoption, bist du jetzt zufrieden?

Nein, das bin ich nicht, sage ich und mache mir noch nicht mal die Mühe, die Tür hinter mir zu schließen, wie könnte ich zufrieden sein, wenn er doppelt verloren für mich ist, enttäuscht kehre ich in mein Büro zurück und versuche, mich an alles zu erinnern, was Ja'el mir von ihm erzählt hat, aber nur an eines erinnere ich mich genau, er wird seine Frau nicht verlassen, er wird seine Frau nicht verlassen, nur ein Mann hat leichten Herzens seine Frau verlassen, und das war ausgerechnet meiner, das läßt sich nicht beschönigen, da helfen auch Chawas Theorien nichts. Vielleicht schicke ich sie zu diesem Mann nach Hause, damit sie ihm sagt, er sei verpflichtet, seiner Frau diesen Gefallen zu tun, das wäre das Beste, was er für sie tun könne, aber selbst wenn das passierte, würde sich nur Ja'els Leben ändern, nicht meines, mein Leben gehört jetzt mir, ich kann darüber verfügen, zum Guten oder zum Schlechten. Und doch war da etwas zwischen uns, vorhin, als er an meine Tür gelehnt dastand, es kann nicht sein, daß ich mich so irre, meine Trauer hat seine geküßt, auf halbem Weg, zwischen der Tür und dem Tisch ist es passiert, und wir haben es beide gesehen. Wir hatten beide dieses Zeichen auf der Stirn, das Zeichen der Trauer, die plötzlich über uns hereingebrochen ist, überraschend, obwohl wir beide unser Leben lang darauf gewartet haben und insgeheim schon nicht mehr glaubten, daß es passieren würde, und hofften, es durch tausend kleine Anstrengungen herbeizwingen zu können, und diese Überraschung verband uns so stark, daß ich jetzt noch seinen Atem im Zimmer spüre, und wieder gehe ich zum Fenster, stelle mir seinen Blick vor, sehe sein silbriges Auto, nur weg von hier, und der Schmerz, etwas versäumt zu haben, brennt mir in der Kehle, und als ich mich wieder zum Zimmer umdrehe, steht sie da, ihr Bauch verdeckt fast das Gesicht, und sie flüstert, er war hier, nicht wahr?

Ja, sage ich, er war bei Chawa, du weißt doch, daß seine Zustimmung zur Adoption nötig ist, und sie setzt sich seufzend auf den Stuhl mir gegenüber, mit vor Kränkung rotem Gesicht, und sagt, warum ist er dann nicht auch zu mir gekommen? Er weiß doch, daß ich hier bin, und ich sage, das ist wirklich beleidigend, aber vermutlich fällt es ihm schwer, und sie platzt heraus, es fällt ihm schwer? Was soll ich da sagen? Ich habe alles verlassen müssen, um hierherzukommen, ich muß mich verstecken wie eine Aussätzige, ich muß mich monatelang mit dieser Schwangerschaft plagen, er hat einen Fehler gemacht, und ich bezahle den Preis, das ist nicht gerecht. Was für einen Fehler, sage ich mit weicher Stimme und versuche, mein heftiges Interesse an jedem Detail zu verschleiern, und sie kocht vor Zorn, du weißt doch, was für einen Fehler, er hat versprochen aufzupassen, er hat gesagt, ich soll mich auf ihn verlassen, und jetzt benimmt er sich, als hätte ich ihm das mit Absicht angetan, und ich stelle mir diesen dunklen Mann mit den strahlenden Augen vor, stelle mir vor, wie sich seine Brauen im Zorn zusammenziehen, sein Gesicht, das zwischen Wärme und Ernst schwankt, und eine seltsame Sehnsucht packt mich, als ich denke, sie hat mit ihm geschlafen, sie hat ihn ohne das weiße Hemd und die gebügelten Hosen gesehen, er hat sie geküßt und gestreichelt, hat es mit ihr gemacht, und schon bin ich bereit, sie zu beneiden, obwohl sie mit ihrem Bauch das Zimmer ausfüllt.

Ich verstehe ihn nicht, schluchzt sie, er hat mich geliebt, ich weiß, daß er mich geliebt hat, diese Schwangerschaft hat alles kaputtgemacht, ich verstehe nicht, warum er seine Frau nicht verlassen hat, um mit mir zu leben, warum kann er dieses Baby nicht lieben, wie er seine anderen Kinder liebt, um die kümmert er sich, warum kann er die Frau nicht verlassen, die ihm nur auf die Nerven geht, und ich fühle, wie jedes ihrer Worte mich trifft, jedes Wort beweist mir, wie hoch dieser Mann über meinem Udi steht, wie glücklich seine Nervensäge von Frau sein kann, daß er nicht bereit ist, sie zu verlassen, ich stehe jetzt auf ihrer Seite, auf der Seite des Weibes der Jugendzeit, nicht auf der Seite der jungen Geliebten, und ich sage leise zu ihr, ich darf das nicht zu dir sagen, und wenn Chawa es erfährt, werde ich sofort rausgeworfen, aber es ist gerade eine Woche her, da hat mich mein Mann verlassen.

Sie schaut mich erstaunt an und legt sich die Hand auf den Mund, als müsse sie ihr Erstaunen zurückhalten wie einen stechenden, surrenden Mückenschwarm, die andere Hand legt sie auf ihren Bauch, konzentriert sich mit stiller Enttäuschung auf das Ungeborene, als sei es das einzige, was ihr geblieben ist, ich gehe zu ihr, lege meine Hand neben ihre, es tut mir leid, flüstere ich, meine Geschichte spielt wirklich keine Rolle, du sollst nur verstehen, daß in dieser Phase des

Lebens jeder Schritt, den man macht, zugleich auch etwas zerstört. Ich will nicht die ganze Zeit Rücksicht auf ihn nehmen, faucht sie, ich will nur an mich denken, das darf ich doch, auch mein Leben wird nie mehr so sein, wie es einmal war, und ich sage, ja, das ist richtig, aber du mußt realistisch sein, er wird seine Frau vermutlich nicht verlassen, die Frage ist, was kannst du trotzdem von ihm erwarten? Ihr Blick ist naiv, vermutlich hat sie nie an so etwas gedacht, ihr Kopf bewegt sich wie beim Gebet, ich möchte, daß er das mit mir durchsteht, murmelt sie, daß wir gemeinsam beschließen, was mit dem Kind sein soll, statt dessen ignoriert er mich, er beantwortet meine Anrufe nicht, stell dir vor, er war hier und ist noch nicht mal zu mir gekommen, und ich erinnere mich an seine überstürzte Flucht, als er das Weinen hörte, und schäme mich für ihn. Ich senke den Kopf und schließe die Augen, die Nähe ihres Bauchs, der Leben trägt, weckt Sehnsucht und Wehmut in mir, und ich höre ihre Stimme wie von weitem, du mußt mir helfen, Na'ama, hilf mir, bitte. Dafür bin ich hier, sage ich, es braucht Zeit, weißt du, und sie flüstert, ich will, daß du mit ihm sprichst, du sollst ihm klarmachen, daß er mich nicht einfach wegwerfen kann, daß er verantwortlich ist für das, was passiert ist, ich halte es nicht aus ohne ihn, es ist die schwerste Entscheidung meines Lebens, allein schaffe ich das nicht, und ich erkläre, du bist nicht allein, wir sind bei dir, aber sie läßt nicht locker, bitte, Na'ama, ruf ihn an, versuch's doch wenigstens, ich habe das Gefühl, daß er auf dich hört, und ich denke erstaunt, es ist kaum zu glauben, das Mädchen ist verrückt geworden, sie drängt mich regelrecht in seine Arme. Entschlossen steht sie auf, nimmt ein Blatt von meinem Tisch und schreibt schnell etwas darauf, das ist seine Nummer bei der Arbeit, bitte, versuch's, sie verläßt sofort das Zimmer, und ich bleibe mit einem weißen Fleck auf dem Tisch zurück, ich trete näher, Micha Bergmann, steht da, und sieben Ziffern flimmern neben dem Namen.

Ich werde nicht anrufen, das ist unüblich, ich muß ihr helfen, stark zu sein, ich darf nicht für sie um Gnade bitten, und trotzdem zieht mich der neue Name hypnotisch an, Micha, ein viel zu heller Name für ihn, ein fremder Name, ich kenne keinen einzigen Micha. Ich nicke, du hast dich in Schwierigkeiten gebracht, Micha, ich sage leise die Nummer vor mich hin, ein böswilliges Ungeborenes bedroht dein Leben, und nun bist du zu Tode erschrocken, und noch während ich vor dem Telefon stehe und innerlich mit mir kämpfe, läutet es. Ich nehme den Hörer auf und erkenne im ersten Moment seine Stimme nicht, die Stimme, die mir am vertrautesten von allen ist, sie ist rauh und düster, mit einem neuen, entschuldigenden Unterton, Na'ama, ich bin's, sagt er, wie geht es dir?

Wieso habe ich Udi nicht erkannt, es ist, als hätte ich meine eigene Stimme nicht erkannt, ich bin wieder da, sagt er und fügt sofort erklärend hinzu, ich bin von meiner Tour zurück, damit ich ja nicht glauben könnte, er wäre in meine Arme zurückgekehrt, aber ich kann mich gar nicht irren, in meinen Ohren hallen die Verse nach, die ich an Nogas Bett gesprochen habe, deine Sonne wird nicht mehr untergehen und dein Mond nicht mehr den Schein verlieren; denn der Herr wird dein ewiges Licht sein, und die Tage deines Leidens sollen ein Ende haben, wie sehr habe ich damals darum gebetet, seine Stimme zu hören, doch jetzt bin ich so leer wie das alte Schwimmbecken, er wird sich den Hals brechen, wenn er in mich hineinzuspringen versucht.

Wo bist du, frage ich, und er sagt, nicht weit, Awner ist für einen Monat weggefahren und hat mir den Schlüssel für seine Wohnung dagelassen, und ich schlucke erleichtert diese Worte, obwohl mir klar ist, daß es sich nur um eine eingebildete Erleichterung handelt, an jenem Tag ist mir die Wahrheit aufgegangen, und nichts kann sie wegwischen, auch wenn er nicht bei ihr und dem Baby wohnt, gehört er zu ihnen, und er fragt, wann ist Nogas letzte Stunde, ich möchte sie von der Schule abholen, und ich sage, gleich, um Viertel vor zwei, und er sagt, ich bringe sie am Abend nach Hause, in Ordnung? In Ordnung, murmele ich, gut, in Ordnung, und behalte den Hörer in der Hand, obwohl seine Stimme nicht mehr zu hören ist, ich kann mir ihre Freude am Schultor vorstellen, ihre Ungläubigkeit, das Lächeln, das ihren Mund ganz weich werden läßt, die stürmische Umarmung, und ich habe keinen Anteil an ihrer Freude, obwohl ich diesen beiden alles gegeben habe, was ich besaß, fast mein ganzes Leben, und jetzt gehen sie zusammen essen, vielleicht ins Kino, seit Jahren habe ich ihn gebeten, einmal allein mit ihr wegzugehen, ihr ein bißchen Zeit zu widmen, aber ich habe nicht geahnt, daß mein Wunsch auf diese Art in Erfüllung gehen würde.

Mein Kopf sinkt schwer auf den Tisch, ich habe also einen freien Nachmittag, bis heute abend braucht mich niemand, jahrelang haben mich die beiden dringend gebraucht, sie haben mich zwischen sich zerrissen wie einen alten Lumpen, und jetzt bin ich überflüssig, und weil ich mich inzwischen so daran gewöhnt habe, gebraucht zu werden, weiß ich nicht, was ich mit dieser unerwarteten freien Zeit anfangen soll, das ist etwas Neues, das muß ich erst lernen, so wie man eine Fremdsprache lernt, und ich überlege mir, was ich bis zum Abend machen könnte. Mein Blick fällt wieder auf den weißen Zettel, eine helle Wolke auf dem düsteren Tisch, und ich kann mich nicht beherrschen, ich wähle die Nummer, schnell, bevor es mir leid tun könnte, und zu meiner Überraschung ist er selbst am Telefon, Micha Bergmann, frage ich, und er verkündet fast stolz, ja, das bin ich, seine

Stimme ist sachlich und energisch. Hier spricht Na'ama, sage ich, wir haben uns heute morgen im Heim kennengelernt, und erleichtert höre ich, wie seine Stimme sich mir öffnet, ach, er lacht, Sie sind nicht Chawa, und ich stimme lächelnd zu, genau, ich bin nicht Chawa, und er sagt, was kann ich für Sie tun?

Ich schnaufe unbehaglich in den Hörer, ich bin also so durchsichtig für ihn, denn eigentlich wird ja von mir erwartet, daß ich etwas für ihn tue, ich beeile mich, einen offiziellen Ton anzuschlagen, ich möchte mich gerne mit Ihnen über die Situation unterhalten, ich kümmere mich um Ja'el, und er seufzt leise. Was soll ich tun, wenn er nein sagt, doch er sagt, okay, Nicht-Chawa, ich werde mich freuen, mich mit Ihnen über die Situation zu unterhalten. Wann, frage ich sehnsüchtig, und er fragt, haben Sie heute nachmittag Zeit? Ja, antworte ich sofort, denn das ist es, was ich gewollt habe, eine Beschäftigung für heute nachmittag, und er sagt, ich würde lieber nicht noch einmal ins Heim kommen, treffen wir uns doch in einem Café, es gibt ein ganz nettes gleich in Ihrer Nähe.

Wir werden so tun, als würde ich ein Haus für Sie bauen, sagt er, als er hereinkommt, noch bevor er sich hingesetzt hat, sein Lächeln ist warm und verschmitzt, als würden wir uns einfach amüsieren, als würden nicht offene Schicksale auf dem Tisch zwischen uns liegen, er zieht ein großes Stück Papier heraus, auf dem mit geraden Linien Rechtecke und Quadrate gezogen sind, und ich betrachte sie neugierig, Wohnzimmer, steht da, Gästetoilette, Arbeitszimmer, Kinderzimmer, Schlafzimmer, alles ganz klar, geordnet, beruhigend, was für ein hübsches Haus Sie mir bauen, sage ich seufzend, ich wünschte, ich wäre tatsächlich eine Dame in geordneten Verhältnissen, die nichts anderes zu tun hat, als sich mit ihrem wunderbaren Architekten über die Größe der Gästetoilette zu beraten, und er fragt erfreut, es gefällt Ihnen, und ich sage, sehr sogar, mein Blick wandert zum Schlafzimmer, er folgt mir, zieht einen Bleistift aus der Tasche und malt in die Ecke des Zimmers ein großes Bett und gegenüber einen Schrank, präzise und sicher, als benutze er ein Lineal, und neben das Bett stellt er einen kleinen Toilettentisch, noch nie habe ich einen Toilettentisch besessen, meine wenigen Schminkutensilien liegen verstreut auf der Waschmaschine herum und hüpfen beim Schleudergang wild durcheinander. Über den Toilettentisch malt er einen ovalen Spiegel, ist der groß genug für Sie, fragt er, und ich sage, ja, und er fragt, was ist mit dem Fenster, bestimmt mögen Sie große Fenster, und ich nicke, er reißt ein großes Fenster in die Wand, es reicht fast bis zum Bett, und dann mustert er das Zimmer zufrieden, fehlt Ihnen noch etwas, fragt er, und ich sage, nein, nichts, und dann sage ich, alles, denn mir fällt ein, daß es ja nicht wirklich ist.

Wie sieht Ihr Schlafzimmer aus, fragt er interessiert, und ich denke an unser schäbiges Schlafzimmer, an den Kleiderschrank an der Wand und an den roten Teppich, der noch aus meiner Kinderzeit stammt, mit den verblichenen Herzen, und an das Bild unseres früheren Hauses mit dem roten Ziegeldach und den Wolken darüber, unter dem Bild das Bett, das wir vor Jahren einem Paar abgekauft haben, das sich scheiden ließ, und auf dem Bett liegt Udi, das Gesicht verzerrt von einem schamerfüllten Seufzer, die langen Beine still, wie an jenem Morgen, als er sich nicht mehr bewegen konnte, und als ich an jenen Morgen denke, habe ich das Gefühl, als sei ich es, die an einer unheilbaren Krankheit leidet, und alle wissen, daß es unmöglich ist, zu genesen, und auch ich weiß, daß es sich nur um eine Atempause handelt, um eine beschränkte Zahl von Tagen, und trotzdem tun wir alle so, als würde ich genesen, bis schon nicht mehr deutlich ist, wer wen betrügt, und ich habe Angst, daß er fragen könnte, wer mit mir das Schlafzimmer teilt, aber er schweigt, er betrachtet meine Hände, ich trage noch immer den Ehering, er ist schmal und ohne Glanz, und dann fragt er, haben Sie einen großen Spiegel in Ihrem Schlafzimmer, und ich sage, nein, auch keinen kleinen, und er nickt nachdenklich, jetzt verstehe ich alles. Was verstehen Sie, frage ich, und er lächelt, als ich Sie heute morgen gesehen habe, habe ich gleich gedacht, daß Sie keine Ahnung haben, wie schön Sie sind, jetzt verstehe ich, warum es so ist, Ihnen fehlt einfach ein Spiegel, und ich muß kichern, genau das gleiche hat damals der Maler gesagt, vor Jahren, alle zehn Jahre taucht ein Mann in meinem Leben auf, sagt, wie schön ich bin, und verschwindet wieder. Wie leicht einem das Atmen fällt, wenn man ein Kompliment bekommen hat, es scheint, als hätte ich mich in einer Sekunde verändert, sogar mein Kummer sieht plötzlich schön aus, ich dehne mich auf dem Stuhl, schließlich gibt es keinen großartigeren Anblick als eine schöne und traurige Frau, höchstens vielleicht ein schöner und trauriger Mann wie der, der mir gegenübersitzt, und eigentlich müßte ich böse auf ihn sein, schließlich stehe ich auf ihrer Seite, aber ich möchte ihn, das ist mir klar und das ist auch ihm klar, und es ist sinnlos, es zu verbergen.

Als der Kaffee kommt, wenden wir uns vom Tisch und den schönen Zimmern ab, in denen wir nie leben werden, und er sagt, bitte, sprechen Sie, er steckt sich eine Zigarette an und betrachtet mich mit zornigen Augen, eigentlich sind sie dunkel, fast schwarz, aber im Hintergrund strahlt ein dumpfer Glanz, als brenne eine Kerze in seinem Schädel und beleuchte sie von innen, sogar aus seinem offenen Mund dringt ihr beruhigendes Licht, er deutet auf seine Ohren, ich höre, ich kann sogar gut zuhören, und mir fällt auf, wie erstaunlich klein seine Ohren sind, wie zwei erschrockene kleine Schnecken schmiegen sie sich an seinen Kopf, endlich habe ich einen Fehler an ihm gefunden. Nervös nehme ich eine Zigarette aus der halbvollen Schachtel, die er mir hinhält, was geschieht mit mir, ich schaffe es nicht, etwas zu sagen, und er lächelt, was ist mit Ihnen, Na'ama, Chawa wäre das nie im Leben passiert, ich bin sicher, daß Chawa immer weiß, was sie zu sagen hat, und ich lache verwirrt, da ist sie wieder, unsere einzige gemeinsame Bekannte, aber eigentlich haben wir noch eine, die nämlich, in deren Namen ich hier bin, und von ihr muß ich jetzt sprechen. Ich kämpfe innerlich mit mir, was soll ich ihm sagen, daß er seine Frau verlassen soll, so wie mich mein Mann verlassen hat, daß er seine Kinder verletzen soll, wie Udi Noga verletzt hat? Er seufzt, lassen Sie mich Ihnen helfen, Na'ama, im allgemeinen bin ich nicht so, aber Sie wecken meine Hilfsbereitschaft, ich werde an Ihrer Stelle über die Situation sprechen, Sie müssen mir sagen, daß ich mich wie ein Schwein verhalte, daß ich Ja'el in diesem Zustand nicht allein lassen darf, daß ich die Verantwortung für das trage, was ich getan habe, daß ich zu ihr stehen und mit ihr dieses Kind, das ich nicht gewollt habe, aufziehen soll, und ich antworte Ihnen dann, daß Sie recht haben, aber daß ich es trotzdem nicht tun kann.

Was heißt das, Sie können es nicht, sage ich plötzlich hart, ihr Männer seid ja so verwöhnt, wer fragt euch denn, was ihr könnt, es gibt Dinge, die man einfach tun muß, die keine Frage des Könnens sind, und er senkt den Kopf, ich war sicher, er würde sich energisch verteidigen, wie Udi es immer tut, aber sein Temperament ist anders, ich fühle mich so schuldig, daß ich ihr nicht in die Augen sehen kann, sagt er ruhig, so ein schönes, süßes Mädchen, ich habe ihr Leben zerstört. Ich betrachte ihn und stelle mir Udi und Noga am Schultor vor, hinter meinem Rücken, vor lauter Schuld hat er sich von ihr entfernt, und ich, statt ihn zu besänftigen, habe seine Schuldgefühle noch weiter angeheizt, und seltsam neugierig frage ich, aber wie wollen Sie vor dieser Sache fliehen, sie wird Sie verfolgen, auch wenn Sie Ja'el nicht mehr sehen, und er sagt, Sie werden sich wundern, man kann sich distanzieren. Warum schaffe ich es dann nie, mich zu distanzieren, frage ich kindlich erstaunt, doch sofort schweige ich, decke den Vorwurf mit einer weiteren Frage zu, einer ernsteren, warum haben Sie und Ja'el diese Sache nicht auf die übliche Art geregelt, frage ich, warum haben Sie sie nicht zu einem Arzt gebracht, damit sie abtreibt, und er seufzt, Sie haben ja keine Ahnung, wie ich sie angefleht habe, wie ich ihr gedroht habe, aber nichts hat geholfen, wir haben immer wieder einen Termin ausgemacht, und sie ist nicht gekommen, sie hat geglaubt, sie würde mich auf diese Weise dazu bringen, meine Frau zu verlassen.

Was soll das heißen, ist sie etwa absichtlich schwanger geworden, frage ich erschrocken, und er sagt, nein, natürlich nicht, aber als es passiert ist, hat sie auf diese Chance nicht verzichten wollen, ich mache ihr keinen Vorwurf, sie hat es aus Liebe getan, aber ich muß Ihnen nicht erklären, was für ein Fluch die Liebe sein kann, ich lächle bitter, es interessiert mich nicht, woher er weiß, daß ich es weiß, doch das, was zwischen ihnen war, interessiert mich sehr, ich bewege vorwurfsvoll den Finger in seine Richtung, sie hat mir erzählt, Sie hätten sich nicht entscheiden können, Sie hätten so lange gezögert, bis es zu spät war für einen Schwangerschaftsabbruch, und jetzt ist er an der Reihe, bitter zu lächeln, das ist eine glatte Lüge, ich habe ihr von Anfang an gesagt, daß ich das Kind nicht will und nie im Leben meine Frau verlassen werde, ich habe ihr gesagt, wenn es nicht anders geht, werde ich die Vaterschaft anerkennen und Unterhalt für das Kind bezahlen, aber ich würde nie mit ihr zusammenleben, ich schwöre Ihnen, Na'ama, ich habe nicht eine Sekunde gezögert. Glauben Sie mir, fährt er mit fast flehender Stimme fort, ich habe alles versucht, die Sache zu beenden, als es noch ging, einmal, als ich mit ihr zu einem Arzt gefahren bin, ist sie aus dem Auto gesprungen, Sie können sich gar nicht vorstellen, was das für ein Theater war, ich bin ihr durch die Straßen hinterhergerannt, wir sind fast überfahren worden, ich hätte nie geglaubt, daß mir so etwas passiert.

Ich höre ihm mit geschlossenen Augen zu, es fällt mir schwer, ihn anzuschauen, so heftig sehnt sich mein Herz nach ihm, ich habe mich so sehr daran gewöhnt, auf der Seite der Frauen zu stehen, aber jetzt scheinen sich die Grenzen zu verwischen, der Schmerz ist der gleiche, auch wenn man ihn anders formuliert, es ist das ganz normale menschliche Unglück, das nicht zwischen Frauen und Männern unterscheidet, und wieder denke ich an Udi, was hätte er in solch einer Situation getan, doch sofort fällt mir ein, was er schon getan hat, er hat mich verlassen, für eine Frau mit einem Kind, das nicht seines ist, und als ich die Augen aufmache, sehe ich, wie er mich neugierig betrachtet. Er fährt sich mit der Zunge über die Lippen und fragt leise, woran haben Sie jetzt gedacht? Plötzlich ist mir alles klar, sage ich zögernd, ich habe verstanden, wie alles zusammenhängt, es hätte uns näherbringen müssen, aber es entfernt uns voneinander. Er lächelt, mich entfernt es nicht, ich habe mich Ihnen vom ersten Moment an nahe gefühlt, seit ich Sie in Ihrem Büro gesehen habe, als Sie mich mit ihren traurigen Augen angelächelt haben, und täuschen Sie sich nicht, im allgemeinen komme ich niemandem so leicht nahe, und ich sage, wir haben nicht über Sie und über mich gesprochen, sondern über die Menschheit im allgemeinen, und er verkündet mit gespieltem Pathos, aha, die Menschheit im allgemeinen, das ist doch Ihr Territorium, aber davon verstehe ich nichts, ich kann nur Häuser bauen.

Oder sie zerstören, sage ich, und sofort tut es mir leid, er verzieht die Lippen und holt mit einer raschen Bewegung eine Brieftasche aus seiner Tasche, ich habe ihn in die Flucht geschlagen, er wird bezahlen und gehen, aber statt eines Geldscheins nimmt er ein Foto heraus und hält es mir hin, ein seltsames Familienfoto, normalerweise stehen alle zusammen in der Mitte des Bildes, im Hof, vor dem Haus oder um einen Tisch herum, vor leer gegessenen Tellern, doch hier sind alle in Bewegung, als würden sie Verstecken spielen. Aus einer Ecke des Bildes lächelt mich ein dunkler Junge mit Grübchen in den Wangen an, und nicht weit von ihm sehe ich ein Mädchen in einem Samtkleid und mit vielen dünnen Zöpfchen auf dem Kopf, und in der anderen Ecke versucht eine Frau, sie zu finden, eine große, kräftige Frau in kurzen Hosen, mein Interesse richtet sich natürlich auf sie, sie streckt ein gebräuntes Bein vor, ihr Gesicht mit den großen blauen Augen sieht hübsch aus, aber ihre breiten Schultern und die kurzgeschnittenen Haare machen einen unangenehmen Eindruck, ich hätte mir seine Frau ganz anders vorgestellt. Ich bin schöner als sie, stelle ich erstaunt fest, und trotzdem hat sie ihn und ich habe niemanden, und wieder betrachte ich das Bild, die energische Bewegung ihres Beins, das so hoffnungslos aussieht, nie wird sie die Kinder erreichen, aber was spielt das für eine Rolle, es ist nur wichtig, daß alle zufrieden aussehen, nur er, der Fotograf, ist nicht zufrieden, er steckt sich nervös eine weitere Zigarette an und sagt, verstehen Sie jetzt, und ich frage, was genau soll ich verstehen?

Unser Leben ist frei, sagt er, es ist die einzige Art, wie man zusammenleben kann, sie erkundigt sich nie, wo ich war, und ich frage sie nicht aus, wir haben beide gelernt, uns sowohl von der Wahrheit als auch von der Lüge zu befreien, sie weiß, daß ich nach Hause zurückkomme, weil ich sie und die Kinder sehen will, nicht weil ich es tun muß, und das reicht ihr, und mir reicht es auch, wir haben gelernt, an die Handlungen zu glauben, und so leben wir, ohne Schuldgefühle, ohne uns die ganze Zeit gegenseitig in der Seele herumzustochern, und so erziehen wir unsere Kinder in einer Familie, in der es für jeden Platz genug gibt, und je länger er spricht, um so beschämter fühle ich mich, als hielte er einen Spiegel in der Hand und zeige mir mein eigenes, falsches Leben, erstickt von Schuldgefühlen und Zorn, bewegungslos in alten Fesseln, Gefängnis und Folterkammer zugleich, und ich Gefangene und Wärterin, Gepeinigte und Peiniger. Fremdheit breitet sich plötzlich zwischen uns aus, was habe ich mit ihm zu tun, was habe ich mit dieser brillanten Wahlrede zu tun, für einen Moment war die Trauer in sein Leben getreten, gleichzeitig mit mir, aber innerhalb kürzester Zeit wird er seine Trauer verjagen und zu seinem bequemen Leben zurückkehren, das von der Vernunft regiert wird, und ich kehre zu meinem zurück, und er fährt sich mit der Zunge über die Lippen, es tut mir leid, sagt er, ich habe Sie nicht verletzen wollen, und ich senke den Kopf, nicht Sie sind es, es ist die Wirklichkeit, sie ist so vernünftig, wissen Sie. Er streckt die Hand aus, berührt mein Kinn und hebt mein Gesicht zu sich, er dreht es in seine Richtung, wie man einen Spiegel dreht, ich weiß nicht, was ich tun soll, sagt er, die Zunge gleitet ihm über die Zähne, ich hätte nicht damit anfangen sollen, aber sie war so süß, sie ist absichtlich länger im Büro geblieben, als die anderen schon weg waren, sie hat mich bei allen möglichen Gelegenheiten um Rat gefragt, sie hat mich provoziert, ich habe meinen Spaß mit ihr gehabt und nicht damit gerechnet, daß die Sache so kompliziert wird.

Sie hatten wohl die Tatsachen des Lebens vergessen, fauche ich ihn an, und er seufzt, tun Sie mir einen Gefallen, Na'ama, wissen Sie, jede Nacht versuche ich, diese Situation zu rekonstruieren, ich verfluche mich, weil ich mich nicht beherrschen konnte, ein einziges verdammtes Mal, den ganzen Tag ist sie in ihrem kurzen Kleid ohne Höschen herumgelaufen, und als die anderen weg waren, hat sie sich sofort auf meinen Schoß gesetzt, ich habe in der Schublade nachgeschaut und gesehen, daß wir keine Kondome mehr hatten, am Schluß habe ich gesagt, egal, machen wir es eben wie damals, als ich jung war, und Bingo, es ist passiert, es gibt keine Nacht, in der ich nicht daran denke, und ich schnaufe zornig, wie kommt er dazu, mich in diese Details einzubeziehen, als wäre ich seine Vertraute, aber schon versuche ich, die Situation zu rekonstruieren, es hört sich so aufreizend an, trotz des traurigen Ergebnisses, und dann verstehe ich plötzlich, warum er es für richtig gehalten hat, mir das alles zu erzählen, nicht wie einer Vertrauten, sondern, um mich aufzugeilen, er versucht, mir anzudeuten, daß er eigentlich immerzu bereit ist, und wenn ich ohne Höschen herumliefe, könnte es passieren. Einen Moment lang bin ich gereizt, bildet er sich etwa ein, daß es das ist, was mir gerade fehlt, doch sofort schaue ich ihn besänftigt an, man kann einfach nicht böse auf ihn sein, er ist so offen, das ist großartig, und eigentlich warum nicht, ich bin jetzt frei, ich bin nicht nur verlassen, die Sache hat auch eine zweite Seite, eine aufregende und unbekannte Seite.

Mit einer offensichtlichen Bewegung schaue ich auf die Uhr, er grinst, haben wir noch Zeit, die Situation zu besprechen? Ich nicke, ich bin so aufgeregt wie seit Jahren nicht, er schiebt sein Gesicht zu mir, aus der Nähe ist seine Haut grob und blank gerieben, genau wie das Leder seiner Brieftasche, die zwischen uns auf dem Tisch liegt, wollen Sie die

Situation hier besprechen oder woanders, fragt er, vielleicht fahren wir zu dem Ort, an dem alles angefangen hat, und ich flüstere, in Ordnung, plötzlich habe ich keine Lust, mir alles gründlich zu überlegen und zu zögern, wie verzaubert folge ich ihm, zum ersten Mal in meinem Leben, ohne zu überlegen, was passieren, wie hoch der Preis sein wird, ich gehe hinter einem Mann her, den ich heute morgen zum ersten Mal gesehen habe, und mein Körper erwacht, neues Leben durchströmt ihn, dieser Körper, der nur Udi gehört hat, wird mir vielleicht durch einen anderen Mann zurückgegeben, ich denke nicht an Noga und nicht an Udi und nicht an Ja'el, nur an den aufreizenden Charme, der in jeder seiner Bewegungen liegt. Fahren Sie hinter mir her, sagt er, es ist nicht weit, und ich steige in mein Auto und folge ihm, als wären wir durch ein dickes Seil verbunden, als zöge er mich und ich säße in dem kaputten Auto und könnte mir keine Zweifel erlauben.

Neben einem kleinen, gut gepflegten Gebäude halten wir an, im Treppenhaus empfangen mich zwei Blumentöpfe wie bunte Farbtupfer, ich steige hinter ihm die Treppe hinauf zu einem schönen und vor allem menschenleeren Büro. An diesem Tag wird bei uns nur bis mittags gearbeitet, sagt er, das war unser fester Tag, und ich lache, alles kommt mir plötzlich aufregend vor, alles, was mich jahrelang abgestoßen hat, sogar der Gedanke an den Speck, den er unter meinen Kleidern entdecken wird, beschämend wie Diebesgut, an die bis zur Verzweiflung privaten Körpergerüche, an alles, was nur Udi lieben kann, es stört mich nicht mehr, was alle anderen in ihrer Jugend erleben, probiere ich eben etwas später aus, und es ist weniger erschreckend, als ich gedacht habe, und sehr viel einfacher.

Seine Hand gleitet über meine Schulter, dreht mich zu seinem Zimmer, in dem roter Teppichboden liegt, genau das gleiche Rot wie meine Bluse, und seine Stimme raunt in mein Ohr, als ich dich heute morgen gesehen habe, weißt du, was ich da gedacht habe? Ich nicke, mir ist klar, was er sagen wird, ich habe gedacht, wie gern ich dich hier auf diesem Teppich liegen sehen würde, mit deinen schönen blonden Haaren, und er drückt sich an mich und streicht über meine Haare, er ist so nah, daß seine Lippen meine Wangen berühren, und ganz kurz weiche ich zurück, gleich wird sich sein Mund auf meinen legen, und die Spuren aller Dinge, die wir heute gegessen haben, und aller Wörter, die wir heute gesprochen haben, werden sich mischen, seltsam, daß ein einziger kleiner Körperteil so vielen Zwecken dient, man hätte einen Körperteil nur fürs Küssen schaffen müssen, was habe ich mit den Resten seiner Nahrung zu tun, seiner Silben. Seine Lippen öffnen sich an meinem Ohr, lauf mir nicht weg, Na'ama, flüstert er, mach dir keine Sorgen, wenn du Angst hast, machen wir nichts, ich möchte dich nur auf diesem Teppich sehen. Verwirrt betrachte ich den Teppich, wie werde ich zu ihm gelangen, aber er setzt sich hin und zieht mich mit, er legt meine Arme hin, meine Beine, mit präzisen Bewegungen, als würde er zeichnen, er breitet meine Haare um meinen Kopf aus, eine unschuldige Begeisterung geht von ihm aus, wischt meine Distanz weg, sein Staunen über mich kommt mir übertrieben vor, aber es ist so beruhigend, es ist bestrichen mit der Süße eines Traums im Wachzustand, so wie ein Kuchen mit Buttercreme, eine Süße, über die man nicht streiten kann, weil sie ohnehin nicht wirklich ist, man kann sie nur lecken, bis die Buttercreme verschwindet und nur noch der Kuchen da ist, nackt und armselig, aber es ist mir egal, ich habe mir lange genug Sorgen um die Zukunft gemacht, ich habe mit ihr alle möglichen geheimen Abkommen geschlossen, die schließlich nur ich eingehalten habe, jetzt soll die Zukunft für sich selbst sorgen.

Ich frage dich nichts, sagt er, betrachtet mich mit leuchtenden Augen, doch wenn du willst, kannst du mir alles erzählen, und ich versuche zu lächeln, aber eine kleine Träne fällt auf den Teppich, als ich sage, mein Mann hat mich vor genau einer Woche verlassen, ich war noch nie mit einem anderen zusammen, es ist eine beschämende Mitteilung, aber er weicht nicht zurück, er streichelt mein Gesicht mit den Fingerspitzen und flüstert, er wird zu dir zurückkommen, du wirst sehen, ich verspreche dir, daß er zu dir zurückkommt, und ich bin bereit, ihm zu glauben. Ich berühre sein schönes Gesicht, es ist sogar aus der Nähe schön, wenn auch weniger jung, ich habe nicht gewußt, wie tief die Falte zwischen seinen Augenbrauen ist, aber sein Lächeln ist warm und voller Gefühl, es drückt sich auf meine Lippen, laß mich dich lieben, flüstert er mir in den Mund, in den Abend, der sich auf das Zimmer senkt, es ist eine weiche sommerliche Dämmerung, ein Duft nach frischen Früchten geht von ihm aus, warme Pflaumen, gerade frisch gepflückt, die im Mund schmelzen wie Bonbons. Mit süßem Erbarmen schält er mir die Kleider vom Körper, du bist so weiß, sagt er, deine Haut ist so weich. Ohne Hemd sieht er ganz anders aus, meine Hände, gewöhnt an Udis knabenhaften Körper, messen erstaunt die Breite seines Rückens, aber seine Berührung ist angenehm, keine Distanz vergiftet mich. Ich wundere mich, wie einfach das ist, mit einem völlig Fremden Liebe zu machen, ohne die ganze Last und den Groll des gemeinsamen Lebens, warum bin ich nie darauf gekommen, daß nur ein Fremder wirklich lieben kann?

Sein herausfordernder Finger wandert über meinen Körper, ich habe das Gefühl, daß meine Haarwurzeln vor Lust erschauern, sie spalten mit ihrer Bewegung die trockene Erde des Schädels, du brauchst dich nicht zu schämen, flüstert er, zeig mir, wie du wirklich bist, und ich werde leichter und leichter, als hätte ich gerade eine große Last abgeworfen, Säcke voller Proviant, einen Moment bevor das Schiff untergeht, werfe ich alles von mir, was ich habe, und jetzt bin ich allein auf dem Schiff, in der Sicherheit, daß mir alles fehlt, folge ich der Fahrt seines Fingers, einen Moment lang hält er in meinem Mund, und ich lecke ihn wie eine Katze, die einen saftigen Knochen erwischt hat, und nun versteckt er sich vor mir in den Tiefen meines Körpers, und seine rauhe Zunge gleitet an meinem Hals hinunter, und schon ist er ganz nackt, kniet über mir, kurzbeinig wie ein Zwerg, und zieht mich zu sich, und ich flattere um sein warmes Glied, gleich wird es zerbrechen, es wird in Stücke springen wie das riesige Barometer meines Vaters, ich höre, wie er schreit, wie er atmet, lauf nicht weg, Na'ama, ich fühle, daß du wegläufst, und ich sage, ich bin hier, bei dir, und er schüttelt mich enttäuscht, nein, du bist nicht hier, und sofort beeile ich mich, ihn zu befriedigen, zu beweisen, daß ich hier bin, mein Körper krümmt sich, um ihn zu beschwichtigen, ein Kreis in einem Kreis, wie bei einer Schießscheibe, und in der Mitte steckt sein hypnotisiertes Glied und nichts wird etwas daran ändern, weder die Trauer meines Vaters noch Udis Verrat, auch nicht Nogas Kränkung, das ist die einzige Tatsache, eine andere gibt es nicht, und befreit werfe ich meinen Kopf zurück, öffne die Schranken für die verzuckerten Waggons der Lust, und da kommen sie, einer nach dem anderen, wie der Kuchenzug, den ich Noga zum zweiten Geburtstag gebacken hatte, drei Waggons, überzogen mit Schokolade, von denen sie noch nicht einmal ein Stück versuchen konnte, bevor sie hinunterstürzte.

Das ist es, was ich dir zur Situation zu sagen hatte, verkündet er plötzlich mit einer so lauten Stimme, daß ich erschrecke, das weiße Hemd hat schon den Weg zurück zu seinen Schultern gefunden, sein Gesicht zeigt den Ausdruck eines Jungen, der ein Geschenk bekommen hat, um ihn über ein Unglück hinwegzutrösten, und nun nicht weiß, ob er sich wegen des Geschenks freuen oder wegen des Unglücks traurig sein soll. Du verstehst mich, nicht wahr, fragt er und zuckt mit den Schultern, ich habe dreimal mit ihr auf diesem Teppich geschlafen, viermal auf diesem Stuhl, zwei-, dreimal auf dem Tisch, ich würde mich freuen, dir bei Gelegenheit alles zu demonstrieren, das eine oder andere Mal habe ich vielleicht vergessen, aber bedeutet das schon, daß wir, ich und sie, Mann und Frau sein können, daß ich meine Kinder verlassen und meine Familie, die ich liebe, zerstören muß, nun, was meinst du, sag schon, was für einen Preis muß ich für dieses Vergnügen bezahlen, ich habe sie nicht vergewaltigt, ich habe sie noch nicht einmal verführt, und als es passiert ist, habe ich alles getan, um es ungeschehen zu machen, sie ist es, die sich geweigert hat, ich habe ihr gesagt, daß ich bereit bin, die Vaterschaft anzuerkennen oder meine Unterschrift für eine Adoption zu geben, was wollt ihr noch, daß ich sie liebe? Es tut mir leid, dazu könnt ihr mich nicht zwingen, über meine Gefühle habt ihr keine Gewalt, und ich bin überrascht von dem scharfen Übergang, aber nicht erschrocken, es ist etwas Weiches an ihm, das meine Existenz nicht bedroht, und ich betrachte sein Hemd, das er mit seinen breiten Händen zuknöpft, wie ist es den ganzen Tag über so weiß geblieben, er hält mir die Hand hin, ich küsse seine Fingernägel, mir scheint, als habe jeder Nagel sein eigenes Gesicht, und jeder lächelt mich beschämt an, genau wie sein Gesicht, das sich meinem nähert, und ich lege seinen Kopf an mich, seine dichten, duftenden Haare bedecken meine Brust, mach dir keine Sorgen, sage ich leise, mach dir keine Sorgen, alles wird gut.

Als ich in der Dunkelheit nach Hause fahre, lache ich laut vor mich hin, denn direkt am Auto hat er zu mir gesagt, weißt du, daß Chawa das nie im Leben getan hätte, deshalb habe ich gesagt, daß ich dich vorziehe, und ich kicherte, die arme Chawa, sie hat ja keine Ahnung, was sie versäumt hat, im Spiegel habe ich gesehen, wie er mir nachsah, ein großer Mann, dankbar, weil ihm unerwartet verziehen worden ist, aber je näher ich meiner Straße komme, um so mehr zwinge ich mich, an die arme Ja'el zu denken, ich habe ihr nicht genützt, ich habe nur mir selbst genützt, auf eine seltsame und unerwartete Art, niemand hätte das von mir geglaubt, auch ich kann kaum glauben, was passiert ist, daß es mir endlich gelungen ist, das zu vollenden, was damals abgebrochen worden war, in der Dachwohnung, am Tag des ersten Regens, als wäre das damals meine wirkliche Sünde gewesen, und dafür bin ich bestraft worden, und jetzt, wo die Sünde vollendet worden ist, wird sie endlich ausgelöscht.

Zu Hause finde ich sie im Wohnzimmer vor, sie warten auf mich, meine Mutter, Udi und Noga, als wären sie besorgte Eltern und ich die ausschweifende Tochter. Mama, wo warst du, nur Noga wagt es, die Frage zu stellen, und ich antworte leichthin, ich hatte ein paar Verabredungen, Udi schaut mich an, ich weiß, daß es ihm jetzt sehr schwerfällt, mich nicht auszufragen, wie er es sonst immer tat, eine Woche lang habe ich ihn nicht gesehen, mir kommt es vor, als sei sein Körper geschrumpft und seine Last angeschwollen, seine Augen sind rot, als habe er die ganze Zeit nicht geschlafen, und meine Mutter sagt, du siehst so strahlend aus, Na'ama, und schielt herausfordernd zu ihm hin, und fast antworte ich, genauso hast du früher ausgesehen, wenn du von deinen Verabredungen zu uns nach Hause gekommen bist, du hast uns so erstaunt angeschaut, als wüßtest du nicht mehr, wer wir sind und was wir von dir wollen, doch ich betrachte sie schweigend, sie scheinen sich gegen mich verbündet zu haben, um mir diese bescheidene Freude zu verderben, aber das lasse ich nicht zu, das darf ich nicht zulassen. Noga, hast du deine Aufgaben gemacht, frage ich, energisch das Thema wechselnd, und sie schüttelt, wie erwartet, den Kopf und zieht sich in ihr Zimmer zurück, meine Mutter zischt, ich werde etwas zu essen machen, und verschwindet in der Küche, Udi erhebt sich langsam, dann steht er vor mir, die Glieder gefesselt im Gewirr seiner Gedanken, ich habe dir ja gesagt, daß es dir guttun wird, flüstert er scheinheilig, sein Blick huscht über mein Gesicht, und ich genieße seine Ohnmacht und merke, das ist Glück, jahrelang habe ich es vergeblich im Mitleid gesucht, und jetzt stellt sich heraus, daß es sich hier versteckt, in den Ritzen zwischen dem Sieg und der Niederlage, in den Fugen zwischen der vollkommenen Leere und der Erinnerung, die unaufhörlich nachhallt, das ist das Glück, einen alten Feind in Fesseln zu sehen, er darf nicht fragen, wo ich gewesen bin und was ich getan habe, er darf nicht nach verdächtigen Hinweisen suchen, nur seine Schritte, als er die Treppe hinuntergeht, ziehen eine fordernde Frage hinter sich her, eine Frage, deren Antwort schon seit ewigen Zeiten in ihr lauert.

19

In der Nacht steht sie plötzlich neben meinem Bett, eine schweigende, schwer atmende Statue, ich mache die Augen auf, schließe sie gleich wieder und drehe mich auf die andere Seite, dann schiebt sich das gebräunte Bein seiner Frau in mein Bett, tritt mir fest mitten in die Leistengegend, das ist es, was Frauen tun, um ihre Männer zu behalten, nur du verzichtest einfach, du wagst es nicht, um ihn zu kämpfen, aber vielleicht findest du es auch nicht lohnend, um ihn zu kämpfen, genau das hat er immer gesagt, wenn wir mal wieder in die trügerische Falle intimer Gespräche geraten waren, du willst mich nicht wirklich, du denkst, daß du etwas Besseres verdient hast, du bleibst nur aus Angst vor dem Alleinsein bei mir, nicht aus Liebe, aber nie habe ich ihm wirklich zugehört, ich habe nur darauf gewartet, daß ich an die Reihe kam, um seine Behauptungen wie Holzstückchen im Strom meiner Anklagen wegzuschwemmen, und jetzt erinnere ich mich an seinen gekränkten Blick auf der Treppe, kaum eine Woche ist vorbei, und schon hast du mich betrogen, du hast mich beiseite geschoben, schneller, als ich gedacht habe.

Kalte Luftströme ziehen durch mein Bett, streichen zögernd über meine Gliedmaßen, wie nach dem Duschen, wenn das Wasser noch heiß ist, aber die Haut schon die drohende Kälte wahrnimmt, die hinter dem Dampf lauert, so fühle ich zum ersten Mal das mögliche Ende dieses schrecklichen Sommers, und ich stehe auf, um die warme Decke zu suchen, und wieder sehe ich sie vor mir, ihre Augen sind geschlossen, sie ist im Stehen eingeschlafen, beim Aufpassen eingeschlafen, was bewacht sie mit dieser Mischung aus Treue und Nachlässigkeit, Nogi, du bist ja ganz kalt, komm ins Bett, und sie sagt, Papa hat mich nicht lieb. Dir ist kalt, sage ich, du hast nicht gemerkt, daß es heute nacht kalt geworden ist, und sie sagt, ich weiß, daß er mich nicht liebhat, ich ziehe sie zornig zu mir, da kann ich endlich einmal wieder schlafen, und schon muß sie mich stören, was habe ich ihr getan, daß sie mich so quält? Erst dann verstehe ich, was sie gesagt hat, aber ich antworte nicht, weil ich nichts zu sagen weiß, vielleicht hat sie recht, ich habe keine Ahnung, wen er liebt. Er hat kaum mit mir geredet, fährt sie fort, er hat mir kaum zugehört, er hat nur die ganze Zeit auf die Uhr geguckt, als würde jemand auf ihn warten, und ich umarme sie mit gezwungenen Bewegungen, statt einer Welle von Mitleid überschwemmt mich wilder Zorn, Zorn auf sie und auf ihn, ich möchte vor ihnen davonlaufen, vor beiden, ich möchte, daß sie mich in Ruhe lassen, sollen sie doch ihre Probleme ohne mich lösen. Noga, laß mich schlafen, fauche ich, ich kann nicht auch noch für deinen Vater verantwortlich sein, ich habe keine Ahnung, was mit ihm los ist, ich weiß nur, daß ich dich liebhabe, aber als sie wütend schweigt, steigen plötzlich Zweifel in mir auf, ob das stimmt, was er gesagt hat, als er das weiße Hemd zuknöpfte, zur Liebe könnt ihr mich nicht zwingen, und ich drücke mein Gesicht ins Kissen, ich bin es leid, zu lieben, ich gebe es zu, ich will nur selbst geliebt werden, ohne daß jemand etwas dafür von mir fordert.

Aber am Morgen, als ich sie neben mir schlafend vorfinde, streichle ich ihre salzigen Wangen, auf denen ihre nächtlichen Tränen durchsichtige Spuren hinterlassen haben, und da macht sie die von langen Wimpern eingefaßten Augen auf, ich bin seine Tochter, sagt sie, er muß mich liebhaben, und ich unterbreche sie, wir müssen aufstehen, Nogi, es ist schon spät, denk nicht die ganze Zeit daran, denk lieber an etwas anderes, und als sie von mir wegrückt, die Lippen enttäuscht zusammengezogen, atme ich erleichtert auf, sie genießt es so sehr, mir zu erzählen, was für ein armes Kind sie ist, aber ich muß sie von mir wegschieben, damit ich sie lieben kann, wenn ich mir ihre Schmerzen auflade, schwächt mich das, und mir bleibt keine Kraft, sie zu lieben, nur eine Handvoll Mitleid. Wir stehen schon an der Tür, als er anruft, du bist noch zu Hause, fragt er mit trockener Stimme, als hätten wir uns schon immer und ewig morgens am Telefon unterhalten, als hätten wir nicht Nacht um Nacht nebeneinander geschlafen, und ich sage, ja, ich bin noch hier, obwohl ich schon im Weggehen war, ich gebe Noga ein Zeichen, sie soll zu Fuß gehen, ich habe das Gefühl, er möchte zurückkommen, mit triumphierender Freude gehe ich durch die Zimmer, lächle die Gegenstände an, die mich in meiner Schmach gesehen haben, wenn schon Rückkehr, dann zu einem ganz anderen Leben, werde ich ihm sagen, zu einem Leben von unabhängigen Erwachsenen, die sich für dieses Leben entschieden haben, nicht zu dem Leben erschrockener Kinder, die voller Haß aneinander hängen, aber als er hereinkommt, spüre ich die scharfen Nägel des Verlusts in meinem Fleisch, er hat dir mal gehört, jetzt gehört er dir nicht mehr, weinet nicht über den Toten, im Jeanshemd und den dicken Kordhosen steht er vor mir, mit steinernem Gesicht, ohne jedes Mitleid. Ich will ein paar Sachen abholen, sagt er, ich fahre weg, und ich verfluche ihn mit gierigen Lippen, wieder bin ich besiegt worden, immer war er wagemutiger und grausamer als ich, ich habe gedacht, ich hätte dich mit einem einzigen glücklichen Tag besiegt, jetzt wirst du mich für Wochen erniedrigen, ich habe gedacht, ich könnte Bedingungen stellen, jetzt stellt sich heraus, daß ich noch nicht einmal jemanden habe, dem ich sie vortragen könnte. Ich habe das Gefühl, daß mein Gesicht zusammenfällt, die Erdanziehung wirkt ungeheuer, sie zieht meine Mundwinkel nach unten, meine Schultern, meine Brüste in dem verschwitzten Büstenhalter, meine zitternden Knie, nach unten, nach unten, denn er verläßt mich wieder, nun, da ich schon geglaubt habe, er käme zurück, diese dumme Chawa, wie konnte sie mir sagen, es wäre zu meinem Besten, wieder folge ich ihm von Zimmer zu Zimmer, die Zähne zusammengepreßt vor Kränkung, weinet nicht über den Toten und grämt euch nicht um ihn; weint aber über den, der fortgezogen ist; denn er wird nicht mehr wiederkommen und sein Vaterland nicht wiedersehen.

Tastend versuche ich mein Glück, wohin fährst du, auf eine Tour, und er zischt, etwas Ähnliches, und ich bin erstaunt, so plötzlich, gestern hast du nichts davon gesagt. Er unterbricht mich, ich habe mich heute nacht erst entschlossen zu fahren, ich kann nicht länger hierbleiben, und ich versuche zu spotten, ist das auch eine Prophezeiung? So etwas Ähnliches, sagt er, aber ich weiß, daß es eher eine Strafe ist, er hat gefühlt, daß ich mit einem anderen Mann zusammen war, und will mich bestrafen, was für eine Frechheit von ihm, mit was für einem Recht tut er das, und ich verkünde seinem Rücken, ich weiß, daß du nicht allein fährst, aber er antwortet nicht, er holt die Leiter vom Balkon und klettert hinauf zum oberen Schrankfach mit den Wintersachen. Feindselig betrachte ich seine kräftigen Füße, ein Zeh neben dem anderen schauen sie unter dem braunen Lederstreifen heraus, direkt vor meiner Nase, für einen Moment kommt es mir vor, als würde er nicht wirklich weggehen, er hilft mir doch nur, die Winterkleidung herunterzuholen, dieser Sommer wird bald vorbei sein, endlich, heute nacht habe ich es zum ersten Mal gespürt, wir bereiten uns nur ein bißchen früher auf den Winter vor als gewöhnlich, aber er nimmt mir gleich wieder die Illusion, wo hast du meine blaue Windjacke hingetan, murrt er, als wäre es noch immer meine Aufgabe, ihm zu helfen, und seine Aufgabe wäre es, zu verschwinden, ohne zu sagen, wohin und mit wem. Ich flüstere zu seinen Füßen, die auf der letzten Sprosse der Leiter stehen, du fährst mit Sohara, stimmt's? Seine Zehen krümmen sich plötzlich, verstecken sich unter dem Lederstreifen, bekennen sich schuldig.

Ich fahre mit ihr, aber es ist nicht so, wie du denkst, sagt er schnell in den Schrank hinein, und ich lege meine Hand auf die Leiter, gleich werde ich sie schütteln, wie man einen Ast schüttelt, damit die Frucht herunterfällt, er wird verletzt zu Boden stürzen und mit niemandem wegfahren, nirgendwohin, aber das ist ja alles schon passiert, er hat hier schon verletzt gelegen, alle haben wir darunter gelitten, ich muß ihn seiner Wege gehen lassen, wie gering ist meine Macht über ihn und wie leicht wendet er sich gegen mich, je schneller ich aus dem Bild seines Lebens verschwinde, um so eher kann er es so sehen, wie es wirklich ist. So viele Jahre lang habe ich zugelassen, daß er mich benutzte, um sich vor sich selbst zu verstecken, um aus allem einen persönlichen Kampf zwischen uns beiden zu machen, damit er seine Wut gegen mich wenden konnte, Hauptsache, er mußte sich nicht selbst anschauen, aber das ist vorbei, das schwöre ich, und um aus dem Bild zu verschwinden, verschwinde ich sofort aus dem Zimmer. Ein paar Minuten später taucht er auf, er hat die Windjacke in den Händen, dazu eine Wollmütze und ein Paar dicke Strümpfe, und ich sage kein Wort, denn plötzlich ist mir klargeworden, daß man um so mehr sagt, je weniger man tatsächlich zu sagen hat, ich schaue zu, wie er eine Plastiktüte hinter dem Kühlschrank hervorholt und seine Sachen einpackt, seltsam, daß er weiß, wo die Tüten sind, und auch den Hahn findet er problemlos, gießt sich ein Glas Wasser ein und setzt sich zu mir. Es ist nicht so, wie du denkst, sagt er, ich liebe sie nicht so, wie ich dich geliebt habe, es ist etwas ganz anderes, sie läßt mich einfach leben, sie akzeptiert mich so, wie ich bin, sie erwartet von mir nichts, sie versucht nicht, mich zu erziehen.

Es fällt mir schwer, mich mit diesen Feinheiten zu trösten, vor allem da die Vergangenheitsform in meinen Ohren dröhnt, ich habe dich geliebt, ich habe dich geliebt, und je mehr er es zu erklären versucht, um so mehr distanziere ich mich, ich sitze schon nicht mehr neben ihm auf dem Sofa, sondern betrachte ihn aus riesigen Entfernungen, Entfernungen, die ich in den letzten Monaten zurückgelegt habe, ohne es zu merken, ich sehe, wie er wieder einen Fehler begeht, wie er vor allen Auseinandersetzungen flieht, die einfachsten Lösungen anstrebt, und das nennt er Veränderung? Wieder richtet er sich nach dem, was ein anderer sagt, eigentlich ist er sehr schwach, mit der Kraft seiner Schwäche hat er mich jahrelang beherrscht, aber ich darf nichts sagen, ich kann ihn nicht retten, und er kann mich nicht retten, jeder hat sein eigenes Schicksal, obwohl wir viele Jahre in einer Wohnung gelebt haben, mit unserem gemeinsamen Namen und unserer gemeinsamen Tochter, und aus unendlicher Ferne strecke ich die Hand aus und streiche ihm über die Haare, ein Gefühl überkommt mich, als wäre er mein Sohn, ich meine eigene Tochter, nur so kann ich ihn lieben, und aus irgendeinem Grund ziehe ich es vor, ihn zu lieben, und für einen Moment sehe ich die andere Seite der Medaille, je weiter er flieht, um so weiter entfernt er sich von einer Heilung, aber ich habe keine Möglichkeit, ihn zurückzuhalten, er ist wie ein mondsüchtiger Junge, der über eine dünne Stange balanciert, wenn ich versuche, ihm zu helfen, wird er herunterfallen. Und ich mustere ihn neugierig, er ist nicht mehr mein Mann, er ist nicht Nogas Vater, er ist ein nicht mehr ganz junger, nicht sehr glücklicher Mann, der sein Leben besser in den Griff bekommen möchte, die Haare hängen ihm dünn und glatt um den Kopf, seine Augen liegen dunkel in ihren Höhlen, die Lippen verzerrt, sogar seine hohen Wangenknochen, um die herum sein ganzes Gesicht geordnet ist, scheinen sich unter der Haut gesenkt zu haben, die Hände umklammern die Plastiktüte mit den Strümpfen, der Wollmütze und der blauen Windjacke, als wäre das sein einziger Besitz, und ich betrachte seine trockenen Hände und sehe, wie sie auf dem Bauch der kleinen Noga liegen, die kleinen Rippen kitzeln, und sie erstickt fast vor Vergnügen, und ich schimpfe mit ihm, laß sie, das ist gefährlich, zu sehr zu lachen. Was ist mit dem Baby, frage ich ruhig, er antwortet ebenso ruhig, ich gebe mir Mühe, und lächelt entschuldigend, sie ist so klein, und ich senke den Kopf, wie leicht ihm das Geben fällt, wenn er nicht dazu verpflichtet ist, mein Widerstand schmilzt, sie ist so klein, sie hat keinen vorwurfsvollen Blick, man muß vor ihren Augen nicht ans Ende der Welt fliehen, nur mit einem fremden Mann kann man leicht Liebe machen, nur ein fremdes Baby kann man leicht aufziehen, und was ist mit all den Jahren, in denen wir das Gegenteil glaubten?

Kaltblütig deute ich seine Worte, noch nie habe ich das gekonnt, so sehr war ich damit beschäftigt, mich zu verteidigen, seine Worte auf mich zu beziehen, und plötzlich kann ich es, nur ein paar Monate zu spät, es nützt schon nichts mehr, jedenfalls uns beiden nicht, ich betrachte die Streifen seiner Kordhose, und ich erinnere mich daran, wie wir sie im letzten Winter gekauft haben, an seinem Geburtstag, zu dritt sind wir zwischen den Kleiderständern herumgelaufen, und dann fällt mir ein, daß Noga bald Geburtstag hat, Ende des Monats wird sie zehn, ich möchte ihn daran erinnern, damit er ihr schreibt oder sie anruft, um ihr zu gratulieren, doch aus meiner Kehle kommt ein trockenes Husten, das geht mich überhaupt nichts an, das ist eine Sache zwischen ihm und ihr. Hast du was gesagt, fragt er, und ich flüstere, nichts, ich wünsche dir eine gute Reise, schnell streiche ich über seine Wange, er riecht ein wenig nach Rauch, nach einem einsamen Brand in der Wüste, und er umklammert seine Tüte, schenkt mir ein schiefes Lächeln, und als ich ihn die Treppe hinuntergehen sehe, denke ich, wie ist es möglich, daß das ganze Leben ein Machtkampf zwischen den Menschen ist, und wenn einer sich aus dem Kampf zurückzieht, mit zaghafter Stimme, als habe er nie ein bestimmtes Ziel gehabt, ist alles zu Ende, und ich habe immer geglaubt, der Kampf wäre stärker als ich, daß er nach uns weiter andauern würde, daß wir für immer Söldner in einer nie endenden Schlacht wären.

An der Ecke ist noch sein schmaler Rücken zu sehen, er scheint innezuhalten, einen Moment zu zögern, aber ich rufe ihn nicht, wir befinden uns noch in derselben Straße, aber unsere Wege haben sich für immer getrennt, ich kämpfe nicht um ihn, ich lasse los, wie der Himmel losläßt, erstaunt schaue ich den dahinschwebenden Wolken nach, so viele Jahre habe ich versucht, unsere Risse zu flicken, ich habe sie mit ungeschickten, zitternden Fingern geflickt, mit groben Fäden, so daß die Risse nur noch tiefer wurden, und jetzt wird mir klar, daß dies alles nur dazu diente, zu lernen, mit den Mängeln zu leben, sich mit dem Unvollkommenen anzufreunden, nichts zu beschönigen, sich von oben über die Langeweile des Lebens zu beugen und Vergnügen daran zu finden, denn was bleibt schon nach dem Verzicht auf den Kampf, ein Verzicht, der schwerer zu sein scheint als der Verzicht auf die Liebe, nur eine Trostlosigkeit, die einen in Angst und Schrecken versetzt, und jeder Versuch, diese Trostlosigkeit nachts zu mildern, verstärkt sie nur noch am

Morgen, damit muß man leben, und als er um die Ecke verschwunden ist, bleibt mir für einen Moment die Luft weg, es ist zu Ende, kaum zu glauben, daß es zu Ende ist, bevor unser Leben zu Ende gegangen ist, aber es ist passiert, aber daß es so passiert ist, heißt noch nicht, daß es so hat passieren müssen, nicht einmal damit kann man sich trösten, wahrscheinlich hätte es verhindert werden können, wie die meisten Katastrophen, doch jetzt ist es zu spät.

Sie wartet vor dem Heim auf mich, am Tor, ihr nach unten gesenkter Bauch drückt sich gegen die Eisenstäbe, Na'ama, ruft sie mir entgegen, wie hast du das gemacht? Erschrocken frage ich, wie habe ich was gemacht, und sie sagt, wie hast du es geschafft, ihn zu überreden, und ich frage zögernd, überreden wozu, und sie sagt, mit mir zusammenzusein, mir zu helfen, er hat heute morgen angerufen und versprochen, mich später zu besuchen. Ich seufze erleichtert, schön, Ja'el, aber erwarte nicht zuviel davon, du wirst nie das von ihm bekommen, was du willst, du wirst dich immer nur auf dich selbst verlassen müssen, und sie sagt, das stimmt nicht, ich glaube, er wird sich ändern, und ich mache das Tor auf und sage, nein, du wirst ihn nicht ändern, du kannst nur dich selbst ändern, und auch das gelingt kaum, und sie betrachtet mich enttäuscht, er wird also nicht mit mir zusammensein? Er wird das Kind nicht mit mir zusammen aufziehen? Und ich sage, nein, er wird manchmal kommen, um dich zu besuchen, und er wird dir so gut gefallen, daß du es nicht schaffen wirst, dich in einen anderen zu verlieben, aber auch das wird nur vorübergehend sein, du mußt dein Leben ohne ihn planen. Aber er wird doch kommen, wenn das Kind Geburtstag hat, fragt sie, und ich denke an Nogas Geburtstag, vielleicht hätte ich ihn doch daran erinnern sollen, doch was nützt das schon, was er nicht freiwillig zu geben bereit ist, soll er lieber für sich behalten, ich kauere mich neben Ja'el auf die Stufe, diese verdammten Geburtstage, wer braucht sie überhaupt, aber auch wenn sie das Kind weggibt, werden diese Tage sie verfolgen, was wird sie jedes Jahr an seinem Geburtstag machen, einen Kuchen backen und ihn selbst essen, einen Bärenkuchen, einen Hasenkuchen, einen Kuchenzug mit Schokoladenglasur, sie wird selbst die Kerzen ausblasen, sie wird langsam mit ihm zusammen älter werden, in verschiedenen Häusern, in verschiedenen Städten.

Den ganzen Morgen strampelt es schon wie verrückt, sagt sie und legt die Hand auf den Bauch, mein Baby will mir etwas sagen, und ich verstehe nicht, was, wenn ich nur wüßte, was gut für es ist, und ich sage sehr leise, damit niemand meine ketzerischen Worte hört, ich kann selbst nicht glauben, daß sie aus meinem Mund kommen, du weißt doch, was gut für es ist, du mußt stark sein und das auch zugeben, es hat überhaupt nichts mit Micha zu tun, nur mit dir und deinem Baby, ich warne dich, wenn du es weggibst, wirst du dich nie davon erholen, und sie seufzt, ich denke so viel darüber nach und komme zu keinem Entschluß, ein Glück, daß ich noch zwei Wochen habe, um es mir zu überlegen, doch als wir aufstehen, stößt sie einen lauten, tiefen Schrei aus, vermutlich hat sie das Ungeborene in ihrem Leib getreten. Schau, sagt sie, und blickt entsetzt an sich hinab.

Das Wasser läuft an ihr herunter, als hätte sie in ihren Kleidern gebadet, sie steht da und weint, ich bringe sie schnell hinauf ins Heim, die Fruchtblase ist geplatzt, sage ich keuchend zu Annat, ich fahre gleich mit ihr zum Krankenhaus, und Annat packt schnell die Tasche, bist du wirklich sicher, daß du dabeisein willst, fragt sie, im allgemeinen ist es ihre Aufgabe, und ich sage, ja, kein Problem, und versuche, mein regelwidriges brennendes Interesse zu verbergen. Muß man jemanden anrufen, fragt sie, und ich wühle in meiner Tasche und ziehe den weißen Zettel heraus, sag ihm Bescheid, sage ich, noch immer keuchend, ich bin so aufgeregt, als wäre ich es selbst, die auf einmal eine neue Familie gründet, jenseits meiner eigenen Familie, die mich so enttäuscht hat.

Sie streckt sich auf dem Rücksitz aus, genau wie Noga vor einer Woche, als sie krank wurde, und mein kleines Auto wird zu einer Behelfsambulanz, voller Schmerzen und Seufzer, immer stöhnt da hinten eine andere, ich komme vorwärts, obwohl ich langsam fahre, fast im Schrittempo, und ich sage zu ihr, wir kommen gleich an, Ja'eli, alles wird gut sein, ich helfe dir, und sie jammert, mir ist kalt, ich bin ganz naß. Trotz der strahlenden Sonne mache ich die Heizung an, das Auto scheint zu brennen, aber sie zittert noch immer, ihre Zähne klappern aufeinander, ich kriege kaum Luft, Schweiß strömt mir über die Stirn in den trockenen Mund, ich schlucke ihn verzweifelt, Durst packt mich, wird immer größer, und ich reiße den Mund auf und habe das Gefühl, als würde mir eimerweise Wasser vom Himmel hineingegossen, lauwarmes, trübes Fruchtwasser, ich trinke es dankbar, meine Augen zerfließen vor Hitze, es ist, als würde sich die Stadt immer weiter von uns entfernen, ich fahre mitten durch die Wüste, ich suche Udi, ich weiß, daß er sich dort versteckt, ich muß es ihm sagen, bevor es zu spät ist, ein neues Baby klopft an die knarrenden Türen unserer Herzen, was werden wir ihm sagen und wie werden wir es empfangen, aber um uns herum gibt es keine Menschenseele, nur brennende Feuer zu beiden Seiten der Straße, gelbliche Feuerblumen in der Wüste, die nach verbranntem Fleisch riechen, ein Geruch nach Menschenopfer.

Als wir fast ohnmächtig die Entbindungsstation betreten, fällt mir ein, wie die Schwester damals fragte, können wir Ihnen helfen, und Udi antwortete, holen Sie nur das Baby heraus, dann werden wir Sie nicht länger stören, diesmal sind

Fragen unnötig, alles scheint so klar, der gesenkte Bauch und die nasse Kleidung, sie übernehmen sie sofort und bitten mich, draußen zu warten, ich gehe im Korridor auf und ab, Glocken eines unerwarteten Glücks läuten in mir, die ganze Welt scheint mit angehaltenem Atem auf die Geburt des kleinen Geschöpfs zu warten, sie breitet ihre riesigen Arme aus, um ausgerechnet dieses Kind zu empfangen, das keiner gewollt hat. Mit geschlossenen Augen stehe ich am Fenster, hinter dem Anblick der Stadt, der mir bis zum Überdruß bekannt ist, spüre ich wieder die einsame Landschaft um mich herum, kahle Bergspitzen schießen wie seltsame Gewächse aus der Erde, ihre Nasen sind lang und adlerförmig und voller Staub, und die Oasen zu ihren Füßen betonen nur noch die endlose Verlassenheit. Eine himmlische Hand spannt die Berge mit starkem Arm, Salzberge glitzern wie Eis, Udi, wo sind wir, wohin fahren wir, aber der Fahrersitz ist leer, das Lenkrad steuert sich selbst zwischen den Bergketten hindurch, die sich nebeneinander erheben und die Wüste abschließen, und aus den blassen Staubpflanzen steigt seine Gestalt auf, was für eine Einsamkeit, flüstert er, du hast keine Ahnung, wie einsam ich bin, du hast das noch nie erlebt.

Eine schwere Hand faßt mich an der Schulter, wir haben uns erst gestern kennengelernt, und schon warten wir auf ein Baby, flüstert er mir ins Ohr, sein Lachen kitzelt meine Wange, Micha, sage ich erstaunt, du bist aber schnell gekommen, und er nickt, ich habe beschlossen, alles zu tun, was du sagst, und ich lache, wirklich, warum? Einfach so, sagt er, weil es mir angenehm ist, dir eine Freude zu machen. Aber Micha, schimpfe ich, du bist doch nicht zu mir gekommen, sondern zu Ja'el, und er murrt, sei doch nicht so ernst, das ist doch kein Widerspruch, kann man nicht zwei Frauen gleichzeitig eine Freude machen? Wieder muß ich kichern, wir sind so verschieden, daß es fast lächerlich ist, er würde nie zulassen, daß man ihm das Leben zerstört, während ich opferbereit darauf warte, ein Leben mit ihm ist sicher sehr angenehm, und dann fällt mir auf, daß er sich noch nicht einmal nach ihr erkundigt hat, es macht ihm nicht wirklich etwas aus, daß sie hinter der Wand Wehen aushalten muß, seine Liebe ist charmant und ohne Gewicht, sie geht vorbei, und ich stelle mir den angespannten, ernsthaften Udi neben ihm vor, aber auch seine Liebe geht vorbei, was spielt es schon für eine Rolle, ob sie nach zweieinhalb Tagen vorbeigeht oder nach zweieinhalb Jahrzehnten?

Die Schwester, die aus dem Saal kommt, wirft einen neugierigen Blick auf uns, die wir Arm in Arm am Fenster stehen, Sie können jetzt zu ihr gehen, sagt sie zu mir, aber ich ziehe es vor, ihn zu schicken, geh du zuerst, das wird ihr mehr helfen, und als er verschwindet, mit zögernden Schritten, ist der Korridor leer, ich setze mich auf einen wackligen Plastikstuhl, ich meine, das Gewirr ihrer Stimmen zu hören, ihre Schmerzensschreie, seine Stimme, die sie zu beruhigen versucht, und dazwischen das Echo der schnellen Herztöne des Kindes, wie ein himmlisches Orakel, man spricht in der Weite des Raums Fragen aus, wer wird dieses Kind aufziehen, wer wird seinen Wagen schieben, wer wird nachts aufstehen, wenn es weint, ich bestimmt nicht, was hänge ich mich an ihr Leben, ich habe das meinige getan, ich habe ihn hierhergebracht, und jetzt kann ich gehen, jetzt muß ich gehen. Ich versuche aufzustehen, aber Müdigkeit sinkt auf mich, als hätte ich seit Jahren nicht geschlafen, ich lehne mich zurück, an die Wand, und mache die Augen zu. Die Nähe des neuen Lebens, der neuen Familie, die dort in Schmerzen vereint ist, versetzt mich in eine kindliche Ruhe, als würde jemand meinen Schlaf bewachen, ich, die ich Nacht für Nacht in meinem Bett mit dem Einschlafen kämpfe, versinke hier auf dem Plastikstuhl, in diesem lauten Korridor, in einen tiefen Schlaf, trotz der Gesprächsfetzen und der Schreie, die an mein Ohr dringen, trotz der eiligen Schritte und der Freudenrufe, trotz des Weinens und des Stöhnens, und nichts stört mich so, wie mich früher Udis Atemzüge neben mir gestört haben, oder das Licht seiner Leselampe, ich fühle mich wie ein kleines Mädchen in einem großen Haus, ein nachgeborenes, verwöhntes Kind mit vielen Brüdern und Schwestern und mit vielen Müttern und Vätern, und alle sind gierig und lebendig und freundlich und gut. Da kommt einer meiner geliebten Brüder und streichelt mir die Haare, er legt seine Lippen auf meine und schiebt mir eine süße Marzipanzunge in den Mund, verteilt ihre Süße in meiner Mundhöhle, und ich lutsche und sauge langsam an der Zunge, ganz langsam, damit sie nicht so schnell zu Ende ist, und ich spüre, wie mein Körper sich öffnet, hier auf dem Stuhl, vor aller Augen, hätte ich mit ihm geschlafen, wir sind doch alle eine Familie, aber Schritte nähern sich uns, er löst seinen Mund von meinen feuchten Lippen, setzt sich neben mich und senkt den Kopf, und ich lege meine Hand auf seine Schulter, wie geht es ihr, frage ich, als handelte es sich um unsere gemeinsame Tochter, und er sagt, es geht ihr gut, es ist ein Junge.

Herzlichen Glückwunsch, sage ich aufgeregt, und er wirft mir einen zweifelnden Blick zu und seufzt, du bist wirklich stur, und ich frage, wieviel wiegt er, wem sieht er ähnlich, und er kichert, er sieht mir ähnlich, aber er wiegt ein bißchen weniger, wenigstens vorläufig, und ich lache glücklich, alle Schranken sind gebrochen, von dem Moment an, als meine kleine, geschlossene Familie zerbrach, scheint mich alles anzugehen, alles gehört mir, dieses Baby ist auch mein Baby, dieser Mann ist auch mein Mann, die junge Frau dort im Zimmer gehört mir, und ich bin bereit, auch Noga in diese Gemeinschaft einzubringen, von mir aus kann sie auch ihm gehören, so erleichtert man das Leid der Welt, so heilt man die Wunden, nur meinetwegen hat er ihr bei der Geburt beigestanden, wie kann er auf das Kind verzichten, bei dessen Geburt er anwesend war. Einen Moment lang steigen Zweifel in mir auf, was würde Chawa zu diesen Neuigkeiten sagen, doch sofort dränge ich sie aus meinen Gedanken, wer kein Leid kennt, weiß nicht, wie man es erleichtert, schwerfällig stehe ich auf, meine Finger auf seinem Kopf, sie fahren ihm durch die Haare, eine angenehme Nähe, ich gehe hinein, zu ihr und dem Kind, sage ich, und er lächelt, nur bleib nicht für alle Ewigkeit dort, wir haben noch viel Arbeit vor uns, und ich frage verwundert, was für eine Arbeit? Er sagt, das Haus, das ich für dich baue, wir haben den Plan noch nicht ganz durch, und das Lächeln, das ich ihm schenke, begleitet mich in das Zimmer, ein glückliches Lächeln, erstaunt über die eigene Bereitschaft zum Glück.

Herzlichen Glückwunsch, Ja'eli, ich beuge mich über sie und küsse sie, ein feuchter Geruch steigt von ihr auf, der lebendige Geruch von Blut aus der Tiefe ihres weichen geschundenen Unterleibs, er erinnert mich an den Geruch, der von Sohara ausging, ein Geruch, der jetzt Udi begleiten wird. Sie wirft mir einen müden Blick zu, ist dein Mann zurückgekommen, fragt sie, und ich sage, nein, wieso denn, und sie sagt, nur so, du siehst so strahlend aus. Ich freue mich einfach für dich, sage ich schnell, ich freue mich, daß alles gutgegangen ist, und sie schluchzt, es war furchtbar, ich habe gedacht, ich muß sterben, es war schlimmer, als ich es mir vorgestellt habe, und ich streichle ihren Arm, zu dem der druchsichtige Plastikschlauch der Infusionsflasche führt, aber es war kurz, sage ich, kaum zwei Stunden, manchmal dauert es ganze Tage, weißt du. Vielleicht ist es leichter auszuhalten, wenn man das Kind will, sagt sie leise, für mich war das wirklich überflüssig, und ich schaue mich um, wo ist der Kleine, ich muß ihn sehen, und sie sagt, sie haben ihn für irgendeine Untersuchung mitgenommen, er kommt gleich wieder. Hast du ihn schon gestillt, frage ich begeistert und werfe einen Blick auf ihren Brustansatz, der unter dem Morgenmantel herauslugt, und sie sagt, nein, nicht richtig, das ist nichts für mich, und legt schützend ihre Hand auf die Brust. Am Anfang ist es schwer, sage ich, aber nach ein paar Tagen gewöhnt man sich daran, du mußt es wenigstens probieren, und sie seufzt, ihre Augen sind noch rot von der Anstrengung, ihr Gesicht rosig und weich, genau wie der Morgenmantel, den sie trägt, sie erinnert mich an eine Blume, die ich einmal gesehen habe, eine Blume, die aussah wie ein Mensch.

Aber woher soll ich wissen, ob dies der Anfang oder das Ende ist, bricht es plötzlich aus ihr heraus, ich bin überhaupt nicht sicher, ob er noch ein paar Tage bei mir bleibt, ich weiß nicht, ob ich mich dafür entscheiden soll, ihn zu stillen, oder ob ich es besser bleiben lasse, verstehst du? Ich habe noch nicht beschlossen, ob ich ihn überhaupt behalte, sagt sie, und ich erschrecke, sie wird mir nicht meine neue Familie kaputtmachen, ich streiche mit sicherer Hand die kleinen Fragezeichen, die zu setzen ich ausgebildet worden bin, und sage in nachdrücklichem, fast zwingendem Ton, was redest du da, ich habe geglaubt, es wäre jetzt alles klar, Micha war bei der Geburt dabei, er wird der Vater des Kindes sein, auch wenn er nicht bei euch lebt, wird er doch finanziell für euch sorgen, und ich werde dir auch helfen, du wirst nicht allein sein, meine Tochter kann manchmal auf ihn aufpassen, auch deine Eltern werden sich schließlich an den Gedanken gewöhnen, es wird schwer sein, aber glaub mir, es wäre viel schwerer, den Kleinen wegzugeben, die

Sache würde dich dein Leben lang verfolgen. Ich weiß nicht, schluchzt sie, ich kenne ihn noch nicht, ich würde ihn im Babyzimmer noch nicht mal erkennen, ich kann morgen weggehen, als wäre nichts gewesen, ein bißchen Diät, und das war's, ich kann meine Ausbildung fortsetzen und die Sache vergessen, und in ein paar Jahren, wenn die Umstände passender sind, kann ich eine richtige Familie gründen, ich habe jetzt keine Kraft, ein Kind aufzuziehen, es paßt mir nicht. Ich bleibe stur, ich kann mich einfach nicht beherrschen, mir ist klar, daß ich hier den schlimmsten Fehler verhindern muß, es kommt dir jetzt nur so vor, als hättest du keine Kraft, sage ich, du bist noch geschwächt von der Geburt, du wirst schon sehen, das Baby gibt dir Kraft, du wirst deine Ausbildung fortsetzen können, du wirst zurechtkommen, bedenke die Alternative, stell dir vor, daß jedes Baby, das du auf der Straße siehst, deines sein kann, und später jeder kleine Junge, jeder junge Mann, es wird dich bis an dein Lebensende verfolgen, und wenn du eine Familie gründest, wird es dir noch mehr Schmerzen bereiten, denn dann wirst du verstehen, worauf du verzichtet hast, und du wirst es dir nicht verzeihen können, und wenn du Micha siehst, wird euch jedesmal der Gedanke an euer Kind quälen, das ihr hättet lieben können.

Ich habe nicht vor, Micha weiterhin zu sehen, verkündet sie mit Nachdruck, und ich werde blaß, warum denn nicht, schließlich ist er doch gekommen, um dir während der Geburt beizustehen, wie du es gewollt hast, ich bin nicht bereit, auf meine Errungenschaft zu verzichten, und sie sagt, ausgerechnet hier sind mir die Augen aufgegangen, ich habe gesehen, daß er sich vor mir ekelt, sein ganzes Wesen lehnt mich ab, immer habe ich gedacht, bei ihm sei es schwer, zu wissen, was er wirklich fühlt, aber heute habe ich verstanden, daß er einfach nicht fähig ist, etwas zu fühlen, er will sich nur amüsieren, er war nicht wirklich hier bei mir, er hat nur gespielt, ich habe genug von ihm. Ich höre ihr erstaunt zu, mir ist, als hörte ich die Beurteilung meines Sohnes bei einer Elternversammlung, eine ernste Warnung, die auch mich bedroht, während ich noch seinen Marzipangeschmack im Mund habe, und in diesem Moment kommt ein Arzt herein und bittet mich, den Raum zu verlassen, ich ziehe einen Zettel aus der Tasche und schreibe meine Telefonnummer zu Hause drauf, ruf mich an, wenn du etwas brauchst, sage ich, ich besuche dich heute abend oder morgen noch mal.

Schnell verlasse ich den Raum, ich sehe ihn am Rand des Korridors stehen, mit einer Tasse Kaffee in der Hand, verdammt, flucht er, ich habe mich verbrannt, sie servieren den Kaffee in Plastikbechern, die einem in der Hand schmelzen, ich strecke die Hand aus, wie in einer seltsamen Zeremonie reicht er mir den heißen Becher, ich genieße die plötzliche Wärme, die mich an die Fahrt hierher erinnert, diese schreckliche, diese feierliche Fahrt, ich trinke einen Schluck, und er sagt, laß das Zeug, komm, gehen wir einen richtigen Kaffee trinken, ich betrachte ihn mit kühlem Blick, ich habe keine Zeit, Micha, ich muß zur Arbeit zurück, es ist schon fast Mittagszeit, das Urteil, das sie über ihn gesprochen hat, tropft weich und eklig von seinem Kopf wie Taubendreck. Wir haben uns noch nicht über die Situation geeinigt, versucht er es noch einmal, schenk mir eine Stunde von deiner Zeit, für das Baby, und ich gebe nach, gehe schweigend neben ihm her, hin- und hergerissen zwischen ihr und ihm, verwirrt folge ich ihm wieder in meinem Auto, so schnell ist bereits die Harmonie in meiner neuen Familie geplatzt. Es sieht aus, als hätte ich ihn verloren, und ich schwanke zwischen Trauer und Erleichterung, aber an der Kreuzung wartet er auf mich, er winkt mir zu und wird sofort von einer völlig neuen Straße verschluckt, die aussieht, als sei sie gerade erst angelegt worden, Asphaltteppiche erstrecken sich vor uns, ein alter Mann mit einem Farbeimer in der Hand malt mit großem Eifer die weißen Striche eines Zebrastreifens. Wo sind wir, noch nie bin ich hier gewesen, auf beiden Seiten der Straße werden blasse Häuser gebaut, einige von ihnen tragen schon Mützen aus roten Ziegeln, aber die meisten sind barhäuptig, mit aufgerissenen Augen, kahle Rohbauten, er ist verrückt geworden, warum bringt er mich zu diesem nackten, schattenlosen Baugelände, nirgendwo ein Baum, nur umgegrabene, besiegte Erde, Gerüste auf Gerüsten, riesige Kräne, und drum herum felsige Hügel, die darauf warten, daß sie an die Reihe kommen.

An der Ecke einer noch nicht geteerten Straße bleibt er stehen, neben einem halbfertigen Gebäude, ich kurble das Fenster auf und frage, ist das eine Entführung, und er lacht, so etwas Ähnliches, und er zieht mich aus dem Auto, zieht mich hinter sich her auf das Gebäude zu, ein riesiger Hund kommt mit lautem Gebell von hinten, und ich weiche zurück, ich krümme mich bereits jetzt vor Schmerzen wegen meines Knöchels, in den er gleich beißen wird, es geschieht dir ganz recht, sage ich mir, es geschieht dir ganz recht, aber blitzschnell streckt er sich vor Michas Füßen aus, gierig danach, gestreichelt zu werden. Beruhige dich, Elijahu, sagt er und wirft mir einen schrägen Blick zu, er genießt es, zu demonstrieren, daß er die Situation beherrscht, wie kann man einen Hund bloß Elijahu nennen, ich trete hinter ihm in das noch ungestrichene Treppenhaus, schmale Bretter führen die Stufen hinauf, und wir halten uns an Seilen, die sich nach einiger Zeit in Geländer verwandeln werden, und einen Moment lang bin ich bereit, zu glauben, daß wir ein junges Paar sind, das die Baustelle seiner neuen Wohnung besichtigt und sich um jede einzelne Fliese viele Gedanken macht. Am Ende der Treppe ist eine prächtige Tür, er nimmt ein

Schlüsselbund aus der Tasche, dreht einen Schlüssel im Schloß und macht die Tür weit auf. Erstaunt schaue ich mich um, hier, mitten in dieser Einöde, steht ein prächtiges, ein perfektes Puppenhaus, wunderbar eingerichtet, auf dem Wohnzimmertisch steht sogar eine Schale mit roten Äpfeln. Was ist das, frage ich, wer wohnt hier, du? Er lacht, lebst du auf dem Mond, das ist eine Musterwohnung, hast du noch nie eine Musterwohnung gesehen? Ich schüttle den Kopf und wandere in den Zimmern umher, die mir ihre Schönheit zeigen, hier ist Nogas Zimmer und da das Schlafzimmer, daneben noch ein möbliertes Kinderzimmer, für wen soll das sein, ich habe kein Kind für dieses Zimmer, und plötzlich bin ich deprimiert, die Anwesenheit des Kindes, das nie geboren wurde, drückt auf meine Seele, was tue ich in dieser perfekten Wohnung, während ich so weit von jeder Art der Perfektion entfernt bin, ich kehre in den Salon zurück, von dem aus man die Hügel sehen kann, dort sitzt er und raucht stolz eine Zigarette, gefällt es dir hier, fragt er, das habe ich gebaut, ich nicke schweigend, mir fällt wieder ein, daß sie ihn nicht mehr will, er ist nicht fähig, etwas zu fühlen, er will sich nur amüsieren. Nun, und was tun wir hier, frage ich, ein Blutgerinnsel aus Haß bahnt sich einen Weg durch meinen Körper, und er sagt, glaubst du nicht, daß wir in unserem Alter das Recht auf ein bißchen Nähe haben, oder macht es dir vielleicht mehr Spaß, vor dem Schwesternzimmer herumzuknutschen? Ich weiß nicht, ob ich überhaupt herumknutschen möchte, sage ich, ich kann dieses Wort nicht leiden. Laß doch die Semantik, sagt er, laß mich doch deinen Körper lieben, und er steht auf und zieht mich hinter sich her in das riesige Schlafzimmer, Elterneinheit nennt er es, was für ein bedrohliches Wort, fast militärisch. Hast du es schon mal in einer Musterwohnung gemacht, fragt er, und ich sage, noch nie, und ich werde es wohl auch nicht tun. Er kichert, spiel dich nicht so auf, ich kenne dich schon, du weißt gar nicht, wozu du fähig bist, du müßtest nur einen Monat mit mir verbringen, und du würdest dich nicht wiedererkennen, und ich stehe verloren vor dem prächtigen Bett, eine dünne Staubschicht bedeckt es wie samtenes Bettzeug, verleiht dem Zimmer eine weiche Stimmung, sogar seine schwarzen Haare sind schon von hellen Staubkörnern überzogen, sie machen ihn um Jahre älter. Micha, sage ich ruhig und wische den Staub von seinen Haaren, du hast heute einen Sohn bekommen, kapierst du das überhaupt? Er grinst, habe ich eine Wahl? Natürlich kapiere ich das, und du bist mein Geschenk, es steht mir doch ein Geschenk zu, nicht wahr, und ich sage, du bist selbst ein Baby, dir steht gar nichts zu, jetzt ist es an der Zeit, daß du etwas gibst, du hast schon genug bekommen. Aber ich habe während der ganzen Geburt nur an das hier gedacht, murrt er, ich habe daran gedacht, wie ich dich hierherbringe und du mir ein Geschenk machst, du weißt doch, daß ich nur deinetwegen dort war, und ich seufze, sie hat recht gehabt, sie hat recht gehabt, nur ich habe mich getäuscht. Niedergeschlagen setze ich mich auf den Bettrand, ich sehe, wie seine Schultern sich dehnen und breiter werden, sein Gesicht wird größer, je näher er mir kommt, sein Lächeln ist riesig, entblößt starke Zähne, ich habe das Gefühl, gleich dringt ein Bellen aus seinem Mund, das schreckliche Bellen des Hundes Elijahu. Ich schiebe ihn weg, laß mich, und er ist gekränkt, was hast du denn, ich habe geglaubt, wir feiern gemeinsam die Geburt des Kindes, mit wem soll ich denn sonst feiern, mit meiner Frau etwa, und mir fällt das braune Bein wieder ein, in den Unterleib hat sie es mir gestoßen. Warum weinst du, fragt er erstaunt, ich verspreche dir, alles wird gut, ich werde das Kind besuchen, ich werde Unterhalt zahlen, ich bin sogar bereit, ab und zu mit ihr zu schlafen, wenn du darauf bestehst, was willst du sonst noch von mir? Ich schaue hinaus, die kaum wahrnehmbare Bewegung eines welken Zweigs erfüllt mich mit Trauer, es ist überhaupt kein Zweig, es ist eine spitze, mit Rost überzogene Eisenstange, direkt lebensgefährlich, ich weiß nicht, was ich will, aber das ist etwas ganz anderes, etwas Schweres, Dumpfes senkt sich zwischen uns, das bedauernswerte Schicksal des Neugeborenen, das keiner will, das Schicksal der zu jungen Mutter, das Schicksal des Beines, das nie zum Rand des Bildes vordringt, und ich sage zu ihm, alles ist schief, Micha, findest du nicht? Ich hätte nicht mit dir hierherkommen dürfen, ich hätte gestern nicht mit dir schlafen dürfen, nie im Leben bin ich so abgestürzt.

Er weicht vor mir zurück, ein unangenehmer Zug zeigt sich in seinem Gesicht, hör auf mit dieser Scheinheiligkeit, sagt er, wer bereit ist, den Preis zu bezahlen, der darf alles, ich bezahle den Preis, wenn meine Kinder erfahren, daß sie einen Bruder von einer anderen Mutter bekommen haben, wenn meine Frau es herausfindet, das ist nicht einfach, aber ich beklage mich nicht, ich ziehe es vor, so zu sein, wie ich bin, Hauptsache, ich langweile mich nicht, und als ich dich gestern mit diesem durstigen Lächeln gesehen habe, habe ich gedacht, du wärst wie ich, ich habe nicht gedacht, daß du so schnell abfallen würdest. Micha, sage ich ruhig, ich habe keine Ahnung, ob ich so bin wie du, ich habe keine Ahnung, ob ich so bin wie ich, ich habe so viele Jahre mit einem einzigen Mann zusammengelebt, ich war eingeschlossen in unserem Leben, alles ist immer mehr zusammengeschrumpft, ich konnte mich nur in Beziehung zu ihm sehen, nicht als eigenständige Person, du kannst dir gar nicht vorstellen, wie viele Fragen ich mir noch nicht einmal selbst gestellt habe. Er schaut mich zweifelnd an, weißt du, sagt er, gestern, als du mir erzählt hast, daß dein Mann dich verlassen hat, dachte ich, was für ein Idiot, aber jetzt verstehe ich ihn. Ich fühle, wie meine Wangen brennen, als stünden sie in Flammen, du verstehst ihn, frage ich, was soll das heißen?

Hör zu, bevor du beleidigt bist, fährt er mich an, und ich hoffe auf seine Worte, als hinge mein ganzes Leben davon ab, aber er zögert, macht den Mund auf und schließt ihn gleich wieder, sperrt seine Wörter hinter den Zähnen ein, schau doch, wie du versuchst zu herrschen, bringt er mit Mühe heraus und deutet um sich, als läge da der Beweis, in dieser Wohnung, in der niemand lebt, du hast irgendein scheinheiliges Modell im Kopf und versuchst, uns alle darin einzuordnen, sogar mich und Ja'el, Menschen, die du kaum kennst, du hältst dich selbst für beispielhaft und glaubst, daß dir zum Lohn dafür ein beispielhaftes Leben zusteht, aber so etwas gibt es nicht, so etwas wird es nie geben, und trotzdem steht es uns zu zu leben, sogar das Leben zu genießen, mir und dir, und sogar dein Mann darf leben, ohne sich die ganze Zeit schuldig zu fühlen, weil er kein beispielhafter Ehemann oder kein beispielhafter Vater ist, oder Gott weiß, was du von ihm gewollt hast, denn auch du bist nicht vollkommen, und das kann man sogar als Vorteil sehen, du darfst neidisch sein, hassen, betrügen, stehlen, du darfst sogar manchmal deinen scheinheiligen Beruf schwänzen, alles darfst du, alles, solange du nur mit dir selbst aufrichtig bist und dich nicht als Heilige hinstellst, verstehst du, was ich sage? Er schaut mich an und grinst, na, wie mache ich mich als Sozialarbeiter? Und jetzt wollen wir mal sehen, was du mit so einer Wohnung anfängst.

Ich betrachte den Staub, der zwischen uns schwebt, bald wird er uns bedecken wie antike Möbelstücke in einem verzauberten Schloß, Möbelstücke, die einmal Menschen waren, beschädigte Menschen, und eine Welle von Stolz auf Udi überschwemmt mich, daß es mir schwerfällt zu atmen, mir kommt es vor, als habe sich eine Faust tief in meinem Inneren plötzlich entspannt und verkünde die Befreiung von Pflichten, ganze Hefte voller eng beschriebener Seiten werden vor meinen Augen in einem gesegneten, erschütternden Moment ausradiert, ich stehe schnell auf, als erwarte er mich zu Hause, damit ich ihm etwas ganz Wichtiges erzähle, etwas, was ihn sehr glücklich machen wird, wo habe ich meine Tasche gelassen, aber als ich sie finde, bleibe ich stehen, mein Haus ist leer, meine guten Neuigkeiten werden warten müssen, und inzwischen stehe ich da mit den schlechten, mit einem fremden Mann, der sich unbehaglich auf dem Bett bewegt, plattgedrückt und hilflos wie ein Krüppel, den jemand umgestoßen hat, genau wie Udi an jenem Morgen. Gib mir die Hand, bittet er, und ich strecke die Hand aus, um ihm beim Aufstehen zu helfen, aber er zieht mich mit Gewalt zu sich aufs Bett, möchtest du den perfekten Fick? Er sagt es heiter, als würde er diese Worte zum ersten Mal aussprechen, und ich sage, lieber nicht, er grinst, ich sehe, daß er gekränkt ist, laß dich entschädigen, und ich sage, du wirst mich nie entschädigen können, und er schnauft mir heiße Luft ins Ohr, das vor Vergnügen erzittert, ich entschädige dich dadurch, daß ich dich sündigen lasse, du mußt sündigen, damit du dir selbst verzeihen kannst.

Ich habe gestern schon gesündigt, murre ich, und er sagt, aber gestern hast du es noch nicht gewußt, und ich fange schon an zu kichern, sein Charme besänftigt die harten Worte, die hier noch nachhallen, und machen die Wohnung geschichtslos, wie Adam und Eva sind wir die ersten, die hier lachen, das Lachen verwandelt sich in Seufzer der Lust, schon zieht er mir den langen Rock aus und bahnt sich seinen Weg, kurz und gezielt diesmal, als habe er nur einen Punkt zu klären, und ich halte seine Schultern, er ist ein Gast in meinem Leben, das verstehe ich auf einmal, er ist zu einem kurzen Besuch gekommen, man darf ihn nicht aufhalten, warum sollte ich ihn aufhalten? Was ist passiert, fragt er und dreht mich mit einer kräftigen Bewegung um, ich betrachte sein Gesicht, das sich vor meinen Augen vernebelt, wir werden uns nicht wiedersehen, flüstere ich, und er sagt, warum nicht, es hängt nur von dir ab, und ich schüttle den Kopf, Tränen fließen mir aus den Augen, ich schaue ihn an, ich muß weitergehen, allein, kein Mann wird die Leere ausfüllen, es ist nicht die Leere, die Udi zurückgelassen hat, sondern die Leere, die ich selbst in mein Leben gebracht habe, ich, die ich ihn gewählt habe und nicht mich, als wir beide sehr jung waren, ich habe ihn gewählt, um ihm meine eigenen Kräfte überzustülpen, um mich von meinen eigenen Erlebnissen abzulenken, von allem, was ich an Lebendigem und Flehendem in mir vergraben habe. Es ist kein Wunder, daß er mich verlassen hat, denn ich habe mich ja selbst aufgegeben, vor vielen Jahren schon, eine nicht weniger grausame Handlung, die eigentlich die Ursache für seine eigene war. Ich betrachte den offenen Mund vor mir, die weißen Zähne, die Falten zwischen den Augen, schräg eingeritzt, präzise wie alte hebräische Schriftzeichen, nie werde ich versuchen, mein Schicksal in diesem Gesicht zu entziffern, die Bewegungen meines Lebens in den Wellen der Lust, die es überfluten, diese Falle ist nicht für mich bestimmt. Er lacht und versucht, mich von sich abzuschütteln, ich muß dich hungrig lassen, damit du wiederkommst, sagt er, aber ich lasse ihn nicht los, ich reiße ihm das Hemd herunter, die Zufälligkeit des Augenblicks weckt klebrige, laute Lust in mir, seine Schokoladenschultern zerfallen zu lauter Würfeln, es lohnt sich nicht, einen Turm zu bauen, jeder Turm zerfällt letztlich, je höher er ist, um so bedrohlicher wird sein Sturz, ich bin froh, daß ich mich mit süßen Würfeln zufriedengeben kann, schon das ist mehr, als mir zusteht, nichts steht mir zu, und das ist gut so, wie angenehm ist es doch, die bedrückende Sehnsucht nach Gerechtigkeit aufzugeben, wie angenehm ist es, die Hände zu heben, in völligem Einklang mit dem Zerfall der Realität.

Mit plötzlichem Appetit lecke ich seinen Bauch, sein Fleisch ist warm und brünstig, unsere Zähne treffen sich in einem langen Biß, ein Zahn unter dem anderen, warum soll man sich verstellen, nur der Schmerz tröstet, seine Zähne wandern über meinen Körper, über den schmalen Knöchel, da habe ich mir eingebildet, den Biß des Hundes zu spüren, jetzt spüre ich den Wonneschauer, der mir über den Rücken läuft. Seine Hände drängen zwischen meine Oberschenkel, machen Platz für seine Finger, für seine Zunge, es ist, als wollte er meinen Körper in zwei Hälften spalten, warum schläfst du mit mir, fragt er plötzlich, seine Hand zögert, bringt das Tier der Unzucht zum Schweigen, rede schon, er drängt mich, ich habe nicht den ganzen Tag Zeit, ich habe ein neues Baby, ich habe eine Frau und Kinder, und ich flüstere, einfach so, ich schlafe einfach so mit dir, ohne Grund, und er lächelt zufrieden, stopft mir mit seinem Schwanz den Mund, der vor Vergnügen stöhnt, ich habe das Gefühl, ich müßte in Weinen ausbrechen, aber ein wildes Lachen erfüllt mich, noch nie im Leben habe ich mir erlaubt, etwas einfach so zu tun, immer hatte ich ein Ziel vor Augen, und er keucht über mir, das Gesicht zu den nackten Hügeln gewendet, und sie werfen ein seltsames Licht zurück, das schwache und irritierende Licht eines Mondes am Mittag, einfach so, flüstert er mir in den Mund, ich liebe diesen Ausdruck, und dann erstarrt er plötzlich, Blässe breitet sich auf seinem Gesicht aus, wie Udis Blässe in den Tagen seiner Krankheit, und dann sinkt er mit einem erleichterten Seufzer auf meine Brüste. Nicht schlecht, keucht er, du lernst schnell, Na'ama, du hast noch Chancen.

Gleich werden wir aufstehen und unsere Knochen sammeln, wie man Gegenstände einsammelt, die in einer Wohnung herumliegen, wir werden das Musterlaken vom Bett ziehen und es mit vier Händen ausschütteln, wir werden unsere Kleidungsstücke entwirren, die sich zu einem bunten Haufen vermischt haben, und dann werden wir das neue Viertel der Gnade der Planierraupen und dem Schlagen der Hämmer und den langen Schatten der Baukräne überlassen, und an der Tür wird er zu mir sagen, wenn dein Mann zurückkommt, solltet ihr in eine neue Wohnung ziehen, ich werde sie gerne für euch planen, schau nur, was für ein Schlafzimmer ich dir herrichten werde, und ich werde sagen, er kommt nicht zurück, warum sollte er zurückkommen?

20 Entweder wartet sie auf mich, oder sie steht nur zufällig in der Tür zum Heim, ich weiß es nicht, eine mütterliche Torhüterin, den schwerfälligen Körper umhüllt von einem feierlichen schwarzen Kleid, die Augen von der Brille vergrößert, Na'ama, sagt sie schnell, als wäre ihr mein Name widerwärtig geworden, Na'ama, man muß das neue Mädchen dazu bringen zu unterschreiben, und ich antworte mit scharfer Stimme, wen, Ja'el? Warum soll sie unterschreiben, sie hat doch beschlossen, das Kind selbst aufzuziehen!

Wirklich? Chawa verzieht in gespielter Überraschung die Lippen, woher weißt du das? Ich stottere, sie hat es mir gleich nach der Geburt gesagt, ich war doch mit ihr dort. Ihre Stimme springt mich an, prallt gegen meinen Körper. Sie hat es dir also gesagt? Oder vielleicht hast du es ihr gesagt?

Wir haben darüber gesprochen, weiche ich aus, es war ziemlich klar in ihrem Fall, meinst du nicht, und sie unterbricht mich, ihre herabhängenden Wangen zittern wie die Lefzen einer hungrigen Bulldogge, es ist wirklich egal, was ich meine, Na'ama, aber es ist auch egal, was du meinst, unsere Aufgabe ist es, den Mädchen verstehen zu helfen, was sie selbst meinen, hast du das vergessen?

Ich habe es nicht vergessen, ich wollte ihr nur ein bißchen mehr helfen, stottere ich und rücke meine Sonnenbrille zurecht, gleich werden meine betrügerischen Tränen sich gegen mich erheben wie durchsichtige Verräter und boshaft alles offenlegen, was ich verbergen möchte. Ein bißchen mehr helfen ist weniger helfen, sagt sie entschieden, in eine Identifikation einzutreten, ohne sie wieder zu verlassen, ist zerstörerisch, hast du unsere Aufgabe vergessen? Hinein und heraus, sonst kann man nicht behandeln, deine Identifikation mit ihr war zerstörerisch, denn sie geschah aus falschen Motiven, du hast versucht, über sie deine eigenen Probleme zu lösen, du hast nicht versucht, ihr zu helfen, sondern dir selbst.

Bestürzt betrachte ich ihr erstaunliches Dekolleté, das sich direkt vor meinen Augen ausbreitet, weiß und mit rötlichen, kindlichen Sommersprossen übersät, eine Haut, die im verborgenen alt geworden ist, ohne einen Sonnenstrahl gesehen zu haben, ganz anders als das Muster ihrer Sommersprossen auf den Armen und im Gesicht, und mit brüchiger Stimme sage ich, auch wenn du recht hast, darf sie trotzdem nicht auf ihr Baby verzichten, ich muß zu ihr gehen und versuchen, den Schaden wiedergutzumachen. Aber Chawa streckt die Hand aus und versperrt mir den Weg, es tut mir leid, Na'ama, sie hat ausdrücklich darum gebeten, daß du nicht zu ihr kommst, sie will dich nicht mehr sprechen, sie hat verlangt, daß ich komme. Sie wirft zufrieden einen Blick auf ihre blitzende goldene Uhr, nun, ich bin spät dran, warte hier auf mich, ich habe noch ein paar Dinge, die ich dir sagen muß, und schon ist sie weg und läßt mich mit brennendem Gesicht zurück, und ich schaue ihr feindselig nach, dafür hast du dich so rausgeputzt? Wie eine Gans watschelt sie auf ihren hohen Absätzen, hat ihr Fett in ein Abendkleid mit einem lächerlichen Ausschnitt gepreßt, nur um zu sehen, wie Ja'el den Fehler ihres Lebens begeht, ein junges, kapriziöses Mädchen, das sich das nie verzeihen wird.

Ich höre, wie Chawa den Motor anläßt, vielleicht soll ich ihr nachfahren, ich habe schon nichts mehr zu verlieren, ich lasse nicht zu, daß Ja'el die Formulare unterschreibt, aber mir ist, als streckte Chawa noch immer die Hand aus und versperrte mir den Weg, unerbittlich wie eine blinkende Schranke, sie wirft mich auf die Treppe. Ich bin es, denke ich, ich habe den Fehler meines Lebens begangen, wie konnte ich solche Sachen zu Ja'el sagen, ihr meine Meinung aufdrängen, so habe ich sie doch nur gegen mich aufgebracht, auch durch das, was ich getan habe, vor allem durch das, wovon sie noch gar nicht weiß, daß ich es getan habe. Alle meine guten Absichten haben sich zum Schlechten gewendet, und vielleicht habe ich es noch nicht einmal gut gemeint, vielleicht wollte ich sie nur aufhetzen, damit auch sie nichts hat, so wie ich nichts habe, ich wollte zugleich ihr Leben leben und es leer machen, ich habe ihr den Mann genommen und auch noch die Hand nach ihrem Kind ausgestreckt, nur meinetwegen gibt sie den Kleinen weg, heute unterschreibt sie die Formulare, und morgen kehrt sie zu ihrem früheren Leben zurück, wie hat sie es doch formuliert, ein bißchen Diät, und das war's. Ich hätte Noga auch weggeben können, so schwer hatte ich es mit ihr in den ersten Monaten, Tag um Tag, Nacht um Nacht hat sie geschrien, ein Stück nach dem anderen mußte ich von mir aufgeben, bis von mir nichts blieb als eine leere, trockene Hülle, und manchmal stellte ich mir in all der Müdigkeit und Langeweile und Schwermut die Freiheit vor, freundliche Menschen kamen und streckten mir die Hände entgegen, gib sie uns, sagten sie, gleich bist du frei, und sie wird glücklich sein, und ich legte ihnen den kleinen strampelnden Körper auf die Hände und hoffte auf Ruhe, auf göttliche Stille, nur schlafen, ich wollte nur schlafen, aber bevor ich es noch bedauern konnte, weckte mich ihr forderndes Geschrei wieder, sie ging nirgends hin, sie war für immer da, eine schwere Last auf meinem Herzen, von Tag zu Tag wurde sie schwerer, und unsere Streitereien wehten über ihren Kopf hinweg, als wären wir Fremde. Sei doch ein bißchen sensibler ihr gegenüber, habe ich immer gesagt, widme ihr mehr Zeit, und er hat sich sofort gewehrt, sag mir nicht, was ich tun soll, du bist keine Heilige, daß du mir Moralpredigten halten kannst, und sie hat dabei nur verloren. Du hast recht gehabt, Udi, ich bin keine Heilige, warum wollte ich unbedingt, daß du sie liebst, wenn nicht darum, daß du mit deiner Liebe meine ersetzt, meine zögernde, erloschene Liebe, denn vor ihr bin ich damals in die Wohnung ganz oben unterm Dach geflohen, vor ihren unaufhörlichen Forderungen, vor ihren Armen, die sich um meinen Hals legten, ich wollte dort sitzen, umhüllt von seiner Bewunderung, mich berauschen an meiner Liebe zu mir selbst und sie ganz vergessen.

Ich kann kaum noch stehen, stütze mich an den Torstangen, hier habe ich Ja'el zum ersten Mal gesehen, mit ihren Bambiaugen hat sie mich vertrauensvoll angeschaut, ich habe ihr nicht schaden wollen, ich wollte nur, daß sie ihr Kind liebt, weil ich es nicht geschafft habe, meines zu lieben.

Ein Auto fährt schnell an mir vorbei, und ich atme tief auf, es ist nicht Chawa, noch nicht, aber gleich wird sie zurückkommen, sie wird schwungvoll durch das Tor kommen, die unterschriebenen Formulare in der Hand, ein unfruchtbarer Mann und eine unfruchtbare Frau werden ein großes Glück erleben, warte auf mich, wird sie zu mir sagen, ich habe einiges mit dir zu besprechen, aber ich werde nicht warten, Chawa, ich habe vorher noch selbst etwas mit mir zu besprechen, jeden Tag erwarten mich entsetzliche, herzzerreißende Nachrichten, als wäre ich von Propheten umgeben, und die Worte Gottes, die sie in ihrem Mund tragen und zu vielen neuen Wahrheiten formen, blecken mir mit entblößten Zähnen entgegen, ich wünschte, ich könnte sie beruhigen, wie Micha den Hund Elijahu in dem stillen Neubaugebiet beruhigt hat.

Zögernd mache ich die Tür zum Heim auf, Annat wirft mir einen besorgten Blick zu, sie führt gerade ein Gruppengespräch mit den Mädchen, heute morgen sind alle sehr still, auf dem schwarzen Brett flattert ihr Tagesplan, was habe ich mit diesem Tagesplan zu tun? Ich gehe schnell an ihnen vorbei und laufe hinauf zu meinem Büro, die süßlichen Bilder umgeben mich provozierend, stechen mir in die Augen mit ihrer Buntheit, es sind die Bilder von schönen schwangeren Frauen, die ihren Bauch umarmen und gelassen aus dem Fenster schauen, wie konnte ich diese Frauen die ganze Zeit aushalten, und mit einer einzigen wilden Bewegung leere ich die Wand und zerreiße die Bilder, und auf einen der Fetzen schreibe ich eine Nachricht für Chawa und bringe ihn schnell, bevor es mir leid tun kann, in ihr Büro hinüber.

In einem der Schränke finde ich eine Plastiktüte und kippe den Inhalt der Schubladen hinein, wie wenig hat sich hier im Lauf der Jahre angesammelt, ein paar Briefe, die ich von Mädchen bekommen habe, nachdem sie das Heim verlassen hatten, süße Fotos von Babys auf den Armen ihrer stolzen Mütter, nur deinetwegen bin ich Mutter, hat eine von ihnen hinten auf das Bild geschrieben, ich erschrecke vor diesen eindeutigen Worten und vor dem Gegenteil, das sich drohend in ihnen verbirgt. Ohne ein Wort des Abschieds gehe ich zur Tür, werfe einen letzten Blick auf die Mädchen, die um Annat herumsitzen und sie mit ihren dicken Bäuchen bedrohen, und sie mitten unter ihnen, knabenhaft, kinderlos, und plötzlich fühle ich scharf, wie den Stich einer Lanze, meinen Zorn auf sie, du hast mich als erste verlassen, zische ich, wer bist du, daß du mich so hart verurteilen kannst, nie warst du meine Freundin, auch wenn du so getan hast, als wärst du es, weit mache ich die Tür auf, wie Udi verlasse ich mein Haus, nur mit einer kleinen Plastiktüte in der Hand gehe ich nach vielen Jahren weg. Voller Panik steige ich ins Auto und fahre los, ohne zu wissen, wohin, ich will nur in Bewegung sein, den allgemeinen Regeln unterworfen, wie alle an einer roten Ampel warten, anhalten, wenn Kinder die Straße überqueren. Da ist der Weg zum Krankenhaus, erst gestern bin ich hier entlanggefahren, kochend vor Hitze, aufgeregt, mit Ja'el auf dem Rücksitz, mit ihr das Baby, das an die Tür klopfte, an die Tür der Welt, und ich kämpfte mit dem Schloß, als wäre ich die Torhüterin, und heute habe ich hier nichts verloren, in ihrem rosafarbenen Morgenmantel sitzt sie dort, unterschreibt die Formulare, verzichtet für immer auf den Jungen, den sie geboren hat, und alles meinetwegen, nur weil ich eine Familie haben wollte.

Über meinem Kopf steigt die Sonne glühend höher, mir ist, als wären ihr flammende Arme und Beine gewachsen, mit denen sie gegen meinen Kopf schlägt und tritt, und ich versuche, mich zu schützen, ich lasse das Lenkrad los, hinter mir hupen ungeduldige Autofahrer, auf der Flucht vor ihnen biege ich in eine Seitenstraße ein, kaum zu glauben, völlig gedankenlos bin ich zu seinem Büro gefahren, sein Auto parkt gemütlich am Straßenrand, alle möglichen Leute sitzen dort im Haus, gehen über den roten Teppich, planen ihre Wohnungen, und er breitet vielversprechende Skizzen vor ihnen aus, ungerührt vom Schicksal des neugeborenen Kindes, in nur einem Tag wird er nicht nur ihn vergessen haben, sondern auch sie und mich. Ich halte nicht an, ich gehe nur etwas mit der Geschwindigkeit runter, dann setze ich meine zermürbende Fahrt durch die Stadt fort, die Straßen sind bekannt und langweilig wie Menschen, die ich irgendwann einmal traf und denen ich heute nichts mehr zu sagen habe, ich fahre schnell weiter, sie sollen mich bloß nicht erkennen, sie sollen nicht sagen, da ist Na'ama. Da ist jene Straße, lang und gebogen, schon seit Jahren habe ich nicht mehr gewagt, hier vorbeizukommen, noch nicht einmal in Gedanken, genau in der Kurve steht sein Haus, krumm wie die Türme, die Kinder auf dem Teppich bauen, ich halte an, betrachte die schwarze Straße, sie ist gerade frisch asphaltiert worden, die Spuren meiner panischen Flucht sind zugedeckt, aber bei mir lebt alles weiter in einem unmöglichen Zwischenzustand, wie in einer Agonie, die kein Ende findet, abgeschnitten von der Barmherzigkeit des Todes.

Ich steige aus dem Auto und schaue am Haus hoch, wo ist das boshafte Fenster, das meine Nacktheit verraten hat, meine Schande, ein scharfer Glanz steigt von dort auf, ein einzelner Sonnenstrahl trifft die Scheibe, lang und dünn wie ein himmlisches Schwert, und ich starre erstaunt nach oben, was kann man überhaupt von der Straße aus sehen, höchstens verschwommene Schatten, was hat er an jenem Morgen gesehen, die Landschaften seines stürmischen Gehirns, die unglaublichen Weiten seiner Seele, und ich, wie ein gut dressiertes Zirkustier, springe durch den brennenden Reifen seines Bewußtseins, werfe mich vor ihm nieder, hoffe auf Strafe, als handelte es sich um einen Preis. Er hat nichts gesehen, er hat nichts sehen können, ich war es, die ihm alles sagte, bevor er eine Frage stellen konnte, ich habe mich vorschnell verraten, ich habe ihm eine ungeheure Kraft übermittelt, weil ich vor meiner eigenen Kraft erschrocken war.

Die Treppen sind so, wie ich mich an sie erinnere, hoch und krumm, sie bringen den aufgeregten Fuß zum Straucheln, ich komme zu dir zurück, Geliebter, mit leeren Händen, vor lauter Angst, mich an dich zu erinnern, habe ich dich nie vergessen, vor lauter Angst, dich zu lieben, habe ich die Kraft zu lieben verloren. Was werde ich zu ihm sagen, wenn er mir die Tür aufmacht, den Pinsel in der Hand und mit halbgeschlossenen Augen, die seine Überraschung verbergen, zeig mir jenes Bild, werde ich ihn bitten, ich möchte mich für einen Moment schön finden.

An seiner Tür bleibe ich stehen, um meinen Atem zu beruhigen, immer war die Tür leer und geheimnisvoll, aber nun ist ein Schild an ihr angebracht, auf dem mit runden Buchstaben *Na'ama* steht, und ich reiße die Augen auf, glaube einen Moment lang, dies sei ein Brief, für mich bestimmt, wer weiß, wie viele Jahre er schon hier wartet, und ich greife aufgeregt danach, versuche, ihn abzureißen, aber das Schild ist herzlos, es verrät nichts, nur den Namen, der darauf steht. Vermutlich ist er ausgezogen, wohnt nicht mehr hier, und irgendeine Na'ama hat seinen Platz eingenommen, meinen Platz, aber ich weigere mich, ihre Existenz anzuerkennen, ich habe das Gefühl, daß ich es sein müßte, und ohne zu zögern, klopfe ich an die Tür, immer heftiger und lauter, als würde dort jemand schlafen und ich müßte ihn aufwecken, aber aus der kleinen Wohnung, die ich so geliebt habe, ist kein Lebenszeichen zu hören, Na'ama macht nicht auf. Enttäuscht stolpere ich die Stufen hinunter, stürze mich auf den Briefkasten, *Na'ama Korman* steht darauf, da kann man nichts machen, ich bin es nicht, einfach ein zufälliges Zusammentreffen, das nichts bedeutet.

Langsam fahre ich nach Hause, die Autoreifen stöhnen unter der Last meines leeren Lebens, was ist schwerer, ein Sack Federn oder ein Sack Eisen, es gibt nichts Schwereres als einen leeren Sack, ich betrete die erstickende Wohnung und laufe sofort ins Badezimmer, als käme ich von einer anstrengenden Reise zurück und wäre völlig verdreckt, ich drehe den Wasserhahn auf und lasse mich in die Badewanne sinken, bis über den Kopf. Er hat mich damals nicht gesehen, alles hätte ganz anders verlaufen können, alles habe ich selbst verursacht, blind vor Schuldgefühlen, wieso habe ich das Offensichtliche nicht gesehen, ich war sicher, wenn ich ihn erkenne, erkennt er mich auch, ich verstand nicht, daß wir zwei getrennte Geschöpfe waren, daß mein Erleben völlig anders war als seines, obwohl wir Mann und Frau waren. Erschrocken vor der Freiheit, die mich zwischen den Farben heraus anschaute, zog ich es vor, unter dem Terror zu leben, ich zog es vor, den Preis des Terrors zu bezahlen statt den Preis der Freiheit, und deshalb lähmte ich ihn mit meinem unendlichen Zorn. Wie gut wir eigentlich zusammengepaßt haben, wer hätte es besser als er geschafft, mich einzusperren, wer hätte es besser als ich geschafft, seine Schwäche zu ertragen, mit vier fleißigen Händen haben wir uns unser Leben zerstört, in erstaunlicher Harmonie, während Noga uns verwirrt von der Seite aus zusah und jede unserer Handlungen mit ihren traubengrünen Augen verfolgte.

Wie habe ich es die ganzen Jahre über genossen, das Unrecht auszubreiten, das er mir antat, ich ermunterte ihn sogar dazu, mich zu verletzen, nur um die volle Intensität seiner reinigenden Kraft zu erleben, ich benutzte Noga, um sein Leben zu verbittern, ich verurteilte ihn, vergrößerte seine Schuld, vergalt seinen Terror mit meinem, versteckt hinter guten Absichten, hör auf, mir Moralpredigten zu halten, sagte er, du bist keine Heilige. Wenn es nur möglich wäre, das Leben von Schuldgefühlen zu befreien, den geheimen, schlauen Beratern aller bösartigen Motive, wenn es nur möglich wäre, nicht unter der Last des Nächsten zusammenzubrechen, sondern jeder für sich aus einer anderen Ecke das Bild zu betrachten! Ich tauche mit dem Kopf unter Wasser, mit offenen Augen, in den Tiefen der Wanne verstecken sich Korallenfelsen, ein unendliches Glück, man braucht den Kopf nicht zu heben, man kann die Lungen boykottieren, die Begierde des Körpers nach dem nächsten Atemzug, das

ist die oberste Begierde, stärker als die nach einem Mann, nach der Frucht des Leibes, die Begierde zu atmen, ohne etwas anderes dafür zu bekommen, zu leben, um zu atmen, nicht um zu lieben, nicht um Kinder aufzuziehen, nicht um Erfolg zu haben, nicht um hehre Ziele zu verwirklichen. Ich hebe meinen Kopf aus dem Wasser und atme lange und tief ein, überraschend glücklich, ich spüre die feuchte Luft, betrunken von der Luft, hebe ich ein Bein und betrachte es nachsichtig, fünf kurze, unordentlich angeordnete Zehen, die glücklich sind, mich zu sehen, das ist es, was mir geblieben ist, einfach ein Körper, der es liebt, zu atmen, alles andere ist Luxus, und es spielt dabei keine Rolle, ob irgendein Mann mich geliebt oder mich verlassen hat, so wie die Erde die Schritte, die über sie hinweggehen, kaum wahrnimmt, sie konzentriert sich auf das, was tief in ihrem Inneren vorgeht, auf das Kriechen des kochenden Magmas unter der dünnen Erdschicht, auf seine langsamen Bewegungen und die uralte Sehnsucht der Erdteile, sich wieder zu vereinigen.
In ein Handtuch gewickelt, gehe ich zum Schrank, nehme zerstreut den grauen Hosenanzug heraus, ich habe ihn nur einmal angehabt, als ich Udi ins Krankenhaus gebracht habe, der Geruch jenes Morgens scheint noch an dem Stoff zu haften, der Geruch der Angst, zusammen mit der heimlichen Hoffnung auf irgendeine Veränderung, zu meiner Überraschung paßt er mir wieder, gibt meinem Körper etwas Strenges, macht ihn weniger verletzlich, und ich kämme mir die feuchten Haare, sprühe mich mit Parfüm ein, als ginge ich zu einer entscheidenden Verabredung, allerdings ohne die bedrückende Nervosität. Genußvoll mache ich mich schön, freue mich an dem Körper, der wieder allein stehen kann, und als ich in die Hitze des Nachmittags hinaustrete, ist mir nicht klar, wohin mich meine Schritte führen, und auf einmal stehe ich vor dem Café, jahrelang habe ich nicht

gewagt, es zu betreten, ich bin nur vorbeigehuscht und habe schnelle Seitenblicke darauf geworfen, und jetzt mache ich die Tür auf, wie sehr hat sich alles verändert, schwarze Tische stehen auf einem glänzenden Marmorboden, nichts erinnert mehr an die schweren, altmodischen Möbel, an die holzverkleideten Wände, von denen die schmeichelnden, verführerischen Worte aufgesogen wurden. Ich bestelle mir ein Glas Rotwein, obwohl ich keinen ersichtlichen Grund zum Feiern habe, ich habe meinen Mann verloren und jetzt noch meine Arbeit, Jahre der Anstrengung sind vergeblich gewesen, und trotzdem pulsiert Freude in mir, pulsiert im Takt lustvoller Freiheit, schon bestelle ich ein zweites Glas Wein, mein Kopf ist benebelt, durch die gläserne Wand zur Welt ist der gewohnte Verkehr zu sehen. Ordnung hat sich über die Welt gesenkt, eine bescheidene Ordnung, passend zu unserem kleinen Wohnviertel, und es scheint, als sei sogar für mich ein kleiner Platz darin reserviert. Da bemerke ich eine bekannte Gestalt, sie kommt näher, ihre langsamen Schritte stören die Ordnung nur wenig, der Anstieg fällt ihr offensichtlich schwer, ein Paar, das hinter ihr geht, muß seine Schritte verlangsamen, und schließlich laufen sie sogar getrennt außen um sie herum, und sie merkt es gar nicht, sie ist versunken in ihre komplizierten Weltengebilde, ihr Blick ist auf die Rinne gerichtet, in der sich Straße und Gehweg treffen, ihre Lippen scheinen sich zu bewegen, was murmelt sie dort? Ich stehe auf und trete zu der Glaswand, um sie aus der Nähe zu sehen, ein großgewachsenes Mädchen, schlampig, der eigenen Schönheit noch nicht bewußt, ihre Füße treten nachlässig auf die Straße, doch sofort schüttelt sie sich, tritt zurück auf den Gehweg, und dann sehe ich ihren sich entfernenden Rücken, ein bißchen gebeugt, kaum zu glauben, daß wir uns so nahestehen, daß wir zusammen wohnen, manchmal sogar im selben Bett schlafen, und erst da kommt es mir in den Sinn, sie zu rufen, ein weinseliger Ruf dringt aus meiner Kehle, ein haltloser Schrei, und sie dreht sich überrascht um, kommt mißtrauisch auf mich zu, Mama, was machst du hier? Bist du nicht bei der Arbeit? Warum bist du so festlich angezogen?

Ich lege den Arm um ihre Schulter und führe sie zu meinem Tisch, du hast heute auch früher aus, oder, und sie sagt, ja, heute war der letzte Schultag, morgen fangen die großen Ferien an. Auch für mich fangen jetzt die großen Ferien an, verkünde ich fröhlich, ich habe heute aufgehört zu arbeiten, und sie fragt, wirklich, warum denn, und sofort erschrickt sie, von was werden wir leben, wir werden kein Geld haben, und ich sage, mach dir keine Sorgen, ich bekomme eine Abfindung, und dann fällt mir schon etwas ein, und sie fragt, aber warum, Mama, und ich seufze, es hört sich abgedroschen an, aber ich muß mich erst mal um mich selbst kümmern, bevor ich mich um andere kümmern kann. Sie streift mich mit einem prüfenden Blick, das klingt logisch, Mama, und ich lache, ja, die abgedroschensten Dinge sind im allgemeinen auch die logischsten, und dann bestelle ich für sie Toast und Cola, es gefällt mir, mit ihr hier zu sitzen, ihr Gesicht ist braun geworden, das läßt die schönen Augen aufleuchten, zwei Flaschen mit farbigem Eilat-Sand, die Nase ist fast lächerlich süß, und ihr Mund ist wunderschön, wenn sie lächelt. Was machen wir in den Ferien, fragt sie, und ich werde schon unruhig, was habe ich ihr vorzuschlagen, all ihre Freunde fahren bestimmt mit der Familie ins Ausland, nie werde ich mit ihnen konkurrieren können. Wir gehen schwimmen, sage ich zögernd, oder ins Kino, wir lesen Bücher, vielleicht fahren wir zu diesem Hotel im Norden, in dem ich damals mit Papa war, dort ist es sehr schön, und sie sagt, toll, da will ich hin! Und sofort schweigt sie, betrachtet mich ängstlich, die Freude der Armen hat sich an unseren

Tisch gesetzt, und wir gehen beide sehr vorsichtig mit ihr um, mit dieser neuen Besucherin, um sie nicht mit allzu lauten Worten in die Flucht zu schlagen.

Mit Vergnügen beobachte ich ihre Bewegungen, sie ist verwirrt, läßt die Gabel fallen, wirft mir einen schuldbewußten Blick zu, und gleich danach hinterläßt ein Stück Käse einen Fleck auf ihrem Hemd, an ihren Wangen bleiben Toastkrumen hängen, wie lächerlich und wie süß ist sie beim Essen, ihre unschuldige Sicherheit, daß ihr die Nahrung zusteht, daß sie immer etwas zu essen haben wird, sie kaut kräftig, ist ganz dem Essen hingegeben. Ich picke die Reste auf, und danach gehen wir Arm in Arm nach Hause, und unterwegs sagt sie, ich habe bald Geburtstag, und ich sage, stimmt, was willst du machen? Und sie sagt, nichts Besonderes, ich werde die ganze Klasse einladen, wir machen die Spiele, die wir in der Schule gelernt haben, und ich lasse mich von ihrer Begeisterung anstecken, vermutlich geht es ihr inzwischen besser in der Klasse, ich möchte sie nicht danach fragen, um ihr nicht zu zeigen, daß ich mir Sorgen gemacht habe.

Kein Problem, Nogi, sage ich, wir haben noch viel Zeit, aber die Zeit vergeht schnell, manchmal denke ich mit Erstaunen daran, was ich früher an einem Tag alles geschafft habe, denn jetzt gleiten die Tage mit großer Geschwindigkeit davon, sie rutschen mir aus den Händen wie glitschige Aale, lautlos und nicht festzuhalten. Wir wachen spät auf, gewöhnlich bin ich die erste, dann hole ich frische Brötchen und Tomaten aus dem Lebensmittelgeschäft und bereite uns das Frühstück, Noga schaut fern, und manchmal setze ich mich zu ihr und betrachte neidisch die gepflegten Köpfe auf dem Bildschirm, ihre Bekanntheit bewacht sie wie ein Schäferhund, denn jemand, dessen Existenz von so vielen Leuten beobachtet wird, kann nicht einfach verschwinden, so wie wir, ich glaube, wenn wir eines Morgens nicht aufwachen, wird niemand unser Fehlen bemerken. Höchstens vielleicht meine Mutter, die ihr leeres Leben nicht weit von uns entfernt lebt, manchmal lädt sie uns zum Abendessen ein und betrachtet uns schweigend, mit zusammengepreßten Lippen, die von einem Kronenkranz aus Falten umgeben sind, sie läßt zu, daß wir uns miteinander anfreunden, ohne uns dabei zu stören. Nachmittags gehen wir ins Schwimmbad, tauchen eine neben der anderen mit offenen Augen, Sonnengeglitzer zwischen uns und vor uns blaue Teppiche in weichen Wellen, manchmal winkt ein Kind aus ihrer Klasse Noga träge zu, ich sehe, wie sie furchtsam hingeht und versucht, sich an den Spielen der anderen zu beteiligen, aber sie kommt schon bald zu mir zurück, barfüßig, und ich verziehe die Lippen, ich lasse nicht zu, daß sie meine Ruhe stören, die Tore sind geschlossen, die Mauer um mich herum ist dicht, nicht wie früher, als sie löchrig war wie ein Sieb und jede Furcht in meine Seele eindringen konnte, um sich dort einzunisten. Jetzt bin ich beinahe undurchlässig, nur wenn ich ein Kind in einem Kinderwagen sehe, erschrecke ich, als begegnete ich dem Geist eines Toten, und atemlos betrachte ich das Kind, ob es der kleine Micha sein könnte, das adoptierte Baby, Schleier aus Schmerz ersticken mich, und ich verstecke mich hinter einer Zeitung oder einem Buch, wie geht es ihr jetzt, wie wird sie mit diesem Verlust fertig, und als ich an meinen Anteil an ihrer Katastrophe denke, tauche ich wieder unter und versuche mich mit aller Macht zu retten, zu viele Anschuldigungen prasseln auf mich herab, ich darf sie nicht vorschnell annehmen, ich muß sie genau abwägen, denn wie könnte ich sonst existieren?

Wir sprechen eigentlich kaum miteinander, so viele Worte sind schon gesagt worden, man muß sie erst einmal sinken lassen, bevor man neue Steine ins Wasser wirft, wir begnügen uns einstweilen mit dem, was sich zwischen uns bildet, eine ruhige Schwesterlichkeit, ihre Not leuchtet mir den Weg und meine Not leuchtet ihr, und darüber hinaus existieren wir nur, wir springen nicht in die Flammen, um uns daran zu gewöhnen, sondern stehen am Rand des großen Feuers und hüten uns vor den Funken. Manchmal denke ich, daß diese leeren, dumpfen Tage die glücklichsten meines Lebens sind, denn ich fühle fast nichts, als säße ich nach der Betäubungsspritze auf einem Zahnarztstuhl, mit offenem Mund, und wüßte, daß ganze Ladungen von Schmerz in mir explodieren, ohne daß ich ihre Macht spüre, als würden sie, wenn ich sie ignoriere, aufhören zu existieren.

So also lebt ihr alle, das ist das große Geheimnis des Lebens, das, was Sohara mir zu zeigen versucht hat, so versuchte Udi, sich zu retten, ungerührt lauft ihr alle auf der Überholspur, und nur ich war so stur, alles empfinden zu wollen, mit meinen Plattfüßen den nackten Königsweg zu nehmen, keine Nuance zu mißachten, mich an der infizierten Wurzel des Gefühls aufzureiben, und ich frage mich, was Udi dazu sagen würde, zu meiner neuen, verschlafenen Existenz, zu dieser stillen Rebellion im Reich des Gefühls, ich denke an alles, was ich ihm erzählen könnte, wenn er jetzt bei mir wäre, von dem Baby, das durch meine Schuld weggegeben wurde, von dem Tor zum Heim, das hinter mir zugefallen ist, aber natürlich hätte er gar nicht zugehört, denn zwischen uns mündete alles in einen Streit, jeder Fehler von mir bewies, daß er besser war als ich, jede Leistung wurde zum Instrument des Kampfs, nie haben wir uns gegenseitig als selbständige Personen gesehen, mit dem Recht auf ein eigenständiges Leben, alles wurde sofort zurechtgebogen, um in den engen Kreis unserer Verbindung zu passen, wir waren so dicht beieinander, daß wir einander nicht sehen konnten, und trotzdem waren wir auch wieder weit voneinander, er mußte bis Tibet fahren, damit ich das Gefühl hatte, ihm nahe zu sein, und wenn Noga fragt, woran denkst du, Mama, sage ich, ich denke einfach vor mich hin, an nichts Besonderes.

Manchmal fürchte ich, daß dieses Schweigen vielleicht gut ist für mich, aber nicht für sie, vielleicht sollte ich versuchen, sie zum Sprechen zu bringen, es ist seltsam, daß sie aufgehört hat, über ihn zu reden, als hätte sie nie einen Vater gehabt, aber ich kann mich nicht dazu bringen, es stimmt also, so etwas gibt es, ich kann einfach nicht, so viele Jahre dachte ich, daß ich in der Lage wäre, alles zu tun, was ich tun wollte. Doch eines Nachts finde ich sie wach im Bett sitzend, ein zerknittertes Stück Papier auf den Knien ausgebreitet. Was ist das, Nogi, frage ich, und sie sagt, der Brief, den Papa mir dagelassen hat, als er wegging, einmal hätte ich fast das Haus angesteckt, um diesen Brief zu finden, und jetzt ist er mir nichts wert, überflüssig, ich habe gar nicht das Bedürfnis, ihn zu lesen. Glaubst du, daß es Papa gutgeht, fragt sie, und ich beeile mich zu sagen, klar, warum nicht, und sie sagt, es ist seltsam, daß er nicht anruft, vielleicht ist ihm etwas passiert, und ich lege meine Hand auf ihren Kopf mit den wirren Haaren, Nogi, du willst dir lieber Sorgen um ihn machen, statt daß du böse auf ihn bist, du darfst aber böse auf ihn sein. Vielleicht ist ihm wirklich etwas passiert, woher willst du wissen, daß es nicht so ist, beharrt sie und weckt eine dumpfe Angst in mir, es fällt mir schwer einzuschlafen, ich strecke die Hand nach der Bibel aus, die auf seiner Seite liegt, vielleicht hat er ja auch mir einen Brief hinterlassen, vielleicht verbirgt er sich zwischen den Zeilen, und ich blättere im Buch herum, wo sind die tröstlichen Prophezeiungen, die damals neben mir standen wie ein Chor guter Freundinnen, warum verstecken sie sich vor mir, und plötzlich stürzt sich aus dem Buch ein Chor aus bitterbösen Wörtern auf mich, weckt in mir eine Erinnerung an eine unverzeihliche Kränkung, was sagte er dort, im blühenden Garten des Hotels, in einem der seltenen Momente unseres Glücks, falls man dieses zerbrechliche Etwas überhaupt Glück nennen konnte. Ich darf nicht mit dir hinauf ins Hotel gehen, sagte er, ich darf hier nicht essen und nicht trinken und nicht den Weg zurückgehen, den ich gekommen bin, ich muß hier fort, bevor mich jemand zum Scheitern bringt, wie es jenem Mann Gottes widerfahren ist, und plötzlich steht mir diese Geschichte, die ihn so bedroht hat, in ihrer ganzen Schrecklichkeit vor Augen, die Geschichte vom Mann Gottes, der von Juda nach Bethel kam und den Brand des Altars prophezeite, das Opfer des sündigen Bethel, und Gott gebot ihm, kein Brot zu essen und kein Wasser zu trinken und nicht den Weg zurückzugehen, den er gekommen war, aber ein alter Prophet aus Bethel brachte ihn absichtlich zum Scheitern, ich bin ein Prophet wie du, belog er ihn, und ein Engel Gottes hat mit mir geredet und gesagt, ich soll dich zu meinem Haus führen und dir zu essen und zu trinken geben. Der Mann Gottes, der schon hungrig und durstig war, ließ sich verführen, ihm zu glauben, und während sie noch am Tisch saßen und aßen und tranken, kam das Wort des Herrn zum Propheten, dein Leichnam wird nicht in deiner Väter Grab liegen, weil du dem Mund des Herrn ungehorsam gewesen bist, und als er seines Weges zog, fand ihn ein Löwe und tötete ihn, und der alte Prophet begrub ihn in Bethel und bat seine Söhne, ihn nach seinem Tod neben dem Mann Gottes zu begraben, legt mein Gebein neben sein Gebein.

Zornig lasse ich das Buch sinken, zornig wegen des bitteren Schicksals, das der Mann Gottes ertragen mußte, weil er der Versuchung nicht standgehalten hatte, woher sollte er wissen, daß er belogen wurde, wie konnte er zwischen den Worten Gottes und den Worten der Lüge unterscheiden, vor meinen Augen schärft sich das Bild Udis, der zwischen den Bäumen kniete und prophezeite, er sagte die Opferung unserer kleinen Familie voraus, er wußte nicht, daß die lügnerische Prophetin ihn bereits in der Tür unseres Hauses erwartete, ihre Haare waren giftige Schlangen, ihre ermutigenden und beruhigenden Worte Schmeicheleien, du klammerst dich an ihn, sagte sie zu mir, du zerreibst ihn wie einen Brocken Erde, du mußt loslassen, aber in dem Moment, als ich losließ, ergriff sie ihn und zog ihn hinter sich her und zerrieb uns alle zu grauem Staub. Ich taste über das Laken, für einen Moment kommt es mir vor, als läge er neben mir, mit seinen langen Beinen, schlafversunken, ich darf ihn nicht wecken, doch da richten sich seine Knochen auf und tanzen vor meinen Augen einen Abschiedstanz, und ich unterdrücke einen Schrei, er wird sterben, dort in dem fernen Tibet, sein Gebein wird nicht im Grab seiner Väter liegen, nie werden wir ihn wiedersehen, eine lügnerische Prophetin hat ihn von uns weggelockt, ich muß mein Leben ändern, hat er gesagt, ich habe eine Warnung bekommen, aber wie hätte er wissen können, daß er in Versuchung geführt wurde, ich springe aus dem Bett und gehe hinaus auf den Balkon, schaue hinunter auf die stille Straße, die Badeanzüge tropfen auf mich herab und gaukeln mir den Geruch nach nasser Erde vor, wie nach dem ersten Regen.

Von hier aus habe ich ihn weggehen sehen, den Rucksack auf dem Rücken, mit heiserer Kehle habe ich versucht, ihn zurückzuhalten, ich habe mit Steinen der Wut und der Kränkung nach ihm geworfen, wie hat er sich so plötzlich in meinen eingeschworenen Feind verwandeln können? An jenem Morgen, im blühenden Garten des Hotels, zerstörte er das kleine Glück, das wir gerade wieder gefunden hatten, aber friedlich senkt sich ein Gedanke über mich, er hat nicht gesündigt, er wird nicht bestraft werden, weil er nicht gesündigt hat, er hat kein Brot gegessen und kein Wasser getrunken, und er ist nicht den Weg zu dem schönen Hotel zurückgegangen, zu dem riesigen, verführerischen Bett, er gehorchte dem Wort des Herrn um unser aller willen, um der Reinheit unseres kleinen Königreichs willen, vielleicht war das gerade die Prüfung und er hat sie bestanden, was bedeutet es dann schon, wenn unsere Freiheit in Trauer endet, vielleicht gibt es eine versteckte Logik hinter den Ereignissen, die uns so erschüttert haben, eine tiefere Logik, eine ganz andere, denn wenn er je zurückkehrt, wird er es auf einem anderen Weg tun müssen, wird er ein anderer Mann werden müssen, und ich gehe zurück ins Zimmer und blättere schnell in der Bibel, ich will unbedingt die Stelle finden, wo das, was der Mann Gottes prophezeit hatte, Wirklichkeit wurde, sein Gebein liegt zwar in der Erde, aber seine Prophezeiung lebt, hier war der König Josijahu, der die Reste des Hauses Israel um sich sammelte und die Erde von ihrer Unreinheit befreite, er machte auch das Topheth im Tal Ben-Hinnom unrein, damit niemand seinen Sohn oder seine Tochter dem Moloch durchs Feuer gehen ließe, er ließ die Knochen aus den Gräbern holen und verbrannte sie auf dem Altar von Bethel, aber die Gebeine des Mannes Gottes rührte er nicht an, der von Juda gekommen war, und so blieben mit seinen Gebeinen auch die Gebeine des Propheten unberührt, der aus Schomron gekommen war.

Vor meinen Augen zeigt sich das wüste Königreich Israel, übersät mit den Scherben von Altären, den Zeugen ihrer Sünde, ihre Einwohner vertrieben, die harten Nacken den Häusern in ihrem Land zugewandt, den Häusern, die von Fremden bewohnt werden, so wie Udi durch fremde Landschaften wandert, ein fremdes Kind auf dem Rücken, und ich frage mich, ob in ihm ein anderer Udi steckt, den ich nie kennengelernt habe, den ich in all den Jahren verpaßt habe, vielleicht ist er neben mir verwelkt und neben ihr blüht er, und einen Moment lang betrachte ich verbittert sein Blühen, ich sehe, wie er den Kopf zurücklegt und lacht, und sie wirft ihm einen erstaunten Blick zu, aber das Bild ist nicht wirklich, so wie das Glück der Frühlingsblumen, die um das Hotel herum wuchsen, nicht wirklich war, sie gaben sich Mühe standzuhalten, sie wollten sich nicht dem Zweck fügen, für einen Moment Staunen zu erwecken, um sich dann in kleine Knollen in der Erde zurückzuziehen. Mitleid, das mich trifft wie ein Windstoß, läßt mich erzittern, als er hier krank und gequält im Bett lag, habe ich kein Mitleid für ihn aufbringen können, und jetzt, da er gesund ist und weite Strecken mit seinen kräftigen Beinen zurücklegt, eine neue Frau an seiner Seite, erfüllt mich Mitleid, ich sehe, wie sein Herz vergeblich versucht, sich zu dehnen, die Brücke ist zu kurz für die sich voneinander entfernenden Ufer, schon bald werden seine Reste vom tosenden Fluß weggeschwemmt werden, und dann wird ihn seine Schuld anspringen wie eine hungrige Löwin, sie wird sich gierig von der königlichen Mahlzeit nehmen, die für sie angerichtet ist, und nur Reste der Enttäuschung zurücklassen, eine beunruhigende Erinnerung an das, was einmal war und nie mehr sein wird. Du wolltest geliebt werden, Udi, du wolltest besänftigt werden, aber solange du fliehst, wirst du keine Ruhe finden, nur den schnellen Schlaf eines geflohenen Häftlings, nur wenn du dich den Wachtposten deiner Seele stellst, kannst du glücklich werden, oder unglücklich, aber dann wird es dein Unglück und dein Glück sein, nicht das von Noga, nicht das von mir, ich bin schon nicht mehr im Bild, man sieht nicht mal mehr mein Bein hereinlugen, und plötzlich empfinde ich auch Mitleid für Sohara, sie hat die Reste eines zerstörten Königreichs in den Händen und weiß noch nicht, wer ich bin, die ich sie beschuldige, denn auch ich habe gesündigt, ich habe einen zwei Tage alten Säugling aus den Armen seiner Mutter genommen. Ich klappe das Buch zu und lege es auf die andere Seite, die seine war, nie werde ich diese angenehmen, beruhigenden Prophezeiungen finden, aber als ich schon fast eingeschlafen bin, taucht in meiner Erinnerung die letzte Prophezeiung auf, fordernd und verpflichtend wie die letzten Worte eines Sterbenden. Siehe, ich will euch senden den Propheten Elia, ehe der große und schreckliche Tag des Herrn kommt. Der soll das Herz der Väter bekehren zu den Söhnen und das Herz der Söhne zu ihren Vätern, auf daß ich nicht komme und das Erdreich mit dem Bann schlage.

Ich habe das Gefühl, nur eine Minute geschlafen zu haben, aber das Zimmer ist hell, durch einen schmalen Spalt im Rolladen drängt die ganze Sonne herein, und Noga springt in mein Bett, Mama, wach schon auf, morgen habe ich Geburtstag und wir haben noch nichts eingekauft, und ich stehe auf und ziehe mich müde an, das Schicksal des Gottesmannes hilflos hinter mir herziehend, wie hätte er wissen können, daß er angelogen wird, kann doch das Wort Gottes sogar aus dem Maul einer Eselin kommen. Zerstreut kaufe ich Leckereien und Luftballons und Malzeug und alle möglichen Aufkleber, außerdem ein paar CDs, von denen Noga behauptet, ohne sie ginge nichts, und zu Hause hören wir sie uns eine nach der anderen an, unsere stille Wohnung füllt sich mit rhythmischen, dröhnenden Klängen, die mich anfangs stören, mir aber allmählich eine gewisse Erleichterung verschaffen, als wäre dies nicht meine Wohnung und ich wäre folglich nicht für das verantwortlich, was hier passiert. Ab und zu wirft sie einen Blick auf das schweigende Telefon, glaubst du, daß Papa an meinen Geburtstag denkt, fragt sie, glaubst du, daß er morgen anruft, und ich denke an den Mann Gottes, gehe nicht den Weg zurück, den du gekommen bist, die Verpflichtung, sich zu ändern, ist ein Gebot des Himmels, aber wer weiß, von welcher Veränderung die Rede ist und wie hoch ihr Preis sein wird, nur wenn die falsche Prophezeiung ans Licht kommt, kannst du es wissen, nur wenn der Löwe schon die Zähne in dein Fleisch schlägt. Ich stehe am Fenster und schaue hinunter auf die Straße, gelbe Blätter sprenkeln sie und machen sie fremd, gibt es einen anderen Weg, herzukommen, nicht durch diese Straße, in die Wohnung zu kommen, ohne durch diese Tür zu treten, und sie sagt, Mama, warum gibst du mir keine Antwort, und ich murre, ich weiß nicht, ob er von dort überhaupt anrufen kann, aber sie fragt schon wieder, glaubst du, daß er an meinen Geburtstag denkt, wie kann ich wissen, ob er daran denkt? Und ich betrachte sie gereizt und sage, ich gehe davon aus, daß du es erfahren wirst, wenn er daran denkt.

In der Küche umgebe ich mich mit Zucker und Kakao, mit Eiern, Milch und Mehl, schweigend bereite ich den Geburtstagskuchen zu, einen herzförmigen Schokoladenkuchen, wie sie es sich gewünscht hat, und die Wohnung füllt sich mit dem durchdringenden vertrauten Geruch, erst am Abend merke ich, daß ich vergessen habe, Verzierungen für den Kuchen zu kaufen, und laufe schnell zum Supermarkt, aber vor dem Regal kann ich mich nicht entscheiden, was ich nehmen soll, bunte Bonbons oder Marzipanbärchen oder vergoldete Herzchen, aber vielleicht ist das übertrieben, Herzchen auf einem herzförmigen Kuchen. Etwas trifft mich plötzlich hart in den Kniekehlen, so daß ich mit der Stirn ans Regal schlage, ich drehe mich schnell um, um mich bei der jungen Frau zu beschweren, die mich mit ihrem Wagen angestoßen hat, doch dann bemerke ich, daß es sich nicht um einen Einkaufswagen handelt, sondern um einen Kinderwagen, genau in diesem Moment fängt das Baby an zu weinen. Ich senke den Blick schnell zu Boden, ich darf solche Dinge nicht sehen, sonst erinnere ich mich an Ja'el, und sofort schüttle ich mich, kommt es mir nur so vor, oder ist die Frau tatsächlich Ja'el, ihre Haare haben eine andere Farbe, ein sanftes Honigbraun statt des schreienden Rots, an ihrem gebeugten Körper kann ich nicht erkennen, ob sie es ist oder nicht, es könnte ja sein, daß sie ihre Meinung geändert und den kleinen Micha zu sich genommen hat, um für immer seine Mutter zu sein. Ich folge ihr heimlich, spähe aufgeregt zwischen den Regalen hindurch, habe Angst, gesehen zu werden, wohin ist sie verschwunden, ich schaue in alle Gänge, aber sie ist nicht da, ich bin schon enttäuscht, da sehe ich sie an der Kasse, in engen Jeans und einem T-Shirt, so schmal, als hätte sie nie ein Kind geboren, sie stellt nacheinander Milchprodukte auf den Tisch, daneben Babyflaschen, Windeln, Waschmittel, ist sie es oder ist sie es nicht, doch als sie zu mir herschaut, habe ich keinen Zweifel, solche Augen hat nur sie, und ich erstarre zwischen den Regalen, bis sie sich entfernt hat, dann fliehe ich von dort, ich renne den ganzen Weg nach Hause, ich weine, ich flattere in der Sommerluft wie ein Insekt mit zerbrochenen Flügeln, und als ich unsere Straße erreiche, setze ich mich auf die Bank in der Anlage, versuche, mich zu beruhigen, bevor ich hinaufgehe, meine Freude mischt sich mit wilder Angst, als wäre ich gerade knapp einem Verkehrsunfall entgangen, und erst jetzt erlaube ich mir daran zu denken, wie schlimm es hätte sein können. Sie hat das Kind nicht weggegeben, sie zieht es auf, die Katastrophe, die ich fast über sie gebracht hätte, ist verhindert worden, Chawa hat es geschafft, den Schaden wiedergutzumachen und Ja'els Entscheidung zu ändern, aber warum hat sie mir das nicht gesagt, ich hätte einfach ewig so weiterleben können, ohne es je zu erfahren.

Ich schleppe mich die Treppe hinauf, mache die Tür auf und sehe Nogas erstauntes Gesicht, was ist passiert, fragt sie, und ich murmele, gar nichts, dann lege ich mich aufs Sofa und breche in Tränen aus, es ist etwas Gutes passiert, schluchze ich, ich bin durch ein Wunder gerettet worden, aber sie gibt sich nicht zufrieden, Mama, erzähl mir alles, morgen werde ich immerhin zehn, du kannst es mir erzählen. Ich habe ein Mädchen vom Heim nicht richtig beraten, sage ich, ich habe Angst gehabt, ich wäre der Grund dafür, daß sie auf ihr Kind verzichtet hat, und jetzt habe ich sie mit dem Kind gesehen. Sie betrachtet mich erstaunt, fast verächtlich, ich verstehe nicht, warum du dich beschuldigen konntest, auch wenn sie auf ihr Kind verzichtet hätte, wäre es nicht deinetwegen gewesen, diese Entscheidung ist viel zu groß, es kann nicht sein, daß ein anderer sie so sehr beeinflußt, hätte jemand dich davon überzeugen können, mich wegzugeben? Nein, schluchze ich, nein, Nogi, aber das ist etwas anderes, ich war erwachsener, als du geboren wurdest, und ich hatte deinen Vater. Und jetzt, ohne Papa, würdest du mich da hergeben, fragt sie ernst und sachlich, mit einem harten Gesicht, als wäre sie bereit, jede Antwort zu akzeptieren, und ich sage, bist du komplett verrückt geworden, mein Leben bedeutet mir nichts ohne dich.

Hast du wegen dieser Geschichte aufgehört zu arbeiten, fragt sie und verkündet sofort voller Freude, dann kannst du jetzt doch wieder zurück, und ich schüttle den Kopf, ich weiß es nicht, Nogi, ich bin mir überhaupt nicht sicher. Sie fragt, wo sind die Verzierungen für den Kuchen, und ich halte ihr meine leeren Hände hin, vergessen, ich war so durcheinander, daß ich alles andere vergessen habe, und sie legt ihre Hände auf meine, das macht nichts, es geht auch ohne Verzierung, und ich umarme sie, drücke sie fest an mich, Nogi, mein Schatz, ich habe dich so lieb, und sie sagt, ich dich auch, ich bin froh, daß du mich nicht weggegeben hast.

Ich nehme das Telefon mit ins Schlafzimmer und mache die Tür hinter mir zu, eine autoritäre heitere Stimme antwortet mir, was für Kräfte hat diese Frau, sogar am Ende eines Arbeitstages ist sie noch energisch, und ich schluchze, Chawa, ich wollte mich bei dir bedanken, ich bin dir sehr dankbar für das, was du für mich getan hast, du hast mir das Leben gerettet, und sie sagt erstaunt, Na'ama, ich habe gerade an dich gedacht, sie fragt noch nicht mal, wofür ich mich bei ihr bedanke, und ich verstehe, daß wir nie ein Wort darüber verlieren werden. Warum hast du an mich gedacht, frage ich, und sie sagt, gerade hat Chani angerufen, weil sie dich sucht, sie kommt nicht zurecht, sie kommt einfach nicht auf die Beine. Ich bin überrascht, daß sie so etwas zu mir sagt, denn bei uns ist es üblich, die Mädchen nach ihrer Entlassung an eine Sozialstation in ihrem Wohnviertel zu verweisen, um sie von uns gleichsam abzunabeln, von der lebendigen Erinnerung an den Verzicht auf ihr Kind, traurig denke ich an Chani, sie hat mich damals, in jener Nacht, angerufen, in den Händen den aufgetrennten Pullover, den sie gestrickt hatte, ich habe mein Versprechen nicht gehalten, ich habe ihr keinen neuen Pullover gebracht, und plötzlich möchte ich sie unbedingt sehen, es gibt so vieles, was ich ihr zu sagen habe, ich hätte sie auch nach der Trennung von ihrem Kind begleiten müssen. Wie können wir die Mädchen einfach davonschicken und nicht mehr nach ihnen schauen, das Schlimmste erwartet sie doch erst draußen, man muß ihnen ihre Schuldgefühle nehmen, damit sie sich nicht ihr ganzes Leben lang dafür bestrafen, durch Kinderlosigkeit oder eine unglückliche Ehe.

Wie geht es zu Hause, fragt Chawa, wie geht es deiner Tochter, und ich wundere mich, warum ausgerechnet sie, die immer so beschäftigt ist, heute plaudern möchte. Meiner Tochter geht es gut, antworte ich, sie hat morgen Geburtstag, und sie sagt in einem so nachdrücklichen Ton, herzlichen Glückwunsch, als handle es sich um eine große Leistung, dann fragt sie, und was ist mit Udi, und ich antworte, Udi ist im Ausland, ich habe schon eine ganze Weile nichts von ihm gehört, und sie sagt, denk dran, man darf sich nur unter der Bedingung umschauen, daß die Füße vorwärts gehen, und ich sage, mach dir keine Sorgen, Chawa, er wird nicht zurückkommen.

Darum geht es überhaupt nicht, schimpft sie, es geht darum, ob du dir erlauben würdest, zu solchen Verhältnissen zurückzukehren, und ich unterbreche sie, du wirst mir kaum glauben, aber das interessiert mich überhaupt nicht, mir kommt es vor, als sei ich überhaupt noch nicht bereit, ein neues Kapitel aufzuschlagen, und sie seufzt befriedigt, ich habe ja gewußt, daß du stärker bist, als du glaubst, nur merke dir, daß eine Veränderung nie abgeschlossen ist, es ist ein täglicher Kampf, du darfst nicht zulassen, daß irgend jemand dein Leben in Beschlag nimmt, vergiß das nicht, sie spricht die Worte mit einem Pathos, als wolle sie sich für immer von mir verabschieden, und ich spüre plötzlich einen Stich der Sorge, Chawa, frage ich, geht es dir gut, ist bei dir alles in Ordnung?

Ich gehe heute abend ins Krankenhaus, zu einer Operation, sagt sie gelassen, ich werde ein paar Wochen nicht hiersein, und ich schreie fast, ist es etwas Schlimmes? Und sie sagt, du meinst etwas, von dem man vielleicht nicht wieder gesund wird, ich weiß es nicht, ich bin immer optimistisch. Ich presse die Lippen an den Hörer, es tut mir so leid, Chawa, ich habe nicht gewußt, daß du krank bist, und sie sagt, niemand hat es gewußt, es zieht sich schon ein paar Jahre hin, und ich frage, kann ich dir bei irgend etwas helfen?

Ja, sagt sie, ich möchte, daß du zurückkommst, Annat schafft es nicht ohne dich, wir brauchen hier im Heim deine Seele, und ich seufze verächtlich, meine Seele hat mir nur Schwierigkeiten gebracht, ich versuche gerade, sie loszuwerden, und sie ruft, hüte dich vor solchen Ideen und vernachlässige nicht die Gaben, die du hast, auch wenn sie dir Probleme schaffen, und ich schweige, ich sehe das schöne, geheimnisvolle Haus vor mir, traurige Mädchen schweben wie Engel die Treppen hinauf und hinunter, neben ihrem eigenen Herzen klopft ein anderes Herz, wie sehr habe ich mich nach ihnen gesehnt, und mit heiserer Stimme sage ich, ich komme zurück, Chawa, natürlich komme ich zurück.

Am Morgen höre ich ein seltsames Rascheln, als würden mürbe Knochen in meinem Bett zerkrümeln, und ich sehe neben mir auf der Matratze gelbe trockene Blätter, die durch das offene Fenster hereingeweht sind, aufgeregt zähle ich sie, es sind genau zehn, kaum zu glauben, zehn Blätter, eines für jedes Jahr, denn es ist schließlich auch mein Geburtstag, der Geburtstag meines Mutterseins, ich ordne die Blätter um mich und betrachte sie, triumphierende Freude erfüllt mich, als hätte ich mit eigenen Händen den Sommer besiegt und dem Herbst zu seinem Recht verholfen, nicht deshalb, weil ich den Herbst lieber hätte, sondern weil wir nur in diesem hartnäckigen Wandel Trost finden können. Hoffnungsvoll nehme ich den Hörer ab, als es klingelt, ich höre die klare Stimme von Amos, er bittet mich, Noga, die noch schläft, auszurichten, daß er heute mit seinen Eltern nach Eilat fährt und nicht zu ihrem Geburtstag kommen kann, auch Ron und Assaf könnten nicht kommen, fügt er hinzu, sie seien im Ausland, und als Noga aufwacht, ruft Nizan an, sie hat die Grippe. Noga und ich stürzen uns auf die Ballons und blasen sie auf und binden sie aneinander wie gefährliche Gefangene.

Noga ist blaß vor Anspannung, und als sie einen der Ballons berührt, platzt er, beide fahren wir erschrocken zurück, als wäre eine Höllenmaschine in unserem Wohnzimmer explodiert, und als noch einer platzt, verwandeln sich die bunten Ballons in Feinde, wir bewegen uns mißtrauisch zwischen ihnen und wagen kaum zu atmen. Noga wäscht sich schnell und läßt mich ihre Haare kämmen, dann steht sie vor dem Spiegel, probiert ein Kleidungsstück nach dem anderen an, ihr ganzer Schrank ist schon ausgeräumt, und schließlich kommt sie in der Unterhose zu mir, ihre Brustwarzen schwellen wie Blumenknospen in der Sonne, ich habe nichts anzuziehen, sagt sie und weint fast, hat Papa all seine Sachen mitgenommen? Vermutlich schon, sage ich seufzend, schau bei ihm im Schrank nach, und sie knallt wütend mit den Türen, warum hat er nicht an mich gedacht, wie hat er mir das antun können, sie setzt sich auf den Boden und weint, und ich bücke mich zu ihr, vielleicht hast du trotzdem etwas Hübsches bei dir im Schrank, es kann doch nicht sein, daß dir alles zu klein geworden ist, aber ich gehe sofort wieder in die Küche, ich darf sie jetzt auf keinen Fall anziehen oder ihr irgendwelche Vorschläge machen, das ist ihre Angelegenheit. Ich mag aber nur seine Sachen anziehen, jammert sie, hebt den Fuß und tritt gegen das Sofa, das ihr sofort mit einer dichten Staubwolke antwortet, ich tue, als wäre ich sehr beschäftigt, öffne und schließe den Kühlschrank, bis es still wird. Fast eine Stunde später verläßt sie ihr Zimmer, sie trägt die blaue Samtbluse, die ich ihr mal gekauft habe, und hat die wilden Locken mit einem Gummi zusammengebunden.

Du siehst toll aus, sage ich erstaunt, schau nur, wie diese Farbe deine Augen betont, schau nur, wie schön du bist, wenn dein Gesicht frei ist, und ich sehe, daß sie zufrieden ist, zusammen räumen wir die Zimmer auf, wir legen Scheren, Klebstoff, Buntpapier, Perlen und Stoffreste bereit, im Kühlschrank wartet das dunkle Schokoladenkuchenherz, ohne Verzierungen, zehn plus eine Kerze stehen mitten auf dem Tisch, drum herum Flaschen mit Getränken und Teller mit Leckereien, eine der CDs spielt schon so laut und fröhlich, daß das Telefon fast nicht zu hören ist, ich beiße mir auf die Lippe, hoffentlich ist es keine weitere Absage, doch ich höre, wie Noga beruhigend in den Hörer sagt, mit einer erloschenen Stimme, das macht doch nichts, wirklich, vielleicht ein andermal, als hätte sie morgen noch einen Geburtstag. Marwa hat ein Fußballtraining, das sie auf keinen Fall versäumen darf, flüstert sie, und ich denke an die anderen, die sich nicht die Mühe machen anzurufen, die sicher sind, daß alle anderen kommen und ihr Fernbleiben deshalb gar nicht auffällt, und je näher der Zeitpunkt rückt, um so fester presse ich die Lippen zusammen, soll ich etwas sagen oder nicht, was würde Chawa an meiner Stelle tun, wahrscheinlich gar nichts, ich habe nichts, womit ich sie trösten könnte. Sie versucht, ein ruhiges Gesicht zu zeigen, aber ich sehe, wie angespannt sie ist, ihre Augen funkeln nervös, sie schaut auf die Uhr, und ich gehe mit einer Zigarette hinaus auf den Balkon, ich setze mich an das Geländer, trotz der Hitze, von da aus habe ich den Überblick und kann alles sehen, kurz bevor sie es sieht.

Unten höre ich Lachen, ich beuge mich vor, da sind Schira und Meiraw, Nogas Kinderfreundinnen, heiter plappernd kommen sie näher, ich seufze erleichtert, wenigstens sie kommen, aber zu meinem Entsetzen gehen sie an unserem Haus vorbei und laufen weiter, fast schreie ich ihnen hinterher, kommt zum Geburtstag, enttäuscht sie nicht so sehr, aber sie sind schon unten am Hang verschwunden, vielleicht wollen sie ja nur noch ein Geschenk kaufen und kehren gleich zurück, ich versuche, mich zu trösten, und wieder sind auf der Straße Kinderstimmen zu hören, ich beuge mich vor, um besser sehen zu können, es sind einfach kleine Kinder, die uns nicht retten werden, und schon fange ich innerlich an, mich zu beschimpfen, was hast du dir eingebildet, daß ein Geburtstag alle Probleme auslöscht, er macht sie nur noch deutlicher, schon seit einem Jahr ruft keiner an, um sie einzuladen, schon seit einem Jahr kommt keiner zu ihr, hast du etwa gedacht, sie würden aus Mitleid kommen, aus Höflichkeit, so etwas gibt es bei Kindern nicht, und vielleicht ist es ja gut, daß es das nicht gibt, ich drehe mich um und sehe sie in der Balkontür stehen, sie beobachtet meine Nachforschungen, niemand kommt, sagt sie so leise, daß keiner ihre Niederlage hören kann, es ist schon halb fünf.

Warum kommen sie nicht, Noga, frage ich mit einem traurigen Lächeln, und sie senkt die Augen, weil sie mich nicht mögen, und ich frage, aber warum? Ich weiß es nicht, sagt sie, was sie interessiert, interessiert mich nicht, was sie komisch finden, finde ich nicht komisch, und ich trete zu ihr, was findest du komisch, Nogi? Sie sagt, das da finde ich komisch, und deutet auf die aufgeräumte Wohnung, auf die erwartungsvoll aufgeblasenen Luftballons, auf die Teller mit den Leckereien, und schon verwandelt sich ihr Lachen in einen trockenen Husten, ich hole ihr ein Glas Wasser, helfe ihr beim Trinken, weil ihre Hände zittern, und sie stöhnt, ich fühle mich nicht wohl, ich möchte ins Bett. Schweigend führe ich sie zu ihrem Bett, lege sie zwischen die Scheren und Buntpapierrollen, gebe ihr einen Kuß auf die hohe Stirn, die jetzt mit Schweiß bedeckt ist, und da wird plötzlich an die Tür geklopft, sie zuckt zusammen, versteckt sich unter ihrer Decke, mach nicht auf, Mama, fleht sie, es ist besser, daß niemand kommt, statt daß zwei oder drei kommen und sehen, daß außer ihnen niemand da ist.

Eigentlich stimme ich ihr aus vollem Herzen zu, wer hat

jetzt schon genug Kraft, um vor einem oder zwei Kindern ein fröhliches Gesicht zu zeigen, aber das Klopfen läßt nicht nach, es wird immer stärker, jemand ist überzeugt, daß wir zu Hause sind, ich nehme ihre Hand und ziehe sie hoch, komm, machen wir auf, Nogi, du hast keine Wahl, du hast eingeladen, du kannst nicht mittendrin zurück, und sie folgt mir zögernd, sag doch, ich wäre krank, fleht sie mich an, sag, daß alles abgesagt ist und wir nur vergessen haben, Bescheid zu geben, das kann dir doch egal sein, aber ich bleibe stur, sag du, daß du krank bist, ich kann es dir nicht abnehmen.

Hand in Hand gehen wir auf die Tür zu, Noga öffnet sie langsam, und die Ballons, die wir draußen an der Klinke festgebunden haben, spähen herein wie eine Horde neugieriger Kinder, und zwischen ihnen leuchten uns sandfarbene Augen entgegen, und dann ist ein braungebranntes nervöses Gesicht zu sehen, und Noga nähert sich ihm langsam und ungläubig, als fürchte sie, sein Gesicht könne zerplatzen wie ein Luftballon, doch da erscheint ein Lächeln auf ihren Lippen und wird langsam breiter. Ich betrachte den schmalen Türrahmen, der sich mit seinem Körper füllt, und hinter seinen hohen, spitzen Schultern, hinter ihrer langen, schweigenden Umarmung, die vor meinen Augen immer inniger wird, zwei Wachspuppen, die ineinander verschmelzen, dringt das einfache Licht eines Sommernachmittags herein, das Licht des gewöhnlichen Alltags, ohne Pracht, ohne Hoffnungen, den Abend verkündend, der schon auf dem Weg zu uns ist und an seinem Ende das Zepter der kühlen Nacht trägt und die goldenen Blätter der Pappeln bewegt, und abgesehen davon gibt es nichts, was man mit Sicherheit wissen kann, es scheint, als wären keine Versprechen mehr nötig, weder vom Himmel noch von der Erde, Papa, sagt sie mit fester, erstaunlich erwachsener Stimme, du hast daran gedacht, ich habe gewußt, daß du daran denken würdest.

Späte Familie

FÜR EYAL

1

Ich bin tot, schreit er mit aufgeregter Stimme, sein magerer Körper zappelt vor mir, ich bin wirklich tot, tot für immer, sein Mund ist aufgerissen, entblößt seine weißen, locker gewordenen Milchzähne, die nur noch an Fäden hängen. Ich bin nur ein Traum, singt er, du träumst die ganze Zeit, am Schluss findest du heraus, dass du keinen Sohn hast, für einen Moment schweigt er und betrachtet mein Gesicht mit tanzenden Augen, mein Erschrecken vergrößert sein Vergnügen, seine neue Boshaftigkeit, die an diesem Morgen geboren wurde, sechs Jahre nach ihm, und ihn schon einhüllt wie die Gewänder, die er früher so gern getragen hat.

Ein Kreis von Kuscheltieren umgibt ihn, mit glanzlosem Fell und ewiger Erwartung im Blick, und er hüpft zwischen ihnen herum wie eine Seifenblase, auf seiner Brust baumelt ein ausgeschnittenes Papierherz, darauf mit großen Druckbuchstaben sein Name, damit die neue Lehrerin weiß, wer er ist, damit sie nicht durcheinander kommt, damit die anderen Kinder ihn sich einprägen, und auch die Wände, die ihn umgeben werden und jetzt noch nackt sind, in wenigen Tagen werden sie mit Zeichnungen von Tieren und Pflanzen bedeckt sein, mit Szenen der Fantasie, voller Heldenmut, in Farben der Erde, des Blutes und der Kohle, wie in den Höhlen prähistorischer Menschen, bevor die Schrift erfunden wurde.

Ich presse meine Lippen zusammen, an ihnen klebt der Geschmack von trockenem, an den Rändern versengtem Gummi, die ganze Wohnung scheint den Geruch eines

Schwelbrandes zu verströmen, als wäre in irgendeiner Ecke ein brennender Reifen versteckt und schickte trübe Schwaden in unsere Richtung. Mein Blick bleibt an den Bücherregalen hängen. Gestern noch waren sie übervoll, jetzt gähnen Löcher in ihnen, starren mich strafend an wie die leeren Augenhöhlen eines Skeletts, wie wenig lassen wir zurück, nur weißlicher Staub ist von den Büchern geblieben, die uns in aller Stille Jahr um Jahr angeschaut haben.

Er hat das Gefühl, er habe für alle Ewigkeit meine Aufmerksamkeit verloren, er springt vor mir herum, er versucht es wieder, steigert seine Mitteilung, du bist tot, verkündet er laut jubelnd, richtig tot, tot für immer, du träumst nur, dass du lebst, das Haus hier ist nicht wirklich, der Stuhl da ist nicht wirklich, und auch ich bin nicht wirklich, das träumst du alles nur, gleich wirst du sehen, dass alles ein Traum ist.

Seine kleinen, immer schmutzigen Hände mit den kurz geschnittenen Fingernägeln fuchteln herum, suchen den Weg zu mir, jetzt kniet er vor mir auf dem Teppich, es scheint, als wäre er besiegt, schon wird sein Kopf von meinen Knien angezogen, aber sofort richtet er sich auf, packt einen Teddybären und wirft ihn mit aller Kraft in meine Richtung, ich fange den weichen goldenen Teddy, drücke ihn fest an meine Brust, wiege ihn hin und her, um seine Eifersucht zu erregen, um mir und ihm auf diese Art den Trost seiner Unschuld zurückzugeben.

Gib ihn her, er gehört mir, verlangt er, den hat mir Papa aus Scotlag mitgebracht, aber ich verstecke den Teddy hinter meinem Rücken, Scotland, sage ich, und meine Stimme krächzt, als hätte ich seit Jahren nicht mehr gesprochen, sag Scotland, und er kommt näher, und ich habe das Gefühl, als wollte er umarmt werden wie früher als kleines Kind, ich reagiere sofort, strecke ihm die Arme entgegen, aber dann wirft er sich auf mich, reißt mir den gefangenen Teddy mit triumphierendem Gebrüll aus der Hand, jetzt hab ich dich reingelegt, schreit er, Schläue blitzt in seinen Augen auf, und schon umkreist er den Wohnzimmertisch, wie ein Tänzer mit einer antiken Bibel, Teddy Scotlag, trillert er, nur im Traum gehör ich dir.

Erstaunt beobachte ich ihn, als sähe ich ihn zum ersten Mal, seine unbeugsame, unzweifelhafte Existenz verwirrt mich an diesem Morgen mehr als sonst, ein richtiger Junge, so zeigt er sich, keine Fantasiegestalt, keine Figur aus einem Kinderbuch, keine Frucht der Liebe, in die man manchmal ihrer Süße wegen beißt, kein wunderbares Spielzeug, ein Junge, der die Schale zwischen sich und der Realität mit lautem Jubel durchbrochen hat, mit geballten Fäusten. Ich versuche mir all das Wissen, das ich in den letzten sechs Jahren über ihn zusammengetragen habe, zu vergegenwärtigen, sortiere das Durcheinander von Dingen, deren Bedeutung unheimlich wichtig ist, beachte aber besonders die Randgebiete, denn wie bei einer komplizierten Untersuchung können gerade sie die Lösung bringen: Er weigert sich, seine Haare schneiden zu lassen, im Schlaf bedecken die Locken sein Gesicht und hängen ihm bis in den Mund, er liebt es, im Gehen zu essen, er schwenkt die Arme, er isst mit der Begeisterung eines wilden Tiers, und wenn es dunkel wird, zeigen sich Falten auf der Stirn, sein Rücken wird krumm vor Sorge, wie soll er die kommende Nacht mit all ihren Gefahren überstehen, doch am Morgen ist er fröhlich, als sei sein Sieg endgültig und vollkommen. Sein Herz ist voller Leidenschaft für seine Dutzende von Kuscheltieren, er zieht ihnen seine Babysachen an, er teilt sie in Familien auf, verleiht jedem eine eigene und komplizierte Familiengeschichte.

In unseren Fotoalben sucht er nur sich selbst. Ein Bild, auf dem er nicht zu sehen ist, treibt ihm die Tränen in die

Augen, Ereignisse, an denen er nicht teilgenommen hat, machen ihn wütend, alles, was vor seiner Geburt passiert ist, lässt ihn rebellieren. Alle Kuchen, die ich gebacken habe und von denen er nichts essen konnte, alle Schneetage, die wir erlebten und die er nicht genießen konnte, alle Ausflüge, die wir vor seiner Geburt gemacht haben und an denen er nicht teilgenommen hat, vor allem wenn wir mit dem Flugzeug geflogen sind, ohne ihn. Wo war ich damals, fragt er missmutig, schon in deinem Bauch? Als hätte ihm seine Anwesenheit im Bauch trotz allem ermöglicht, an diesem Vergnügen teilzuhaben, und wenn ich bekenne, nein, du warst noch nicht in meinem Bauch, dann suhlt er sich in seinem Schmerz, wo war ich dann, fragt er, gequält von der Vorstellung seiner Nichtexistenz, und ich beeile mich, ihn zu beruhigen, du warst in meinem Herzen, vom Tag meiner Geburt an warst du schon in meinem Herzen.

Er ist ein akribischer und eifriger Historiker seines kurzen Lebens, er hält seine Erinnerungen heilig, jedes Ereignis, an dem er teilgenommen hat, bekommt eine ungeheure Bedeutung, wieder und wieder betont er die Details, um wie viel Uhr bin ich geboren, wer hat mich als Erster gesehen, das bin ich, ruft er, vor Wonne schmelzend, wenn sein kleines Gesicht zum ersten Mal im Album auftaucht, wer hat mich fotografiert, wer hat mir diese Mütze gekauft, und doch schämt er sich bei seinen Nachforschungen, ich erinnere mich an alles, ich frage einfach nur, sagt er, ich erinnere mich auch an das, was passiert ist, bevor ich geboren wurde, in deinem Herzen war ein kleines Fenster, und durch das Fenster habe ich hinausgeschaut und alles gesehen, alles, betont er, fast drohend, als hätte er von seinem Versteck aus auch Dinge beobachtet, die man nicht tut.

Er schläft mit Licht, drei Nachtlampen stehen auf seiner Fensterbank, sein Bett ist voller Kuscheltiere. Er wacht mit

Gebrüll auf, sein Blick gleicht ihrem, glatt, klar, erwartungsvoll. Er wacht pedantisch über sein Eigentum, alte Schnuller, Babykleidung, gestrickte Schühchen, er weigert sich, sich von diesen Dingen zu trennen, als könnte sein Leben plötzlich in umgekehrter Richtung verlaufen und er würde sie bald wieder brauchen. Er hasst Veränderungen, und jedes einmalige Ereignis verwandelt sich in eine verpflichtende Gewohnheit, einen Ausflug in irgendeinen Vergnügungspark, ein Gedächtnisspiel beim Schlafengehen, alles, was wir einmal getan haben, sollen wir bis ans Ende unserer Tage wiederholen. Er hasst es, wenn man ihm beim Spielen zuschaut, er hasst es, wenn ihm die Sonne in die Augen scheint, versucht, das Licht zu verjagen wie eine lästige Fliege, er kann nicht schwimmen, er kann seine Schnürsenkel nicht binden, er hat Angst davor, Fahrrad zu fahren, seine Eltern haben sich gestern getrennt.

Komm zu mir, Gili, sage ich, mir ist schwindlig von deinem Gehopse, aber er hat sich schon von mir abgewandt, sein Interesse gilt der Tür, dort hantiert jemand mit einem Schlüssel, Mama, ein Einbrecher, flüstert er ängstlich, kontrolliert mit einem schnellen Blick die Kuscheltiere, die auf dem Teppich verstreut herumliegen, welches würde mitgenommen werden, von welchem würde er sich trennen müssen, und ich stehe auf und gehe zur Tür, wo habe ich den Schlüssel hingelegt, aber zu meiner Überraschung geht die Tür mit einem entschlossenen Knarren auf. Papa, ich habe gedacht, du wärst ein Einbrecher, jubelt Gili, die Angst, die sich als unbegründet herausgestellt hat, erlaubt ihm ein Gefühl des Triumphs und der Erleichterung, als habe er eigenhändig eine Verbrecherbande besiegt. Amnon, wie bist du denn hereingekommen?, frage ich schnell, versuche, die Freude durch einen strengen Ton zu kaschieren, wir hatten doch abgemacht, dass du deinen Schlüssel hier lässt. Er stellt sich unschuldig, hat die Antwort schon parat, was soll das heißen, ich habe dir meinen Schlüssel dagelassen, weil du noch einen zweiten wolltest, aber ich habe ihn vorher nachmachen lassen, und sofort beugt er sich in seiner ganzen Länge zu dem Jungen, seine Augen werfen mir über Gilis schmalen Rücken hinweg einen Blick zu, meinst du etwa, ich soll keinen Schlüssel zur Wohnung meines Sohnes haben? Angenommen, ich gehe abends unten vorbei und höre ihn weinen und kann nicht zu ihm hinaufgehen. Oder angenommen, ich sehe Rauch aus dem Fenster kommen und kann nicht hinein, um das Feuer zu löschen. Gili unterstützt ihn begeistert, stimmt, Mama, dann würden meine Tiere verbrennen, willst du, dass mein Teddy Scotlag verbrennt?

Ich seufze, darüber unterhalten wir uns später, du solltest ihn jetzt zur Schule bringen, sonst kommt er an seinem ersten Tag zu spät, aber Amnon richtet sich schwerfällig auf, zeigt mir ein gekränktes Gesicht, einen Moment noch, was ist los mit dir, du hast deinen Kaffee schon getrunken, nicht wahr, aber ich noch nicht. Er geht zum Wasserkessel, füllt ihn bis zum Rand mit Wasser, als wollte er unzählige Tassen Kaffee für viele Gäste bereiten, die im Wohnzimmer sitzen und warten. Frag nicht, knurrt er, ich habe keine Sekunde geschlafen, der Kühlschrank dort macht einen Krach wie eine Planierraupe, und ich schaue ihn überrascht an, es fällt mir schwer, den Ton seiner Stimme einzuordnen, hat er etwa schon vergessen, dass ich verantwortlich bin für seine Leiden, oder warum sonst lässt er mich jetzt so unschuldig an ihnen teilnehmen, als wären wir gemeinsam von einem Schicksalsschlag getroffen?

Dann schlaf heute hier, wie immer, Papa, unser Kühlschrank macht überhaupt keinen Krach, Gili postiert sich stolz vor dem Kühlschrank, wie ein routinierter Verkäufer, er reißt die Tür so weit auf, dass der kühle Atem die Küche füllt. Unser Kühlschrank ist leise, Papa, er legt sein kleines Ohr daran, er wird dich nicht aufwecken, du wirst schon sehen, und ich wecke dich auch nicht, und zögernd verspricht er, ich werde euch nie mehr mitten in der Nacht aufwecken. Ich gehe zum Wasserkessel, kippe ihn aus und lasse nur wenig Wasser darin. Gili, wir haben es dir doch erklärt, wir haben endlos darüber geredet, unsere Trennung hat nichts mit dir zu tun, auch nichts damit, dass du uns manchmal mitten in der Nacht aufweckst, Eltern trennen sich wegen ihrer eigenen Probleme, nicht wegen der Kinder, im Gegenteil, sie werden ihre Kinder immer lieb haben, mehr als alles andere auf der Welt. Wie bequem ist es doch, sich hinter diesem Wort zu verstecken, diesem trügerischen, autoritären, verantwortungsbewussten Wort Eltern, nicht Mama und Papa, nicht Papa und ich, nicht wir, wir beide, Amnon und Ella.

Vor mir schnauft wütend der Wasserkessel, und ich mache ihm schnell einen Kaffee, erfülle die Pflicht einer Gastgeberin, kippe kalte Milch in die Tasse und zische, trink schnell, er muss rechtzeitig dort sein, er kennt kein einziges Kind in seiner Klasse, wie soll er sich denn einfügen, wenn du ihn zu spät hinbringst, und Amnon kichert, ich kann mir nicht vorstellen, dass alle anderen Kinder um halb neun schon miteinander vertraut sind, immer wird er die Probleme anderer herunterspielen und seine eigenen aufbauschen. Wie soll ich heute bloß unterrichten, sagt er seufzend, ich habe nicht eine Sekunde geschlafen, und ich ignoriere seine Worte, richte meinen Blick auf die hellbraune Flüssigkeit, zu hell für seinen Geschmack, erst wenn er ausgetrunken hat, wird er gehen, er wird seine Klagen mitnehmen, so wie er gestern seine Bücher mitgenommen hat, und verschwinden.

Gili, wir gehen, verkünde ich, aber er ist nicht mehr da, wo ist er eigentlich, ich gehe in sein Zimmer und sehe seine Fußsohlen, die aus der Tiefe des Kleiderschranks lugen, auf dem Teppich liegen Teile seiner alten Verkleidungen, hier bin ich, schreit er, ich bin ein Zauberer, er springt aus dem Schrank hervor, auf dem Kopf den Zauberhut, in der Hand den blauen Zauberstab und über den Schultern den Sternenumhang, sein neuestes Kostüm, und ich erinnere mich, wie Talja und ich im Gedränge vor dem Purimfest auf den Wühltischen nach Kostümen gesucht haben, umgeben von unzähligen Frauen und Kindern, und ausgerechnet dort, an einem Ort, an dem man unmöglich etwas hören konnte, brachte ich es über mich, ihr die klaren Worte ins Ohr zu flüstern, und Talja schlug die Hand vor den Mund und schrie, du bist nicht normal, Ella, wage es ja nicht, ihn zu verlassen, willst du das Leben deines Sohnes zerstören?

Ich bin der große Zauberer, verkündet er noch einmal, der Hut rutscht ihm in die Stirn, verdeckt seine kastanienbraunen Locken, lässt ihn älter aussehen, wie ein Rabbi hat er sich vor uns aufgestellt, ein zwergwüchsiger Rabbi, der uns trauen will, uns vermählen mit seinem Zepter, und Amnon schaut ihn verärgert an, so willst du in die Schule gehen? Was hast du bloß in deinem Kopf, heute ist doch kein Purim, zieh sofort das dumme Zeug aus. Gili fängt an zu diskutieren, na und, so will ich es eben, in seinen Augenwinkeln blitzen schon die Tränen, die dort immer lauern und auf eine günstige Gelegenheit warten, und ich beeile mich zu sagen, das macht nichts, soll er doch so gehen, was kann schon passieren, und ich sehe bereits vor mir, wie er zögernd die Tür zum Klassenzimmer öffnet, die Kinder starren ihn überrascht an, auf ihren Gesichtern erscheint Spott, schaut ihn euch an, ein Zauberer ohne Feiertag, verunsichert und besiegt, ein Zauberer, der nicht zaubern kann.

Aber als sie sich von mir verabschieden, sitzt Gili stolz auf den Schultern seines Vaters wie auf einem Thron, sie haben sich sekundenschnell in ein zweiköpfiges Geschöpf verwandelt, der untere Kopf kahl, rasiert, der obere mit einem Hut bedeckt, werden sie von dem dunklen Treppenhaus verschluckt, und ich lausche gespannt dem Echo der Schritte, der Stimme, hell wie die eines Vogels, die sich fast überschlägt vor Eifer, und mir kommt es vor, als habe uns wirklich ein Einbrecher überrascht, begehrlich und schnell, der vor meinen Augen alles raubt, was ich gesammelt habe, alle Familienschätze von Generationen, und mir nur leere Schubladen übrig lässt, gähnende Regalfächer, einen Kinderpyjama, der im Ehebett zwischen zerwühlten Decken versteckt ist und noch den ängstlichen Geruch der Nacht bewahrt hat, und wieder denke ich an den Moment, als wir auf einmal drei wurden, als wir Gili, das Baby, in diese Wohnung gebracht haben, in einer geliehenen Tragetasche, seine Beine waren nackt, denn Amnon hatte aus Versehen zwei Baumwollhemdchen gebracht statt eines Hemdchens und einer Strampelhose, und ich denke auch an die starke Sehnsucht, zusammen mit beiden im Bett zu liegen und meine neu geborene Familie mit einer dünnen Decke zuzudecken, ich auf einer Seite, er auf der anderen und das Baby in der Mitte, uns trennend, und beide streicheln wir staunend die wunderbare Haut, und auch die weiche Herbstsonne stiehlt sich zwischen die Laken, streift mit ihrem durchsichtigen Feuer unsere Fingerspitzen.

Aber so blieb es nicht, und jetzt sind wir keine drei mehr, nie wieder werden wir drei sein, und es scheint, dass wir in diesem neuen Abschnitt auf einmal zu viert sind, zwei Paare trennen sich, ich und mein Gili, Amnon und sein Gili, der dazu bestimmt ist, ein vollkommen anderer mit mir und mit ihm zu sein, zwei Paare, die sich umso weiter voneinander entfernen werden, je älter das Kind wird, eine Hälfte von ihm gehört schon nicht mehr mir, und mir kommt es vor, als sähe ich ihn in zwei Teile geschnitten, welches Teil wählst du, Mama, das obere oder das untere, das rechte oder das linke, denn heil und ganz werde ich schon nicht mehr sein, auch wenn ich heil aussehe, immer wird eine Hälfte von mir nur das Ergebnis deiner Fantasie sein.

Das ist eine lebenslängliche Wunde, sagte Talja damals, die kohlschwarzen Augen vorwurfsvoll aufgerissen, die Hände voller Kostüme, du verwundest Gili und dich selbst, du wirst es ohne Amnon viel schwerer haben, wie kann man einen Ehemann für nichts verlassen? Wenn niemand auf einen wartet? Wie kann man eine Familie auseinander reißen, einfach so? Aber ich protestierte, es ist nicht einfach so, Talja, du weißt genau, dass es nicht einfach so ist.

Du hast keine Ahnung, was du sagst, beharrte sie, die Kostüme, in glatte Plastikfolie verpackt, rutschten in ihren Händen weiter nach unten, und ich starrte sie wie hypnotisiert an, welches Kostüm wird herunterfallen, wenn es das Brautkleid ist, wäre es ein Zeichen dafür, dass meine Ehe null und nichtig ist, ist es die Königin der Nacht, dann hieße es, dass aus der Scheidung nichts wird. Talja drückte beide an ihre Brust, man verlässt keinen Ehemann wegen romantischer Träume, entschied sie laut, die anderen Frauen, die in den Kostümen wühlten, warfen uns neugierige Blicke zu, bereit, ihre Meinung zu sagen, ihren Beitrag zu meinem Leben zu leisten, und ich zog Talja von dort weg, was schreist du so, beruhige dich, man könnte glauben, dass du es bist, die ich verlasse.

Das sind keine Träume, versuchte ich ihr auf dem Heimweg klar zu machen, das ist etwas ganz anderes, etwas viel Grundlegenderes, es ist Luft, mir fehlt Luft, ich möchte einfach ohne ihn sein, ohne ständige Diskussionen, ohne Streitereien, ohne Beschuldigungen, nicht mehr verletzt werden und nicht mehr verletzen, nicht enttäuschen und nicht mehr enttäuscht werden, ich habe die Nase voll von diesen Reibereien, wie Sandpapier, das die ganze Zeit aneinander reibt, wozu brauche ich das, sag es mir, wozu brauche ich ihn?

Sie knabberte nervös, mit einer kindlichen Bewegung, an einem Fingernagel, du hast mich nicht überzeugt, wenn ihr kein Kind hättet, würde ich sagen, von mir aus, es kann nicht viel passieren, aber nun, da Gili gerade mal sechs ist, Amnon zu verlassen, nur weil er ein bisschen nervt?

Ich unterbreche sie, es ist nicht so, dass er ein bisschen nervt, er erstickt mich, er quält mich und macht mich schwach, früher habe ich ihn mal bewundert, und jetzt erscheint mir jedes Wort, das aus seinem Mund kommt, ganz und gar überflüssig, es ist nicht nur, dass ich aufgehört habe, ihn zu lieben, ich achte ihn auch nicht mehr, ich habe die Nase voll von seinen Ansprüchen, seinen Beschwerden, es geht ihm schlecht mit sich selbst, und er lässt es an mir aus, und seit Gilis Geburt ist es viel schlimmer geworden, ich habe keine Kraft und kein Interesse mehr, sie beide zu versorgen, und wenn ich wählen muss, ziehe ich Gili vor, ich erziehe ihn sowieso fast allein, es hat Jahre gedauert, bis ich kapiert habe, dass Amnon sich nicht ändern wird, dass unser Leben sich nicht ändern wird, ich will dieses Leben nicht mehr, das ist mein gutes Recht.

Du redest über Recht und ich über Pflicht, sagte sie schnell, als ich vor ihrem Haus stehen blieb, ich bin so erzogen, dass die Familie heilig ist, du magst mich für beschränkt halten, aber diese Regel hat Gültigkeit für mich, und ich habe Angst, dass du es erst begreifst, wenn es zu spät ist, du wirst eine Familie zerstören, Ella, und dabei hast du keine Ahnung, wofür, und du weißt auch noch nicht, wie viel du verlieren und wie wenig du gewinnen wirst. Hör auf, Talja, beruhige dich, sagte ich, ich habe ja nicht vor, gleich morgen zum Rabbinat zu rennen, ich lasse mir nur alles durch den Kopf gehen, du bist die Erste, der ich es überhaupt erzählt habe. Sie nahm seufzend die Kostüme, das kleine Brautkleid reizte mich durch sein vollkommenes, strahlendes Weiß, ich wäre lieber die Letzte gewesen, sagte sie lapidar, schau, das wird vorbeigehen, es ist eine Art Virus, der uns von Zeit zu Zeit befällt, und dann kommt es uns vor, als müssten wir uns nur von unseren Männern trennen und all unsere Probleme wären gelöst, aber vergiss es, Ella, das ist eine Illusion.

Ich wundere mich, woher dieser Wind kommt, sammle alle Kuscheltiere, die er im Wohnzimmer zurückgelassen hat, auf, und werfe sie auf sein Bett, das immer voller wird, so voll, dass kein anderes Geschöpf mehr darauf Platz hat, bestimmt kein lebendiger Junge aus Fleisch und Blut, und wieder schickt mir der kühle Wind einen Schauer über den Rücken, ein Herbstwind, der dieses Jahr überraschend früh gekommen ist, woher nur, die Fenster sind zu, und die Tür habe ich geschlossen, nachdem sie weggegangen waren, aber jetzt steht sie wieder weit offen, und er kommt herein, schnell und leise, trotz seiner Größe, schließt rasch die Tür hinter sich. Ich erschrecke, ihn zu sehen, ohne das Kind auf den Schultern, wie ein Baum, von dem die Vögel aufgeflogen sind. Amnon, was ist geschehen? Wo ist Gili?

In der Schule, wo sollte er sonst sein, antwortet er mit einem säuerlichen Lächeln, lehnt sich an die Tür, sein Blick wandert über mein Gesicht, hinterlässt ein unangenehmes Kitzeln, aber ich bin hier, ich habe dir Kaffee gebracht, er hält mir ein Papptablett mit zwei Bechern Kaffee hin.

Das ist genau das, was ich dich fragen wollte, sage ich trocken, was tust du hier? Er greift, wie üblich, sofort an, ich verstehe dich nicht, Ella, du hast doch gesagt, ich soll herkommen, erinnerst du dich nicht, es ist kaum eine halbe Stunde her, und du hast es schon vergessen? Und ich streite es ab, was soll das, ich habe es eilig, ich habe nicht gesagt, dass du jetzt kommen sollst, du träumst, und die beiden Becher scheinen zu zittern vor Kränkung, als er sagt, du hast doch gesagt, wir reden nachher darüber, erinnerst du dich noch? Du hast mich eingeladen, zu kommen und mit dir zu reden.

Amnon, wirklich, schreie ich ihn an, ich meinte einfach, dass wir irgendwann darüber reden, das war keine Verabredung, ich habe gleich einen Termin, ich habe jetzt keine Zeit für Gespräche, ungeduldig nehme ich ihm das Tablett aus den Händen, stelle es auf den Küchentisch, ein drohendes Rauschen begleitet meine Schritte, so werde ich aus deinen Händen den Scheidungsbrief entgegennehmen, ich werde mit gesenktem Kopf durch den Saal schreiten, feindliche Blicke werden mich begleiten, weiße Bärte werden über schwarzen Gewändern hängen, geschieden, geschieden, werden sie rufen, nicht mehr verehelicht, und du wirst dort stehen, wirst dich wie selbstverständlich zu meinen Feinden gesellen, und unter uns werden die Autos über die Hauptstraße rasen, sich aufeinander stürzen wie brünstige Tiere.

Wann bist du verabredet, fragt er, kommt mit vorsichtigen Schritten auf mich zu, sein Blick flattert zur Wanduhr, die wir zur Hochzeit bekommen haben, so ist er zwischen den Tonscherben herumgelaufen, an jener vom vielen Staub grauen Ausgrabungsstätte, wo ich ihn zum ersten Mal sah, wir sollten bei jeder Bewegung so vorsichtig sein wie Ärzte, hat er immer wieder betont, denn die Vergangenheit, die hier vor uns liege, sei nicht weniger hilfsbedürftig als ein kranker Körper, und ich habe aus der Grabungsstätte hinaus zu ihm aufgeblickt wie ein Tier aus seiner Höhle und darum gebetet, dass er mich wahrnehmen möge.

In einer Stunde, sage ich, betrachte besorgt seine müden Augen, die mich mit bläulicher Trauer anblicken, warum fragst du? Und er flüstert, dann haben wir doch noch genug Zeit, seine Lippen zittern nervös, die Knöpfe seines grauen Hemds springen fast von alleine auf, entblößen eine schwere gerötete Brust, und ich weiche vor ihm zurück, bis ich an den Küchentisch stoße, die noch immer heißen Kaffeebecher zerquetschen knirschend unter meinem Hintern, die duftende, schäumende Flüssigkeit läuft über den Tisch, nein, wir werden uns nicht gegenübersitzen und genüsslich Kaffee trinken, die Finger um die warmen Pappbecher gelegt, wir werden nicht über den verfrühten Herbst klagen, uns nicht entspannt an das erinnern, was in der Nacht geschehen ist, den Moment der Nähe wieder aufleben lassen, wenn wir uns an das Wunder erinnern, das zu vollbringen uns wieder gelungen ist, wir werden nicht mit nachsichtigem Vorwurf über den leichten Schlaf unseres Sohnes sprechen, wie oft er aufgewacht ist und wen er geweckt hat, wir werden uns nicht an dem Wort erfreuen, das er am Morgen gesagt hat, nicht an dem Traum, den er uns in allen Einzelheiten erzählt hat, wir werden uns nicht mit einem versöhnlichen Seufzer anschauen, bevor wir unseren Tag beginnen, ein Seufzer, in dem Unbehagen liegt, aber auch Gelassenheit, ein Seufzer, der sagt, da sind wir, trotz allem, Amnon und Ella, und so wird es morgen sein und übermorgen und im nächsten Herbst.

Lass das jetzt, sagt er, ich mache nachher sauber, als wäre das noch immer seine Wohnung, mit allen Rechten und Pflichten, und ich reibe meine nass gewordene Hose, die duftende warme Flüssigkeit breitet sich juckend auf meinem Oberschenkel aus, doch noch schneller scheint sich der Zorn in mir auszubreiten, warum hast du Kaffee mitgebracht, schimpfe ich, warum bist du überhaupt gekommen, schau, was du angerichtet hast, es fällt mir schwer, seinen großen, schwerfälligen Körper direkt anzuschauen, seine Anwesenheit ist mir Hindernis und Störung, jetzt muss ich mich noch einmal waschen, nachdem ich mich schon gewaschen habe, ich muss mich noch einmal anziehen, nachdem ich mich schon angezogen habe, wenn Talja hier wäre, würde sie endlich verstehen, wie belastend diese Zusammenstöße sind, wie leicht die Freiheit beschnitten wird, auch wenn nur vom Hosenwechseln die Rede ist und von sonst nichts.

Ich muss mich umziehen, zische ich und gehe demonstrativ zum Schlafzimmer, aber seine Schritte folgen mir, begleiten mich durch den Flur wie der Kaffeeduft, bleiben vor dem Kleiderschrank stehen, sein Atem kommt näher, lass mich dir helfen, sagt er, bückt sich und versucht, mir die eng sitzende Hose auszuziehen, sein rasierter Schädel drückt sich an meinen Oberschenkel, seine Zunge versucht, die Kaffeetropfen abzulecken, sein Mund bläst Atem an meine Haut, und ich versuche seinem Griff zu entkommen, lass mich los, Amnon, was tust du da, und er flüstert, ich mache dich sauber, du willst doch sauber sein, oder nicht? Und ich verlange, Schluss, hör auf damit, du machst es uns beiden schwer, lass mich los, Amnon, zwischen uns ist es aus, es ist tot, tot für immer.

Seine Glatze drückt sich zwischen meine Oberschenkel, als wäre er genau in diesem Moment gewaltsam da hervorgebrochen, für dich ist es vielleicht tot, aber bei mir lebt es, seine Stimme klettert an meinem Körper hoch, klebrig und feindlich wie eine giftige Raupe, warum gilt dein Willen mehr als meiner? Wer bist du überhaupt? Und ich sage, ich habe gedacht, wir hätten diese Gespräche abgeschlossen, ich habe gedacht, du hättest schon verstanden, dass du dich mir nicht aufdrängen kannst, und er zischt, sei still, ich frage dich nicht, was ich tun soll, so wie du mich nicht gefragt hast, was du mir antust.

Lass mich in Ruhe, Amnon, ich versuche, seinen Kopf wegzuschieben, meine Hände gleiten über ihn, als wäre er in Folie verpackt, lass, ich muss mich anziehen, ich habe keine Zeit, meine Arme strecken sich zum Schrank, es gelingt ihnen, eine Hose herauszuzerren, aber meine Beine sind noch gefangen in seinen Armen, an seine Schultern gedrückt, an seinen dicken Nacken, aus dem sich sein Schildkrötenkopf schiebt, eine riesige Schildkröte hält mich gefangen, und ich schlage auf den harten Rückenschild, versuche, mich zu befreien, genug, Amnon, es reicht, ich will dich nicht, kapierst du das nicht, ich will dich nicht mehr. Vor meinen Augen, neben dem Fach, aus dem ich die Hose genommen habe, flimmern die leeren Fächer, es scheint, als habe der ganze Schrank seine Stabilität verloren und neige sich wie eine Waage, deren eine Schale geleert worden ist.

Aber du bist meine Frau, wir sind verheiratet, murmelt er mit naiver Verwunderung, und überraschenderweise lockert er seinen Griff, und ich versuche einen schwerfälligen Sprung über seinen Rücken, mit gespreizten Beinen, rutsche über seinen Kopf wie früher in der Turnhalle über das Pferd.

Zu meinem Erstaunen reagiert er nicht, er kniet immer noch da, den Kopf gesenkt, als kniete er vor einer Fantasiegestalt und flehe um ihr Erbarmen, auf seinem grauen Baumwollhemd zeigen sich Inseln bitteren Schweißes, lassen es an seiner Haut kleben. Ich starre sie wie hypnotisiert an, beobachte, wie sie plötzlich größer werden, nicht ich werde es sein, die dein Hemd wäscht, nicht ich werde es auf dem Bügel in die Sonne hängen, nicht ich werde es in den Schrank räumen, sein Platz wird nicht in diesem Schrank sein, und die Befreiung von der Verantwortung für das

Schicksal dieses Hemdes erfüllt mich plötzlich mit einer unerhörten Freude, als habe mich nur dieses Hemd all die Jahre vom Glück getrennt.

Amnon, hör zu, ich richte meine Worte an seinen feuchten Rücken, du kannst mich nicht zwingen, bei dir zu bleiben, ich will so nicht mehr leben, wie oft habe ich versucht, mit dir zu reden, und du hast mir kaum zugehört, und auf einmal fällt es dir ein, jetzt, wo es zu spät ist, und als er nicht antwortet, wende ich mich von seinem Rücken ab, folge den Kaffeespuren bis zu Gilis Zimmer und setze mich erschöpft auf sein Bett. Dutzende trockener Knopfaugen schauen mich an, prüfen mich mit neugierigen, tadelnden Blicken, als wäre ich mit meinem glatten, felllosen Körper und den feuchten Augen hier unerwünscht, und statt zur Dusche zu eilen und die Tür hinter mir zu verriegeln, fange ich unwillkürlich an, sie so zu ordnen, wie er es mag, familienweise, Löwe, Löwin und Löwenjunges, Tiger, Tigerin und Tigerjunges, alle schmiegen sich Wange an Wange, Fell an Fell, besorgt bemerke ich das Fehlen seines Lieblingsbären, bestimmt ist er in dem zerwühlten Bettzeug verschwunden, ich schüttle die Decke aus, hebe das Kissen hoch und spähe unter das Bett. Was suchst du, fragt er, seine entblößte glatte Brust hebt und senkt sich schwer, das zerknitterte Hemd hält er in der Hand wie einen Lumpen, so habe ich ihn das erste Mal gesehen, vor zehn Jahren, halb nackt, mit zusammengekniffenen Augen über das Ausgrabungsfeld spähend, nur dass seine Brust damals so dick mit dunklem Staub bedeckt war, dass ich ihre Nacktheit nicht erkannte.

Teddy Scotland, antworte ich, und er sagt, er ist im Auto, ich nehme ihn mit zu mir, damit Gili bei mir etwas zum Spielen hat, ich richte mich auf, aber Gili kann ohne ihn nicht schlafen, wieso soll der Bär bei dir sein, du kannst die

Familie nicht einfach auseinander reißen. Ach nein, zischt er spöttisch, was du nicht sagst, das kann ich nicht? Du meinst wohl, mit einer Bärenfamilie darf man das nicht, mit Menschen aber schon? Vielleicht bist du ein bisschen durcheinander, und es ist umgekehrt wahr. Vielleicht hast du ein Spielzeugherz, so wie diese Tiere hier, komm, er nähert sich mir mit leicht geöffnetem Mund und gesenkten Lidern, seine Hände, vorgestreckt, als wäre er blind, reißen meine Bluse auf, komm, prüfen wir das ein für alle Mal, was du da hast, ein Spielzeugherz, das ist alles, ein kaputtes Spielzeugherz, und ich werde auf das dicht bevölkerte Bett gestoßen, auf dem es nicht mal genügend Platz für einen kleinen Jungen gibt, seine Hände drücken meine Brust, als wollte er sie abreißen, seine Stimme ist heiser, ich werde dich reparieren, du wirst schon sehen, ich wechsle dein kaputtes Herz aus, ich setze dir ein neues ein, du wirst mich lieben, du wirst mich lieben wie früher.

Als ich ein Kind war, hatte ich keinen Ehemann. Ich schlief allein in einem schmalen Bett, ich wachte allein auf. Vor meinen Augen wandelte sich der Himmel, löschte mit seinem blauen Licht das Feuer des Sonnenaufgangs, das auf meinem Bett brannte, und wenn ich in die Schule ging, hatte ich keinen Ehemann, und wenn ich von der Schule nach Hause kam, hatte ich keinen Ehemann, auch nicht, wenn ich an meinem dunklen Resopalschreibtisch saß und meine Hausaufgaben machte, und wenn ich in meinem Bett neben dem Fenster lag und den Mond betrachtete, hatte ich keinen Ehemann, der Himmel streckte mir schwarze behaarte Arme entgegen, wie ein riesiges vorzeitliches Geschöpf mit einem einzigen Auge, das sich öffnet und schließt, und wie die Götzenpriester, die barfuß auf dem Felsen standen und der aufgehenden Sonne zusahen, betete ich um die Ankunft des zweiten Auges, denn ich wusste, dass nur dann der Schlaf auf mich fallen würde wie Manna vom Himmel, und auch damals hatte ich keinen Ehemann.

Bitterer männlicher Schweiß befeuchtet meine Haare, seine Schulter sinkt auf meinen Arm, seine Hände liegen auf meiner brennenden Brust, lass mich, seufzt er, lass mich dein Herz reparieren, der dunkle Vorhang verwandelt die Sonnenstrahlen in trübes Licht, Vorbote des Kommenden, und mein Blick wandert zur Wand, traurige Augen in der Farbe abfallender Blätter schauen von Gilis Bild von seinem letzten Geburtstag herab, sie begleiten unser Tun, und mir ist, als wäre das nicht das Foto, das vor ein paar Wochen geknipst wurde, sondern ein Foto aus der Zukunft, das Bild des jungen Mannes, zu dem er heranwachsen wird. Amnons raue Hände tasten über mein Gesicht, kneten die Wangen, streicheln den Hals, kneifen den Bauch, als suchten sie unter der Haut die Entscheidung, die ihm vorgelegt wurde und die er noch immer nicht akzeptieren kann, die Entscheidung, ihn zu verlassen, und seine Hände versuchen nun, sie aus meinem Körper zu ziehen, wie man einen Dorn herauszieht, und ich bemühe mich schon nicht mehr, mich zu befreien, denn mein Körper wird zerquetscht unter seinem Gewicht wie ein Laib Brot auf dem Boden des Einkaufskorbs, und es ist nicht nur das Gewicht seines Körpers, sondern das Gewicht unseres gemeinsamen Lebens, das Gewicht unserer Tage als Familie, jeder einzelne Tag, jedes einzelne Jahr, seit ich ihn zum ersten Mal auf dem Tel Jesreel gesehen habe, bis zu diesem Morgen in Jerusalem, das Gewicht der Liebe und des Streits, der Feindschaft und des Mitleids, der Anziehung und des Überdrusses, und das Gewicht unseres Kindes, das geboren wurde, und unserer Kinder, die niemals mehr geboren werden.

Seine glatten feuchten Schultern, sein brennender Atem, sein Gesicht, das die dunkelviolette Farbe einer Aubergine angenommen hat, wie Gili im Moment seiner Geburt, da liege ich auf dem Rücken, erleide die Schmerzen der Geburt, während ein großes, kahlköpfiges und starkes Kind versucht, meinen Körper aufzureißen, ein ungewolltes Kind, das mir seine Anwesenheit aufzwingt, vielleicht gibt es ja ein Wort, einen Blick, eine Bewegung, um ihn von mir zu entfernen, um diesen groben schwerfälligen Körper dazu zu bringen, dass er das mit Plüschtieren bedeckte Kinderbett verlässt, aber so ein Wort scheint noch nicht gefunden zu sein, und vielleicht ist es auch gut so, denn die Erinnerung an diesen Morgen ist der nahrhafteste Vorrat, den ich in mein neues Leben mitnehmen kann, und je mehr er mich abstößt, je mehr er mich enttäuscht, desto geschützter bin ich vor Reue und Sehnsucht, jetzt betrachte ich ihn nicht mehr wie einen Fremden, seinen Gesichtsausdruck, der wechselt wie der Himmel, das ist kein Schock der Fremdheit, sondern der Nähe, und dieser Morgen ist nicht anders als die anderen Morgen unseres Lebens, und obwohl er sich mir nie aufgezwungen hat, ist mir klar, dass es auch im letzten Herbst hätte passieren können, ich hätte auch damals bewegungslos unter ihm liegen und mit Ehrfurcht und Erregung an jene Tage denken können, an denen ich keinen Ehemann hatte.

Die Augen der Löwin ruhen auf mir, als ich die Lippen aufeinander presse, ich werde ihm noch nicht einmal meine Stimme geben, mir ist, als fühlte ich Steine gegen meinen Rücken drücken, wie damals, in unseren ersten Nächten, noch nicht einmal eine Decke war unter uns ausgebreitet, dort, auf dem Ausgrabungsfeld, tagsüber schürften wir unter der lockeren Erde und nachts unter unserer Haut, seine hellen Augen leuchteten über mir, warfen das ganze Licht auf mich zurück, das sie an dem langen heißen Tag gesammelt hatten, er verströmte den Geruch uralten Staubs, und seine Hände, die am Tag sorgfältig die Scherben klassifiziert hatten, wanderten über meinen Körper, als versuchten sie, seine Schriftzeichen zu entziffern, einen Buchstaben nach dem anderen, und ich dachte an die sidonische Königin, die hier vor mir gelebt hatte, als würde uns beide höchstens eine Generation trennen, wie sie mit geschminkten Augen und frisierten Haaren durch das Fenster schaute, dem nahenden Feind entgegen, und wie ihre Eunuchen sie im Stich ließen, wie ihr Blut an die Wände des Palastes spritzte. Ihr Unglück ist unser Glück, sagte er, diese Siedlung wurde kurz nach ihrer Gründung zerstört und nicht wieder aufgebaut, und gerade weil sie nur so kurze Zeit existierte, hat sie eine so ungeheure Bedeutung, und ich hielt seine Hand, an den langen Tagen waren wir Fremde, in den kurzen Nächten Königskinder, die zwischen den Ruinen des Palastes herumliefen und die kurze goldene Zeit ihres Königreichs wieder auferstehen ließen, und ich dachte nicht, dass ich ihn wiedersehen würde, ich dachte, nach Beendigung der Ausgrabung würde er aus meinem Leben verschwinden, so heimlich, wie er darin aufgetaucht war, er würde den Glanz der nicht enträtselten Vergangenheit mit sich nehmen, aber er deutete auf mich, einen Moment bevor ich in den Bus stieg, und sagte mit abgrundtiefem Ernst, wie ein Heerführer, der seine Soldaten wählt, du kommst mit mir.

Vielleicht steht das alte Bild, das mich jetzt bewegt, auch vor seinem inneren Auge, aber ihn erfüllt es mit Zorn, wer bist du überhaupt, dass du es wagst, mich zu verlassen, ohne mich wärst du nichts, eine armselige Freiwillige bei der Ausgrabung, ich habe dir zu deiner Karriere verholfen, und so dankst du es mir, merk dir, damit ist es jetzt vorbei, so wie ich dich aufgebaut habe, werde ich dich auch zerstören, und plötzlich, wie ein letzter, vernichtender Fluch, rollt er sich von mir herunter und spritzt die weißliche Flüssigkeit auf meinen Unterleib, und sofort verbirgt er sein Gesicht im Fell der Löwin, die neben mir liegt, als habe man ihm mit einer Keule auf den Kopf geschlagen, atmet schwer und wimmert, Ella, verzeih mir, ich weiß nicht, was in mich gefahren ist, ich bin vollkommen zerstört vor Kummer, komm, versuchen wir es noch einmal, ich weiß, dass du es nicht leicht hast mit mir, aber ich liebe dich, glaube nicht, dass es so leicht ist, Liebe zu finden, die findet man nicht einfach auf der Straße, und zwischen uns gibt es sie, verachte das nicht, Ella, antworte doch, er streichelt mein Gesicht, seine Finger berühren meine Lippen, als versuchten sie, die richtigen Worte herauszuziehen, er fleht, weine nicht, es tut mir Leid, dass ich so über dich hergefallen bin, das wird nie wieder vorkommen, nur gib uns noch eine Chance, Gili ist doch so klein, willst du ihm schon das Leben zerstören, und ich schweige, die Erinnerung an jene vergangenen Tage senkt sich über mich, erstickt mich unter einer Lawine von Erde, das ist die Erde, die für ihn so unendlich wertvoll ist, denn in ihr sind die aufschlussreichen Daten erstarrt, die schon Tausende von Jahren auf ihre Exegese warten.

Mit fast geschlossenen Augen betrachte ich sein trügerisches Gesicht, für einen Moment siegt seine Schönheit, im nächsten seine Hässlichkeit, wie sehr hat er sich seit damals verändert, Gilis schmales Bett drückt uns aneinander, und ich sage ohne Stimme, ich habe es mir geschworen, ich habe es mir geschworen, nie wieder wirst du mir so nahe kommen, und mit erstaunlicher Leichtigkeit löse ich mich, stoße seinen Körper von mir, der weich und luftig geworden ist, als habe er sich in ein mit Schaumstoff gefülltes Plüschtier verwandelt. Sein Gesicht ist noch immer in den Hals der Löwin vergraben, sein Rücken schaukelt über den Plüschtieren, die seinen Geruch aufsaugen, der Gili nachts im

Schlaf und tagsüber beim Spielen begleiten wird. Was willst du von mir, stöhnt er, ich bin doch nicht so schlecht, na gut, ich bin manchmal launisch, aber was ist daran so schlimm, was ist nur los mit dir, ich verstehe nicht, was mit dir ist, und ich treibe ihn zur Eile an, steh schon auf, ich will nichts mehr von dir, ich habe auch keine Lust, dir noch einmal zu erklären, was mit mir los ist, begreifst du überhaupt, was du gerade getan hast? Wenn es noch die geringste Chance für einen Neuanfang gab, hast du sie jetzt endgültig zerstört, du kannst dir nur selbst die Schuld geben. Demonstrativ kühl beobachte ich, wie er langsam aufsteht, sich das zerknitterte Hemd überstreift, wütend seine Jeans hochzieht, mit schwerem Gesicht, den breiten Unterkiefer gekränkt vorgeschoben, und es ist, als zöge neben ihm auch die Frau, die hier mit ihm gelebt hat, ihre Kleider an, verletzt, bitter, enttäuscht, und die Vorstellung, mich auch von ihr zu trennen, ist wunderbar und Schwindel erregend.

Ich bedauere das, was ich getan habe, sagt er, seine heisere Stimme wird immer erzürnter, aber was du getan hast, ist sehr viel schlimmer, du hast keine Ahnung, wie sehr es dir noch Leid tun wird, du spielst mit dem Feuer, Ella, du bist selbstsicher geworden und spielst mit dem Feuer, du wirst es noch bereuen, und ich zische, verschone mich mit deinen Drohungen, aber lass bloß den Schlüssel hier, und er nimmt den Schlüssel aus seiner Tasche, schwenkt ihn vor meinem Gesicht hin und her, wie man einen saftigen Knochen vor einem Hund hin und her schwenkt, das ist es, was du jetzt willst? Dann merk dir, den bekommst du nicht, diese Wohnung gehört auch mir, und wenn du mich hier nicht sehen willst, dann zieh gefälligst selbst aus, hörst du, und sofort geht er zur Tür, öffnet sie lautstark und schließt sie hinter sich mit einem energischen dreimaligen Umdrehen des Schlüssels ab, als ließe er eine leere Wohnung zurück.

2 Du hast dich schon wieder verspätet, stellt er düster fest, sein Gesicht glänzt wie das einer pharaonischen Bronzestatue, aus seinen Augen blitzen mir Warnzeichen entgegen, und ich murmle, entschuldige, ich hatte einen wichtigen Termin, wie immer schiebe ich eine berufliche Verpflichtung vor, denn nur dies lässt er gelten. Er steht in der Tür seines Zimmers, macht mit der Hand eine aggressive Bewegung, wie ein Polizist, der den Verkehr regelt, und ich betrete den erleuchteten Raum, dessen Wände mit Büchern bedeckt sind, sie reichen bis zu der hohen gewölbten Decke und scheinen sogar über sie hinauszuwuchern wie Farn, sie schauen mich von oben herab an, fordern mich mit ihrer vollkommenen Unverletzlichkeit heraus, nur sie sind geschützt vor seiner Aggression, und er zieht sie uns immer vor. Er setzt sich an seinen großen Schreibtisch, vor den Computer, neben dem wie immer eine Glasschale steht, mit einem in Scheiben geschnittenen Apfel darin, fährt sich mit den Fingern durchs Haar, legt ein Bein über das andere, die Ränder seiner kurzen Hose sind umgeschlagen wie der Saum eines Rocks, und ich schaue zum Fenster, eine schmale, gerade Palme wärmt sich dort sorglos in der Sonne, winkt mir Anteil nehmend mit ihrer Löwenmähne zu.

So habe ich in meiner Kindheit vor ihm gesessen, in Erwartung des Tadels, Ella, ich muss dir ein paar Dinge mitteilen, hat er immer förmlich angefangen, er bestellte mich in sein Zimmer, das mir damals erstickend und ausweglos wie ein unterirdischer Verhörraum vorkam, und ich blickte verstohlen zu meiner Mutter, was habe ich getan? Was will er von mir? Und sie verzog mitleidig ihr Gesicht, ich habe keine Ahnung, aber die Tür schloss sich vor ihren Augen, und das heisere Klimpern seiner Gefängnisschlüssel war nur für mich zu hören, und dann sagte er, was er zu sagen hatte, mit ernster Stimme, langsam und gemessen, als lausche ihm ein großes Auditorium, er habe den Eindruck, dass mein Kopf nicht frei sei zum Lernen, er sei nicht zufrieden mit meinen Noten, er sei nicht zufrieden mit der Kleidung, die ich trüge, mit der Gesellschaft, in der ich mich in der letzten Zeit herumtriebe, mit den Büchern, die ich läse. Meine Mutter habe ihm zu verstehen gegeben, so drückte er es immer aus, als handelte es sich um eine geheime Botschaft, als gäbe es keine Worte zwischen ihnen, sondern nur eine geheime Verständigung über Zeichen und Gesten, meine Mutter habe ihm zu verstehen gegeben, dass ich schon einen Freund hätte, und er wolle mich warnen, nicht zu weit zu gehen und nichts zu tun, was ich später bereuen müsste.

Deine Mutter hat mir zu verstehen gegeben, dass du und Amnon vorhabt, euch zu trennen, fängt er an und verstummt sofort wieder. Seine Stimme ist dröhnend und zornig, als säße nicht nur ich hier vor ihm, seine einzige Tochter, sondern ein großes Publikum aufsässiger Frauen, eine revolutionäre Massenbewegung, die seinen Seelenfrieden bedrohte und die er mit allen Mitteln zum Schweigen bringen müsste. Ist das endgültig, fragt er, als hoffe er, der laute, durchdringende Ton, in dem er diese Frage stellt, würde ein sofortiges Verneinen zur Folge haben und er könnte dieses Treffen schnell beenden und zu seinen eigenen Angelegenheiten zurückkehren. Ich gestehe mit schwacher Stimme, wir wollten versuchen, ein paar Monate getrennt zu leben, und er räuspert sich, darf man fragen, warum, oder handelt es sich um zu private Dinge, bei dem Wort privat beginnt er, nervös mit dem nackten Fuß zu wippen, und ich sage, wir passen einfach nicht zusammen, es geht uns nicht gut miteinander, deshalb haben wir beschlossen, nicht weiterzumachen. Der Plural macht es mir einfacher, als stünde in diesem Moment Amnon neben mir und bestätigte meine Worte. Wir schauen uns nicht mehr in die Augen, fahre ich fort, dabei bemühe ich mich, wie immer, wenn ich bei ihm bin, um eine gepflegte Ausdrucksweise, damit er nicht sagen kann, deine Sprache verkommt, was liest du in letzter Zeit? Und dann schweige ich, ich bin nicht bereit, mehr als drei Sätze zu diesem Gespräch beizusteuern, denn es ist kein Gespräch, noch nie hat es zwischen uns ein Gespräch gegeben, und ich betrachte schweigend das Wippen seines Fußes, bestimmt wird er gleich wie unabsichtlich mein Knie treffen, ein scharfer, gut gezielter Schlag, um meine Bewegungsfähigkeit zu schwächen, um meine Pläne zu stören.

Du weißt, dass ich mich noch nie in deine Privatangelegenheiten eingemischt habe, sagt er mit fester kühler Stimme, aber diesmal fühle ich mich verpflichtet, auf die Sache einzugehen, weil es sich hier nicht nur um dich und Amnon handelt, zwei erwachsene Menschen, die sich Fehler erlauben können, es geht um einen kleinen Jungen, der den Preis für diesen Fehler bezahlen muss, doch er hat nichts, womit er bezahlen könnte, seine Kasse ist leer. Und schon schweigt er und prüft die Wirkung seiner Worte, die Wirkung seines Eröffnungsschlags, sorgfältig geplant, wie er seine Vorlesungen plant, als erwarte er, dass ich wie eine fleißige Studentin sofort einen Block und einen Stift zücke, um das Gesagte zu notieren, Wort für Wort, es geht hier um einen kleinen Jungen, der für den Fehler bezahlen muss, doch er hat nichts, womit er bezahlen könnte, seine Kasse ist leer, leer.

Und dann wird er sich in einen Gläubiger verwandeln, fährt er fort zu dozieren, seine Stimme, die an große Säle gewöhnt ist, schlägt gegen die Wände des Zimmers, eine Schuld, die nicht bezahlt werden kann, und schon bald kommen die Gläubiger, es sind die Gläubiger der Seele, von denen ich spreche, Ella, sie sind sogar gefährlicher als die der Unterwelt, und sie pfänden das Wenige, das er hat, das bisschen seelische Stärke, verstehst du, worauf ich hinauswill?

Du übertreibst, Vater, protestiere ich schwach, die Zeiten haben sich geändert, heute regt man sich über Scheidungen nicht mehr so auf, ich kenne einige Kinder, deren Eltern sich scheiden ließen und denen nichts passiert ist, sie haben eine Mutter und einen Vater und sie lernen, mit ihrem Leben zurechtzukommen. Das Wichtigste für ein Kind ist, dass seine Eltern glücklich sind, sage ich, es ist besser, sie sind getrennt und glücklich als zusammen und unglücklich. Aber er macht eine ablehnende Handbewegung, als hätte ich einen ganz und gar unsinnigen Einwand vorgebracht, und verkündet, das sind die hohlen Sprüche der neuen Zeit, die Menschen heutzutage haben es eilig wie Tiere, sie sind ihren Trieben ausgeliefert, und es gibt nichts Gefährlicheres als den Trieb, das habe ich dir doch schon erklärt, als du ein junges Mädchen warst. Wie es Bremsen in einem Auto gibt, braucht auch der Mensch seine Bremsen, ein Auto ohne Bremsen wird zerschmettert, und so geht es auch dem Menschen, und ich sage dir, er hebt drohend den Finger, ich kenne deinen Sohn, er ist nicht wie die anderen Kinder, er ist sensibel und schwach, und ich warne dich, wenn du diesen Prozess nicht stoppst, wird es zu einer Katastrophe kommen.

Eine Katastrophe, murmle ich, wovon sprichst du, was für eine Katastrophe könnte passieren, es wird eine Weile schwer für ihn sein, dann wird er darüber hinwegkommen, wie alle darüber hinwegkommen, Kinder überleben schlimmere Dinge als eine Scheidung. Und er hebt wieder die Stimme, seine Lippen werden blau, als würde ihm das Blut in den Adern erstarren, eine Katastrophe, hör zu, Ella, deine Katastrophe ist gewiss, und an deinem Glück lässt sich zweifeln, denn wer garantiert dir, dass du ohne Amnon glücklich sein wirst, ich erinnere mich nicht, dass du glücklich warst, bevor du ihn trafst, hör gut zu, ich bitte dich nur um eines, dass du über meine Worte nachdenkst und sie ernst nimmst. Amnon ist heute Morgen hierher gekommen, nachdem er bei dir gewesen war. Er demütigt mich genüsslich wie ein listiger Kriminalbeamter beim Kreuzverhör, er hat mir zu verstehen gegeben, dass der Plan zur Trennung von dir stammt, dass alles von dir abhängt, deshalb habe ich einen Rat für dich, Ella, eine einfache und nützliche Lösung, die zu akzeptieren Amnon heute Morgen bereits zugestimmt hat, nämlich einen Bund zu schließen, in des Wortes tiefster Bedeutung, ihr müsst euch gegenseitig versprechen, euch niemals zu trennen, weil ihr diesen Jungen zur Welt gebracht habt. Ein Kind auf die Welt zu bringen ist ein verpflichtender Akt, verpflichtender als alles andere, von dem Moment an, da man ein gemeinsames Kind hat, muss man zusammenbleiben, du wirst sehen, wenn ihr erst diesen Bund geschlossen habt, wird alles einfacher sein, ihr werdet eure Probleme mit Leichtigkeit überwinden, wenn ihr wisst, dass ihr keine Wahl habt, du wirst nicht glauben, welche Erleichterung du fühlen wirst, wenn du ein für alle Mal die Möglichkeit eines anderen Lebens mit einem anderen Partner für dich ausradierst. Ich schlage dir die Option auf ein vollkommenes Glück vor, Ella, das ist die Veränderung, nach der du suchst, denn Schwierigkeiten erwarten dich überall, das Leben selbst ist schwer, eine neue Familie zu gründen ist schwer, ich erleichtere es dir, indem ich dir helfe, auf gefährliche Optionen zu verzichten, schließlich wirst du dich überall beweisen und stellen müssen, da ist es doch besser, sich für die bereits bestehende Familie anzustrengen, mit dem Mann, den du zum Vater deines Kindes gewählt hast.

Genug, Vater, du verstehst es nicht, ich schüttle den Kopf und halte mir die Ohren zu wie damals, als ich ein Kind war, hilflos seinen hochmütigen Ansprachen ausgesetzt, seiner absoluten Selbstgerechtigkeit, ich kann nicht bei Amnon bleiben, zwischen uns ist es aus, über welch einen Bund sprichst du, wir trennen uns, wir heiraten nicht, aber er bringt mich sofort zum Schweigen, mit einer abschätzigen Handbewegung, seine Zinnaugen sind kalt, hör zu, Ella, ich kenne dich besser, als du denkst, du hast alle paar Jahre Anfälle von Selbstzerstörung, bisher war das deine Angelegenheit und ich habe mich nicht eingemischt, aber jetzt geht es auch um Gili. Ich betrachte mich als Gilis Bevollmächtigten, und ich sage dir, dass der Junge eure Trennung nicht ertragen wird, und wenn du mich zwingst, es auszusprechen, bitte, der Junge wird das nicht aushalten, er wird nicht überleben, er wird ausgelöscht werden.

Ausgelöscht, flüstere ich, weißt du überhaupt, was du da sagst? Er setzt endlich, endlich seinen nackten Fuß auf den Boden, der schwarz-weiß gefliest ist wie ein Schachbrett, ich habe keine Wahl, ich muss deutlich mit dir sprechen, es geht hier um Leben und Tod, Ella, du suchst das Glück, er spuckt das Wort aus, als handelte es sich um etwas Ekliges, eine bittere Lüge, das einzige Glück entsteht aus deinen Verpflichtungen der Familie gegenüber, die du gegründet hast, und glaube ja nicht, dass ich deine Gefühle missachte, wenn du, Gott behüte, einen brutalen Ehemann hättest, würde ich dir raten, ihn zu verlassen, ich würde dir jede Hilfe anbieten, aber ich kenne Amnon, ich kann mir vorstellen, um welche Probleme es sich handelt. Das ist Verwöhntheit, er hebt die Stimme, das ist nur die unerträgliche Verwöhntheit eurer Generation, und du wirst einen schrecklichen Preis dafür bezahlen müssen, verstehst du, was ich dir zu sagen versuche, oder muss ich noch deutlicher werden?

Es ist schon spät, ich muss Gili vom Kindergarten abholen, ich unterbreche ihn, als wäre es nur der Zeitmangel, der zwischen uns steht und uns daran hindert, das Gespräch fortzusetzen, und als ich schon stehe, spüre ich plötzlich, wie ein Zittern durch meine Beine fährt, und habe das Gefühl, als würden die Wände des Zimmers schwanken und die Bücherregale über mich herfallen und mich mit ihren giftigen, von gelehrtem Staub bedeckten Fingern festhalten, zwischen seinen Büchern werde ich heute begraben sein, unter den dicken Steinwänden, und wer wird dann den Jungen abholen? Diese alltägliche Aufgabe scheint plötzlich eine ganz außergewöhnliche Bedeutung zu haben, den Jungen rechtzeitig abzuholen, bevor eine Katastrophe passiert, und ich bewege mich auf die Zimmertür zu, als ginge es um mein Leben, und er verfolgt mich, er lässt nicht locker, versprich mir nur, dass du ernsthaft über meine Worte nachdenkst, sie sind lebenswichtig, schreit er mir nach. Ich öffne schnell die Tür zum Flur und schlage sie meiner Mutter an den Kopf, die gebückt an der Wand lehnt und aufmerksam gelauscht hat, was hat er von dir gewollt, fragt sie flüsternd, mit ängstlicher Stimme, bietet mir ihre leichtgewichtige Empathie, und ich, unfähig, nur einen Moment länger hier zu bleiben, sage, wir sprechen später, Mama, ich muss schnell zum Kindergarten.

Wieso Kindergarten, er ist doch in der ersten Klasse, schimpft sie, als hätte sie mich bei einem schrecklichen Fehler ertappt, wieso sagt sie Kindergarten, höre ich sie erstaunt zu meinem Vater sagen, bevor er zu seinem großen Schreibtisch zurückgeht, und mir kommt es vor, als würden sich all ihre Vorwürfe in dieser Nebensächlichkeit zusammenfinden, wieso Kindergarten, er ist doch schon in der ersten Klasse.

Geschlagen gehe ich die Treppe ihres Hauses hinunter, wie eine Gefangene, die zu spät geflohen ist und bereits die Fähigkeit verloren hat, sich an der Freiheit zu erfreuen, das nackte Geländer, das der Sonne ausgesetzt ist, brennt unter meinen Fingern, aber ich lasse es nicht los, eine Stufe nach der anderen gehe ich hinunter, und auf der letzten sinke ich zusammen, lege die Arme um meine Knie, die Angst schwillt in mir an, das Gefühl der Katastrophe ist so real, als wäre sie schon eingetreten, in dem Moment, als er die Drohung aussprach, mit seinen bläulichen Lippen, deine Katastrophe ist gewiss und an deinem Glück lässt sich zweifeln, und ich lege den Kopf auf meine zitternden Knie und das Tageslicht scheint mir vor den Augen zu verlöschen, Trauer senkt sich über mich.

Am Gehweg gegenüber hält geräuschvoll ein Taxi, sein Hupen mischt sich mit dem fernen Heulen einer Sirene, ich stehe schwerfällig auf. Sind Sie frei, frage ich den Fahrer, und er sagt, ich bin bestellt worden, haben Sie mich bestellt? Ich sage, nein, aber tun Sie mir einen Gefallen, bringen Sie mich zur Stadtmitte, das ist wirklich nicht weit, und er sagt, warten Sie einen Moment, mal sehen, ob es auf meinem Weg liegt, und da nähert sich mit schnellen Schritten ein kräftiger Mann in dunklem Anzug, mit ordentlich frisierten weißen Haaren, mit welcher Eile muss er sich die kurze Hose ausgezogen und seinen beherrschten Ausdruck wieder angenommen haben, wie sorgfältig hat er darauf geachtet, unser Gespräch pünktlich zu beenden, während ich geglaubt habe, ich hätte es getan, und da gleitet er auch schon in das Taxi, das ihn erwartet, winkt mir gleichgültig zu, als wäre ich eine seiner Studentinnen, deren Namen er vergessen oder noch nie gewusst hat, und ich bleibe am Straßenrand stehen, mit einem vollkommen Fremden wäre ich ins Taxi gestiegen, aber nicht mit dir, Vater, dieses einfache Wort kränkt mich wie das lapidare Bellen eines Hundes, wenn man gerade eine Explosion gehört hat, Vater, Vater, bellen die Hunde zwischen dem Explosionsgeräusch und dem Heulen des Krankenwagens, Vater, Vater, was hast du zu mir gesagt?

Er wird nicht überleben, er wird ausgelöscht werden, hast du gesagt, als handelte es sich um das Schicksal alter Völker aus der Vorzeit, Hethiter, Babylonier, Sumerer, Akkadier, ganze Imperien, die vom Erdboden verschwunden sind, aber hier handelt es sich um einen kleinen, kaum sechsjährigen Jungen, der noch nicht gelernt hat, Fahrrad zu fahren, und dem es schwer fällt, sich die Schnürsenkel zu binden, einen Jungen, der sich vor der Dunkelheit fürchtet, und ich glaube seine Stimme zu hören, nachts, wenn er schlecht geträumt hat, laut und erschrocken, Mama, Mama, komm, komm schnell, und ich komme, meine Sohlen schlagen auf den warmen Asphalt, ich muss ihn sehen, ihn vor der Katastrophe retten, die hier verkündet wurde, auf dem Gipfel dieses Treppenbergs, der in Wolkendunst gehüllt ist wie der Berg Horeb.

Wie eine Frau, deren Haus brennt, renne ich durch die Straßen, verbreite Unruhe um mich, streue Schrecken in die Herzen der Vorübergehenden, als hätte mich eine geheime Nachricht erreicht und triebe mich vorwärts, die Nachricht von einem nahen Anschlag, einem Erdbeben, eine Schleppe beunruhigter Blicke begleitet mich, und irgendwie scheine ich nicht vom Fleck zu kommen, die grauen Straßen halten mich fest wie lästige Greise.

Eine Radfahrerin mit kurzen Haaren strengt sich bei der Steigung an, ihre Bluse ist so feucht wie Amnons Hemd am Morgen, wie sorgfältig hat er es wohl zugeknöpft und mit den Händen glatt gestrichen, als er an der Tür des Hauses stand, vor dem ich jetzt fliehe, bevor er mich mit frommer Miene an die Obrigkeit verriet, und ich vergrößere meine Schritte, schaue mich misstrauisch um, es kommt mir vor, als liefe ich nicht allein durch die Straßen, denn in diesem Moment ist auch der Fluch meines Vaters auf die Straße gelangt, und mit ihm laufe ich um die Wette, ihn muss ich besiegen, ihn, der mit schwarzen Flügeln neben mir fliegt, und auch wenn meine Rippen schmerzen und meine Knie nachgeben, ich muss vor ihm ans Ziel kommen, denn dort wartet ein kleiner Junge auf mich, kaum sechs, der sich weigert, sich die Haare schneiden zu lassen, der Sonne in den Augen hasst, dessen Eltern sich gestern getrennt haben.

Aus den offenen Fenstern der Klassenzimmer dringt Schullärm wie Meeresbrausen, mit wilder Kraft, Hunderte von Kindern sitzen auf kleinen Stühlen, halten Bleistifte und Farben in den Händen, und eines von ihnen gehört mir, und ich muss es sofort sehen, und ich werfe mich gegen das Tor, versuche, es aufzudrücken, aber zu meiner Überraschung ist es abgeschlossen, ein großes Schloss hängt daran, und darüber ein Schild mit ungelenker Handschrift, der Wachmann macht seine Runde, bittet um Ged. Die letzten Buchstaben sind verwischt wie auf einer alten Inschrift, niemand macht sich die Mühe, sie zu ergänzen, und hundert Jahre später werden die Forscher vielleicht stirnrunzelnd die verschiedensten Interpretationen anbieten, bis eine weitere Inschrift gefunden wird, eine unbeschädigte, die ein Licht auf das Rätsel wirft, bittet um Ged, wie einfach hört sich das an, aber nicht für mich, nicht jetzt, und ich betrachte feindselig das Tor, das in einem provozierend fröhlichen Grün gestrichen ist, als wäre es von Anfang an nicht zum Schutz meines Sohnes bestimmt, sondern um mich von ihm zu trennen, ich taxiere es, wie man einen Gegner taxiert, bevor man ihn schlägt, ich habe keine Wahl, ich muss es besiegen, ich werde nicht warten, bis die lange Runde des Wachmanns zu Ende ist, ich schaue mich um, vergewissere mich, dass niemand zusieht, steige mit dem Fuß auf den Griff und halte mich an den Stäben fest.

Es ist erstaunlich leicht, auf das Tor zu steigen, eine starke Hand scheint mich an den Haaren zu packen und hinaufzuziehen, und schon bin ich oben, zu meinem Verdruss steht unten jetzt ein junges Mädchen, seine Haare sind blond und lockig, es schaut überrascht und amüsiert zu mir herauf, ich ignoriere es, hebe den Fuß vorsichtig über das Tor, aber dort, auf Gilis Seite, gibt es nichts, woran ich Halt finden könnte, keinen Vorsprung, es ist zu hoch und zu glatt, und ich weiß mir nicht zu helfen, eine zusätzliche, unüberwindbare Hürde ist zwischen uns aufgebaut, mein Sohn, vielleicht würde ich den Rückweg antreten, wenn ich kein Publikum hätte, wenn da unter mir das junge Mädchen nicht wie angewurzelt stünde und wartete, geduldig, genau wie es auf dem Schild steht, und ich beschließe, vorläufig auf meinem Platz zu bleiben, als wäre ich nur aus Spaß heraufgestiegen, um einen Blick auf den vernachlässigten Hof zu werfen, und so betrachte ich von meinem Aussichtspunkt aus das Schulgelände, sehe sogar den alten Wachmann, der langsam auf das Tor zugeht, erfüllt von seinem Auftrag, denn schließlich liegt die Sicherheit Hunderter Kinder in seinen Händen, ich winke ihm liebenswürdig zu, damit er sich nicht in mir täuscht und mich mit seiner Waffe bedroht.

Der Anblick meiner Gestalt auf dem Tor unterbricht seine gemächliche Patrouille, er kommt schnell auf mich zu, mit wackelndem Bauch, mit missbilligend erhobenen Händen, sagen Sie, sind Sie verrückt, oder was, schreit er stotternd, können Sie sich denn nicht gedulden, da steht es doch, und ich halte mich an den Stäben des Tores fest, es tut mir wirklich Leid, ich habe es schrecklich eilig, ich habe ein Baby allein zu Hause gelassen, und ich muss meinen großen Sohn abholen, aber mir scheint, dass diese verzweifelte Ausrede seinen Zorn nur noch steigert, wer lässt schon ein Baby allein zu Hause, schimpft er, alle hier sind verrückt, wegen meines Vergehens fällt er ein Urteil über alle Eltern, es sieht so aus, als würde er mich als Strafe für diese allgemeine Verwahrlosung hier auf dem Tor hängen lassen, zwischen Himmel und Erde, ewiger Schande preisgegeben. Mit offenem Abscheu schüttelt er den Kopf, öffnet langsam und bedächtig das Schloss, lässt das junge Mädchen durch das Tor gehen, es schreitet erhobenen Hauptes, als wäre dies der endgültige Beweis dafür, dass Geduld sich auszahlt, und ich versuche, genauso hinunterzusteigen, wie ich hinaufgestiegen bin, mein Fuß tastet blind nach dem Griff, rutscht darauf aus, und ich falle auf den glühend heißen Asphalt des Gehwegs, knapp neben einen Kinderwagen.

Auch wenn ich mir wehgetan habe, ich werde es ihm nicht zeigen, mühsam richte ich mich auf, klopfe meine Kleidung ab, lächle den Wachmann freundlich an, als hätte ich diesen Absprung von vornherein so geplant, als wäre ich nur dafür auf das Tor geklettert, ich versuche, mich mit Eleganz zu bewegen, wenn ich den Schmerz leugne, wird er verschwinden, Hauptsache, ich bin drinnen und werde Gili gleich retten, mit Mühe steige ich zu dem Klassenzimmer im Kellergeschoss hinunter, dort werde ich von den hellen Mangolocken empfangen, die ich vorher von oben gesehen habe, es ist wieder dieses junge Mädchen, ich werde wütend, was sucht sie hier, ich habe gehofft, sie nie mehr zu treffen. Aus der Nähe sieht sie nicht mehr so jung aus, auch nicht so klein, wie sie von oben gewirkt hatte, sie ist kein junges Mädchen, sondern eine Mutter, deshalb werde ich sie nun jeden Tag sehen müssen, sie betrachtet mich mit amüsierter

Neugier und bedeutet mir mit einem Blick auf die geschlossene Klassentür, sie sind noch nicht fertig.

Aber ich habe heute schon bewiesen, dass ich mich von verschlossenen Türen nicht aufhalten lasse, ich stoße die Tür mit Gewalt auf, Dutzende von Augen wenden sich mir zu, seine herbstlaubfarbenen Augen unter dem Zauberhut erkenne ich sofort, er springt auf, rennt schnell durch die Klasse, und erst als er in meine Arme fällt, atme ich erleichtert auf, es geht ihm gut, nichts ist ihm passiert, ich beschnuppere ihn wie eine Katze, kindlicher Schweißgeruch vermischt mit dem Duft von Schokoladenbrotaufstrich, Klebstoff und Sand, Vergnügen und Sehnsucht, der Duft meiner Liebe.

Einen Moment, Mutter von Gil'ad, wir sind noch nicht fertig, die Lehrerin unterbricht unser Glück, ich bin gezwungen, mich zu entschuldigen, versuche in aller Eile, eine neue Ausrede zu finden, eine Lüge, die nicht enttarnt werden kann, am besten nichts Schockierendes, entschuldigen Sie, wir haben es heute wirklich sehr eilig, wir haben ein Familienereignis, aber sie bleibt stur, Sie werden noch eine halbe Stunde warten müssen, wir sind mitten in der Arbeit, geh zu deinem Platz zurück, Gil'ad, aber er klammert sich an mich, weint an meinem Hals, ich will nach Hause, ich will nicht an meinen Platz zurück, und ich versuche, ihn zu beruhigen, es ist in Ordnung, Gili, ich warte vor der Tür auf dich, es dauert nicht lange, plötzlich erkenne ich das Ausmaß meines Fehlers, warum musste ich ihn vor den Kindern bloßstellen? Beschämt schaue ich die Lehrerin an, die schnell und entschlossen auf uns zukommt, ihn aus meinem Arm zieht, der Zauberhut fällt ihm vom Kopf, als er gedemütigt zu seinem Platz geht, verlegen wegen seines Weinens, dem Spott ausgesetzt.

Ich ziehe mich ebenfalls zurück, verlasse schnell das

Klassenzimmer und falle fast in die Arme der lockenköpfigen Frau, die mich mit offenem Mund anstarrt, als wäre ich ein Zirkustier, das sein Publikum mit Kunststücken verblüfft, das Erstaunen auf ihrem Gesicht verwandelt sich schon fast in Worte, ich habe keine Wahl, ich muss ihr zuvorkommen, den Eindruck korrigieren, scharf, demonstrativ, und ich lächle sie an, ich benehme mich nicht immer so, sage ich ehrlich, es ist wirklich ein ganz besonderer Tag, und sie kichert, Sie müssen sich nicht entschuldigen, wenn man ein Baby zu Hause lässt, darf man keine Sekunde vergeuden, ihre Stimme ist dunkel, heiser vom Rauchen, und ich stottere, hören Sie, das stimmt nicht ganz, aber ihr Kichern verwandelt sich schon in lautes Lachen, in Ordnung, ich verstehe, Sie haben kein Baby zu Hause, und ich werde von ihrem Lachen angesteckt, wieso ist das eigentlich so klar, und sie wirft einen raschen Blick auf meinen mageren Körper, Sie sehen wirklich nicht aus wie kurz nach einer Geburt.

Ich habe nie im Leben ein Baby allein zu Hause gelassen, darauf können Sie sich verlassen, ich musste nur schnell eine Ausrede finden, um den Wachmann zu beruhigen, sage ich, und sie betrachtet mich mitleidig, ich hatte nicht den Eindruck, dass es geholfen hat, im Gegenteil, und ich klammere mich dankbar an ihren ermutigenden Blick, als wäre ich genau darauf angewiesen, auf das Verständnis einer fremden Frau. Gehen wir raus auf die Wiese, schlage ich ihr vor, wir haben noch eine halbe Stunde, und sie nickt, gern, und läuft mit schnellen Schritten neben mir die Treppe hinauf, bewegt ihre Arme beim Gehen, als würde sie im Fluss rudern, und ich versuche, mit ihr Schritt zu halten, ihre Anwesenheit beruhigt mich. Auch wenn sie etwas distanziert ist, etwas zerstreut, scheint sie die Welt der Vernunft zu verkörpern, von der ich mich für einen Moment entfernt habe und in die zurückzukehren sie mir hilft.

Der skeptische Blick des Wachmanns folgt mir, als ich leicht hinkend an ihm vorbeigehe, ihn ignoriere, ihm insgeheim eine neue Arbeit wünsche, um nicht Tag für Tag diesem vorwurfsvollen Blick begegnen zu müssen, doch sie grüßt ihn liebenswürdig, deckt mich mit ihrer Höflichkeit, und da haben wir schon den mickrigen Park vor uns, der an den Schulzaun angrenzt, umgeben von Ölbäumen, die so krumm sind wie rheumatische Greise. Früher sind wir mit Gili hierher gekommen, wenn es sehr heiß war, er liebte es, barfuß in den Bewässerungskanälen herumzulaufen und Spielsachen schwimmen zu lassen, aber nun sind die Kanäle trocken, der vergangene trockene Winter zwingt zu einem sparsamen Umgang mit Wasser. Wir suchen uns einen schattigen, sauberen Platz und strecken uns aus, der Schmerz in meinem Bein pocht, aber ich ignoriere ihn, lege mich neben sie und frage, wessen Mutter bist du, und gebe sofort traurig zu, ich kenne eigentlich noch kein Kind in der Klasse, auch mein Sohn kennt noch keines richtig.

Jotam ist mit Freunden aus dem Kindergarten gekommen, sagt sie und fügt schnell hinzu, und ich heiße Michal, sie zieht eine Schachtel Zigaretten aus der Tasche, die hellorange geschminkten Lippen, die sich um die Zigarette schließen, verziehen sich plötzlich zu einem Lachen, das war ein toller Anblick, du da oben auf dem Tor, wie eine Katze, die auf einen zu hohen Baum geklettert ist, und während sie lacht, klatscht sie begeistert in die Hände, ihr Blick trifft meinen und lässt ihn nicht los, bis ich in ihr Gelächter einstimme, mit einem leichten Unwillen, ist es wirklich so komisch gewesen, ist ihr in der letzten Zeit nichts Witzigeres begegnet, dass sie sich mit einem solchen Vergnügen auf meine Demütigung stürzt? Ich entschuldige mich wieder, als wäre ich auf das Tor ihres Hauses geklettert und hätte versucht, dessen Schloss aufzubrechen. Ich musste meinen

Jungen sofort sehen, sage ich, ich weiß, dass das seltsam klingt, aber ich hatte keine Wahl, ich war bereit, alles zu tun, um hineinzukommen, und sie sieht mich von der Seite an, ihre Augen haben die Farbe der ausgeblichenen Wiese, die uns umgibt und die den ganzen Sommer über kein Wasser bekommen hat, und ihre Lippen halten noch immer ein Lächeln fest, die Reste des breiten Lachens, und ich schweige, warte auf die Frage, die sie gleich stellen wird, bereite mich schon auf eine Antwort vor, überlege, wie weit ich in die Einzelheiten gehen will, und in mir erwacht das Bedürfnis, ihr alles zu erzählen, alles, von diesem Morgen, vom Fluch meines Vaters, und sie sogar um ihre Meinung zu fragen, ob eine Scheidung wirklich eine unheilbare Krankheit ist, die Kinder tötet, aber zu meinem Erstaunen fragt sie nichts, sie liegt entspannt auf dem Rücken, die Haare um den Kopf gebreitet wie ein Fächer, ihr blaues Leinenhemd spiegelt das Blau des Himmels. Sie scheint einen kleinen Mittagsschlaf machen zu wollen, nach dem vergnüglichen Schauspiel, das ich ihr geboten habe, sie hat kein Interesse an einer Erklärung, und mit plötzlicher Feindseligkeit beobachtete ich ihre Bewegungen, ihr ist nicht anzumerken, ob sie meine Worte gehört hat und ob es übertriebene Höflichkeit oder mangelndes Interesse ist, das sie dazu bringt, die Augen zu schließen, da, auf dem blassgrünen gemähten Rasen, auf dem Ameisen in fieberhafter Geschäftigkeit wimmeln, sie kommen schon in einer langen Reihe auf uns zu, gierig nähern sie sich ihren Haaren, als wären Brotkrümel darin versteckt, und ich warne sie nicht, ich beobachte aus dem Augenwinkel, wie sie näher kommen, du hast schon wieder Ameisen in den Unterhosen, sagte meine Mutter zornig, während sie meine Unterhosen aus dem Wäschekorb zerrte, und fuchtelte mit dem fast schwarz gewordenen Stück Stoff herum, auf dem Ameisen wimmelten, sie gehen nur auf deine Unterwäsche, warf sie mir immer wieder erstaunt vor, als wäre das meine Schuld.

Nun, da sie die Augen geschlossen hat, kann ich sie ganz genau betrachten, ihr schwarzer Wickelrock entblößt blasse Oberschenkel, sie sehen sehr weiblich aus, wie ihre übrigen Gliedmaßen, die bewegungslos daliegen, ihr Kinn, zum Himmel gerichtet, ist leicht fliehend, eine goldene Uhr, die aussieht wie ein Armreif, schmückt ihr Handgelenk, das locker auf ihrer Stirn liegt, am Finger trägt sie einen breiten Ehering, ich werfe einen Blick auf meine Hand, ein heller Hautstreifen zeigt die Stelle, an der sich bis vor kurzem, fast zehn Jahre lang ein Ring befunden hat. Ein metallisch schwarzer Rabe hüpft auf kräftigen Beinen in unsere Richtung, wie angelockt von ihrem in der Sonne glänzenden Schmuck, und ich beobachte ihn, wie wagemutig er ist, gleich wird er ihr mit seinem gebogenen Schnabel den Goldring vom Finger ziehen und mit triumphierendem Geschrei über den Park flattern. Sie richtet sich auf und hebt erschrocken den Zeigefinger, schau, vermutlich hat sie den Raben bemerkt, aber sie sagt, dein Fuß, falls das überhaupt ein Fuß ist, und tatsächlich sieht er wie ein verfärbter Teigklumpen aus, den man in der Sonne vergessen hat, er quillt zwischen den Riemen der Sandale hervor, und erst da glaube ich dem Schmerz, der mich umfängt.

Du bist schlimm gestürzt, sagt sie, endlich verschwindet das Lächeln von ihren Lippen, das musst du röntgen lassen, ihre Hände gleiten sanft über meinen Knöchel, prüfen den Zustand des Knochens, ich denke, er ist nicht gebrochen, entscheidet sie, er scheint verstaucht zu sein, mach dir kalte Umschläge, wenn du zu Hause bist, und ich frage erstaunt, was, bist du eine Ärztin? Und sie sagt, nein, eigentlich nicht, ihre Lippen verziehen sich leicht, sie wirft einen Blick auf ihre Uhr und springt schnell auf, schau, wir waren so früh dran und jetzt sind wir zu spät, und als ich versuche, mich zu erheben, befiehlt sie, bleib hier, steh nicht auf, ich bringe dir deinen Jungen.

Aber er kennt dich nicht, protestiere ich, er wird nicht mit dir gehen, und sie sagt, verlass dich auf mich, mach dir keine Sorgen, und erst als sie sich entfernt hat, fällt mir ein, dass ich ihr gar nicht gesagt habe, wer mein Junge ist, vielleicht bringt sie mir einen anderen her, und vielleicht werde ich den Irrtum gar nicht bemerken, vielleicht werde ich ihn lieben, wie ich Gili liebe, und Gili wird ebenfalls abgeholt werden, von einer anderen Mutter, die den Irrtum nicht bemerkt, und vielleicht ist das seine Rettung, eine Mutter, die den Vater nicht verlässt, eine Mutter, die keine Familie zerstört.

Ich bin in diesem armseligen Park allein zurückgeblieben, ich und die Raben und die Abfallhaufen, die in der Sonne gären und einen fauligen, bitteren Geruch verströmen, nur in der Ferne, neben der Hauptstraße, hat sich eine Gruppe Soldaten ausgestreckt, ihre Uniformen werden von der Farbe des Rasens verschluckt, sie liegen bewegungslos im Schatten der Olivenbäume, zwischen ihnen stolzieren Raben umher, hüpfen über Felsvorsprünge, stoßen ununterbrochen ihre drohenden Rufe aus, als teilten sie sich gegenseitig schlechte Nachrichten mit, wie jener Rabe, der dem ersten Menschen vom Mord an seinem Sohn Abel berichtete. Ich scheine auf dem Stern der Raben gelandet zu sein, ihre harten Gesetze sind mir auferlegt, aber die Raben sind die treuesten Vögel, sie verbinden sich mit ihrem Partner für das ganze Leben, und deshalb wurden sie von den alten Ägyptern in ihrer Hieroglyphenschrift als Symbol der Ehe ausgewählt, und nun breche ich ihr Gesetz, sie sammeln sich um mich, als wäre ich ein Stück Aas, gleich werden sie mich an den Kleidern packen und verschleppen, ich schwebe über meine Wohnung, die ich bald verlassen muss, über das Haus meiner Eltern, die ich nicht mehr wiedersehen werde, über die vernarbten Plätze der armen Stadt, die sich zur Herrscherin über andere Städte gemacht hat, die reicher und schöner sind als sie, diese hochmütige, freche Stadt, die sich eine prächtige Vergangenheit erdichtet hat, von der sie lebt, der es gelungen ist, die ganze Welt von ihrer Bedeutung zu überzeugen, und die nicht voraussah, dass diese Bedeutung zum Fluch werden würde, ich werde auf die alten Mauern hinunterschauen, die mir vertrauter sind als die neuen Viertel, bis die Raben mich plötzlich am Rand der Wüste fallen lassen werden, genau an der Stelle, wo die Stadt mit einem Schlag aufhört.

Schritte kommen näher, helle zwitschernde Stimmen, kleine rennende Füße in Sandalen, die vom Sommer abgenutzt sind, wie ein Gespann von Clowns hopsen sie vorwärts, in den Händen ein knallfarbiges Wassermeloneneis, das, schon halb geschmolzen, über ihre Finger rinnt, Kriegsbemalung auf den Gesichtern, und einen Moment lang fällt es mir schwer, sie zu unterscheiden, ich hatte erwartet, neben ihr einen Jungen mit weizenblonden Locken zu sehen, aber zu meiner Überraschung hat er glatte schwarze Haare, die wie eine glänzende Pilzhaut um seinen Kopf liegen, seine Augen sind dunkel und ernst, er ist etwas kleiner und knochiger als mein Gili, und trotzdem sieht er ihm auf eine seltsame Weise ähnlich, und Gili hüpft fröhlich an seiner Seite, dünnbeinig wie eine Laubheuschrecke, nichts erinnert mehr an seine Tränen, stolz zeigt er mir sein luxuriöses Eis, als hätte er es sich mit Arbeit verdient, und besonders stolz ist er auf seinen neuen Freund, der ihm plötzlich zugefallen ist. Zwischen all den anderen fremden, beängstigenden Kindern, deren Namen durch die Luft schwirren wie Hüte, die noch nicht die passenden Köpfe gefunden haben, ist plötzlich ein Junge deutlich hervorgetreten, und er betrachtet ihn zufrieden und mit einer leichten Angst, als könnte er so plötzlich, wie er aufgetaucht ist, auch wieder verschwinden und ihn in seiner bedrückenden Einsamkeit zurücklassen.

Sie lässt ihre Last neben mir fallen, zwei Ranzen, ein Zauberhut, ein Zauberstab und ein Umhang, zwei Getränkeflaschen, und streckt sich in genau derselben Haltung wie vorhin wieder neben mir aus, und ich richte mich auf und danke ihr mit einem Lächeln, ihr seht euch überhaupt nicht ähnlich, stelle ich fest, und sie betrachtet ihren Sohn prüfend, nein, gibt sie zu, er sieht aus wie sein Vater, und ich strecke in meiner Fantasie die Glieder des Jungen und stelle enttäuscht einen knochigen Mann neben sie, sehr gerade, sehr ernst, und sie sagt, die Lehrerin lässt dir ausrichten, dass morgen Nachmittag ein gemeinsamer Empfang des Schabbat gefeiert wird, und ich höre unwillig zu, morgen, frage ich, aber warum, wozu soll das gut sein? Sie schaut mich erstaunt an, du weißt, wie das ist, der Anfang des Schuljahres, da wollen sie die Familien kennen lernen, das ist nicht so schlimm, und ich zische böse, das passt mir jetzt überhaupt nicht, ich habe nicht vor, hinzugehen.

Wegen deines Fußes, fragt sie, und ich sage, nein, es ist nicht der Fuß, und wieder warte ich, dass sie weiterfragt, und wieder schweigt sie, ihre Lippen saugen an der Zigarette, die sie sich ansteckt, für dich ist es vielleicht nicht schlimm, denke ich wütend, du nimmst deinen Mann und deinen Sohn und ihr geht hin, und dann kehrt ihr nach Hause zurück und esst zu Abend, aber mir wird übel bei dem Gedanken, neben Amnon zu sitzen und eine normale Familie zu spielen und mit scheinheiligen Leuten Schabbatlieder zu singen. Bis vor kurzem war das noch ganz natürlich, leicht wie das Atmen, und ich frage mich verwundert, vielleicht ist das nur der Anfang, vielleicht besteht jeder Tag im Leben geschiedener Menschen aus einer Abfolge von Hürden, jedes einfache Ereignis verheddert sich zwischen ihren Fingern. Amnon wird mit ihm hingehen, entscheide ich, schließlich fällt mir das Laufen schwer, und ich strecke mich wieder neben ihr aus und schaue schweigend unseren Kindern zu, die wie kleine Hunde über die leeren Kanäle springen, Gilis Lachen wird von einem angenehmen Wind zu mir herübergeweht, es ist hell und voller Freude und verbreitet eine süße Ruhe in meinem Herzen. Warum bin ich so erschrocken, es wird keine Katastrophe geben, schließlich lassen sich fast alle scheiden oder haben sich scheiden lassen oder werden es tun, vielleicht plant ja auch diese Frau, die hier neben dir liegt, in diesem Moment ihr neues Leben, lass dir von niemandem Angst einjagen, es geht ihm gut, er hat eine Mutter, er hat einen Vater, er hat einen Freund, er hat ein Eis, was braucht ein Junge mehr?

Sie springt wieder auf, ich muss los, sie sieht immer älter aus, je mehr Zeit vergeht, vor meinen Augen hat sie sich von einem jungen Mädchen in eine Frau verwandelt, erst habe ich mich gewundert, dass sie schon einen Sohn hat, und jetzt, da ihr die Sonne aufs Gesicht fällt, erschlafft ihre Haut, und ich wundere mich, dass ihr Sohn so jung ist. Jotam, wir müssen Maja vom Ballett abholen, ruft sie, ihre Stimme klingt verärgert, als hätte sie ihn schon ein paarmal gerufen, und Jotam schlendert missmutig zu uns herüber, aber Mama, es gefällt mir hier, und sie sagt, wir kommen ein andermal wieder her, los jetzt, Maja wartet auf uns.

Wir gehen jetzt auch, sage ich schnell, und sie dreht sich zu mir, kannst du überhaupt gehen? Sie streckt mir ihre bleiche Hand hin, unter ihrer Haut schlängeln sich bläuliche Adern wie Bachläufe, und ich erhebe mich schwerfällig, das Gehen ist plötzlich zu einem komplizierten Vorgang geworden, der Vorsicht und Voraussicht verlangt, und sie beobachtet gereizt meine Bewegungen, ich bringe euch heim, schlägt sie vor, wo wohnt ihr? Nicht weit von hier, sage ich und stütze mich auf dem Weg zum Auto auf ihren Arm, eine plötzliche Bürde für das Leben einer völlig fremden Familie.

Mama, ist Papa schon zu Hause?, höre ich Gili vom Rücksitz aus fragen, und während ich noch versuche, eine passende Antwort zu finden, kommt sie mir zuvor und antwortet, es war ihr Sohn, der gefragt hat, nicht meiner, sogar ihre Stimmen ähneln einander, noch nicht, er kommt am Abend, und zu meinem Erschrecken höre ich Gili flüstern, sag mal, schläft dein Papa bei euch zu Hause? Jotam ist erstaunt, ja, er wohnt doch da, außer wenn er beim Reservedienst ist oder im Ausland, und Gili fährt mit geheimnisvoller Stimme fort, mein Papa hat in der Nacht in einem Kühlschrank geschlafen, aber der Kühlschrank hat so einen Lärm gemacht, dass er nicht einschlafen konnte. Was erzählst du da, Gili, ich mische mich ein, lache gezwungen, rede keinen Unsinn, du hast nicht verstanden, was Papa gesagt hat, aber er ignoriert mich und fügt hinzu, du hast Glück, dass deine Eltern sich nicht streiten, und Jotam sagt, manchmal streiten sie sich und manchmal nicht, was soll das heißen, alle Eltern streiten sich manchmal, und Gili sagt, aber meine streiten sich für immer.

Schön, wir sind angekommen, verkünde ich, obwohl wir erst am Anfang der Straße sind und noch viel zu viele Schritte vor mir liegen, komm schon, sie haben keine Zeit, ich treibe ihn zur Eile an, und vielen Dank, Michal, du hast mich heute gerettet, wirklich, und sie wirft mir einen grünen Blick zu, und auf ihrem Gesicht liegt wieder der Ausdruck erstaunter Neugier, als säße ich wieder oben auf dem Tor. Willst du, dass ich dich ins Haus bringe, fragt sie, und ich sage, das ist nicht nötig, es ist wirklich ganz nah, ich komme zurecht, aber ihr Blick begleitet mich, während ich mich schwerfällig humpelnd vorwärts bewege, ein Blick voller Beunruhigung und Erstaunen und sogar Bedauern, als wäre ein langer trauriger Brief, der an mich adressiert ist, irrtümlich bei ihr gelandet.

Mama hinkt, Mama hinkt, er springt um mich herum, flattert mit seinem schwarzen Umhang wie eine Fledermaus, und ich befehle ihm, gib mir die Hand, Gili, mir fällt das Gehen schwer, aber er macht keine Anstalten, mich zu stützen, und auch als er sich schließlich dazu herablässt, mir seine klebrige Hand hinzustrecken, scheint sein ganzes Gewicht an ihr zu hängen und mich auf den Gehweg zu ziehen, auf dem schon die ersten herabgefallenen Blätter liegen.

Der Schmerz pocht mit schweren klaren Schlägen in meinem Fuß, wie die Glocke einer Kirche, und ich höre ihm ängstlich zu, so sehr zieht er meine Aufmerksamkeit auf sich, baut eine klare Trennwand, die von Sekunde zu Sekunde höher wird, zwischen dem, was bisher war, und dem, was ab jetzt sein wird, zwischen dem, was ich bisher war, angeblich eine verheiratete Frau, die eine Familie hat, eine Wohnung, ein gesichertes, wenn auch begrenztes Eigentum, und dem, was ich in Kürze sein werde, eine geschiedene Frau mit Kind, ohne Partner, ohne Wohnung, die vorläufig nichts hat, aber irgendwann vielleicht alles haben wird, und dieses zweifelhafte Vielleicht, das plötzlich, nach langer Abwesenheit, in mein Erwachsenenleben eingedrungen ist, wird immer größer, und mir ist, als könne es jeden Schmerz lindern, und während ich da auf dem Sofa liege, das Bein auf einem Berg Kissen, die Gili fröhlich für mich aufgetürmt hat, habe ich das Gefühl, es handelte sich um Geburtswehen, die mein neues Leben ankündigen, schmerzhaft, aber auch mit Freude, das neue Leben, das ich zwar noch nicht kenne, das mich aber mit dem Geschrei eines

Neugeborenen einlädt, es mit beiden Händen zu ergreifen und an die Brust zu drücken.

Mama, schieß ins Tor, bittet er, du hast versprochen, dass du ins Tor schießt, er steht gebückt vor einem unsichtbaren Fußballtor zwischen zwei Wänden, und ich seufze, vielleicht morgen, Gili, du hast doch gesehen, ich kann nicht mal stehen, wie soll ich da spielen, aber er beharrt, nein, nicht morgen, heute, mir ist langweilig, sein Gesicht wird immer röter, gleich wird es sich zu einem Weinen verzerren, und ich versuche, ihn zu beruhigen, komm, spielen wir etwas anderes, Domino oder Monopoly, und während ich noch weitere mögliche Spiele aufzähle wie eine Kellnerin die Tagesgerichte, mischt sich ein schlaues Lächeln in seine Tränen, und er bekennt, ich habe Papa schon angerufen, dass er kommt und mit mir Fußball spielt, weil du nicht kannst, er wird gleich kommen.

Die plötzliche scharfe Trennung zwischen seinem Willen und meinem trifft mich wie ein Faustschlag, schließlich ist er mein kleiner Junge, mein Augapfel, Fleisch von meinem Fleisch, mein einziger Sohn, fast bis zur Unerträglichkeit geliebt, dessen Wille sechs Jahre lang mein Wille war, seine Freude meine Freude, sein Kummer mein Kummer, und da hat sich plötzlich diese Diskrepanz zwischen uns eingeschlichen, über Nacht, sein Wille ist nicht mehr meiner, seine Freude nicht mehr meine, sein Kummer nicht mehr meiner, und ich habe das Gefühl, dass dies der wirkliche Riss in meinem Leben ist, wie der Riss in der Kleidung eines Trauernden, es ist nicht die zunehmende Entfremdung zwischen Amnon und mir, sondern die Entfremdung zwischen Gilis Wünschen und meinen, die ihn plötzlich gegen mich stellt, das einzigartige, vollkommene Einverständnis, das sechs Jahre zwischen uns geherrscht hatte, stirbt langsam in der Zimmerecke, neben den Spielsachen, die er nicht mehr will, und stattdessen werden sich Spannungen aufbauen, gegensätzliche Bedürfnisse, und ich betrachte ihn mit Unbehagen, wie er den Ball an sich drückt, erwartungsvoll aus dem Fenster schaut, auf dem milchigblassen Gesicht ein Ausdruck, in dem sich Stolz mit Angst vermischt.

Als Amnon hereinkommt, stelle ich mich schlafend, und vielleicht schlafe ich wirklich, denn ihre Stimmen sind so weit weg und so dumpf wie die Stimmen von Traumgestalten, mein schmerzender Knöchel trennt mich von ihnen, befreit mich von jeder Pflicht, und ich gebe mich dem Schmerz hin, der meine Bewegungsfreiheit einschränkt, aber den Geist befreit, ihr Gespräch hüpft durch das Zimmer, weich und elastisch wie der Schaumstoffball, der zwischen ihnen hin und her rollt, und im Schutz meines Dahindämmerns, des bohrenden Schmerzes, der mich fast ohnmächtig werden lässt, verwischen sich ihre Gestalten, bis ich das Gefühl habe, es wären mein Vater und meine Mutter, die bei uns zu Hause auf Zehenspitzen um mich herumgehen, und ich bin krank, ich bin frei, mir Fantasien der Liebe vorzustellen. Ich bin wie eine Katze, die im Bett Junge geworfen hat, ich lecke meine Fantasiegestalten, schmiege mich an sie, male mir mein zukünftiges Leben als Erwachsene mit leuchtenden Farben aus. Ausgestreckt auf dem Sofa und zugedeckt mit einer Decke aus Schmerz, scheine ich noch träge diesem Paar nachzuwinken, das sich entfernt und den Platz für andere Gestalten frei macht, und das Rauschen eines Gesprächs dringt an mein Ohr, und erst da verstehe ich, dass diese natürliche warme Unterhaltung, die mich schon seit sechs Jahren begleitet, hier nicht mehr gehört werden wird. Dieses entspannte Rauschen zwischen einem Vater und seinem Sohn, einem Sohn und seinem Vater wird es noch geben, aber ich werde es nicht mehr hören, und auch unser Rauschen wird ohne Zuhörer bleiben, es wird durch die offenen Fenster auf die Straße treiben und sich in den Stimmen der Familien auflösen, die sich für die Nacht fertig machen, aber niemand wird es hören.

Dieser Abend ist meine letzte Chance, ihr Leben ohne mich mit ihnen zu teilen, ihnen heimlich zuzuschauen, so werden sie an ihren festen Besuchstagen nachmittags zusammen spielen, montags und donnerstags oder sonntags und mittwochs, das haben wir noch nicht ausgemacht, so werden sie zu Abend essen, einander am Tisch gegenüber, in einer anderen Wohnung, und er wird sich nicht die Mühe machen, die Gurke für ihn zu schälen, so wie ich es tue, und er wird nicht, so wie ich, in braunen Ringen die Brotrinde abschneiden, gemeinsam werden sie beschließen, auf das Bad und das Zähneputzen zu verzichten, so wie jetzt, er wird ihm die schmutzigen Sachen neben das Bett legen, damit er sie am nächsten Tag noch einmal anzieht, aber die Geschichte zum Einschlafen wird großzügig lang sein, es wird sein, als wäre ich zu einem archäologischen Kongress gefahren, ich brauche nicht zu fürchten, dass er einen Ausbruch bekommt, so wie in meiner Anwesenheit, oder dass er Gili mit lauten Worten verletzt, ohne mich strengt er sich immer viel mehr an, und Gili gibt sich solche Mühe, ihm zu gefallen, schließlich ist er im Moment seine einzige Stütze. Von meinem Platz auf dem Sofa im dunklen Wohnzimmer aus höre ich, wie sie die Kuscheltier-Familien schlafen legen, den Löwen und die Löwin und ihr Junges, den Tiger und die Tigerin und ihr Junges, ob Gili den bitteren Geruch bemerkt, der an ihnen klebt? Und ich höre, wie Amnon verkündet, schau, da ist auch Teddy Scotland, eine hastige Familienvereinigung auf dem schmalen Bett, auf dem ich an diesem Morgen lag, für alle Ewigkeit Abschied nahm von seinem Körper, aber dieser Körper, der mich jetzt so abstößt, wird von Gili geliebt, ich höre, wie er sich an ihn schmiegt und in seinen Armen vor Vergnügen schnurrt, und da ist wieder diese Unvereinbarkeit, die so wehtut wie der Knöchel, und ich liege wie erstarrt da, wage nicht, das Bein zu bewegen, versuche, mich an diese Kompliziertheit zu gewöhnen, die zu einem Teil meines Lebens werden wird, ich werde meinen Widerwillen ebenso aushalten müssen wie Gilis Liebe zum Gegenstand meines Widerwillens, ich werde gezwungen sein, Amnon als den geliebten Vater meines Sohnes zu akzeptieren und ihn trotzdem von mir fern zu halten, und ich habe das Gefühl, als müsste ich mich dafür entweder verdoppeln oder teilen, und diese neue Aufgabe ist so schwer, dass sich ein angstvoller Schlaf auf mich senkt, denn noch habe ich alles in der Hand und kann trotzdem nichts ändern, denn dieses vertraute familiäre Rauschen, vertrauter als alles andere, wird schwächer und schwächer gegenüber dem Jubel des neuen Lebens, gegenüber den fröhlichen starken Klängen, die von ihm ausgehen wie von einem Ballsaal im Bauch eines Schiffes.

Zitternd vor Kälte, wache ich mitten in der Nacht auf, und vor meinen Augen fließt ein Strom, grau und trotzdem aufwühlend, immer wird mich der Anblick eines Flusses aufwühlen, der Anblick lebendig fließenden Wassers. In die europäische Hafenstadt, in die ich anlässlich des letzten Kongresses gefahren bin, nahm ich das Echo von wütenden Sätzen mit, die mir viel zu oft entgegengeschleudert wurden, um noch eine Bedeutung zu haben, hör auf, mir zu drohen, du bedrohst nur dich selbst, wer bist du überhaupt, ich habe die Nase voll von deinen Klagen, ich habe genug von dir, merk dir, dass ich nicht bereit bin, so weiterzumachen, ich werde einfach aufstehen und gehen, diesmal meine ich es ernst. Vor dem breiten Fenster des eleganten Hotels war der Fluss zu sehen, eine riesige Eisenbrücke, die sich über ihn spannte, und daneben noch eine Brücke, kleiner als die erste, wie ein ungenaues Spiegelbild, und über beide Brücken floss ein erbarmungsloser Verkehr, Fahrzeuge in wildem Tempo, Straßenbahnen, die einen Arm nach oben streckten, zerrissen das Spinnennetz der Hochspannungsleitungen, und auf der anderen Seite des Flusses die bunten Fassaden von Häusern, schmal und zerbrechlich, und auf dem Fluss schwammen Schiffe, als schwebten sie über dem Wasser. Wurde dort der Entschluss geboren, plötzlich, aber seit langem vorhersehbar, ist dort das Urteil gefallen, angesichts dieses Flusses, der mit solch überraschender Leichtigkeit die Last der Schiffe trug? Die Stimmen des letzten Streits vor meiner Abreise verfolgten mich, schnaubend und bitter, ich hatte das Gefühl, als stünde er noch vor mir, aggressiv, anklagend, hässlich vor Zorn, nein, das war nicht der Mann, den ich gewollt hatte, das war nicht das Leben, nach dem ich mich sehnte, und sogar ich selbst war erschreckend anders als die Frau, die ich hatte sein wollen, etwas zwischen uns war irreparabel zerbrochen, konnte es sein, dass ich mich mit alldem abfinden musste, dass ich nie mehr ein anderes Leben führen konnte, dass es so schnell zu spät geworden war?

Leise bewegt sich seine Silhouette von einem Zimmer ins andere, er macht die Lichter aus, die Wohnung ist jetzt dunkel und still, wenn jetzt draußen jemand vorbeigeht, wird er sich sicher vorstellen, dass hier eine Familie ruhig schläft, unter wärmenden Decken wegen des Herbstes, die Schlafzimmertür fällt hinter ihm wie selbstverständlich ins Schloss, und ich bin hier, auf dem Sofa, so weit weg von ihnen, als befände ich mich noch in dem Hotel am grau glitzernden Fluss, auf einem anderen Erdteil. Ob so mein Leben aussehen würde, fragte ich mich damals, ob so die Träume meiner Jugend dahinstarben, sie werden ihren Atem mit einem unhörbaren Seufzer aushauchen, Gili wird wachsen, er wird anmutig den Auftrag abwerfen, den ich ihm auferlegt habe, die Lücke zu füllen, deren Größe ich mir nicht habe vorstellen können, und was ist dann, ein neues Kind, eine neue Ausgrabung, eine neue Reise? Eine neue Liebe, die im Geheimen blüht, wie ein Alpenveilchen in den Felsen, schnell vergänglich, nur für ein paar Wochen? Ja, verspreche ich den Schiffen auf dem Fluss, es ist noch nicht zu spät, ich kann noch immer auf mehr hoffen, und ich öffne das Fenster und verkünde mit lauter Stimme, als wollte ich ein großes Publikum überzeugen, das mich vom anderen Flussufer aus betrachtet, es ist aus, meine Damen und Herren, es ist tot und vorbei, für immer aus und vorbei.

3 Gesang empfängt uns, zögerlich wie ein Gebet, das nicht erhört wird, das mit schlaffen Fingern an die Tore des Himmels klopft, als wir verspätet den Schulhof betreten und verlegen vor den Familien stehen, die sich in einem bunten Kreis versammelt haben, dicht gedrängt auf Decken und Matten, jede wie auf einer kleinen Arche Noah, und mit leisen Stimmen singen, wir haben noch nicht einmal eine Decke dabei, und Gili klammert sich an meine Hand, Mama, man braucht eine Decke, murmelt er, alle haben Decken mitgebracht, und ich verteidige mich sofort, das habe ich nicht gewusst, niemand hat es mir gesagt, ich schicke einen vorwurfsvollen Blick zu Amnon, als wäre er verantwortlich für dieses Versäumnis, aber er, ungeduldig wie immer, bahnt sich schon seinen Weg weiter, bedeutet uns mit einer herablassenden Handbewegung, ihm zu folgen.

Schabbat Schalom, Familie Miller, verkündet die Lehrerin mit süßlicher Stimme, kommen Sie, setzen Sie sich, damit wir fortfahren können, sie deutet energisch auf den freien Platz neben ihr, und ich ziehe den widerstrebenden Gili hinter mir her, hüpfe mühsam zwischen Ellenbogen und Knien weiter, trete auf den Rand einer ausgebreiteten Decke, gegen eine Flasche, verschütte Wasser, gegen eine offene Tasche voller Windeln, und wir setzen uns alle drei neben die Lehrerin, für jeden ist unser Anderssein durch das Fehlen einer Decke klar zu erkennen, es ist die abgewetzte häusliche Decke, die die familiären Hinterteile von alters her auf sich vereint, die eine gemeinsame Unterlage für die ganze Familie schafft, und nur wir sind anders, wir gehören nicht zu ihnen und nicht zueinander, müssen auf den nackten Bodenplatten des Hofs sitzen, der traurige Gili zwischen uns schaut sich mit scheuem Blick um.

Wir sind die kürzeste Familie, flüstert er mir bekümmert ins Ohr, und ich beeile mich aus alter Gewohnheit, unsere Ehre zu verteidigen, warum kurz, Papa ist sehr groß, und du auch, aber er begründet es sofort, weil wir nur drei sind. Und wirklich, als ich meinen Blick über die vielen fremden Gesichter wandern lasse, entdecke ich auf fast jeder Decke große und kleine Geschwister, Babys und Heranwachsende, oder auch eine Großmutter oder einen Großvater, festlich gekleidet, mit weißen Blusen und Hemden, sogar ein paar friedliche Hunde, und das Anderssein nimmt zu und brennt auf meiner Stirn wie ein Mal, denn wir werden so bleiben, wir sind wie jemand, der in der Blüte seiner Tage stirbt, wir werden nicht mehr wachsen.

Verstocket euer Herz nicht, wie zu Meriba geschah, wie zu Massa in der Wüste, singen sie beflissen den Text aus dem Gebetbuch, die Lehrerin hält mir das Blatt mit dem Text hin, und ich betrachte ihn, versuche, mit einzustimmen, die Wörter kratzen in meinem Hals, sie sind ein Volk mit irrendem Herzen, und sie haben meine Wege nicht erkannt, daher habe ich in meinem Zorn geschworen, sie werden nicht zu meiner Ruhestätte kommen ... Im Schatten des Gesangs finden Gespräche statt, Wörter werden zwischen den Versen gezischt, die meisten der Anwesenden scheinen sich zu kennen, sie haben schon gemeinsame Erinnerungen gesammelt, gemeinsame Feiern zum Empfang des Schabbat, duftende Wärme entsteigt den Decken, als koche dort ein geheimer Eintopf auf versteckten Herdplatten, jede Familie bringt den angenehmen Geruch ihres eigenen Heims mit, des eigenen Atems und der eigenen Gerichte, des eigenen Waschmittels und des eigenen Shampoos, den Duft von Nachgeben und Kompromiss, von Nähe und Gewohnheit, von uralten Machtkämpfen und Freundschaften, die fast unmerklich hinzugekommen sind, und all diese Gerüche zusammen verbinden sich zu einem unendlichen Geheimnis. Ich betrachte sie prüfend, wie sie, aneinander gelehnt, vollendete Gebilde schaffen, geometrische Figuren, bald werden sie mir nicht mehr fremd sein, aber vorläufig kommt mir nur ein Lächeln entgegen, mit fast geschlossenen Lippen, ein träumerisches Lächeln aus schmalen grünlichen Augen, sie sitzt mit übergeschlagenen Beinen da, den Rücken leicht gekrümmt, die Arme um die Schultern ihres Sohns geschlungen, auf ihren Beinen liegt ein älteres Mädchen in einem roten Samtkleid, und hinter ihren glänzenden Locken, die ausgebreitet sind wie ein Fächer, ist die Stirn eines blassen Mannes zu sehen, mit ergrauenden Haaren und dunklen, tief liegenden Augen und dichten Augenbrauen, die sie beschatten, seine Hände massieren ihren Nacken und ihre Schultern, die sich im Rhythmus der Melodie hin und her bewegen.

Dein Gott freut sich deiner, wie sich ein Bräutigam über seine Braut freut ... Die Stimmen der Erwachsenen versuchen, die Stimme der Lehrerin zu begleiten wie eine langsame Karawane, gehorsam, jedoch ohne Begeisterung, während die Kinder schon die Geduld verlieren und kichern. Komme in Frieden, Krone des Gatten, in Freude und Frohlocken inmitten der Gläubigen, des Gott eigenen Volkes, komme, Braut, komme, Braut ... Für einen Moment scheint es, als wären wir bei einer Hochzeit gelandet, ausgerechnet jetzt, am Schabbat unserer Trennung, sind wir dazu verurteilt, gefühlvolle Hochzeitslieder zu singen, und die Lehrerin bestätigt meinen Verdacht mit ihrer lauten Stimme, sie gibt den ratlosen Kindern ein Rätsel auf, wenn Königin Schabbat die Braut ist, wer, glaubt ihr, ist dann der Bräutigam? Ich weiß, ich weiß, Gott, sagt ein Mädchen mit zerzausten roten Haaren, und die Lehrerin sagt, nein, nicht Gott, hört zu, nachdem die Welt erschaffen war, beschwerte sich die Königin der Tage bei dem Ewigen, dass sie keinen Partner habe, während die anderen Tage der Woche einen hätten, und der Herr beruhigte sie und versprach ihr, das Volk Israel werde ihr Partner sein, ihr Bräutigam.

Wie kann das sein, Gili schaut mich zweifelnd an, so viele Bräutigame für eine Braut? Aber die Lehrerin hält sich nicht mit Kleinigkeiten auf, sie scheint diese Geschichte schon dutzendfach erzählt zu haben, sie fährt schnell fort, wisst ihr, vor vielen hundert Jahren trugen die Rabbiner weiße Kleidung und zogen auf das Feld, um die Königin Schabbat willkommen zu heißen, sagt sie und erhebt sich, auf ihrer Oberlippe glänzen Schweißtröpfchen, vielleicht ziehen wir jetzt auch hinaus und sehen, wer als Erster die Königin Schabbat entdeckt. Die meisten Kinder reagieren sofort auf die Herausforderung, sie verlassen die Familiendecken und sammeln sich um ihre Lehrerin, ich versuche, den zögernden Gili anzutreiben, der sich an mich schmiegt und seinen Kopf in meinen Schoß legt, geh, du musst mit den anderen gehen.

In wildem Trab laufen die Kinder an ihm vorbei wie fröhliche Fohlen, gleich werden sie ihn auf ihrer Flucht zertrampeln, und da bleibt einer vor ihm stehen, sein zartes Gesicht erwachsen und ruhig über den schmalen Schultern, komm, Gili, sagt er, ohne zu lächeln, komm mit mir, und plötzlich verfliegt seine Niedergeschlagenheit, sogar dass wir keine Decke haben, ist nicht mehr wichtig, und als wäre er auf einmal ein anderes Kind, springt er auf die Füße, vergisst die traurige Andersheit unserer Familie und läuft mit seinem neuen Freund Jotam los, um die Königin Schabbat zu treffen, die wunderschöne Braut, die jede Woche wieder ihrem Bräutigam angetraut wird, und als mein Blick Michal findet, sehe ich, dass sie zu mir herüberschaut, vermutlich hat sie ihren Sohn zu uns geschickt, und mit meinen Lippen forme ich einen Dank. Zu meiner Enttäuschung reagiert sie nicht darauf, sie starrt vor sich hin, mit leicht geöffnetem Mund, sie scheint meine für sie bestimmten Lippenbewegungen nicht wahrzunehmen, aber über ihre blonden Haare hinweg wirft mir ihr Mann einen fragenden, fast entrüsteten Blick zu, als würde ich mit meinen Zeichen ihre Ruhe stören, und ich wende schnell den Kopf ab, bemüht, nicht mehr zu ihnen hinzuschauen.

Und die ganze Zeit ist er hinter mir, schweigend, was nicht seine Art ist, und ich achte darauf, nicht weiter nach hinten zu rutschen und mich mit dem Rücken an seine Knie zu lehnen, wie es die meisten Frauen um mich herum tun, sondern eine aufrechte und starre Haltung zu wahren, als wäre dieser Mann gar nicht da, dessen Atem ich an meiner Schulter spüre, und die Luft, die sich in seinen Lungen sammelt, bevor sie warm und stickig aus seiner Kehle gestoßen wird, erweckt meinen Widerwillen, bis auf meiner Haut kleine Nadeln des Widerstands wachsen, ich kann spüren, wie er hinter meinem Rücken forschend und hochmütig seine Umgebung beobachtet, auf dem Rückweg wird er die primitive Zeremonie tadeln, die lächerlichen Lieder, und was das überhaupt solle, die Königin Schabbat zu suchen, was für ein Blödsinn, ich habe dir gesagt, du sollst ihn nicht in dieser Schule anmelden, aber ich muss ihm schon nicht mehr zuhören, ich muss mir nicht mehr anschauen, wie schöne Erinnerungen beschämt aus Gilis Gesicht verschwinden, ich muss ihm nicht mehr gut zureden, vielleicht fangen wir zu Hause auch an, den Schabbat zu empfangen, und ich muss nicht mehr seinen Spott hören, wirklich, Ella, ich wundere mich über dich, was haben wir mit diesen Götzendiensten zu tun, diesem jüdischen Feilschen und Handeln?

Wie angenehm wird es sein, ohne ihn nach Hause zu kommen, mich mit Gili zu unterhalten, ohne dass er sich ständig in unser Gespräch mischt und hektisch jeden Gedanken laut kundtut, der ihm gerade durch den Kopf geht, in die Zeitung zu schauen, ohne dass er sagt, lass doch diesen Mist, und zu telefonieren, ohne dass er mich unter allen möglichen Vorwänden unterbricht, ja, das Tor fällt für immer und ewig ins Schloß, ich werde ihn nur noch durch das Tor sehen. Ich schaue mich um, die Frauen geben sich stolz, die meisten sind nicht mehr besonders attraktiv, sie sind im Lauf ihres Lebens zu breithüftigen Bäuerinnen geworden, und trotzdem sind sie stolz, ihre Errungenschaft darzubieten, geschrieben mit verschwommenen Zeichen auf der häuslichen Decke, Flecken von Kaffee und Wein, von Urin, Erbrochenem, Teer und Milch, und hinter jedem Fleck verbirgt sich die glückliche Erinnerung an überwundene Krisen, wisst ihr noch, als die Kinder klein waren, sind wir nach Rama gefahren, und das Baby ist fast ertrunken, erinnert ihr euch, wie wir uns einmal in dem arabischen Dorf verirrt haben, was für eine Angst wir hatten. Ich schaue sie herausfordernd an, ihr werdet es nicht glauben, Schwestern, was ich vorhabe, ich plane einen Neuanfang, ein völlig neues Leben, ich will wieder jung und fröhlich sein, ich will nicht mit einem Sack voller fauligem Groll alt und grau werden, mit einer Ergebenheit, die gärt wie Müll, ihr werdet es schon sehen, ich wende mich aufgewühlt und stumm an ein Publikum, das mich nicht wahrnimmt, als würde sich nur vor meinen Augen ein Wunder offenbaren, eine erstaunliche und einmalige Entdeckung, wie die Verwandlung von Sand in Glas, ich habe vor, das Unwandelbare zu verwandeln, die Zeit zu besiegen, die Naturgesetze zu brechen, während sich mein schweigendes Publikum noch in dem primitiven Zustand vor der Erfindung des Feuers befindet, so wandle ich zwischen Hochmut und Elend, worauf wartet ihr, auf eine Beförderung bei der Arbeit, auf den Jahresurlaub, auf eine neue Wohnung, während sich für mich die Zukunft erneut öffnet und ungeduldige Freude vor mir liegt. Den ganzen Tag haben wir kein Wort miteinander gewechselt, von meinem Platz auf dem Sofa aus habe ich seine Bewegungen feindselig beobachtet, mein schmerzender Knöchel hat mich dazu gezwungen, seine Anwesenheit zu akzeptieren, aber jetzt, da der Schmerz ein bisschen nachgelassen hat, ist mein Entschluss mit voller Kraft zurückgekommen, nein, ich überlege es mir nicht anders, trotz der Warnungen und Drohungen, die ich in den letzten Tagen gehört habe, auch wenn seine Hand plötzlich über meinen Rücken streicht, auch wenn sich seine Stimme mit überraschender Weichheit an mich wendet, Ella, sagt er, was ist bloß auf einmal los mit dir, was für ein Wahnsinn, tut es dir nicht Leid um Gili, es scheint, als würde er gleich diese ganze Schar gelangweilter Eltern zu Hilfe holen, damit sie zwischen uns vermitteln, und ich flüstere, genug, Amnon, du bist zu spät aufgewacht.

Seine Stimme hinter meinem Rücken wird schnell härter, ohne den Kopf zu wenden, weiß ich, dass sein schwerer Unterkiefer sich zornig senkt, seine Augen verengen sich, was fällt dir ein, sag mir das, was sollen diese Kapricen, hältst du dich etwa für eine Sechzehnjährige, hast du das Bedürfnis, dich gegen deinen Vater aufzulehnen, weil du es im richtigen Alter nicht gewagt hast? Es tut mir Leid, Liebling, du hast den richtigen Zeitpunkt verpasst, du bist zwanzig Jahre zu spät dran, mit welchem Recht zerstörst du uns allen das Leben? Seine Stimme wird lauter, nicht nur ich höre seine letzten Worte, auch die benachbarten Familien auf ihren Decken schauen argwöhnisch zu uns herüber, ich stehe sofort auf und verlasse den Kreis, zu meinem Bedauern erlaubt mir der schmerzende Knöchel kein gleichgültiges, anmutiges Schreiten, ich muss schwerfällig zum Zaun hüpfen, wie ein verletzter Vogel, der sich aus dem Maul der Katze rettet.

Wie anders dieser Ort gegen Abend aussieht, wie aus einem Albtraum, im wilden Gestrüpp des Parks, der sich an den Zaun des Schulgeländes anschließt, wachsen menschliche Sträucher, gefangene Paare umarmen einander leidenschaftlich, flüstern miteinander, Paare, die vielleicht ein trauriges Geheimnis haben. In der wachsenden Dämmerung ist es schwer, zwischen Bäumen und Menschen zu unterscheiden, zwischen Menschen und Felsen, es scheint, als wären alle von der gleichen Sehnsucht gepackt, auch ich, aber seine Worte verfolgen mich noch, ich drehe mich um und sehe seinen großen Körper auf mich zukommen in dem ausgebleichten gestreiften Hemd und der kurzen Hose mit den tiefen Taschen, in denen immer Sandkörner zurückgeblieben sind, begleitet von den Blicken eines Publikums, das nun, ohne uns, noch enger zusammengerückt ist. Ich habe mich ein bisschen umgeschaut, Ella, sagt er, die Hand nach meiner Schulter ausgestreckt, durch den Größenunterschied wirkt sein Blick herablassend, wie immer, ich habe mir diese Frauen angesehen, sie machen doch einen recht zufriedenen Eindruck, glaubst du etwa, sie sind alle mit Engeln verheiratet? Du wirst dich wundern, das sind sie nicht, aber sie geben sich zufrieden mit dem, was sie haben, und versuchen, die Familie zu bewahren, nur du hältst dich immer für benachteiligt, glaubst, dass dir mehr zusteht, nur du kannst nicht schätzen, was du hast, jede Frau hier wäre froh, einen Mann wie mich zu haben. Ich weiche zurück, der Zaun drückt gegen meinen Rücken, siehst du, sage ich, das genau ist dein Problem, du bist so zufrieden mit dir selbst, dass du dich nie ändern wirst, du versuchst noch nicht einmal zu verstehen, warum ich dich nicht mehr will, du fragst nicht, um eine Antwort zu hören, sondern um mir zu beweisen, dass ich mich irre, ich habe die Nase voll von dieser Missachtung, ich habe die Nase voll von dir, ich habe keine Lust, mich mitten im Leben mit dir begraben zu lassen, hast du verstanden?

Du bist ein Ungeheuer, zischt er leise, erstaunt, als spräche er zu sich selbst, du bist unmenschlich, und ich flüstere, prima, dann freu dich doch, dass du mich los wirst, warum solltest du mit einem Ungeheuer zusammenleben wollen? Und er sagt, um mich mache ich mir keine Sorgen, das kannst du mir glauben, ich werde sehr gut ohne dich zurechtkommen, es geht mir nur um den Jungen, und ich unterbreche ihn, plötzlich machst du dir Sorgen um den Jungen? Sechs Jahre lang hast du ihn vernachlässigt, und jetzt erinnerst du dich daran, dass du dir Sorgen um ihn machen solltest? Er bleckt seine großen, auseinander stehenden Zähne gegen mich, ich soll ihn vernachlässigt haben? Ich bin der beste Vater, den es gibt, und wenn ich nicht den ganzen Tag um ihn herumhüpfe wie du, heißt das, dass ich kein guter Vater bin? Schau doch, wie er an mir hängt, nicht weniger als an dir, und ich sage, klar, du bist der einzige Vater, den er hat, etwas anderes kennt er nicht.

Das ist es also, was du suchst, kreischt er, einen neuen Vater für meinen Sohn? Du hast einfach den Verstand verloren, ich werde ihn dir wegnehmen, ich werde vor das Rabbinatsgericht gehen und mir das alleinige Sorgerecht geben lassen, und ich lache spöttisch, du machst mir wirklich Angst, ein Egoist wie du will allein ein Kind aufziehen? Und was ist mit deinen Vorlesungen und deinen Aufsätzen, was ist mit deinem Schlaf und deinem Basketball und deinen Freunden? Bis jetzt hast du doch auf nichts verzichtet, wenn du je auf etwas verzichtet hättest, hätten wir uns nie getrennt, ich schieße die vergifteten Pfeile ab, einen nach dem anderen, wie im Fieber, mir scheint, als wäre sein Herz mit groben roten Pinselstrichen auf sein Hemd gemalt, und ich ziele und schieße, bezweifle den Zweck, kann aber nicht aufhören, hat es überhaupt einen Sinn, die Enttäuschungen aufzuzählen, die sich angehäuft haben?

Die untergehende Sonne taucht den Rabenpark in weiche rote Farbtöne, die Wiesen sind rosa wie die Bettwäsche eines Babys, auf dessen Ankunft alle gewartet haben, Amnons Gesicht, das sich mir nähert, ist rot und wund, als habe man ihm die Haut abgezogen. Er versucht es anders, ich habe nicht vor, dich anzuflehen, ich erlaube mir nur, dich daran zu erinnern, dass man eine Ausgrabung nur einmal durchführen kann, hinterher gibt es keine Chance, das Ganze zu wiederholen. Ich gähne demonstrativ, da hast du ja den richtigen Zeitpunkt erwischt, um mir einen Vortrag zu halten, und er reißt die Augen auf, ich warne dich, ich bin nicht so unbeständig wie du, zischt er, wenn ich gehe, gibt es für mich keinen Weg zurück, ich kenne dich, es wird dir noch Leid tun und du wirst zurückkommen wollen, doch dann bin ich schon woanders, merk dir das, wenn ich etwas hinter mir lasse, dann für immer, du hast nicht mehr viel Zeit. Diesmal ist er es, der mir den Rücken zudreht und weggeht, und ich versuche, ihm einen letzten Pfeil nachzuschießen, hör auf, mir zu drohen, die Zeit ist vorbei, in der mich deine Drohungen eingeschüchtert haben, aber diesmal scheint der Pfeil seinen breiten, sich entfernenden Rücken zu verfehlen, er fliegt durch den Park, ja, die Zeit ist vorbei, ruft er, in der jeder Streit ein Loch in mir aufgerissen hat und ich nicht wusste, wohin mit meinem Kummer, in der ich Groll und Feindseligkeiten nicht ertragen konnte, in der ich mich mit dir versöhnen musste, auch wenn mein Ärger weit entfernt davon war zu verlöschen, nie werde ich mich nach dieser Zeit zurücksehnen, lieber lebe ich alleine als so, in solcher Verletzbarkeit dir gegenüber, ja, immer dir gegenüber, nie neben dir.

Lebt ihr auch alle so, wende ich mich schweigend an das provisorische Lager der anderen Mütter, von einem Streit zum nächsten, von einer Beleidigung zur nächsten, von einer Feindseligkeit zur nächsten, in der Erwartung eines Moments der Feuerpause, die in euch die Erinnerung an ferne Liebe weckt, während ihr euch anstrengt, mit knirschenden Zähnen die Familie zusammenzuhalten, müde und enttäuscht und trotzdem aneinander geklammert wie in einem tiefen Schlaf, oder wisst ihr etwas, was mir verborgen ist, vielleicht haben eure Mütter euch ein Geheimnis zugeflüstert, einen Zauber, der von Generation zu Generation weitergegeben wird und von dem nur ich nichts erfahren habe, erzählt mir, was bringt eure Körperzellen dazu, diese Sanftmut zu produzieren, denn das ist es, was uns fehlt, Sanftmut.

In der Ferne erkenne ich eine Frau, die ein Tuch von ihren Schultern nimmt und es über die Schultern ihres Mannes legt, und diese einfache Handlung lässt mich einen Seufzer ausstoßen, ich lehne mich an den Zaun, betrachte die im Kreis sitzenden Körper, die darauf bedacht sind, die Kleinen zu schützen, die sich in ihrer Mitte versammelt haben, es erinnert an die Überreste vorzeitlicher Siedlungen, eine Reihe von Zimmern, aneinander gedrängt und dazu bestimmt, die Menschenherde bei Nacht zu schützen. Ich erforsche sie hartnäckig, suche nach Anhaltspunkten in den fremden Gesichtern, als würden sich Trümmer vor mir auftürmen, um etwas über jenes fremde Leben zu erfahren, dabei sind es doch keine Ruinen, die daraufhin untersucht werden können, ob sie nach der ägyptischen Elle geformt sind oder nach dem griechischen Fuß, ob es sich um eine Kultstätte handelt oder um ein Wohnhaus, ich habe keine Scherben von Stein- oder Tongeschirr vor mir, diese Fundstücke hier sind beweglich, wenn sie aufstehen und gehen, werden sie nichts zurücklassen, außer vielleicht den Kern eines Pfirsichs, eine aus der Tasche gefallene Münze, einen benutzten Schnuller, dessen Fehlen später viel Unruhe hervorrufen wird, es ist leichter, die steinernen Relikte zu entschlüsseln als die lebendigen, ja, diese Fundstücke hier verändern sich von Minute zu Minute, da ist zum Beispiel Michals Decke, die plötzlich verlassen ist, allein zurückbleibt, ausgebreitet, während ihr Mann, die Tochter an der Hand, finster hin und her läuft. Zerstreut verfolge ich seine Schritte, sehe sein Profil, hart und doch zerbrechlich, warum hat er die Familiendecke verlassen, nicht weit entfernt steht Amnon, groß und ein wenig gebeugt, eine Frau in einem langen Kleid spricht ihn an, während ich meinen Blick über den Rasen schweifen lasse und nach den Kindern Ausschau halte.

Vielleicht hat niemand gemerkt, dass sie verschwunden sind, nicht einmal mehr ihre Stimmen sind zu hören, vielleicht hat die Königin Schabbat sie entführt und in ein anderes Land gebracht und dort wandeln sie in weißen Gewändern wie Engel umher, lange Kerzen in den Händen, und das Wachs tropft auf ihre Hände, auf ihre abgekauten Fingernägel, rinnt über ihre Arme auf ihren leicht gewölbten Bauch, sammelt sich in der ovalen Vertiefung ihres Nabels und läuft über ihre schmalen Hüften auf die Oberschenkel, seht nur, unsere Kinder sind von Kopf bis Fuß mit Wachs bedeckt, unsere Kinder haben sich in Kerzen verwandelt, in Wachsstatuen, und wir werden hier bis zum Morgengrauen bleiben, verwaist, ein vulgärer bunter Haufen, in Trauer vereint, und mit einem Mal kehrt der Fluch meines Vaters zu mir zurück, ergreift Besitz von meinem Inneren, bis ich das Gefühl habe, dass alle seine Stimme hören können, er wird es nicht überleben, er wird ausgelöscht werden, die Stimme ist wirklicher als das freudige Geschrei der zu uns zurückkehrenden Kinder, die auf dünnen Beinen hüpfen, wie weiße Raben, bevor man sie schwarz anstrich, als Strafe dafür, dass sie nicht zu Noahs Arche zurückgekommen sind. Mama, die Königin Schabbat ist schön wie eine Braut, schreit Gili, rennt begeistert auf mich zu, mit roten Wangen und die Hände voller Süßigkeiten, sie hat blonde Haare und einen Brautschleier und ihr Gesicht ist rosa, wir haben sie am Himmel gesehen, sie hat uns Süßigkeiten heruntergeworfen, direkt vom Himmel, und ich drücke ihn an mein Herz, streichle seine verschwitzten Haare, du kostbares Kind, in deinem kleinen Körper habe ich mir ein Haus gebaut, das einzige Haus, in dem ich sicher bin, frei, geliebt, denn das ist das Antlitz der Liebe, ihre Manifestation, Herbstlaubaugen und kleine wacklige Zähne, eine schmale, zarte Nase und mit Schokolade verschmierte Wangen.

Er drückt mir ein klebriges Weingummi in die Hand und rennt zu seinem Vater, ich humple hinter ihm her zu dem Lager, das sich mit Leben füllt, nun, da wir wieder vereint sind, müssen wir zu unseren Plätzen zurückkehren und der Regie der Lehrerin folgen und uns, wie jede Familie, vorstellen, mit Namen und, zu meinem Schrecken, auch mit Hobbys, und schon sind wir an der Reihe, Gili zwitschert mit seiner hohen Stimme, mein Vater heißt Amnon und meine Mutter Ella, und ich Gil'ad, aber ich werde Gili genannt, und als die Lehrerin fragt, und was macht ihr gerne zusammen, zögert er ein wenig, und dann murmelt er leise, wir streiten uns gern.

Man versteht dich nicht, Gil'ad, sagt die Lehrerin, du musst lauter sprechen, und er murmelt, wir streiten uns gern, und die Lehrerin wiederholt seine Worte erstaunt, streiten? Wie schön, und dann macht sie gedankenlos weiter mit Familien, die gerne Picknicks machen, ins Ausland verreisen oder schwimmen und tauchen oder zusammen ins Kino gehen, und ich beobachte beschämt die stolzen Frauen, die mit angespanntem Lächeln ihre Kinder beim Sprechen beobachten, bestimmt hat Amnon Recht und sie kennen ebenfalls Schwierigkeiten und Streitereien, und trotzdem sehen sie zufrieden aus, als hätten sie eine Entscheidung gefällt, vielleicht haben sie wirklich alle einen Bund geschlossen, einen Bund wie der, den mein Vater mir empfohlen hat, der vollkommenes Glück ermöglicht, der die Erwartungen begrenzt und die Träume tötet, dafür aber große Gelassenheit verleiht. Ich überlege, ob ich mich nicht auch danach richten müsste, und wieder lehne ich mich auf, nein, ihr Weg ist nicht meiner, ihr Leben nicht meines, und mir ist, als würde ich einen geheimen Wettkampf zwischen ihnen und mir verkünden, zwischen meinem Weg und ihrem, einen Wettkampf, der heute Abend beginnt, schließlich hat dieses Jahr erst angefangen, wir werden uns alle hier wiedertreffen, an Chanukka, an Pessach, an Purim und an Schawu'ot, dann werden wir sehen, wo ich stehe und wo ihr, und inzwischen bemerke ich, dass die ermüdende Zeremonie zu Ende ist und die Erfrischungen serviert werden, die Kinder gehen wie kleine Kellner zwischen uns herum, verteilen Stücke von mehligen Wassermelonen, die vom Sommer übrig geblieben sind, süße, mit Rosinen bestreute Weißbrotzöpfe, und eine der Frauen steht auf, rank und schlank und geschmeidig, in engen Jeans und einem weißen T-Shirt und mit langen glatten Haaren und einem wunderschönen Baby auf dem Arm, und sagt verlegen, aber begeistert, hört zu, heute Abend machen wir ein Fest, jeder, der kommen will, ist eingeladen.

Aus welchem Anlass gebt ihr das Fest, fragt einer, und sie schaut ihren Mann an und lächelt, als teile sie ein Geheimnis mit ihm, eine leichte Röte steigt ihr in die Wangen, einfach so, sagt sie, wir haben Lust zu feiern, und dann nennt sie ihre Adresse, es wird viel Wein geben und gute Musik, es wird sich lohnen, und ihr Mann stellt sich neben sie, auch er jung und gut aussehend, legt ihr den Arm um die Schultern und erklärt allen Interessierten den Weg, und schon bildet sich eine fröhliche Versammlung um sie, ja, natürlich werden wir kommen, warum nicht, wenn wir jemanden für die Kinder finden, sollen wir etwas mitbringen, ich habe einen wunderbaren Kuchen, was hast du gesagt, wo man abbiegen muss, in die erste Straße nach dem Platz, rechts oder links, und ich wende den Blick von ihnen ab und betrachte die kleinen Flämmchen der Schabbatkerzen, die im Abendwind flackern, wie vom Alter oder von einer Krankheit gelb gewordene Augen.

Friede mit Euch, dienende Engel, Engel des Höchsten …, summen sie mit einem Mund voller Challa vor sich hin, Euer Kommen sei zum Frieden, Engel des Friedens, Engel des Höchsten …, und schon schütteln sie ihre Decken aus und legen sie zusammen, manche sorgfältig, manche unordentlich, sie sammeln ihre Rucksäcke, ihre Kinder, ihre Hunde und ihre Kinderwagen ein und verstreuen sich hastig, wie Wolken, die der Wind auseinander treibt, sie setzen sich in ihre Autos oder laufen leichtfüßig zu ihren Häusern, zu ihrem Schabbatessen, zu ihren Gewohnheiten, manche werden bei den Großeltern essen, andere bei Freunden, wieder andere laden zu sich ein, und ihre Kinder, Gilis zukünftige Freunde, werden begeistert den Tisch decken und die hektischen Vorbereitungen genießen, während wir uns in der Dämmerung langsam vorwärts bewegen, zu unserem ersten getrennten Schabbat, zu unserem neuen getrennten Leben, und ich weiß, dass es schon bald selbstverständlich sein wird, und das, was sich nicht von selbst versteht, wird unsere gemeinsame Vergangenheit sein, und Gili wird sich schon kaum mehr erinnern, wie das war, als wir eine wirkliche Familie waren. In nur zehn Jahren werden wir länger getrennt sein, als wir zusammen waren, aber schon viel früher wird diese gemeinsame Zeit zu einem Märchen werden, es war einmal, da hatten wir eine einzige Wohnung, einen einzigen Kühlschrank, einen einzigen Esstisch, und wir sind immer ganz selbstverständlich nach Hause gegangen, ohne zu planen, mit wem geht er jetzt, mit dir oder mit mir, und bei wem wird er morgen sein.

Auf einen Stock gestützt, den ich unterwegs gefunden habe, bewege ich mich langsam, so werde ich gehen, wenn ich alt und ohne Zukunft sein werde, und ich werde nur den Schatz haben, der mir jetzt fehlt, den Schatz des Wissens, vom Gipfel des Ruinenhügels werde ich auf diese Tage hinunterblicken, und dann werde ich wissen, ob das alles notwendig oder nur Luxus war. Gili und Amnon entfernen sich immer weiter von mir, und ich schaue ihnen nach, während ich ihnen wie zufällig folge, ein groß gewachsener Vater mit seinem Sohn auf den Schultern, und neben ihnen geht keine Mutter, vielleicht wartet sie ja zu Hause auf sie, kocht das Abendessen, und bald wird sie sie mit einem Kuss empfangen, oder sie ist ihnen auf grausame Art entrissen worden, durch einen tödlichen Verkehrsunfall oder durch eine unheilbare Krankheit, oder sie hat sie aus freien Stücken verlassen, um ein neues Leben anzufangen, um gegen die Gesetze der Natur wieder ein junges Mädchen zu sein.

Papa, warten wir auf Mama, höre ich Gili sagen und sehe, wie Amnon unwillig stehen bleibt, sein Gesicht verbirgt, sich bückt und den Jungen herunterlässt, und als ich bei ihnen ankomme, reicht Gili mir die eine Hand, die andere greift nach Amnon, und er sagt, ihr seid die besten Eltern der Welt, besser als alle anderen Eltern, und ich ziehe bei diesem plötzlichen Lob unbehaglich die Schultern hoch, versuche, das Ausmaß des Zorns abzuschätzen, das sich hinter diesen Worten verbirgt. Ja, wiederholt er vor unseren düsteren Gesichtern, wirklich, ich weiß, dass ich euch manchmal ärgere, aber denkt daran, dass ich euch am liebsten habe auf der ganzen Welt, und ihr tut so viel für mich, und ich bringe ihn mit unterdrückter Ungeduld zum Schweigen, es fällt mir schwer, auch nur ein weiteres Wort von ihm zu ertragen, es wäre mir lieber, er würde uns beschimpfen, mit den Fäusten nach uns schlagen, und so gehen wir schweigend weiter, durch seinen schmalen Körper strömt, gegen seinen Willen, die feindliche Stimmung zwischen uns, ganze Reihen von Familien gehen auf ihrem Heimweg von der Synagoge an uns vorbei, die Parfüms der Frauen mischen sich mit den Stimmen der Kinder, sie gehen mitten auf der Straße und machen den wenigen Autos nur unwillig Platz, denn sogar auf der Hauptstraße gibt es kaum Verkehr, es ist, als würde die Stadt endlich still, wie ein Kind, das aufgehört hat zu weinen und das nur noch von seinen schnellen Atemzügen an den vergangenen Schmerz erinnert wird.

Die schmalen Hüften des Jungen zittern im Abendwind, und ich drücke ihn an mich, auf den Bergrücken im kahlen Osten werden Lichter angezündet, eines nach dem anderen, bunt wie Bonbons mit dem Geschmack von Zitronen, Orangen, Trauben und Himbeeren, ein dickflüssiges Licht ergießt sich über die Mauern, als bräche es aus dem Bauch der Erde, es spitzt die Kreuze, die sich auf den Kirchtürmen erheben, wie jene drohenden Holzkreuze, die die Römer auf den Hügeln um die belagerte Stadt errichteten, um den Aufständischen Angst einzujagen und ihnen zu zeigen, welches Ende sie erwartet, falls sie sich nicht ergeben. Heiligtum des Königs, Residenzstadt, auf, erhebe dich aus der Zerstörung, du hast lange geweilt im Tale des Weinens, er erbarmt sich über dich in Liebe.

Schon öffnet sich die Tür zum Treppenhaus vor uns, und Gili zieht uns beide hinter sich her, aber ich sage schnell, mit entschlossener Stimme, wie seine neue Lehrerin, Papa kommt nicht mit uns rauf, Gili, er geht jetzt, morgen wird er kommen und dich für ein paar Stunden abholen, und zu meinem Erstaunen fängt Amnon nicht an zu streiten, mit starrer Miene beugt er sich über ihn, küsst ihn auf die Stirn und rennt fast weg, ohne etwas zu sagen, zu schnell, um Gilis plötzliches Weinen zu hören.

Es wuchs in mir heute Abend ein steinernes Herz, schwer und verschlossen, ich wies seine Tränen zurück, die um Erbarmen flehten, einen Moment lang hatte mich dort, zwischen den anderen Familien, unter dem Eindruck des Schabbat, Schwäche gepackt, aber hier, zu Hause, bin ich wieder stark, und Gili hört auf zu weinen und schläft endlich ein. Wie ein junges Mädchen, das allein zu Hause geblieben ist, feiere ich meine plötzliche Freiheit, kein Mensch wendet sich an mich, spricht mich an, niemand braucht mich, niemand beobachtet genau, was ich tue, meine Anwesenheit weckt keine Unruhe im Herzen eines anderen, und ich warne mich selbst, lass dich ja nicht dazu verführen, den Lügen der Familien zu glauben, erschrecke auch nicht mehr vor wütenden Prophezeiungen, wie leicht und angenehm ist diese häusliche Freiheit, mir kommt die Wohnung wie ein warmer duftender Orangenhain vor, voller bescheidener Wildblumen, und diesmal werde ich nicht zurückgehen, auch wenn ich die flehenden Stimmen meiner Eltern höre, die nach mir suchen, diesmal werde ich nicht zurückgehen.

Ich liege zufrieden auf dem Sofa, erschöpft wie nach einem langen Marsch, der mit einer Steigung endete, und lausche der Stille, die von der Straße heraufdringt, man kann fast hören, wie die Blätter von den Zweigen fallen und langsam auf den Gehweg hinuntertrudeln, ich höre Gili im Schlaf murmeln, lausche den abgerissenen Melodien der Psalmen, die in meinem Kopf nachhallen, Friede mit Euch, dienende Engel, und manchmal ist das Klingeln des Telefons zu hören, das Piepsen des Anrufbeantworters, der eine Nachricht auf die andere häuft, Nachrichten, die mit beunruhigten Stimmen von Amnons nächtlichen Irrfahrten erzählen. Ich höre sie mir widerwillig an, nein, ich bin nicht da, ich stehe euch nicht zur Verfügung, ihr könnt heute Abend nicht mit mir machen, was ihr wollt, denn diese Nacht ist nicht wie alle anderen Nächte.

Ella, gib Antwort, ich weiß, dass du zu Hause bist. Amnon war gerade bei mir, er ist wirklich fix und fertig, du musst ihn anrufen, ich habe Angst, dass er sich etwas antun könnte. Glaub mir, ich würde so etwas nicht einfach dahinsagen. Ich kenne ihn schon, seit er sechs war, und ich habe ihn noch nie in einem solchen Zustand gesehen. Ella, überlege dir gut, was du tust, trotz allem ist er der Vater deines Kindes. Willst du, dass dein Sohn ohne Vater aufwächst? Du solltest ihm noch eine Chance geben, sonst bereust du es vielleicht später.

Ella, hier ist wieder Gabi. Schade, dass du nicht abnimmst. Ich verspreche dir, dass er sich anstrengen wird. Ich weiß, dass du es nicht leicht hast mit ihm, aber er liebt dich wirklich. Vielleicht versucht ihr es mit einer Paartherapie. Was hast du denn zu verlieren? Schon wegen Gili solltest du alles versuchen, sonst wird es dir dein ganzes Leben lang Leid tun.

Ella, hier ist Talja. Amnon ist gerade weggegangen. Er hat

mich gebeten, mit dir zu sprechen. Ehrlich, ich mache mir wirklich Sorgen um ihn, obwohl ich auf deiner Seite stehe. Mach keinen Blödsinn. Gib der Sache noch eine Chance. Ruf mich an, wenn du das hörst. Küsse.

Und da ich nicht antworte, bleiben ihre Stimmen um mich, bohren sich in meine Gelassenheit, niemand wehrt sie ab, niemand vertreibt sie, sie spazieren in der Wohnung herum, greifen an, drohen, und schon bin ich nicht mehr allein, wie ich es gewollt habe, gegen meinen Willen beherberge ich Gabi, gegen meinen Willen habe ich Talja zu Gast, ich höre ihre Vorwürfe und antworte nicht, und ich sehe den Moment voraus, in dem ihre Stimmen zu meiner Stimme werden.

Mir scheint, als hätte ich nur eine Antwort für sie, aber ausgerechnet die kann ich ihnen nicht geben: Als ich ein Mädchen war, hatte ich keinen Ehemann, ich habe allein geatmet, ich habe mich allein in die staubigen Höhlen der Bücher versenkt, habe allein die Kinderkriege ausgefochten, bin allein barfuß über glühende Sandwege gelaufen, bin allein in einer bewölkten Nacht über einen Zaun geklettert, umgeben von gelben duftlosen Jasminblüten.

Guten Tag, Ella, hier ist Michal, die Mutter von Jotam aus der Schule. Jotam lädt Gili für morgen Vormittag ein. Wenn du keine Zeit hast, ihn zu bringen, können wir ihn abholen. Ruf bitte zurück.

Ella, ich muss dringend mit dir sprechen. Ich versuche, später bei dir vorbeizukommen, wenn Papa schlafen gegangen ist. Ich muss dir etwas Wichtiges sagen.

Aber als ich ein Kind war, hatte ich keinen Ehemann, wie konntest du das vergessen, Mama, du hattest einen Mann, nicht ich, und das war fast der einzige Unterschied zwischen uns, denn auch du wolltest ein Mädchen sein und bist mit mir in die Orangenplantage geflohen, hast an meinem einsamen Versteckspiel teilgenommen, denn ich konnte mich manchmal vor ihm verstecken, du aber nie, und dort hast du die Beleidigungen, die du erfahren hast, vor mir ausgebreitet, du hast mich zur Richterin gemacht, und dein Leid hat zwischen den Bäumen gejammert wie ein Schakal, was hätte ich dir anbieten können, nur meine Zuneigung, genau wie du mir deine angeboten hast, immer heimlich und immer zu einem hohen Preis.

Sie kommt tatsächlich, ohne anzuklopfen platzt sie herein, als wäre meine Wohnung auch die ihre, mein Leben das ihre, in einen Mantel gehüllt, obwohl noch lange nicht Winter ist, sie verströmt den starken Geruch der gebratenen Hühnerkeulen, die sie, einander gegenübersitzend, gegessen haben, er redend und sie ihm lauschend, seinen Teller füllend und nickend, und unter dem Mantel, über den schweren Hüften, trägt sie ihre enge Wollhose und den dicken geschmacklosen Pullover, den sie vor vielen Jahren für mich gestrickt hat, wie du siehst, sagt sie stolz, werfe ich nichts weg, erinnerst du dich, dass ich diesen Pullover mal für dich gestrickt habe, es hat mich Monate gekostet. Ich betrachte die grellen Farben, Olivgrün neben Rot und darunter ein Streifen Gelb, so hast du mich zur Klassenfeier geschickt, und ich habe dir geglaubt, dass dies der allerschönste Pullover sei und ich das allerschönste Mädchen sein würde, und nur in deine Arme konnte ich zurückkehren, mein beschämtes Gesicht hinter den lächerlich weiten Ärmeln versteckt, nur mich hat keiner zum Tanzen aufgefordert, nur mit mir hat keiner gesprochen, und du hast mich getröstet und mir prophezeit, warte es ab, du wirst noch bis zum Wahnsinn geliebt werden.

Schau nur, wie gut er immer noch ist, sagt sie stolz, willst du ihn vielleicht zurückhaben, er hat dir immer so gut gestanden, und ich sage, um Gottes willen, nein, nicht dieses

Ding mit den weiten Ärmeln, ich setze mich ihr gegenüber auf das Sofa, betrachte deprimiert die lächerliche Gestalt, eine zu dicke Frau in alten Kleidern, die nicht der Jahreszeit entsprechen, auch nicht ihrem Alter, und frage, worüber wolltest du mit mir reden?

Papa hat mir von eurem Gespräch erzählt, sagt sie und seufzt, und ich unterbreche sie sofort, Gespräch? Seit wann nennt man so etwas Gespräch, es war eine Verwarnung, oder noch besser, eine Leichenrede, und sie sagt, gut, Ella, du kennst deinen Vater, er ist immer sicher, dass er Recht hat, daran wirst du nichts ändern, vor allem, weil er im Allgemeinen wirklich Recht hat, aber ich kann mir diese altbekannten Ausreden schon nicht mehr gelassen anhören, ich schreie sie an, genug mit diesem Persönlichkeitskult, weißt du überhaupt, wovon du redest, weißt du überhaupt, was er gestern zu mir gesagt hat? Und sie seufzt wieder, na ja, du kennst ihn doch, du weißt, dass er manchmal etwas extrem ist, er nimmt alles sehr ernst, aber das ist nur, weil er sich solche Sorgen macht, er macht sich Sorgen um dich und den Jungen.

Das nehme ich ihm nicht ab, er macht sich nur Sorgen um sich selbst, sage ich, ich habe nicht vor, noch einmal mit ihm zu sprechen, weder darüber noch über etwas anderes, ich bin keine sechzehn mehr, er kann mir nicht mehr vorschreiben, was ich zu tun habe, ich werde Gili wie üblich zu euch bringen, aber mit ihm spreche ich nicht mehr, und sie senkt ihre erloschenen Augen, ihre Finger streicheln über die alte Wolle, hör zu, Ella, das ist es, was ich dir sagen wollte, deshalb bin ich hergekommen, es ist nicht so einfach, du wirst Gili in der nächsten Zeit nicht zu uns bringen können, er will ihn nicht sehen.

Was heißt das, er will ihn nicht sehen, sage ich wütend, verleugnet er seinen einzigen Enkel? Ausgerechnet jetzt, da

Gili eure Unterstützung braucht? Und sie windet sich, es ist nicht so, dass er nicht will, er sagt, er ist nicht in der Lage dazu, es fällt ihm schwer, den Kummer des Jungen zu ertragen, er hat Angst, ihm Schaden zuzufügen, gerade weil er sich solche Sorgen um ihn macht, verurteile ihn nicht, Ella, das gehört sich nicht, und ich fauche sie an, ich soll ihn nicht verurteilen? Früher hast du ihn nicht so glühend verteidigt, früher hast du dir gern von mir angehört, wie schlimm ich sein Verhalten fand, wenn er dich verletzt hat, und jetzt, da er mich verletzt, soll ich das einfach akzeptieren, und du bist auf seiner Seite?

Ich bin nicht ganz auf seiner Seite, murmelt sie, er verlangt von mir, dass ich ihm verspreche, euch auch nicht zu sehen, aber mach dir keine Sorgen, ich werde zu euch kommen, wenn er im Ausland ist, ein Glück, dass er so oft verreist, oder wenn er schläft. Aber wenn er schläft, schläft Gili auch schon, protestiere ich, was soll dieser Blödsinn, willst du damit sagen, dass du es ihm versprochen hast? Und sie sagt, ich hatte keine Wahl, du weißt, wie er ist, und wenn er etwas will, kann man ihm nicht widersprechen, aber ich werde zu euch kommen, ohne dass er es erfährt, ich werde sagen, dass ich einkaufen gehe, und ich werde herkommen, um Gili zu sehen, ein Glück, dass wir so nahe beieinander wohnen, ermutigt sie sich. Kochend vor Zorn stehe ich vor ihr, ich brauche deine heimlichen Besuche nicht, was bin ich für dich, ein Liebhaber, den man nur sehen kann, wenn der Ehemann nicht da ist? Begreifst du überhaupt, was du da sagst? Ich verstehe das nicht, wenn er sich wirklich Sorgen um den Jungen macht, warum ist er dann unfähig, ihm zu helfen, Gili hängt so sehr an ihm, er müsste jetzt eine Quelle der Stärke für den Jungen sein, Gilis Familie bricht auseinander, was spielt es da für eine Rolle, ob es ihm schwer fällt oder nicht, er soll sich zusammennehmen, und sie sagt, vermutlich identifiziert er sich zu sehr mit ihm und kann ihm deshalb nicht helfen, aber reg dich nicht so auf, das geht bestimmt vorbei, in ein paar Wochen wird er sich beruhigt haben und alles wird wieder gut, nimm es doch nicht so schwer.

In ein paar Wochen werde ich nicht mehr wissen, wer ihr überhaupt seid, schreie ich, und auch Gili wird euch schon vergessen haben, du weißt doch, wie das bei Kindern ist, sie haben ein kurzes Gedächtnis, geh jetzt, ich bin nicht bereit, dich unter diesen Umständen zu sehen, nur wenn du offen herkommst, lasse ich dich in die Wohnung, und sie steht erschrocken auf und wickelt sich in ihren überflüssigen Mantel, du übertreibst, Ella, ich hätte nicht gedacht, dass du so reagierst, du übertreibst genau wie er, deshalb habt ihr es auch so schwer miteinander, sie seufzt, weil ihr euch so ähnlich seid. Ähnlich, schreie ich, wie kannst du nur sagen, dass ich ihm ähnlich bin, siehst du nicht, dass er überhaupt kein Mensch ist, unmenschlich ist er, unmenschlich.

Er ist dein Vater, sagt sie, als wäre es meine eigene Schuld, als hätte ich ihn mir ausgesucht, nicht sie, ich hoffe, dass du deine Meinung änderst, Ella, du brauchst mich seinetwegen nicht zu bestrafen, und ich sage, aber was er tut, ist viel schlimmer, er bestraft meinen Sohn, und zwar meinetwegen, und das akzeptiere ich nicht. Warum stellst du dich nicht mal vor ihn und sagst, das ist auch meine Wohnung, und Gili ist hier willkommen, wann immer er Lust dazu hat, und wenn es dir nicht passt, dann geh weg, das würde ich gern mal sehen.

Ich wehre mich auf meine Art gegen ihn, sagt sie leise, und ich stöhne, auf deine Art? Indem du hinter seinem Rücken hierher kommst? Das heißt nicht sich wehren, du lässt es zu, dass er dich mit Füßen tritt, wieso erkennst du das nicht, ich lasse mich von Amnon wegen viel weniger scheiden, ich lasse mich vor lauter Angst, einmal so zu werden wie du, von ihm scheiden, und sie verzieht das Gesicht, greift sich an ihren geschwollenen Bauch, als würde er ihr wehtun, und ich betrachte ihren Zopf, dünn wie ein Mäuseschwanz, den sie sich stur und altmodisch um den Kopf wickelt. Ich hoffe, du hast bessere Gründe für deine Scheidung, Ella, und vergiss nicht, dass eine Ehe ohne Verzicht nicht möglich ist.

Wirklich, frage ich spöttisch, und worauf verzichtet er? Er hat noch nie in seinem Leben nachgegeben oder auf etwas verzichtet, und sie sagt, er hat auf eine Frau verzichtet, die so glänzend ist wie er, er hat eine Frau gewählt, die ihn versorgt, statt eine, die ihm ebenbürtig ist, glaub nicht, dass ich das nicht weiß, und manchmal tut er mir sogar Leid wegen dieses Verzichts, und weißt du, in meinen Augen ist das Liebe. Trotzig strafft sie die Schultern, in deiner Generation ist Liebe zu etwas geworden, was man abwiegt, worüber man verhandelt, er nimmt keine Rücksicht auf mich, aber soll ich deshalb etwa aufhören, ihn zu lieben, und mich in einen anderen verlieben, der auf mich Rücksicht nimmt? Für uns, in meiner Generation, ist die Liebe etwas Schicksalhaftes, etwas, worüber man nicht diskutieren kann, und ich erschrecke wieder, als ich merke, wie groß ihr Stolz ist angesichts ihrer kümmerlichen Errungenschaft, dem Recht, den Professor zu bedienen, dafür zu sorgen, dass er etwas zu essen hat und seine Kleidung sauber ist, ein Stolz, der im Lauf der Jahre sogar noch gewachsen ist. Sie beugt sich zu mir und versucht, mich auf die Wange zu küssen, aber ich weiche mit der Flinkheit zurück, die ich mir für ihre Berührungsversuche angeeignet habe, sie seufzt und sagt, dann gute Nacht, ich hoffe, du änderst deine Meinung noch, ich rufe dich morgen an, und ich sage, nur wenn er seine Meinung ändert, ändere ich auch meine, keine Sekunde eher.

Dann mache ich schnell die Tür hinter ihr zu und spähe durch den Spion in das dunkle Treppenhaus, höre, wie sie nach dem Lichtschalter tastet, bis sie aufgibt und im Dunkeln die Stufen hinuntergeht, und auf dem Sessel ist ein haariges Geschöpf in abstoßenden Farben zurückgeblieben, ich weiß nicht, ob sie es vergessen oder absichtlich dagelassen hat, ich nehme den Pullover auf den Schoß, er riecht nach Bratfett, nach Alter und den Gerüchen meiner Jugend, und ich nehme eine Schere aus der Schublade und zerschneide ihn ganz langsam in kleine Wollfetzen, die auf den Boden sinken und ihn schließlich bedecken, wie ausgerissene Haare.

4 Er wirft das Gewand seiner neuen Trauer ab, als ich ihm von der Einladung erzähle, direkt am Bett, wie ein Geschenk, das ihm die Fee unter das Kissen gelegt hat, wie bei einem verlorenen Milchzahn, Jotam lädt dich ein, zu ihm zu kommen, verkünde ich, als er die Augen aufmacht, und sofort lächelt er erstaunt, wirklich? Heute? Er steht auf, umarmt mich, die nackten Füße auf dem Hals der Löwin, sein harter schmaler Körper drückt sich an mich, sein warmer Kopf liegt auf meiner Schulter, seine Haare streicheln meine Wange, gibt es auf Erden überhaupt eine vollkommenere Nähe als diese morgendliche Umarmung, wenn er aus dem Schlaf zu mir emporsteigt, sich in meinen Armen windet, als würde er eine schmale Strickleiter hinaufsteigen, duftend und hingegeben wie ein Baby, in seinen Wimpern klebt eine gelbliche Kruste, wie erstarrter Eidotter, das Gesicht ruhig, ohne jede Spur des gestrigen Weinens, der verzweifelten Forderungen. Wir ziehen uns schnell an, sage ich, denn Jotam wartet schon, er hat vorhin angerufen, als du noch geschlafen hast, zweimal, ich wiederhole den Namen noch einmal, als wäre er eine Bürgschaft für den Beginn eines gesegneten Tages, er wird mit seinen neuen Freunden beschäftigt sein und nicht darauf achten, dass sein Vater nicht mehr da ist und seine Großeltern verschwunden sind. Seine entschlossene Fröhlichkeit, als wir in den strahlenden Herbstmorgen hinaustreten, macht mir Mut, blasse Wolken ziehen über den Himmel wie leichte Segelboote, und ich habe das Gefühl, dass auch wir ein kleines festes Segelboot sind, nur für zwei Personen bestimmt, wären wir

drei, würden wir schwanken und kentern, jetzt, ohne ihn, haben wir es leichter, eine Mutter und ihr Sohn, ein Sohn und seine Mutter, was gibt es Einfacheres?

Du humpelst fast gar nicht mehr, sagt er erstaunt, umkreist mich wie ein Schmetterling, das ist, weil ich dir einen Kuss auf die wehe Stelle gegeben habe, ich bin sicher, dass ich bei Jotam viel Spaß haben werde, aber du bleibst erst mal bei mir, ja? Und ich sage, das ist mir nicht so angenehm, ich kenne seine Eltern kaum, aber er lässt sich nicht beirren, hüpft von einem Haus zum anderen, vielleicht ist es das da, oder das, sein Blick wandert über die Fassaden aus schweren, grob behauenen Steinen, manche Häuser tragen kokette Hüte aus Ziegeln auf dem Kopf, die meisten haben jedoch flache graue Dächer, der lange Sommer hat die wenigen Pflanzen der Stadt ausgedorrt, hat die Farben weggewischt, die Straße wirkt wie ein in der Sonne ausgeblichenes Aquarell, sogar die Geräte auf dem Spielplatz haben ihre Farben verloren, die Rutsche und die beiden Wippen, der zerrupfte Grünstreifen. Genau gegenüber vom Spielplatz, hat sie gesagt, da ist das schöne Mehrfamilienhaus, es sieht aus, als wäre es erst kürzlich renoviert worden, alt und neu zugleich, die Steine leuchten in der Sonne, mit schmalen langen Balkons zur Straße, und oben, auf dem obersten Balkon, steht eine kleine Gestalt und winkt und schreit, Gili, hier bin ich.

Vielleicht gehst du allein hinauf, sage ich probeweise, Unbehagen erfasst mich beim Anblick dieses prächtigen Hauses und der dem Schabbat hingegebenen Straße, überall sind festlich gekleidete Menschen mit Gebetbüchern in der Hand auf dem Heimweg von der Synagoge, es scheinen dieselben Menschen zu sein, die wir gestern gesehen haben, als wir nach Hause gingen, es gibt keinen Grund, den Schabbat zu suchen, er verfolgt uns, anhänglich und irritierend, wie ein

Gast, den man zwar erwartet hat, dessen man aber schon bald überdrüssig wird. Es ist mir unangenehm, sie jetzt zu stören, versuche ich ihm klar zu machen, ich kenne sie kaum, sie haben dich eingeladen, nicht mich, und ich erinnere mich an den distanzierten Blick des Mannes, der auf der Matte hinter Michal saß und ihren Nacken massierte, aber Gili bleibt stur, und ich folge ihm, nur für ein paar Minuten, verkünde ich, als sein Rücken hinter der Treppenbiegung verschwindet. Ich glaube Jotams Schritte zu hören, der ihm laut keuchend entgegenhüpft, und plötzlich fällt etwas Großes herunter, saust an mir vorbei und landet mit einem Knall auf dem Marmorfußboden unter uns, ich erschrecke, was war das, aber dann höre ich sie lachen, wir werfen Wasserbeutel, kreischt Gili stolz und übermütig, aber mir fällt es schwer, mich zu beruhigen, der Anblick des hellen Gegenstands, so groß wie ein Säugling, der an mir vorbeigesaust ist, lässt mich nicht los, und ich beschwöre sie, beugt euch nicht über das Geländer, sonst fallt ihr noch selbst hinunter, geht in die Wohnung, dieses Spiel ist wirklich gefährlich, und ich folge ihnen durch die weit geöffnete Tür, ohne zu klingeln, als handelte es sich um meine Wohnung und um meine beiden Kinder, um meine schöne, menschenleere Wohnung. Trotz des höflichen Hüstelns, das ich hören lasse, um mich bemerkbar zu machen, geht keine Tür auf, Jotams Zimmertür wird sogar zugeknallt, Gili ist drin, aber sofort reißt er sie wieder auf und ruft, geh noch nicht weg, Mama, warte noch ein bisschen, und ich frage sofort, Jotam, wo sind deine Eltern? Sie schlafen noch, sagt er, und ich stehe hilflos in der Tür, betrachte widerwillig die gepflegte Wohnung. Ein gemütliches braunes Ledersofa steht auf dem Holzfußboden, davor ein breiter Perserteppich und ein offenbar antiker Schaukelstuhl, an den Wänden hängen dunkle Fotoarbeiten, dazwischen ein großer Spiegel mit einem üppig verzierten Rahmen, ich sehe darin mein besorgtes Gesicht, ungeschminkt, mit wilden Haaren, eine ungebetene Besucherin.

Auf dem Esstisch steht eine armenische Obstschale mit schwarzem Muster, darin purpurfarbene Birnen, die aussehen wie aus Ton, ich kann mich nicht beherrschen und strecke die Hand nach einer aus, um zu prüfen, ob sie echt sind, sie fühlt sich hart und kühl an, ich schaue mich um, ob mich auch keiner sieht, und dann beiße ich hinein, bereit, mit den Zähnen die harte Keramik zu spüren, aber zu meiner Überraschung ist sie saftig und weich, erstaunlich süß, ich beiße noch einmal hinein, laufe zwischen den Möbeln umher. So leben sie also, das sind die Gegenstände, die man zwischen den Trümmern des Hauses fände, wenn es jetzt einstürzen würde, ich versuche die stummen Fundstücke zum Sprechen zu bringen, mit ihrer Hilfe das Wesen der Bewohner und ihren gesellschaftlichen Rang zu bestimmen, als stünde ich vor einem Wohnhaus, das bei einer Ausgrabung entdeckt wurde.

Ich meine, das Knarren einer sich öffnenden Tür zu hören, bereite mich schon darauf vor, Michal freundschaftlich anzulächeln, und schlucke schnell das halb zerkaute Stück Birne hinunter, aber zu meiner Verwirrung ist nicht sie es, sondern ein verschlafener hagerer Mann in einem schwarzen T-Shirt und mit Boxershorts, so rot wie die Birnen und dazu weiß gepunktet, die Shorts sind ihm zu groß, er sieht aus wie ein Junge, der die Unterhose seines Vaters anprobiert, er kommt mit mechanischen kurzen Schritten in meine Richtung, aufrecht und gespannt und in Gedanken versunken wie ein Mondsüchtiger, mit fast geschlossenen Augen, und geht, ohne mich zu bemerken, zur Toilette, die von der Diele abgeht, stellt sich vor die Schüssel und pinkelt konzentriert, sein stotternder Urinstrahl ist durch die weit offen stehende Tür zu hören, ich kann den Blick nicht abwenden, schlage meine Zähne in die Birne, um nicht in Lachen auszubrechen, und zu meiner Überraschung sehe ich, wie er sich über die Toilette beugt, buckelnd wie eine trinkende Katze, sein Kopf verweilt dicht über der Schüssel, bewegt sich hin und her, als hege er Zweifel an seinem Fund, dann richtet er sich auf und verlässt den Raum, ohne die Wasserspülung zu betätigen, und geht in die Küche, drückt auf den Schalter des Wasserkochers und schaut sich um, wie um sich zu vergewissern, dass nichts fehlt, und erst da entdeckt er mich.

Hätte ich nicht plötzlich angefangen zu lachen, hätte er mich vielleicht noch immer nicht bemerkt, aber ich kann mich nicht beherrschen, ich lehne an der Wand und lache so lange, bis es mir wehtut, das Lachen bricht aus meiner Kehle wie ein zäher Brei, und er steht vor mir, mit einem überraschten Gesicht, betrachtet mich feindselig und streicht sich gedankenlos mit der Hand über die Brust, die sich hart unter seinem T-Shirt abzeichnet, und ich halte die rote Birne hoch, als wäre sie ein Glas Wein, mit dem ich ihm zuprostete. Köstliche Birnen habt ihr, murmle ich, ich war sicher, sie seien nicht echt, und er mustert mich mit offenem Unwillen und fragt, kennen wir uns, mit einer kalten Stimme, die deutlich macht, dass er nicht so amüsiert ist wie ich, und ich sage, nicht wirklich, ich bin Gilis Mutter, Michal hat Gili eingeladen, mit Jotam zu spielen, vermutlich sind wir zu früh gekommen. Es tut mir Leid, dass ich Sie in Verlegenheit gebracht habe, füge ich hinzu, und wieder steigt Lachen in mir auf, im Spiegel gegenüber sehe ich meinen Mund, der sich weit öffnet, aber er stimmt nicht in mein Lachen ein, er wirft den Kopf zurück wie ein Pferd. Sie hätten wenigstens etwas sagen können, guten Morgen zum Beispiel, murrt er, Sie hätten mich warnen können, dass ich nicht allein bin, ich habe nicht gewusst, dass ich beobachtet werde, und sofort läuft er zur Toilette und drückt die Wasserspülung, und ich habe das Gefühl, dass auch sie ihn auslacht und jubelnd gurgelt, und ich sage, ich habe Sie nicht beobachtet, ich war einfach hier, es tut mir Leid, vergessen wir es, sagen Sie mir nur bitte, was haben Sie in der Kloschüssel gesucht, es gelingt mir nicht, meine Neugier zurückzuhalten, und er sagt, Blutspuren, und ich wiederhole erstaunt, Blutspuren? Warum? Er sagt, das ist so eine Angewohnheit von Leuten mit einer problematischen genetischen Veranlagung.

Und haben Sie welche gefunden, frage ich ein bisschen besorgt, und er sagt, nein, erfreulicherweise nicht, aber morgen früh werde ich wieder nachschauen, Sie können gerne kommen und mir dabei zusehen, und jetzt zeigt sich auf seinem Gesicht ein verhaltenes, vorsichtiges Lächeln, das erst in seinen Augen auftaucht und plötzlich heller wird. Wollen Sie einen Kaffee, fragt er, wenn Sie nun schon hier sind, trinken Sie etwas, und ich beeile mich zu sagen, nein, danke, ich muss gehen, es sieht so aus, als würde Gili mich nicht mehr brauchen, aber er beharrt darauf, wird von Minute zu Minute freundlicher, warten Sie, der Kaffee ist schon fertig, schnell gießt er das kochende Wasser in eine große Kanne, scharfer Kaffeeduft erfüllt den Raum, und ich lasse mich davon verführen, setze mich an die Anrichte in der modern gestalteten Küche und betrachte, diesmal mit Erlaubnis, die Bilder an den Wänden, die Zettel auf dem Kühlschrank, um nicht zu dem Mann hinüberzuschauen, dem die unabsichtliche Stripteasevorführung langsam Spaß zu machen scheint. Er läuft aufrecht herum, noch immer in Unterhosen, gießt Kaffee ein, stellt eine Zuckerdose und ein passendes armenisches Milchkännchen vor mich hin, dazu eine Schale mit sternförmigen Schokoladenkeksen, und ich schiele mit Unbehagen zu dem langen Flur, gleich wird sie dort auftauchen und ihren Mann mir gegenüber sitzen sehen, in Unterhosen, was wird sie dann bloß denken?

Vielleicht ziehen Sie lieber etwas an, schlage ich dem Mann vor, dessen Namen ich nicht weiß, was wird Michal denken, und er grinst, zeigt seine viereckigen hübschen Zähne, mich verlegen zu machen hat Sie doch nicht gestört, und jetzt ist es an Ihnen, verlegen zu sein, und ich genieße seinen herausfordernden Ton, was macht es mir eigentlich aus, es ist sein Problem, nicht meins, trotzdem wünsche ich ihr einen tiefen und langen Schlaf. Ich lausche auf die Geräusche des Hauses, einen Moment lang kommt es mir vor, als hörte ich ein leises Wimmern aus einem der Zimmer, kaum hörbar im Jubel der Kinder, und ich schaue mich fragend um, aber er ignoriert meinen Blick, widmet sich den Schokoladenkeksen, tunkt einen nach dem anderen in seinen Kaffee und steckt sie dann schnell in den Mund, bevor sie sich in der Tasse auflösen, und trotzdem zerbröseln sie in seinen Fingern, schon schwimmen Krümel auf dem heißen Kaffee, und er muss sich mit den abgebrochenen Sternen begnügen, er beginnt kein Gespräch, und auch ich nicht, meine Augen verfolgen sein Spiel mit den Keksen.

Essen Sie doch was, drängt er, und ich sage, ich habe keinen Hunger, und er fragt, möchten Sie etwas anderes? Vielleicht noch eine Birne? Ich schüttle den Kopf, in meiner Hand verbirgt sich aus irgendeinem Grund noch der saftige klebrige Rest der Birne, die ich vorhin ohne Erlaubnis genommen habe, und ich suche nach einer Möglichkeit, sie loszuwerden, finde aber keine, ich finde auch kein Gesprächsthema, ebenso wenig wie er, vielleicht beginnt er auch absichtlich kein Gespräch, weder über die politische Lage noch über die Kinder oder die neue Schule, auch nicht darüber, wo ich wohne und was ich beruflich mache, sondern begnügt sich mit den einfachsten Gesten, als hätten wir das alles schon hinter uns, als wären wir ein Paar, das schweigend und vertraut aufwacht. Ab und zu brechen kichernde Laute aus meinem Mund, dann legt er seinen Keks hin und schaut mich mit einem skeptischen Lächeln an, das seinen Gesichtsausdruck vollkommen verändert, wir scheinen zu Komplizen in einem lustigen Lausbubenstreich geworden zu sein, wie Gili und Jotam, die einen Wasserbeutel durch das Treppenhaus geworfen haben, jetzt nehme ich mit erstaunlicher Nonchalance an dem Spaß teil, belästige ihn nicht mit höflichen Fragen, obwohl ich mich über ein paar Informationen gefreut hätte, ich betrachte seinen hageren Körper, versuche, mich mit dem zu begnügen, was ich sehe, straffe Schultern, nackte jungenhafte Oberschenkel, ein längliches, wie aus Holz geschnitztes Gesicht, zwei senkrechte Falten auf den Wangen, tief liegende, weit auseinander stehende Augen mit schweren Augenbrauen, volle dunkle Lippen, und wenn er mich jetzt küssen würde, würde ich für einen Moment den Berg von Sorgen vergessen, der auf mir lastet. Seine Lippen würden sich auf meine legen wie eine warme Decke im Winter, mich beruhigen und befriedigen, und ich betrachte sie, noch nie habe ich so lebendige, ausdrucksvolle Lippen gesehen, nie dieses Verlangen nach einem überraschenden Kuss gespürt, der eigentlich nicht für mich bestimmt ist. Plötzlich hört er auf zu kauen und schaut mich an, leckt seine Finger mit den bräunlichen Kuppen, und aus seinen Augen unter dunklen Bögen, die wie Regenwolken über ihnen hängen, kommt ein Blick, tief und schwer, und er fragt, ist alles in Ordnung mit Ihnen? Ich versuche zu lächeln, warum fragen Sie das? Er sagt, weil Sie besorgt aussehen, und statt zu antworten, nehme ich mit der freien Hand eine Serviette und wische mir die Tränen aus den Augen, alles in Ordnung, möchte ich sagen, das alte

Lachen und das neue Weinen mischen sich, süß und salzig, eine unmögliche Kombination, und ich presse die Lippen zusammen, um den Seufzer zurückzuhalten, der in mir aufsteigt.

Hören Sie etwas? Vielleicht weint eines der Kinder?, frage ich vorsichtig, und er sagt, nein, ich höre nichts, aber seine Stimme hat den beruhigenden Klang verloren, die Worte rollen schnell über seine Lippen, die scheinbare Gleichgültigkeit ist gespielt, Worte, die etwas verwischen sollen, waren Sie gestern bei der Schabbatfeier? Ich erinnere mich nicht an Sie, ach ja, ihr seid zu spät gekommen, was für eine gezwungene Zeremonie das war, es ist immer dasselbe, warum gibt es nie etwas Überraschendes, ich habe schon genug Zeremonien mit unserer großen Tochter mitgemacht, Gili ist Ihr erstes Kind, nicht wahr, fragt er, und ich antworte, ja, das erste und letzte. Ist es so schlimm, fragt er lächelnd, und ich sage, im Gegenteil, so gut, und er sagt, das verstehe ich nicht. Dann ist das Knarren einer sich öffnenden Tür zu hören, und wir schauen beide zum Flur, eine misstrauische Erwartung zeigt sich auf seinem Gesicht, als könne dort gleich eine weitere fremde Frau auftauchen, aber es sind unsere Kinder, die aus der Tür rennen, und wieder staune ich über die Ähnlichkeit zwischen ihnen und frage mich, ob er sie auch sieht. Papa, kriegen wir Kakao, zwitschert Jotam, kriegen wir Kekse? Sein Vater zieht ihn zu sich heran, krieg ich vorher einen Kuss? Ich habe heute Morgen noch keinen Kuss bekommen.

Wie ein kleiner Affe klettert sein Sohn auf seine Knie und küsst seinen Hals an der Stelle, wo die Haut schlaff ist, und gleichzeitig drücken sich die schönen, vollen, nach Kaffee und Keksen schmeckenden Lippen auf die Stirn des Jungen zu einem lauten, demonstrativen Kuss, aber seine Augen schauen mich dabei an, und ich schiebe meine Zunge über die Lippen, ein angenehmer Schauer durchfährt mich wie die zarte, lang verschüttete Erinnerung an eine frühere Liebe, nicht wie sie war, aber wie sie hätte sein können. Papa, deine Küsse sind zu feucht, Jotam windet sich, befreit sich aus der Umarmung, schnappt sich den Teller mit den Keksen und hält ihn Gili hin, hier, nimm, die haben meine Mama und ich zusammen gebacken, aber Gili streckt die Hand nicht aus, erst jetzt fällt mir auf, dass er mich prüfend betrachtet, mit einem erwachsenen, gekränkten Blick, der mich an Amnons Blick in den letzten Wochen erinnert, und er sagt, ich habe keinen Hunger, obwohl er Kekse sonst nie ablehnt, und Jotam nimmt ihn am Arm, komm schon, gehen wir in mein Zimmer zurück, aber Gili drückt sich plötzlich an mich, legt seinen Kopf auf meine Knie und murmelt, ich will nach Hause.

Nach Hause, fragt Jotam erstaunt und protestiert gekränkt, aber du bist doch gerade erst gekommen, wir haben doch noch nichts gemacht, komm spielen, komm, kleben wir Bilder ein, du kannst meine Doppelten haben, aber Gili weigert sich, seine Fröhlichkeit ist plötzlich verflogen. Bald kommt mein Papa zu mir, versucht er sich herauszureden, ich will daheim auf ihn warten, und Jotam sagt, du kannst deinen Papa doch später sehen, und Gili erklärt ihm geduldig, mit bedrückter Stimme, aber mein Papa wohnt nicht mehr bei uns, später ist er schon nicht mehr da, weil meine Mama nicht erlaubt, dass er bleibt, und plötzlich wenden sich alle Augen mir zu, auch die dunklen, schwarz umringten, und Jotam betrachtet mich zurückweichend, als wäre ich ein Ungeheuer, und fragt, warum erlaubst du nicht, dass er bleibt? Ich versuche zu lächeln, es ist nicht so, dass ich es nicht erlaube, wir haben eine Abmachung, aber das ist wirklich kein Problem, Gili, ich verspreche dir, dass du Papa nachher siehst, ich rufe ihn gleich an und sage ihm, er soll später kommen, aber Gili hält an seiner schlechten Laune fest, lässt sich nicht von seinem Entschluss abbringen, auch nicht durch Jotams aggressive Drohung, dann lade ich dich nie mehr ein, dann bin ich für immer böse auf dich.

He, wie benimmst du dich denn, mischt sich sein Vater sofort ein, siehst du nicht, wie schwer es ihm fällt? Hilft man so einem Freund? Und Jotam jammert schon, gekränkt von dem Tadel gleich nach dem Kuss auf die Stirn, und auch Gili fängt an zu weinen, enttäuscht von sich selbst und aus Angst vor den Folgen seines plötzlichen Entschlusses, der alles verdorben hat, der seinen Stand bei seinem neuen, begehrten Spielkameraden, dem Vertreter der ganzen Klasse, ins Wanken gebracht hat, und ich atme schwer angesichts der zwei gesenkten Köpfe, die jaulen wie kleine Hunde, mir scheint, als sei mir plötzlich der Weg versperrt, aber es ist keine gewöhnliche Straßensperre mit blinkenden Warnlampen, sondern ein kleiner Junge, ungefähr einen Meter groß und fünfundzwanzig Kilogramm schwer, der ausgestreckt auf der Straße liegt und mich am Weiterkommen hindert, und eine Welle von Groll überschwemmt mich, du wirst mich nicht dazu zwingen, mit deinem Vater zusammenzubleiben, du wirst mich nicht zwingen, deinetwegen auf alles zu verzichten und zu dem Leben zurückzukehren, von dem ich genug habe, doch sofort verfliegt der Groll und macht dem Mitleid Platz, mit welcher Sehnsucht er seinen Freund betrachtet, der wieder von den Armen seines Vaters umschlungen ist, mit welchem Neid, als hätte er selbst nie einen Vater gehabt.

Wie vorher der volle Wasserbeutel, so fallen wir die Treppen hinunter, zerplatzen auf dem Boden, und wie das verspritzte Wasser nicht mehr zurückkehren kann, die Treppen hinauf und hinein in den Wasserhahn, so können auch wir nicht mehr durch jene Tür gehen, diese besonders hohe

Metalltür, als wären die Bewohner Riesen, und während wir mit gesenkten Köpfen das Haus verlassen, ist wieder ein explosionsartiges Geräusch zu hören, als eine mit Wasser gefüllte Tüte vor unseren Füßen zerplatzt wie ein wütender Abschiedsgruß. Ich meine, ein Schimpfen zu hören, sehe aber nicht hoch, ich konzentriere mich auf Gili, der demonstrativ die Nase hochzieht und meine Hand, die seine hält, absichtlich fester drückt, bis es mir wehtut.

Aus den Fenstern dringen das Klappern von Tellern und Besteck, Gesprächsfetzen, Kinderjubel, ein spätes Frühstück, das sich von einem Fenster zum nächsten zieht und dessen Düfte sich mischen, Rührei und Salat und Toast und Kaffee, und ich erinnere mich an die noch fast volle Kaffeetasse, die ich zurückgelassen habe, und wieder überschwemmt mich Zorn, was fällt dir ein, sage ich, am Ende wirst du ohne Freunde bleiben, Jotam hat so auf dich gewartet, er wollte unbedingt dein Freund sein, und du hast ihn enttäuscht, das ist wirklich nicht schön von dir, dich so zu benehmen, und er scheint nur auf mein Schimpfen gewartet zu haben, um in herzzerreißendes Weinen auszubrechen, ich will Papa, du hast mir gestern versprochen, dass Papa heute Morgen kommt, Jotam ist mir egal, du bist mir egal, ich will nur Papa, und ich balle wütend die Hand zur Faust, erst da bemerke ich, dass ich immer noch den Rest der roten Birne umklammere, und statt sie in den nächsten Papierkorb zu werfen, stopfe ich sie mir in den Mund und kaue hingebungsvoll. Der Geschmack des Lachens, das ich gelacht, des Kaffees, den ich nicht ausgetrunken, und der Frage, die ich nicht angemessen beantwortet habe, und der Kekse, die ich nicht gegessen, und des Kusses, den ich nicht bekommen habe, füllen meinen Mund statt der besänftigenden Worte für meinen bitterlich weinenden Sohn, und ich bewege den Rest der saftigen Birne zwischen meinen Zähnen, weigere mich, ihn loszulassen, auch als wir schon unsere Wohnung betreten, in der die vertraute Stimme eines Mannes zu hören ist, und Gili schreit, Papa, rennt zur Küche und macht aus irgendeinem Grund den Kühlschrank auf, als könne ihm von dort sein Vater entgegenkommen, aber es ist nicht Amnons Stimme, vom Anrufbeantworter verkündet Gabi, langsam, wie es seine Art ist, eine ausführliche Nachricht, von deren Ende man auf den Anfang schließen kann.

Jedenfalls, Ella, ruf mich sofort an, wenn du von ihm hörst, ich mache mir wirklich Sorgen, er hat gesagt, dass er eine Runde drehen will, aber er ist die ganze Nacht nicht zurückgekommen und geht nicht an sein Handy, und gestern war er wirklich fix und fertig, er hat gesagt, er hat nichts mehr, wofür er leben kann, und lauter solche Sachen, die ich noch nie von ihm gehört habe. Widerwillig greife ich nach dem Hörer, he, Gabi, ich bin gerade reingekommen, was ist los?

Es ist passiert, was ich befürchtet habe, murrt er, er ist völlig am Boden, du kennst ihn doch, er ist daran gewöhnt, dass ihm alles leicht fällt, jetzt ist er zerbrochen, er hält es nicht aus, er kann damit nicht umgehen.

Gestern war er noch ganz in Ordnung, es hat mich beeindruckt, wie gut er damit zurechtkommt, sage ich und weigere mich, in die allgemeine Besorgnis einzustimmen, die Gabi, trotz seiner bekundeten Anteilnahme, ganz offensichtlich auch genießt, aber er wehrt meine Worte ab, was heißt zurechtkommen, er hat versucht, sich zusammenzureißen, wegen Gili, aber bei mir hat er wie eine lebende Leiche gesessen, er hat nichts gegessen und kein Wort gesagt und die ganze Zeit nur geweint wie ein kleines Kind, glaub mir, ich mache mir nicht umsonst Sorgen, ich kenne ihn, seit er sechs war, ich kenne ihn viel besser als du. Ich versuche, mich diesmal nicht in diesen Wettstreit mit ihm ziehen zu lassen, jahrelang haben wir um Amnons Aufmerksamkeit gewetteifert, ohne Ergebnis, und frage, hast du schon bei Uri und Tami angerufen? Oder bei Michael? Und er sagt, klar, ich habe es schon überall versucht.

Wo kann er dann sein, das Erschrecken fängt schon an, in meiner Kehle zu picken wie ein Vogel mit spitzem Schnabel, zu Gabis großer Freude, endlich begreifst du, dass die Lage ernst ist, ruft er, was hast du denn gedacht? Dass er sich freundlich verabschiedet und seiner Wege geht und nebenbei weiterhin ein wunderbarer Vater für Gili ist? Du hast ja keine Ahnung, er ist nicht der starke Mann, wie er uns immer vormacht, innerlich ist er wie aus Papier, das sofort zerreißt, ich weiß das schon seit Jahren, deshalb habe ich mich bei seinen Fehlern oft zurückgehalten, meiner Meinung nach hättest du das ebenfalls tun sollen.

Ich versuche, die Herrschaft über meine Stimme zurückzugewinnen, du übertreibst, Gabi, meinst du wirklich, ich hätte bis an mein Lebensende bei ihm bleiben müssen, aus Mitleid oder aus Angst, dass er zerbrechen könnte? Glaubst du, damit könnte er leben?

Ja, antwortet er bestimmt, damit könnte er leben, und zwar nicht schlecht, und auch du würdest dich letztlich damit abfinden. Warum hast du es so eilig, dich wieder auf den Markt zu werfen? Es hat sich viel verändert, seit du Junggesellin warst, Ella, da ist vor allem dein Alter. Du hast keine Ahnung, wie es da draußen zugeht, welche Typen du treffen wirst, die Leute sind gestört, einer wie der andere, Amnon wird dir im Vergleich zu ihnen wie ein Glücksfall vorkommen, ich will dir das Leid ersparen, Ella, lass ihn zurückkommen, und Schluss, und lass uns beten, dass es nicht schon zu spät ist, dass er sich noch nichts angetan hat.

Aber Gabi, du verstehst nicht, worum es geht, aus irgendeinem Grund möchte ich ihm unbedingt meinen Standpunkt klar machen, ich habe kein Interesse daran, jetzt jemand anderen kennen zu lernen, ich suche nicht nach einem neuen Mann, ich möchte allein sein, und er unterbricht mich grob, das glaubst du nur jetzt, es gibt keine Frau, die nicht mit jemandem zusammenleben will, es gibt keine Frau in deinem Alter, die nicht noch ein Kind haben will, das kaufe ich dir nicht ab, aber es ist ja auch egal. Im Moment darfst du ihn nicht verlassen, du hast ihn aus freiem Willen geheiratet, niemand hat dich gezwungen, im Gegenteil, wenn hier einer gedrängt hat, dann warst du es, korrigiere mich, wenn ich mich irre, stichelt er, eine Heirat ist keine Bagatelle und ein gemeinsames Kind erst recht nicht.

Ich halte dagegen, in welcher Welt lebst du denn, man kann sich immer trennen, wir sind doch keine Katholiken, du bist selbst geschieden, warum sollst du es dürfen und ich nicht? Weil du ein Mann bist und ich eine Frau? Und er antwortet sofort, nein, weil ich gewusst habe, dass die Folgen meiner Scheidung erträglich sein würden, aber eines ist mir klar, Amnon wird es nicht aushalten, und du trägst die Verantwortung, vor allem deinem Sohn gegenüber. Ich atme schwer, es reicht, Gabi, hör auf, mir zu drohen, lass mich erst mal herausfinden, wo er ist, ich ruf dich dann sofort an, aber statt mich auf das Telefon zu stürzen, falle ich ins Bett, begleitet von einem heftigen Schwindelgefühl, und erst als ich mich auf dem unordentlichen Bettzeug ausstrecke, das ich vor gar nicht langer Zeit verlassen habe, denke ich an meinen Jungen, für einen Moment hatte ich ihn vergessen, als hätte ich ihn froh und zufrieden bei seinem Freund zurückgelassen. Mühsam stehe ich auf, sehe ihn in einer Ecke zusammengekauert, vermutlich hat er gelauscht und das Gespräch mitgehört, das nicht für seine Ohren bestimmt war, und ich höre wieder Gabis Stimme, auch meine, Amnon wird es nicht aushalten, und du trägst die Verantwortung, vor allem deinem Sohn gegenüber, es reicht, Gabi, hör auf, mir zu drohen, lass mich erst mal herausfinden, wo er ist, ich ruf dich dann sofort an, ein Gespräch, das gerade erst geführt worden ist und nun schon wie ein historisches Gerichtsdokument klingt, eine Zeugenaussage vor dem himmlischen Gericht, und dann richtet er sich auf und kommt schwankend auf mich zu, Mama, ich bin müde, jammert er, kann ich bei dir schlafen? Natürlich, mein Schatz, sage ich und strecke ihm die Hand hin, komm, wir ruhen uns beide ein bisschen aus, und er legt sich angezogen und mit Sandalen neben mich, dreht mir den Rücken zu und ist zu meinem Erstaunen im nächsten Moment eingeschlafen.

Nie werde ich von diesen Gesichtszügen genug bekommen, ein kleines entschlossenes Geschöpf, ein Tierjunges, noch ohne Krallen, als wäre es gerade geboren worden, ich betrachte ihn genau, die Verstörung ist auf seinem Gesicht abzulesen, werden seine Augen, die meinen ähneln, immer mit den Lippen streiten, die aussehen wie Amnons, ein neues Scheidungskind, das sogar körperlich gezeichnet ist. Nur mir sieht er ähnlich, hat Amnon bei jeder Gelegenheit betont, von dir hat er überhaupt nichts, du bist nur die Leihmutter, ehrlich, schau ihn dir an, und er hat ihn mit einer solchen Befriedigung betrachtet, als wäre Gili seine Verlängerung auf Erden, doch zugleich fällt es ihm schwer, die immer deutlichere Unterschiedlichkeit ihrer Persönlichkeiten zu akzeptieren. Was ist er doch für ein Jammerlappen, hat er oft genug gesagt, ich habe nie gejammert, das hat er von dir, ich konnte in seinem Alter schon lesen und schreiben, ich verstehe nicht, warum er dazu so lange braucht. Er bewegt sich immer zwischen vollkommenem Stolz und vollkommener Distanzierung, und Gili klammert sich dann ängstlich an mich, er weiß, wie leicht Amnons Lob umschlagen kann.

Amnon, er ist nicht du, weder im Guten noch im Bösen, akzeptiere das endlich, habe ich immer wieder auf ihn eingeredet, nimm ihn an, wie er ist, und Amnon schlug sofort zurück, ausgerechnet du musst das sagen, du bist es doch, die nicht bereit ist, mich so zu nehmen, wie ich bin, hör auf, mir eine Moralpredigt zu halten, und ich sagte, das ist doch nicht dasselbe, bei Kindern ist es etwas ganz anderes. Du hilfst ihm wirklich nicht, wenn du ihn die ganze Zeit beschützt, so viel ist sicher, du gibst zu schnell nach, fuhr er mich an, du ziehst ihn auf wie einen kleinen Prinzen, so bereitet man keinen Jungen auf das Leben vor, und ich sagte, aber genau so bist du erzogen worden, vielleicht bist du nur eifersüchtig, weil hier ein weiterer Prinz geboren wurde, und er schnaubte verächtlich, verschone mich mit deinen Theorien, vielleicht wäre es besser, wir würden ihn getrennt erziehen, das ist wirklich nicht gesund für ihn, immer diese Streitereien, und ich sagte, kein Problem, komm, trennen wir uns, aber die Worte, unentschlossen und ohne Nachdruck dahingesagt, lösten sich schnell auf, als wären sie nie ausgesprochen worden, bis die Absicht langsam und unmerklich reifte, sich den Worten anschloss und sie klar und spitz wie Pfeile machte, gegen ihn gerichtet.

Hörst du, Gabi, ich beteilige mich nicht an seinen Spielchen, das ist es doch genau, was er will, dass meine Sorge ihm die Tür nach Hause öffnet, er benimmt sich wie ein pubertierender Junge, der seine Eltern zum Nachgeben zwingen will. Zu was will er denn zurückkehren, zu endlosen Wortgefechten, zu stichelnden Reibereien, ich weiß ja, aus dem Erlöschen der großen Liebe erwächst manchmal Freundschaft, die sogar noch einzigartiger und kostbarer sein kann als die Liebe, aber bei uns ist nur Rivalität aus den

Ruinen gewachsen, bittere, kleinliche, boshafte Rivalität, wir sind wie zwei Geschwister, die nicht aufhören können zu zanken. Obwohl ich jetzt mit Gabi spreche, sehe ich nicht sein Gesicht vor mir, sondern das Gesicht eines groß gewachsenen, gut aussehenden jungen Mannes mit herbstlaubfarbenen Augen und kleinen Muttermalen auf den milchigblassen Wangen, mit empfindsamen Lippen, ich spreche jetzt zu Gili, wie er später sein wird, zu dem jungen Mann, der in gar nicht allzu vielen Jahren vor mir sitzen wird, der einzige Sohn seiner Eltern, ein junger Mann, dessen Leben durcheinander geriet, als er sechs Jahre alt war, und der versucht, das zu rekonstruieren, was sein kurzes Familienleben ausmachte, schließlich bin ich nur ihm Rechenschaft schuldig.

Ich drehe mich auf unserem Ehebett von einer Seite zur anderen, versuche, den Jungen nicht aufzuwecken, und der dunkle Leinenvorhang bewegt sich im Nachmittagswind, verbirgt das Licht und gibt es wieder frei, mir ist, als würde ein Finger mit dem himmlischen Lichtschalter spielen, bis einem die Augen wehtun. Amseln mit gelben Schnäbeln sammeln sich auf einem Ast der grau werdenden Zypresse vor dem Fenster, von Monat zu Monat nimmt die Zahl ihrer grünen Blätter ab und die Zahl der Würmer zu, die ihre Blätter abnagen, man wird den Baum vor dem Winter fällen müssen, ich glaube, diesmal wird er der Gewalt des Windes nicht mehr standhalten.

Ich spüre den Zorn des Baums und drehe mich auf den Bauch, ein tiefer Hunger geht von ihm aus, gleich wird er eine gierige Hand nach meiner Kehle ausstrecken, um sich etwas zu pflücken, was seinen Hunger stillen kann, und mir fallen die Sternenkekse ein, die Jotams Vater gierig vor meinen Augen verschlang, ich wünschte, ich hätte jetzt solche Kekse neben mir, und mit ihnen die kräftigen Lippen, die sich nicht von ihnen lösten, meine Lippen schieben sich ihnen entgegen, spannen und wölben sich, mein ganzes Gesicht besteht aus hungrigen Lippen, wie provozierend er die Stirn seines Sohnes geküsst und mich dabei angeschaut hat, ich kichere leise unter der Decke, wie ein junges Mädchen, das sich ein aufregendes Geheimnis bewahrt, und ich beuge mich über den schlafenden Gili und küsse ihn zart auf die Stirn, feucht, lange.

Genau über seinem Kopf, wie eine Blase, die aus seinem Unterbewusstsein aufsteigt, hängt das eingerahmte Foto, ich betrachte es und nehme es von der Wand, der wacklige Nagel, der es gehalten hat, fällt sofort heraus, streut etwas Kalkstaub auf Gilis Gesicht, ich blase vorsichtig darüber, betrachte das Bild, drei lächelnde Gesichter, wie drei drohend erhobene Finger, ein irritierender Beweis dafür, dass wir auch noch Momente des Glücks haben konnten, und sie sind gar nicht so lange her. Hier drängen wir uns unter einem schwarzen, mit Schneeflocken bedeckten Regenschirm zusammen, Amnon bückt sich angestrengt, hält den Schirm wie einen Schutzschild über uns, Gili sitzt auf seinem Schoß, mit roten Wangen, das Gesicht voller Schnee, und ich, ich muss zugeben, dass ich das bin, lächle zufrieden zwischen meinen beiden Männern, eine Hand im roten Fäustling auf Amnons Arm, eine Sonnenbrille auf der Nase, nein, niemand hätte es ahnen können, nichts auf dem Bild deutet auf das nahe Ende hin. Wir waren an jenem überraschend weißen Morgen hinuntergegangen in den Hof, das Glück des Jungen hat uns angesteckt, und haben die Nachbarn gebeten, uns zu fotografieren, dann machten wir uns noch die Mühe, das Foto zu rahmen und aufzuhängen.

Ja, es gab solche Tage, als ich nicht mehr wollte, als dass wir drei zusammen waren, drei in einem Haus, drei im Auto, drei im Flugzeug, wie ein kleines Mädchen zwischen

Vater und Mutter, bleib bei uns, lauf nicht weg, bat ich immer, und Amnon sagte dann etwas von Arbeit, von dringenden Telefongesprächen oder Terminen, früher waren wir zu zweit, zischte er, hast du schon vergessen, was das ist, ein Paar? Und trotzdem – wie natürlich, wie selbstverständlich war diese Dreiergruppe, die da im Schnee stand, im Auto fuhr, zu Abend aß, doch von nun an wird jedes Treffen zu dritt so traurig sein wie eine Begräbnisfeier, und auch nach Jahren, wenn der Schmerz abgestumpft sein wird, werden ein einziges Wort, ein einziger Blick ausreichen, um uns zu erinnern, heute ist der hundertste, der zweihundertste, der fünfhundertste Tag seit unserer Beerdigung.

Plötzlich ist nichts mehr unschuldig, nicht der Schlaf des Jungen noch der Blick des fremden Mannes mit seinem Mitgefühl für ein Leid, das nicht seines ist, nicht die Kekse, die sich im Kaffee auflösen, und nicht das Telefon, das nicht abgenommen wird, alles erzeugt Angst, und einen Augenblick lang blendet das neue Leben meine Augen mit einem unerträglichen Glanz, dann wieder wirkt es dunkel und bedrohlich wie ein Urwald. Dort gehen wir zwischen Bäumen spazieren, sie sind lang und schlank wie Lanzen, und suchen einen Friedhof, um unsere Liebe zu begraben, bevor es Abend wird, wollen wir zurück sein, um nicht mit der Leiche die Nacht verbringen zu müssen. Mit bloßen Händen graben wir in der feuchten Erde, wo finden wir einen passenden Platz für sie, eine Liebe, die sich abgenutzt hat, die krank geworden ist, ihr Körper wie der eines Menschen, der in seiner guten Zeit stark und stabil war, eine Liebe, die nun aber, da sie auf der Bahre zu Grabe getragen wird, so klein aussieht wie ein Vogel, und alle Nahestehenden wundern sich, ist sie das wirklich, wie auffällig klein sie in den Monaten ihrer langen Krankheit geworden ist. Gleich wird sie von der Erde verschluckt werden, aber wir sind dazu verurteilt, das Haus unseres Lebens neu aufzubauen, genau über dem frischen Grab, wie die Bewohner einer zerstörten Stadt immer wieder zurückkommen und ihre Häuser auf den Trümmern aufbauen, nichts ahnend gehen wir darauf umher, im Sommer mit Sandalen und im Winter mit schweren Schuhen, wir werden das Haus mit neuen Teppichen auslegen und Möbel hineinstellen, und nur manchmal erinnern wir uns erschauernd an die Leichen unter dem Fundament unseres Hauses.

Der kalte Luftzug eines Herbstabends weckt mich aus dem düsteren Schlummer, die Decke klebt an Gilis Körper, und ich zittere in meinen Kleidern vor Kälte, aber meine Glieder schlafen noch, wie kann ich so aufstehen und die Decke vom Schrank holen, und wieder betrachte ich den toten grauen Baum, vielleicht wird er über mir zusammenbrechen und mich mit seinen Zweigen bedecken, eine letzte Barmherzigkeit zum Abschied, bevor der schwere und bedrückende Winter kommt, und wieder schlafe ich ein, umarme die trockenen Zweige, und in das Schweigen dieses seltsamen lähmenden Tages dringt über den Anrufbeantworter wieder die aggressive Stimme Gabis, meines alten Feindes, der Amnon schon seit Jahren gegen mich aufhetzt und versucht, ihn mit seinen Geschichten für die Freuden des Junggesellenlebens zu begeistern. Ella, er ist verschwunden, ich weiß nicht, wo er noch sein könnte, niemand hat etwas von ihm gehört, sein Handy ist ausgeschaltet, wir müssen gemeinsam überlegen, was wir machen sollen, sonst rufe ich die Polizei an, und erst da stehe ich auf, meine schläfrige Schwäche ist plötzlich verschwunden, und ich werde von einer fieberhaften Wachheit gepackt, das Herz pocht in meiner Brust, und ich laufe in den Zimmern herum, als suchte ich nach einem Zeichen, gehe die Namen von Bekannten im Notizbuch durch, wähle hastig, ohne nachzudenken, bringe mich selbst durch überflüssige Gespräche in Verlegenheit, nur um gleich den nächsten anzurufen, und bleibe doch ohne Anhaltspunkte.

Wo bist du? Sogar meinen Liebsten werde ich dich nicht mehr nennen, weil das Herz, dem du teuer warst, vor dir verschlossen ist, und den Geliebten meiner Jugend werde ich dich nicht nennen, weil es andere vor dir gab, und meinen Mann werde ich dich nicht nennen, weil mir dieses Wort verhasst ist, und Vater meines Sohnes werde ich dich nicht nennen, weil du diese Ehre nicht gewollt hast, und alle anderen Besitz- und Koseworte liegen zwischen uns wie billiges Spielzeug in der Schublade eines erwachsen gewordenen Kindes, uns sind weder Worte noch zarte Gefühle geblieben, nur Erinnerungen an eine verblasste Liebe, schmutzig wie Servietten nach einem Festessen.

Wo bist du, Amnon, ich spreche deinen schönen Namen, den Namen, den ich immer geliebt habe, den nicht ich dir gegeben habe und den ich dir nach dem Ende meiner Liebe nicht nehmen kann, den Namen eines schwachen wollüstigen Königssohns, und damals, als du dich vorstelltest, hätte ich fast gesagt, und ich heiße Tamar, so sehr wollte auch ich die Tochter eines Königs sein, deine Halbschwester, und dich mit einer lange vergangenen Geschichte an mich binden, einer bitteren Geschichte, aber damals sah ich in meiner Fantasie nur ihren verlockenden Anfang vor mir. Und es begab sich: Absalom, der Sohn Davids, hatte eine schöne Schwester, die Tamar hieß; und Amnon, der Sohn Davids, gewann sie lieb ... Du hast mir zuliebe deine Sonnenbrille abgesetzt, und deine blauen Augen blitzten in deinem braunen Gesicht, du hast dich zu mir gebeugt, mir deine große Hand hingehalten und gefragt, bist du mit deiner Klasse hier? Du hast mich für eine Gymnasiastin gehalten, ich habe dich vergnügt korrigiert, mit was für einer Klasse, ich bin schon fast mit dem Studium fertig, und erst in diesem Moment sah ich, dass das graue Hemd, das dir am Körper klebte, nur Staub war, und als du mich weiter anschautest, senkte ich den Blick und arbeitete weiter, klopfte, die Sandschicht ab, die an meinen Händen kleben blieb, klopfte, wie man an eine Tür klopft, einen Meter unter der Erde, Tausende von Jahren unterhalb unserer Gegenwart, ich werde ein Haus finden, und es wird mir gehören, die Knochen eines Mädchens werde ich dort finden, und sie wird meine Schwester sein, sie saß gewiss hier im Ausgrabungsquadrat, dessen Ränder mit Sandsäcken befestigt waren, wie in Kriegszeiten. Ich fuhr fort, mir demonstrativ die Erde abzuklopfen, ich sehe noch vor mir, wie du nachdenklich herumgewandert bist, du strahltest Sicherheit aus, deine Jeans waren schmutzig und nachlässig an den Oberschenkeln abgeschnitten, dünne Fäden hingen herunter, und dann kamst du mit schnellen Schritten zu mir zurück, deutetest befriedigt auf mich, als hättest du ein Rätsel gelöst, jetzt weiß ich, wo ich dich gesehen habe, du bist an die Wand von Thera gemalt, der minoischen Ausgrabungsstätte, man nennt dich die Pariserin, und ich fragte, wo? Und du sagtest, in Thera, das ist der alte Name für Santorini, die Insel, die auseinander brach, warst du noch nie dort? Es sind wunderschöne Wandzeichnungen erhalten geblieben. Zu meinem Erstaunen zogst du ein Dia aus der Hosentasche, und ich betrachtete es gegen das Licht und sah meinen dunklen Blick in einem blassen, eleganten Gesicht. Kaum zu glauben, hast du gemurmelt, du hast dich zu mir gebeugt und mir ins Gesicht geschaut, du existierst schon seit viertausend Jahren.

Vielleicht ist er dorthin zurückgekehrt, zu dem zerstörten Tel Jesreel, zu der königlichen Ausgrabungsstätte, die von einem tiefen Graben umgeben ist und über die reichen Täler des Nordens blickt, deren Städte in Flammen aufgegangen sind, eine nach der anderen, Beit She'an, Tanach, Megiddo. Vielleicht ist er dorthin zurückgekehrt, zu der Stätte, die nur wenige Jahre nach ihrer Gründung bereits zerstört worden war und nie wieder die Bedeutung erlangte, die sie einmal gehabt hatte, zu der quadratischen, mit Staub bedeckten Ausgrabungsstätte, wie still ist es dort bei Nacht, still und gefährlich, und ich stütze mich an die Wand, sehe seinen Körper vor mir, von Kopf bis Fuß mit Staub bedeckt wie von einem Gewand, sehe, wie er still und kalt auf dem Boden der Ausgrabungsstätte liegt wie in einer antiken Grabhöhle, wie wenig lassen wir doch zurück, und diese schreckliche Vision packt mich mit Gewalt, bis ich das Gefühl habe, dass meine Hüften brechen, wieder und wieder versuche ich, ihn anzurufen, hinterlasse sanfte Nachrichten, ich mache mir Sorgen um dich, ich habe nicht gedacht, dass du es so schwer nimmst, so oft hast du mir mit einer Trennung gedroht, ich habe gedacht, dieser Schritt wäre für uns beide richtig, ich habe dir nichts Böses antun wollen, und von Minute zu Minute wird mir klarer, dass dies vielleicht kein dummer Streich ist, sondern der Anfang jener Katastrophe, die mein Vater vorausgesagt hat, und von Minute zu Minute wird mir klarer, dass von mir nur eines verlangt wird, das Schwerste und zugleich auch das Leichteste, das Erhabenste und das Wertloseste, das Vernünftigste und das Gemeinste, von mir wird verlangt, dass ich aufgebe, weil es um die Rettung eines Lebens geht, denn die Katastrophe bewahrheitet sich, und das Glück ist zweifelhaft, ich muss aufgeben, wie sie aufgegeben haben oder aufgeben werden, sie, die Mütter, die auf den Decken saßen und sangen, Friede mit Euch, dienende Engel, Engel des Höchsten, des Königs aller Könige, des Heiligen, gelobt sei er. Ich muss aufgeben, wie unsere Mütter aufgegeben haben, ohne jedes Zögern, denn das ist das Urteil des göttlichen Richters, verstocket euer Herz nicht, wie zu Meriba geschah, wie zu Massa in der Wüste, und dann stehe ich aufrecht da, ernst und angespannt, als stünde ich bei der Gedenkzeremonie auf der Bühne, alle Augen sind auf mich gerichtet, und im Hintergrund hört man schon die herzzerreißende Sirene, die Kette des Leidens reißt nicht ab, und ich leiste laut den Treueschwur, vor dem Wipfel des toten Baumes, der grau ist wie Rauch, vor dem schlafenden Kind, ich, Ella Miller, Tochter von David und Sarah Goschen, verpflichte mich hiermit, vor Gott und den Menschen, vor Bäumen und Steinen, wenn Amnon heil und gesund zurückkehrt, werde ich ihn wieder ins Haus lassen, ich werde ihn bereitwillig empfangen und mit ihm als seine Frau leben, solange er es will, ich verpflichte mich, ohne Zögern meine Absichten fallen zu lassen und zu begraben und sie nie wieder ans Licht zu holen, nicht in Gedanken und nicht in Worten.

5 In Gedanken sitze ich jetzt in seiner voll gestopften Einzimmerwohnung, in die er damals gezogen war, und lese voller Interesse den schriftlichen Ausgrabungsbericht über die Keramikstücke, die man im Schutt von Tel Jesreel gefunden hat und die den Funden aus der Palaststadt Megiddo gleichen, Tonscherben, deren Bedeutung sich nicht abschätzen lässt, die beweisen, dass das großartige und strahlende Königreich Davids und Salomos nichts anderes war als ein kleines Stammesreich, denn es war nicht Salomo, der diese Städte erbaut hat, sondern die Könige des Hauses Omri, und er lächelt mich an, vielleicht werde ich erzählen, wie ich dich dort gefunden habe, sagt er, du bist meine wichtigste Entdeckung, ein minoisches Wandbild, das im Land Israel zum Leben erwacht ist, eine viertausend Jahre alte Frau.

Nicht rangehen, flüstere ich, als das Telefon neben dem Bett klingelt, aber es zerrt mich in die Wirklichkeit dieses Morgens, und ich springe aus dem Bett und greife nach dem Hörer, erkenne enttäuscht Gabis Stimme, und er sagt in geheimnisvollem, stolzersticktem Ton, als hätte er einen Orden für Geisteskraft und Aufopferung erhalten, alles in Ordnung, Ella, ich habe ein Lebenszeichen von ihm bekommen.

Gott sei Dank, ich atme erleichtert auf, wo ist er? Und Gabi gluckst vor Überheblichkeit, feiert seinen Vorteil mir gegenüber, das ist egal, er möchte, dass das unter uns bleibt, ich wollte dir nur sagen, dass es ihm gut geht, und sofort versuche ich, ihn zu dämpfen, siehst du, deine Hysterie war mal wieder unbegründet, wie immer, und er faucht, wenn man jemanden liebt, macht man sich Sorgen um ihn, vermutlich hast du das schon vergessen, und ich sage, und du hast vergessen, dass Amnon vor allem sich selbst liebt und dass er der Letzte ist, der sich etwas antun würde.

Er seufzt, es reicht, Ella, ich habe heute Morgen nicht die Energie, mit dir zu streiten, du kannst dich freuen, dass du dich jetzt auch von mir trennst, seine nächste Frau wird mich ertragen müssen, nicht mehr du. Ich versuche meine Neugier zu unterdrücken und frage mit gespielter Gleichgültigkeit, was, hat er schon eine Neue? Gabi kichert, das habe ich nicht gesagt, nur dass du, wenn du dich von ihm trennst, auch mich verlierst, und das bedauert keiner von uns, und ich bemühe mich um einen freundlicheren Ton, obwohl ich das starke Bedürfnis verspüre, das Gespräch, das so sehr unseren früheren gleicht und trotzdem erschreckend anders ist, zu beenden. Gabi, hör zu, ich muss wissen, wo er ist, ich brauche zumindest seine Telefonnummer, sein Handy ist ausgeschaltet und Gili möchte mit ihm sprechen, und er spielt sich wieder auf, genießt jedes Wort, Süße, ich würde dir die Nummer gern geben, aber Amnon hat mich ausdrücklich gebeten, es nicht zu tun, er will nicht mit dir sprechen, was soll ich machen, mein Einfluss auf ihn hat seine Grenzen.

Du übertreibst, Gabi, zische ich, er hat einen Sohn, Gili sehnt sich nach ihm, gestern hat er den ganzen Morgen versucht, ihn anzurufen, und Gabi stößt einen heuchlerischen Seufzer aus, was soll ich dir sagen, Ella, darüber hättest du vorher nachdenken müssen, man kann nicht den Vater hinauswerfen und zugleich erwarten, dass er jederzeit für seinen Sohn verfügbar bleibt. Ich glaube nicht, dass du in der nächsten Zeit auf Amnon zählen kannst, aber du hast schließlich immer gesagt, dass du Gili allein aufziehst, was macht das also schon für einen Unterschied, du bist doch daran gewöhnt, oder? Und ich fauche in den Hörer, du elender Intrigant, was hast du nicht alles getan, um es uns zu verderben, und lege den Hörer auf, um jede Erinnerung an das Gespräch auszulöschen, aber in meinem Kopf geht es weiter und breitet sich aus. Er will nicht, dass du weißt, wo er ist, er will nicht mit dir sprechen, es ist alles gesagt, und es gibt keinen Weg zurück. Das ist die Trennung, ihre Sprache und ihr Klang, das ist die Trennung, geplant und doch unerwartet, ein Körper, der aufgehört hat zu kämpfen, Systeme, die zusammengebrochen sind, eine Saite, die gerissen ist, ein Feld, in das Feuer gelegt wurde, es ist passiert, und es gibt keinen Weg zurück, es gibt keinen Grund für deinen verspäteten Treueschwur, dein Gelübde ist vernichtet, ungültig und wertlos, ohne Rechtskraft und ohne Bestand.

Wo ist die Erleichterung? Wie ein Glas, das sofort nach dem Auspacken zerbricht, ist sie kaputtgegangen, die Scherben liegen weit verstreut, sie funkeln vor Bosheit, und ich gehe auf Zehenspitzen zwischen ihnen umher, sammle wie jeden Morgen die Kuscheltiere ein, die auf dem Teppich liegen, werfe sie auf das Bett, in dem Gili schlecht geschlafen hat. Von einem Moment zum nächsten lösen sich die Bewegungen von meinem Körper, meine Arme schweben durch das Zimmer, halten die Stofftiere, und ich selbst lehne an der Wand, mit rasendem Atem, da hast du es, flüstern die Flammen, du hast bekommen, was du wolltest, du bist frei, er ist heil und gesund und er wird dir nicht mehr wehtun, das Tor ist offen, das Hindernis weggeräumt, die Schranke ist entfernt, warum gehst du nicht hinaus?

Und während ich mit vor Hitze zerfließenden Augen unser vertrautes Wohnzimmer betrachte, das graue Sofa, das schon am Tag, als wir es kauften, abgenutzt aussah, die beiden leichten Leinensessel, die sich erschöpft gegenüberstehen, als führten sie ein ermüdendes Salongespräch, da scheint mir, als brenne vor allem Sehnsucht in mir, nicht nach Amnon und nicht nach der Fortsetzung unseres gemeinsamen Lebens, das abgeschnitten wurde, sondern nach den einfachen Regungen, die uns begleitet haben, Hunger, der gestillt werden kann, Durst, der gelöscht werden kann, Müdigkeit, die gemildert werden kann, Liebe, die gelebt werden kann, und wie ein kleines Mädchen, dem man eine Lüge geglaubt hat, laufe ich nervös zwischen den Möbeln herum, sinke auf das Sofa, schlage auf die Kissen, die mir mit einer provozierenden Staubwolke antworten.

Ich versuche, mich zu beruhigen, er bestraft mich nur, er entfernt sich, weil er wütend und gekränkt ist, er bemüht sich, seine Anwesenheit ausgerechnet durch seine Abwesenheit zu verstärken, aber es ist klar, dass er zurückkommen wird, wenn du es willst, es hängt noch immer nur von dir ab, aber Gabis wütende Stimme lässt mich nicht in Ruhe, die Andeutung einer neuen Frau, wie ist das möglich, dass am Ende der ersten Woche schon eine neue Frau auftaucht, zwischen meinen Schläfen pocht es, es ist passiert, ich habe die Herrschaft über sein Leben verloren, die Spielregeln haben sich geändert. Es ist geschehen, ob zum Guten oder zum Bösen, es ist Wirklichkeit, kein stürmisches Gespräch mehr, kein vertrauter Streit, keine verführerischen Illusionen mehr, keine euphorische Befreiung, vor dem Berg der Segnungen erhebt sich der Berg der Flüche, wie nahe sie beieinander stehen, wie schwer es ist, zwischen ihnen zu unterscheiden.

Sogar das kalte Wasser brennt auf meiner Haut, als ich unter der Dusche stehe, meine Hände glühen, meine Zunge glüht, und ich trinke von dem Wasser, das sich über meinen Kopf ergießt, und ich höre das nervöse Klingeln des Telefons, begleitet von einem lauten Klopfen an der Tür, ich springe aus der Dusche, ohne mich abzutrocknen, das Wasser läuft aus den Haaren über das Kleid, das sich nun an meinen Körper schmiegt, ich ignoriere das Telefon und renne zur Tür, Wasserdampf steigt auf von meiner Haut, die prickelt vor Erwartung, ihn auf der Schwelle stehen zu sehen.

Wie soll das mit dir weitergehen, Ella, wann lernst du endlich, ans Telefon zu gehen, schnauzt er mich an, wie es seine Art ist, das Handy immer noch am Ohr. Ich habe versucht, dir mitzuteilen, dass es ihm gut geht, aber du nimmst ja nie ab. Vielleicht ist es besser so, sonst hättest du mir nicht die Tür aufgemacht, er grinst und kommt sofort herein, sein kurzer, stämmiger Körper steckt wie immer im dunklen Anzug eines Rechtsanwalts, seine dünnen Haare sind mit Gel zurückgekämmt, seine Wangen verströmen den scharfen Geruch von Rasierwasser, ein schiefes Lächeln zeigt die hervorstehenden Zähne, er lässt den Blick prüfend durch das Wohnzimmer schweifen, spöttisch, als wäre alles, was ich seit unserem letzten Treffen erlebt habe, an den Sesseln und dem Sofa abzulesen und läge offen vor ihm. Sein Blick wandert zu meinen nackten Oberschenkeln, nicht schlecht, verkündet er, wenn jemand kleine Größen mag, vielleicht findest du doch noch einen anderen, und ich zwinge mich zu einem kühlen Ton, was willst du hier, Gabi, ich erinnere mich nicht, dich eingeladen zu haben, er schwenkt einen mir nur zu gut bekannten Schlüssel, der wie ein gestohlenes Schmuckstück zwischen seinen Fingern aufblitzt, es ist in Ordnung, Süße, du brauchst mich gar nicht einzuladen, Amnon hat mir den Schlüssel gegeben, und ich versuche, ihn ihm aus der Hand zu reißen, gib mir den Schlüssel, er gehört mir, und er sagt, beruhige dich, ich bin in Amnons Auftrag hier, diese Wohnung gehört auch ihm, ich habe den Vertrag für euch gemacht, als ihr sie gekauft habt, erinnerst du dich?

Sie gehört auch ihm, aber dir ganz bestimmt nicht, sage ich, was suchst du hier? Er antwortet genüsslich, Amnon hat mich gebeten, dass ich ihm ein paar Sachen hole, würdest du mir beim Suchen helfen, oder muss ich sie allein finden, und ich sage, hau ab hier, Gabi, wenn er etwas haben will, soll er selbst kommen, und er grinst, was ist los, Süße, hast du Sehnsucht nach ihm? So schnell?

Ganz bestimmt nicht, sage ich, ich würde aber lieber ihn sehen als dich, und er ignoriert mich und stolziert geckenhaft zum Schlafzimmer und öffnet die Schranktüren weit, er braucht ein paar Pullover und lange Hosen, es wird abends schon kühl, erklärt er, wo hebst du denn die Wintersachen auf? Hier? Seine blassen Bürohände wühlen begierig in der Schublade mit meiner Unterwäsche, du brauchst neue Garderobe, Ellinka, verkündet er mit gespieltem Mitleid, es ist mir nicht angenehm, aber ich muss dir sagen, dass du ein bisschen investieren musst, man wird sich sonst nicht mal nach dir umsehen, wenn du so etwas anhast, er wedelt mit einer verblichenen grünen Unterhose vor meinem Gesicht herum, und ich fühle schon, wie sich die Röte auf meinen Wangen ausbreitet, als hätte mich jemand geschlagen, verschwinde, du Perversling, lass deine Finger von meinem Schrank, aber er wühlt weiter, ich habe dich gebeten, mir zu helfen, sagt er, zieht einen grauen Büstenhalter aus dem Fach und lässt ihn hin und her baumeln, aber ich muss wohl allein zurechtkommen.

Hau ab, dränge ich ihn, verlass dieses Zimmer, ich bring dir alles, und er sagt, kein Problem, ich warte im Wohnzimmer, er zieht einen zerknitterten gelben Zettel hervor, einen von denen, die ich manchmal in Amnons Taschen fand, mit seiner krakeligen, nach rechts unten verlaufenden Schrift, zwei Pullover, Jeans, Kordhose, Jackett, eine Piquédecke, ich werfe alles auf das Sofa, auf dem er vergnügt und zufrieden sitzt, nimm die Sachen und hau ab, und wenn du noch einmal herkommst, wechsle ich das Schloss aus.

Glaub mir, das ist für mich auch kein Vergnügen, sagt er, es gibt Dinge, die mir mehr Spaß machen, als dich zu sehen, aber du weißt, dass für mich Freundschaft wichtiger ist als alles andere, Amnon lernt das erst jetzt richtig zu schätzen, sagt er, gib mir eine Tüte, oder soll ich mir selbst eine suchen? Ich ziehe eine Tüte aus der Schublade und halte sie ihm hin, also, wo ist er, ist er hier in der Stadt? Ich versuche gleichgültig zu klingen, und zu meinem Erstaunen erhalte ich sogar eine Antwort, ja, er ist nicht weit von hier, soll ich ihm etwas ausrichten?

Richte ihm aus, dass er einen Sohn hat, zische ich, Gili braucht ihn, er soll sich bald sehen lassen, und er sagt, mach dir keine Sorgen, ich kümmere mich darum, seine Stimme ist ungewohnt sanft, und ich sehe, dass sein Blick unruhig über meinen Körper gleitet, auf seinem breiten sommersprossigen Gesicht liegt ein Lächeln, sein Blick ist mir bekannt, nicht aber die Bewegungen, die ihn begleiten, denn mit einer Hand drängt er mich an die Tür, zieht mir mit den Fingern der anderen den dünnen Träger des Kleides herunter und entblößt eine Brust. Nicht schlecht, sagt er, du hast Brüste wie ein junges Mädchen, ich versuche ihn wegzuschieben, entsetzt über seine Dreistigkeit, Gabi, bist du verrückt geworden, nimm deine Hände weg, aber er lässt meine Schultern nicht los, beruhige dich, ich tue nichts, ich schaue nur. Mit zusammengekniffenen Augen, wie ein Gutachter, der eine Ware abschätzt, betrachtet er mich, und ich ziehe schnell das Kleid hoch, geh weg, wie kannst du es wagen, sein grobes Benehmen überrascht mich zwar nicht, aber zum ersten Mal ist es direkt gegen mich gerichtet, als wäre er nie im Leben der beste Freund meines Mannes gewesen, als wäre ich nie die Frau seines Freundes gewesen, und er atmet mir ins Gesicht, für wen hältst du dich eigentlich, du wirst mich noch anflehen, dich anzufassen, dein Leben hat sich verändert, du kapierst es bloß noch nicht.

Ich lebe lieber wie eine Nonne, als mich mit dir einzulassen, zische ich, und er lässt mich los und greift nach der Tüte, hör gut zu, was ich dir sage, du wirst mich noch um einen Fick anflehen, er läuft schnell zur Tür, mit seinem geckenhaften Gang, und ich rufe ihm nach, warte nur, bis ich Amnon erzähle, was du getan hast. Wie kommst du darauf, dass es Amnon interessiert, fragt er trocken, ohne sich nach mir umzuschauen, verschwindet im Treppenhaus und lässt mich zurück, ich halte mir den Bauch, als hätte ich etwas Verdorbenes gegessen, und als ich durch das Fenster sehe, um sicher zu sein, dass er gegangen ist, sehe ich ihn in sein teures Auto steigen, in dem jemand auf dem Beifahrersitz auf ihn wartet, bestimmt eine von den Praktikantinnen aus seinem Büro, die er zu verführen versucht, ich kneife die Augen zusammen, nein, diesmal ist es ein Mann, lang und gebückt, es ist Amnon, der ihn mit einem unbeholfenen Lächeln empfängt und die Hand nach der Tüte ausstreckt, sie auf seine Knie legt.

Silbriges Licht blendet meine Augen, als ich nach dem Telefon greife, ich muss sie erreichen, bevor sie sich zu weit entfernen, als wären sie Diebe, die einen wertvollen Gegenstand wegschleppen, der mir gehört, ich will eigentlich Amnon verlangen, aber als sich Gabi mit seiner näselnden Stimme meldet, höre ich mich sagen, du hast hier etwas vergessen, Gabi, und er fragt überrascht, was habe ich vergessen? Und ich sage, hier ist noch eine Tüte. Wirklich, fragt er erstaunt, deckt für einen Moment das Telefon ab, dann sagt er, okay, ich komme schon, und kurz darauf sehe ich, wie sich das Auto im Rückwärtsgang vorsichtig nähert und am Straßenrand hält, unter den Pappeln, Gabi steigt mit wichtigtuerischem Gesichtsausdruck aus, und Amnon, der mit den Händen die Tüte umklammert, schaut ihm nach. Warum schaust du das Haus nicht an, in dem du einmal gewohnt hast, zum großen Fenster hinauf, das du geliebt hast, betrachte die Efeuranken, die an der Mauer hochklettern, erst vor zwei Wochen hast du die klebrigen Zweige beschnitten und die Aussicht aus dem Fenster wurde größer und größer, bis die ganze Straße offen dalag, schmal und gewunden wie ein ausgetrocknetes Flussbett.

Wo ist sie, fragt er misstrauisch, Schweißtropfen stehen auf seiner Oberlippe, und ich spiele die Naive, wer? Ich hab dein Spielchen satt, Ella, sagt er, wo ist die Tüte, und ich lächle ihn an, ziehe mit einer unsichtbaren Bewegung den dünnen Schulterträger herunter, eine Bewegung, die nicht zu mir gehört, und sage, es gibt keine Tüte, Gabi, und erst dann breitet sich auf seinem Gesicht Stolz aus, doch sein Blick bleibt zweifelnd, seine Lippen zittern nervös, und ich provoziere ihn, was ist los, hast du plötzlich Angst? Und er flüstert heiser, vor dir bestimmt nicht. Mit einer raschen Bewegung, als befürchte er, es im nächsten Augenblick zu bereuen, zieht er mich an sich, er packt mich an den Haaren, die noch immer nass sind, und schiebt mir seine fleischige Zunge in den trockenen Mund, und ich lehne mich an das Fensterbrett, werfe einen flüchtigen Blick zu dem Auto und dem Mann, der darin sitzt, mir scheint, dass er ungeduldig auf seine Uhr schaut, dann sieht er verärgert zum Haus hinüber, vielleicht beschließt er hochzukommen, er wird durch die weit geöffnete Tür in seine Wohnung treten, genau dann, wenn sein Freund meinen Hals leckt, mit einer rauen Zunge wie die einer Katze, er schiebt mir eine geballte Faust zwischen die Beine, du bist geil auf mich,

Süße, und ich antworte nicht, meine Augen hängen an der gebückten Gestalt, mein Körper weicht zurück, ich habe immer gewusst, dass du scharf auf mich bist, murmelt er, und ich nicke gegen meinen Willen, aber ich starre noch immer wie hypnotisiert zu diesem Auto, der Dunst seines Motors beruhigt mich, so wie mich nachts Amnons Atmen neben mir beruhigt hat.

Er lässt mein von seinen Stoppeln zerkratztes Gesicht los, seine Hände fummeln an seinem Hosengürtel, seine Augen sind auf mich gerichtet, als erwarte er ein erregtes Bekenntnis, ein ergebenes Geständnis, und erst dann bemerkt er meinen Blick, was suchst du dort unten, flüstert er, packt mich hart am Kinn und dreht mein Gesicht zu sich, betrachtet erstaunt das Auto, als sei er überrascht, es dort zu sehen, auf seinen Wangen breiten sich rote Flecken aus, du treibst Spielchen mit mir, das ist es, was du tust, oder? Und plötzlich hebt er die Hand, atmet schwer, sein Blick jagt über mein Gesicht, hüte dich vor mir, Ella, mit mir spielt man nicht, du wirst teuer dafür bezahlen, und er entfernt sich mit schnellen Schritten von mir, wischt sich mit der Hand den Schweiß aus dem Gesicht und kommt, wie getrieben, zurück, stößt mir wieder die Hand zwischen die Beine, als wollte er sein Territorium kennzeichnen, und flüstert mit trockenem Mund, ich komme wieder, Ella, aber das wird zu einem Zeitpunkt sein, den ich wähle, nicht du, wenn niemand unten auf mich wartet. Sein Gesicht verzieht sich drohend, als er rückwärts zur Tür hinausgeht, und ich mache mir noch nicht einmal die Mühe, ihm zu antworten, ich wende den Blick von ihm und schaue hinunter zum Auto, sehe, wie er schnell darin verschwindet, und zu meinem Erstaunen fahren sie nicht los, es scheint, als würde zwischen ihnen ein Streit entstehen, begleitet von scharfen Handbewegungen, und ich verfolge gespannt das Schauspiel, warte darauf, dass Amnons langer Körper auftaucht, aber zu meiner Enttäuschung sehe ich nur Gabis Hand, die ermunternd auf die Schulter seines Nebenmannes klopft, lachen sie etwa, als das Auto langsam anfährt und in der Ferne verschwindet und mich allein und schweigend zurücklässt, in den brennenden Sonnenstrahlen hier oben auf dem Fensterbrett.

Wir waren ein seltsames, eigentlich komisches Paar, er groß und gebeugt, fast ein wenig schwerfällig, sein vierschrötiger Körper stürmisch und wild wie der Körper eines Heranwachsenden, der einfach immer weiter gewachsen ist, und ich, die ich zu früh aufgehört habe zu wachsen, als habe etwas den Mechanismus gestört, jedenfalls blieb ich kleiner als meine Mutter, schmalhüftig und flachbrüstig, nur eine halbe Frau, angespannt wie eine Simulantin, die Angst hat, ertappt zu werden, und oft konnte man glauben, dass jeder von uns dazu bestimmt war, die Mängel seines Partners zu betonen, sie ins Lächerliche zu ziehen, denn wenn wir nebeneinander standen, wirkte ich noch kleiner und er noch größer, wir haben uns gegenseitig hässlicher gemacht, wir waren zu Anstrengungen gezwungen, ich musste den Hals zu ihm hinaufrecken, er musste sich zu mir hinunterbücken. Anfangs fanden wir diese Unterschiedlichkeit aufregend, es war, als würden wir zwei völlig verschiedenen Rassen angehören, Vertreter fremder Stämme, die sich vereinigten, aber im Lauf der Jahre wurde es lästig. Er liebte es, mich mit Geschichten von seiner früheren Freundin zu provozieren, die fast so groß war wie er, ich habe sie nur einmal gesehen, als wir zu ihrer Hochzeit eingeladen waren, und wenn ich jetzt versuche, mir ihr Aussehen in Erinnerung zu rufen, sehe ich nur eine lange verschwommene Silhouette und den verwunderten Blick der herausgeputzten Braut vor mir, als wir nach der Zeremonie zu ihr gingen, als könne sie es nicht glauben, dass er bei ihrer Hochzeit als Gast auftrat und nicht als Bräutigam. Sie war eine ernsthafte Frau, betonte Gabi von Zeit zu Zeit mir gegenüber, ehrlich, ich verstehe nicht, warum er sie verlassen hat, und noch dazu deinetwegen, sie war wie für ihn gemacht.

Es ist noch nicht lange her, da hat Amnon erzählt, dass er sie zufällig auf der Straße getroffen hat, die arme Ofra, so nennt er sie immer, ihr Mann hat sie mit zwei Kindern sitzen lassen, und jetzt, da ich kraftlos am Fensterstock lehne, verstehe ich, dass dies die Lösung ist, die einzige Antwort auf die Frage, die heute Morgen aufgeflammt ist, wie hat er sich in nur einer Woche mit der Trennung abfinden können, wie kommt es, dass er auf einmal auf mich verzichten kann, denn es ist klar, dass er eben das tut, Gabi hätte nicht gewagt, mich auch nur mit der Fingerspitze zu berühren, wenn er nicht gewusst hätte, dass ich freigegeben bin. Ohne eine andere Frau hätte er nicht so leicht von mir abgelassen, und keine neue Frau könnte nach nur einer Woche die Herrschaft über ihn gewinnen, nur die arme Ofra, die den bedauernswerten Flüchtling Amnon versteht und ihn von heute auf morgen von der Kraft ihrer Liebe, ihrer Treue und ihrer unendlichen Hingabe überzeugt hat.

Wenn das so ist, ordnet sich seine Welt neu, Amnon mit der armen Ofra, ich mit dem armen Gili, zwei Paare ohne Hoffnung, die sich aus einem Paar ohne Hoffnung gebildet haben, und wer weiß, ob es in meiner Macht läge, die alte Ordnung für meinen Sohn wiederherzustellen, wenn ich es wollte, ich setze meinen nackten Fuß auf das Fensterbrett, an dessen Rand der Blumenkasten hängt, den wir zur Hochzeit bekommen haben, in ihm blüht eine hartnäckige Geranie, und ich schiebe meinen Fuß hinüber und trete die Geranie wieder und wieder, bis sie schwer hinabfällt auf den Gehweg, genau dahin, wo das Auto stand und die zwei in

Gelächter ausgebrochen sind und sich gegenseitig den Arm um die Schultern gelegt haben.

Ich strecke mich auf dem breiten Fensterbrett aus, wie ein Federbett, das man für den Winter lüftet, und ich habe das Gefühl, als könnte mich der leichteste Wind hinunterwehen, aber kein Windhauch ergreift mich, unter mir spielt sich der Alltag ab, und ich wende den Blick zum Wohnzimmer, zu den leichten Sesseln, den paar Spielsachen auf dem Teppich aus orangefarbenem Baumwollstoff, den wir einmal vom Sinai mitgebracht haben, an der Wand gegenüber das Bild der Pariserin, ein blasses Gesicht mit roten Lippen, die schwarzen Haare zu einer sorgfältigen Frisur gekämmt, mit stolzem Blick und starkem Kinn, eine ferne Frau, eine Adlige, was habe ich mit ihr zu tun, und für einen Moment kommt es mir vor, als würde alles wieder in seinen ursprünglichen Zustand zurückkehren, wenn ich nur lange genug hier liegen bliebe, am Mittag wird Amnon durch die Tür kommen, er wird Gili von seinen Schultern heben wie einen Ranzen, und ich werde den plappernden Jungen in die Arme nehmen, werde mir gierig seine Geschichten anhören und wieder das Glück empfinden, all seinen Erwartungen zu entsprechen, all seine Wünsche zu erfüllen.

Wir werden den ganzen Nachmittag zusammen spielen, ich werde für ihn neue Vergnügungen erfinden, wir werden gemeinsam Süßigkeiten essen und Amnon wird uns träge zuschauen, du bist selbst noch ein kleines Kind, wird er sagen, du bist noch nicht erwachsen geworden, sei froh, dass ich dir ein Spielzeug gemacht habe, er wird mich auf seine Art verspotten, und ich werde ihn sofort zum Schweigen bringen, damit Gili nicht den Staub der Eifersucht in die Nase bekommt, und erst wenn er das Haus verlässt, um seine Angelegenheiten zu erledigen, werden wir frei atmen können, und so wird dieser Tag in vertrauten Bahnen verlaufen, selbst jetzt steht es nicht in meiner Macht, ihn schöner zu machen. Denn auch wenn wir es mal geschafft haben, bis zum späten Abend nicht zu streiten, bis der Junge nach endlosen Zeremonien der Teufelsvertreibung endlich eingeschlafen war, ging ich gleich ins Bett, und Amnon protestierte, was ist mit dir, komm, bleib noch ein bisschen bei mir sitzen, und ohne eine Antwort abzuwarten, griff er schon an, für Gili hast du genug Kraft, nur wenn es um mich geht, bist du immer müde.

Vermutlich bist du anstrengender als er, antwortete ich sofort, also, was willst du von mir, aber er ließ nicht locker, er folgte mir mit seinen schlurfenden Schritten ins Schlafzimmer, hast du schon vergessen, was zwischen Mann und Frau passiert, sagte er, während ich mich auszog, wundere dich nicht, wenn ich meine Bedürfnisse außerhalb des Hauses stille, du hast diese Wohnung in eine Krabbelstube verwandelt, wir sind eine Familie, und die Basis einer Familie ist ein Paar, weißt du überhaupt noch, was das ist, ein Paar? Ein Mann und eine Frau, die miteinander schlafen, die ganz allein für ein paar Tage wegfahren, die sich für einander interessieren, nicht nur beim Verteilen der täglichen Aufgaben, wann hast du zum letzten Mal echtes Interesse an meinem Leben gezeigt?

Ich wies ihn mit kalter Stimme zurück, hör auf mit deinen Moralpredigten, du erwartest doch nicht, dass ich mir mein ganzes Leben lang deine Vorträge anhöre, wie meine Mutter es bei meinem Vater tut, ich bin an Gegenseitigkeit interessiert, wenn du dich für mich interessierst, interessiere ich mich auch für dich, jahrelang habe ich mich angestrengt, ohne dass etwas dabei herausgekommen ist, und als er sich neben mir auszog, betrachtete ich ihn verwundert, wie ist das passiert, dass sein Körper die starke Anziehungskraft verloren hat, die er einmal für mich ausübte, wie hat er sich in einen Haufen Klagen und Forderungen verwandelt, und ich zog mir die Decke bis zum Hals, damit es ihm ja nicht einfiel, mich zu berühren, und neben mir lag auch die Frage, die wuchs und wuchs wie ein gut genährtes Tier, ob mein Leben wirklich so aussehen sollte, ob ich das wirklich gewollt hatte, eine Liebesgeschichte mit einem kleinen Jungen, neben einem verbitterten, selbstsüchtigen Mann, ob ich jeden Tag zusehen wollte, wie er unsere Freude zerstörte, mit einem nachlässigen Tritt machte er sie zunichte, fast ohne es zu merken.

Am Morgen war er mürrisch, seine Augen sahen mit Hass auf den neuen Tag, er machte das Radio an und hörte bei voller Lautstärke Nachrichten, schlimme Nachrichten, erschreckende Nachrichten, obwohl ich ihn immer wieder bat, er möge es Gili ersparen, das ist nichts für Kinder, und dann wunderst du dich, dass er nachts Albträume hat. Manchmal drängte er ihn grob, los, wie lange dauert es noch, bis du dich angezogen hast, ich gehe gleich ohne dich, und manchmal ließ er sich von irgendeinem Telefongespräch so lange aufhalten, dass Gili schon an der Tür stand und wartete, mit vor Nervosität zitternden Lippen, weil es immer später wurde. Und so, indem ich einen ganzen Tag unseres früheren Lebens betrachte, versuche ich, mich zu bestärken, der Entscheidung, die schon nicht mehr zu ändern ist, neuen Nachdruck zu verleihen, lass dir Zeit, sage ich mir, zweifle nicht so schnell, es ist dein gutes Recht, mehr zu erhoffen, es ist dein Recht, dein Leben zu ändern, das Tor ist offen, das Hindernis ist entfernt, warum gehst du nicht hindurch?

Lass dir Zeit, murmle ich laut vor dem Computer, der im Schlafzimmer blinkt, lese wieder den Bericht von einer Ausgrabung, an der ich nicht teilgenommen habe, den letzten Bericht eines griechischen Archäologen, bevor er in einem der Zimmer, die er freilegte, den Tod fand, dort in Thera, der zerbrochenen Insel, er verbindet, ohne es zu wissen, seine Katastrophe mit der Katastrophe der minoischen Kultur, ein leises, aber tödliches Echo des Erdbebens, das die alte Welt veränderte.

Lass dir Zeit, sage ich mir auf dem Weg zur Schule, außer Atem komme ich mit leichter Verspätung an, zu meiner Freude ist das Tor offen und der Wachmann anscheinend schon gegangen, ein paar Kinder gackern noch im Hof herum wie verlassene Küken, aber Gili ist nicht unter ihnen, und ich frage die Lehrerin, wo ist mein Sohn, und sie erklärt mit fester Stimme, er ist draußen, oder? Sie schneidet mit einem dünnen Messer saure grüne Äpfel in Stücke, ich nehme mir einen Schnitz und gehe wieder hinaus in den Hof, von weitem sehe ich ihn auf einem Steinhaufen am Rand des Hofs sitzen, er hat einen langen Stock in der Hand und kratzt etwas in die trockene Erde zu seinen Füßen, ich renne zu ihm, he, mein Schatz, endlich habe ich dich gefunden, komm, gehen wir nach Hause, aber als er den Kopf hebt, sehe ich, dass es ein anderer Junge ist, mit einem hageren, erwachsenen Gesicht, leicht aufgeplatzten Lippen und schmalen Schultern. Jotam, frage ich, wo ist Gili, und er antwortet grollend, ich weiß es nicht, ich bin nicht mehr sein Freund. Ich meine auf seiner Stirn noch die Abdrücke der dunklen Küsse vom Schabbatmorgen zu sehen, die Sternenküsse seines Vaters, und ich stehe da, im Hof, und fange an zu rufen, Gili, wo bist du, aber er antwortet nicht, und wieder senkt sich die Finsternis über mich, Gili, wo bist du, vielleicht ist er hinausgegangen, um auf der Straße auf mich zu warten, und jemand hat ihn entführt, vielleicht hat er sich verirrt, vielleicht ist er in der Masse der Kinder verschwunden.

Die Blicke besorgter Mütter folgen mir, sie versuchen, mir Ratschläge zu geben, ich entdecke Michal unter ihnen, aber ich bleibe nicht bei ihr stehen, mit klopfendem Herzen kehre ich zur Lehrerin zurück, wo ist mein Sohn, und sie lässt endlich die Äpfel liegen, geht, das Messer noch in der Hand, in den Hof, Gil'ad, ruft sie und fuchtelt mit dem Messer durch die Luft, das Gefühl von Schuld und Angst ist ihren Bewegungen schon anzumerken, vielleicht ist er auf der Toilette, schlägt sie vor, vielleicht ist er mit einem Freund mitgegangen, und ich werfe ihr vor, er hat hier noch keinen Freund, als wäre auch das ihre Schuld, und in der Toilette habe ich schon nachgeschaut.

Langsam verlassen die Mütter den Hof, ihre Kinder fest an der Hand, als wären sie kleine heilige Amulette, nur Michal bleibt zögernd am Tor stehen, Jotam neben sich, der ausdruckslos beobachtet, was geschieht, gleichgültig gegen das Schicksal des Jungen, der ihn enttäuscht hat, und sie sagt, mach dir keine Sorgen, Ella, das Schulgelände ist eingezäunt, es gibt einen Wachmann, er kann gar nicht unbemerkt hinausgegangen sein, und dann entschuldigt sie sich, ich muss Maja vom Ballett abholen, ich rufe dich später an, und nur die Lehrerin und ich bleiben im Klassenzimmer zurück, ohne ein Kind, um das man sich kümmern kann, dem man einen Apfel anbietet, dem man die Nase putzt, auf das man aufpasst, damit es nicht von der Schaukel fällt, ich stehe da, mit trockenem Mund und zitternden Händen, suche nach Spuren, lausche auf jedes Geräusch, und mir scheint, als hörte ich auf dem verlassenen, kinderleeren Hof noch das Echo der Stimme meines Vaters, laut und hochmütig und drohend wie die Stimme Gottes im Garten Eden, er wird es nicht überleben, er wird ausgelöscht werden.

Wo ist der Wachmann, murmelt sie, ihre Lippen zittern, ihr Gesicht ist wie ein Kissen angeschwollen, und wir rennen zu dem offenen Tor und schauen zu den Büschen des

Rabenparks hinüber, der auch im Licht der Mittagssonne düster aussieht, und ich weiß, dass ihre Schreckensfantasien schon mit meinen konkurrieren, Josef, Josef, schreit sie, und ich sage, er ist schon gegangen, Sie brauchen ihn nicht zu rufen, wir müssen die Polizei verständigen, aber da taucht der Wachmann schon auf, kommt schwer und schwitzend auf uns zu, ein Junge ist verschwunden, jammert sie, er betrachtet mich zweifelnd und fragt, Ihr Sohn? Ich nicke, dünn mit langen Locken, er trägt ein rotes T-Shirt mit einer Zahl auf dem Rücken, und er sagt, ich kenne Ihren Sohn, er ist schon lange weg, mit seinem Vater.

Ich atme schwer, mit seinem Vater? Woher wissen Sie, dass es sein Vater war, und er sagt, ich kenne alle hier, sein Vater ist groß, er hat ihn auf den Schultern getragen, und ich unterdrücke einen Aufschrei der Erleichterung, ja, das ist Amnon, er nimmt ihn immer auf die Schultern, erzähle ich der Lehrerin aufgeregt, versuche, mit übertriebener Freundlichkeit den Aufruhr zu beschwichtigen, den ich verursacht habe, danke, dass Sie aufgepasst haben, Sie haben mich gerettet, ich drücke dankbar die Hand des Wachmanns, und er hebt drohend einen Finger, Sie müssen jetzt zurück, sich um das Baby kümmern, und ich lasse ihn schnell stehen. Er verwechselt mich mit einer anderen Frau, versuche ich der Lehrerin zu erklären, und sie hält mich an den Schultern, entschuldigen Sie, vermutlich war ich mit etwas anderem beschäftigt und habe nicht aufgepasst, sie haben mir nicht Bescheid gesagt, als sie gingen, sagen Sie Ihrem Mann, dass das nicht in Ordnung ist, wie schnell sie von Verteidigung zur Anklage wechselt, was soll das, da holt er einfach sein Kind vorzeitig ab und sagt mir nicht Bescheid, und ich, bereit, jede Beschimpfung zu akzeptieren, Hauptsache, Gili geht es gut, verspreche ihr, dass so etwas nicht mehr vorkommen wird, ich versuche, Herrschaft über die Manieren und das Verhalten meines Mannes zu demonstrieren, eine Herrschaft, die ich nie hatte, entschuldige mich schnell und gehe weg, fliehe vor dem stillen Hof.

Noch immer erschrocken lasse ich mich im Rabenpark auf den Rasen fallen, die Katastrophe, die sich nicht ereignet hat, wird immer größer, beherrscht das Bewusstsein wie eine letzte Warnung, als würde die gute Nachricht die schlimme Vorstellung nur vergrößern und sie zur Wirklichkeit werden lassen, und die Tatsache, dass er diesmal gerettet wurde, verringert nur seine Chance, beim nächsten Mal heil davonzukommen, und ich streichle das ausgeblichene stoppelige Haar des Rasens, das mich einen Moment lang an Amnons Haar erinnert, damals, bevor er anfing, es abzurasieren, nach der Geburt des Jungen, als wollte er mit der perfekten Form seines Schädels konkurrieren, und während ich da liege, im zerrupften Gras, scheint es mir, als verändere der vertraute Park sein Gesicht, die ebene Fläche verwandelt sich in einen Hang, wie nach einem Erdbeben, wenn ich mich nicht am Gras festhalte, werde ich unendlich weit hinunterrollen bis in den alten Teich am östlichen Ende des Parks, begleitet von dem drohenden Geschrei der Raben. So sieht also das neue Leben aus, das ich mir so ungeduldig erdacht habe, eine schmale Fläche, gespannt wie ein Seil, aus der brennende Schwefeldämpfe aufsteigen und die trockene Erde gelb färben, und dahinter lauert der Abgrund, wenn ich nur die gekrümmten Schnäbel der Raben zum Sprechen bringen könnte, habt ihr hier ein Geschöpf mit zwei Köpfen gesehen, einer über dem anderen, ein doppelköpfiges Tier, mit weit ausholenden Schritten, könnt ihr mir sagen, wohin es gegangen ist, warum fliegt ihr nicht vor mir her, zeigt mir den Weg, und ich werde sie lautlos verfolgen, ein schmaler Nachmittagsschatten werde ich sein, der gesenkte Schwanz des doppelköpfigen Tiers, und als ich mich langsam aufrichte, weiß ich, dass die Raben keine Angst mehr vor mir haben, ihr spöttisches Krächzen wird meine Schritte begleiten, ich höre nicht auf sie, ich laufe durch enge Gassen, schaue in Gärten, schnalze hinter Mülleimern mit der Zunge, wie eine verirrte Katze, und so finde ich mich schließlich an diesem dunstigen Nachmittag, an dem die Steinmauern eine bedrohliche Hitze ausstrahlen, vor der Tür von Dinas Haus wieder.

Soll ich noch einmal zu ihr gehen, ohne eingeladen zu sein, soll ich, wie ein Stein, der in stehendes Wasser geworfen wird, in die Routine ihres geordneten, einsamen Lebens einbrechen, in dem es weder große Freude noch großen Schmerz gibt, und ich erinnere mich, wie plötzlich auf dem Dach des Nachbarhauses ihre strahlenden kupfernen Haare aufleuchteten, ihre vollen, dunkelbraun geschminkten Lippen stießen genüsslich Rauch aus, und ihre Arme bewegten sich wie bei geheimnisvollen gymnastischen Übungen, als würde sie ihren Körper einseifen, ohne ihn zu berühren, dann drückte sie ihre Zigarette in einem Blumentopf aus und ging zu dem Wohnraum, der auf dem Dach illegal angebaut worden war, eine zusammengehauener Schuppen, und gleich darauf erschien eine Gestalt auf dem Dach, klopfte an die Tür, ging hinein und kam etwa eine Stunde später wieder heraus, dann ging ein anderer hinein, die meisten waren jung, nicht viel älter, als ich damals war, und ich verfolgte ihr Kommen und Gehen, vor allem wartete ich darauf, dass sie selbst wieder herauskommen und ihren vollen Körper in der Sonne dehnen würde. Wie viele Freunde diese Frau hat, wunderte ich mich, so viele Leute besuchen sie, einer nach dem anderen, und einmal erzählte ich meiner Mutter davon, als wir gemeinsam Wäsche auf dem Dach aufhängten, und sie kicherte und sagte, das sind keine Freunde, das sind Patienten, sie ist Psychologin, und diese neue Information erhitzte meine Fantasie nur noch mehr, ich roch die frisch gewaschene Wäsche und stellte mir vor, dass sie mit schmutziger Kleidung kommen und sauber und wohlduftend wieder gehen, und das alles spielte sich ganz in meiner Nähe ab, dort wurden komplizierte Probleme besprochen, Verknotungen, wie die vielen kleinen Knoten in meinen Haaren. Ich stelle mir vor, wie ich mit einem weiten Satz von einem Dach auf das andere springe, an ihre Tür klopfe und sage, als ich ein Kind war, hatte ich keine Mutter und keinen Vater.

Damals war sie es, die sich an mich wandte, nachdem sie immer wieder versucht hatte, eine Zigarette anzuzünden, und die Streichhölzer eines nach dem anderen im Wind ausgegangen waren, auch das letzte, und ich beobachtete den Kampf, lehnte mich ans Geländer und hörte sie fragen, hast du Feuer? Schnell, bevor sie sich anders behelfen konnte, rannte ich in die Wohnung, holte ein Feuerzeug und warf es mit aller Kraft zu ihr hinüber, und ich traf sie an der Schulter, sie winkte mir dankend zu und zündete sich mit einer kurzen Bewegung ihre Zigarette an, in meinen Augen war das ein Zeichen, dass unser Zusammentreffen schön werden könnte. Wie alt bist du, fragte sie, und ich sagte, sechzehn, und zu meiner Freude sagte sie nicht, so wie alle anderen, ich habe gedacht, du bist höchstens zwölf, sondern fragte, willst du mit mir Gymnastik machen? Und so, mit einer Zigarette im Mund und mit kupfernen Haaren, die fast bewegungslos blieben, begann sie mit ihren Übungen, und ich, zwischen den gespannten Wäscheleinen, machte die Bewegungen nach, bückte mich und bewegte meinen Körper, ohne ihn zu berühren, und so begann ich, auf ihre kurzen Pausen zu lauern, ich lernte, wann ihr letzter Patient sie verließ, und eines Abends nahm ich meinen Mut zusammen und rannte unsere Treppe hinunter, Dutzende von Stufen, und rannte ihre Treppe hinauf, auch Dutzende von Stufen, einen Moment bevor sie die Tür schließen und das Licht über dem Eingang ausmachen und in ihre Wohnung zurückkehren würde.

Ist etwas passiert, fragte sie, und ich schaute an ihrem Rücken vorbei zu unserem Dach hinüber, erstaunt über die veränderte Perspektive, als wäre das hier die andere Hälfte der Erdkugel, ich sah meine Mutter mit dem Wäschekorb, sie achtete immer darauf, erst seine Sachen aufzuhängen, seine Socken, seine Unterhosen, seinen Pyjama, die Baumwollhemden, die sie sorgfältig zurechtzog, und dann erst kamen unsere Sachen, wobei sie ihre Strümpfe mit meinen durcheinander brachte, immer legte sie nicht zusammenpassende Paare in meinen Schrank, und verwirrt deutete ich auf das Bild, als verberge sich dort meine Geschichte, eine Frau mit schwerem Körper, die in der einbrechenden Dämmerung Wäsche auf ihrem Dach aufhängt.

Viele Male bin ich ohne Anmeldung zu ihrer Wohnung gekommen, aber jetzt zögere ich, wir haben uns in der letzten Zeit aus den Augen verloren, als hätte Amnons Anwesenheit sie aus meinem Leben gedrängt oder auch Gilis leichter Körper, vielleicht habe ich es auch nicht geschafft, sie mit meinem Erwachsenenleben zu verbinden, begnügte mich mit kurzen Besuchen, mit hastigen Telefonaten, ich habe es vorgezogen, sie dort zurückzulassen, neben meinen Eltern, die zwischen den Dächern wie Wäschestücke hängen, die man auf der Leine vergessen hat. Mit schwerem Herzen betrachte ich die vielen Pflanzen auf ihrer kleinen Terrasse, deren Boden bedeckt ist mit abgefallenen weißen Jasminsternen, die einen beinahe quälenden Duft verströmen, und ich erinnere mich mit einem unbehaglichen Gefühl an die treue Geranie, die ich von der Fensterbank gestoßen habe, und überlege, wie ich Gili erklären kann, was geschehen ist, lohnt es sich überhaupt zu klingeln, bestimmt ist sie jetzt, mitten am Tag, nicht zu Hause, und wenn sie da ist, wie sollte sie mir helfen können, wie leicht war es damals, neben ihr auf dem Dach zu stehen, als das Leben erst anfing.

Dünne Geißblattzungen verbergen ihre Türklingel, ich taste nach ihr, überrascht von dem lang anhaltenden Klang, den ich unabsichtlich verursache, wahrscheinlich ist sie nicht zu Hause, aber dann taucht ihr Gesicht vor mir auf, Ellinka, was für eine Überraschung, schön, dich zu sehen, ist etwas passiert? Breite weiße Strähnen durchziehen ihren kupferroten Schopf, dessen Schimmer stumpf geworden ist, ihre nackten Arme, voller als früher, strecken sich mir entgegen, aber in ihren Augen tanzt noch immer die Flamme der Vernunft, der Menschlichkeit, die mich damals, an jenem Abend, empfangen hat, ich falle ihr um den Hals, stöhne in ihren Armen, und ein Strom von Worten bricht aus mir heraus. Ich verstehe nicht, was plötzlich mit mir ist, ich war so sicher, dass ich ihn nicht mehr will, aber in dem Moment, in dem es Wirklichkeit geworden ist, erschrecke ich, die ganzen letzten Monate wollte ich nichts anderes, als ihn aus meinem Leben zu entfernen, und nun, da er weg ist, bin ich in Panik, plötzlich habe ich das Gefühl, dass er mich verlassen hat, nicht ich ihn, und alles tut mir Leid, ich bin wie ein verwöhntes Mädchen, das man zu ernst genommen hat.

Das ist keine Verwöhntheit, sagt sie, nimmt mich am Arm und führt mich zum Sofa, das ist vollkommen natürlich, was du beschreibst, das war nicht anders zu erwarten, eine Trennung weckt Urängste, ganz unabhängig von der Frage, ob sie berechtigt ist, du musst dich beruhigen, Angst ist ein schlechter Ratgeber, versuche, dich nicht von der Panik bestimmen zu lassen, du musst verstehen, dass das natürlich ist und nicht ein Zeichen für das, was war, oder das, was sein wird, es braucht einfach Zeit, lass dir Zeit, sei geduldig, sagt sie langsam und deutlich.

Aber vielleicht habe ich mich geirrt, alle um mich herum haben mich verurteilt, und nun habe ich meine Sicherheit verloren, ich versuche, mich zu erinnern, warum ich mich so unbedingt von ihm trennen wollte, und auf einmal kommen mir die Gründe so nichtig vor, gar nicht mehr überzeugend, genau wie alle gesagt haben, was heißt es schon, wenn er dir ein bisschen auf die Nerven geht, zerstört man deshalb eine Familie?

Schau, sagt sie und setzt sich gelassen mir gegenüber auf einen Stuhl, es ist klar, dass dich ein sehr starkes Motiv zu diesem Schritt getrieben hat, deshalb stellt sich hier nicht die Frage, ob es ein Irrtum ist, die wirklichen Gründe für eine Trennung zeigen sich oft erst im Nachhinein, wenn wir uns erlauben können, sie zu erkennen, genau wie die wirklichen Gründe für eine Beziehung.

Aber Dina, ich kann mit diesen Zweifeln nicht leben, sage ich, und wenn ich im Nachhinein entdecke, dass ich mich geirrt habe, was mache ich dann? Sag mir, was du denkst, du behandelst doch solche Fälle, hast du auch gedacht, dass wir beide nicht zusammenpassen? Hast du gedacht, wir sollten uns trennen? Um die Wahrheit zu sagen, ich habe gefühlt, dass du mir das sagen wolltest, aber ich wollte es nicht hören. Ich versuche ihr Worte in den Mund zu legen, der plötzlich nackt aussieht ohne das kräftige Braunrot, und als spürte sie es, springt sie auf, geht zu dem kleinen Spiegel im Flur, legt eine dicke Schicht Lippenstift auf, mit dieser geübten Bewegung, die ich zu Hause, vor unserem Spiegel, immer zu imitieren versuchte, während meine Mutter zusah und schimpfte, man könnte meinen, du hättest keine Mutter, dass du dich so an diese Frau hängst.

Das ist es nicht, was ich dir in den letzten Jahren zu sagen versucht habe, sagt sie vorsichtig, ich wollte mit dir über dein Verhältnis zu deinem Sohn sprechen, aber du wolltest es wirklich nicht hören. Ich glaube, dir ist das passiert, was mit vielen Müttern geschieht, sie gehen eine absolute Symbiose mit ihrem Kind ein, was natürlich die Beziehung zum Ehemann überschattet und ihn fast überflüssig macht, und je überflüssiger er sich fühlt, umso eifersüchtiger und wütender wird er. Es handelt sich um eine Art Dreieckstragödie, eine Tragödie des Mannes, der von seinem Sockel gestoßen wird, des Kindes, dessen Vater sich von ihm entfernt, und vor allem von euch Frauen, die ihr alles geben möchtet und euch ausgerechnet den Mann auswählt, von dem sicher ist, dass er euch verlassen wird, der euch früher oder später verlassen muss.

Ich habe Amnon nicht weggestoßen, weder von mir noch von Gili, du irrst dich, ich protestiere gegen diese falsche Darstellung, schließlich ist es mein Leben, das sie hier beschreibt, ich habe mir so sehr gewünscht, zu dritt zu sein, Dinge zusammen zu unternehmen, ich wollte ihn die ganze Zeit an meiner Seite haben, er war es, der sich immer entzogen hat, du hast keine Ahnung, wie mich das verletzt hat.

Aber welche Aufgabe hattest du in diesem Dreigestirn für ihn bestimmt, fragt sie, wenn du ehrlich bist, wirst du sehen, dass es sich nur um eine Nebenrolle handelt, du wolltest ihn im Hintergrund, als Zugabe zu deinem eigentlichen Glück, während er der Verlierer war, derjenige, der allein geblieben ist, aber ich versuche nicht, ihn zu verteidigen, ich möchte nur bestätigen, dass ich gesehen habe, welche Probleme ihr hattet, von einem Paar zu einer Familie zu werden, ich verstehe absolut, dass du verletzt bist, ich verstehe, dass du dich ungeliebt gefühlt hast, denn bei ihm hat das Besitzergreifen über die Liebe gesiegt, das ist typisch für viele Männer in solchen Situationen, ein besitzergreifendes Verhalten, das dich zu einem Objekt herabwürdigt, es ist klar, dass ihr alle beide in dem Spiegel, den ihr euch gegenseitig vorgehalten habt, zwangsläufig ein schlechtes Bild abgeben musstet.

Du sagst also, dass ich Recht habe, nicht wahr, bedränge ich sie, ich hatte gute Gründe, ihn zu verlassen, es war nicht bloß eine Laune, oder? Ich habe das Gefühl, dass ich mich, wenn ich nur ihre Bestätigung bekomme, wieder beruhigen kann. Sie seufzt, hör zu, auch hinter der wildesten Laune verbergen sich tiefere Gründe, natürlich warst du in den letzten Jahren nicht glücklich mit ihm, Ella, aber es ist auch klar, dass dich noch viele Schwankungen erwarten. Eine Trennung ist eine der traumatischsten Erfahrungen, die es gibt, und du musst geduldig sein, versuche vor allem, dich von ihm abzukoppeln, es lohnt sich nicht, die Machtkämpfe aus der Zeit der Ehe während der Trennung weiterzuführen, und ich trinke schweigend ihre Worte, als wäre ich eine der Pflanzen, die sie begießt, ich schaue mich in der kleinen Wohnung um, die ich seit Monaten nicht mehr besucht habe und die voll gestopft ist mit Nippes, mit kleinen entzückenden und überflüssigen Gegenständen, mit Blumentöpfen und bestickten Deckchen, und ich frage mich, ob es das ist, was auch mich am Ende dieser Wirrungen erwartet, allein zu altern, während Gilis Besuche immer seltener werden und die Anzahl der Porzellantierchen in den Regalfächern zunimmt. Ich muss zurück in die Klinik, sagt sie, unterhalten wir uns am Abend weiter, versuche inzwischen, dich zu beruhigen, erst wenn sich der Staub gesenkt hat, wirst du das Bild als Ganzes sehen, bemühe dich einstweilen um Geduld, lass der Sache Zeit.

Vor meiner Wohnungstür stolpere ich in der Dunkelheit über einen harten Gegenstand und fluche leise, unterdrücke einen Schmerzensschrei, was hat man mir da hingelegt, ich habe doch nichts bestellt, und als ich mit einem unbeholfenen Satz darüber springe und das Licht anmache, sehe ich den Blumenkasten, der zu meiner Überraschung den Sturz überstanden hat, jemand hat die Erde zurückgeschüttet und die Blumen wieder eingepflanzt, ein paar dünne Triebe sind abgebrochen, ich ziehe den Kasten in die Wohnung, aufgeregt, als hätte ich ein bedeutsames Geschenk bekommen, von dem ich überhaupt nicht gewusst hatte, wie sehr ich es mir wünschte, ich versuche das geheimnisvolle Geschehen zu entschlüsseln, wer hat da versucht, mir ein Zeichen zu geben, und welches Zeichen, denn wenn sich der Wille verwischt, klammert man sich an jedes Zeichen, und als Antwort auf meine Fragen höre ich Schritte auf der Treppe, trabend wie ein Fohlen, das ist Gili, und ihm folgt Amnon, er war es, das war seine Art, mir mitzuteilen, dass man nicht wegwerfen soll, was noch gerettet werden kann, ich werde mit einer vorsichtigen Geste antworten und ihn einladen, zum Abendessen zu bleiben, ich umarme den Jungen und lasse meine Augen zu dem leeren Raum hinter seinen Schultern wandern.

Wo ist Papa, frage ich, und er sagt ohne jedes Gefühl, als deklamiere er etwas, was er auswendig lernen musste, Papa ist schon weg, er hat unten gewartet, bis ich in der Wohnung war, er hatte es eilig, ich betrachte ihn nachdenklich, sein Rückzug trifft mich weniger, angesichts der symbolischen Rettung unseres Hochzeitsblumenstocks, wirf die Vergangenheit nicht weg, das ist es, was er mir zu sagen versucht hat, in ihr sind wir verwurzelt und aus ihr werden wir wachsen, und ich küsse die Locken des Jungen, der sich an mich schmiegt, danke, Gili, danke, dass ihr den Blumenkasten hochgebracht habt, hast du Papa geholfen, die Blumen wieder einzupflanzen? Was für Blumen, fragt er erstaunt, wir haben keine Blumen gepflanzt, und ich versuche fast, ihn zu überreden, was soll das heißen, Gili, habt ihr nicht den Blumenkasten vor dem Haus gefunden? Habt ihr ihn nicht vom Gehweg hochgetragen? Und er sagt, nein, wieso denn, meine offensichtliche Enttäuschung deprimiert ihn sofort.

Wer war es denn dann, frage ich weiter, und er betrachtet den Blumenkasten, der vor ihm im Wohnzimmer steht, ich weiß nicht, und sofort beklagt er sich, verärgert darüber, dass meine Freude über ihn nicht vollkommen ist, ich habe Hunger, ich möchte, dass du mir was zu essen machst, und ich seufze, was willst du essen? Was hast du alles da, fragt er, ich will viel essen, und mir ist klar, dass das, was ihn bedrückt, ein anderer Hunger ist, er will sehen, wie ich mich für ihn anstrenge, und zum ersten Mal habe ich keine Lust, mich an unserem Ritual zu beteiligen und alle Möglichkeiten vor ihm auszubreiten, Rührei oder Spiegelei, Toast mit Käse, Salat, Brei. Du weißt so gut wie ich, was es gibt, sage ich ungeduldig, sag einfach, was du willst, und er wirft mir einen listigen Blick zu, wenn du mich ärgerst, dann gehe ich zu Papa und wohne bei ihm, in einer Woche bekommt er eine neue Wohnung, und da habe ich auch ein Zimmer, und ich betrachte ihn erstaunt, wundere mich über die Geschwindigkeit, mit der er sich die Manöver von Scheidungskindern angeeignet hat, die Wirklichkeit ist mir tausend Schritte voraus.

Gili, droh mir nicht, warne ich ihn mit leiser Stimme, das ist nicht deine Entscheidung, bei wem du wohnst, und er deklamiert wieder, Papa hat gesagt, dass er in einer Woche eine schöne Wohnung hat, mit einem Kühlschrank, der keinen Krach macht, und ich werde ein riesengroßes Zimmer mit neuen Spielsachen bekommen, er breitet seine Arme aus, um mir die Größe des Zimmers zu zeigen, und ich stehe ratlos vor ihm und weiß nicht, ob ich mich mit ihm über die wunderbare Nachricht freuen und ihn zu seinem neuen

Zuhause beglückwünschen soll, jahrelang habe ich geglaubt, dass Amnons Anwesenheit uns bedrückt, und jetzt sieht es aus, als schlage seine Abwesenheit eine Bresche zwischen uns.

Lass dir Zeit, lass dir Zeit, murmle ich, lehne mich an die Fensterbank, betrachte aufgewühlt den Verkehr, alle Autos scheinen schwarz und glänzend zu sein wie das Auto, das heute Morgen hier unten gestanden hat, und in allen sitzen Gabi und Amnon auf den Vordersitzen, legen einander die Arme um die Schultern und lachen, und ich frage mich, ob ich je an diesem Fenster stehen kann ohne einen Schauder vor dem, was an diesem Morgen geschehen ist, dieser brennende Atem an meinem Hals, das rhythmische Rattern des Motors, das Schweigen des Mannes darin, aber tief in meiner Erinnerung, die vor sich selbst zurückschreckt, entdecke ich auch die Spur einer Erregung, scharf und glänzend wie die Schneide eines Messers.

6 Aber was ist schon Zeit? Ein trügerisches Heilmittel ist die Zeit, ein Fluss versteckter Tränen, ein Steinregen ist die Zeit, eine anhaltende Steinigung, ein listiger Betrüger ist die Zeit, ein furchtloser Wegelagerer, was könnte ich über die Zeit sagen, die mir Tag für Tag immer mehr von meinem Besitz nimmt, die Einfachheit der Tage, die sich gebetsmühlenartig wiederholen, die Lust der Nächte, die schwer von Schlaf sind wie fette schwarze Erde, die Gnade, frei von Zweifeln zu sein, und sogar meinen Sohn versucht sie zu verführen und streckt ihre starken Hände nach ihm aus, um ihn von mir zu entfernen.

Ist es das, was mein Vater gemeint hat, ist es das Verschwinden des früheren Gili, vor dem er mich gewarnt und das er vorausgesagt hat, denn es ist ein neuer Gili, der zwischen uns hin und her wandert, nicht mehr der Junge, den ich liebe, und von allen Schlägen, die mich von morgens bis abends treffen, ist die Sehnsucht nach dem alten Gili der schlimmste. Die Frucht der Liebe war er, und nach dem Ende der Liebe ist auch die Frucht verdorrt, die duftende samtige Schale hat sich abgelöst, und aus der abgestreiften weichen Haut ist ein neues Kind hervorgetreten, stachlig, stichelnd, trotzig, ein Kind des Zanks und des Streits, mit kleinen harten Fäusten, scharfäugig und schnellzüngig. Innerhalb weniger Tage verstummten Fragen, Bitten und Flehen, er hat sich damit abgefunden, Papa wohnt hier nicht mehr, und ich, die ich mich so sehr vor Bitten und Flehen gefürchtet habe, wundere mich über diese schnelle Anpassung, er hat nicht versucht, uns mit Vorwänden wieder einander näher zu bringen, er fleht weder mich an noch seinen Vater, erwachsen und mit offenen Augen hat er sich mit dem Übel der Trennung abgefunden, als wäre er von Geburt an darauf vorbereitet worden. Ruhig und diszipliniert trennt er sich vor dem Haus von seinem Vater, gehorsam und bedrückt steigt er abends mit seinem Ranzen auf den Schultern die Treppe hoch, als kehrte er von einem langen Schultag zurück, mit fester Stimme erzählt er seinen Freunden, mein Vater wohnt in einem anderen Haus, meine Eltern haben sich getrennt, als wäre das der Lauf der Welt vom Tag ihrer Erschaffung an, als wären wir nie eine Familie gewesen.

Aber waren wir wirklich eine Familie? Je weiter sich dieses Wort aus meinem Leben entfernt, umso mehr schmerzt es mich, behauptet sich ausgerechnet durch sein Fehlen. Sieben Buchstaben umklammern mein Herz wie Efeu, das den Baumstamm abwürgt, klebrige, giftige Buchstaben, die man nicht abschütteln kann. Es scheint, als hätten sich die Wörter in meine erbittertsten Feinde verwandelt, nicht die Momente der Einsamkeit, der Zweifel, der Erinnerungen, es sind die harmlosen, freundlichen Worte, die gefährlich geworden sind: Vater, Mutter, Familie, Heim. Schwestern und Brüder. Urlaub und Ausflug. Wie bedrohlich sind die Gutenachtgeschichten geworden, in denen es, ein Werk des Teufels, fast immer um ein Kind mit seinen Eltern geht, um das perfekte Familienleben. Die Mutter in der Küche und der Vater im Wohnzimmer, die Mutter, die Kaffee trinkt, und der Vater, der Zeitung liest, beide schlafend, in einem einzigen Bett, und dazu noch ein Bruder oder eine Schwester, ein Hund oder eine Katze, und wenn ich ihm die banalen Sätze vorlese, zittert meine Stimme vor Angst, dass diese Wörter ihn in seinem Koma des Sichabfindens stören könnten, ihn an das erinnern, was er einmal hatte.

Und da kommt er stolz aus der Schule zurück, in der

Hand ein buntes Plakat, das er für das Schlafzimmer gemalt hat. Mit zittrigen Buchstaben steht darauf geschrieben, das Zimmer von Papa und Mama, die Buchstaben hängen im Nichts, als schwebten sie im All, und ich versuche zu lächeln, was für ein großartiges Plakat, und er sagt, häng es auf, Mama, warum hängst du es nicht auf, und ich würde am liebsten sagen, wo denn, mein kleiner Freund, wo soll ich es aufhängen? Hast du nicht verstanden, dass es bei uns ein solches Zimmer nicht mehr gibt? Doch ich presse die Lippen zusammen und hänge das Plakat an die Tür, obwohl es eine Täuschung ist, und jeden Abend, wenn ich ins Schlafzimmer gehe, stolpere ich angesichts dieser Täuschung, kämpfe gegen das Bedürfnis, das Plakat von der Tür zu reißen oder zumindest Farbstifte aus seinem Federmäppchen zu holen und den Text zu korrigieren, das war einmal das Zimmer von Papa und Mama. Du hättest zwei Plakate machen müssen, das ist das Zimmer von Papa und das ist das Zimmer von Mama, aber ich wage nicht, es auszusprechen, er ist stolz auf sein Werk, als wäre es eine einfache, unverbindliche Zeichnung, eine Anhäufung inhaltsleerer Buchstaben, er besteht auf seinem Recht, so zu sein wie alle anderen Kinder.

Gibt es denn in seiner Klasse keine anderen Kinder aus geschiedenen Ehen, frage ich mich verwundert, und es stellt sich heraus, dass es im Gegensatz zu den erschreckenden Statistiken, die immer wieder in der Zeitung veröffentlicht werden, und im Gegensatz zu dem Eindruck, den ich die ganzen Jahre gehabt habe, kein einziges anderes Kind geschiedener Eltern in Gilis Umgebung gibt. Wenn ich ihn zu den Wohnungen seiner neuen Freunde bringe, deren Zahl sich mit erstaunlicher Selbstverständlichkeit vergrößert, versuche ich gleich nach meinem Eintritt Näheres über die familiären Verhältnisse herauszubekommen, ich plaudere mit der Mutter und bewundere die Wohnungseinrichtung, bloß damit ich ein wenig herumlaufen und nach Hinweisen suchen kann, ich schaue mich schnell um, suche nach Spuren eines Mannes, manchmal ist es ein Paar Sandalen, das in einer Wohnzimmerecke steht, ein Jackett, das an der Garderobe hängt, ein andermal der Geruch von Rasierwasser. Manchmal sagen die Frauen es von selbst, mein Mann ist bei der Arbeit, mein Mann ist im Ausland, mein Mann ist beim Reservedienst, oder es erscheint zu meinem Verdruss auch der Ehemann selbst, dann verabschiede ich mich schnell, bleibe weiterhin ohne Komplizin, und in jedem Haus sehe ich auf der Schlafzimmertür das bunte Plakat, das ist das Zimmer von Papa und Mama, aber nur bei uns zittern die Buchstaben wegen der Täuschung. So folge ich meinem Sohn von Wohnung zu Wohnung, prüfe jene Familien aus der Nähe, die ich zum ersten Mal bei der Feier zum Empfang des Schabbat gesehen habe, und versuche abzuschätzen, wie groß die Chancen dieser Paare sind, zusammenzubleiben, lasst euch schon scheiden, murmle ich, warum klebt ihr aneinander, trennt euch ein bisschen, was macht es euch schon aus, dann hätte Gili einen Leidensgenossen, dann wäre er nicht die einzige Ausnahme, der Gedanke bedrückt mich, dass all diese Kinder, egal ob groß oder klein, hellhaarig oder dunkel, ruhig oder laut, verwahrlost oder gepflegt, das haben, was mein Sohn schon nicht mehr hat, nämlich eine Familie.

Und nachts wache ich entsetzt auf, mit dem Gefühl, dass das ganze Bett samt Kissen und Decken und Matratzenfedern lautstark auf mein wie verrückt klopfendes, rebellierendes Herz antwortet, ich habe eine Familie begraben. Ich selbst, höchstpersönlich, habe eine Familie begraben. Es stimmt, es war eine Familie, die ich nicht besonders liebte, eine Familie, die mehr Probleme als Kinder hervorbrachte, mehr Streit als Nächte der Lust, mehr Enttäuschung als Freude, doch reichen diese Gründe wirklich aus, die Gutenachtgeschichten gefährden mich, nicht ihn, das Plakat auf der Tür bedroht mich, nicht ihn, die leeren Regalfächer stören meine Augen, nicht seine, es geht ihm gut, Papa, es geht ihm gut, er wird nicht ausgelöscht werden, aber was ist mit mir?

Er hat sich gegen unsere Trennung, die ihm aufgezwungen wurde, nicht gewehrt, aber gegen jeden anderen Zwang wehrt er sich mit aller Kraft, mit einer Dickköpfigkeit, die ich nicht an ihm kenne, die erst in diesem Herbst geboren wurde, sechs Jahre nach seiner eigenen Geburt. Er weigert sich, morgens aufzustehen, er weigert sich, schlafen zu gehen, sich zu waschen, sein Zimmer aufzuräumen. Wenn seine vielen neuen Freunde ihn besuchen, ist er fröhlich und strahlend, aber sobald sie gegangen sind, zeigt er mir ein zorniges Gesicht, und ich betrachte ihn zögernd, voller Angst, seinen Ärger zu wecken, während ich früher, in der Zeit der Familie, ungeduldig darauf wartete, dass die Eltern seines kleinen Freundes ihren Sohn abholten, damit wir vor dem Schlafengehen selbst noch Zeit zum Spielen und zum Reden hätten. Sobald die Tür hinter dem kleinen Jungen zugefallen war, der meistens heulte, wenn er geholt wurde, und unwillig nach seiner Mutter schlug, umarmte mich mein Sohn und zwitscherte mit seiner glücklichen Vogelstimme, zog mich auf den Teppich, um mit mir zu spielen, oder zum Sofa, um sich auf meinen Schoß zu setzen, oder zum Ranzen, um ein Bild hervorzuziehen, das er gemalt hatte, und ich, verzaubert von seinem Charme, hingerissen von dem klangvollen Geplapper, gab mich der verborgenen Quelle hin, von deren Existenz ich nichts gewusst hatte, sehnte mich nach nichts anderem, ich wollte immer nur diese Nähe, die vollkommener war als alles andere. Jedes Wort, das ihm über die Lippen kam, liebte ich, sein warmes Lachen, seine Spucke, die kleinen Muttermale auf seinen Wangen, seine Berührung, und nun, da er mir ein zorniges Gesicht zeigt, lasse ich schweigend das Badewasser ein und frage mich, was in Zukunft von dieser Liebesgeschichte bleiben wird, von der ich nie geglaubt hätte, sie würde einmal zu Ende gehen, die eigentlich dazu bestimmt war, so oder anders mein ganzes Leben lang zu dauern.

Morgens wacht er müde und zornig auf, reibt sich die vom Schlaf verklebten Augen, schaut sich düster um, als suche er einen Grund zum Streiten. Zieh dich an, Gili, dränge ich und lege die Kleidungsstücke auf sein Bett, er verzieht das Gesicht, verlangt ausgerechnet das, was er gestern anhatte, zerrt die schmutzigen Sachen aus dem Wäschekorb, lehnt es ab, sich die zerzausten Locken zu kämmen, will nichts essen. Was möchtest du auf dein Schulbrot, frage ich, und er beschwert sich, ich habe die Nase voll von diesen Fragen, das ist die blödeste Frage der Welt, und ich sage, warum bist du so gereizt, sag einfach, was du willst, Käse, Erdnussmus oder Schokocreme? Und er fängt an zu schreien, warum streitest du mit mir, du willst doch nur mit mir streiten, ich widerspreche, wieso streiten, ich frage nur, was du auf dein Schulbrot möchtest, und er murmelt, ist mir egal, was du willst, aber wenn wir schon an der Tür stehen, schaut er in seiner Tasche nach, zieht die Frühstückstüte heraus und wirft sie auf den Boden, ich will kein Käsebrot, jammert er, ich will Schokocreme, und ich bereite schnell ein neues Brot, das, wie ich weiß, ein ähnliches Schicksal erleiden wird, und am Schluss gebe ich es auf zu fragen und schmiere ihm jeden Morgen einfach zwei Brote.

Tatsächlich ist die Liebe unter den schweren, unbehauenen Steinen von Reue und Schuld, von Trauer und Sehnsucht, Kränkung und Enttäuschung schwer zu identifizieren, sogar diese offenbar so einfache, die natürlichste von allen, die Mutterliebe. Dieser Schatz, der für mich heilig war, dessen Kraft mich immer in Staunen versetzt hat, der mich in den letzten sechs Jahren geschützt hat wie eine schusssichere Weste und zwischen mir und dem Rest der Welt stand, sogar zwischen mir und Amnon, gleitet mir aus den Händen, denn wenn wir beide auf dem Gehweg vor unserem Haus Eis essen, schmeckt es nicht mehr so süß wie früher, und wenn wir zusammen im Hof spielen, versinke ich nicht mehr im Spiel, wie ich es damals tat, ich betrachte ihn nicht mehr mit demselben Erstaunen und derselben Bewunderung wie einst. Mit düsterer Langeweile schaue ich auf die Uhr, wann wird es endlich Zeit, dass er schlafen geht, wann kann ich mich wieder meinem Schmerz widmen, fern von seinen prüfenden Augen, und begreifen, dass diese Liebe, die zwischen uns erblühte und an Kraft zunahm, nicht zwischen zwei Menschen existieren kann, sie braucht einen dritten, nun, ohne Amnon, ohne seine vielen vorwurfsvollen Blicke, ist sie inhaltsleer geworden und hat sich in ein Gefühl der alltäglichen Pflicht einer Mutter ihrem Sohn gegenüber verwandelt, der manchmal angenehm und liebenswürdig ist, ein andermal aber lästig und anstrengend. Es erweist sich, dass ausgerechnet Amnons Anwesenheit meine Liebe zu Gili vergrößert und sie mit Leben erfüllt hat, ich frage mich, ob es eine Provokation war, wollte ich Amnon beweisen, wie sehr ich fähig war zu lieben, wenn auch nicht ihn, oder versuchte ich ihn über den Jungen an einer einfachen, warmen Liebe teilhaben zu lassen, die eigentlich für ihn bestimmt war, die ich ihm aber nicht direkt schenken konnte.

Erstaunt verfolge ich diese Veränderungen, erschrecke vor meiner Unfähigkeit, die Zukunft vorauszusehen, entsetzt darüber, wie schnell die Grundsäulen meines Lebens zerbröckeln, und ich weiß nicht, ob Gili vor mir gefühlt hat, dass ich ihm verloren gegangen bin und er sich mir deshalb entfremdet hat, aber die Zeit ist mir hinterhergelaufen und hat mich ausgelacht, lass dir Zeit, hat sie gesagt, ein trügerisches Heilmittel ist sie, die Zeit, eine anhaltende Steinigung.

Hör auf, dich selbst zu bestrafen, sagt Dina jetzt, vor lauter Schuldgefühlen gibst du dir keine Möglichkeit, dich zu erholen, ich habe dir doch gesagt, dich hat eine starke Kraft zu diesem Schritt getrieben, verleugne sie nicht so schnell, lass die Dinge sinken, du wirst schon noch aufblühen, das verspreche ich dir. Als es auf die Trennung zuging, hast du alles Gute vergessen, das zwischen euch war, und jetzt überflutet es dich, aber das sind Schwankungen, die zu erwarten waren, versuche, dich ihnen nicht hinzugeben, sei geduldig. Ich höre ihr zerstreut zu, sehne mich danach, das Gespräch zu beenden, mit ihr und mit allen, die anrufen und anteilnehmende Fragen stellen, es ist noch nicht einmal Stolz, der mich daran hindert zu sagen, wie tief meine Depression ist, wie groß die Reue und die Hoffnungslosigkeit, es fällt mir sogar schwer, die Lippen zu bewegen, ich stimme mit fast geschlossenem Mund zu, erfinde Ausreden, um das Gespräch zu beenden, Gili ruft mich, murmle ich, auch wenn er gar nicht zu Hause ist, ich muss auflegen.

Manchmal scheint es, als wollte ich nur eins, nämlich dass man mich daran erinnert, wie schlecht es uns gegangen ist, dass man mir erzählt, wie wenig wir zusammengepasst haben, wie bedrückt wir bei jener Feier ausgesehen haben, wie wir uns damals, bei dem Picknick, gestritten haben und wie Gili uns angefleht hat aufzuhören und wie wir gar nicht auf ihn geachtet haben, wie alle die Spannungen zwischen uns gespürt haben und wussten, dass es nur noch eine Frage der Zeit war, aber sogar wenn mir manchmal die richtigen Worte gesagt werden, höre ich sie mir nur zweifelnd an, mit wachsendem Groll, was wisst ihr überhaupt, ihr habt doch keine Ahnung, was wirklich zwischen uns war, und ich möchte nur mit einem Menschen über unsere Zeit als Familie sprechen, ich möchte eines Abends zu ihm in die Wohnung gehen, die er gemietet hat und von der ich noch nicht einmal weiß, wo sie sich befindet, nur dass sie ein schönes großes Zimmer hat, voller neuer Spielsachen, ich will mich an den großen, schwerfälligen Körper drücken und sagen, verzeih mir, Geliebter, ich habe einen Fehler gemacht.

Und diesen Abend plane ich nachts, wenn ich mit klopfendem Herzen aufwache, und morgens, wenn mir der herbstliche Wüstenwind die klebrigen Finger auf die Augen drückt, und in den langen Stunden vor dem Computer, wenn ich versuche, den Aufsatz über Thera abzuschließen, und in den Nachmittagsstunden auf den Spielplätzen, bei den belanglosen Plaudereien mit den anderen Müttern, heute Abend werde ich zu ihm gehen, er wird mir nicht widerstehen können, ich werde ihm versprechen, dass ich mich ändere, dass ich erst jetzt gemerkt habe, wie sehr ich an ihm hänge und ihn liebe, ich werde ihm versprechen, dass alles anders wird, dass ich ihm alles geben werde, was ihm gefehlt hat, dass ich jeden Abend neben ihm auf dem Sofa sitzen und seine Aufsätze lesen werde, ich werde jede Nacht mit ihm schlafen und ihn so akzeptieren, wie er ist, und ich werde nie mehr mit ihm streiten. Du wirst mir eine Familie geben und ich dir eine Frau, ich formuliere die Details unseres Abkommens, noch nie hat es auf der ganzen Welt ein besseres Abkommen als dieses gegeben, und ein paar Augenblicke lang bin ich begeistert, als wäre alles wieder in Ordnung, ich stelle mir vor, wie er nach Hause zurückkehrt, natürlich werde ich ihm beim Packen helfen, wir werden die wenigen Sachen, die er mitgenommen hat, zurückbringen, die Bücher ins Regal stellen, seine Kleidungsstücke in den

Schrank räumen, und wenn Gili am Morgen aufwacht, wird sein Vater schon zu Hause sein, wie früher, und dieser Monat der Trennung wird uns wie eine ernstzunehmende Mahnung vorkommen, wie eine drohende Wolkensäule, bis wir die Erinnerung daran nicht mehr brauchen, weil wir so glücklich sind.

Und vor lauter Sehnsucht nach dem Glück und vor lauter Angst davor fürchte ich mich, meine Kraft auf die Probe zu stellen, warte auf die passende Stunde, auf die richtige Zeit, auf den richtigen Ort, und mir scheint, ich müsse bis in alle Ewigkeit warten, denn den wirklichen Amnon, den Mann mit dem schwerfälligen Körper und dem schönen, offenen Lachen habe ich seit jenem Freitag nicht gesehen, seit der Schabbatfeier, als Gili uns hinter sich herzog und ich im Ton seiner neuen Lehrerin laut und entschieden sagte, Papa kommt nicht mit uns rauf, Gili, er geht jetzt, morgen wird er kommen und dich für ein paar Stunden abholen. Diese Worte sind grob ausgesprochen worden, hartherzig, böse, und seither weicht er mir aus, holt Gili von der Schule ab, begleitet ihn nur bis zur ersten Treppenstufe, übermittelt über ihn knappe Nachrichten, als wäre sein Sohn eine Brieftaube, Papa holt mich diese Woche am Sonntag ab, nicht am Montag, am Mittwoch und nicht am Donnerstag, und ich frage mich verwundert, wie lange er sich drücken kann, bis zu Gilis nächstem Geburtstag, vielleicht auch noch länger, bis zu seiner Bar-Mizwa, bis zu dem Tag, an dem er zum Militär eingezogen wird, und vielleicht wird er mir für immer ausweichen und ich werde für immer zögern, aber eines Tages teilt mir Gili, als er nach Hause kommt, stolz mit, Papa lässt dir ausrichten, dass er mich am Freitag von der Schule abholt und dass ich bei ihm schlafe, er hat ein Bett für mich gekauft und es ist schon geliefert worden, und da weiß ich, dass dies der richtige Abend sein wird, wenn Gili im Nebenzimmer schläft, mit offenem Mund und einem bisschen Spucke, die auf sein neues Kissen rinnt, sein Schlaf schreit geradezu nach einer sicheren Familie, er wird es mir nicht abschlagen können.

Wo ist Papas neue Wohnung genau, frage ich mit süßer Stimme, so ganz nebenbei, ist sie weit von hier? Und Gili sagt, nein, nicht richtig weit und nicht richtig nah, man muss ein bisschen mit dem Auto fahren, und ich frage, wie sieht die Straße aus, und er sagt, so eine ganz normale Straße, wie hier, mit Bäumen und mit Häusern, und ich schlage vor, vielleicht versuchst du, das Straßenschild zu lesen, und sagst mir dann, welche Buchstaben darauf stehen, und er protestiert, das ist noch zu schwer für mich, und schon erfinde ich ein neues Spiel für ihn, ein Rätsel mit kleinen Belohnungen, und wir machen lange Spaziergänge durch das Viertel, während er versucht, die Straßennamen zu entziffern, und ich erkläre ihm alles genau, übe mit ihm Lesen und sich auf den Orientierungsmärschen zurechtzufinden, ihm gefällt das Spiel, aber bei seinem nächsten Besuch bei Amnon hat er es schon vergessen, und ich bin ratlos, denn um das Herz seines Vaters zu erweichen, muss ich vor ihm stehen, und plötzlich kommt mir das ganz unmöglich vor. Der Kontakt zu unseren Freunden aus der Familienzeit ist abgerissen und Gabi kann ich natürlich nicht fragen, und so stehe ich vor einem seltsamen Hindernis, ich habe mir genau überlegt, was ich sagen und was ich anziehen will, ich kenne jedes Detail des Aufeinandertreffens, nur nicht den Ort, an dem es stattfinden soll, und trotzdem will ich nicht darauf verzichten, ich beschließe, ihnen heimlich zu folgen, wenn Amnon Gili am Freitag abholt und mit ihm zu der neuen Wohnung fährt, zum ersten Wochenende ohne mich.

Ich sitze mit gesenktem Kopf in Dinas kleinem Auto neben dem Schultor, mit einer Sonnenbrille auf der Nase und einem hellen Strohhut auf dem Kopf, und warte. Vor mir und hinter mir warten andere Autos, die jetzt noch leer sind, sich bald aber mit fröhlichen Kindern füllen werden, die begeistert und verschwitzt in den Schoß der Familie zurückkehren. Mütter und Väter tauchen auf, die meisten kenne ich, bei vielen war ich schon zu Hause und habe die Einrichtung bewundert. Da ist die schöne Keren, die bei der Schabbatfeier alle zu ihrer Party eingeladen hat, mit einem kurzen Kleid und nackten, braun gebrannten Beinen, ihr Mann läuft ihr nach, legt ihr den Arm um die Schultern, und sofort flackert Neid auf, sofort fangen die dürren Zweige an zu lodern, und da nähert sich Michal mit langsamen, lustlosen Schritten, ihr Gesicht hat in der letzten Zeit einen besorgten Ausdruck, aber wir sprechen kaum miteinander, Jotam hat vermutlich den Glauben an seinen zweifelhaften neuen Freund verloren, und Gili hat mit Leichtigkeit andere Freunde gefunden, ich lege den Kopf aufs Lenkrad, als würde ich ein bisschen dösen, und werfe einen unauffälligen Blick auf den Tumult, den ich gut kenne und der mir trotzdem an diesem Freitagmittag fremd vorkommt. Einer nach dem anderen kommen die Kinder durch das weit geöffnete Tor, aber Gilis Vater taucht nicht auf, wie üblich verspätet er sich, vielleicht hat er es auch vergessen, was für ein Glück, dass ich hier bin, aber wie kann ich ohne ihn meinen Plan ausführen? Zu meinem Erschrecken fahren immer mehr Autos weg, hoffentlich bleibe ich nicht allein zurück, denn dann werden sie mich bestimmt entdecken, ich schaue mich beunruhigt um, komm schon, wo steckst du, alle möglichen Sorgen schwirren mir durch den Kopf, und wenn er nicht allein ist, und wenn ich neben ihm die arme Ofra entdecke, fast einen Monat lang habe ich gewartet, volle vier Wochen sind seit unserer Trennung vergangen, vielleicht habe ich den Zeitpunkt verpasst, vielleicht war er auch zu früh da und sie sind längst in seiner Wohnung, und Gili hüpft barfuß auf dem neuen Bett herum, aber da ist er ja, das rote Auto kommt schnell näher und bleibt genau hinter mir stehen, fast hätte es Dinas Auto gerammt, er steigt schwerfällig aus und streckt sich, wirft einen Blick auf seine Uhr, fährt sich mit einer mir sehr vertrauten Bewegung über den Kopf, dort wachsen zu meinem Erstaunen braunblonde Stoppeln, die aussehen wie das Gras im Rabenpark. Vier Wochen habe ich ihn nicht gesehen, und mein Herz fliegt ihm entgegen, wie kostbar er ist und wie vertraut, er sieht gut aus, die Hose mit den tiefen Taschen hängt locker an seinem Körper, er scheint ein bisschen abgenommen zu haben, er sieht so jungenhaft aus wie damals, und er geht mit den gleichen vorsichtigen Schritten an mir vorbei, mit denen er damals durch das Ausgrabungsareal gegangen ist, seine große Gestalt schien die bloßgelegte Ausgrabungsstätte zu beschützen, und ich bürstete gründlich den Staub ab, schaute heimlich zu ihm hin und betete, dass er wieder zu mir kommen würde, dass er mir zuliebe die Sonnenbrille absetzen und mich Pariserin nennen würde.

Da kommt er schon zurück, den Jungen auf den Schultern, natürlich hat er keine Minute an ein Gespräch mit der Lehrerin, mit einem Vater, einer Mutter vergeudet, pass auf, das Tor, hätte ich fast gerufen, als Gilis Kopf sich dem eisernen Rand nähert, aber er bückt sich gerade rechtzeitig, und ich spähe unter meinem Strohhut hervor, das sind meine beiden Männer, das ist meine ganze Familie, seine großen Hände umfassen die Knöchel des Jungen, bedecken seine Unterschenkel, Gilis Hände liegen auf seinem Kopf, spielen mit den neuen Grasstoppeln, und ich habe das Gefühl, dass er, wenn er meinen Sohn auf die Schultern nimmt, auch mich festhält, schließlich ist dies der Junge, den ich heute Morgen angezogen habe, es sind die Kleider, die ich für ihn gewaschen habe, es ist der Ranzen, den ich für ihn gekauft habe, er gehört ganz mir, dieser Junge, und wenn er so auf deinen Schultern reitet, bin auch ich dort, neben ihm, fühlst du mein Gewicht nicht, denn ich gehöre dir auch noch und du mir, ich werde mich ganz selbstverständlich neben ihn in das rote Auto setzen, aber sofort erstarre ich, so nicht, ich darf nicht durch solche voreiligen Manöver alles gefährden, wie leicht könnte das mit einer tiefen Enttäuschung enden, ich muss auf den Abend warten, nach dem Plan vorgehen, und ich atme tief, bereite mich auf die Verfolgung vor, während sie einsteigen und sich anschnallen. Noch nie habe ich so etwas gemacht, was soll ich tun, wenn sich ein Auto zwischen uns schiebt und ich sie verliere, und was, wenn uns kein Auto trennt und er mich entdeckt, ich drücke den Hut fester auf den Kopf, lasse den Motor an und fahre ihnen direkt hinterher, bete, dass der Weg nicht zu lang ist, und ich klebe fast an dem roten Heck, Ampel um Ampel, wenn er blinkt, blinke ich auch, einen Moment lang blitzt ein breites Lächeln in seinem Rückspiegel auf, und mir bleibt die Luft weg, bis ich verstehe, dass das Lächeln dem Jungen gilt, nicht mir, dem Jungen, von dessen Kopf über dem Rand des Rücksitzes nichts zu sehen ist, bis es mir vorkommt, als wäre das Auto leer, und als er in einer vertrauten, belebten Straße die Geschwindigkeit verringert, lächle auch ich, wie gut es zu ihm passt, einfach zurückzukehren, ich hätte es erraten können, in dieser Straße hat er vor zehn Jahren gewohnt, in einer voll gestopften Einzimmerwohnung, in diese Wohnung hat er mich eingeladen, um seinen Ausgrabungsbericht über die Keramikfunde zu lesen, die wir in den Trümmern von Tel Jesreel gemacht hatten. Als er das Auto parkt, fahre ich weiter, schaue ihnen dann im Rückspiegel zu, wie sie aussteigen, und als sie in einem kleinen Haus verschwinden, wende ich und wiederhole im Vorbeifahren zur Sicherheit die Nummer, obwohl ich sie nicht vergessen könnte, selbst wenn ich wollte, auch nicht das hübsche Steinhaus mit den zwei stämmigen Palmen neben dem Eingang, die aussehen wie bewaffnete Wächter.

Die bevorstehende Familienvereinigung legt einen weichen Glanz über unsere Wohnung, und ich räume selig die Vorräte in den Kühlschrank, Bier für ihn und Rotwein für mich und Mangosaft für Gili und einen süßen Hefezopf und Käse und Obst, als würde heute Abend hier ein Fest stattfinden, ja, auch ich feiere heute Abend ein Fest, so wie die schöne Keren, aber ich lade nicht alle Eltern ein, sondern nur einen einzigen Vater, den ich mir aufs Neue erwählt habe.

Aus welchem Anlass gebt ihr das Fest, hat jemand gefragt, und sie hat mit einem verlegenen Lächeln geantwortet, während ihr eine leichte Röte ins Gesicht stieg, einfach so, wir haben Lust zu feiern, und ich gebe zu, dass auch mir die Gründe für mein Fest nicht ganz klar sind, noch nicht einmal der Ort, wo es stattfinden soll, ob wir Gili mitten in der Nacht aufwecken und zu dritt nach Hause fahren oder ob ich dort bei ihnen schlafe und wir am Morgen heimkehren, vielleicht wird das Fest bei ihm stattfinden und ich werde meine Einkäufe dorthin bringen müssen, aber ich lasse mich durch solche Kleinigkeiten nicht beirren, ich stürme durch die Wohnung, mein Körper, wie durch ein schreckliches Unglück in zwei Teile gespalten, vereinigt sich langsam, mir scheint, dass die Wände an meiner Freude teilnehmen, sie lassen die Bilder tanzen, die Möbel bereiten sich darauf vor, den Verjagten zu empfangen, der als Sieger zurückkehrt.

7 Ella, tu das nicht, stößt sie schnell aus, als ich hinter ihrem gebeugten Rücken stehe und ihre Autoschlüssel schüttle, als wären sie Glöckchen, die ein Fest einläuten. Sie steht über das Pflanzengestrüpp auf ihrer Terrasse gebeugt, reißt vertrocknete Blätter ab, und ich sage, seit wann bist du so eine Schwarzseherin, Dina, das passt nicht zu dir, und sie richtet sich auf und blickt mich an, es kommt mir einfach nicht vernünftig vor, ihn so zu überraschen, wenn er es ausdrücklich ablehnt, dich zu sehen, und ich protestiere, du verstehst die Situation nicht, schließlich habe ich ihn verlassen, er hat mich angefleht, dass wir zusammenbleiben, was ist dann so schlimm daran, wenn ich zugebe, dass ich mich geirrt habe?

Aber du weißt doch noch gar nicht, ob du dich geirrt hast, sagt sie, nimmt mit ihren erdverkrusteten Händen die Schlüssel, du hast es sehr eilig, ihn zurückzuholen, und ignorierst ganz, was zu dieser Trennung geführt hat, hast du darüber nachgedacht, was eine Woche oder einen Monat nach seiner Rückkehr sein wird? An den Tatsachen hat sich schließlich nichts geändert, Amnon ist kein rücksichtsvollerer Mann geworden, und auch du hast dich nicht verändert, hör zu, Ella, du bist noch immer verwirrt, das ist nur natürlich, in solchen Krisensituationen werden wir von widerstrebenden Gefühlen überschwemmt, es braucht viel Zeit, um zu erkennen, was man wirklich empfindet.

Du glaubst nicht, dass das, was ich fühle, richtig ist, frage ich, aber da irrst du dich, und sie sagt, natürlich spürst du ein Bedürfnis nach ihm, aber die Frage ist, was sich hinter diesem Bedürfnis verbirgt, Angst, Schuldgefühle, Gekränktheit, die Frage ist, ob bei dir wirklich die Bereitschaft gewachsen ist, Amnon diesmal vollkommen zu akzeptieren, oder ob es sich wieder um eine Illusion handelt, um eine kleine Atempause in euren Machtkämpfen. Du hast keine Ahnung, wie sehr einen Gefühle täuschen können.

Du bist wirklich nicht auf dem neuesten Stand, Dina, beharre ich, hier gibt es keine Verwirrung, ich bin vollkommen sicher, dass ich ihn zurückhaben will, und sie sagt, aber vor einem Monat warst du vollkommen sicher, dass du ihn nicht mehr willst, was hat sich seither eigentlich verändert, außer dass er, entgegen deiner Vermutung, auch ohne dich zurechtkommt? Nehmen wir mal an, er hätte dich weiter angefleht zusammenzubleiben, würdest du ihn auch dann noch wollen?

Vielleicht hätte es ein bisschen länger gedauert, antworte ich vorsichtig, vielleicht habe ich den Abstand von ihm gebraucht, um zu verstehen, wie teuer er mir ist, und sie sagt, und vielleicht willst du auch nur das, was du nicht hast, mir scheint, du hast dein Gleichgewicht noch nicht wiedergefunden, Ella, du bist gekränkt von seiner Entfremdung, du hast Angst, ihn zu verlieren, und jetzt ist es für dich das Bequemste, den früheren Zustand wiederherzustellen, aber du willst nicht wissen, was zwischen euch gewesen ist, lass dir noch ein paar Monate Zeit, bevor du das Leben von drei Menschen erneut durcheinander bringst, und ich sage, du bist nicht realistisch, Dina, das ist dein Problem, in ein paar Monaten habe ich ihn ganz verloren, er wird sich daran gewöhnen, ohne mich zu leben, und vielleicht sogar eine andere finden, ich glaube sowieso, dass ich zu lange gewartet habe, wer weiß, ob er nicht schon zu seiner früheren Freundin zurückgegangen ist.

Sie zieht sich vor mir in ihre grell gestrichene Küche zurück, tritt vorsichtig auf die orangefarbenen Keramikfliesen, die wie Farn an den Wänden hochklettern, iss etwas, du siehst wirklich ausgehungert aus, sagt sie, ihr Blick wandert besorgt über meinen Körper, der in einem engen weinroten Kleid steckt, und ich bewege die Hand zu meinem Hals, als versuchte ich, ein Messer zu entfernen, in der letzten Zeit habe ich Beschwerden beim Schlucken, sage ich, hast du vielleicht ein Halsbonbon?

Nein, aber ich habe Kuchen, sie holt eine runde Form aus dem Kühlschrank, in der sich ein Schokoladenkuchen befindet, der mit einer dicken Cremeschicht überzogen ist, sie schneidet mir ein großes Stück ab, und ich begnüge mich mit der Creme, kratze sie langsam mit einem kleinen Löffel ab und ignoriere den missbilligenden Ausdruck auf ihrem Gesicht, wofür hast du gebacken, einfach so, nur für dich, frage ich, so seltsam kommt mir das plötzlich vor, eine Frau lebt allein in einer Wohnung, mit einem Kuchen, und sie antwortet, ich erwarte morgen Gäste zum Mittagessen, du bist auch eingeladen, und ich sage, danke, morgen bringen wir bestimmt seine Sachen zurück nach Hause, ich weiß nicht, ob wir da Zeit haben, und sie seufzt, sieht mich zweifelnd an, Ellinka, für den Fall, dass nicht alles so läuft, wie du glaubst, dann vergiss nicht, dass du morgen Mittag hier eingeladen bist. Danke, wirklich vielen Dank, sage ich ein bisschen überheblich, was habe ich mit diesen gezwungenen Treffen zu tun, die sie für ihre trostlosen, allein stehenden Bekannten organisiert, ich komme überhaupt nicht auf die Idee, dass es nicht klappen könnte, ich bin hochmütig, schließlich liebt er mich, in einem Monat hat er diese Liebe bestimmt nicht verloren, du tust so, als wäre er es gewesen, der mich verlassen hat.

Nach einer gewissen Zeit spielt es keine Rolle mehr, wer wen verlassen hat, bemerkt sie, sondern nur noch, wer sich leichter an die neue Situation anpasst, und ich schnaube verächtlich, Amnon und sich anpassen? Er mag keine Veränderungen. Dass er mich jetzt nicht sehen will, heißt noch lange nicht, dass er nicht zurückkehren möchte, ganz im Gegenteil, er ist einfach verletzt, er hat Angst, seinen Willen auszudrücken, aber wenn es von mir kommt, ist er glücklich, du wirst sehen. Wieder seufzt sie, ihre Hände ruhen auf ihren Rippen, als würde sie von einem plötzlichen Kälteschauer gepackt, gut, ich hoffe für dich, dass du Recht hast, die Wahrheit ist, dass ich nicht weiß, was ich dir wünschen soll, und ich sage, na was wohl, wünsch mir Erfolg, und sie antwortet mit einem ernsten Lächeln, aber was in deinen Augen ein Erfolg ist, ist es nicht in meinen, und ich küsse sie auf die spröde Wange, genug, sei nicht so kleinlich, Dina, und sie sagt, ich wünsche dir viel Erfolg, Ellinka, ihre braunen, von dünnen roten Äderchen umrandeten Augen folgen mir besorgt, als ich mich entferne, ähnlich wie die Augen meiner Mutter mich freitagabends begleitet haben, wenn ich zu jenen Klassenpartys ging, von denen ich regelmäßig gedemütigt in ihre tröstenden Arme zurückkehrte.

Wie aufregend und wie seltsam das ist, dass ich jetzt zurückkehre, nach zehn Jahren, mit schnellen kleinen Schritten, die an ihrem Glück zweifeln und denen es schwer fällt, zu glauben, dass er mich will, dieser große stolze Mann, der damals ausgerechnet mich zu sich einlud, um mir den Ausgrabungsbericht zu zeigen, an dem er schrieb, ich sollte meine Meinung dazu sagen, und ich bleibe einen Moment lang vor dem Gebäude stehen, in dem er damals gewohnt hat, in dieser voll gestopften Einzimmerwohnung voller Bücher und Keramikgegenstände und voller düsterer Radierungen des alten Jerusalem, eine Wohnung, erfüllt von seinem scharfen rauen Charme, wie gurrend er gelacht hat, als ich meine Anmerkungen formulierte, du bist keine Archäologin, hat er erstaunt gesagt, dich interessieren nur Märchen, was machst du überhaupt in unserer Abteilung, und damals hörten sich seine Worte an wie ein ausgefallenes Lob. Ich muss dich mal nach Thera mitnehmen, sagte er, kommst du mit mir? Und ich nickte glücklich, ich werde mit dir bis ans Ende der Welt gehen, bis hinunter in den Bauch der Erde werde ich dir folgen, ich setzte mich auf seine Knie und schaute dankbar in seine wunderschönen Augen, ich streichelte seine Hände, als hätte ich wirklich Tausende von Jahren unter einer Erdschicht gelegen, bedeckt von Lava, bis diese großen Hände kamen und mich von dort erretteten.

Es ist schon kühl und dunkel an diesem Abend, und nur wenige Autos fahren an mir vorbei, eines verringert die Geschwindigkeit, ich meine eine Hand zu sehen, die mir grüßend zuwinkt, aber ich versuche nicht, zu erkennen, wer es ist, ich antworte nur mit einer beiläufigen Geste und versinke in den Stimmen, die durch das offene Fenster auf die Straße fliegen wie schwärmende Vögel, ich erlaube mir, in das Tischgebet einzustimmen, obwohl ich an dem Essen nicht teilnehme. Wenn der Herr die Gefangenen Zions erlösen wird, so werden wir sein wie die Träumenden. Dann wird unser Mund voll Lachens und unsre Zunge voll Rühmens sein … Endlich sind die Feiertage vorbei, die mir dieses Jahr wie eine schwere Last vorgekommen sind, Feiertage ohne Eltern, ohne Familie, noch ein paar wacklige Laubhütten sind zurückgeblieben, schnell aufgebaut und noch nicht wieder entfernt, ihre vom Tau feuchten Decken verströmen einen satten Geruch nach Herbst, die Palmenzweige sind verwelkt, ich schaue in eine der leeren Hütten hinein, sorgfältig ausgeschnittene und zusammengeklebte Papiergirlanden rascheln im Wind, ein paar von ihnen winden sich schlangenartig zu meinen Füßen. Wann war das, vor einem Jahr oder zwei, als Gili uns gedrängt hat, auf dem Balkon eine Laubhütte zu bauen, Amnon hat sich geweigert, und schließlich stieg ich selbst auf das Geländer und versuchte, den Balkon mit Betttüchern zu bespannen, während er auf dem Sofa lag und las, gleichgültig gegenüber meinen Bemühungen, das ganze Fest über haben wir nicht miteinander gesprochen, zehn ganze Tage, und auch als wir uns endlich wieder versöhnten, hatte die Versöhnung einen bitteren Beigeschmack. Ich habe ihn nie gefragt, warum er sich eigentlich geweigert hat, warum fiel es ihm so schwer, dem Jungen eine Freude zu machen, vielleicht werde ich es heute Nacht herausfinden, ohne Vorwürfe und ohne Schuldzuweisungen, nur aus ehrlichem Interesse, werde ich sagen, es gibt so wenige Möglichkeiten, ihn glücklich zu machen, und sie gehen so schnell vorbei, es wird eine Zeit kommen, in der sein Glück nicht mehr von uns abhängt, wir werden hilflos vor seinem Schmerz stehen.

Ich schleiche mich zwischen den beiden Palmen hindurch, als könnten sie ihre dünnen Arme nach mir ausstrecken und mir den Weg versperren, im Treppenhaus betrachte ich prüfend die Briefkästen, da ist sein Name, in eckigen Buchstaben auf ein Stück Papier gedruckt und von einem schwarzen Rahmen eingefasst, als würde hier sein Tod angezeigt, und erleichtert stelle ich fest, dass kein Frauenname sich seinem angeschlossen hat, und trotzdem bedrückt mich die Aggressivität der Buchstaben, die seine feste Absicht zu einer eigenen Existenz bezeugen, die nicht schwankend und vorübergehend ist, wie ich gehofft habe, für immer wird er hier bleiben, und ich bücke mich vor seinem Namen, betrachte die Buchstaben genau, murmle wieder und wieder die Worte, die ich für ihn habe, obwohl ich noch immer glaube, dass ich kein einziges Wort benötige, in dem Moment, da er mein Gesicht sieht, wird seines anfangen zu strahlen, und wir werden keine Worte brauchen.

Leise Musik dringt, zusammen mit einem schmalen Lichtstreifen, durch den Spalt zwischen Wohnungstür und Fußboden, und ich stelle erleichtert fest, dass es eine CD ist, die ich ihm gekauft habe, ich erkenne die gewundenen Klänge einer klassischen Gitarre, ist das nicht eine Einladung, ist das nicht ein Zeichen, dass er mich erwartet? Leise klopfe ich an, um den Jungen nicht zu wecken, es ist schon spät, bestimmt schläft er bereits, aber keine Stimme ist hinter der Tür zu hören, keine Bewegung, vielleicht sind beide eingeschlafen, ich kann sie vor mir sehen, einer neben dem anderen auf dem schmalen Bett, Gili schläft wie immer auf dem Rücken, Amnon wie immer auf dem Bauch, und wieder klopfe ich, vor meinen Augen sehe ich die Hindernisse, die auftreten könnten, bis jetzt habe ich mir nicht die Mühe gemacht, sie in Betracht zu ziehen. Vielleicht schlafen sie beide, und ich schaffe es nicht, sie zu wecken, oder die Anwesenheit Gilis macht alles kaputt, oder noch schlimmer, er hat Besuch, obwohl Gili nie etwas berichtet hat, stelle ich mir eine Frau an seiner Seite vor, und ich mache ein paar kurze nervöse Schritte zurück, dann klopfe ich wieder an und höre endlich, endlich schlurfende Schritte, und er fragt nicht, wer da ist, vielleicht erwartet er einen anderen Gast, denn als Licht aus der Wohnung auf mein Gesicht fällt, weicht er zurück und murmelt, Ella, was suchst du hier, aber seine Stimme klingt nicht erstaunt und begeistert, sondern sachlich, verwundert, kühl, was suchst du in einem Haus, das nicht deines ist und in das dich niemand eingeladen hat.

Ich nähere mein Gesicht dem seinen, seine Größe überrascht mich, ich recke den Hals zu ihm hinauf, eine unangenehme Bewegung, die ich schon vergessen hatte, dränge mich in die Wohnung, in die er sich vor mir zurückzieht, Amnon, wir müssen miteinander reden, und er presst die

Lippen zusammen, bis sie fast in der Weite seines großen Gesichts verschwunden sind, er beißt sich auf die Unterlippe, sein Blick weicht meinem aus.

Reden, worüber, fragt er, als hätten wir noch nie ein Wort gesprochen und als würde allein die Möglichkeit ihn in Erstaunen versetzen, und ich sage, über uns, über unsere Trennung, über unseren Sohn, und er setzt sich schweigend an den runden Esstisch, der in einer Ecke des Wohnzimmers steht, bietet mir den Platz gegenüber an, wo Gili allem Anschein nach vor kurzem gesessen hat, denn sein Teller steht noch da, mit Resten von Spaghetti und grünem Salat und einem halb abgenagten Maiskolben, darunter lugt das besorgte Gesicht von Pu dem Bären hervor, der unter einem Luftballon zappelt, ich schaue mich schnell um, wie ich es in den Wohnungen der Eltern von Gilis Freunden immer mache, um so viele Details wie möglich aufzunehmen, aber diesmal hat die rasche Inspektion eine besondere Bedeutung und Dringlichkeit, und ich stelle erstaunt fest, wie angenehm die kleine Wohnung ist, durch deren Fenster man das bei Nacht beleuchtete Kloster sieht, wie einen riesigen Meteor, der gerade auf die Erde herabgestürzt ist, ich betrachte die neuen Möbel, die er gekauft hat, den groben Flechtteppich, das sandfarbene Sofa und die zwei Korbsessel.

Es ist sehr schön hier, Amnon, stelle ich fest, hast du das alles selbst ausgesucht? Und er lächelt bejahend, vorsichtig, fast entschuldigend, ja, ich habe gemerkt, dass es gar nicht so schwierig ist, es hat mich ein paar Tage Konzentration und Arbeit gekostet, das ist alles, es war mir wichtig, Gili ein Gefühl von Zuhause zu geben, damit er Freunde mitbringen kann und sich hier wohl fühlt, und dann steht er auf und geht zu der offenen Küche hinüber, gießt mir Wasser in ein hohes bläuliches Glas, und ich trinke schweigend, sogar das Wasser scheint hier einen anderen Geschmack zu haben, klar und sauber wie aus einer Quelle.

Zeig mir Gilis Zimmer, bitte ich knapp, es fällt mir schwer, das anzuerkennen, was er geschaffen hat, und er führt mich stolz durch den Flur, vorbei an einem kleinen Schlafzimmer, statt einer Tür bewegt sich ein Perlenvorhang vor der Öffnung und lässt ein leises Rascheln hören, ich betrachte wütend das Doppelbett, das er für sich gekauft hat und auf dem eine bestickte Tagesdecke liegt, gleich darauf stehe ich in der Tür eines großen Zimmers, das sogar noch schöner ist, als Gili es beschrieben hat, Nachtlämpchen werfen Licht auf die Wände, die in der leuchtenden Farbe reifen Getreides gestrichen sind, auf dem weichen Teppich liegen neue Familien von Kuscheltieren verstreut, wie herbeigezaubert, denn von unseren fehlt keines, in einer Zimmerecke steht ein Holzbett mit neuer Bettwäsche, und im Bett liegt ein Junge mit braunen glänzenden Haaren und mit roten Wangen, die zarten Lippen locker und entspannt. Er schläft auf dem Rücken, mit den Händen auf der Brust, und die dünne Zudecke ist von Sternen übersät, sein Atem ist ruhig, ich beuge mich über ihn und küsse ihn auf die Wange, versuche, den warmen Atem in mich einzusaugen, der aus seinen leicht geöffneten Lippen kommt, die trocken und ein wenig rau sind.

Eine einzelne Träne rinnt von meinem Auge auf seine milchigblasse Wange, beim Anblick dieses schönen, vollkommenen Jungen, der offensichtlich friedlich in einem schönen und vollkommenen Zimmer schläft.

Kühle Luft dringt mir unter das Kleid, verbreitet den starken Duft der neuen Jahreszeit, weckt ein dumpfes Verlangen, eine Erinnerung an ein Leben, das sauber war, als es anfing, ein Leben mit Ordnung, spürst du das auch, erschaudert dein großer Körper neben mir, dieser Körper, bis zur Ermüdung vertraut und dennoch verboten. Zusammen stehen wir vor seinem Bett, wie besorgte Eltern am Bett ihres kranken Kindes, sein Mund öffnet sich noch ein Stück, ich weiß nicht, ob zu einem Gähnen oder zu einem Lächeln, und ich betrachte die kleine leere Stelle hinter seiner Unterlippe, ihm ist ein Zahn ausgefallen, flüstere ich, schockiert darüber, dass ich bei diesem Ereignis nicht anwesend war, sogar der letzte Faden, der den Zahn mit dem Zahnfleisch verband, hat mich betrogen, und er sagt, ach ja, beim Abendessen, wir haben ihn zwischen den Maiskörnern gefunden, er hält mir eine Streichholzschachtel hin, die vor dem Bett liegt, in ihr befindet sich ein winziger Zahn, der jetzt, nachdem er aus seinem Mund gefallen ist, gelblich und fleckig aussieht, als hätte er einem alten Mann gehört, nicht einem fröhlichen Kind.

Seine Arme bewegen sich, scheinen sich mir zu einer schläfrigen Umarmung entgegenzustrecken, und ich beuge mich zu ihm, seine Augenlider zittern, seine Wimpern flattern, wach nicht auf, mein Schatz, nicht jetzt, Amnons Blick bedeutet mir wegzugehen, und ich kehre gehorsam zu meinem Platz an dem runden Tisch zurück, zu meinem Glas Wasser, das mich schon nicht mehr erwartet, eine grünlich schimmernde Fliege ist hineingefallen, schlägt mit den Flügeln, und wieder betrachte ich das Wohnzimmer, mit wachsender Feindseligkeit, die Entschiedenheit der Möbel provoziert mich wie die Nachdrücklichkeit der Buchstaben auf dem Briefkastenschild, wir sind hier, um zu bleiben, sagen die Sessel, du bist die Ausgestoßene, wir gehören hierher, und schon versuche ich, das Hindernis zu umgehen, vielleicht ziehen wir alle hierher und fangen hier unser neues Leben an, die Wohnung ist zwar kleiner als unsere, aber wir werden zurechtkommen, und gleich stelle ich mir vor, wie wir um den Tisch herumsitzen, der mit seinem neu gekauften Geschirr gedeckt ist, und mit Appetit essen, wie wir das Wasser trinken, das so klar ist wie aus einer Quelle, wie wir fest und tief in seinem neuen Bett schlafen, was ist eigentlich schlecht daran, morgen bringe ich meinen Computer und ein paar Kleidungsstücke her und schließe mich ihnen an, ich höre schon Gilis begeisterte Stimme, als er mir zeigt, wie wunderbar unsere neue Wohnung ist, aber warum bricht seine Stimme, ich fahre herum, Fetzen von Weinen dringen aus seinem Zimmer am Ende des Flurs, und ich renne hin, aber Amnon verscheucht mich mit einer groben Geste, als wäre ich ein streunender Hund.

Alles in Ordnung, mein Süßer, höre ich ihn mit warmer Stimme flüstern, ich bin hier, bei dir, und Gili jammert, ich möchte mit dir im Wohnzimmer sein, ich bin noch nicht daran gewöhnt, hier zu schlafen, und mein Herz fliegt ihm zu, auch ich bin hier bei dir, mein Junge, möchte ich ihm zurufen, aber der Weg zu ihm ist mir versperrt, und Amnon kommt auf mich zu, es ist nicht gut, wenn er dich hier sieht, das bringt ihn nur durcheinander, flüstert er, betrachtet mit Verärgerung im Blick die offenen Räume, sucht eine Lösung, und ich will sagen, was macht das schon aus, schließlich haben wir diese Episode hinter uns, aber vorläufig muss ich ihm gehorchen.

Geh ins Badezimmer, zischt er, schließ die Tür ab, er darf nicht wissen, dass du hier bist, das wäre wirklich nicht gut, und ich gehorche wütend, drehe den Schlüssel um und setze mich auf den Klodeckel, und sofort geht das Licht aus, wie im Kino, wenn der Film anfängt, nur ihre Stimmen dringen an mein Ohr, während der Anblick des Jungen, der in seinem kurzen Pyjama auf dünnen Beinen dasteht und wimmert und dem der Kummer aus den Augen tropft, als würde er sich nie wieder erholen, nur auf der Leinwand meines erschütterten Herzens erscheint. Ich möchte ins Wohnzimmer, fleht er, ich schlafe im Wohnzimmer auf dem Sofa, bitte, Papa, ich habe mich noch nicht an mein Zimmer gewöhnt, ich möchte bei dir sein, und Amnon sagt, ich bleibe bei dir, in deinem Zimmer, mach dir keine Sorgen, ich warte, bis du eingeschlafen bist. Er weint, aber ich kann in diesem Bett nicht einschlafen, es ist zu hart, und Amnon sagt, es ist genau wie dein Bett bei Mama, es ist nur neu, das ist alles, und Gili beharrt, ich möchte in mein Bett, wenn ich bei dir schlafe, dann bring mir mein Bett von zu Hause, und Amnon erklärt ihm geduldig, aber das ist unmöglich, du wirst dich daran gewöhnen, ganz bestimmt, morgen früh wirst du dich besser fühlen.

Ich möchte einen Schluck Wasser, verlangt Gili, und dann erinnert er sich, ich habe noch Hunger, ich möchte etwas essen, und dann kommt die Bitte, auf die ich in meiner Torheit so lange gewartet habe, ich will Mama, und ich krümme mich auf dem Klodeckel zusammen, nichts einfacher als das, mein kleiner Geliebter, Mama ist hier, ich brauche nur den Schlüssel herumzudrehen und zu ihm hinauszugehen, wie eine Fee im Märchen, die kommt, um einem den größten Wunsch zu erfüllen. Sein Gesicht wird strahlen, seine Tränen werden trocknen, sein Lächeln wird die Wohnung erfüllen, und ich bin drauf und dran, die Anweisung meines Gastgebers zu missachten und aus meinem Versteck hervorzutreten, aber in letzter Minute weiche ich zurück, das ist kein normaler Abend, das ist der Abend, der ein wichtiges Ziel hat, ich darf mir die Chance nicht durch einen unüberlegten Schritt verderben.

Er tapst barfuß durch den Flur, trink nur Wasser und geh zurück in dein Zimmer, Amnon verliert langsam die Geduld, und Gili sagt noch mal, ich will Mama, ich will Mama anrufen, und sein Vater antwortet trocken, dann ruf sie an, und ich, in meinem engen dunklen Schlauch, den scharfen

Geruch von Desinfektionsmittel in der Nase, höre, wie er wählt und unsere leere Wohnung anruft, auf eine Antwort wartet, Mama, ich bin's, sagt er auf den Anrufbeantworter, mit seiner erwachsensten Stimme, ich will dir was sagen, ich kann nicht einschlafen, vielleicht kannst du mir meine Matratze bringen, und ich ziehe mich auf dem Klodeckel zusammen, verberge das Gesicht zwischen den Knien, geh schon schlafen, murmle ich, und lass mich die Angelegenheit in Ordnung bringen, und wieder ist seine dünne Stimme zu hören, Papa, ich muss Pipi, und mich packt eine wilde Schadenfreude, das hast du nicht vorausgesehen, Amnon, was wirst du jetzt tun, aber zu meiner Überraschung fasst er sich schnell, das Bad ist besetzt, verkündet er kaltblütig, du kannst in den Blumentopf auf dem Balkon pinkeln, und Gili kommt zur Tür und versucht sie zu öffnen, ich höre, wie er erstaunt auf die Klinke drückt, die sich immer wieder hoch- und runterbewegt, und warum ist es dann dunkel da drin, fragt er, und Amnon sagt, weil die Glühbirne gerade jetzt kaputtgegangen ist.

Wer ist da drin, fragt Gili misstrauisch weiter, und Amnon sagt, eine Frau, die du nicht kennst, sie geht gleich wieder, und Gili ruft, ich will sie sehen, und da reißt seinem Vater die Geduld, er schimpft, du hast genug genörgelt, geh jetzt ins Bett, und Schluss, und wie zu Hause zeigt das Schimpfen Wirkung, schnell herrscht wieder Stille in der Wohnung, eine geladene, bedrohliche Stille, die das Gesagte in einem neuen Licht erscheinen lässt: eine Frau, die du nicht kennst, sie geht gleich wieder, die Worte beunruhigen mich, als sagten sie die Zukunft voraus. Das ist es, was er plant, ich habe die Grausamkeit in seiner Stimme gehört, seine Schadenfreude mir gegenüber, die ganzen Jahre war er eifersüchtig auf die Beziehung zwischen Gili und mir, und jetzt hat er vor, ihn mit Geschenken und Fürsorge an sich zu binden, bis er mich vergisst. Und ich habe das Gefühl, dass die Aufgabe, die ich mir gestellt habe, von Minute zu Minute lebenswichtiger wird, schließlich habe ich den Riss verursacht, und nun muss ich den Schaden in dieser Nacht auch wieder beheben.

Bald wird leise an die Tür geklopft, ich mache sie vorsichtig auf, verlasse erschöpft mein Gefängnis, meine Haare und meine Kleidung haben sich mit dem Geruch des Desinfektionsmittels voll gesogen, er legt den Finger auf den Mund und wirft mir einen anklagenden Blick zu, dass ich ja keinen Ton von mir gebe, und ich gehe auf Zehenspitzen zu meinem Platz am Tisch zurück, betrachte mit schwerem Herzen Gilis Teller, von meiner Rede sind auch nur noch kalte Reste geblieben, aber ich habe keine andere Wahl.

Amnon, hör zu, flüstere ich und versuche, edelmütig alles zu ignorieren, was hier passiert ist, du hast keine Ahnung, wie sehr ich bedaure, was ich getan habe, mir ist jetzt klar, dass es ein Fehler war, ich möchte, dass du wieder nach Hause kommst, dass wir wieder eine Familie sind, du hast Recht gehabt, ich war nicht fähig, das zu schätzen, was ich hatte, ich habe nicht verstanden, was ich tue, ich flehe dich an, mir zu verzeihen, ich bin sicher, du wirst es nicht bereuen, wir haben so viel zu gewinnen, es ist doch kein Zustand, dass ich mich vor meinem Sohn verstecken muss, dass ich mich zweimal die Woche von ihm trennen muss, aber sofort ermahne ich mich selbst, mich auf uns zu konzentrieren und nicht auf Gili, er ist schließlich daran interessiert, Teil eines Paares zu sein, nicht nur Vater, das ist es, was er in all den Jahren immer wieder gesagt hat. Einen Moment lang schweige ich und schaue ihn an, er hat sein Gesicht nicht zu mir gewandt, sondern zu dem großen Fenster, das auf das beleuchtete Kloster hinausgeht, die gerade, wohlgeformte Nase, die schmalen Lippen, die blauen Augen sind auf das alte Gebäude gerichtet, als käme meine Stimme von dort, und ich lege vorsichtig meine Hand auf seine, Amnon, du fehlst mir, ich möchte mein Leben mit dir verbringen, meine schmale Hand mit den abgekauten Fingernägeln ist zu klein, um seine kräftigen Finger zu bedecken, und dennoch, mit welcher Zartheit hat er damals die Tonscherben gehalten. Zu meinem Erschrecken zieht er seine Hand mit einer scharfen Bewegung zurück, als beschmutze ich ihn, und sagt hart, ohne mich anzusehen, hör zu, Ella, du hast Glück, dass ich rücksichtsvoller mit dir umgehen werde als du mit mir, als ich versucht habe, dich zu überreden, mit dieser Trennung noch zu warten, du hast mich aus dem Weg geräumt, als wäre ich ein ärgerliches Hindernis, eine Gesundheitsgefährdung, ein Stein des Anstoßes, ich werde das mit dir nicht tun, denn du warst meine Frau, die Mutter meines Sohnes wirst du immer bleiben, aber ich möchte dir eine Frage stellen, wer denkst du, dass du bist, für wen hältst du dich?

Ich verstehe diese Frage nicht, antworte ich, inzwischen weiß ich, dass dieses Gespräch nicht so ablaufen wird, wie ich es mir vorgestellt habe, und er sagt, ich verstehe nicht, was dieser Besuch soll, glaubst du wirklich, dass ich irgendein Schokoladensoldat in einem deiner Spielchen bin? Dass du mich vor- und zurückschieben kannst, wie es dir gerade passt? Als du mich aus deinem Leben entfernt hast, hast du nicht an mich gedacht, und auch jetzt, da du versuchst, mich zurückzuholen, denkst du nicht an mich, sondern nur an dich selbst.

Ich protestiere, wirklich, Amnon, heuchle doch nicht, keiner trennt sich seinem Partner zuliebe und keiner kommt zurück seinem Partner zuliebe, im Eheleben geht es doch nicht um Wohltaten, und er sagt, ich spreche nicht von Wohltaten, sondern von einem Minimum an Rücksichtnahme, von der Fähigkeit, den anderen wahrzunehmen. Du erwartest, dass die ganze Welt sich nach deinen wechselnden Launen richtet, als du genug von mir hattest, musstest du mich loswerden, wenn ich dir fehle, musst du mich sofort zurückhaben, wann wirst du endlich erwachsen, Ella, und ich seufze, senke den Kopf, du hast Recht, Amnon, es tut mir Leid, und er winkt ab, ich brauche deine Entschuldigung nicht, das nützt mir nichts mehr, ich bin, was dich betrifft, schon woanders, aber das bemerkst du noch nicht einmal, und ich höre meine zappelnde Stimme, was heißt das, woanders?

Ich bin hier, sagt er mit einer Handbewegung zum Sofa und den Sesseln, mir geht es hier gut, ich habe meine Ruhe, alles, was in den letzten Jahren zwischen uns passiert ist, hat an meinen Nerven gezerrt, ich habe gespürt, dass du dich immer weiter von mir entfernst, ich fühlte mich bedroht und habe mit Aggression reagiert, ich weiß, dass du es nicht leicht hattest mit mir, aber auch ich hatte es schwer, ich musste merken, dass du mich nur noch als Vater für deinen Sohn wolltest, und auch das zu deinen Bedingungen, von Tag zu Tag wurde ich überflüssiger, ich hatte keine Chance, dich zufrieden zu stellen. Du bist fähig, dich zu verlieben, Ella, aber nicht, zu lieben, sobald du enttäuscht bist, erkaltet deine Liebe, aus deinem ständigen Kritisieren steigt eisige Kälte auf, du bist genau wie dein Vater, du hast so sehr unter ihm gelitten, und jetzt bist du wie er, es stimmt ja, dass ich viele Schwächen habe, aber ich habe dich geliebt, und zu meinem Kummer beruhte das nicht auf Gegenseitigkeit, jetzt, nachdem ich die Erschütterung überwunden habe, fühle ich, dass ich gesund werde, meine Beziehung zu Gili wird besser, es tut mir gut, ohne dich mit ihm zusammen zu sein, es tut mir gut, ohne dich mit mir allein zu sein, ohne das Gefühl, dass alles, was ich tue, geprüft und auf die schwarze Liste meiner Sünden gesetzt wird, es tut mir Leid, Ella, aber das ist die Wahrheit, ich habe mich von dir entwöhnt.

Aber Amnon, ich schlage dir doch nicht vor, zu dem zurückzukehren, was war, sage ich großzügig, natürlich müssen wir vieles an unserer Beziehung in Ordnung bringen, aber wir haben noch immer Liebe im Haus, das hast du selbst gesagt, und auf Liebe verzichtet man nicht so leichtfertig, seine Kraft für eine Erneuerung einzusetzen ist besser, als sich zu trennen. Er seufzt, dann nehme ich zurück, was ich einmal gesagt habe, das ist schon lange keine Liebe mehr, sondern eine schlechte Gewohnheit, ich glaube nicht mehr an diese Beziehung, am Ende hast du Recht behalten, auch wenn dein Weg fragwürdig war, es ist aus zwischen uns, es war schon vor Jahren aus, sein blauer Blick flattert einen Moment lang über mein Gesicht und wendet sich gleich wieder zum Fenster, und ich höre ihm zweifelnd zu, es fällt mir schwer zu glauben, dass alles zu Ende sein soll, schließlich hast du auch nicht heiraten wollen, erinnere ich ihn, auch Gili hast du nicht gewollt, das hat Zeit, hast du immer gesagt, wozu brauchen wir diese offizielle Bestätigung, wozu brauchen wir dieses Joch, genießen wir doch erst mal einander, aber immer hast du dich seufzend gefügt, und ich war betrunken von meiner Macht über dich, als hätte ich ein riesiges Tier gezähmt, doppelt so groß wie ich, einen echten Minotaurus, einen Stier mit goldenen Hörnern, und auch jetzt wirst du nachgeben, ich muss nur die richtige Wortfolge finden, wie die Zahlenfolge zu einem Safe, das voller Armreifen, Ohrringe und Ketten ist, der Schmuck Helenas, der Trojanerin, der auf mich wartet.

Amnon, ich verstehe ja, dass du gekränkt bist, und es tut mir so Leid, flüstere ich weich, aber lass dich von dieser Gekränktheit nicht beherrschen, ich verspreche dir, dass ich alles tue, damit es gut geht, ich glaube fest daran, dass wir wieder so glücklich werden können wie früher, aber er lächelt bitter, schüttelt den Kopf, es reicht, Ella, gib keine Versprechen ab, die du nicht halten kannst, ich kenne dich, ich habe schon gelernt, dass alles, was du sagst, nur für diesen Moment wahr ist, ich verlasse mich nicht mehr auf dich, mir ist klar, dass nicht ich es bin, den du jetzt willst, du willst den leeren Fleck in deinem Leben füllen, und ich bin gerade der geeignete Kandidat dafür, weil ich schon einmal dort war, aber das hat nichts mit mir als Person zu tun. Du willst eine Familie, Sicherheit, du willst nicht mich, du willst mich nicht mit allem, was zu mir gehört, was mich ausmacht, denn mich bist du leid, hast du das schon vergessen? Hast du vergessen, dass meine Art abstoßend ist, dass ich ein Egoist bin, verbohrt, herrschsüchtig, grob, eifersüchtig, hast du das vergessen? Nun, ich habe es nicht vergessen und ich habe keine Lust, dazu zurückzukehren, in allem, was mit Gili zu tun hat, werde ich immer dein Partner sein, doch alles andere existiert für mich nicht mehr, und ich atme schwer, mein Brustkorb ist lahm von der Last, die ihn drückt, zum ersten Mal kommt mir der Gedanke, dass er sich mir wirklich verweigern könnte, ich stehe auf, bewege mich auf ihn zu, versuche, mich auf seine nackten Knie zu setzen, die Arme um seinen Nacken zu legen, rieche seinen vertrauten Duft nach Seife und Staub.

Mein Geliebter, flüstere ich in sein Ohr, du hast keine Ahnung, wie sehr du dich irrst, ich sehne mich nach dir, ich will nie einen anderen, ich weiß, dass ich die Beziehung zwischen uns vernachlässigt habe, ich war zu sehr in Gili vertieft, das passiert vielen Frauen, es ist leichter, einen süßen Jungen zu lieben als einen mürrischen Mann, aber das war eine Illusion, mein Leben ist nur vollkommen mit dir, wir sind die Basis dieser Familie, aber er schüttelt den Kopf so heftig, als habe er etwas Unerträgliches gehört, nimmt meine Hand von seiner Schulter, ich sehe die Dinge jetzt anders, Ella, ich glaube, dass diese Trennung nicht zu verhindern war, unser Zusammenleben ist zu einer ständigen Frustration geworden, jeder von uns hat das Schlechte im anderen hervorrufen, ich glaube nicht, dass sich das in so kurzer Zeit ändern kann, ich möchte nicht dahin zurückkehren, es geht mir gut ohne dich, von meiner Seite aus ist das endgültig, und jetzt steh auf und geh nach Hause, ich versuche Fuß zu fassen und ich bitte dich, mich nicht zu stören. Ich erhebe mich von seinen harten Knien und schwanke zum Sofa, sinke nieder und weine bitterlich, meine Tränen machen Flecken auf dem hellen Bezug, meine Zähne knirschen und mein Körper zittert, plötzlich bin ich krank, todkrank, und ich habe niemanden, der für mich sorgt, und Amnon nähert sich mir vorsichtig, als wäre ich ein verdächtiger Gegenstand, der in seiner Wohnung herumliegt, ich strecke meine Hand nach ihm aus, komm, setz dich neben mich, aber er bleibt auf seinen schweren Beinen stehen, ich bitte dich zu gehen, Ella, sagt er ruhig, du machst es mir und dir selbst nur schwer, ich bin sicher, dass du darüber hinwegkommst, du bist stärker, als du meinst, ich bin sicher, dass du eine neue Familie gründen wirst, wenn du das willst, schau nach vorn, du hast keine Wahl, das ist es, was auch ich tue, und ich weine, schlage mit der Faust auf das Sofa, nein, ich schaue nicht nach vorn, nur zurück, ich will keine neue Familie, ich will nur unsere, dich und Gili, wie kannst du nur so hart sein und nicht an ihn denken.

Vor einem Monat, als ich dich angefleht habe, hast auch du nicht an ihn gedacht, sagt er trocken, und ich murmle, na und, willst du uns deshalb alle bestrafen? Und er sagt, ich sehe darin keine Strafe mehr, ich glaube, es ist der richtige Schritt für uns, wir beide sind in dieser Beziehung verwelkt, das hat bestimmt auch Gili bedrückt, jetzt haben wir alle drei die Chance, gesund zu werden, und selbst wenn uns kein großes Glück erwartet, werden wir wenigstens Ruhe haben, das ist alles, was ich jetzt brauche, er streckt mir die Hand hin, und ich versuche, ihn zu mir zu ziehen, aber er ist stärker als ich, es gelingt ihm, mich gegen meinen Willen auf die Beine zu ziehen, geh jetzt, Ella, geh nach Hause, wir haben keine Chance mehr, zwischen uns ist es tot, tot für immer.

Ist es wegen Ofra, wage ich zu fragen, eine Frage, die nicht in meiner vorbereiteten, edlen Rede enthalten war, und er schaut mich verächtlich an, wieso denn das, Ella, ich bin nicht wie du, ich suche nicht sofort nach Ersatz, und ich murmle, was meinst du, ein verschwommenes Bild schießt mir durch den Kopf, glühende Sonnenstrahlen auf der Fensterbank, Gabis brennender Geruch, seine Zunge, die rau ist wie die einer Katze, falls du etwas von deinem Freund gehört hast, dann merke dir, dass alles gelogen ist, sage ich schnell, er hat in all den Jahren versucht, einen Keil zwischen uns zu treiben, und er sagt, ich habe kein Interesse, darüber zu sprechen, ich bitte dich, jetzt zu gehen, bevor ich dir Dinge sage, die mir später Leid tun werden.

Lass mich Gili noch einen Kuss geben, bitte ich, und er verweigert es mir, auf keinen Fall, ich möchte nicht, dass er aufwacht und noch einmal anfängt, Probleme zu machen, ich bringe ihn morgen Abend zu dir zurück, du musst dich bis dahin gefangen haben, es ist nicht gut, wenn er dich so sieht, und an der Tür schmiege ich mich wieder an ihn, diesmal gibt er nach und legt die Arme um mich, sei stark, sagt er mit einer warmen, ermunternden Stimme, alles wird gut, du wirst schon sehen, ich kenne dich, du erschrickst schnell, aber du erholst dich auch schnell wieder, als ob er der Bruder wäre, den ich nie gehabt habe, als ob er ein vertrauter

Freund wäre, ein mitfühlender Vater, und ich lehne mich an den Türrahmen und verabschiede mich von der Wohnung. Ich mache einen letzten Versuch, vielleicht sollte ich nur heute Nacht hier auf dem Sofa schlafen und morgen ganz früh wieder gehen, ich kann jetzt schlecht allein sein, und er seufzt, auf gar keinen Fall, Gili könnte aufwachen und dich sehen, das würde ihn durcheinander bringen, geh jetzt, und mit einer festen Bewegung schiebt er mich hinaus, macht das Licht im Treppenhaus an und schließt hinter mir die Tür zu seinem neuen Leben, ich laufe die Stufen hinunter, die hölzernen Beine, die unter mir gewachsen sind, tragen kaum das Gewicht meines Kummers und meiner Enttäuschung, wieder bleibe ich vor seinem Briefkasten stehen, das hochmütige Schild provoziert mich mit seinem schwarzen Rahmen, Amnon Miller, und ich strecke die Hand aus und reiße es heraus, zerfetze den Karton in kleine Stücke, damit keine Erinnerung zurückbleibt.

Ich gehe zwischen den Palmen hindurch, die wie die beiden Türme vor der Front des kanaanäischen Tempels in Megiddo dastehen, in der Gedenkstätte des Heiligtums, das zerstört und nicht wieder aufgebaut wurde, wobei die Stadt selbst Dutzende von Malen zerstört und wieder aufgebaut wurde. Die Papierfetzen fallen mir aus der Hand, einer nach dem anderen, während ich langsam weitergehe, ein Jahrzehnt scheint vergangen zu sein, vor einer Stunde wurden meine Schritte noch von Hoffnung getragen, und jetzt ist die Hoffnung weggewischt, meine Schritte sind leer und ohne Bedeutung. Hätte ich an jenem Morgen doch auf meinen Vater gehört, wäre ich zu ihm zurückgegangen und hätte einen Bund für immer geschlossen, dann würden wir jetzt ruhig zu Hause liegen und Gili würde in seinem Zimmer schlafen, in seinem Bett, und morgen würden wir mit Talja und ihrem Mann zu einem Picknick in die Berge fahren, wir würden für die Kinder Meerzwiebeln und Herbstzeitlose suchen und Gili würde mit Jo'av sorglos über die Felsen springen, er wäre wie alle anderen auch, kein Außenseiter. Mit jedem Schritt wächst mein Fehler, schwillt an, wie eine Katastrophe, deren Ausmaß man erst im Lauf der Zeit erkennt.

Was ist, wenn ich jetzt zu ihnen laufe, wenn ich sie wecke und schreie: Hilfe, rettet mich, Papa und Mama, schaut, was ich getan habe, wie damals an meinem Geburtstag, als ich fünf war, sie hatten einen großen Tisch im Hof vorbereitet, mit einer weißen Tischdecke und beladen mit Süßigkeiten, nur einmal im Jahr erlaubten sie mir, Süßigkeiten zu essen, nur an meinem Geburtstag, und ich saß aufgeregt dort und wartete auf meine Freunde, und gegen meinen Willen ging ich zum Tisch, mein kindliches Herz pochte vor Aufregung, ich betrachtete die verführerischen Teller und streckte die Hand aus, bis der Zucker an meinen Fingern kleben blieb, nahm einen blumenförmigen, mit roter Marmelade bestrichenen Keks und hielt ihn an die Nase und dann an den Mund, nur um daran zu lecken, und der verbotene süße Geschmack drang in mich ein, und ich biss ein Stück ab, und noch ein Stück, bis ich plötzlich von Heißhunger gepackt wurde und mich nicht mehr beherrschen konnte, dahin und dorthin streckte ich meine Hand, es war, als wären mir plötzlich viele Hände gewachsen, viele Münder, und ich aß Schokoladenwürfel, Waffeln, Karamellbonbons, Gummischlangen und Marmeladenschnitten, bis die Teller fast leer waren und sich unter dem Tisch zerrissene Einwickelpapierchen sammelten und angebissene Süßigkeiten, und dann streckte ich meine schmutzigen Hände nach der prachtvollen Geburtstagstorte aus, einer Schokoladentorte mit weißem Zuckerzeug, und auch sie verdarb ich, und als die Kinder kamen, fanden sie mich zusammengekrümmt und mich übergebend unter dem Tisch, verschmiert von Tränen und Schokolade, bestäubt vom Puderzucker, was habe ich gemacht, Mama, Papa, helft mir, ich habe meinen Geburtstag kaputtgemacht, ein ganzes Jahr habe ich darauf gewartet, und schaut nur, was ich getan habe.

Erst als ein Mann und eine Frau, in ein angeregtes Gespräch vertieft, mir entgegenkommen, fällt mir auf, wie leer die Straße ist, ich betrachte sie, er ist groß, ein bisschen gebeugt, sie klein und dünn und schiebt einen Doppelkinderwagen, hinter ihnen geht ein mittelgroßer Junge im Alter unseres Sohnes, schau uns an, Amnon, das sind wir, so werden wir parallel weiterleben, wir werden Kinder bekommen, und ich lege die Hand über die Augen, nach den Worten verbünden sich nun auch die Bilder gegen mich, jeder zufällige Anblick, den ich ab jetzt bis in alle Ewigkeit sehen werde, wird mir gekrümmte Katzenkrallen entgegenstrecken, alles, was aus meinem Leben entfernt wurde, so wie Fundstücke aus einer Grabungsstätte entfernt werden und nur noch schriftliche oder gefilmte Dokumentationen zurückbleiben, alles wird zu einem bedrohlichen Anblick werden, Arm in Arm gehende Paare, schwangere Frauen, Eltern mit ihren Kindern, und ich wende den Blick zur Straße, ein elegantes Auto fährt langsam an mir vorbei, weckt einen Moment lang ein unbehagliches Gefühl in mir und verschwindet wie das Licht, das in den Fenstern erlischt, und die Menschen verabschieden sich dankend von ihren Gastgebern, schau an, ein weiterer Abend ist vorbei, aber für mich ist das nicht irgendein weiterer Abend, es ist der Abend, an dem mein Vorhaben misslungen ist, mein Plan, an den ich mich die letzte Woche über geklammert habe, und jetzt ist bei mir jedes Interesse an der Zukunft erloschen.

Mit weichen Knien steige ich die Treppe zu meiner Wohnung hinauf, was habe ich hier noch verloren, dort will ich wohnen, in der schönen Wohnung mit Blick auf das Kloster, dort möchte ich schlafen, in dem Bett mit dem bestickten Überwurf, hinter dem Perlenvorhang, am Morgen, wenn Gili vor mir steht, werden die Perlen in der Sonne glänzen, er wird den Vorhang ungläubig zur Seite schieben und seinen Augen nicht trauen, ein Anblick, mit dem er nicht mehr gerechnet hat, seine Mutter und sein Vater in einem Bett, nebeneinander, mit geschlossenen Augen, genau wie es auf dem Plakat steht, das er eigenhändig gemalt hat, das Zimmer von Mama und Papa. Wie schäbig meine Wohnung aussieht, fleckig, abgenutzt, ein Körper, der seine Seele verloren hat. Und ich mache schnell das Licht aus und schlüpfe aus dem Kleid.

Eine unendliche Wut erfüllt das Bett, ein tobender Stier scheint unter der Matratze zu schnauben und droht, das Bett, das Haus, die ganze Stadt auf dem Rücken davonzutragen, in den Untergang, und ich fürchte mich nicht, ebenso wie sich in der Vorzeit die Einwohner Theras nicht vor dem Stier gefürchtet haben, der im Innern der Erde tobte, sie wollten nur, dass er sich aufrichten und die Ordnung der Welt erschüttern möge, die unvorstellbar und unerträglich geworden war. Wie konnte es so weit mit uns kommen, dass ich hier allein in der Wohnung bin, an einem Schabbatabend, als wäre ich allein auf der Welt, als hätte ich noch nie eine Familie gehabt, und sie sind dort ohne mich, ein Vater und sein einziger Sohn, wie sich die Realität verzerrt hat, wie eine gesunde, hübsche Frau, der eine plötzliche Lähmung das Gesicht entstellt, warum habe ich diese ganzen Geschichten über Geschiedene geglaubt, die ich mit halbem Ohr gehört habe, naiv und begeistert, wieso habe ich nicht verstanden, dass es sich um ein Erdbeben handelte, dessen Staub noch monatelang das Auge der Sonne verdunkeln würde?

Und da dringt ein vertrautes, beruhigendes Geräusch an mein Ohr, das Drehen des Schlüssels in der Wohnungstür, das zögernde Knarren in den Angeln, um mich nicht zu wecken, so ist er nachts nach Hause gekommen, und ich, die ich ohne ihn nicht einschlafen konnte, hörte es, und sofort war der Schlaf da, und auch jetzt würde ich mich, als ich das Quietschen der Tür höre, am liebsten dem Schlaf hingeben, der mir so fehlt, bis die Freude mich mit wilden Sätzen durchdringt, von den Fingerspitzen bis zu den Haarwurzeln, er ist gekommen, er hat mir nicht widerstanden, er hat sich wie immer gefügt, er hat nur versucht, es mir ein bisschen schwerer zu machen, damit ich ihn nie wieder so grob behandle, er hat seine neue Wohnung verlassen, seine bequemen Möbel, und ist nach Hause zurückgekehrt, und ich springe aus dem Bett und renne zur Tür, ich strecke die Hand aus, taste mich durch die glückliche Dunkelheit. Amnon, du bist es, nicht wahr, frage ich flüsternd, aber er antwortet mir nicht, er steht in der Tür wie zusammengefaltet, wie eingepackt, so kurz und breit sieht er aus, und ich sage, Amnon, ich freue mich so, dass du gekommen bist, ich habe gewusst, dass du es nicht so gemeint hast, ich verspreche dir, dass du es nicht bedauern wirst, alles wird sich zwischen uns ändern, und dann dringt aus dem Schatten an der Tür eine Stimme, rissig und näselnd, tief und abstoßend, es ist nicht Amnon, du dummes Huhn, dein Zustand muss ja schlimm sein, wenn du uns schon nicht mehr unterscheiden kannst, und ich drücke sofort auf den Schalter, mache das Licht an und sehe Gabis groben Körper, er hat einen dunklen, zerknitterten Anzug an, schwarze Stoppeln bedecken seine Wangen, seine Augen sind purpurrot, ich bin entsetzt von seiner Anwesenheit, davon, dass er in meine Wohnung eingedrungen ist, davon, wer er ist und wer er nicht ist, die Kehle ist mir zugeschnürt vor Scham und Wut.

Wie kannst du es wagen, wie kannst du es wagen, belle ich ihn an, und er mustert mich mit seinen blutunterlaufenen Augen, schwer atmend, Alkoholdunst dringt aus seinem Mund, ich habe dich gewarnt, dass ich zurückkomme, wann es mir passt, um mit dir abzurechnen, stöhnt er, wie ich sehe, hast du auf mich gewartet, sein Blick gleitet über meine Unterwäsche, und ich zische, hau sofort ab, sonst rufe ich die Polizei, ein Anruf, und deine Karriere ist beendet, nimm dich in Acht vor mir. Ich weiß, dass du das nicht machen wirst, sagt er ruhig und grinsend, und ich sage, du bist ein armseliger Angeber, bald wirst du kein Büro mehr haben, und vor allem keine Praktikantinnen, hau ab und gib mir den Schlüssel, und er lehnt sich an die Tür, mustert mich abschätzig und sagt, mach dir keine Sorgen, Ellinka, ich werde wieder gehen, aber nicht, bevor ich dir eine Lehre erteilt habe, die du im Leben nicht mehr vergisst.

Du wolltest heute Nacht mit Amnon schlafen, das war es, was du gewollt hast, stößt er mit einem sauren Lachen aus, und dafür hast du jetzt mich, alles, was du mit ihm machen wolltest, wirst du mit mir machen, und ich versuche mit meinen abgekauten Fingernägeln seine Schultern zu zerkratzen, stoße sein Gesicht zurück, das sich mir nähert, du träumst, wenn du denkst, du könntest Amnon ersetzen, zische ich, du bist doch nichts anderes als Amnons Abfalleimer, und sogar den braucht er nicht mehr.

Er grinst, auch dich braucht er nicht mehr, sonst wärst du jetzt nicht hier, ich habe gesehen, wie du aus seinem Haus gekommen bist, nachdem er dich rausgeworfen hat. Da erinnere ich mich an das Auto, das langsam an mir vorbeigefahren ist, du hast mich verfolgt, du Schwein, aber meine Wut bleibt mir im Hals stecken, was spielt es schon für eine Rolle, er hat mich verfolgt, ich habe Amnon verfolgt, wir sind beide verloren, verloren wie die beiden Skelette in dem unterirdischen Wasserstollen von Megiddo, seine kurzen Beine drängen sich zwischen meine, während ich ausgestreckt unter ihm auf dem nackten Boden liege, der sich hart und kalt anfühlt.

Sag, Amnon, ich will dich, näselt er mir ins Ohr, und ich sehe die Worte, die wie führerlose Boote auf dem Fluss der Tränen treiben, der aus meiner Kehle bricht, Amnon, ich will dich, die Worte wurden gesagt, und in dem Moment ist es schon egal, wer sie gesagt hat und für wen sie bestimmt waren. Sag, Amnon, komm zurück, ich tue alles, damit du zu mir zurückkommst, seine Hand tastet über meinen Körper, und ich ersticke, Amnon, komm zurück, Amnon, verzeih mir, ich tue alles, damit du mir verzeihst. Schau mich an, verlangt er, ich will, dass du mich anschaust, ich will, dass du mich anflehst, mit dir zu schlafen, und ich murmle, schlaf mit mir, Amnon, denn aus seinem mir zugewandten Gesicht leuchtet für einen Moment das Gesicht von früher, aber er löst sich plötzlich von mir und steht auf, das ist nicht überzeugend, Süße, er steht über mir, mit aufgerissenem Mund, weißt du was, Ellinka, ich habe keine Lust auf dich, warum sollte ich mich mit Amnons Resten begnügen, und ich stehe schwer atmend vom Boden auf, mit wackligen Gliedern, eine Welle von Übelkeit steigt in mir auf, und ich lehne mich an die Wand, schaue zu, wie er mit zitternden Fingern den Reißverschluss seiner Hose zuzieht, lass mich dir nur noch eines sagen, bevor ich gehe, sagt er atemlos, seine Worte sind kaum zu verstehen, du hast die einzige Beziehung zerstört, die ich im Leben hatte, ich habe keine Frau, ich habe keine Kinder, ich habe keine wirklichen Freunde, nur einen einzigen, Amnon, und zwar seit ich sechs war, und du hast mich in eine Falle gelockt und ihn dazu gebracht, mit mir zu brechen, das werde ich dir nie im Leben verzeihen. Mein einziger Trost ist, dass auch du ihn verloren hast, genau deshalb, aber dieser Trost reicht mir nicht, er schiebt die Hand in seine Hosentasche, holt den Schlüssel hervor und wirft ihn mir zwischen die Beine, nimm ihn, Ella, ich brauche ihn nicht mehr.

Wie ein Mensch, der seine Strafe erwartet, stehe ich vor ihm, und er vor mir, wir sind beide schuldig, Komplizen, ein gemeinsames Urteil hat uns getroffen, wir sind Geschwister, verstoßen aus der Stadt wie nächtliche Flüchtlinge, wie Aussätzige, er hat mich verdient und ich ihn. Mit weichen Knien gehe ich zum Kühlschrank und hole die Flasche Wein, die ich zu Ehren von Amnons Rückkehr gekauft habe, ziehe mit überraschender Leichtigkeit den Korken heraus und fülle die beiden hohen Gläser, die unbenutzt auf dem Tisch stehen.

8 Über Nacht wurde das Wunderreich mitten im Mittelmeer verschluckt, und es hinterließ einen geheimnisvollen Palast, Schwindel erregend in seiner Pracht, mit Hunderten von Zimmern, mit wunderbaren Wandzeichnungen von Muscheln, Kraken und Delfinen, mit gemalten Gestalten, die die Gäste von einem Raum in den nächsten begleiten, muskulösen Turnern und nacktbrüstigen Göttinnen, und unter ihnen die Pariserin, mit geschmücktem Haar und hochmütigem Blick.

Die Sonne dringt in die Gänge des riesigen Palastes, den vollendetsten der Vorzeit, beleuchtet die rot bemalten Säulen aus Zedern des Libanon mit schwarzen Kapitellen und kunstvollen Gravuren und die mannshohen Krüge für Öl und Wein, und diese ganze atemberaubende Pracht wurde ausgerechnet am schwächsten Punkt der Erde erbaut und verschwand innerhalb einer einzigen Nacht, unter vielen Metern Tuffstein, im zweiten Jahrtausend vor der christlichen Zeitrechnung ereignete sich die schrecklichste Naturkatastrophe seit Menschengedenken, im Herzen des Mittelmeers wurde das Urteil über die Insel Thera gefällt, mit einer Kraft, die die Welt nicht kannte. Unmassen von vulkanischer Asche wurden von dem Berg, der sich in einen offenen Schlund verwandelt hatte, in die Luft geschleudert und begruben die großartige alte Kultur unter sich, ließen nur steile rauchende Aschenhügel zurück und die verzweifelte Sehnsucht nach der Sonne, die sich viele Jahre nicht mehr zeigen würde, denn die vulkanischen Wolken bedeckten das Auge der Sonne ein Jahr nach dem anderen, sieben ganze Winter lang.

Das wird auch das Ende der mächtigen Reiche der späten Bronzezeit gewesen sein, der Ägypter und der Königreiche der Hethiter, und an ihrer Statt werden kleine Völker entstehen, Edom, Moab und Ammon, Israel und Judäa, die gezwungen sein werden, sich dem Zerfall der Traditionen zu stellen, der Gewalttätigkeit, die sich ausbreiten wird, und den Tausenden von Entwurzelten, die entlang der Ufer und durch die Siedlungen ziehen, auf der Suche nach einem neuen Haus, mit der geballten kalten Faust der Eisenzeit.

Und so wird es jetzt aussehen: Von Zeit zu Zeit wird er durch die olivgrün gestrichene Tür kommen, auf den Schultern ein Kind, er wird ohne Trauer die Wohnung betrachten, die er zurückgelassen hat, die Reste einer zerbrochenen Familie, er wird ein paar höfliche Worte mit mir wechseln, Abmachungen für die nächsten Tage treffen, er wird Gili auf die Stirn küssen, ihm durch die Haare fahren, und immer wird er pünktlich kommen, immer wird er sein Wort halten, immer wird er sein breites Lächeln in der Wohnung verteilen und ein tiefes, verärgertes Staunen darüber zurücklassen, dass plötzlich, nur ein paar Straßen von hier entfernt, ein neuer Amnon entstehen konnte, zurückhaltend, mit angenehmen Umgangsformen, kühl und höflich, rücksichtsvoll, verantwortungsbewusst und treu, es ist, als wäre Amnon, erst in der Mitte seines Lebens, plötzlich aus seinem Ei geschlüpft.

Und das, während ich immer schwächer werde und mich immer weiter vom Leben entferne. Wenn ich zum Amt für Denkmalpflege gehe, um Post zu holen, wenn ich zur Bibliothek gehe, die einen Geruch nach Staub und Honig verströmt, treffe ich ab und zu, ohne dass ich es will, ein bekanntes Gesicht, es scheint, als trennte mich ein immer größer werdender Riss vom Leben. Was ist mit dir, du bist nur noch ein Gerippe, man könnte dich glatt hier im Museum ausstellen, sagen meine Kollegen, und ich lächle mit klappernden Zähnen.

Ja, das ist vermutlich die Lösung, zu schrumpfen und immer weniger zu werden, bis ich wieder ein Baby bin, wahllos Silben brabble und mit schwachen Beinchen strample, mein Vater und meine Mutter werden mich wieder aufnehmen, sie werden für alles sorgen, was ich brauche, wie es ihnen nur in den ersten Jahren gelungen ist, und das Erstaunlichste scheint mir zu sein, wie aus dieser geduldigen, hingebungsvollen Mutter, die ich einmal war, ein so bedauernswertes, einsames Kind werden konnte, angespannt, launisch und krank. Eine große Schwäche trennt mich vom Leben, Schwindelanfälle, eine heftige Übelkeit, und es scheint, dass die einzige Brücke, die mich noch mit den anderen verbindet, der Junge ist, der sich auch immer mehr auflöst, wie Wachsflügel in der Sonne, denn es gibt Tage, da schaffe ich es noch nicht einmal, aus dem Bett aufzustehen, und dann bitte ich Amnon mit kraftloser Stimme, dass er Gili einen zusätzlichen Tag zu sich nimmt, und er stimmt sofort zu, mit einem geheimen Triumphschrei. Nun kommt die Wahrheit ans Licht, scheint seine Stimme zu sagen, jetzt wird man sehen, wer von uns beiden der bessere Elternteil ist, sechs Jahre lang hast du auf mich herabgesehen, und jetzt, in der Not, die du selbst herbeigeführt hast, funktionierst du nicht mehr, du verlierst dein Interesse an dem Kind, und ich, der ich immer als Rabenvater gegolten habe, als Egoist, bin nun derjenige, auf den man sich verlassen kann, und ich akzeptiere schweigend seine Sticheleien, es ist nur für eine kurze Zeit, versuche ich mich zu trösten, bestimmt geht es mir bald besser und alles wird wieder so sein wie früher. Dann werde ich ihn wieder bestaunen, werde mir gierig seine Geschichten anhören, wir werden wieder auf dem Teppich sitzen und Burgen bauen, diese Zeit muss nur vorbeigehen, sie wird ja nicht ewig andauern, und Gili selbst merkt es kaum, scheint mir, denn je einsamer ich werde, umso zahlreicher werden die Freunde, fast jeden Tag kommt ein anderes Kind zu ihm, und ich atme erleichtert auf, der doppelte Lärm erlaubt es mir, mich von ihm zurückzuziehen, ich muss mich ihm in den dunklen Nachmittagsstunden, wenn die Luft hart vor Kälte wird, nicht stellen, und wenn sein Freund weg ist, lasse ich schnell das Badewasser einlaufen, und danach wartet schon das Bett, das ihn bis zum Morgen festhält, nach einer Gutenachtgeschichte, die immer kürzer wird, wie die hellen Stunden in dieser Jahreszeit, und so schmilzt alles allmählich dahin, Tag um Tag, die Nähe, die zwischen uns geherrscht hat, die vollkommene Liebe, die mit ihrem Glanz alle anderen Formen der Liebe in den Schatten stellte.

Wenn er eingeschlafen ist, räume ich schnell das Geschirr vom Abendessen weg, verschlinge die Reste von seinem Teller, Reste von hartem Ei, Toast, und dann, nach einem leichten Zögern, esse ich auch die Reste vom Teller seines Freundes, schließlich ist der Kühlschrank fast leer, im Gemüsefach ist das meiste vergammelt, die Milch ist sauer geworden, jeden Abend beschließe ich, am nächsten Tag bestimmt einzukaufen und den Kühlschrank zu füllen, wie früher, aber dann schaffe ich es doch, ein weiteres Abendessen aus den kärglichen Resten zuzubereiten, und ich schaue mich erstaunt und verärgert um, betrachte die Blumen im Blumenkasten, die welke Köpfe hängen lassen, die faulenden Äpfel in der Keramikschale, den tropfenden Wasserhahn, sogar die Katzen, die sich früher manchmal anschlichen, um nach etwas Essbarem zu suchen, kommen nicht mehr, als wäre die Wohnung verlassen, auf eine so unerwartete und unverständliche Weise hat die Trennung von Amnon alle Formen des Lebens in diesem Haus beendet.

Nein, ich habe nicht geahnt, dass die Dinge so aussehen würden, ab und zu blitzt vor meinem inneren Auge noch das neue Leben auf, das ich mir vorgestellt hatte, ein ruhiges, gelassenes Leben, morgens würde ich an meiner Arbeit schreiben, nachmittags mit Gili spielen und nachts allein sein, und wenn in mir eines Tages das Interesse an einem Mann erwachen sollte, dann könnte ich leicht einen bekommen, frei mit einem Sohn, ist das nicht der verführerischste Familienstand, aber wenn ich mich morgens vor dem Computer winde und versuche, die schlimmste Naturkatastrophe der Antike zu beschreiben, schiebt sich unsere eigene Geschichte zwischen die alten Fresken, die erstaunlich gut erhalten sind, ich denke daran, wie er mich Pariserin genannt und das Dia aus der Tasche gezogen hat, schau selbst, sagte er, du bist von dort, von Thera, viertausend Jahre alt, unglaublich, und ich hielt das Dia gegen das Licht, sah meinen hochmütigen Blick in dem blassen vornehmen Gesicht, die kräftig rot gemalten Lippen, das geschmückte Haar.

Sie war vermutlich eine Priesterin, sagte er, aber die Archäologen haben sie Pariserin genannt, wegen der Frisur und der Schminke, was für Dummköpfe, als hätte man sich in der Welt der Antike nicht geschmückt, und er streckte die Hand nach meinem Kinn aus und drehte mein Gesicht von einer Seite zur anderen, schaute von mir zum Dia, und ich erinnere mich, was er am selben Abend zu mir sagte, als wir zum ersten Mal über die offene Ausgrabungsstätte spazierten, die Wärme verströmte wie ein fiebriger Körper, du bist eine Simulantin, du bist überhaupt keine richtige Archäologin, dich interessieren nur Märchen, Geschichten, und heute, wenn ich versuche, die Funde wissenschaftlich zu beschreiben, merke ich, wie sehr er Recht hatte, nur die Geschichten interessieren mich, nur unsere Geschichte, die in Tel Jesreel begann und in der Stadt Jerusalem endet, zehn

Jahre später, in einer Dreizimmerwohnung in einem der alten Viertel, und es kommt mir vor, als sei der letzte Abschnitt der Ausgrabungsteil, dessen Funde ich mit Fotos und Zeichnungen dokumentiere, genau dort, in Gilis Zimmer, in seinem Bett, dort hat sein Körper meinen zum letzten Mal bedeckt und dorthin kehre ich morgens zurück, vor Kälte zitternd, versuche, mir seinen erhitzten Körper auf meinem vorzustellen, denn je mehr Zeit vergeht, desto genauer wird die Erinnerung, bis ich mir für ein paar Minuten einbilde, dass ausgerechnet dort unsere Liebe absolute Reinheit und Einzigartigkeit erreicht hat, ausgerechnet dort vereinigten sich unsere Körper mit unvergleichlicher Kraft, der Kraft seiner Kränkung und seines Leids, der Kraft meiner Weigerung und Hartnäckigkeit und meiner Rachsucht, und wenn ich mich auf die kleinen weichen Tiere lege und die stumpfen Augen der Löwin betrachte, ihre erweiterten Pupillen, dann weiß ich, dass dies meine Augen sind, die ihn so angeschaut haben, ihn, der mir am teuersten ist, meine leeren gläsernen Augen, und ich versuche ihn auf das Bett zu ziehen, für jenen Tag ein anderes Ende zu erfinden, jenen letzten Tag in unserem Leben als Familie.

Unter Gilis Federbett füge ich mich seinem Körper, versuche, das alte, begrabene Verlangen in meinen Gliedern wiederzubeleben, ich muss es nur finden, und in dem Moment, wenn ich meine Hand auf ihn lege, löst er sich langsam auf, der vertraute Körper verwandelt sich in einen riesigen Irrgarten, wie der Palast des Minos auf Knossos, dort lebt der bedrohliche Minotaurus, halb Stier, halb Mensch, der junge Opfer liebt, Knaben, Mädchen, und dann sinkt für wenige Augenblicke Schlaf auf mich, ein Schlaf wie verbrannter Zucker, aus dem ich erschrocken hochfahre, ich muss den Jungen abholen, ich werfe einen Blick auf die Uhr, aber es sind nur ein paar Minuten vergangen, eine kurze

Zeit, so kurz gegen die vielen langen wachen Stunden, und in meinen Fantasien, die immer mehr Gewalt über mich gewinnen, kommt es mir vor, als wären sie dort, meine Geliebten, meine Familie, im Zimmer nebenan, genau auf der anderen Seite der Wand, ich kann sie hören, so wie ich sie immer gehört habe, Papa, ich habe Hunger, was soll ich dir machen, ein Fladenbrot mit Schokolade, wie wär's denn mit Obst, oder ich schäl dir eine Mohrrübe, nein, ich will ein Fladenbrot mit Schokolade, Papa, schau mal, was ich gemalt habe, wie schön, mein Süßer, Papa, wo ist Mama, sie schläft, sie fühlt sich nicht wohl, wann ist sie wieder gesund, bald, morgen fühlt sie sich bestimmt besser.

Wo ist es, das versprochene Morgen, dessen Flügel über mir schlagen, ohne dass ich es schaffe, mich an ihnen festzuhalten, ein langer Tag tut sich vor mir auf, wie eine Leiter, deren Spitze bis zu den Wolken reicht, und es gibt kein Morgen, ein langer Tag, an dem ich Gili Dutzende von Malen zur Schule bringen und von dort abholen muss, Dutzende von Abendessen bereiten, Dutzende von Badewannen füllen, Dutzende von Seiten schreiben, die Trauer Stunde um Stunde als harten Kloß in der Kehle zurückhalten, und auf den Abend warten, nicht um zu schlafen, sondern um aufzuhören, mich zu verstellen.

Ella, das wird nicht von allein wieder gut, du brauchst Hilfe, sagt Dina, ich habe jemanden, der dir ein Medikament verschreibt, und in einem Monat bist du wieder du selbst, du brauchst es nur zu sagen, dann vereinbare ich für dich einen Termin, aber ich weigere mich sofort, wieso ein Medikament, ich bin nicht krank, ich bin einfach nur schockiert von dem, was ich getan habe. Du bist nicht schockiert, du leidest an einer Depression, sagt sie, und das ist kein Wunder, eine Trennung gehört zu den traumatischsten Erlebnissen, die es gibt, sie hat die Kraft einer Trauer, aber ohne deren Legitimation, du musst entweder eine Therapie anfangen oder Tabletten nehmen, am besten beides, zumindest für die nächsten Monate, und ich protestiere, wieso Tabletten, die können meine Realität nicht verändern, die bringen mir meine Familie nicht zurück, wenn ich ohne jeden Grund depressiv wäre, dann würde ich eine Behandlung brauchen, aber ich habe einen guten Grund für eine Depression, was beweist, dass ich völlig normal bin. Besorge mir Tabletten, die den alten Zustand wiederherstellen, und ich schlucke sofort eine ganze Schachtel, das verspreche ich ihr, aber da der Fehler, den ich gemacht habe, nicht rückgängig zu machen ist, was würde es mir dann helfen, und sie seufzt, es stimmt, Ella, diese Medikamente verändern nichts an deiner Realität, aber sie würden dir helfen, sie zu meistern, und das ist es, was du jetzt brauchst, ich habe es dir schon ein paarmal gesagt, ich bin überhaupt nicht sicher, dass du einen Fehler gemacht hast, und im Grunde deines Herzens bist du es auch nicht.

Ich habe keinen Fehler gemacht? Wie kannst du so etwas sagen, ich bin erschüttert über diese ketzerischen Worte, schau doch, was ich hatte und was mir jetzt geblieben ist, ich hatte eine Familie, ich hatte einen Partner, der mich geliebt hat, mein Sohn hatte ein ordentliches Zuhause, schau doch, wie ich zerbreche, ohne diesen Rahmen, ich habe nicht gewusst, wie lebenswichtig er für mich war. Du lässt dich schon wieder hinreißen, sagt sie böse, ich kenne diese Verklärungen, die man in kritischen Situationen aufbaut, je weiter man sich von dem Geschehen entfernt, desto mehr verklärt man es, gleich wirst du mir erzählen, dass ihr König und Königin wart und in einem Schloss gewohnt habt, und ich unterbreche sie, erkläre mir, wie ich so blind sein konnte, es mag ja sein, dass ein Mensch seinen Partner nicht kennt, aber dass er sich selbst nicht kennt? Damit kann ich mich nicht abfinden, ich war sicher, dass ich ohne ihn glücklich sein würde, dass ich jede Minute meiner Freiheit genießen würde, und schau nur, was passiert ist.

Ich bekenne, dass auch ich von der Heftigkeit deiner Reaktion überrascht bin, sagt sie vorsichtig, setzt sich auf den Rand meines Bettes, aber hör auf, dich selbst zu verurteilen, solche Dinge kann man schwer voraussehen, wer weiß, welches alte Leid du berührt hast, du bist in ein Loch gefallen, das immer da war, auch wenn du von seiner Existenz nichts gewusst hast, wer weiß, an was du jetzt wirklich leidest. Ich leide an meiner Familie, sage ich, was ist daran so seltsam, warum muss ich nach weit entfernten Gründen suchen, wenn es doch einen nahe liegenden gibt? Und sie sagt, die Seele unterscheidet nicht zwischen nah und fern, du solltest das, was dir jetzt geschieht, von einem übergeordneten Blickwinkel aus betrachten, das ist es, was ich gern mit dir tun würde, wenn du einer Therapie bei mir zustimmst, und ich frage, hattest du schon einmal einen solchen Fall, dass eine Frau die Scheidung wollte und dann in eine solche Verzweiflung gestürzt ist?

Natürlich, sagt sie, mehr als einmal, aber das ist im Allgemeinen ein vorübergehender Zustand, der weder auf die Vergangenheit noch auf die Zukunft gerichtet ist, das bedeutet nicht, dass du es dein Leben lang bereuen wirst, es bedeutet noch nicht einmal, dass es etwas zu bereuen gibt, sondern nur, dass du jetzt gegen alte, tiefe Kräfte ankämpfst, es ist wie eine Krankheit, die du jahrelang ausgebrütet hast und die jetzt ausbricht, deshalb brauchst du Hilfe, das bist du deinem Sohn schuldig, er bekommt mehr mit, als du weißt. Mir kommt es vor, als würde er meine Situation überhaupt nicht mitbekommen, sage ich, du hast keine Ahnung, welche Mühe ich mir gebe, ich verstelle mich die ganze Zeit, und sie lacht, dann verstellt er sich vielleicht auch, du denkst wohl, er kauft dir dein gezwungenes Lächeln ab und sieht nicht, was mit dir los ist, was deine Augen sagen? Kinder verstehen alles, Ella, merk dir das, du musst eine Therapie anfangen, für dich und für den Jungen.

Der Junge. In manchen Momenten vergesse ich seinen Namen und nenne ihn so, der Junge, der kostbare Junge, den ich vergessen habe, der Schatten des wunderbaren Sohns, den ich hatte, das Zeichen des Bundes, den ich einst eingegangen war. Einen Moment lang stelle ich ihn mir vor, wie er mich als Baby angestrahlt hat, ein warmer Dunst stieg von ihm auf, wenn ich ihn in den Armen hielt, was versteht der Junge wirklich, der sich mit solcher Leichtigkeit mit allen Veränderungen abgefunden hat, außer mit einer, gegen die er kämpft, gegen die er sich mit aller Kraft auflehnt, als ob alles, was er besaß und nun verloren hat, all seine Sehnsüchte und sein Verlangen dort münden, in der mit Büchern voll gestopften Dachwohnung seiner Großeltern mit den hohen Decken und den Bogenfenstern, die auf Ziegeldächer in den Farben von Erde und Wein blicken.

Mama, ich möchte zu Opa und Oma, jammert er fast jeden Abend, wie ein Gebet vor dem Einschlafen, ich war schon so lange nicht mehr dort, sogar an den Feiertagen sind wir nicht zu ihnen gegangen, und ich weiche aus, diese Woche geht es nicht, Opa ist im Ausland und Oma ist krank, vielleicht nächste Woche, und er kann sich besser als ich an meine schwachen Ausreden erinnern, ist Opa schon zurück, fragt er ein paar Tage später, ist Oma wieder gesund? Und ich tue so, als würde ich seine Absicht nicht verstehen und mich erst erinnern, ach so, ja, das heißt nein, er ist noch mal weggefahren, sie ist noch mal krank geworden, ältere Leute sind im Winter immer krank. Aber im vergangenen Winter war sie nicht krank, protestiert er mit einem misstrauischen Blick, sie hat mich einmal in der Woche vom Kindergarten abgeholt und Hühnersuppe für mich gekocht, und Großvater hat mir Schach spielen beigebracht, einmal habe ich sogar gegen ihn gewonnen, er schmiegt sich an seine kurze Biografie, ich möchte, dass sie mich morgen von der Schule abholt, und ich sage, morgen geht es nicht, vielleicht nächste Woche, und im Stillen verfluche ich die beiden, ein herzloses Paar Mammute, warum habe ich nicht einfach zu ihm gesagt, sie seien gestorben, ausgelöscht worden, wie sie es von ihm erwartet haben, dann hätte es ihm nichts ausgemacht, er hätte nicht gefragt, leben sie wieder? Sind sie schon aus dem Grab auferstanden? Aber mir ist klar, dass seine Stimme, die verwundert und verwaist klingt, meine Stimme ist, schließlich vergeht kein Tag, ohne dass ich an sie denke, ohne dass ich plane, wie ich eines Morgens zu ihnen gehe, ohne zu klingeln die Tür aufmache und ins Zimmer platze, da bin ich, Papa, ich bin zurückgekommen, um dein gutes Mädchen zu sein, ich habe versucht, zu Amnon zurückzugehen, aber er war nicht bereit dazu, was meinst du, solltest du jetzt nicht auch ihn zu einem Treffen einladen, auch ihn mit deinen wütenden Prophezeiungen erschrecken, wie du mich erschreckt hast, so sehr, dass ich dachte, ich könnte mich nie im Leben davon erholen, sag ihm doch, wie zweifelhaft das Glück ist, erzähl ihm von Gilis Schicksal, von all den Grausamkeiten der Seele. Ein bisschen törichte Hoffnung umhüllt mich, er kann alles reparieren, alles, wenn er nur wollte, wenn er nur überzeugt wäre, dass meine Absichten rein sind, aber wenn ich manchmal an ihrem Haus vorbeigehe, renne ich wie um mein Leben.

Auf halbem Weg zwischen uns und der Schule befindet sich das Haus, und wenn ich mit Gili auf dem Heimweg bin, achte ich darauf, eine Seitenstraße einzuschlagen, damit er nicht merkt, wie nah es ist, damit er mich nicht mit Wünschen bedrängt, die ich nicht erfüllen kann, ich drehe ihn im Kreis, wie man Gefangene im Kreis dreht, damit sie die Orientierung verlieren, und wenn ich ihm Augenklappen anlegen könnte, würde ich nicht zögern, es zu tun, aber an irgendeinem Tag, als wir das Schulhaus verlassen, ich mit seinem Ranzen über der Schulter, seine Hand in meiner, fallen uns ein paar Regentropfen aus einem plötzlich grau gewordenen Himmel ins Gesicht, und ich treibe ihn an, wähle den kurzen Weg, und wir nähern uns rennend ihrer Straße, jetzt ist es mir auch schon egal, es erwacht sogar wieder die Hoffnung und wird immer stärker, wie der Regen, vielleicht wird es heute passieren, vielleicht werden sie am Fenster stehen und uns unten vorbeirennen sehen, vielleicht wird Gili ihr Haus erkennen und von mir verlangen, die Treppe hinaufzugehen, und dann werde ich keine Wahl haben und es tun müssen.

Als wir uns dem Gebäude nähern, verlangsame ich meine Schritte und warte darauf, dass er etwas sagt, aber er hat den Kopf gesenkt, erzählt mir von einem Streit mit Jotam, was für ein blöder Junge er ist, schimpft er, nie wieder gehe ich zu ihm, den ganzen Tag petzt er nur und weint, und ich erinnere mich an das unterdrückte Weinen, dass aus einem der Zimmer gedrungen war, an den Glanz des Morgens, der plötzlich gebrochen war, und ich habe das Gefühl, als hätte die Sonne seit damals nicht mehr geschienen, aber jetzt hebt er den Kopf, und ich sehe, wie sein grünlich blasses Gesicht plötzlich strahlt, als er sagt, Mama, das ist das Haus von Opa und Oma, stimmt's? Und ich murmle, ja, wir gehen hier immer vorbei, es liegt auf unserem Weg, und er zieht mich am Arm, Mama, wir gehen zu ihnen, auch wenn Oma krank ist, das ist mir ganz egal, und ich nicke mit einem gespielten Seufzer, denn ohne ihn würde ich es nie wagen, hinaufzugehen, ich schiebe ihn vor mir her.

Oma, Oma, ich bin's, ruft er begeistert, schlägt mit seinen kleinen harten, nussbraunen Fäusten an die Tür, reißt sie auf und trabt wie ein Fohlen in den Flur. Gili, was für eine Überraschung, sie kommt aus der Küche und läuft ihm entgegen, ihre weißen Haare sind unordentlich, der Ausdruck auf ihrem Gesicht ist zwiespältig, einerseits zeigt es ihre Freude, uns zu sehen, doch auch ihre Angst vor der Reaktion meines Vaters, der sich in seinem Arbeitszimmer eingeschlossen hat, und Gili drückt sich an ihre Hüfte, ich bin so froh, dass du wieder gesund bist, Oma, und sie wundert sich, gesund? Ich war schon lange nicht mehr krank, und als er mich erstaunt und misstrauisch anguckt, mache ich mir nicht einmal die Mühe, meine ewigen Ausreden zu vertuschen, im Moment ist das meine kleinste Sorge. Sie umarmt mich besorgt, du siehst schlecht aus, Ellinka, du bist ein wandelndes Gerippe, und Gili hört ihr fasziniert zu, allein die Tatsache, dass ich die Tochter von jemandem bin, versetzt ihn immer in Erstaunen und Begeisterung, ein Reiz aus Vergnügen und Ärger, und er verkündet, dann mach ihr was zu essen, sie ist doch deine Tochter, und meine Mutter sagt, ja, kommt mit in die Küche, und auf dem Weg flüstert sie mir ins Ohr, ich hoffe, dass dein Vater nicht wütend wird, er hat gesagt, es falle ihm schwer, den Jungen zu sehen, und ich zische, wage es nicht, diese Worte noch einmal zu wiederholen, wann versteht ihr endlich, dass es hier um den Jungen geht und nicht um euch, Gili leidet darunter, dass er euch nicht mehr sieht, ihr könnt mit euren Schwierigkeiten fertig werden, ihr seid die Erwachsenen, und sie fängt wieder an, mich brauchst du nicht zu überzeugen, Ellinka, das Problem ist er, dein Vater, und ich sage, lass mich dieses Problem lösen, ich werde mit ihm sprechen.

Da ist sie wieder, diese Schwäche in den Knien, die Angst angesichts seiner konzentrierten Haltung, bewegungslos vor dem Computer, in seinem altersgrauen Pullover, rau wie Verputz, sitzt er da, seine Hände schweben über der Tastatur, vermutlich arbeitet er an seinem nächsten Vortrag, den er bei einem der vielen Kongresse halten möchte, zu denen er eingeladen wird, neben ihm steht eine Glasschale mit einem geschälten und zerteilten Apfel, jede Stunde schält sie ihm einen neuen Apfel, auch wenn er den alten nicht angerührt hat, und ich schließe geräuschvoll die Tür hinter mir, erst da dreht er sich um, sein bronzefarbenes Gesicht erwacht langsam zum Leben, er bewegt seine Füße, die in dicken Wollsocken stecken, und kommt auf mich zu. Ella, sagt er, nimmt seine vergoldete Lesebrille ab und richtet seine kühlen zinnfarbenen Augen auf mich, und ich habe das Gefühl, von Zinn berührt zu werden, er ist entrückt wie ein Gott, der sich von seiner Schöpfung distanziert, die ihm nicht mehr gehorcht, schau, wie dünn ich bin, Papa, schau, wie blass, hör doch, wie meine Knochen schreiend meine Magerkeit verkünden, hör die Hilferufe meiner inneren Organe, die aufgefressen werden, eine Horde Mäuse ist in meinen Körper eingedrungen und zernagt ihn von innen, Ameisen fressen schmale, nadelspitze Höhlen in meinen Leib. Wie geht es Gil'ad, fragt er und wendet den Blick ab, als könne er meinen Anblick nicht ertragen, und ich sage, er hat Sehnsucht nach euch, diese Trennung fällt ihm sehr schwer, und mein Vater rechtfertigt sich mit weicher Stimme, auch mir fällt sie schwer, das weißt du, nur weil er mir so viel bedeutet, habe ich es vorgezogen, ihn nicht mehr zu sehen, das weißt du doch, nicht wahr? Es geschieht, Gott behüte, nicht aus Gleichgültigkeit oder Herzlosigkeit, und ich schweige, zögere meine Zustimmung hinaus, die ihm plötzlich wichtig zu sein scheint.

Er windet sich, ich habe gefühlt, dass ich seinen Kummer nicht ertragen kann, ich hatte Angst, ihm zu schaden, verstehst du, aber ich kann dir die Tage aufzählen, die ich ihn nicht gesehen habe, sechsundsechzig Tage sind es, verkündet er, betont seine eigene Sehnsucht, als ginge es nur darum, und diesmal ziehe ich es vor, der Konfrontation auszuweichen, im Moment ist das nebensächlich, sage ich, es ist nicht wichtig, vor meinen Augen bewegt sich die Palme in dem starken Wind, der dünne Stamm biegt sich, der Schopf ist feucht und wirr, wie sehr haben wir beide uns seit dem letzten Gespräch verändert, dem Gespräch, das noch immer im Zimmer zu hängen scheint, schwer und metallisch.

Du weißt, dass ich nur aus Sorge um euch versucht habe, dich zu warnen, fährt er fort, wie immer konzentriert auf sich selbst, auf die Reinheit seiner Waffe, als wäre er der tragische Held dieser traurigen Geschichte, und ich nicke ungeduldig, warte, dass er seine Verteidigungsrede beendet, damit ich endlich das sagen kann, was ich zu sagen habe. Als ich dir sagte, dass ich Angst vor dem hätte, was diesen Jungen erwartet, wollte ich dich natürlich nur vor der Tragweite deines Handelns warnen, fügt er hinzu, damit du die Folgen abwägst, das war keine exakte Vorhersage, auch wenn ich mich klarer Worte bedient habe, und ich schaue ihn an, das ist es, was dich im Moment bekümmert, dass deine Vorhersage nicht ganz exakt war, und er spricht weiter, als hätte er meine Gedanken erraten, natürlich freue ich mich sehr, dass er die Situation meistert, besonders jetzt, da das Urteil gefällt ist und man nichts mehr machen kann.

Papa, hör mir einen Moment zu, unterbreche ich ihn, weil er sonst nie aufhört, ich brauche deine Hilfe, nur du kannst mir jetzt noch helfen, du hast Recht gehabt, ich wünschte, ich hätte damals auf dich gehört, doch das habe ich erst zu spät verstanden, diese Trennung ist eine Katastrophe für mich, du musst mir helfen, Amnon zurückzuholen, und er nickt, ich, fragt er scheinheilig, wie kann ich dir helfen?

Seine Hand gleitet über seine vollen Haare, und ich sage, du hast immer einen großen Einfluss auf Amnon gehabt, du musst mit ihm darüber sprechen, was Gili geschehen kann, über den Bund, den wir erneut schließen müssen, all das, was du mir gesagt hast, musst du jetzt ihm sagen, all deine wütenden Prophezeiungen, all deine schwarzen Ahnungen.

Aber wenn es dich nicht beeinflusst hat, wie soll es dann bei ihm klappen, fragt er verwirrt, stolz auf seine Wichtigkeit, aber widerstrebend angesichts dieses Auftrags, und ich sage, es hat mich beeinflusst, wenn auch mit Verspätung, du musst es versuchen, und er seufzt widerwillig, seine Füße in den Wollsocken reiben aneinander, ich fürchte, das hat schon keinen Sinn mehr, Ella, man muss das Eisen schmieden, solange es heiß ist, deshalb habe ich dich damals ja so dringend zu einem Gespräch gebeten, zu diesem Zeitpunkt ist es, fürchte ich, bereits zu spät. Woher willst du das wissen, frage ich erstaunt, und er sagt, ich habe Amnon vor einigen Tagen an der Universität getroffen, er sagte, die Trennung sei ihm gut bekommen, und ich muss zugeben, dass ich das selbst auch so empfunden habe, er machte einen viel ruhigeren Eindruck, er erzählte auch, seine Beziehung zu Gili habe sich verbessert, ich glaube nicht, dass es sinnvoll ist, wenn ich jetzt versuche, mit ihm zu sprechen, es ist zu spät, und ich höre mir mit wachsender Angst seine entschiedenen Worte an, die letzten Atemzüge meiner Hoffnung, mein allmächtiger Vater, er war mein Leben lang gegen mich, aber wenn er dieses eine Mal für mich sein würde, stünde nichts mehr zwischen uns.

Du musst mir helfen, flehe ich, falle auf das sorgfältig gemachte Bett, obwohl es zwei leere Zimmer in der Wohnung gibt, ziehen sie es vor, in seinem Arbeitszimmer zu schlafen, du musst mir helfen, ich habe alles getan, was du gesagt hast, ich habe ihm versprochen, dass alles anders wird, ich habe ihm gesagt, wie sehr ich es bereue, ich habe ihn angefleht, zu mir zurückzukommen, und er hat sich geweigert, siehst du, er hat Schuld, ich weine, er ist derjenige, der die Familie zerstört hat, ich bin es nicht allein, wie du gedacht hast, und er betrachtet mich mit offenem Abscheu, einen solchen Ausbruch hat es in unserer Wohnung nie gegeben, nie spielten sich auf diesen Fliesen solche nackten, entfesselten Gefühlsausbrüche ab. Ich glaube nicht, dass dies der richtige Zeitpunkt ist, nach dem Schuldigen zu suchen, Ella, sagt er kühl, und ich bleibe stur, doch, es ist der richtige Zeitpunkt, du musst mir sagen, dass es schon nicht mehr meine Schuld ist, nur dann kann ich mich vielleicht erholen, und er seufzt, seine Füße schieben den Stuhl langsam in meine Richtung, du weißt, dass ich Wissenschaftler bin, sagt er, ich bin unfähig, Worte auszusprechen, die nicht begründet sind, es ist klar, wenn es hier eine Schuld gibt, oder sagen wir lieber, eine Verantwortung, dann tragt ihr sie gemeinsam, aber vor allem ist klar, dass sich jetzt nichts mehr daran ändern lässt, Ella, ich beschäftige mich nie mit der Vergangenheit, das solltest du von mir lernen, wenn man versteht, dass es unmöglich ist, einen Fehler zu korrigieren, dass es aus und vorbei ist, dann fängt man an, über die Zukunft nachzudenken, doch ich lasse nicht locker, sag, dass es nicht meinetwegen ist, sag, dass es sowieso passiert wäre, und er schlägt nervös die Beine übereinander, dieses Gerede ist sinnlos, es hilft doch nichts.

Und was soll dann noch helfen, sage ich weinend, und er sagt, es würde dir sehr helfen, wenn du aufhörtest, dich damit zu beschäftigen, und wenn du deine Arbeit beenden würdest, bevor du zur Ausgrabungsstätte zurückkehrst, übrigens, ich habe beim letzten Kongress einen Archäologen getroffen, der mir erzählt hat, dass die Verbindung zwischen Thera und dem Auszug aus Ägypten als wissenschaftlich fragwürdig gilt, es gebe keinen seriösen Forscher, der daran glaubt, dass der Auszug aus Ägypten überhaupt stattgefunden hat, ich rate dir, deine Schlussfolgerungen noch einmal zu überprüfen, warum musst du immer gegen den Strom schwimmen, und ich mache die Augen zu, lausche seiner Stimme, die ausführlich erzählt, wie dieser Archäologe sich ausgerechnet für seinen Vortrag begeistert habe und dass er natürlich nicht der Einzige gewesen sei und wie er sofort zu drei weiteren Kongressen eingeladen worden sei, und während er spricht, packt mich eine beißende Kälte, obwohl das Zimmer beheizt ist, auch wenn ich jetzt, hier auf ihrem Bett, mein Leben aushauchte, würde er es nicht bemerken, er würde nicht aufhören zu sprechen, wie aus einem Nebel dringt seine laute Stimme zu mir, das fröhliche Gemurmel Gilis, der in der Küche isst, das Rauschen des Windes, der schlechte Nachrichten von Haus zu Haus zu tragen scheint.

Bring mir eine Decke, flüstere ich mit klappernden Zähnen, und er schweigt endlich, eine Decke, Verzeihung, ich möchte eine Decke, und er versteht immer noch nicht, du brauchst mich nicht um Verzeihung zu bitten, du kannst dir nur selbst verzeihen, und ich sage, ich habe dich um eine Decke gebeten, und er bricht in ein gezwungenes Lachen aus, ach so, ich habe dich nicht verstanden, er erhebt die Stimme, Sarah, bring eine Decke für Ella, und sofort steht sie in der Tür, wie ein eifriges Zimmermädchen, und hinter ihr taucht Gilis Kopf auf. Opa, da bin ich, verkündet er mit kindlicher Feierlichkeit, und mein Vater breitet die Arme aus, erhebt sich endlich von seinem Stuhl, wie groß du geworden bist, mein Schatz, kannst du noch Schach spielen? Klar kann ich es noch, ruft Gili, komm, spielen wir, du wirst schon sehen, dass ich gegen dich gewinne, er prahlt, das Herz läuft ihm über vor Freude über dieses Treffen, und meine Mutter legt eine karierte Decke über mich, ihre offen zur Schau getragene Sorge bedrückt mich eher, als dass sie mich beruhigt. Was ist mit dir, will sie wissen, du siehst krank aus, wann warst du das letzte Mal beim Arzt, ich habe dir schon ein paarmal gesagt, dass du eine Blutuntersuchung machen lassen musst, wann wirst du endlich auf mich hören, und sie legt die Hand auf meine Stirn und stößt einen Schrei aus, als hätte sie sich verbrannt, du kochst ja, Ellinka, David, schau, sie ist kochend heiß, und ich versuche, mich aufzurichten, eine Welle von Übelkeit lässt mich zurücksinken, bring eine Schüssel, flüstere ich, aber sie ist nicht schnell genug, es scheint, als stiege alles, was ich im Lauf von sechsundsechzig Tagen nicht über die Lippen gebracht habe, jetzt in meiner Kehle auf und bräche bitter aus mir heraus auf ihre Betten, und alles, was ich in den letzten sechsunddreißig Jahren nicht zu sagen gewagt habe, wäre bei hohem Fieber zusammengeschmolzen und hätte sich in einen sauren, zähen Brei verwandelt.

Sarah, sie übergibt sich, schreit er, und meine Mutter murrt, kein Wunder, sie achtet nicht auf sich, sie hat noch nie auf sich geachtet, geht raus, ihr beiden, sie drängt sie zum Wohnzimmer, drückt mir eine Waschschüssel in die Arme, zu spät, Mama, siehst du nicht, dass es zu spät ist. Du bist wieder ohne Mantel aus dem Haus gegangen und vollkommen nass geworden, klagt sie, glättet mit ihren dicken Fingern meine Stirn, dir macht es nichts aus zu frieren, Hauptsache, du siehst schön aus, wie oft habe ich dir gesagt, du sollst dich warm anziehen, und so wie immer spricht sie nicht mit mir, sondern mit dem jungen Mädchen, das ich einmal war, ich werde von den Wellen der Übelkeit weggetragen, von riesigen Wellen, trocken und durchsichtig wie Glas, ich krümme mich über der Schüssel zusammen, dabei habe ich absichtlich jenen Pullover dagelassen, den ich für dich gestrickt habe, fährt sie fort, ich bin sicher, dass du ihn kein einziges Mal getragen hast, er ist dir nicht schön genug, das Wichtigste ist dir immer die Schönheit, aber was ist mit der Gesundheit, schimpft sie, es ist besser, weniger schön zu sein und dafür behutsamer mit sich umzugehen, schau dir deine Freundinnen an, die weniger erfolgreich waren als du, die sind glücklich verheiratet mit drei Kindern, und was ist mit dir, du stehst jetzt da, ohne Mann.

Mein Kopf sinkt erschöpft in die Schüssel, ihr Gerede summt um mich herum wie eine Wolke Mücken an einem heißen Tag, aber sie lässt mich nicht die Augen zumachen, komm zur Dusche, plappert sie, in der Zwischenzeit werde ich die Bettwäsche wechseln, und sie fasst mich um meine zerbrechlichen Hüften und schleppt mich zu dem großen weiß gekachelten Badezimmer, sie zieht mich aus, ihre Augen mustern mich mit offener Neugier, schau dich an, wie ein junges Mädchen, erklärt sie bitter, seit du zwölf warst, bist du nicht mehr gewachsen, sie ist, obwohl im Alter geschrumpft, noch immer größer als ich, und ich zittere vor Kälte unter ihrem Blick, versuche, meine Blöße zu bedecken, was wunderst du dich, Mama, wir wissen beide die Wahrheit, nur seinetwegen bin ich nicht gewachsen, hast du vergessen, wie erschrocken er über meine ersten Anzeichen von Weiblichkeit war, hast du vergessen, was mit meinem ersten Büstenhalter passiert ist, den ich aus Versehen im Badezimmer liegen gelassen habe, wie er mir durch das Haus gefolgt ist und ihn hin und her geschwenkt hat, ich erlaube dir nicht, solche Dirnenwäsche zu tragen, und am Schluss hat er ihn aus dem Fenster geworfen, den schwarzen Batistbüstenhalter, auf den ich so stolz war, und du hast gewartet, bis es dunkel war, dann bist du auf Zehenspitzen hinausgeschlichen und hast ihn zwischen den Bäumen gesucht, aber er war nicht mehr da, ein anderes junges Mädchen hat ihn vor dem Spiegel anprobiert, frei von dieser bedrückenden Schuld, und am nächsten Tag bekam ich einen neuen Büstenhalter, einen einfachen, wie alle Mädchen, einen, auf den man nicht stolz sein konnte.

Er hatte Angst vor der Anwesenheit einer jungen Frau im Haus, die Knospen der Weiblichkeit haben ihn bedroht, er wollte sie zerschlagen und zertrümmern wie der Prophet des Herrn die Statuen von Astarte, ich war gelähmt vor Schreck und habe aufgehört zu wachsen, seit ich zwölf war, bin ich weder größer noch weiblicher geworden, ein alterndes junges Mädchen unter dem warmen Wasserstrahl, und sie hält mir Seife hin, braune raue Kernseife, die nach Petroleum riecht, und als ich aus der Dusche komme, in ein Handtuch gewickelt, reicht sie mir ein Nachthemd, an das ich mich verschwommen erinnere, ein bunt gestreiftes Nachthemd, das ich in meiner Jugend getragen habe, sie wirft nie etwas weg, für wen hebt sie diese traurigen Souvenirs auf, und dann legt sie mir noch triumphierend einen Pullover über die Schultern, einen schweren Wollpullover, olivgrün, rot und gelb, der nach gebackenem Hühnchen riecht, ich betrachte ihn verwirrt, haben sich die zerschnittenen Teile des Pullovers zusammengefügt wie ein zerrissener Brief, der im Himmel zusammengeklebt und an den Absender zurückgeschickt wurde?

Mama, geht es dir wieder gut, fragt Gili, nicht sehr beunruhigt, als ich in meinem seltsamen Aufzug ins Wohnzimmer komme, meine Krankheit scheint sein Vergnügen nur noch vergrößert zu haben, er hat die vielen Möglichkeiten, die sich ihm dadurch bieten, bereits erkannt und beabsichtigt nicht, so leicht auf sie zu verzichten. Mama, wir schlafen hier, verkündet er, fast überschnappend vor Aufregung, Oma hat gesagt, dass du noch nicht gesund bist, er spricht streng mit mir, du bist doch noch nicht gesund, stimmt's? Und ich betrachte mürrisch mein altes und neues

Gefängnis, mal sehen, wie es mir am Abend geht, aber er bleibt stur, er ist nicht bereit, diese Unsicherheit zu ertragen, sag, dass wir hier schlafen, was macht das schon, nur eine Nacht, und auch ich bleibe stur, ich weiß es noch nicht, warten wir ab. Er fängt schon an zu jammern, und da tritt sie ins Zimmer und unterbricht die Diskussion, was für eine Frage, natürlich bleibt ihr hier, wenn Amnon zu Hause wäre, dann wäre es etwas anderes, aber du bist jetzt allein, wie willst du so für den Jungen sorgen und wer wird sich um dich kümmern, bis du wieder gesund bist? Sie klagt, eure Generation denkt, dass sie alles kann, die Mütter glauben, sie können alles, den Lebensunterhalt verdienen und Kinder aufziehen und für sich selbst sorgen, und sie vergessen die Probleme, die es auf der Welt gibt, was ist mit Krankheiten? Und was ist, Gott behüte, mit Unfällen und anderen unvorhersehbaren Schwierigkeiten? Gott weiß, wie man in solchen Fällen ohne einen Mann im Haus zurechtkommt, ohne Vater für die Kinder, und ich versuche, sie zum Schweigen zu bringen, indem ich die Lippen zusammenpresse und einen Blick zu Gili hinüberwerfe, der verängstigt zuhört, aber wie üblich versteht sie es nicht, musst du dich wieder erbrechen? Sie springt mit ihrem schweren Körper auf, kommt sofort mit der Schüssel zurück und stellt sie mir auf die Knie, und der Junge, der erschrocken aussieht, klettert auf meinen Schoß, mit einem verängstigten Lächeln, und ist dann stolz, es geschafft zu haben, im Schneidersitz neben der Waschschüssel zu sitzen.

Mein Jungmädchenbett quietscht und knarrt, als es seine Flügel ausbreitet, um uns beiden Platz zu bieten, nicht zu nahe, damit er sich nicht bei dir ansteckt, warnt meine Mutter ernst, und ich sinke in das weiße Bettzeug, noch nie ist bei ihnen eine Blume gewachsen, noch nie hat es eine fröhliche Farbe gegeben, und Gili zwängt sich in seine

Babysachen, die sie aufgehoben haben, wie groß ich geworden bin, singt er, schau mal, meine Knie, sie ragen aus der Pyjamahose heraus, die ihm einmal bis zu den Knöcheln gereicht hat, meine Krankheit wird für ihn zu einem anhaltenden Fest, zu einem Vergnügen, und ich betrachte ihn erstaunt, wieso spürt er nicht die bedrückende Trübseligkeit, die jede Bewegung in diesem Haus beherrscht, wieso sieht er nicht, dass er in einem Gefängnis gelandet ist, seine durchdringende Stimme, seine lächerlichen Tänze sind wie Ausbrüche wilden Glücks bei einer Trauerfeier, und sie laufen um uns herum, zwei Monate lang haben sie uns verleugnet, und jetzt beherrscht unsere Anwesenheit plötzlich das Haus, stört ihre Ordnung.

Deprimiert betrachte ich mein Mädchenzimmer, das ganz schnell in eine zusätzliche Bibliothek verwandelt wurde, zu einem Lager für die Bücher, die er weniger mag, wie schwer ist es mir gefallen, mich an dieses Zimmer, lang und schmal wie ein Korridor und mit dem Fenster zur Hauptstraße, zu gewöhnen. Und wie schwer war mir davor der Abschied vom Haus meiner Kindheit gefallen, das in der Erde versank wie ein Schiff im Meer, mit aller Kraft hatte ich versucht, mich gegen den Umzug in die Stadt zu wehren, aber die Karriere meines Vaters war immer wichtiger als die Launen eines jungen Mädchens, du wirst dich daran gewöhnen, sagten sie verächtlich, was ist schon eine Veränderung in deinem Alter, in einem Monat hast du neue Freunde, die zu dir passen, nicht wie diese Dorfkinder, und du wirst endlich auf ein richtiges Gymnasium gehen und lernen, wie es sich gehört, aber ich wurde wütend bei ihren Worten, es sind nicht die Kinder, die ich vermisse, es sind die Bäume, die gemähten Wiesen mit ihrem Duft, es sind die Gerüche, die blühenden Zitrusbäume, das Geißblatt, das die Fenster mit Duftgittern umrankt, es sind die Farben, es ist der beleuchtete Bürgersteig mit dem abgefallenen Laub, es ist das abgefallene Laub, das unter meinen Füßen raschelt, die Hibiskusblüten, die rote Lippen hängen lassen, ihr habt mich an einen Ort ohne Gerüche gebracht, klagte ich immer, es gibt hier kaum einen Unterschied zwischen den Jahreszeiten, es ist ein Ort ohne Farben, nur Schattierungen von stumpfen Steinen, aber mein Vater bekam eine Professur an der Universität, die Stadt war gut zu ihm, und meine Mutter war geblendet von den vielen Geschäften und Cafés, und ich, die ich einmal barfuß über vergoldete Wege zur Schule gegangen war, lernte, über harten Asphalt zu laufen, von einem Autobus in den anderen umzusteigen, auf meinem Weg zu dem angesehenen Gymnasium, das von vielen herausragenden Schülern besucht wurde, nicht wie das Bezirksgymnasium, in dem mich alle als beste Schülerin kannten, wie schwer fiel es mir hier, mich auf das Lernen zu konzentrieren, wenn mein Kopf müde auf den Tisch sank, denn in der neuen Wohnung in der neuen Stadt konnte ich nicht schlafen.

Das Schnauben der Autos, die unter meinem Fenster auf der ansteigenden Straße ihre Muskeln spielen lassen, die lärmenden Gruppen von Jugendlichen auf der Suche nach Vergnügungen, heulende Sirenen, Hupen, Gesprächsfetzen, lautes Lachen, all die Geräusche der Stadt, die abends noch zunahmen, sägten in meinen Ohren, verstärkten mein Heimweh nach den Nächten im Dorf, in denen nur Vögel manchmal die Stille der Finsternis störten, in denen Pappeln rauschten und sich grüne Gerüchte zuflüsterten und sich unter der geheimnisvollen Last ihrer Blätter bogen, in denen die Rasensprenger ihre durchsichtigen Tänze aufführten und die feuchte, schwere Luft abkühlten, in dem unter meinem Fenster brünstige Katzen schrien, all diese Geräusche hatten die Wiege meines guten Schlafs hin und her bewegt.

Abends fing ich schon an, das Bett in meinem neuen Zimmer mit angstvollen Blicken zu betrachten, wie ein Folterinstrument, und nachts lauerte ich gespannt auf die ersten Anzeichen der Müdigkeit und wickelte mich ängstlich in die Laken, erschöpft und müde, aber wenige Minuten später fing der Lärm an, und mein ganzer Körper klopfte, als hätte ich in allen Gliedern ein pochendes Herz, ein Herz am Handgelenk, ein Herz im Knöchel, ein Herz zwischen den Schläfen, und durch die Eisenrollläden drang ein Lärm, als wäre die Stadt ein riesiges Feld, das mit Beginn der Dunkelheit umgepflügt wird, als würde ein Haus nach dem anderen abgerissen und mit der Morgendämmerung schnell und geräuschvoll wieder aufgebaut, und morgens saß ich dann erschöpft im Klassenzimmer, mit roten Augen und zusammengesackt vor Müdigkeit, meine Wange sank auf den Tisch wie auf ein Kopfkissen, und kein Geräusch, weder das Lärmen der Klasse noch das Schimpfen der Lehrer oder das Klingeln, konnte mich wecken.

Auch in dieser Nacht liege ich steif mit offenen Augen zwischen den Decken, wie versteckt vor meinen Vollstreckern, Gili hat sich dicht an mich geschmiegt, trotz der ernsten Warnungen meiner Mutter, manchmal schiebt er mir ein raues Knie entgegen, öffnet die Lippen zu einem unverständlichen Gemurmel, und ich versuche, dieses Gemurmel aus seiner sich vor mir verschließenden Welt zu entziffern. Vom Flur sind langsame Schritte zu hören, hierhin, dorthin, wie aufwändig ihre Vorbereitungen für die Nacht sind, als würden sie zu einem Fest gehen, wie groß die Anspannung, hast du die Bettwäsche gewechselt, fragt er, und sie antwortet ungeduldig, einer ihrer wenigen Anflüge von Aufsässigkeit, an die ich mich gut erinnere, der heisere Trotz der Versklavten, ich habe es dir doch schon gesagt, wenn du dich nicht auf mich verlässt, dann beziehe das Bett doch selbst, und er sagt giftig, warum kannst du eine klare Frage nicht einfach beantworten, ohne zu klagen, und sie erwidert, weil ich es dir schon zweimal gesagt habe, und er sagt, es war nicht zweimal, da sieht man mal wieder, dass man sich nicht auf dich verlassen kann, du übertreibst immer. Und dann erkundigt er sich noch einmal, hast du das Laken und den Überzug gewechselt, und sie sagt, das Laken war sauber, sie hat sich auf den Überzug erbrochen, der Überzug ist schmutzig geworden, das Laken nicht. Es hat überhaupt nicht sauber ausgesehen, behauptet mein Vater, man muss auch das Laken wechseln, das ist es, was ich dir zu sagen versuche, und sie wird gereizt, aber David, warum verlässt du dich nicht auf mich, es ist ganz sauber, was willst du von mir, und ich höre, wie eine Schranktür knarrend geöffnet wird, ich will, dass du noch einmal die Bettwäsche wechselst, verlangt er, das ist nicht sauber genug, ich kann nicht in einem schmutzigen Bett schlafen, und wenn ich nicht schlafe, kann ich meinen Vortrag nicht schreiben. Dann mach es doch selbst, zischt sie, während sie schon wütend das Laken abzieht, schließlich tut sie am Schluss immer das, was er will, und er faucht, man könnte glauben, ich verlange Gott weiß was von dir, und ich halte mir die Ohren zu, ich weiß, dass dies nur der Anfang ist, nichts hat sich seit damals verändert, der herannahende Streit kündigt sich an wie ein Sturm, ich erinnere mich an jeden früheren Streit, alle haben mich mit Entsetzen erfüllt, ob dies nun womöglich der Streit war, der die Familie endgültig zerstören würde, der zu einem Riss in meinem Leben führen würde, ob sie sich jetzt trennen würden oder morgen früh, und ich erinnere mich, wie ich Amnon in unseren ersten Jahren versprochen habe, wir würden uns nie streiten, wenn wir Kinder hätten, komm, lass uns die Auseinandersetzungen jetzt erledigen, bevor wir Kinder kriegen, aber letztendlich haben wir uns getrennt und sie nicht. Habe ich Gili vor solch albtraumhaften Nächten bewahrt, als ich unser kurzes Familienleben mit einem Beil zerschlug, oder wird er sich sein Leben lang nach den schimpfenden Stimmen sehnen, die ihm Sicherheit gaben, denn zwei Menschen befanden sich im Nebenzimmer, mit ihm unter einem Dach, und sie waren seine Eltern.

Mit letzter Kraft kehre ich am Morgen nach Hause zurück, die Knochen zittern unter meiner Haut, bei ihnen würde ich nie gesund werden, ich wehre mich gegen ihr Drängen, wie soll ich gesund werden, wenn ich nicht schlafen kann, aber sie wird Gili von der Schule abholen und vielleicht sogar bis abends bei ihm bleiben, bis es mir wieder besser geht, so haben sie unter sich meine Gesundung genannt, als wäre es nur eine Frage der Zeit, so versuche auch ich es mir in den Tagen danach einzureden, kraftlos im Bett liegend, aber manchmal erinnere ich mich daran, dass man sich nicht immer erholt, diese Möglichkeit gibt es, es gibt Menschen, die nicht wieder gesund werden, sie werden von der funktionierenden Welt abgeschnitten, die bis vor kurzem noch ihr Zuhause war, und am Ende werden sie in eine spezielle Klinik gebracht, dort wird ihr Schreien von den Wänden geschluckt, ihr Schreien wird eingemauert und isoliert, damit es die Routine der Welt nicht stört, und mir scheint, dass ich meine Seele zwischen den beiden Bereichen schweben sehe, zu diesem gehört sie nicht mehr und zu dem anderen noch nicht, ein grausamer Zwitter, eine ungezügelte Sphinx. Wenn ich sie nur loswerden könnte, sie heimlich ersticken, wenn ich nur ohne Seele leben könnte, ohne Bein kann man leben, ohne Gebärmutter und sogar mit nur einer Niere, ich sollte mir diese Seele herausnehmen lassen, diese Seele, die ungezügelt in mir herumtobt, ich sollte sie aus meinem Inneren ziehen, denn sie wuchert bösartig, in all den Jahren hat sie so getan, als wäre sie gesund, und ausgerechnet jetzt, wo ich sie dringend brauche, ist sie krank geworden, ich werfe mich in der stillen Wohnung im Bett herum, der Computer ist schon seit vielen Tagen ausgeschaltet, auf dem Anrufbeantworter häufen sich die Nachrichten und werden am Abend gelöscht, ohne abgehört worden zu sein, ich schmiede Pläne für den Nachmittag, wer kann heute den Jungen abholen, ich will auf keinen Fall zur Schule gehen, vor den anderen Müttern stehen, während ich schon keine Mutter mehr bin, denn in dem Moment, als ich aufhörte, Amnons Frau zu sein, habe ich auch aufgehört, Mutter zu sein, ich bin zu einer Babysitterin geworden, die sich drückt, ich habe die Last der Verantwortung abgeworfen, also, heute wird Amnon ihn abholen und morgen meine Mutter und danach die Mutter von Ronen, von Itamar, und am Ende wird er mich nicht mehr erkennen, was hat Amnon damals zu ihm gesagt, in jener Nacht, in der ich im Badezimmer eingesperrt war, eine Frau, die du nicht kennst, die gleich wieder geht.

Wieder und wieder schlurfe ich durch die Wohnung, die immer leerer wird, gestern hat er seine letzten Sachen abgeholt, er hat die Bilder des alten Jerusalem von den Wänden genommen, die Zeugen unseres Familienlebens werden immer weniger, bald werde ich ohne Beweise zurückbleiben, niemand wird glauben, dass hier einmal drei Personen gelebt haben, so viele freie Stellen gibt es jetzt, in den Bücherregalen, in den Kleiderschränken, auf der Ablage im Badezimmer, sogar die Kuscheltiere wandern langsam in das schöne große Zimmer, bald wird auch Gili von hier verschwinden, niemand wird glauben, dass hier einmal ein Kind gelebt hat, und dann werde ich nur mit dem Wenigen zurückbleiben, das wirklich mir gehört, und wer weiß, was das überhaupt ist. Ich habe mir alles nur eingebildet, wie vergänglich war alles, wie flüchtig, nehmt euch in Acht, möchte ich den Menschen sagen, die unter meinem Fenster vorbeigehen, belügt euch nicht, ihr besitzt eigentlich nichts, ihr hattet nichts und ihr werdet nichts haben, nur eine kranke Seele, eines Morgens werdet ihr feststellen, dass dies euer ganzer Besitz ist, und ausgerechnet den könnt ihr nicht brauchen.

Manchmal kommt es mir vor, als kehrten meine Kräfte langsam tropfend zurück, und dann beschließe ich, den Nachmittag mit dem Jungen zu verbringen, den ganzen Morgen bereite ich mich darauf vor, ich plane, wohin ich mit ihm gehen werde, was wir tun werden und wie ich meinen Zustand vor ihm verbergen könnte, ich ziehe mich an und mache mich zurecht, mein knöchernes, trockenes Lächeln knirscht mich im Spiegel an, aber dann stehe ich am Schultor, er kommt auf mich zugerannt, Mama, darf ich zu Ronen gehen? Und ich versuche ihn umzustimmen, Gili, wir haben schon so lange nichts mehr zusammen unternommen, komm, gehen wir zum Spielplatz, komm, schauen wir uns einen Film an, wie früher, und er verzieht das Gesicht, als hätte ich ihm mit einer Strafe gedroht, ach, Mama, du machst mir immer alles kaputt, ich habe es schon mit Ronen ausgemacht, und ich beobachte, wie er sich entfernt, sprudelnd und voller Energie, so anders als dieser bezaubernde, verträumte Junge, den ich einst hatte. Da ist Keren, Ronens schöne Mutter, sie macht ihnen die Tür ihres prächtigen Jeeps auf und sie springen hinein, winken mir höflich zu, und ich gehe mit letzter Kraft zum Rabenpark, sinke auf den feuchten Felsen, die Wolken um mich herum hängen tief und sind so dunkel wie die Büsche, die aus dem Gras wachsen, und ich finde einen kleinen Stock und grabe in der Erde, die wie das warme Fell eines wilden Tieres riecht, ich ziehe feuchte Zweige heraus, Steine, Glasscherben, und neben mir entsteht ein feuchter Erdhaufen, als wäre ich ein Maulwurf, ein kaputtes Haus werde ich dort finden und es wird mein Haus sein, die Knochen eines jungen Mädchens werde ich dort finden und sie wird meine Schwester sein.

Ich drücke meine Wange an den kalten Felsen, bald wird mein Abbild in ihn eingepresst sein, wie das Abbild des kleinen afrikanischen Affen auf einem Felsen an der Ostküste von Thera, was haben die Archäologen gestaunt, als sie erkannten, dass es sich nicht um ein gemaltes Bild handelt, sondern um das Skelett des Äffchens selbst, mit einem beim Erdbeben zerbrochenen Schädel und bedeckt mit einer dicken Schicht Vulkanasche, ich schließe die Augen, versuche, eine Decke über meinen Körper zu ziehen, und ohne dass ich es merke, finde ich mich schließlich vor Dinas Haus und klopfe an die Tür, nass und zitternd vor Kälte.

Sie stürzt sich auf mich, Ella, endlich, weißt du, wie viele Nachrichten ich dir hinterlassen habe? Hörst du die überhaupt ab? Diese Woche bin ich zweimal bei dir vorbeigegangen, warum machst du nicht auf? Und als sie mich von sich schiebt und mich betrachtet, stößt sie einen Schrei aus, als sähe sie ein Gespenst, Ella, schau dich an, du lieber Gott, und sofort rennt sie zum Telefon, jetzt mache ich für dich einen Termin bei meinem Bekannten, dem Psychiater, damit er dir Tabletten verschreibt, keine Widerrede, ich werde dich mit Gewalt zu ihm schleppen, wenn es sein muss, und ich höre sie durch die geschlossene Tür, wie laut sie spricht, vermutlich will sie ihn damit von der Dringlichkeit des Termins überzeugen, und als sie aus dem Zimmer kommt, winkt sie mir mit dem Autoschlüssel zu und zieht ihren Mantel an, wir gehen los, Ella, er ist bereit, dich sofort zu sehen, ich habe nicht vor, dich noch einmal entkommen zu lassen.

Es ist egal, wohin ich gehe, Dina, einmal bin ich dahin gegangen, morgen gehe ich dorthin, ich habe diesen und jenen Arzt gesehen, ich habe diese und jene Arznei genommen, ich bin in nahe und ferne Länder gefahren, ich habe Hosenanzüge getragen oder Abendkleider, ich habe an Ausgrabungen teilgenommen und Aufsätze veröffentlicht, glaubst du, das wird mich jetzt retten, glaubst du, dass von all dem, was wir getan haben, von all dem, was wir erreicht haben, für das wir uns jahrelang geplagt haben, überhaupt etwas übrig bleibt, glaubst du, dass es irgendetwas auf der Welt gibt, was uns vor dem Stier retten kann, der im Innern der Erde tobt, komm mit mir nach Thera, ich werde dir zeigen, wie das Leben in einer einzigen Minute zu Stein geworden ist, wie die Treppenstufen entzweigebrochen sind, wie Schreiner und Schmiede mitten in der Bewegung ihr Werkzeug fallen ließen und es nie wieder aufhoben, in den Töpfen sind Essensreste zurückgeblieben, als sie aus ihren Häusern geflohen sind, sie haben nichts mitgenommen, und nicht weit von dort, auf Kreta, in dem Tempel, dessen Mauern eingestürzt sind, wirst du einen Altar sehen, auf dem ein Junge geopfert wurde, das Schwert in seiner Brust, ein letzter, verzweifelter Versuch, die Götter zu versöhnen, ich werde mit dir hinfahren und mit dir zurückkommen, aber meine eigene zerbrochene Insel wird kein Mensch betreten, auf ihren Ruinen wird nichts mehr errichtet, mein Leben wird mir niemand zurückgeben.

Purpurfarbene Dünste hüllen das kleine Auto ein, mit dem ich selbst vor gar nicht langer Zeit gefahren bin, auf meiner dringenden Mission, mit einem Strohhut auf dem Kopf und einer törichten Hoffnung im Gesicht, der Winter ist dieses Jahr sehr früh dran, und nur ich weiß, wie lang er dauern wird, denn sieben Jahre lang wird die Sonne nicht auf Jerusalem scheinen. Dina fährt schweigend, sie bahnt uns einen Weg durch die vollen Straßen, ihre Augen sind zusammengekniffen, ihr Gesicht trägt einen triumphierenden Ausdruck, als wäre es ihr gelungen, einen gefährlichen Verbrecher zu fangen, den sie dringend dem Gesetz übergeben müsste. Von Zeit zu Zeit wirft sie mir einen Blick zu, um sicherzugehen, dass ich nicht die Absicht habe zu fliehen, dass ich nicht den Sicherheitsgurt öffne und hinausspringe, wie lächerlich sie ist, versteht sie nicht, dass es für mich schon egal ist, wo ich bin, wen ich treffe, was man mir sagt, welche Medikamente ich schlucke.

Als wir aus dem Auto steigen, nimmt sie mich am Arm, führt mich vorsichtig über die lärmende Straße, zwischen den Autos hindurch, die sich mit gedämpftem Brüllen gegenseitig die Zähne zeigen, sie sitzt neben mir im Wartezimmer, der Duft der blühenden Pflanzen ihrer Terrasse steigt aus ihren Haaren auf, die sich an den Spitzen kringeln, ihre Hand liegt nervös auf meiner Schulter, sie benimmt sich wie eine Mutter, die zum ersten Mal mit ihrer Tochter zu einem Frauenarzt geht. Verbirg nichts vor ihm, erzähle ihm genau, wie du dich fühlst, mahnt sie mich, ich kenne dich, du bist in der Lage, so zu tun, als wäre alles in Ordnung, versprich mir, dass du ihm nichts vormachst, das ist nicht zum Lachen, Ella, du brauchst unbedingt Hilfe, und ich nicke müde, sogar wenn ich die Absicht hätte, ihm etwas vorzumachen, würde ich es nicht können, auf der Wand gegenüber entdecke ich ein Plakat von einem Museum, das ich oft besucht habe, das Bild des dreisprachigen Steins von Rosetta, der maßgeblich dazu beitrug, dass man die Geheimnisse der alten Ägypter zu entziffern lernte, er lag wie ein Ziegel auf dem Eingang einer Schatzhöhle und verbarg die Wunder der Toten, und ich betrachte schweigend den lilafarbenen Stein, bis die Tür aufgeht und Dina mich mit festem Griff durch den Flur führt, den Arm um meine

Schultern gelegt, mich durch eine Tür schiebt und sofort ins Wartezimmer zurückkehrt.

Er deutet auf einen Sessel und lässt sich mir gegenüber nieder, und ich sinke überrascht in den Sessel, ein alter weiblicher Instinkt bringt mich dazu, schnell mit der Hand über meine wirren Haare zu fahren, mir den Pulli stramm zu ziehen, aber auch so wird er mich nicht erkennen, ich würde mich selbst nicht erkennen, erinnert er sich überhaupt noch an die Frau, die eines Tages in seiner schönen Wohnung stand und gierig eine rote Birne aß, die amüsiert seinen Hintern betrachtete, während er dastand und pinkelte, erinnere ich mich überhaupt noch an sie, und plötzlich kommt es mir vor, als würde mir die Erinnerung an jenen Morgen einen schwachen Funken Leben schenken, es war der letzte Morgen meiner früheren Existenz, einer freien, wagemutigen, hoffnungsvollen Existenz.

Kennen wir uns, fragt er und betrachtet mich irritiert, genau wie damals, und wie damals antworte ich, nicht wirklich, und seine Lippen, die die Schokoladensterne zerbröselt hatten, öffnen sich und lächeln mich an, seine Hand greift beiläufig zum Reißverschluss seiner Hose, um sich zu versichern, dass er diesmal zugezogen ist, Sie sind es, er hebt vorwurfsvoll den Finger gegen mich, ich erinnere mich an Sie, Sie waren bei uns zu Hause, Sie sind Gilis Mutter, und ich lächle traurig, ich war Gilis Mutter, jetzt bin ich schon keine Mutter mehr, ich existiere nicht mehr, ein Strom kalter Tränen überflutet das Lächeln, ich wische sie mit dem Ärmel weg, ignoriere die Packung Papiertaschentücher, die zwischen uns auf dem kalten prachtvollen Glastisch liegt. Ich verstehe, sagt er sanft, Dina hat mir Ihre Situation beschrieben, ich rate natürlich zu einer Psychotherapie, aber es wäre gut, erst mal eine medikamentöse Behandlung zu versuchen, ich fürchte, dass ich Sie nicht selbst behandeln kann, aber einstweilen werde ich Ihnen als Erste-Hilfe-Maßnahme ein Rezept geben, ich werde Sie an jemand anderen überweisen, er schaut mich mitleidig und zögernd an, als betrachte er eine sterbende Katze am Straßenrand.

Weinen Sie viel, fragt er, seine schwarzen, tief liegenden Augen wandern über mein Gesicht, als suchten sie nach Blutspuren, fühlen Sie sich nach dem Weinen erleichtert, oder ist es ein Weinen, das keinen Trost bietet, machen Ihnen die gleichen Dinge Spaß wie früher, gibt es überhaupt etwas, was Ihnen Spaß macht, können Sie sich konzentrieren, denken Sie an Selbstmord, haben Sie Schuldgefühle, haben Sie Gewicht verloren, leiden Sie unter Schlafmangel, sind Sie allergisch gegen Medikamente, wann haben Sie sich zum letzten Mal wohl gefühlt? Ich antworte mit schwacher Stimme, durch die Vorhänge aus violettem Chiffon dringt ein weiches Dämmerlicht ins Zimmer, langsam fallen meine Augen zu, ich habe das Gefühl, dass ich ausgerechnet hier endlich einschlafen könnte, hier, in dem bequemen Ledersessel, und nur bei der letzten Frage halte ich kurz inne, als mir die Antwort klar wird, damals, bei ihm zu Hause, an jenem Schabbatmorgen im Frühherbst, da habe ich mich zum letzten Mal wohl gefühlt.

Es wird nicht sofort besser werden, sagt er, während er schnell den Namen des Medikaments auf ein Rezept schreibt, und vielleicht kommt es in den ersten Tagen auch zu Nebenwirkungen, aber innerhalb von drei Wochen wird sich Ihr Zustand bessern, dieses Medikament kappt die Spitzen des Gefühls, ich nehme an, dass es Ihnen hilft, er hält mir das Rezept hin, fangen Sie schon heute damit an, rät er, quälen Sie sich nicht umsonst, und wenn es ein Problem gibt, rufen Sie mich an, Sie haben ja meine Privatnummer, und schnell schreibt er noch die Nummer der Praxis dazu, zur Fortsetzung der Behandlung überweise ich Sie an jemand anderen, aber lassen Sie uns erst die Chemie ausprobieren, manchmal hat man keine andere Wahl. Wir müssen es versuchen, sagt er im Plural, als handle es sich um ein gemeinsames Problem, und als ich aufstehe und das Rezept aus seiner Hand nehme, habe ich das Gefühl, als gäbe ich ihm etwas zurück, als wären meine Hände nicht leer, als legte ich meine überflüssige Seele in seine Hand, dieses gefangene, störende Zwittergeschöpf, und als stünde er mir gegenüber und schaukelte sie hin und her, bis sie sich beruhigt und aufhört zu weinen.

9 Die Tabletten hole ich noch am selben Abend und bitte die erstaunte Apothekerin, sie mir als Geschenk zu verpacken, und sie betrachtet mich zweifelnd, mich und das Medikament und die Unterschrift des Arztes, und sie sieht aus, als würde sie, ginge es nach ihr, mir etwas völlig anderes verschreiben. Als Geschenk verpacken, das ist hier nicht üblich, murrt sie, aber sie findet goldenes Einwickelpapier und ein rotes Band, ihre Hände erledigen diese Arbeit nur widerwillig, und ich lege das verführerische Päckchen auf die Kommode neben meinem Bett und packe es nicht aus, ich betrachte es, bevor ich die Augen zumache, und sofort, wenn ich sie öffne, macht es mir Spaß, es wie zufällig zu sehen, als hätte ich ein großartiges Geschenk bekommen, das geduldig auf mich wartet. Seine Anwesenheit neben meinem Bett beruhigt mich, ein schmales eingewickeltes Päckchen, es sieht aus, als wären zwei goldene Ohrringe darin oder ein Medaillon, bereit, Tausende von Jahren zu warten, wie der Schmuck von Troja, der tief in der Erde Kleinasiens wartete, während die ganze westliche Welt glaubte, es handle sich nur um eine Legende.

Ich habe nicht gewusst, dass diese Tabletten so schnell wirken, sagt Dina erstaunt, als sie nach ein paar Tagen kommt, einen Topf mit Suppe in der einen Hand und einen Kuchen in der anderen, es dauert angeblich drei Wochen, nicht wahr? Und ich ziehe sofort ein düsteres Gesicht, um Erklärungen zu vermeiden, auch vor mir selbst, welcher Art die Erleichterung ist, die mich plötzlich umgibt, leicht und dumpf, aber doch sehr real, vielleicht hat ja das Wissen, dass es ein Medikament gibt und sich in meiner Reichweite befindet, schon genügt, um meinen Kummer zu mildern, um den heulenden Schakal in ein gehorsames Hündchen zu verwandeln, oder ich habe, ohne es zu merken, schon den tiefsten Grund erreicht, die Schicht, von der aus man nur nach oben steigen kann, oder es ist die Erinnerung an jenen Morgen, die in mir aufgestiegen ist und mir die Möglichkeit einer vergessenen Existenz vorhält, nämlich dass ich weiterleben kann, auch wenn es unmöglich ist, den Verlust ungeschehen zu machen, und dass der Fehler vielleicht nicht ganz so umfassend ist, auch das Leid nicht, und es scheint, als dringe durch die vollständige Dunkelheit, in der ich wochenlang gefangen war, ein Funke Licht, der zwar noch nicht den ganzen Raum erhellen kann, aber es doch ermöglicht, zwischen Dunkel und Dunkel zu unterscheiden, zwischen der Dunkelheit des Morgens und des Mittags und der Dunkelheit der Nacht, und in diesem schwachen Licht bemühe ich mich, etwas wahrzunehmen, Gegenstände, Stimmen, Gesichtszüge, ich versuche zu existieren.

Zu existieren inmitten der Widersprüche, die mich umgeben, denn auch wenn jetzt alles so schlimm ist, beweist das nicht, dass es früher besser war, auch nicht, dass in Zukunft nicht wieder alles gut sein kann, Leid bezeugt nicht zwangsläufig Reue, und Reue nicht unbedingt einen Fehler, und ein Fehler nicht eine leere Zukunft, meine jetzige Einsamkeit bezeugt nicht, dass ich nicht auch während meiner Ehe einsam war, die Schuld, unter der ich zusammenbreche, bezeugt keine Sünde.

Aus der teuflischen Sicherheit des Fehlers, der für meinen Zusammenbruch verantwortlich ist, ergibt sich nun eine Frage, manchmal wird sie böswillig gestellt, manchmal angstvoll und manchmal traurig, und ich verstehe, dass diese Frage mein Leben lang gestellt werden wird, wenn auch unhörbar, und nach meinem Tod werde ich sie an meinen einzigen Sohn vererben, nämlich ob ich recht daran getan habe, mich eines Tages zu erheben und meine Familie zu zerreißen, ob meine Handlung gerechtfertigt war, ob sie zum Guten führte, ob ich mir mehr wünschen durfte, als ich hatte, ob ich eines Tages mehr bekommen würde, als ich hatte, ob ich überhaupt wusste, was ich hatte, es scheint, als würde es noch Jahre dauern, um zu erkennen, ob unsere Ehe so hoffnungslos war, wie ich vor der Trennung gedacht habe, oder so wunderbar und einzigartig, wie ich danach annahm, ob es ein Irrtum war oder eine Notwendigkeit, denn erst am Ende meines Lebens werde ich in der Lage sein, zu zählen und zu beurteilen, soundso viele Tage Leid und Frustration gegen soundso viele Tage Glück, und es scheint, als würden ab jetzt meine Tage die natürliche Freiheit verlieren, gut oder schlimm zu sein, als würden sie sich zu einer unaufhörlichen Ansammlung von Gegebenheiten zusammendrängen, zu einer fast mathematischen Aufgabe, jeder Moment der Befriedigung wird in eine Spalte eingetragen, jeder Moment der Verzweiflung in eine andere, und diese Tabellen werden vor meinen Augen schimmern, provozierend und bedrückend, denn durch die komplizierten Additionen erlebe ich, dass sich die Vergangenheit ändert, lebendiger wird als die Gegenwart, wechselhafter, und ich versuche sie festzuhalten, den Lichtstrahl auf sie zu richten, sie so zu sehen, wie sie war, unsere Ehe, wie sie war, unsere Familie, wie sie war, bevor sie durch die Macht des Verlustes geheiligt wurde.

Diese Wohnung ist die Vergangenheit, dieser Junge ist die Vergangenheit, ich selbst gehöre noch zur Vergangenheit, dieser Mann, der von Zeit zu Zeit herkommt, ist die Vergangenheit, und ich folge ihm angespannt, denn manchmal kommt es mir vor, als besitze er den Schlüssel, als verberge sich in ihm die Antwort, und wenn sein Gesicht oder seine Stimme oder seine Gesten mich abstoßen, dann atme ich erleichtert auf, glücklich, weil meine Zweifel zerstreut sind, und wenn seine schönen Augen in dem angenehm entspannten Gesicht strahlen, packt mich Wut, und je freundlicher er sich verhält, umso feindseliger werde ich, und je feindseliger er sich verhält, umso freundlicher werde ich, denn das komplizierte und bedrückende Verfahren der Ansammlung von Indizien und das Fällen des Urteils lassen keinen Platz für natürliche Gesten, für einfache Gefühle, jedes Wort, jede Geste ist bedeutungsschwer in der Anklage- oder Verteidigungsschrift, der mein Leben gewidmet ist. Auch Gili wird, gegen seinen Willen, mit einer Aufgabe betraut, auch in ihm suche ich nach Zeichen, nach jeder Eigenschaft, die er von seinem Vater geerbt hat, ich bin gezwungen, jeden Ausdruck zu klassifizieren, und ich stürze mich auf seine Schwächen, als hätte ich einen Schatz gefunden, denn vielleicht sind sie der noch fehlende Beweis dafür, dass ich Recht hatte, das zu tun, was ich getan habe.

Mit vorsichtigen Schritten gehe ich in der Wohnung umher, ich habe Angst, Gegenstände zu verrücken, Spuren zu verwischen, als wäre dies eine historische Ausgrabungsstätte, zerstört und von ihren Bewohnern verlassen, und als sei es an mir, ihre Geheimnisse zu enträtseln und herauszufinden, was die Ursache für die vollkommene Zerstörung war, ob es sich um einen Brand, einen Krieg, eine Invasion, ein Erdbeben, um eine Dürre oder eine Klimaveränderung handelte, ob eine Naturkatastrophe oder Menschenhand schuld war, ich versuche den Niedergang zu entziffern, in umgekehrter Reihenfolge zum Entstehen der Schichten des Hügels über der Fundstätte, die schweigenden Gegenstände zum Sprechen zu bringen, wie eine Bronzemünze, fallen gelassen und vergessen und mit Grünspan überzogen, zerschlagene Keramiken, an denen die Geschichte unserer Familie abzulesen ist, und die ganze Zeit habe ich Angst, zu spät dran zu sein, denn an jedem Ort kann man nur einmal graben, und ich bin übereilt vorgegangen, ich habe zu schnell den Staub entfernt, ohne seine Bedeutung zu beurteilen, ohne zu sieben, ohne zu beschreiben, kein zukünftiger Archäologe wird in der Lage sein, meine Erklärungen zu verifizieren oder zu widerlegen, denn die Überreste sind für ewig verloren. Ist es überhaupt möglich, am Rand des verlassenen Hügels unserer Liebe einen Schnitt zu machen? Ich erinnere mich daran, wie Amnon uns am Ende eines Tages zusammenzurufen pflegte, wie er sich vor den langen schmalen Tisch stellte, mit gebräuntem Oberkörper und nachlässig abgeschnittenen Jeans, und wir stiegen aus den Arealen, die klein wie Kinderzimmer waren, der Staub hatte uns alle einander ähnlich gemacht, wir legten unser Grabungswerkzeug zur Seite und setzten uns um ihn herum, und er analysierte dann die Fundstücke, legte die wichtigen in die Schublade und warf die anderen in den Eimer, und immer sagte er am Schluss, während er auf den Erdwall der Grabungsstätte deutete, dort sieht man die Anhäufung der Schichten, schaut nur, wie schmal die Schicht ist, die eine ganze Kultur darstellt, schaut, wie wenig wir zurücklassen, und an den dämmrigen Nachmittagsstunden dieses Winters, während Gili mit einem seiner Freunde in seinem Zimmer spielt, sitze ich vor dem Computer, Papiere und Landkarten auf den Knien, Fotos, Aufsätze, wie wenig hast du zurückgelassen, Amnon, schreibe ich, wie wenig hat unsere zehn Jahre alte Familie zurückgelassen, und manchmal stelle ich mich ans Fenster, sehe die kräftigen Ranken des schnell wachsenden Efeus, die sich verflechten, und das Staunen über die Vergangenheit breitet sich im Haus aus, traurig und anhaltend wie die vokalen Verzierungen des Kantors, der schon für die Feiertage übt, von diesem Jom Kippur zum nächsten.

Von Zeit zu Zeit werde ich durch das Telefon gestört, durch ein Klopfen an der Tür, alle möglichen Bekannten nehmen sich die Freiheit, mich zu besuchen, endlich kann man hierher kommen, sagen sie, als Amnon hier war, hatten wir immer das Gefühl zu stören, und ich deute entschuldigend auf den blinkenden Computer, als Zeichen, dass ich keine Zeit habe, manchmal machen die Besucher Vorschläge, Ella, ich habe da jemanden für dich, du hast Amnon doch nicht verlassen, um allein zu sein, schade um dich, du vergräbst dich zu Hause vor dem Computer, geh doch ein bisschen aus, lerne Leute kennen, was hast du schon zu verlieren, doch ich lehne ab, das passt jetzt nicht zu mir, ich suche keinen Partner, allein bei dem Gedanken an die Anstrengung, die es braucht, um jemanden kennen zu lernen, wird mir schlecht.

Du bestrafst dich doch bloß selbst, sagen sie zu mir, dass du leidest, bringt ihn nicht zu dir zurück, aber seit jener Nacht damals versuche ich nicht mehr, ihn zurückzuholen, weder offen noch versteckt, beide erwähnen wir jene Nacht nicht mehr, als hätte sie nur in unserer Fantasie stattgefunden. Wenn er den Jungen bringt, fassen wir uns so kurz wie zwei Geschäftspartner, die gegen ihren Willen gemeinsam eine Firma leiten und voneinander abhängig sind, dabei aber eifersüchtig auf ihre Privatsphäre achten, ich zeige keinerlei Interesse an seinem neuen Leben, und zu meinem Erstaunen muss ich mich dazu nicht verstellen. Es ist nur die Vergangenheit, die mich beschäftigt, und seine Gewohnheiten in der Gegenwart dienen lediglich dazu, die Vergangenheit zu erhellen, wobei das Unbedeutende und das Wichtige gleichwertig sind, sein Auftreten, seine Kleidung, sein Benehmen, sein Geruch, seine Rolle als Vater, seine Anständigkeit, seine Großzügigkeit, ich betrachte ihn mit einem argwöhnischen Blick, bemerke an mir ein Verlangen, von ihm enttäuscht zu werden, nur damit ein düsteres Licht auf unsere gemeinsamen Jahre fällt, aber darüber hinaus hat sich mein Interesse an ihm gewandelt, es ist trocken und begrenzt, fast wissenschaftlich, als wäre er kein lebendiger, atmender Mensch mehr, sondern ein wertvolles bewegliches Fundstück, mit dessen Hilfe meine Forschungsarbeit vorangetrieben wird.

Gespannt verfolge ich seine Aktivitäten, fürchte, etwas zu verpassen, ob er allein in seiner schönen Wohnung ist, ob er für sich kocht, ob er wie früher alles anbrennen lässt, was er an seinen freien Tagen macht, ob er sich mit Frauen trifft, ob er noch immer kalt duscht, ob er sich anzieht, ohne sich abgetrocknet zu haben, ob er unseren gemeinsam begonnenen Aufsatz über das kanaanäische Bewässerungssystem fertig hat, ob er allein in dem Bett mit dem bestickten Überwurf schläft, ob seine Hand nachts meinen Körper sucht, aber es scheint, als hätten all diese Fragen ihre Bedeutung für mein gegenwärtiges Leben verloren, als dienten sie nur dazu, die Vergangenheit zu beurteilen, denn es ist nur die Vergangenheit, die ich prüfe, nur sie wird mein Urteil bestimmen.

Durch diese Schichten, die von dichtem Staub bedeckt sind, stoße ich manchmal nach oben, ich setze einen zögernden Fuß auf die Schwellen anderer Häuser, die vor mir geöffnet werden, betrete das Leben, das sich schon immer um mich herum abgespielt hat und das ich nur nicht wahrgenommen habe, das Leben von Menschen ohne Familie, ohne gemeinsames Kind, ohne gemeinsames Bankkonto, ohne eine gemeinsame Wohnung, Einsamkeit trifft auf Einsamkeit und verdoppelt sich, und das ist es, was mir mein neues Leben bietet, das ist es, was Dina mir vorschlägt, das ist es, was mir die verregneten Wochenenden bieten, das ist es, was mir schwer fällt zu akzeptieren.

Komm morgen, sagt sie mit energischer Stimme, es soll schneien, ich mache Tscholent, und ich frage erschrocken, bist du sicher, dass es schneien wird? Und sie sagt, das habe ich gehört, wirst du kommen? Und ich beklage mich, warum ausgerechnet morgen, wenn Gili bei Amnon ist, hier schneit es höchstens einmal im Jahr, und jetzt wird es gerade an dem Wochenende sein, an dem er nicht bei mir ist, wir warten schon ein ganzes Jahr auf den Schnee. Wo ist das Problem, fragt sie verwundert, du kannst doch froh sein, dass er sich über den Schnee freut, und ich erkläre beharrlich, aber ich werde nicht sehen, wie er sich freut, ich werde seine Freude verpassen, und sie lacht, aber er existiert, auch wenn du ihn nicht siehst, warum hältst du seine Existenz für unwirklich, wenn du nicht bei ihm bist, und ich sage, es ist meine Existenz, die unwirklich ist, es ist die Existenz des Schnees, die unwirklich ist.

Lass ihn doch auch ohne dich Spaß haben, sagt sie, auch wenn du nicht dabei bist, gilt sein Spaß, sei doch nicht so herrschsüchtig, willst du sogar das Wetter beherrschen? Kommst du morgen? Und ich frage, hat man gesagt, wie lange er liegen bleibt? Er muss noch einen Tag liegen bleiben, überlege ich laut, aber eigentlich ist Gili schon am zweiten Tag nicht mehr so begeistert, und der Schnee ist dann schmutzig, und sie drängt mich, ich warte auf eine Antwort, Ella, und ich sage, ich gebe dir morgen Bescheid, wie kann ich mich jetzt schon festlegen, vielleicht will Amnon ja, dass ich zu ihnen komme, damit wir zusammen im Schnee spielen, und sie sagt, du musst dich jetzt entscheiden, ich will nämlich jemanden einladen, den du kennen lernen sollst, und wenn du nicht kommst, lade ich ihn nicht ein.

Du willst mich also auch verkuppeln, sage ich erstaunt,

das passt nicht zu dir, du solltest wissen, dass ich dafür nicht geeignet bin, und sie sagt, aber man kann dir vielleicht helfen, dafür geeignet zu sein, und ich frage, wer ist es denn? Der Bruder von einer Freundin, sagt sie, ein Pilot, geschieden, er interessiert sich für Archäologie, deshalb habe ich an dich gedacht, und ich sage, aber ich interessiere mich nicht mehr für Archäologie, ich tu nur so, und sie entscheidet, es reicht, Ella, hör auf, so negativ zu sein, du kommst morgen um eins.

Alle paar Minuten gehe ich auf den Balkon und betrachte prüfend den Himmel, ob er in seinem Bauch die begehrten weißen Flocken verbirgt, die plötzlich zu einer Bedrohung meines Seelenfriedens geworden sind, wartet noch eine Nacht, bitte ich, haltet euch ein bisschen zurück, nur bis Samstagabend, lasst mir das Vergnügen, ihn mühsam auf die Fensterbank zu setzen, wir werden hinuntergehen in den Hof, der ganz verwandelt aussehen wird, wir werden uns einen Weg durch die abgebrochenen Zweige bahnen, seine Locken unter einer dicken Wollmütze versteckt, die Wangen gerötet vor Aufregung, mit einer Stimme wie eine Glocke, und sogar in der Nacht stehe ich ein paarmal auf, und schaue aus dem Fenster, und wenn ich die normale nächtliche Dunkelheit sehe, beruhige ich mich und schlafe wieder ein mit dem Gefühl, dass mein Gebet erhört worden ist, aber als ich schließlich morgens ziemlich spät aufwache, in erstaunlicher, verdächtiger Stille, wie sonst nur nach einem Anschlag, strahlen die Lichtstreifen zwischen dem Rollladen in einem herausfordernden Licht, und mir ist klar, dass ich es, trotz all meiner Anstrengungen, nicht geschafft habe, den Schnee aufzuhalten.

Amnons Stimme ist freundlich, aber entschieden, komm nicht, das würde ihn nur verwirren, wir gehen gleich raus und spielen im Schnee Fußball, er hat wunderbare Laune, warum sollte man ihn durcheinander bringen, und ich diskutiere nicht, ich lege den Hörer auf, die klaren Worte lassen meine Haut gefrieren, und ich ziehe mit gekränkten Fingern den Rollladen hoch, weiche vor der Schönheit zurück, eine verräterische Helligkeit liegt über den blassen Lippen der Stadt, die sich mit einem eisigen Lächeln vor mir öffnen.

Als ich ein Kind war, hatte ich keinen Sohn. Ganz allein taumelte ich von einer Jahreszeit zur anderen, als wären sie Haltestellen in einem verzauberten Vergnügungspark, herbstliche Farben folgten Blütendüften, Wolken bliesen dichten Rauch über die Sonne, glühende, duftende Nebel stiegen aus der Erde, Winde streichelten Baumstämme, jeder neue Winter vernebelte den vorhergehenden, jeder Sommer übertraf den Sommer davor, fasziniert verfolgte ich das Spiel der Jahreszeiten, wie vier junge Katzen sprang eine auf die andere, verschwand eine vor der anderen, forderte eine die andere heraus, und ich, mittendrin, glaubte, sie täten es nur für mich, um meine Einsamkeit zu besänftigen.

Weiter unten auf der Straße springen fröhliche Zwerge herum, in ihren dicken Mänteln, mit Mützen und Handschuhen sehen sie aus wie Bälle, sie setzen sich auf Plastiktüten und rutschen den Hang hinunter, und ich wende den Blick ab. Mürrisch laufe ich in der Wohnung herum, prüfe von jedem Fenster die Aussicht, den bekannten Anblick, aufregend in seiner neuen, königlichen Kleidung, wenn er hier wäre, würde er von einem Fenster zum nächsten rennen, seine begeisterten Ausrufe würden Dunstwölkchen auf die Scheiben malen, schau doch, schau doch, würde er besserwisserisch schreien und verkünden, das ist das Schönste auf der Welt, als hätte er schon alle Wunder der Welt gesehen, und ich gehe enttäuscht zurück in mein Bett, ich will nur noch schlafen, bis Gili zurückkommt, an der Wand über meinem Kopf hängt noch unser Foto, wir stehen zusammengedrängt unter einem schwarzen Schirm, wie die Schneeflocken vom letzten Jahr lautlos um uns herumtanzten, ein Abschiedstanz war es, und niemand hat es gewusst.

Mir kommt es vor, als rufe mich jemand vor dem Fenster mit einem leisen Seufzer, überrascht richte ich mich auf, es ist die tote Zypresse, die mir entgegenknarrt, ihr geschmückter Wipfel berührt fast die Hauswand, ihre Zweige strecken sich mir im Wind entgegen, für einen Moment sieht es aus, als würden sie Knospen treiben, die weiß wie Jasmin die trockenen Zweige schmücken, innerhalb weniger Stunden scheint sich die Zypresse in einen Mandelbaum verwandelt zu haben, glitzernd wie ein Weihnachtsbaum, ich bin verzaubert von dem Anblick, der zu neuem Leben erwachte Baum, auch wenn es nur ein vorübergehendes Leben ist, ein vorgetäuschtes, weckt in mir eine dumpfe, vergessene Lust, nicht die auf einen Mann, sondern Lust auf das Leben selbst, ich betrachte den Flug der glänzenden Flocken, wie Betrunkene taumeln sie um den Baum herum, manche werden von den Zweigen gefangen, andere sinken zu Boden, sie bringen mir einen geheimen Gruß vom Himmel, und diese weiße Schönheit klopft an mein Fenster, sie verlangt nichts von mir und ich verlange nichts von ihr. Ja, warum soll ich nicht auch für ein paar Stunden blühen, und plötzlich steigt in mir die Freude eines früher erlebten Vergnügens auf, eines Vergnügens, das von niemandem abhängt, stark und wuchtig und erschreckend in seinem Egoismus, und ich kichere am Fenster wie ein aufgeregtes junges Mädchen, das sich immer wieder an die Worte der ersten Liebe erinnert, an die Schönheit jenes Augenblicks, an dem sie zum ersten Mal verstanden hat, dass es eine Antwort auf ihre Sehnsucht gibt, und ich klammere mich an das weit geöffnete Fenster, schlucke die dichte, übervolle Luft, Sterne fallen auf meinen Kopf, Unmengen von Sternen, und da nehme ich von der Kommode das Geschenk, das auf mich wartet, das Tablettenröhrchen, in Goldpapier gewickelt und mit einem roten Band verschnürt, und werfe es in die Arme der Zypresse, wie den Blumenstrauß, den die Braut in die Menge wirft, bevor sie ihren neuen Weg antritt, ich werfe mein kostbares Geschenk dem Baum zu, der nach seinem Tod zu blühen beginnt, ein Geschenk gegen ein anderes.

Vor Jahren kaufte er mir einen weißen Pullover, und ich schenkte ihm dafür ein krummes Lächeln, wieso denn weiß, ich bin zu blass für weiß, aber jetzt, nachdem ich lange heiß geduscht habe, suche ich den Pullover im Schrank, hülle mich, wie um mich zu tarnen, in die Farbe des Schnees, schminke mir die Lippen mit einem kräftigen Rot, öffne die vom Waschen glänzenden Haare, ich habe gar nicht gemerkt, wie sie in den letzten Monaten gewachsen sind, sie reichen mir fast bis zu den Hüften, und gehe in die blasse Stadt, hinein in die Schönheit dieses Wunders, das nur wenige Tage dauern wird, wie in die Schönheit einer neuen Liebe. Meine Schritte ziehen Spuren in den noch weichen Untergrund, und wenn ich mich umschaue, überrascht es mich zu sehen, wie schnell die Spuren wieder verschwinden, sich mit neuem Weiß bedecken, und ich gehe weiter, an einer jungen Mutter vorbei, die ein quengelndes Kind hinter sich herzieht, mir ist kalt, weint der Kleine, meine Finger sind erfroren, und sie zieht ihn weiter, natürlich ist dir kalt, ich habe dir ja gesagt, du sollst Handschuhe anziehen, warum hast du das nicht gemacht, ihr verärgerter Blick streift mich, und es scheint mir, als sei sie neidisch auf mich, weil ich so frei bin, ich konzentriere mich auf meine Freude, ja, das ist erlaubt, das ist sogar möglich, Gili freut sich dort und ich freue mich hier, weiße Flammen lodern zwischen ihm und mir, wie Leuchtfeuer über Berggipfeln.

Als ich ihr Haus erreiche, mit wilden Haaren und erhitzt vom langen Gehen, hat das Essen schon seinen Höhepunkt erreicht, der üppige Fleischduft eines Tscholents, der schon die ganze Nacht auf dem Herd geköchelt hat, empfängt mich, der Geruch von Wein und Parfum, von Schweiß und Zigarettenrauch schlägt mir in der geheizten Wohnung entgegen, Dina steht auf und begrüßt mich, sie trägt einen schwarzen Pullover, so lang wie ein Kleid, ihre braunen Augen mustern mich überrascht, die Äderchen auf ihren Wangen sehen aus wie Blattadern, sie umarmt mich, wie schön du aussiehst, und sofort flüstert sie mir entschuldigend ins Ohr, er ist noch nicht da, er müsste jeden Augenblick kommen, und es fällt mir schwer zu verstehen, was sie meint, lass mich, sage ich, das habe ich schon vergessen, schließlich geht es mir viel besser so, wenn ich einfach zwischen Fremden sitze und niemanden beeindrucken muss.

Du wirst es nicht glauben, sie tun Pesto in den Tscholent, sagt jemand ernst zu Dina, ein nicht mehr junger Mann mit einem Bauch, der an die Tischkante stößt, und mit unruhig rollenden, nach Zustimmung suchenden Augen, die Leute sind heute vollkommen verrückt geworden, sie verderben alles, was gut ist, was ist schlecht an einem traditionellen Tscholent, warum muss man da Pesto reinrühren? Er seufzt, als handelte es sich um einen Anschlag auf sein Leben, und die Frau, die neben ihm sitzt, vermutlich seine Ehefrau, distanziert sich schnell von ihm, ich mag Pesto, verkündet sie, er ist so konservativ, fügt sie entschuldigend hinzu, und er beschimpft sie sofort, du verstehst überhaupt nichts, ich mag Pesto auch, aber nicht im Tscholent.

Die Stärke der Emotionen, die in das Gespräch über Pesto gelegt werden, kitzelt meine Nasenlöcher, ich halte die Hand vor den Mund, um mein Lachen zu verbergen, beobachte Dinas Bemühen, das Thema zu wechseln, aber Herr Pesto ist nicht bereit nachzugeben, wir alle sind jetzt dazu aufgerufen, über ihn und seine Frau zu urteilen, und mir scheint, dass er nicht aufgibt, bis sie selbst bereit ist, ihren schrecklichen Fehler zuzugeben, was ist schlecht daran, ein bisschen konservativ zu sein, ruft er, sie glaubt, es macht sie jünger, wenn sie jeder Mode nachrennt, sie will die Kinder beeindrucken, ich hingegen wäge alles genau ab, Pesto mit Pasta mag ich, Pesto mit Tscholent nicht, erklärt er, und ich springe auf und renne zum Badezimmer, ich ersticke fast vor Lachen, die Augen von Frau Pesto folgen mir, in ihrem Blick liegt eine uralte Kränkung. Auf dem Rückweg wird sie zu ihm sagen, das war nicht in Ordnung, wie du mit mir gesprochen hast, und er wird sagen, bist du beleidigt? Ich bin gekränkt, du widersprichst mir immer, nie würdest du bei irgendetwas zustimmen, was ich sage, wie gut ich ihr Gespräch kenne, als hätte ich es mein Leben lang geführt, und jetzt bin ich es plötzlich los.

Als ich zu dem großen Tisch zurückkomme, unterhalten sie sich über Jerusalem, schon etwas weniger aufgeregt, sie will die Stadt verlassen, beklagt sich der Mann, jetzt, da ich mich endlich an die Stadt gewöhnt habe, will sie plötzlich nach Tel Aviv umziehen, und die Frau neben mir, eine von Dinas alten Freundinnen, sagt, das ist nicht so einfach, ich habe ein paarmal versucht, aus Jerusalem wegzuziehen, und habe es nicht geschafft, immer bin ich zurückgekommen, es ist die interessanteste Stadt der Welt, und Dina sagt, vielleicht für dich, denn du betrachtest sie mit den Augen einer Fotografin, für normale Menschen kann sie bedrückend sein, was haben wir hier schon zu bieten? Armut, Ärger, religiösen Fanatismus.

Der Mann mir gegenüber unterbricht sie schnell, was wir zu bieten haben? Die ganze Geschichte des jüdischen Volkes liegt unter unseren Füßen, von hier aus hat König

David über ganz Israel geherrscht, Salomon hat hier den ersten Tempel erbaut, und ich merke ruhig an, das ist nicht ganz korrekt, und wieder schreit er, was heißt das, nicht ganz korrekt, so steht es in der Bibel! Und ich lächle, die Bibel ist keine verlässliche historische Quelle, alle Ausgrabungen in Jerusalem haben nicht beweisen können, dass hier zu Zeiten Davids und Salomons ein großes Königreich existiert hat, im Gegenteil, es wurden nur einfache und vergleichsweise kleine Scherben gefunden.

Willst du damit sagen, dass es David und Salomon gar nicht gegeben hat, schimpft er, und ich sage, es hat sie gegeben, vermutlich, sie sind in den Schriften von Tel Dan erwähnt, aber ihr mythologisches Königreich hat es nicht gegeben, Jerusalem war zu ihrer Zeit keine prachtvolle befestigte Stadt, sondern ein kleines abgelegenes Bergdorf. Und wie ist dann dieser Mythos von einem großen Königreich entstanden, fragt Dina, und ich sage, so wie Mythen im Allgemeinen entstehen, um seelische Bedürfnisse zu befriedigen, um die Hoffnung auf ein legendäres goldenes Zeitalter zu wecken, das es schon einmal gab, oder um spätere Visionen zu bedienen, und er füllt zornig sein Glas, das ist doch nur Gerede, murrt er, seit wann ist das Fehlen von Beweisen schon ein Beweis? Ihr Archäologen habt keine Fantasie, morgen werdet ihr den Palast von David finden und all eure Theorien wieder verwerfen, vielleicht verbirgt sich ja gerade unter diesem Haus hier der Beweis, den ihr sucht, und ich lächle ihn versöhnlich an, seine Hartnäckigkeit rührt mich.

Ich bin jedenfalls fertig mit dieser Stadt, sagt seine Frau, das ist eine Stadt von Masochisten, und Dina sagt, klar, dieses ganze Land ist ein Land von Masochisten, und er widerspricht, haben wir eine Wahl, sag doch, was für eine Wahl haben wir, hast du etwa einen anderen Ort, an den du gehen kannst? Seine Frau schaut ihn deprimiert an, vermutlich nicht, vermutlich gibt es keinen Ort, wohin wir gehen können, und ich habe Lust zu sagen, auch wenn du keinen Ort hast, wohin du gehen kannst, könntest du doch in diesem Moment fortgehen, die Frage ist nicht, wohin du gehen kannst, sondern ob du bleiben kannst. Das Klingeln des Telefons unterbricht das Gespräch, er steckt am Shaar Hagai fest, der Arme, sagt Dina, noch immer mit dem Hörer in der Hand, ihr Blick geht zu mir, als handelte es sich um meinen Bräutigam, die Straße nach Jerusalem ist völlig verstopft, und ich zucke mit den Schultern, es ist besser so, ich werde früh gehen können, vermutlich habe ich mich, ohne es zu merken, an die Einsamkeit gewöhnt, und ihre banalen Gespräche bedrücken mich, ich versuche, sie zu ignorieren und nur auf das leise Fallen der Schneeflocken zu lauschen, und als Dina heißen Pfefferminztee einschenkt, verabschiede ich mich, auch wenn es keinen anderen Ort gibt, kann man immerhin aufstehen und davongehen.

Kann ich ihm deine Telefonnummer geben, fragt Dina, als sie mich zur Tür bringt, dieses Schneetreiben wird ja irgendwann aufhören, und ich sage, in Ordnung, wenn es dir so wichtig ist, Hauptsache, du lässt mich jetzt gehen, sag mal, wie bist du denn an dieses Paar gekommen? Sie lächelt, zusammen sind sie wirklich unerträglich, aber einzeln ganz in Ordnung, manchmal braucht man ein verheiratetes Paar, nur um sich zu beweisen, wie gut man es hat, fügt sie flüsternd hinzu, und ich muss ihr einen süßen Moment lang Recht geben, dann springe ich leichtfüßig hinaus und laufe in die Stadt hinein, die mich mit kühler Gleichgültigkeit empfängt, als wollte sie sagen, du hast mich zwar nicht beschützt, aber deinen Schutz brauche ich ohnehin nicht. Als ich die vereinzelten Kirchtürme betrachte, die Umrisse der Berge, deren Konturen sich durch die neue Bebauung verwischen, fällt mir ein, wie fremd ich mich damals in dieser Stadt gefühlt habe, vielleicht trage ich es ihr immer noch nach, ich brenne darauf, an Ausgrabungen teilzunehmen, die ihre Schande beweisen, und achte darauf, sie wie einen Forschungsgegenstand zu betrachten, wie eine wirre Ansammlung einzelner Fundstücke, ohne wirkliche Liebe.

Einzelne Autos bahnen sich einen Weg durch die Straßen, die sich bis zur Unkenntlichkeit verändert haben, ich bin fast allein, überquere einen Spielplatz, dessen Geräte mit einer weißen schwammigen Schicht überzogen sind, auf einmal erkenne ich ihn, das ist der Spielplatz gegenüber ihrer Wohnung, ich hebe den Blick zu dem schönen Haus, der Balkon im obersten Stock ist jetzt leer, kein Kind wirft Wasserbeutel herunter. Wie oft habe ich Gili schon in verführerischem Ton gefragt, was ist mit Jotam, willst du dich nicht mal mit ihm verabreden, aber er brummte, nein, er ist nicht mehr mein Freund, und flüsterte dann, als handle es sich um ein Geheimnis, unsere Clique ist gegen ihre Clique, wir machen sie fertig, und wieder fällt mir jener Morgen ein, der Anblick des verlegenen Mannes in den roten gepunkteten Unterhosen, wie er mich verärgert angeschaut hat, ein Mann, der immer sanfter wurde und sich immer mehr mit meiner Anwesenheit abfand, er ist in meiner Erinnerung viel lebendiger als die gut gekleidete, selbstbewusste Person, die sich mir in der Praxis dargeboten hat, und ich stehe vor seinem Haus, bestimmt ist es jetzt warm und gemütlich bei ihnen, durch die Fenster sieht man die weißen Wipfel, in der Keramikschale haben die Birnen schon Orangen Platz gemacht, ob er auf dem hohen Barhocker sitzt und Kekse in Kaffee taucht, vielleicht sitzt er mit einer Decke auf den Knien im Schaukelstuhl und blättert in einer Zeitung oder in einem Buch, vielleicht ist er auch allein losgezogen, um im Schnee spazieren zu gehen, vielleicht treffe ich ihn zufällig, wenn er nach Hause zurückgeht, und dann wird er mich wieder anschauen und fragen, wir kennen uns doch? Und ich werde antworten, nicht wirklich, aber ich werde still neben ihm hergehen, und wir beide werden mit dem inneren Auge andere Städte sehen, andere Leben, ist er das dort, am Ende der Straße, eine Mütze verdeckt sein Gesicht, nein, ich bilde es mir nur ein, und obwohl meine Füße schon halb erfroren sind, stehe ich noch immer vor seinem Haus, spitze die Ohren und lausche, ob auch jetzt dort ein ersticktes Weinen zu hören ist, der schmerzliche Seufzer einer fremden Familie, den ich damals gehört habe, aber vielleicht war das auch eine Stimme in mir.

10 Guten Tag, Ella, sagt er, seine Stimme klingt ängstlich, fordernd, hier ist Rami Regev, es tut mir Leid, dass ich am Schabbat nicht zum Essen gekommen bin, die Straße war zu, meinetwegen können wir uns für morgen verabreden, und ich wundere mich, wozu diese Eile, schließlich hat er bis jetzt auch ohne mich gelebt, warum stürzt er sich mit einer solchen Begeisterung auf mich, als wäre ich die letzte freie Frau auf der Welt, und ich zögere, ich habe das Gefühl, als würde ich mir in dem Moment, in dem ich zustimme, ein Etikett verpassen, auch in meinen Augen, nämlich das Etikett einer Frau, die einen Mann sucht, ein wertloser Gegenstand, der auf einen Käufer wartet.

Morgen kann ich nicht, sage ich schließlich, vielleicht übermorgen, und er kontert sofort, übermorgen kann ich nicht, nur überübermorgen, es scheint, als könnten wir das bis in alle Ewigkeit fortsetzen, aber da versucht er schon etwas anderes und sagt, ich habe gerade einen Bericht gelesen, den du über eure Arbeit geschrieben hast, er ist interessant, aber inzwischen vollkommen widerlegt, ich bin ganz anderer Meinung als du.

Wer bist du, dass du ganz anderer Meinung bist als ich, was verstehst du überhaupt davon, antworte ich insgeheim, aber der Stachel sitzt, und eine Frau, die inzwischen widerlegte Berichte schreibt, wird sich nicht erlauben, einen Mann abzuweisen, der sie treffen will, und wir verabreden uns für überübermorgen, in einem Café nahe meiner Wohnung, und je näher der Termin rückt, desto bedrückter bin ich. Ist das nur der Anfang einer lächerlichen Reihe von Enttäuschungen und Erniedrigungen, habe ich mich dazu verurteilt, als ich Amnon verließ, und ich mache mir Mut, ein Versuch kann nicht schaden, ganz besonders, wenn ich nichts erwarte, was soll schon passieren, im Höchstfall werde ich mich ein bisschen langweilen und früh nach Hause gehen, aber als ich mich für die Verabredung anziehe, fällt meine zerbrechliche Gelassenheit von mir ab, und ich betrachte missbilligend mein Spiegelbild, wozu hast du das nötig, ich muss zugeben, dass es mir schwer fällt, die winzige Möglichkeit zu missachten, dass ich mich doch in diesen geschiedenen Piloten verliebe, der ein Hobbyarchäologe ist, dass ich seine Liebe wecken kann und mir mit seiner Hilfe der endgültige Beweis gelingt, dass ich Amnon verlassen musste, der Beweis, der mit einem Schlag alle Zweifel beendet und mich zu einem ganzen Menschen macht, auch wenn ich für immer und ewig die Scherbe eines Gegenstands bleibe, die für das Ganze steht, schließlich sind sie gleich viel wert, wie oft haben wir das wiederholt, jeder von Menschenhand hergestellte Gegenstand ist von wissenschaftlicher Bedeutung, egal, ob er heil ist oder ob nur eine Scherbe zurückgeblieben ist.

Angenommen, er würde jetzt vor mir sitzen, dieser Amnon Miller, würde ich ihn wollen, würde sich mein verschlossenes Herz für ihn öffnen, würde ich ihm erlauben, durch seine Kammern zu rudern, versucht er es auch mit Verabredungen dieser Art, und wie wird er sich vorstellen, wird er sagen, meine Frau hat nach der Geburt unseres Sohnes das Interesse an mir verloren, ich wurde für sie zu einer Selbstverständlichkeit, und Dutzende von geschminkten Augen werden sich erstaunt vor ihm aufreißen, wirklich, wie kann man das Interesse an dir verlieren, wieso ist es ein Problem, Mutter und Frau gleichzeitig zu sein? Für uns würdest du nie zu einer Selbstverständlichkeit, werden ihm die verführerischen Augen bestimmt versprechen, vielleicht wird er aber auch eine ganz andere Version parat haben, vielleicht wird er behaupten, dass er es war, der unsere Ehe beendet hat, um im Herzen der Frau, die ihm gegenübersitzt, nicht den geringsten Zweifel aufkommen zu lassen. Zehn Jahre sind genug, wird er sagen, ich konnte mir nicht vorstellen, mit ihr alt zu werden, und auch dafür wird er ermutigende Blicke ernten, eine Einladung, doch mit ihnen alt zu werden, und er wird seine beruflichen Errungenschaften beschreiben, er wird einige Auserwählte einladen, mit ihm zur Ausgrabungsstätte zu fahren, Arbeitskleidung anzuziehen und mit Hämmerchen und Spachtel herumzuspazieren, und am Schluss der Verabredung wird er sie in seine schöne Wohnung mitnehmen und sie hinter den Perlenvorhängen auf sein Bett mit dem bestickten Überwurf legen.

Könnte ich eine von ihnen sein, wenn ich ihn heute getroffen hätte und nicht vor zehn Jahren, begeistert von dem Interesse, das er für mich zeigte, und halb blind, mit dieser Art Blindheit, die man braucht, um sich zu verlieben, wäre ich noch immer fähig, so blind zu sein, denn ohne diese Blindheit hätte es keine Möglichkeit gegeben, sich in diesen vierschrötigen, stolzen, launischen Mann zu verlieben, wird er alle Männer, die ich in Zukunft in den verschiedenen Cafés der Stadt treffen werde, ausstechen oder gegen sie abfallen, wird er besser oder schlechter sein als der Pilot, der gerade auf dem Weg zu mir ist und auf die Uhr schaut, und ich erkenne ihn an dem Zeichen, das er mir angegeben hat, ich trage immer kurze Hosen, hat er geprahlt, deshalb ist, zu dieser Jahreszeit, ein Irrtum ausgeschlossen, bestimmt ist er der einzige Mensch in der Stadt, der mit einem blauen Pilotenjackett und kurzen Hosen herumläuft, und ich beschließe, diese Absonderlichkeiten zu ignorieren, nicht mit gespieltem Erstaunen zu fragen, ist dir nicht kalt, sondern so zu tun, als würden ich und all meine Bekannten im Jerusalemer Winter so herumlaufen.

Der Anblick seiner muskulösen nackten Beine weckt Unbehagen in mir, als wäre ich gezwungen, eine körperliche Demonstration anzuschauen, die ich nicht anschauen will, ich betrachte sie zweifelnd, vermutlich gehört er zu jenen Auserwählten, die sich überall auf der Welt zu Hause fühlen, und mir ist sofort klar, dass er in jeder Wohnung den Kühlschrank aufmacht, ohne um Erlaubnis zu fragen, dass er ein Buch aus dem Regal nimmt und hineinschaut, und auch bei Frauen ist er bestimmt geradeheraus und direkt. Hi, Ella, ich sterbe vor Hunger, verkündet er und zieht seinen Mantel aus, als wäre ich seine Mutter und wäre voller nie endender Sorge um seine Ernährung, und erst da hebe ich den Blick zu seinem Gesicht, um zu sehen, ob er Amnon aussticht oder gegen ihn abfällt, und ich muss zugeben, dass Amnon jünger aussieht als er, besser, und dass sein Gesicht schöner ist als dieses, das hohlwangig ist, scharf, angespannt, wachsam und in dem die Bewegungen der Augen, Lippen und Nasenflügel nicht zusammenpassen, wie bei einem Orchester ohne Dirigent.

Bist du schon lange hier, will er wissen, aber bevor ich noch verkünden kann, ich sei gerade erst gekommen, fällt schon die nächste Frage, riechst du etwas? Nichts Besonderes, antworte ich, warum? Sofort befürchte ich, mich nicht gut genug gewaschen zu haben, und er sagt, hier ist ein seltsamer Geruch, vielleicht nehmen wir einen anderen Tisch, und ich stehe widerwillig auf, meine Auswahl dieses Cafés steht schon auf dem Prüfstand, ich gehe, den Mantel und die Tasche in der Hand, hinter ihm her zu einem einsamen Ecktisch, die Tür fordert mich schon auf, durch sie hinauszulaufen in die Freiheit, aber ich setze mich gehorsam, beobachte das Beben seiner Nasenflügel. Hier ist es ein bisschen besser, entscheidet er, noch immer nicht ganz zufrieden, und erst dann wendet er sich mir zu und betrachtet mich prüfend, und ich senke die Augen auf die Speisekarte, wer weiß, wem ich gerade gegenübersitze und wer die Frau ist, mit der ich gegen meinen Willen konkurrieren muss, meine Lippen gegen ihre Lippen, meine Augen gegen ihre Augen, meine Brüste gegen ihre Brüste, und ich bestelle mir nur ein Glas Rotwein, obwohl ich Hunger habe, ich kann mir nicht vorstellen, dass ich beim Anblick dieser unruhigen Nasenflügel und dieser prüfenden Augen etwas herunterbekomme. Es ist besser, dieses Treffen abzukürzen und zu Hause zu essen, beschließe ich, aber es stellt sich heraus, dass er andere Pläne hat, er scheint gewillt, jedes Gericht auf der Karte zu bestellen, entweder um einen übermäßigen Hunger zu stillen oder um das Zusammensein zu verlängern, sein Wille besiegt meinen, und mir wird klar, dass ich nicht nur hungrig bleiben werde, sondern ihm auch stundenlang beim Essen zuschauen muss, Suppe, Salat und blutiges Steak, roh, schreit er der Kellnerin nach, roh, ich liebe es roh, und er entblößt dabei seine scharfen Eckzähne, als wollte er selbst das blutige Fleischstück aus dem Körper des Tieres reißen.

Nachdem er die Speisekarte nach allem, was seine Gier noch erregen könnte, durchgegangen ist, richtet er seine kleinen Pupillen auf mich und bemüht sich endlich um ein freundschaftliches Lächeln, nun, was kannst du mir denn erzählen, fragt er, ohne eine Antwort abzuwarten, ich habe gedacht, du siehst anders aus, ich habe schon einige Archäologinnen getroffen, alle waren so energisch und grob, aber du bist zart, es klingt fast enttäuscht, gleich wird er mir noch sagen, du bist ein Wandbild, und ich frage kühl, für was interessierst du dich eigentlich, für Archäologie oder für Archäologinnen?

Für beides, sagt er und lacht vergnügt, als hätte ich ihm ein Kompliment gemacht, ich liebe die Verbindung, Ausgrabungen machen ist doch eine sehr erotische Tätigkeit, ist dir das noch nicht aufgefallen? Und ich sage, Ausgrabungen sind zerstörerisch, erst hinterher weiß man, ob sie berechtigt waren oder nicht, ich will doch hoffen, dass Erotik weniger zerstörerisch ist, und ich nehme hochmütig einen Schluck Wein, schaue mich demonstrativ gelangweilt um. Dieser Aufsatz von dir, versucht er es weiter, und ich unterbreche ihn, ich habe viele Aufsätze veröffentlicht, welchen meinst du genau? Und er sagt, den über den Auszug aus Ägypten, ich verstehe dich wirklich nicht, wie kannst du die Tatsache ignorieren, dass es für diese ganze Geschichte keinen einzigen Beweis gibt? Und ich sage, ich kenne all diese Argumente auswendig, außerdem glaube auch ich nicht, dass es sich um eine absolute historische Wahrheit handelt, ich behaupte in diesem Aufsatz nur, dass man unmöglich die ägyptischen Zeugnisse einer großen Naturkatastrophe ignorieren kann, Zeugnisse, die zu den Phänomenen passen, die in unseren Quellen erwähnt werden.

Genau die haben mich nicht überzeugt, sagt er, was haben die überhaupt miteinander zu tun? Und ich sage, Archäologie ist keine exakte Wissenschaft, sie lässt viel Raum für Interpretationen, heute ist es sehr leicht zu sagen, das sind alles Märchen, aber es fällt mir schwer zu glauben, dass all jene dramatischen historischen Ereignisse nur Früchte der Fantasie sein sollen. Die Ankunft seiner Suppe unterbricht zu meiner Erleichterung unser Gespräch, und er fällt gierig über das Essen her, und wie erwartet, ist er auch mit der Suppe nicht zufrieden, der Brokkoli ist verkocht, stellt er fest und erklärt der Kellnerin ganz ernst, wenn man Brokkoli zu lange kocht, wird er weich wie ein Putzlappen, und sie entschuldigt sich, wirklich? Bisher hat sich noch niemand beschwert. Ich habe einen empfindlichen Gaumen, gibt er zu, und sie ist ratlos, fragt, möchten Sie vielleicht etwas anderes bestellen? Gibt es eine Spezialität des Hauses, die Sie empfehlen können, fragt er, und sie sagt, wir haben einen ausgezeichneten Chefkoch, zumindest haben wir das bis jetzt geglaubt, und er schnaubt verächtlich, ich werde auf mein Steak und den Salat warten, aber vergessen Sie nicht, die Suppe von der Rechnung zu streichen, und sie wirft mir einen mitleidigen Blick zu und verlässt den schwierigen Gast, ich wünschte, ich könnte es ihr nachmachen, ich wäre bereit, für sie alle Gäste hier zu bedienen, wenn sie sich an meiner Stelle zu ihm setzen würde, ich schweige bedrückt, nehme kleine nervöse Schlucke.

Du bist also frisch geschieden, fragt er, als wäre auch ich ein Gericht, das ihm vorgesetzt wurde, um auf seine Frische geprüft zu werden, und ich antworte kalt, ich bin noch nicht geschieden, ich habe mich von meinem Mann erst vor ein paar Monaten getrennt, und er sagt, dein Mann ist doch dieser Archäologe, Amnon Miller, nicht wahr? Ich habe von ihm gehört, wie ist das, wenn man als Archäologin mit einem Archäologen zusammenlebt? Und ich antworte kurz, es hat Vor- und Nachteile. Vermutlich haben die Nachteile die Vorteile überwogen, bemerkt er, zufrieden mit seiner Diagnose, und ich nicke, vielleicht, und was ist mit dir? Wie lange bist du geschieden? Und er sagt, schon viele Jahre, ich habe jung geheiratet, eine unreife Ehe, und seither suche ich, und ich nicke einfach.

Endlich kommt das Steak an unseren Tisch, an dem jetzt geschwiegen wird, und er verschlingt es gierig, nicht roh genug, aber sonst ganz in Ordnung, verkündet er mir mit freudigem Gesicht, als hätte ich mir Sorgen gemacht, im

Kibbuz hat man uns gezwungen, immer den Teller leer zu essen, fügt er als eine Art Entschuldigung hinzu, das Essen war schrecklich. Seither achte ich genau darauf, was ich in den Mund nehme, und ich betrachte ihn erschöpft, von wegen verlieben, wie kann man sich in diesem Alter verlieben, wenn man wache Augen hat und das Herz alles genau registriert wie ein eifriger Buchhalter. Verlieben scheint sich, wie der Schlaf, umso weiter zu entfernen, je mehr man sich darum bemüht, wie werde ich jemals wieder einschlafen können, habe ich mich gefragt, als ich jung war, wie werde ich mich jemals wieder verlieben können, frage ich mich jetzt, während eine lautstarke Gesellschaft hinter meinem Rücken Platz nimmt, ich sehe die Leute nicht, aber ihr ausgelassener Lärm dringt an unseren Tisch, eine fröhliche familiäre Geburtstagsfeier, wie sich herausstellt, und er zieht die Brauen hoch, was ist das für ein Krach, vielleicht setzen wir uns an einen anderen Tisch, man kann ja sein eigenes Wort nicht mehr verstehen, und ich schaue mich um, das Café ist schon sehr voll, wohin sollen wir umziehen, nur am Eingang ist noch ein Tisch frei, neben dem Wachmann, jeder hat Angst, sich dorthin zu setzen, sogar der tapfere Pilot mir gegenüber.

Es bleibt uns nichts anderes übrig, sagt er, ich werde sie bitten, ein bisschen leiser zu sein, eine Unverschämtheit, man könnte wer weiß was denken, nur ein Geburtstag, was gibt es da groß zu feiern, und ich werde immer verlegener, als ich sehe, wie er schnell aufsteht, seine lächerliche kurze Hose gerade zieht, zu unseren Tischnachbarn geht und sagt, entschuldigen Sie, wir haben hier eine außerordentlich wichtige Verabredung, macht es Ihnen etwas aus, leiser zu sein, und ich höre, wie ihm eine tiefe Stimme in spöttischer Höflichkeit antwortet, wir werden uns große Mühe geben, aber das ist ein bisschen schwierig mit den Kindern, eine mir bekannte Stimme, eine Stimme, die ich schon mehr als einmal gehört habe. Kennen wir uns, hat er gefragt, kennen wir uns? Und ich senke den Kopf, werfe einen verstohlenen Blick zu der Familie hinüber, zu den Eltern und den Kindern, ein fröhlicher Geburtstag bei der Familie Schefer, die mangofarbenen Locken der Frau mit einer goldenen Nadel hochgesteckt, das ernste Gesicht des Jungen, der mich immer an Gili erinnert, die puppenhafte Schönheit des Mädchens, und er selbst mit den vollen Lippen und den schwarzen Augen mit den dunklen Ringen, die sie noch schwärzer aussehen lassen, er selbst ist es, der mir ein großartiges Geschenk gemacht hat, und er weiß es noch nicht einmal, nein, wir kennen uns nicht, wir werden uns nie kennen, aber wenn es etwas gibt, was ich mir mehr als alles andere wünsche, dann ist es, dich kennen zu lernen.

Schon wieder dieser Geruch, zischt der Pilot leise, als stünden wir beide zusammen gegen den Rest der Welt, vorher war es doch in Ordnung, vermutlich kommt er von ihnen, und ich senke den Kopf, damit sie mich ja nicht erkennen, und versuche, ihrem Gespräch zu lauschen, herauszufinden, wer Geburtstag hat, ihre Stimmen hören sich angenehm an, wecken meinen Neid. Papa, ich will auf deinem Schoß sitzen, verkündet Jotam, und Michal sagt, aber wie soll Papa dann essen, das stört ihn, du bist doch kein Baby mehr, du bist heute sechs geworden, und sein Vater sagt, in Ordnung, komm schon, mein Süßer, und ich wage nicht hinüberzuschauen, aber vor meinem inneren Auge sehe ich, wie sich die dunklen, vollen Lippen auf die hohe Stirn des Jungen drücken, der Gili so ähnlich sieht und dessen Lebensumstände doch so anders sind. Wie wird unsere zerrissene Familie den nächsten Geburtstag feiern, alle folgenden Geburtstage, vielleicht werden wir zwei getrennte Feiern organisieren, eine doppelte Freude, das heißt eine geteilte.

Gleich kommen Oma und Opa, sagt Michal, warten wir mit dem Bestellen, bis sie da sind, und Jotam kreischt vor Glück, ich darf mir bestellen, was ich will, ich habe heute Geburtstag und du nicht, er provoziert seine Schwester, und sie antwortet sofort, du bist einfach noch ein Baby, was gibst du so an, ich hatte schon öfter Geburtstag als du, und wieder kommt die behutsame Stimme ihres Vaters, der den Streit im Keim erstickt. Ich bestelle mir ein zweites Glas Wein, und während der ganzen Zeit berichtet mir mein Tischgenosse von seinen Reisen durch die Welt. Wir können von diesen Japanern viel lernen, erklärt er begeistert, und es stellt sich heraus, dass er gerade aus Japan zurückgekehrt ist, ihre Vorstellung von Ästhetik ist absolut außergewöhnlich, wirklich eine neue Religion, du müsstest sehen, wie sie einen Baum beschneiden, zehn Gärtner um einen Baum, und ich nicke gleichgültig, achte nur auf das, was am Nachbartisch gesprochen wird, hüte mich aber, das Gesicht zu wenden, um meine Demütigung nicht zu zeigen, schließlich sind Paare eines Blinddate leicht zu erkennen, Talja und ich haben uns manchmal darüber amüsiert, aber zu meinem Entsetzen höre ich plötzlich einen fröhlichen Aufschrei, vermutlich begleitet von einem unhöflich ausgestreckten Zeigefinger, schaut mal, da ist die Mama von Gili, und ich bin gezwungen, sie mit gespieltem Erstaunen anzusehen, und sogar noch mehr, ich gehe zu ihnen hinüber, guten Tag, ich habe euch gar nicht bemerkt, zwitschere ich, mir ist schwindlig vom Wein, ich halte mich an ihrem Tisch fest wie mit Vogelkrallen.

Ich habe heute Geburtstag, verkündet Jotam, und ich mache wieder ein erstauntes Gesicht, wirklich? Wie schön, herzlichen Glückwunsch, und er fragt weiter, warum ist Gili nicht mehr mein Freund? Und ich sage, ohne nachzudenken, natürlich ist er dein Freund, erst gestern hat er zu mir gesagt, er will, dass du ihn besuchst, und Michal sagt, schön, ich rufe euch diese Woche an, dann können wir etwas ausmachen, und sofort entschuldigt sie sich für ihre Unhöflichkeit, entschuldige, Ella, das ist Oded, mein Mann, ihr kennt euch noch nicht, und wir geben uns schweigend die Hand, mit einem verhaltenen Lächeln, keiner von uns macht sich die Mühe, die Sache richtig zu stellen, als wären wir Komplizen. Seine Augen sind in einer stummen Frage auf mich gerichtet, und ich bleibe wie angewurzelt stehen, berühre seine Stuhllehne, sehne mich danach, mich ihnen anzuschließen, nur für einen Abend, aber dann hebt wieder Lärm an, als die Großeltern ins Café treten, und ich murmle einen Abschiedsgruß und kehre taumelnd zu meinem Platz zurück.

Der Teller meines Tischgenossen ist fast leer gegessen, zeigt nur noch Sprenkel von blutigem Bratensaft, und er kämpft mit der Entscheidung, welchen Nachtisch er essen soll, Käsekuchen oder Schokoladenkuchen oder beides, warum nicht alles genießen, und ich unterbreche seinen inneren Kampf, ich glaube, wir sollten hier verschwinden, warne ich ihn leise, sie fangen gerade erst an, den Geburtstag zu feiern, es wird gleich wirklich laut werden, sie haben noch viele Leute eingeladen. Ach ja? Er ist überrascht und geschmeichelt von der Rücksichtnahme, die ich seinen außergewöhnlichen Bedürfnissen zuteil werden lasse, komm, dann gehen wir woandershin, gibt es hier in der Nähe eine nette Bar? Ich werfe einen entschiedenen Blick auf meine Uhr, schau, wie spät es schon ist, sage ich, wie schnell die Zeit vergeht, ich muss den Babysitter befreien, und er schaut mich misstrauisch an, wir haben uns doch für heute verabredet, weil der Junge bei seinem Vater ist. Ich bin erstaunt, dass er sich daran erinnert, wir haben die Tage tauschen müssen, lüge ich, sein Gesicht verfinstert sich, anscheinend hat er das Gefühl, für seine Bemühungen nicht belohnt worden zu sein, die Fahrtzeit hierher war länger als die Zeit, die ihm für das Treffen gewährt worden ist, und er zerbricht sich den Kopf darüber, wie er den Verlauf des Abends noch ändern könnte.

Die Rechnung kommt schnell, wie von mir verlangt, und wird überraschenderweise mir hingehalten, die ich doch nur Wein bestellt habe, und ich werfe einen verlegenen Blick auf meinen Tischgenossen, hoffe, er wird die Hand ausstrecken und die Verantwortung für diesen Abend übernehmen, zehn Jahre Ehe haben mich die gängigen Regeln vergessen lassen, vielleicht haben sie sich inzwischen auch geändert, und ich ziehe langsam meinen Geldbeutel heraus, hoffe, er wird meinem Beispiel folgen, aber er hält sich noch immer mit der Suppe auf, haben sie mir die Suppe berechnet, fragt er, als wäre das alles, was er bestellt hat, ich schüttle den Kopf und ziehe einen großen Geldschein heraus, er lässt zu, dass ich mich von meinem Geld trenne, als müsste ich ihn für seine Mühe entschädigen, er lässt auch zu, dass die Kellnerin das kleine Tablett nimmt und mir das wenige Wechselgeld zurückgibt, das ich sofort wieder ihr zuschiebe, und ich frage mich erstaunt, ob das die neuen Gepflogenheiten sind, dass die Frauen bezahlen, auch wenn sie nichts gegessen haben, ich glaube kaum, dass ich mir solche Verabredungen öfter leisten kann, aber wichtig ist mir nur, ihn loszuwerden, ich wäre bereit, das Doppelte zu bezahlen, nur damit er verschwindet, wir erheben uns vom Tisch wie ein Paar, das uralten Groll verbreitet, gehen schnell an der feiernden Familie vorbei, sie sind alle ins Essen und in ihre Gespräche vertieft, keiner scheint das schwache Abschiedslächeln bemerkt zu haben, das ich zurücklasse.

Wohnst du hier in der Nähe, fragt er und schlägt vor, mich nach Hause zu begleiten, als wir in die neblige, schlüpfrige

Nacht hinaustreten, aber ich lehne es sofort ab, danke, ich möchte zu Fuß gehen, sage ich einfach, es war sehr schön, wir telefonieren, und er nimmt meinen Arm, warte einen Moment, Ella, drängt er, hör auf, mich so zu behandeln, ich weiß, dass es dir nicht gefallen hat, ich weiß, dass wir nicht telefonieren werden, hör auf, dich zu verstellen, und ich ziehe überrascht meinen Arm zurück, zum ersten Mal, seit wir uns getroffen haben, schaue ich ihn offen an, hör zu, es hat wirklich nichts mit dir zu tun, sage ich, ich bin momentan einfach nicht für solche Treffen geeignet, es ist zu früh für mich, ich habe es Dina gleich gesagt, aber sie hat trotzdem darauf bestanden, es tut mir wirklich Leid. Auch mir tut es Leid, sagt er, sein Gesicht ist meinem ganz nahe, schade, dass du mir keine Chance gibst, du nimmst überhaupt nicht an dem teil, was passiert, du wagst es nicht, den Fuß ins Wasser zu strecken, du isst nichts, du sprichst nicht, du trägst nichts bei zu dieser Verabredung, vielleicht glaubst du, dass du auf diese Art bei dem Spiel gewinnst, aber du irrst dich, du spielst überhaupt nicht mit, und ich schaue ihn verlegen an, was hast du eigentlich erwartet? Was hätte ich dir schon Wesentliches zu sagen gehabt?

Zum Beispiel, dass ich für das Steak bezahlen soll, das ich gegessen habe, sagt er, es war dir angenehmer, selbst zu bezahlen, als mir einen ehrlichen Satz zu sagen, glaub ja nicht, dass es mir nicht aufgefallen ist, er nimmt einen Geldschein aus seiner Tasche und hält ihn mir hin, hier, nimm, ich öffne mich dir, so wie ich bin, mit Gutem und Bösem, und du verschließt dich, was verbirgst du, sag es mir, und ich verteidige mich sofort, nein, ich verberge gar nichts, solche Dates sind einfach nichts für mich. Wo lebst du denn, glaubst du etwa, für mich, fragt er spöttisch, glaubst du, so etwas macht irgendjemandem Spaß? Es ist für jeden eine Qual, und trotzdem machen wir weiter, wir wollen nicht auf die kleine Chance verzichten, dass es diesmal etwas Richtiges sein könnte, etwas, das alle Mühsal rechtfertigt. Du bist nicht die Richtige für mich, Ella, und trotzdem mache ich mir etwas aus dir, und ich sage dir, du bist erst am Anfang des Weges, und dieser Weg wird immer unangenehmer. Du musst wissen, was dir bevorsteht, du musst dich an diesem Spiel beteiligen, denn es ist deine einzige Chance, jemanden zu finden, ich weiß, dass ich dir nicht gefallen habe, aber es könnte sein, dass alle, die du zukünftig treffen wirst, dir noch weniger gefallen werden als ich, also dann, er schüttelt sich, gute Nacht, und schon verlässt er mich auf seinen dünnen Beinen und verschwindet in dem schwarzen Jeep, der auf dem Gehweg geparkt ist und den Eingang zum Café fast versperrt.

Verlegen und überrascht schaue ich ihm hinterher, zerdrücke, ohne es zu merken, den Geldschein in meiner Hand, soll ich ihn zurückrufen, soll ich versuchen, das Treffen noch einmal neu zu beginnen, nein, das ist es nicht, wozu dieser Abend bestimmt ist, ich setze mich auf das feuchte Mäuerchen auf der anderen Straßenseite, dem Café gegenüber, und beobachte den Geburtstagstisch, als würde ich mir einen Stummfilm anschauen, Jotams triumphierendes Wandern von den Knien seines Vaters zu den Knien seines Großvaters und seiner Großmutter, das Gesicht seiner Schwester, von Neid gerötet, die Worte, die gerade zu mir gesagt worden sind, sinken mir zu Füßen, gültig und gegenwärtig, störend wie ein Jucken, aber sie sind es jetzt nicht, in die ich mich versenke, ich schiebe meine Hände in die Manteltaschen und habe vor, die traurige Möglichkeit, die sich mir zufällig bietet, das Verhalten einer vollständigen Familie zu beobachten, bis zum Letzten auszunutzen, so wie man an einem schönen Tag in den Zoo geht, ich betrachte jetzt keine Tonscherben, sondern Menschen, die viel eher verschwinden werden als das Geschirr, von dem sie essen.

Die Großmutter mit silbern glänzenden kurzen Haaren, der Großvater ein bisschen schwerfällig, mit entspannten Gesichtszügen, den Farben nach zu urteilen, sind sie Michals Eltern, und ich frage mich, wo seine Eltern sind, ob er vielleicht eine Waise ist, ich achte vor allem auf ihn, auf sein hartes und trotzdem zerbrechlich wirkendes Profil, jetzt bemerkt er, dass seine Tochter sich ärgert, und bietet ihr seine Knie an, was für ein herausfordernder Stolz strahlt aus ihrem Gesicht, als er sie umarmt, als würde sie gekrönt, seine dunklen Lippen auf ihren honigfarbenen, mit einer Spange zusammengehaltenen Haaren, jetzt flüstert sie ihm etwas ins Ohr, und beide lächeln, die Geheimnisse eines schönen Mädchens in einem lilafarbenen Pullover, lasst sie mich auch hören, plötzlich packt mich eine kindische Eifersucht, als wäre ich so alt wie sie, nicht auf seine Frau bin ich eifersüchtig, sondern, was viel verwirrender ist, auf seine Tochter, plötzlich empfinde ich ein heftiges Versäumnis, ein Gefühl, das den Schmerz über den Zerfall meiner Familie vollständig überlagert. Ein Schmerz aus jener Zeit, bevor ich ein Kind hatte, reißt ein Loch vor mir auf, als ob es das wäre, was ich jetzt brauche, keinen Partner, keine heile Familie, sondern einen Vater, der mich auf die Knie nimmt, und ich gehe auf meinen vor Kälte steifen Beinen den Gehweg entlang, im Schnee, der zu einem wässrigen Abfall geworden ist, und schaue dann erneut über die Straße. Meine Augen konzentrieren sich diesmal auf Michal, ihre zusammengebundenen Haare betonen die angenehmen Linien ihres Gesichts, das in der letzten Zeit schwerer geworden zu sein scheint, sie sieht jetzt etwas älter aus als ihr Mann, seine Magerkeit betont ihre Fülle, ihre Hände beschäftigen sich mit Jotams Teller, vermutlich schneidet sie sein Schnitzel in

Würfel, wie alle Mütter, jetzt sagt sie etwas zu ihrem Mann, was mag es sein, warum antwortet er ihr nicht, sie sitzen einander gegenüber, der Stuhl, den das Mädchen frei gemacht hat und den niemand besetzt, trennt sie, aber nun antwortet er ihr und sie lächelt ihm kurz zu, sie kräuselt die Lippen in seine Richtung, eine Gabel voller Essen, von dem ich nicht erkennen kann, was es ist, wandert von seinem Teller in ihren Mund, sie isst vorsichtig, nickt. Einer von ihnen ist offenbar nicht zufrieden, die Teller wechseln die Besitzer, sie wird die ganze Nacht sein Essen verdauen und er das ihre, im selben Bett, ihre Ausscheidungen landen in derselben Kloschüssel, sind das die Zeichen für ein gelungenes Eheleben, wie viel Stolz in ihrer Stimme lag, als sie mir ihren Mann vorgestellt hat, ihr kennt euch noch nicht, stellte sie fest, du wirst dich wundern, du weißt nicht alles. Plötzlich erwacht so etwas wie Feindschaft in mir, Feindschaft gegen das Schauspiel, das ich so gierig betrachte, in meinen Augen ist es so geheimnisvoll und unfassbar, als wäre ich eine Fremde, von weit her gekommen, die die Bräuche der Einheimischen erforscht und die erstaunliche Entdeckung macht, dass sie familienweise geordnet sind, und ich, die ich bis vor wenigen Monaten genauso war wie sie, betrachte sie nun mit Erstaunen.

Was verbindet zwei Fremde so sehr, dass sie zu einer Familie werden, was hält sie zusammen, was wissen sie voneinander und was werden sie nie im Leben erfahren, was stirbt zwischen ihnen und was blüht, was hält ihn davon ab, jetzt von dem reich gedeckten Tisch aufzustehen und zu mir zu kommen, sich hier neben mich auf die nasse Mauer zu setzen, was kann ihr Anblick einen Fremden lehren, der durchs Fenster schaut, wäre jemand, der uns vor ein paar Monaten durch das Fenster dieses Cafés beobachtet hätte, als ich vom letzten Kongress zurückgekommen war und wir wegen des leeren Kühlschranks beschlossen hatten, essen zu gehen, Gili mit dem Geschenk, das ich gerade für ihn aus meinem Koffer geholt hatte, auf die Idee gekommen, dass diese Familie, die das Café betrat, der Vater, groß gewachsen und schwerfällig, die Mutter, die ihm kaum bis zur Schulter reichte, und der zarte Junge, der ein rotes Rennauto an sich drückte, eine Familie war, die aus der Welt verschwinden würde? Nein, niemand hätte vorausgesehen, dass bei der klein gewachsenen Mutter mit den schwarzen Haaren und dem weißen Gesicht mit den rot angemalten Lippen genau in diesem Moment, während der Junge mit seinem neuen Auto spielte, einem Auto mit Fernlenkung, auf dessen Knöpfe er mit großem Vergnügen drückte, trunken von seiner totalen Herrschaft über dessen Bewegung, dass in diesem Moment bei ihr der Entschluss reifte, ihn zu verlassen, ausgerechnet in diesen Tagen, in denen sie weit voneinander entfernt gewesen waren, hatte sie diese weitreichende und endgültige Entscheidung gefällt, diese unglückliche, fragwürdige Entscheidung, die sie schon bald bereuen würde.

Du machst dich lustig über mich, sagte er, es kann nicht sein, dass du das ernst meinst, er begleitete seine Worte mit einem trockenen Husten, und ich fiel über ihn her, warum kann das nicht sein, weil es dir nicht bequem ist? Dann merke dir, dass es mir aber sehr bequem ist, du weißt gar nicht, wie gut es mir im Ausland gegangen ist, ohne dich, keine Sekunde habe ich mich nach dir gesehnt, ich will Freiheit, Amnon, Freiheit von dir, und er sagte, bist du noch ganz normal, du bist für eine Woche weggefahren, und weil du keine Sehnsucht nach mir hattest, beschließt du, dich von mir zu trennen? Das ist keine Entscheidung, die man von einem Tag auf den anderen trifft, was ist dort passiert, erzähl es mir, hast du dich in jemanden verliebt?

Ob ich mich verliebt habe? Ich lächelte ihn hochmütig

an, ich brauche mich nicht zu verlieben, um mich von dir zu trennen, ich brauche keinen Mann, der auf mich wartet, du kapierst überhaupt nicht, dass es mir mit dir schlecht genug geht für eine Trennung, ich habe einfach genug von dir, ich habe genug von unseren Streitereien, ich habe keine Lust mehr, so zu leben, und er schüttelte in ungläubigem Staunen den Kopf, das konnte man bestimmt durch das Fenster sehen, du bist vollkommen verrückt geworden, Ella, ich bin dazu nicht bereit, ich werde nicht zulassen, dass du unser Leben zerstörst, und was ist mit Gili, sag mir das, hast du überhaupt an ihn gedacht? Er warf einen Blick zu dem Jungen, der sein Auto im Café herumfahren ließ, und ich sagte, was ist mit Gili? Gut, dass du dich an Gili erinnerst, glaubst du, es ist gut für ihn, wenn er uns ständig streiten hört? Unsere Feindschaft in sich aufzunehmen, ist das gesund für ihn? Merk dir, das ist Gift, wir vergiften uns selbst und den Jungen, und es wird langsam Zeit, damit aufzuhören, ich möchte, dass mein Sohn gesunde Luft atmet, ich will nicht, dass er in ständiger Angst vor dem nächsten Streit lebt, so wie ich es immer getan habe, und wenn der einzige Weg unsere Trennung ist, werden wir es tun, siehst du nicht, dass wir keine andere Wahl haben?

Du hast keine Ahnung, wovon du sprichst, sagte er, ich habe das mit meinen Eltern erlebt, im Gegensatz zu dir weiß ich, was eine Scheidung bedeutet, und ich sage dir, dass man alles versuchen muss, bevor man sich für eine Trennung entscheidet, und ich zischte, ich habe keine Ahnung, worüber ich spreche? Ja, das hast du immer gesagt, auch als ich angefangen habe, die Geschichte Theras zu erforschen, hast du gesagt, dass ich keine Ahnung habe, worüber ich spreche, und jetzt lädt man mich überallhin zu Kongressen ein, damit ich Vorträge darüber halte, er verzog das Gesicht, das sagt noch immer nicht, dass sie etwas wert ist, deine lächerliche These, in meinen Augen ist sie Geschwätz, aber damit habe ich kein Problem, entwickle deine Märchen ruhig weiter, wenn es dir Vergnügen macht und dir Ruhm einbringt, aber ich empfehle dir, deine Scheidungspläne auf der Stelle fallen zu lassen. Plötzlich hat sie es eilig mit einer Scheidung, er wandte sich an ein imaginäres Publikum, vielleicht an jemanden, der, wie ich jetzt, auf diesem Mäuerchen saß, dessen Steine damals die trockene Hitze des beginnenden Sommers ausstrahlten, plötzlich hat es dieses verwöhnte Mädchen eilig, sich scheiden zu lassen, ihr ist langweilig, sie mag keine Kritik hören, also hat sie beschlossen, sich ein bisschen scheiden zu lassen, und damit sind all ihre Probleme gelöst.

Nicht so laut, flüsterte ich, oder willst du, dass der Junge es hört? Und er verkündete spöttisch, aha, willst du dich etwa trennen, ohne dass der Junge es erfährt? Sehr raffiniert, Ella, wirklich, ein brillantes Manöver, und ich sagte, vielen Dank, sobald wir alles zwischen uns geregelt haben, werden wir es dem Jungen sagen, lass ihn doch jetzt Spaß an seinem Geschenk haben, und er stellte seine volle Kaffeetasse hart auf den Tisch, ob das jemand, der draußen saß, wohl gehört hat, ob er gesehen hat, wie der heiße Kaffee auf seinen nackten Arm spritzte, wie er seinen dicken Zeigefinger immer näher vor meinem Gesicht bewegte, diesen Zeigefinger, der nur Ekel in mir weckte, ich warne dich, dieser Schritt ist unwiderruflich, genau wie eine archäologische Ausgrabung, falls du dich überhaupt noch erinnerst, was das ist, du siehst doch inzwischen öfter Flughäfen als Ausgrabungsstätten. Wenn du unsere Familie zerschlägst, wirst du sie nie mehr zusammenkleben können, selbst wenn du dir das mehr als alles andere wünschst, und obwohl ich damals neben ihm saß, hörte ich offenbar nicht, was er sagte, ebenso wenig wie ich jetzt die Stimmen der Geburtstagsfeier höre, die sich dem Ende nähert, ich beobachte sie durch die Fensterscheibe, sehe, wie er den Finger hebt, genau wie Amnon damals, wir benahmen uns allem Anschein nach noch wie eine Familie, denn als die Rechnung kam, schauten wir uns nicht zögernd an, wer zuerst seinen Geldbeutel zieht, und als wir hinausgingen, überlegten wir nicht, wer wen begleitet, sondern kehrten zusammen zu unserer Wohnung zurück, und unterwegs, genau an der Stelle, an der ich jetzt stehe, fiel Gili das neue Rennauto aus der Hand und rollte die abschüssige Straße hinunter, ganz selbstverständlich, als wäre es ein Auto wie alle anderen Autos auf der Straße, und Amnon schrie, was ist mit dir los, kannst du nicht auf die Geschenke aufpassen, die man dir kauft? Du bekommst kein einziges Geschenk mehr! Und Gili brach in Tränen aus, mit weit aufgerissenem Mund und Milchzähnen, die in seinem Gaumen zitterten. Unschlüssig am Rand des Gehsteigs stehend, beobachteten wir die Panikfahrt des roten Spielzeugautos und des Fahrers aus Plastik, mit der Mütze auf dem Kopf und dem unerschütterlichen Lächeln im Gesicht, und warteten darauf, dass die Straße frei würde, so dass wir es bergen könnten, fast bereit, unser Leben dafür zu riskieren, Hauptsache, das Auto würde gerettet, Gili stampfte mit den Füßen auf und brüllte, mein Auto, ich will mein Geschenk, während das Auto die Straße hinunterraste und den entgegenkommenden Autobus ignorierte, sich fröhlich vor seine Räder stürzte, das zerquetschte Plastiklächeln auf dem Gesicht des Fahrers, mein übermächtiger Kummer, Amnons Schimpfen, das Weinen des Jungen, wie er sich an die inzwischen nutzlose Fernsteuerung in seiner Hand klammerte und wieder und wieder auf die Knöpfe drückte, als versuchte er, den Rausch der Kraft wiederherzustellen, das Vergnügen der vollkommenen Herrschaft, die er bis vor ein paar Minuten noch gefühlt hatte.

11

Ein Flugzeugflügel ist in die Erde gebohrt wie ein Furcht einflößender Spaten, glitzert im Licht der früh untergehenden Sonne, weckt die alte Angst vor einem Aufenthalt in der Luft, daneben stehen in einer langen Reihe Flugzeugrümpfe mit ausgerissenen Flügeln, beschämt, als hätten sie nie den Himmel durchfurcht. Wäre er jetzt hier neben mir, würde ich zu ihm sagen, schau, ein Flugzeugkrankenhaus. Wir sind noch immer auf demselben Erdteil, er und ich, aber gleich nicht mehr, seine ohnehin kleine Gestalt wird sich vor meinen Augen verkleinern wie die Pupillen einer Katze, wenn er hier neben der Startbahn stehen und mir zum Abschied zuwinken würde, könnte ich gleich seine Hand nicht mehr sehen, ihn selbst nicht mehr, ich steige himmelwärts und er bleibt auf der Erde zurück, die kleinen Füße stecken in den Turnschuhen vom letzten Jahr, seine Zehen bohren sich immer durch die Strümpfe, und die Entfernung zwischen uns wird immer größer.

Unter mir liegt noch die Küstenebene, ausgebreitet wie eine schmale Flickendecke, die Stadt, die sich an das Meer lehnt, sieht auf einmal erstaunlich ordentlich aus, zerteilt in geometrische Formen, die man nur von oben erkennen kann, unter mir bewegt sich eine Autokarawane in einer auffallenden, bedrohlichen Ordnung, von oben hört man kein Hupen, keine Flüche, keine laute Musik, keine Gesprächsfetzen, still wie bei einem Leichenzug bewegen sich die kleinen Autos vorwärts, schau, mit einem Schlag löscht eine graue Wolke die Lichter der Stadt aus, trägt den silbernen Vogel hinaus aufs Meer, wie hastig ist der Abschied.

Unter meinen Füßen, die in Stiefeln stecken, spüre ich die Motoren, gewaltig und Furcht einflößend, wilde Tiere, gefangen im Bauch des Flugzeugs, und die ganze Zeit ist der silberne Flügel neben mir, erinnert mich an seinen Zwilling, der in die Erde gebohrt ist. Der rauschende Wind zerbricht an seinem kalten Körper, wenn er jetzt hier wäre, würde er sagen, schau, am Himmel schwimmt ein Schiff aus Wolken, komm, springen wir aus dem Flugzeug und fahren mit dem Schiff.

Eine junge Stewardess mit schwarzen zusammengebundenen Haaren und stark geschminkten Augen beugt sich zu mir, ist Ihnen nicht gut, und ich hebe den Kopf, kann ich ein Glas Wasser haben? Mir ist übel, und sie bemüht sich um mich, bietet mir ein Stück Zitrone an, eine Dose Cola, ich bin zum Baby der Stewardess geworden, die bestimmt zehn Jahre jünger ist als ich, und ihre umfassende pflichtgemäße Fürsorglichkeit rührt mich, als wäre sie für mich persönlich bestimmt. So alt wie diese Stewardess war ich, als ich Amnon geheiratet habe, so stolz darauf, dass ich es geschafft hatte, diesen nicht mehr jungen Junggesellen an mich zu binden, diesen widerspenstigen Mann, der durch die Universitätsflure voller verführerischer Studentinnen lief, vielleicht war mein Stolz größer als meine Verliebtheit, meine Mutter schüttelte manchmal den Kopf und sagte, er ist ein harter Mann, so wie dein Vater, und dann widersprach ich, wie kannst du die beiden vergleichen, er ist viel wärmer und lange nicht so egoistisch, und sie wiegte zweifelnd den Kopf hin und her und fragte, wirklich?

Ein junger Mann kaut neben mir sein Abendessen, er hat ein Gesicht, das glatt ist wie das eines Knaben, seine Haare sind lang und voll, wir haben kein einziges Wort gewechselt, und trotzdem scheint zwischen uns Nähe entstanden zu sein, weil wir das gleiche Essen zu uns nehmen, Würstchen,

Räucherlachs, ein süßes Brötchen, und den gleichen Geschmack im Mund haben, und selbst das Wissen, dass diese zweifelhafte Nähe von allen Passagieren des Flugzeugs geteilt wird, schwächt das Gefühl nicht. Als er einen Schluck Wein trinkt, hebt er das Glas leicht in meine Richtung, und ich antworte mit einem verblüfften Zwinkern. Früher, als ich so alt war wie die Stewardessen, hätte mir solch eine Bewegung gereicht, um diesen wunderlichen Prozess in Gang zu setzen, bei dem die Pferde der Einbildung losgaloppieren und die Realität überholen, sie hätten dem langhaarigen jungen Mann all den Zauber zugesprochen, den ich brauchte, aber angenommen, er würde mich jetzt ansprechen, was könnte ich ihm sagen, dass ich frei bin oder was es ist, das mich mit verspäteter, überflüssiger Treue an meinen Ehemann fesselt, ist es das Kind, die Vergangenheit, gibt es überhaupt einen Weg zurück zu jener Existenz, ich wäre gerne ein junges Mädchen, würde gerne jung sein, ein bitteres, spöttisches Lächeln steigt auf meine Lippen, und er bemerkt es und lächelt mich an, über den geheimnisvoll im Dunkeln liegenden Erdteil hinweg, der sich unter uns erstreckt und atmet wie ein Tier.

Diese Reise ist ein Geschenk des Himmels, hat Dina gesagt, du wirst andere Luft atmen, andere Menschen treffen, und ich hatte vergessen, dass sie immer näher rückte, es war schon so lange her, dass der Termin vereinbart worden war, das Programm gedruckt, das Hotel bestellt, es wird mich immer überraschen, wie die Zeit sich vorwärts bewegt, wie ein riesiger Pflug, der auf seinem Weg Felsen zermalmt, Berge verschlingt, Kontinente ausspuckt, das schlimmste Leid wird ihn nicht aufhalten, das wildeste Glück wird ihm nicht den Weg versperren, und mir fällt ein, dass ich damals zu Amnon gesagt hatte, vielleicht sollten wir zu dritt fahren, und er antwortete bitter, vielleicht sollten wir zu zweit fahren, und nun reise ich allein, wie ich ab jetzt immer allein reisen werde, und auch die Sehnsüchte verändern sich wie die flauschigen Wolken, die sich am Fenster zerdrücken. Es ist nicht nur die Sehnsucht nach dem kleinen Kind, das sich so anschmiegt, dessen Anwesenheit mir eine himmlische Ruhe schenkt, sondern auch nach dem Jungen, der ohnehin schon nicht mehr so nah ist, wie er es einmal war, von dem ich vergessen habe, wie sein neues Zimmer aussieht, von dem ich die Hälfte seines Spielzeugs nicht kenne, und wenn ich mich bücke, um ihm einen Kuss zu geben, muss ich jene andere Hälfte wegscheuchen, wie man eine Mücke oder eine Wespe wegscheucht, und sogar wenn er im Bett liegt und schläft oder in der Badewanne sitzt, umgeben von Schaumbergen, oder im Wohnzimmer auf dem Teppich spielt, begleitet ihn diese zweite Existenz, auf die ich keinen Einfluss habe, in der ich immer eine Fremde sein werde, und vielleicht ist das der Grund dafür, dass mich hier, über dem leer gegessenen Tablett, die Sehnsucht mit solcher Gewalt packt, denn mir ist plötzlich klar, dass ich das, was mir wirklich fehlt, nicht automatisch mit meiner Rückkehr bekommen werde, ich werde mich immer nach ihm sehnen, nach dem Jungen, der er vor der Trennung war, weicher, engelhafter, unschuldiger, behüteter, glücklicher.

Wir folgen heute Abend den Spuren der Sonne wie Ritter, die nie müde werden, begleiten ihren endlosen Untergang, im Meer unter uns scheinen Tausende von Schafen zu versinken, sie schweben und werden immer blauer, ihre lockige Wolle saugt allmählich die Farbe des Meeres auf. Schau nur, würde ich zu ihm sagen, die Himmelswüste entzündet sich, nur der Mond, der plötzlich durch das Fenster schaut, erstaunt durch seine Beständigkeit, er sieht genauso aus wie von der Erde aus, wie von unserem Balkon in Jerusalem, und ich weiß, dass die bläulichen Schäfchenwolken mir jetzt den Blick auf Thera versperren, die hohle halbmondförmige Insel, die im Herzen des Meeres auseinander brach und die antike Welt erschütterte, bis in das ferne Ägypten war das Echo der Erschütterung zu spüren, sie überschwemmte Städte und Inseln und begrub unter sich ein Reich der Wunder mitten im Mittelmeer, den Palast mit seiner Pracht, die einen erschauern ließ, mit Hunderten von Räumen, die wunderbaren Wandmalereien, die Muscheln, Polypen und Delfinen, die geflügelten Cherubim, die gemalten Gestalten, die die Besucher von Zimmer zu Zimmer begleiten, und unter ihnen die Pariserin mit ihrem kalten, hochmütigen Blick, als hätte sie gewusst, dass sie Tausende von Jahren bewahrt bleiben würde.

Komm mit mir nach Thera, sagte er, ich muss dir eine Frau aus Akrotiri zeigen, und hast du den Palast in Knossos schon gesehen? In diesem Moment wusste ich, dass wir dort gleich nach der Hochzeit hinfahren würden, in das neue Pompeji, aber ich konnte nicht wissen, dass ich, während er sich beim Gang über die schwarzen Klippen für die entstellte Schönheit der Insel begeisterte, völlig erschlagen sein würde von der harten Hand der Natur, von den Zeichen der Katastrophe, die überall sichtbar waren, vom Anblick der abgesprengten Inselteile, die im Meer verstreut sind wie abgerissene Gliedmaßen eines Körpers: der Vulkan, der nun völlig verschwunden und vom Meer bedeckt ist, die grauen Schatten der Lavaströme, die Basaltbahnen, die den Tuffstein bedecken, die Schwefeldünste, die über dem Gebiet hängen und die Erde gelb färben; und mehr als alles andere erschreckte mich die düstere Hartnäckigkeit des Lebens, das sich mit seinen Krallen an die Reste des Festlands geklammert hat, Höhlen der Bewohner, die in die weiche Vulkanasche gegraben wurden, und die Stadt Akrotiri im Süden der Insel, die minoische Stadt der Antike, die am Tag der Katastrophe erstarrte, ohne ein menschliches Gerippe darin, vielleicht hatten sie ja die nahende Gefahr gespürt und waren geflohen, und als ich dort am Grab des griechischen Archäologen stand, der die Reste der Stadt freigelgt hatte und in ihr beerdigt wurde, trauerte ich, als wäre er mein Vater, während mein frisch gebackener Ehemann wütend den Kopf schüttelte, erschrocken und gekränkt über den ihm unverständlichen Gefühlsausbruch ausgerechnet zu diesem Zeitpunkt.

Ich ziehe einen leichten Koffer hinter mir her und mache ein offizielles Gesicht, als ich einen kleinen Mann entdecke, der wie bei einer Einmanndemonstration ein Schild schwenkt, auf dem mein Name steht, und einen Moment lang habe ich Lust, ihn zu ignorieren, ihn und den belastenden Namen, Ella Miller, der schon nicht mehr mein Name ist, und allein in die Stadt zu gehen, ohne einen Begleiter, vor dem ich mich verstellen muss. Zu meinem Glück scheint auch er kein Bedürfnis nach einem Gespräch zu haben, er begnügt sich mit einem vorsichtigen Lächeln und der üblichen Höflichkeit, mir den Koffer abzunehmen, und schon sitze ich in dem Auto, das die Kongressteilnehmer einsammelt, die sich ausgerechnet hier aus allen Teilen der Welt zusammenfinden, um ein Geschehnis zu besprechen, dessen Auswirkungen für unser heutiges Leben vollkommen bedeutungslos sind, ein Ereignis, das Tausende Kilometer entfernt und vielleicht sogar nie stattgefunden hat.

Ich habe ihn immer gleich angerufen, von meiner Ankunft berichtet und nach Gili gefragt, was er gegessen hatte, wann er eingeschlafen war, knüpfte erneut das Band, das sich ein wenig gelockert hatte, schlang uns drei wieder zusammen, aber jetzt wartet niemand auf meinen Anruf, und ich räume meine Kleidungsstücke in den Schrank, prüfe das kleine Zimmer, das mit goldenem Kiefernholz getäfelt ist.

Hast du den Rollladen schon hochgezogen, fragte Amnon immer als Erstes, mach auf und sag mir, was du siehst, er interessierte sich für neue Orte, aber sie, sagte er spöttisch zu Freunden, während er auf mich deutete, sie ist einmal zu einem Kongress nach Italien gefahren und hat drei Tage lang den Rollladen des Zimmers nicht hochgezogen, es hat sie überhaupt nicht interessiert, was man sah, wenn man aus dem Fenster schaute, gut, ich ziehe dir zu Ehren den grünen Metallrollladen hoch, komm, ich erzähle dir, was ich sehe.

Auf dem Platz vor der gotischen Kathedrale stehen auf einer Bank zwei dunkelhäutige Statuen, ein Mann und eine Frau, mit starren Gesichtern und geschlossenen Augen, und wenn jemand eine Münze hinreicht, erwachen sie wie durch ein Wunder zum Leben, sie strecken die Hände aus, verbeugen sich tief, um ihren Dank zu zeigen, ihre Lippen sind zu einem Lächeln gespannt, aber schau nur, wie kurz das Leben ist, das ihnen die Münze schenkt, jetzt haben sie ihre Stellung wieder eingenommen, ihre Gesichter versteinern, ihr Blick wird starr. Hinter ihnen erhebt sich die Kathedrale in ihrer ganzen nächtlichen Schönheit, ihre Fassaden sind erleuchtet, sehen aus wie eine unvergleichliche Stickerei, die im Laufe von Jahrhunderten entstanden ist, wie kann Stein nur so weich sein, so weich wie Stoff, es ist, als hätte sich ein königlicher Samtumhang auf die Stadt gesenkt, schau, die Tauben, die wie Glühwürmchen zwischen den Kreuzen herumflattern, das elektrische Licht wird von ihren Körpern gefangen, und sie verteilen es unter dem dunklen Himmel, langsam und verträumt fliegen sie, als wären sie in einen tiefen Schlaf versunken und könnten jeden Moment herunterfallen und als wären diejenigen, auf deren Köpfe sie fallen, für immer und ewig gesegnet.

Am nächsten Tag stehe ich vor den Häuserfronten, die

abgerundet sind, geschwungen wie die Wellen des Meeres, das nicht sehr weit entfernt ist, gefangen in einer unendlichen Bewegung, es ist, als wäre ich aus Stein gemacht, während sie so weich sind wie Federbetten, als stünde ich erstarrt da und sie würden herumlaufen, alles scheint möglich zu sein, ist dies das Geheimnis, das die Stadt mir einzuflüstern versucht, liebe ich dieses Flüstern, liebe ich Barcelona, liebt Barcelona mich, in diesen wenigen Tagen scheint die Antwort ja zu sein, diese Stadt und ich, wir lieben einander.

Während alle losziehen, um die Sagrada Familia zu besichtigen, bleibe ich im Zimmer, bereite mich auf meinen Vortrag vor, aber als sie zurückkommen, gehe ich fast widerwillig selbst hin, zu der unvollendet gebliebenen Kathedrale Sagrada Familia, von der nicht sicher ist, dass sie noch zu unseren Lebzeiten fertig gestellt werden wird, noch nicht mal zu Gilis Lebzeiten, ich recke den Hals vor den Steinen, die wie ein Wasserfall vom Himmel stürzen oder wie Bäume aus der Erde wachsen, vor dem Bild der Heiligen Familie, in deren Mittelpunkt immer die Mutter und ihr Sohn stehen, der Sohn und seine Mutter, die einfachste Überlieferung, die keiner Beweise bedarf. Gaudí hat gerade Linien gehasst, erklärt die Fremdenführerin neben mir mit müder Stimme, in der Natur gibt es keine geraden Linien, und er hat sich nur auf natürliche Linien gestützt, und sofort erzählt sie vom Tod des Architekten, der genau hier von einer Straßenbahn überfahren wurde, als er ein paar Schritte zurücktrat, die Baupläne der Kathedrale in der Hand, die wenige Tage später zu seiner Grabstätte wurde, und die Türme betrachtete, irgendein nachlässig gekleideter alter Mann, erst nach zwei Tagen hat man ihn identifiziert. Hier ist er begraben, in der Krypta der Kathedrale, wie jener griechische Archäologe in Thera, und wie damals seufze ich bei dem Anblick, doch diesmal steht nicht Amnon neben mir und schüttelt den Kopf, es sind Hunderte lärmender Touristen. Warum bemühen sie sich so sehr, das Gebäude fertig zu stellen, fragt jemand hinter mir auf Hebräisch, man müsste es so lassen, so unfertig, als Symbol für alles, was wir in unserem Leben nicht vollenden können, und ich suche mit den Augen den Sprecher, der schon in der Menge untergegangen ist, er hält einen kleinen Jungen an der Hand, wenn Gili hier wäre, würde er vielleicht sagen, Gaudí baut dieses Schloss vom Himmel aus fertig, nachts, wenn ihn keiner sieht.

Es ist erst ein paar Monate her, da trafen wir uns bei einem anderen Kongress, in einer anderen Stadt, vor einem grauen Fluss, wir sind wie ein Wanderzirkus, wir ziehen mit unserer Ware umher, die sich fast nie erneuert, und es ist, als wäre zwischen diesen Reisen die Lebenszeit zusammengefaltet, vom Fötus zum Greis, und das Gleiche noch einmal, vom Greis zum Fötus, und ich wundere mich, dass sich bei meinen Kollegen nichts verändert zu haben scheint, so gut gelaunt pellen sie das Ei in dem gelb gestrichenen Frühstücksraum im Souterrain oder holen sich noch etwas Käse vom Buffet, gelassen erkundigen sie sich, wie es Amnon geht, die meisten kennen ihn gut, in der Vergangenheit hat er oft an diesen Reisen teilgenommen, aber in den letzten Jahren war die Zahl der Einladungen geringer geworden und die Veröffentlichungen hatten sich verzögert. Anfangs wunderten sie sich, meinen Namen auf dem Programm zu sehen, nicht seinen, mich und nicht ihn, ihre Blicke suchten ihn neben mir, ihr Erstaunen war wie das Echo meines eigenen Erstaunens, wie hatten sich die Dinge umgekehrt, denn als wir uns kennen lernten, war er auf dem Höhepunkt seiner Laufbahn und ich am Anfang von meiner, dort haben unser beider Leben angefangen zu schwanken, in Thera, und ich erzähle nichts von unserer Trennung, die höfliche Zurückhaltung ist mir angenehm, sie passt zum Wetter, bei dem es keiner eilig hat, die lockere Bekanntschaft zu vertiefen, und erst am letzten Tag, nach dem Vortrag, als mein Koffer schon gepackt ist, wird die Bekanntschaft zu Nähe, das vorsichtige Herantasten zu einem schweren Abschied, und wir unternehmen eine Schiffsfahrt, entfernen uns von der bunten Stadt, die mit dem Rücken zum plötzlich grau gewordenen Meer liegt, und laufen auf dem Rückweg durch die prachtvollen breiten Alleen, bahnen uns einen Weg zwischen Musikanten, Bettlern und Blumenhändlern, die billige Romantik anbieten, und wieder ist da der Kummer über meine eigene Stadt, deren Steine das Geheimnis der Weichheit noch nicht erfahren haben, die nie solch eine fröhliche Zerstreuung kennen werden.

Auch auf dem Rückflug verpasse ich Thera, ihr schmales, zerbrochenes Lächeln, das so schnell erwacht, von überall ist Schnarchen zu hören, viele Menschen liegen fast auf ihren Sitzen, einer an den anderen gelehnt, als hätten sie nie etwas ersehnt, an diesem Nachmittag über dem goldglitzernden Meer. Ein dunkelhaariges junges Mädchen döst neben mir, sie hat mir ihr konzentriertes Gesicht zugewandt, aber ihre Augen sind geschlossen, der Kopf eines Mannes mit kurz geschnittenen Haaren ruht auf ihren Knien, sie liegen da, als hätten sie gemeinsam aus einem Giftbecher getrunken, tote Liebende, und ich frage mich, ob sie wieder zum Leben erwachen, wenn ich ihnen eine Münze reiche. Auch wir sind so von unseren Reisen zurückgekommen, haben den Körper des anderen als Kissen benutzt, als Matratze, als Lehne, diesen Körper, der zwar nicht mehr verführerisch und überraschend war, aber zumindest bequem, und trotzdem hat uns in den letzten Jahren bei der Rückkehr Enttäuschung begleitet, ein Groll darüber, dass wir es nicht geschafft hatten, die Mauer einzureißen, deshalb hatten wir uns von dem

Jungen getrennt, deshalb hatten wir Geld und Zeit investiert, nur um in Istanbul zu streiten, in Berlin, in Rom?

So schnell, wie er verschwunden ist, taucht er auf, der schmale Streifen Strand, strahlend im Sommerlicht, es ist, als wäre ich vor drei Monaten weggefahren und nicht vor drei Tagen, als hätte inzwischen die Jahreszeit gewechselt, schon hat die Sonne die Felder verbrannt und ihre grünen Kleider zerrissen, und als ich seltsam aufgeregt die Landschaft betrachte, die immer konturierter wird, habe ich einen Moment lang das Gefühl, als gäbe es eine Wahl, als könnte man noch auf eine andere Art den Fuß auf die Erde setzen, denn eine Rückkehr wird immer begleitet von einer Illusion der Veränderung, Aufträge sind so gut wie möglich ausgeführt worden, neue Freunde sind gewonnen, und der Himmel kommt mir nicht mehr so bedrohlich vor, vielleicht wird auch von der Erde unter uns weniger Gefahr ausgehen.

Etwas Ähnliches habe ich auch damals gespürt, vor einigen Monaten, als ich von einer Reise zurückkam und mir die Botschaft von der Trennung schon auf der Zunge lag, jetzt komme ich ohne Botschaft zurück, nur eine lebhafte Neugier blitzt auf, was erwartet mich eigentlich, welche Art Leben? Schlaftrunken verlassen wir das Flugzeug, ein bisschen schwankend, spüren noch das Zittern der Motoren unter unseren Füßen, und zu meiner Überraschung ist es mir sogar angenehm, dass in der Ankunftshalle niemand auf mich wartet, immer haben sie hier gestanden, erschöpft von der Anstrengung, rechtzeitig anzukommen, Gili auf den Schultern seines Vaters, erschreckend durch seine Größe, winkte mir von weitem zu, wie ein Polyp, die Wiedersehensfreude verschwand, und gleich machte sich Anspannung breit, während die beiden noch versuchten, meine Aufmerksamkeit auf sich zu ziehen, ich war müde von der Reise, versuchte, Gili für meine Abwesenheit zu entschädigen und Amnon dafür, dass schon wieder ich zum Kongress eingeladen worden war und nicht er, versuchte, die Sache herunterzuspielen und zu verbergen, wie glücklich ich war, den Jungen zu sehen, und wie distanziert ich mich ihm gegenüber fühlte.

Nein, dass mich niemand erwartet, ist keine Einsamkeit, sondern Freiheit, und vom Taxi aus rufe ich Amnon an, seine Stimme klingt seit der Trennung beherrscht und offiziell, er sagt leicht erstaunt, Ella, bist du schon zurück, als wäre ich zu einem Ort gefahren, von dem man nicht zurückkehrt, aber er fragt nicht, wie früher, wie mein Vortrag war und wen ich getroffen oder was ich von meinem Fenster aus gesehen habe, wir gehen beide mit unseren Worten so sparsam um, als wäre ihr Preis so hoch, dass wir ihn nicht bezahlen könnten.

Bringst du Gili oder soll ich ihn bei dir abholen, frage ich, ich bin in einer Stunde zu Hause, ich habe ihm ein Rennauto mit Fernbedienung gekauft, wie das, das überfahren worden ist, füge ich stolz hinzu, als hätte ich eine Zauberformel gefunden, um zerbrochene Gegenstände wieder heil zu machen, und er sagt, aber er ist gerade nicht da, er ist bei Jotam, ich habe gedacht, du würdest später ankommen, und ich habe heute Vorlesungen, sie wohnen nicht sehr weit von dir, hol ihn doch dort ab, und ich unterbreche ihn überrascht, ja, ich weiß, wo sie wohnen, ich fahre gleich hin. Wenn du zu früh kommst, wird er nicht mitgehen wollen, sagt Amnon, hol ihn doch am Abend, wie üblich, und ich ignoriere seinen Vorschlag, frage vorsichtig, seid ihr gut zurechtgekommen, ihr beiden, als wären sie noch immer meine beiden Männer, und er antwortet, wir kommen immer gut zurecht, und fügt nicht hinzu, ohne dich, die fehlenden Worte ergänze ich selbst.

Sie werden nie ganz grün sein, diese Berge, ihr Grün wird immer blass sein, wie eine Täuschung, jeden Winter erhalten die Pflanzen den Befehl, die vom Sommer verbrannten Narben zu bedecken, und kaum haben sie ihren Auftrag erfüllt, wird das Feuer wieder entzündet. Ich kurble das Fenster herunter, die Dämmerung verwirrt mich, ein warmer, trockener Wind schlägt mir ins Gesicht, wenn jetzt Sommer ist, warum geht die Sonne dann so früh unter, und wenn es um diese Stunde schon dunkel wird, warum ist es dann so warm, irgendetwas scheint hier durcheinander geraten zu sein, aber es ist eine wunderbare Unordnung, die die Fahrt auf der hügeligen Straße zu einem Abenteuer werden lässt. Der schwierige Weg nach Jerusalem hat die Abgeschiedenheit der Stadt immer bewahrt, das wussten diejenigen, die sich in ihrem Namen verschworen hatten, ihre Größe war bescheiden, ihre geheimen Wünsche waren es nicht, eine arme orientalische Marktstadt, versunken in Illusionen, einsam hinter Mauern und Toren, umgeben von den armseligen Dörfern wandernder Hirten und abschüssigen, felsigen Wegen, eine Stadt, die insgeheim von Macht und Auserwähltheit träumte.

Neben dem Spielplatz steige ich aus dem Taxi, noch immer in dem Kostüm, das ich gestern für den Vortrag ausgewählt habe, ein brauner kurzer Rock, eine weiße Seidenbluse und darüber das passende Jackett, bis zum Morgen hatten wir im Pub am Strand gesessen, und von dort war ich direkt zum Flughafen gefahren, ich hatte keine Zeit, mich umzuziehen, ich überquere die Straße wie eine gut gekleidete Touristin, für kurze Zeit aus einem fernen Land auf Besuch, und während ich die breiten Marmorstufen hinaufgehe, versuche ich, ruhig durchzuatmen, meine Haare zu ordnen, mein Verlangen wächst, ihn zu sehen, seine schwarzen Augen, die unter den dichten Augenbrauen blühen, die ausdrucksvollen Lippen, und mich ihm zu zeigen, wie ich jetzt bin.

Scharfe Stimmen dringen plötzlich in das Treppenhaus, sie werden immer lauter, je näher ich der Tür komme, ich klopfe laut, aber sie hören mich nicht, wie sollten sie mich auch hören, wenn sie sich mit solcher Bitterkeit streiten, ein Donnersturm tobt in der Wohnung, und ich klopfe noch einmal, drücke dann lange auf die Klingel, wieder keine Antwort. Eine kalte, stechende Anspannung steigt von meinen Füßen auf, umwickelt meinen Körper wie Stacheldraht, als wäre ich ein Kind und sie meine Eltern, die sich frühmorgens in ihrem Zimmer streiten, würden sie sich diesmal für immer trennen, und ich warte erschrocken auf den Moment, der immer kommt, ein letzter Schrei, dann rennt mein Vater aus der Wohnung und knallt laut die Tür hinter sich zu, und dann läuft sie zu mir, legt ihren Kopf mit den wirren Haaren auf mein Bett und schluchzt in meinen Armen.

Als wäre ich ihre Tochter, versuche ich, einzelne Wörter aufzuschnappen, blutige Fetzen von Wut und Kränkung, ich glaube dir nicht, höre ich Michals Stimme, so laut, als würde sie mir direkt ins Ohr schreien, überraschend grob, ich weiß, dass du lügst, ich glaube dir kein Wort, und dann antwortet er, zwar beherrscht, aber mit kalter und giftiger Stimme, ich habe die Nase voll von deinem pathologischen Misstrauen, hörst du? Mir reicht's, ich bin nicht bereit, so zu leben, du erstickst mich, und sie schreit, dann hau doch ab, wenn es dir reicht, ich will dich nicht mehr sehen, du hast mir versprochen, dass es nicht mehr passieren wird, versprochen hast du es, und er zischt, ich habe meine Versprechen alle gehalten, was willst du denn noch von mir, ich bin nicht für deine Hirngespinste verantwortlich. Ach so, das sind also alles nur Hirngespinste? Du willst mich für verrückt erklären? Ist es das, was du vorhast? Dann merk dir, diesmal wird es dir nicht gelingen, dich herauszureden, ich habe Beweise. Und ich werde plötzlich rot, als gelte die Beschuldigung mir, meine Wangen glühen, ich stehe vor der grau gestrichenen Metalltür und kämpfe mit mir, ich habe Angst, sie könnte plötzlich wütend aufgerissen werden, dann würde ich entdeckt, und ich gehe leise mit meinem Koffer die Treppe hinunter und lehne mich an die Hecke am Hauseingang.

Was soll ich tun, vielleicht warte ich ein paar Minuten und rufe dann an, das Klingeln des Telefons werden sie bestimmt hören, und bis ich erneut oben bin, werden sie sich beruhigt haben, ich muss Gili holen, unbedingt, seit sich diese Hürde aufgetan hat, ist meine Sehnsucht nach ihm wieder aufgeflammt, und damit der Zorn auf dieses mir fast fremde Paar, das mich davon abhält, mich mit meinem Sohn zu vereinen. Was tut er jetzt, sitzt er zusammengekauert in Jotams Zimmer, hören die beiden angespannt zu oder haben sie den Kindern ein Video angestellt, wie wir es getan haben, damit wir unseren Streit austragen konnten, und für einen Moment verwandelt sich mein Zorn in ein fröhliches Mitleid, die Ärmste, er betrügt sie also und sie erstickt ihn, und auf einmal empfinde ich, familienlos, wie ich bin, ein sonderbares Behagen. Wer braucht schon dieses klägliche Familienleben, mit neuem Hochmut schaue ich nun auf diesen Müll versteckter und offener Beleidigungen herab, auf diese Ansammlung kleiner Vergehen gegen die Menschlichkeit, wie angenehm ist es doch, dass ich mich mit niemandem streiten muss, ich hole mein Handy aus der Tasche, Oded und Michal Schefer, verlange ich bei der Auskunft, lass mir ihre soliden, ehrbaren Namen auf der Zunge zergehen, was haben sie mit den schändlichen Beschimpfungen zu tun, die sie sich gerade in diesem Moment gegenseitig an den Kopf werfen, so laut, dass sie sogar das Telefonklingeln übertönen und keiner abnimmt.

Und ich wähle erneut, ich werde nicht aufgeben, bis sie rangehen, aber dann ist plötzlich das Geräusch einer Tür zu hören, die laut und energisch zugeschlagen wird, und ich ziehe meinen Koffer hinter die Büsche und warte ruhig, bis ich seine schmale Gestalt sehe, die mit schnellen Schritten das Gebäude verlässt, als würde sie verfolgt, aber auf der Straße bleibt er stehen und schaut sich ruhig um, ich kann seine Augen sehen, die durch die tiefen Ringe größer wirken, seine schönen Lippen, er trägt einen grauen Wollpullover und eine helle Kordhose, und auf dem Rücken hat er einen großen Rucksack, ich betrachte ihn und höre mich auf einmal sagen, Oded, und mir fällt auf, dass ich zum ersten Mal seinen Namen ausspreche.

Sein herumirrender Blick richtet sich auf mich, als ich mein Versteck verlasse, ein paar Dornenzweige verfangen sich in meinen Haaren, ich reiße sie verlegen ab, ich war oben vor eurer Wohnung, um Gili abzuholen, versuche ich zu erklären, ihr habt mich nicht gehört, aber ich habe euch gehört, und er verzieht das Gesicht, wischt sich mit zitternden Händen den Schweiß von der Stirn und sagt hastig, ich ertrage es nicht mehr, er stößt die Wörter schnell aus, als habe er Angst, sie zu bereuen, es wird von Tag zu Tag schlimmer, und ich trete näher zu ihm und frage, wohin gehst du? Das weiß ich noch nicht, sagt er, und ich wundere mich über mich selbst, denn ich frage ihn, angetrieben von der Fremdheit der Stadt, von seiner Fremdheit, von der Fremdheit meines eigenen Lebens, willst du etwas mit mir trinken, und zu meinem Erstaunen sagt er, ja, warum nicht?

Warum nicht? Nun, ich könnte einige Gründe anführen, die dagegen sprechen, aber in diesem Moment gibt es nur dieses Ja zwischen uns, und so gehen wir nebeneinanderher wie ein Paar, das sich auf eine lange Reise aufmacht, nach Stunden sorgfältigen Packens, sie zieht einen Koffer hinter sich her, er trägt einen Rucksack, und niemand würde annehmen, dass wir uns überhaupt nicht kennen, dass mein Koffer und sein Rucksack noch nie nebeneinander gestanden haben.

Komm, gehen wir ins Cancan, schlage ich vor, als wir an der viel befahrenen Straße stehen, und er sagt wieder, ja, warum nicht, es scheint, als habe er in diesem Moment des Zufalls sein Schicksal in meine Hände gelegt, und wenn ich sagen würde, komm, fahren wir nach Indien, oder komm, machen wir Liebe, oder komm, lass uns heiraten, würde er wohl auch sagen, ja, warum nicht, und wenn nicht zu mir, dann zu jemand anderem, aber ich bin es, die unten gewartet hat, mein Gesicht war das erste, das er gesehen hat, als er das Haus verließ, und wir überqueren die Straße und betreten das Café, das wir beide so gut kennen. Hier, durch dieses Fenster, habe ich euch an Jotams Geburtstag beobachtet, hier brannte meine Eifersucht auf der nassen Straße zwischen den schmutzigen Schneeresten, hier hat sie sich den Bürgersteig entlanggeschlängelt wie eine Feuerzunge, und ich führe ihn absichtlich zu dem Ecktisch, an dem sie damals gesessen haben, eine heile Familie, wie man sie an manchen Tagen im Zoo beobachten kann, ein Löwe, eine Löwin und ihre beiden Jungen, den neugierigen Blicken dargeboten, und als er mir nun gegenübersteht, verwirrt und wütend, den Rucksack wie einen Höcker auf dem Rücken, stehe ich auf und nehme ihn herunter, wie ich den Schulranzen von Gilis schmalem Rücken nehme, ich ziehe ihn von seinen Armen und stelle ihn neben meinen Koffer, und zu meiner Überraschung ist er schwer, und ich frage, was hast du da drin, Steine? Und er sagt, Alben, und ich fange an zu lachen, das ist es, was du mitgenommen hast, Alben?

Keine Kleidungsstücke zum Wechseln und keine Zahnbürste? Zu meiner Freude stimmt er in das Lachen ein, es war ein spontaner Entschluss, ich wusste doch nicht, was man in so einem Fall mitnimmt, ich habe mich umgeschaut und überlegt, was mir überhaupt wichtig ist, was ich im Fall eines Brandes retten würde.

Zeig sie mir, bitte ich, und er fragt, interessiert dich das wirklich oder hast du nur Angst, wir hätten nichts, worüber wir sprechen können? Beides, bekenne ich, und er streckt die Hand nach seinem Rucksack aus und zieht fünf dicke Alben heraus, wie die fünf Bücher Moses, und legt sie aufeinander auf den Tisch zwischen uns, und als die Kellnerin kommt, werfen wir schnell einen Blick auf die Speisekarte, vor ihren ungeduldigen Augen, genau wie sie will ich hören, was er bestellt, mir scheint, als würde das den Charakter unseres Treffens bestimmen, und als er einen doppelten Whisky und einen Teller mit Sandwiches bestellt, seufze ich erleichtert, das ist zwar nicht der Businesslunch, der den ganzen Tag angeboten wird, aber auch kein kurzer Espresso. Teilen wir die Sandwiches, fragt er, als ich nur etwas zum Trinken bestelle, und ich nicke sofort, als wäre das der großzügigste Vorschlag, den man mir je gemacht hat, mit ihm die Toastscheiben, das kalte Zitronenwasser und den doppelten Whisky zu teilen, und nicht nur das, auch das dreifache Leid, die Angst, die Panik, den Verlust. Teil von ihm zu sein, Teil seines Lebens, mein Leben vor seinen Augen zu zerlegen und stückchenweise vor ihm auszubreiten. Auch wenn du das blutige Steak bestellt hättest, würde ich es mit dir teilen, auch wenn du nichts bestellt hättest, würde ich das Nichts mit dir teilen, und als ich ihn betrachte, den mageren Mann im grauen Pullover, der mir gegenübersitzt, die Haare, die ihm in die Stirn fallen, das blasse, aufgewühlte Gesicht, weiß ich, dass dies die kurze, kostbare Zeit ist, in der eine Beichte wie eine Einladung zum Glück klingen wird, das ist die kurze Zeit, in der eine Stunde in einem armseligen Café wie der Finger Gottes ist, nur solche Zeiten sind es wert, dass man sich nach ihnen sehnt, denn wenn das Wunder einmal geschehen kann, klar, erschütternd, treffsicher, trägt es in sich das ganze Maß an Gnade, das jedem von uns zugeteilt ist.

Er klappt das erste Album auf, der harte Ledereinband zerfällt fast unter seiner Berührung, und deutet mit seinem schmalen Finger auf das offizielle Foto eines Brautpaares am Hochzeitstag, das Gesicht der Braut ist einfach und unschuldig, trotz ihrer erkennbaren Bemühungen ist sie nicht schön, noch nicht einmal reizvoll, während der Mann klar und schön aussieht, er hat ein spöttisches Lächeln auf den Lippen, neigt sich auf eine unangenehme Art zur anderen Seite, die Kluft zwischen ihnen ist so auffallend, dass jedes Kind sie bemerken müsste. Deine Eltern, frage ich, und er nickt schweigend, und ich frage, leben sie noch, und er sagt, leben, sie haben nie gelebt, und ich betrachte ihn erstaunt, fürchte, die Grenze zwischen Interesse und Aufdringlichkeit zu überschreiten, beobachte seinen Gesichtsausdruck, während er sich in das Foto vertieft, als habe er es seit vielen Jahren nicht mehr angesehen, schau, wie jung sie sind, sagt er schließlich, sie haben noch keine Ahnung, was sie erwartet.

Was hat sie denn erwartet, frage ich vorsichtig, und er sagt, die Hölle, er hat erwartet, dass sie ihn pflegt, und sie wusste überhaupt nicht, dass er krank ist, und ich frage, krank, was hatte er, und er sagt, er war psychisch krank, und ich frage weiter, wirklich krank? War er in der Klinik? Ja, sagt er, natürlich, er wurde ständig eingeliefert und entlassen, und während ich die traurigen Bilder betrachte, frage ich mich, was ich mit ihnen zu tun habe, er selbst ist mir noch vollkommen fremd, und trotzdem werde ich von ihrer Geschichte angezogen, als würde sie etwas enthalten, was mir meine eigene Geschichte erklären könnte.

Da ist der Vater bei einer Familienfeier, funkelnd in seiner kühlen Blässe, ein schöner Junge in einem weißen Hemd und dunklen Hosen lehnt an seinen Knien und weint, und ich frage, bist du das? Warum hast du geweint? Und er lächelt, das war damals meine Hauptbeschäftigung, das Weinen, und ich betrachte sein feines Gesicht, die kleine Faust, die das Auge verdeckt, der Mund ist zu einem Weinen verzogen, das ich fast zu hören glaube. Warum, frage ich, und er antwortet, warum? Wieder betrachtet er das Foto, als hoffte er, von dem kleinen Jungen eine Antwort zu bekommen, erklärt aber sofort mit monotoner Stimme, als habe er diese Erklärung schon oft abgegeben, was hätte ich sonst tun sollen, mein Vater war nie richtig anwesend, meine Mutter hat irgendwie für die körperlichen Bedürfnisse gesorgt, aber gefühlsmäßig war sie für uns nicht vorhanden, ich glaube, sie hatte Angst, wir könnten auch nicht in Ordnung sein, meine Schwester und ich, sie war uns gegenüber misstrauisch, weil auch sein Blut in unseren Adern floss.

Was heißt das, frage ich, hat sie sich nicht um euch gekümmert, und er sagt, kaum, sie hatte Angst, sich an uns zu binden, ihrer Meinung nach waren wir angesteckt, waren Teil der Falle, die er und seine Familie ihr gestellt hatten, sie war ein einfaches orientalisches Mädchen, sie hatte keine Ahnung, in was sie hineingeraten war, ich mache ihr keine Vorwürfe mehr, fügt er schnell hinzu, heute kann ich verstehen, wie sehr sie gelitten hat, aber damals war es schwer, wir hatten niemanden, an den wir uns halten konnten, siehst du, da war er schon einige Male in der Anstalt gewesen, man erkennt ihn nicht mehr, und ich betrachte den schweren Unterkiefer, den erloschenen Blick, unter dem Hemd zeichnet sich ein schwammiger Bauch ab, nichts ist von seiner Schönheit geblieben, und da ist auch wieder sein Sohn, ein bisschen älter geworden, der ihn besorgt ansieht, diesmal mit trockenen Augen, nur auf ihn konzentriert, dunkel wie seine Mutter und gut aussehend wie sein Vater.

Wie du ihn betrachtest, sage ich, als wärst du sein Arzt, und er sagt, ja, ich hatte keine andere Wahl, als zu lernen, seinen seelischen Zustand zu erkennen, wann man sich vor ihm in Acht nehmen musste, wann es besser war, mit offenen Augen zu schlafen, wenn es ihm gut ging, war niemand reizender als er, aber wenn er zusammenbrach, bedeutete das Lebensgefahr, er seufzt, was für eine Hölle, und legt die Hand an die Stirn, als wäre er ihr, den Rucksack auf den Schultern, gerade jetzt erst entkommen, nicht seinem eigenen Zuhause, wo er mit seiner Frau und seinen Kindern gelebt hat. Schau, sagt er, plötzlich wieder wach, eilig, als handle es sich um einen vergänglichen Anblick, ein Vogel auf der Fensterbank, der Blick eines Babys, das ist das letzte Bild von ihm, und ich betrachte traurig das Gesicht, das immer hässlicher wird, doch ausgerechnet auf seinem letzten Foto ist die erstaunliche Anmut zu sehen, die an das erste Bild erinnert. Woran ist er gestorben, frage ich, ausgerechnet an einer ganz gewöhnlichen Krankheit, an Krebs, er war so stolz, als der Krebs diagnostiziert wurde, als wäre das der Beweis, dass er wie alle anderen war, und als er erkannte, dass die Verrücktheit ihn nicht vor dem Tod schützen würde, war er bereit, auf die Verrücktheit zu verzichten, aber da war es schon zu spät.

Also seinetwegen suchst du nach Blutspuren, bemerke ich und sehe ihn vor mir, den Rücken gebogen wie eine Katze, die aus der Kloschüssel trinken will, und er sagt, vermutlich, und seinetwegen bin ich auch Therapeut geworden, obwohl ich ihn nicht retten konnte, und während der ganzen Zeit trinken wir Whisky mit Eiswürfeln und essen Sandwiches von einem Keramikteller, und unsere fettigen, mit Gewürzen verschmierten Finger berühren das alte Papier, berühren fast einander, und ich lausche seiner ruhigen Stimme, seine Zunge verheddert sich manchmal zwischen seinen Zähnen zu einem sympathischen Sprachfehler, seine Lippen formen die Wörter so langsam, als hätte er einen Pinsel im Mund und malte sie, sie dehnen die letzten Buchstaben, als fiele es ihm schwer, sich von den einzelnen Wörtern zu trennen. Es ist nicht der fieberhafte Wortschwall Amnons, sondern ein ganz anderer Redestrom, bildhaft und weich, dem ich mich ohne Zögern anschließen kann, manchmal stelle ich eine kurze Frage und bekomme eine lange Antwort, und ich verstehe, dass er nur über jene Familie sprechen möchte, er wird mir nur diese Fotos zeigen und nichts von seiner jetzigen Familie sagen, nichts darüber, was ich vorhin mitgehört habe, aber ich dränge ihn nicht, diesmal ist mir klar, wie kostbar diese Zeit ist, kostbar und kurz, flüstere ich, als er aufsteht, um zur Toilette zu gehen und ich ungeduldig auf seine Rückkehr warte, was macht es mir aus, worüber wir sprechen, Hauptsache, wir sind hier, zusammen, und als er zurückkommt und sich wieder mir gegenüber hinsetzt, stöhnt die Plastikplane, die über den Hof des Cafés gespannt ist, laut auf, denn plötzlich hat es angefangen zu regnen, und Oded, über das Album gebeugt, schaut sich erstaunt um, ich habe keinen Mantel mitgenommen, fällt ihm ein, interessant, was das bedeuten mag, dass ich das Haus mitten im Winter ohne Mantel verlassen habe.

Vielleicht heißt das, dass du es verlassen hast, um zurückzukehren, schlage ich vor, und er betrachtet mich konzentriert, als suche er die Antwort in meinem Gesicht, dann seufzt er, nein, und sein Seufzer dehnt das kurze Wort, bis es sich auf seinen Lippen ausbreitet wie ein Weinfleck auf einer Tischdecke, ich kehre nicht zurück, und ich beuge mich über den Tisch zu ihm hinüber, meine Hand berührt fast den grauen Ärmel, der häusliche Geruch von Waschmittel steigt mir in die Nase, ein herzzerreißend häuslicher Geruch, hör zu, Oded, sage ich schnell, das ist wirklich lächerlich, dass ich dir Ratschläge gebe, wir kennen uns kaum, und du bist hier der Psychiater, aber ich muss dich warnen, vielleicht bin ich nur deshalb hier, um dich zu warnen, du hast keine Ahnung, wie schwer es ist, eine Familie auseinander zu reißen, wenn man es noch nicht durchgemacht hat, weiß man überhaupt nichts, es erschüttert die Grundmauern, es lässt dich starr vor Trauer zurück, glaub mir, ich habe es gerade hinter mir, ich rate niemandem, es zu tun, es sei denn, du hast wirklich berechtigte Gründe dafür, und er nickt auch noch, als ich schon schweige, welches sind deiner Meinung nach wirklich berechtigte Gründe, fragt er interessiert, und ich überlege, ob er mich prüfen will oder sich selbst.

Wenn die Verhältnisse so schlimm sind, dass sie den Kindern schaden, sage ich, wenn dir klar ist, dass du alles getan hast, um die Beziehung zu retten, wenn ihr euch zusammen elend fühlt und seit Jahren keinen angenehmen gemeinsamen Moment erlebt habt, oder wenn du eine ernsthafte Beziehung zu einer anderen Frau hast und überzeugt bist, dass es mit ihr anders sein wird, das sind Fragen, über die man lange nachdenken muss, gut, das ist wirklich lächerlich, und ich schweige verwirrt, schau mich an, ich gebe einem Psychiater gute Ratschläge, und er lächelt vorsichtig, täusch dich nicht, Ella, das ist nicht lächerlich, ich bin es, der hier lächerlich ist, und dann hebt er das Glas an die Lippen, nimmt langsam einen Schluck und lässt ihn einen Moment lang im Mund, als prüfe er die Qualität, gut, sagt er, ich habe den Eindruck, dass ich berechtigte Gründe habe, auch nach deinen Kriterien, und ich senke sofort den Blick, vermutlich ist es der letzte Grund, den ich angeführt habe, er hat eine andere und geht ihretwegen weg, Michal hat Recht, er betrügt sie, und einen Moment lang habe ich das Gefühl, als würde er auch mich betrügen, gleich wird er seine alten Alben in seinen Rucksack packen und zu ihr gehen und mit ihr eine neue Familie gründen, und vielleicht werde ich sie sogar bei der Abschlussfeier der ersten Klasse sehen, vielleicht auch schon vorher, wenn in der Klasse der Sederabend gefeiert wird, und er beobachtet, wie ich in Gedanken versinke, wo warst du eigentlich, fragt er, und ich sage, in Barcelona, bei einem Kongress, und er fragt, ein Kongress von Archäologen? Zu welchem Thema? Und ich wundere mich, dass er mehr über mich weiß, als ich zu erzählen Zeit gehabt habe. Der Auszug aus Ägypten, sage ich, und er zitiert aus der Hagada, ihr habt vom Auszug aus Ägypten erzählt, bis es Zeit wurde für das Morgengebet, und ich lache, ja, so ungefähr, das Gefühl, etwas versäumt zu haben, brennt in meinem Gesicht, es fällt mir schwer, ihn anzuschauen, ich senke den Blick zu dem blauen Keramikteller, ein paar Stücke rote Paprika liegen darauf, betonen seine Leere, das Nichtwissen quält mich, wie wird es mir gelingen, mehr über seine Lage zu erfahren?

Ich versuche es auf einem Umweg und frage, passiert euch das oft, dass ihr so streitet, und er erstaunt mich wieder mit seiner Offenheit, viel zu oft, jedes Mal wieder erwacht in ihr dieser Teufel, und sie beschließt, dass ich eine andere habe, und dann macht sie mir Szenen, wie ich sie dir nicht wünsche, sogar vor den Kindern, er seufzt, und ich kann mich schon nicht mehr beherrschen, obwohl ich mich vor seiner klaren Antwort fürchte. Hast du eine andere oder nicht, frage ich mit leiser Stimme, fast unhörbar, und er sagt, ist das dein Telefon, das schon die ganze Zeit klingelt, oder kommt das vom Nebentisch? Und ich wühle in meiner Tasche, dort klingelt mein Handy wie ein unaufhörlich zwitschernder Vogel, zehn Anrufe in Abwesenheit, teilt es mir mit, und sofort fängt es wieder an, ich höre Amnons Stimme, diesmal klingt sie nicht mehr gelassen, sondern aggressiv und vorwurfsvoll, es ist die vertraute Stimme aus der Zeit vor der Trennung, sag mal, bist du noch normal? Wo bist du? Weißt du, wie viel Uhr es ist? Gili ist bei Jotam und wartet schon seit Stunden auf dich, und ich stottere, aber du hast doch gesagt, ich soll nicht sofort hingehen, stimmt, aber jetzt ist es zehn Uhr abends und du bist nicht zu Hause und gehst nicht ans Telefon und der Junge wartet, ich habe gedacht, du bist so wild darauf, ihn zu sehen, stichelt er, er genießt es, mit einer Nadel in den Ballon meiner Mütterlichkeit zu stechen, den ich vor seinen Augen jahrelang aufgeblasen habe.

Natürlich bin ich wild darauf, ihn zu sehen, sage ich schnell, aber mir ist etwas Dringendes dazwischengekommen und ich habe vergessen, auf die Uhr zu schauen, ich gehe sofort hin, sage ich und beende das Gespräch, bedrückt schaue ich Oded an, ich habe ganz vergessen, dass Gili noch bei euch ist, sage ich, mir ist gar nicht aufgefallen, dass es schon so spät ist, ich muss los, ihn holen, da siehst du, was passiert, ich sitze mit dir zusammen statt mit ihm, widerwillig stehe ich auf, meine Beine sind schwer, als hätten sie die Fähigkeit zur Bewegung verloren, wie macht man das, gehen, frage ich, und er antwortet ernst, erst das eine Bein, dann das andere, und ich nehme meinen Koffer, soll ich zu Hause etwas ausrichten? Er lächelt, gib Jotam einen Kuss von mir.

Wie kann ich ihm einen Kuss von dir geben, sage ich, dafür musst du mich erst küssen, und er springt auf, zieht mich an sich, streicht mir die Haare aus der Stirn und drückt seine warmen Lippen darauf, mit einer Bewegung, die ich schon kenne, als drückte er einen Stempel auf, die Tätowierung einer kurzen kostbaren Zeit, und ich habe das Gefühl, als würde mein ganzer Körper von seinem Kuss verschlungen, ich klammere mich an seinen Rücken, sehne mich danach, so mit ihm stehen zu bleiben, bis die Lichter ausgemacht werden, bis das Café geschlossen wird, mir wird schwindlig von dem Gefühl, etwas versäumt zu haben, wie kostbar und kurz war dieser Abend, und er wird nie wiederkehren. Bald wird er seine düsteren Alben einpacken und seiner Wege gehen, und der Zauber wird sich auflösen und vergessen sein, nie wieder wird er so verwirrt und verletzlich sein, nie wieder wird er ein fremdes Ohr so nötig haben, hätte ich nur so getan, als wäre ich noch nicht zurückgekommen, als hätte sich der Flug verschoben, hätte ich heute Abend noch bei ihm bleiben können, bevor sein neues Leben ohne mich beginnt, und ich betrachte ihn, als er sich hinsetzt und einen letzten Schluck nimmt, du gehst heute nicht zurück, frage ich, und er sagt, nein, sein verlockender Mund bleibt offen, entblößt ein Stück fleischiger Zunge.

Wohin gehst du, frage ich, und er sagt, ich komme schon zurecht, mach dir keine Sorgen, und am liebsten würde ich zugeben, ich mache mir keine Sorgen um dich, sondern um mich, meine Finger umklammern den Griff meines Koffers, gute Nacht, versuche ich mit fester Stimme zu sagen, und er mustert mich von unten nach oben und nickt schweigend, wie schön er ist mit seinen klaren Zügen, mit den dunklen Ringen um die Augen, wie Pflanzgruben um Blumen, und dann reiße ich mich von ihm los und laufe in die brüllende Nacht, Regen schlägt mir wütend entgegen, und innerhalb einer Sekunde bin ich klatschnass, ohne Schirm und ohne Mantel, und mit dem Regen dringen die Enttäuschung und die Frustration durch meine Kleidung, warum konnte ich diesen Abend nicht länger auskosten, nur noch ein paar Stunden. Der Koffer, den ich hinter mir herziehe, saugt sich mit Wasser voll, er scheint sein Gewicht schon verdoppelt zu haben, heute Abend werde ich meinem Sohn ein nasses Geschenk geben, ein gebrauchtes Geschenk, Tausende von Regentropfen haben schon vor ihm damit gespielt, und ich versuche, ein Taxi anzuhalten, obwohl es gar nicht mehr weit ist, aber die Fahrer ignorieren meine erhobene Hand, der Regen peitscht auf ihre Blechdächer, und sie verschwinden wie eine Herde riesiger gelbäugiger Tiere.

Als ich das hohe Gebäude erreiche, klappern meine Zähne von der plötzlich gesunkenen Temperatur, wieder steige ich die Marmortreppen hinauf, im Treppenhaus herrscht eine drückende Stille, und auf mein Klopfen öffnet sich sofort die Wohnungstür und Michals Gesicht taucht vor mir auf, verbittert und eingefallen, ihre Augenlider sind geschwollen und ihre Haut ist fahl, aber trotz meiner großen Neugier halte ich mich nicht damit auf, sie zu betrachten, denn hinter ihr, auf dem Ledersofa, sitzt mit verschränkten Armen ein langgliedriger Junge mit dem zarten und traurigen Gesicht eines verbannten Prinzen, die Kränkung auf seinem Gesicht ist eine kleine Schwester der Kränkung auf ihrem Gesicht, zwei Opfer eines Treffens, das zu lange gedauert hat, das so nicht hätte stattfinden sollen. Als ich zu ihm laufe und ihn umarme, senkt er die Augen, Tränen rinnen langsam über seine Wangen, und Michal sagt in einem wütenden Ton, als müsste sie es erklären, er hat sich große Sorgen um dich gemacht, wir haben dich einfach nicht erreicht, Jotam ist schon längst eingeschlafen, fügt sie aus irgendeinem Grund hinzu, und ich nehme ihn in die Arme, ich kann noch nicht einmal zu meiner Verteidigung sagen, ich war schon einmal hier, vor ein paar Stunden, gleich nach der Landung.

Entschuldigung, es tut mir schrecklich Leid, sage ich zu ihnen, ich hatte eine dringende geschäftliche Verabredung und habe nicht auf die Zeit geachtet, ich habe mich so nach dir gesehnt, Gili, verkünde ich, aber beide betrachten mich zweifelnd, und ich verabschiede mich schnell von ihr und gehe mit ihm die Treppen hinunter, sein Schulranzen pendelt an meiner nassen Hüfte, und den ganzen Heimweg lang bitte ich ihn um Entschuldigung, erzähle ihm, wie ich ihn vermisst habe, beschreibe das rote Auto, das ich für ihn gekauft habe, übertreibe dabei, sogar größer als das alte, aber er weigert sich, meine ausgestreckte Hand zu nehmen. Wir gehen die stürmischen Straßen entlang, graue Wege, die sich mit Wasser voll gesogen haben wie alte Matratzen, jeder von uns in seinen Ärger versunken, manchmal wird der Himmel von einem Blitz aufgerissen, der sein Gesicht beleuchtet, ein Gesicht, das plötzlich länger geworden ist, das den kindlichen Charme verloren hat, an jeder Ecke erwartet uns eine Pfütze, aber ich habe schon aufgehört, ihn zu warnen, er scheint mit Absicht hineinzutreten, mit seinen kleinen Füßen in den Turnschuhen vom letzten Jahr.

Ich will jetzt schlafen, Mama, sagt er, als wir nach Hause kommen, er will sich nicht waschen, er weigert sich sogar, das Geschenk auszupacken, trotz meines Drängens, und ich helfe ihm, die nassen Sachen auszuziehen, meine Hände sind starr vor Kälte und brennen auf seiner Haut, mein Zorn über die Gelegenheit, die ich heute Abend versäumt habe, wird immer größer, wird so groß, dass er mir fast den Blick auf den Jungen verstellt. Als er schon im Bett liegt, die Decke bis zum Hals hochgezogen, wirft er mir wieder diesen vorwurfsvollen Blick zu und sagt leise, als hätte er sich schon mit dem Urteil abgefunden, ich habe gedacht, dass du beschlossen hättest, mich zu verlassen, so wie du Papa verlassen hast.

12

Wie bist du nur auf die Idee gekommen, dass du es sein wirst, von allen Frauen ausgerechnet du, dass du ihm eine Unterkunft anbieten könntest anstelle seiner eigenen Wohnung, dass du ihm Liebe anbieten könntest anstelle der Liebe seiner Frau, ein Kind anstelle seiner Kinder, ausgerechnet du, die du nur eine halbe Frau bist, du, die du dein Haus zerstört und nichts dafür bekommen hast, du, die du schwach und krank zu ihm gebracht worden bist, was hast du ihm zu bieten? Unser abgebrochener Abend, an dem die Temperatur plötzlich abstürzte, unser gemeinsamer Teller, der blaue Keramikteller, die gerösteten Sandwiches mit Auberginen, Mozzarella und Tchina, er hat die Auberginen vorgezogen, das musst du probieren, hat er gesagt, unser Tisch, unser Regen, der sich in der Plastikplane über unseren Köpfen gesammelt hat, wir waren darunter wie unter dem Meer, unsere Zeit, die wenige Zeit, die wir miteinander geteilt haben, nur ein Abend, ein einziger Abend, der kein richtiges Ende genommen hat, begleitet mich wie ein Geschenk, das ich bekommen und sofort kaputtgemacht habe, wie Gilis rotes Auto, und das ist alles, was ich mir jetzt wünsche, die Fortsetzung jenes Abends, das, was ich schon fast in Händen hatte, und ich sehe uns dort sitzen, bis tief in die Nacht, die Plastikplane, die schwer vom Wasser über unseren Köpfen seufzt, ich sehe uns zusammen weggehen, ein bisschen betrunken, herausgelöst aus jedem Zusammenhang. Hätte ich ihm vorgeschlagen, mit mir nach Hause zu kommen, hätte ich ihm von all dem Leid erzählt, das sich in mir angesammelt hat, dann würde sich alles auflösen, alles würde sich zum Guten wenden, ich hätte nicht umsonst gelitten.

Er hätte im Sessel gesessen und ich auf dem Sofa, mit einer Wolldecke zugedeckt, die ganze Nacht lang, diese Nacht, die nicht zum Schlafen bestimmt gewesen wäre und nicht zum Küssen und nicht für das sexuelle Verlangen, sondern zum Sprechen, das Weinen jener Nacht, die plötzlich abgebrochen wurde, die auf uns wartete bis zum Morgen wie ein in der Dunkelheit erleuchteter Palast, die verlorenen Reste dieses Weinens versuche ich wiederzufinden. Jeden Morgen, wenn ich Gili in die Schule bringe, und jeden Mittag, wenn ich ihn abhole, betrete ich angespannt den Schulhof, suche sein Gesicht unter den Gesichtern der anderen Eltern, die sich, entgegen den Sicherheitsvorschriften, am Tor versammeln, und auch ihre Locken suche ich, bereit, mich damit zu begnügen, weil mir nichts anderes übrig bleibt, als vielleicht an ihrem Gesicht zu erkennen, was in seinem Leben geschieht, und auch sie sehe ich nicht, auch nicht den Jungen, als wären sie alle vernichtet worden, als hätte ich sie mir nur ausgedacht. Wo sind sie, wohin sind sie verschwunden, haben sie mitten in der Nacht die Stadt verlassen, sind sie gleich am folgenden Tag kurz entschlossen in Urlaub gefahren, um ihre Beziehung zu retten, aber vielleicht verpasse ich sie ja immer nur um eine Minute. Wenn ich das Klassenzimmer betrete, halte ich zuerst nach Jotam Ausschau, meine Augen flattern über das Gesicht meines Sohnes, suchen vergeblich nach dem Jungen, der ihm gleicht, und erst dann kehrt mein Blick enttäuscht zu ihm zurück, ich versuche, mit einem kleinen Lächeln meine Enttäuschung zu verwischen, wie geht's, mein Sohn, was hast du heute erlebt?

Was ist mit Jotam, ich habe ihn schon lange nicht mehr gesehen, frage ich ein paar Tage später ganz nebenbei, und

Gili sagt, Jotam ist krank, und ich stürze mich gierig auf diese neue Nachricht, versuche, ihre Bedeutung zu ergründen, vielleicht rufst du ihn mal an, und fragst, wie es ihm geht, schlage ich vor, und er murrt unwillig, später, aber er ruft nicht an, und ich frage mich, wie lang die Winterkrankheit eines Kindes dauern kann, wann Jotam wieder gesund sein wird, und suche weiter jeden Morgen und jeden Mittag, und erst nach einer Woche entdecke ich beide auf der Wippe im Schulhof, sie rudern wild und laut, hoch, runter, einer dem anderen gegenüber, Dunstwölkchen kommen aus ihren Mündern, und meine Freude bei Jotams Anblick ist größer als die beim Anblick meines Sohnes, er ist das Einzige, was ich bisher von seinem Vater entdeckt habe, und schließlich ist der Wert der Scherbe genauso groß wie der Wert des Gegenstandes, für den sie steht.

Aufgeregt laufe ich zu ihnen und erforsche sein Gesicht, suche in ihm das seines Vaters, das, was sich bei ihnen zu Hause abspielt, ist er zu ihnen zurückgekehrt, lebt er mit einer anderen Frau, und in gewisser Weise bin ich wunschlos, beide Möglichkeiten sind, was mich betrifft, gleich schlimm. Durstig betrachte ich ihn, die schwarzen Augen seines Vaters betonen seine Blässe, und ich frage, wie geht es dir, Süßer, bist du wieder gesund? Und er sagt, ja, aber jetzt ist Mama krank, und ich trinke gierig diese Neuigkeit, was du nicht sagst, wenn Mama krank ist, wird gleich Papa kommen, er wird durch das grüne, mit Blumen bemalte Tor treten, er wird auf uns zukommen, neben der Wippe werden wir uns treffen, und zur Sicherheit frage ich schnell, und wie geht es deinem Papa? Ist er gesund? Und Jotam sagt, ja, Papa ist gesund, und ich schlage sofort vor, willst du mit zu uns kommen? Zu meiner Freude schließt sich Gili meinem Wunsch an, ja, komm mit zu mir, du hast mich noch nie in meiner Wohnung bei Mama besucht, er beherrscht die

Terminologie schon so, als wäre er bereits in zwei Häusern geboren, und Jotam lässt sich schnell von seiner Begeisterung anstecken, ja, ich komme mit zu dir.

Als wir das Klassenzimmer betreten, verberge ich mit meinem Schal das listige Lächeln in meinem Gesicht, hänge mir beide Ranzen über die Schultern, greife nach den Händen beider Kinder, die um mich herumhopsen und das halbe Schokoladenbrot essen, das bei Schulschluss an sie verteilt worden ist, die Schokolade verschmiert ihre Lippen, Brotkrümel kleben an ihren Wangen, und am Tor bleiben wir stehen und warten auf ihn, auf seine Erlaubnis, vielleicht soll ich ihn einladen mitzukommen, ich werde ihn mit nach Hause nehmen, Jotam und Gili werden im Kinderzimmer spielen und wir werden in der Küche sitzen, ein Vater und eine Mutter, beide Scherben werden für die Dauer eines Nachmittags ein Ganzes sein. Komm schon, warum verspätest du dich, dränge ich im Stillen, ich habe dir eine Familie zusammengestellt, was brauchst du mehr, ich schaue den Passanten angespannt entgegen, wer von ihnen wird sich in der gesegneten Sekunde in ihn verwandeln, da hält neben uns ein silbernes Auto, und ich bin ganz aufgeregt, aber es ist eine Frau, die aussteigt, eine nicht mehr junge Frau, die sorgfältig frisierten Haare so silbern gefärbt wie das Auto, sie kommt mir bekannt vor, aber ich ignoriere sie, sie ist nicht er, und dass sie auftaucht, heißt nicht, dass er nicht kommt, doch zu meiner großen Enttäuschung geht sie auf Jotam zu, und ich höre, wie er unwillig sagt, Oma, warum bist du gekommen, ich gehe zu Gili. Auch ich betrachte enttäuscht ihr gepflegtes Gesicht, an das ich mich verschwommen von der Geburtstagsfeier im Café erinnere, und sie wendet sich an mich, er geht mit zu euch?, fragt sie erleichtert, vermutlich froh über einen freien Nachmittag, und ich sage, ja, ist das in Ordnung?

Vollkommen in Ordnung, sagt sie und erklärt überflüssigerweise, Michal ist krank, und ich habe Lust, nach Oded zu fragen, weiß aber nicht, wie ich die Frage formulieren soll, so dass sie natürlich klingt, vielleicht kann ich herausbekommen, wer den Jungen am Abend abholt, und ich frage höflich, soll ich Ihnen erklären, wo wir wohnen? Und sie sagt, ich weiß noch nicht, ob ich ihn abholen kann, geben Sie mir doch Ihre Telefonnummer, sie schreibt die Nummer schnell oben auf ihr Scheckheft, verschwindet zufrieden in ihrem Auto, und plötzlich fällt ihr ein zu fragen, soll ich euch bringen? Ich sage, ja, warum nicht, obwohl wir so nahe wohnen, vielleicht gelingt es mir, bei dieser kurzen Fahrt noch etwas herauszufinden, und wir drücken uns in ihr Auto, so wie wir uns zu Beginn des Schuljahres in das Auto ihrer Tochter gedrückt haben, sie fährt ruhig, aber ihre Augen funkeln nervös, sie kaut unaufhörlich Kaugummi, kein Zweifel, sie ist besorgt, wie kann ich nur herausbekommen, warum?

Was hat Michal, eine Grippe, frage ich mit höflichem Interesse, und sie sagt, so etwas Ähnliches, vermutlich hat sie sich bei Jotam angesteckt, sie seufzt leise und stellt sofort das Radio lauter, in dem gerade die Nachrichten anfangen, und ich lausche den bedrückenden Berichten, zu meinem Bedauern bringt die Fahrt nichts Neues, da sind wir auch schon in unserer Straße, hier wohnen wir, sage ich und hoffe, sie sagen zu hören, sein Vater wird ihn abholen, aber sie notiert sich gehorsam die Hausnummer, verabschiedet sich mit offen gezeigter Erleichterung und fährt davon, und ich treibe die beiden Jungen schnell in die Wohnung, helfe ihnen, ihre Mäntel und Stiefel auszuziehen, biete ihnen heiße Schokolade an. Es gefällt mir, sie beide zu versorgen, als wären sie meine Söhne, Zwillinge, und als wir die süße Schokolade trinken, betrachte ich Jotam, seine Nähe macht meine Sehnsucht nach seinem Vater realer, gibt ihr eine Form, zwischen uns scheint eine körperliche Intimität zu entstehen, nur dadurch, dass ich seinen Sohn eingeladen habe, ihm zu essen und zu trinken gebe, ihm, zu Gilis Erstaunen, durch die Haare streiche und versuche, etwas mehr zu erfahren.

Wie geht es deiner Schwester, erkundige ich mich, ist sie auch krank? Und er sagt, nein, sie ist gesund, und dein Papa? Was ist mit deinem Papa? Mit Absicht präzisiere ich diese Frage nicht, und er sagt, Papa ist gesund, seine Zunge fährt über seine aufgesprungenen Lippen, an denen kleine Hautfetzen hängen, sein Gesicht zeigt einen ungewöhnlichen, fast ein wenig lächerlichen Ernst, und Gili drängt ihn, komm, gehen wir spielen, meine Mama hat mir ein Auto mit Fernbedienung geschenkt, und schon lassen sie das Auto durch die Wohnung fahren, stellen ihm Hindernisse in den Weg, lachen schadenfroh über seine blinden Bemühungen und die seines Fahrers mit dem schauerlichen Plastiklächeln auf dem Gesicht. Die Anwesenheit des neuen Jungen erfüllt die Wohnung, jede seiner Bewegungen ist bedeutungsvoll, denn sie ist Teil der Bewegungen seines Vaters, dieser etwas harten, verhaltenen Bewegungen, gegen seinen Sohn sieht meiner plötzlich so gewöhnlich aus, und ich stehe vor dem großen Fenster, vor dem wenigen Licht, das gegen die heraufkommende Dämmerung ankämpft, und lausche auf die innere Melodie, die immer lauter wird, warum kommt er nicht, ich bin jetzt doch fast seine Frau, ich versorge seinen Sohn, als wäre er mein eigener, warum nutzt er die Gelegenheit nicht? Ob er noch immer dort ist, in seinem bequemen Sessel vor den violetten Chiffongardinen, die vor den Fenstern wehen, er nickt teilnahmsvoll, mit leicht geöffnetem Mund, als hörte er mit den Lippen und nicht mit den Ohren, verteilt Rezepte an leidende Patienten und ignoriert mich, und ich beschließe, dort anzurufen, schließlich hat er mir damals die Nummer gegeben, hat sie eilig hinten auf das Rezept notiert, ich werde ihm sagen, dass er hier ein Pfand hat und dass er selbst kommen soll, um es abzuholen, und ich wähle rasch, bevor ich es mir anders überlegen kann, aber ich höre nur die kühle Stimme der Sekretärin, Dr. Schefer ist beschäftigt, sagt sie, hinterlassen Sie Ihre Nummer, er wird zurückrufen, und ich lege sofort auf, vielleicht wird er etwas später selbst abnehmen, wenn ich meine Nummer hinterlasse, muss ich warten, bis er anruft, und dazu habe ich keine Lust, ich möchte die Wirklichkeit verändern, nicht geduldig auf eine Veränderung warten.

Die Tatsache, dass sein Sohn in meiner Wohnung zu Gast ist, verleiht mir, obwohl er selbst so unerreichbar ist, einen plötzlichen Vorteil, Jotam ist meine Geisel, er ist mein Gefangener, angenommen, er würde jetzt hinfallen und sich verletzen, könnte ich seinen Vater sofort anrufen, sogar wenn er mitten in einer wichtigen Besprechung wäre, oder wenn er plötzlich Fieber bekäme oder sogar, wenn sie plötzlich anfangen würden zu streiten und Jotam unbedingt nach Hause wollte, ich gehe hinüber ins Kinderzimmer, dort sitzen sie beide auf dem Teppich und spielen mit den Playmobilfiguren, mein Bruder, mein Bruder, rufen die kleinen Figuren mit ihren Stimmen, und ich frage Jotam, hat dein Vater ein Handy? Ja, sagt er, klar, und ich sage, schön, weißt du die Nummer auswendig?

Klar weiß ich die, sagt er stolz, warum sollte ich sie nicht wissen, und ich hole schnell Zettel und Bleistift, doch dann gerät er plötzlich durcheinander, er murmelt Zahlen und zögert, man hört die Fragezeichen nach jeder Zahl, als wüsste ich die Nummer schon und wollte ihn nur prüfen, ich komme ein bisschen durcheinander mit der Nummer von zu Hause, gibt er verlegen zu, und ich versuche, ihm langsam die einzelnen Ziffern aus dem Mund zu ziehen, aber ohne Erfolg, bis ich ihn in Ruhe lasse.

Wozu brauchst du seine Nummer, Mama, fragt Gili, er schaut mich scharf an, und ich sage, falls Jotam heimgehen will, es ist doch besser, seine Mutter nicht zu stören, nicht wahr? Jotam protestiert, aber ich will noch gar nicht heimgehen, und ich sage schnell, natürlich nicht, ich habe die Nummer nur zur Sicherheit wissen wollen, ich lasse sie wieder ihre Plastikfiguren hin und her bewegen und gehe zum Computer, der auf mich wartet, aber die festliche Aufgeregtheit lässt mich nicht los, um mich herum türmt sich Hoffnung, welchen Vorwand könnte ich mir ausdenken, um ihn anzurufen, vielleicht einen unvorhergesehenen Termin, entschuldige, wir müssen bald gehen, kannst du Jotam abholen, aber wenn du schon da bist, setz dich doch einen Moment, vielleicht verabreden wir uns für morgen. Das dämmrige beschlagene Fenster zieht mich stärker an als der Bildschirm, benebelt schaue ich hinaus, die Wärme der Heizung streichelt meine Glieder, und ich lege den Kopf auf den Tisch und mache die Augen zu, lausche den gedämpften Stimmen auf der anderen Seite der Wand, ich habe das Gefühl, als würde mir jemand Krümel in den Mund stecken, einen nach dem anderen, ich kaue langsam, Himbeere, Kirsche, Blaubeere, die aromatischen Düfte ferner Wälder, Vorratskörbe, Fantasiegeschichten, der süße Geschmack erfüllt meinen Mund, wie kann ich auf die Schreie antworten, die um mich herum zu hören sind, ich muss den klebrigen Brei schlucken, aber meine zusammengeschnürte Kehle hat die einfachsten Bewegungen vergessen, und dann wache ich auf, hebe den Kopf und sehe sie vor mir stehen, und ich murmle, was ist passiert, ist alles in Ordnung?

Wir wollen zusammen in die Badewanne, verkündet Gili feierlich, und ich schaue auf die Uhr, es ist schon nach sieben, vermutlich bin ich eingeschlafen, seltsam, dass seine Eltern sich nicht gemeldet haben, haben sie vergessen, dass sie ein Kind haben, aber vorläufig profitiere ich davon, ich lasse die Badewanne ein und helfe ihnen beim Ausziehen, prüfe heimlich die beherrschte, gespannte Nacktheit dieses Jungen, seine hervorstehenden Rippen, die Nähe dieses Körpers vergrößert meine Sehnsucht, überall in der Wohnung trifft mich diese bissige Lust, komm jetzt, dann kann jeder seinen eigenen Sohn abtrocknen, und hinter ihren Rücken werden wir heimlich ganz neue Berührungen austauschen.

Komm jetzt, weiche mir nicht aus, schließlich sucht unser abgebrochener Abend jeden Tag sein Ende, er wandert durch die Straßen, schaut in die Fenster, versucht, uns zu vereinen, und nun, da ich mit einem Handtuch die Schultern deines Sohnes abtrockne, umgeben von weichem Dampf, habe ich das Gefühl, als wärst du neben mir, deine Finger berühren meine Finger, denn das sind wir, die sich in weiche Handtücher wickeln, zusammen haben wir bis zum Hals im warmen Wasser gelegen, der Regen rauschte auf das Dach über uns, sang sein geheimnisvolles Lied, und wir versanken im Wasser wie in einem warmen sprudelnden Bad, wir haben noch nicht miteinander geschlafen, uns noch nicht einmal geküsst, nur Wörter ließen wir zwischen den Schauminseln schwimmen, denn ich möchte deine Stimme alle Wörter sagen hören, kein einziges darf fehlen, die beherrschte Stimme, den sympathischen Sprachfehler, die Buchstaben, die das Ende eines Wortes dehnen, als fiele es ihnen schwer, sich von ihm zu trennen, und erst nachdem alle Wörter ausgesprochen sind, wirst du mich fragen, ob ich bereit bin, und wenn du mit mir schläfst, werde ich vor Trauer über all die Jahre weinen, in denen du nicht mit mir geschlafen hast, und vor Freude über die Jahre, die du noch mit mir schlafen wirst, und während der ganzen Zeit werden unsere Söhne träumen, die Betten nebeneinander, wie Zwillinge.

Mama, warum weinst du, fragt Gili erschrocken, und ich reiße mich sofort zusammen, ach, nur so, mir ist etwas eingefallen, und er fragt, etwas Trauriges? Ich wische mir mit seinem Handtuch über die Augen, nein, sogar etwas Schönes, und er wundert sich, warum weinst du dann, wenn es etwas Schönes ist? Ich habe Lust, ihn an meinem neuen, ausgedachten Glück teilhaben zu lassen, beide, ich treibe sie fröhlich vom Badezimmer zum Kinderzimmer, manchmal bekommt man Tränen in die Augen vor Glück, vor Freude, passiert euch das nie? Und Gili verkündet, mir nicht, und sein Freund pflichtet ihm wie ein Echo bei, mir auch nicht, und dann fügt er hinzu, während sich seine schmale Brust vor Stolz bläht, mein Papa hat vor Freude geweint, als ich geboren wurde, und Gili wird sofort neidisch, woher weißt du das? Und Jotam sagt, das hat er mir gesagt und ich erinnere mich auch daran.

An so etwas kann man sich nicht erinnern, sagt Gili verächtlich, stimmt's, Mama? Und ich sage, manchmal bekommt man etwas so lebendig erzählt, dass man glaubt, sich daran erinnern zu können, und im Herzen wende ich mich an Jotam und füge hinzu, ich möchte auch sehen, wie dein Papa vor Freude weint, das ist es, was ich will, wenn es dir nichts ausmacht, und meine Aufregung wächst und erfüllt die ganze Wohnung, gleich wird er kommen, es ist schon spät, gleich wird das Klopfen an der Tür zu hören sein, wenn wir gerade beim Abendessen sind, wird er hereinkommen, er wird sehen, wie schön ich für seinen Sohn sorge und wie frisch der Salat ist, und riechen, wie gut das Rührei duftet, das ich für sie gemacht habe, er wird warten, bis Jotam fertig gegessen hat, und mir versprechen, später zurückzukommen, aber nun räume ich den Tisch schon ab, und er ist immer noch nicht da, ich beschließe, noch einmal in der Praxis anzurufen, es ist schon nach acht, ich werde zur Sekretärin sagen, dass die Sache keinen Aufschub duldet, dass es um den Sohn des Doktors geht, ich bin nicht einfach eine lästige Patientin, ich beaufsichtige seinen kleinen Sohn, bei dessen Geburt er geweint hat, aber zu meiner Enttäuschung wird der Anruf nicht angenommen, die Stimme der Sekretärin auf dem Anrufbeantworter schlägt erneut höflich vor, eine Nachricht zu hinterlassen, und meine Laune verschlechtert sich, er wird nicht kommen, dieser Abend wird zu Ende gehen wie alle anderen Abende, in enttäuschter Ohnmacht.

Ein dumpfes Geräusch lockt mich zur Tür, durch den Spion ist eine dunkle Gestalt in Mantel und Mütze zu sehen, und einen Moment lang erkenne ich sie nicht, weil sie so eingepackt ist, und habe das Gefühl, es könne ebenso jeder andere sein, jede Mutter, jeder Vater, jede Großmutter, und ich mache aufgeregt die Tür auf und statt seiner ersehnten Stimme dringt ein verschleimtes Husten an mein Ohr, und ich rufe, Michal, warum bist du aus der Wohnung gegangen! Du bist krank! In meiner Stimme liegt so viel Enttäuschung und Groll, dass sie mich entschuldigend anlächelt, überrascht von meinem Gefühlsausbruch. Ich hatte keine Wahl, sagt sie, und ich beschimpfe sie weiter, mein Zorn wird immer größer, das ist nicht in Ordnung, ich hätte ihn dir bringen können, du hättest in deinem Zustand das Haus nicht verlassen dürfen, sie ist offenbar gerührt davon, dass ich mir so viel Sorgen um sie mache, Tränen treten ihr in die Augen, aber das sind keine Freudentränen, und sie sagt, du weißt ja, wie das ist, von dem Moment an, in dem man Mutter wird, kann man einfach nicht mehr krank sein.

Und wieder versuche ich mein Glück, diesmal wird es mir

gelingen, dafür gibt es doch einen Vater, oder? Sie seufzt, Oded ist bei der Arbeit, und diese wenigen alltäglichen Worte sind wie ein Schlag ins Gesicht, Oded ist bei der Arbeit, wie viel Sicherheit und Ordnung liegt in dieser vertrauten Wortfolge, mein Mann ist bei der Arbeit, Papa ist bei der Arbeit, und plötzlich packt mich Hass auf ihn, du hast dich nicht getraut, du Angsthase, ich habe es geschafft, dich davon abzuhalten, warum ist das niemandem bei mir gelungen, und trotzdem schaue ich ihr zweifelnd ins Gesicht. Da nimmt sie die Wollmütze ab, und ihre Locken hängen traurig herab, ihre Augen sind verschwollen, die Nase rot, entweder vom Schnupfen oder vom unaufhörlichen Weinen, wer war es, der an jenem Schabbatmorgen geweint hat, war sie das, in einem Anfall verfrühter Eifersucht, auch damals ist er vor ihrem Weinen geflohen, hat düster sein Wasser im Gästeklo abgelassen, auch damals belauerte ich ihn, ohne es zu wissen. Nein, das ist nicht mehr das Gesicht, das ich gekannt habe, sie sieht vollkommen anders aus, komm, setz dich ein bisschen, schlage ich ihr vor, wenn du schon bis hierher gelaufen bist, ich mache dir einen heißen Tee mit Zitrone, und in Gedanken füge ich hinzu, und inzwischen kannst du mir erzählen, was wirklich mit deinem Leben los ist, aber sie lehnt ab, danke, Ella, ein andermal, ich muss wieder ins Bett. Müde treibt sie ihren Sohn zur Eile an, komm, Jotam, mit dieser mütterlichen Niedergeschlagenheit, die ich so gut kenne, genauso habe ich Gili nach der Trennung abends von seinen Freunden abgeholt, in diesem Ton habe ich die üblichen Worte gesprochen, ohne etwas zu fühlen, hohl und leblos wie eine Vogelscheuche, und ich drücke ihr den Ranzen ihres Sohnes in die Hand, biete an, ihr zu helfen, bis sie wieder gesund ist, ich nehme ihn gerne morgen wieder mit, sie kommen großartig miteinander aus, sage ich, ich will nicht von dem

Köder lassen, und sie seufzt, danke, schauen wir mal, was morgen mit uns sein wird, ich weiß es noch nicht, ihre Prioritätenliste unterscheidet sich offensichtlich von meiner, ich fahre Jotam über die Haare, versuche, die Berührung festzuhalten, gute Nacht, Süßer, und als sich die Tür hinter ihnen geschlossen hat, wirft mir Gili seinen scharfen, warnenden Blick zu, Mama, ich sehe, dass du Jotam wirklich gern hast. Ja, gebe ich zu, er ist ein netter Junge, ich finde es schön, wenn er zu Besuch kommt, er sagt, ja, aber sein Blick lässt mich nicht los, ich ziehe ihn auf den Schoß, lege die Hand um seine Hüften, mit einem Schlag hat die Wohnung die Hoffnung verloren, die sie vorher mit so drängendem Leben erfüllte, der Junge hat alle Erwartungen mitgenommen, die ich an sein Hiersein geknüpft habe, und wir beide sind allein zurückgeblieben, Scherben einer Familie, ein Flügel, der in der Erde steckt.

Früher habe ich auf diesen Moment gewartet, in dem die Eindringlinge auf unserem Territorium die Tür hinter sich zumachten, wie habe ich es genossen, ihn auf den Schoß zu nehmen, das schöne Gesicht mir zugewandt, und seinen gezwitscherten, abgehackten Geschichten über alles, was ihm am Tag passiert ist, zu lauschen, sie mit Küssen auf seine Augenbrauen zu begleiten, auf die Wimpern, auf die Lider, war das alles eine Fata Morgana, war mein Sohn in den ersten Jahren seines Lebens dazu bestimmt, unwissentlich ein Loch zu stopfen, eine Entschädigung und ein Trost für alles zu sein, was ich nicht bei seinem Vater fand, kommt jetzt die Wahrheit ans Licht, er ist doch ein Kind, keine himmlische Rettung, keine strahlende Widerspiegelung, er ist nicht die Antwort auf die Liebe, die unbefriedigt blieb, jetzt schmiegt er sich an mich, legt den Kopf auf meine Schulter, ich vermisse Papa, jammert er plötzlich, es gefällt mir nicht, in zwei Wohnungen zu wohnen, wenn ich bei dir bin, vermisse ich Papa, und wenn ich bei Papa bin, vermisse ich dich.

Einen Moment lang verschlägt es mir den Atem, ich bin entsetzt über seine Worte, so viele Wochen hat er sich schweigend abgefunden, ohne Protest, so dass ich schon glaubte, er habe sich an alles gewöhnt, ich lege die Arme um seinen zitternden Körper, es gefällt ihm nicht und er hat Recht, schließlich ist er es, dessen Leben aufgeteilt wird, er ist es, der von Wohnung zu Wohnung wandert, er wacht morgens auf und weiß nicht, wo er ist, und vielleicht ist das erst der Anfang, vielleicht wird es neue Partner geben, Halbgeschwister, er ist das hilflose Opfer eines gewöhnlichen Abenteuers, bei dem die Allerschwächsten den allerhöchsten Preis bezahlen müssen, und ich lege meinen Kopf auf seine Schulter, meine Wangen sind nass von Tränen, und er fragt, weinst du wieder vor Freude? Nein, murmle ich, nein, mein Sohn, ich weine nicht vor Freude, und er sagt, ich auch nicht, und nun mischen sich unsere Tränen, sie lassen sich nicht mehr unterscheiden. Dann steht er auf und stolpert zum Telefon, ich rufe Papa an, sagt er, ich will, dass er jetzt kommt und mir gute Nacht sagt, und ich schaue zu, wie seine kleinen Finger sich über den Tasten verheddern und nur mit Anstrengung die Verbindung herstellen, das Klingeln, das jetzt in der anderen Wohnung zu hören ist, zwischen den Perlen des bunten Vorhangs tanzt, zwischen den hellen Möbeln schwebt.

Papa, höre ich seine helle Stimme fragen, die sofort bricht, um das Ausmaß seines traurigen Zustands zu veranschaulichen, Papa, ich vermisse dich, ich will dich sehen, die Stimme auf der anderen Seite scheint nicht gleich auf seinen Wunsch einzugehen, sie erklärt ihm entschlossen die Verhältnisse, es gibt Mamatage und es gibt Papatage, sie sollten nicht vermischt werden, aber der Junge gibt nicht so schnell auf, nur heute, Papa, du sollst mir nur heute gute Nacht sagen, nein, nicht am Telefon, ich will dich sehen, ich will, dass du mir einen Gutenachtkuss gibst, und ich lausche gebannt dem Gespräch zwischen ihnen, und wieder erhebt sich vor mir ein Berg von Schuld und Kummer, und wieder scheint es mir, als könnte nur eines die Katastrophe verhindern, als brauchte ich unbedingt einen Beweis dafür, dass mein neues Leben blühen wird, einen Beweis dafür, dass mir der weinende Junge nicht umsonst das Telefon hinhält, Papa will mit dir sprechen, murmelt er bedrückt.

Was ist dort bei euch los, schimpft er, kannst du ihn nicht beruhigen, es wird langsam Zeit, dass du ihm Grenzen setzt, vom Tag seiner Geburt an sage ich dir das, man darf sich seinen Erpressungen nicht fügen, er fühlt deine Schwäche und fängt an zu manipulieren, bei mir passiert so etwas schließlich nicht, man muss das sofort unterbinden, wenn es anfängt, vor allem seinetwegen, ich werde jetzt nicht zu ihm fahren, Ella, versuche, die Situation in den Griff zu bekommen, hör auf, ihn zu bemitleiden, das schadet ihm nur, und ich flüstere, beruhige dich, um was hat er dich denn gebeten, wenn es dir nicht passt, dann komm halt nicht, aber hör auf, deine Faulheit in kriegerische Theorien zu verpacken, und für einen Moment scheint es, als hätte sich nichts geändert, ich kenne diese Wortwechsel so gut, so oft stand ich schwankend unter dem Schwall seiner Worte, und ich lege auf, ein wütender Lärm hallt mir im Ohr, die plötzliche Erinnerung ist bedrückend, aber auch befreiend, sie rückt das Bild der Vergangenheit zurecht, auch wenn es dem Jungen nichts nützt, der enttäuscht in meinen Armen weint, mir hilft es ein bisschen, vielleicht war die Trennung doch nicht nur eine Laune, ist das vielleicht das erste Anzeichen des Beweises, der mir fehlt?

Auf dem Dach des Hauses sammelt sich der Regen wie

auf der Plastikplane, die kalten Tropfen springen sich gegenseitig in die Arme, und ich liege ausgestreckt darunter und habe das Gefühl, als wäre die Zimmerdecke durchsichtig und ich könnte den stürmischen Himmel sehen, den Krieg, der sich in dieser Nacht über meinem Kopf abspielt, die lauten Explosionen des Donners und die Blitze, die über den Himmel zischen wie Raketen, aufgetürmte schwarze Wolken gleichen Panzern, die sich schwerfällig vorwärts bewegen, nichts wird sie aufhalten, wie ein himmlisches Schlachtfeld, das sich nie beruhigen wird, sondern nur von einem Ort zum anderen wandert, ein Spiegelbild dessen, was auf der Erde geschieht, und ich ziehe mir das Kissen über den Kopf, es ist Amnons Kissen, das noch immer den Geruch seines schweren Nackens bewahrt, würde ich mich beschützter fühlen, wenn er jetzt hier wäre, neben mir, und was wäre der Preis für diesen Schutz, und warum ist nicht er es, den ich jetzt an meiner Seite haben will, nicht auf ihn richtet sich meine drängende Sehnsucht, wie das Visier einer Waffe, die plötzlich auf ein anderes Ziel gerichtet wird, auf einen anderen Menschen. Wo befindet sich jetzt sein Rucksack voller Alben, wo sind die Augen, deren Farbe der von Regenwolken gleicht, wie ein Lebenszeichen aus einem alten Grab steigt die Begierde aus der Tiefe auf, wo ist er jetzt, liegt er neben seiner niesenden Frau, liegt er neben einer anderen Frau oder ist auch er allein, sucht wie ich das Ende jenes Abends?

13 Ausgerechnet hier, oberhalb der tosenden Kreuzung, verteilt er seine Medikamente, verführerisch wie Tagträume, hier verschenkt er seine teilnahmsvollen, einnehmenden Blicke, er nickt den Patienten zu, die vor ihm sitzen, mit leicht geöffnetem Mund, als würde er mit den Lippen hören und nicht mit den Ohren, ausgerechnet hier über den Abgasen der Autobusse und dem Hupen der Fahrer, ein Ort, an dem man sich unmöglich aufhalten kann, an dem die Stadt ihre scharfen Zähne fletscht und die Passanten wie Hasen über die Zebrastreifen rennen, ausgerechnet hier werde ich ihn treffen, weil ich keine andere Wahl habe, denn es ist Zeit, herauszufinden, was von jener Nacht übrig geblieben ist, und ich drücke die halb geöffnete Tür auf, drei Namen stehen auf ihr, darunter seiner, als wäre das hier eine Fabrik, in der Seelen gerettet werden. Mit einem offiziellen Gesichtsausdruck wende ich mich an die Sekretärin, die über das menschenleere Wartezimmer herrscht, ich muss Dr. Schefer sprechen, sage ich mit entschlossener Stimme, aber sie lässt sich nicht beeindrucken, haben Sie einen Termin, fragt sie und wirft einen Blick auf den großen Terminkalender, der vor ihr liegt, und ich sage, nein, aber ich habe das Rezept verloren, das ich von ihm bekommen habe, ich brauche ein neues, und sie stößt gelangweilt die Luft aus, als würden das alle sagen, als wäre das nicht meine eigene individuelle Ausrede, die ich mir mühsam, nach stundenlangem Nachdenken, ausgedacht habe.

Helle Locken umgeben ihr Gesicht, und einen Moment lang glaube ich, sie wäre Michal, so wie sie in ihrer Jugend ausgesehen hat, glänzend und puppenhaft, vielleicht ist das seine neue Frau, vielleicht ist er ihretwegen ausgezogen, sie schützt ihn vor mir, als wäre er ihr Eigentum, sie schaut auf die Uhr, in ein paar Minuten ist er frei, verkündet sie widerwillig, sagen Sie mir Ihren Namen, dann gebe ich ihm Bescheid, und ich schreibe meinen Namen auf und setze mich dann auf einen der Sessel neben der Tür, das Wissen um seine Nähe erschüttert mich, macht mir das Atmen schwer, dort ist er, am Ende des Flurs, in Reichweite, bisher haben wir uns immer nur durch Zufall getroffen, aber die Zufälle passten so genau, als wären sie sorgfältig geplant, während all meine Versuche und all meine Anstrengungen, sie wieder herbeizuführen, nichts gebracht haben.

An dem Treppenhaus des alten Gebäudes, das nun zu einem Bürohaus geworden und nachts bestimmt leer und bedrohlich ist, dringt das Geräusch eines Zahnarztbohrers, und ich beiße mir auf die Lippen und betrachte feindselig die Sekretärin, die sich wie eine Königin in ihrem Palast benimmt, gleich wird sie, den Hintern schwenkend, zu ihm gehen, den Zettel mit meinem Namen in der Hand, Ella Miller, wird sie zu ihm sagen, sie braucht ein neues Rezept, wird er meinen Namen überhaupt erkennen, wird er meine verborgene Absicht erraten und zu mir kommen, oder wird er sie anweisen, mich in sein Zimmer zu führen, und ich werde stolz und erregt an ihr vorbeigehen, ich werde mich auf den Ledersessel ihm gegenüber setzen, vor die violetten Chiffongardinen, ich habe seither nur noch an dich gedacht, werde ich zu ihm sagen, mein Leben wartet auf deines, und ich versuche, mich an sein Zimmer zu erinnern, damals war ich nicht fähig, etwas zu sehen, nur ein gedämpftes violettes, tröstliches Licht, an seinen Blick erinnere ich mich, mitleidig und erschreckt, als würde er eine überfahrene Katze betrachten. An der Wand gegenüber hängt das bekannte Foto eines grauen ovalen Steins, des Steins von Rosetta, ägyptische Hieroglyphen neben alten griechischen Buchstaben, Tausende von Jahren haben sie auf ihre Entzifferung gewartet, eine beispiellos reiche antike Kultur schaut hinter ihnen hervor, wer hat das Bild hier aufgehängt, vor meinen wartenden Augen, die sich danach sehnen, die verborgenen Buchstaben der Seele zu entziffern, gleicht unsere Seele doch am ehesten den minoischen Schrifttafeln, es ist ein Code, der sich letzten Endes nur aus eigener Kraft entziffern lässt.

Am Ende des Flurs geht eine Tür auf, aber niemand kommt ins Wartezimmer, vermutlich gibt es dort einen geheimen Ausgang, um die Privatsphäre der Patienten zu schützen, und jetzt geht sie mit absichtlich langsamen Schritten zu ihm, in einem engen Rock und einem Wollpullover, der ihre schweren Brüste betont, ist das seine Stimme, ist das sein Lachen, ich glaube meinen Namen zu hören und richte mich auf, aber die Stimmen kommen aus dem Treppenhaus, es sind wohl die erleichterten Seufzer derjenigen, die die Zahnarztpraxis verlassen. Warum hält sie sich dort so lange auf, warum schickt er sie nicht, um mich hereinzurufen, warum kommt er nicht heraus zu mir, ich senke die Augen, vor Anspannung verkrampfen sich meine Glieder, es ist, als wartete ich auf das Ergebnis einer schicksalhaften Untersuchung, da kommen ihre spitzen Stiefel auf mich zu, mit einem harten Klopfen, das nichts Gutes verheißt, sie bleibt vor mir stehen und hält mir ein Stück Papier hin, und ich frage mit schwacher Stimme, was ist das, und sie antwortet, das, was Sie haben wollten, das Rezept, ich nehme ihr den Zettel aus der Hand und sage, aber das ist nicht genug, ich muss ihn sehen.

Das ist im Moment ausgeschlossen, sagt sie, Sie wollten das Rezept, Sie haben es bekommen, wenn Sie mit ihm sprechen wollen, hinterlassen Sie Namen und Telefonnummer und er wird zurückrufen, und ich versuche, mir die Kränkung nicht anmerken zu lassen, prüfe interessiert das Stück Papier, vielleicht hat er noch ein paar Worte oder Zahlen darauf geschrieben, zum Beispiel die Nummer seines Handys, aber ich entdecke keine zusätzliche Notiz, nur meinen Namen und den Namen des Medikaments, nebeneinander, mit langen, etwas zur Seite geneigten Buchstaben, ist das vielleicht ein Hinweis darauf, dass er nicht frei ist, dass er nicht interessiert ist?

Haben Sie ihm gesagt, dass ich hier warte, frage ich, und sie antwortet gleichgültig, natürlich habe ich das, dann läuft sie zum Telefon, das angefangen hat zu klingeln, und ich verschwinde schnell aus dem Gebäude und betrachte wieder das Stück Papier in meiner Hand, Schauer von Verzweiflung nehmen mir die Sicht, und ich lehne mich an den feuchten Stamm einer Kiefer, die mitten auf dem Platz steht wie ein Pfeil, der vom Himmel geschossen wurde, mein Leben, erneut leer geworden, läuft in seiner ganzen abstoßenden Nacktheit vor mir ab, wie ein gekränktes Kind schimpfe ich laut, trommle mit den Fäusten gegen den Baumstamm, reiße wütend trockene Rindenstücke ab, versunken in meine Verzweiflung höre ich die Schritte nicht, die neben mir anhalten, bis Hände mich an den Schultern packen und eine tiefe, amüsierte Stimme an mein Ohr dringt, was ist los, mit wem redest du denn da?

Verlegen lasse ich den Stamm los und drehe mich zu ihm um, meine Finger, klebrig vom Harz, berühren erstaunt sein Gesicht, sein Lachen rollt durch meine Haare, ich habe dich enttäuscht, nicht wahr, fragt er, und ich bin durchsichtig wie ein Regentropfen, ich schaue von ihm zu dem Stück Papier, was ist wirklich, er oder der Zettel, schließlich widersprechen sie sich. Warum hast du mir das angetan, frage ich, obwohl das jetzt nicht wichtig ist, überhaupt nicht wichtig, und er flüstert in meine Haare, um dich zu überraschen, wie können wir Freude ohne Kummer fühlen, sein Atem an meinem Ohr lässt mich erschauern, und ich sehe ihn an, seine Haut ist so hart und rau wie die Baumrinde, sein Gesicht schmaler, als ich es in Erinnerung habe, und seine Lippen zittern ein wenig, aber vielleicht sind es auch meine Lippen, aneinander gedrückt stehen wir mitten auf der Kreuzung, meine Hände tasten über sein dünnes Hemd, das ihm am Körper klebt.

Du hast noch immer keinen Mantel, frage ich, und er sagt, doch, ich habe einen, aber ich bin nur schnell hinuntergelaufen, um dich zu sehen, ich gehe sofort wieder hinauf, ich habe gleich einen Termin, und ich lasse ihn nicht los, wann treffen wir uns, frage ich, vorauseilend, als gehörte er schon mir, aber seine Stimme ist schon wie meine Stimme, drängend, begeistert, ich muss bis sieben arbeiten, sagt er, wo bist du heute Abend, und ich sage, wo du willst, ich kann hier auf dich warten oder in einem Café oder zu Hause, und er fragt, bist du heute allein, und ich antworte, ich bin nicht allein, ich bin mit dir.

Dann warte zu Hause auf mich, sagt er, ich komme zu dir, zum Abschied nimmt er meine Hände in seine, die kalt sind, und ich sage, aber du hast meine Adresse doch gar nicht, und er sagt, doch, ich habe sie, ich habe alles, was ich brauche, um zu dir zu kommen, und schon ist er verschwunden und lässt mich erstaunt mitten auf dem Platz zurück, noch nie im Leben hat sich mir ein Wunsch so vollkommen erfüllt, ich schmiege mich dankbar an den klebrigen Baumstamm, versuche, ihn an mich zu ziehen, als könnten wir gleich zusammen in einem wilden Tanz den Platz überqueren, wir werden zwischen den Autos hindurchhüpfen, die vor den Ampeln warten, wir werden an die geschlossenen Scheiben klopfen und spöttisch das Gesicht verziehen, die Gesetze der Wirklichkeit haben keine Macht mehr über uns.

Und dann denke ich, vielleicht bleibe ich bis sieben hier, neben dem Baum, er ist der einzige Zeuge des Wunders, das sich hier ereignet hat, ich werde hier im Regen auf ihn warten, um sicherzugehen, dass er sein Versprechen nicht vergisst, hier werde ich bleiben, weil es hier passiert ist, wenn ich es wage, mich zu entfernen, wird der Zauber vergehen und die Wahrheit ans Licht kommen, mein Herz hat fantasiert, meine Vorstellungskraft hat mich getäuscht, kann so etwas wirklich geschehen, etwas, was alle Hoffnungen übersteigt, als hätte er, genau wie ich, tagelang auf diese Gelegenheit gewartet, und er kennt meine Adresse, denke ich verwundert, so wie ich mich gewundert habe, dass er etwas von meinem Beruf wusste, als wäre ich seit jenem Morgen am Ende des Sommers auf irgendeine Art und Weise ebenfalls in seinem Leben, und diese Möglichkeit lässt mich wohlig erschauern, ich drücke mein Gesicht an den Baumstamm, harzige Zungen lecken meine Wangen, bedecken sie mit einem scharfen, lebendigen Duft.

Die Bewegungen der Autos auf dem Platz kommen mir plötzlich rituell und prachtvoll vor, wie Gäste, die am Tag der Hochzeit um die Braut tanzen, das Hupen hört sich an wie Freudenschreie, die Ampeln strahlen wie eine bunte Beleuchtung, die Passanten sind aufgeregt wie Gäste, die von allen Seiten der Stadt zu diesem Platz strömen, und der alte, leicht zur Seite geneigte Baum ist stolz und geschmückt wie mein Brautführer, ich hebe den Blick hinauf zu dem hohen Wipfel, die Regentropfen, die auf die Nadeln fallen, glitzern im Dämmerlicht wie dunkle Perlen. Ich schlucke die verrußte Luft in tiefen Zügen, als wäre sie eine Hochzeitsdelikatesse, wie stark das Glück ist, alle Zweifel hat es mit starker Liebe vertrieben, jetzt, an diesem stürmischen violetten Spätnachmittag, der sich schnell in Dunkelheit verwandelt, habe ich das Gefühl, dass sich alle Unklarheiten auflösen, zum ersten Mal bin ich wirklich für ihn bereit.

Aber je weiter ich mich von dem schiefen Baumstamm entferne, vom Schauplatz des übernatürlichen Geschehens, umso deutlicher dringen andere Geräusche an mein Ohr, denn während ich auf der Hauptstraße von einem Geschäft zum anderen gehe, den Whisky kaufe, den wir damals, im Café, zusammen getrunken haben, dazu Schokoladenkekse und Roggenbrot, Zwiebeln und Pilze und Süßrahm für die Suppe, ich werde nur eine Suppe kochen, um nicht übertrieben eifrig zu wirken, und je größer die Zahl der Tüten in meinen Händen wird, umso schwerer fällt es mir, das zunehmende Misstrauen zu ignorieren, das mich jammernd begleitet wie eine stetig wachsende Meute hungriger Straßenkatzen, denen der Geruch nach Essen in die Nase steigt. Kann es wirklich so leicht gehen, irgendetwas ist verdächtig daran, es ist nicht logisch, und gegen meinen Willen erinnere ich mich an das Geschrei, das mich vor ihrer Wohnungstür empfangen hat, du hast versprochen, dass es nicht mehr passieren wird, ich glaube dir kein einziges Wort, ich habe Beweise, und ich bleibe stehen, stelle die Tüten auf den Gehweg, gleich werden sie von den Passanten zertrampelt werden, ja, es könnte stimmen, vermutlich gehört er zu dieser Art Männer, die sich für fast jede Frau für eine Nacht oder zwei interessieren, und ich bin ihm so leicht in die Hände gefallen, warum sollte er die Gelegenheit nicht nutzen, ich bin nicht schlechter als andere, und wütend hebe ich die Tüten auf und gehe weiter, auf einmal sind sie unerträglich schwer geworden, ich habe alles, was ich brauche, um zu dir zu kommen, hat er mir ins Ohr geflüstert, was braucht er schon dafür, ein paar freie Stunden, sonst nichts, während ich schon bereit bin, seinen Sohn zu adoptieren, organisiert er sich ein Vergnügen nicht weit von zu Hause, und gleich danach wird er in seine gestylte Wohnung zurückkehren, sogar noch rechtzeitig, um seinem Sohn einen Gutenachtkuss auf die glatte Stirn zu drücken, und nun beschließe ich, bei Dina etwas über ihn herauszubekommen, das ist wichtiger als die Suppe, soll seine Frau doch für ihn kochen. Bisher habe ich Dina noch nichts erzählt, auch jetzt muss ich vorsichtig sein, darf es nur beiläufig erwähnen, und noch bevor ich die Tüten auspacke, rufe ich sie an, wie geht's, frage ich leichthin, und sie sagt, ich bin gerade von der Arbeit gekommen, ich bin halb tot, und ich spreche schnell weiter, rate mal, wen ich gerade zufällig auf der Straße getroffen habe, und ohne zu warten, ob sie es errät, fahre ich fort, deinen Psychologen.

Er ist nicht mein Psychologe, widerspricht sie schnell, er ist ein Bekannter von mir, und er ist Psychiater, das ist ein Unterschied, und ich sage, er war sehr nett zu mir, und sie sagt, ja, warum nicht, er ist alles in allem ein netter Mensch, nicht so aufgeblasen wie die meisten seiner Kollegen, und ich bohre vorsichtig, sag mal, glaubst du, dass er sich für Frauen interessiert, und sie antwortet kühl, was soll das heißen, er interessiert sich ganz bestimmt nicht für Männer, und ich sage, stell dich nicht so naiv, ich meine, fängt er schnell mal was mit einer an? Sie zögert einen Moment, warum, hat er versucht, mit dir was anzufangen, fragt sie, und ich sage, nein, eigentlich nicht, er war nur einfach nett, ich merke schon, dass dieses Gespräch sich nicht weiterentwickeln wird, ich bin nicht die Einzige, die hier etwas verbirgt, und dann sagt sie, Ella, fang ja nicht an, davon auch nur zu träumen, nicht von ihm, ich rate dir, ihm nicht zu nahe zu kommen, und ich erschrecke, aber warum, sag mir, warum?

Sie seufzt, ich kann dir keine Einzelheiten erzählen, begnüge dich damit, dass er verheiratet ist, lass einfach die Finger von ihm, und mir ist klar, dass ich jetzt nicht mehr als das von ihr erfahren werde, und sogar das Wenige, das ich gehört habe, tut mir schon Leid, wozu brauche ich das, ich wäre jetzt glücklicher, wenn ich sie nicht angerufen hätte, mir kommt es vor, als würde mir ein königliches Mahl serviert, doch noch bevor ich es probieren kann, sagt man mir, lass die Finger davon, es ist vergiftet, aber mich verlangt nach diesen Delikatessen, sogar wenn ich nachher dafür bestraft werde, ich hasse jeden, der sie mir vorenthalten will, auch wenn er mir damit das Leben rettet, und sofort richtet sich mein Verdacht gegen sie, seit wann ist sie gegen verheiratete Männer, seit ich sie kenne, hatte sie fast ausschließlich verheiratete Männer, vielleicht ist sie nur eifersüchtig, bei solchen Dingen war sie immer missgünstig, zwischen diesen beiden Polen schwanke ich hin und her, Misstrauen gegen ihn und Misstrauen gegen sie, und inzwischen welkt das Blumenbeet des Glücks, das für kurze Zeit um mich herum erblüht war, ich habe es nicht eingezäunt, ich habe es nicht genügend bewacht. Vielleicht kommt das Glück nur zu denen, die daran glauben, und meidet die Zweifler, vielleicht ist es wie ein fordernder Gott, der vollkommenen Glauben und aufrichtige Hingabe verlangt, ohne einen Beweis für seine Existenz zu geben, ein rachsüchtiger und nachtragender Gott, eifersüchtig und schnell erzürnt, und ich strecke mich in meinem nassen Mantel auf dem Sofa aus, mir ist schwindlig von all den Überlegungen, ich schließe die Augen, gleich werde ich aufstehen und die Suppe vorbereiten, ich werde baden und mich anziehen und Parfüm auf meine Haut tupfen, ich werde es selbst herausbekommen, so schnell gebe ich nicht auf, sage ich mir, und es scheint, als würde auch die Hand, die hart an die Tür klopft, mit mir zusammen diese Silben aufsagen und sie hartnäckig wiederholen, so schnell gebe ich nicht auf, so schnell gebe ich nicht auf, bis ich mich schüttle und erschrocken auf die Uhr schaue, schon halb acht, statt mich auf ihn vorzubereiten, bin ich eingeschlafen, eine erstaunliche Schläfrigkeit hat mich auf das Sofa geschmiedet, das Klopfen hat schon aufgehört, ich habe ihn im Schlaf verpasst, und wo werde ich ihn jetzt finden, ich renne die Treppen hinunter, wild und benommen, noch immer im nassen Regenmantel, Striemen von den Sofapolstern auf den Wangen, ich hole ihn am Hauseingang ein und packe ihn am Mantel, er dreht sich zu mir um, sein Gesicht ist verschlossen, wie versteinert, so dass ich fast glaube, dass er es nicht ist und ich mich auf einen völlig Fremden gestürzt habe, doch gleich ist es wieder sein Gesicht, und ich murmle, ich habe dich nicht gehört, vermutlich bin ich eingeschlafen, und lege meine Wange an seine Schulter, bereit, mich wieder der hartnäckigen Müdigkeit hinzugeben, die an mir klebt wie Harz, ihn mitzunehmen in meinen Schlaf.

Ich habe gedacht, du hast Angst bekommen, flüstert er mir ins Ohr, und ich frage, wovor, und er sagt, vor mir. Warum, frage ich schnell, hätte ich denn Grund dazu? Er lächelt, ich weiß nicht, das hängt davon ab, wen du fragst, als würde er meine geheimen Gedanken kennen, ich ziehe ihn am Arm, komm, gehen wir hinauf, ich glaube, ich schlafe noch, und die weichen Gesetze des Schlafs beherrschen unsere Schritte, und als wir die Wohnung betreten, deute ich beschämt auf die eingekauften Lebensmittel, die auf dem Küchenboden herumliegen, ich wollte eine Suppe kochen, ich wollte noch baden, und plötzlich bin ich eingeschlafen, das passiert mir sonst nie, normalerweise brauche ich Stunden, um einzuschlafen. Er schaut sich langsam um, als wollte er sich den Anblick einprägen, seine Augen mustern alles, was zu diesem Abend gehört, zu dieser Wohnung, dann sagt er, geh in die Badewanne, ich mache die Suppe, und ich staune, wirklich, bist du sicher, als hätte ich noch nie im Leben ein so freundliches Angebot bekommen.

Ja, stell dir vor, er lacht, es gibt Pilzsuppe, nicht wahr, und ich wundere mich, woher weißt du das, ich betrachte ihn so erstaunt, als wäre er das großartigste Geschöpf, das ich je getroffen habe, und er deutet mit einer Handbewegung auf die kleinen, mit Folie überzogenen Schachteln, das ist nicht schwer zu erraten, ist die Suppe nur für uns, oder hast du noch andere Gäste eingeladen, und ich sage, nur für uns, ich will dich mit niemand anderem teilen, bist du sicher, dass du zurechtkommst?

Und es erscheint mir auf dem Weg zum Badezimmer, als ginge ich barfuß über einen weichen Teppich, weich wie das Fell eines Tiers, dessen Herz noch schlägt, und obwohl dies meine eigene Wohnung ist, weht ein verzauberter Wind durch die Zimmer, und als ich mich im Schlafzimmer ausziehe, ist das zwar mein Körper, aber er steckt in einer neuen Haut, strahlend und empfindlich für jede Berührung, es ist zwar mein Gesicht, doch es scheint, als wäre die alte Wandmalerei mit kräftigen Farben aufgefrischt worden, die Augen der Pariserin haben sich mit Leben gefüllt, ihre Wangen glühen, und während sich die Wanne füllt, mit einem Jubel, der Gutes verkündet, gehe ich zurück in die Küche, in ein Handtuch gewickelt wie in eine alte Toga, ich sehe, dass er sich einen Whisky eingießt, er hebt das Glas in meine Richtung, willst du dich anschließen, und ich antworte mit einer Gegenfrage, willst du dich beim Baden anschließen? Er lächelt und schüttelt den Kopf, ohne etwas zu sagen.

Warum, frage ich, und er kommt zu mir, sein Blick gleitet über meine nackten Schultern, über die Finger, die das Handtuch halten, dann sagt er, ich werde nicht mit dir baden, sonst denkst du, ich wäre nur gekommen, um mit dir zu schlafen, und dafür bin ich nicht gekommen, und ich frage, wofür bist du gekommen? Um für dich eine Suppe zu kochen, sagt er, dreht mir den Rücken zu und zieht aus dem richtigen Schrank den richtigen Topf, als kennte er sich in der Wohnung aus, sogar besser als Amnon, der immer durcheinander gekommen ist und gefragt hat, wo hast du die Pfanne versteckt, wo hast du die blaue Schüssel hingeräumt, hier findet ja kein Mensch was.

Wie seltsam ist es, ihn in meiner schmalen, langen Küche zu sehen, die kein Fenster hat, er bewegt sich geschickt zwischen den Lebensmitteln, er füllt Wasser in einen Topf, und einen Moment lang kommt es mir vor, als stünden sie nebeneinander, Amnon stellt mit verhaltenem Unwillen ein Bein vor das andere, sein Rücken ist über die marmorne Arbeitsplatte gebeugt, die für seine Größe zu niedrig ist, wer von ihnen ist mir fremder, dieser Mann, den ich überhaupt nicht kenne, oder Amnon, den ich viel zu gut kenne und der sich so verändert hat, und ich lasse ihn dort und versinke in der Badewanne, meine Glieder schwimmen im Wasser, fühlen sich wie kleine Kinder, die sich an ihrem Spiel erfreuen, fast ist es, als würde ich das jubelnde Geschrei unserer kleinen Kinder zwischen den Wannenrändern hören, und ich stimme lautlos in ihren Jubel ein, lasse sie um mich schwimmen wie Enten, wie Schaumblasen, aber als ich mich an Jotam erinnere, verdüstert sich meine Stimmung plötzlich, schließlich ist es sein Vater, der jetzt in der engen Küche steht, sein Vater, der bei seiner Geburt geweint hat. Was hast du vor, noch ein Kind unglücklich zu machen, noch eine Familie zu zerstören, reicht dir das nicht, was du bis jetzt angerichtet hast, und ich sage zu mir, du musst herausfinden, wie seine Situation ist, ob er nach Hause zurückgekehrt ist, dann schick ihn weg, ohne von der Suppe zu probieren, ohne seinen Zauber zu kosten, und ich sage mit weicher Stimme, Oded, komm her, und zu meiner Überraschung antwortet er sofort, als habe er die ganze Zeit an der Tür gestanden, er kommt herein, seine Gestalt gefangen in einem Netz aus Dämpfen, das Glas noch in der Hand, es wird dir nichts helfen, sagt er lachend, ich habe gesagt, dass ich nicht mit reinkomme, und ich frage, bist du sicher, dass du überhaupt hier bist, ich sehe dich nicht, und dann macht er das Fenster auf, die Sicht wird schnell klarer, und er schaut mich an und beschwert sich, zu viel Schaum, man sieht nichts, hast du auch einen Körper oder nur einen Kopf?

Oded, ich muss dich etwas fragen, sage ich, und er lächelt, wenn du es musst, dann tu's, seine Stimme klingt noch immer amüsiert, aber schnell, ich habe noch was zu tun, und ich sage, ich habe Angst zu fragen, vielleicht hilfst du mir. Wovor hast du Angst, vor der Frage oder vor der Antwort, will er wissen, und ich sage, vor der Antwort natürlich, und er betrachtet mich mit seinen dunklen Augen, die immer größer aussehen, als sie wirklich sind, ich kann mir vorstellen, was dich bedrückt, sagt er, seine Zunge dehnt die Wortenden, die Antwort ist nein, ich wohne nicht mehr zu Hause, ich bin für immer weggegangen, in jener Nacht, und ich tauche vor lauter Erleichterung den Kopf unter Wasser, und als ich hochkomme, um Luft zu holen, ist er schon nicht mehr da, vom Fenster dringt mir trockene, kalte Luft entgegen, und ich beschimpfe mich, wie kannst du dich über das Leid einer anderen Frau freuen, einer Frau, die du sogar kennst, und über das Leid eines Jungen, den du sogar gern hast, und trotzdem wird mir schwindlig davon, dass ich es jetzt weiß, ich trockne mich schnell ab, schlüpfe in das lange schwarze Samtkleid, das in den letzten Jahren zu einem Hauskleid geworden ist, aus der Küche dringen Essensdüfte, die Geräusche von Gemüsehacken und Topfdeckeln, das Quietschen von Schuhen auf den Fliesen, das Summen eines anderen, der in der Wohnung umherläuft, Geräusche, die ich schon vergessen habe, und sie sind so einfach und beruhigend wie das Lächeln, das dir in einer fremden Stadt, in einer fremden Straße geschenkt wird.

Ich verlasse das Schlafzimmer mit nassen Haaren und finde ihn in der Küche, wo er in dem brodelnden Topf rührt, sein Mantel hängt neben meinem über der Sessellehne, ich sehe sein zerbrechliches längliches Profil, die Wimpern, die sich über dem Topf senken, kann man sich so schnell verlieben, ohne Vorankündigung, und ich stelle mich neben ihn, sein Blick lässt mich erzittern, er streckt die Hand aus und nimmt eine Strähne meiner Haare, aus denen Wasser tropft, steckt sie sich in den Mund und saugt daran, sein Hemd ist ein bisschen offen, und ein Gewirr von Haaren zeigt sich, die so grau sind wie Rauch. Hast du Hunger, fragt er, meine Haare gleiten aus seinem Mund, essen wir? Und ich bin bezaubert von der Natürlichkeit, mit der er mich in meiner eigenen Wohnung bewirtet, als habe er gefühlt, dass es mir selbst noch nicht angenehm ist, hier einen fremden Mann zu bewirten, dass ich daran gewöhnt bin, hier einen Jungen aufzuziehen, eine kleine Familie zu versorgen, und ich halte meine Nase dankbar über den Topf, dem ein fremder und scharfer Geruch entströmt, anders als der, den ich erwartet habe, und ich betrachte erstaunt die vielen Pilze, die auf dem Wasser schwimmen, mit den Stielen nach oben, neben anderen, undefinierbaren Zutaten.

Was ist da alles drin, frage ich, und er sagt, was spielt das für eine Rolle, Hauptsache, es schmeckt, ich koche nie nach Rezept, prahlt er, ich mag es, Gerichte zu erfinden, er gießt mir höflich Whisky aus der schon halb leeren Flasche in ein Glas, und ich frage mich, ob der Whisky im Suppentopf gelandet ist oder in seinem Magen, ich trinke schnell, um an diesem Abend nicht die einzig Nüchterne in der Wohnung zu sein, und betrachte ihn mit neu erwachtem Misstrauen, während er im Topf rührt, und dann decke ich den kleinen Tisch, ich bin nicht gewöhnt, für romantische Dinners aufzudecken, wir haben uns normalerweise mit drei Tellern und drei Löffeln begnügt, sogar ohne Messer, ohne Servietten, und jetzt suche ich Kerzen, wie es sich gehört, finde aber nur Schabbatlichter und zünde sie an, spreche sogar aus voller Absicht den Segensspruch, Gelobt seist Du, Ewiger, unser Gott, König der Welt, der uns durch Seine Gebote geheiligt und uns befohlen hat, das Schabbatlicht anzuzünden, obwohl heute ein Wochentag ist, weder Schabbat noch ein Feiertag.

Als ich Butter aus dem Kühlschrank hole, entdecke ich, dass alle möglichen Dinge, die in den Fächern gelegen haben, verschwunden sind, die Thunfischpaste für Gilis Frühstücksbrot, eine Dose Tchina, und schon dreht sich mir der Magen um und ich frage, Oded, was hast du in die Suppe getan? Das verrate ich nie, sagt er, führt den Schöpflöffel an den Mund, schmatzt entzückt und sagt, so eine Suppe hast du noch nie gegessen, das verspreche ich dir, und schon sitzen wir am Tisch, aus dem natürlichen Stehen wird ein leicht verkrampftes, etwas förmliches Sitzen, die Schabbatkerzen zwischen uns gießen ein dünnes Licht über den fast leeren Tisch, und er füllt meinen Teller, wartet gespannt, dass ich probiere, und ich esse vorsichtig, eine undefinierbare Mischung breitet sich in meinem Mund aus, ein Geschmack, der sich mit nichts vergleichen lässt, und er fragt, na, wie ist's? Ich verziehe das Gesicht, versuche zu sagen, interessant, und gebe sofort zu, um ehrlich zu sein, es schmeckt schrecklich.

Ich habe nicht gedacht, dass du so konservativ bist, sagt er enttäuscht, sei offen für neue Kombinationen, und ich sage, warum sollte ich, was soll an alten Kombinationen schlecht sein, was ist falsch an einer Pilzsuppe mit Zwiebeln und Sahne, und er sagt, die alten Kombinationen sind langweilig, und ich probiere gleich noch einmal, aber diese Kombination ist eine wirklich unmögliche Mischung, ich schaue ihn an, er führt begeistert den Löffel zum Mund, seine glatten Haare fallen ihm in die Stirn, seine Wangenknochen werden durch dunkle Schatten betont, ein fremder Mann, vielleicht sind auch wir das, eine unmögliche Mischung, er sitzt auf Amnons Platz, vor den Hunderten von Gerichten, die in all den Jahren auf unserem Tisch standen, vor Hunderten verschiedener Pasteten, Salate, Schnitzel, Steaks, Rühreier, und ich denke an Gili und Amnon, die sich vielleicht auch gerade in der kleinen Wohnung gegenübersitzen und Abendbrot essen, sagt er jetzt, wenn ich bei dir bin, vermisse ich Mama, und wenn ich bei Mama bin, vermisse ich dich, und wenn er Mama sagt, meint er mich, mich von allen Frauen auf der Welt. Die schmalen länglichen Augen der Schabbatkerzen tänzeln misstrauisch, wo ist der Beweis, ich brauche dringend den Beweis, dass ich diese Sehnsucht nicht umsonst auf ihn geladen habe, und sofort stürze ich mich mutig auf die Suppe, als verberge er sich in ihr, als wäre das der Giftbecher, den ich leeren muss, um meine Zweifel loszuwerden, und er schaut mir zufrieden zu, ich habe dir doch gesagt, dass sie dir schmecken wird, strahlt er, meine Mutter hatte nie Zeit, um für uns zu kochen, erzählt er, im Winter sind wir aus der Schule gekommen, hungrig und halb erfroren, wir haben den gesamten Inhalt des Kühlschranks in einen Topf geworfen, haben Wasser dazugetan und alles kochen lassen, und es ist immer etwas Gutes herausgekommen, und plötzlich spüre ich, wie mein Herz ihm entgegenschlägt und sich seinem alten Kummer öffnet, vielleicht kann man nur so seinen Nächsten in sich aufnehmen, durch Empathie und Erbarmen, Amnon, der wie ein verwöhnter Prinz aufgewachsen ist, hat nie solch ein Gefühl in mir geweckt.

Aufgewühlt von der Erkenntnis, die mir so beiläufig gekommen ist, nehme ich eine zweite Portion, und diesmal schmeckt es mir schon beinah, aus dem Teller schaut mir ein trauriger Junge in einer alten dämmrigen Küche entgegen, wie er vor fettigen Herdplatten steht, auf denen Gerichte brodeln und seltsam riechen, denn die Mutter ist zu beschäftigt, um zu kochen, die Mutter pflegt den Vater, und ich schaue zu ihm hinüber, versuche, mich an seine Anwesenheit zu gewöhnen, an seine ruhige Gelassenheit, seine aufrechte Haltung beim Sitzen, sein geschnitztes Gesicht, seine beherrschten Bewegungen. Ist alles in Ordnung mit dir, fragt er, wischt sich die Lippen mit der Serviette ab, und diese Worte, die einfachsten aller Worte, kommen mir einzigartig und vergoldet vor, so hat er mich damals angesprochen, in seiner Wohnung, ist alles in Ordnung mit Ihnen, und ich sage, ja, und mit dir, und er sagt, mehr oder weniger, sein Blick wandert durch das Wohnzimmer, bleibt an den geschändeten Bücherregalen hängen, und ich folge seinem Blick, als wäre ich hier so fremd wie er, und ich frage mich, ob ihn die Unordnung abstößt, die nachlässig zusammengewürfelten Möbel, die sich so sehr von denen in seiner Wohnung unterscheiden.

Wo wohnst du jetzt eigentlich, frage ich, und er sagt, vorläufig wohne ich in der Praxis, und ich wundere mich, wirklich, in der Praxis, ist das nicht deprimierend, und er sagt, ein bisschen, aber das passt vermutlich zu meinem Masochismus, und ich sage, ich habe nicht gedacht, dass du ein Masochist bist, und er sagt, warum nicht, hätte mir diese Suppe sonst so gut geschmeckt, und ich lache, auch wenn er gesagt hätte, ich bin ein Sadist, ich bin paranoid, hätte ich mich überschlagen vor Begeisterung, ich würde ihm so gerne alle möglichen Fragen stellen, aber einstweilen betrachte ich ihn schweigend, lerne seine Bewegungen auswendig, und als wir Schokoladenkekse in den Kaffee tauchen, macht er aus seinem Kaffee wieder einen süßen Brei, und wieder fällt mir ein, wie ich ihm damals auf dem hohen Barhocker gegenübersaß und die Reste der roten Birne in meiner Hand zerdrückte, und eine hungrige und hoffnungslose Sehnsucht steigt langsam in mir auf, wie das Heulen eines Schakals, löst sich in dem unterdrückten Weinen auf, das aus einem der Zimmer kam, und ich frage, wer hat damals geweint, an jenem Morgen, und er fragt, an welchem Morgen, und ich sage, als ich Gili zum ersten Mal zu euch gebracht habe, erinnerst du dich, als ich dich im Klo erwischt habe, und er sagt, ob ich mich erinnere, fragst du, das war kein Morgen, den ich vergessen könnte, und ich sage, wirklich, warum?

Weil ich damals beschlossen habe wegzugehen, sagt er, ich habe begriffen, dass ich keine Wahl habe, die ganze Nacht hat sie mich mit ihrem Misstrauen verrückt gemacht, und am Morgen war mir klar, dass es aus ist, dass ich so nicht weitermache, und ich frage, aber warum war sie so misstrauisch, hast du sie die ganze Zeit betrogen? Und er kommt mir so wunderbar vor mit seinem schönen langen Körper, dass ich ihm sogar dann, wenn er ja sagte, sofort Recht geben würde, ich würde nicht zurückschrecken, aber zu meiner Freude sagt er, nein, nicht die ganze Zeit, nur ein einziges Mal, aber es spielt keine Rolle, wie oft, die Geschichte hat sich in ihrem Kopf fortgesetzt, nachdem sie schon längst aufgehört hatte, und ich sage, erzähl es mir, und er lächelt mit geschlossenen Lippen, seine Hand zwickt sein Kinn, malt ein rotes Zeichen darauf, ich bin nicht daran gewöhnt, etwas zu erzählen, weißt du, ich bin daran gewöhnt, dass man mir etwas erzählt, seltsam, dass es bei dir umgekehrt ist.

Vielleicht weil ich daran gewöhnt bin, mit Steinen zu reden, sage ich, und er lacht, vielleicht, aber ich fühle mich ein bisschen albern, wenn ich über mich sprechen soll, und ich sage noch einmal, erzähl es mir, und ziehe ihn zum Sofa, und auch auf ihm sitzt er aufrecht und etwas steif. Vor ein paar Jahren habe ich mich fast gegen meinen Willen in eine Frau verliebt, mit der ich gearbeitet habe, sagt er, eine Psychologin aus einer psychiatrischen Klinik, sie war so klein wie du und sie hatte auch einen schönen, geschmeidigen Mund wie du, und sein Finger, mit Schokolade und Kaffee verschmiert, gleitet über meine Lippen, nur ihre Haare waren anders, sie waren rot, als ich dich bei uns zu Hause sah, dachte ich erst, sie wäre es, mit gefärbten Haaren, ich war verblüfft, hast du das nicht gemerkt? Nein, eigentlich nicht, ich dachte, du seist irritiert, weil ich gesehen habe, wie du pinkelst. Er lächelt, nein, das hat mir nichts ausgemacht, das hat mir sogar gefallen, du hast mir überhaupt sehr gefallen, und ich lege meine Hand auf seine, du hast mir auch gefallen, ich wollte, dass du mich küsst, und er sagt, ich weiß, willst du es auch jetzt? Sehr, sage ich, und sein Finger fährt wieder und wieder über meine Lippen, als zeichne er sie nach, schiebt sich in meinen Mund, weckt ein brennendes, ungeduldiges Verlangen.

Stell dir vor, dass ich dich küsse, sagt er, kannst du das? Schau, was für eine Kraft in dem liegt, das sich nicht verwirklicht, und ich staune, aber warum soll ich es mir vorstellen, wenn du doch hier bist, neben mir, und er sagt, weil ich es so will, und ich schließe die Augen, sein Finger gleitet wieder über meine Lippen, getaucht in Whisky und Süße, so wie man vor der Beschneidung dem Säugling die Lippen mit Wein befeuchtet, und ich versuche, sein Gesicht zu streicheln, aber er drückt meine Hand auf das Sofa, langsam, flüstert er, wir haben viel Zeit, mehr als du denkst, ich mag es, die Dinge auf meine Art zu tun, nicht nach Rezept, erinnerst du dich? Seine Lippen nähern sich meinen, flattern über ihnen und ziehen sich sofort zurück, hinterlassen eine weiche Bereitschaft, meine Hände liegen nachgiebig in seinen, warum zieht er es so sehr in die Länge, wir sind keine Kinder mehr, wir haben so oft geküsst und sind geküsst worden, und trotzdem kommt es mir plötzlich vor, als müsste es so sein, genau so, wir haben es unser Leben lang zu eilig gehabt, wir sind über die Lust hergefallen und haben sie mit unserem viel zu groben Atem gelöscht, und als er endlich seine Lippen auf meine legt, ist mir, als wäre ich noch nie geküsst worden. Ein geheimnisvoller Geschmack berechnender Männlichkeit erfüllt meinen Mund, seine Hand streichelt über meine Brust, und ich höre seine Stimme, was willst du jetzt, was willst du, dass ich mit dir mache, und sofort befiehlt er, antworte nicht, stelle dir nur vor, dass es passiert, ich will dich sehen, wenn du es dir vorstellst, und ich versuche, seine Hand zu mir zu führen, aber sie weigert sich, ohne Berührung, sagt er, zeig mir, dass du dich wirklich auf mich verlässt, zeig dich mir, und seine weiche Stimme scheint mich einen steilen Berg hinaufzutreiben, bewacht mich von hinten mit zwei starken Händen, dass ich nicht strauchle, schiebt mich Schritt um Schritt vorwärts, bis ich zum höchsten Punkt meiner Sehnsucht komme, von dort gibt es keine Rückkehr mehr, und ich fürchte nicht, rückwärts zu taumeln, das Vergnügen ist schon sicher, der Gipfel in Sicht, das Kleid ist hochgerutscht, mit gespreizten Beinen und noch zitternden Füßen liege ich da, und nun streichelt er mich, wie man ein weinendes Kind streichelt, und vielleicht weine ich wirklich, ein Weinen, das sich aus einem tiefen Staunen löst. Meine Süße, flüstert er, man sieht dir an, dass du nie so geliebt worden bist, wie du es wirklich möchtest, keiner hat verstanden, wie zart du bist, man muss dich in Watte packen, ich mache die Augen auf, sehe, wie er aufrecht am Rand des Sofas sitzt, sein Blick streichelt mein Gesicht, sein Mund ist offen, die weiche Zunge hängt verführerisch in einem Mundwinkel, die Worte, die so viel Nähe ausdrücken, erfüllen das Zimmer, er spricht, als wären wir schon Liebende, als wäre er schon verantwortlich für mein Glück, für meine geheimen Bedürfnisse, die sogar mir selbst verborgen sind, sich ihm aber offenbaren. Hier verwirklicht sich die uralte Sehnsucht, die das Leben mit einem Ascheregen zugedeckt hat, die Sehnsucht, geliebt und verstanden zu werden, verstanden und geliebt, beides zugleich, denn nur eines davon genügt nicht, und ich lege zögernd eine Hand auf seine Hüfte, fahre mit den Fingern die feinen Streifen des Kordstoffs entlang, wie großzügig sind die Worte, die er gesprochen hat, und ich ziehe mir das Kleid wieder über die Schenkel und lege meinen Kopf an seine Schulter, aus seinem Kragen steigt noch derselbe angenehme Duft nach Waschpulver, und ich frage mich, ob sie noch seine Kleidung wäscht.

Du hast mir nicht erzählt, wie das Ende war, erinnere ich mich plötzlich, und er sagt, du warst dort, du hast alles gehört, und ich sage, nein, mit dieser Psychologin, was war zwischen euch, und er sagt, Liebe, die aufgehört hat, das war es, ich habe die Liebe mit eigenen Händen erstickt, denn Jotam war gerade geboren worden und ich wollte, dass er in einer geordneten Familie aufwächst, und Maja war gerade vier, es passte nicht zu mir, ein Wochenendvater zu sein, kurz gesagt, ich habe meine Vaterschaft der Liebe vorgezogen, und ich frage, und wie hat Michal es herausbekommen? Er sagt, vermutlich wollte ich, dass die Größe meines Opfers erkannt wird, jedenfalls war ich dumm genug, Michal daran teilhaben zu lassen, und seit damals hat sie nie wieder aufgehört, misstrauisch zu sein.

Wo ist sie heute, frage ich, und er sagt, sie hat einen Kanadier geheiratet und behandelt in Toronto psychisch Kranke, warum fragst du, fängst du auch schon an, dir Sorgen zu machen? Nein, wirklich nicht, sage ich, du gehörst mir noch nicht, obwohl mir deine Sekretärin ein bisschen Sorgen gemacht hat, und er lacht, also wirklich, was sollte ich mit ihr schon haben, und ich betrachte ihn, sein scharfes Profil ist mir noch so fremd, was haben wir überhaupt miteinander, du und ich, außer dass ich dir in einem bedeutungsvollen Augenblick über den Weg gelaufen bin, was hast du mit mir zu tun, außer dass unsere Kinder sich so ähnlich sehen wie Brüder, dass jeder von uns ein Bruchstück ist, reicht das, ist das vielleicht zu viel, und wieder befällt mich eine dumpfe Furcht, Liebe und Vaterschaft, hat er gesagt, und was ist mit Angst und Mutterschaft? Seine etwas asketische Schönheit erfüllt den Raum wie eine erlöschende Kerze, und ich habe das Gefühl, ihn warnen zu müssen, sogar wenn ich ihn deshalb verliere, vielleicht bin ich ihm über den Weg gelaufen, um ihm zu sagen, was ich am eigenen Leib erfahren habe, und ich frage, und was ist jetzt, bist du jetzt bereit, ein Wochenendvater zu sein, ich habe dir schon gesagt, das ist ein Schmerz, der nicht aufhört. Er seufzt, ich weiß, aber ich habe keine Wahl, man muss akzeptieren, dass es unlösbare Situationen gibt, sie wird sich nicht ändern, die Situation wird sich nicht ändern, ich glaube, dass es letztlich auch für sie so besser ist, ich habe alles versucht, mehr geht nicht, auch wegen der Kinder wird es Zeit, die Sache zu einem klaren Ende zu bringen, ich werde mir eine Wohnung in der Nähe mieten und versuchen, sie jeden Tag zu sehen, beide Möglichkeiten sind schlimm, aber ich hoffe, dass dies die weniger schlimme ist.

Was ist mit Michal, erkundige ich mich, versucht sie nicht, dich zurückzugewinnen, und er sagt, klar versucht sie es, aber es gibt keine Chance mehr für uns, ich kann nicht, auch für sie ist das nicht gesund, ich glaube wirklich, dass die Trennung eine Therapie für sie sein wird, und ich wundere mich, wie kann die Trennung eine Therapie für sie sein, wenn sie dich liebt, sie wird völlig zusammenbrechen, die Ärmste, und er sagt, manchmal, wenn das passiert, wovor du am meisten Angst hast, ist es eine Befreiung, ich habe viele solche Fälle gesehen. Es fällt mir schwer, das zu glauben, sage ich, wenn es passiert, befreit es dich noch lange nicht, in dem Moment, wo du merkst, dass es irreparabel ist, ändert sich alles, du stehst vor den Trümmern, und dann kommt die große Angst. Und auf einmal erzähle ich ihm in allen Einzelheiten von jener Nacht, ein Freitagabend war es, nach den Feiertagen, in einzelnen Gärten standen noch Laubhütten, als ich zu Amnons Haus ging, fest entschlossen, ihn zurückzugewinnen, wie ich mich in dem Badezimmer vor meinem Sohn versteckt habe, wie ich durch die geschlossene Tür seine Stimme hörte und mich nicht zeigen durfte, wie ich Amnon sagen hörte, einfach eine Frau, die du nicht kennst, sie geht gleich wieder, wie ich mit letzter Kraft nach Hause ging, wie Gabi plötzlich auftauchte, wie ich bis zum Morgen mit ihm zusammen war, hier, auf diesem Sofa, wie wir uns gewunden haben wie Schlangen, die sich ineinander verbissen haben, und mir kommt es vor, dass die Erniedrigung, indem ich ihm davon erzähle, zu einer herrlichen, antiken Geschichte wird, das ist meine Heldentat, das sind meine Qualen, aber nicht umsonst habe ich gelitten, sondern für dich, zu deiner Abschreckung, wie eine Göttin fühle ich mich plötzlich, die sich für die Menschen aufopfert und sie durch ihr Blut befreit, sie durch ihre Wunden heilt, und er hört mir mit geschlossenen Augen zu, mit offenem Mund, nickt von Zeit zu Zeit, sein Gesicht ist konzentriert, als lauschte er entfernten Klängen. Bestimmt hört er auf diese Art seinen Patienten zu, versucht, den Sinn hinter all dem Gesprochenen herauszuhören, und ich gebe mich seiner Aufmerksamkeit hin, dem befreienden Gefühl ausgesprochener Worte, die, nachdem sie ausgesprochen sind, weggeschickt werden können, ich erzähle ihm von der Drohung meines Vaters, von meiner Liebe zu Gili, die etwas aus dem Lot geraten ist, und je länger ich spreche, umso klarer wird mir, dass es mir damit gelungen ist, seine Katastrophe zu verhindern und meine zu vergrößern, ich führe ihm meinen und seinen, den ewigen Verlauf der Geschichte vor Augen, und trotzdem fahre ich damit fort, treu meinem Auftrag, dass ich nichts verhehlen darf. Er nickt weiter, auch als ich schweige, verwirrt von der Flut meiner Worte, als wäre ich eine alte Frau, die Passanten auf der Straße anhält und sie mit ihrer Lebensgeschichte belästigt, ein leichter Schauer ergreift mich, und mir scheint, als wäre der letzte Rest Wärme von der Heizung, die um Mitternacht ausgeht, schon verflogen, und da macht er seine Augen auf und betrachtet mich aufmerksam, so wie er die Bilder in dem alten Album betrachtet hat, ich habe von dir eine ganz andere Geschichte gehört, Ella, sagt er schließlich, überlegen und ruhig, keine Geschichte von Erniedrigung und Armseligkeit, sondern eine glückliche Geschichte, voller Kraft, ich bin sicher, dass du um keinen Preis auf sie verzichtet hättest, und ich reiße die Augen auf und frage, sag, wie behandelst du die Leute eigentlich, wenn du nicht fähig bist, so einfache Dinge zu verstehen, das nennst du Kraft, das nennst du Glück, es war die schlimmste Nacht meines Lebens. Er lacht, das hängt alles von der Lesart ab, ich bemühe mich, verborgene Winkel aufzudecken, die Dinge nicht einfach so zu nehmen, wie sie sich darstellen, manchmal gelingt es mir und manchmal nicht, aber ich glaube, dass du damals, in jener Nacht, überhaupt nicht zu deinem Mann zurückwolltest, im Gegenteil, du bist hingegangen, um von ihm endgültig abgewiesen zu werden, den wirklichen Scheidebrief zu bekommen, der es dir erlaubt, frei zu sein, frei von Schuld, frei von deinem Vater, der einen schweren Schatten auf dein Leben geworfen hat, von deiner übergroßen Abhängigkeit von deinem Sohn, eigentlich hast du die ganze Zeit gewusst, dass die Beziehung zu deinem Sohn nicht gesunden kann, solange du mit Amnon lebst, denn er hatte eine klare Aufgabe im System eurer Partnerschaft, und erst nachdem diese Partnerschaft zu Ende war, ist die Luft zwischen euch gesünder geworden. Ich bin sogar der Meinung, dass du genau gewusst hast, was du tust, als du deinen Mann verlassen hast, das ist das verborgene Wissen, das uns führt wie ein Hund seinen blinden Herrn, es war keine impulsive Entscheidung, es war eine bedeutungsvolle Entscheidung, und ich bin sicher, dass du es wieder so machen würdest, und ich betrachte ihn zweifelnd, als wäre er verrückt geworden, und trotzdem bin ich verzaubert davon, auf welch neue Weise er das Drama meines Lebens deutet, und ich frage, und warum habe ich mich selbst dann so gequält, warum war es so schwer?

Die Seele schafft Dramen, um sich lebendig zu fühlen, sagt er, die Logik der Seele mäandert, ihre Zeit unterscheidet sich von unserer, auch ihre Sprache ist anders als unsere, oft fällt es uns schwer zu verstehen, was sie möchte, so wie es schwer sein kann, einen Säugling zu verstehen, manchmal höre ich jemanden sprechen, und neben ihm erscheint seine Seele und sagt ganz andere Dinge, ich versuche, zwischen ihm und ihr zu vermitteln, weißt du, er lächelt mich etwas verlegen an, ich habe eine Angewohnheit, wenn ich einem Patienten gegenübersitze, ich versuche dann, in ihm seine

Seele zu sehen, so wie man ein Gesicht im Mond oder in den Wolken sieht, in den Augen meiner Kollegen ist das natürlich eine Spielerei, aber mir gibt es Anhaltspunkte, ich höre ihm fasziniert zu, und wie sieht meine Seele aus, frage ich, ist es dir gelungen, sie zu sehen?

Natürlich, sagt er, sonst wäre ich nicht hier, deine Seele ist in ständiger Bewegung, wie ein Vorhang, der bei starkem Wind hin und her weht, ein Samtvorhang, der vor einem hohen Fenster hängt, in einem schönen alten Zimmer, und ich frage, ist das gut oder schlecht, vermutlich hoffe ich auf einen schmeichelhafteren Vergleich, und er sagt, in meinen Augen ist es großartig, und ich bemerke, aber der Vorhang bleibt doch immer an derselben Stelle, und er sagt, stimmt, das ist es ja gerade, was mich begeistert, Bewegung und Beständigkeit, und während er das sagt, staune ich über dieses Einzigartige an ihm, als hätte ich zufällig ein seltenes Amulett gefunden, ein silbernes Amulett, auf dem in alter hebräischer Schrift Sätze geschrieben sind, wie man sie südwestlich des Tals Ben-Hinnom gefunden hat, nicht weit von hier, das Einzigartige, das ich zuvor verschwommen gespürt habe, wird klarer, je länger er spricht. Es scheint, als ob jedes andere Gespräch auf der Welt eine Art dorniger, ermüdender Kampf ist, verglichen mit diesem Austausch von Worten, die mir so fremd und doch so vertraut sind, als wären es die Worte, die Männer in jenen fernen Tagen zu ihren Frauen sagten, die auf den Fluren meiner Fantasie gingen, als ich jung war, als ich noch kein Kind hatte. Welches Glück schenken mir seine Worte, wie anziehend ist dieses Glück, noch nie habe ich solche Anziehungskraft empfunden, siehe, ich habe Freiheit verlangt und bekomme Glück, und nachdem ich es probiert habe, brauche ich keine Freiheit mehr, ich sehne mich nur danach, ihm zu dienen, als Priesterin in seinem Tempel, eine getreue Sklavin des Glücks möchte ich sein, eine, die von morgens bis abends Holz hackt und sein Feuer bewacht, damit es niemals ausgeht.

Dann hält er mir seine Hand hin, komm, ich bringe dich ins Bett, sagt er, es ist schon spät, und ich protestiere, noch nicht, bleib noch ein bisschen, genau wie Gili, wenn er schlafen gehen soll, und er sagt, ich muss los, ich habe morgen einen vollen Tag und ich möchte am Morgen noch die Kinder sehen, ich gehe um halb sieben hin und wecke sie, auf diesen Moment, wenn ich sie sehe und sie mich noch nicht, will ich nicht verzichten, und ich dränge noch einmal, Oded, wie willst du das schaffen, du wirst diese Trennung nicht aushalten, wenn Michal versteht, dass es endgültig ist, wird sie nicht zulassen, dass du jeden Morgen kommst, sie wird dir noch nicht einmal den Wohnungsschlüssel lassen, ich habe Amnon gezwungen, mir den Schlüssel zurückzugeben, Michal wird es genauso machen, und ich frage mich, warum ich so hartnäckig darauf beharre, ihn zu entmutigen, und er seufzt, gut, ich habe dich verstanden, jetzt lass mich zuschauen, wie du schlafen gehst.

Was gibt es da zu sehen, frage ich verwundert, ich habe keine besonderen Zeremonien, und er lächelt, ich bin sicher, dass du welche hast, versprich mir bloß, dass du mich überhaupt nicht beachtest, tu nichts meinetwegen, kannst du das? Und ich sage, es wird nicht einfach sein, dich nicht zu beachten, dann ziehe ich vor seinen Augen mein Kleid aus, stehe in Unterhosen vor ihm, meine Haare fallen über meinen Oberkörper, und ich frage mich, ob er die Hand ausstrecken und sie wegschieben wird, wie man einen Vorhang wegschiebt, aber sein Interesse ist passiv und trotzdem außerordentlich intensiv, er verleiht allen einfachen, alltäglichen Handlungen Pracht und Bedeutung, allein dadurch, dass er sie so ernst beobachtet, ein bisschen angespannt, als handelte es sich um einen komplizierten Tanz, dessen Details er einstudieren muss, und er fragt, so gehst du schlafen, und ich sage, nein, wieso denn, und er bittet, dann zeig mir doch, wie du wirklich schlafen gehst, tu nichts meinetwegen, versuche, mich zu ignorieren, als wäre ich überhaupt nicht da.

Drei braune Stoffbären sind vorn auf den Pyjama genäht, und Gili deutet immer auf sie und sagt, das bist du und das ist Papa und das bin ich, obwohl alle drei genau gleich groß sind, ich ziehe ihn verlegen an, putze mir die Zähne, schminke mich ab und binde die Haare zusammen, ich versuche, ihn zu ignorieren, bin mir aber die ganze Zeit seiner Anwesenheit bewusst, dort steht er, an den Türrahmen gelehnt, das Glas in der Hand, konzentriert wartet er an der verschlossenen Toilettentür auf mich wie ein Vater auf seine kranke Tochter, und als ich herauskomme, begleitet er mich zum Schlafzimmer und bittet, lass mich sehen, wie du einschläfst, und ich steige ins Bett, ein bisschen verwundert, mache ihm neben mir Platz, aber er setzt sich nur behutsam auf den Bettrand und sagt, lass mich zuschauen, wie du schläfst, und ich frage, was ist das, ein Initiationsritus zu einer geheimen Sekte? Nein, bestimmt nicht, sagt er, lass mich dich auf meine Art kennen lernen, und ich werfe ihm einen erstaunten und nachsichtigen Blick zu, es ist ihm anzusehen, wie müde er ist, gleich wird er gehen, und ich frage mich, was er sucht und ob er es hier finden wird, und so entgleitet mir auch dieser Abend, und er wird wieder aus meinem Leben verschwinden.

Wann sehe ich dich wieder, frage ich, und er sagt, schlaf, meine Süße, was geschehen soll, geschieht, und ich protestiere, aber wenn ich schlafe, verliere ich dich, und er sagt, im Gegenteil, erklärt aber nicht, was er damit meint, und ich strecke mich im Bett aus, sage, es fällt mir schwer einzuschlafen, wenn ich beobachtet werde, und er flüstert, tu es für mich, es ist mir wichtig zu sehen, wie du einschläfst, seine Hände streicheln mir über die Haare, bis meine Augen zufallen, und ich versuche, den Mund geschlossen zu halten, damit er nicht plötzlich auffällt, aber er spricht mit einer Wärme zu mir, als wäre er mein Vater, streichelt mein angespanntes Gesicht. Geliebt wie ein Kind fühle ich mich unter der Decke, geliebt gerade wegen der kleinsten Details, von denen ich nicht erwartet habe, dass sie Liebe wecken könnten, Blätter der Ruhe fallen auf mich herab, häufen sich auf der Decke, und ich mache die Augen zu, aber statt Dunkelheit sehe ich Lichtfunken hinter meinen geschlossenen Lidern, rotes flammendes Licht, strahlende Sommersonne erfüllt mitten in der Nacht das Zimmer, und ich mache die Augen auf, doch das Zimmer ist dunkel, und als ich sie schließe, ist das Licht wieder da, zwischen meinen Lidern brennt ein Strauß roter Rosen, ihre roten Blätter verwandeln sich allmählich zu grauer Asche, die sich in kleine Krüge ergießt, ein Krug fasst einen ganzen Strauß. Schau doch, murmle ich, ein Krug reicht für einen ganzen Strauß, aber er sitzt schon nicht mehr auf meinem Bettrand, sondern vielleicht auf dem Stuhl vor dem Computer, ist er das oder nur ein Kleiderhaufen, der in der Dunkelheit die Form seines Körpers angenommen hat, und eigentlich spielt es keine Rolle, auch wenn er schon gegangen ist, ist er hier anwesend, und in dem Moment, in dem ich das verstehe, schlafe ich ein, ich sinke in den Schlaf eines geliebten Kindes, eines Mädchens, das weiß, ihr Vater sieht sie morgens gerne an, bevor es ihn sehen kann.

14

Auf dem Boden des leeren glänzenden Topfes spiegelt sich mein Gesicht, ich stecke meine Nase hinein, suche vergeblich nach jenem Geruch, seltsamer als alle anderen Gerüche, warum hat er so gründlich alle Spuren der Nacht weggewischt, er hat den Rest der Suppe in den Ausguss geschüttet, er hat den Topf so glänzend sauber geputzt wie einen Spiegel, er hat das Geschirr gespült, den Tisch abgewischt und sogar eine saubere Tüte in den Mülleimer getan und die volle mitgenommen, was bringt einen Menschen dazu, alle Spuren seiner Anwesenheit zu entfernen, keine Erinnerung an sich zurückzulassen, wovor hat er Angst, was will er damit sagen, denn würde das Haus jetzt unter einem Ascheregen verschwinden, bliebe keinerlei Hinweis auf das letzte Abendessen zurück, außer der im Herzen, ist es das, was er mir sagen will, wenn du glaubst, wirst du dich erinnern, nur wenn du dich erinnerst, wirst du glauben, aber vielleicht wollte er auch sagen, es war nichts, ich habe nie in deiner Küche gestanden und Suppe gekocht, nie habe ich neben dir auf dem Sofa gesessen und dir zugehört, nie habe ich dich auf deinem Weg in den Schlaf begleitet.

Warum wollte er, daß ich mich auszog, ohne dass er es selbst tat, warum wollte er mich streicheln, ohne dass er gestreichelt wurde, warum wollte er Lust geben, ohne selbst Lust zu empfangen, was ist die Erklärung für diese seltsamen Dinge, die mich gestern Abend verzaubert haben, heute aber verwirren, und ich setze mich vor den Computer, kein Kleidungsstück hängt über der Stuhllehne, vermutlich saß er dort, gestern Abend, und hat mir beim Schlafen zugesehen, was hat er gesucht, die Ähnlichkeit mit der Frau, die er einmal liebte, den Anblick ihres schlafenden Gesichts, ist das die Erklärung für die schnelle Nähe, diese überraschende Nähe, seine Liebe gab es schon, deshalb konnte sie sich so schnell zeigen, mit einer solchen Leichtigkeit und ohne Anstrengung meinerseits, aber eigentlich gilt sie nicht mir, sie ist nicht an mich adressiert. Ich habe aus Versehen ein Päckchen von der Post geholt, das einer anderen gehört, und aus Versehen habe ich es aufgemacht, und aus Versehen habe ich es genossen, aber es gehört mir nicht und wird mir nie gehören, dieses Versehen hat die Illusion von Nähe hervorgerufen, während wir uns doch fremd sind, kennen wir uns, hat er gefragt, du kennst meinen Mann nicht, hat Michal gesagt, nein, ich kenne deinen Mann nicht, aber es gibt nichts, was ich mehr gewollt hätte, als ihn kennen zu lernen, und wieder schwanke ich hin und her wie ein Vorhang bei stürmischem Wind.

In der Stunde, in der die Insel Thera bebte und in Stücke gerissen wurde, entstand eine riesige Flutwelle, die zu unglaublicher Höhe anstieg und ungestört über das Mittelmeer fegte, bis zur Küste des fernen Ägypten, dort herrschte die achtzehnte Dynastie in vollkommener Dunkelheit. O Wehklage, das Land dreht sich wie eine Scheibe, die Städte werden verwüstet, Oberägypten liegt in Trümmern, alles ist zerstört. Der Palast stürzt innerhalb eines Augenblicks in sich zusammen, wenn der Lärm und das Toben aufhören, wird es das Land nicht mehr geben, Unterägypten weint, o Wehklage, alles ist vernichtet, was man gestern noch sah, die Erde ist leer wie nach der Flachsernte, die Herzen aller Tiere weinen, die Rinder stöhnen, die Königssöhne werden auf die Straße geschickt, Seufzer erfüllen das Land, Trauerseufzer, das Land ist nicht mehr, es gibt auch kein Licht, sondern nur Finsternis, die Erde ist Sklavin des Gottes Aten, des Sonnengottes, der im Schutz der Dunkelheit zu einem einzigen abstrakten Gott wird, ohne Gestalt und Form, denn er ist die Sonne selbst, er ist das heiße Rad der Sonne in der Weite des Himmels, der Pharao Amenhotep, der den Namen Echnaton annahm, erfindet den einzigen Gott und befiehlt seinem Volk eine tiefgehende Wandlung des Glaubens, einen schwer verständlichen und schwer zu befolgenden Ritus, blind stehen die mächtigen Priester auf dem Felsen vor der aufgehenden Sonne, ziehen ihre Schuhe aus, versuchen, ihre Augen mit den erhobenen Händen zu schützen, mit derselben Bewegung, die als Priestersegen bekannt ist, während das Volk sich noch weigert, auf eine Welt voller Götter zu verzichten, und insgeheim das alte, bekannte Pantheon anbetet.

Jeden Tag ist der Weg anders, nicht, dass sich das Wetter ändert, es sind die Farben der Seele, die diese Straße in eine aufgeregte Wolke verwandeln, in einen Abgrund, in ein Blumenbeet, es zeigt sich, dass man sogar eine Straße nicht wirklich kennen kann, ganz zu schweigen von einem Menschen, und jetzt, an diesem Nachmittag, ist sie durchsichtig wie mein Glück, es scheint, als könnte ein allzu präziser Blick die Fundamente erschüttern, und ich gehe vorsichtig, verlangsame meine Schritte, versuche, heute zu spät zu kommen, erst nach den anderen Müttern, genauer gesagt, nach ihr. Die Neugier, die mich in den letzten Wochen vorwärts getrieben hat, ist innerhalb einer Nacht zu einem Widerwillen geworden, ich darf ihr heute nicht über den Weg laufen, mit ihrer vom Weinen geröteten Nase, den geschwollenen Augen, aber sosehr ich mich unterwegs aufhalte, es reicht nicht, denn am Tor stehen sie alle drei, eine hübsche Frau in einem langen schwarzen Wollmantel mit mangofarbenen Haaren und zwei Jungen, der Kopf des einen ist von einer Wollmütze bedeckt, der zweite rennt mir entgegen, wie immer eine drängende Frage auf den Lippen, die ihm wie eine Beute im Mund zappelt, Mama, kann ich mit Jotam hier bleiben, wir haben nur darauf gewartet, dass du es erlaubst, ich möchte mit ihnen Picknick auf dem Rasen machen, sag ja, sag ja, und ich sehe Michal vorsichtig fragend an, sie schickt mir ein leichtes Lächeln, sagt, es ist heute so schön draußen, ich wollte mit Jotam ein bisschen im Gras sitzen, vielleicht wollt ihr mitkommen, und ich sage, danke, wir haben es ein bisschen eilig, wir sind bei meinen Eltern eingeladen, aber sie betrachtet mich eingehend, schließlich habe ich ihr gegenüber schon einmal eine Ausrede angebracht, nicht weniger seltsam und albern.

Bitte, Mama, drängt Gili, dann gehen wir eben später zu Opa und Oma, ich möchte mit Jotam auf der Wiese spielen, und ich verstehe, dass ich keine Wahl habe, dass ich dazu verurteilt bin, die nächste Stunde mit der verlassenen Frau des Mannes zu verbringen, in den ich mich so plötzlich verliebt habe, und ich fühle mich wie ein entflohener Verbrecher, der einen Nachmittag mit einem Polizisten verbringen muss, jedes Wort, das er sagt, und jede Bewegung, die er macht, könnten ihn verraten, aber ebenso übertriebene Vorsicht, und trotzdem hat er keine Wahl, denn eine Weigerung würde die Gefahr noch um ein Vielfaches vergrößern, und ich erinnere mich daran, dass er sie nicht meinetwegen verlassen hat, ich war nur zufällig da, nachdem die Entscheidung schon gefallen war, ich habe nichts mit der Katastrophe zu tun, ich habe sogar versucht, ihn zur Rückkehr zu bewegen, mehr kann ich doch nicht tun, oder sollte ich etwa ganz auf ihn verzichten, sie hätte nichts gewonnen und ich hätte auf jeden Fall etwas verloren, wenn man diese Sache überhaupt mit Begriffen wie Gewinn und Verlust beschreiben kann. Und so stolpere ich hinter ihnen her in den Park, zerdrücke unter den Füßen schwarze Oliven, die von den Bäumen gefallen sind, die Felsbrocken liegen dicht nebeneinander auf dem Rasen wie eine Herde hellfarbener Tiere, die sich zum Schlafen niedergelassen haben, in den schmalen gekalkten Steinrinnen fließt Regenwasser, und ich erinnere mich an den Regen, der uns umgab, an die durchsichtige Plastikplane, und frage mich, ob ich es schaffen würde, auf ihn zu verzichten, ob sie mich bitten wird, auf ihn zu verzichten.

Da setzt sie sich unter einen Olivenbaum, zieht aus ihrem Picknickkorb eine karierte Decke und breitet sie aus, und in die Mitte legt sie gefüllte Fladenbrote, geschnittene Tomaten, Gurken und Paprika, sie hat sogar eine Thermosflasche mit Kaffee dabei, Saft und Tassen, dazu sternförmige Schokoladenkekse, die ich gut kenne, und wunderbarerweise gibt es genug für uns alle, die Portionen stimmen genau, hat sie im Voraus für ein Picknick mit vier Personen geplant, es sieht so aus, als hätte nicht nur ich meine geheimen Pläne, mit wachsender Unruhe beobachte ich sie, sie weiß vermutlich Bescheid, vielleicht hat er es ihr heute Morgen selbst erzählt, und vielleicht hat sie ihn gestern Abend verfolgt, so wie ich Amnon verfolgt habe, und gesehen, wie er mein Haus betrat, und dieses erstaunlich sorgfältig geplante Picknick wird plötzlich zu einer bedrohlichen Falle, aus der wir uns unbedingt befreien müssen.

Vielleicht gehen wir trotzdem gleich, Gili, dränge ich, Opa und Oma warten, aber er widersetzt sich heftig, angesichts des Essens, das auf der Tischdecke liegt, er streckt die Hand nach einem Fladenbrot aus, aus dem ein dickes, verlockend duftendes Schnitzel hervorlugt, und ich sehe sie vor mir, wie sie in ihrer großen Küche stand und das Schnitzel wendete, während er in meiner schmalen fensterlosen Küche herumlief, ein Glas Whisky in der Hand. Vielleicht rufst du sie an und sagst ihnen, dass ihr später kommt, schlägt sie listig vor, ich weiche aus, nein, das macht nichts, bleiben wir eben nicht so lange, und sie fragt, willst du Kaffee, und fügt sofort mit entwaffnender Offenheit hinzu, um die Wahrheit zu sagen, ich möchte etwas mit dir besprechen, aber nicht, wenn du es eilig hast, und mir bleibt für einen Augenblick die Luft weg, ich murmle, in Ordnung, so eilig habe ich es nun auch wieder nicht. Unter ihrem Mantel schaut ein rot-schwarz gestreifter Pulli hervor und schwarze Hosen, ihre Kleidung beweist Geschmack, hat sie sich meinetwegen so angezogen, ihre Hände zittern leicht, als sie uns beiden Kaffee eingießt, und auf der Decke breitet sich ein brauner Fleck aus.

Ich weiß nicht, was mit mir los ist, seufzt sie, meine Hände zittern, hast du gesehen, was ich gestern mit Jotam gemacht habe? Und ich sage, nein, was hast du denn gemacht? Und sie zieht die Wollmütze von seinem Kopf, entblößt einen länglichen Schädel mit kurzen ungleichmäßig geschnittenen Haaren, ich schneide sie ihm immer, sagt sie, ich habe geschickte Hände, aber gestern, ich weiß nicht, wie es passiert ist, schau, was ich angerichtet habe, der Arme, und ich achte kaum auf ihre Worte, nur auf den Ton, der freundschaftlich und nicht aggressiv ist, offenherzig und nicht vorwurfsvoll, und Jotam reißt ihr die Mütze aus der Hand und bedeckt schnell seinen Kopf, erst jetzt bemerke ich, wie aufgeregt sein Gesicht ist, auch in seinen Augen glänzt eine verdächtige Feuchtigkeit, er schreit, das ist, weil du eine doofe Mutter bist, wegen dir muss ich jetzt bis zum Sommer eine Mütze tragen, du bist die doofste Mutter von der Welt, und als ich sehe, wie sich die Kränkung auf ihrem Gesicht ausbreitet wie der Fleck auf der Decke, verteidige ich sie schnell, Jotam, jeder Mutter kann so etwas mal passieren, weißt du, wie oft Gili jeden Tag böse auf mich ist? Aber er lässt sich nicht überzeugen, ich wollte überhaupt nicht die Haare geschnitten bekommen, jammert er, sie hat mich dazu gezwungen und mir eine hässliche Frisur gemacht, und Gili versucht sofort, ihn zu trösten, sie ist überhaupt nicht hässlich, sagt er großmütig, sie steht dir gut, außerdem wachsen die Haare schnell, du wirst schon sehen, ich habe auch mal so einen schrecklichen Haarschnitt gekriegt, fügt er hinzu und straft unabsichtlich seine vorigen Worte Lügen, erfindet einfach etwas, das nie stattgefunden hat, ja, ja, betont er unter meinem skeptischen Blick, du weißt überhaupt nichts davon, ich war bei Papa und er ist mit mir zum Friseur gegangen und ich habe eine Glatze bekommen, und bis ich wieder bei dir war, sind mir die Haare schon wieder gewachsen.

Seine große Anstrengung, seinen Freund zu beruhigen, erfüllt mich mit beschämtem Staunen, und ich frage, wirklich, und füge sofort hinzu, wieso habe ich das nicht bemerkt, es lohnt sich wirklich nicht, sich wegen einer Frisur aufzuregen, Haare wachsen so schnell, aber ich habe das Gefühl, dass wir alle wissen, auch die Kinder, dass wir nicht über eine Frisur sprechen, an diesem schönen klaren Tag, und ich unterhalte mich mit den Kindern, nicht mit ihr, dabei ist mir klar, sie möchte, dass sie zum Spielen weglaufen, damit wir offen reden können, aber ich, die ich mich vor ihren Worten fürchte, möchte lieber, dass sie bleiben, dass sie mich vor einem Gespräch schützen, das im besten Fall vertraulich ist, deshalb interessiere ich mich für alles, überschwemme sie mit Fragen, die mir Gili normalerweise nur knapp beantworten würde, aber jetzt wetteifern beide darum, wer ausführlichere Antworten gibt, ich frage, wen von den Klassenkameraden sie mögen und wen nicht, wer die netteste Lehrerin ist, welches Fach sie am meisten interessiert, bis Gili ungeduldig wird und seinen Freund zum Rasen zieht, innerhalb einer Sekunde sind sie verschwunden, lassen halb aufgegessene Fladenbrote, klebrige Saftflecken zurück.

In dumpfem Schweigen schaut sie ihnen nach, ausgerechnet als ich schon darauf warte, dass sie anfängt zu sprechen, zögert sie, ihre Hände zerreiben ein Rosmarinblatt, das sie von einem der Sträucher gepflückt hat, dann seufzt sie und sagt, ich mache mir solche Sorgen um Jotam, und ich sammle sorgfältig die Krümel von meiner Hose und frage, warum, und sie antwortet schnell, als fürchte sie sich vor den Worten, mein Mann und ich trennen uns wahrscheinlich, ich wollte dich fragen, wie war das bei euch, wie hat Gili es aufgenommen, wie lange hat es gedauert, bis er sich gefangen hat, ist es in Ordnung, wenn ich das frage? Ich sage, klar ist das in Ordnung, aber das erschreckende Wort, das sie gesagt hat, hallt mir in den Ohren nach, wahrscheinlich, hat sie gesagt, wahrscheinlich, und es ist, als deutete ein langer Finger auf uns wie der Zweig des alten Olivenbaums, der auf uns beide gerichtet ist, du sei nicht zu früh traurig und du freu dich nicht zu früh.

Das Wissen, dass auf eine verzerrte Art mein Glück auf ihrem Unglück beruht, lässt mir die Zunge am Gaumen kleben und ich erstarre, denn wir sind wie Hagar und Sarah, die Frauen Abrahams, und eine von ihnen wird heute in die Wüste gejagt werden, und dort wird sie herumirren, bis sie fast verhungert und verdurstet, aber der Finger, der auf uns gerichtet ist, zittert, hat noch nicht entschieden, wer von uns beiden verjagt wird, ich schaue zu unseren Söhnen hinüber, die zwischen den Wassergräben herumspringen, von weitem sehen sie in ihren dunklen Mänteln aus wie zwei Raben, gleich werden sie ihre schwarzen Flügel ausbreiten und mit düsterem Krächzen über uns hinwegflattern, ihre Flügel werfen Schatten auf die karierte Decke, aus ihren aufgerissenen Mündern dringen Schreie, Schreie von Kindern, deren Familien auseinander gebrochen sind, Schreie verlassener Frauen, Schreie von Männern, die aus ihren Häusern verjagt wurden, Schreie einer Liebe, die sich mit den Jahren abgenutzt hat. Ella, bist du in Ordnung, fragt sie, und ich lege mir die Hand auf die Stirn, ich habe plötzlich solche Kopfschmerzen, es tut mir Leid, und sofort füge ich hinzu, mach dir keine Sorgen wegen Jotam, er wird es hinkriegen, Gili hat es ziemlich leicht aufgenommen, wenn er erst mal versteht, dass er keines seiner Elternteile verliert, wird er sich beruhigen.

Heiser und angespannt klingt meine Stimme in meinen Ohren, wie kann man einen komplizierten Prozess so einfach zusammenfassen, einen Prozess, der kaum begonnen hat, aber wie könnte ich ihr jetzt all das sagen, was ich gestern zu ihrem Mann gesagt habe, wie könnte ich auf ihren Kummer reagieren, ich bin nicht aufrichtig zu ihr, und die ganze Zeit denke ich darüber nach, wie das Echo dieses Gesprächs ihr in Zukunft in den Ohren klingen wird, wenn sie die Wahrheit herausfindet, wie es ihr den Magen umdrehen wird, und deshalb muss ich es mit allen Mitteln abkürzen, ich darf die Gelegenheit, die mir in den Schoß gefallen ist, nicht für meine Zwecke nutzen, ich darf der Verlockung nicht nachgeben, ihr Fragen zu stellen, und sie schaut mich mit hochgezogenen Augenbrauen an, als würde sie sich bemühen, zu erkennen, ob meine Worte nur so dahergesagt sind, um sie zu beruhigen, oder ob es wirklich so einfach ist, und ohne es zu merken, dreht sie an ihrem breiten Ehering. Wie habt ihr ihm erklärt, dass ihr euch trennt, fragt sie, und ich runzle schweigend die Stirn, als versuchte ich, mich daran zu erinnern, wir haben es ganz kurz gemacht, sage ich schließlich, wir haben ihm versprochen, wir werden dich immer lieb haben, wir werden immer deine Eltern sein, auch wenn wir nicht mehr zusammenleben, das

Wichtigste ist, Sicherheit auszustrahlen, deklamiere ich und betrachte sie misstrauisch, vielleicht stellt sie sich ja nur unwissend, vielleicht weiß sie ja doch, was gestern zwischen uns geschehen ist, und versucht, mich von ihm abzubringen, indem sie mich an ihrem Unglück teilhaben lässt, das uralte Gefühle schwesterlicher Verbundenheit weckt, um mich von ihrem Mann fern zu halten.

Es scheint, als würden die beruhigenden Worte noch nicht einmal den Rand ihrer Angst berühren, sie holt aus ihrer Tasche eine Schachtel Zigaretten und zündet sich nervös eine an, hustet ein wenig, seufzt und sagt, wie kann er uns das antun, sie schaut sich um, um sicherzugehen, dass die Kinder weit genug entfernt sind, da lebst du fast fünfzehn Jahre mit jemandem zusammen, du glaubst, du kennst ihn besser als jeden anderen auf der Welt, so gut, wie du dich selbst kennst, und plötzlich passiert es, plötzlich zerstört er dir das Leben, all die Jahre sorgst du für deine Familie, fürchtest dich vor Krankheiten, vor Verkehrsunfällen, vor Anschlägen, und am Schluss kommt die Katastrophe aus dem Inneren der Familie, ausgerechnet von ihm, vom Vater deiner Kinder.

Aber warum hat er das gemacht, flüstere ich, passe meine Stimme der ihren an, und sie schüttelt den Kopf, als wollte sie die Tränen abschütteln, die ihr in die Augen steigen, warum, fragt sie, aus einem ganz banalen Grund, er hat eine andere, nach allem, was ich für ihn getan habe, nach all den Jahren, in denen ich ihn zum Studium angetrieben und ihn ernährt habe, ich habe ihn von der Straße aufgelesen, das kannst du mir glauben, wie man eine Katze aus der Mülltonne holt, und so dankt er es mir jetzt, und ich schüttle ungläubig den Kopf und frage, bist du sicher, dass er eine andere hat? Sie wendet erbittert den Blick und schaut einer uns bekannten Gestalt entgegen, die sich uns nähert, ein breites Lächeln auf dem Gesicht, es ist die schöne Keren, Ronens Mutter, sie sinkt neben uns auf den Boden, was für ein Glück, dass ihr hier seid, ich warte darauf, dass Ronen mit dem Club fertig ist, störe ich euch? Nein, sage ich, wieso denn, entsetzt von dem giftigen Misstrauen, das erneut erwacht, wie ein Skorpion, der sich mir mit ausgestrecktem Stachel nähert. Von seinem doppelten Betrug bin ich entsetzt, von dem Kummer ihres Herzens, in das sie mich hineinschauen ließ wie in ein zerstörtes Haus, von dem Kummer, der mich erwartet, und Michal wischt sich mit einer Serviette über die Augen und bietet ihr höflich etwas zu essen an, aber Keren lehnt ab, ich weiß nicht, was mit mir ist, klagt sie, ich habe in der letzten Zeit überhaupt keinen Appetit, ich kriege nur mit Mühe etwas runter, ihre langen Haare fallen auf die Tischdecke, und sie bindet sie mit ihren knochigen Händen zusammen, ihre Magerkeit wirkt auf einmal übertrieben und krankhaft, ihre Haut hat einen gelblichen Ton. Du musst dich untersuchen lassen, sagt Michal, auf so was muss man achten, und Keren seufzt, lass nur, das geht schon wieder vorbei, ich hasse Ärzte, und dann fragt sie, ob der alte Wachmann überhaupt fähig sei, unsere Kinder zu schützen, ob der Zaun, der die Schule umgibt, hoch und stabil genug sei.

Absolute Sicherheit gibt es nicht, sagt Michal, wenn jemand wirklich vorhat, in die Schule einzudringen, können wir das nicht verhindern, wir müssen lernen, mit der Angst zu leben, wir haben keine Wahl, und Keren sagt, trotzdem muss man das Maximum an Sicherheit anstreben, wir müssen einen weiteren Wachmann einstellen oder selbst Wachdienste übernehmen, was meinst du, sie wendet sich an mich, und ich sage, ja, klar, wir brauchen mindestens zwei Wachmänner, wir sind mitten in der Stadt, dann überlasse ich es ihnen, weiterzureden, und hänge meinen Gedanken nach, wer wird unsere Kinder vor uns beschützen, wer wird sie vor ihren Vätern bewahren, wenn einer das Haus verlassen will, kannst du ihn nicht daran hindern, so wenig wie mich jemand daran hindern konnte, kein Wachdienst wird etwas nützen, und ich sehe, wie sich ihre Lippen bewegen, aber ihre Stimmen sind nicht zu hören, denn wieder beherrscht das Wehklagen den vergoldeten Rabenpark, tief und ohrenbetäubend, und ich senke den Blick auf die fleckige Tischdecke, auf der die Reste des Picknicks verstreut sind wie die Reste unserer Unterhaltung. Wem von euch beiden soll ich glauben, handelt es sich um unbegründete Eifersuchtsausbrüche, wie er es nennt, oder um eine reale Geliebte, wie sie behauptet, und ich weiß, dass der Weg zur Wahrheit versperrt ist, die beiden einander widersprechenden Versionen liegen vor mir, und ich muss eine von ihnen auswählen, auch wenn ich nicht genug Fakten in der Hand habe, ich weiß, dass ich aufstehen, meinen Sohn rufen und weggehen sollte, dieses Gespräch ist ein Fehler, auch sie wird das bald herausfinden und vor mir zurückweichen, trotzdem warte ich, bis Keren sich in ihren schwarzen Lederhosen erhebt und sich entschuldigt, dass sie uns gestört hat, wir leugnen es natürlich, doch kaum hat sie sich entfernt, da frage ich zögernd, bist du sicher, dass er eine andere hat? Hat er es zugegeben? Und sie führt wieder die Serviette an ihre Augen, mit zitternden Lippen, und sagt, er braucht es gar nicht zuzugeben, sie lügen doch alle, warum sollte er es zugeben? Schau meine Mutter an, die ganzen Jahre misstraute sie meinem Vater, und er belog sie unaufhörlich, er versuchte ihr einzureden, sie sei verrückt, und sie hat ihm schon fast geglaubt, und auch als sie ihn einmal tatsächlich erwischt hat, sagte er, sie sei selbst schuld daran, sie habe ihn mit ihrer Verrücktheit dazu getrieben, und ich lausche erstaunt ihren Worten, die immer fieberhafter klingen und mich an den Streit erinnern, den ich durch ihre Tür gehört habe. Aber Michal, du musst doch unterscheiden zwischen deinem Vater und deinem Mann, wage ich zu sagen, beschütze den betrügerischen Ehemann, vielleicht ist das eine ganz andere Geschichte, doch ich schweige sofort, denn sie reagiert kalt, verlegen wegen ihres Ausbruchs, schließlich sind wir keine Freundinnen, wir kennen einander kaum, wir schauen uns in misstrauischem Schweigen an, bis uns Geschrei an die Ohren dringt und beide Jungen auf uns zugelaufen kommen, mit einem Stock, den sie mit vier Händen umklammern.

Ich habe ihn gefunden, brüllt Jotam, der Stock gehört mir, und Gili jammert, ich habe ihn vor ihm gesehen, schau, was für ein großer Stock, habe ich zu ihm gesagt, ohne mich hätte er ihn überhaupt nicht entdeckt, und wir versuchen zu vermitteln, es gibt hier sicher noch so einen Stock, wir werden euch suchen helfen, aber beide weigern sich, jeder hat Angst, der Erste zu sein, der die Beute loslässt, und Michal droht, wenn ihr euch nicht einigt, beschlagnahme ich ihn, dann gehört er niemandem, wir lassen ihn hier, und damit hat sich's, und schon verteilen wir uns im Park, den Blick zu Boden gerichtet, aber wir finden nur dünnes Reisig, und als wir die Suche ergebnislos beenden und mit leeren Händen zu der karierten Decke zurückkehren, schlägt Gili zögernd vor, vielleicht gehört er uns beiden, er kann ein Stock mit zwei Wohnungen sein, einen Teil der Zeit bei mir und einen Teil der Zeit bei dir, als hätten sich seine Eltern scheiden lassen. Jotam springt auf und schreit, damit bin ich nicht einverstanden, er gehört mir, er wird nur bei mir zu Hause sein, seine trockenen Lippen platzen fast erneut auf, ich ziehe Gili zur Seite, vielleicht gibst du nach, dränge ich, ich erkläre dir später, warum, gib nach und ich kauf dir etwas auf dem Heimweg, aber er weigert sich und fuchtelt mit den Fäusten vor mir herum, nein, das tue ich nicht, ich habe ihn entdeckt.

Genug, ich frage dich nicht, sage ich, ich entscheide das jetzt, dann ziehe ich ihn hinter mir her, schenke ihnen ein angestrengtes Lächeln, Jotam, Gili lässt dir den Stock, verkünde ich trotz Gilis lautem Widerspruch, und zu ihr sage ich, ich muss los, sei stark, wir unterhalten uns noch, und sie flüstert, danke, beim nächsten Mal werde ich dafür sorgen, dass Jotam nachgibt, und ich antworte ihr im Stillen, wie soll es ein nächstes Mal geben, wenn ich voller Liebe zu deinem untreuen Ehemann bin, und als wir uns von ihnen entfernen, drehe ich mich noch einmal um und präge mir ihren Anblick ein, wie sie dort ratlos neben der karierten Tischdecke stehen, als hätten sie kein Zuhause, zwischen den Resten des Essens und den Resten des Streits, einen großen Stock in der Hand.

Gilis Weinen folgt mir zunehmend lauter, die ganze Straße scheint ihm zuzuhören, Rollläden werden hochgezogen, Fenster geöffnet, ein wütendes, keuchendes Weinen, als wir ihm von der Trennung erzählt haben, hat er nicht so geweint, auch nicht, als er von der Schaukel fiel und sich an der Lippe verletzt hat, noch nicht einmal, als das neue rote Auto vor seinen Augen überfahren worden ist, ausgerechnet der Verlust eines zufällig gefundenen, überflüssigen Stocks, der mit unserem Abschied bestimmt schon seinen Reiz verloren hat und einfach auf der Wiese liegen gelassen wurde, erweckt in ihm einen unerträglichen Kummer, und ich ziehe ihn mit Gewalt hinter mir her und habe das Gefühl, dass mir der Arm aus der Schulter gerissen wird, es reicht, schimpfe ich, ich kann dieses Geheule nicht mehr hören, und er brüllt, und ich kann dein Geschrei nicht mehr hören, du bist eine böse Mutter, wegen dir habe ich meinen Stock verloren, du hast Jotam lieb, nicht mich.

Wieso denn, widerspreche ich schnell, ich finde nur, dass man momentan bei Jotam nachsichtig sein soll, ich kann dir nicht sagen, warum, und er heult, ich weiß, warum, ich weiß es besser als du, was ist denn schon dabei, wenn sein Papa ausgezogen ist, mein Vater ist auch ausgezogen, und niemand hat deswegen bei irgendetwas nachgegeben, und ich atme erstaunt die neue Nachricht ein, woher weißt du, dass sein Vater ausgezogen ist? Und er sagt, Jotam hat gesagt, dass seine Eltern sich scheiden lassen, Jotam weiß es also schon, sie haben es ihm bereits gesagt, warum hat sie sich dann mit mir darüber beraten wollen, wie man es ihm am besten erklären soll, und ich versuche, mich zu erinnern, wie sie ihre Frage formuliert hat, war es wirklich ein alltägliches Gespräch zwischen zwei Frauen über ihr gemeinsames Schicksal, oder hat sie mich auf die Probe stellen, mir Schuldgefühle machen wollen?

Vor der blasser werdenden Sonne gehen wir weiter, ihre Strahlen verlieren schnell an Wärme, berühren zum Abschied meine Haut, und ihre Berührung ist trügerisch und lässt mich erschauern, seine wütende Stimme begleitet mich, er hat damals nicht nachgegeben, warum soll ich jetzt nachgeben, denk dran, dass du mir ein Geschenk kaufst, du hast es versprochen, ich werde ihm den Stock noch abnehmen, was bildet er sich ein, ich war es, der ihn entdeckt hat, was für ein blöder Junge Jotam ist, ich bin überhaupt nicht sein Freund, ich hasse ihn, und ich hasse auch seinen Vater, und ich bleibe erstaunt stehen, was, was hast du gesagt? Und er wiederholt, ich habe gesagt, dass ich Jotams Vater hasse.

Wie kannst du einen Menschen hassen, den du gar nicht kennst, protestiere ich, was hat er dir getan? Er sagt, natürlich kenne ich ihn, ich kenne ihn besser als du, einmal war ich bei ihnen und er hat geschrien und Jotams Mama hat geweint, und es ist auch nicht schön, dass er seinen Sohn verlässt, und ich sage, er verlässt seinen Sohn nicht, Eltern, die sich scheiden lassen, verlassen doch nicht ihre Kinder, so wie Papa und ich dich nicht verlassen haben, stimmt's? Er zögert absichtlich mit seiner Antwort, bis sich die Frage von allein verflüchtigt hat, er lässt den Straßenrand nicht aus den Augen, auf der Suche nach einem neuen Stock.

15 Er spricht mit mir, und seine Stimme klingt wie ein Segensspruch, er schaut mich an, und sein Blick ist wie ein Versprechen, er berührt mich an der Schulter, und es ist, als würden seine Hände verständnisvoll und geduldig den Stacheldrahtzaun entfernen, den ich vor ihm errichtet habe, den Stacheldrahtzaun, der vor uns beiden steht, vielleicht gibt es ja so etwas wie ein Wir, es scheint, dass es das gibt, denn sofort nachdem das Licht in Gilis Zimmer gelöscht ist, höre ich das Klopfen an der Tür, und da steht er in seinem schwarzen Mantel, mit dem schmalen müden Gesicht, dem beherrschten Lächeln, in seiner aufrechten angespannten Haltung, als wäre seine Anwesenheit in meinem Haus eine Selbstverständlichkeit, an diesem Abend, an allen kommenden Abenden, und er sagt, ich hab schon gedacht, das Licht geht nie aus, was liest du ihm vor dem Einschlafen vor, »Krieg und Frieden« von Anfang bis Ende? Er hat zwei silbrige Tabletts in den Händen, gut verpackt, ich habe Essen aus dem Café mitgebracht, hast du schon gegessen? Nein, sage ich, ich habe auf dich gewartet, denn auch wenn ich nicht gewagt habe zu warten, habe ich gewartet, auch wenn ich nicht gewagt habe zu hoffen, habe ich gehofft, und wir sitzen nebeneinander auf dem Sofa, den Rest Whisky von gestern Abend in den Gläsern, beugen uns über die noch immer heißen Aluminiumtabletts und stecken die mitgebrachten Plastikgabeln hinein, als wäre auch das ein Picknick. Vielleicht will er auch diesmal keine Spuren hinterlassen und hat deshalb Wegwerfbesteck mitgebracht, und sind diese Dinge überhaupt von Bedeutung oder nur das, was sich hinter ihnen verbirgt, eine strahlende Gewissheit, die über unseren Köpfen schwebt, über unserem Treffen, eine strahlende Gewissheit, die nicht zu ihrer Umgebung passt, wie ein Mensch, der zwischen Schutthaufen herumläuft und fröhliche Lieder singt, und die ganze Zeit versuche ich, mich daran zu erinnern, wir haben keine Chance, es gibt zu viele Schwierigkeiten, unsere Körper sind mit viel zu schweren Steinen beladen, seine Kinder, seine Frau, mein Sohn, diese Nähe, der Umstand, dass wir alle in einem Viertel wohnen, dass die Jungen in einer Klasse sind, aber dieses Wissen schafft es nicht, zu einem wirklichen Gefühl zu werden, im Gegenteil, seit dem Moment, als er hereinkam, ist der Weg gebahnt, den die Götter für uns geplant haben, uns bleibt nichts anderes übrig, als ihn zu gehen, einen Fuß vor den anderen zu setzen.

Es überrascht mich immer wieder aufs Neue, sagt er und wischt sich mit der Serviette den Mund ab, wie viele Menschen an ihren Problemen hängen, die Frau, die gerade bei mir war, wurde vor einem Jahr bei einem Anschlag leicht verletzt, und seither verlässt sie kaum das Haus, sie hütet sich vor fast allem, was das Leben zu bieten hat, aber wenn ich ihr eine medikamentöse Behandlung empfehle, lehnt sie es ab, als hätte sie noch etwas zu verlieren, ich habe Angst, mich zu verändern, sagt sie, ich habe Angst, ein anderer Mensch zu werden. Ich frage, wie lange ist sie schon bei dir in Behandlung, aber seine Antwort höre ich nicht mehr, denn plötzlich dringt ein lautes Murmeln aus Gilis Zimmer, und ich laufe schnell hin, vielleicht ist er noch gar nicht eingeschlafen, wie könnte ich Oded vor ihm verstecken, vielleicht im Badezimmer, aber seine Augen sind geschlossen, die Lippen zornig zusammengepresst, auf seinem Gesicht liegt der Ausdruck unendlicher Erschöpfung, so etwas wie

Lebensüberdruss, vermutlich hat er im Schlaf gesprochen, die Worte sind schon verflogen, aber ihr Atem hängt noch im Zimmer, vielleicht hat er gesagt, ich hasse Jotams Vater, ich hasse Jotams Vater. Wie kannst du einen Menschen hassen, den du nicht kennst, wie kannst du einen Menschen lieben, den du nicht kennst, ich betrachte das Gesicht meines Sohnes, und plötzlich fällt es mir schwer, ins Wohnzimmer zurückzugehen, dort sitzt ein fremder Mann, der nicht sein Vater ist, sondern der Vater eines anderen Jungen, mit dem sich meiner im Traum vielleicht gerade um einen Stock gestritten hat, was habe ich mit ihm zu tun, ich darf mich diesem trügerischen Reiz nicht hingeben, ich muss das Ganze betrachten, mit all seinen spitzen Winkeln, zumindest vorläufig muss ich ihn von mir wegschieben, alles ist zu frisch und zu schmerzhaft in seinem Haus, in meinem Haus, in diesem Moment, in dem ich das Wohnzimmer betrete.

Bevor er mich sieht, sehe ich ihn, wie er sich wieder und wieder den Mund mit der Serviette abwischt, die er mitgebracht hat, aber noch immer glänzen seine Lippen von der fettigen Pastasoße, er betrachtet mich forschend, als ich mich neben ihn setze, mit einem Blick, den ich schon kenne, professionell, nicht überrascht, und fragt, hast du Zweifel, Ella? Wie es seine Art ist, hält er sich nicht mit einer Einleitung auf, und ich seufze, ich habe keine Zweifel dir gegenüber, ich will dich jeden Moment mehr, aber mir ist klar, dass es vorläufig unmöglich ist, es geht zu schnell, es ist zu kompliziert, und er nimmt mein Kinn und hebt mein Gesicht zu sich, seine Lippen legen sich so plötzlich auf meinen Mund, als versuchten sie, die zweifelnden Worte von ihm zu nehmen, befeuchten meine Lippen, damit sie nicht weitersprechen können, eine bittere, heftige Berührung, und als er mich loslässt, senke ich den Kopf auf die Sofalehne, meine Augen sind feucht, glaub mir nicht, möchte ich sagen, glaub mir nicht, und da steht er auf und sammelt das Einweggeschirr in die Plastiktüte, in der er es mitgebracht hat, schweigend zieht er seinen Mantel an, und ich folge ihm entsetzt, sehe, wie er wortlos aus meinem Leben verschwindet, so habe ich es nicht gemeint, ich wollte, dass er uns Mut macht, ich wollte, dass er mich überzeugt, alles sei möglich, ich hole ihn ein und lehne mich an die Tür, versperre ihm den Weg, ich wollte nicht, dass du gehst, wir müssen miteinander sprechen.

Wir haben nichts zu besprechen, sagt er ruhig, ich habe gehört, was du gesagt hast, wenn es für dich unmöglich ist, habe ich hier nichts verloren, und ich erschrecke über seine Antwort, aber ich will mit dir sprechen, ich will wissen, was du denkst, und er hebt wieder mein Gesicht zu sich, betrachtet mich genau und sagt, hör zu, seine Stimme verblasst und die Silben geraten zwischen seinen Lippen durcheinander, ich habe keine Zeit für Spielchen, ich will dich und ich habe kein Problem, dir das zu zeigen, ich erschrecke nicht vor Schwierigkeiten, die gibt es sowieso überall, aber fang nicht mit deinen Gefühlsschwankungen an.

Das sind keine Schwankungen, protestiere ich, ich will dich nicht weniger als vorher, wenn wir für uns wären, keine Kinder hätten, wäre es etwas ganz anderes, aber ich halte dieses Doppelspiel mit Michal nicht aus, ich kann nicht zuschauen, wie schwer es ihr fällt, und mir anhören, dass du eine andere hast, ohne überhaupt zu wissen, ob sie mich meint oder eine andere Frau, und dann haben unsere Kinder angefangen, sich wegen eines armseligen Stücks Holz zu streiten, und dann kommst du und ich möchte so gern, dass du bleibst, aber ich habe hier einen Sohn, der dich nicht sehen darf, wir kennen uns kaum, und er nähert sich mir, legt seine Hand auf die Türklinke, komm, lass uns ein paar Dinge klarstellen, sagt er, ich habe Michal meinetwegen verlassen, nicht wegen irgendeiner anderen Frau, und auch wenn ich dich nie wiedersehe, kehre ich nicht nach Hause zurück, sie hat also nichts davon, wenn du dich von mir zurückziehst. Ich weiß, dass es für sie schwer sein wird, auch für mich und die Kinder, aber wenn etwas richtig ist, ist es richtig, Punkt, ich bin nicht bereit, jede Frage zu jedem Zeitpunkt neu zu stellen, ich kann nur funktionieren, wenn ich weiß, woran ich bin, sonst werde ich verrückt, hast du verstanden? Ich gehe nicht nach Hause zurück, und wenn du mit mir zusammen herausfinden willst, was trotz aller Schwierigkeiten zwischen uns möglich ist, freue ich mich, wenn nicht, tut es mir Leid, aber damit ist die Geschichte aus, deshalb denke gut darüber nach und sag mir Bescheid. Er öffnet mit einer harten Bewegung die Tür, ein kalter schwarzer Luftzug trifft meinen Rücken, und ich sage, Oded, warte, geh nicht, es tut mir Leid, ich wollte nur mit dir sprechen, und zu meiner Überraschung willigt er sofort ein, gut, ich werde zurückkommen.

Wohin gehst du, frage ich, und er sagt, den Müll wegbringen, und ich wundere mich, jetzt, warum jetzt, und er sagt, lass mich, das ist ein Tick von mir, ich halte es keine Minute aus, wenn Müll in der Wohnung ist, und ich frage, nur nachts oder auch am Tag, aber ich bekomme keine Antwort, er geht mit der Tüte die Treppe hinunter, und ich warte an der offenen Tür auf ihn, den Finger auf dem Lichtschalter, genau wie Gili immer oben an der Treppe auf mich wartet, weil er Angst hat, ohne mich in der Wohnung zu bleiben, und laut bis fünfzig zählt, bis ich, etwas außer Atem, wieder oben bin, aber ich zähle nicht bis fünfzig, ich bete nur im Stillen, dass ich keinen Schaden angerichtet habe, und als er zurückkommt, schaut er mich mit einem Lächeln an, ich habe dich erschreckt, nicht wahr, und als ich mit einem entschuldigenden Nicken antworte, sagt er, du hast mich auch erschreckt, bitte sag solche Sachen nie wieder, wenn du sie nicht meinst, und ich nicke gehorsam, und trotzdem wundere ich mich, woher diese Ungeduld gegenüber den Schwankungen der Seele kommt, ausgerechnet bei ihm, ich schaue ihm erstaunt zu, wie er sich die Hände unter dem Wasserhahn in der Küche wäscht, wie er jeden einzelnen Finger einseift. Möchtest du, dass ich hier bleibe, bist du ganz sicher, will er noch einmal wissen, und ich sage, ja, ich bin sicher, und er sagt, dann komm ins Bett, ja? Er trocknet sich langsam die Hände am Küchenhandtuch ab, seine Lippen sind feucht, seine Nasenflügel weiten sich ein bisschen, er fragt, ist es heute Nacht in Ordnung, wacht der Junge nicht auf? Der Junge, sagt er, als erinnere er sich nicht mehr an seinen Namen, und ich sage, nicht um diese Uhrzeit, ich ziehe ihn durch den Flur zum Schlafzimmer, wir kommen am stillen Kinderzimmer vorbei, wo zart drei Nachtlichter leuchten, wie drei Sterne am Himmel, und ich werfe einen Blick auf das Gesicht, das noch immer einen wütenden Ausdruck hat, als würde ihm wieder und wieder der Stock weggenommen, den er doch gefunden hat.

Vielleicht sollten wir abschließen, schlägt er vor, und ich betrachte misstrauisch den Schlüssel, wir haben ihn nie benutzt, Amnon und ich, wir haben uns immer darauf verlassen, dass die Dunkelheit uns verbirgt, und auf seine Stimme, die seinen Schritten vorauseilen würde, aber jetzt wäre die Peinlichkeit größer, also schließe ich die Schlafzimmertür zu, der Schlüssel dreht sich schwer und lautlos im Schloss, und einen Moment lang habe ich Angst, dass sie sich vielleicht nicht mehr aufschließen lässt, aber schon versinkt die Angst im zitternden Meer der Begierde, in der Erregung der Glieder, die darauf warten, geliebt zu werden. Der Computer wirft sein fahles bläuliches Licht ins Schlafzimmer, hier, wo fast sieben Jahre lang zwei Menschen schliefen, Tausende von Nächten, aber diese Menschen scheinen mir so fremd zu sein, wie sie es für meinen Gast sind, ein unbekanntes Paar, Amnon und Ella, ist gerade in offensichtlicher Panik ausgezogen und hat Möbel, Geschirr, Kleidung, Bilder und sogar einen Sohn zurückgelassen, einen Jungen aus Fleisch und Blut, der in seinem Zimmer schläft und nicht merkt, dass die Bewohner gewechselt haben, und wenn er aufwacht, wird er erschrocken in meine Arme fliehen, als wäre ich seine richtige Mutter, obwohl ich ihr völlig fremd bin, dieser Frau, die hier Nacht um Nacht in diesem Bett geschlafen hat, fast sieben Jahre lang, und ich bin ihr dankbar, dass sie mir ihr bequemes Bett hinterlassen hat, das geräumige Zimmer, den Computer, vor dem jetzt ein Mann sitzt, von dessen Kuss meine Lippen brennen, dessen Lippen von meinen Küssen brennen und der fragt, darf man das lesen?

Unterägypten weint, o Wehklage, alles ist vernichtet, was man gestern noch sah, die Erde ist leer wie nach der Flachsernte, die Herzen aller Tiere weinen, die Rinder stöhnen, die Königssöhne werden auf die Straße geschickt, liest er mit Staunen in der Stimme, ich dachte, du bist Archäologin, hast du das geschrieben? Und ich sage, das ist ein Papyrustext, den man in Ägypten gefunden hat, ein ägyptischer Weiser namens Ipuwer hat ihn geschrieben, es ist nicht klar, ob er die Vergangenheit, die Gegenwart oder die Zukunft beschreibt. Wann hat er gelebt, will er wissen, und ich sage, wie bei allem in der Archäologie gibt es darüber unterschiedliche Ansichten, ich versuche zu beweisen, dass es eine Verbindung gibt zwischen den Ereignissen, die er beschreibt, und den Plagen Ägyptens, aber die meisten Forscher glauben, dass es die ägyptischen Plagen nie gegeben hat, dass sie nur eine literarische Erfindung sind.

Spielt das überhaupt eine Rolle, ob sie wahr sind, sagt er, bei meiner Arbeit ist es fast egal, ob eine Geschichte, die mir jemand erzählt, wahr oder erfunden ist, für ihn, der sie erzählt, ist sie wahr, und ich sage, bei uns versucht man sozusagen zu einer objektiven Wahrheit zu gelangen, aber in vielen Fällen bleibt die Grenze verschwommen, ich versuche vermutlich etwas zu beweisen, was nicht zu beweisen ist, und er sagt, weißt du, dass Freud die Seele mit einer archäologischen Ausgrabungsstätte verglichen hat, er sah sich selbst als Archäologen der Seele, heute behauptet man, dass das Gehirn des Menschen wie ein archäologischer Hügel aufgebaut ist, seine Schichten liegen in umgekehrter Reihenfolge übereinander, von der jüngsten bis zur ältesten, und er fährt sich mit der Hand über den Kopf, als wollte er die verschiedenen Schichten markieren, und ich strecke mich ihm gegenüber auf dem Bett aus, spreize die Beine und lege meine Hand dazwischen, als wäre ich nackt, denn seine Augen wandern vom Computer zu der verborgenen Kreuzung des Körpers, er sagt, immer verbirgt sich dort ein Geheimnis bei euch Frauen, es fasziniert mich, dass ihr dieses Geheimnis überallhin mitnehmt.

Ich strecke die Hände nach ihm aus, komm zu mir, aber er bleibt aufrecht auf dem Stuhl sitzen, vor dem Computer, warte, sagt er, lass nicht jeden dein Geheimnis berühren, und ich sage, du bist nicht jeder, und er lacht, aber du kennst mich doch gar nicht, du weißt ja noch nicht einmal, ob ich nicht eine andere habe, und ich sage, in diesem Moment ist mir das egal, komm schon, und seine Finger gleiten über die Tastatur, weißt du, sagt er, bei uns zu Hause gab es eine Süßigkeitenschublade, immer wenn mein Vater im Krankenhaus war, füllte meine Mutter die Schublade für uns, und ich warte schweigend auf die Fortsetzung der Geschichte, aber er zögert, den Blick zwischen meine Beine gerichtet, als ich ein kleiner Junge war, habe ich gedacht, was ihr dort habt, ist eine Süßigkeitenschublade, seine langsame, gemessene Sprechweise ist wie Musik in meinen Ohren, er dehnt so reizvoll die Buchstaben, verlängert die Wörter, als er weiterspricht, ein Geheimnis, das darauf wartet, entdeckt zu werden, erst wartet es voller Freude, dann voller Trauer, und am Ende hört es auf zu warten, und dann steht er vom Stuhl auf und kommt zu mir, setzt sich auf den Bettrand, zieht mir die Hose herunter und betrachtet mit zusammengezogenen Augenbrauen meine nackten Oberschenkel.

Das abgeschlossene Zimmer mit dem bläulichen Licht füllt sich mit schwerem Atem, es ist, als würden alle Gliedmaßen einzeln atmen, als würde sich jede auf ihre Art der Erwartung hingeben. Sogar das Bewusstsein, das daran gewöhnt ist, sich zu zerstreuen, zwischen Gedankensplittern, scharf wie Glas, herumzuirren, konzentriert sich jetzt auf die Hoffnung auf Lust, auf seine zarten bedrohlichen Hände, gerade weil sie so durchdacht ist, ist seine Selbstbeherrschung anziehend. Langsam, flüstert er, du weißt doch, dass ich nichts überstürze, sprich mit mir, sag mir, was du magst, und ich atme schwer, du weißt besser als ich, was ich mag, und er flüstert, aber ich möchte hören, wie du es sagst, und ich zögere, berühre sein Gesicht, seine raue Haut, die sich hart anfühlt und seinen weichen Worten widerspricht.

Erzähl mir, was dein Körper liebt, bittet er, verrate mir deine Geheimnisse, und ich schweige noch immer, wie schwer ist es, sich zu offenbaren, wenn es um die körperliche Lust geht, wie schwer ist es zu glauben, dass man wirklich geliebt werden kann, eine alte Not steigt in meiner Kehle auf, ich meine mich selbst zu sehen, wie ich zwischen Bäumen herumirre, hastig in der Erde grabe, mit abgekauten Fingernägeln, meine Kleider und meine Haare füllen sich mit Erdkrumen, eine kleine Grube scharre ich mir aus, um mich darin zu verstecken und nie mehr herauszukommen. Schäme dich nicht vor mir, flüstert er, ich möchte dich hören, und ich höre mich selbst sprechen, wie ich noch nie gesprochen habe, mit einer Stimme, die nicht meine ist, und erzähle die Geschichte eines Körpers, der sich in Staub auflöst, eines Körpers, der aufhört zu wachsen, der vor der Reife alt wird und den, der ihn betrachtet, täuscht, und der Trost der vergessenen Jugendliebe umgibt mich, so als wäre sie ein Märchen aus der Vergangenheit, und vor meinen Augen entstehen viele Märchen, lange nachdem sie ihre Lebendigkeit schon verloren haben, und mir ist, als würde ich die Schale meiner alten Einsamkeit zerbrechen hören, diese Schale, die mich immer bewahrt hat, auch vor denen, die ich liebte, vor ihrer Anwesenheit und vor ihrem Verschwinden, wie sie zerbricht und zu Boden fällt, und die Stadt, die ein einziger Palast ist, liegt offen da, während ein fremder Gast durch die geheimsten Räume schreitet, die Wandbilder betrachtet, Muscheln, Kraken, Delfine, geflügelte Cherubim, nacktbrüstige Göttinnen, athletische Turner, und ich begleite seine Schritte mit angstvoller Freude, wie erschreckend ist der Abschied von der Einsamkeit, wie aufregend, von einem Ende der Welt zum anderen hört man ihre Stimme.

Lange legt er sein Ohr wie ein Hörrohr auf meinen Oberschenkel, seine Hand gleitet über meine Haut, ich hoffe, du hast Geduld, flüstert er schließlich, als sich eine fühlbare Stille über das Zimmer senkt, ich habe nicht vor, heute Nacht mit dir zu schlafen, und bevor ich fragen kann, warum nicht, sagt er, das passt jetzt nicht, wir sind nicht allein, das ist seine Art, mich an den Jungen zu erinnern, der auf der anderen Seite der Wand vergessen worden ist, er hat keinen Anteil an unserer Liebe, an unserer Lust, mit seiner wachsenden Wut, die ihn selbst im Schlaf überfällt.

Wann bist du allein, fragt er, und ich sage, am Wochenende, wie vielversprechend dieses Wort klingt, Wochenende, aber wie weit ist es noch entfernt, und der Weg dorthin ist beschwerlich, wer weiß, ob er nicht meine Kräfte übersteigt, er ist noch angezogen und riecht nach Waschpulver, als würden seine Sachen noch immer zu Hause gewaschen, zusammen mit denen seiner Kinder, denn der gleiche Geruch entströmt Jotams Kleidung, ich versuche, sein Hemd aufzuknöpfen, er weicht kurz zurück, doch dann lässt er zu, dass ich seine schmale Brust entblöße, und sogar beim schwachen Licht des Computers erkenne ich eine große Narbe, die sie in der Mitte teilt, in ihrer ganzen Länge. Was ist das, frage ich, und er weicht mir aus, lass, das ist jetzt nicht wichtig, und ich gebe nicht auf, fahre mit dem Finger über die gespannte Haut und frage noch einmal, was ist das, und er sagt, mein Vater hat versucht, mich zu liquidieren, als ich klein war, ich erinnere mich kaum daran, und ich betrachte ängstlich die Narbe, wie hat er das gemacht, mit einem Messer? Er nimmt meine Hand weg, was spielt das für eine Rolle, mein Vater hat es mit einem Messer getan, deiner mit Worten, die Hauptsache ist doch, dass wir es nicht mit unseren Kindern tun, und ich denke an sie, an unsere drei Kinder, als würden sie alle drei im Zimmer nebenan schlafen, das hellhaarige Mädchen, das auf seinen Knien saß, stolz wie eine Prinzessin, und daneben zwei Jungen, ich überlege, ob wir das, auf unsere Art, nicht schon getan haben.

Sein Körper, der sich immer mehr entblößt, ist erstaunlich dunkel, im Gegensatz zu seinem Gesicht, als ob alles, was im Lauf eines Tages zu ihm gesagt wird, ihn blass werden lässt, und ich betrachte seine magere, beschädigte Brust, das im Vergleich zu den Schultern große Gesicht, das Missverhältnis zwischen Kopf und Körper, das mir eine seltsame Erleichterung verschafft, seine Hände liegen auf meiner Brust, mit einer Bewegung werden sie mich wiedererwecken, und diese Gewissheit reicht, das Feuer im Zentrum meines Körpers zu bewahren, er hat noch immer seine Hose an, wer weiß, welche Narben sich da verbergen. Plötzlich streckt er sich neben mir auf dem Rücken aus und schließt die Augen, wie von einer großen Müdigkeit überwältigt, so liegt er da, mit entblößter Brust. Seine Worte besitzen eine ungeheure Kraft, aber wenn er mit seinem hypnotischen Sprechen aufhört, ist er ein Mensch wie jeder andere, sein Gesicht entspannt sich, und ich zähle mir seine Mängel auf, als wäre das der einzige Weg, meinen eigenen Wert zu fühlen, ich schreibe ihm Fehler zu, um mich sicher zu fühlen, wie zum Beispiel das scharfe Schnarchen, das aus seiner Kehle kommt, durch seine geöffneten Lippen, die meine geküsst haben, und ich betrachte ihn enttäuscht, er ist genau wie Amnon, wie alle Männer, die sofort einschlafen, während die Frauen, einer alten Wunde ausgeliefert, sich im Bett herumwerfen, und obwohl ich vor der Macht der Feindseligkeit gegen einen Mann, der mir nur Gutes getan hat, zurückschrecke, fällt es mir schwer, das bittere Sprudeln versiegen zu lassen.

Ja, in dem Moment, in dem er einschläft, erwacht die Fremdheit wieder, begleitet von Misstrauen, ein fremder Mann liegt in deinem Bett, in dem Bett, in das dein Sohn am Morgen kommen wird, und wieder höre ich Gilis Stimme, ich hasse Jotams Papa, ich hasse Jotams Papa, hat er nicht im Schlaf gesprochen, hat er mich gerufen, ich stehe auf, laufe zur Tür, aber sie ist ja schon seit ein paar Stunden abgeschlossen, ich muss jetzt den Schlüssel umdrehen, eine denkbar einfache Handlung, ich halte den Schlüssel fest und versuche ihn zu drehen, aber er klemmt fest, ich versuche es noch einmal, und wieder klappt es nicht, nach einer halben Drehung verhakt der Schlüssel endgültig, weigert sich, das Ziel zu erreichen, und ich bücke mich, versuche, in die enge Öffnung hineinzuschauen, ich lausche angespannt auf das, was auf der anderen Seite der Wand passiert. Vielleicht ist er aufgewacht, vielleicht ruft er mich, gegen Morgen zerbröckelt sein Schlaf, und er versucht, mein Bett zu erobern wie ein entschlossener kleiner Ritter, was kann ich tun, wenn er aufgewacht ist, wie kann ich mich durch die verschlossene Tür um ihn kümmern, wie kann ich durch ein Schlüsselloch seine Mutter sein, und ich schaue mich um, suche nach einer Lösung, ich habe noch nicht einmal ein Telefon im Zimmer, ich habe nichts, was mir nützen könnte, außer einem schlafenden Mann, der die Ordnung meines Lebens mit seinem absurden Vorschlag, die Tür abzuschließen, gestört hat, etwas, was ich noch nie getan habe, ein Mann, der nicht in diese Wohnung gehört und ihre Gewohnheiten nicht kennt, die jetzt albtraumhaft gestört sind, indem zwischen mir und meinem Sohn plötzlich eine unüberwindliche Hürde aufgebaut ist.

Und wieder strecke ich die zitternden Finger nach dem Schlüssel aus, beschwöre ihn flüsternd, und wieder bewegt er sich nicht, ich versuche, das Schlüsselloch mit der Handcreme zu schmieren, die auf dem Nachttisch liegt, aber der Schlüssel widersetzt sich hartnäckig. Warum habe ich nicht widersprochen, als er die Tür abschließen wollte, und warum schläft er so ruhig, als wäre er nicht verantwortlich für dieses Desaster, und ich beobachte seinen gelassenen Schlaf voller Groll, schutzlos liegt er da, der Feindschaft ausgeliefert, nackt ohne seine Worte, die eine nach Weihrauch duftende süße Nebelwand um ihn erschaffen, soll ich ihn jetzt wecken, damit er die Tür eintritt und Gili, der von dem Lärm natürlich aufwachen wird, zwischen den Trümmern Jotams verhassten Vater entdeckt, und dann ist auf einmal die Stimme zu hören, vor der ich mich so gefürchtet habe, seine dunkle Babystimme, die er hat, wenn er vergisst, dass er eigentlich groß sein muss, Mama, ist schon Morgen, ist die Nacht schon vorbei? Immer hat er Angst davor, dass eines Tages eine Nacht nicht mit einem Morgen enden könnte, und ich antworte schnell, die Lippen an die Tür gedrückt, schlaf, Gili, bald ist es Morgen, mein Herz klopft so heftig, dass mein Körper davon geschüttelt wird wie ein Grashalm im Sturm, und ich sinke auf das Bett, schlaf weiter, murmle ich, schlaf weiter, und ich flüstere in sein Ohr, wach auf, Oded, und er richtet sich sofort auf, mit beherrschtem Gesicht, und fragt mit seiner scharfen Stimme, was ist passiert? Gili ruft mich, flüstere ich, und ich kriege die Tür nicht auf, und er springt aus dem Bett, setzt sich auf den Stuhl vor dem Computer, genau wie gestern Abend, knöpft schnell sein Hemd zu, wie jemand, der im Überleben geübt ist, misstrauisch und angespannt, so ganz anders als Amnon, der sich auf dem Bett streckt und dehnt und sofort wieder in einen Schlummer versinkt, als Abschied vom vorangegangenen Schlaf.

Seine Augen wandern durch das Zimmer, bleiben an meinem Gesicht hängen, an den heruntergelassenen Rollläden, er prüft die Stimmung, die völlig umgeschlagen ist, plötzlich stehen Vorwürfe zwischen uns, wo vorher sehnsüchtige Nähe gewesen ist, und ich flüstere, was tun wir jetzt, er ist schon einmal aufgewacht, gleich wird er wieder nach mir rufen. Was sollen wir tun, ich betrachte feindselig den Mann, der zusammengesunken vor dem Computer sitzt, es sieht aus, als würde die Narbe seine Schultern zusammenziehen wie zwei Flügel, als würde seine Brust immer tiefer einsinken und verschwinden.

Beruhige dich, sagt er, es gibt eine Lösung, wir müssen sie nur finden, und wieder schaut er sich im Zimmer um, in dem es weder Telefon noch irgendwelches Werkzeug gibt, auch keine Möglichkeit, durch das Fenster oder über einen

Balkon hinauszugelangen, hier gibt es nur ein Bett, einen Computer und einen Schrank, einen durchsichtigen Schatten von Begehren, das leise Echo wollüstiger Seufzer, und schließlich bückt er sich zu dem Schlüssel, berührt ihn vorsichtig, wärmt ihn ein bisschen mit den Händen an, und mit einer fast beiläufigen, schnellen Bewegung dreht er ihn um, macht kurzen Prozess.

Die Tür ist offen, Ella, verkündet er trocken und deutet mit einer spöttisch feierlichen Handbewegung zu ihr hin, und ich renne schnell hinaus, bevor sie sich wieder schließen kann, laufe zu Gilis Bett und küsse seine Stirn, sein Gesicht, ein paar Kuscheltiere sind auf den Boden gefallen, ich hebe sie so vorsichtig auf, als fürchtete ich, auch sie könnten aufwachen, und ich lege sie neben ihn, den Blick auf ihn gerichtet wie ein Leibwächter, schlaf, mein Schatz, murmle ich, und ich schaue zur Tür, Oded steht dort auf der Schwelle, verdeckt das Licht aus dem Flur und winkt mich zu sich, als könne er dieses Zimmer nicht betreten, und ich gehe zu ihm, danke, flüstere ich ein bisschen verlegen, es war furchtbar, ich bin sehr erschrocken.

Er nickt, ja, du hast dir selbst eine schreckliche Geschichte erzählt, und ich widerspreche sofort, was soll das heißen, so war es doch, die Tür ist nicht aufgegangen, es gab irgendeine Sperre, glaubst du mir nicht? Er lacht, natürlich glaube ich dir, vermutlich gab es ein kleines Problem, die Frage ist nur, was dahintersteckt, und ich wehre mich, was soll das heißen, das ist ein Schloss, das noch nie benutzt worden ist, und er sagt, ja, aber Tatsache ist doch, dass ich es ohne weiteres aufbekommen habe.

Worauf willst du hinaus, frage ich wütend, und er sagt, das ist doch vollkommen klar, du wolltest die Tür nicht aufmachen, du wolltest nicht zu deinem Sohn gehen, die Sperre war nicht im Schlüsselloch, sondern in dir, und ich protestiere, in mir? Wieso denn, ich habe doch versucht, die Tür aufzumachen, ich bin doch wirklich erschrocken, und er sagt, ja, unsere tiefsten Ängste sind die vor uns selbst, ist dir das nicht klar? Und ich höre seine Worte voller Entsetzen und Groll, was soll das, Oded, sage ich, ich bin nicht bereit, diese unbegründeten Unterstellungen zu akzeptieren, wollte ich mich etwa nicht um meinen Jungen kümmern? Woher weißt du so genau, was ich will und was ich nicht will? Wie weit kennst du mich überhaupt? Und er grinst, seine Finger streichen über mein Gesicht, beruhige dich, sagt er, du musst meine Erklärungen nicht annehmen, im Allgemeinen prüfe ich die Menschen, die mir nahe stehen, nicht auf diese Art, und selbst wenn, behellige ich sie nicht mit meinen Wahrnehmungen, aber diesmal hatte ich keine Wahl, es war zu offensichtlich und du warst zu blind, aber ich bitte dich für meine wilde Analyse um Entschuldigung, und jetzt gehe ich, bevor du mich wegschickst, ein dünnes beherrschtes Lächeln erscheint auf seinen Lippen, als er die Tür aufmacht, in seinem schwarzen Mantel, unter dem sich eine große Narbe befindet, eine Narbe, geformt wie eine Heugabel.

16

Halte dich von ihm fern, sagte meine Mutter immer, alle wissen, dass er krank ist, und ich protestierte, wieso krank, er sieht ganz gesund aus, und sie sagte, wie naiv du bist, das ist nur eine kurze Atempause, die ihm die Krankheit gewährt, wer weiß, wie lange sie dauert, du bist neu in dieser Klasse und weißt es noch nicht, alle außer dir wissen Bescheid, er wird seinen siebzehnten Geburtstag nicht feiern, und ich weigerte mich, das zu glauben, er sah so stark aus in seiner weißen Tenniskleidung, immer ging er gerade zum Training oder kam daher, und immer sah er ruhig aus, völlig sorglos, und alle Mädchen waren hinter ihm her, er war der Erste, der mich in der neuen Klasse bemerkt hatte, dem mein vor Schlaflosigkeit gequältes Gesicht aufgefallen war, er bot mir seine Nähe an, deren Wert ich nicht gleich erkannte, und die anderen folgten ihm, bis die fremde Stadt mir allmählich vertraut wurde, und an einem Freitag rief er mich an und sagte, meine Eltern fahren übers Wochenende weg, ich bin allein zu Hause, komm zu mir, sag deinen Eltern, dass du bei Dorit schläfst, und ich sprach mich sofort mit Dorit ab, die ihm gegenüber wohnte, auch damals war es mitten im Winter, der Himmel zerplatzte über meinem Kopf, als ich das Haus verließ, begleitete mich mit misstrauischem Ressentiment, ich hoffe, du gehst nicht zu Gil'ad, sagte sie, sie beharrte hartnäckig darauf, ihn Gil'ad zu nennen, nicht Gili, ich weiß, es schmeichelt dir, dass er sich für dich interessiert, aber glaub mir, es liegt nur daran, dass er krank ist.

Was willst du von mir, ich gehe zu Dorit, fuhr ich sie an,

und ein paar Minuten später verließ ich die vertrauten Straßen und erreichte die Viertel, die sich so ähnlich sahen, dass ich mich immer verlief. Leere lange Ärmel zeigten spöttisch auf mich, wie lebende Wesen, die kopfüber auf der Wäscheleine hingen, die dünnen Betonwände verdunkelten sich im Sturm, als wären sie aus Basalt, und er machte mir die Tür auf, ohne Hemd, in kurzen Tennishosen, als wären all seine anderen Kleidungsstücke draußen im Sturm geblieben, seine knabenhafte Brust war glatt und golden, von den Haaren, die bis auf seine Schultern hingen, tropfte das Wasser von der Dusche und rann über seine Haut, seine Augen glänzten wie Blätter nach dem Regen, wie wunderbar er war, als wollte er die Welt dazu zwingen, die Luft anzuhalten, bevor er sie verlassen würde, als wollte er den unvergesslichen Eindruck seiner blühenden Jugend hinterlassen. Er kochte heiße Schokolade für uns, sämig wie Brei, und las mir eine Geschichte vor, die er geschrieben hatte, er schrieb so schön, er war sowohl der beste Schüler als auch der Beste im Sport, er war der Tollste, und alle liebten ihn und niemand wusste, wen er wirklich liebte, sogar ich wusste nicht, ob wir ein Paar waren, immer blieb etwas zwischen uns unklar. Er bemerkte meinen Blick und lächelte mich an, du bist etwas Besonderes, Ella, sagte er, du bist nicht wie die anderen, dein Leben wird nicht normal sein, du wirst etwas Wertvolles schaffen, und ich sagte, wieso ich, du bist es, der für Großes bestimmt ist, sicher wirst du einen Roman schreiben, den alle loben, und ich werde ihn lesen und dich anrufen, aber du wirst dich nicht mehr an mich erinnern, und er machte eine abschätzige Handbewegung, und ich überlegte, was soll diese Handbewegung, denn gegen meinen Willen suchte ich nach Zeichen und dachte, weißt du, dass du deinen siebzehnten Geburtstag nicht feiern wirst, was hast du gemeint, als du gesagt hast, nur die Erde wird lesen, was ich schreibe.

Abends bot er mir das Bett seiner kleinen Schwester an, die mit den Eltern weggefahren war, er lachte und sagte, du bist ungefähr so groß wie sie, nur dass sie in die dritte Klasse geht, und ich erzählte ihm von meinen Brüsten, die Angst hätten zu wachsen, in der Nacht, in der Dunkelheit, erzählte ich ihm alles, der Abstand zwischen den beiden Betten füllte sich immer mehr, ich erzählte ihm, wie wehrlos ich war gegenüber den Beschimpfungen, Verboten, Drohungen zu Hause, wie ich von einem Bruder oder einer Schwester träumte, die mir beistünden, vielleicht würde ich dann wachsen, wenn ich bloß immer hier bleiben könnte, im Bett deiner Schwester, sagte ich, und als er plötzlich aus seinem Bett steigt, frage ich, wohin willst du, und er sagt, zu dir, sein goldener Körper leuchtet in der Dunkelheit, er tröstet mich mit gierigen Händen, und ich frage mich, ob das der Geschmack der Jugend ist, säuerlich und fiebrig, von vornherein enttäuschend. Auf dem Bett seiner neunjährigen Schwester winden wir uns, hast du schon einmal mit jemandem Liebe gemacht, fragt er in seiner schönen Sprache, und ich sage, nein, und du? Und er sagt, nicht wirklich, und ich weiß noch nicht einmal, was dieses wirklich bedeutet, ob es dieses Brennen zwischen den Schenkeln meint, und ich weiche zurück, noch nicht, Gili, es ist noch zu früh für mich, denn ich habe ständig die Stimme meines Vaters im Ohr, ein Mensch braucht Bremsen, sonst wird er zerschmettert, so wie ein Auto, dessen Bremsen versagen, Zerstörung bringt.

Aber ich habe keine Zeit, flüstert er, ich habe keine Zeit, und ich frage, warum, klebrige Angst hält meine Glieder zusammen, aber er weicht aus, sagt, das ist jetzt nicht wichtig, was für eine süße Schwester ich habe, staunt er, seine duftenden Haare kitzeln mein Gesicht, seine Haut ist glatt und zum Zerreißen gespannt, und ich erschrecke vor der

Nähe, an die ich nicht gewöhnt bin, komm, schlafen wir, mein schöner Bruder, und er sagt, wieso schlafen, wir dürfen nicht schlafen, und da weiß ich, dass es in dieser Nacht geschehen wird, auch wenn es zu früh ist, denn der Festentschlossene wird immer den Zögernden besiegen, und ich warte auf Worte, höre aber nur Atemzüge, als wäre er allein mit sich, keucht er in glühendem, enttäuschendem Schweigen, gib mir Worte, die unseren Atemzügen Bedeutung verleihen, die unsere Einsamkeit besänftigen, sag mir, dass ich deine Geliebte bin, soll ich denn ewig nach Zeichen suchen.

Wer von uns beiden schluchzt, oder schluchzen wir gemeinsam, in der kältesten Nacht jenes Winters, aneinander geklammert, als würden wir uns vor unserem Verlangen verstecken, bis wir im schmalen Bett seiner Schwester einschlafen und uns am frühen Morgen das laute Klingeln an der Tür weckt und meine Mutter auf der Schwelle steht und zischt, du hast Glück, dass dein Vater es nicht weiß, zornig betrachtet sie meinen Körper in seinem Trikot, das so lang ist wie ein Kleid, wenn das dein Vater erfährt, ist es aus mit dir, komm sofort nach Hause, und wie ein Gegenstand lasse ich mich packen und wegbringen, mir bleibt keine Zeit, mich zu verabschieden, und auf der Fahrt nach Hause bricht das einzige Bündnis zwischen uns, das Bündnis gegen meinen Vater. Ich werde es ihm erzählen, wenn das nicht sofort aufhört, droht sie, du weißt, dass ich nicht bin wie er, ich habe kein Problem damit, dass du dich mit Jungen herumtreibst, aber nicht mit ihm, glaub mir, es ist nur zu deinem Besten, und ich schreie, was hast du getan, was hast du getan, gerade deshalb muss ich doch so oft wie möglich mit ihm zusammen sein, bring mich sofort zurück, wie stark ist das Verlangen, aus dem fahrenden Auto zu springen, zu ihm zurückzukehren und seine Liebesworte zu hören.

Ich erlaube nicht, dass du dich an ihn hängst, zischt sie, glaub mir, ich weiß, wovon ich spreche, ich will auf keinen Fall, dass du mit sechzehn Witwe wirst, und am nächsten Morgen wartete ich am Schultor auf ihn, aber er kam nicht in die Schule, und ein paar Tage später verkündete die Lehrerin, sein Gesundheitszustand habe sich plötzlich verschlechtert, er sei in die Schweiz in ein Krankenhaus geflogen worden, und jeder, der könne, solle Geld spenden, wir sollten es unseren Eltern sagen, wir sollten Briefe schreiben, und meine Mutter spendete sofort etwas, als hätte sie nur auf diese Gelegenheit gewartet, und das Geld wurde gesammelt, die Briefe geschrieben, aber der schöne, begabte Junge, der Stolz seiner kleinen Familie, der Stolz des armen Viertels, aus dem er stammte, der Stolz der Schule und der Klasse, kehrte nicht aus dem Schweizer Krankenhaus zurück und feierte nicht mehr seinen siebzehnten Geburtstag und ich wurde nicht seine Witwe, und ich schwor mir, wenn ich je einen Sohn bekäme, würde ich ihn Gil'ad nennen, und wenn mein Mann sich weigerte, würde ich ihn sofort verlassen, aber Amnon weigerte sich nicht und trotzdem verließ ich ihn später, aus ganz anderen Gründen.

Deine Mutter hat Recht gehabt, sagt Oded, natürlich hat sie Recht gehabt, hättest du nicht genauso gehandelt wie sie? Hättest du deiner Tochter erlaubt, eine solche Verbindung einzugehen? Ich verstehe, dass du dich vom Sex und vom Tod angezogen fühltest, wir alle träumen davon, Liebe zu machen und zu sterben oder Liebe zu machen und ewig zu leben, was mehr oder weniger das Gleiche ist, aber es besteht kein Zweifel daran, dass deine Mutter ihre Pflicht getan hat, ihr blieb nichts anderes übrig, und ich sage, das stimmt nicht, sie hätte mich nicht auf diese Art wegholen dürfen, ohne dass ich mich verabschieden konnte, alles ist auf so tragische Weise abgeschnitten worden, nicht nur seine große Tragödie, sondern auch meine eigene nebensächliche, meine ganze Jugend habe ich mit dem Versuch vergeudet, herauszufinden, ob er mich geliebt hat. Er hatte darum gebeten, dass man seine Geschichten mit ihm zusammen begrub, und ich träumte davon, dass ich in der Erde grabe und seine Geschichten finde und darin lese, dass er mich liebte, es wurde zu einer Besessenheit, jahrelang konnte ich mit niemandem schlafen, vielleicht war es ja das, was ihn umgebracht hat, es war eine kalte Nacht und er hat geschwitzt, der Schweiß kühlte seinen Körper aus, vielleicht wäre es nicht passiert, wenn ich nicht mit ihm zusammen gewesen wäre.

Ja, sagt er, Zorn kann zweifellos töten, und ich frage, welcher Zorn, der meiner Mutter oder meiner, und er sagt, nein, der Zorn auf ihn, schließlich hat er sich dir aufgezwungen, du wolltest einen Bruder und keinen Liebhaber und er hat mit dir geschlafen und dich verlassen, und er hat noch nicht einmal dein narzisstisches Bedürfnis befriedigt, da ist es kein Wunder, dass du ihn bestraft hast, und ich frage zitternd, ich soll ihn bestraft haben, bist du noch normal? Und er lächelt, beruhige dich, ich meine es nur auf der symbolischen Ebene, was ist mit dir, du erschrickst jedes Mal aufs Neue, wenn du entdeckst, dass es so etwas wie das Unbewusste gibt, ich befürchte langsam, dass du nur etwas von alten Steinen verstehst, aber nichts von Menschen. Und ich fauche zornig, wirklich, kann es nicht sein, dass du der Realität deine seltsamen Deutungen aufzwingst und das zerstörst, was selbstverständlich ist, wie kannst du einfach irgendwelche Behauptungen aufstellen, ohne alle Details zu kennen? Und sofort schmilzt mein Zorn vor seinem Lächeln, und er sagt, weißt du, ich hätte einer solchen Verewigung nicht zugestimmt, ich hätte nicht erlaubt, dass du unserem Kind den Namen dieses Jungen gibst, und ich staune, wirklich, warum nicht? Amnon hat das überhaupt nicht gestört, und er sagt, es hätte mich bedrückt, dieses Festhalten an einer Vergangenheit, mit der man sich nicht messen kann, es ist etwas Herausforderndes an einem Liebhaber, der jung gestorben ist, ich halte das für nicht gesund, weder für dich noch für das Kind und ganz bestimmt nicht für deinen Partner, und ich schaue ihn wieder zornig an, es fällt mir schwer, mir einzugestehen, dass Amnon Vorzüge ihm gegenüber hat, aber wenn es ein Vorzug Amnons war, hat diese Namenswahl vielleicht unsere Geschichte bestimmt?

Hast du noch andere tote Liebhaber auf Lager, will er wissen, und ich sage, nein, das ist der Einzige, und er lächelt erleichtert, gut, dann brauchen wir darüber wenigstens nicht zu streiten, wenn wir ein Kind bekommen, und mir verschlägt es den Atem, vor ihm, vor dem Bogenfenster, das auf die Stadtmauern hinausgeht, auf den Davidsturm, der von schwarzen Sturmwolken verhangen ist, ist es das, was er in mir sieht, eine neue Familie, eine späte Familie, während ich die Illusion einer Jugend sehe, schließlich wollte ich kein Kind, als ich Amnon verließ, und trotzdem kann ich mir einen Moment lang vorstellen, dass vor dem Tisch ein Babykorb steht, mit einem kleinen Kind, das fröhlich strampelt, wie Gili früher, und obwohl es in Wirklichkeit nicht existiert, kann man es nicht mehr ignorieren, nachdem das Wort ausgesprochen ist. Werden wir irgendwann einmal wieder so dasitzen, umringt von neuen und alten Kindern, wird das unser Trost sein, wird das unsere Niederlage sein, und ich lache und frage, du denkst schon an ein Kind, bevor wir überhaupt miteinander geschlafen haben, und er sagt, du hast Recht, das ist ein ernstes Versäumnis, das bald korrigiert werden wird, das verspreche ich dir, vielleicht isst du schnell deinen Teller leer, damit wir gehen können, und ich seufze vor den Resten von Fisch, Salat und Süßkartoffeln, vielleicht willst du es aufessen, ich habe keinen Hunger mehr.

Ich hoffe, dass dein sexueller Appetit größer ist, er lächelt, zieht mein Gesicht zu sich, streut schnelle Küsse auf meine Lippen, als wäre das Restaurant leer, als würden uns jetzt nicht die Mauern der Altstadt anstarren, und ich habe das Gefühl, als würden meine Knochen weich, Türen werden mit einem leisen einladenden Rauschen geöffnet, diesmal wird er nicht sagen, es ist zu früh für mich, denn in diesem Moment ist sein Wille mein Wille und mein Wille seiner, und wenn wir davonrennen und die Geldscheine auf dem Tisch liegen lassen, ohne auf das Wechselgeld zu warten, werde ich die wenigen anderen Gäste mitleidig anschauen, wie armselig sie aussehen, wie besorgt, und ich meine eine tröstliche Botschaft für sie zu haben, eine Botschaft, die viele Monate Zeit gebraucht hat, um zu mir zu gelangen. Habt keine Angst, werde ich zu ihnen sagen, habt keine Angst vor der Veränderung, denn ihr werdet wieder und wieder geboren werden, wieder und wieder wird eure Geschichte geschrieben werden, und das neue Leben wird seinen Schatten über das alte werfen, schaut mich an, ihr würdet nicht glauben, wo ich vor kurzem noch war und wo ich jetzt bin, gekleidet in das Gewand einer neuen Liebe, statt in Fetzen, die kaum meine Blöße bedeckten, eine neue Liebe, die sich eine Zeile nach der anderen in mir eingeschrieben hat, mit geheimnisvollen alten Buchstaben, und nun, da sein Gesicht vor mir strahlt wie ein schmeichelhafter Spiegel, verbinden sich die Buchstaben, an diesem Freitagnachmittag, vor der Stadtmauer, vor den milchigen Sonnenstrahlen, die durch den Wolkenschirm dringen.

Auf dem Parkplatz grüßt ihn eine junge Frau, ihre Haare sind zusammengebunden und so sorgfältig gekämmt, dass man die Zähne des Kamms darin noch zu erkennen meint, sie lächelt ihn bedeutungsvoll an, ihre großen geschminkten Augen begleiten uns, und ich frage, wer ist das? Keine Antwort, sagt er, und ich frage weiter, eine Patientin? Keine Antwort, sagt er, und ich ziehe ihn am Arm, gut, sag mir nur, dass sie keine Geliebte von dir ist. Nein, sagt er böse, sie ist keine Geliebte von mir, aber was ist mit dir los, am Ende wirst du noch wie Michal, möchtest du, dass ich jeden Mann, den du auf der Straße grüßt, verdächtige, dein Liebhaber zu sein? Nein, natürlich nicht, sage ich, ich habe Amnon nie verdächtigt, ehrlich, aber dich kenne ich noch nicht gut genug, vermutlich ist Michals Eifersucht ansteckend, und wieder denke ich an unser Gespräch beim Picknick im Park, ja, das hat sie beabsichtigt, sie wollte mich mit ihren Eifersuchtsbazillen infizieren, und ich versuche, nicht länger an sie zu denken, während ich in sein Auto steige, nicht an das düstere Wochenende, das sie erwartet, allein mit zwei Kindern, und daran, ob sie ihre Eltern zum Abendessen eingeladen hat, um sein Fehlen zu verschleiern, um die geschrumpfte Familie zu vergrößern.

Und jetzt sage ich, du fährst nicht richtig, du musst hier links abbiegen, und er lächelt, legt seine Hand auf mein Knie, es kommt darauf an, wo man hinwill, und ich sage, nach Hause, oder etwa nicht? Und er fragt, zu wem nach Hause, wir haben kein gemeinsames Zuhause, du lernst jetzt mein Zuhause kennen.

Ich dachte, du wohnst in der Praxis, sage ich überrascht, er lacht, du bist nicht auf dem Laufenden, und ich sage, du hältst mich ja nicht auf dem Laufenden, der Staub einer dumpfen Verletzung brennt mir in den Augen, er baut sein Leben auf, er unterschreibt Verträge, er überweist Geld, er macht Termine, er hält seine Füße in den Fluss des tobenden Lebens, während ich darum bete, ihn in jener Nacht nicht für immer vertrieben zu haben, und das Wochenende herbeisehne, und es kommt mir vor, als gehe der Weg zu diesem Wochenende über meine Kräfte, als wäre er zu lang und zu steinig, ein großes Glück erwartet jeden, der diesen Weg geht, aber wie groß ist die Anstrengung. Wann beginnt das Glück, dann, wenn er in meiner Wohnung auftaucht, oder dann, wenn er meinen Körper berührt, oder dann, wenn ich mir vorstelle, dass all jenes zwar geschieht, mich aber frage, wo ich mein ureigenes Glück finden werde, das nicht in der Tasche eines Mannes steckt, mit ihm kommt und mit ihm geht, vielleicht ist es das, was ich an diesem Wochenende suchen soll, denn als ich ein Kind war, hatte ich keinen Mann, ich hatte noch nicht einmal einen Sohn, ich schlief allein in meinem schmalen Bett und ich wachte allein auf.

Am Ende der Allee aus knotigen Johannisbrotbäumen mit den vom Alter gekrümmten Stämmen und den ungenießbaren Früchten, die sie wie Schatten umhüllen, parkt er sein Auto, nicht weit von meinem Haus, nicht weit von dem Haus, das er verlassen hat. Die Straße kenne ich, aber nicht die enge Gasse, die von ihr abzweigt.

Das erste Lächeln in den Mundwinkeln, als er die Tür zum Treppenhaus des alten Betonblocks aufstößt, die Wohnungstür, auf der sein Name noch nicht prangt und die sich in einen weißen, fast leeren Raum öffnet, in dem der Geruch von frischer Farbe hängt, das erste Lächeln macht das Atmen schwer. Ich habe es noch nicht geschafft, Möbel zu kaufen, sagt er, ich war erst vorgestern hier und habe sofort unterschrieben, es ist die erste Wohnung, die ich mir angeschaut habe, gefällt sie dir? Seine Stimme hallt zwischen weißen Wänden, verleiht seinen Worten eine gewisse Feierlichkeit, etwas leicht Gezwungenes, als hielte er mir eine Rede, und ich gehe durch die Zimmer, deren Zahl immer größer wird, ich habe das Gefühl, als führte jedes Zimmer in ein weiteres. Sie ist riesig, sage ich mit misstrauischem Erstaunen, wofür brauchst du so viele Zimmer, und er sagt, besser zu viele als zu wenige, nicht wahr? Und ich sage, ja, wenn es möglich ist, und trotzdem frage ich mich, was für ein Leben er sich hier vorstellt, schließlich ist er den ganzen Tag in der Praxis und die Kinder werden wohl nur ein- oder zweimal in der Woche kommen. Versucht er, mir etwas anzudeuten, zu zeigen, dass er uns schon einbezieht, mich und Gili, gehe ich gerade durch die Wohnung, die zukünftig mein Zuhause sein wird, wie ein Mensch, der, ohne es zu wissen, die Straße seiner Zukunft betritt?

Wem wird das gehören, frage ich und deute auf ein vollkommen leeres Zimmer, quadratisch und groß, mit einem schmalen Balkon, der von ihm abgeht wie eine aufgezogene Schublade, und er sagt, Maja hat es sich ausgesucht, und Jotam das daneben, zu meiner Freude haben sie es geschafft, sich nicht um die Zimmer zu streiten, und wieder die Kränkung in den Augenwinkeln, sie waren vor mir hier, seine Kinder, warum eigentlich nicht, schließlich soll das ihr Zuhause werden, und trotzdem, für wen ist das zusätzliche Zimmer bestimmt, auf der anderen Seite des Schlafzimmers, in dem schon ein Bett und ein großer Spiegelschrank stehen. Ich betrachte mich erstaunt darin, es ist ungewohnt, mich neben ihm zu sehen, von weißer Luft umgeben. Das Zimmer ist zwar nicht groß, aber das Geheimnis, das es umgibt, ist groß, und als er sich, neben mir stehend, darin umschaut, schweigt er, auf seinen Lippen erscheint wieder diese Andeutung eines Lächelns, das sich nicht vollendet, ich habe das Gefühl, als beobachtete er mich, als wartete er auf meine Frage, aber ich beende den Rundgang und strecke mich auf dem Sofa aus, das ganz allein im Wohnzimmer steht, betrachte die Aussicht aus dem Fenster, Kiefern, deren hohe Kronen schwer auf den schwachen Stämmen lasten, die nackten Paternosterbäume, die im Frühling mit dem jungen Grün ihr Erscheinungsbild ändern werden, wie ein Haus, das sich plötzlich mit dem Geschrei von Kindern füllt, und mir scheint, als gäbe es nichts, was ich mehr will, als im Frühling hier zu sein, mit ihm, und zu sehen, wie die Bäume wie auf Befehl ihre Stimmung ändern.

Viel Glück im neuen Haus, sage ich, und er sagt, danke, und setzt sich neben mich auf das Sofa, er scheint sich auch nicht wohl zu fühlen angesichts dieser Leere, die noch nicht weiß, wie sie sich füllen wird, denkt er jetzt vielleicht an die Wohnung, die er verlassen hat, an die Sessel und die Sofas und die Teppiche und Bilder, an die Schale mit den roten Birnen, an die Spielsachen und die Zettel auf dem Kühlschrank, an die Kinderstimmen und das unterdrückte Weinen, das aus einem der Zimmer kommt? Das alles ist noch etwas ungewohnt für mich, sagt er, als wollte er sich entschuldigen, ich habe alles sehr schnell gemacht, bevor ich es bereuen konnte, dieser Monat in der Praxis war zu lang, ich musste mir wieder ein Gefühl von zu Hause schaffen, als Ersatz für das Zuhause, das ich gehabt habe. Und eine Frau als Ersatz für die andere, schlage ich vor, und er betrachtet mich amüsiert, eine Frau als Ersatz für die andere, wiederholt er, vielleicht, stört dich das? Und ich sage, nein, eigentlich nicht, solange ich es bin, und er sagt, ja, du bist es, ich glaube, dass du es bist, aber seine Augen irren unruhig zwischen den leeren Wänden umher, als würde er gerade jetzt bemerken, dass über Nacht sein ganzer Besitz verschwunden ist, und ich flüstere, warum schläfst du dann nicht mit mir, und er wendet sich mir zu, als sei er aus einem Tagtraum erwacht, und sagt, natürlich schlafe ich mit dir, die ganze Zeit schlafe ich mit dir, fühlst du das nicht? Und er öffnet langsam die Knöpfe meiner dünnen orangefarbenen

Bluse, lächelt die entblößten Brüste an, wie man alte Bekannte anlächelt.

Das Tageslicht steht dir gut, sagt er heiser, du siehst weicher aus am Tag, und es ist, als glitten die Jeans ganz von allein von meinem Körper, weil der Körper sich selbst danach sehnt, nackt zu sein, wie bei einem kleinen Kind, das sich von der Kleidung gefesselt fühlt, und auch er befreit sich mit erstaunlicher Leichtigkeit von seiner Kleidung, und als er aufsteht, um zu pinkeln, begleitet ihn mein Blick, ich sehe, wie er, in Gedanken versunken, vor der Kloschüssel steht, und ich habe das Gefühl, ihn wie damals zu betrachten, an jenem Schabbat, während unsere Kinder im Nachbarzimmer spielten und er mir vollkommen fremd war, und nun kommt er blass und erregt zu mir, zieht mein Gesicht zu seinem und leckt meine Lippen, denn das war es, was an jenem Morgen hätte passieren sollen und was jetzt passiert, auch wenn aus dem Sommer inzwischen Winter geworden und auf den Bäumen kein einziges Blatt zurückgeblieben ist. Uns ist die große Gnade einer zweiten Möglichkeit zuteil geworden, die Gnade, das Verbotene zum Erlaubten zu machen, und eine hohe und weiße Welle der Dankbarkeit hebt mich hoch, in seine Arme, in dieses Wochenende, als wäre es die Bezeichnung eines Ortes und nicht einer Zeit, der Name einer einsamen Insel, der Wochenendinsel, wo, im Gegensatz zur Insel der Kinder, die Eltern ohne Kinder sind, allerdings nur für eine gewisse Zeit, und sogar Gilis Worte, ich hasse Jotams Vater, verlieren an Kraft, weil dieser wunderbare Mann mit den Haaren, die ihm so aufreizend in die Stirn fallen, und mit den feuchten Augen an diesem Wochenende niemandes Vater ist, er gehört meinem Körper, der sich seinen Bewegungen unterwirft, meinen Ohren, die sich in seine Stimme verlieben, meinen Lippen, die seine Lippen begehren, meinen Fingern, die mit seinen Fingern sprechen, er gehört meinem Körper, der leugnet, dass einmal ein anderes, neues menschliches Wesen in ihm war, der die Scham vergisst, dass irgendwann ein Kind mit einer gewaltigen Anstrengung durch ihn hinausdrang, die Brustwarzen, erregt von seiner Zunge, vergessen, dass einmal ein zahnloser kleiner Mund an ihnen gesaugt hat und süßliche Milch aus ihnen getropft ist, alle Körperteile wollen nur Lust.

Es ist nicht zu früh für dich, du vertraust mir schon, flüstert er, und ich zittere seinem Glied entgegen, das sich mir nähert, umfange es wie ein Ring, verbinde uns beide mit rhythmischen Bewegungen, die auf einen unbekannten Punkt hinzielen, verborgen wie ein kostbarer, schon beim Aufwachen vergessener Traum, ja, ich vertraue dir, allein schon, weil du gefragt hast, und wenn die Lust kommt, wird sie an die Tür klopfen wie ein ersehnter Gast, sie wird volle Körbe in den Händen tragen, sie wird schwer und langsam sein, golden wie eine Honigwabe, die in der Sonne schmilzt, und wir werden weich und klebrig sein, als wären wir aus warmem Teig, duftende Menschenpuppen, eng umschlungen werden wir uns umdrehen, meine Haare in seinem Mund, seine Hände auf meinen Schulterblättern, mein Gesicht an seinem Hals, wir werden in einem dämmrigen Schlummer versinken, der weder Schlaf noch Wachen ist, sondern das langsam einsickernde Erinnern des Körpers an sein Glück, und in diesem Erinnern verdoppelt und verdreifacht sich die Lust, bis es scheint, als könnte der Körper sie nicht fassen, als könnte die Wohnung sie nicht fassen, auch nicht die schmale abschüssige Gasse und nicht die ganze Stadt, die unter der Lust stöhnt, und vor den Fenstern heult die Sirene, die den Schabbat ankündigt, und obwohl sie von einem elektrischen Gerät hervorgebracht wird, scheint sie aus dem Himmel zu brechen, teilzunehmen an diesem bräutlichen Fest, seinen Segen mit dem Segen der feuchten Steine zu vermischen, der nackten Zweige, und ich weiß, dass ich mich künftig an jedem Freitagabend, wenn ich die Schabbatsirene höre, an diesen Moment erinnern werde, und dieser Moment wird sich an mich erinnern, und selbst wenn er sich nie wiederholen wird, wird mich das Wissen, dass er möglich war, begleiten wie ein Gebet, dessen Worte vergessen sind, und ich stütze mich auf die Ellenbogen und betrachte sein Gesicht, es ist mir vertraut geworden, als hätte er sich dort neben mir versteckt, eine Höhle in die Erde des Orangenhains gegraben, eine Höhle, die uns beide verschlingen wird.

Die kühle winterliche Dunkelheit bedeckt die Steine der Häuser und die schweren Wipfel, und es scheint, als bemühten sich die Heizungslamellen, die aus der Wand ragen, vergeblich, die große, leere Wohnung zu erwärmen, die noch kein wirkliches Leben beherbergt, und als ich die Hand nach der Bluse ausstrecke, die vor dem Sofa liegt, nimmt er meine Hand, warte, zieh dich noch nicht an, er steht auf und holt eine Decke aus dem Schlafzimmer, eine leichte Decke, und er deckt mich bis zu den Schultern zu, streichelt meine Haare und breitet sie über das Kissen aus, schweigend, und eigentlich ist noch nichts gesagt worden, als hätten wir beide Angst, als hätten die Worte selbst Angst vor dem, was sie bewirken könnten, davor, den Zauber dieses Abends zu vertreiben, eines Abends, der die Fenster mit immer dichteren und dunkleren violetten Vorhängen bedeckt.

Schweigend beobachte ich, wie er den Hahn aufdreht und den Wasserkessel füllt, wie er den Kuchen aus der Tüte holt, ein Messer aus der Schublade nimmt, einen Teller aus dem Schrank, und jede Bewegung ist wunderbarer als die vorherige. Meine Glieder scheinen vergessen zu haben, wie man sich bewegt, sie liegen wie gelähmt da, eine gewollte Lähmung hat mich erfasst. Wie großartig dieser Mann ist, der mich mit einer solchen Natürlichkeit versorgt, wie tief die Zufriedenheit des Nichtstuns, als wären neue Gesetze in die Welt gekommen und man müsste sich um nichts mehr bemühen, die Gaben kommen eine nach der anderen, in einer nie endenden Folge, und als er das Tablett neben mich auf das Sofa stellt, sagt er, jetzt kannst du dich nicht mehr beklagen, dass wir noch nicht miteinander geschlafen haben, und ich lache, ich glaube, ich werde mich nie mehr beklagen, ich werde mir einen neuen Lebensinhalt suchen müssen, und er lacht, warum, hast du dich sonst so oft beklagt? Und ich sage, ohne Ende.

Über was zum Beispiel, fragt er, hält mir die Tasse mit dem warmen Kaffee hin, und ich nehme einen schnellen Schluck, ein paar Tropfen rinnen mir aus dem Mund auf die Brust, und er lacht und leckt sie auf, und ich seufze, was spielt das für eine Rolle, warum soll ich mich an mein früheres Leben erinnern, das mir jetzt wie ein schmaler dunkler Weg vorkommt, voller Schlaglöcher und Hindernisse, ein Weg, der nur dazu bestimmt war, mich zu diesem Moment zu führen, zu dieser Wohnung, zu diesem Mann, und leichtsinnig wische ich mit der Hand all die Jahre meines Lebens weg, als hätte es bisher keine einzige bedeutende Minute gegeben, als wäre kein einziger Faden von meinem früheren zu meinem jetzigen Leben gespannt worden, und mit dem Stolz desjenigen, der aus einer Katastrophe errettet wurde und glaubt, sein Glück sei beschlossene Sache, wiederhole ich, was spielt das für eine Rolle, ich werde mich nie mehr beklagen, über nichts, und er betrachtet mich amüsiert, Versprechungen, die im Bett gegeben werden, sind nicht viel wert, das weißt du. Seine Hände spielen mit meinen Haaren wie ein Kind, das wieder und wieder das Fell der Katze streichelt und auf das beruhigende Schnurren wartet.

Der erstickte Schrei eines fliehenden Vogels steigt plötzlich aus der Tiefe meiner Handtasche auf, verblüfft mich gerade dadurch, dass er mir so vertraut ist, und ich wühle in meiner Tasche, nur um zu sehen, ob es Gili ist, aber auch als ich sehe, dass es sich um eine andere Nummer handelt, gehe ich ran, ich höre ihre raue, immer durchdringende Stimme, wo bist du, Ellinka, du bist den ganzen Tag nicht zu Hause, beklagt sich meine Mutter, und ich sage, ich bin bei Freunden, und sie fragt, Freunden von Gili, als hätte ich schon keine eigene Existenz mehr, und aus irgendeinem Grund antworte ich, ja, und sie fragt, erinnerst du dich daran, dass wir ausgemacht haben, dass ihr heute zu uns zum Essen kommt, du und der Junge, und ich habe es natürlich vergessen, vermutlich habe ich gedankenverloren eingewilligt und nicht daran gedacht, dass Gili an diesem Wochenende überhaupt nicht bei mir ist. Also kommt um sieben, sagt sie, ich habe für ihn den süßen Auflauf vorbereitet, den er so gern hat, und ich bestätige es kurz angebunden, weise sie nicht auf den Irrtum hin, auf die veränderten Pläne, ich füge mich in die Einladung, die sich vor mir auftut wie ein Urteilsspruch, dem ich mich nicht entziehen kann, denn in mir wächst die Lust, sie heute Abend zu überraschen, sie mit meinem neuen, unerwarteten Glück zu provozieren, den Segensspruch, der mir hier zuteil wurde, dem Fluch entgegenzustellen, der in ihrem Haus über mich gesprochen wurde.

Ich wende mich mit einer weichen Stimme an ihn, Oded, ich habe etwas für uns vor, ich hoffe, du hast nichts dagegen, und er ist überrascht, wirklich, ich hoffe nur, dass keine anderen Menschen beteiligt sind, und ich sage, nicht viele, nur zwei, ein Paar, und er protestiert, Ella, du musst mich fragen, bevor du so etwas ausmachst, ich sehe die Woche über so viele Leute, dass ich am Wochenende allein sein muss, und ich sage, ich hatte es ganz vergessen, und jetzt kann ich nicht mehr absagen. Na gut, meinetwegen, sagt er seufzend, um wen geht es? Er hebt mein Kinn, das ich schon beleidigt gesenkt habe, zu sich hoch, und ich sage, um meine Eltern, ich möchte, dass wir zum Abendessen zu meinen Eltern gehen, und er weicht zurück, findest du nicht, dass es noch zu früh ist, mich wie einen neuen Bräutigam vorzuführen? Aber ich bleibe stur, wenn es dir nicht zu früh vorkommt, mit mir zu schlafen, dann ist es auch nicht zu früh, mit mir zu meinen Eltern zu gehen.

Was hat das eine mit dem anderen zu tun, murrt er, woher hast du diese bürgerlichen Vorstellungen, wen willst du bestrafen, wissen sie überhaupt, dass du nicht allein kommst? Natürlich wissen sie das, sage ich, und er schnaubt unwillig, lass mich darüber nachdenken, ich gehe duschen. Sein schmaler Rücken bewegt sich steif, als könnte eine unvorsichtige Bewegung die alte Wunde auf seiner Brust aufreißen, und ich wickle mich in die Decke und stelle mich ans Fenster, der Wind bewegt die Baumwipfel, als wären sie eine Herde riesiger Tiere, die nachts zum Leben erwachen und sich in der Dunkelheit langsam vorwärts bewegen, morgen werden sie schon woanders sein, und ich wende das Gesicht und betrachte vom Fenster aus das Zimmer, in dem ein einziges Sofa steht, dicht an der Wand, und versuche, in der Vorstellung die Möbel aus meiner Wohnung herzubringen, sie wiegen nicht viel, schweben durch die Luft, ein Sofa und zwei Sessel und ein orangefarbener Baumwollteppich, und Bücherregale, in denen sich traurige leere Fächer auftun wie Augenhöhlen, und hinter ihnen flattert ein Junge mit herbstlaubfarbenen Augen, die Hände voller Spielsachen, die beim Fliegen zu Boden fallen. Als ich ein Kind war, hatte ich keine Wohnung, den Orangenhain neben unserem Haus liebte ich wie mein Zuhause, nur dort war ich sicher, wenn über meinem Kopf die Sonnenstrahlen die Baumwipfel mit goldenen Fäden zusammennähten.

Ich muss gestehen, dass es mir schwer fällt, es dir abzuschlagen, sagt er, als er zurückkommt, die zerbrechliche Brust noch immer entblößt, einen leichten Duft nach Lavendel verströmend, er hat schwarze Hosen übergestreift, die ihm zu groß sind, seine Hände schließen den Gürtel um die Hüfte, aber es passt mir jetzt wirklich nicht, sei nicht gekränkt, ich möchte vorläufig dein Geliebter sein, mach noch keinen Bräutigam aus mir, und ich sage, in Ordnung, kein Problem, ich werde allein hingehen, und ich mache einen Satz, als würde der Boden unter meinen Füßen brennen, laufe zum hellblau gekachelten Badezimmer und dusche schnell, der Dunst, der seinen Körper berührte, hat sich noch nicht aufgelöst und hüllt mich ein, mich und die Kränkung, die immer mehr anschwillt, obwohl mir klar ist, dass er Recht hat, woher stammt der Drang, meine Eltern zu provozieren, sie mein junges Glück mit kalten Fingern in die Wangen zwicken zu lassen, und ich beschließe schon aufzugeben, aber als ich, in ein Handtuch gewickelt, ins Zimmer zurückkomme, erwartet er mich an der Tür, in einem weißen Hemd und einem dunklen Jackett, die feuchten Haare nach hinten gekämmt, als handle es sich um ein offizielles Ereignis, und sagt, ich habe mich inzwischen an die Idee gewöhnt, wenn du es unbedingt willst, hast du vermutlich gute Gründe dafür.

Gib mir Anweisungen, bittet er, als wir die Wohnung verlassen, willst du, dass ich einen guten oder einen schlechten Eindruck mache? Und ich sage, einen schlechten, was soll diese Frage, und er nickt ernsthaft, gut, ich werde mir Mühe geben, sagt er und nickt noch einmal, als lastete eine schwere

Verantwortung auf seinen Schultern, schweigend geht er neben mir durch die Straßen, die so still und dunkel sind wie auf einem alten Foto. Die Geräusche des Abends, seine Farben und Düfte sind hinter den vor der Kälte geschlossenen Fenstern verborgen, das Leben hat sich im Nebel aufgelöst und plötzlich sind die Straßen menschenleer, und ich überlege, ob vielleicht alle etwas wissen, was nicht an unsere Ohren gedrungen ist, bringt sich der, der das Haus verlässt, in Lebensgefahr, und ich sehne mich danach, in die leere Wohnung zurückzukehren, in der ich vollkommenes Glück erfahren habe. Von Zeit zu Zeit wirft er mir einen gleichgültigen, amüsierten Blick zu, seine Schritte sind gemessen, und dann gehen wir die rot gefliesten Stufen hinauf, und sein Gesichtsausdruck verändert sich, als ich zugebe, sie werden ein bisschen überrascht sein, dich zu sehen, sie glauben, dass ich mit Gili komme.

Das ist nicht in Ordnung, Ella, sagt er böse, du hast gesagt, sie wissen es, und ich kichere, ich habe gesagt, sie wissen, dass ich nicht allein komme, genau so hast du deine Frage formuliert, und er seufzt, ich hoffe, dass du dir gut überlegt hast, was du tust, mir erscheint es eher überflüssig, bei dieser Kälte das Haus zu verlassen, nur um deine Eltern in Verlegenheit zu bringen, und ich drücke mich an ihn und küsse seine Wange, und bevor ich die Hand nach dem Klingelknopf ausstrecke, geht die Tür auf und mein Vater tritt auf den dunklen Absatz, den Blick auf den Punkt gesenkt, wo Gilis kleiner Kopf auftauchen müsste, und er breitet die Arme aus und sagt, wer kommt da zu Opa, wer kommt, um mit Opa Schach zu spielen?

Ich, antwortet Oded mit seiner dunklen Stimme, und mein Vater richtet sich überrascht auf und drückt schnell auf den Lichtschalter, seine hübschen Gesichtszüge verdunkeln sich, Ella, sagt er, wir haben gedacht, du kommst mit

Gili, er ignoriert den Mann neben mir, obwohl seine Augen auf ihn gerichtet sind. Ich habe im letzten Moment meine Pläne geändert, das ist Oded, verkünde ich fröhlich, als wäre mir inzwischen ein neues Kind geboren worden, und mein Vater blinzelt zornig und angespannt und zwingt seine Lippen zu einem etwas zu breiten Lächeln, das grau gewordene Zähne entblößt. Bitte, tretet ein, sagt er mit einer feierlichen Handbewegung, als erlaubte er uns, einen prachtvollen Palast zu betreten, und meine Mutter kommt aus der Küche auf uns zu, ein abgenutzter Flanellmorgenrock hängt ihr um den Körper, ihre Füße stecken in alten Hausschuhen, die überhaupt nicht zu den stilisierten Fliesen passen, auf denen sie sich schwerfällig bewegt, Ellinka, du hast mir nichts gesagt, verkündet sie, um vor meinem Vater klarzustellen, dass sie an diesem bösen Plan nicht beteiligt war, sie wirft ihm schnelle Blicke zu, und als sie sich neben ihn stellt, wundere ich mich wieder, wie sie es immer schafft, kleiner auszusehen als er, obwohl sie größer ist.

Entschuldigt mich einen Moment, sagt sie und watschelt wie eine aufgeschreckte Ente zum Schlafzimmer, um sich umzuziehen, und mein Vater wiederholt seine Einladung, bitte, tretet doch ein, obwohl wir schon eingetreten sind, setzt euch bitte, und ich setze mich auf meinen Platz an dem runden Küchentisch, schaue Oded an und deute auf den Stuhl neben mir, auf dem, wie üblich, ein besticktes Kissen für Gili liegt, um den Sitz zu erhöhen, und er setzt sich gehorsam darauf, vor ihm, auf dem Tisch, steht Gilis Teller, auf den zwei bunte Ungeheuer gemalt sind, dazu eine Plastiktasse und daneben ein Strohhalm, ein Zwergenbesteck, und niemand macht sich die Mühe, das Gedeck für ihn auszutauschen, auch ich nicht, schon überkommt mich Reue angesichts unseres Überfalls. Oje, wenn ich nur wüsste, was sein wird, sagt meine Mutter und eilt, in einem abgewetzten

Pullover, in die Küche zurück, murmelt dabei, ich habe ihm sein Lieblingsessen gekocht, Hühnersuppe und süßen Auflauf mit Rosinen, als wäre die Tatsache, dass der Junge diesmal fehlt, etwas Endgültiges, als würde ab jetzt an seiner Stelle immer dieser blasse Mann in dem schwarzen Jackett und mit den kalten schwarzen Augen erscheinen.

Mit unhöflicher Eile, ohne Vorbereitung und ohne Zeremonie, stellt sie eine kleine Plastikschüssel mit lauwarmer Suppe vor den ungebetenen Gast, als weigerte sie sich hartnäckig, anzuerkennen, dass er erwachsen ist, und mein Vater streckt nervös die Hände nach seinem Schüsselchen aus und ich tue es ihm nach, als wären wir Bedürftige in einer Armenküche, und zu meinem Erstaunen scheint der Einzige, der sich an diesem Tisch wohl fühlt, Oded zu sein, der völlig ungezwungen den kleinen Löffel hält, klein wie ein Spielzeuglöffel, und schweigend seine Suppe schlürft, er schaut sich in der Küche um, die auffallend eng ist und deutlich die Ablehnung ihrer Bewohner gegenüber körperlichen Bedürfnissen demonstriert. Unter dem Tisch lege ich die Hand auf sein Knie, aber er reagiert nicht, wer weiß, was er denkt, schließlich ist er auch mir noch fremd, nicht nur ihnen, es scheint, als hätte ich ihn vor einer Minute auf der Straße aufgelesen, als Gast für die Laubhütte, die ich gebaut habe, und ich überlege, ob er sich jetzt an die Freitagabendessen mit seiner Frau und den Kindern und seinen Schwiegereltern erinnert, ob er vielleicht gleich den Zwergenlöffel hinlegt, aufsteht, sich verabschiedet und zu ihnen geht.

Mein Vater versucht, einem falschen Eindruck vorzubeugen, und sagt, normalerweise essen wir im Wohnzimmer, wenn wir Gäste haben, wir dachten, heute seien wir nur Familie, und Oded sagt, das ist völlig in Ordnung, es ist hier sehr gemütlich, und meine Mutter fragt mit ihrer weinerlichen Stimme, also, wo ist Gili? Bei seinem Vater, antworte ich ungeduldig, jedes zweite Wochenende ist er bei seinem Vater, und sie sagt, ja, ich weiß, aber ich habe geglaubt, er wäre letztes Wochenende dort gewesen, bist du sicher, dass du die Termine nicht durcheinander gebracht hast? Sie schaut Oded vorwurfsvoll an, als wäre er schuld an dem Durcheinander, und fährt fort, meiner Meinung nach seid ihr durcheinander gekommen, und mein Vater unterbricht sie und wendet sich endlich an den Gast, wie ist doch Ihr Name, bitte, und ich antworte schnell für ihn, wie eine überfürsorgliche Mutter, er heißt Oded, aber mein Vater lässt nicht locker, anscheinend ist er entschlossen, herauszufinden, was für ein Mann da in seiner Küche sitzt und was er mit mir zu tun hat, jedenfalls legt er den Löffel auf den Tisch und fragt, seid ihr Arbeitskollegen, beschäftigen Sie sich auch mit Archäologie? Und Oded antwortet kurz, in gewisser Weise.

Auf welchem Gebiet genau, fragt mein Vater weiter, und Oded antwortet, auf dem menschlichen Gebiet, könnte man sagen, und mein Vater verkündet, aha, Sie meinen die DNA, nicht wahr, forensische Archäologie, das ist sehr interessant, und dann will er noch wissen, kennen Sie Amnon? Und Oded nickt und sagt, ja, mehr oder weniger, und ich sehe meinem Vater die Erleichterung darüber an, dass Oded offenbar eine Art Freund der Familie ist. Wenn es nach meinen Eltern ginge, müsste ich als Sühne für meinen Fehler allein alt werden, müsste mein Leben ausschließlich Gili widmen, dem ich Unrecht zugefügt habe, das höre ich aus dem harten Klappern der Löffel in den Schüsselchen, das habe ich eigentlich mein Leben lang gehört, immer war das Auftauchen eines Liebhabers sofort mit Schuld verbunden, als handelte es sich um einen unsühnbaren Betrug, einen Betrug an der unausgesprochenen Verpflichtung ihnen gegenüber, an dem Auftrag, für den sie mich bestimmt haben, aber vorläufig scheint sich mein Vater beruhigt zu haben, sein Interesse hält sich in Grenzen, die vage Antwort befriedigt seine Neugier, mehr braucht er vom Leben des anderen nicht zu wissen, schließlich ist es nur ein schwaches Echo seines eigenen Lebens, und jede Leistung eines anderen schmälert seine eigene, und schon erhebt er seine Stimme, wie es seine Art ist, und erzählt von sich, angespornt durch die Anwesenheit des Gastes.

Ich bin diese Woche von einem Kongress in Mexico City zurückgekommen, verkündet er, bei dem es um den neuen Antisemitismus ging, ihr werdet es nicht glauben, was dort gesagt wurde, unerträgliche Dinge, die Juden seien selbst schuld an dem Hass gegen sie, weil sie zu verschieden und gleichzeitig zu ähnlich seien, zu stark und gleichzeitig zu schwach, zu lebendig und zu tot, jedenfalls sind sie immer verantwortlich. Ist euch klar, dass es heute in einigen Ländern das Phänomen des Antisemitismus ohne Juden gibt? Der Jude existiert gleichsam universal, genau wie Sartre gesagt hat, der Antisemit ist es, der den Juden erschafft, um seine Ängste vor sich selbst auf ihn zu projizieren, nicht vor den Juden fürchtet er sich, sondern vor sich selbst, vor seiner Freiheit, vor seiner Einsamkeit, und ich habe zu ihnen gesagt, erforschen Sie sich aufrichtig, meine Herren, vielleicht fürchten Sie auch sich selbst. Vielleicht fürchten Sie sich vor einer Veränderung, er spricht nun noch lauter, wendet sich mit Nachdruck an uns, als wären wir diejenigen, die Widerwillen und Abscheu in ihm auslösten.

David, du isst gar nicht, beschwert sich meine Mutter, ich möchte jetzt den Fisch servieren, und er unterbricht für einen Moment seinen Vortrag und löffelt hastig die inzwischen kalt gewordene Suppe, es fehlt schon wieder Salz, verkündet er und schnalzt unwillig mit der Zunge, und sie protestiert, aber beim letzten Mal hast du gesagt, die Suppe wäre versalzen, erinnerst du dich, Ellinka, dass er das gesagt hat? Und für einen Moment schauen sie mich beide gespannt an, wem würde ich diesmal beistehen, denn das ist die einzige Aufgabe einer einzigen Tochter, die selbst fast überflüssig ist, schließlich kümmert sich der Vater um seine eigenen Angelegenheiten und die Mutter um den Vater. Was spielt das für eine Rolle, beklage ich mich, warum soll ich mich überhaupt daran erinnern, obwohl ich mich genau daran erinnere, dass es so war, und er sagt, das habe ich nie gesagt, du nimmst immer zu wenig Salz, und dann fällt ihm wieder ein, dass wir einen Gast haben, er bricht in lautes, gezwungenes Lachen aus und schiebt die Diskussion beiseite, und sie räumt gekränkt die noch halb volle Schüssel ab und stellt eine Scheibe saftigen rosafarbenen Lachs vor ihn hin, gesprenkelt mit schwarzen Pfefferkörnern.

Fast ohne Gräten, verkündet sie stolz, als habe sie höchstpersönlich das Netz ausgeworfen, und sofort bekomme auch ich ein Stück Fisch, etwas kleiner als seins, und auch ihr Teller füllt sich, und dann häuft sie Nudelauflauf auf den Teller des Gastes, schlägt bedauernd die Hände zusammen, oh, es gibt nicht genug Fisch, entschuldigen Sie, Ohad, der Junge mag keinen Fisch, deshalb habe ich Auflauf gemacht, und ich korrigiere sie, Oded, nicht Ohad, und biete ihm sofort meine Portion an, nimm meinen Fisch, ich habe wirklich keinen Hunger, und er betrachtet uns amüsiert, kein Problem, ich esse den süßen Auflauf mit Vergnügen, meine Mutter hat immer genau den gleichen gemacht, zwischen seinen Fingern lächelt Mickymaus von dem Zwergenbesteck, aber er isst genüsslich, lobt den Auflauf, und meine Mutter erkundigt sich, ob auch kein Zucker fehlt, bevor sie selbst anfängt zu essen, und er sagt, nein, es fehlt gar nichts, und ignoriert die Unhöflichkeit, die ihm zuteil wurde.

Mein Vater lässt nicht locker, der neue Antisemitismus

verkleidet sich als Antinationalismus, verkündet er, man bezeichnet uns als reaktionären Überrest der Vergangenheit, als versteinertes Volk, das sich selbst isoliert, er wendet sich an Oded, was halten Sie von diesem Thema, aber er hat kein ehrliches Interesse an der Meinung seines Gegenübers, er stellt die Frage, um ihn zu beschämen, er wirft mir einen Blick zu, als wollte er mich daran erinnern, dass er immer klüger sein wird als irgendein Freund, den ich mitbringe, es gibt an diesem Tisch keinen Platz für einen anderen Menschen, den hat es nie gegeben, hier ist nur Platz für ein schweigendes, achtungsvolles Publikum. Wie habe ich diese Mahlzeiten gehasst, jeden Abend wieder, das Erstickungsgefühl, das mich in seiner Anwesenheit immer befallen hat, denn wenn ich versucht habe, eine andere Meinung als seine vorzubringen, hat er mich wütend unterbrochen, er war nur bereit, mich als seine Widerspiegelung zu akzeptieren, es hat den Anschein, als könnte ich nur mit Gili einigermaßen ruhig an ihrem Tisch sitzen, indem ich ihn als menschlichen Schild benutze, aber der ungebetene Gast fürchtet sich nicht vor ihm, so wie ich es tue, und er neigt auch nicht zum Streit, wie sich herausstellt, ich glaube, es handelt sich hier um eine Korrelation zwischen Reiz und Reaktion, sagt er ruhig, wenn die reagierende Partei von einer krankhaften Empfindlichkeit dem aufreizenden Element gegenüber befallen ist, dann ist das zweifellos eine Verselbstständigung der Reaktion, er konzentriert sich wieder auf seinen Auflauf, legt allmählich die Ungeheuer auf dem Teller frei, das eine reckt den langen Schnabel, das andere fletscht die Zähne, und ich überlege, ob er an unsere Abmachung denkt oder ob er sich gegenüber Fremden immer so verhält, beherrscht, verschlossen, unverbindlich.

Und trotzdem, man kann die äußerst gefährliche Zunahme des neuen Antisemitismus unmöglich ignorieren, denn er ist schon bis in die akademischen Kreise eingedrungen, auch in der israelischen Öffentlichkeit, sagt mein Vater, sogar mit Amnon und Ella hatte ich bereits einige Auseinandersetzungen darüber, und als er Amnon und Ella sagt, verlangsamt sich sein Redefluss erstaunlicherweise, er räuspert sich, nimmt einen Schluck Wasser und wendet sich anklagend an meine Mutter, ich glaube, ich habe eine Gräte verschluckt, hast du nicht gesagt, der Fisch sei ohne Gräten? Sie verteidigt sich sofort, ich habe gesagt, fast ohne Gräten, ich bin doch nicht für jede Gräte verantwortlich, und ich sage, wenn du sie verschluckt hast, ist es doch egal, vergiss es, und er trinkt ängstlich Wasser, sein Adamsapfel bewegt sich nach oben und unten, ich glaube, sie steckt noch fest, verkündet er mit besorgter Stimme, als wäre damit sein Schicksal besiegelt, und ein heftiger Husten schüttelt ihn, aber als meine Mutter aufsteht und ihm mit aller Kraft auf den Rücken schlägt, fährt er sie wütend an, was machst du denn da, Sarah?

Nehmen Sie ein Stück Brot, schlägt Oded höflich vor, macht zum ersten Mal freiwillig den Mund auf, das könnte helfen, und meine Mutter bricht schnell ein Stück vom Weißbrotzopf ab und hält es meinem Vater hin, wir alle schauen zu, wie er es vorsichtig kaut und schließlich hinunterschluckt, langsam und bedächtig, und wieder fängt er an zu husten, bis seine Augen tränen und sein glattes Zinngesicht eine bläuliche Farbe annimmt, und sie umkreist ihn verzweifelt, was machen wir, David, probier es noch einmal mit Brot, und er zischt sie mit schwacher, ungeduldiger Stimme an, ich habe schon einen halben Zopf gegessen, es hilft nichts, und der vorübergehende Verlust seiner lauten klangvollen Stimme wischt den stolzen, selbstzufriedenen Ausdruck aus seinem Gesicht, seine Augen sind rot und feucht, er greift sich mit der Hand an den Hals, schreckt zurück vor dem Schmerz. Vielleicht sollten wir zur Notaufnahme fahren, Davidi, schlägt meine Mutter vor, man muss sie dir herausziehen, und er schnauzt sie an, nenn mich nicht Davidi, und außerdem gehe ich nicht zur Notaufnahme. Seine Stimme wird von Sekunde zu Sekunde schwächer, als würden die Stimmbänder bald zerreißen, und zu meiner Überraschung sehe ich, wie Oded von dem Stuhl mit Gilis Kissen aufsteht und sagt, lassen Sie es mich probieren, haben Sie eine Taschenlampe und eine Pinzette? Meine Mutter rennt los, um die verlangten Gegenstände herbeizuholen, und hält sie ihm sogleich hin, wie die gehorsame Assistentin eines Zahnarztes.

Die Augen meines Vaters folgen angstvoll dem Geschehen, es ist deutlich, dass er keine Lust hat, seine Kehle den Händen eines Fremden zu überlassen, aber noch weniger Lust hat er, zur Notaufnahme zu fahren, er legt folgsam den Kopf zurück und macht den Mund auf, entblößt seine langen grauen Zähne, das lilafarbene Zahnfleisch, seine zitternde Eidechsenzunge, und Oded richtet den Lichtstrahl der Taschenlampe in seinen Mund, drückt mit einer geübten Armbewegung den Kopf meines Vaters gegen seine Hüfte und presst seine Wangen zusammen, als fürchte er sich vor einem Biss, während meine Mutter und ich das Schauspiel gespannt beobachten. Einen Moment lang sieht es aus, als versuchte ein grausamer Einbrecher einem hilflosen Greis, der ihn entsetzt anstarrt, die Goldzähne aus dem Mund zu brechen, doch dann sagt er beruhigend, ich glaube, ich sehe sie, versuchen Sie stillzuhalten. Nimm die Taschenlampe, befiehlt er und übergibt mir die Verantwortung für die Beleuchtung, dann schiebt er seine mit der Pinzette bewaffnete Hand tief in den Mund, und ich schaue zu und erinnere mich daran, dass diese Finger vor gar nicht langer Zeit in meinem Körper versunken sind, und bei diesem Gedanken überläuft mich ein Wonneschauer, der auch die Taschenlampe erzittern lässt, genau in dem Moment, als er verkündet, ich habe sie, als handelte es sich um eine lebendige Beute, die fähig ist, um ihr Leben zu rennen, und während mein Vater vor Schmerz und Erleichterung einen Seufzer ausstößt, zieht Oded eine erstaunlich große Gräte hervor.

Alle Achtung, Ohed, alle Achtung, sagt meine Mutter, seinen Namen hartnäckig entstellend, und klatscht vor Aufregung in die Hände, und mein Vater setzt sich schnell wieder aufrecht hin und beeilt sich, die Haare zurechtzustreichen, die Schande seines geöffneten Rachens zu überspielen, seine Ehre wiederherzustellen, die unter anderem auf der Leugnung körperlicher Gegebenheiten beruht, und er hüstelt, um sich zu versichern, dass die Gräte entfernt ist, betrachtet den Gast mit neuer Achtung, wie einen schlechten Studenten, der plötzlich mit guten Leistungen überrascht. Vielen Dank, wirklich, alle Achtung, ich bin Ihnen zu Dank verpflichtet, sagt er und fügt erstaunt hinzu, Sie haben das sehr routiniert gemacht, als wären Sie Arzt, und Oded gibt zu, ja, ich bin auch Arzt, und mein Vater gerät ganz aus dem Häuschen, was Sie nicht sagen, ein Arzt und Archäologe? Das ist eine außergewöhnliche Verbindung, und Oded korrigiert ihn bescheiden, ich bin Psychiater, das ist weniger außergewöhnlich.

Haben Sie nicht gesagt, Sie seien Archäologe, fragt mein Vater erstaunt, und Oded antwortet, nein, nicht ganz, aber vermutlich entstand dieser Eindruck, und mein Vater ruft aus voller Kehle, aber warum? Warum haben Sie Ihren Beruf verschwiegen? Ich habe ein großes Interesse an der Psychopathie, und schon trauert er all den Vorträgen nach, die er dem schweigsamen Gast hätte halten können, um ihn mit seiner Gelehrsamkeit zu verblüffen, mit seiner Originalität, und Oded lächelt verlegen, die Wahrheit ist, dass ich versuche, es nicht laut zu sagen, denn sobald die Menschen wissen, dass ein Psychiater unter ihnen ist, fangen sie an, sich seltsam zu verhalten. Ja, fragt mein Vater interessiert, in welcher Hinsicht, er sieht sich selbst sofort als Ausnahme von der Regel, und Oded sagt, sie hören auf, natürlich zu sein, sie glauben, dass jedes ihrer Worte auf die Goldwaage gelegt wird, obwohl ich mich in meiner Freizeit wirklich nicht damit beschäftige, und mein Vater bricht wieder in sein anerkennendes Lachen aus, und ausnahmsweise stimmt meine Mutter mit ein, sie deutet auf den Plastikteller, als würde sie ihn erst jetzt bemerken, oh, was werden Sie über uns denken, dass wir Ihnen Kinderessen auf einem Kinderteller vorgesetzt haben.

Ich werde denken, dass Sie Ihren Enkel sehr lieb haben, sagt er sanft, schaut erst sie mit seinen dunklen Augen an, dann mich, komm, Ella, wir müssen gehen, und die Art, mit der er wir sagt, langsam und betont, erregt mich, weckt meine uralte Sehnsucht nach dem rettenden Mann, der mich aus den Raubtiermäulern dieses Paares befreit, dieses Wir schließt sie nicht ein, nur mich und ihn, ein neues Paar, das keinen gemeinsamen Familiennamen hat und keine Wohnung und kein Kind und das trotzdem Wir heißt, und dieses einfache Wort, von seinen Lippen ausgesprochen, wird zu einem kostbaren Geschenk.

Ihr wollt schon gehen, fragt mein Vater enttäuscht, offensichtlich betrübt über den frühzeitigen Verlust seines Publikums, und ich sage, ja, wir haben noch etwas vor, und ich genieße seine Enttäuschung, siehst du, niemand ist gestorben, nur du wärst es fast, Gili lebt, und ich lebe, wie ich noch nie gelebt habe, weil du es nicht zugelassen hast, ausgerechnet du, der du mir das Leben geschenkt hast, hast mich davon abgehalten, und dann steht er auf und schüttelt anerkennend Odeds Hand, ich danke Ihnen noch einmal, sagt er, kommen Sie doch bei Gelegenheit einmal bei mir vorbei, ich würde mich sehr freuen, mit Ihnen über Ihr Fachgebiet zu diskutieren, gerade habe ich einen spannenden Artikel gelesen, der Zweifel an den Fähigkeiten der Menschen zu einer Veränderung erhebt, ich würde mich freuen, Ihre Meinung zu hören, und höflich wiederholt er, ja, kommen Sie doch einmal vorbei, er beharrt darauf, ihn im Singular anzusprechen, als weigere er sich, unser Wir anzuerkennen, und Oded lächelt ihn an, danke, ich werde es versuchen.

Die dunkle kalte Faust der Nacht schlägt uns plötzlich entgegen, als wir aus dem Haus treten, die Straßenlaternen sind schon aus, trotz der frühen Stunde, und der Mond reißt einen schmalen Lichtspalt in den Himmel, ich halte Odeds Arm fest, versuche, das Wir zu intensivieren, eine wilde Freude schmiedet mich an ihn, als sei es nur ihm zu danken, dass ich hier gehe, als habe sich nur seinetwegen der Fluch gelöst, der aus dieser lilafarbenen Kehle hervorgebrochen war, mit geübten Fingern hat er ihn für mich herausgezogen, und es ist nicht nur der Fluch, der vor einigen Monaten für meinen Sohn bestimmt war, sondern auch der viel ältere Fluch, der sich bei meiner Geburt auf mich legte, ausgerechnet aus dem Mund desjenigen, der mir das Leben gegeben hat. Dankbar schmiege ich mich an ihn, küsse seinen kalten Hals, seine Lippen, an denen noch der Geschmack des süßen Auflaufs haftet, und plötzlich brenne ich darauf, mich ihm hinzugeben, ihm so vollkommen anzugehören, als wäre ich ein Teil von ihm, ich bin bereit, ihn in einen der Hinterhöfe zu zerren, meinen Mantel auszuziehen und mich unter dem mit blassen Sternen übersäten Himmel auszustrecken, er atmet genussvoll, warum hier draußen, in der Kälte, murmelt er, komm nach Hause, und dieses Wort, nach Hause, wird mir wie ein zusätzliches

Geschenk überreicht, ich gehe schweigend neben ihm her, meine Hand um seine Hüfte gelegt, seine Haut verströmt einen schwachen Duft nach Lavendel, und jeder Schritt bringt uns näher nach Hause, zu dem Palast, der in der Dunkelheit leuchtet.

Ich bin froh, dass du mich heute Abend mitgenommen hast, sagt er schließlich, nachdem ich mich schon mit dem Schweigen abgefunden habe, und ich frage, warum, und er sagt, weil ich dich jetzt noch mehr liebe, und ich klammere mich an diesen Satz, der so dahingesagt ist, und zerlege ihn in zwei Sätze, ich liebe dich, ich liebe dich noch mehr, und ausgerechnet der erste, der grundlegendere von beiden, der noch nie ausgesprochen wurde, begleitet unsere Schritte wie ein Echo, beruhigt durch seine Absolutheit, während der zweite, von dem ersten abhängige, etwas zweifelhaft ist, denn wenn es möglich ist, mehr zu lieben, gibt es auch ein Wenigerlieben, und wie beängstigend das ist, weniger zu lieben, weniger geliebt zu werden, und ich bin so beschäftigt mit diesen Gedanken, dass ich nicht frage, warum, und auch nicht auf die Richtung achte, in die wir gehen, was spielt es für eine Rolle, welchen Weg er wählt, die Hauptsache ist doch, dass wir nach Hause gehen, zu dem neuen Wir, das uns dort erwartet, und mir kommt es vor, als wäre das unser gesamter gemeinsamer Wortschatz, wir, nach Hause, ich liebe dich, mehr, und es sind die vollendetsten Wörter, die ich je gehört habe, ich brauche keine anderen.

Arm in Arm gehen wir durch die dunklen Straßen, gewöhnen uns jeder an die Dimensionen des anderen, seine Schulter ist mir näher als Amnons Schulter, die sich schwer und drohend über mich erhoben hat, sein Körper ist knochiger, gesammelter, respektiert die Grenzen des anderen, beachtet seine eigenen. Es ist, als würden sich seine Schritte plötzlich verlangsamen, als er zögernd fragt, macht es dir etwas aus, wenn wir uns eine Weile hier hinsetzen? Ich schaue mich erstaunt um, ich habe nicht gemerkt, wohin mich seine Schritte geführt haben, auf einmal sind wir an dem kleinen Spielplatz gegenüber seiner früheren Wohnung, und ich frage, wie sind wir überhaupt hierher gekommen, und er sagt, meine Füße sind daran gewöhnt, hierher zu gehen, und ich nehme diese Erklärung misstrauisch an, setze mich mit ihm auf das kleine Karussell, das unter uns quietscht, als wäre es überrascht, in dieser kalten Nacht derart erwachsene Kinder aufzunehmen, und wie er betrachte ich das Gebäude gegenüber, dieses prachtvoll renovierte Haus mit den heruntergelassenen Rollläden, durch deren Ritzen jedoch häusliches Licht dringt, Ritze um Ritze, wie die leeren Zeilen des Goldenen Heftes.

Ich werfe ihm einen beunruhigten Blick zu, was machen wir hier, Oded, ich habe gedacht, wir gehen nach Hause, und er sagt, noch ein bisschen, dann gehen wir nach Hause, ich muss noch eine Weile hier bleiben, und ich frage, warum, worauf wartest du? Ich warte, bis die Kinder eingeschlafen sind, sagt er, jeden Freitagabend sitze ich hier, bis sie das Licht ausmachen, es klingt beiläufig, als sei das völlig normal, und ich setze mich verwirrt und zornig neben ihn, gegen meinen Willen beteiligt an einem privaten erdrückenden Ritual, das meinen schlummernden Schmerz weckt und sofort seinen Tribut fordert, sein Pfund Fleisch verlangt. Vielleicht werden wir, wenn wir seine Angelegenheiten hier erledigt haben, zu Amnons Straße gehen und uns gegenüber den beiden kräftigen Palmen auf die Bank setzen und dort die Ritzen der Rollläden betrachten, und schon steigt Bitternis in meiner Kehle auf, warum beschwert er unsere junge Beziehung mit dem Ritual seiner Erinnerung, warum unterscheidet er nicht zwischen frischer Liebe und frischer Trauer, und ich senke den Blick zu dem rostigen Metallboden, einmal war ich hier mit Gili, und ein Junge, größer als er, hat das Karussell zu schnell gedreht, und mein Sohn fing plötzlich an, sich zu erbrechen, genau hier, zu unseren Füßen, wir sind sofort weggegangen und monatelang nicht zurückgekommen.

Ella, sagt er und legt seine kalte Hand auf mein Knie, mach dir keine Sorgen, du bist nicht der Grund, und ich flüstere, ja, ich weiß, und trotzdem weckt die Schweigeminute vor dem Haus seiner Kinder gegen meinen Willen einen durch sein Ausmaß erschreckenden Groll in mir. Ich sitze jeden Freitagabend eine Weile hier, erklärt er noch einmal, ich wollte heute darauf verzichten, aber eigentlich gibt es keinen Grund dafür, nicht wahr, fragt er drängend, sag mir, dass du es aushältst, und ich frage, was, und er sagt, meine Trauer, und ich schaffe es nicht, mich zu beherrschen, verschanze mich hinter der Kränkung, ich habe gedacht, du wärst heute glücklich mit mir gewesen, ich habe gedacht, es ist dir gut gegangen, fauche ich, und er nimmt enttäuscht die Hand von meinem Knie, natürlich ist es mir gut mit dir gegangen, sagt er müde, aber unser Körper ist eine Herberge für viele, in einem Stockwerk leben das Glück und die Zufriedenheit, in einem anderen die Trauer und die Schuld, das musst du doch verstehen. Natürlich verstehe ich das, sage ich schnell, und trotzdem frage ich mich insgeheim, ob es für unsere Kinder richtig ist, das zerbrochene Glas unter dem Hochzeitsbaldachin zu sein, die Erinnerung an die Zerstörung des Tempels, und ich stehe von meinem engen kalten Sitz auf, so dass die Scharniere des zur Seite geneigten Karussells knirschend seufzen, und sage, komm, Oded, gehen wir, mir ist sehr kalt, und er schaut mich enttäuscht an und protestiert, aber sie sind noch nicht schlafen gegangen, und ich hebe den Blick hinauf zu dem Balkon, zu den Rollläden, die den vaterlosen Schabbatabend beschützen.

Na und, sage ich, du kannst sie von hier unten sowieso nicht schlafen legen, du kannst ihnen von hier unten keine Gutenachtgeschichte vorlesen, sie wissen überhaupt nicht, dass du hier bist, deine Anwesenheit bringt ihnen nichts, siehst du denn nicht, wie nutzlos das ist? Und er sagt, ich tue es für mich, nicht für sie, ich warte hier immer, bis sie das Licht ausmachen, und ich unterbreche ihn ungeduldig, an den Tagen, die sie bei dir sein werden, kannst du sie entschädigen, aber an den Tagen, an denen sie bei Michal sind, musst du sie loslassen, du musst dein eigenes Leben haben, wozu bist du ausgezogen, nur um sie hier vom Spielplatz aus zu beobachten? Das ist doch absurd.

Ich habe Michal verlassen, nicht meine Kinder, verteidigt er sich, ich wünschte, ich könnte die ganze Zeit mit ihnen zusammen sein, und ich sage, klar, obwohl mich auch das kränkt, denn was bin ich für ihn, ein armseliger Ersatz für seine Kinder, hätte er zum Beispiel auch diesen Nachmittag lieber mit ihnen verbracht als mit mir im Bett, und warum empfinde ich nicht so wie er, heute habe ich nicht einen Moment lang daran gedacht, dass mir mein Sohn fehlt, bis wir hierher gekommen sind. Oded, hör zu, sage ich, auch deinen Kindern zuliebe musst du dir ein Leben ohne sie aufbauen, sie brauchen dich als einen starken Vater, ist dir das nicht klar? Und er seufzt, Ella, tu mir einen Gefallen, erspar mir diese Klischees, es interessiert dich doch überhaupt nicht, was sie brauchen, du bist versunken in dem, was du selbst brauchst, und ich sage, meinst du das wirklich, was für ein Blödsinn, ich brauche überhaupt nichts von dir, von mir aus stell dir ein Zelt hin und schau genau zu, wann sie weggehen und wann sie nach Hause kommen, aber erwarte nicht von mir, dass ich hier mit dir bleibe, im Gegensatz zu dir habe ich vor, mir ein eigenes Leben zu suchen, auch ich habe einen kleinen Jungen und trotzdem bin ich nicht in den Vorgarten seines Vaters gezogen, und während ich diese Worte spreche, bricht das Weinen eines kleinen Jungen aus meiner Kehle und ich halte mir den Mund zu, meine Verwirrung steigt, denn mir scheint, als wäre es Gilis Weinen, das da hervorbricht, gefährlich wie ein plötzlicher Blutsturz, das Weinen der Schabbatabende einer Familie, die entzweigerissen wurde, das Weinen derjenigen, die von Haus zu Haus wandern, von einem Elternteil zum anderen, die ewige Sehnsucht, die leichte Verwirrung am Morgen, wo bin ich, wenn er mich manchmal Papa nennt, das fehlende Spielzeug, das Bild, das er angefangen hat zu malen und das in der anderen Wohnung vergessen wurde, all die Kleinigkeiten, die ihm Unglück verursachen. Ich denke daran, wie ich ihm gestern den sehnlichst erwünschten Ritter zu Amnons Wohnung gebracht habe, er wollte am Nachmittag mit ihm spielen, aber bis ich dort ankam, war er schon eingeschlafen, mit von Tränen fleckigen Wangen, mit welchem Neid betrachtet er Kinder, die von zwei Elternteilen abgeholt werden, wie sehr beklagt er sich jedes Mal, wenn er ein Bild aus der Schule mitbringt, dass er nicht weiß, wo er es aufhängen soll, bei Mama oder bei Papa, wie sehr bemüht er sich um Ausgewogenheit, wenn ich bei dir bin, vermisse ich Papa, und wenn ich bei Papa bin, vermisse ich dich, und ich lasse mich wieder auf den engen Sitz nieder, senke das Gesicht zwischen die Knie, schäme mich wegen der Tränen, die allem widersprechen, was ich zu sagen versucht habe, Tränen des Egoismus, des Flehens, liebe nur mich, tröste nur mich, beweise mir, dass ich mich nicht geirrt habe.

Langsam und mit Anstrengung legt er seine Hand auf mein Knie, als wisse er nicht recht, ob er mich umarmen will, nachdem ich so hochmütig auf seine Trauer reagiert habe, um gleich danach in meiner eigenen zu versinken, die plötzlich viel drängender wurde, viel lauter, aber es ist zu spät, um einen Rückzieher zu machen, vom Hochmut und von den Tränen, und ich weine noch heftiger, ich kann mich nicht mehr beherrschen, denn vor meinen Augen wechseln die Bilder wie in einem Album, und es sind nicht Bilder der Trauer, sondern Bilder des Glücks, eines furchtsamen, brüchigen, zerbrechlichen Glücks. Da sitzen Amnon und ich spät in der Nacht an Gilis Bett, Fieberfantasien steigen von ihm auf wie Dampf aus einem offenen Topf, und da ist Amnons Hand, die sich nach mir ausstreckt, über dem kleinen unruhigen Körper, seine Finger verflechten sich mit meinen, eine Berührung, die nichts verlangt, und da sind mein Vater und ich, wie wir vor einem Schaufenster stehen, und er deutet auf eine schöne goldene Uhr und fragt, willst du sie, willst du, dass ich sie dir kaufe? Und ich bin überrascht, denn Geschenke von ihm sind selten, und er betritt den Laden mit energischem Schritt, zieht Bargeld aus seiner Tasche, und ich gehe neben ihm her, stolz und aufrecht wie eine Königin am Tag ihrer Krönung, bewege vornehm mein vergoldetes Handgelenk, und am nächsten Morgen fuhr ich mit einem Freund zum Meer, und als wir abends zum Auto zurückkehrten, fanden wir es aufgebrochen, und nichts war gestohlen außer der vergoldeten Uhr, als hätte mein Vater sein Geschenk zurückgeholt, dessen ich nicht würdig war, und dann tauchen weitere Bilder auf, Bilder armseligen Glücks, immer bedroht, immer von kurzer Dauer, immer zweifelhaft, und die ganze Zeit weiß ich, dass der Mann an meiner Seite schon nicht mehr mit mir zusammen ist, dass ich ihn verloren habe, seine schwere Hand auf meinem Rücken wird hart, als wäre sie schon längst erstarrt, und auch darüber trauere ich, und als ich versuche, ihn durch die Wimpern von der Seite anzuschauen, sehe ich, dass sein Blick still auf den Fenstern seiner Wohnung ruht, als wäre die Hauswand die Tempelmauer, an die er sein Gebet richtet, und als das Weinen, das schon nicht mehr ein Weinen ist, sondern eine Art Dibbuk, der in mich gefahren ist, langsam nachlässt und zu einem wilden, abgehackten Atmen wird, höre ich ihn beruhigende Worte flüstern, genug, genug, es reicht, mein Mädchen, alles wird gut, geh schon schlafen, und mir ist klar, dass er nicht mich damit meint, sondern seine Tochter, die jetzt ins Bett geht, denn da geht das Licht aus, die goldenen Linien verlöschen, und er wartet ein bisschen, dann erhebt er sich mit einem Seufzer vom Karussell, das sofort mit einer zappelnden Umdrehung antwortet, und sagt zu mir, komm, sie schlafen schon, als wäre diese Nachricht dazu bestimmt, mich zu beruhigen, als hätte ich jetzt keinen Grund mehr zu weinen, denn sie schlafen endlich, Maja und Jotam.

Ich bleibe hier, und um meinen Worten Nachdruck zu verleihen, klammere ich mich mit der Hand an das kleine wacklige Lenkrad, und er betrachtet mich erstaunt, sein Blick wird hart, seine Augenbrauen ziehen sich zusammen, die Falte zwischen ihnen wird tiefer, schade, zischt er, du verhältst dich wie ein kleines Kind, reiß dich zusammen und werde erwachsen, du hast keine Wahl, und ich schüttle den Kopf, ich bleibe hier, und sehe, wie sich auf seinem Gesicht der Entschluss breit macht, aufzugeben, mich nicht weiter zu überreden. In Ordnung, stößt er aus, wie du willst, du weißt, wo du mich finden kannst, und diesmal bindet er mich nicht mit einem Kuss an sich, sondern steigt vom Karussell hinunter und dreht mir den Rücken zu, geht zwischen den verlassenen Geräten hindurch, vorbei an dem verrosteten Blechpferd, an der mit Sand bedeckten Steinrutsche, und verlässt, den Blick auf die Straße gerichtet, mit steifen Schritten den Spielplatz, als ginge er auf Stelzen, und lässt mich zusammengekauert auf dem Karussell zurück, und ich betrachte nun statt seiner das Haus, das er verlassen hat, die meisten Zimmer sind dunkel, nur das Wohnzimmer ist beleuchtet, aber vielleicht ist es auch die Küche. Vielleicht spült sie ja gerade das Geschirr vom Abendessen, drei Teller, drei Schüsselchen, drei Gläser, und ihre Hände, die an vier gewöhnt sind, zittern unter dem Wasserstrahl, und ich weiß, dass ich aufstehen und weggehen muss, aber eine unerträgliche Schwere nagelt mich fest, wie das verrostete Blechpferd bleibe ich bewegungslos auf meinem Platz, auf dem armseligen Karussell, am Morgen werde ich von Passanten gefunden werden, eine seltsame Obdachlose, mit warmem Mantel und vollem Geldbeutel, und ich bedecke meine nassen Knie mit dem Mantel, die geschwollenen und juckenden Hände in die engen Taschen geschoben, die von Sekunde zu Sekunde enger zu werden scheinen, die Versteifung der Glieder führt zu einer Versteinerung des Herzens, und trotzdem hat es etwas Tröstliches, die Herrschaft über sich zu verlieren, der freiwillige Verzicht auf die Möglichkeit des Glücks, wen bestrafst du, hat er mich gefragt, und ich strecke mich auf der Bank aus, ein stachliger Schlummer umfängt mich, wie im Gymnasium auf dem Holztisch, bis eine Hand mir durch die Haare fuhr, und ich hob das Gesicht zu den hellen Augen Gilis, des Jungen, der seinen siebzehnten Geburtstag nicht mehr feiern würde. Mir ist, als hörte ich spielende Kinder, und eines von ihnen schreit, Mama, halte das Karussell an, mir ist schlecht, und ich schüttle mich erschrocken, die Sonne scheint noch nicht, aber der Mond richtet seinen konzentrierten Lichtstrahl auf mich, ein seltsamer Mond, ein doppelter Mond, Zwillingslichter steigen aus der Erde empor, als stünde die Welt auf dem Kopf, als wäre der Himmel unten und die Erde oben, und ich blinzle, bis ich verstehe, dass die Scheinwerfer eines Autos auf mich gerichtet sind und das Geräusch eines Motors in meinen Ohren dröhnt, und noch nicht einmal die

Angst bringt mich dazu, aufzuspringen und wegzulaufen, und auch als die Tür aufgeht, bleibe ich auf meinem Platz, auch als eine dunkle Silhouette aussteigt und auf mich zukommt, und als ich seine Stimme sagen höre, komm nach Hause, Ella, lege ich den Kopf auf das Lenkrad des Karussells, begreife mit dem letzten Rest meines müden Bewusstseins, was nun passieren wird, er wird unter großer Anstrengung den leblosen Körper aufnehmen, von dem die Lust abgefallen ist, und mit ihr die Selbstbeherrschung, die Verantwortung und die Reife, die Vernunft und die Hoffnung.

Durch das brennende Dunkel meines abgebrochenen Schlummers versuche ich die Richtung unserer Fahrt zu bestimmen, ob er mich zu mir nach Hause bringt oder zu sich, und empfinde ein warmes Gefühl der Erleichterung, als ich seine Gasse erkenne, heißt sie wirklich Simtat ha-Slichot, Gasse der Bußgebete? Mit zusammengekniffenen Augen beobachte ich ihn, stelle mich schlafend, um ihm nicht in meiner Schande gegenübertreten zu müssen, lasse mich hinterherziehen wie eine Mondsüchtige, betrete hinter ihm die Wohnung, lasse zu, dass er mich mit geübten Bewegungen auszieht, den Mantel, den Pullover, die Bluse, den Büstenhalter, die Schuhe und Strümpfe, die Hose und die Unterhose, so viele Hüllen, und trotzdem solche Kälte. Als ich bewegungslos in der vollen Badewanne liege, habe ich Kopfschmerzen vom Weinen und dem jäh unterbrochenen Schlaf, von dem wiedererwachten Gefühl der Reue, ich trinke den heißen Tee, den er mir bringt, sehe die vorsichtigen Blicke, die er mir manchmal zuwirft, als suchte er eine Gräte in meinem Hals, und hinter der Welle des Wohlgefühls, plötzlich umsorgt zu werden, wie ich noch nie umsorgt wurde, auf eine vollkommene, fast beschämende Art, kommt es mir vor, als verstünde ich langsam, wie hoch der Preis ist, den ich dafür zahle, denn die Art, wie er mich vorhin ausgezogen hat, war nicht die Art eines Mannes, der eine Frau auszieht, sondern es war so, wie ein Vater seine Tochter oder ein Arzt eine Kranke auszieht, und auch der Blick, mit dem er auf meine Nacktheit schaute, war sachlich und ohne jede Nähe.

Als ich aus dem Wasser steige, noch immer zitternd vor Kälte, reibt er meine Haut mit einem Handtuch ab und zieht mir ein weißes Flanellunterhemd an, und während der ganzen Zeit sagt er kein Wort, er führt nur praktische Bewegungen aus, als wäre ich ein stummes Findelkind, das er vom Straßenrand aufgelesen hat, eine Straßenkatze, derer er sich in der kalten Nacht erbarmt, die er aber, wenn die Sonne aufgeht, wieder wegjagen wird, und auch ich sage kein Wort, ich versinke in dem Bett mit der neuen harten Matratze, ziehe die Decke über mich, trinke den Rest des süßen Tees, verfolge seine ruhigen Bewegungen und frage mich, ob er so seinen Vater gepflegt hat, seine Mutter, seine Schwester, mit diesem tüchtigen, traurigen Schweigen, er wagt es nicht, sich zu beklagen, seinen Unmut zu zeigen. Willst du noch einen Tee, fragt er, und ich sage, nein, ich möchte mit dir sprechen, ich strecke ihm die Hand entgegen und er weicht aus, du solltest noch etwas trinken, sagt er, offenbar fürchtet er sich vor dem Ende der nützlichen Tätigkeiten, was wird er dann tun, wird er mir vorschlagen, noch einmal in die Badewanne zu steigen, wird er mich noch einmal aus- und wieder anziehen, und ich sage zu seinem sich entfernenden Rücken, sprich mit mir, Oded, und er sagt, lass uns mit dem Reden noch warten, und ich frage, worauf, und er kommt mit einer vollen Tasse Tee zurück, setzt sich auf den äußersten Rand des Bettes, als fürchtete er, sich bei mir anzustecken. Ich möchte nichts überstürzen, sagt er ruhig, ich möchte nichts zu dir sagen, was ich hinterher bereue, und ich flüstere, ich habe dich enttäuscht, es tut mir so Leid, und er sagt, ja, und ich habe dich enttäuscht, aber lass es, wir werden hier kein Gericht über Gefühle halten, du hast ein Recht auf deine Gefühle, ich auf meine, die Frage ist nur, ob unsere Gefühle sich miteinander vertragen.

Das Bett ist weiß und kühl, umgeben von strahlenden Wänden, weiße Horizonte umfangen uns, es scheint, als befänden wir uns in einer Schneewüste, wie besiegte Soldaten, die nur noch um einen schnellen Tod flehen. Unter meinem Kopf liegt ein eisiges Kissen, über meinem Körper eine kalte Decke, sogar in dem verlassenen Park war mir wärmer als hier in deinem Bett, was werden wir tun, Oded, eine winzige Frucht liegt zwischen uns, eine Frucht, die nicht gereift ist, ein heruntergefallener Stern, eine Pflanze, die aus der Erde gerissen wurde, was werden wir tun, Oded? Schlaf, flüstert er, es ist schon spät, und ich bedecke mein Gesicht mit dem weichen Schnee, wie kann ich schlafen, wenn ich dich verliere, vorsichtig überschreite ich die weiße Grenze zwischen mir und ihm, drücke mich an den Rücken, den er mir zugewendet hat, hart wie Stein ist er, schlaf mit mir, Oded, und er dreht sich langsam zu mir um, seine Fingernägel flattern über mein Gesicht, zeichnen die Bögen der Augenbrauen nach, die Konturen der Lippen, ich kann nicht, sagt er, und seine Stimme kränkt, weil sie so weich ist, als teilte er meine Trauer, ich kann dich nicht retten und zugleich mit dir schlafen, das passt nicht zusammen. So wenig war alles, so knapp bemessen, von vornherein verfehlt, worüber war ich so gekränkt dort im kalten Park, ich habe um die Vergangenheit getrauert, und nun hält auch die Zukunft den Hals zum Schlachten hin, warum habe ich es nicht geschafft, still neben ihm zu sitzen, schließlich war seine Trauer nicht gegen mich gerichtet, er hat mich einer Art Prüfung unterzogen, und ich habe versagt. Was ist schon von mir verlangt worden, ein wenig Verständnis, ein wenig

Unterstützung in seiner schweren Situation, gegen unsere bevorstehende Trennung kommt es mir so leicht vor, wie trostlos liegt die Zukunft vor mir, ohne ihn, Abend um Abend werde ich auf dem Karussell gegenüber dem Haus seiner Kinder sitzen und darauf warten, dass das Licht ausgemacht wird, meine Hingabe wird seine übersteigen, keinen einzigen Abend werde ich auslassen, und vielleicht werde ich ihn manchmal treffen, wenn er sich heimlich mit einer neuen Frau in den Park schleicht und prüft, ob sie den Schmerz seiner Hingabe an die Kinder aushält. Wie bei einer feierlichen Uraufführung werden die Frauen neben ihm sitzen, ihre frisch gewaschenen, wohlriechenden Köpfe an seiner Schulter, und so tun, als ob sie die Wanderung des Lichts beobachten, so leicht war die Prüfung, niemand außer mir wäre durchgefallen, aber da verwandelt sich der Zorn auf mich selbst in Zorn auf ihn, warum hat er nicht nachgeben können, an unserem ersten gemeinsamen Wochenende, warum hat er darauf bestanden, mich in sein privates Ritual hineinzuziehen, ein Ritual, das die Freude verdirbt, und zwischen dem einen Zorn und dem anderen wird unsere Chance erstickt, wie ein neugeborener Säugling, der von seinen liebenden Eltern im Schlaf zerdrückt wird, noch bevor er durch seine Beschneidung den Bund Abrahams geschlossen hat.

Es tut mir Leid, Oded, flüstere ich ins Kissen, erstaunt, dass meine Stimme zu hören ist, und er flüstert, mir auch, aber vielleicht antwortet er mir auch nicht, er schläft doch, er liegt auf dem Rücken, mit weichem Gesicht, die schönen Augen geschlossen, während meine, weit aufgerissen, die fremde Wohnung betrachten, das fremde Bett, neben dem Mann, den ich nicht mehr sehen werde, der so schnell aus meinem Leben verschwinden wird, wie er darin aufgetaucht ist, und um einzuschlafen, flüstere ich wieder und wieder in den Schnee des Kissens, als ich ein Kind war, hatte ich keinen Liebhaber.

Die Heizung wacht vor mir auf, verströmt die träge Wärme des Schabbatmorgens, und für einen Moment habe ich das Gefühl, zu Hause zu sein, als würde Gili im Wohnzimmer spielen und als würde Amnon ihn, während er Kaffee kocht, ermahnen, sei still, lass Mama noch schlafen, bestimmt ist Gili jeden Morgen ähnlich verwirrt, wenn er zu erkennen versucht, wo er gerade ist, und in dem Moment, als ich erkenne, wo ich bin, fällt mir auch unsere bevorstehende Trennung ein, und ich beschließe, das Urteil mit stolzer Gelassenheit anzunehmen, nicht zu betteln und nicht um mein Leben zu flehen, und als er das Zimmer betritt, ein Tablett mit Kaffee und ein paar Scheiben Kuchen in der Hand, lächle ich ihn verhalten an und fahre mir mit den Fingern durch die Haare. Er ist schon angezogen, als wollte er gleich weggehen, in einem schwarzen Rollkragenpullover und Jeans, mit feuchten Haaren und Wangen, die wieder angenehm duften und frisch rasiert sind, was seine Blässe betont, die dunklen Höhlen seiner Augen, mein Herz schlägt ihm entgegen, so hätte mein neues Leben aussehen können, und er hält mir eine Tasse hin und fragt, möchtest du darüber sprechen? Und ich trinke schweigend, zucke mit den Schultern. Hast du mir etwas zu sagen, drängt er, als handelte es sich um den letzten Wunsch eines zum Tode Verurteilten, der die Vollstreckung noch aufschieben kann, und als ich weiterhin schweige, sagt er, gut, dann hör mir zu, und er fasst mich sanft am Kinn und dreht mein Gesicht zu sich, dann fährt er fort, ich möchte dir etwas vorschlagen, ich bin nicht sicher, ob es eine gute Idee ist, aber ich glaube, wir müssen es versuchen.

Vögel, die am Fenster vorbeifliegen, ritzen bleigraue Streifen in den hell gewordenen Himmel, und ich verfolge ihren Flug, was wirst du mir vorschlagen, eine Abschiedsparty im Bett, einen kurzen beherrschten Spaziergang an diesem erstaunlich schönen Schabbat, wir werden beide hinter dem leeren Sarg gehen, und er sagt, komm und wohne mit mir zusammen, und ich flüstere, mit dir zusammenwohnen? Hier? Und er sagt, ja, hier ist genug Platz, und ich atme tief, mit misstrauischer Erleichterung, für einen Moment ist es, als besäße sein überraschender Vorschlag nicht die Kraft, die vorbestimmte Trennung zunichte zu machen, sondern nur hinauszuschieben, bis sie noch schmerzhafter sein würde, noch herzzerreißender.

Du hast es geschafft, mich durcheinander zu bringen, sage ich vorsichtig, zweifle insgeheim an seinem Verstand, ich habe gedacht, ich hätte dich verloren, ein leichter Vorwurf liegt in meiner Stimme, eine Beschwerde darüber, dass das, was ich vorausgesehen habe, sich nicht verwirklicht hat, und er sagt, ich weiß, ich auch. Und was hat sich geändert, frage ich, und er sagt, ich habe verstanden, dass ich dir mehr Sicherheit geben muss, und ich brauche auch von dir mehr Sicherheit, vielleicht wird das möglich, wenn wir größere Klarheit schaffen, und ich atme tief, aber Oded, das geht zu schnell, wir kennen uns noch nicht, und er lächelt, hast du je von einer besseren Methode gehört, sich kennen zu lernen?

Aber was ist mit den Kindern, beharre ich, es ist zu früh für sie, wir können das nicht alles auf ihre Kosten ausprobieren, und er sagt, machen wir es schrittweise, wenn wir uns einig sind, werden sie sich daran gewöhnen, und ich probiere die Worte aus, wenn wir uns einig sind, als wären wir uns jemals einig gewesen, und ich habe das Gefühl, als offenbarten sich mir plötzlich alle möglichen Gerüchte über Liebe und Glück, und ich wundere mich noch nicht einmal darüber, wie spät das kommt, sondern wie früh, schließlich kann man auch das Leben verlassen, ohne diesen Geschmack je verspürt zu haben, dein Glück ist mein Glück, mein Glück ist dein Glück, ja, warum sollen wir nicht vollkommen eins sein wie ein Laib Brot, wie ein Foto in einem Album, wie ein zusammengeklebter Tonkrug, wenn wir versuchen, die Scherben unserer Familien zusammenzukitten, werden wir das, was von unseren Wünschen geblieben ist, zusammenfügen, werden wir eins sein, wenn wir uns niederlegen und wenn wir aufstehen, vollkommen eins in unserer vorläufigen Existenz, die man irrtümlicherweise als Ewigkeit begreift, vollkommen eins werden wir sein in unserem Schmerz und unserer Schuld, bei unserem Niedergang und unserer Auferstehung.

17

Gleich wird der Autoverkehr innehalten, die Fußgänger werden wie angewurzelt stehen bleiben, gleich wird die Sirene zum Tag der Erinnerung ertönen, die Kellnerin, die mit dem bestellten Kaffee auf uns zukommt, wird neben uns erstarren, bewegungslos wie eine Wachsfigur, und er selbst wird vor mir erstarren, mit seinen zusammengepressten Lippen, den geschliffenen hellblauen Augen, wenn ich ihm die Neuigkeit mitteile, wenn ich zu ihm sage, Amnon, ich habe jemanden kennen gelernt, ich werde zu ihm ziehen, und obwohl unsere Trennung schon Monate her ist, kommt es mir vor, als wäre sie gerade erst vollzogen worden, als wäre soeben die Stimme vom Himmel erklungen und hätte verkündet, die Tochter von dem und dem ist nicht mehr für den bestimmt, sondern für einen anderen, und sie ist aufgefordert, zu ihm zu ziehen, mit allem, was sie ihr eigen nennt, mit ihren Möbeln, ihren Kleidern, ihren Büchern, und mit ihrem einzigen Sohn, der ihr geboren wurde, in die Gasse der Bußgebete, in seine Wohnung, und nie in die ihre zurückzukehren.

Seine breiten fleischigen Hände fahren mit einer angespannten Bewegung über seinen Kopf, seine Wangen blasen sich auf wie Schwämme, die sich voll Wasser saugen, es sieht aus, als spanne sich sein Körper vor mir, fülle sich mit den Resten des alten Zorns, der Frustration und der Eifersucht, seine Augen werden rund vor Erstaunen, einem Erstaunen, das mir von Gilis Gesicht so vertraut ist, und er sagt, ich glaube es nicht, Ella, noch vor ein paar Wochen wolltest du zu mir zurück, du warst bereit, alles zu tun, damit ich wieder zu dir komme, und jetzt stellt sich heraus, dass du jemanden hast und sogar schon bei ihm einziehen willst? Was soll das werden?

Ein Vorhang aus Fremdheit senkt sich von der Decke, teilt unseren Tisch wie ein dunkles Schattennetz, entfernt mich von ihm, ich sitze ihm allein gegenüber, aber ich habe das Gefühl, auf den Knien meines neuen Geliebten zu sitzen und zwischen seinen Armen hindurch den Mann zu betrachten, dessen Bewegungen so grob sind, der Stempel der neuen Liebe ziert meinen Körper wie ein Schmuckstück, das mir mein Geliebter als Zeichen seiner Liebe gekauft hat, damit jeder, der zufällig vorbeikommt, von ihr erfährt, einschließlich Amnon Miller.

Das war nicht vor ein paar Wochen, Amnon, sondern vor ein paar Monaten, sage ich schnell, und du hast diese Möglichkeit weggewischt, alles, was seither passiert ist, geht dich nichts mehr an, ich informiere dich jetzt nur wegen Gili, und auch, damit wir endlich zum Rabbinat gehen und unsere Angelegenheiten beenden, wie es sich gehört. Gegen meinen Willen befinde ich mich in der Defensive, wie bei all unseren Streitereien, darin sind wir schon sehr geübt, alle Arten von Streit haben wir zusammen erlebt, solche, die schnell vorbei sind, und andere, die sich in die Länge ziehen, solche, die mit einer Versöhnung enden, und jene, die ungelöst bleiben und einen fauligen Geruch annehmen, wie Wasser, das zu lange in einer Vase bleibt, und ich frage mich, ob uns noch genug Nähe geblieben ist, um einen Streit zu nähren, zwischen mir und diesem schwerfälligen Mann in dem karierten Flanellhemd, dessen Augen meinem Blick ausweichen, der sich aber wütend auf die Auskunft stürzt, aha, sagt er, das ist es also, was du jetzt dringend willst, unsere Angelegenheiten zu Ende bringen, mich endgültig loswerden, deshalb wolltest du dich unbedingt mit mir treffen, und ich sage, natürlich, was hast du denn erwartet, dass ich dich anflehe, zu mir zurückzukehren, so wie damals, damit du mich wieder erniedrigen und vielleicht noch einmal in dein Badezimmer sperren kannst, siehst du nicht, dass ich schon längst woanders bin?

Hast du überhaupt eine Ahnung, was damals mit mir passiert ist, fragt er, weißt du, wie schwer es mir gefallen ist, dich zurückzuweisen? Schnell, fieberhaft spricht er weiter, ich habe es für dich getan, für uns beide, ich habe gewusst, wenn ich zu schnell zurückkomme, wird sich nichts ändern, ich habe gewusst, dass ich dir Zeit geben muss, ich wollte sicher sein, dass du es ernst meinst, dass ich mich auf das verlassen kann, was du sagst, und ich schüttle zweifelnd den Kopf, Amnon, ich verstehe wirklich nicht, was du mir zu sagen versuchst, du hast mir damals nicht den Schatten einer Hoffnung gelassen, wir leben schon seit Monaten getrennt, jeder von uns ist frei, sein eigenes Leben zu führen, willst du jetzt sagen, dass du auf mich wartest?

Ich warte schon lange darauf, zu erfahren, ob du es in jener Nacht ernst gemeint hast, sagt er, gestern, als du mich angerufen hast, war ich sicher, dass du mir vorschlagen würdest, zurückzukehren, aber diesmal nicht aus Panik, sondern aus Liebe, entschuldige diesen Ausdruck, jetzt verstehe ich, dass ich naiv war, wie immer, ich habe zu viel Vertrauen in dich gesetzt, du bist nicht erwachsen geworden, du hast nichts gelernt, wenn du dich so schnell in die Arme des erstbesten Mannes wirfst, der sich für dich interessiert, und dabei noch nicht einmal an deinen Sohn denkst, und ich atme schwer, hör zu, Amnon, es stimmt, dass ich am Anfang gedacht habe, dass unsere Trennung ein Irrtum war, aber du wolltest nicht zurück, und jetzt ist mir klar, dass du Recht gehabt hast, unsere Probleme hätten nur wieder von vorn begonnen, ich verstehe nicht, was du von mir willst, nachdem du dich mir verweigert hast, was für ein Recht hast du, dich zu beklagen?

Ich habe mich dir nicht verweigert, faucht er mich an, aus der Nähe sehe ich die Härchen auf seinem Kopf, sie bilden wolkige Flecken auf seiner Glatze, ich habe dir gesagt, dass wir Zeit brauchen, ich habe in dieser Zeit keine andere Frau angerührt, und du willst schon bei jemandem einziehen? Und ich zische heiser, ich habe von dir keine Treue verlangt, wirklich nicht, ich habe angenommen, du bist mit Ofra zusammen, was willst du von mir, was redest du da?

Ich sage, dass ich es mir ernsthaft überlegt hätte, wenn du mir jetzt vorgeschlagen hättest, zurückzukommen, aber wenn du wirklich zu einem anderen ziehst, streiche ich dich endgültig aus meinem Leben, das ist deine letzte Gelegenheit, und ich murmle, ich habe gedacht, du hättest mich schon gestrichen, ich glaube dir kein Wort, du willst mir nur alles kaputtmachen, Amnon, tu mir das nicht an. Schweißperlen sammeln sich über seiner Oberlippe, die nervös zuckt, wozu hast du mich überhaupt herbestellt, sagt er, wir sind keine Kaffeehausfreunde, was willst du, dass wir gemeinsam überlegen, wie wir Gili erzählen, dass du einen neuen Vater für ihn hast? Und ich sage, wieso einen neuen Vater, du bist sein Vater und niemand wird mit dir konkurrieren, wenn es das ist, was du befürchtest, dann brauchst du dir wirklich keine Sorgen zu machen, und er wischt sich mit der Hand den Schweiß aus dem Gesicht, die ganze Geschichte stört mich, wie würdest du dich fühlen, wenn ich dich zum Frühstück eingeladen hätte und du sicher gewesen wärst, ich würde dir vorschlagen, zu mir zurückzukommen, und ich dir stattdessen sage, ich habe eine Neue und ich werde mit ihr zusammenziehen, würde dich das etwa nicht stören?

Ich habe genug von deinen Manipulationen, flüstere ich, denn zwei alte Frauen haben sich an den Nebentisch gesetzt und schauen neugierig zu uns herüber, du hattest keinen Grund, anzunehmen, daß ich zurückwill, ich bin sicher, daß du bis vor fünf Minuten auch gar nicht auf die Idee gekommen bist, du willst es mir nur schwer machen, aber das wird dir nicht gelingen, ich bin mir mit dieser Beziehung so sicher, daß sogar du es nicht schaffst, mich zu verunsichern, und er fragt, wirklich, geht es so weit, hast du endlich den vollkommenen Mann gefunden, einen fehlerfreien Mann? Ich hoffe für ihn, daß es so ist, denn er weiß noch nicht, was ihn erwartet, wenn du herausfindest, daß du dich geirrt hast, er wird dich nicht mehr wiedererkennen, auch ich war einmal ein vollkommener Mann für dich, auch ich hatte ein paar Monate der Gnade, bis du angefangen hast, mein Leben zu zerstören, du bist nicht anders als dein Vater, mach dir da keine Illusionen, du kannst nicht lieben, deine Liebe ist eine Pflanze, die nur einmal kurz aufblüht, und selbst das nur mit Mühe.

Ein scharfer Sonnenstrahl wandert über unseren Tisch, zwischen den Tassen hindurch, der Kaffee ist kalt geworden, und die Sonne streift sein Gesicht wie mit den Fingern eines Blinden, tanzt nervös von Auge zu Auge, von Wange zu Wange, und ich frage mich, hast du diese Haut geliebt, willst du dieses Auge zeit deines Lebens sehen, Tag für Tag, sie läßt die Fremdheit aufleuchten, die plötzlich zwischen uns entstanden ist, nach Jahren der Nähe, ist das mein Mann, es scheint, als hätte ich eine Grenze überschritten, und von meinem neuen Standpunkt aus ist er fremd und abstoßend, meine Ohren, die sich an die gemessene Redeweise Odeds gewöhnt haben, sind irritiert von diesen groben Ausbrüchen, geschützt hinter den Sandsäcken meines neuen Lebens, betrachte ich ihn vorsichtig durch die Ritzen, wie einen

Feind, der sich schon ergeben hat, aber er ist noch immer gefährlich, noch immer kann mich eine letzte, verirrte Kugel treffen.

Ich bin nicht bereit, dir länger zuzuhören, Amnon, ich habe dich nicht gebeten, auf mich zu warten, ich habe gedacht, wir haben alles hinter uns, versuche, dich zu beruhigen, wir müssen vernünftig miteinander umgehen, Gili zuliebe, und er brüllt laut, Gili zuliebe, Gili zuliebe, das ist doch die reinste Heuchelei, Gili ist dir so wichtig, dass du seine Familie zerstörst, und das reicht dir dann noch nicht mal, du ziehst auch noch um und setzt ihm einen neuen Mann vor die Nase, mit dem er sich messen muss, und das alles mit einer solchen Geschwindigkeit, dass du nur ja keine Zeit hast, es zu bereuen, kapierst du überhaupt, was du tust, manchmal glaube ich, du bist einfach nicht normal, du brauchst dringend einen Psychiater, sage ich dir, und bevor ich ihm mitteilen kann, dass ich jetzt einen Psychiater habe, dass er sich also beruhigen kann, steht er plötzlich auf, stößt seinen Stuhl zurück und schreit, weißt du was, lass mich in Ruhe mit dem ganzen Durcheinander, das du veranstaltest, schau selbst, wie du zurechtkommst, von mir hast du keine Hilfe mehr zu erwarten, nicht mit Gili und nicht mit dem Rabbinat und mit überhaupt nichts, soll dir doch dein neuer Freund helfen, und schon stürzt er davon, zitternd, begegnet unterwegs der Kellnerin, die das Frühstück an unseren Tisch bringt.

Nervös beobachte ich ihre Bewegungen, wie sie sorgfältig den Tisch für zwei Personen deckt, vor den leeren Stuhl das duftende Spiegelei stellt, ein Glas mit frisch gepresstem Orangensaft, und das Besteck auf die gefaltete Serviette legt, als verspräche die präzise Ordnung seine Rückkehr, und auch ich setze ein abwartendes Gesicht auf, trinke nervös von dem kalt gewordenen Kaffee, während ich aus dem

Fenster schaue, ein schwerer Schatten hat sich über den Glanz des neuen Lebens gesenkt, ein Wurm ist im Apfel, Ameisen auf dem Kuchen, und ich versuche, mich zu besänftigen, er redet nur so dahin, er wird sich schon wieder beruhigen, auch damals, als wir uns getrennt haben, hat er mir gedroht und sich aufgeführt, und am Schluss ist alles gut gegangen, was kann er schon tun, er wird mir den Jungen nicht wegnehmen, und er wird auch nicht von der Bildfläche verschwinden, nur um mir Schwierigkeiten zu machen, und auch wenn sich die Scheidung hinauszögert, werde ich zurechtkommen, aber er hat trotzdem eine Angst in mir geweckt, als hätte er mit seinen Worten eine vergessene Spieldose geöffnet, er hat den Schlüssel umgedreht, und schon ist die düstere, bedrückende Melodie zu hören, von Unsicherheit und Zweifel.

Wem gehört das Spiegelei, höre ich eine fröhliche Stimme fragen, und sofort hebe ich erfreut den Blick, es war für meinen Mann, aber er hat darauf verzichtet, du kannst es haben, sage ich, stehe auf und umarme sie, Talja, wie gut, dich zu sehen, ich habe mich so nach dir gesehnt, und sie schimpft, ich bin nicht mehr deine Freundin, nachdem du monatelang nicht zurückgerufen hast, wenn es dir nichts ausmacht, esse ich Amnons Spiegelei und verschwinde, und ich sage, glaub mir, ich war unfähig, mit irgendjemandem zu sprechen, du hast keine Ahnung, was ich durchgemacht habe, und sie wirft mir kauend einen prüfenden Blick zu und sagt, so wie du aussiehst, kann es nur Gutes gewesen sein.

Du irrst dich, sage ich, das Gute kam erst jetzt am Schluss, und sie bestreicht ihr Brötchen sorgfältig mit Quark und fragt, also, was ist, hast du dich verliebt? Ich verziehe das Gesicht zu einem verlegenen Lächeln, du hast keine Ahnung, wie sehr, es ist ganz unwirklich, so schön ist es, und sie sagt, du machst mir Sorgen, Ella, das hört sich nicht gut an, und ich protestiere, es reicht, willst du mir etwa auch noch alles kaputtmachen, so wie Amnon? Was habt ihr denn alle heute Morgen, ihr seht eine glückliche Frau und dreht auf der Stelle durch vor Neid.

Nun ja, du hast doch wohl nicht erwartet, dass Amnon sich mit dir freut, sagt sie, und ich seufze, ich habe gedacht, es macht ihm nichts aus, und sie kichert, ich stehe auf seiner Seite, also hüte dich vor mir, als du meine Anrufe nicht beantwortet hast, habe ich ihn jedes Mal angerufen, wenn Jo'av Gili treffen wollte, wir waren ein paarmal bei ihm, hat Gili dir das nicht erzählt? Und ich sage, nein, du weißt doch, wie sie in diesem Alter sind, sie erzählen nichts, ich versuche, meine Verlegenheit zu verbergen, sie soll nicht merken, wie groß die Kluft ist, die sich zwischen mir und meinem Sohn aufgetan hat.

Wir haben viel Spaß gehabt, fährt sie fort, direkt und sachlich, wie es ihre Art ist, du hast keine Ahnung, wie Amnon sich ohne dich gemacht hat, und ich sage, ja, den Eindruck hatte ich auch, allerdings nur bis heute Morgen, ich habe ihm erzählt, dass ich mit jemandem zusammenziehe, und das war zu viel für ihn, er hat sofort wieder sein altes Gesicht gezeigt, und sie lässt das Brötchen sinken, schluckt mühsam, Ella, habe ich dich richtig verstanden, du ziehst mit einem Mann zusammen? Und ich lache, mit wem soll ich denn sonst zusammenziehen, mit einem Kater? Und sie sagt, das wäre im Moment zweifellos vorzuziehen, wie lange kennt ihr euch überhaupt? Und ich sage, noch nicht lange, aber die Zeit ist nicht entscheidend, seit wann spielt die Zeit eine solche Rolle?

Ella, du verrennst dich schon wieder, sagt sie mit wütender Stimme, warum hast du es so eilig, du hast dich verliebt, schön, aber warum gleich zusammenziehen? Warum willst du Gili in diese Geschichte hineinziehen? Hat er auch Kinder? Und ich sage, zwei, aber sie haben eine Mutter, ich glaube nicht, dass sie mit uns zusammenwohnen werden, und sie sagt, du hast keine Ahnung, auf was du dich da einlässt, das ist viel gefährlicher, als du glaubst, ich habe eine Freundin, die jetzt die Hölle durchmacht, mit einem geschiedenen Mann, der drei Kinder hat, die sie nicht ausstehen kann und die sie auch nicht mögen, man muss sich wirklich sicher sein, bevor man die Kinder da mit hineinzieht.

Aber ich bin sicher, dass ich mit seinen Kindern zurechtkommen werde, widerspreche ich mit schwacher Stimme, ich kenne seinen Sohn, er ist ein toller Junge, und seine Tochter sieht auch sehr nett aus, was kann da schon passieren, und sie sagt, Süße, alles kann passieren, wenn es auf beiden Seiten Kinder gibt, wie kommt er zum Beispiel mit Gili aus? Und ich sage, er kennt ihn kaum, aber ich bin sicher, dass es kein Problem geben wird, ich habe gesehen, wie er mit seinem Jungen umgeht, er ist ein wunderbarer Vater.

Er ist ein wunderbarer Vater für seine eigenen Kinder, nicht für deine, das ist der große Unterschied, sagt sie, trinkt schnell Amnons Kaffee aus und verzieht den Mund, hör zu, Ella, im Gegensatz zu Amnon möchte ich sehr wohl, dass es mit euch klappt, aber ihr müsst es langsam angehen, warum lasst ihr euch nicht von einem Fachmann beraten, und ich sage, er ist selbst ein Fachmann, er ist Psychiater, und ich bin sicher, dass er gründlich darüber nachgedacht hat, und sie sagt, es beruhigt mich überhaupt nicht, dass er Psychiater ist, im privaten Leben sind sie wie alle anderen Menschen und sogar noch schlimmer, weil sie so sicher sind, alles zu wissen, verlass dich nicht auf ihn, Ella, denk nach, denke daran, was es für Gili bedeutet, plötzlich zwei Stiefgeschwister zu bekommen, und ich sage, aber Gili ist der beste Freund seines Sohnes, so haben wir uns überhaupt kennen gelernt, na und, sagt sie, Gili war der beste Freund von Jo'av, glaubst du etwa, es wäre leicht für die beiden, wenn ich morgen mit Amnon zusammenziehen würde? Bestimmt nicht.

Ach, jetzt verstehe ich, du hast dich in Amnon verliebt, sage ich kichernd, und sie steht schnell auf, ich muss los, pass auf dich auf, sie küsst mich, ihre langen schwarzen Haare fallen über meine Wange, wir müssen das Gespräch fortsetzen, vielleicht kommst du am Nachmittag mit Gili zu mir, du hast mich schon ein halbes Jahr nicht mehr besucht, und ich sage, ein andermal, heute wollen wir uns mit den Kindern treffen, wir versuchen, Liebe zu inszenieren, und wieder verzieht sie den Mund, Liebe inszenieren? Das hört sich nicht gut an, Ella, du machst mir Sorgen, versprich mir, dass du über meine Worte nachdenkst.

Unsere Aufgabe ist es, Liebe zu inszenieren, erzähle ich dem leer gewordenen Stuhl mir gegenüber, eine allmähliche, natürliche, familiäre Liebe. Wir haben kein großes Publikum, alles in allem drei Personen, alle sind klein, jung an Jahren, sie sind voll Zuneigung und zugleich feindselig, gedankenlos, aber auch sehr konzentriert, zutraulich und misstrauisch, ruhig und verängstigt, junge Augen entdecken jeden Betrug, jede Disharmonie, heimliche Blicke, aufgesetztes Bemühen, und im Gegensatz zu einem normalen Publikum sind sie angespannt wie Soldaten vor dem Kampf, denn das Schauspiel, das wir ihnen heute Nachmittag vorspielen, ist die Geschichte ihres eigenen Lebens, die Geschichte ihrer durcheinander gewirbelten Kindheit.

Da sitzen sie sich gegenüber auf der Wippe im Schulhof, steigen und sinken wie Pendel, begleiten jede Bewegung mit freudigem Geschrei, die kalten Sonnenstrahlen tanzen über ihre Jacken, deren Ärmel schlammverschmiert sind, über ihre Wangen, die eine seltsame bläuliche Rötung zeigen, als wären sie geschminkt. Mama, noch nicht, schreit Gili, lass uns noch ein bisschen wippen, und Jotam ruft als Echo, noch nicht, noch ein bisschen, und mein Herz öffnet sich weit, als wären sie beide meine Kinder, Zwillinge, von mir geboren, und mit einer zu aufgeregten Stimme, als hätte ich noch nie ein fremdes Kind von der Schule abgeholt, verkünde ich, Jotam, du kommst mit uns, dein Papa hat mich gebeten, dich heute abzuholen, und schon trifft mich Gilis Blick, während er die Beine streckt, um Schwung zu holen, und mir ist klar, dass ihm der begeisterte Ton meiner Stimme nicht entgangen ist, ihm, dem jedes Detail auffällt. Wirklich, fragt Jotam erstaunt, meine Mama hat heute Morgen nichts davon gesagt, und ich beruhige ihn, mach dir keine Sorgen, dein Papa hat mich gerade angerufen und mich gebeten, dich abzuholen, er kommt nachher, wenn er Maja vom Ballett abgeholt hat, so hat er es gesagt, beeile ich mich hinzuzufügen, um zu erklären, warum ich so genau über Odeds Tagesablauf informiert bin.

Wie ein Körper springen sie gleichzeitig von der Wippe, nehmen ihre Ranzen, die sie auf den Boden geworfen haben, und wir gehen durch die lauten, stickigen Korridore, ich nehme Jotam mit, verkünde ich der Lehrerin, und sie streicht über ihre Köpfe, schön, sagt sie, sie sind die besten Freunde, diese beiden, wirklich wie Brüder.

Auf dem Heimweg gehe ich nah hinter ihnen, versuche, ihrem Gespräch zu lauschen, sie gehen dicht nebeneinander, zeigen sich gegenseitig zerknitterte Sammelkarten, die sie aus ihren Jackentaschen ziehen, die ist am meisten wert, woher hast du sie, die habe ich doppelt, vielleicht tauschen wir, sie zwitschern wie kleine unschuldige Vögel, eine neue Familie wird für euch geschaffen, und ihr wisst es noch nicht, Zweige und Blätter und Fäden und Stoffstreifen werden um euch herum gesammelt, fesseln euch aneinander, und bevor ihr es überhaupt merkt, seid ihr gefangen. Ich habe noch sechs Päckchen gekauft, erzähle ich Gili, drei für jeden, und er verkündet, hast du gehört, sie hat uns Sammelkarten gekauft, und sofort will er wissen, hast du sie gekauft, bevor Jotams Papa angerufen hat oder danach, um zu überprüfen, ob nicht alle sechs Päckchen eigentlich für ihn allein bestimmt waren, und ich sage, natürlich danach, und er bleibt einen Moment stehen, nachdenklich, als würde er an meinen Worten zweifeln, reibt die Karten in den Händen, dann sagt er zu Jotam, ich kenne deinen Papa gar nicht, in einem leicht tadelnden Ton, und Jotam wehrt sich sofort, er kommt fast nie zur Schule, weil er so viel arbeitet, ich sehe ihn auch nicht oft, gibt er zu, aber jetzt werde ich ihn öfter sehen, weil er in eine neue Wohnung gezogen ist und wir die halbe Zeit bei ihm wohnen werden.

Was soll das heißen, die halbe Zeit, frage ich mich und versuche schweigend, die Neuigkeit zu verdauen, höre, wie Gili schnell sagt, auch ich bin die halbe Zeit bei meinem Vater, stimmt's, Mama? Sie haben etwas gefunden, womit sie angeben können, die armselige Errungenschaft von Scheidungskindern, und ich sage, ja, ungefähr, vermeide, ihm zu widersprechen, aber die Nachricht von der neuen Regelung, die zufällig an mein Ohr gedrungen ist, beschäftigt mich viel mehr, die halbe Zeit? Und was ist mit unserer Zeit? Und zum ersten Mal versuche ich, mir unseren Alltag vorzustellen, wird er weniger arbeiten, um mit seinen Kindern zusammen zu sein, oder verlässt er sich auf meine Hilfe, werden wir die halbe Zeit mit allen drei Kindern zusammen sein, oder werden wir sie trennen, die eine Hälfte mit seinen, die andere Hälfte mit meinem, und nie allein, und ich höre Taljas Stimme, das ist viel komplizierter, als du denkst, aber ich bringe sie schnell zum Schweigen, was bedeutet das schon, was der Junge gesagt hat, schließlich ist nicht er es, der die Zeit festlegt, und selbst wenn es Probleme geben sollte, werden wir sie mit der Kraft unserer Liebe überwinden, und als ich an unsere Liebe denke, an dieses neue, überraschende Wir, scheint eine warme, wohltuende Sonne durch die Kammern meines Herzens zu strömen, das abgedunkelt ist wie das Zimmer eines Kranken, warum soll ich mich mit Details aufhalten, wenn ich ihn so sehr begehre, dass ich eigentlich keine Wahl habe?

Zieht draußen eure Schuhe aus, damit ihr den Dreck nicht in die Wohnung bringt, sage ich zu ihnen, als wir die Treppe hinaufsteigen, und merke wieder, wie angenehm es ist, im Plural zu sprechen, und Gili, der als Erster eintritt, stellt fest, du hast aufgeräumt, Mama, für wen? Und ich umarme ihn und sage, für euch, damit ihr es schön habt, und obwohl er nicht beruhigt ist, gibt er nach, stürmt sofort zu den neu gekauften Kartenpäckchen, gibt Jotam drei, mit demonstrativer Höflichkeit, und schon fangen sie an zu vergleichen und zu tauschen, und ich gehe ins Schlafzimmer, überlege, was ich anziehen soll, etwas Bequemes, Häusliches, das mir schmeichelt, aber nicht zu schlampig aussieht, und schließlich wähle ich den roten Pullover und ausgeblichene Jeans, doch ich bin immer noch nicht zufrieden, soll ich die Haare zusammenbinden oder offen lassen, ich glaube, ich habe mich noch nie so gründlich auf eine Verabredung mit ihm vorbereitet, schließlich waren die meisten unserer Treffen zufällig, und diesmal ist alles geplant, soll ich mich noch einmal schminken oder mich mit den Resten des Morgens begnügen, und als ich versuche, meine Haare mit einem roten Samtband zusammenzubinden, bereue ich es sofort, ich frage mich, für wen all diese Vorbereitungen wirklich bestimmt sind, für den Mann, der mich schon schlafend und nackt gesehen hat, oder für seine schöne zehnjährige Tochter, ist sie es, die ich mit meiner Erscheinung beeindrucken möchte?

Wieder und wieder schlagen sie mit ihren kleinen Händen auf den Teppich, das gehört wohl zu ihrem Zeremoniell beim Bildertauschen, und vielleicht überhöre ich deshalb das Klingeln, und während ich noch auf dem Sofa liege, knarrt schon die Tür, und sie kommen herein, der Vater und seine Tochter, Arm in Arm, und sofort bereue ich, dass ich die Haare nicht zusammengebunden habe, denn ihre blonden Haare sind zu einem vollendeten Knoten gebunden, der ihr Porzellangesicht älter und erwachsener aussehen lässt, sie schaut mich mit offenem Verdruss an.

Guten Tag allerseits, sagt er feierlich, seine tiefe Stimme hört sich plötzlich ein wenig spöttisch an, aufgesetzt, und ich springe auf, ihnen entgegen, guten Tag, wie schön, dass ihr gekommen seid, sage ich, als handelte es sich um eine Überraschung, und wir beide würden bestimmt lachen, wenn wir nicht so angespannt wären, fast verzweifelt, und er versucht ganz beiläufig zu fragen, kennst du Maja? Aus irgendeinem Grund deutet er auf sie, und ich winke ihr zu, obwohl sie neben mir steht, hi, Maja, ich bin Ella, sage ich, und sie unterbricht die gezwungene Feierlichkeit rüde, ich weiß, sagt sie, ich habe dich schon einmal im Café gesehen, und ich sage schnell, gebt mir eure Mäntel, und er versucht, seinen Mantel auszuziehen, aber die Hand, die seinen Arm festhält, macht das unmöglich. Papa, ich will nach Hause, sagt sie, ich habe Hausaufgaben auf, und er sagt, komm, bleiben wir ein bisschen hier, meine Süße, danach kannst du Hausaufgaben machen, ich bin sicher, dass Jotam noch nicht weggehen will, und erst da schaut sich Jotam nach ihnen um, lässt die Sammelkarten fallen und stürzt sich auf seinen Vater, Papa, schreit er, als hätten sie sich seit Wochen nicht gesehen, Gilis Mama hat mir Karten gekauft, und Oded ruft, wie schön, herzlichen Glückwunsch, als handelte es sich um ein riesiges, unerwartetes Geschenk, während er immer noch versucht, den Mantel auszuziehen, dazu schüttelt er ihre Hand ab, die schmale, zarte Hand, die sich gekränkt zurückzieht, und ich registriere einen ersten kleinen Sieg für mich, nehme ihm schnell den Mantel ab und hänge ihn so sorgfältig auf einen Bügel im Garderobenschrank, als würde er ihn in absehbarer Zeit nicht mehr brauchen.

Gib mir auch deinen, es wird dir sonst zu heiß, sage ich zu ihr, und sie zieht mit einem lauten Seufzer ihren Mantel aus, so dass ihr prachtvolles hellblaues Tanzkostüm zu sehen ist, ein glänzender Body und darüber ein langärmliges Ballettkleid, das ihren schmalen Körper eng umschließt, was für ein tolles Kostüm, schmeichle ich ihr, und sie lächelt ein wenig hochmütig, Papa hat es mir aus Amerika mitgebracht. Wirklich, frage ich und betrachte ihn anerkennend, was für ein Vergnügen ist es doch, ein Mädchen zu haben, dem es nicht, wie den Jungen, egal ist, was es anhat, spotte ich, versuche, eine Art weiblicher Solidarität herzustellen, dazu ziehe ich Gili an mich, der auch aufgestanden ist und sich neben mich gestellt hat, seine Augen verfolgen misstrauisch das Geschehen, mein kleiner Sohn und ich stehen am Eingang unserer Wohnung, und vor uns Oded und seine kleinen Kinder, wie zwei Lager, deren Streitkräfte sich schweigend beäugen.

Habt ihr Hunger, frage ich schnell, es gibt Schokoladenkuchen, es gibt Gemüsesuppe, und wir könnten auch Pizza bestellen, und zu meiner Freude schreien die beiden Jungen begeistert, Pizza, und für einen Moment verwischt sich die Frontlinie, und ich bemühe mich, die Bestellung voranzutreiben, was wollt ihr auf die Pizza, frage ich, Oliven, Pilze, was magst du am liebsten, Maja, und sie antwortet kühl, ich habe keinen Hunger. Sie mag Pizza mit Mais, sagt Oded, und ich frage, und du, etwas verlegen, kennen wir uns überhaupt, den Geschmack deiner Haut kenne ich, aber nicht deinen Geschmack bei Pizza, und er sagt, mir ist es egal, und Gili schreit, ich mit Oliven, als hätte er Angst, ich könnte ausgerechnet seine Vorlieben vergessen, und Jotam schreit hinterher, ich mit Pilzen. Dann nehme ich vielleicht auch Pilze, damit ich nicht neidisch werde, sagt Gili zögernd, in seiner Sicherheit erschüttert, und ich frage erstaunt, warum solltest du neidisch werden, wenn du etwas anderes lieber isst? Und er murmelt, hör auf, Mama, sag mir nicht, was ich fühlen soll, und plötzlich werden seine Augen feucht, und er jammert, ich weiß nicht, welche Pizza ich bestellen soll.

Du bestellst, was du magst, Oliven, entscheide ich, aber er kämpft mit sich, ich werde neidisch auf Jotam sein, ich möchte, dass Jotam auch Oliven nimmt, und ich seufze, gibt es auf der Welt eine kompliziertere Aufgabe, als Pizza für fünf Personen zu bestellen, die versuchen, zu einer Familie zu werden? Wo liegt das Problem, Gili, schimpfe ich, es kann dir doch egal sein, was er isst, und er klammert sich an mich, bricht in Tränen aus, es ist mir aber nicht egal, Rotz läuft aus seiner Nase, Tränen ziehen sichtbare Linien über seine Wangen, die Lider senken sich über seine Augen, und aus seinem offenen Mund, dem zwei Schneidezähne fehlen, blitzen die Eckzähne wie bei einem Vampir, noch nie habe ich ihn so gesehen, so vernachlässigt und reizlos, es ist, als hätte man mir fremde Augen eingesetzt, und vielleicht sind sie nicht fremd, sondern die Augen des Mannes, der sich schweigend auf das Sofa setzt, seine schönen Finger, die ich erst gestern geküsst und gestreichelt habe, verflochten mit denen dieses hochmütigen, strahlenden Mädchens, das mit offensichtlicher Gleichgültigkeit den kleinen Jungen betrachtet, der in meinen Armen weint, als wäre eine Welt für ihn zusammengebrochen.

Ich habe eine Idee, rufe ich mit gespielter Fröhlichkeit, bestellen wir eben beides, und du probierst beide und entscheidest dann, ein verschwenderischer und ganz und gar unpädagogischer Vorschlag, der ihn nicht beruhigt und nur Jotam dazu bringt zu sagen, wenn er zwei bekommt, will ich auch zwei, und ich verkünde, ausgezeichnet, das Problem ist gelöst, deutlich verwirrt greife ich nach dem Telefon, bestelle die größte Familienpizza mit dem abwechslungsreichsten Belag, um die Vorlieben aller Anwesenden zu befriedigen, obwohl mir klar ist, dass keiner von uns besonders großen Hunger hat und mehr als die Hälfte übrig bleiben wird.

Gili, wasch dir das Gesicht und putz dir die Nase, sage ich ungeduldig, nachdem ich den Auftrag erledigt habe, und er geht geschlagen zum Badezimmer und kommt gleich wieder, das Gesicht nass, aber ebenso schmutzig wie vorher, und ich schüttle den Kopf, begleite ihn aber nicht zum Badezimmer, um ihm beim Naseputzen zu helfen, ich habe Angst, unter ihren bedeutungsvollen Blicken das Wohnzimmer zu verlassen, ich bleibe, damit sie sich nicht Zeichen des Einverständnisses geben können, damit sie nicht die Gelegenheit benutzen, um zu verschwinden, schließlich sind sie eine fast vollständige Familie, eine Familie, die keinen Zuwachs braucht, erst recht keinen verwöhnten kleinen Jungen, einen weinerlichen Dickkopf, aber da geht Jotam zu ihm, mach dir keine Sorgen, Gili, ich werde das Gleiche essen wie du, versichert er in einem zauberhaft großzügigen Ton, ich werde auch Oliven essen, damit du nicht neidisch zu sein brauchst, und Gili jammert glücklich, und was machen wir dann mit den Pilzen, die wir bestellt haben? Jotam beugt sich vor und flüstert Gili etwas ins Ohr, und beide brechen in spitzbübisches Gelächter aus, wie zwei junge Füchse, die einen Streich aushecken, und ich betrachte Jotam voller Dankbarkeit, was für ein wunderbarer Junge, auf ihn kann man sich verlassen, jedenfalls mehr als auf seinen Vater, der in meiner Wohnung auf meinem Sofa sitzt und mit seinen dunklen Augen beobachtet, was sich hier abspielt, ich muss zugeben, dass er nichts getan hat, um die Situation zu beruhigen, er hat auch noch kein einziges Wort mit Gili gewechselt.

Was willst du trinken, Oded, frage ich, und er antwortet, etwas Scharfes, und ich gieße ihm kalten Wodka ein und frage laut aus der Küche, willst du Kakao, Maja, und zu meiner Freude bejaht sie, lockert damit vielleicht ihren energischen Widerstand gegen diesen Besuch, und ich reiche ihm den Wodka und ihr den Kakao und breche in nervöses Lachen aus, wo ist unsere Liebe, Oded, siehst du sie irgendwo, fühlst du sie, sie hat sich versteckt wie eine vor Fremden erschrockene Katze, aber diese Fremden sind unsere Kinder, unser eigen Fleisch und Blut, und es scheint, dass sogar ich sie schon nicht mehr fühle, und eigentlich möchte ich, dass ihr geht, dass ihr mich mit dem verwöhnten, verrotzten Jungen allein lasst, erst wenn ihr geht, werde ich wieder seine Schönheit sehen. Aufrecht sitzt er in der Sofaecke, in einem weißen Kaschmirpullover, den ich noch nie gesehen habe und der seine wie gemeißelten Gesichtszüge betont, die beiden senkrechten, wie in Holz geschnittenen Falten auf seinen Wangen, und beobachtet schweigend alles wie ein Außenstehender, der Details sammelt, sein Gesichtsausdruck ist kühl und hochmütig, wie der seiner Tochter, bin auch ich in seinen Augen hässlich geworden, wie Gili in meinen, sieht er auch mich jetzt tränenüberströmt, fleckig von Staub und Rotz, so schnell zweifle ich an ihm, an seinen Liebesworten und an seinen Versprechungen.

Maja, vielleicht möchtest du mit den Jungen ein bisschen Computer spielen, oder soll ich dir etwas zum Spielen suchen, sage ich, als die beiden in Gilis Zimmer verschwinden, ich möchte mit ihm allein sein, Gili hat ein paar Barbiepuppen, manchmal spielt er mit ihnen, so schnell verrate ich sein Geheimnis, nur damit sie sich mit irgendetwas beschäftigt, damit sie endlich die Hand ihres Vaters loslässt, aber sie lehnt ab, ich spiele nicht mehr mit Barbiepuppen, und statt ihn loszulassen, setzt sie sich auf seine Knie, legt die Arme um seinen Nacken und sagt, Papa, lass uns gehen, ich habe noch Hausaufgaben zu machen. Dann bringe ich dir deine Tasche aus dem Auto, schlägt er vor, und du machst hier deine Aufgaben, und sie sagt, aber hier kann ich mich nicht konzentrieren, ich will nach Hause, und er verspricht, noch ein bisschen, dann gehen wir, meine Schöne, seine Hand streichelt zärtlich über ihre Haare, über ihren honigfarbenen Knoten, und seine Zärtlichkeit ihr gegenüber weckt Zorn in mir, es ist erst ein paar Minuten her, da habe ich den Launen meines Sohnes nachgegeben, aber als ich jetzt vor ihnen stehe, regt sich mein Widerstand, warum bringt er sie nicht zum Schweigen, warum sagt er nicht, wir bleiben hier, und Schluss, ich bin es, der entscheidet, nicht du. Ihre Anwesenheit in meinem Wohnzimmer ist bedrückend und ihre Überheblichkeit verletzt mich, in doppeltem Schweigen betrachten sie die einfachen Möbel, das Bild der Pariserin, das ihnen gegenüber an der Wand hängt, es scheint, als würde auch sie, die Tausende von Jahren an der Palastwand von Knossos überlebt hat, sich unter ihren Blicken auflösen, und ich springe auf und laufe ins Schlafzimmer, die Kleidungsstücke, die ich in meiner Dummheit anprobiert habe, liegen als bunter überflüssiger Haufen auf dem Bett, was habe ich bloß gedacht, nichts kann so schön sein, dass es gegen die Nähe des eigenen Blutes ankommt, sie ist seine

Tochter, sie wird immer seine Tochter sein, während ich nur vorübergehend in seinem Leben bin, wie die Wohnung, die er so schnell gemietet hat, und ich nehme das rote Samtband, stelle mich vor den Spiegel, versuche, alle Haare zusammenzunehmen, so dass auch kein einziges außerhalb des Gummis bleibt, und genau in dem Moment, als ich es beinahe geschafft habe, höre ich ihn kommen, Ella, bist du hier, fragt er, schließt die Tür hinter sich und lehnt sich an sie, betrachtet mich erstaunt. Was tust du, fragt er, und ich lasse das Gummi fallen und ziehe schnell meinen Pullover aus, mir ist auf einmal schrecklich heiß, sage ich, ich ziehe mich um, und als Beweis nehme ich ein kurzärmliges T-Shirt aus dem Schrank, ziehe es aber nicht an, mit nackten Brüsten stehe ich vor ihm, als wären sie die letzten Waffen einer Frau, die um ihre Ehre kämpft.

Komm her, sagt er und streckt mir die Hand hin, und ich seufze in seinen Mund, komm heute Nacht zu mir, Oded, wie dringend brauche ich plötzlich seine körperliche Nähe, so dringend wie Medizin, und er sagt, das ist unmöglich, die Kinder schlafen bei mir, und ich dränge ihn, aber Maja ist schon groß, sie kann eine Weile mit Jotam allein bleiben, und er sagt, aber es ist das erste Mal, dass sie bei mir schlafen, ich möchte es ihnen nicht schwerer machen als nötig.

Dann komme ich vielleicht zu dir, beharre ich stur, meine Mutter wird auf Gili aufpassen, und er sagt, lass es, das geht heute nicht, bestimmt schlafen sie erst spät ein, aber ich lasse nicht locker, dann komm morgen früh vor der Arbeit, und er sagt, ich fange um acht an, das wird nicht gehen, lass uns auf eine günstigere Gelegenheit warten, und ich drehe ihm den Rücken zu, betrachte den Wipfel des toten Baums, die Straßenlaterne wirft gelbes Licht auf seine trockenen Zweige, die dünn sind wie Knochen. Was ist mit dir los, fragt er, und ich drehe mich zu ihm um, ich bin nicht bereit, auf eine günstigere Gelegenheit zu warten, schleudere ich ihm entgegen, man muss sich die Gelegenheiten schaffen, wenn man wirklich will, und dann knie ich mich vor ihn hin und öffne eilig den Reißverschluss seiner Hose, ich ignoriere die Kinder auf der anderen Seite der Wand, mein Mund umschließt sein Fleisch, und ich höre ihn seufzen, genug, Ella, das geht doch jetzt nicht, aber in seinen Seufzer mischt sich schon Lust, und als ich glaube, dass seine Erregung genug gewachsen ist, lasse ich ihn plötzlich los und stehe auf, jetzt werden wir ja sehen, wie du auf eine günstigere Gelegenheit wartest, flüstere ich, und er atmet schwer, die Lippen vorgeschoben, wirklich, Ella, das passt nicht zu dir, schimpft er heiser, das sind die niedrigsten weiblichen Manipulationen, und ich bin schon schwer vor Angst, das Gewicht dieses Tages drückt mich in die Knie, du kennst mich einfach nicht, flüstere ich ihm ins Ohr, ich habe noch ganz andere Manipulationen für dich, sogar noch niedrigere, wenn du heute Nacht nicht kommst, brauchst du überhaupt nicht mehr zu kommen, und dann streife ich mir schnell eine Bluse über und verlasse das Zimmer, meine Kränkung verwandelt sich sekundenschnell in Bedauern, ich setze mich im Wohnzimmer in den Sessel und bemerke erst da, dass mich die hellen Augen, etwas schräg stehend wie bei ihrer Mutter, beunruhigt betrachten, wo ist mein Vater?

Ich bin hier, meine Schöne, höre ich seine Stimme, nun wieder ausgeglichen und ruhig, das heisere, schwere Atmen ist aus seiner Kehle verschwunden, wir gehen bald, er wendet sich an mich, was ist mit der Pizza, fragt er vorwurfsvoll, als wäre ich verantwortlich für die Lieferung, und ich schaue auf die Uhr und sage, sie wird bestimmt gleich kommen, es ist noch keine halbe Stunde vergangen, ich versuche seinen Blick zu fassen, um ihn wortlos um Verzeihung zu bitten, aber er weicht mir aus, schaut erwartungsvoll zur Tür, als komme von dort die Rettung, und tatsächlich kommt sie, eine heiße, wohlriechende Pizza, die den Wohnzimmertisch bedeckt und uns alle um sich sammelt, sie scheint die Kraft zu haben, uns für eine gewisse Zeit zu vereinen, so wie sie uns zu Beginn des Abends voneinander getrennt hat, und sogar Maja wird schwach bei dem verführerischen Duft und nimmt das für sie bestimmte, mit gelben Maiskörnern bestreute Stück, und Oded verzehrt langsam ein Stück Pizza mit Tomaten und Käse, nun, da alle Kinder beruhigt sind, sieht auch er zufrieden aus, und ich fülle sein Glas wieder und gieße mir selbst auch einen Wodka ein. Wie hungrige Katzen um den Futternapf, sitzen wir um den Tisch, und einen Moment lang scheint alles gut zu sein, und vielleicht war es auch vorhin so, und nur ich war, wie es meine Art ist, zu schnell erschrocken und habe den Schatten des Bergs für den Berg gehalten, und vor lauter Eile, das Ende unserer Beziehung zu beweinen, habe ich das Ende beschleunigt, und erleichtert sehe ich, dass Maja sich neben Gili und Jotam auf den Teppich setzt, sie entspannt sich langsam, beteiligt sich fast gegen ihren Willen an dem geheimnisvollen Tun, als die Jungen aus ihren Schultaschen Scheren herausholen und versuchen, mit ungeschickten Händen die nicht gegessenen Pizzastücke zu zerschneiden, wir machen Essen für die Vögel, verkünden sie ihr laut flüsternd, das streuen wir dann auf den Balkon und beobachten, wie sie kommen.

Was macht ihr da, mit Essen spielt man nicht, schimpft Oded, und ich besänftige ihn, lass sie doch, Hauptsache, es macht ihnen Spaß, wir sind wohl beide überrascht über diesen Wortwechsel, als wären wir Eltern, die eine Meinungsverschiedenheit haben, und ich bedeute ihm mit lautlosen Lippenbewegungen, komm einen Moment, und gehe wieder ins Schlafzimmer, aber er folgt mir nicht, deshalb rufe ich ihn mit offizieller Stimme.

Was ist denn jetzt, fragt er und betrachtet müde mein Gesicht, hast du noch andere Drohungen für mich? Diesmal bin ich es, die sich an die Tür lehnt, es tut mir Leid, sage ich, ich habe es nicht so gemeint, entschuldige bitte, ich verstehe ja, dass du heute nicht kommen kannst, ich werde warten, so lange es nötig ist, und er seufzt, betrachtet mich mit zusammengekniffenen Augen und sagt, weißt du, Ella, vielleicht kenne ich dich wirklich noch nicht, vielleicht habe ich auch kein Interesse daran, dich kennen zu lernen, aber seine Hand streicht über meine Wangen, die unter seiner rauen Berührung erglühen, ich bin bereit, zu vergessen, was vorhin hier passiert ist, aber ich warne dich, solche Spielchen funktionieren bei mir nicht, und ich murmle, es tut mir Leid, entschuldige, und er fragt, also, wo waren wir stehen geblieben? Ich glaube, einen Funken Erregung in seiner Stimme zu hören, und ich knie mich erleichtert vor ihn hin, wenn dies jetzt der Weg zu dir ist, dann ist es auch mein Weg, seine Hände richten meinen Kopf aus, führen ihn mit sanftem Druck an die richtige Stelle.

Diesmal verlässt er vor mir den Raum, und ich gehe ins Badezimmer, wasche mir das Gesicht und besprühe mich mit Parfüm, und als ich ins Wohnzimmer zurückkomme, sitzen alle um das Monopolybrett, und Gili weiß nicht, wohin mit seiner Freude, Mama, komm, wir warten nur noch auf dich, und Maja, die ihre Hausaufgaben vergessen zu haben scheint, erklärt die Regeln, ihr könnt doch noch nicht so gut lesen, deshalb werden euch die Eltern helfen, Gili spielt mit seiner Mama und Jotam mit Papa und ich alleine, und wir versinken in das Spiel, würfeln, bewegen die Steine auf dem Brett, häufen Straßen und ganze Stadtteile an, Häuser und Hotels, kaufen und verkaufen, ja, es ist möglich, so werden wir jeden Abend zusammen spielen, und jedes Mal, wenn ich ihn anschaue, werde ich erschauern, als führe mir ein Windstoß unter den Rock, und wenn er mir die Monopolysteine hinhält, berührt seine Hand die meine, weckt heftige Begierde inmitten des familiären Glücks, und mir ist, als hätte ich an diesem Abend ein doppeltes Geschenk erhalten, als ich Gili, der auf meinem Schoß sitzt, einen Kuss in den Nacken drücke, er ist begeistert von dem Spiel, beobachtet aber zugleich mit scharfem Blick jede meiner Bewegungen.

Lange bevor das Spiel zu Ende ist, sagt er, es ist schon spät, spielen wir es ein andermal fertig, und Gili, der das meiste Geld angehäuft hat, fleht, noch ein bisschen, nur noch ein bisschen, und ich versuche zu versöhnen, vielleicht lassen wir alles so stehen und spielen beim nächsten Mal weiter, aber Maja, die gerade verliert, beschließt, beim nächsten Mal fangen wir ein neues Spiel an, und diese Worte klingen plötzlich ganz selbstverständlich, sogar für sie, ja, es wird ein nächstes Mal geben, es wird wieder Pizza geben, wieder ein Spiel, ein nächstes Treffen, auch wenn sie beim Abschied wieder förmlich und gleichgültig wirkt, als ich ihr den Mantel gebe, und ich versuche, ihn über die Köpfe der drei Kinder hinweg anzulächeln, gute Nacht, ihr drei, sage ich, und er schickt mir mit einer Bewegung seiner schönen Lippen einen Kuss zu, und mit einem Schlag ist die Wohnung leer und Gili drückt sich an mich und umarmt meine Hüften und sagt, endlich sind wir allein, nur du und ich.

Ich dachte, es hat dir Spaß mit ihnen gemacht, ich versuche, meine Enttäuschung zu verbergen, und er sagt, es hat mir Spaß gemacht mit Jotam, sogar seine Schwester ist ziemlich nett, aber jetzt macht es mir Spaß mit dir allein, fügt er hinzu und verliert kein Wort über ihren Vater, und ich sage, mir macht es auch Spaß mit dir, Gili, seine Unschuld lässt mein Herz erzittern, er kann sich ja gar nicht vorstellen, wie selten solche Momente sein werden, bald werden sie nur noch eine ferne Erinnerung sein, und während wir mit weichen Schritten die Pfade unserer Routine betreten, meine ich fast unwillkürlich das Geläut der Abschiedsglocken zu hören. Noch ein Abschied, mein kleiner Junge, einer, der aufregender ist als der erste, ein Abschied von dem Leben, das nur uns beiden gehört. Wir haben versucht, eine neue Siedlung über den Trümmern der alten zu errichten, wir haben Lehm der nahen Flussläufe zu Ziegeln geformt, Steine für das Haus aus einem Steinbruch gehauen, ein Dach aus gefällten Bäumen gezimmert, unsere bescheidenen Errungenschaften werden vor dem Glanz der Vergangenheit immer verblassen, und trotzdem werden wir hier eine Art Ordnung aufbauen, zerbrechlich, aber vertraut.

Mit schwerem Herzen sitze ich an seinem Bett, wieder tritt er nach der Decke, breitet seine Arme aus, die Pyjamajacke spannt sich über seiner Brust und lässt seine schmalen Hüften sehen, die Vertiefung seines Nabels, seine vorstehenden Rippen, die Muttermale, die über seine Haut verstreut sind wie Sterne am Himmel, sein Gesicht wird von den drei Nachtlichtern beleuchtet, seine üppigen Locken, die es umrahmen, er ist wieder schön, sag mir, mein Sohn, ob ich deinetwegen auf die Chance zum Glück verzichten muss, auf eine neue Familie, und als er eingeschlafen ist, rufe ich Talja an. Du behauptest, ich müsste noch warten, fahre ich sie an, aber wie lange, vielleicht, bis Gili zum Militär geht? Wer weiß schon, wann die richtige Zeit für solche Veränderungen gekommen ist, jetzt ist er noch jung genug, um sich daran zu gewöhnen, und wenn ich warte, könnte die neue Beziehung erlöschen, ich habe jetzt die Chance zu einem wirklich neuen Leben, Talja, ich habe Angst, sie zu verpassen, vielleicht ist das meine letzte Chance, wer weiß, glaubst du, es ist gesund für ihn, allein mit seiner Mutter aufzuwachsen, ohne Familie? Vielleicht ist es ja gerade diese Veränderung, die ihm gut tun wird, sagt sie, aber während ich ihr zuhöre, geht die Tür auf und Oded steht da, in seinem weißen Pullover, wieder ohne Mantel, und seine Ankunft dämpft ihre scharfen Sätze, nimmt ihnen die Spitze. Störe ich dich, fragt er leise, und ich ziehe ihn an mich, seine Hände sind schon unter meiner Kleidung, Ella, du musst damit warten, fährt sie fort, das ist keine Frage des Alters, sondern der Umstände, gib ihm Zeit, dass er sich erst einmal an eure Trennung gewöhnt, belaste ihn nicht so schnell mit einer neuen Familie, du verlierst nichts, wenn du noch ein wenig wartest, im Gegenteil, wenn du deshalb deinen neuen Freund verlierst, ist das ein Zeichen, dass es nichts Ernstes war, überlege doch, wenn es nicht klappt, wirst du eine neue Trennung durchmachen, wozu brauchst du diese ganzen Kopfschmerzen, warum fällt es dir so schwer, noch ein Jahr zu warten, und das alles hört er zusammen mit mir, bis ich sie unterbreche, Talja, ich muss aufhören, ich habe Besuch, reden wir morgen weiter, und er nimmt mir den schwarzen Hörer aus der Hand, betrachtet ihn ernst, sie hat vielleicht Recht, deine Freundin, sagt er schließlich, aber ich glaube nicht an solche Ratschläge, kein anderer weiß besser als du, was gut für dich ist, versuche, auf dein Herz zu hören, auf deine innere Stimme, und ich frage, was machst du überhaupt hier, ich habe gedacht, es geht heute Nacht nicht, und er lächelt, ich habe fünfzig Minuten für dich, reicht dir das?

Warum ausgerechnet fünfzig, frage ich und schaue sofort auf die Uhr, und er antwortet, weil ich zu Maja gesagt habe, ich hätte eine wichtige Verabredung mit einem Patienten, der sofort Hilfe braucht, und ein ungeheurer triumphierender Stolz erfüllt mich, ich brauche wirklich sofort Hilfe, flüstere ich ihm ins Ohr, aber ich dachte, du fängst nichts mit Patientinnen an, und er lacht, diese Regeln gelten nicht für dich, wie sich herausstellt, so wie die Regeln deiner Freundin nicht für uns gelten, wenigstens hoffe ich das, und ich schmiege mich an ihn, du bist also gekommen, um eine dringend benötigte Behandlung vorzunehmen, frage ich, und er sagt, ja, was genau fehlt dir? Und ich mache das Licht aus und ziehe ihn auf den Teppich herab.

Die Monopolysachen, die ich noch nicht aufgeräumt habe, drücken mich im Rücken, die Häuser und Hotels, die wir in den erworbenen Straßen errichtet haben, Spielgeld klebt an meinem Hintern, als er durch den schmalen Pfad geht, der nur für ihn bestimmt ist, ich ziehe ihn mit Armen und Beinen zu mir, mit meiner Zunge und meinen Haaren, versprich, dass du mir vertraust, flüstert er, ich brauche dein Vertrauen, und ich verspreche es immer wieder, spüre ihn in mir, er entzündet eine starke Flamme der Begierde, und an jedem Punkt, an dem er nicht ist, fehlt er, wie wirst du dieses Feuer löschen, noch so viel Wasser wird es nicht löschen, und als ich unter ihm erzittere, auf dem Monopolybrett, richtet er sich schnell auf, zieht in der Dunkelheit den Reißverschluss seiner Hose zu und flüstert, ich hoffe, dass ich dir geholfen habe, und ich antworte leise, eigentlich nicht, leider, ich habe das Gefühl, dass das Problem sich nur noch verschärft hat, und er lacht, genau das war meine Absicht.

18 Nicht auf den ägyptischen Tempelwänden und nicht auf den Grabinschriften und nicht auf Papyrusrollen, weder über der Erde noch unter ihr ist in den Tagen des neuen Königreichs der Name Israel erwähnt, nicht als Freund und nicht als Feind, nicht als Nachbar und nicht als versklavtes Volk, und trotzdem gibt es keinen Zweifel, dass der Auszug Israels aus Ägypten ein historisches Ereignis war, höchst gegenwärtig in der Bibel, im Gesetz, in der Geschichte und der Überlieferung, in den Reden der Propheten und in den Gesängen der Psalmen, aber es findet sich noch immer kein Beweis für die große Saga des Leidens und der Errettung, des neuen Anfangs und der zweiten Chance.

Ausgrabungen und immer neue archäologische Forschungen haben nichts als Falsifikationen erbracht, allenfalls aufwühlende Zeugnisse für Naturkatastrophen, die Sonne zeigt sich nicht mehr, ihre Gestalt am Himmel ist wie das Auge des Mondes, ausgetrocknet ist der Fluss Ägyptens, der Wind des Südens bläst gegen den Wind des Nordens.

Die Rolle der Naturkräfte sollte bei der Beurteilung der historischen Ereignisse nicht ignoriert werden, es waren nicht allein die Taten der Menschen, die die antike Welt erschütterten, sondern auch immer wieder Umstürze der Natur, die die Handlungen der Eroberer und die List der antiken Staatsmänner klein erscheinen lassen, o Wehklage, das Land dreht sich wie die Drehscheibe des Schöpfers, der Palast verwandelt sich innerhalb von Sekunden, seht, das Feuer hat ihn verschlungen.

Hat die Katastrophe von Thera wirklich die stärkste Großmacht gestürzt, ist die schreckliche Welle wirklich bis dorthin gerollt, Wasser, das sich berghoch auftürmte und sich mit der Geschwindigkeit eines Blitzes vorwärts bewegte, Wolkensäulen aus Feuer, Blut und Dunkelheit, ein Schlag nach dem anderen, und bis heute findet sich eine vulkanische Aschenschicht auf dem Grund des Nils, ist dies der Beweis, dass der Untergang Theras durch Naturkräfte auch den Untergang Ägyptens zur Folge hatte? Eine Naturkatastrophe als Ursache für den wundersamen Sieg Israels durch die Hand seines Gottes? Und ist der Versuch, das Wunder zu verifizieren, eine Verleugnung des Wunders? Es scheint, als gehörte all das zu meinem vorigen Leben und berührte das neue Leben nicht, das sich glänzend und golden darstellt, wie der Glanz im Osten vor dem Sonnenaufgang, wenn sich das Licht bereits am Horizont zeigt.

Mit hochmütiger Gleichgültigkeit versuche ich, die Geschichte Theras zu rekonstruieren, als handelte es sich um eine schmerzliche Kindheitserinnerung, die ich immer wieder heraufbeschworen habe bis zum Überdruss, versuche, das traurige Kapitel zu Ende zu bringen, denn es reicht mir, die Vormittage mit trockenen Ausgrabungsberichten vor dem Computer zu verbringen, ich sehne mich schon nach dem genau abgesteckten Rechteck Erde, dessen Wände mit Sandsäcken abgestützt sind wie im Schützengraben, nach der vollkommen wirklichen und trotzdem abstrakten Beschäftigung, nach all den Werkzeugen, dem endlosen Staub und dem Klopfen der Hämmer, nach dem Lärm der Bulldozer und dem Schimmelgeruch, der aus der Erde aufsteigt und in der klaren Luft hängen bleibt. Dieses ganze Jahr habe ich gehofft, zu keiner Ausgrabung gerufen zu werden, und jetzt warte ich ungeduldig darauf, denn der Winter geht zu Ende, verschwindet langsam von der Erde, wird in schmale Stücke gerissen, und zwischen ihnen blitzen die unterirdischen Triebe der noch nackten Bäume.

Eine fieberhafte Anspannung erfüllt mich in den letzten Wochen des Winters, die Gewissheit der Veränderung, die auf mich zukommt, ich habe keine Möglichkeit, ihr auszuweichen, ich will ihr auch nicht ausweichen, denn der gedämpfte nagende Hunger, der Schatten allen Verliebtseins, wächst und bekommt die klare Form eines gemeinsamen Lebens, man wird die wenigen Stunden Freizeit nicht mehr auf zwei Wohnungen verteilen müssen, denn inzwischen haste ich von einer Wohnung in die andere, wie ein Kind, dessen Eltern sich getrennt haben, ich passe mich bei meinem Hin und Her den Wanderungen Gilis an, den Wanderungen Majas und Jotams, das sind die Wanderungen der heutigen Nomaden, die Kinder geschiedener Eltern, die die Herden ihrer Spielsachen mittags von Haus zu Haus bringen, von der Mutter zum Vater und wieder zurück. Für mich selbst bleiben nur die freien Tage, die immer weniger werden, denn Amnon ist plötzlich sehr beschäftigt, erstaunlich beschäftigt, und Michal, sogar die Buchstaben ihres Namens wecken in mir ein Gefühl der Bedrückung, Michal leidet fast jeden Tag an Migräne und drückt sich vor ihren Kindern, es sieht so aus, als hätten sich die beiden gegen uns verbündet, und zwischen all unseren Aufgaben suchen wir hastig nach Nähe, beklagen schon im Voraus die erneute notwendige Trennung, und es scheint, dass ein Tag nach dem anderen in dem funkelnden Punkt eines hastigen Treffens gipfelt, und nur das Bedürfnis, all diese Funken zu sammeln, treibt uns von einem Moment zum nächsten.

Meine Wohnung kommt mir plötzlich wie ein Durchgangslager vor, ein Rollladen im Wohnzimmer ist kaputtgegangen, und ich mache mir nicht die Mühe, ihn zu reparieren, der Wasserhahn tropft, die Halogenlampe ist durchgebrannt, und ich habe das Gefühl, als sei das alles schon nicht mehr meine Sorge, sondern die des Menschen, der nach mir hier wohnen wird, denn Gili und ich werden endlich in die neue Wohnung ziehen, die uns schon erwartet, und dort werden sich alle Funken vereinen, dort werde ich mich nach der größten Nähe nicht wieder von ihm trennen müssen, dort werde ich nicht wählen müssen zwischen der Zeit mit ihm und der Zeit mit Gili, unter einem Dach werden meine beiden Lieben leben, und das Bedürfnis danach ist offenbar so einfach zu erfüllen, es ist nur ein Umzugswagen zu bestellen, das Sofa und die Sessel einzuladen, die Kleider, das Geschirr und die Bücher, Gilis Bett, sein Schrank und auch die drei Nachtlichter, zu seiner Beruhigung wird sein ganzes Zimmer mit uns umziehen, bis hin zum letzten Spielzeug, als würde der Junge zu Hause einschlafen und durch ein Wunder morgens anderswo aufwachen, ohne einen Unterschied zu empfinden, und trotzdem zögere ich, wie jener Schlüssel, der mitten in der Bewegung stecken blieb und sich nicht mehr vor- oder zurückdrehen ließ.

Komm schon, du bringst uns mit deinen Zweifeln ganz durcheinander, sagt er, als wir uns beide in unseren eigenen Wohnungen befinden, neben den eigenen schlafenden Kindern, und trotz der kurzen Entfernung hört sich seine Stimme durch das Telefon schwach und dumpf an, wir könnten ab sofort zusammen sein, was bringt uns dieses Doppelleben, mach dir doch nicht solche Sorgen, sagt er, ich habe keine Angst vor Problemen, ich habe nur Angst vor deinen Sorgen, worauf wartest du eigentlich? Und auch ich weiß nicht genau, worauf ich warte, schließlich ist mir klar, dass der Umzug stattfinden wird, und trotzdem weckt der Gedanke, dass vor meinem Haus ein Umzugswagen stehen wird, Trauer in mir, als wäre dies ein unvergleichlich schmerzender Anblick.

Die Kinder haben sich noch nicht damit abgefunden, sage ich, aber er lässt meine Worte nicht gelten, sie werden sich daran gewöhnen, ich habe genug von dem Theater, das wir ihnen vorspielen, wir sind beide schlechte Schauspieler, man muss einfach ins kalte Wasser springen, sagt er, dieses ganze Zögern schadet nur, du machst mich unsicher, am Schluss wirst du mich noch überzeugen, dass wir es nicht schaffen, ist es das, was du willst, dass ich es bereue? Und ich sage, nein, wieso denn, gib mir nur etwas Zeit, ich laufe im Haus herum wie eine Braut, die es zu ihrem neuen Leben drängt, der es aber schwer fällt, sich von ihrer Kindheit zu verabschieden, von ihrer Familie, von ihrer Jungfräulichkeit.

Es sind nur wenige Gegenstände, die ich vorausschicke, ein Pullover und ein Schal und einige Bücher, Shampoo und Strümpfe und Ähnliches, es scheint, dass die Dinge ihren eigenen Willen haben, sie kennen schon den Weg dorthin, aber nicht den Rückweg, wie jener Rabe, der nicht zur Arche Noah zurückkehrte und deshalb schwarz wurde. Einer nach dem anderen machen sie sich auf den Weg, aber wir beide, Gili und ich, gehören noch immer hierher, in die Wohnung, in die wir einige Wochen vor seiner Geburt eingezogen sind, die auf einen bunten Innenhof hinausgeht, zu den Granatapfelbäumen, die jetzt noch nackt sind, aber schon bald werden sie Blätter bekommen und danach violette Blüten wie Kelche voller Wein, aus denen Früchte werden, die dann im Herbst reifen und den Hof wie rote Lampions erleuchten, sie werden Scharen von Zugvögeln anlocken, die an ihnen herumpicken und sie von innen aushöhlen, auch wenn sie von außen unberührt wirken, und gegen Winter werden sie wie seelenlose Körper unhörbar auf die schmalen gepflasterten Wege fallen und sie mit ihrem dunklen Saft beflecken, und wir werden nicht hier sein, und zwischen den Stämmen wird der erste Sauerklee wachsen, und wir werden nicht hier sein, und der wilde Orangenbaum wird mit seinen ungenießbaren Früchten prahlen, und wir werden nicht hier sein, wir werden nicht mit einem Ball und einer Decke und Keksen zu dem mickrigen Rasen hinuntergehen, wir werden nicht die zutraulichen Katzen im Hof streicheln, wir werden nicht deren Junge bewundern, die aus dem Dickicht brechen, ein Haufen von Schwänzchen und Ohren, die man nicht mehr auseinander halten kann, wenn sie zwischen den Sträuchern herumtollen, und vielleicht ist mein Schmerz nichts anderes als jener bekannte Hauch von Trauer, der zu jeder Veränderung gehört, schließlich werde ich zu einer anderen Familie hinüberwechseln, die die frühere Familie verdunkelt, gerade weil sie nicht selbstverständlich ist, wird sie zu einem Wunder, zu einer heiligen Familie, und dagegen wird unsere kleine Familie, Mutter und Sohn, ganz armselig aussehen.

Und trotzdem zögere ich, zweifellos geht das alles zu schnell, zu plötzlich, ich werde mich nicht so leicht an die Anwesenheit zweier weiterer Kinder im Haus gewöhnen, an die Anwesenheit eines neuen, beinahe fremden Mannes, denn obwohl wir uns oft getroffen haben, hat sich wenig zwischen Gili und Oded entwickelt, und wenn ich mich bei Oded darüber beklage, wehrt er sich sofort, das sei ja auch kaum möglich bei solch kurzen Treffen, wenn wir erst unter einem Dach wohnen, werde sich alles ergeben, dies scheint im Moment seine einzige Antwort zu sein, wenn wir erst unter einem Dach wohnen, kommt alles in Ordnung, hör auf, deine Ängste zu füttern, sie werden davon nur immer hungriger, blass und müde nach vielen Stunden Arbeit sitzt er mir gegenüber und schaut mich mit wachsendem Zweifel an, Ella, mach es nicht kaputt, vertrau mir, und wenn er bei mir ist, bin ich schon fast überzeugt, dass es keinen Grund gibt zu warten, aber sobald er fort ist, fange ich wieder an zu zweifeln, mit weichen Knien stehe ich vor Gili, wie eine Frau, die ihrem Mann die Liebe zu einem anderen beichten möchte und es doch nicht wagt.

Und das Geheimnis, das ich vor ihm verberge, lässt mich erstarren, ich weiche vor ihm zurück aus lauter Mitleid, und er, der die Veränderung spürt, klammert sich plötzlich an mich, zwingt mich, unsere gemeinsamen Nachmittagsstunden zu zelebrieren, unsere vertrauten Gespräche, das einfache Blöken eines Mutterschafs und eines Lammes, was ist los, Mama, fragt er besorgt, bist du traurig? Bist du böse auf mich? Und es scheint, dass ich aus lauter Angst, ihm wehzutun, ihm auf eine andere Art schade, und vielleicht ist es auch für ihn besser, dass es endlich geschieht, dass die Veränderung offen zutage tritt, statt heimlich jeden meiner Schritte zu begleiten.

Manchmal erinnere ich mich verwundert daran, mit welcher Leichtigkeit ich ihm unsere Trennung verkündet habe, immer wieder denke ich an jenes kurze Gespräch, bei dem Amnon zwar neben mir saß, aber nichts sagte, Papa und ich werden uns trennen, aber du wirst immer unser geliebter Sohn bleiben, und nun soll ich sagen, Jotams Papa und ich lieben einander, wir werden alle zusammenwohnen, und mir scheint, als müsste ihn das weit mehr erschüttern, schade, dass es unmöglich ist, ihm ein Rätsel aufzugeben, ihm ein Bild zu malen, ihm die Szene mit seinen kleinen lachenden Plastikpuppen vorzuspielen, das bin ich und das ist Jotams Vater, das bist du und das sind Maja und Jotam, und das ist die Wohnung, in der wir gemeinsam wohnen werden, vielleicht sollte ich mir von seinen geliebten Kuscheltieren helfen lassen, die Löwin neben den Tiger stellen, die Teddys neben das Löwenjunge, vor seinen erstaunten Augen eine neue gemischte Familie zusammenstellen.

Hör zu, sagt Oded, ich muss bei Therapien manchmal viel

drastischere Maßnahmen ergreifen, wenn ich überzeugt bin, dass es das Richtige für den Patienten ist, ich muss einen eindeutigen Standpunkt einnehmen, sogar Druck ausüben, ich mag das nicht, aber manchmal hat man keine Wahl, und ich betrachte ihn verwirrt, die Tischlampe lässt sein Gesicht grau und leblos aussehen, und frage, was willst du damit sagen, was hat das mit uns zu tun? Er seufzt, du weißt genau, was ich damit sagen will, ich mache dir einen ernsthaften Vorschlag, ich habe sehr lange darüber nachgedacht und bin zu der Ansicht gekommen, dass dies der richtige Weg für uns ist. Die Probleme, die du so aufbauschst, scheue ich nicht, ich habe auch meine eigenen Probleme, das kannst du mir glauben, an dem Tag, an dem du es deinem Jungen erzählst, werde ich es auch meinen Kindern sagen, du hast kein Monopol auf Probleme, und ich sage, aber das ist etwas ganz anderes, deine Kinder bleiben in ihrer eigenen Wohnung, bei ihrer Mutter, deine Wohnung ist nur etwas Zusätzliches, aber Gili muss sich von seinem Zuhause trennen, das ist viel traumatischer, und er sagt, bitte, lass uns keinen Wettbewerb veranstalten, meine Kinder müssen eine Mutter ertragen, die fast aufgehört hat, eine Mutter zu sein, und trotz der Sanftheit seiner Worte habe ich das Gefühl, dass hinter ihnen eine stählerne Härte aufblitzt.

Irgendwann kommt der Moment, an dem man genug geredet hat, sagt er, an dem man handeln muss, ich glaube, dass es jetzt so weit ist, und wenn du noch immer zögerst, dann erlaube mir, daraus meine Schlüsse zu ziehen, und ich erschrecke, welche Schlüsse, was meinst du damit? Was deine Fähigkeit anbelangt, zu vertrauen, sagt er, was deine Fähigkeit anbelangt, den Preis zu zahlen, und vor allem was deine Fähigkeit anbelangt, das alles zu ertragen, und ich protestiere, was willst du von mir, hast du erwartet, dass ich sofort meine Koffer packe, wenn du mir vorschlägst, zusammenzuziehen? Und er sagt, das stimmt so nicht, seitdem sind schon zwei Monate vergangen, und ich platze heraus, na und, was sind schon zwei Monate, warum hast du es so eilig, brauchst du eine Frau, die für dich kocht, die dir deine Kinder aufzieht, gibt es eine biologische Uhr, die dich bedroht? Ich verstehe diese Eile nicht, und er sagt, es tut mir Leid, Ella, ich akzeptiere diesen Ton nicht, sprich nicht so mit mir, wie du mit deinem Mann gesprochen hast, die Gewohnheiten, die du aus deiner Ehe mitgebracht hast, lassen sich auf mich nicht übertragen.

Und welche Gewohnheiten bringst du mit, fauche ich, ich habe genau gehört, wie ihr euch angebrüllt habt, als du sie verlassen hast, ich habe vor der Tür gestanden und jedes Wort gehört, das war nicht gerade eine zivilisierte Unterhaltung, und plötzlich blitzt vor meinen Augen die hypnotisierende Innigkeit jenes Tages auf, die im Gegensatz steht zu diesem heutigen trüben Gespräch, ich sehe uns durch die Straßen gehen, einander noch fremd, er trug seinen Rucksack und ich zog meinen Koffer hinter mir her, und trotzdem fühlten wir uns leicht, der heiße stürmische Ostwind umwehte uns, beschleunigte unsere Schritte, und ich überlege, ob ich jetzt so auf ihn zugehen müsste, und ich mache einen Schritt auf ihn zu, genug, Oded, dränge mich nicht, warum verstehst du nicht, dass dies ein schwieriger Schritt ist, das ist nichts, was man von heute auf morgen tut, und er sagt, wenn du an diesem Schritt zweifelst, ist das in Ordnung, aber wenn du grundsätzlich einverstanden bist und dich nur vor der Ausführung fürchtest, dann glaub mir, dass Aufschieben alles nur schlimmer macht.

Natürlich bin ich einverstanden, sage ich, merkst du das nicht? Und er sagt, nein, ich merke es nicht, und das liegt an dir, aber auch ich habe das Recht, meine Schlüsse zu ziehen, vielleicht solltest du dir ein paar Tage für dich nehmen und dir darüber klar werden, was du tun oder lassen willst, ich bin in dieser Angelegenheit kein guter Ratgeber, nimm dir so viel Zeit, wie du willst, aber wenn du eine Entscheidung triffst, dann hoffe ich, dass sie auch gilt, in Ordnung? Und ich nehme seine Hand, gebe sofort auf, ich bin nicht fähig, die geringste Drohung zu ertragen, auch nur den Schatten eines Verlusts, hör auf, du weißt, dass ich mich entschieden habe, ich habe mich längst entschieden, ich werde es Gili morgen sagen, und er steht müde vom Sessel auf, sein Gesicht, nicht mehr von der Lampe erhellt, ist schmal und dunkel, die Falten entlang seiner Wangen sind tief, wie eingeschnitten, nimm dir die Zeit, die du brauchst, tu es nicht für mich, und wenn du bereit bist, sag es mir.

Mit einer schwachen Bewegung streicht er mir über die Haare und wendet sich zur Tür, und ich betrachte in dem zitronenfarbenen Licht die Bücherregale, die aussehen wie ein Mund, dem man ein paar Zähne gezogen hat, und versuche, mir das Leben ohne ihn vorzustellen, ich sehe, wie Gili heranwächst und mich immer weniger braucht, während ich ihn immer mehr brauche, würde er erwarten, dass ich ihm ein solches Opfer bringe, dass ich auf einen Partner verzichte, auf eine neue Familie? Gili, mein Schatz, komm zu mir, ich habe dir etwas zu erzählen, etwas Gutes, ich bin sicher, dass es gut sein wird, auch wenn es am Anfang vielleicht ein bisschen schwer ist, nicht wirklich schwer, verwirrend möglicherweise, aber ich werde die ganze Zeit bei dir sein und dir helfen. Hör zu, ich und Oded, Jotams Vater, wir lieben uns wie Mann und Frau, nein, wir heiraten nicht, aber wir ziehen zusammen, du und ich werden in ihre neue Wohnung ziehen, erst sind sie eingezogen und jetzt ziehen wir zu ihnen, dort werden wir ab jetzt alle zu Hause sein, du bekommst dort ein schönes Zimmer, genau wie hier, und Maja und Jotam werden da sein, wenn sie nicht bei ihrer

Mama sind, und es wird eine Weile dauern, aber wir werden uns daran gewöhnen und es wird uns gut gehen, denn wir werden uns gegenseitig haben, wie vorher, und zugleich werden wir eine größere Familie bekommen, und wir werden uns lieb haben und uns gegenseitig helfen und wir werden miteinander spielen und Ausflüge machen, das ist viel schöner, als nur allein mit einer Mutter oder einem Vater zu sein, das stimmt doch, mein Kleiner.

Im letzten Sommer musste ich ihm erzählen, dass er ganz allein in die erste Klasse gehen würde, ohne seine Freunde vom Kindergarten, ich hatte tagelang meine Worte geplant und es nicht geschafft, sie auszusprechen, bis er einige Tage vor Schuljahresbeginn zu mir sagte, Mama, in der neuen Schule werde ich keinen einzigen Freund haben, ich atmete erleichtert auf und fragte, woher weißt du das denn, und er zuckte die Schultern, ich weiß es eben, und da sagte ich schnell, ich bin sicher, dass du in ein paar Tagen neue Freunde haben wirst, alle werden deine Freunde sein wollen, und er sagte, ja, vielleicht, aber vielleicht auch nicht, und seine jungenhaften Augen schauten mich aus dem Kindergesicht skeptisch an, und vielleicht sehne ich mich jetzt nach einem ähnlichen Wunder, das mir die Aufgabe erleichtert, so dass ich nur noch bestätigen und beruhigen muss, statt die Nachricht selbst zu überbringen. Aber wann ist der passende Zeitpunkt, am Morgen vor der Schule auf keinen Fall, und nachmittags ist er hungrig und müde, später ist er ins Spielen vertieft, oder er lädt sich einen Freund ein, und wenn der Freund schließlich geht, ist es schon spät, und vor dem Schlafengehen passt es am allerwenigsten, und am nächsten Wochenende ist er bei Amnon, komm, mein Süßer, mein Junge, komm, setz dich einen Moment zu mir, ich habe dir etwas zu sagen.

Ist sein Gesicht weiß geworden, oder bilde ich es mir nur

ein, Blässe vertuscht mehr als Röte, sie beunruhigt und ist nicht zu fassen, meine Augen sind schon von einem Schleier bedeckt, Mama, warum weinst du, soll ich sagen, dass ich vor Freude weine, vor Freude weine ich, komm, mein Liebster, setz dich auf meinen Schoß, sein Körper erstarrt in meinen Armen, seine Muskeln verkrampfen sich, und trotzdem ist sein Gesicht voller Vertrauen, als er mit einer unschuldigen, erstickten Stimme fragt, Mama, aber das ist nicht für immer, nicht wahr, das ist nur für einen langen Besuch, ja?

Und wer, mein Sohn, wird die Länge des Besuchs festlegen, ich oder du, oder unsere Gastgeber, ihre Großzügigkeit, ihre Freundlichkeit, ihre Geduld, das ist kein Besuch, Gili, sage ich und versuche, Festigkeit in meine Stimme zu legen, das wird unser Zuhause sein, Gili, und er protestiert, aber das hier ist unser Zuhause, er breitet seine kleinen Arme in dem dämmrigen Zimmer aus, und dann fragt er gleich, und wer wird hier wohnen, Papa? Nein, sage ich, wir werden die Wohnung an andere Leute vermieten, und er fragt entsetzt, werden sie auf diesem Sofa sitzen und unser Essen essen? Aber nein, sage ich, wieso denn, wenn wir umziehen, nehmen wir unsere Möbel mit, und natürlich auch das Essen, wir nehmen all unsere Sachen mit in die neue Wohnung, wir lassen hier nichts zurück, und er legt seinen Kopf in meinen Schoß, seine Stimme bricht, aber ich will nicht umziehen, ich will hier bleiben, zu meiner Überraschung sagt er nichts zu der neuen Familie, die uns erwartet, der wir durch eine Art komplizierte Operation hinzugefügt werden sollen. Gili, ich weiß, dass es wirklich nicht leicht ist, sage ich, auch ich bin ein bisschen traurig, aber wir beide werden uns gemeinsam daran gewöhnen und wir werden eine größere Wohnung haben, und ich kaufe dir ein Geschenk für das neue Zimmer, sogar einen Fernseher, verspreche ich in meiner Dummheit, ich bin mir selbst zuwider, schaffe es aber nicht, damit aufzuhören, du wirst im Bett fernsehen können, sage ich, um ihn zu begeistern, als wäre das die Krönung allen Glücks, und sofort versuche ich, wieder die pädagogischere Richtung einzuschlagen, es ist doch schön, etwas zu verändern, es ist vielleicht ein bisschen unheimlich, aber auch interessant, nicht wahr, oder möchtest du dein ganzes Leben lang am selben Ort bleiben?

Ja, antwortet er einfach, bis ich groß bin, und ich küsse ihn auf die Haare, er riecht nach winterlichem Schweiß und dem Schlamm des Spielplatzes, als wäre er aus der Tiefe der Erde aufgestiegen, du wächst die ganze Zeit, und die ganze Zeit gibt es Veränderungen, mal größere, mal kleinere, Veränderungen helfen uns zu wachsen, sie helfen uns, stärker zu werden, aber die schwache Glühbirne der Tischlampe wirft einen düsteren Kreis um unsere aneinander gelegten Gesichter, und es scheint, als würden wir immer schwächer, als klammerten wir uns aneinander, um unser Leben zu retten, mein Sohn Gil'ad und ich.

Wie einen kranken Säugling wiege ich ihn in den Armen, es ist, als hätte ich ihm jetzt erst von der Trennung seiner Eltern berichtet, von der endgültigen, tragischen Trennung, und all die Tränen, die sich seither angesammelt haben, brechen jetzt aus ihm heraus, lange Schluchzer, die in ihrer Heftigkeit wetteifern, ich will nicht umziehen, es reicht, dass wir uns von Papa getrennt haben, ich will mich nicht von der Wohnung trennen, und ich sage, du wirst sehen, dass du dich an die neue Wohnung gewöhnst, so wie du dich an die neue Schule gewöhnt hast, wie du dich an Papas Wohnung gewöhnt hast, und er schlägt gegen meine Brust, ich will nicht, ich will mich nicht gewöhnen, ich bin an hier gewöhnt, und plötzlich fragt er, wirst du dann auch Jotams Mama sein?

Gili, wieso denn, rufe ich erleichtert aus, zumindest diese

Angst lässt sich leicht nehmen, ich bin nur deine Mama, nicht die Mama von Jotam und Maja, sie haben eine Mama, du kennst sie doch, und Oded wird auf gar keinen Fall dein Papa, du hast einen Papa, der dich lieber hat als alles auf der Welt, und er sagt, aber Jotams Mama ist gestorben, er hat mir erzählt, dass sie gestorben ist, und ich sage erstaunt, aber nein, sie lebt, genau wie ich, und sie ist eine sehr gute Mutter, die meiste Zeit werden sie bei ihr wohnen.

Wird auch Jotams Papa nur wenig dort sein, fragt er, und ich sage, er wird jeden Tag nach der Arbeit kommen und dort schlafen, es wird sein Zuhause sein, aber ich werde öfter da sein, weil ich dieses Jahr zu Hause arbeite, und dann sagt er, aber wenn es uns dort nicht gefällt, können wir doch nach Hause zurückgehen, und ich bin außerstande, ihm diese Hoffnung zu nehmen, ja, sage ich, falls es uns dort wirklich schlecht gehen sollte, aber ich bin sicher, dass das nicht passiert, ich bin sicher, dass es uns dort gut geht.

Ich möchte einen Kakao, sagt er mit dünner Stimme, und als ich in der Küche stehe und die Milch aufwärme, fragt er, gibt es bei Jotam zu Hause auch Kakao? Wenn es keinen gibt, werden wir welchen kaufen, sage ich, du wirst dort alles haben, was du brauchst, mach dir keine Sorgen, und er hält die bunte Dose fest, drückt sie an sich, ich will, dass wir diesen Kakao mitnehmen, und er soll nur mir gehören, sie dürfen nichts davon trinken, ja? Ich wage nicht zu diskutieren, ja, sage ich, wenn es dir wichtig ist, und er fügt leise hinzu, als flüstere er seine Worte dem gemalten Hasen auf der Dose ins Ohr, und wenn wir hierher zurückkommen, nehmen wir unseren Kakao auch wieder mit.

Am selben Abend, als er in der Badewanne sitzt, von Schaumbergen umgeben, klingelt das Telefon, und ich laufe schnell hin, in der Hoffnung, es sei Oded, der auf meine Nachricht noch nicht geantwortet hat, aber es ist Amnon, offiziell und feindselig wie immer seit unserem letzten Treffen, Ella, ich habe Käufer für die Wohnung gefunden, erinnerst du dich an das französische Paar, das einmal bei uns war? Und ich erschrecke, für welche Wohnung, und er sagt, für unsere Wohnung, aus der du bald ausziehst, korrigiere mich, wenn ich mich irre.

Wieso denn Käufer, schreie ich, ich habe nicht vor, sie zu verkaufen, ich möchte sie vorläufig vermieten, und schnell schlage ich vor, die Miete werde ich mit dir teilen, aber er antwortet, die Wohnung ist unser gemeinsames Eigentum, und solange du mit Gili darin gewohnt hast, hätte ich nie auch nur daran gedacht, dir einen Verkauf vorzuschlagen, allein schon um den Jungen nicht durcheinander zu bringen, aber wenn du sowieso auszieht, ist es sinnlos, an dem gemeinsamen Besitz festzuhalten, das macht es doch nur unnötig kompliziert.

Wir haben einen gemeinsamen Sohn, erinnere ich ihn, was für eine Rolle spielt da eine Wohnung, und er sagt, für mich spielt es eine Rolle, ich brauche das Geld, es gibt keinen Grund zu warten, wenn du sowieso auszieht, und ich sage, du kannst sie nicht ohne meine Zustimmung verkaufen, und er sagt trocken, und du kannst sie nicht ohne meine Zustimmung vermieten, und ich seufze, gut, dann wird die Wohnung also leer stehen. Ella, ich warne dich, sagt er, ich brauche das Geld und ich habe Käufer, die Lage auf dem Markt ist zurzeit sehr schlecht, ich habe nicht vor, diese Käufer wieder zu verlieren, wenn du mir Probleme machst, zahle ich es dir heim, weißt du, wie sehr man sich beim Rabbinat freuen wird zu hören, dass du noch nicht geschieden bist und schon mit einem anderen zusammenlebst? Ohne ein weiteres Wort lege ich den Hörer auf, Mama, hol mich raus, das Wasser ist schon kalt, schreit Gili aus dem Badezimmer, aber ich sinke in den Sessel neben dem Telefon, ich schaffe es nicht, die Beine zu bewegen, komm allein raus, murmle ich, Schwäche lähmt mich, und als ich die Augen öffne, steht er vor mir, nackt und stumm und tropfend, zwei silberne Gummihaifische in der Hand, und zittert vor Kälte.

Warum hast du dich nicht abgetrocknet, frage ich, und er sagt, es war kein Handtuch da, und ich stehe schwerfällig auf und schleppe mich zum Schrank, wickle ihn in ein Handtuch, so dunkel wie ein Talar, reibe mit harten Händen seinen zarten, duftenden Körper, au, Mama, du tust mir weh, fährt er mich an und drückt auf die Bäuche der Haifische, aus ihren aufgerissenen Mäulern kommt ein ersticktes Quietschen, diese Haifische nehmen wir mit und die anderen lassen wir da, entscheidet er und legt sie auf den Teppich, häuft weitere Tiere daneben, die er sorgfältig aussucht, das Handtuch fällt ihm von den Schultern, und er läuft nackt zwischen seinen Spielzeugkisten herum, wie ein wunderschöner himmlischer Cherub, versunken in das Ordnen seiner Dinge, wie jemand, der seine Wohnung nur für ein paar Tage verlässt und bald zurückkehrt.

19 Erst jetzt, einen Tag vor dem Umzug, bemerke ich, dass das Fenster seines neuen Zimmers nach hinten hinausgeht und vom gegenüberliegenden Gebäude verdunkelt wird, er wird auf nackte Rohre blicken, auf hässlich umgebaute Balkone, auf Verputz mit Rußflecken, und ich halte mich an der Fensterbank fest, Oded, komm doch mal, und er kommt langsam aus der Küche, ein Glas mit irgendetwas Hochprozentigem in der Hand, was gibt's, fragt er, und ich deute auf den traurigen Ausblick, siehst du es nicht selbst?

Er tritt ans Fenster und beugt sich hinaus und fragt, was ist, ist etwas heruntergefallen, und ich sage, schau doch, wie hässlich das aussieht, warum bekommt ausgerechnet mein Sohn die hässlichste Aussicht, und er schaut mich erstaunt an, das ist doch eine ganz normale Aussicht in einer Stadt, sagt er, was soll daran so hässlich sein, du tust ja so, als könnte man von den anderen Fenstern das Tote Meer sehen, und ich sage, man sieht Bäume und Himmel, nicht diesen Schmutz, und er sagt, du übertreibst, Ella, Kindern fällt so etwas wirklich nicht auf, weißt du, was ich als Kind von meinem Fenster aus gesehen habe? Den Abfallhaufen der Nachbarschaft, und ich unterbreche ihn, es interessiert mich nicht, was du gesehen hast, ich möchte, dass er ein anderes Zimmer bekommt.

Er senkt den Blick, du weißt, dass das unmöglich ist, ich verstehe deine Gefühle, aber sie sind zu negativ, dem Jungen wird es hier gut gehen, wenn die Atmosphäre gut ist, wenn du mit dir im Reinen bist, und nicht, wenn er einen

Baum vor dem Fenster hat, und ich sehe grollend in die Zimmer seiner Kinder, deren Fenster auf Baumwipfel blicken, die gedämpftes lilafarbenes Licht hereinfallen lassen. Es ist jedenfalls eine Tatsache, dass du deinen Kindern die schöneren Zimmer gegeben hast, fahre ich ihn an, und er sagt, sie selbst haben sich diese Zimmer ausgesucht, vergiss nicht, dass wir zusammen hier eingezogen sind, aber wenn es dir so viel ausmacht, dann kauf doch einen schönen Vorhang, und ich murre, ich soll ihn kaufen? Geh du doch und kauf einen, ich packe schon seit einer Woche, ich habe keine Zeit, in Geschäften herumzulaufen.

Ich kaufe keinen Vorhang, weil ich nämlich nicht an künstliche Lösungen glaube, sagt er, mir ist klar, dass dich, wenn das eine Problem gelöst ist, etwas anderes stören wird, vielleicht fängst du an, die Größe der Zimmer auszumessen, wer weiß, du könntest herausfinden, dass seines um ein paar Millimeter kleiner ist, und schon fange ich fast an zu schreien, ich bin sicher, dass seines kleiner ist, warum hast du mit dem Umzug nicht auf mich gewartet, deshalb hast du es so eilig gehabt, damit du vollendete Tatsachen schaffen kannst, damit wir uns hier immer minderwertig fühlen, und er wirft mir einen wütenden Blick zu, stellt das leere Glas hart auf die Fensterbank und sagt, ich bin hergezogen, weil ich nicht mehr in der Praxis wohnen konnte, das weißt du genau, ich habe nichts Böses gewollt, im Gegenteil, ich habe absichtlich eine große Wohnung genommen, für den Fall, dass du auch kommst, und wenn du nicht zurücknimmst, was du gerade gesagt hast, möchte ich, dass du sofort gehst, und ohne abzuwarten, geht er mit schnellen Schritten zur Tür und reißt sie weit auf, geh, sagt er, ich will dich hier nicht, und ich schreie, geh doch selbst, das ist auch meine Wohnung.

Es ist noch nicht deine Wohnung und es wird auch nicht

deine Wohnung sein, erklärt er kalt, ich will dich hier nicht, und ich fliehe, werfe die Tür hinter mir zu, aber schon auf der fünften Treppenstufe bleibe ich stehen, sinke nieder und breche in lautes Weinen aus, Oded, es tut mir Leid, ich habe dich nicht verletzen wollen, mir ist klar, dass du keine böse Absicht hattest, mir ist klar, dass man die Zimmer nicht tauschen kann, ich mache mir einfach so große Sorgen um Gili, ich habe Angst, dass er es hier nicht gut haben wird, dass er sich unterlegen fühlen wird. Auf dem schmalen langen Fenster des Treppenhauses steht ein einzelner Blumentopf, eine mickrige Pflanze mit milchweißen Blättern, und ich wende mich an sie, als würde ich sie um Verzeihung bitten, ich mache mir solche Sorgen um Gili, murmle ich heiser, wie soll er hier zurechtkommen, er verliert sein Zuhause, und diese Wohnung ist schon besetzt, er ist ein Einzelkind, und plötzlich diese Konkurrenz von allen Seiten, ich habe Angst, dass er das nicht aushält, er ist sensibel und schwach, ich habe Angst, dass sich eine Katastrophe anbahnt.

Das Licht im kalten Treppenhaus geht immer wieder an und aus, und ich drücke mich an die Wand, aber nur in den unteren Stockwerken kommen und gehen Menschen, niemand kommt hierherauf, mit welcher Selbstverständlichkeit kehren Menschen um diese Uhrzeit in ihre Wohnungen zurück, mit welcher Selbstverständlichkeit habe ich meine Wohnung verloren. Erst als ich schweige und meine brennenden Augen vor dem Blumenstock schließe, macht er die Tür auf und kommt zu mir, setzt sich neben mich auf die Treppe, genug, Ella, beruhige dich, alles wird gut sein, flüstert er mit Mühe, hält mir ein Glas hin, hier, trink etwas und komm wieder zu dir, er legt den Arm um meine Schultern, und ich flüstere in sein Ohr, entschuldige, dass ich dich so angefahren habe, ich weiß nicht, was mit mir los ist, ich habe nicht gewusst, dass es mir so schwer fallen würde, mich von der Wohnung zu trennen, ich habe das Gefühl, mein Zuhause verloren zu haben. Aber du hast Liebe gefunden, sagt er ruhig, du hast mich, du bist so beschäftigt mit Kleinigkeiten, dass dir das Wichtigste nicht auffällt, unsere Liebe ist etwas, worüber du dich freuen sollst, ich werde nicht zulassen, dass du eine Tragödie aus ihr machst, wir versuchen, gemeinsam etwas Neues aufzubauen, und ich flüstere, aber um aufzubauen, haben wir so viel zerstört, und er sagt, wir haben nur getan, was nötig war, ertrinke nicht schon wieder in der Vergangenheit, du musst dich von ihr befreien, du warst so tapfer am Anfang, ich erinnere mich, wie ich deinen Mut bewundert habe, als wir uns kennen lernten.

Das war kein Mut, das war Dummheit, sage ich, ich habe damals nicht verstanden, was ich tue, ich habe geglaubt, dass sich alles zum Guten wendet, und er sagt, auch jetzt verstehst du nicht, was du tust, wenn du glaubst, dass alles schlecht wird, komm, steh auf, drängt er, wasch dir das Gesicht, wir gehen, und ich frage, wohin, ich kann nirgendwohin gehen, ich habe noch nicht fertig gepackt, und er sagt, wir kaufen einen Vorhang, beeil dich, die Geschäfte schließen bald, und ich stehe mühsam auf, mir ist schwindlig und in meinem Kopf pocht ein dumpfer Schmerz, ich habe gedacht, du glaubst nicht an künstliche Lösungen, erinnere ich ihn, und er sagt, das stimmt, aber im Moment suche ich nicht nach einer Lösung, sondern nach einem Vorhang.

Und am nächsten Tag, am ersten Adar um halb neun Uhr morgens, steht ein schwerer Möbelwagen auf dem Bürgersteig unter den Pappeln, und ich deute mit schwacher Hand auf die Dinge, die für den Umzug bestimmt sind, das Sofa, die Sessel, der Computer und die Schreibtische, das Bett und die Kommode, der Schrank und die Regale, Teppiche und Bilder, und die Kleider, die wir in Bettbezüge gestopft haben, und die Bücherkartons, die Küchengeräte und Spielsachen. Der Herd und der Kühlschrank bleiben hier, bis die Wohnung verkauft ist, auch das Ehebett, und ich betrachte schweigend die Zimmer, die sich schnell leeren und den Blick auf graue Wände freigeben, wie kranke Zähne, hier wird unser Leben zerstört, fast sieben Jahre, was sind schon sieben Jahre gegen ein ganzes Leben, aber für den Jungen ist es sein ganzes bisheriges Leben, es ist die Arena seines frühen Lebens.

Unsere Fingerabdrücke an den Wänden bewegen sich wie Schatten, die tiefe Zeichen einritzen, was bedeutet diese Schrift, die noch nicht entziffert ist, vielleicht wird derjenige, der sie entziffert, es vorziehen, sie nicht zu verstehen, denn diese Schrift erzählt nicht von einem Sieg, sondern von einer Niederlage, und es handelt sich nicht nur um die Niederlage der Familie, die fast sieben Jahre lang hier gewohnt hat, es wird auch die der Familie sein, die nach ihr hier wohnt, denn die Schrift erzählt von der Vergeblichkeit unserer Bemühungen und von der Nacktheit des Lebens, von der Sinnlosigkeit, die sich wie ein giftiges Insekt hinter jedem Felsen versteckt, und von der Armseligkeit, die von Ort zu Ort wandert, trotz all der Dinge, die begeistert gekauft wurden und Dauerhaftigkeit und Sicherheit vorgeben, und ich betrete Gilis leeres Zimmer, helle Quadrate zeigen die Umrisse der Möbelstücke, die hier gestanden haben, Bett, Kommode, Kleiderschrank, und da sind die Markierungen, mit denen wir immer wieder festgehalten haben, wie viel er gewachsen ist, hier hat er sich hingestellt, neben den Türstock, den kleinen Körper gereckt, und ich habe eine gerade Linie gezogen und notiert, Gili, zwei Jahre alt, drei, vier, fünf, sechs. Ich bin gewachsen, hat er gejubelt, ich werde mal so groß wie Papa, und ich berühre die Striche, als würde er noch immer hier stehen, mit seinem dichter und dunkler gewordenen Haarschopf, und dann stelle ich mich an den Türstock und ziehe einen Strich über meinem Kopf, Ella, sechsunddreißig Jahre, notiere ich, der Maler wird unsere Spuren sowieso überstreichen.

Sein Fenster sieht aus wie ein Wandbild, ich prüfe den Ausblick aufmerksam, als wäre dies die Wohnung, in die zu ziehen ich beabsichtige, fleischiger Efeu rankt sich um den Stamm des Baums vor dem Fenster, geschmückt mit den purpurnen Blüten einer Bougainvillea, und ich denke wütend an den Ausblick von seinem neuen Zimmer, ziehe ich etwa wieder aus dem Dorf in die Stadt, so wie damals, ziehe ich an einen Ort, der nie mein Zuhause sein wird, und schon würde ich am liebsten die Möbelpacker aufhalten und sie beauftragen, die Kisten zurückzutragen, das Bett des Jungen, seinen Kleiderschrank, den Teppich, denn das hier ist sein Zimmer, sein Zuhause, nie wird er ein anderes Zuhause haben, so wie ich keines mehr hatte. Ich lehne an der Fensterbank, seufze über den Köpfen der Vorübergehenden, sie müssen dem Lastwagen ausweichen, der sich immer mehr mit Kartons füllt, soll ich sie zu Hilfe rufen, Diebe rauben meine Wohnung aus, sie lassen mir nichts mehr, aber alle sehen so sorglos aus, und ich frage mich, ob wir irgendwann auch so durch diese Straße gehen werden, in ein lebhaftes Gespräch vertieft, und ich werde auf das große Fenster deuten und sagen, hier haben wir einmal gewohnt, du und ich und Papa, und er wird einen Blick zum Balkon hinaufwerfen und sagen, wirklich, ich kann mich kaum noch erinnern.

Die Möbelpacker sind schneller als meine Gedanken, schon stehen sie wieder in der Tür, fragen, ob sie noch etwas mitnehmen sollen, und ich schüttle schweigend den Kopf, am liebsten würde ich ihnen um den Hals fallen und sagen, ihr seid die letzten Zeugen des Lebens, das wir in diesem Haus geführt haben, und nachdem ich langsam hinter der letzten Kiste die Wohnung verlasse und sorgfältig die Tür abschließe, sehe ich zu meinem Entsetzen draußen auf der Straße die Reste unseres alten Lebens, die aus der übervollen Mülltonne quellen. Ein Zettel wird von dem Wind davongetragen, und ich laufe hinterher und bücke mich danach, darauf die hastig hingekritzelte Nachricht, ich komme spät, mach dir keine Sorgen, diese einfachen Worte basieren auf der festen Annahme, dass der andere auf dich wartet und an dich denkt, auf der Annahme, dass du einen Ort hast, an den du zurückkehren kannst, ein einfacher Zettel, mit Bleistift beschrieben, ohne Datum, Dutzende solcher Zettel sind schon von der Mülltonne verschluckt worden. Als ich die Papiere sortierte, habe ich ihm keine Beachtung geschenkt, aber hier, auf der Straße, bricht er mir mit seiner Unschuld das Herz, und ich stecke ihn in die Tasche, auf einmal bemerke ich die Fotos, die vermutlich aus einem Karton gefallen sind, unsere letzten gemeinsamen Fotos, aufgenommen an Gilis sechstem Geburtstag, wir haben es nicht mehr geschafft, sie ins Album einzukleben, wir waren viel zu sehr mit unserer Trennung beschäftigt, hier haben wir ihn samt Stuhl hochgehoben, sein Gesichtsausdruck ist der eines Prinzen, verträumt, mit einem beherrschten Lächeln, der Kranz fällt ihm fast vom Kopf, der Rasen ist mit Luftballons geschmückt, die Kinder spielten Fangen, niemand merkte, dass wir, Amnon und ich, kein Wort miteinander gewechselt haben.

Aus der übervollen Mülltonne fließen die Reste unseres Lebens und überschwemmen die Stadt wie Heuschrecken, zu jedem Haus werden sie gelangen, durch jedes Fenster dringen, und ich wühle mit bloßen Händen in der Tonne, die die Heimlichkeiten unserer Familie ausspuckt, damit alle sie sehen, fische weitere Fotos heraus, stinkender Schmutz bleibt an meinen Fingern kleben, und da kommt eine Nachbarin mit einer Mülltüte die Treppe herunter, stellt sie neben die Tonne und fragt erstaunt, ihr zieht aus, und ich versuche höflich zu lächeln, ja, sage ich, wir haben eine größere Wohnung gefunden, doch mein Lächeln verblasst, und ich wische mir mit meinen schmutzigen Fingern über die Augen, meine Lippen beginnen zu zittern, und sie schaut mich verwirrt an, das ist nicht schlimm, murmelt sie, Sie müssen darüber nicht so traurig sein, dieses Haus fällt sowieso auseinander.

Wie Schafe zur Schlachtbank werden unsere Kartons im Bauch des Möbelwagens transportiert, sie sind mit roten Buchstaben versehen, Gilis Zimmer, Schlafzimmer, Wohnzimmer, Küche, Badezimmer, und vorn, in der Kabine, sitze ich neben dem Fahrer, schaue von oben hinunter auf die vertrauten Straßen, von hier aus hat das Leben des Menschen kaum eine Bedeutung, so zwerghaft sehen die Geschöpfe aus, die den Zebrastreifen überqueren, und auch ihre Autos sind klein, ihre Sorgen, ihre Wünsche, was trieb die Flüchtlinge über Meere und Kontinente auf ihrer Suche nach einer neuen Wohnstatt, war es der Überfall feindlicher Völker, Fremde, die vom Westen kamen und alles zerstörten, was sich ihnen in den Weg stellte, oder ein plötzlicher Klimawechsel oder ein Erdbeben, das den alten Orient erschütterte und den Lauf der Geschichte veränderte, Kulturen zerstörte, ganze Bevölkerungen auf die Wanderung trieb? Vor der weißen Wohnungstür bleibe ich stehen, den Schlüssel in der Hand, ich habe ihn noch nie benutzt, wird er beide Schlösser öffnen, oder ist ein zusätzlicher Schlüssel nötig, den ich gar nicht habe, und ich versuche, ihn in das obere Schloss zu stecken, ohne Erfolg, auch in das untere passt er nicht, und hinter mir schnauft einer der Möbelpacker, auf seinem gebeugten Rücken hängt an Gurten die Waschmaschine, was ist, machen Sie schon auf, sagt er, und ich entschuldige mich nervös, noch einen Moment, es gibt hier ein Problem, ich rufe sofort Oded an, aber er geht nicht ran.

Sind Sie sicher, dass es der richtige Schlüssel ist, fragt mich der Fahrer, der dazugekommen ist, er nimmt ihn mir aus der Hand und versucht ebenfalls sein Glück, haben Sie vielleicht noch einen anderen? Und ich wühle in meiner Tasche und ziehe erleichtert ein kleines Bund heraus, Verzeihung, ich bin durcheinander gekommen, entschuldige ich mich, das war der Schlüssel von meiner alten Wohnung, ich halte ihm das Bund hin, und innerhalb weniger Minuten füllt sich die halb leere Wohnung mit Kartons und Möbeln. Mein graues Sofa steht ganz natürlich gegenüber seinem schwarzen Ledersofa, der Teppich ist ausgerollt und schmückt das Wohnzimmer mit orangefarbenen und purpurnen Streifen, und in Gilis Zimmer steht bereits das Bett neben dem Fenster und gegenüber der Kleiderschrank, und dazwischen liegt der Teppich, darauf das Geschenk, das ich ihm gekauft habe, eine große, von Mauern umgebene Ritterburg, und während ich wie ein eifriger Verkehrspolizist den einen Karton ins Schlafzimmer dirigiere, den anderen zur Küche, kehrt langsam das leise Gefühl zurück, dass ich die Sache im Griff habe, und es scheint, als würde sich meine Existenz, vom langen Zögern aufgeweicht, nun wieder ein wenig festigen, nun, da ich tue, wovor ich mich so gefürchtet habe, und einen Moment lang genieße ich es, diese Frau zu sein, die hier mit ihrem neuen Partner und den Kindern leben wird, in dieser geräumigen Wohnung, und behutsam aus den Scherben zweier Familien eine neue schafft, eine späte, vollständige Familie, die sich von den vorherigen vollkommen unterscheidet.

Wie einfach es doch eigentlich ist, Möbel von einer Wohnung in die andere zu transportieren, denn als die Möbelträger ihre Arbeit beenden, ist es noch nicht einmal Mittag, und ich packe die Kartons in Gilis Zimmer aus, hänge die vertrauten Kleidungsstücke in den vertrauten Schrank, räume seine Spielsachen in die Kommode, die wir vor seiner Geburt gekauft haben, und es gibt fast keinen Unterschied zwischen diesem Zimmer und seinem alten. Zufrieden betrachte ich all diese Dinge, die heil hier angekommen sind, wie die Kulissen für eine Theateraufführung, dann laufe ich schnell zum Schlafzimmer und schüttle die Kleidungsstücke aus den Bettbezügen, räume die Kartons aus, räume die zusammengelegten Hosen und Pullover nachlässig in die leeren Fächer und ruhe mich keine Sekunde aus, trotz der Müdigkeit, als müsste ich mich beeilen, Fakten zu schaffen, als würde in dem Moment, da ich das letzte Kleidungsstück in den Schrank lege, diese Wohnung zu meiner werden, dieses Zimmer zu meinem.

Wie kommt es, dass eine so kleine Frau einen so großen Schrank füllen kann, du hast mir keinen freien Fleck gelassen, höre ich eine tiefe Stimme hinter mir sagen, und sofort drehe ich mich zu ihm um, meine Freude, ihn plötzlich zu sehen, überrascht mich in ihrer Kraft, den ganzen Morgen habe ich darauf gewartet, dass er kommt, obwohl ich wusste, dass er viel zu tun hat, ich hätte ihn beim Abschied von meiner alten Wohnung so gern an meiner Seite gehabt und auch beim Einzug in die neue, aber jetzt weiß ich, dass er zum richtigen Zeitpunkt gekommen ist, bei mir ist ein Termin ausgefallen, sagt er, ich habe dir etwas zu essen mitgebracht, und er zieht ein warmes Schokoladencroissant aus einer Papiertüte und hält es mir hin, betrachtet anerkennend den Inhalt des Schranks. Glaubst du, dass ich dich je in all diesen Kleidern sehen werde, fragt er lachend, ich habe das Gefühl, dass ein ganzes Leben nicht dafür ausreicht, und ich lächle verlegen, die meisten Sachen sind sehr alt, vergiss nicht, dass ich mit zwölf Jahren aufgehört habe zu wachsen, und er zieht amüsiert Sommerkleider von den Bügeln und sagt, ich kann den Sommer kaum erwarten, und ich lache, beiße hungrig in das Croissant, schaue zu, wie er sich in Kleidern und Schuhen auf dem Bett ausstreckt, und sofort lege ich mich neben ihn, verbreite Krümel um mich, darf man in dieser Wohnung ohne Teller im Bett essen?

In diesem Bett darf man alles, sagt er und nimmt einen Schokoladenkrümel von meiner Lippe, und schon ziehe ich meine Hose aus, und das Zimmer füllt sich mit durstigen Atemzügen, und einen Moment lang weiß ich nicht, wo ich bin und mit wem, umgeben von bekannten Dingen an einem noch fremden Ort, mit seinem Körper, den ich noch nicht lange kenne, der ein indirektes Zeugnis für meinen eigenen Körper ablegt, gib mir die Worte, die unseren Atemzügen Bedeutung geben, damit sie unsere Einsamkeit besänftigen, werde ich immer und ewig nach Zeichen suchen müssen?

Mit wem triffst du dich jetzt, frage ich, als er vor dem Spiegel sein Gesicht wäscht und die Haare nach hinten kämmt, und er sagt, mit einem Menschen, warum? Und ich frage, mit einem Mann oder einer Frau? Er lacht, es reicht, Ella, was soll das, ich treffe mich jeden Tag mit ungefähr acht Patienten, mindestens die Hälfte davon sind Frauen, wenn du anfängst, dir darüber Gedanken zu machen, wirst du verrückt, und ich sage schnell, damit habe ich kein Problem, ich möchte einfach nur, dass du hier bleibst, und er sagt, ich komme um drei wieder, bist du dann da? Klar, antworte ich, ich bin hier zu Hause, und er lacht, angesichts all der Kartons weiß ich gar nicht, ob hier noch Platz für mich bleibt.

Er bückt sich, küsst mich auf die Stirn, sei gut, ja? Und ich nicke gehorsam, was meinst du damit, und er antwortet, das, was es dir sagt, und als ich ihn gehen höre, ziehe ich die Decke über mich, und obwohl ich mich staubig und müde fühle, spüre ich noch immer, wie seine Zunge an mir entlangstreicht, und ich stöhne genüsslich wie eine Braut, die ihre Hochzeitsnacht erwartet, sei gut, hat er gesagt, was hat er damit gemeint, dass ich gut sein soll zu mir, zu ihm, bedeutet es, sei gut, und alles wird gut werden, vorläufig ist es angenehm, das zu glauben, in dem bequemen Bett, während der Schrank schon voller vertrauter Kleidungsstücke ist und Gilis Zimmer fast fertig, nur der Vorhang, der morgen kommen wird, fehlt noch, und die Ängste scheinen sich zu entfernen wie eine Krankheit, die plötzlich weicht, und machen einer wilden Fröhlichkeit Platz, und ich drehe mich auf den Bauch und breite die Arme aus, wie ein Vogel, der am Himmel schwebt. Wie viel Geheimnis doch darin liegt, geliebt zu werden, weswegen werde ich geliebt, bis wann werde ich geliebt werden, mit welcher Intensität, es ist ein großartiges und verstörendes Geheimnis, aber welche Erleichterung bringt es in dem Moment, in dem ich es einfach akzeptieren kann, wie man die Kräfte der Natur akzeptiert, eine solche Erleichterung, dass ich meine, mitten am Tag hier einschlafen und meine Zugehörigkeit zu dieser Wohnung mit einem ruhigen, sorglosen Schlaf bestätigen zu können, nach all diesen Nächten der letzten Zeit, in denen ich fast kein Auge zugemacht, in denen ich mich in meinem Bett herumgewälzt habe, zernagt von Sorgen und Zweifeln, allein zwischen den Kartons.

Ein kühler Wind streicht mir über das Gesicht, und trotz seiner Kälte scheint er eine Woge von Frühlingsdüften hinter sich herzuziehen, die frische Berührung wirft einen Schlummer über mich, und es ist, als schliefe ich unter freiem Himmel, ich bin wieder von zu Hause geflohen, nach einem Streit mit meinem Vater, und bin so lange gerannt, bis ich das offene Feld erreicht habe, dort lasse ich mich zu Boden fallen, wälze mich zwischen Löwenzahn und Chrysanthemen, dem einfachen Goldschmuck des Winters, und langsam, langsam entfernt sich das Echo des Streits, lösen sich die Verwünschungen auf, und zurück bleibt nur das Gefühl vollkommener Leere, vollkommener Freiheit, niemand wird mich hier finden, und ich atme tief ein und weite meine Lungen, zu Hause erstickt mich seine Anwesenheit, so dass ich nur flach und hastig atmen kann wie ein Hase, doch hier und jetzt, auf dem offenen Feld, werde ich gesund. Die Grashalme haben kleine Glocken um den Hals, die sorglos im Wind bimmeln, und ich beschließe, nie wieder dorthin zurückzukehren, ich werde für immer von zu Hause weglaufen, ich werde in den Straßen um milde Gaben betteln, und ich sehe vor mir, wie meine Eltern eines Abends an mir vorübergehen, schön gekleidet, auf dem Heimweg vom Theater, und mein Vater wird mir beiläufig ein Geldstück hinwerfen, aber ich werde seine Gabe nicht anrühren, und eines Tages wird ein großartiger Mann neben mir stehen bleiben und mich bei sich aufnehmen, er wird mir das schmutzige Gesicht waschen und sehen, dass ich eine Tochter aus gutem Hause bin, die Tochter des Königs, die aus dem Schloss geflohen ist, und er wird mir zu essen geben und mich zum Schlafen in sein Bett legen und über meine Haare streichen, neben mir wird er auf dem Bettrand sitzen. Und als ich die Augen aufmache, sagt er leicht erstaunt, ich bin froh, dass ich dich hier finde, und ich schüttle mich, frage, bist du schon zurück, wie spät ist es, ich glaube, ich habe ein bisschen geschlafen.

Du hast lange geschlafen, sagt er, ich bin schon eine ganze Weile hier, und es fällt mir schwer aufzuwachen, ich habe geträumt, ich bin von zu Hause weggelaufen, murmle ich, und er fragt, von dieser Wohnung? Nein, sage ich, von der Wohnung meiner Eltern, und er sagt, der Wohnung seiner Eltern kann man nie entfliehen. Vermutlich nicht, sage ich, aber man hört nicht auf, es zu versuchen, und er lacht, zumindest bist du nicht mit leeren Händen weggelaufen, er deutet mit einer Handbewegung zum offenen Schrank, und ich erzähle, dass ich eine Bettlerin war, dass ich auf dem Gehweg saß und meine Eltern an mir vorbeigingen, aber ich war so schmutzig, dass sie mich nicht erkannten, und erst dann bemerke ich, dass er mir nicht zuhört, sein Blick ruht noch immer auf dem vollen Schrank, er sieht beunruhigt aus, und ich frage, ist etwas, Oded, und er antwortet nur, nein, nichts Besonderes.

Freust du dich nicht, dass ich hier bin, frage ich kokett, und er sagt, ich habe dir doch gerade gesagt, dass ich mich freue, aber sein Blick bleibt besorgt, du legst deine Sachen nicht richtig zusammen, bemerkt er, und ich frage verwundert, was stimmt denn nicht daran? Du hast sie gerollt, nicht zusammengelegt, hat dir deine Mutter das nicht beigebracht? Du musst vielleicht wirklich nach Hause, damit du vernünftig erzogen wirst. Das stört dich wirklich, sage ich enttäuscht, und er bekennt, ja, es irritiert mich, und schon fühle ich mich gegen meinen Willen tief gekränkt, das ist es also, was du mir an dem Tag, an dem ich zu dir ziehe, zu sagen hast, murmle ich, du willst mich gar nicht hier haben, aber es scheint nicht meine Stimme zu sein, es ist die Stimme der Bettlerin aus meinem Traum.

Was ist mit dir los, schimpft er, was habe ich denn Schlimmes gesagt, was soll diese krankhafte Empfindlichkeit? Und ich versuche, zu mir zu kommen, es stimmt, was hat er schon Schlimmes gesagt, auch Amnon hat sich manchmal über meine Unordnung beklagt, und es hat mich nie gekränkt. Ich betrachte ihn, die schwarze Kleidung, die seine Magerkeit betont, die schweren Brauen, die verschatteten Wangen, eine Halluzination in Schwarz-weiß, und das alles steht mir auf eine seltsame und aufregende Weise zur Verfügung, ein neuer Mann, sein Anblick ist mir noch fremd, ebenso wie mein eigener Anblick in diesem Haus, das viel heller ist als meines, ich steige langsam aus dem Bett und gehe zur Küche, stütze mich aus irgendwelchen Gründen an den Wänden ab, die Kisten verstellen mir den Weg.

Zu meiner Freude folgt er mir, und ich drehe mich zu ihm um, wie war's heute bei dir, frage ich, der erste Versuch eines familiären Alltagsgesprächs, und er sagt, es ging, und belässt es dabei, er betrachtet düster die Kartons, und ich sage schnell, mach dir keine Sorgen, morgen sind sie alle weg, und sofort zerschneide ich mit einem scharfen Küchenmesser die Klebstreifen, hole verlegen Töpfe und Pfannen heraus, suche für alles einen Platz, wenigstens muss man sie nicht zusammenfalten, so viele Kochbücher, und da fällt aus einem eine helle Glückwunschkarte, ich klappe sie auf, oben steht das Datum unseres Hochzeitstags, dann in geschraubten Formulierungen und runden Buchstaben: für die liebe Ella und den lieben Amnon zu ihrer Vermählung, es mögen Euch nur Tage des Glücks beschert sein. Der Name des Absenders ist mir unbekannt, vermutlich war es einer von Amnons Studenten, ich betrachte die Karte, die aus einer anderen Zeit hier eingedrungen ist, was soll ich mit ihr machen, liebe Ella und lieber Amnon, was soll ich mit ihnen anfangen, und fast hätte ich ihn gerufen, damit er sie sich ansieht, damit er sich genauso wie ich über dieses lächerliche, genau datierte Andenken wundert, aber ich lasse es bleiben, ich lege die Karte wieder zwischen die Buchseiten, als gälten auch hier die Gesetze einer Ausgrabung und als müsste ich auch hier jedes Fundstück an seinen Platz zurücklegen, bis zum Ende der Dokumentation.

Und ich fühle die Anspannung, als würde ich heimlich von feindlichen Blicken verfolgt, es scheint, als hätte ich mich hier vor seiner Ankunft wohler gefühlt, wo ist er überhaupt, das Wohnzimmer scheint leer zu sein, doch dann entdecke ich ihn in der Sofaecke, seine schwarze Kleidung wird von dem dunklen Leder verschluckt, trotz der Dämmerung hat er kein Licht angemacht, und ich schlitze mit dem Messer die Kartons auf und habe plötzlich das Gefühl, als hätte ich sie vor unendlich langer Zeit gepackt, sie sind von einer ermüdenden Reise zurückgekommen, wie ein verirrter Koffer, der durch die Flughäfen der Welt gereist ist und dessen Inhalt man, wenn er endlich eintrifft, nicht mehr benötigt. Für wen sind diese bemalten Keramikteller bestimmt, welches Essen wird man auf ihnen servieren, welche Familie wird von ihnen essen, und als ich aus dem zerknitterten Zeitungspapier die Kakaodose wickle, auf der ein fröhlicher Hase abgebildet ist, drücke ich sie an mein Herz, als wäre sie ein kostbarer Gegenstand, den ich aus Trümmern gerettet habe, und ich stelle sie ganz hinten in den Schrank, damit fremde Hände sie nicht berühren können.

Vor meinen Augen, hinter dem breiten Küchenfenster, neigt sich die Sonne zu den Wipfeln der Kiefern herab, sie tupft rötlich goldene Flecken auf den Marmor, und ich werfe einen Blick auf die Uhr, schon halb fünf, im letzten Winter ist er bis nachmittags im Kindergarten geblieben, und genau um diese Uhrzeit waren im Treppenhaus die festen Schritte eines Mannes zu hören, und gleich danach die eines Kindes, Schritte, die so leicht waren, dass sie kaum den Fußboden berührten. Ist es der flache Winkel des Sonneneinfalls, der Sehnsucht in mir weckt, im Allgemeinen kam Amnon wütend von der Universität zurück, voller Klagen, und füllte die Wohnung mit seinem Verdruss, der zwar manchmal anstrengend war, mir aber jetzt einen enttäuschenden und grausamen Moment lang fehlt, während Oded mit schwacher Stimme meine Fragen beantwortet, und als ich mir in der mit Kartons voll gestopften Küche Kaffee koche, fühle ich plötzlich eine brennende Angst, als wäre ich beim Ehebruch ertappt worden, noch nicht einmal beim Verrat an einem Mann, sondern an einer Familie, an einer Bestimmung, an der Heimat. Ist ausgerechnet das Kaffeekochen in dieser fremden Küche, mit einer Tasse, die ich von zu Hause mitgebracht habe, der wirkliche Treubruch, viel schlimmer als das sexuelle Vergnügen auf dem schwarzen Ledersofa, wie geheimnisvoll ist doch das Buch der Gesetze. Wenn du wirklich zu einem anderen ziehst, streiche ich dich endgültig aus meinem Leben, hat er gesagt, und ich drehe den Rücken zum Fenster, betrachte den Mann, der von dem Sofa aufgesogen wird, die Ellenbogen auf den Knien, und einen Moment lang scheinen wir Fremde zu sein, weshalb haben wir uns hier getroffen, zu welchem Zweck haben wir unsere Kinder zusammengeführt, damit sie zu Geschwistern werden, frage ich mich, während die feinen Sonnenstrahlen, die schräg durch die Kiefern fallen, Trauer über uns werfen.

Willst du Kaffee, Oded, frage ich, und er antwortet, nein danke, und ich gehe zu ihm, das scharfe Messer in der Hand, und noch immer glaube ich, dass es in meiner Macht liegt, den bösen Geist der Skepsis zu vertreiben, wenn er mir dabei nur zur Seite stehen würde, aber sein Gesicht ist hart und trocken wie Karton, und ich frage mit gespielter Leichtigkeit, was ist denn plötzlich los, stört dich etwas? Er zieht die Schultern hoch, immer stört einen etwas, oder nicht, fragt er, und in seiner Stimme liegt ein verdeckter Tadel, und ich beharre, du siehst, seit du zurückgekommen bist, besonders verärgert aus, erzähl mir, was los ist.

Lass, sagt er, ich möchte dich nicht mit meinen Schwierigkeiten belasten, du hast genug zu tun mit deinen eigenen, und ich setze mich neben ihn, was für ein Blödsinn, Oded, du musst es mir sagen, ich muss wissen, was in dir vorgeht, und er betrachtet mich zweifelnd, dann bricht es gegen seinen Willen aus ihm heraus, ich war gerade bei Michal, ich habe ihr erzählt, dass du hier eingezogen bist, das war nicht einfach.

Was hat sie gesagt, frage ich, Böen von Angst und Schuld schütteln mich, und er zieht erneut die Schultern hoch, was genau sie gesagt hat, ist nicht wichtig, es ist auch nicht persönlich gemeint, sie weiß, dass ich sie nicht deinetwegen verlassen habe und dass ich auch ohne dich nicht zurückkommen würde, aber es fällt ihr schwer, und mir fällt es schwer, sie so zu sehen, die Wahrheit ist, dass ich gehofft habe, die Kinder würden es ihr erzählen, zu meiner Überraschung hat sie aber nichts davon gewusst, und ich spüre, dass ich wieder hastig atme, und dann frage ich mit Mühe, und was sollen wir also tun, und er sagt, in dieser Angelegenheit gibt es nicht viel zu tun, ich werde versuchen, die Kinder so oft wie möglich herzuholen, bis sie sich erholt hat, das ist nicht gesund für sie, ihre Mutter in diesem Zustand zu sehen, und ich nicke angespannt, vergiss nur nicht, dass wir abgemacht haben, dass Gili morgen allein hier ist, ich möchte ihm an seinem ersten Tag die Möglichkeit geben, sich in Ruhe einzugewöhnen, damit er sich hier nicht als Gast fühlt, und er seufzt, gut, ich hoffe, dass das klappt.

Das muss klappen, sage ich, ich verlange nicht viel, nur einen einzigen Tag, aber der Blick, den er mir zuwirft, ist zornig und distanziert, als hätte ich kein Recht, meine Bedürfnisse über seine zu stellen, mein Kind über ihre Kinder, mit welcher Geschwindigkeit wird die Exfrau zu einer Heiligen, während die neue, auch wenn sie sich ein Bein ausreißt, immer kleinlich aussehen wird.

Vielleicht verschreibst du ihr ein Medikament, schlage ich vor, und er sagt, sie nimmt schon seit Jahren Medikamente, und ich frage überrascht, wirklich, Michal? Sie hat immer so ruhig und ausgeglichen auf mich gewirkt, und er sagt, das täuscht, sie ist alles andere als ruhig und ausgeglichen, und ich versuche, ein erwachsenes Interesse zu zeigen, mein Erschrecken zu verbergen, obwohl diese Nachricht schon nicht mehr von meinem Leben zu trennen ist, und ich frage, wo habt ihr euch überhaupt kennen gelernt, das hast du mir noch nie erzählt, und er zischt, ich habe dir viele Dinge noch nicht erzählt, und das hört sich fast wie eine Drohung an, ich weiche zurück, halte dich von ihm fern, hat meine Mutter gesagt, alle wissen, dass er krank ist, dass er seinen siebzehnten Geburtstag nicht feiern wird.

Wir haben uns an der medizinischen Fakultät kennen gelernt, sagt er zögerlich, wir haben zusammen angefangen zu studieren, und ich frage erstaunt, wirklich, sie hat Medizin studiert? Warum hat sie damit aufgehört? Und er sagt, sie hat etwas Geistigeres gesucht, das ist der offizielle Grund, aber eigentlich hat sie meinetwegen aufgehört, und ich frage erstaunt, deinetwegen, wieso deinetwegen? Wenn einer vorwärts rennt, muss der andere zurückbleiben, sagt er, so ist das normalerweise bei Paaren, sie hat erst im fünften Jahr aufgehört, sie hat Jahre damit vergeudet, irgendetwas zu suchen, am Schluss ist sie Biologielehrerin geworden. Als sie verstand, was für einen Fehler sie gemacht hatte, war es schon zu spät, Maja war schon geboren, sie saß fest, und vielleicht hätte sie sich damit abgefunden, hätte sie nicht mit ansehen müssen, wie ich auf dem Gebiet, auf dem sie selbst arbeiten wollte, vorwärts kam, ich glaube, das ist es, was sie am meisten erschüttert hat.

Angespannt sitze ich neben ihm, wie schnell habe ich doch meine Fähigkeit verloren, ihm ruhig und Anteil nehmend zuzuhören, auf seine Schwierigkeiten einzugehen, jedes seiner Worte empfinde ich als Bedrohung, Oded, das ist wirklich traurig, aber du bist nicht schuld daran, sage ich nachdrücklich, du musst aufhören, dich zu verurteilen, mich überkommt der Gedanke, seine Schuldgefühle ihr gegenüber seien eine Gefahr für mich und ich müsse mich sogleich zur Wehr setzen, meine Fingerknöchel färben sich weiß auf dem Messergriff.

Er seufzt, vermutlich hast du Recht, aber ich war so vertieft in mich selbst, dass ich fast nicht bemerkt habe, was mit ihr los war, als ich jung war, hatte ich einen wahnsinnigen Ehrgeiz, ich wollte der ganzen Welt beweisen, dass der Sohn eines Verrückten Verrückte behandeln kann. Im Lauf der Zeit verstand ich, dass das niemanden beeindruckte, außer meine Mutter, sie hat es all ihren Nachbarinnen erzählt, doch die haben sowieso geglaubt, sie lügt, aber Michal hat unter meinem Ehrgeiz gelitten, und dann haben ihre Eifersuchtsanfälle angefangen, die Frustration und die Medikamente, und in dieser schwierigen Zeit wurden die Kinder geboren, kurz gesagt, nichts ist glatt gegangen, und jetzt habe ich ihr den endgültigen Schlag versetzt.

Ich laufe zwischen den Kartons im Wohnzimmer herum, traurig, wie zwischen Grabsteinen mit roter Aufschrift, stundenlang habe ich gepackt, habe ein Fach nach dem anderen ausgeräumt, während der Junge hilflos in dem Durcheinander herumirrte, langsam und qualvoll wurden seine Kleider aus der Wohnung entfernt, und wozu das alles, nur um das Leid zu verdoppeln und zu verdreifachen? Sein Gesicht verschwindet in dem dämmrigen Zimmer, wir sind beide verloren, verloren, so wie die beiden Kinder in der unterirdischen Wasserquelle von Megiddo verloren waren, ich habe dir doch gesagt, du sollst bei ihr bleiben, sage ich mit einer Stimme, die so dünn und hoch ist wie Gilis, ich habe dich gewarnt, dass sie es nicht ertragen wird, dass du es nicht ertragen wirst, was sollen wir jetzt tun, und ich gehe in die Küche, werfe geräuschvoll Töpfe und Pfannen in die Kartons, die gerade erst leer geräumt wurden, ich will hier nicht wohnen, Oded, ich gehe weg.

Genug, Ella, beruhige dich, schimpft er ungeduldig, mach es mir nicht noch schwerer, es geht nicht darum, etwas zu tun, mit anderen Worten, es gibt keinen Handlungsbedarf, es tut mir Leid, dass ich es dir erzählt habe, das war ein Fehler, und ich mache das Licht an und sage, was war eigentlich kein Fehler von all dem, was wir gewollt und geplant und getan haben, und wie soll ich morgen meinen kleinen Sohn in ein Zuhause bringen, das auf lauter Fehlern aufgebaut wurde, und als ich mich an die kühle Marmorplatte lehne, kommt es mir so vor, als würden die Klagelieder jener Frau, die nicht weit von hier ihr Leben beweint, durch die metallgefassten Glasquadrate des Küchenfensters dringen, als würden sie die Wohnung erfüllen wie Gas aus einem nicht abgeschalteten Herd, bis ich schon nicht mehr weiß, ob die Klagen aus ihrer Kehle dringen oder aus meiner.

20 Es muss alles genau richtig sein, ausgewogen und bemessen, organisiert wie eine militärische Aktion, wie ein Kampf, den man nicht verlieren darf, an alles habe ich gedacht, habe versucht, alle Hürden vorauszusehen, alle Bedürfnisse zu erahnen, den Kühlschrank habe ich mit Lebensmitteln gefüllt, die er mag, die leicht sind und beruhigend auf seinen kleinen Magen wirken, die Schränke habe ich mit Süßigkeiten voll gestopft, damit sie klebrigen Frieden spenden, sein Fenster habe ich mit dem bunten Vorhang versehen, ich habe dafür den doppelten Preis bezahlt, damit er schon heute Morgen fertig ist, immer wieder betrete ich sein Zimmer, um mich zu versichern, dass nichts fehlt, die Kuscheltiere sitzen nach Familien geordnet auf seinem Bett, der Löwe und die Löwin mit ihrem Löwenkind, der Tiger und die Tigerin mit ihrem Tigerkind, ihre Pupillen sind riesig und ihr Blick gelassen, der Geist des Umsturzes hat ihre ruhige Welt nicht erschüttert. Der Computer steht auf dem Tisch, die Bücher in den Regalfächern, die Spielsachen liegen in Strohkörben, und auf dem Teppich steht das in buntes Papier gewickelte Geschenk, und sogar ich selbst bin tadellos verpackt, in einem schwarzen Hosenanzug, mit gewaschenen und zusammengebundenen Haaren, noch nie habe ich mich so sorgfältig darauf vorbereitet, meinen kleinen Sohn zu treffen, es ist, als stünde heute meine ganze Existenz auf dem Prüfstand, meine Liebe und meine Fürsorge, meine Vernunft und mein guter Geschmack, meine Hingabe und meine Treue.

Sogar für Gesellschaft habe ich gesorgt, ich habe am Morgen Talja angerufen und ihr vorgeschlagen, heute mit Jo'av herzukommen, schamlos habe ich sie gebeten, ihm ein Geschenk für sein neues Zimmer mitzubringen, ich gebe dir das Geld zurück, habe ich gesagt, nur bringt ihm etwas mit, damit er spürt, dass es ein festlicher Tag ist, und seid begeistert von seinem Zimmer, ja? Es ist mir sehr wichtig, dass er heute einen Freund zu Besuch hat, das wird ihm helfen, sich zu Hause zu fühlen, und ich hörte all die Worte, die sie nicht aussprach, die ihr aber auf der Zunge lagen, sie begnügte sich mit einem langen Seufzer, natürlich, Ella, wann willst du, dass wir kommen? Und ich überlege genau, am besten ihr kommt, wenn er gegessen und sich ein bisschen in der Wohnung umgesehen hat, wenn er das Geschenk ausgepackt hat, aber noch bevor er traurig werden kann, um halb vier, entschied ich, und sie sagte, kein Problem, und notierte die Adresse.

Bevor ich gehe, kontrolliere ich noch einmal das Zimmer, ob es auch wirklich schön aussieht, ob es groß genug ist, und einen Moment lang denke ich, dass es etwas kleiner ist als sein früheres Zimmer, und werfe noch einmal einen Blick in die Zimmer von Maja und Jotam, sie sind zweifellos größer und heller, und vor allem strahlen sie eine natürlichere häusliche Gelassenheit aus, ein Pullover hängt über der Stuhllehne, ein offenes Buch liegt auf dem Bett, eine Tasse steht auf der Fensterbank, während sein Zimmer noch leblos aussieht, ein Raum wie ein Denkmal, ich bin versucht, die Ordnung ein wenig zu stören, entscheide mich aber sofort wieder anders, schließlich könnte er misstrauisch werden und glauben, dass ein anderes Kind sein Zimmer benutzt und mit seinen Spielsachen gespielt hat, aber wenn ich nicht aufhöre, die Zimmer zu vergleichen, werde ich zu spät kommen, und ich habe ihm versprochen, heute besonders früh da zu sein, ich laufe in meinem dunklen Anzug, geschminkt, gepudert und mit hohen Schuhen, eine Geschäftsfrau, die genau durchdacht hat, was sie anzieht, ich versuche, Sicherheit und Ruhe auszustrahlen, obwohl ich die ganze Nacht kein Auge zugetan habe.

Er steht schon an der Tür des Klassenzimmers, sein Ranzen verbirgt den schmalen Rücken, ich weiß nicht, was heute mit ihm ist, sagt seine Lehrerin, er hat sich überhaupt nicht auf den Unterricht konzentriert und in den Pausen hat er nicht gespielt, und ich sage schnell, wir sind gestern umgezogen, hat er das nicht erzählt? Sie verwuschelt ihm die Haare, nein, er hat kein Wort gesagt, und ich bedeute ihr mit einer Handbewegung, dass ich sie am Abend anrufen werde, um ihr alles zu erklären, natürlich hätte ich das vorher tun müssen, und sie begleitet uns und plappert drauflos, wir sind vor ein paar Monaten ebenfalls umgezogen, meinen Kindern ist es wirklich schwer gefallen, man sagt, so etwas kann für Kinder ziemlich traumatisch sein, fast wie eine Scheidung, und ich zische, vielen Dank für die ermutigenden Worte, und schwanke schnell auf meinen Schuhen mit den hohen Absätzen davon, den mit einem Trauma geschlagenen Jungen hinter mir herziehend. Komm, mein Schatz, ich habe dir das allerbeste Mittagessen gekocht, und dein Zimmer ist schon fertig, und eine Überraschung wartet auf dich, du wirst es nicht glauben, etwas, was du dir sehr gewünscht hast, und weißt du, wer nachher zu uns kommt? Talja und Jo'av wollen uns besuchen, und sie werden dir ein Geschenk für das neue Zimmer mitbringen, und er hört mir schweigend zu, seine Lippen bleiben unbeweglich, aber seine Hand drückt fest die meine. Mach dir keine Sorgen, Gili, so ein Umzug macht richtig Spaß, alle Freunde kommen vorbei, um sich das neue Zimmer anzusehen, und man bekommt viele Geschenke, du wirst sehen, wie schnell du dich eingewöhnst, aber er senkt zweifelnd den Kopf und fragt schließlich, wer hat vorher in meinem Zimmer gewohnt, und ich sage, noch niemand, aber diese Antwort beruhigt ihn nicht, Papa hat gesagt, dass wir nie wieder in unsere Wohnung zurückkönnen, weil ihr sie an andere Leute verkauft, und ich verfluche Amnon mit zusammengepressten Lippen, warum hat er es so eilig, den Jungen in alles einzuweihen?

Es kann schon sein, dass das irgendwann passiert, sage ich, aber das ist ein langer Prozess, vorläufig steht die Wohnung leer, du kannst hingehen und dich überzeugen, und er fragt, was ist ein Prozess, und ich verkünde, schau, da sind wir schon in unserer kleinen Straße, es ist viel näher zu deiner Schule als von unserer alten Wohnung, und da ist unser Haus, es ist schön, nicht wahr? Immerzu das Wort »unser«, wie klebriger Auswurf, und wir steigen die Treppe hinauf, ich habe den Schlüssel schon in der Hand und schlage ihm vor, vielleicht willst du unsere Tür aufschließen, und freue mich, als er begeistert reagiert, endlich lässt er meine Hand los und nimmt den Schlüssel, doch schon lässt er ihn fallen, der Aufschlag hallt klirrend durch das Treppenhaus, wieder versucht er es, seine Finger, die an diese Aufgabe nicht gewöhnt sind, umklammern den Schlüssel, angestrengt drehen sie ihn in die falsche Richtung, und ich erkläre, Gili, jetzt hast du abgeschlossen, und erst als ich meine Hand auf seine lege und sie bewege wie die Hand einer Puppe, gibt die Tür nach, und er läuft schnell und neugierig in die fremde Wohnung.

Wo ist mein Zimmer, fragt er sofort, und ich führe ihn aufgeregt hin, seine Hände gleiten rasch über das Fell der Kuscheltiere, wühlen in den Strohkörben, um sicherzugehen, dass nichts fehlt, da sind meine Farben, verkündet er, wie ein Händler, der seine Waren anpreist, und da meine Playmobilsachen, da die Karten, die Murmeln, er wundert sich über die kleinsten Gegenstände, die es geschafft haben, heil hier anzukommen, und erst als er sich beruhigt hat, stürzt er sich begeistert auf das Geschenk. Eine Ritterburg, schreit er und legt sich auf den Teppich, und schon fliegt das zerrissene Einwickelpapier durch das Zimmer und die Burg bietet sich uns in ihrer ganzen Pracht dar. Ich lasse ihn allein in seinem Zimmer und gehe in die Küche, langsam durchquere ich den Flur, das Gesicht ihm zugewandt, sehe, wie er immer tiefer ins Spiel versinkt. Wie seltsam es ist, hier in diesem fremden Haus vor dem Herd zu stehen, ihn nebenan zu wissen und auf ganz gewöhnliche Art zum Essen zu rufen, das Essen ist fertig, Gili, sage ich, und er fragt, wo ist die Küche? Musst du suchen, sage ich, los, such mich, und das macht ihm Spaß, er kommt angerannt, umarmt meine Hüften und staunt, du hast meinen Teller mitgebracht, und ich sage, natürlich habe ich deine Sachen mitgebracht, du wirst nichts vermissen.

Auch den Kakao, fragt er besorgt, als wäre der Kakao sein kostbarster Besitz, für den es keinen Ersatz gibt, und ich ziehe wie eine Zauberin die runde Dose aus dem Schrank, natürlich habe ich auch den Kakao mitgebracht, und er sagt, vergiss nicht, dass er nur uns gehört, und dann macht er sich genüsslich über die Pommes frites und das Schnitzel her, selbst der Salat schmeckt ihm, er verlangt sogar einen Nachschlag, was sonst fast nie vorkommt, das Essen in der neuen Wohnung schmeckt gut, entscheidet er mit lauter Stimme, und ich sage, iss nur, aber sein erstaunlicher Appetit beunruhigt mich, will er etwa, dass nichts für die anderen Kinder übrig bleibt, ist das seine Methode, sein Territorium zu markieren? Der Salat schmeckt super, verkündet er und fragt, ob er noch welchen haben kann, seine Stimme ist laut, fast schreiend, als befände er sich weit entfernt von mir, als säßen wir einander auf zwei Berggipfeln gegenüber und riefen uns Liebesworte zu.

Er scheint alles hinunterzuschlingen, ohne zu kauen, er saugt das Essen in seinen dünnen Körper, und ich schlage vor, vielleicht ruhst du dich ein bisschen aus, damit du kein Bauchweh bekommst, registriere dann die Krümel, die wie ein Halbmond unter seinem Stuhl verstreut liegen, und als im Treppenhaus etwas zu hören ist, bücke ich mich schnell und sammle sie auf, als wären wir Gäste auf Bewährung, und auch er schaut beunruhigt zur Tür, fragt flüsternd, kommen sie, wach und gespannt wie ein wildes Tier, und ich sage, noch nicht, Talja und Jo'av kommen erst in einer Stunde. Nein, was ist mit Jotam und Maja, fragt er, und ich sage, sie kommen erst morgen, da atmet er erleichtert auf, nervös vor seinem leeren Teller sitzend, was soll ich jetzt machen, und bevor er sich Erinnerungen und Vergleichen hingeben kann, schlage ich schnell eine Besichtigung der Wohnung vor, zeige ihm das Schlafzimmer und die Zimmer von Maja und Jotam, und er schaut sich vorsichtig um, mit bebenden Nasenflügeln, er fasst nichts an, zieht mich schnell weiter, er möchte nur in seinem eigenen Zimmer sein, und als wir dorthin zurückkehren, fragt er, warum haben die anderen keinen Vorhang, nur ich, ich will auch keinen Vorhang, aus irgendeinem Grund macht er den Vorteil zu einem Nachteil, und als er ihn aufzieht, beschwert er sich nicht über die Aussicht vor seinem Fenster, er scheint sogar erleichtert zu sein, vielleicht stimmt es ja, was Oded über Kinder gesagt hat, dass Kindern solche Dinge nicht so wichtig sind, dass sie sich an vieles schnell gewöhnen, keine weitere Klage kommt über seine Lippen, nur ein übertriebenes, sinnloses, unberechtigtes Staunen.

Mama, das Zimmer ist riesig, sagt er mit ausgebreiteten Armen, es ist viel größer als mein altes Zimmer, und ich wage nicht, seinen offensichtlichen Irrtum zu korrigieren. Meinst du, frage ich vorsichtig, und er sagt, klar, schau nur, wie viel Platz ich hier habe, das alte Zimmer war eng, und da endlich atme ich auf, mit einem leichten Misstrauen, als hätte ich Nachrichten vernommen, die zu gut sind, um wahr zu sein, ich strecke mich auf seinem Bett aus, während er mit seinen Rittern spielt, die tapfer ihre Burg verteidigen, verschwindet, sonst werdet ihr alle getötet, verkündet er mit ernster Stimme, das ist unsere Burg, nicht eure. Einer nach dem anderen fallen die Ritter von den Mauern, ihre kleinen Körper umgeben die Burg, und schließlich steht dort nur noch ein einziger Ritter, kämpft gegen die Eindringlinge, bis der letzte besiegt ist, und ich schaue aus dem Fenster mit den aufgezogenen Vorhängen, dunkelgraue Krokodile ziehen schnell über den Himmel, kriechen auf ihren kurzen Beinen vorbei, die Mäuler aufgerissen zu einem breiten Grinsen, es scheint, als wäre der Winter zurückgekehrt, und ich ziehe die Decke über mich, wickle mich in den Geruch seiner Bettwäsche, wie er klammere ich mich an Vertrautes, wie er staune ich darüber, dass die Gerüche mit uns umgezogen sind, wie er fühle ich mich nur in seinem Zimmer wohl, eine freundliche Enklave, eine Oase.

Auch wenn er in sein Spiel versunken ist, reagiert er doch auf jedes Geräusch, sein Blick schnellt misstrauisch zur Tür, als fürchte er, es könnte plötzlich eine fremde Gestalt aus einem der Zimmer auftauchen, seine Stimme ist lauter als üblich, dämpft sich aber immer wieder zu einem Flüstern, und als ich aufstehe, um das Geschirr zu spülen, begleitet er mich, und als er auf die Toilette geht, muss ich mit, und so begleiten wir uns gegenseitig durch die Wohnung, über die breiten glatten Fliesen, er rutscht absichtlich mit seinen Strümpfen darauf aus, lässt sich jubelnd fallen. Genau um halb vier klingelt es an der Tür, und ich treibe Gili an, seine ersten Gäste zu empfangen, und er macht vor Freude einen Luftsprung, als er Jo'av sieht, los, schau, was meine Mama mir geschenkt hat, ruft er und zieht ihn hinter sich her, verzichtet diesmal auf meine Begleitung, und ich umarme Talja, die auf einem Arm ihre kleine Tochter trägt, in der anderen Hand das Geschenk, warte einen Moment, Gili, ruft sie ihm nach, wir haben dir ein Geschenk für dein neues Zimmer mitgebracht, und ich beeile mich zu sagen, wirklich, das war doch nicht nötig, und sie schneidet mir eine Fratze und hält ihm das Geschenk hin, das sofort begeistert ausgepackt wird, ein eingerahmtes Bild von drei wunderschönen kleinen Katzen, und Gili freut sich, die sind süß, ruft er, das bin ich, er deutet auf das weiße Kätzchen in der Mitte des Bildes, und das sind Papa und Mama.

Aber sie sind alle drei junge Katzen, protestiert Jo'av, sie sind genau gleich groß, doch Gili bleibt stur, stimmt nicht, das ist eine Familie, er legt das Bild auf sein Bett, und Talja sagt, herzlichen Glückwunsch, was für ein tolles Zimmer, und schon stürzen sie sich auf die Burg, der Plan scheint aufzugehen, doch als wir uns in die Küche setzen, befällt mich ein unangenehmes Gefühl, als hätte ich einen bösen Plan ausgeheckt, zu meiner eigenen Bequemlichkeit und um seine Sinne durch kleine vergängliche Freuden zu vernebeln, damit er nichts von der Merkwürdigkeit der neuen Situation wahrnimmt, die sich mir selbst von Sekunde zu Sekunde stärker offenbart.

Eine riesige Wohnung, sagt Talja, aber ein bisschen eigenartig geschnitten, fast wie ein Labyrinth, nicht wahr? Ich finde es seltsam, dich hier zu sehen, ich bin so sehr an eure alte Wohnung gewöhnt, und ich sage, ja, auch für mich ist es seltsam, und sie betrachtet mich mit einem scharfen Blick und fragt, was soll dein offizieller Aufzug, wo warst du? Mit wem hast du dich getroffen? Mit Gili, antworte ich, und sie sagt, das hört sich nicht gut an, und ich seufze, so ist es momentan nun mal. Wie wird es nur mit dir weitergehen,

Ella, sie lächelt, du hättest es mir überlassen sollen, dein Leben zu organisieren, du stellst alles auf den Kopf, und ich frage beleidigt, was meinst du damit, und sie sagt, bevor du etwas machst, bist du immer viel zu überzeugt von deinen Plänen und hinterher viel zu wenig, schau dir doch bloß dein schuldbewusstes Gesicht an, als würdest du deinen Sohn zur Schlachtbank führen.

Wirklich, frage ich erstaunt, ich habe gedacht, ich strahle Sicherheit und Ruhe aus, und sie sagt, Sicherheit, wirklich, du kannst niemanden täuschen, am wenigsten Gili, und ich seufze wieder, was schlägst du mir also vor? Dein Hosenanzug wird ihn nicht im Geringsten beeindrucken, und die Absätze erst recht nicht, versuche einfach, selbst etwas zufriedener zu sein mit dem Schritt, den du gemacht hast, du hast eine große Wohnung, du hast einen Mann in deinem Leben, einen Mann den du liebst, du hast die Chance, mit ihm eine neue Familie zu gründen, freu dich doch ein bisschen, sei doch nicht so verkrampft.

Du hast Recht, wie immer, gebe ich zu, das Problem ist, dass ich jetzt, da ich hier bin, nur das sehe, was nicht mehr da ist, und sie schimpft, es reicht, hör auf damit, ich habe das Gefühl, dass du auf dem besten Weg bist, auch deine neue Beziehung kaputtzumachen, was ist los mit dir, ist es das, was du willst? Ich warne dich, nicht alle Männer sind so geduldig wie Amnon, und ich frage verwundert, Amnon und geduldig? Was redest du da? Es stimmt ja, dass er schnell gereizt ist, sagt sie, aber in einem tieferen Sinn hat er dich so akzeptiert, wie du bist, er hat sich mit deiner ewigen Krittelei abgefunden, und ich protestiere, was für eine Krittelei, das meiste habe ich für mich behalten oder nur dir erzählt, und sie sagt, vielleicht, aber die ganze Zeit hast du Unbehagen ausgestrahlt, und das war bestimmt nicht leicht für sein empfindliches Ego. Ich gieße uns Kaffee ein und sehe sie erstaunt an, wie kommst du darauf, Talja, erinnerst du dich nicht, wie er sich über alles, was ich getan habe, beklagt hat, wie oft ich gekränkt war, und sie rührt nachdenklich und langsam Zucker in ihren Kaffee.

Oberflächlich gesehen vielleicht, sagt sie, aber du hast immer gewusst, dass seine Liebe nicht davon beeinflusst wird, was du tust oder sagst, er hingegen muss gespürt haben, dass du ihn nur unter bestimmten Bedingungen liebst, dass er sich deiner Liebe nie sicher sein kann, Tatsache ist doch, dass du ihn am Ende verlassen hast, nicht er dich, und ich zucke überrascht die Schultern, mir scheint, als breite sie ein ganz anderes Eheleben vor mir aus, nicht meines, ich schaue aus dem großen Küchenfenster, die Schatten von Kiefern zeichnen ihre Silhouetten mit schwarzer Kohle auf die Wände des gegenüberliegenden Hauses, graue Sperlinge werden zwischen den Zweigen verschluckt. Gleich wird es regnen, sage ich, ich habe gedacht, der Winter sei vorbei, und plötzlich fängt alles von vorn an, und sie betrachtet mich forschend, du siehst so besorgt aus, ich verstehe dich nicht, wenn du solche Angst um deinen Jungen hast und so empfindlich auf jede Regung von ihm reagierst, warum hast du ihm dann die Familie zerstört, das passt nicht zusammen, und ich seufze, das ist ein komplizierter Prozess, er lässt sich nur schwer jemandem erklären, der ihn nicht selbst durchgemacht hat, meine Empfindlichkeit, was Gili betrifft, hat sich seit der Trennung immer mehr gesteigert, je klarer mir wurde, welchen Preis er bezahlen muss, und sie sagt, das Problem ist, dass ihm das nicht gut tut, gib dir nicht solche übertriebene Mühe mit ihm, sei ganz natürlich, er darf ruhig wissen, dass es dir auch schwer fällt, vermittle ihm ein ehrliches Bild der Situation, das wird es ihm leichter machen, glaub mir, er wird sich dann weniger allein fühlen mit seinem Problem.

Wann machst du endlich mal einen Fehler, zische ich böse, damit ich dir auch eine Moralpredigt halten kann, und sie lacht, ich glaube, ich habe schon einen Fehler gemacht, die Kleine läuft ja frei in der Wohnung herum, wer weiß, was sie anstellt, und sofort springen wir beide auf und finden sie auf Majas Bett, wo sie fröhlich die Bücher und Hefte voll schmiert, die sie vom Tisch gezogen hat, aus ihrem Mund tropft Babyspucke, und ich erschrecke, Jasmini, was hast du getan, was soll ich bloß Maja sagen, und Talja zerrt sie aus dem Zimmer, während die Kleine mit den Füßen strampelt und krampfhaft einen violetten Filzstift festhält, als wollte sie ihr Werk auf den Fußbodenfliesen vollenden.

Es tut mir Leid, Ella, reg dich nicht auf, so etwas passiert in jeder Familie, sagt Talja, alle Hefte von Jo'av sind voll geschmiert, du bist als Einzelkind aufgewachsen und erziehst ein Einzelkind, du hast keine Ahnung, was in normalen Familien alles passiert, aber das beruhigt mich nicht, was soll ich nur Maja sagen, ich muss ihr bis morgen neue Hefte kaufen, und ich biete der brüllenden Kleinen einen weichen Schokokuss an, um ihr die Zunge an den Gaumen zu kleben, ich rufe auch Gili und Jo'av, und schon füllt sich das Wohnzimmer mit Lärm, als sie zu dritt ausgerechnet auf Odeds schwarzem Sofa herumhüpfen, die Schokoküsse wie Fackeln in der Hand, und großzügig Schokoladenkrümel verstreuen, bevor ich ihnen vorschlagen kann, lieber mein Sofa zu benutzen, offenbar gibt es doch noch kein »unser«, und ich schaue ihnen hilflos zu, wieder wird mir klar, wie wenig ich mich hier zu Hause fühle, wir sind Gäste, die versuchen, keine Spuren zu hinterlassen.

Willst du, dass wir gehen, bevor er zurückkommt, fragt Talja, als ich zerstreut auf die Uhr schaue, und ich sage, nein, wieso denn, aber der Gedanke an den Mann, der bald die Tür aufmachen wird, ohne seine Kinder, und auf drei fremde, laute Kinder trifft, weckt Unbehagen in mir, und ich hoffe, dass er aufgehalten wird, dass er noch ein paar Notfälle behandeln muss, damit ich inzwischen das Wohnzimmer aufräumen kann. Draußen ist es schon dunkel, ein heftiger Regen malt Schatten an die Wand gegenüber, und ich denke an die Wohnung, aus der ich gestern ausgezogen bin, ich habe die Fenster offen gelassen, alles wird nass werden, und im Wohnzimmer wird der kaputte Rollladen nicht aufhören zu klappern.

Vernünftig, wie sie ist, ignoriert sie meine Worte und zieht der Kleinen ihren Mantel an, komm schon, Jo'av, warum muss man dich immer antreiben, und ich schlage nach einem demonstrativen Zögern vor, vielleicht bleibt ihr zum Abendessen, aber sie lehnt es wie erwartet ab, danke, ein andermal, Ja'ir kommt heute Abend früh nach Hause, ich möchte, dass wir alle zusammen essen, und ich sehe sie vor mir, wie sie alle um den Tisch in ihrer engen Küche sitzen, ihre Köpfe berühren sich fast, und ich versuche, mir unsere Abendessen vorzustellen, werden wir zu dritt essen, worüber werden wir sprechen, werde ich die Mahlzeiten doppelt einnehmen, erst mit Gili und dann später mit Oded, und warum freue ich mich so sehr, dass er sich verspätet, schließlich hat diese aufreibende Aktion doch nur stattgefunden, damit wir zusammen sein können, warum fürchte ich mich so sehr davor, dass es Abend wird, dass er nach Hause kommt. Um mit Gili allein zu sein, hätte ich auch in der alten Wohnung bleiben können.

Ich beachte sorgfältig die alltägliche Routine und verkünde fröhlich, und jetzt in die Badewanne, schau, hier gibt es zwei Badezimmer, eins für uns und eins für euch, und er schreit, ich will in eures, ich will in eures, und ich sage, natürlich, mein Schatz, kein Problem, und verteile die Spielsachen in der fremden Wanne, und er läuft nackt hin, zählt sorgfältig die Schritte von einem Zimmer zum anderen, und plötzlich ist er verlegen, umarmt mich, als würde er sich vor den Wänden schämen, ich treibe ihn an, ins Wasser zu steigen, und genieße den vertrauten Anblick. Genau wie zu Hause, freut er sich, umgeben von Wassertieren, von Kraken, Haifischen, Delfinen, aber diesmal lässt er mich nicht das Wohnzimmer aufräumen, und ich sitze neben ihm auf dem Klodeckel, höre abwesend den Geschichten zu, die er ausspinnt, und erinnere mich plötzlich daran, dass wir hier zusammen gebadet haben, Oded und ich, aneinander geschmiegt, doch es ist, als sei alles, was sich hier abgespielt hat, bevor Gili kam, ausgelöscht, seine Präsenz erfüllt die Wohnung, verdrängt die Stunden der Liebe, die vielen, vielen Stunden der Liebe.

Plötzlich hat er aufgehört zu spielen, er schaut mich fest an und verkündet, vor dem Einschlafen sehe ich im Bett fern, und ich sage, aber Gili, ich habe dir noch keinen Fernseher gekauft, hast du nicht gemerkt, dass kein Fernseher in deinem Zimmer steht? Er klatscht enttäuscht ins Wasser, aber du hast es versprochen, du hast versprochen, dass ich im Bett fernsehen darf, und ich sage, das stimmt, ich habe es versprochen und werde es auch halten, nur nicht sofort, das dauert noch ein paar Tage, und er jammert, aber du hast es versprochen, ich glaube dir nie mehr ein Wort, auf mich bist du immer böse, wenn ich lüge, aber diesmal hast du gelogen, und bevor ich meine Glaubwürdigkeit durch ein bisschen Schimpfen wiederherstellen kann, höre ich ein Hüsteln und drehe mich zu Oded um, der nebenan in der Schlafzimmertür steht, hi, schön, dass du da bist, verkünde ich nervös, stehe auf und gehe auf ihn zu, und Gili schreit sofort, lass mich nicht allein, und ich kehre zu ihm zurück, versuche, in der Mitte zwischen den beiden stehen zu bleiben.

Gili, schau doch, Oded ist gekommen, rufe ich, als wäre das eine Nachricht, die ihn sofort beruhigen würde, und winke Oded näher heran, damit er ins Badezimmer kommt und ein paar freundliche Worte mit dem wütenden kleinen Jungen wechselt, aber er ignoriert meine energischen Handbewegungen und sagt, ich bin durch und durch nass geworden, ich bin stundenlang mit den Kindern im Regen herumgelaufen, ich hoffe nur, dass sie sich nicht erkältet haben, und tatsächlich sind seine Hosenbeine fast bis zu den Knien durchweicht, aus seinen Haaren tropft es, er nimmt ein Handtuch aus dem Schrank und rubbelt sich sorgfältig den Kopf. Warum seid ihr draußen herumgelaufen, frage ich, sie haben doch ein Zuhause, oder? In diese Wohnung konnten wir ja nicht, wie du weißt, sagt er, und Michal war in einem solchen Zustand, dass ich sie nicht zu ihr bringen konnte, erst jetzt ist ihre Mutter gekommen, um sich um die Kinder zu kümmern. Ich setze mich wieder auf den Klodeckel, hier räkelt sich ein verwöhnter kleiner Junge wie ein Krokodiljunges im warmen Badewasser, und dort sind zwei Kinder in nassen Kleidern herumgelaufen, nur meinetwegen, gleich am ersten Tag werde ich, gegen meinen Willen, zu einer bösen Stiefmutter, und auf einmal treibe ich Gili ungeduldig an, es reicht, komm schon raus, und er jammert, nein, noch nicht, ich spiele noch, und ich sage, dann spiel allein weiter, ich muss mit Oded sprechen, und dann entferne ich mich, bevor er protestiert, und sage, Oded, es tut mir wirklich Leid, ich wollte ihm doch nur einen einzigen Tag geben, um sich an die neue Wohnung zu gewöhnen, ich war sicher, dass deine Kinder zu Hause sind, bei Michal, du hättest anrufen und mir sagen sollen, dass sie bei dir sind und dass ihr nicht wisst, wo ihr hingehen sollt.

Ach, wirklich, fragt er hart, und was hättest du gesagt, kein Problem, kommt nach Hause? Sei nicht so scheinheilig, du bestimmst hier doch ohnehin alles, und ich erschrecke vor der Feindseligkeit in seiner Stimme, Oded, um was habe ich denn schon gebeten, doch nur um einen einzigen Nachmittag, einen Nachmittag allein, ist das denn zu viel verlangt? Du benimmst dich, als hätte ich euch für immer aus dem Haus gejagt, und er sagt, genau das war mein Gefühl, und ich protestiere, warum übertreibst du so, ich habe gedacht, du bist bei der Arbeit, und sie sind sowieso bei Michal, ich hatte wirklich keine böse Absicht. Da bin ich mir gar nicht so sicher, zischt er, und ich fauche in seine Richtung, auch ich bin mir gar nicht mehr so sicher, welche Absichten du hast, warum bist du eigentlich nicht mit ihnen ins Kino gegangen oder ins Einkaufszentrum, hast du dich bei Regen mit ihnen auf der Straße rumgetrieben, nur damit du mir Vorwürfe machen kannst? Er sagt, du wirst dich wundern, aber es gibt auch noch andere Gründe, ich gehe in diesen Zeiten nicht mit Kindern an öffentliche Orte, und ich sage, das ist doch völlig übertrieben, das Einkaufszentrum wird bewacht, und er sagt, kein öffentlicher Ort ist sicher. Und warum bist du dann nicht mit zu Michal gegangen, frage ich gereizt, das hättest du doch auch tun können, und er sagt, sie hat mich nicht ins Haus gelassen, und ich seufze, diese Geschichte ergibt keinen Sinn, es kann nicht sein, dass du keine Lösung gefunden hast, wenn du wirklich gewollt hättest, wäre dir schon etwas eingefallen, man kann sie schließlich zur Not immer noch für ein paar Stunden zu irgendwelchen Freunden bringen, das ist doch nicht so kompliziert.

Mama, ich will raus, schreit Gili laut, und ich laufe hinüber, um ihn aus der Wanne zu holen und seine weiche Haut mit einem Handtuch trocken zu reiben, ein unangenehmes, triumphierendes Gefühl breitet sich in mir aus, wir haben sie heute Abend besiegt, wir haben bewiesen, dass diese Wohnung nicht weniger unsere ist als ihre, aber ich hätte nicht gedacht, dass wir so schnell den Preis für unseren Sieg bezahlen müssten, denn als wir das Wohnzimmer betreten, Gili im Pyjama, sauber und duftend, Teddy Scotland in der Hand, schenkt Oded ihm keinen Blick, ganz anders als Amnon, der, wenn Gili aus der Badewanne kam, immer die langen Arme ausgestreckt, ihn auf den Schoß gezogen und an ihm geschnuppert, ihn umarmt und geküsst und gekitzelt hat, bis er vor Vergnügen schrie. Hast du Hunger, Oded, frage ich und versuche, seinen Blick zu fangen, und er sagt, nein, ich habe schon mit den Kindern gegessen, und ich versuche ihn zu überreden, aber du setzt dich doch zu uns, nicht wahr? Jetzt nicht, Ella, ich muss ein paar Anrufe erledigen, sagt er mit einem seltsamen förmlichen Ton, Gili, vielleicht zeigst du Oded deinen Teddy, und er geht rasch auf ihn zu, seine Füße in blauen Strümpfen, und sagt, schau, das ist Teddy Scotlag, und Oded betrachtet mit düsterer Miene das Gesicht des Teddys, als würde ihm ein fremder Mensch vorgestellt, und schließlich sagt er, ich mag Teddys nicht.

Mein Vater hat Teddys schrecklich gern, antwortet Gili heldenhaft, während seine Augen schon feucht werden, er hat ihn mir aus Scotlag mitgebracht, und Mama hat mir eine Ritterburg gekauft, und morgen bekomme ich einen Fernseher in mein Zimmer, er versucht, diesen distanzierten Mann zu beeindrucken, und Oded presst die Lippen zusammen, wirft mir einen finsteren Blick zu und fragt, einen Fernseher im Zimmer? Ja, sage ich, wo ist das Problem? Und er sagt, das Problem ist, dass Maja und Jotam dann auch einen wollen, und ich bin dagegen, es geht nicht, dass er einen bekommt und sie nicht, wir müssen uns abstimmen, und ich sage, dann kauf ihnen doch auch einen, und er zischt zornig, ich kann jetzt nicht ein paar Tausend Schekel für Fernsehapparate ausgeben, ich habe meine Arbeitszeit verkürzt, um mehr mit den Kindern zusammen zu sein. Darauf kann ich keine Rücksicht nehmen, sage ich wütend, ich habe es ihm versprochen, und damit Schluss, es wird also vorläufig keinen Sozialismus hier geben, was ist daran so schlimm, und Gili zieht sich enttäuscht von ihm zurück, dreht ihm den zerdrückten Rücken des Teddys zu, während ich versuche, Oded zu bedeuten, dass wir später darüber sprechen sollten. Nicht vor dem Jungen, flüstere ich, aber er ignoriert meine Bitte, sagt, ich halte es für unmöglich, dass nur dein Kind einen Fernseher bekommt, du versuchst hier eine künstliche Überlegenheit zu schaffen, die niemandem nützen wird, und ich flüstere wieder, wir können doch später darüber sprechen, und sehe, wie Gili blass und verkrampft mitten im Wohnzimmer stehen bleibt, den abgewetzten Teddy in der Hand, dann erlaube ich ihnen eben, dass sie bei mir fernsehen können, wann sie wollen, bietet er mit dünner Stimme an, seine Reife überrascht mich, als wäre er sein Leben lang an solche Kämpfe gewöhnt.

Was für eine großartige Idee, sage ich schnell, das ist wirklich schön von dir, und jetzt komm essen, ich bringe ihn in die Küche, brate ihm schnell ein Ei, mache Salat, belege ihm eine Scheibe Brot, und jetzt iss, mein Schatz, versuche ich ihn zu ermuntern und werfe dem Mann nebenan, der Papiere aus seiner Tasche holt und darin blättert, feindselige Blicke zu, wir werden nicht zu dritt um den Tisch sitzen und uns in Ruhe ein bisschen unterhalten, wir werden nicht lernen, den Rhythmus unseres Kauens aufeinander abzustimmen, ich werde ihn allein lieben, ganz allein, und wieder schlägt die Sehnsucht gegen mein Inneres, die Sehnsucht nach dem natürlichen Vater, den er verloren hat, oder besser gesagt, ich habe das Recht verloren, das mir bis zur Langeweile überflüssig vorgekommen ist, das Recht, Brot und

Salat neben einem Mann zu essen, der meinen Sohn so liebt wie ich.

Möchten Sie morgen gleich in der Früh kommen, glauben Sie, dass Sie es bis dahin aushalten? Vielleicht nehmen Sie noch eine Tablette, höre ich ihn ins Telefon sagen, mit dieser aufmerksamen Stimme, mit der er sich vor wenigen Monaten auch an mich gewandt hat, in seinem Büro, versuchen Sie, sich daran zu erinnern, wie Sie es die letzten Male hingekriegt haben, das wird Ihnen helfen, die Nacht zu überstehen, gut, dann sehen wir uns morgen um halb acht, alles Gute, und so rollt seine Stimme weiter durch die Wohnung, aber sie ist nicht an uns gerichtet, und ich bringe Gili ins Bett, lese ihm noch schnell eine Geschichte vor, ich kann es kaum erwarten, mit Oded die dringenden Angelegenheiten zu besprechen. Und was ist, wenn ich in der Nacht aufwache und dein Zimmer nicht finde, fragt Gili besorgt, dunkle Wolken auf der hellen Stirn, und ich zeige ihm noch einmal den Weg, zähle mit ihm die Schritte und ermutige ihn, ich bin sicher, dass du nicht aufwachst, und er widerspricht, aber ich bin hier noch nicht eingewöhnt, ich darf aufwachen, ich darf zu dir kommen, zu dir, sagt er, als würde ich allein dort liegen, in diesem geräumigen Schlafzimmer, neun Schritte entfernt von seinem.

Ich küsse ihn auf die Stirn, natürlich darfst du das, ich gehe jetzt kurz weg, gleich komme ich zurück und schaue nach, ob du eingeschlafen bist, sage ich und gehe schnell zu Oded, der noch immer im Sessel sitzt, sag ihm gute Nacht, bitte ich, ich übersehe das Telefon in seiner Hand, und er flüstert, einen Moment, ich bin mitten in einem Gespräch, und in den Hörer sagt er, ich schicke es Ihnen gleich per Fax, und macht sich daran, rasch ein paar Formulare auszufüllen. Sag ihm gute Nacht, bitte ich, aber als ich ihn zu Gilis Zimmer begleite, ist er schon eingeschlafen, leises

Schnarchen dringt aus seiner Kehle, eine Hand liegt an seinem Kinn, als wäre er tief in Gedanken versunken. Schau, das ist ein gutes Zeichen, flüstere ich, ich habe gedacht, er würde Stunden brauchen, um einzuschlafen, aber meine Worte scheinen ihn nicht zu beeindrucken, wie sehr mir jetzt dieses wohltuende Ritual fehlt, denke ich, so oft habe ich mit Amnon vor dem Bett des schlafenden Jungen gestanden, beide mit der gleichen Begeisterung, beide bemüht, den geliebten schlafenden Jungen nicht zu wecken, während Oded mich jetzt, nachdem er einen kurzen Blick auf den Jungen geworfen hat, stehen lässt und geht, und wieder ist seine Stimme im Wohnzimmer zu hören, probieren Sie das Medikament noch ein paar Tage, im Allgemeinen verschwinden die Nebenwirkungen nach kurzer Zeit, warten Sie noch ein bisschen, wir müssen versuchen, Zeit zu gewinnen, auch der Alltag übt eine Kraft aus, rufen Sie mich morgen an, dann werden wir sehen, ob es Ihnen besser geht.

Als ich ihm ins Wohnzimmer folge und mich auf mein altes Sofa setze, fährt mir ein dumpfer Schmerz in die Knochen, mir ist, als würden in meinem Körper kalte Wellen zusammenschlagen, während er den Hörer hinlegt und sich mit kühlem Blick mir gegenübersetzt, verschanzt auf seinem dunklen Sofa, mit noch immer nassen Hosen, die schon getrockneten Haare wirr, und ich frage mit klappernden Zähnen, Oded, warum hast du zu Gili gesagt, dass du keine Teddys magst? Und er antwortet, weil ich sie nicht mag, ich habe sie noch nie gemocht, ist das ein Problem? Das Problem ist, dass es ihn kränkt, es ist, als hättest du gesagt, dass du ihn nicht magst.

Warum, ist er ein Teddy, fragt er, und ich zische wütend, rede nicht so klug daher, es ist doch klar, dass er sich mit seinem Teddy identifiziert, und er sagt, du suchst nach Konflikten, wo es keine gibt, es ist doch nichts dabei, einem Kind zu sagen, was man fühlt, ich hätte das auch zu meinen eigenen Kindern gesagt, aber ich lasse mich nicht beschwichtigen, das ist etwas ganz anderes, bei ihnen hättest du es anders gesagt, du hättest ihnen gleichzeitig gezeigt, dass du sie liebst, während es Gili gegenüber die einzigen Worte waren, die du heute überhaupt zu ihm gesagt hast, das war wirklich nicht sehr sensibel, und er betrachtet mich mit düsterem Groll, ist es das, was du nun jeden Abend mit mir vorhast, mir Noten für den Tag zu geben?

Du lässt mir keine Wahl, sage ich, für mich ist es entscheidend, ob Gili sich mit dir wohl fühlt, und es sieht aus, als hättest du nicht die Absicht, es mir leichter zu machen, du hast versprochen, dass es besser würde, wenn wir erst zusammenwohnen, aber das sehe ich noch nicht, und er seufzt, Ella, lass mir Zeit, bedränge mich nicht, es sind kaum zwei Stunden vergangen, seit ich nach Hause gekommen bin, nachdem ich mit meinen Kindern im strömenden Regen herumlaufen musste, weil du nicht erlaubt hast, dass ich sie herbringe, es fällt mir schwer, sensibel zu sein, wenn du gerade einen solchen Mangel an Sensibilität bewiesen hast, und ich fauche, ach so, du willst dich also an mir rächen, ist es das? Nein, sagt er, keine Rache, es ist nur ein Gefühl, das durch die Umstände hervorgerufen wurde, und ich betrachte das dunkle Fenster über seinem Kopf, ein paar Straßen von hier entfernt dringt der Regen in Gilis leeres Zimmer, der Metallrollladen des Wohnzimmers klappert im starken Wind an die Hauswand, niemand ist in der Wohnung, und trotzdem kommt es mir vor, als würden wir alle nass.

Oded, der Junge ist nicht schuld an diesen Umständen, beschwöre ich ihn, ich verstehe es nicht, mit deinen Patienten bist du feinfühlig und geduldig, und diesem Jungen gegenüber, dessen Leben gerade so heftig durcheinander gewirbelt wurde, bist du so gefühllos, würdest du wollen, dass ich mich deinen Kindern gegenüber ebenso verhalte? Er sagt, da ich mir keines Fehlers bewusst bin, kann ich deine Drohung nicht ernst nehmen, wenn du mit deinem Jungen stundenlang im Regen herumläufst, werde ich ganz bestimmt verstehen, wenn du unsensibel bist, und ich zische, fang nicht immer wieder damit an, du weißt, dass dieser Nachmittag eine Ausnahme war, ich wäre froh zu wissen, dass auch dein Verhalten nicht die Regel sein wird, und er sagt, vielleicht, aber Tatsache ist, es war dein Fehler, und ich stehe auf, baue mich vor ihm auf, ein wilder Drang ergreift mich, auf der Stelle von hier wegzugehen, nach Hause zurückzukehren, aber im Zimmer nebenan schläft der Junge und ich muss mit ihm hier bleiben, weißt du, Oded, als du zu Gili gesagt hast, dass du keine Teddys magst, habe ich gespürt, dass ich dich auch nicht mag, und er mustert mich von unten nach oben, ja, das tut mir Leid zu hören.

Doch als er nach mir ins Bett kommt, berühren seine Finger meinen Rücken, Ella, hab doch Geduld, flüstert er, wir sind einfach so in dieses Leben gesprungen, mit dem Kopf voraus, wir werden Zeit brauchen, uns daran zu gewöhnen, und ich gebe ihm keine Antwort, ich hoffe, dass er fortfährt, mich zu besänftigen, aber er schweigt, nur seine Hand streichelt über meinen Hintern, und zum ersten Mal, seit wir uns kennen, krampft sich mein Körper unter seiner Berührung zusammen, gefesselt von diesem neuen deprimierenden Zorn, ich klopfe an eine sich schließende Tür und bitte um Erbarmen für meinen kleinen Sohn. Ich versuche, einen einfachen Handel abzuschließen, vielleicht gewähre ich ihm das Vergnügen dafür, dass er Gili morgen früh anlächelt, Hingabe für ein Lächeln, geschlechtliches Vergnügen gegen väterliche Wärme, wie ein Tauschhandel in der antiken Welt, Öl und Wein boten die alten Kanaaniter den Nomaden gegen Milch und Fleisch, vielleicht ist es das, was hier von mir verlangt wird, dass ich mich wie eine Geschäftsfrau verhalte, nicht umsonst bin ich den ganzen Tag in einem dunklen Anzug und auf hohen Absätzen herumgelaufen, aber die Umstände verhindern sogar diesen einfachen Tausch, heute Nacht geht es nicht, flüstere ich ihm ins Ohr, Gili wird bestimmt bald aufwachen, es ist seine erste Nacht hier, und ich höre, wie er sich bemüht zu lachen, man könnte es unter der Decke tun, schlägt er vor, und ich verweigere mich zum ersten Mal, heute Nacht nicht, Oded.

Es sieht aus, als würde er auf der Schwelle zum Zimmer zögern, seine Füße tappen zum Bett, ein kleiner Ritter ohne Furcht und Tadel, und ich strenge in der Dunkelheit die Augen an, aber nein, da ist niemand, wach und angespannt liege ich da und lausche, ich höre Odeds Atemzüge, die Geräusche in der fremden Wohnung, das Summen des Kühlschranks, ein Motorrad, das unten auf der Straße vorbeifährt, schwere Schritte im Treppenhaus, all das hat mich überhaupt nicht gestört, wenn ich früher hier übernachtet habe und meine Sachen zu Hause auf mich warteten, das Licht der Straßenlaterne, das durch die dünnen Ritzen des Rollladens dringt, vielleicht wäre es doch besser, ihm nachzugeben und die Fremdheit, die uns angesprungen hat wie eine erschrockene Katze, mit einer warmen Berührung zu besänftigen. Mama, wo bist du? Genau in dem Moment, als ich drauf und dran bin, in einen unruhigen Schlaf zu fallen, schwankend wie eine Eisenbahn auf wackligen Schienen, sinkt er neben mir nieder, Mama, bist du da, und er versucht, sich wie immer in die Mitte des Betts zu drücken, zwischen mich und seinen Vater, aber der Gedanke an die körperliche Nähe zwischen ihm und dem fremden Mann bereitet mir Unbehagen, ich schiebe ihn zum Bettrand, trenne ihn mit meinem Körper von Oded, schlaf, mein Schatz, es ist noch nicht Morgen, aber er ist leider hellwach, plappert mit lauter heller Stimme, ich bin auf einen Baum geklettert, erzählt er, der Baum war voller Kinder, ganz ohne einen Erwachsenen, und plötzlich habe ich die weiße Katze von dem Bild gesehen, das Jo'av mir geschenkt hat, sie war ganz weit oben, und ich habe Angst gehabt, dass sie runterfällt, war das ein guter Traum oder ein schlechter? Ich bringe ihn zum Schweigen, wir sprechen morgen früh darüber, du musst jetzt schlafen, sonst bist du morgen müde, doch er schmiegt sich an mich, fieberhaft wach und angespannt, aber ich muss dir viel erzählen, ich habe dir noch nicht erzählt, was heute in der Schule war und was ich gestern bei Papa gemacht habe, auf einmal ist er bereit, jede Frage, die ich ihm am Tag gestellt habe, ausführlich zu beantworten.

Erzähl es mir morgen, flüstere ich, das ist jetzt nicht die richtige Zeit, und er sagt, aber morgen habe ich es vergessen, heute waren Jotam und Ronen auf der Wippe, und als ich mitmachen wollte, haben sie gesagt, ich sei zurückgeblieben, das ist nicht nett, jemanden zurückgeblieben zu nennen, ich bin nicht mehr ihr Freund, und ich sage, aber vielleicht bist du morgen wieder ihr Freund, so etwas ändert sich ganz schnell, und er fragt, was ist ein Prozess, du hast vergessen, es mir zu erklären, und ich sage, ein Prozess ist etwas, was Zeit braucht, etwas, was man langsam aufbaut. Mama, rutsch ein bisschen, ich habe keinen Platz, beschwert er sich, und ich versuche, den schlafenden Körper neben mir etwas zur Seite zu schieben, und Gili sagt, schau, ich habe Teddy Scotlag mitgebracht, und schiebt mir das weiche, ein bisschen staubige Stofftier ins Gesicht, magst du Teddy Scotlag? Scotland, sage ich, natürlich mag ich ihn, und er erklärt, ich habe geglaubt, dass alle Leute Teddys mögen, und ich höre, wie Oded sich umdreht und unruhig atmet,

Gili, du musst schlafen, und wir müssen es auch, flüstere ich ihm ins Ohr, und er protestiert, aber ich bin nicht daran gewöhnt, in dieser Wohnung zu schlafen.

Mach einfach die Augen zu und hör auf zu sprechen, ich nehme dich in den Arm, dann kommt der Schlaf schon, verspreche ich und umarme ihn fest, beschütze ihn mit meinem Körper, als würde ich ihn vor den Geistern schützen, die sich in dieser Wohnung herumtreiben und Kinder fangen, die nachts ihre Betten verlassen, schließlich hat er sich in unzähligen Nächten zwischen mich und seinen Vater gedrückt, wie natürlich war das, aufzuwachen und dieses kleine Geschöpf zwischen uns zu finden, selbst du kannst dir nicht vorstellen, Talja, wie kompliziert die einfachsten Momente werden können, denn wenn ich versuche, auch nur den Verlauf eines einzigen Tages zu rekonstruieren, bekomme ich Beklemmungen, bewegungslos liege ich zwischen dem Mann und dem Jungen, die einander fremd sind, meine Aufgabe ist es, sie zusammenzubringen, bei Tag und bei Nacht, und die schwere Aufgabe, die sie mir auferlegen, weckt tiefe Bitterkeit in mir, bis ich, ohne es zu merken, den Jungen loslasse, der sich sofort auf den Bauch drehen will und wie ein Klotz aus dem Bett fällt. Er hebt den Kopf, senkt ihn aber sofort wieder und schläft auf dem nackten Boden weiter, zu unseren Füßen, als wäre das schon seit jeher sein Platz, und ich steige aus dem Bett, beuge mich über Gili und versuche, ihn hochzuheben, ich umfasse seine Schultern und ziehe ihn hoch, als wäre er bewusstlos, ein Verwundeter auf dem Schlachtfeld, den ich wegschleppen muss, bevor er vom Feind gefangen genommen wird, ich ziehe ihn neun Schritte weit über den glatten Boden zu seinem Zimmer, lege ihn dort auf sein Bett und strecke mich daneben aus, wach und voller Angst vor der Zukunft.

Im großen Schlafzimmer ist Oded allein zurückgeblieben,

mit einem vom Schlaf entspannten Gesicht, mit geschlossenen Lidern, nicht weit von hier schlafen seine beiden Kinder, der Kummer ihrer Mutter weht nachts von den Wänden auf sie herab, am Ende des Viertels schläft Amnon Miller auf dem Rücken seinen tiefen Schlaf, vor dem Perlenvorhang, der sich im Wind bewegt und ein klirrendes Rascheln hören lässt, und nur in unserer Wohnung ist es in dieser Nacht still und leer, kein Kind wird am Morgen fröhlich aus der Tür kommen, den Schulranzen auf dem Rücken, eine Kakaotüte in der Hand. Auf dem kalten Fußboden vor Gilis Bett liege ich wach, während der arme Teddy Scotland gezwungen ist, die Nacht neben dem Mann zu verbringen, der keine Teddys mag, und mir kommt es vor, als sei die Irrfahrt von Teddy Scotland in Odeds Bett trauriger und beängstigender als alle anderen Veränderungen, die seine Welt in den letzten Monaten erlebt hat, ich weine wohl um ihn, als ich am Morgen mit brennenden Augen und schmerzendem Rücken aufwache, um den unschuldigen, liebenswürdigen Teddy Scotland, dessen Leben sich so verändert hat, dass man es nicht mehr wiedererkennt.

21

Mein Rücken ist noch verspannt und tut weh, als ich mich zu ihnen setze, so saßen wir manchmal im Café, Amnon und ich, und warteten auf Gabi, oder Gabi wartete auf uns oder die beiden warteten auf mich, die ich mit leichtem Hochmut die letzten Fetzen ihres Gesprächs auffing. Wir haben es noch nie gemocht, zu dritt zu sein, aber so war unser Leben, wir hatten uns daran gewöhnt, diese und andere Gewohnheiten gaben unserem Leben Sicherheit, es fiel uns schon schwer, zwischen Zwängen und Wünschen zu unterscheiden, und jetzt scheint es mir, als wäre jeder von uns bereit, ganz natürlich in seine ihm vorbestimmte Rolle in diesem Stück zu gleiten, nur die offiziellen Papiere, die zwischen uns auf dem Tisch liegen, erinnern uns alle daran, wozu wir uns hier getroffen haben, nur ihretwegen werde ich höflich behandelt, fast väterlich, denn diese Papiere benötigen meine Unterschrift, nur ihretwegen gelingt es mir, vorläufig diesen kleinlichen Hochmut zu bewahren, denn ich werde nicht unterschreiben, nein, ich weiß, dass ich es nicht tun werde.

Der Vertrag ist schon fertig, teilt mir Amnon strahlend mit, als handelte es sich um eine erfreuliche Nachricht, Gabi hat die ganze Nacht daran gearbeitet, betont er anerkennend und klopft seinem Freund auf die Schulter, und erst da registriere ich verwundert, dass ihre Freundschaft überlebt hat, die Käufer sind wirklich begeistert, morgen fahren sie nach Frankreich zurück, und es ist ihnen wichtig, die ganze Sache vorher zu erledigen, sonst verlieren wir sie noch, er erhebt einen Finger, als wolle er mir drohen. Der Immobilienmarkt ist momentan sehr schwach, Ella, fügt Gabi hinzu, es ist schwierig, Käufer zu finden, die bereit sind, solch eine Summe zu bezahlen, sie bieten euch einen ausgezeichneten Preis, ihr würdet es euch nie verzeihen, wenn ihr diese Möglichkeit verpasst, seine aalglatten Sätze vermitteln die Illusion identischer Interessen, als wären wir noch immer ein Paar mit einer gemeinsamen finanziellen Zukunft, und ich unterbreche ihn, aber Gabi, ich habe gar nicht die Absicht zu verkaufen, ich möchte die Wohnung vermieten, bis ich weiß, wie es mit meinem Leben weitergeht, aus meiner Sicht wäre Verkaufen nicht richtig, auch aus Gilis Sicht nicht, und während ich diese Worte an ihn richte, wundere ich mich selbst über den freundlichen Ton meiner Stimme, als hätte jene Nacht, seit der ich ihn nicht mehr gesehen habe, Spuren von Nähe zurückgelassen, und als ich mich an die Details erinnere, an Gabis über mich gebeugtes Gesicht, kommt es mir vor, als würde ich jene Nacht der gestrigen in meiner neuen Wohnung bei weitem vorziehen, sie war sanfter, in jenem bitteren Kampf, der zu einer noch bittereren Umarmung wurde, lag mehr Großherzigkeit.

Es geht nicht, dass immer nur das berücksichtigt wird, was du willst, Ella, sagt Amnon wütend, die Wohnung, in der ich wohne, steht zum Verkauf, zu einem erschwinglichen Preis, und ich will sie kaufen, bevor ein anderer sie mir wegschnappt und ich wieder umziehen muss, auch Gilis wegen, du kannst nicht unser aller Leben auf eine Warteliste setzen, bis du weißt, was mit deinem eigenen passiert, und ich habe plötzlich eine großartige Idee und erwidere lebhaft, aber Amnon, warum willst du überhaupt die andere Wohnung kaufen, warum ziehst du nicht in unsere, das wäre doch für uns alle das Beste. Einen Moment lang glaube ich, dass damit alle Probleme gelöst sind, Gili wird wieder in seiner alten Wohnung sein, und sogar ich könnte manchmal heimlich hingehen, mit dieser oder jener Ausrede, und ich schaue ihn flehend an, aber er schüttelt energisch den Kopf, auf gar keinen Fall, Ella, ich will jetzt vorwärts gehen, nicht rückwärts, das war die Wohnung unserer Familie, ich werde dort keine neue Familie gründen, alles, was ich will, ist, sie loszuwerden, und ich schlucke schweigend meine Enttäuschung hinunter, ich höre die Stimme Gabis, der jetzt an der Reihe ist, sich an mich zu wenden, und denke, wie ähnlich sie sich doch sind. Ella, ich verstehe, dass du ein neues Leben anfängst, sagt er, wozu brauchst du da diesen Klotz am Bein, gemeinsamer Besitz ist immer die Ursache von Streitigkeiten, vielleicht willst du in einem halben Jahr verkaufen, und dann stimmt Amnon nicht zu, wozu wollt ihr die gegenseitige Abhängigkeit aufrechterhalten? Am liebsten möchte ich das Gespräch beenden, ich kann es ihnen ja doch nicht verständlich machen, außerdem ist mir klar, dass sie auch gar nicht hören wollen, wie beängstigend und erschütternd dieser Verzicht auf achtzig Quadratmeter zuzüglich Balkon ist, es scheint, dass ausgerechnet dieser Verzicht unsere Trennung endgültig machen würde, danach wäre unsere Familie ein Teil der sich immer weiter entfernenden Vergangenheit, eine abgeschlossene Geschichte, unumkehrbar, tot, für immer gestorben.

Gabi versucht, mich zu ködern, wenn du diesen Vertrag unterschrieben hast, kannst du die Sache mit der Scheidung vorantreiben, sagt er, wenn du mit einem anderen Mann zusammenlebst, muss dir daran doch gelegen sein, aber auch dieser Köder kommt mir jetzt bedeutungslos vor, ich klammere mich nur an unsere Wohnung, diese einfache und bequeme Wohnung, in die wir den zwei Tage alten Gili gebracht haben, mit nackten Beinen, die Wohnung, die zu einem Innenhof hinausgeht, mit Granatapfelbäumen, deren Blätter nun gerade sprießen, schon bald werden sie violette

Blüten haben, wie volle Weinpokale, die den Hof mit rötlichem Licht erfüllen, wenn ich ihm nur seine Hälfte abkaufen und die Wohnung für mich behalten könnte, aber sie lassen nicht von mir ab, immer wieder beweisen sie mir, dass dies in jeder Hinsicht die richtige Entscheidung ist, moralisch und taktisch gesehen, eine Entscheidung, die uns allen finanzielle Sicherheit und emotionale Stärke ermöglicht, Glück und Reichtum im Zuge unserer Scheidung, und ich betrachte die hellen Straßen, den trockenen Morgenhimmel, nur an den Straßenrändern funkeln Pfützen, eine Erinnerung an den gestrigen Regen, der zwei Kinder durchnässt hat. Nicht weit von hier sitzt Oded Schefer in seiner Praxis mit den violetten Chiffonvorhängen und spricht mit weicher Stimme mit seinen Patienten, vielleicht werde auch ich zu ihm gehen, vielleicht werde ich ihn um Rat fragen, lasst mir ein paar Tage, um darüber nachzudenken, bitte ich, ich kann mich im Moment noch nicht entscheiden.

Wir haben keine paar Tage, sagt Amnon, sie fahren morgen, nicht alles kann sich nach deinem inneren Rhythmus richten, und Gabi fügt sofort hinzu, deine Weigerung würde dich einen hohen Preis kosten, das solltest du bedenken, aber Amnon bringt ihn mit einer Entschiedenheit zum Schweigen, die mir ans Herz greift, hör zu, ich habe in den letzten Monaten versucht, auch Rücksicht auf dich zu nehmen, ich habe es dir nicht schwer gemacht und mich nicht an dir gerächt, obwohl du mir diese Trennung aufgezwungen hast, jetzt ist es an dir, auf mich Rücksicht zu nehmen, für mich ist dieser Verkauf wichtig, und er schweigt und hält mir den Stift hin, du brauchst nur zu unterschreiben, alles Übrige erledige ich, sein Gesicht strahlt in diesem weichen Licht, ein einfaches Gesicht, frei von Schuld und Sünde, er ist rein, das ist überhaupt nicht derselbe Mann, der damals in dem Quadrat der Ausgrabungsstätte umherlief, ihm ist ein Unfall passiert, dessen Folgen er nicht beherrschen konnte, und er bezahlte den Preis, er ist, wie er ist, vielleicht hat er sogar zu mir gepasst, aber es hat ihm nichts genützt, ihm nicht und mir nicht, und vielleicht hat er nicht zu mir gepasst, aber auch das ist egal, denn eine starke Erschütterung hat ihn von mir fortgerissen, und ich nehme ihm den silbernen Kugelschreiber, den ich ihm zum letzten Geburtstag geschenkt habe, aus der Hand und fülle, wie vom Teufel besessen, die Lücken aus, auf die er mit dem Finger deutet, Ella Miller, Ella Miller, Ella Miller.

Als sie erreicht haben, was sie wollten, werden sie sachlich und ungeduldig, sie telefonieren schnell mit dem Rechtsanwalt der Käufer, gehen noch einmal den Vertrag durch, und ich, nachdem ich meine Aufgabe erfüllt habe, kann verschwinden, meine zittrige Unterschrift zurücklassend, kann ich mich auf meinen neuen Weg machen, aber ich klebe noch an diesem paragrafenreichen Vertrag, weigere mich, den Blick von meinem Namen loszureißen, der da neben seinem steht, wie auf einer Heiratsurkunde, die Schicksalhaftigkeit des Augenblicks wird in banale Paragrafen zerlegt, die Trennung hat viele Gesichter, wie sich herausstellt, und die meisten zeigen sich erst im Lauf der Zeit, wenn man glaubt, das Schlimmste schon hinter sich zu haben.

Ich wünsche euch beiden viel Erfolg, ihr habt das Richtige getan, verkündet Gabi, verherrlicht den Moment und macht ihn damit zugleich lächerlich, ich habe das Gefühl, dass er genau dasselbe vor sieben Jahren gesagt hat, als wir diese Wohnung kauften, wie tröstlich hätte dieser Satz sein können, wäre er nur zum richtigen Zeitpunkt über die richtigen Lippen gekommen, ihr habt das Richtige getan, und ich lächle beide an, ein unsicheres Lächeln, und zu meiner Überraschung blicken sie beide voller Sympathie zu mir, meine Not scheint sie zu rühren, entlockt ihnen ein bisschen Freundlichkeit, und Amnon bestellt für mich noch eine Tasse Kaffee, ohne Schlagsahne, betont er, um zu beweisen, dass er sich noch an meine Vorlieben erinnert, eine Tasse Kaffee für eine halbe Wohnung, was für ein Geschäft, und ich betrachte sie erstaunt und frage mich, ob mir ab jetzt jeder Mann großartiger vorkommen wird als der, an dem ich mein neues Leben festgemacht habe, wie ein Fahrrad an einem rostigen Geländer im Treppenhaus. Wie sensibel sie plötzlich sind, angesichts meines Verzichts, sie strahlen eine sanfte Ritterlichkeit aus, ohne jede Schadenfreude, wie zwei Engel behandeln sie mich, und mir fällt es schwer, mich von ihnen zu trennen, aber als ich den letzten Schluck Kaffee getrunken habe, stehen sie wie ein Mann auf, Gabi schließt den Vertrag in seiner Tasche ein und wünscht uns noch einmal viel Erfolg, mit einer übertriebenen Betonung, als hätten wir ihm unsere Verlobung mitgeteilt, und Amnon beugt sich zu mir und fragt, ist alles in Ordnung, und ich nicke, sein Körper verströmt das vertraute Gefühl eines Blutsverwandten, und als ich ihm nachschaue, kommt es mir vor, als sähe ich Gili auf seinen Schultern, wie einen Vogel auf einem Baum.

Menschen aus dem Viertel gehen an mir vorüber, Menschen, die mir halbwegs bekannt vorkommen, ihre Blicke streifen mich, während ich in der Tür des Cafés stehe, neben dem Wachmann, der die Handtaschen der Eintretenden kontrolliert, ich stehe da wie eine Trauernde neben einer rasch aufgebauten Trauerhütte. Bald werden sich die Passanten in einer langen Reihe vor mir aufstellen, sie werden mir die Hand drücken und mir tröstende und ermutigende Worte sagen, das Leben geht weiter, werden sie sagen, was war, ist vergangen, es lohnt sich nicht, um die Vergangenheit zu trauern, du musst nach vorne schauen, denke an das, was du hast, nicht an das, was du nicht hast, das ist die Hymne des Lebens, die laut von den Straßen aufsteigt, die Hymne derer, die vorwärts streben, und ich muss nur einstimmen, damit wir uns zu einem einzigen Chor vereinen, wir streben vorwärts, alle wie ein Mensch, trotz Leid, Enttäuschung, Kränkung, trotz der Angst vor dem Verlassenwerden, vor einer Katastrophe, vor einem Irrtum.

Nirgendwo in dieser großen Stadt gibt es ein Haus, in dem ich zu Hause bin, dabei ist sie so groß, dass ich einige Neubauviertel noch nie betreten habe, viele Tausend dicht bewohnter Häuser, und kein einziges wird sich mir öffnen, wenn ich eines Tages die Wohnung in der Gasse der Bußgebete verlasse, Gili an der Hand, der seinerseits Teddy Scotland festhält, wenn ich bereit bin zuzugeben, dass die Operation misslungen ist, das Transplantat nicht angenommen wurde. Wo werden wir hingehen, vielleicht in das verbrannte Haus im jüdischen Viertel, das am achten Elul zerstört worden ist, im Jahr siebzig nach der Zeitrechnung, wie auch die anderen Häuser der Jerusalemer Oberstadt, oder zu den Grabhöhlen, die in die Felsen des Flusses Kidron gehauen sind, Grabhöhlen, die die Stadt wie ein Gürtel umgaben, oder in das Tal Ben-Hinnom, das Tor zur Hölle, oder zum kanaanitischen Wasserwerk, zu den Schächten und Höhlen, die heimlich unter der Stadtmauer gebaut worden waren, um den Feind zu täuschen, der versuchte, die Herrschaft über die Wasserquellen zu erlangen.

Das ist das Gewicht des Verzichts, sein Stachel, seine Trauer, seine Tiefe, das ist die endgültige Trennung von dem, was mein Zuhause war, von dem Leben, das meines war, schließlich bin ich am Morgen mit dem festen Entschluss hergekommen, nicht zu unterschreiben, und nun stehe ich da, öffne vorsichtig die Tür und schaue mich verstohlen um wie ein Eindringling, warum habe ich nachgegeben, bald werden sie mir weiße, Furcht einflößende Blätter hinhalten, voller Paragrafen, und auch sie werde ich unterschreiben, erschöpft, fast gleichgültig, und dann wird sich herausstellen, dass ich auch auf meinen einzigen Sohn verzichtet habe.

Und ich betrete die dunkle Wohnung, in der die Rollläden heruntergelassen sind, der Strom abgeschaltet, und prüfe sie, als wäre ich vom Amt für Denkmalschutz beauftragt, sie zu klassifizieren, ich muss ausführlich Rechenschaft ablegen, die Verkettung der Umstände bezeugen, die dazu geführt haben, dass diese Stätte verlassen wurde, ob es sich um eine Dürre gehandelt hat, um eine Hungersnot, um Fremdherrschaft oder um eine Naturkatastrophe. Ein dumpfer Geruch von Feuer geht von den nackten Wänden aus, als wäre in einer Ecke ein schwelender Autoreifen versteckt, der seine giftigen Schwaden in meine Richtung schickt, soll ich nach der Ursache des Feuers suchen, nach verkohlten Holzbalken und Asche, nach umgestürzten Mauersteinen und Ziegeln, und ich wiederhole in der Dunkelheit einfache Merksätze, klammere mich an ihnen fest wie an dem Geländer über einem Abgrund, denk dran, in verlassenen Häusern findet man anderes als in zerstörten, die Gegenstände aus den Trümmern eines Hauses sind Zeugen eines begrenzten Zeitraums seiner Geschichte, man kann aus den Gegenständen etwas über das Alltagsleben der Bevölkerung erfahren, so wie es war, bevor die Stätte verlassen oder zerstört wurde.

Merke dir, das Alltagsleben ist nicht ganz statisch, aber der Wandel geht langsam vor sich und gleicht ein wenig der biologischen Entwicklung in der lebendigen Welt, nur manchmal lässt sich ein plötzlicher und bedeutungsvoller Einschnitt erkennen, als Folge einer technischen Errungenschaft, der Erfindung eines neuen Werkzeugs, der Gewinnung eines neuen Materials. Merke dir, im Allgemeinen gibt eine Ausgrabung nicht Aufschluss über alle offenen Fragen, Fakten, die man dabei entdeckt, beantworten alte Fragen, und zugleich werfen sie neue auf. Und man darf die Fundstücke, die zu einem Komplex gehören, nicht mit Gegenständen des benachbarten Komplexes zusammenwerfen, denn dann bekommt man ein ungeordnetes und unverständliches Durcheinander von Fakten.

Merke dir, die Deutung menschlicher Handlungen unterscheidet sich in ihrem Wesen nicht von der Deutung der Phänomene auf naturwissenschaftlichem Gebiet, merke dir, dem Ausgrabenden wird es nie gelingen, alle Bruchstücke eines Bildes zu finden, er muss es entsprechend den historischen Fakten und nach logischen Überlegungen vollenden, auch historische Quellen können falsch sein, irrtümlich oder aus Böswilligkeit, der Archäologe verfügt zu allen Zeiten über eine bestimmte Wahrheit, und sie existiert so lange, bis neue Fakten entdeckt werden, die diese Wahrheit verändern und erweitern.

Wo stand das Sofa, ich kneife die Augen in der dunklen Leere zusammen, wo hing das Bild der Pariserin, ich scheine es schon vergessen zu haben, es ist, als wäre diese Wohnung schon immer leer gewesen, ein heftiges Erschauern drückt mich an die Wand, wie soll ich meine Aufgabe erfüllen, zu schnell sind die meisten Fundstücke entfernt worden, die Überreste können nicht mehr erfasst werden, die Erde wurde nicht gesiebt, eine Ausgrabung, die nicht dokumentiert wurde, ist, als hätte es sie nie gegeben, und mir scheint an diesem Morgen nichts anderes übrig zu bleiben, als die Grube wieder mit der Erde zu schließen, die ausgehoben wurde, merke dir, man darf eine Ausgrabungsstätte nie einfach aufgeben und sich selbst überlassen, man muss sie zudecken, um nachfolgenden Generationen die Möglichkeit zu geben, da fortzufahren, wo die frühere Ausgrabung geendet hat, merke dir, eine Ausgrabung ist wie eine offene Wunde im Körper einer historischen Stätte, und wenn man sie nicht schließt, wie es sich gehört, wird sie weiterwuchern und ihre Umgebung zerstören.

In unserem Schlafzimmer ist eine riesige Matratze zurückgeblieben, auf der ich mich ausstrecke, eine nackte Matratze, helle Samenflecken, Blutflecken in warmen Erdfarben, großflächige gelbliche Urinflecken, Erinnerungen an die nächtlichen Besuche des Jungen, geheime Kontinente, das ist die stumme Landkarte unserer kurzen Familienzeit. Ich prüfe zum letzten Mal den Blick aus dem Fenster, eine dunkle, fast rötliche Wolke sinkt mitten am Vormittag vom Himmel, wird gefangen von den dünnen Zweigen des toten Baums, die sie langsam, mit letzter Kraft ergreifen, und die Wipfel der Zypressen winken mir zum Abschied mit grünschwarzen Fackeln zu, wie bei einer Zeremonie am Tag der Erinnerung, zehn Fackeln zähle ich, wie ein Minjan, unsere zehn gemeinsamen Jahre, die Palmenwipfel neigen sich in plötzlicher Nervosität zur Seite, wie ein Mensch, der versucht, seinen Nebenmann von der Richtigkeit seiner Forderungen zu überzeugen, aber vergeblich, vergeblich.

Ein feuchter Dunst dringt durch das offene Fenster, gleich wird es wieder regnen, ich laufe zum Balkon, um die Wäsche abzunehmen, die ich gestern Abend aufgehängt habe, aber die Leinen sind leer, die Zimmer, an denen ich vorübergehe, sind leer, als wäre ein Dieb hier gewesen und hätte nur eine armselige Matratze zurückgelassen, von der aus man den toten Baum sieht, und wieder lasse ich mich auf sie fallen, meine Knochen ächzen, die Federn quietschen, und mir scheint, als quietschten auch die Angeln der Wohnungstür, kommen etwa Gäste, die wir einst eingeladen haben, vor langer Zeit, und jetzt stehen sie auf der Schwelle und wundern sich über die leere Wohnung, wo werde ich ihnen einen Platz anbieten können, es gibt doch keine Möbel mehr, was werde ich ihnen servieren können, in den Schränken ist doch nichts mehr, worüber werde ich mich mit ihnen unterhalten, meine Kehle ist doch trocken.

Frische Flecken breiten sich auf der Matratze aus, Inseln von Tränen, nein, in dieser Wohnung wird mich kein Mensch mehr besuchen, mit einer Flasche Wein oder einem frischen Hefezopf in der Hand, noch nicht einmal der Hausherr selbst, der vorsichtig zwei Plastikbecher mit Kaffee hält, nachdem er unseren Sohn zur Schule gebracht hat, aber als ich den Blick von der Matratze hebe, sehe ich ihn, etwas gebeugt, von dunklem Licht umgeben, als trüge er eine schwarze Wolke auf dem Rücken, sein Gesicht ist eingefallen, die Augen gesenkt, Amnon Miller, es ist keine Stunde her, da haben wir uns getroffen, und wie sehr hat er sich seither verändert, ich möchte noch ein paar Sachen abholen, sagt er, als müsste er sich für die Störung entschuldigen, aber ich weiß, dass er gekommen ist, um sich zu verabschieden, genau wie ich, und ich höre, wie er zwischen den Zimmern hin und her geht, das Echo verdoppelt seine Schritte, wie wenig wir doch hinterlassen. Was bleibt von uns, Amnon, von unserem gemeinsamen Körper, verbirgt er sich vielleicht irgendwo auf einem himmlischen Dachboden oder im Bauch der Erde, bleibt etwas von unserer Familie zurück, wo wird die Erinnerung an unsere Familie überdauern, Gili ist doch noch zu jung, um sich zu erinnern, obwohl er sich sein ganzes Leben lang danach sehnen wird, nur wir beide, du und ich, werden dokumentieren können, was unsere Familie war, dieser dreiköpfige, dreiherzige Körper, der in der Blüte seiner Jahre getötet wurde.

Als die Matratze neben mir einen vertrauten Seufzer ausstößt, weiß ich, dass sein Körper neben mir liegt, so wie es immer war, Nacht für Nacht, Jahr für Jahr, und wie es nie wieder sein wird, nie wieder werden wir unter dieser Zimmerdecke schlafen, von der das Trommeln nervöser Regentropfen zu hören ist, nie wieder werde ich die Hand ausstrecken und unabsichtlich sein Gesicht berühren, nie wieder werde ich seine Finger in meinen Haaren spüren, nie wieder werden wir von diesen Wänden umgeben sein, denn nicht meinetwegen und nicht seinetwegen und nicht wegen unseres Sohnes sind wir heute hierher gekommen, sondern um diesem Grab die letzte Ehre zu erweisen. Wir hätten hier leben können bis ans Ende unserer Tage und haben es nicht getan, wir hätten noch ein Kind auf die Welt bringen können und haben es nicht getan, wir hätten zusammenbleiben können, bis wir alt und grau werden, und haben es nicht getan, und jetzt, bevor wir als Flüchtlinge in anderen Familien aufgenommen werden, sitzen wir hier auf der fleckigen Matratze wie in einer tiefen Grube, in die wir nacheinander gefallen sind, nicht aus Lust sind wir hier und nicht aus Erbarmen und nicht aus Zorn und nicht aus Furcht, sondern wegen des schnellen, unaufhaltsamen Absturzes, des überstürzten Zusammenpackens, wie am Vorabend des Auszugs aus Ägypten, unsere Hüften gegürtet, die Schuhe an den Füßen, die Stäbe in der Hand, und für einen Moment lassen wir unsere Körper ihre Stimmen verschmelzen zu einem leisen, tiefen Klagelied, dem Klagelied für unsere einstigen Familientage.

Lass mich als Erste hier weggehen, lass mich dir in deinem plötzlichen Schlaf den Rücken zukehren, allein bin ich hergekommen und allein werde ich von hier weggehen, und niemand wird etwas davon wissen, du wirst ruhig und schwer daliegen, und ich werde leise aufstehen und deinen vertrauten Körper betrachten, der mit ausgebreiteten Gliedern auf der Matratze liegt, ich werde mich hinausstehlen, als hätte ich dich im Schlaf ermordet und dir das Kostbarste gestohlen. Hier ist unsere Trennung vollendet worden, in dem Moment, in dem ich begriff, dass sie nie vollendet werden würde, dass ich bis zum letzten Tag dieses Klagelied im Ohr haben werde, mal leiser, mal lauter, es wird durch die Ritzen der Rollläden dringen und vom Asphalt aufsteigen und von den Wolken herunterregnen, es wird sich unter den Flügeln der Vögel verstecken und als Laub von den Bäumen fallen und zwischen den Grashalmen glitzern, es wird sich durch die Luft spannen wie Stromkabel, und es wird ticken zwischen den Uhrzeigern und es wird den Passanten aus den Taschen fallen, und es scheint, als würde dein entschiedener, endgültiger Verzicht auf unsere Wohnung die kommenden Tage formen, auch jene, die vergangen sind, als würde er meinen eigenen Verzicht vollenden. Waren wir von Anfang an zum Verzicht verdammt, stand schon damals, als du zu mir sagtest, ich kenne dich von Thera, du bist dort auf die Palastwand gemalt, dieser Verzicht zwischen uns wie ein Kind, das in naher Zukunft geboren werden soll, hätten wir damals schon wissen können, dass uns zehn Jahre bestimmt sein würden, um uns gegenseitig aufzugeben und für immer loszulassen?

Langsam schleppe ich mich durch die Straßen, und auf dem Display des Handys erkenne ich Odeds Nummer, aber ich gehe nicht ran, ein Berg von Enttäuschungen, so schnell gewachsen wie der Erdhaufen neben einer Ausgrabungsstätte, erhebt sich zwischen ihm und mir, er mag keine Teddys und, wie sich herausstellt, auch keine Kinder, die nicht seine sind. Der frische Zorn steigt neben mir die Treppe hinauf, betritt mit mir die Wohnung, und ich frage mich, ob sie je mein Zuhause sein wird, die vertrauten Gegenstände beruhigen mich ein wenig, die leichten Leinensessel, der Teppich, den wir vom Sinai mitgebracht haben, die Kaffeetasse vom Morgen, und ich gehe ins Schlafzimmer, dessen

Rollläden heruntergelassen sind wie in dem Zimmer, das ich so eilig verlassen habe, die Falten der Decke auf dem Bett bilden die Form menschlicher Körper nach, als würde sich unter ihr ein Liebespaar verbergen, ich ziehe sie zurück, entblöße einen blassen weichen Teddy und setze mich neben ihn, als wäre er mein kranker Sohn. Ohne es zu wollen, schließe ich die Augen, wie stand er hier vor mir, ein Tablett mit zwei Tassen Kaffee und Kuchen in den Händen, wie sagte er, ich habe einen Vorschlag für dich, wie warm und überschäumend war das Glück, fast lächerlich, wie zwei junge Katzen im Bett, eines Morgens erwachte ich überrascht in diesem Glück, und vielleicht erwarten mich hier noch andere Überraschungen, versteckt zwischen den Laken. Wann werden wir beide wieder einmal allein sein, um die Nächte wiederaufleben zu lassen, die Nächte der Liebe, in denen eine Bewegung die andere gebar, ein Wort das andere, als ich ihm glaubte, nur danach sehne ich mich, ihm wieder zu glauben, mir scheint, ich könnte es wieder, wenn wir noch einmal allein hier wären, es ist doch unmöglich, dass alles plötzlich verschwunden ist, als wäre es nie gewesen, und ich umarme den Teddy und wiege ihn, als müsste ich sein Weinen besänftigen, es ist noch zu früh, um aufzugeben, und wozu auch, mein Glück war einen Vormittag lang vollkommen, und ich denke sehnsüchtig an das kommende Wochenende, als wäre es ein kostbares Erinnerungsstück, ich werde Amnon bitten, Gili zu sich zu nehmen, und wir werden wieder allein sein, wir werden den Zorn zum Schmelzen bringen, schließlich ist ihm Liebe vorausgegangen, man findet Liebe nicht einfach auf der Straße, wurde mir einmal gesagt, aber hier, bei uns, gibt es sie.

Als ich schnell aufspringe, um rechtzeitig zur Schule zu kommen, höre ich lauten Lärm aus dem Treppenhaus, es ist Jotams Stimme, daneben hallt noch das Echo einer anderen Kinderstimme, vermutlich hat er einen Freund aus der Klasse mitgebracht, damit Gili sich ausgestoßen fühlt, doch als sie in die Wohnung stürmen und ich einen feindseligen Blick auf diesen bedrohlichen neuen Freund werfe, erkenne ich meinen eigenen Sohn, fröhlich, begeistert, Mama, Oded hat auch mich abgeholt, jubelt er und fügt noch hinzu, schließlich wohnen wir doch jetzt zusammen, und ich küsse seine geröteten Wangen, fahre sogar Jotam durch die Haare, ich lächle beide an, kommt essen, es gibt Schnitzel und Pommes frites, aber Gili schreit, nachher, Mama, Jotam hat meine neue Burg noch nicht gesehen, wir gehen in mein Zimmer spielen und dann in sein Zimmer, und schon flattern sie davon wie zwei Märchenfiguren, und ich bleibe zurück, den Blick auf die Tür gerichtet, durch die Oded hereinkommt, zwei Schulranzen über den Schultern, zwei Mäntel auf dem Arm, offenen Stolz im Gesicht, als habe er mich unbedingt zufrieden stellen wollen.

Ich habe dich angerufen, sagt er, ich wollte dir sagen, dass ich sie beide abhole, aber du bist nicht rangegangen, danke, dass du ihn mitgebracht hast, sage ich, ich war beschäftigt, und er antwortet betont höflich, keine Ursache, fragt aber nicht, wo ich war, meine Antwort müsste sein, bei Amnon, und das würde sofort wieder für Unruhe sorgen, ich war gerade beschäftigt, sage ich noch einmal, aber Oded macht bereits Kaffee, warum fragt er nicht, wo ich war, ist das mangelndes Interesse, Respekt vor meiner Privatsphäre oder Vertrauen, was wäre mir eigentlich lieber, hat Amnons Eifersucht mich bedrückt oder beruhigt, auch wenn man sie nicht vergleichen soll, werde ich solche Vergleiche immer anstellen, ich glaube, selbst wenn ich sagte, ich habe mit meinem Mann geschlafen, ich habe meine Wohnung verkauft, würde er weiter heißes Wasser in die Kanne gießen, würde Milch und Zucker in die Tasse geben und dann sorgfältig den Löffel spülen. Willst du Kaffee, fragt er, und ich nicke, sage, ich habe meine Wohnung verkauft, und er löst die Lippen von der Tasse, wirklich? Warum? Weil Amnon darauf bestanden hat, sage ich, er braucht das Geld, und er fragt, warum hast du mir nicht vorher davon erzählt? Ich zucke mit den Schultern, hülle mich in einen Mantel aus Selbstmitleid, genäht aus dem Stolz der Helden, dem Stolz des Mädchens, das seinen Kummer versteckt, um seine Eltern nicht damit zu belasten.

Ella, ich bitte dich, sagt er, schieb mich nicht ins Abseits, wir sind zusammengezogen, um einander nahe zu sein, nicht um uns voneinander zu entfernen, und ich setze mich dankbar zu ihm an den Küchentisch, alle Bedürfnisse erwachen wieder und hüpfen ausgelassen herum, du bist bei mir, du bist bei mir, du bist noch immer bei mir, und er fragt, nun, ist das endgültig, hast du schon einen Vertrag unterschrieben? Ja, sage ich, heute Morgen, und er schnalzt mit der Zunge, schade, dass du es vorher nicht mit mir besprochen hast, in solchen Dingen darf man nicht übereilt handeln, und ich sehe ihn erstaunt an, bei welchen Dingen darf man das schon? Wenn man zu Hause auszieht? Wenn man beschließt, zusammenzuleben? Und schon höre ich Ablehnung in seiner Stimme, du hast übereilt gehandelt, hoffe nicht, dein Haus mit mir zu bauen, du hättest deines behalten sollen, denn ich habe dir keinen Ersatz zu bieten, zwischen uns ist noch nichts sicher, und mir schnürt sich der Hals zu vor Kränkung, und ich fauche ihn an, beruhige dich, das verpflichtet dich zu nichts.

Er schaut mich beleidigt an, was ist los mit dir, Ella, du verstehst mich nicht richtig, und ich fauche weiter, nicht richtig? Du willst dich einfach vor der Verantwortung drücken, du weißt doch, dass Amnon mich nie aus der Wohnung getrieben hätte, wenn ich nicht zu dir gezogen wäre, das alles ist nur passiert, weil du mich gedrängt hast, mit dir zusammenzuziehen, und jetzt sagst du, man darf nicht übereilt handeln? Sätze, von denen ich nicht gewusst habe, dass sie in mir sind, kommen mir über die Lippen, angriffslustig wie Soldaten im Kampf, und er knallt seine Kaffeetasse auf den Tisch, was ist denn los mit dir, du missverstehst mich die ganze Zeit, du glaubst, dass jeder meiner Schritte gegen dich gerichtet ist, ich kann deine übertriebene Empfindlichkeit nicht mehr ertragen, und ich sage, dann prüfe vielleicht mal deine Schritte, prüfe, was du tust, und vor allem, was du nicht tust.

Er seufzt, ich wollte dir schließlich nur helfen, er steht abrupt auf, und ich frage, wohin gehst du, und er sagt, ich hole Maja ab, und ich bleibe wie versteinert am Tisch sitzen, trinke den Rest seines lauwarm gewordenen Kaffees, wieder habe ich versagt. Mein Kopf sinkt schwer auf den Küchentisch, ich habe das Gefühl, als teilte sich jeder einzelne der vergangenen Tage in Dutzende kürzerer Tage auf, der eine voller Wut und Kränkung, der andere voller Hoffnung und Zauber, und zwischen ihnen gibt es keine Nächte, in denen man sich ausruhen könnte. Einer nach dem anderen stürzen sie sich auf mich, schlagen mich mit ihrer Launenhaftigkeit, wenn ich mich in dir geirrt habe, fängt ein neuer Tag an, und ich werde aufs Neue versuchen, an dich zu glauben, denn die Kinder spielen so vergnügt, denn das frühere Leben ist vorbei, denn vor zwei Tagen habe ich dich noch geliebt, denn meine Töpfe sind nun in deiner Wohnung und meine Kleider in deinem Schrank.

Als er kurz darauf mit Maja hereinkommt, gehe ich ihr entgenen, hi, Maja, wie war dein Tag, was für einen schönen Pulli du anhast, sage ich, und sie sagt, danke, den hat Papa mir gekauft, sie schaut sich neugierig um und erklärt, die Wohnung hat sich sehr verändert, du hast viele Möbel mitgebracht, ihre Stimme klingt streng, und ich sage, ja, ich habe alles mitgebracht, was wir hatten, und sie entscheidet, früher war die Wohnung schöner, jetzt ist sie zu voll. Du wirst dich daran gewöhnen, Maja, sagt Oded schnell und wirft mir einen beunruhigten Blick zu, während sie zwischen den Möbeln umhergeht und sie prüfend und misstrauisch betrachtet und mit ihren dünnen Fingern über sie fährt, als wollte sie ihre Existenz beglaubigen, bis sie sich schließlich mit einem lauten Seufzer auf ihr schwarzes Sofa setzt, Papa, ich habe Hunger, sagt sie, und er läuft wie auf Befehl in die Küche, macht den Kühlschrank auf und verkündet, es gibt Schnitzel mit Pommes frites, als hätte er selbst gekocht, und ich sehe mit heimlicher Missbilligung zu, wie das dünne strahlende Mädchen, das seiner Mutter so ähnlich sieht, gierig das Essen verschlingt, das ich für Gili und Jotam zubereitet habe, es sieht so aus, als müsste ich mich an völlig andere Portionen gewöhnen.

Schön isst du, lobt ihr Vater, und sie lächelt ihn mit unschuldiger Bescheidenheit an, doch mir ist klar, dass an ihrer Art zu essen nichts unschuldig ist, auch dies ist Teil eines Plans, den sie gegen mich geschmiedet hat, denn in dem Moment, als sie das letzte Schnitzel vertilgt, platzt Gili in die Küche, Mama, ich habe Hunger, du hast gesagt, es gibt Schnitzel, und ich sage, das Schnitzel ist gerade gegessen worden, ich mache dir etwas anderes, es wird ein bisschen dauern, das nächste Mal musst du eben kommen, wenn ich dich rufe, und schon fängt er an zu schreien, ich will nichts anderes, ich will Schnitzel, und ich wende mich vorwurfsvoll an Oded, vielleicht holst du Schnitzel vom Supermarkt, alles, was ich gekocht habe, ist weg, und er wirft einen Blick auf die Uhr, ich muss zur Praxis zurück, ich bringe es später mit, und damit lässt er mich allein in der Wohnung zurück, mit drei Kindern, wie eine unerfahrene Babysitterin, die nur zu einem kurzen Besuch gekommen ist und plötzlich von dem Hausherrn allein gelassen wird.

Und dennoch wird es einfacher, nachdem er gegangen ist, sogar Maja gibt sich so etwas wie Mühe, sie kommt zu mir, als ich die letzten Kartons in der Küche auspacke, und hält mir ihr zartes helles Handgelenk mit einem selbst gemachten Armband aus Perlen hin, und ich habe das Gefühl, dass ich sie, ohne ihn und ohne die Wellen niederdrückender Sehnsucht, die er in uns beiden weckt, tatsächlich gern haben kann, und sei es auch nur aus Mitleid, ein bedauernswertes Mädchen, auch ihre Welt wurde plötzlich auf den Kopf gestellt, und als sie ein paarmal zu mir kommt und fragt, wie man ein Wort schreibt, helfe ich ihr gern, vielleicht willst du deine Aufgaben hier bei mir machen, schlage ich vor, ich mache ihr auf dem Tisch Platz und setze mich neben sie, lobe ihre schöne Handschrift, ihre ordentlichen Hefte, und da kommen auch Gili und Jotam zu uns, die Hände voller Spielsachen, die sie auf dem Teppich verstreuen, und ich mache für sie heißen Kakao und fülle Kekse in eine Schale, und von Zeit zu Zeit schaue ich hoffnungsvoll zur Tür, komm doch, damit du siehst, was für eine ausgezeichnete Babysitterin ich bin, schau, wie friedlich hier eine Familie zusammenwächst, ohne dich, bestimmt wirst du mich dafür belohnen, bestimmt wirst du mir meine unüberlegten Anschuldigungen vergeben, bestimmt wirst du Interesse an meinem Sohn zeigen, aber wie es der Teufel will, schlägt Maja in dem Moment, als er hereinkommt und ich zu ihm gehe und seine Wange streichle, ihr Englischheft auf und entdeckt die groben Spuren der Buntstifte.

Wer hat in mein Heft gekritzelt, schreit sie, und sofort beschuldigt sie ihn, das war er, und Gili schreit, wieso ich, das war ich nicht, das war die blöde Jasmin, hältst du mich etwa für ein Baby? Sofort versuche ich, ihn zu beschützen, er war es nicht, Maja, die kleine Schwester eines Freundes von Gili war hier, und als ich gerade nicht aufgepasst habe, hat sie in deinem Zimmer herumgetobt, ärgere dich nicht, morgen bringe ich dir ein neues Heft mit, aber Maja lässt sich dadurch nicht beruhigen, die Schwester von einem Freund von ihm, das heißt, dass er doch schuld ist, bellt sie, wenn ihr nicht hier eingezogen wärt, wäre das nicht passiert, und ich versuche, Talja zu zitieren, so ist das in allen Familien, immer kritzelt jemand das Heft von großen Geschwistern voll, und sie sieht mich verächtlich an, als hätte ich den Verstand verloren, aber wir sind keine Familie, schreit sie mich an, oder glaubst du etwa, wir wären eine?

Alle verstummen bei dieser Aussage, doch das Erstaunliche an ihr ist, dass sie so einfach und zutreffend ist, warum ist es mir nicht eingefallen, Talja zu korrigieren, sie auf ihren Fehler hinzuweisen, wir sind keine Familie, was sind wir dann, und er steht hilflos vor seiner Tochter, zum ersten Mal fällt mir eine gewisse Ähnlichkeit zwischen ihnen auf, obwohl sie so viel heller ist als er und ihre Gesichtszüge weicher sind als seine. Es gibt alle möglichen Formen von Familien, Maja, versucht er sie zu beschwichtigen, jetzt, da wir zusammenwohnen, sind wir so etwas wie eine Familie, und sie giftet, wozu wohnen wir überhaupt zusammen, es ist uns besser gegangen ohne sie, und schon mischt sich ihr Bruder ein, Papa, ich will auch einen Fernseher in meinem Zimmer, er wirft sich in die Arme seines Vaters, das ist nicht gerecht, dass nur Gili einen bekommt, und Oded seufzt, was ist heute bloß mit euch los? Da gehe ich nur für ein paar Stunden aus dem Haus, und schon dreht ihr durch, sein tadelnder Blick wandert zu mir, als hätte ich meinen Auftrag nicht gut ausgeführt, und dabei ist es doch gerade seine Anwesenheit, die unsere Ruhe gestört hat.

Mama, du hast es versprochen, du hast mir einen Fernseher für mein Zimmer versprochen, ruft Gili und drückt sich an mich, und Maja schreit, dann will ich auch einen, warum soll nur er einen haben? Jotam stimmt sofort ein, und ich will auch eine Ritterburg, warum hat er ein Geschenk für sein neues Zimmer bekommen und wir nicht? Gili weint schon bitterlich, ich habe ihn mit meiner Ritterburg spielen lassen, aber er lässt mich nicht mit seinen Sachen spielen, und ich betrachte die drei offenen, weit aufgerissenen Münder, die Worte fallen aus ihnen heraus, dickflüssig wie verdorbenes Essen, jeder erbricht sich in die Familienschüssel, und wir sitzen hilflos drum herum, und als ich Oded anschaue, auf einen teilnahmsvollen Blick hoffend, weicht er aus und presst die Lippen zusammen, und ich höre mich sagen, komm, Gili, gehen wir hier weg.

Wohin, schreit er, es scheint ihm schwer zu fallen, sich von der lärmenden Gruppe zu trennen, und ich ziehe ihn gegen seinen Willen mit, vergesse, den Mantel zu nehmen, blind vor Enttäuschung, und wir stürzen hinaus in die Dunkelheit, die Gasse der Bußgebete erstreckt sich schmal und zerbrechlich vor uns, was soll ich ihm jetzt sagen, wohin soll ich ihn bringen? Ich habe ihn mit all meinen Spielsachen spielen lassen, jammert er, und als ich mit seinen spielen wollte, hat er mich nicht gelassen, und ich nehme ihn an der Hand, der Geruch nach familiärem Abendessen dringt aus jeder Wohnung, aus jedem Fenster, und ich schlage vor, komm, gehen wir etwas essen, du hast kein Mittagessen gehabt, willst du eine Pizza? Nehmen wir sie mit nach Hause, fragt er, und ich sage, nein, wir essen sie in der Pizzeria, und er sagt, aber es macht mehr Spaß, sie zu Hause zu essen, und ich wage nicht zu fragen, welchen Ort er mit zu Hause meint, vielleicht die Wohnung, aus der wir gerade geflohen sind, verstoßen und unerwünscht.

Schau nur, wie warm und angenehm es hier ist, sage ich

und setze mich seufzend auf einen hohen Barhocker, dann helfe ich ihm auf den Hocker daneben, und er sitzt da wie ein Zwerg auf Stelzen, und als ich versuche, die allereinfachsten Worte auszusprechen, eine Pizza mit Oliven, merke ich, dass ich sie nicht herausbringe, denn aus meinen Augen strömen plötzlich Tränen, unaufhörlich und unaufhaltsam, und ich greife mir eine Papierserviette und deute mit einem Finger auf die gewünschte Pizza, und Gili schaut mich besorgt an, Mama, nicht weinen, bettelt er, dann will ich eben doch keinen Fernseher, ist doch egal, dass du ihn mir versprochen hast, ich brauche keinen Fernseher in meinem Zimmer, und ich umarme ihn, während meine Verzweiflung durch seinen erwachsenen, rücksichtsvollen Verzicht nur noch größer wird, und sage, ich weine nicht deshalb, mein Schatz.

Warum weinst du denn dann, fragt er, und ich gebe zum ersten Mal zu, weil ich Schwierigkeiten habe, und er schweigt, betrachtet die Pizza, die ihm serviert wird, Mama, ich will zu Hause essen, mit den anderen, sagt er schließlich ernst, als wäre dies seine wohlerwogene Antwort auf mein Bekenntnis, los, kaufen wir eine große Pizza und bringen sie ihnen mit, und ich betrachte ihn erstaunt angesichts dieses plötzlichen Gemeinschaftsgefühls, das innerhalb eines Tages in ihm gewachsen ist, viel schneller als bei mir. Bist du sicher, frage ich, vielleicht essen wir doch lieber hier, du hast bestimmt Hunger, aber er lässt sich nicht beirren, stellt stolz sein gutes Gedächtnis unter Beweis, als er sagt, Maja mag Pizza mit Mais und Jotam mit Pilzen und Oded ohne alles und ich mit Oliven und du mit Tomaten, und so erweitern wir unsere Bestellung, eine große Familienpizza, die alle zufrieden stellen wird, und Gili besteht darauf, selbst den riesigen Karton zu tragen, in stolzem Schweigen geht er neben mir her, überzeugt, dass er den sich selbst auferlegten

Auftrag erfolgreich ausführen wird, er kann den Weg nur mit Mühe erkennen, aber er läuft eilig durch die feuchten Straßen, schwankt die Treppen hinauf, vielleicht ist es Angst, die ihn treibt, die Angst, allein mit mir zu bleiben, vielleicht ist ihm ein kompliziertes Zuhause immer noch lieber als ich allein.

Drei Augenpaare sehen uns mit gespannter Erleichterung entgegen, als wir eintreten, sie stehen noch immer mitten im Wohnzimmer, wie es scheint, genau da, wo wir sie verlassen haben, Jotam macht einen Luftsprung, Pizza, schreit er, habt ihr mir welche mit Pilzen mitgebracht? Und Gili legt das duftende Paket auf den Tisch und gibt jedem sein Stück, und erst dann ist er bereit, sein eigenes zu probieren, und wir setzen uns erschöpft auf die Sofas und kauen nervös. Es scheint, als wären Gili und Jotam immer die Ersten, wenn es ums Verzeihen geht, schon setzen sie sich auf den Teppich, als hätte es nie einen Streit gegeben, und lassen Autos fahren und lachen mit vollem Mund, und danach ist es Maja, die für alle etwas zu trinken holt und vorsichtig Cola in die hohen Gläser gießt, und nur wir beide, derentwegen die drei Kinder hier zusammen sind, sitzen noch immer starr auf unseren Plätzen, wechseln weder ein Wort noch einen Blick, es ist, als ob die Entfremdung, die über Nacht gewachsen ist, uns trennt, als wäre sie ein Schandfleck, als hätten wir uns eines gemeinsam begangenen Betrugs schuldig gemacht, als hätten wir drei Kinder in die Irre geführt, und wir betrachten sie beschämt und hilflos, wen trifft die Schuld und wie schwer wird die Strafe ausfallen?

22 Diese erste Woche ist wie eine Schlange, die mir in die Ferse beißt, an jedem Tag, der vergeht, wächst ein neuer Wirbel an ihrem kalten und abschreckenden Rücken, und die Woche wird immer länger und schlingt sich um meinen Hals, bedroht mich mit ihrem Gift, könnte ich sie doch aus den Wochen, aus den Jahren löschen, denn mir scheint, als wären bereits sieben Jahre vergangen, seit die Möbelpacker meine Sachen hergeschleppt haben, das Sofa und die beiden Sessel, das Bett des Jungen, Teppiche und Schreibtische, Kartons mit Büchern und Spielsachen, Kleidung und Geschirr, die neue Wohnung hat den halben Inhalt der alten Wohnung verschluckt und mir dafür nicht das Gefühl eines Zuhauses gegeben, sondern eher das eines bedrückenden und beschämenden Exils. Und ich warte angespannt auf das Wochenende, vielleicht wird sich dann alles ändern, ohne die Kinder werden wir versuchen, unsere zerbrochene Liebe zu reparieren, die geheimnisvolle Nähe wiederherzustellen, die von uns gewichen ist, denn in den Nächten schlafe ich auf dem Teppich vor Gilis Bett, und in den kurzen Tagen sind die Kinder in der Schule und Oded ist in der Praxis, und wenn er heimkommt, scheint es, als würden wir unsere Worte mit der Axt aus dem Eisklotz heraushauen, der sich zwischen uns aufgerichtet hat.

Ich warte nur auf das Wochenende, auf das Ende dieser ersten, verfluchten Woche, um mit ihm allein zu sein, damit wir uns die grelle Kriegsbemalung vom Gesicht waschen und zu unserer Nähe zurückkehren, an die zu denken mir

Sehnsucht durch den Körper peitscht, hat es sie wirklich gegeben, oder habe ich sie mir nur eingebildet, und jetzt, am Freitagnachmittag, schaue ich immer wieder aus dem Fenster, hoffe, ihn zu sehen, wie er auf das Haus zukommt, in der Hand einen Strauß Blumen oder eine Flasche Wein, doch da sehe ich ihn, begleitet von zwei Kindern, ohne Mutter, er trägt ihre Schulranzen über den Schultern und hat die Arme um sie gelegt, und ich reiße das Fenster weit auf, voller Wut folge ich ihren Bewegungen. Sie verhalten sich so natürlich, als wäre dies schon seit jeher ihr Zuhause, kehren nach Hause zurück wie alle Kinder an einem Freitagnachmittag, Maja geht nun voraus, schnell und zielstrebig, ihre honigfarbenen Haare locken sich auf ihrem Rücken, Jotam läuft verträumt hinterher, und zwischen beiden geht ihr Vater, das Handy am Ohr, das gerade geklingelt hat, und ich, die ich mich auf ein Wochenende ohne Kinder vorbereitet und deshalb Gili zu seinem Vater geschickt habe, verziehe enttäuscht das Gesicht.

Ich habe gedacht, wir würden allein sein, flüstere ich ihm zu, als sie eintreten, und er zischt mir zu, tut mir Leid, an mir liegt es nicht, und ich sehe ihn fragend an, wenn es ihm wirklich Leid täte, könnte ich mich vielleicht damit abfinden, könnte die Enttäuschung über eine verpasste Chance mit ihm teilen, aber warum habe ich das Gefühl, dass es ihm überhaupt nicht Leid tut, dass er seine Kinder dazu benutzt, mich wegzuschieben, und ich frage wütend, warum liegt es nicht an dir? Du hättest Michal sagen können, dass du etwas vorhast, aber er senkt den Blick, natürlich kann er ihr nichts abschlagen, sein Schuldgefühl verschließt ihm den Mund, ich habe gehört, wie er am Telefon stundenlang versucht, sie zu beruhigen, wie er es ihr überlässt, die Besuche der Kinder festzulegen, je nachdem, in welcher Stimmung sie gerade ist. Ich habe sie seit Wochen nicht mehr getroffen, seit jenem Picknick im Rabenpark, und ihr Bild hat sich in mir bis zur Unkenntlichkeit verzerrt, sie ist zu einem alles fordernden und verschlingenden Wesen geworden, die Mutter seiner Kinder, die mit mir um seine Aufmerksamkeit wetteifert, die ihre Kinder schickt, um meine Pläne zu durchkreuzen, die unaufhörlich Krankheiten und Schmerzen erleidet, eine vorzeitliche Schlangengöttin, ein räuberisches und bedauernswertes Geschöpf, das umso schamloser raubt, je bedauernswerter es wird.

Wir haben daran gedacht, aufs Land zu fahren, erklärt er einsilbig, möchtest du mitkommen? Als wären sie eine Familie und ich nur eine zufällige Besucherin, die keinen Einfluss auf ihre Pläne hat, und wieder verzieht sich mein Gesicht vor Überraschung, wohin fahrt ihr, frage ich, und er sagt, in den Galil, zu Freunden von mir, Orna und Dani, ich habe dir von ihnen erzählt, und ich frage vorwurfsvoll, warum hast du mir das nicht vorher gesagt, ich hätte Gili mitnehmen können, und er sagt, Orna hat gerade eben erst angerufen und uns eingeladen, und er schwenkt das Handy, wie zum Beweis seiner Worte, wenn wir allein wären, hätte ich nicht zugesagt, fügt er hinzu, aber für die Kinder ist es doch schön. Was willst du mir damit sagen, tut es dir so sehr Leid wie mir, dass wir nicht allein sind, sehnst du dich so sehr wie ich nach Nähe, aber eine Maske heuchlerischer Väterlichkeit verbirgt sein Gesicht.

Meine Tasche ist gepackt, Papa, verkündet Maja und setzt sich stolz und trotzig auf das Ledersofa, und ich höre seine Stimme aus dem Schlafzimmer, schön, dann hilf doch Jotam, und sie stößt einen Seufzer aus, ich habe keine Lust, ich bin müde, und ich gehe hinüber zu ihm, bleibe in der Schlafzimmertür stehen und frage, fahrt ihr jetzt schon? Ja, sagt er, kommst du mit? Und ich frage, willst du, dass ich mitkomme? Nur wenn du Lust hast, antwortet er vorsichtig, ich kann dich nicht zwingen. Oded, sei ehrlich, sage ich, willst du, dass ich mitkomme oder nicht? Und er richtet sich seufzend von der Schublade mit den Strümpfen auf und sagt, es hängt davon ab, wer das Ich ist, in dessen Namen du sprichst, wenn du verkrampft und enttäuscht und dauernd beleidigt bist, ist es wohl sinnlos, doch wenn du gern mitfährst und versuchst, diesen Ausflug zu genießen, obwohl er nicht das ist, was du gewollt hast, dann würde ich mich freuen.

Wie nett von dir, die Entscheidung mir zu überlassen, aber betrachten wir es doch mal umgekehrt, wenn du feindselig gegen mich bist und mich ignorierst und dich nur um deine Kinder kümmerst wie eine Entenmutter, dann bleibe ich hier, und wenn du bereit bist, auch an mich zu denken und mit mir zu sprechen, so wie früher, dann komme ich gern mit, und er betrachtet mich mit zusammengekniffenen Augen, und mir ist, als hätte er mich die ganze Woche über nicht ein einziges Mal direkt angeschaut, und er sagt, wir werden zu einem passenden Zeitpunkt darüber sprechen, Ella, ich sehe das alles etwas anders als du, aber jetzt bitte ich dich, eine Entscheidung zu treffen, ich möchte gleich los, bevor es zu viel Verkehr gibt. Ich finde es schade, ohne Gili zu fahren, vielleicht fahren wir erst nächste Woche, wenn er zu Hause ist, und er unterbricht mich ungeduldig, Ella, wir sind für heute eingeladen und wir fahren heute, also kommst du mit oder nicht? Ich weiß nicht, murmle ich, meine schwankende Stimme verrät meine Not, was geschieht plötzlich mit mir, so viele schwere Entscheidungen habe ich in den letzten Monaten getroffen, und jetzt fehlt mir selbst bei diesen alltäglichen Angelegenheiten der Mut.

Ich bleibe hier, sage ich schließlich, als er im Kühlschrank den Proviant für unterwegs zusammensucht, alles, was ich voller Euphorie für unser Wochenende gekauft habe, Wein und Käse, frisches Roggenbrot, Äpfel und Bananen, Zimtkuchen, und er presst die Kiefer zusammen, wie du willst, sagt er mit verschlossenem Gesicht und fügt hinzu, ich habe meine Lektion schon gelernt, ich werde dich nie mehr zu etwas zwingen, dann kannst du mir hinterher auch nichts vorwerfen. Schnell stopft er die Lebensmittel in Tüten, leert den Kühlschrank, als hätten sie eine lange Fahrt vor sich, beeilt euch, treibt er seine Kinder an, während er sich den Mantel anzieht, schaut nach, ob ihr nichts vergessen habt, und sie stellen sich neben ihn, winken mir spöttisch zum Abschied zu, als wären sie schon weit entfernt, doch als sie draußen sind, springen sie leichtfüßig die Stufen hinunter, die Rucksäcke über den Schultern, wie unwiderstehlich ist der Anblick einer Familie, die etwas vorhat, wechselnde Landschaften, die am Fenster vorbeiziehen, gemeinsame Pläne, Abenteuer. Was wirst du hier allein tun, zwei ganze Tage, dafür bist du doch nicht zu ihm gezogen, warum versuchst du nicht, dich einzufügen, flexibel zu sein, ihm zu beweisen, dass du bei ihm bist, trotz der Probleme, dass du seine Freunde kennen lernen und ihm mit den Kindern helfen willst, vielleicht ist gerade das die Chance, ihnen näher zu kommen, wenn Gili nicht dabei ist und dich daran hindert, sie so zu sehen, wie sie sind, schließlich sind sie doch nicht schuld, er vielleicht auch nicht, was hätte er überhaupt tun sollen, er sorgt sich genauso um seine Kinder wie du dich um deines, und ich schreie ihnen nach, wartet, ich komme mit.

Unwille zeigt sich auf Majas Gesicht, als sie sich mir zuwendet, aber sie sagt nichts, sie klammert sich an die Hand ihres Vaters, der mir zuruft, dann beeil dich, Ella, ich möchte nicht in einen Stau geraten, und Jotam fragt begeistert, kommt Gili dann auch mit? Nein, sage ich, leider kommt er nicht mit, er ist bei seinem Vater, ich betone diese Worte, als wollte ich sagen, merkt es euch, Kinder, die Wochenenden werden zwischen den Eltern aufgeteilt, auch ihr solltet jetzt bei eurer Mutter sein.

Sei leicht und entspannt, sage ich mir, während ich hastig meine Sachen packe, sonst werde ich ihn verlieren, wie distanziert sein Blick war, und sei natürlich und geduldig den Kindern gegenüber, und sei zugleich auch voller Weiblichkeit und angedeuteter Sinnlichkeit, Anmut und Glanz und Lebensfreude, ich muss ihm beweisen, dass er sich nicht in mir getäuscht hat. Vermutlich habe ich ihn in der letzten Zeit erschreckt, und ich sehne mich so sehr danach, die ganze Schuld auf mich zu laden, zu glauben, dass alles an mir hängt, ich muss mich nur beruhigen, dann wird alles wieder so, wie es früher war, ich packe diese lebenswichtigen Beschlüsse zwischen meine wenigen Kleidungsstücke, und einen Moment lang kommt mir alles so einfach vor, Hauptsache, er ist bei mir, die Kinder werden sich auf dem Rücksitz selbst beschäftigen, und ich werde neben ihm sitzen, die Hand auf seinem Bein, und wer uns von der Seite sieht, aus dem Fenster eines vorbeifahrenden Autos, wird uns bestimmt für eine Familie halten, denn so sieht eine Familie aus, eine Mutter, ein Vater und zwei Kinder, keiner wird auf die Idee kommen, dass mein Sohn anderswo ist und dass diese beiden Kinder gar nicht meine sind, dass ich sie gar nicht will, so wie sie mich nicht wollen, und vielleicht täuscht auch mich dieses verlockende Bild, vielleicht glaube ich selbst daran, und bis wir das Haus seiner Freunde erreichen, werden wir eine richtige Familie sein, die sich nicht ständig von neuem in Frage stellt.

Aber du hast versprochen, dass ich vorn sitzen darf, protestiert Maja mit fordernder Stimme, als ich die Vordertür öffne, und er antwortet sanft, weil ich nicht gewusst habe, dass Ella mit uns kommt, das ist ihr Platz, aber natürlich bin ich wegen seiner verständnisvollen Reaktion schon eingeschnappt und biete mit gespielter Gleichgültigkeit an, kein Problem, dann sitze ich eben hinten, es ist besser, ein Opfer zu sein als eine Täterin, es ist besser, hinten zu sitzen als neben ihm und ihre stechenden Blicke im Rücken zu spüren, und er vergewissert sich müde, wirklich, bist du sicher? Ich mache mir nicht die Mühe zu antworten, ich setze mich auf den Rücksitz, neben Jotam. Vielleicht könnt ihr unterwegs tauschen, schlägt er vor, und ich schweige düster und überlasse es ihr, seinen Vorschlag zurückzuweisen, aber du hast es versprochen, Papa, du hast es mir für die ganze Fahrt versprochen, sie täuscht ein Weinen vor, und meine Beschlüsse fliegen bereits auf starken Flügeln durch das Fenster davon, wie Vögel, die der Knall einer Explosion aufgescheucht hat, schau nur, werde ich zu ihm sagen, wenn ich endlich die Gelegenheit habe, allein mit ihm zu sprechen, merkst du nicht, welche anormalen Verhältnisse du da schaffst, ein zehnjähriges Mädchen sitzt vorn und eine sechsunddreißigjährige Frau hinten? Merkst du nicht, was für eine Botschaft du ihr vermittelst, du ermunterst sie, mit mir zu rivalisieren, statt ihr Grenzen zu setzen, die sie beruhigen und solche Auseinandersetzungen in Zukunft verhindern würden.

Maja dreht sich zu mir um, ihr Porzellangesicht strahlt triumphierend, kennst du Orna und Dani überhaupt, fragt sie und nimmt damit auch die Gastgeber für sich in Beschlag, und ich gebe zu, nein, aber ich werde sie ja gleich kennen lernen, und sie sagt, ich war schon ganz oft dort, genüsslich demonstriert sie ihre Überlegenheit, und Jotam ruft sofort, ich auch, und sie erwidert schnell, aber ich viel öfter, ich bin schon mit Papa und Mama hingefahren, bevor du auf der Welt warst, stimmt's, Papa? Und Oded bestätigt gehorsam, stimmt, aber was spielt das für eine Rolle, das ist kein Wettbewerb, Orna und Dani haben euch beide gern. Mama auch, fügt Maja hinzu, und er bestätigt wieder, ja, stimmt, Mama auch, und sie fragt im Ton eines verwöhnten Kindes, warum kommt sie dann nicht mit uns? Ich bin daran gewöhnt, dass Mama mit uns zu Orna und Dani fährt, und er sagt, ich bin sicher, dass Mama irgendwann mit euch hinfährt, aber ohne mich, Eltern, die sich getrennt haben, fahren am Wochenende nicht mehr zusammen weg, und ich presse die Lippen zusammen, eine bedrückende Stimmung breitet sich im Auto aus, und ich versuche, mich zu erinnern, was er über die Gastgeber erzählt hat, einmal hat er sich beklagt, dass alle gemeinsamen Freunde ihn schneiden, seit er Michal verlassen hat, und er hat ganz nebenbei einige Namen genannt, aber das kam mir damals nebensächlich vor, ein Tropfen Trauer im Meer unserer Liebe. Warum hat er mir überhaupt angeboten, mitzufahren, vielleicht nur aus Höflichkeit, in der Hoffnung, dass ich ablehne, und ich war dumm genug, zuzustimmen und ihnen allen zur Last zu fallen, nur für Jotam bin ich wenig von Nutzen, seine Augen fallen ihm zu, sein Kopf lehnt sich an mich, ganz zufällig, eine Nähe, die nur im Schlaf entsteht, und einen Moment lang bin ich bereit, mich sogar mit dieser bescheidenen Nützlichkeit zufrieden zu geben, doch dieser Kinderkopf an meiner Schulter betont plötzlich das Fehlen meines eigenen Sohnes, vergrößert die Schwere des Betrugs, der darin besteht, dass ich diese Fahrt ohne ihn unternehme, ich darf mich nicht einfach anderen Kindern hingeben, meine Schulter ist nur für diesen einen geliebten Kopf bestimmt. Viele, viele Male haben wir so gesessen, auf dem Rücksitz, dicht aneinander geschmiegt, während Amnon fuhr, und ich legte den Arm um seine Schulter, betrachtete mit unendlicher Bewunderung das zarte Gesicht, die schmale Nase, die fast unsichtbaren Sommersprossen auf seinen Wangen, den besonderen Glanz seiner Augen, den Schwung seiner Lippen, die Wellen seiner dichten braunen Haare, und jetzt schiele ich zornig zu dem breiten geöffneten Mund, aus dem etwas Spucke auf mein Jackett rinnt, den aufgesprungenen Lippen, und meine Schulter beginnt zu jucken, ich rutsche unbehaglich auf meinem Platz herum.

Vor mir, auf dem Beifahrersitz, plappert die Kleine unaufhörlich, jeden Satz fängt sie mit Papa an, Papa, stimmt's, dass Orna und Dani sich freuen, wenn wir sie besuchen, Papa, stimmt's, dass wir mit ihren Kaninchen spielen dürfen, wie beim letzten Mal, Papa, erinnerst du dich noch, wie Dani uns einmal mit seinem Jeep auf einen Ausflug mitgenommen hat und Mama die ganze Zeit Angst hatte, dass wir umkippen, Papa, wie alt war ich damals? Und er hört ihr aufmerksam zu, antwortet freundlich, nur ja keine Spur von Ungeduld. Macht ihm dieses Geschwätz wirklich Spaß, warum bringt er sie nicht mal für einen Moment zum Schweigen und wendet sich mir zu, das Jucken in meiner Schulter wird immer schlimmer, als wäre ich mit einem Tier in Berührung gekommen, gegen das ich allergisch bin, es kitzelt in meinen Nasenlöchern, und ich niese und reibe mir unaufhörlich die Nase, und er wirft mir im Rückspiegel einen Blick zu und fragt, alles in Ordnung? Und als könnte er meine Gedanken lesen, schlägt er vor, wenn es dir unbequem ist, dann schiebe Jotam doch ein bisschen zur Seite, und ich antworte tapfer, nein, es geht schon, und das sind die einzigen Worte, die wir während der langen Fahrt miteinander wechseln, gute drei Stunden, und je länger die Fahrt dauert, desto größer wird meine Reue, sie sitzt neben mir, lehnt ihren Kopf an meine andere Schulter, warum bin ich überhaupt mitgefahren, und ich betrachte die Reklameschilder, die uns verfolgen, nur dieser Joghurt wird Sie erretten, nur ein neues Handy, ein revolutionäres Waschpulver.

Von Zeit zu Zeit erheben sich zwischen den zu schnell erbauten Siedlungshäusern, die sich zusammendrängen wie aufgeschreckte Herden, die begrabenen Städte der Vorzeit, runde oder kegelförmige Hügel, Siedlungen, die wieder und wieder auf alten Ruinen erbaut worden sind, die gefallen und wieder auferstanden sind, und es scheint, als winkte mir jeder einzelne Ruinenhügel mit vom Alter gekrümmten Fingern zu, wie ein Freund aus der Vergangenheit, der weiß, dass er kaum wiederzuerkennen ist, aber vielleicht ist es auch mein Gesicht, das sich bis zur Unkenntlichkeit verändert hat. Vorhin habe ich den Tel Geser erkannt, und gleich wird sich der kopflose Kegel von Megiddo zeigen, der Schutthaufen neben dem Tel, wie ein doppelter Kamelhöcker, und bald werden wir auch Chazor erreichen, das sind die Städte Salomos, die den Archäologen erstaunliche Funde geliefert haben, Paläste aus behauenen Steinen und stilisierte Tore, ausgeklügelte Bewässerungsanlagen, doch letztlich waren es genau diese Ruinenhügel, die bewiesen haben, dass es nie ein vereinigtes Königreich gab, das sich auf Jerusalem gründete, ein gewaltiges Reich mit einer wunderbaren Hauptstadt, und dass das sagenhafte Reich Davids und Salomos nichts anderes war als ein kleines Land um Jerusalem, und es scheint, als hätte meine eigene Vergangenheit etwas mit der Vergangenheit jener Hügel zu tun, die wieder und wieder ausgegraben wurden und jedes Mal ein anderes Gesicht zeigten, und ich betrachte sehnsüchtig den sich wölbenden Bauch der Erde, der uralte Embryonen in sich trägt, Tausende von Jahren alt, die nicht geboren werden wollen. Da ist Megiddo, dort wachsen Dattelpalmen, Feigen und Johannisbrotbäume, fast zweihundert Stufen sind wir hinuntergestiegen, auf einer Treppe, die sich abwärts windet bis zu der unterirdischen Höhle, die in den Fels gehauen wurde, bis wir die Mitte des Berges erreichten, die Höhle neben dem Tel, erschaudernd betrachteten wir den Raum über der Quelle, dort waren zwei Skelette gefunden worden, direkt nebeneinander. Wasser tropfte vom Felsen in die Quelle und ließ ein Plätschern hören, so rhythmisch wie ein schlagendes Herz, wir waren allein, und Amnon sagte, wenn es jetzt ein Erdbeben gibt und der Eingang einstürzt, wird man von uns auch nur zwei Skelette finden, bestimmt glauben sie dann, wir wären Vater und Tochter.

Nicht weit von hier erhebt sich der Tel Jesreel, der verletzte Tel, der versehrte, aufgedeckte, enttäuschende Tel, der den Streit entschieden hat, es war unmöglich, die Überreste der steinernen Paläste Salomo zuzuordnen, nur den berüchtigten Königen des Hauses Omri, ausgerechnet sie waren es, die den Traum der Bergherrscher verwirklichten und ein großes Reich errichteten, und die Erinnerung weckt in mir ein tiefes tröstliches Gefühl, wie ich es schon lange nicht mehr empfunden habe, wie glücklich war ich dort, auf diesem abgegrenzten Gebiet der Ausgrabung, immer wieder die Erde siebend, grau vom Staub.

Als sich die Straße den Feldern nähert, wo undeutlich die letzten Blüten des Winters zu sehen sind, wird das Licht immer schwächer, ich schließe die Augen, stelle mich schlafend, und erst jetzt verstummt Maja, als wäre ihr unentwegtes Reden allein gegen mich gerichtet gewesen, und in die Stille, die sich in dem überheizten Auto ausbreitet, dringen auf einmal die Klänge eines einzelnen Cellos, vielleicht aus dem Radio, es klingt verwirrend wie die Stimme eines Menschen, eine Melodie, die sich immer wiederholt, wie ein Gedanke, der einen nicht loslässt. Wie viele Gesichter hat die Traurigkeit, jeder Ton drückt eine andere aus, und ich habe das Gefühl, als säße ich allein auf dem Rücksitz, das einzige Kind meiner Eltern, und lauschte widerwillig den

Erklärungen meines Vaters, die er mit seinen typischen Handbewegungen begleitet, das ist der Bergweg, das ist der Königsweg, das ist der Weg des Fleisches, hat er es wirklich so gesagt, der Weg des Fleisches, und im Auto war es immer glühend heiß, die Fenster offen, ein warmer Wind schlug mir ins Gesicht. Sind wir wirklich immer nur im Sommer gefahren, den Propheten folgend, den Königen, den Kreuzrittern, den Pilgern, Kriegen, in denen das Blut der Wörter vergossen wurde, unwirkliches Blut, das kaum zu betrauern war, das Blut vieler Menschen, fremder Menschen, die ohnehin schon lange tot waren, selbst wenn sie nicht in jenen Kriegen durch das Schwert gefallen wären, wären sie nicht mehr unter uns gewesen, und ich betrachtete seine immer ordentliche Frisur, der sogar der Wind nichts anhaben konnte, fragte mich, wann er endlich aufhören würde zu reden, und versuchte, mir seinen Kopf ohne Haare vorzustellen, seinen Kopf ohne Mund, würde er schweigen, wenn ich aus dem fahrenden Auto spränge, oder würde er einfach weiterreden, ohne zu bemerken, was passiert war? Die Christen nennen diesen Tel Armageddon, eine Abwandlung von Har Megiddo, er erhob seine Stimme und blieb mit quietschenden Reifen am Straßenrand stehen, im Neuen Testament wird dieser Ort erwähnt, hier soll der letzte Kampf zwischen den Söhnen des Lichts und denen der Finsternis stattfinden, er wandte sein Gesicht zurück, um sich zu vergewissern, dass ich auch zuhörte, du schläfst, schrie er mich an, ich rede mit dir und du schläfst, und meine Mutter verteidigte mich sofort, was willst du denn, sie ist müde, warum darf sie nicht ein bisschen dösen, und er schimpfte, wie immer, sie ist müde, weil sie wieder mal zu spät nach Hause gekommen ist, wer weiß, was sie dort gemacht hat, für ihre Partys hat sie Kraft genug, aber wenn ich versuche, ihr die Geschichte dieses Landes zu erklären, bringt sie kein Interesse auf, er wandte sich wieder zu mir, warnend, du solltest zuhören, das hat mehr mit dir zu tun, als du glaubst.

Die Dämmerung taucht unsere Gesichter bereits in ein kühles Violett, als das Auto vor einem niedrigen Haus am Ende einer Straße stehen bleibt, und endlich löst sich Jotams Kopf von meiner Schulter, mir ist übel, murmelt er und fährt sich mit der Zunge über die aufgesprungenen Lippen, wann kommen wir an? Wir sind schon da, du Dummkopf, antwortet Maja spöttisch, siehst du das nicht? Er drückt sich an mich, Mama, sag ihr doch, und erst dann merkt er, dass ich nicht seine Mutter bin, und ich flüstere ihm zu, beachte sie nicht, du bist ein bisschen durcheinander, weil du geschlafen hast, ich bin bereit, mit ihm ein Bündnis gegen sie zu schließen, aber als wir ausgestiegen sind und sie sich ihm nähert, hüpft er leichtfüßig an ihre Seite, vergisst meine Schulter, die ihm als Kopfkissen gedient hat, und ich folge ihnen die schmalen Holzstufen hinauf, die zum Haus führen, Oded geht an der Spitze, die Taschen in der Hand, Maja hopst hinter ihm her, dann folgt Jotam und am Schluss ich, meine Stellung ist unklar, ich bin weder die Partnerin noch die Mutter, kein Au-pair-Mädchen und keine Freundin der Familie, auch ihr Vater scheint meine Anwesenheit vergessen zu haben, er dreht sich kein einziges Mal zu mir um, um sicherzugehen, dass ich noch da bin, er bleibt nicht stehen, um auf mich zu warten, bis ich plötzlich Lust bekomme, mich einfach davonzumachen und sie, unter den Willkommensrufen der Gastgeber, allein in dem erleuchteten Haus verschwinden zu lassen, mir die Tasche über die Schulter zu hängen und weiterzugehen, schließlich bin ich in jedem Haus, an dessen Tür ich zufällig klopfe, willkommener als in diesem. Vielleicht werde ich heute Nacht dort schlafen, auf dem Tel Jesreel, zwischen den Ruinen der königlichen Ausgrabungsstätte, und mich mit Erde zudecken, und ich bleibe stehen und warte, dass die Tür sich hinter ihnen schließt, aber sie bleibt offen, und der grauhaarige Kopf einer Frau schaut heraus, Ella, sagt sie, als würden wir uns kennen, warum bleibst du draußen stehen, komm herein, es ist nicht so, dass wir Michal erwartet haben, wir sind auf dem Laufenden.

Wenn du wirklich auf dem Laufenden wärst, würdest du wissen, dass ich hier nichts zu suchen habe, sage ich leise, überrasche mich selbst damit, aber sie lächelt auf eine natürliche Art und sagt, so fühlst du dich also? Na gut, wir werden bald über alles sprechen, und ich betrachte sie prüfend, ihr scharf geschnittenes Gesicht, die dicke Brille, die auf der schmalen Nase das Gleichgewicht zu suchen scheint, blasse Lippen, kurz geschnittene graue Haare, sie ist hoch gewachsen und nachlässig gekleidet, ihre alte Hose ist ausgeblichen und fleckig. Nun, komm doch, wenn du schon mal hier bist, sonst kommt die ganze Kälte rein, schimpft sie, plötzlich ungeduldig, und ich betrete hinter ihr das warme Haus, das von einem riesigen Ofen geheizt wird, er steht mitten im Wohnzimmer und schickt Rohre in alle Richtungen, die Kinder springen wild auf dem bunten Polsterlager vor dem eingeschalteten Fernseher herum, ein hoch aufgeschossenes, ernst aussehendes Mädchen sitzt auf dem Sofa, eine Gitarre in der Hand, und beantwortet unwillig Odeds höfliche Fragen, er hat schon eine Flasche Bier gefunden und sich gemütlich hingesetzt.

Seid ihr hungrig, fragt die Frau, Dani ist nach Nazareth gefahren, um Chumus und Fladenbrot zu holen, wir essen gleich, und mit flinken Fingern räumt sie einen Stapel Zeitungen von dem riesigen Marmortisch, ich weiß nicht, warum ich diesen ganzen Mist lese, murrt sie, man müsste jeder Zeitung eine Antidepressionspille beilegen, wie soll man das alles sonst ertragen, sie wendet sich an Oded und fragt, sag, hast du jetzt mehr Patienten wegen der politischen Lage, schließlich können auch schon ganz normale Menschen von dem, was hier passiert, verrückt werden, und er antwortet, im Gegenteil, die Lage scheint meinen Patienten gut zu tun, plötzlich sind alle Menschen um sie herum deprimiert und haben Angst, sie fühlen sich nicht mehr als Ausnahme, sie reagieren geradezu erleichtert auf den kollektiven Schrecken.

Interessant, das hätte ich nicht gedacht, sagt sie, und was ist mit dir selbst, Oded, hast du nicht manchmal die Nase voll davon, ständig nur irgendwelche Leute zu behandeln? Er lächelt, nein, wirklich nicht, ich bin süchtig danach, das ist doch etwas Fantastisches, man kann die meiste Zeit des Tages sich selbst getrost vergessen, beschäftigt sich nur mit anderen und schafft es sogar manchmal, ein Resultat zu erzielen, nur wenn ich die Praxis verlasse, erinnere ich mich plötzlich wieder an mich selbst, leider, und als ich sein trauriges Lächeln sehe, fällt mir auf, dass es schon lange nicht mehr aus seinem Gesicht gewichen ist, und wieder erwacht in mir die Sehnsucht nach ihm, wie er früher war, die Sehnsucht nach unserem kurzen Glück.

Und was ist mit dir, fragt er schnell, malst du zurzeit viel? Sie zündet sich eine Zigarette an, mit gelblich verfärbten Fingerspitzen, und sagt, so viel ich kann, kennst du dieses Bild schon? Sie deutet auf ein großes graues Gemälde an der Wand, und er betrachtet es mit zusammengekniffenen Augen, die leeren Regale, erklärt sie geduldig, in letzter Zeit versuche ich, die Leere zu malen, leere Schränke, leere Gefäße, das ist viel schwerer, als ich mir vorgestellt habe, es ist, als würde man Luft malen, man kann sich an nichts festhalten, und Oded stellt sich vor das Bild, sehr beeindruckend, Orna, sagt er anerkennend, weißt du, vor gar nicht langer

Zeit habe ich gelesen, dass nach der Kabbala in einen leeren Raum die Göttlichkeit eintreten kann, und als ich sehe, wie lebhaft er sich mit ihr unterhält, wie er die letzten Silben dehnt, als würde es ihm schwer fallen, sich von den Wörtern zu trennen, fliegt ihm mein Herz zu, und ich beschwöre flüsternd seinen Rücken, du wirst auch mit mir noch so reden, du wirst auch mich noch so anlächeln.

Sie unterbricht das Gespräch, wo bleibt er denn, dieser Trödler, wie lange der braucht, um Fladenbrot zu kaufen, bestimmt treibt er sich wieder in den Kirchen herum und hat vergessen, dass ihr kommt, ich sage dir, Oded, mein Eheleben ist eine einzige Farce, du hast keine Ahnung, wie sehr ich von ihm die Nase voll habe, was fange ich bloß mit ihm an, und Oded lacht, das höre ich schon seit zwanzig Jahren, ihr werdet euch bis an euer Lebensende nicht trennen, warum glaubst du, würde es dir ohne ihn besser gehen? Und ich habe das Gefühl, als spräche er über seinen eigenen, kurzen und traurigen Versuch mit mir, von dem nichts geblieben ist.

Stell dich nicht so naiv, sagt sie und bewegt ihren gelblichen Finger vor seinem Gesicht, Oded, gib dir keine Mühe, das ist doch genau das, was du getan hast, sie wendet sich neugierig zu mir, und du auch, du hast doch auch eine Trennung hinter dir, nicht wahr? Ich nicke traurig, versuche, mich an meine neue Identität zu gewöhnen, ich treffe selten Menschen, die mich nicht von früher kennen, die Amnon nicht kennen, für sie bin ich eine Frau, die eine gescheiterte Familie hinter sich hat, eine vergangene Familie, die sie stumm überallhin begleitet, wie ein dunkler Schatten, sogar bis hierher, in dieses Dorf im Galil.

Du hast eine Tochter, fragt sie, die so alt ist wie Jotam, nicht wahr? Vermutlich kramt sie in ihrem Gedächtnis nach allem, was sie über mich gehört hat, und ich korrigiere sie sofort, einen Sohn, keine Tochter, und sie fragt, und wie kommen die drei miteinander aus? Es geht so, sage ich, es ist nicht leicht, und sie verkündet sofort in einem nicht besonders angenehmen Ton, warum sollte es auch leicht sein? Ich habe gleich zu Oded gesagt, dass es verrückt ist, unter solchen Umständen zusammenzuziehen, warum soll man es den Kindern noch schwerer machen? Aber du weißt ja, wie Männer sind, sie überlegen nie zu Ende, er ist zwar ziemlich gescheit, aber auch er hat seine schwarzen Löcher, die Leichtigkeit, mit der sie unsere Entscheidung als Fehler bezeichnet, als Fehler, den ich hätte vermeiden müssen und nicht vermieden habe, lässt mich zusammenzucken, während ich vor ihrem bedrohlich wirkenden grauen Bild stehe.

Ein Fehler, so eindeutig, dass jedes Kind ihn gesehen hätte, und jetzt bleibt uns nichts anderes übrig, als ihn zuzugeben und uns davon zu befreien, jeder seiner Wege zu gehen, mit seinen Kindern, und ich werfe ihm einen Blick zu, warte, dass er etwas zu seiner Verteidigung sagt, aber er trinkt nachdenklich einen Schluck Bier, seine Lippen schließen sich um den Flaschenhals, und schließlich sagt er, ich bin mir nicht sicher, ob die Kinder das Problem sind.

Natürlich nicht, verkündet sie, die Kinder spiegeln nur eure eigenen Schwierigkeiten wider, aber sie sind anpassungsfähiger als ihr, und sie wachsen schnell, merkt euch, was ich euch sage, wer hat schon mitten im Leben genug Kraft für solche Veränderungen, ich bestimmt nicht, dabei ist es mein Traum, allein zu leben, verkündet sie, und sofort zischt sie, wo treibt er sich nur herum, und Oded lacht, siehst du, du hältst es nicht mal eine Stunde ohne ihn aus, und sie winkt ab, was redest du da, es sind nur die Fladenbrote, die mir fehlen, nicht er, hört zu, kurz bevor ihr gekommen seid, habe ich im Fernsehen eine tolle Sendung über Indien gesehen, über die Kaste der Unberührbaren, es ist erschütternd, wie die leben. Sie wendet sich an mich, wie eine Lehrerin an eine unaufmerksame Schülerin, weißt du, was mich am meisten erschüttert hat, dass sie auch bei den nächsten Reinkarnationen nicht von diesem Fluch befreit werden, auch nach der Wiedergeburt werden sie unberührbar sein, das ist doch schrecklich, oder? Ich nicke, schaue ihr misstrauisch ins Gesicht, ob sie vielleicht versucht, mir etwas anzudeuten, die Reste ihrer Schönheit treten immer deutlicher hervor, je länger ich sie betrachte, sie versucht nicht, die Zeichen des Alterns zu verbergen, wie es üblich ist, sie wirkt stolz und herausfordernd, als wolle sie sagen, wenn ich nicht mehr so schön sein kann, wie ich einmal war, dann ziehe ich es vor, mich nicht auch noch von den vergeblichen Versuchen erniedrigen zu lassen, diese Tatsache zu verdecken.

Da ist er, verkündet sie, als ein groß gewachsener kahlköpfiger Mann mit vollen Plastiktüten das Haus betritt, und ich schaue ihn erstaunt an, er sieht Amnon sehr ähnlich, die gleiche nachlässige Haltung, die gleichen schlenkernden Glieder, und ich denke, das hat mir hier gerade noch gefehlt, vor den wachen Augen der Gastgeberin auf einen Doppelgänger Amnons zu treffen, und da springen Maja und Jotam bereits auf ihn zu, und er sagt verwundert, ihr seid aber gewachsen, Maja, du bist bildschön geworden, und du ein richtiger kleiner Mann, bald könnt ihr schon allein herkommen, ohne Mama und Papa, ihr könnt mir auf dem Feld helfen, und Orna verzieht das Gesicht, nun mach mal halblang, Dani, ich habe nicht die Kraft, mich um zwei kleine Kinder zu kümmern, du lädst doch wieder nur alles auf mir ab, und dann kommt er auf uns zu, seine Oberlippe steht leicht vor, was ihm ein kindliches Aussehen verleiht, sein Blick bleibt mit offener Neugier an mir hängen, er streckt mir die Hand entgegen. Du bist also die neue Frau, will er wissen und schüttelt rhythmisch meine Hand, alle Achtung, Oded, er wendet sich an Orna, du siehst, alle suchen sich junge Frauen, nur ich bleibe an dir hängen, und sie lacht, du Ärmster, niemand hält dich hier mit Gewalt fest, das weißt du, und dann steht sie energisch auf, wischt sich die Hände an ihrem Hemd ab, Dani, deck den Tisch, statt hier rumzuplappern, es ist schon alles fertig, ich muss nur noch den Salat machen.

Soll ich dir helfen, frage ich, und sie sagt, warum nicht, und in der Küche legt sie alles für mich zurecht, ein Holzbrett und einen riesigen Kohl, bitte schneide ihn ganz dünn, und ich habe das Gefühl, dass sie mir genau auf die Finger schaut, während sie schnell Petersilie hackt und in eine blaue Keramikschüssel streut. Ihr seht nicht besonders verliebt aus, sagt sie ruhig, ihr Messer zerteilt schon eine reife Tomate, ihr seht bedrückt und erschöpft aus, ich habe Oded schon seit vielen Jahren nicht mehr so gesehen, nicht einmal in der schlimmsten Zeit mit Michal, und ich schwanke über den weißen Kohlstreifen, wir sind beide ein bisschen überfordert von diesem Schritt, murmle ich und füge sofort hinzu, auch ich habe schon bessere Zeiten erlebt, um anzudeuten, dass auch ich eine Vergangenheit habe, dass auch ich etwas verloren habe, dass es Tage gab, an denen auch ich in meiner Wohnung Freunde bewirtet habe, genau wie sie, meinen Mann geneckt und mit meinem Sohn herumgealbert habe, das war eine angenehmere Lage als die, in der ich mich jetzt befinde, als unerwünschte Besucherin, als zweifelhafte neue Frau, die man schon in der ersten Woche satt hat.

Er hat dich ganz anders beschrieben, beschwert sie sich, als wäre sie reingelegt worden, er hat gesagt, du seist so stark und selbstständig, und ich muss sagen, dass du mir nicht weniger zerbrechlich und bedürftig vorkommst als Michal, der Ärmste, ich glaube nicht, dass er genügend Kraft für eine zweite solche Frau hat, und sie spricht diese Worte, zerbrechlich, bedürftig, voller Abscheu und Missbilligung aus, und ich weiche zitternd vor dem Bild zurück, das sie von mir hat, doch innerlich lehne ich mich auf, ich möchte dich in solch einer Situation sehen, wenn du dein Zuhause und deine Familie für einen Mann aufgegeben hast, der über Nacht fremd und feindselig wird, und ich tue so, als hätte ich bereits vergessen, dass ich Amnon nicht seinetwegen verlassen habe, als wäre die Trennung erst mit dem Verkauf der Wohnung vollzogen worden, mit meinem Umzug in die Gasse der Bußgebete.

Du bist doch nicht böse, wenn ich dir das sage, vergewissert sie sich schnell, ich weiß, dass ich manchmal übertreibe, aus einer Art Drang, den Leuten die Augen zu öffnen, lass mich den Kohl fertig schneiden, sie schiebt mich zur Seite und verwandelt die groben Stücke in winzige Schnipsel und kippt sie schnell in die Schüssel, verschwindet von hier, Kinder, Süßigkeiten gibt es erst nach dem Essen, Dani, wie lange brauchst du noch, um den Tisch zu decken? Sie zieht ein duftendes Blech aus dem Herd, Huhn mit Rosmarin, verkündet sie, und für die Kinder habe ich Frikadellen gemacht, und sofort erscheinen auf dem Tisch auch gebackene Kartoffeln mit saurem Rahm und der Salat, zu dem ich nur wenig beigetragen habe. Das ist doch mehr als genug zu essen, warum hast du mich nach Nazareth gejagt, beklagt sich Dani und sucht auf dem Tisch nach einem freien Platz für die Schüssel mit Chumus, gießt Olivenöl darüber und bestreut das Ganze mit Petersilie, Ella, warum stehst du da so rum, fragt er, setz dich neben Oded, aber Maja schreit sofort, ich sitze neben Papa, und auf der anderen Seite sitzt schon Jotam, also setze ich mich ihnen gegenüber ans Tischende, neben die schweigsame Tochter, sie scheint umso weniger zu reden, je mehr ihre Mutter es tut, ich sitze Oded gegenüber, der nach ein paar Gläsern Bier ruhiger wirkt.

Ich beobachte ihn traurig, als hätte ich ihn schon verloren, und überlege, ob ich ihn noch einmal wählen würde, diesen nicht mehr jungen Mann, mit seiner rauen Haut, den scharfen Falten im Gesicht, den malerischen Lippen, deren Schönheit nicht sofort auffällt, den verschatteten Augen, die mir ausweichen, ich höre seine weiche Stimme, die die Worte in die Länge zieht, und bekomme kaum etwas mit von dem, was gesprochen wird, früher habe auch ich mal vernünftige Bemerkungen zur allgemeinen politischen Lage von mir gegeben, über Ursachen und Schuldige, aber in den letzten Monaten scheint mir diese Fähigkeit abhanden gekommen zu sein, ich bin wie eine Kranke, die sich nur auf ihre Krankheit konzentriert und immer nur darüber spricht, was in ihrer Seele vorgeht, während jedes andere Thema sie gleichgültig lässt. Ein ohrenbetäubender Lärm trifft mich plötzlich, aber der Hausherr beruhigt mich sofort, keine Angst, das sind bloß startende Flugzeuge, wir sind direkt neben einem Luftwaffenflugplatz, im Norden passiert etwas, und zufrieden fügt er hinzu, endlich fällt es diesen impotenten Kerlen ein zu reagieren, doch sofort wird er von seiner Frau unterbrochen, und was hast du davon, wenn sie reagieren, schimpft sie, noch mehr Gewalt? Man muss diesen Teufelskreis einmal durchbrechen, und er verteidigt sich, aber wenn wir nicht reagieren, ist das ein Zeichen von Schwäche, und jegliche Schwäche fordert ihre Angriffslust heraus, das ist dir doch klar, oder?

Es wird langsam Zeit, großzügiger auf sie zuzugehen, sagt Oded, wir haben alle Fehler gemacht, lasst uns eine neue Seite aufschlagen, und ich frage mich, ob er jetzt zu mir spricht, über uns, und Dani greift ihn an, wie kannst du dich einen Psychiater nennen, wenn du so etwas Elementares über die Natur des Menschen nicht begreifst, das sind alles Machtkämpfe, der Starke gewinnt, nicht der Großzügige, und Orna deutet spöttisch auf ihn, da seht ihr's, ausgerechnet wenn sein Sohn beim Militär ist, wird er noch militanter, Oded, gib mir ein Rezept für Schlaftabletten, seit Amit eingezogen worden ist, kann ich kaum schlafen, und Dani seufzt, wann verstehst du endlich, dass das nicht von uns abhängt, glaubst du etwa, ich wünsche mir nicht genauso sehr wie du Frieden? Das Problem ist nur, dass ich niemanden habe, mit dem ich Frieden schließen kann. Das Telefon klingelt und hindert sie daran, ihm zu antworten, sie springt auf, vielleicht ist es Amit, ruft sie und greift nach dem Hörer, er hat schon seit drei Tagen nicht angerufen, hallo, Amit, schreit sie, und sofort senkt sich ihre Stimme, hallo, Michal, wie geht es dir, Süße, klar, du fehlst uns sehr, das nächste Mal kommst du mit den Kindern, geht es dir besser? Ich rufe dich Anfang der Woche an, willst du mit Oded oder mit den Kindern sprechen? Und schon bildet sich eine Schlange vor dem Telefon, alle wollen mit ihren fettigen Fingern nach dem Hörer greifen und mit Mama sprechen, und Maja ist natürlich schneller als ihr Bruder, sie säuselt in den Hörer, Mama, wie fühlst du dich, ja, wir haben hier viel Spaß, aber es ist ein bisschen traurig ohne dich, und Jotam übertrifft sie noch, Mama, vielleicht kommst du auch noch her, ich bin nicht daran gewöhnt, ohne dich hier zu sein, ich vermisse dich, für die Aufregung, die sie hervorruft, spricht sie erstaunlich kurz mit ihren Kindern. Doch das Gespräch mit dem Vater möchte sie in die Länge ziehen, sie hat ihm, wie es scheint, viele Dinge zu sagen, die sich in den wenigen Stunden seit ihrem letzten Zusammentreffen angesammelt haben, und er geht am Marmortisch vorbei hinaus in den Garten, nur seine weiche, besorgte Stimme dringt noch herein, ich senke das Gesicht über den Teller, schiebe das Stück Huhn hin und her, male mit der braunen Soße, die es über den Teller zieht, leere Bilder, ich weiß, dass mich jetzt alle anschauen, auch die Kinder, teils mit Schadenfreude, teils mit Unbehagen angesichts der Tatsache, dass er mich hier sitzen lässt.

Soll ich dir noch Wein nachschenken, fragt Dani, und als ich ihm mein leeres Glas hinhalte, sagt er nachdrücklich, der arme Oded, er tut mir Leid, sie lässt ihn nicht in Ruhe, und überrascht frage ich mich, ob die Dinge von der anderen Seite des Tisches so aussehen, ich habe gedacht, dass ich hier die Ausgestoßene bin, dass sie über meine Erniedrigung spotten, und Orna unterbricht ihn sofort, hör auf, nicht vor den Kindern, und ich schaue zu der gläsernen Schiebetür hinüber, durch die Oded in seiner dunklen Kleidung zu sehen ist, er geht nervös auf dem in goldenem Licht liegenden Rasen hin und her, vorgebeugt, als wäre das Telefon ein schweres Gewicht, das ihm gleich aus der Hand fallen wird, er redet auf das Telefon ein, gestikuliert, vielleicht haben sie ja Recht, vielleicht ist er hier der Bedauernswerte, wie kann er an meinen Problemen Anteil nehmen, wenn er in seinen eigenen versunken ist, und wie soll ich selbst sie aushalten, wir sind wie zwei Kranke, die zusammen in einem Bett gelandet sind, ohne dass ein Arzt zur Verfügung steht, wer von uns beiden kann dem anderen helfen?

Alles in Ordnung, fragt mich Orna, als ich mir die Stirn reibe, willst du ein Glas Wasser? Ich bedanke mich und trinke das Glas schnell aus, während Dani ihr die Hand auf die Schulter legt, wenn so die Paare von heute aussehen, dann bleibe ich lieber mit dir zusammen, sagt er, und sie schüttelt seine Hand ab, lass mich, du alter Nörgler, aber ich lächle ihm bedrückt zu, und da geht die Glastür auf, Oded kommt herein und bringt einen Schwall Kälte von draußen mit, seufzend legt er das Telefon hin.

Geht das die ganze Zeit so, mit diesen Gesprächen, fragt Orna leise, denn die Kinder sind schon vom Tisch aufgestanden und sitzen mit Lutschern vor dem Fernseher, und er sagt, es wird von Tag zu Tag schlimmer, sie erholt sich nicht, und Orna verzieht missmutig das Gesicht, warum sollte sie sich auch erholen, wenn du sie mit solcher Ergebenheit behandelst, wenn du ihr jederzeit zur Verfügung stehst, zischt sie, schau dich doch an, die Schuldgefühle sind dir doch förmlich ins Gesicht geschrieben, du flehst ja förmlich danach, bestraft zu werden, wie beschränkt diese Psychiater doch sind, sie erkennen nicht, was direkt unter ihrer Nase passiert, und ich juble insgeheim und bin bereit, ihr alles zu verzeihen, was sie mir an den Kopf geworfen hat, sie soll bloß so weitermachen, schau, was du tust, du kränkst Ella, du kränkst dich selbst, aber vor allem schadest du Michal, auf diese Art wird sie sich nie erholen, und du weißt, dass ich Michal gern habe, fügt sie schnell hinzu, aber wenn du dich für die Trennung entschieden hast, dann ziehe auch einen Schlussstrich.

Ich versuche doch nur, mich menschlich anständig zu verhalten, sagt er ruhig und sieht mich dabei erstaunt an, ich kann ihren Kummer doch nicht ignorieren, sie fährt ihn jedoch, ohne zu zögern, an, das klingt ganz gut, aber du musst vorausschauen, auf diese Art geht es nie zu Ende, Oded, vielleicht willst du ja, dass es nie zu Ende geht, vielleicht willst du ja, dass sich ihr Zustand so verschlechtert, bis du keine Wahl mehr hast und zu ihr zurückkehren musst, und er lächelt bitter, du also auch, Orna, die ganze Zeit unterstellt man mir böse Absichten, und sie sagt, es ist auch nicht auszuhalten, wie hartnäckig du eine Atmosphäre von Schuld und Zweifel verbreitest, los, bringen wir erst mal die Kinder ins Bett, dann können wir uns unterhalten wie erwachsene Menschen. Dani kichert, das macht sie am allerliebsten, allen das Leben in Ordnung zu bringen, aber wenn es um sie geht, soll nur einer wagen, auch bloß ein halbes Wort zu sagen, dann gnade ihm Gott, und sofort bringt sie ihn zum Schweigen, Dani, hast du Zigaretten mitgebracht? Nein, sagt er, du hast mir nur Chumus und Fladenbrot aufgetragen, und sie mault, nein, auch Zigaretten, siehst du nicht, dass ich keine mehr habe, lauf schnell zur Tankstelle und hol welche, und er steht unwillig auf, ich weiß genau, dass du es nicht gesagt hast, und sie sagt, du bist schon ganz senil, dreimal habe ich dich daran erinnert.

Hast du ihm wirklich gesagt, er soll Zigaretten mitbringen, frage ich sie seltsam betroffen, als er das Zimmer verlassen hat, und sie lacht, natürlich nicht, aber was macht es schon, ihn ein bisschen zu ärgern, er ist ja gleich losgerannt, und Oded schimpft, langsam, langsam, Orna, bring ihr nicht alle deine Tricks auf einmal bei, das muss ich dann nämlich ausbaden, und sie schaut uns nachdenklich an, beruhige dich, du wirst es nicht ausbaden müssen, für mich sieht es nicht danach aus, als ob ihr überhaupt noch lange durchhalten würdet, sagt sie leise und legt sich sofort die Hand auf den Mund, Entschuldigung, manchmal spricht mein Mund ganz von alleine, ich habe es wirklich nicht so gemeint, aber ihre Worte schweben durch das Zimmer wie fünf schwarze Raben, ihr werdet es nicht durchhalten, ihr werdet es nicht durchhalten, krächzen sie, und dann verfolge ich schweigend die abendliche Betriebsamkeit, kümmere mich weder um das Geschirr noch um die Kinder, in diesem Haus, in dem ich noch nie war und in dem ich nie wieder sein werde, Besucherin für einen Abend in ihrem Leben, Besucherin für ein paar Monate in seinem. Von weitem schaue ich dem Durcheinander zu, ein nicht mehr ganz junger Mann versucht, seine Kinder ins Bett zu bringen, eine Frau, die schon nicht mehr schön ist, versucht, die Ordnung in ihrer Küche wiederherzustellen, und ich, die ich beiden gleich fremd bin, betrachte erschüttert meine Umgebung, ich bin wie ein Gegenstand, der Tausende von Jahren in der Tiefe der Erde gelegen hat, und plötzlich wird er freigelegt und kommt mit einer neuen Umgebung in Berührung, die ihm einen physikalischen und chemischen Schock versetzt und unumkehrbare Prozesse in Gang setzt, und ich erinnere mich an das Amulett aus Holz, das am Grund des Meeres begraben war, zusammen mit einem gesunkenen Fischerboot, und als es ans Licht kam und trocknete, zerbröselte es innerhalb kürzester Zeit und wurde zu Staub.

Du sollst mich berühren, ich will dich spüren, ohne dich bin ich matt und stumpf … Die Stimme ihrer heranwachsenden Tochter dringt erstaunlich kräftig aus ihrem Zimmer, begleitet von dünnen Gitarrenklängen, während wir um eine Schachtel Zigaretten sitzen, die mit trotzigem Nachdruck auf den Tisch geknallt wurde, eine weitere Flasche Wein wird aufgemacht, sogar Oded trennt sich von seinen Kindern, er ist ganz nassgespritzt von der Badeorgie, und ich betrachte ihn, bewege das Weinglas in meinen Händen hin und her, jetzt, da die Kinder schlafen, werden wir aufs Neue die Gestalt von Liebenden annehmen, und wenn wir ein bisschen betrunken ins Bett gehen, werden wir in der Dunkelheit nach Vorsprüngen tasten, an denen wir uns festhalten können, ein Verlangen, tiefer als Lust, wird uns heute Nacht besänftigen, aber da sind leichte, flinke Schritte zu hören und Maja kommt aus dem Flur, in einem langen Nachthemd, mit wilden Locken und vorgeschobenem Mund, und sie setzt sich sofort auf den Schoß ihres Vaters, schmiegt ihren Körper an seinen, als zöge sie sich ein Kleidungsstück an, legt ihren Kopf auf seine Schulter und murmelt, Papa, ich kann nicht einschlafen, ich bin nicht daran gewöhnt, hier ohne Mama zu schlafen.

Maja, wirklich, das macht dir doch nichts mehr aus, ein großes Mädchen wie du, sagt Orna schnell, geh und probier es noch einmal, lass deinen Papa hier mit uns zusammensitzen, aber sie bricht in zorniges Weinen aus, Papa, ich kann nicht einschlafen, Papa, leg dich zu mir, bis ich eingeschlafen bin, und er drückt ihr die Lippen aufs Haar, ich bin hier, ganz nah bei dir, meine Schöne, geh und versuch zu schlafen, ich bin sicher, dass du gleich einschläfst, und sie strampelt mit den Beinen, du hast mir versprochen, dass du bei mir schläfst, und er sagt, ich komme später zu dir, aber sie lässt nicht locker, du hast es mir versprochen, Papa, und er steht schwerfällig auf, während sie wie ein Affe an seinem Hals hängt und ihre Beine um seine Hüften schlingt, er ignoriert die scharfen, ablehnenden Zeichen, die Orna ihm mit Händen und Lippen macht, er verschwindet in dem mit einem grünen Teppich bedeckten Flur und hinterlässt feuchte Fußspuren.

Uff, ich habe zu viel gegessen, klagt Orna, legt die Hand auf ihren Bauch und fügt sofort flüsternd hinzu, sie ist hart geworden, die Kleine, früher war sie nicht so, die Kinder können einem wirklich Leid tun, es war schon klug von mir, mich nicht scheiden zu lassen, so jung und dumm ich als Mutter auch war, das wenigstens habe ich verstanden, reagiert deine Tochter auch so extrem? Sohn, korrigiere ich sie, ich habe einen Sohn, und das Lied aus dem verschlossenen Zimmer begleitet meine wiedererwachte Traurigkeit, du sollst mich berühren, ich will dich spüren, ohne dich bin ich matt und stumpf ...

Sie schreibt und komponiert Lieder, unsere Tochter, sagt Orna mit einer Kopfbewegung zu der verschlossenen Tür, und ich habe das Gefühl, dass sie das Wort »unsere« betont, aber vielleicht sind es auch meine Ohren, die dieses Wort besonders deutlich hören, sie kann das noch sagen, im Gegensatz zu mir, Scheidungskinder gehören manchmal ihren Vätern und manchmal ihren Müttern, aber nie mehr werden sie »unsere« sein, und wieder quält mich Gilis Abwesenheit, wie hätte er es genossen, auf diesem Polsterlager herumzuhüpfen und mit einem Lutscher vor dem Fernseher zu sitzen, morgen früh mit Jotam auf dem Rasen Ball zu spielen, Jotam wird ihm bestimmt erzählen, welchen Spaß sie hatten, und er wird mich erstaunt anschauen und fragen, warum bist du ohne mich gefahren, warum hast du nicht auf mich gewartet?

Mir kommt es vor, als könnte ich ihn durch die beschlagene Glastür sehen, wie er auf dem Rasen zwischen den drei Eichen tanzt, die nackten Füße berühren kaum den Boden, schnell stehe ich auf und gehe zur Tür, kehre aber sofort verlegen zu meinem Platz zurück, reibe mir die Augen, Orna schaut mich neugierig an, was habe ich denn gesagt, ist es, weil ich etwas Falsches gesagt habe? Ich seufze, nein, es ist in Ordnung, alles, was du gesagt hast, habe ich mir in der letzten Zeit selbst schon gesagt, und schon ertappe ich mich dabei, wie ich ihr unsere Geschichte erzähle, in allen Einzelheiten, von unserem ersten zufälligen Treffen und wie am Anfang alles wunderbar war und wie er mich gedrängt hat, zu ihm zu ziehen, wie er versprochen hat, dass sich seine Beziehung zu Gili bessern würde, wenn wir erst alle zusammenlebten, und wie am Schluss nur alles schlimmer wurde, wie er zu ihm gesagt hat, dass er keine Teddys mag, die Stimme bleibt mir im Hals stecken, als spräche ich über eine Misshandlung, stell dir das vor, der Junge zeigt ihm seinen Teddy, und er sagt, ich mag keine Teddys, und wenn wir nach Hause kommen, erzähle ich weiter und rolle die Schuldschrift auf, die so frisch und zugleich so alt ist, steht er noch nicht einmal auf, das findest du vielleicht nicht so schlimm, aber ich bin daran gewöhnt, dass Amnon aufstand und uns entgegenkam und den Jungen sofort umarmt hat, er hat mich so sehr enttäuscht, gestehe ich der fremden Frau, die mit gerunzelter Stirn zuhört, ich habe so sehr an ihn geglaubt, noch nie im Leben habe ich mich so reingelegt gefühlt.

Warum verlässt du ihn dann nicht einfach, fragt sie kühl, bläst blassen Zigarettenrauch in meine Richtung, wozu brauchst du ihn überhaupt, seine Kinder gehen dir auf die Nerven, seine Frau ist euch eine Last, er kommt mit deinem Jungen nicht zurecht, warum hältst du also daran fest, schließlich hast du deinen Mann nicht seinetwegen verlassen, und ich seufze, aber seinetwegen bin ich nun ohne Wohnung, mein Mann hat mich gedrängt, unsere Wohnung zu verkaufen, und sie sagt, na und, dann kauf eine kleinere für dich und deinen Jungen, und Schluss, sie macht eine entschiedene Handbewegung, um das Ende unserer Beziehung anzuzeigen, und ich sage, aber das ist nicht so einfach, es ist uns zusammen gut gegangen, ich habe ihn so sehr geliebt, wir haben eine gemeinsame Zukunft geplant, ich kann das alles nicht einfach so wegwerfen, er hat mir versprochen, dass alles gut wird, wenn wir erst zusammenwohnen.

Aber das ist schrecklich kindisch, Ella, sagt sie, was nützt es dir, dass er es versprochen hat, willst du ihn deshalb vor Gericht schleppen? Weil er keine Teddys mag? Als er es dir versprochen hat, hat er daran geglaubt, und inzwischen hat er herausgefunden, dass er sein Versprechen nicht halten kann, was willst du dagegen tun? Ihn anklagen? Es ist lächerlich, was du da sagst, siehst du das nicht? Und ich schüttle den Kopf, warum ist das lächerlich, er muss die Verantwortung für seine Handlungen übernehmen, und sie sagt, aber auch du bist verantwortlich für das, was du getan hast, er hat dich nicht gezwungen, zu ihm zu ziehen, du hast entschieden, mit ihm zu leben, du kannst dich nicht wie ein kleines Mädchen benehmen und ihm die Schuld daran geben, dass er nicht so ist, wie du gedacht hast, er hat dich nicht absichtlich betrogen, er hat daran geglaubt, dass alles gut wird, und er hat sich geirrt und du bist reingefallen, und wieder reibt sie sich den Bauch, als hätten wir beide zu viel gegessen.

Was willst du damit eigentlich sagen, murmle ich wütend, und sie seufzt, dass du die Verantwortung für deine Entscheidungen übernehmen musst, man kann einem Menschen nicht einfach von morgens bis abends nur sagen, wie enttäuschend er ist, das hält niemand aus, und ich sage, aber wenn es doch wahr ist, wenn er mich wirklich enttäuscht hat? Dann verlass ihn, sagt sie, du kannst ihn schließlich nicht ändern, oder ändere du dich, du musst deine Erwartungen mit der Wirklichkeit abstimmen oder gehen, Ella, das sind die beiden Möglichkeiten, die du hast, verstehst du? Sie beugt sich zu mir, ihr Gesicht ist dicht vor meinem, auch wenn all deine Vorwürfe wahr sind, ist deine Haltung völlig falsch, du glaubst, dass dir etwas zusteht, du glaubst, dass die Dinge nach den Regeln des Anstands ablaufen müssen, aber in Wirklichkeit herrschen die Gesetze des Dschungels, hast du das nicht gewusst? Und ich schaue sie feindselig an, sie stellt sich das alles so leicht vor, als ginge es nur um die Trennung von Eigelb und Eiweiß, ich möchte sie sehen, wie sie mit einer solchen Enttäuschung fertig würde, und sie fährt fort, hör zu, ich kenne Oded seit vielen Jahren, ich liebe ihn von ganzem Herzen, aber ich sehe auch seine Schwächen, er ist einer von den Männern, die uns Frauen glauben machen, dass sie all unsere Sehnsüchte verwirklichen werden, aber davon ist er weit entfernt. Er ist misstrauisch und sehr verschlossen, er kann sich nicht hingeben, ja, er gibt sich nicht wirklich hin, deshalb ist er meiner Meinung nach auch in hohem Maße für die Verschlimmerung von Michals Zustand verantwortlich, ihr einziger Weg, seine Aufmerksamkeit zu erringen, war, dass sie immer kranker wurde, aber am Schluss hat sie ihn genau deshalb verloren, es ist schade um sie, sie ist eine wunderbare Frau, und ich nicke, höre ihr gebannt zu, als würde sie mir erklären, dass ich mein Schicksal in die Hände eines gefährlichen Verbrechers gelegt habe.

Aber das kann nicht sein, widerspreche ich, er war in all den Monaten so wunderbar und hilfsbereit, ich habe mein Glück gar nicht fassen können, ich konnte kaum glauben, dass es tatsächlich wahr ist, und sie ringt wieder die Hände und fragt erstaunt, sag mal, wo lebst du eigentlich, weißt du nicht, dass ein Mann, wenn er eine Frau erobern will, die größten Anstrengungen unternimmt, die sich nachher in Luft auflösen, hast du das gar nicht in Betracht gezogen? Und ich schüttle beschämt den Kopf, ich habe geglaubt, dass diese Regel nicht für uns gilt.

Sag, hast du keine Freundinnen, fährt sie fort, hast du niemanden, mit dem du dich beraten kannst? Ich kann es gar nicht glauben, dass du so naiv bist, ich sage nicht, dass er dir absichtlich etwas vorgemacht hat, und bestimmt nicht, dass er ein Ungeheuer ist, er ist ein tiefsinniger und interessanter Mann, und seine Absichten sind gut, aber er hat harte Seiten, er ist innerlich tief verletzt, und darauf baut er seine Herrschaft auf, ist dir das nicht aufgefallen? Er muss herrschen, er muss bestimmen, sonst fühlt er sich bedroht und von allem abgeschnitten. Er war sehr in dich verliebt, vielleicht ist er auch jetzt noch in dich verliebt, aber ihr seid in einem etwas realistischeren Stadium angelangt, man kann vor der Wirklichkeit nicht fliehen, du musst ihn entweder so nehmen, wie er ist, und die schönen Augenblicke mit ihm genießen, wenn sie eben kommen, oder du verlässt ihn, eure Liebesgeschichte hat gerade erst angefangen, wenn sie überhaupt schon angefangen hat, vergiss alles, was vorher war, es wird nicht zurückkommen.

Aber es gibt Dinge, die ich auf keinen Fall akzeptieren kann, zum Beispiel sein Verhältnis zu meinem Sohn, sage ich, und sie steckt sich wieder eine Zigarette an, du solltest deine Erwartungen vielleicht überprüfen, Ella, dein Sohn hat schließlich einen Vater, er braucht bestimmt keinen zweiten, übrigens hatte ich auch nicht den Eindruck, dass du ein besonders warmes Verhältnis zu seinen Kindern hast, stichelt sie. Und ich erwidere, glaub mir, ich bemühe mich, aber jedes Mal, wenn ich versuche, ihnen näher zu kommen, wird es durch irgendetwas kaputtgemacht, ich bin sicher, wenn er sich Gili gegenüber anders verhalten würde, fiele es mir auch leichter mit ihnen. Da bin ich mir gar nicht so sicher, sagt sie, mir scheint, als hättet ihr euch völlig in die Sache mit den Kindern verstrickt, statt Liebende zu sein, habt ihr euch zu Anwälten eurer Kinder gemacht, du identifizierst dich mit deinem Sohn, er sich mit Maja und Jotam, und so bleibt euch nichts, woran ihr euch gemeinsam festhalten könnt. Ihr benutzt die Kinder als Stellvertreter für eure eigenen Bedürfnisse, ich glaube nicht, dass dein Sohn unbedingt eine innige Beziehung zu Oded braucht, du bist es, die das braucht, aber ihr müsst euch beruhigen, was die Kinder betrifft, erlaube mir noch zu sagen, dass sie wachsen, vielleicht hast du auch davon noch nie gehört, sie wachsen blitzschnell, Amit ist gestern erst geboren und heute schon beim Militär, die Kinder sind nicht das Problem und auch nicht die Lösung.

Vom Polsterlager dringen von Zeit zu Zeit Schnarchtöne herüber, sie kommen aus der Kehle ihres Mannes, der sich gleich zu Beginn unseres Gesprächs zurückgezogen und vor dem eingeschalteten Fernseher ausgestreckt hat, sein Schnarchen ersetzt die Gitarre, die inzwischen verklungen ist, vermutlich ist ihre Tochter ebenfalls schlafen gegangen, und ich spähe manchmal zum Flur hinüber, wie lange braucht er nur, um Maja ins Bett zu bringen, statt mit ihm zu sprechen, unterhalte ich mich mit seiner Freundin, einer fremden, klugen und grausamen Frau, als wären wir es, die die Scherben unseres Lebens zusammenfügen und eine gemeinsame Zukunft planen müssten, sie bemerkt meine Blicke und fragt, wartest du etwa noch auf ihn, ich bin sicher, dass er längst eingeschlafen ist, komm, schauen wir nach, und ich folge ihr zu dem Zimmer, das für uns bestimmt ist, er liegt auf dem Rücken und schläft, mit offenem Mund, sogar im Schlaf sieht er besorgt aus, seine Arme hat er weit von sich gestreckt wie ein Gekreuzigter, und auf jedem Arm ruht ein Kinderkopf, und ich betrachte enttäuscht die Matratzen, die für uns zusammengelegt wurden, mir bleibt nur die Wahl, neben welchem der Kinder, die mir beide nicht gehören, ich die Nacht verbringen will.

Nachdem sie mir ein großes Handtuch gegeben hat, wie ein unfreundliches Zimmermädchen, sagt sie, hör zu, ich habe das Gefühl, dass du überhaupt noch nicht verstanden hast, mit wem du zusammenlebst, ich habe mich entschieden, mit einem Felsbrocken zusammenzuleben, das hat Nachteile, aber er wird nie zerbrechen, Oded ist viel weniger stabil, als es den Anschein hat, er kann es in einer feindseligen Atmosphäre nicht aushalten, er hat seine eigenen Methoden, sich zu distanzieren, ich warne dich, quält euch nicht zu lange, gib dem Ganzen noch ein paar Wochen, und wenn es dann nicht besser wird, mach einen Schnitt, sie seufzt, schade, dass ich dich nicht früher getroffen habe, sag, kannst du noch zu deinem Mann zurück? Ich habe irgendwie das Gefühl, dass er zu dir gepasst hat, zumindest was deine hohen Erwartungen angeht, du scheinst an etwas Gutes gewöhnt zu sein, warum hast du ihn eigentlich verlassen?

Du kannst mir glauben, dass ich das schon selbst nicht mehr weiß, es war unausweichlich, wie eine Naturkatastrophe, und sie betrachtet mich skeptisch über ihre Brille hinweg, ich glaube nicht an solche Sachen, sagt sie dann, vielleicht verstehst du einfach deine Motive noch nicht, sag, kannst du zu ihm zurück? Nein, sage ich, dazu ist es zu spät, ich habe ihn auch nicht mehr geliebt, füge ich schnell hinzu, versuche, mich vor ihren peinigenden Bemerkungen zu schützen, und sie lacht, Liebe ist nichts, was man fühlt, Liebe ist wie Gesundheit, man bemerkt sie nicht, solange man gesund ist, erst wenn man krank ist, realisiert man, dass man sie verloren hat. Vielleicht ist es dir zu leicht gemacht worden und du hast Schwierigkeiten gesucht, Herausforderungen, wer weiß, wenn es das ist, was du suchst, bist du an den Richtigen geraten, sie deutet mit einer theatralischen Bewegung auf den schlafenden Mann, eingerahmt von seinen Kindern, und jetzt gute Nacht.

Ich habe das Gefühl, in einer Jugendherberge mit fremden Rucksackwanderern gelandet zu sein, ihre Bewegungen stören mich, ihre schnellen Atemzüge, das Krähen eines verwirrten Hahns um Mitternacht, wenn ich doch nur eines der schlafenden Kinder wegbewegen und an den Rand der Matratze rollen könnte, um den Platz neben Oded einzunehmen, um ihm wenigstens während der Nacht nahe zu sein, vielleicht könnte ich ihn sogar aufwecken und ihm zuflüstern, dass ich etwas verstanden habe, dass die Buchstaben sich langsam zusammenfügen, oder ich könnte es ihm vielleicht durch die Art meiner Berührung zeigen, durch die Art meiner Küsse, aber sie liegen wie Leibwächter neben ihm, und ich wälze mich am Rand der Matratze, ich kann hier nicht einschlafen, Maja kann sogar im Schlaf den Mund nicht halten, sie murmelt laut vor sich hin, und auch ihr Gemurmel beginnt und endet mit Papa, und Jotam ist still, tritt aber nach allen Seiten, ich gehöre nicht zu ihnen, ich gehöre nicht hierher, ich möchte nach Hause, auch wenn mein Zuhause weder Dach noch Wände hat, denn als ich ein Kind war, hatte ich schließlich auch kein richtiges Zuhause, und trotzdem habe ich mich immer danach gesehnt, dorthin zurückzukehren, ich hatte die Pflicht, es zu bewahren, ich selbst musste das Fundament sein, hast du keine Freundinnen, hat sie gefragt, und es fällt mir schwer, darauf zu antworten, ich habe immer leicht Freunde gefunden, aber ebenso leicht habe ich auch wieder losgelassen, nur Dina begleitet mich durch die Jahre, und auch von ihr habe ich mich in der letzten Zeit zurückgezogen, vielleicht ist es das, was sie mir damals andeuten wollte, dass er nicht zu mir passt, dass ich einen Felsen brauche, auf den ich einschlagen kann, ohne ihn zu zerstören, und ich stehe auf, nehme meine Decke und das Kissen und suche mir einen Platz zum Schlafen, in einem Haus, das ich nicht kenne, tastend bahne ich mir den Weg zum Lager vor dem Fernseher, an der Wand liegen ein paar Decken, ich strecke mich neben ihnen aus, die Trennung von der fremden Familie erleichtert mich, als hätte ich mich von einer Bürde befreit, und als sich der Schlaf schon über mich senkt wie eine Dunstwolke, bemerke ich, dass sich die Decke neben mir bewegt, die schweren Glieder des Hausherrn spannen sich für einen Moment und werden dann gleich wieder weich, und ich spüre im Schlaf eine verschwommene Fröhlichkeit, ich bin zu dir zurückgekehrt, Amnon, schau nur, dieses Lager hat sich in einen Zauberteppich verwandelt, der mich auf wunderbare Weise in mein früheres Leben zurückgebracht hat, aber wenn du das bist, Amnon, wo ist dann Gili, wo ist das Kind unserer Liebe, und seine Stimme scheint mir zu antworten, er ist noch nicht geboren, er wird erst in neun Monaten geboren.

23 Die Kinder tragen die Zeit auf ihren schmalen Schultern, wie kleine Lastenträger beladen sie sich mit ihr und gehen vorwärts, in ihren Turnschuhen vom letzten Jahr, in dunklen Gummistiefeln, in Sandalen mit abgetragenen Sohlen, sie fahren mit dem Tretroller, mit einem Fahrrad, auf Inlineskates, ihre Haare wehen im Wind, ihre weichen Gesichtszüge machen den Feind weniger bedrohlich, nicht von uns sind sie abhängig, sondern von der Zeit, nicht wir ziehen sie auf, sondern die Zeit, nicht uns vertrauen sie, sondern ihr, sie gehorchen ihren Befehlen, und hinter ihrem Rücken lassen sie uns für sich sorgen. Denn nur so können sie existieren.

Die Geschichte unseres Lebens ist ihnen auf die glatte Haut geschrieben, wird mit Malstiften auf zerknitterte Blätter gemalt, wird von ihren brüchigen Stimmen erzählt. Sie werden schneller erwachsen, als wir es wurden, wir sind vormittags nur für ein paar Stunden getrennt, aber wenn wir uns mittags wieder treffen, haben sich ihre Züge schon verändert, wir werden sie kaum erkennen, in ihren distanzierten Blicken zeigt sich die Scham ihrer Liebe, und der Glanz ihrer Augen, mit denen sie uns anschauen, verblasst immer mehr. Wann wird der Tag kommen, an dem ich ihm zur Last werde, wann wird die Sekunde kommen, an der ich ihm meine Liebe versichere und er nicht antwortet, sondern nur höflich schweigt? Wie kurz ist die Geschichte dieser Liebe, deren Ende von Anfang an feststeht, danach wird es nur noch sehnsüchtige Erinnerungen geben, die er nicht wird hören wollen, und wir, die Mütter, die zum ersten Mal im Leben eine vollkommene Liebe erfahren haben, ohne Wenn und Aber, werden uns mit dem Ende abfinden, doch womit werden wir die Lücke füllen können, die sie hinterlässt? Wie erlogen ist unser Glück, wie zweifelhaft und bedauernswert, auf wen werden wir unsere Hoffnung setzen können, an wen haben wir uns bereitwillig gebunden, an Geschöpfe, die sich mit Zauberkraft aus unserem Griff befreien können, mit dieser uralten, kategorischen Kraft, und je mehr wir uns bemühen, sie festzuhalten, umso grausamer wird die Trennung sein.

Ist das vielleicht der Stock, an dem sie festgehalten haben wie junge Hunde, jeder an einem Ende, schreiend und heulend und nicht bereit, loszulassen, und hier ist er immer noch, er liegt zwischen den Sträuchern wie eine tote Schlange, zu nichts nütze, durchgeweicht vom Regen, rissig geworden von der Sonne, wenn es so ist, wird er mir gehören, ich klettere auf einen der Felsen, den langen Stock in der Hand, und betrachte das Getöse auf dem Schulhof, wie ein Prophet vor der Stadt, die dem Untergang geweiht ist, wie sind das starke Zepter und der herrliche Stab so zerbrochen ... Werde ich unter all den Kindern, die noch immer im Hof spielen, überhaupt sein Gesicht erkennen, seine Stimme aus diesen vielen Stimmen heraushören, so oft sind wir in den letzten Monaten hin und her gerissen worden, und trotzdem erscheint der Weg, der vor uns liegt, von der Höhe des Felsens aus klarer als je zuvor, das scheint die einzige Wahrheit zu sein, noch ein paar Jahre oder Stunden, noch ein Wimpernschlag, dann wird er wie jene Jugendlichen sein, die jetzt mit großen Schritten an mir vorbeigehen, heiser lachend, und ich drücke den Stock an die Brust und frage mich, ob Mandeln aus ihm blühen werden oder ob er sich in eine Schlange verwandelt, wenn ich ihn auf die Erde werfe.

Da ist das Klingeln zu hören, ich muss hier weggehen, in eine der Wohnungen, die mich in einer der gewundenen Gassen erwartet, ich muss durch die menschenleeren Zimmer gehen, Fliesen und Schritte zählen, aus den Fenstern schauen, doch noch immer bleibe ich stehen, es fällt mir schwer, mich von dem vertrauten und dennoch so fremden Anblick zu trennen. Ein schwarzer Hund rennt quer durch den Park, Raben sammeln sich um ihn, als wären sie seine Nachkommen, und ich frage mich, wie viele Jahre ein Rabe lebt, wie lange ein Hund, ein Baum, wie lange lebt die Liebe, so sieht eine Welt ohne Liebe aus, eine Welt, die von der Zeit beherrscht wird, einem herzlosen Diktator, nur absolute Unterwerfung wird die Demut ermöglichen, die notwendig ist, um zu überleben, Ehrfurcht vor dem, was sich nicht ändern lässt, und ich, die ich Liebe gesucht habe, wie eine Forscherin, die ihre Hypothese mit dem ersten Zeugnis beweisen will, das ihr in die Finger kommt, habe mich auf Oded gestürzt, er war der untrügliche Beweis, dass das ganze Hin und Her zu einem guten Ende führen würde, dass das Leben nach der Trennung all die Mühsal rechtfertigen würde, aber vielleicht ist jetzt die Zeit gekommen, heute um acht Uhr morgens, mit dem Suchen aufzuhören, sich damit abzufinden, dass etwas fehlt, denn mit meinem Stock werde ich diesen Park durchqueren, mit meinem Stock werde ich sein Haus verlassen, und es wird noch immer keinen Beweis geben.

Wie ich es mir in den letzten Monaten angewöhnt habe, beobachte ich die Elternpaare, die sich am Schultor von ihren Kindern verabschieden, so wie man ein Naturschauspiel beobachtet, was wissen sie, was ich nicht weiß, sind sie geduldiger als ich, können sie ihre Erwartungen besser mit der Wirklichkeit abstimmen oder haben sie einfach Glück, was für einen Morgen haben sie hinter sich, was für eine

Nacht, und ich denke an unsere Morgen, die Kinder öffnen müde die Augen und sehen ein zerstrittenes Zuhause, falls man das überhaupt noch ein Zuhause nennen kann. Der Zorn hat verzweifeltem Staunen Platz gemacht, wie unzulänglich er ist, wie unzulänglich ich bin, wie belastend ausgerechnet die alltäglichsten Momente, die scheinbar natürlichsten, wenn man abends im Wohnzimmer sitzt, vor dem Fernseher, und ein kleiner Junge im Pyjama auf dem Teppich mit seinen Autos spielt, mit warmem Körper und vom Baden feuchten Haaren, aber dieser Junge ist nicht meiner, seine Anwesenheit betont die Abwesenheit meines Sohnes, und auch das Wissen, dass er nicht weit entfernt von hier ist, dass ich ihn morgen oder übermorgen sehen werde, besänftigt mich nicht, und wie bedrückend es ist, in diesem Wohnzimmer mit meinem eigenen Sohn zu sitzen, der auf dem Teppich mit seinen Autos spielt, und zu wissen, dass Oded genau das Gleiche fühlt, dass er hofft, der Junge würde endlich ins Bett gehen und ihn von seiner Anwesenheit befreien, und zu meinem Erschrecken identifiziere ich mich ein paar Sekunden lang mit seinem Bedürfnis und bringe Gili schnell ins Bett, in der vergeblichen Hoffnung, dass uns dann leichter zumute ist, und wie belastend die ständige Angst vor den Streitereien zwischen den Kindern ist, wenn alle gemeinsam in der Wohnung sind, die Angst ist nicht weniger schlimm als die Streitereien selbst und als die andauernde Rivalität, der wir uns unwillkürlich immer aussetzen, und am schlimmsten ist es ausgerechnet in der Küche, die sich in ein Schlachtfeld verwandelt hat. Wie feindliche Banden bewegen wir uns dort, stehlen uns gegenseitig das Brot aus dem Mund, und wenn ich feststelle, dass wieder einmal das gesamte Essen verschwunden ist, das ich für Gili vorbereitet habe, stürze ich mich wütend auf den Kühlschrank, kurz bevor sie nach Hause kommen, und trinke den süßen Joghurt, den Maja besonders gern mag, und den Kakao, der für Jotam bestimmt war, und stopfe den Rest Reis in mich hinein, und das Durcheinander in meinem Magen entspricht genau dem Geschmack dieser Tage in diesem Haus, ihrer Schande und ihrer Schmach.

Wenn es nur möglich wäre, dass wir uns für einen einzigen Abend von diesem Zorn befreien, aber er begleitet uns offenbar bei allem, was wir tun, auch wenn wir in einem Restaurant sitzen, wenn wir ins Kino gehen oder Freunde besuchen, die kleinste Gebärde, das beiläufigste Wort kann ihn wecken, und sofort geht es los mit lautem Fauchen, schrecklichen Beschuldigungen, und die unbeholfenen Beschwichtigungsversuche entzünden ihn nur aufs Neue, gerade die Tage ohne Kinder sind die gefährlichsten, weil es dann keinen Grund gibt, zumindest den höflichen Schein zu wahren, dann wird die Bitterkeit offen sichtbar, bis wir schließlich aufgeben. In den Nächten, in denen seine Kinder bei ihrer Mutter sind, schläft er in der Praxis, und Gili und ich sind allein in der großen Wohnung, die nur langsam warm wird, an deren Geruch und Geräusche wir uns noch immer nicht gewöhnt haben, wie schal ist unser Sieg, sogar die Spiegel zeigen uns andere Gesichter, gezeichnet von ständiger Anspannung, ja, wieder und wieder kehrten die Bewohner zurück und erbauten ihre Siedlungen auf den Ruinen der alten, wieder und wieder stellte der Mensch die gleichen Gegenstände her, Kochtöpfe, Kerzen, Münzen, und genauso stellen wir immer wieder das gleiche Unbehagen her. Quält euch nicht zu lange, hat sie damals gesagt, und nun sind aus einer Woche viele Wochen geworden, und wir sind nicht gerettet.

Am Schultor hält ein prachtvoller Jeep, und ein gut aussehender Mann steigt aus, langsam, obwohl es doch schon spät ist, er hebt ein hübsches kleines Kind heraus, dann noch einen Jungen, den ich kenne, beide Kinder haben die schönen Augen ihrer Mutter, ich laufe schnell zu ihnen hinüber, wie geht es Keren, ich habe sie schon lange nicht mehr gesehen, sage ich zu ihrem Mann, und plötzlich zweifle ich, ob er es überhaupt ist, so viel dunkler ist sein Gesicht seit jener Schabbatfeier zu Beginn des Schuljahres geworden.

Nicht so gut, antwortet er mit düsterer Miene, sie ist krank, und ich frage erschrocken, ist es etwas Ernstes? Er schaut mich an, als kämpfe er mit sich, unsicher, ob er es mir sagen soll, dann bricht es aus ihm heraus, ja, leider, und sofort verschwindet er durch das Tor, seine Kinder an den Händen, die mich mit besorgten blauen Augen angeschaut haben, und ich versuche, mich zu erinnern, wann ich Keren das letzte Mal gesehen habe, ob es damals war, als sie sich neben uns auf den Rasen gesetzt hat, ich habe in der letzten Zeit überhaupt keinen Appetit, ich kriege nur mit Mühe etwas herunter, sagte sie damals, sie fuhr sich durchs Haar, ihre Haut war gelblich, sie sprach über die Sicherheit unserer Kinder, machte sich Sorgen über die Anzahl der Wachmänner in der Schule, und ich frage mich, wer sie die ganze Zeit bewacht hat, ein beschämendes Bewusstsein meiner Gesundheit packt mich, und ich nehme meinen Stock und gehe weiter. Orna hat sich geirrt, man fühlt Gesundheit doch, und die habe ich noch nicht verloren, soweit ich weiß, und vielleicht schaffe ich es ja auch irgendwann, Liebe zu fühlen, und nicht nur ihren Verlust, und ich wende dem Rabenpark den Rücken zu, laufe rasch zu der Adresse, die in meinem Notizbuch steht, die morgendliche Kühle verschwindet langsam aus den Straßen, macht einer zaghaften Frühlingssonne Platz, der noch nicht zu trauen ist.

Das muss das Haus sein, eine dicke Frau steht im Eingang und tippt eine Nummer in ihr Telefon, das Handy in meiner Tasche klingelt, aber ich ignoriere es, ich gehe an der Frau vorbei, als wartete sie nicht auf mich, um mir an diesem Morgen einige Wohnungen in dieser Gegend zu zeigen, die groß genug sind für meine Bedürfnisse und die ich mir leisten kann, eine Wohnung für zwei Personen, und erst als ich weit genug entfernt bin, rufe ich die Frau an, ich kann heute nicht, ich muss leider absagen, vielleicht ist diese Flucht auch eine Flucht vor dem Urteil, das schon gefallen ist, und was werde ich Gili sagen, wie werde ich ihm einen weiteren Umzug erklären, aber die Zeit für diese Fragen scheint noch nicht gekommen zu sein, denn jemand, der vor den Flammen um sein Leben rennt, kann nicht innehalten und über seine Handlungen nachdenken, und schon bin ich an der Kreuzung, die Autos kreisen den Platz ein, in der Mitte wachsen rote Tulpen, sie glänzen wie eine Samtdecke in dem goldenen Licht.

Zum ersten Mal fällt mir auf, dass der Fußboden im Treppenhaus wie ein Schachbrett gemustert ist, Fliesen in Schwarz und Weiß, wie im Zimmer meines Vaters, ich steige langsam hinauf, schiebe den Stock vor mir her wie eine Blinde. Zu meiner Freude ist die Sekretärin nicht da, der Empfangsraum ist leer und still wie ein verlassener Militärposten, nur das Summen des Bohrers aus der benachbarten Zahnarztpraxis ist zu hören, ich nähere mich dem Behandlungszimmer und lege das Ohr an die Tür, Stille, vermutlich ist niemand da, ich werde nicht sehen, wie er dasitzt und zustimmend nickt, den Mund leicht geöffnet, als lauschte er mit den Lippen und nicht mit den Ohren, vorsichtig klopfe ich, und als keine Antwort kommt, öffne ich langsam und mit pochendem Herzen die Tür. Nur ein einziges Mal war ich hier, einen intensiven und kurzen Augenblick lang, wie schnell und geheimnisvoll verlief damals meine Genesung, doch sogar dieses Zimmer hat sich bis zur Unkenntlichkeit verändert, es ist dämmrig und stickig wie ein Schuppen.

Ich frage mich, ob überhaupt noch jemand sich die Mühe macht, herzukommen, ob noch jemand an dieses Zimmer und den Mann darin glaubt, und ich setze mich in den bequemen Ledersessel, in den ich damals kraftlos gesunken bin, wundere mich über seine Schäbigkeit, meine Augen gewöhnen sich langsam an das durch die Vorhänge violett gefärbte Dämmerlicht, ich bemerke einige Kartons, die an der Wand stehen, und zu meiner Verblüffung erkenne ich auf ihnen meine Handschrift, kurze Worte, die mit Hoffnung und Angst geschrieben wurden, Schlafzimmer, Wohnzimmer, Küche, packt er etwa seine Sachen ein, und zieht aus, wo ist er überhaupt, ich schaue mich beunruhigt um, als würde ich zum ersten Mal in seine innere Welt blicken und ein bedrohliches Chaos entdecken.

Erst jetzt bemerke ich die Person, die bewegungslos auf dem Sofa liegt, ist das vielleicht einer seiner Patienten, der dort vergessen wurde, während er mit seinem Leben hadert, erschrocken springe ich auf, betrachte verwirrt die zerbrechliche Gestalt, auf ihrem Gesicht liegt die Gelassenheit, die ich von den Momenten unserer Liebe kenne, Ella, sagt er plötzlich, ohne die Augen zu öffnen, endlich bist du gekommen, ich warte schon so lange auf dich, seine Stimme klingt monoton und abgehackt, sie klingt wie eine Tonbandaufnahme, die von den Wänden hallt, und ich frage leise, Oded, warum liegst du hier, warum arbeitest du nicht? Und wieder antwortet er mit dieser seltsamen Stimme, ich habe Urlaub, habe ich dir nicht erzählt, dass ich Urlaub habe?

Du hast mir vieles nicht erzählt, sage ich, warum hast du Urlaub? Weil ich auf dich warte, sagt er, wie kann ich arbeiten, wenn ich auf dich warte, ich muss mit dir reden, und ich frage erstaunt, mit mir reden, ich verstehe dich nicht, du hast tausend Möglichkeiten gehabt, mit mir zu reden, und sie nicht genutzt, und plötzlich wartest du hier auf mich?

Ich hatte keine Möglichkeiten, sagt er und dreht das Gesicht zu mir, du hast mir keine Chance gegeben, ich rede die ganze Zeit mit dir, aber du hörst nicht zu, ich bitte dich die ganze Zeit, dass du aufhörst, mir zu misstrauen, mich so hart zu verurteilen und von mir etwas zu verlangen, was ich nicht geben kann, und der Ernst seiner Worte weckt den üblichen Zorn in mir, und ich sage, was habe ich schon von dir verlangt, dass du meinem Jungen gute Nacht sagst? Ist das schon zu viel? Erspare mir deine scheinheilige Ansprache, mit Worten bist du gut, aber deine Worte sind nicht viel wert, was soll das heißen, von dir etwas zu verlangen, was du nicht geben kannst? Es ist doch wohl eher so, dass du überhaupt nichts geben kannst.

Er seufzt, es tut mir Leid, Ella, ich war dumm, ich habe gedacht, dass ich deine Hoffnungen erfüllen kann, vielleicht ist das gut für einen Therapeuten, so fest an seine Kraft zu glauben, aber außerhalb der Praxis scheint das nicht zu funktionieren, es tut mir wirklich Leid, und ich schreie, es tut dir Leid? Das ist alles, was du zu sagen hast? Als hättest du mich aus Versehen angerempelt und Kaffee über mich verschüttet, als hättest du eine Verabredung vergessen, warum schämst du dich nicht, sag mir das, und er springt auf und schaut mich an, seine Augen füllen sich mit schwarzer Feindseligkeit wie überlaufende Tassen, und er sagt, es wird langsam Zeit, dass du dich auch selbst hinterfragst, glaubst du etwa, es ist ein großes Vergnügen, mit dir zusammenzuleben? Du willst nur nehmen, du hast beschlossen, dass du für alles, was du durchmachen musstest, eine Entschädigung verdienst, jedes Problem empfindest du als Teil einer Verschwörung gegen dich, du kannst immer nur anklagen, Ella, du hast keine Geduld für die Probleme anderer, mit Steinen kommst du vermutlich zurecht, aber Menschen sind einfach zu viel für dich.

Verschone mich mit deiner Diagnose, zische ich, umklammere den Stock und gehe zur Tür, du hast mich und Gili in eine unerträgliche Situation gebracht, du hast uns falsche Versprechungen gemacht, du hast dich von mir entfernt, als ich dich am meisten gebraucht habe, ist es da ein Wunder, dass ich heftig reagiere, aber mach dir keine Sorgen, ich werde dich nicht länger belasten, sobald ich eine Wohnung gefunden habe, bin ich weg, mit diesen Worten mache ich die Tür auf und sehe im Neonlicht, das aus dem Treppenhaus hereinfällt, wie sich sein Gesicht verzerrt, als er sich umdreht, wie spitz sich seine Schultern unter dem dünnen Hemd abzeichnen, du hast Recht, sagt er mit leiser Stimme, ich habe dich getäuscht, ich habe nichts, was ich dir geben könnte, ich bin leer, ich bin am Ende, ich kann niemandem etwas geben, deshalb mache ich Urlaub. Einen Moment lang glaube ich, dass er mich damit nur weiter angreifen, unseren Streit fortsetzen will, aber seine Stimme wird plötzlich erschreckend laut, ich habe Michals Leben zerstört, und jetzt zerstöre ich deins, ich darf mit keiner Frau zusammenleben, ich darf keine Kinder aufziehen, ich darf keine Kranken behandeln, sein Rücken krümmt sich unter heftigem Schluchzen, und als ich die Tür schließe und vor ihm stehe, hilflos, gestützt auf meinen Stock, erinnere ich mich an einen fernen rosigen Morgen am Ende des Sommers, als ich in der Tür meines Vaters stand, die Blätter der Palme im Fenster blitzten wie silberne Messerschneiden, und ich sagte zu seinem über den Schreibtisch gebeugten Rücken, Papa, ich verlasse das Haus, ich ziehe ins Studentenheim, überzeugt, dass er mir mit offizieller Stimme Erfolg wünschen und den Blick kaum von seinem Buch heben würde, aber zu meiner Überraschung stand er auf, warf sich aufs Bett und vergrub das Gesicht in einem Kissen, sein Rücken zitterte, und ich stand mit offenem Mund da, das hatte ich noch nie gesehen, ich hatte nicht geglaubt, dass ihn neben seinen kosmischen Betrachtungen irgendetwas interessiert, ich hätte mich am liebsten neben ihn gesetzt und seinen Rücken gestreichelt, und noch lieber hätte ich mich neben ihn auf das Bett geworfen und ebenfalls geweint, geweint über die Liebe, die uns fehlte, wie sehr hat meine Seele die deine verletzt, Papa, und deine die meine, wie sehr sind wir voreinander erschrocken.

Lange stand ich da, an den Türstock gelehnt, bis ich die Tür hinter mir zumachte und davonging, und jetzt, vor diesem schluchzenden Mann, murmle ich, Oded, beruhige dich, sei nicht so hart zu dir selbst, du hast nichts mit Absicht getan, aber meine Worte verstärken seine Selbstanklage nur noch, alles, was ich anfasse, geht kaputt, ich bin nicht anders als mein Vater, meine Mutter hat immer gesagt, dass ich mich verstelle, dass ich eigentlich genauso bin wie er, nie war ich gut genug für sie, nie war ich eine Entschädigung für das Leid, das er ihr verursacht hat, auch du hast von mir gewollt, dass ich dich für dein Leid entschädige, ich weiß offenbar nicht, wie man das macht, und ich setze mich erschrocken neben ihn auf das Sofa, versuche, seine Schultern zu streicheln, die wie gebrochene Flügel beben, meine Hände fahren verwirrt über seinen Rücken, so kennen wir uns nicht, bin ich überhaupt bereit, ihn kennen zu lernen?

Oded, beruhige dich, flüstere ich, du bist deinen Kindern ein wunderbarer Vater, und ich bin sicher, dass du ein guter Therapeut bist, sei nicht so streng mit dir, deine Absichten waren gut, wir sind uns in einer schweren Zeit begegnet, wir haben beide Schutz gesucht, da ist es doch kein Wunder, dass wir zerbrochen sind, aber noch ist nicht alles verloren, zwischen vollkommenem Scheitern und vollkommenem Glück gibt es noch Platz, beruhige dich, ich werde dir helfen, ich spreche so leise, als hätte meine Stimme Angst, von mir gehört zu werden, es tut mir Leid, Oded, ich weiß noch nicht einmal, was genau, komm, steh jetzt auf, gehen wir nach Hause, aber er beruhigt sich nicht, sein Weinen gleicht jetzt einem leisen trockenen Husten, ich möchte hier bleiben, murmelt er, mir geht es zu Hause nicht gut, ich fühle mich dort nicht wohl, wenn die Kinder nicht da sind, und ich beeile mich zu sagen, dann holen wir die Kinder eben, ich hole sie von der Schule ab, und er wimmert, aber ich will nicht, dass sie mich so sehen, das wird sie erschrecken, und ich sage, mach dir keine Sorgen, ich werde ihnen sagen, dass du krank bist, komm erst einmal nach Hause, sage ich noch einmal und merke, dass ich dieses Wort seit langer Zeit zum ersten Mal ernst meine.

Als wir das Treppenhaus betreten, mache ich das Licht in der Praxis aus und schließe die Tür ab, als wäre das hier eine Fabrik, die in Konkurs gegangen ist und dem Erbarmen der Gläubiger überlassen wird, ich nehme ihn am Arm und führe ihn über die schwarz-weißen Fliesen wie einen alten Mann, der sich verlaufen hat und die Hilfe einer Fremden braucht. Sein Blick unter den schweren Augenbrauen ist gesenkt, die Lippen sind zusammengepresst, sein Rücken ist so verkrampft wie immer, er schreckt ein wenig zurück, als wir die laute Straße betreten, und schützt die Augen mit den Händen gegen die Sonne, ich hänge mich bei ihm ein, und so gehen wir durch den späten Vormittag, im Schatten der schräg gewachsenen Kiefer, wie schmal ihr Stamm ist und wie lang, bis hinauf zu dem dünnen Wipfel, ein einsamer Vogel sinkt plötzlich vom Himmel, als würde jemand auf ihn schießen und er suchte zwischen den schwarzen Nadeln und Zapfen Schutz.

Stütz dich auf mich, wenn dir das Gehen schwer fällt, ermutige ich ihn, aber er geht aufrecht und angespannt weiter, obwohl er die Füße kaum von dem schwarzen Asphalt heben kann, sein Arm ist wie versteinert, sein Atem ist warm und seine Haut verströmt den säuerlichen Geruch von Krankheit. Wir spiegeln uns in den Glasscheiben des Cafés, dünn, dunkel, langsam, wie zwei Uhrzeiger, an unserem Ecktisch, unter der Plastikfolie, die bald, mit Beginn des Sommers, heruntergenommen werden wird, sitzt jetzt ein anderes Paar, das vor Glück strahlt, wie wir damals, das ist der Lauf der Welt, stelle ich ohne Groll fest, der Lauf der Welt.

Zu Hause angekommen, führe ich ihn vorsichtig zum Bett, ich ziehe ihm die Schuhe aus und lege ihm die Hand auf die Stirn, du hast Fieber, sage ich und mache ihm gleich einen Tee mit Zitrone und schaue zu, wie er trinkt, willst du noch einen Tee, willst du etwas zu essen, frage ich und versuche, seine zusammengepressten Lippen zu einer Antwort zu bewegen. Es ist in Ordnung, Ella, ich will nur ein bisschen ausruhen, murmelt er schließlich, und schon fallen ihm die Augen zu, mir ist kalt, flüstert er, ich decke ihn zu und betrachte ihn besorgt, halte dich fern von ihm, er ist krank, hat meine Mutter einmal zu mir gesagt, und jetzt denke ich, das ist es, was Dina gemeint hat, vielleicht wird es Zeit, dass ich einmal mit ihr rede, nach all diesen Monaten, um herauszufinden, wovor sie mich gewarnt hat, aber ich zögere, meine Hand weicht vor dem Telefon zurück, und statt sie anzurufen, erkundige ich mich bei der Auskunft nach der Nummer des Hauses im Dorf, am Ende der Straße, mit den Holzstufen, die zum Eingang hinaufführen. Hier ist Ella, sage ich, als ich Ornas ungeduldige Stimme höre, ich war vor ein paar Wochen mit Oded bei euch, ich muss dich um Rat fragen, und als ich anfange, ihr seinen

Zustand zu beschreiben, unterbricht sie mich und sagt, das war zu erwarten, Ella, ich habe dich gewarnt, er hat seine eigenen Methoden, sich zu distanzieren, ja, er hatte schon einige kurze Zusammenbrüche dieser Art in der Vergangenheit und er hat sie überwunden, nein, er wurde noch nie in die Psychiatrie eingewiesen, mach dir keine Sorgen, er wird sich fangen und wieder so werden wie vorher, das ist kein Grund, bei ihm zu bleiben oder ihn zu verlassen, aber wenn du dich entscheidest, bei ihm zu bleiben, musst du deine Einstellung ändern, dann musst du dich so verhalten, als hinge alles nur von dir ab.

Als ich ins Schlafzimmer zurückgehe und mich zu ihm auf den Bettrand setze, fällt mir ein, wie ich Gili stundenlang in den Armen gewiegt habe, wenn er krank war, wie ich nicht gewagt habe, auch nur eine Sekunde innezuhalten, aus Angst, er könnte aufwachen, wie ich all meine eigenen Bedürfnisse ignoriert habe, und wie viel Freiheit lag doch in dieser vollkommenen Selbstaufgabe, wie viel Kraft, die alle Sorgen und Zwänge vertrieb, und als ich jetzt diesen Mann betrachte, der zwischen den Decken liegt, breitet sich eine sanfte Ruhe im Zimmer aus, denn mir ist, als würde ich den Schlaf jenes Jungen bewachen. Mein Sohn wächst und braucht mich immer weniger, an seiner statt ist mir plötzlich ein sonderbarer, verwirrender Ersatz geboren worden, ich hoffte, er würde mich unter seine Fittiche nehmen, ich versuchte, mich unter seine Flügel zu schmiegen, und habe dort keinen Platz gefunden, und ausgerechnet seine Hilflosigkeit schenkt mir eine einzigartige Ruhe, so etwas wie Glück, das Gefühl vollkommener Liebe, wie ich sie Amnon gegenüber nie empfunden habe. Sein Adamsapfel bewegt sich, sein Gesichtsausdruck verändert sich schnell, sein Mund öffnet und schließt sich, als versuchte er, mich zu überreden, als versuchte er, etwas zu versprechen, als flehte er um sein Leben, und mir ist, als würde ich die Bilder seiner Kindheit auf seinem Gesicht sehen und zugleich die zukünftigen Bilder seines Alters, ein ganzes Leben, das zwischen vollkommenem Glück und vollkommenem Versagen schwebt, und ich hebe die heruntergefallene Decke auf und lege sie über ihn, setze mich an den Computer, der in der anderen Ecke des Zimmers steht.

Wer zerstörte den schönsten Palast, damit niemand dorthin zurückkehren konnte, das Haus der doppelten Äxte, das große Labyrinth, welche geheimnisvolle Kraft hat diese erste vollendete europäische Kultur weggewischt, das Atlantis Platos, wer vernichtete das antike Volk, dessen Kunst erstaunlich komplex war, das den schnaubenden Stier im Bauch der Erde anbetete? Waren es mächtige Naturgewalten, eine Reihe von Erdbeben und Flutwellen, oder waren es Eindringlinge, die über das Meer oder vom Kontinent kamen, die Dorier mit ihren eisernen Dolchen, die Mykener, die ihre Inseln verließen, denn es mehren sich die Beweise, dass die Zivilisation auf Kreta weiter existierte, auch nachdem Thera von schwammigem, vulkanischem Tuffstein bedeckt worden war. Die Formen der Krüge änderten sich zwar, und es scheint, als hätte sich die Bevölkerung eher der Befestigung als der Kunst zugewandt, dem Schutz der Wasserquellen, doch während sie Menschen opferten, um die Natur zu versöhnen, kamen Eindringlinge und brachten Zerstörung über die reiche, hoch entwickelte Gesellschaft, über den ausgedehnten prachtvollen Palast, über die lebenden und die gemalten Gestalten, und unter ihnen die Pariserin, wehe denen, die am Meer wohnen, dem Volk der Kreter …

Mittags, als ich den Schulhof betrete, rennt Gili überrascht auf mich zu, ein lausbubenhaftes Lächeln im Gesicht, Mama, warum holst du mich ab, heute bin ich doch bei

Papa, hast du das vergessen, du bringst immer alles durcheinander. Es sieht so aus, als würde ihn mein Irrtum amüsieren, und ich muss zugeben, dass ich es nicht vergessen habe, ich bin gekommen, um Jotam abzuholen, weil sein Papa krank ist, und ich bin erleichtert, dass er diese Begründung als ganz natürlich hinnimmt, er bietet sich sogar an, Jotam zu holen, und zieht mich hinter sich her über den Hof. Meine Mama holt dich ab, verkündet er ihm fröhlich, und ich hänge mir Jotams Ranzen über die Schulter und erkläre ihm, dein Papa wartet zu Hause auf dich, er fühlt sich nicht wohl, sein verängstigtes und zugleich dankbares Gesicht rührt mein Herz, ich streiche ihm über die Haare, die wild gewachsen sind, verwische die Spuren der verunglückten Frisur.

Hand in Hand gehen wir hinauf zu Majas Klasse, wir finden sie, allein in einer Ecke des großen Raums, wie sie nachdenklich ihre Hefte einpackt, keines der anderen Kinder spricht sie an, warum hat sie keine Freundinnen, überlege ich erstaunt, und mir wird bewusst, dass sie noch nie einen Gast mit nach Hause gebracht hat. Was ist passiert, fragt sie sofort, wo ist Papa, und ich sage, Papa wartet zu Hause auf euch, er fühlt sich nicht ganz wohl, mach dir keine Sorgen, und als wir das Schulhaus verlassen, werfe ich einen Blick über den Hof, um zu sehen, ob Amnon schon gekommen ist, und tatsächlich sehe ich ihn neben der Wippe stehen und sich angeregt mit einer der Mütter unterhalten, seine Handbewegungen sind lebhaft, und ich frage mich, wann er so gesellig geworden ist. Warte einen Moment, Mama, Gili rennt auf mich zu, winkt mit einem weißen Blatt, als hielte er eine Fahne in der Hand, und schreit, ich habe ein Bild für Oded gemalt, und ich gehe ihm entgegen, was für ein tolles Bild, verkünde ich, noch bevor ich die Figur erkenne, einen dicken lächelnden Teddy, hastig mit

Kreide gemalt, ich weiß, dass Oded keine Teddys mag, sagt er ernst, aber mein Bild wird ihm gefallen, und ich verabschiede mich und verlasse den Hof, ohne Amnon zu grüßen, obwohl ich gern mit ihm gesprochen und ihn gefragt hätte, warum er damals, als wir uns zum ersten Mal trafen, Thera erwähnte, aber was spielt das jetzt für eine Rolle, es gibt keinen Weg zurück, es hat nie einen gegeben.

Als wir durch das grün gestrichene Metalltor treten, auf dem ich eines Morgens, zu Beginn dieses Schuljahres, festsaß, gefangen zwischen Himmel und Erde, mit Blick auf die ausgeblichenen Rasenflächen und die Mülltonnen, greife ich nach den beiden Kindern, die schweigend neben mir hergehen, sie schmiegen sich dichter an mich, und gemeinsam überqueren wir die Straße zum Rabenpark, und obwohl Gili nicht dabei ist, habe ich das Gefühl einer erstaunlichen und unschuldigen Vollkommenheit, als könnte ich, indem ich diese zwei Scherben einer Familie zusammenfüge, auch meine eigenen Scherben richten, ausgerechnet jetzt, ohne meinen Sohn, ohne Oded, ausgerechnet jetzt, da ich mit diesen fast fremden Kindern allein bin, die die Schwäche ihrer Eltern spüren und sich an mir festhalten.

Habt ihr Hunger, frage ich und schlage ihnen vor, uns vor den Kiosk auf die warmen Plastikstühle zu setzen, ich kaufe für sie Falafel im Fladenbrot und schaue ihnen vergnügt beim Essen zu, wie sehr Jotam seinem Vater ähnelt und Maja ihrer Mutter, als wären sie dazu bestimmt, das gescheiterte Paar zu verewigen, und trotzdem sieht Jotam auch Gili ähnlich, und das Mädchen erinnert mich von Sekunde zu Sekunde mehr an mich selbst, der gleiche hochmütige Blick, der eine unerträgliche Verletztheit verbirgt. Wie war es heute bei euch, frage ich, und Jotam nimmt ein angekautes Falafelstück aus dem Mund und antwortet, weißt du, heute Morgen hat Ronen beim Gesprächskreis erzählt, dass seine Mutter sehr krank ist, aber sie hat ihm versprochen, dass sie die Krankheit besiegen wird, und ich frage erschrocken, wirklich, was hat sie? Jotam beißt wieder in sein Fladenbrot und sagt mit vollem Mund, eine Krankheit, ich weiß nicht, welche, sie ist im Krankenhaus.

Aber Papa ist in Ordnung, nicht wahr, will Maja wieder wissen, ihre mangofarbenen Locken liegen dicht an ihrem Gesicht, mir fällt auf, wie verfilzt sie sind, und ich denke, vielleicht frage ich sie nachher, ob ich sie kämmen soll. Natürlich ist er in Ordnung, sage ich schnell, er hat ein bisschen Fieber, das ist alles, und sie schlägt vor, vielleicht gehen wir jetzt nach Hause, ich möchte Papa sehen, und wir setzen unseren Weg fort, die gewundene Straße hinunter, die von den Sonnenstrahlen nicht getroffen wird und deshalb so dämmrig und kühl ist, als führte sie durch eine Zitrusplantage, und als wir zu Hause ankommen und in der Tür zum Schlafzimmer stehen, öffnet er sofort die Augen und streckt die Arme nach seinen Kindern aus, als hätte er sie wochenlang nicht gesehen, und sie springen mit Jacken und Schuhen auf das Bett und drücken sich erleichtert an ihn.

An den Türstock gelehnt, betrachte ich sie, nein, ich werde mich ihnen vorläufig nicht anschließen, und vielleicht werde ich das nie tun, vielleicht werden wir nie eine Familie werden, die sich wie selbstverständlich in einem Bett zusammenfindet, und trotzdem wird das, was wir erreichen, bedeutungsvoll sein, jeder gelassene fröhliche Moment ein Sieg. Schaut, verspreche ich ihnen im Stillen, auf eine seltsame Weise wird das Leben kostbar werden, und obwohl ich mich nicht zu euch aufs Bett lege, bin ich bei euch, denn hinter den vielen einander widersprechenden Bedürfnissen steht eine Sehnsucht, und das Ganze scheint von mir abzuhängen und in meiner Hand zu liegen, ich werde Wunder vollbringen können, wenn ich es nur will, wie eine Göttin, die die Menschen von ihren Wunden heilt, und ich gehe zu Oded und halte ihm das etwas zerknitterte weiße Blatt Papier hin und sage beiläufig, das schickt dir Gili, und er betrachtet nachdenklich das Bild, wie schön, sagt er, ich hänge es hier neben dem Bett auf.

Ich lasse sie zu dritt zurück und stelle mich an das Fenster, das zur Gasse hinausgeht, eine schwangere Frau kommt den Hang herauf, mit einem vor Anstrengung roten Gesicht, fast kann man ihr schweres Atmen hören, nein, nicht aus Zweifeln wird diese späte Familie geboren, sondern aus einem Bewusstsein der Notwendigkeit, nur vollkommener Glaube wird die Blutsbande ersetzen können, nicht die Forderung nach dem, was uns zusteht, sondern nach dem, was uns verpflichtet, vielleicht ist das der Bund, den mein Vater mir vor etlichen Monaten nahelegte, der Gelassenheit und Glück verleiht, und warum war es mir unmöglich, das mit Amnon zu schaffen, wie viel hätten wir gewinnen können, wir drei, aber wir haben es nicht vermocht.

Als ich das Zimmer betrete, in der Hand eine heiße Tasse Tee, höre ich Jotam sagen, Papa, weißt du, dass bald Pessach ist, heute haben wir den Auszug aus Ägypten durchgenommen, glaubst du, dass das wirklich so war? Und Oded antwortet, darum geht es, meine ich, gar nicht, ob das wirklich so war, aber frag Ella, sie kennt sich in solchen Dingen aus, und als alle drei mich anschauen, bin ich einen Moment lang so verlegen, als stünde ich wieder in einem Vortragssaal, und ich habe das Gefühl, wenn ich dieses kleine Publikum überzeugen kann, werde ich auch mich selbst überzeugen. Vermutlich werden wir nie wissen, ob es wirklich so war, sage ich, bis jetzt wurde kein Beweis für diese Geschichte gefunden, aber ich glaube trotzdem, dass sie auf wirklichen Ereignissen beruht, denn die Wunder, von denen dort die Rede ist, Blut, Finsternis und die anderen ägyptischen

Plagen, hängen mit einer Naturkatastrophe zusammen, die wirklich passiert ist, vor Tausenden von Jahren, und da wir dazu neigen, Angst vor etwas zu haben, was uns in der Vergangenheit schon einmal in Angst versetzt hat, haben die alten Geschichtsschreiber dieses Ereignis genau wie jenes frühere beschrieben, das sie so fürchteten.

Aber der Auszug aus Ägypten ist doch eine fröhliche Geschichte, nicht wahr, fragt Maja, die Kinder Israels wurden aus der Sklaverei befreit, und ich sage, ja, du hast Recht, die alten Geschichtsschreiber erinnerten sich an eine schreckliche Geschichte von einer Welt, die zerstört wurde, eine Geschichte, die von Generation zu Generation weitergegeben wurde, und sie haben diese Geschichte umgewandelt in eine Geschichte der Befreiung und der Rettung, und sie fragt, und haben diejenigen, die die Geschichte geschrieben haben, geglaubt, dass sie wahr ist, und ich sage, ich denke, sie haben zumindest unter allen Umständen an sie glauben wollen.

24

Wie haben ihre Augen gestrahlt, als sie uns alle zum Fest einlud, und dabei kannte sie keinen von uns richtig, es war, als stünde sie an der Straßenecke und versuchte, Passanten in ihr Haus einzuladen, um ihr Glück mit ihnen zu feiern. Aus welchem Anlass gebt ihr das Fest, hat jemand gefragt, und sie hat geantwortet, einfach so, wir haben Lust zu feiern, und hat ihren Mann angeschaut, als teilte sie ein Geheimnis mit ihm, und eine leichte Röte stieg ihr ins Gesicht, und ich, in meiner Torheit, wich zurück, als hätte sie ihre Hände in das allgemeine Sammelbecken des Glücks gesteckt, es mit vollen Händen herausgeschöpft und mir kein bisschen übrig gelassen. War es damals ein schönes Fest, wie viele Flaschen Wein wurden entkorkt, welche Musik wurde gespielt, wer von den Menschen, die sich hier versammelt haben, um sie auf ihrem letzten Weg zu begleiten, ist damals zu ihrem Fest gekommen, wer von diesen vielen Menschen, die fassungslos aus den Autos steigen und sich langsam in Bewegung setzen, während ein Frühlingswind aus der Wüste ihnen durch die Haare fährt, Röcke und Ärmel aufbläht, die Haut ähnlich gelb verfärbt wie ihr Gesicht in den letzten Monaten, plötzlich sehen wir uns alle ähnlich, stehen wir alle kurz vor dem Tod.

Es war ein Freitag, so wie heute, als ich ihn zum ersten Mal sah, bei der Schabbatfeier, er war blass und distanziert, und als ich ihm jetzt einen Blick zuwerfe, fällt mir zum ersten Mal auf, wie sehr er seither gealtert ist, die Längsfalten in seinem Gesicht sind tiefer geworden, die Haut an seinem

Hals schlaffer, sein Haar matter, und mir ist, als würden mir ausgerechnet diese nun deutlich sichtbaren Zeichen des Alterns das Gefühl geben, ihm nah zu sein, fast stolz, schließlich ist er an meiner Seite gealtert, jede äußerliche Veränderung wird von nun an mir gehören, uns, zum Guten oder zum Schlechten, wie ein Vermögen, das im Lauf eines gemeinsamen Lebens angesammelt wurde, und ich betrachte ihn mit jener Behutsamkeit, die ich mir ihm gegenüber in letzter Zeit angewöhnt habe, und frage mich, ob ich ihn wieder auswählen würde, ob ich ihn mir überhaupt je ausgewählt habe, ein starker Drang hat mich ihm zu Füßen geworfen und ihn mir, gemeinsam sind wir zwischen den Ruinen herumgekrochen und haben drei Kinder hinter uns hergezogen.

Wir gehen auf noch ungebahnten Wegen, einen Weg durch die Stadt des Todes, bekannte Gesichter mischen sich mit unbekannten, Seufzer mit Husten, langsam folgen wir dem in weiße Tücher gehüllten Körper, der auf einer Trage liegt, als wäre er aus einem Katastrophenort evakuiert worden und würde nun an einen besseren Ort gebracht, wo er gesunden könnte. Die Trauer schwärzt die Gesichter wie ein Schleier, als wir uns um den Ort versammeln, der für sie bestimmt ist, ein Sturm der Tränen wandert von Auge zu Auge, ein Bruder des Sandsturms, der um uns herum tobt und versucht, die Zeremonie zu sabotieren, gleich wird er die Erde in die Grube zurückwerfen, während er den leichten Körper der Toten zum Himmel trägt, zum Firmament, das sich über uns spannt, so niedrig ist es heute, staubschwer wie ein Lampenschirm, der zu tief aufgehängt wurde.

Von unserem Platz am Rand der Trauergemeinde können wir nicht sehen, was passiert, nur die lauten Geräusche des Grabens in der steinigen Erde dringen an unser Ohr, und in der Stille zwischen den Spatenstichen schärfen sich unsere Sinne, bis auch die kleinsten Geräusche wahrzunehmen sind, das Rascheln von Papiertaschentüchern, die über tränennasse Augen fahren, das Schlucken staubiger Spucke, das leise Knistern wehender Haare, und über allem der Geruch der feuchten Erde. So hat sie in ihrem Garten gearbeitet, nicht weit von hier, und ich erinnere mich, wie ich einmal Gili dort abgeholt habe und sie im Garten traf, nachdenklich auf einen Spaten gestützt, der genauso aussah wie die Spaten, die jetzt ihre Totengräber benutzen, sie trug eine kurze rote Hose und ein dünnes Hemd und sah aus wie ein junges Mädchen, ihre Schenkel waren mit Erde bedeckt, schau doch, was ich gepflanzt habe, sagte sie und wischte sich den Schweiß von der Stirn, einen Kirschbaum. Ihr kleiner Sohn sprang um sie herum, schwankend, als wäre er betrunken, und sie packte ihn und küsste ihn auf den Mund und sagte, wenn Jonathan groß ist, werden schon Kirschen am Baum hängen, er wird sie pflücken und essen können, und als wir im Garten Limonade tranken, ging das Tor auf, ihr Mann kam herein und sie wandte ihm das Gesicht zu, wie schön, dass du früher kommst, und er hob den Kleinen hoch und küsste ihn ebenfalls auf den Mund, auf dem noch der Geschmack ihrer Lippen lag, und jetzt schaut er uns an, ihr kleiner Sohn, der sich auf den Schultern seines Vaters windet und den Ernst des Kaddisch mit vergnügten Jauchzern unterbricht, und ich höre plötzlich die Stimme seines großen Bruders, Ronen, der versucht, gemeinsam mit seinem Vater den geheimnisvollen Text zu lesen, stockend und verhalten, als müsste er in der Klasse vortragen, und seine dünne Stimme erinnert mich für einen Moment an die Stimme Gilis, an die Stimme Jotams, so werden auch sie eines Tages dastehen, vor einem Erdhügel, und den Kaddisch für ihre Mütter sprechen.

Von unserem Platz kann ich den Kleinen deutlich sehen, der auf den Schultern seines Vaters sitzt und von der ganzen Gemeinde getragen zu werden scheint, von Hunderten von Schultern, wie ein Bräutigam am Hochzeitstag, seine Augen, die so hell sind wie die seiner Mutter, strahlen vor Vergnügen, während er die vielen Leute betrachtet, sein Lächeln wird breiter, als sei er sicher, dass sich alle Anwesenden nur versammelt haben, um ihm eine Freude zu machen, und beim Anblick des kleinen Jungen, der gestern seine Mutter verloren hat, fangen wir alle erneut an zu weinen, und er schaut sich erstaunt um und fragt langsam und zögernd, als wären es seine ersten Worte, Papa, warum weinen alle? Die Antwort seines Vaters höre ich schon nicht mehr, schwere Seufzer und das Heulen des Windes übertönen seine Stimme, und ich wische mir die Augen, schaue mich um, von Minute zu Minute werden wir uns ähnlicher, unsere Augen werden rot wie die Augen von Schmetterlingen, unsere Haare gelblich, die Zungen kleben an unseren Gaumen, als wären wir alle an einer Massenausgrabung beteiligt und würden uns erbarmungslos unter die Stadt graben, schaut, gelbe Milch fällt vom Himmel auf die Erde, der immer stärker werdende Wind ist schwer von Sand und Samen, ein elektrisch aufgeladener Wind, voller Lavastaub, der in der Luft schwebt.

Von weitem sehe ich einen großen Mann, der seine Sonnenbrille von den hellen Augen nimmt und mir zunickt, auch als ich ihn das erste Mal sah, war er von Staub bedeckt, bei wie vielen Beerdigungen sind wir schon zusammen gewesen, Amnon, wie viele Tote haben wir zu ihrer letzten Ruhestätte geleitet, und ich habe das Gefühl, als würde mir seine Anwesenheit unter den Trauergästen eine Art geheimer Sicherheit verleihen, wie damals, als er durch das Ausgrabungsareal schritt, nun sind wir wieder zusammen, wenn auch mitten unter Hunderten von Menschen, begleiten wir einer den anderen von weitem durchs Leben. Am nächsten Sonntag sollen wir uns im Rabbinat treffen, um die Scheidung endgültig zu vollziehen, vor drei ernsten Rabbinern werden wir stehen, wie jene, die Keren nun begraben und um Gnade für ihre Seele beten, so werde ich von dir den Scheidungsbrief empfangen, ich werde mit gesenktem Kopf zwischen den Wänden des Raumes gehen, von feindseligen Blicken begleitet, lange weiße Bärte werden über schwarze Roben hängen, geschieden, geschieden, werden sie sagen, nicht mehr geheiligt.

Keren hat die Freitage geliebt, höre ich ihren Mann sagen, dessen Stimme sich nur mit Mühe über das Weinen erhebt, sie liebte den Empfang des Schabbat, wenn die ganze Familie zusammen war, wir möchten jetzt für sie das Lied singen, das wir immer gesungen haben, ich weiß, dass du uns hörst, Keren, ich weiß, dass du jetzt mit uns singst, ich verspreche dir, dass wir dir an jedem Freitag dieses Lied singen werden und dass wir hören werden, wie du es mit uns singst, er hustet vor Anstrengung, räuspert sich, Friede mit Euch, dienende Engel, Engel des Höchsten, des Königs aller Könige, des Heiligen, gelobt sei Er. Euer Kommen sei zum Frieden, Engel des Friedens, Engel des Höchsten, des Königs aller Könige, des Heiligen, gelobt sei Er … Seine Stimme, die immer wieder bricht, zieht die schwache Stimme seines Sohnes hinter sich her, während die Trauergäste zögern, ob sie einstimmen sollen oder ob dieses Lied nur für die engsten Angehörigen bestimmt ist, es ist das Lied, das die Vorstellung eines sorgfältig gedeckten Tisches weckt, frisch gewaschene und gekämmte Kinder, ein Kuchen im Ofen, eine schön gekleidete Frau, die Königin Schabbat, kommt, wir suchen die Königin Schabbat, die wunderschöne Braut, die jede Woche aufs Neue mit ihrem Bräutigam verheiratet wird, hat die Lehrerin damals gerufen, und die Kinder sprangen auf und rannten los, war es an jenem Tag, als sie sagte, wir machen heute Abend ein Fest, jeder, der kommen will, ist eingeladen, es wird viel Wein geben und gute Musik, es lohnt sich, und ihr Mann stand neben ihr, den Arm um ihre Schulter gelegt, und erklärte allen Interessierten den Weg, und schon bildete sich eine fröhliche Versammlung um sie, ja, natürlich werden wir kommen, warum nicht, was hast du gesagt, wo man abbiegen muss, in die erste Straße nach dem Platz?

Es scheint, als reichte seine Kraft nur bis zum Ende der zweiten Strophe, von weitem sehe ich, wie er sich in die Arme einer älteren Frau fallen lässt, seiner Mutter, wie es aussieht, und in diesem Moment stimmt die Trauergemeinde ein, mit heiseren Stimmen singen sie, Euer Kommen sei zum Frieden, Engel des Friedens, und der Kleine, der inzwischen auf anderen Schultern schaukelt, winkt mit der Sonnenblume, die für ihn aus einem der Sträuße gezogen worden ist, Papa, sehe ich Mama nie mehr, fragt er plötzlich, mit einer Stimme, in der mehr Staunen als Trauer liegt, und wieder ruft seine Frage eine Welle aus Tränen hervor, und zwischen all den Klagen meine ich ein bekanntes Geräusch zu hören, das mich schon seit langem begleitet, lang anhaltend wie die Sirene am Tag der Erinnerung, und als ich mich umschaue, erkenne ich die hellen mangofarbenen Locken, die im Wind wehen, ein verzerrtes Gesicht, halb verborgen hinter ihren Händen. Seit Monaten habe ich sie nicht mehr gesehen, ich bin ihr ausgewichen, und jetzt ist sie hier und weint hemmungslos, als hätte sie den ihr liebsten Menschen verloren, und es ist, als würde das unterdrückte Weinen, das damals aus dem Schlafzimmer drang, jetzt befreit hervorbrechen, und auf einmal antworte ich ihr mit meinen Tränen, unser Weinen bildet einen zweistimmigen Chor, der eine Geschichte erzählt, für die es keine Beweise und kein Ende gibt.

Zwanzig Jahre sind vergangen, seit ich am Grab Gil'ads stand, meine Mutter versuchte, mich zu stützen, aber ich wich zurück, versteckte mich zwischen den Grabsteinen, sah seinen glatten Körper vor mir, der in der Nacht geleuchtet hatte wie eine Kerze, du hast mich vergeblich gewarnt, Mama, wie konntest du dir nur einbilden, ich hätte von seiner Krankheit nichts gewusst, und trotzdem wollte ich ihn, vielleicht sogar deshalb, vielleicht war ich von der Vergänglichkeit stärker angezogen als von der Zukunft, war es vielleicht die Angst, nicht frei wählen zu können, die mich dazu brachte, zu früh die Hoffnung aufzugeben? Hinter den Grabsteinen versteckte ich mich, während sein junger Körper mit Erde bedeckt wurde, und als alle gegangen waren, nahm ich einen kleinen Stock und grub in der Erde, wenn ich nur tief genug grübe, würde ich ein Haus finden, das mein Haus wäre, die Knochen eines jungen Mannes würde ich finden, und er würde mein Geliebter sein.

Als sich die Menschen langsam zerstreuen, mit vor Trauer verzerrten Gesichtern und geröteten Augen, mit schleppenden Schritten, die, trotz allem, eine plötzliche Lust auf das Leben offenbaren, legt sich plötzlich der Wind, als hätten alle in diesem Augenblick aufgehört zu trauern, ich hänge mich bei Oded ein, darauf aus, von der Menge verschluckt zu werden, aber er bleibt einen Moment stehen, als wollte er warten, und auf einmal scheint es, als sei meine Angst vor einem Zusammentreffen verschwunden, als gebe es sogar ein sonderbares Bedürfnis, gemeinsam Schiwa zu sitzen, gemeinsam zu trauern um alles, was wir verloren haben, und während sich die Trauergemeinde langsam zurückzieht, wie sich eine riesige Welle vom Land zurückzieht und Strandgut freigibt, scheinen auch wir vier ungeschützt dazustehen, und ich sehe Michal, die uns den Rücken zuwendet, langsam weggehen, sie trägt die hellblaue Bluse, die einmal die Farbe des Himmels gespiegelt hat, ihr Rock weht im Wind, und ich schaue ihr nach, warte, möchte ich rufen, lauf noch nicht weg, ich muss dir etwas Wichtiges sagen.

Als hätte sie meine Gedanken gehört, bleibt sie plötzlich stehen und dreht sich um und kommt zögernd auf uns zu, und ich senke den Blick, betrachte ihre Füße in den schwarzen hochhackigen Sandalen, da ist sie schon bei uns und gibt ihrem ehemaligen Mann förmlich die Hand, als würde sie ihn gerade erst kennen lernen, ihr Gesicht ist hager geworden, ich stehe wie versteinert neben ihm, halte die Luft an, aber dann wendet sie sich auch mir zu, und ich ergreife verwirrt die weiche weiße Hand, auf deren Rücken sich Adern schlängeln wie Bäche, es tut mir so Leid, flüstere ich, als beklagte sie einen Toten und ich müsste sie trösten, und sie flüstert, mir auch, es möge uns nichts Schlimmes mehr passieren, und als sich uns schwere, vorsichtige Schritte nähern, weiß ich, dass Amnon sich neben mich stellt, und ich lehne mich einen Moment lang an ihn, denn der Wind lässt uns schwanken, als wollte er unseren festen Stand prüfen, wir stehen dicht beieinander, und ich überlege, ob jemand, der uns jetzt von außen betrachtete, erkennen könnte, wer zu wem gehört.

Der Sandsturm, der wieder an Stärke gewinnt, schlägt die letzten Trauergäste in die Flucht, sie laufen davon, um sich in ihre Autos zu retten, wegzufahren und eine Wolke schmutziger Abgase zurückzulassen, sogar die Familie verlässt den frischen, mit Blumensträußen bedeckten Grabhügel, der Kleine sitzt wieder auf den Schultern seines Vaters und trägt stolz die Sonnenblume, die den Kopf hängen lässt, er schwankt bei jedem Schritt hin und her, nur wir bleiben zurück, es fällt uns schwer, uns zu trennen, wir stehen in einiger Entfernung vom Grab, um einen Flecken Erde, der von den Spaten der Totengräber noch unberührt ist, in das noch kein Mensch gesenkt worden ist, ein durchsichtiger Kreis von Kindern scheint uns zu umgeben, Kinder mit glatten, leeren Gesichtern gehen siebenmal um uns herum, wie die Braut unter dem Hochzeitsbaldachin um ihren Bräutigam, das sind unsere Kinder, jene, die geboren wurden, jene, die noch geboren werden, und die, die nie die Welt erblicken sollen.

Wütend verweht der Wind die Spuren der Trauergäste, die jetzt schon ihrer Wege gegangen sind, lässt Zeugnisse und Beweise verschwinden, bis es so aussieht, als wäre nie ein Mensch hier gewesen, wütend zerrt er an unserer Kleidung, und wir gehen langsam hintereinander zwischen den Grabsteinen hindurch, unter dem schweren Himmel, treten versehentlich auf die Reihen der Erinnerungskerzen, auf die ausgedorrten Beete, die sich an den Steinen festklammern, Michals Absätze hinterlassen kleine Löcher in der Erde, die unter Amnons schweren Sohlen wieder verschwinden, und dahinter unsere Schritte auf den schmalen Wegen zwischen den Grabsteinen, ein Schritt nach dem anderen, eine Reihe nach der anderen, wie eine Schrift, die in die Erde geritzt und nur von ihr gelesen werden kann.